中国百年工业文学大系

丛书主编　贾玉民　樊洛平

影视文学卷·电视剧

刘福泉◎主编

中国工人出版社

本卷主编简介

- 刘福泉，文学硕士，现为河北大学艺术学院教授，硕士生导师。长期从事现当代文学及影视理论研究，近年来关注工业题材影视作品的创作与研究。完成省级课题两项，出版《巴金创作艺术探究》等专著4部，发表学术论文60余篇，参与策划拍摄院线电影《李保国》等。

出版说明

一、缘起

为庆祝中华全国总工会成立100周年，中国工人出版社特组织编纂《中国百年工业文学大系》丛书。文学作品是社会现实的形象反映。本丛书的编纂，全面整理百年来工业文学作品及相关资料，精选优秀作品，按体裁分类，编成20卷的丛书，生动、形象地呈现百年来中国工业化的历程，呈现中国工人阶级的命运和奋斗历史，呈现中华全国总工会在中国共产党领导下，与工人运动一同发展壮大的图景，有助于讲好中国工人阶级故事、中国工业故事和中国工会故事，为更好继承弘扬革命传统，创造未来提供历史借鉴。

二、编纂团队

本丛书编纂团队由《20世纪中国工业文学史》和《中国工人文学史》的作者为基础，邀请郑州大学、河北师范大学、河北大学、河南师范大学、河南理工大学、中原工学院等院校为合作单位，以研究中国工业文学的专家、学者共同组成编辑团队，分工合作，在中国工人出版社的指导下共同完成编纂工作。

三、选录作品范围

重点选录反映工业生活、描写工业人物、揭示工业领域社会问题的优秀作品，根据中国具体情况，适度收录有关传统手工业、商业、人力车夫、纤夫等生活的作品。兼顾各历史阶段、各阶级、各阶层、各个地域、各种产业、各种体裁作品；兼顾专业作家、工人作家、业余作者。

四、编纂原则

真：选录的作品，基本以初发或初版为准，个别作品使用与初版接近“最佳”版本，使其成为中国工业文学发展史的可靠文献。其中繁体字须改为规范简化字；标点符号改为规范格式；错别字给予纠正，加注说明。原作署名为非通用笔名的，注明其真名或通用笔名。

专：各卷按文学体裁编列，分别为史论卷、报告文学卷、短篇小说卷、中篇小说卷、长篇小说卷、诗歌卷、散文卷、剧本卷、电影文学卷、电视文学卷、资料卷。各卷均有独立性，组合又具统一性、逻辑性。

精：各卷首的“导读”，长篇作品的“提要”、节选作品的“简介”，各篇所加注释，务求内容准确、文字简明。

鸦片战争后，中国近代工业开始萌芽，至今已近200年；从中国工人阶级队伍略具规模，至今也已百年以上。这期间出现的各类工业题材文学创作，虽然赶不上“乡土文学”等传统题材作品数量之多，但也可称数量巨大。我们的编纂工作肯定存在不少缺陷，切望有关作家、专家、学者，广大读者批评。

2025年4月

《中国百年工业文学大系》在编纂过程中，有幸收录了众多作家描绘工业岁月的珍贵作品，这些文字是中国工业发展的重要记忆载体。由于时间跨度长、信息更迭等客观因素，书稿付梓之时仍有部分作者未能取得联系，对此我们深感歉意与遗憾。恳请尚未联系上的作者或家属看到成书后，及时与我们取得联系，以完善作品收录的后续事宜。

总序

深刻反映时代巨变，描绘时代精神图谱
——新时代呼唤工业文学的繁荣

“文化是民族的精神命脉，文艺是时代的号角。”习近平总书记的这一重要论断，深刻揭示了文艺与时代的紧密联系。文艺作为社会生活的镜像与人类精神的诗性表达，始终与时代同频共振、血脉相连。它不仅是时代变迁的见证者，更是时代精神的塑造者和引领者，在为我们展现历史巨变的同时，也将中华民族伟大复兴的壮阔征程熔铸成一幅可触可感的精神图谱。

100多年前，我国近代工业刚刚产生，就陷入帝国主义列强的围堵和封建专制的压迫之下，在其筚路蓝缕的艰辛跋涉中，20世纪上半叶就有茅盾、夏衍等作家描写民族资产阶级“工业救国”梦的破产，描写工人阶级的悲惨处境和觉醒斗争，创作了《子夜》《包身工》等优秀作品。新中国成立后，在大规模经济建设中，更多作家长期深入工矿生活，创作了许多新作，如草明的《乘风破浪》、雷加的《潜力》三部曲、艾芜的《百炼成钢》、艾明之的《火种》等长篇小说以及李季赞颂玉门石油基地的诗歌等，出现了工业文学的初次繁荣。而工人

作家胡万春、万国儒等的崛起，则开了工人写工人的先河。到了改革开放大潮中，反映工业战线生活的作品更如雨后春笋，蒋子龙的《乔厂长上任记》等系列，张洁荣获茅盾文学奖的《沉重的翅膀》、程树臻的报告文学《励精图治》，以及众多作家反映工人生活的中短篇小说、诗歌和剧本等，势如乘风破浪，冲上改革文学的前沿。伴随着改革深化和经济转型，在"新写实"和"现实主义回归"文学潮中，又涌现出一批沉甸甸的作品，如张宏森、肖克凡、谈歌等作家真实反映国企工人经历的转型期阵痛的佳作。而"打工文学"在珠江三角洲等沿海经济特区异军突起，更成为新时期工人写工业文学的一道新风景。

从党的十八大开始，中国特色社会主义进入新时代，进一步强化了工人阶级是国家的领导阶级和主人翁地位。在《关于繁荣发展社会主义文艺的意见》指引下，文艺界克服价值扭曲、娱乐至上、唯市场化等倾向，用现实主义精神和浪漫主义情怀观照生活，歌颂光明、抒发理想，鞭挞丑恶、抵制低俗，给人民以信心和力量，在工业文学方面产生了一批讴歌大国重器、"中国制造"的响当当的作品。同时以"知青文学"而闻名的梁晓声，创作了长篇小说《人世间》，描写知青回城前后几个工人家庭两代人的生活变迁，以其动人肺腑的笔力而荣获茅盾文学奖。一向书写矿山工人生活的刘庆邦，以现实主义笔触展示了不同类型的煤矿工人的人生。不少剧作家也创作或改编了描写工业和工人生活的剧本，搬上屏幕，受到广大观众的欢迎。

百余年来，中国工业文学由小到大，由弱到强，形象地记录了中国工人阶级的发展历程。从百年前郁达夫笔下的女工陈二妹，到蒋光慈小说中的工人形象，从《百炼成钢》的秦德贵到报告文学中真实的英雄孟泰、王崇伦、王进喜、赵梦桃等等，构成了中国工业领域的英雄人物画廊，构成了工人阶级光辉的斗争史和成长史。感谢中国工人出版社和主编本丛书的贾玉民、樊洛平诸位教授学者，经过多年努力，辛勤劳作，为广大读者编成此套规模宏大、内容丰富的选本，自是一项盛举！

如今，中国工业文学作家面前仍然任重而道远。

首先，和我国工业迅速崛起的势头相比，工业文学的反映还远远不够。工业文化，尤其是21世纪以来，极速变化，迅速飞腾，节奏之快，前所未有。这就要求我们身在工业战线、对这种伟大变化有深切感受的工业作家，肩负起历史使命，拿出更多新的好作品来。

其次，和经典作品相比，相当一部分工业文学作品对现实的剖析和人物心理世界的开掘还不够深刻，还少有触及这方面深层次的观念冲突、心理变化和复杂的矛盾斗争的新作。随着城市化的加速，新工人、新市民成亿增加，对工业文学的期待必将日益强烈。

中国实现工业化、现代化，是多少代人的理想和立国之本。新时代呼唤工业文学的繁荣。这既是挑战，更是机遇。工业文学作家和工业战线的文学业余作者，自应把握这个历史机遇，全身心地投入这场新的工业革命，投入由农业文明向工业文明的深刻变革之中，在实践中观察，体验，对工业基础以及高端装备等建设成果努力深切了解，对这场变革中的各种人物表现有更生动把握，从而掌握扎实的生活素材，奠定工业文学更生动更深厚的基础。我们深信，广大读者都会殷切期待作家、艺术家的进一步努力，充分认识所承担的历史重任，开出灿烂的文艺之花。希望广大工业战线的文艺工作者不辜负时代召唤、不辜负人民期待，描绘出中华文明古国在21世纪工业腾飞的足迹，绘出民族的精神图谱，奏出时代的最强音。

张　炯

2025年春于苏州

导 言

相对于电影来讲，工业题材的电视剧出现较晚，是伴随着中国电视事业从无到有逐步发展壮大的。1958 年，中国才有了第一家电视台——北京电视台（中央电视台的前身）。1959 年，天津、上海、哈尔滨、长春、广州等城市也开始电视的实验性播映，但大多都是昙花一现。电视剧的生产也只有北京电视台一家，电视剧的生产与播出也在同年出现，由于当时的电视剧都是用的直播方式播出，没有录像设备，所以电视剧基本都没有保存下来。其后，由于受政治运动的影响，工业题材的电视剧也很少见了。随着“文化大革命”的爆发，从 1966 年到 1977 年整整十一年没有一部电视剧问世。1978 年，随着北京电视台更名为中央电视台，并播出了电视剧《三家亲》，这是“文化大革命”后国内电视台播出的第一部电视剧，标志着中国电视剧事业开始觉醒。1978 年之前，只有中央电视台一家生产电视剧，随着国家四级办电视政策的出台，各省市级电视台也纷纷加入电视剧的生产队伍中来，直接带动了电视剧事业的发展与繁荣。电视剧“发展之迅猛，发展之快速，影响之深远，也许是人们始料所不及的……电视艺术已经成为全国人民所不可缺少的精神食粮。它深入千家万户，与群众朝夕相处，对他们的欣赏趣味、生活习惯、文化修养、思想认识、道德情操以及精神文明的建设、民族性格的培养，都产生巨大的影响，特别是对青少年一代的影响更是不可忽视的”。[①]

工业题材电视剧的发展是与新中国的工业发展紧密联系在一起的。中国电视剧的起源可以追溯到1958年第一部电视剧《一口菜饼子》，在中国电视剧产生的同时，就有工业题材的电视剧出现，第一部工业题材的电视剧是1958年的《党救活了他》电视直播剧，讲述的是上海医务工作者全力抢救被钢水严重烧伤的工人，创造了医学奇迹的故事。1959年拍摄的直播剧《新的一代》，是为国庆十周年创作的献礼剧，片长70分钟，是当时播出时间最长的直播剧，也是中国电视剧史上第一部多场景大型电视直播剧，反映的是清华大学建筑系的大学生参加当时首都“十大建筑”设计，在实践中的学习、生活并积极为建设新中国贡献自己的青春和力量的故事。从某种程度上来讲，工业题材的电视剧作品，天然带有时代主旋律的色彩，它承载着国家工业发展的印记，用艺术的形式再现了中国工业发展的历程，在中国电视剧的发展史上占有不可或缺的地位和影响，是最具能量凝聚中华民族情感的艺术形式。

新时期的工业题材电视剧创作的共同主题是改革开放。纵观工业题材的电视剧发展史，无论是反映哪个发展阶段、哪个领域的作品，改革开放都是贯穿始终的共同的时代主题。

“春江水暖鸭先知”，党的十一届三中全会后，工业题材电视剧的创作，最早触摸到了改革开放的时代脉搏。1979年的工业题材电视剧《有一个青年》，起点很高，荣获了第一届全国优秀电视剧（飞天奖的前身）一等奖，为工业题材电视剧的发展开了个好头。叙事结构与方式也试图打破样板戏的程式化的僵化模式，通过生活化的细节，表现人物的精神状态及心灵世界，并大胆表达了青年人对美好爱情的追求，反映了当时的青年人在看似没有教养（随手扔垃圾、随地吐痰）、

① 赵寻：《中国新文学大系电视导言》，《中国新文学大系——电视集（1976—1982）》，北京，中国文联出版公司1990年版，第1页。

玩世不恭（穿着洋化）的外在表现下，掩盖着他们内心的痛苦迷惘和不甘心于现状的进取之心，并开始自觉地学习文化知识，用于技术改革并取得成功的积极向上的时代精神。《卖大饼的姑娘》反映的是城市中粮食加工行业如何更好地服务于市民生活的故事。同年河北电视台的《女友》反映了普通女工与高干子弟的爱情故事，表现了青年女工高尚的道德情操与决不攀附权贵的不卑不亢的正确爱情观，揭示了青年人应该如何对待生活、对待爱情的严肃问题，也荣获了第一届全国优秀电视剧一等奖。那次全国共有三部作品荣获一等奖，工业题材的就占了两部，标志着工业题材电视剧创作的正式起步，且起点很高。

这三部电视剧虽然都是单本剧，但为工业题材的电视剧发展打下了坚实的基础，培养了编导演各方面的人才，让观众体验到了工业题材电视剧的艺术魅力，看到了美好的发展前景与希望。蒋子龙的《乔厂长上任记》是国内最早涉及城市工业改革的小说，当时非常轰动，电影、电视这两个重要艺术领域的创作者们，敏锐地捕捉并意识到这一作品对于中国改革开放的意义，同时在影视两个领域进行了改编，创作出电影《钟声》、电视剧《乔厂长上任》两部同题材的作品。工业题材电视剧创作从当初的单本剧到现在的长篇电视连续剧，从内容到形式都取得了辉煌的成就，成为中国电视剧创作中一份不可忽视的力量和重要的组成部分，涉及的领域也基本上覆盖了所有的工业体系，从普通工厂到高科技企业，从普通工人、企业家到技术人员、科学家，都在电视剧中留下了自己的形象。工业题材的电视剧，坚守于工业这一广阔天地，扎根于工业这一片沃土，无论是从数量上还是在质量上，都成为电视剧行业不容忽视的重镇。

如果说在上述单本剧中还存在故事情节单一、人物形象相对单薄的情形，固然是存在篇幅有限的原因，也因为处于电视剧的初创阶段，叙事方式、表现手法幼稚单一，还有比较浓重的说教色彩，这些问题在四集电视剧《赤橙黄绿青蓝紫》中，都得到了很好的解决。刘思佳、解净可以说是从前电视屏幕上从未出现过的工人形象，刘思佳在“文化大革命”中饱经生活的磨难，依然保持着善良纯真的底色。但他在看不惯的领导眼里是吊儿郎当、不务正业的刺头，在工友眼里是敢说敢当、扶危济困的侠客，开车技术是大拿，既风流倜傥又放荡不羁，视名利如浮云，在救火的考验中完成了人格的升华。解净在一定程度上讲是“文化大革命”的得利者，当上了宣传科长，又受厂长重视，但她不甘心于碌碌无为，主动下车队了解真实情况，受到刘思佳等人的排挤，但她最终靠自己的努力得到了刘思佳等人的肯定与支持，是青年领导者形象上的一大突破。

随着改革开放的深入，20 世纪八九十年代中国的改革开放进入了快车道，而工业题材的电视剧创作并没有实现与改革开放的同步，直到进入 20 世纪 90 年代后，尤其是邓小平南方谈话后，随着改革开放的进一步深入、影视产业化进程的加速，制作体制的改革成为一把双刃剑，电视剧制作成本的提升、经济效益的下降，再加上工业题材所反映的专业性、技术性的内容很难用影视化、形象化的手段呈现出来，在一定程度上影响了作品的可看性，致使电视剧剧本创作数量与投入拍摄的电视剧作品也不断萎缩，但是在这种情况下仍然出现了反映工业审计的剧本《风雨情》。由于各种原因，这部剧本并没有拍摄成电视剧，但它是反映工业审计题材的唯一作品，所以本书仍然把它收了进来。

20 世纪 90 年代工业题材作品虽然不多，但涉及行业仍有所拓展。就涉及行业来讲，有第一部反映中国民族化工行业历史的《天字号风云录》，有第一部反映农民工进城的《外来妹》，而这两部作品的制作方都是地方电视台，一个是中国工业的重镇上海，一个是改革开放的前沿城市广州。一个是第一次将民族资本家作为正面形象进行塑造，一个是第一次将农民工作为主角，反映中国工业化进程给中国社会带来的重大变化，无论是经济基础的还是意识形态的，农民工成为长时间的时代话题。《情满珠江》反映知青一代经历艰苦卓绝的磨难成就辉煌的故事，是工业题材电视剧中第一部具有了史诗意味的重要作品，它站在历史的高度，全景式立体化地展现了作为改革开放桥头堡的广东，是如何从封闭落后走向繁荣富强的恢宏历史画卷。它还以大无畏的勇气直面时代的悲剧，第一次在电视剧中敢于直面当年知青逃港的真实事件，展现了改革开放给乡镇企业带来的阵痛与浴火重生的艰难历程，映射出社会环境与人们的精神面貌在改革开放时代所产生的蜕变，形象地演绎出只有改革开放，才能让老百姓过上好日子的时代主题。《苍天在上》被业内人士称为中国第一部政治剧，剧情围绕千万公款被挪用的案件侦破与汽车厂的生产建设过程来展开，揭示了在改革开放进程中产生的新的腐败问题，敲响了工业领域肃贪倡廉的时代警钟。《车间主任》反映了重型机械厂产业工人在改革大潮中面临的各种矛盾与困境，正面呈现了价值多元化引发的心灵世界的复杂变化，正视改革的难度，经过正义与邪恶、真理与谬误的较量，彰显了以车间主任段启明为代表的产业工人的家国情怀、勇于担当的时代精神。《我亲爱的祖国》讲述以钱学森为代表的爱国知识分子为祖国国防工业奋斗的故事。

现在回望 20 世纪八九十年代的工业题材电视剧，虽然没有那个时代流行的武侠、言情、历史等题材的电视剧那样强劲，但它顽强地发出了自己的声音，并有多部作品荣获飞天奖与金鹰奖，引发了广泛的关注，取得了属于自己的辉煌，为工业题材电视剧在 21 世纪的真正腾飞打下了坚实的基础。

21 世纪的工业题材电视剧集中在对光荣历史的回顾并开始涉及高科技领域。

进入 21 世纪后，由于中国加入世界贸易组织，中国工业发展与经济一样，真正跨入了快车道，工业题材电视剧大多集中在过去历史光辉的回顾与再现，但涉及的创作领域也有所拓展。

中国汽车工业从无到有，不断地发展壮大，为中国的工业化进程做出了重大贡献。涉及汽车行业的电视剧有《汽车城》，反映了中国汽车工业从一汽到二汽的创始、创新，再到合资过程中从思想观念到技术壁垒的转变，并最终获得合作双赢的历史进程。其中内容涉及国产车的辉煌与没落、在绝境中的崛起，拼装车的一时兴起与快速消亡，几代汽车人为中国汽车工业的发展殚精竭虑，可以称得上是中国汽车发展史的一个缩影。

能源是建设现代化强国的血脉，没有能源行业的强大，中国的工业化进程就没有了动力。涉及煤矿产业的电视剧有《黑金地的女人》《燃烧的生命》《矿山人家》《幸福来敲门》《再婚女人》。煤矿改革到生产安全，现代化技术对传统生产的冲击，煤矿工人的爱情、家庭、婚姻、观念的冲突等内容在这些剧集中都得到了全景式、立体化的展示。这些作品既呈现了煤炭行业的繁荣与兴盛，也反映出这个行业存在的问题：落后的产能、资源的浪费、矿难的频出，真实地反映出煤炭行业的状况。同为能源产业的石油行业也拍摄了反映石油行业发展的电视剧《奠基者》，它是中国石油工业勘探建设的英雄史诗，围绕大庆油田的勘探和开发，形象演绎了什么是铁人精神和大庆精神。石油工人不但是新中国石油工业的奠基者，也是中华民族自强不息、自力更生、不惧艰险、奋发图强、爱国敬业精神的奠基者。

铁路运输行业的《铁血》是以反映成昆铁路建设为题材的电视剧，表现了中国铁路工程技术人员、筑路工人、铁道兵不畏艰难险阻，打破“铁路禁区”的禁忌，创造了世界铁路史上的奇迹，彰显了中国铁路建设者们创造的铁血精神。

中国工业在高科技领域有所拓展与突破。《中国轨道》是反映中国航天工业测控题材的第一部电视剧，它再现了中国两代航天人在技术落后，到处被西方国家“卡脖子”的艰难处境中奋发图强、锐意进取、勇于创新、追星揽箭，赶超世界先进水平，创造了中国的航天测控辉煌成就的故事，展现了航天测控科技工作者的精神风貌。《神舟》是第一部反映中国载人航天工程的电视剧。《中国轨道》反映的只是航天载人工程的一个环节，而《神舟》所反映的是整个载人航天系统，共分为：航天员、空间应用、飞船、火箭、发射场、测控通信、着陆场七大系统，编剧在故事讲述中既做到了全面掌握，对所有系统都有所顾及，但又不是面面俱到，而是有所侧重，重点放在航天员的选拔与培训、大推力火箭的研发、着陆场确立等方面，既做到了点面结合，又做到了重点突出。同时通过两代航天人的命运冲突来展开故事，将载人航天从20世纪70年代立项，到经历几番大的波澜起伏，最终经过艰苦卓绝的奋斗，实现了中国人民遨游太空的梦想的里程。

新时代工业题材电视剧具有了全景式行业史诗的规模与内涵。

进入新时代后工业题材的电视剧创作，紧随时代的步伐，涉及的行业有所拓展，在行业史诗方面更加具有诗的韵味与美的展示，从中国“制造”向中国“智造”转变，既有对过去艰苦光荣岁月的回顾，更有对未来美好的展望，工业题材的电视剧实现了真正的腾飞，无论是数量与质量上都取得了长足的进步，多部电视剧获得中国电视剧行业的国家级大奖飞天奖和金鹰奖、“五个一工程”奖。中国社会对于工业建设越来越重视，关注度的提高、国家政策的引导、拍摄技术艺术水平的提升，使得那些原来高冷的专业性工业流程和理念能够得到生动形象的表达，使其变得通俗易懂与生动有趣，在讲述精彩故事的同时还实现了科普的效果。在展现工业生产之美的同时，更加艺术化地展现了工人的形象之美和心灵之美。特别是在塑造英模人物时更加接地气，无论是普通工人还是知识分子、科学家，形象上都是可见可敬、可学可爱的鲜活人物。随着一批取得了经济收益与市场影响双丰收的作品问世，影视行业对与国家民族命运息息相关的工业题材投资的兴趣也越来越浓，所涉及的工业生产行业也得到了极大拓展，基本上囊括了所有的工业生产领域。

《大江大河》是真正意义上的工业题材电视剧的一部史诗，全景式展示了中国社会改革开放的进程，时间从1978年至2018年，跨度长达40年，从农村改革、乡镇企业发展到城市化工行业、商业的改革，都得到生动形象的演绎。

《共和国血脉》则反映整个新中国石油产业的发展史，新中国成立初期，石油成为年轻的共和国急需的血液，正在西北剿匪的某部，奉毛主席命令，就地转业成为为共和国寻找血液的生力军，战天斗地，先后开发出玉门、克拉玛依、柴达木、大庆、胜利油田，还开发出了海上大油田，此剧可以称得上是全景式讴歌中国石油发展史的壮丽雄伟的史诗。

以冶金钢铁行业为题材的作品《钢魂》，是以抗战时期汉阳铁厂西迁重庆支援抗战开始，到改革开放重获新生为强国梦而奋斗的旅程的故事。《钢的琴》是在同名电影的基础上改编的电视剧，反映钢厂青年工人的成长与奋斗中爱情、事业与对美好生活的不懈追求。《山海蓝图》是围绕首都钢铁公司整体搬迁而展开的故事，在首都企业发展受限时，搬迁成为必然的选择，这牵扯到每一个首钢人的切身利益，在各方面大力配合下，企业成功整体搬迁，并在新厂房建设中实现了产能的提升与转型、产品的更新换代，企业发展也走上了正常轨道，前景广阔。《火红年华》则反映了当年大三线建设钢铁厂的艰苦历程。

《奔腾年代》是中国电力机车制造行业的发展史，在苏联撤回专家带来的苦难中，我国研发了第一代电力机车，在“文化大革命”中依然想方设法坚持研究，改革开放后，吸取国外先进技术，结合国内实际研制出属于中国自己的新一代电力机车。《最好的时代》以中国高速动车组、磁悬浮列车研制为背景，从一个在一线搞研发的工程师的独特视角讲述中国年轻一代的铁路机车工程师，在老一代铁路人的带领下，通过自主研发，打破西方垄断，使中国的高铁达到了世界最先进的水平，成为中国一张走向世界的硬邦邦、响当当的名片。

工业改革基本上是所有的工业题材的电视剧都涉及的主题，老工业区的改造与振兴，改革开放带来的人与人之间关系的改变与重建，个人与时代、家庭与国家的关系都经受了时代的洗礼，映射出时代大潮中工人阶级命运的沉浮，反映了国企改革的艰难与光明的前景。《大路上》宏观地全景式展示了东北沈阳老工业基地励精图治、走向全面振兴的故事，也讴歌了新中国历代产业工人顾全大局、自强不息、拼搏进取的优良传统。《师傅》描述的是改革开放前后中国工业生产转型期工人师父与徒弟的恩怨，以及面对改革的不同选择导致的各自的特殊命运。

反映化工行业历史的《煮海》，反映打破美国对中国进行军事封锁、经济制裁的《青春燃烧的岁月》，反映航运行业安全生产与反腐倡廉、刑事侦查融于一体的《江河水》，反映陶瓷行业与时俱进的《大路朝天》，它们都表达了不改革开放就没有出路的时代要求，揭示了改革永远在路上的时代主题。

随着工业化进程的加速，我国在经济上取得长足进步的同时，环境污染问题也越来越严重，习近平总书记提出“绿水青山就是金山银山”的口号，植树造林成为治理污染的重要方法得到广泛认同，一部反映塞罕坝经过三代林业工人的艰苦奋斗，终将沙漠治理成了绿树成荫的大森林，并被联合国授予环保最高荣誉“地球卫士奖”的电视连续剧《最美的青春》得到社会的广泛赞誉，同时也弥补了工业题材电视剧一直没有反映林业工人生活的空白。《父辈的荣耀》更是反映了林业工人从砍树到种树，再到充分保护森林的前提下开发旅游产业在观念上的重大转变。

工业题材电视剧也开始大踏步进军高科技领域——国防科技工业。此类剧作揭开了国防科技工业的神秘面纱，在不涉及核心机密的前提下，展示了中国国防科技工业从无到有、从弱到强的历程，形象地展现了中国科学家和科技人员的伟大爱国情怀与大无畏的自我牺牲精神。高科技领域对于普通观众而言具有神秘的色彩，对观众而言既有对于窥探的好奇，又有对于新知识的渴望，是吸引观众的好题材。但技术的高深又增添了理解的难度，这就需要编剧在创作过程中通过逐步解密吸引观众的好奇心，又要通过生动的故事，化深奥为浅显，让观众理解高科技的奥妙，引发观众对高科技题材的兴趣，既达到了科普的效果，又达到了通过高科技领域的成就激发观众的民族自豪感的效果。

《五星红旗迎风飘扬》和《国家命运》同样都是反映国防科技工业题材的电视剧，从不同的角度讲述了中国研制“两弹一星”的波澜壮阔的曲折经历，表现了钱学森、钱三强、邓稼先等科学家为“两弹一星”事业呕心沥血，在一穷二白的极端困难的环境中，在党中央的坚定支持下，自主研发，完成了“两弹一星”的伟大壮举，为保障国家安全做出了不朽的功勋，使中国摆脱了帝国主义的核讹诈，真正地屹立在世界的东方。《飞天英雄》是以中国载人航天工程建设为背景，以航天员英雄群体为表现对象，以航天员的培养过程与执行飞天任务为故事内容，完整再现了中国航天员的飞天之路，宣扬了继承“两弹一星”精神而创造出的载人航天精神，是中国和平崛起的主要体现，同时也是保障中国和平崛起的坚强后盾。针对高科技领域被西方资本在核心技术“卡脖子”的痛处，《麓山之歌》第一次直面困境与挑战，工人与科学家团结合作，通力攻关，最终建成了智能车间，真正成功实现了中国工业智造 2.0 的升级改造。

著名编剧高满堂在工业题材电视剧创作方面成绩卓著，《大工匠》可以称为中国技术工人的史诗，它呈现的是工人队伍中的一个特殊群体，他们的身份是工人，但是是身怀绝技的特级技术工人，享有工人中最高级别的工资待遇，被尊称为“大工匠”。此剧题材新颖，剧本内容充实，故事生动，人物接地气，时间跨度长达半个世纪——从20世纪50年代到21世纪，反映了我国钢铁行业从生产普通钢铁到生产高科技含量的特种钢材的经历，剧作通过圆满的故事，生动形象地演绎了什么是真正的“工匠精神”——踏实诚恳、正直善良、爱厂如家、技艺高超、家国情怀。《漂亮的事》是以东北老工业基地衰落与振兴为背景而展开的故事。《钢铁年代》是以新中国的第一个大型钢铁厂鞍山钢铁厂的建设为背景的，还原了新中国成立初期鞍钢建设与发展的历史。《工人大院》通过生活在工人大院里的男女主人公的爱情、婚姻、事业的纠葛，来反映从20世纪50年代末到21世纪中国工业的发展历程。剧中的人物故事是充满着时代感的，真实地还原了不同时代的环境氛围，展现了那个年代普通工人的真实生活场景，看似日常的生活，却有着那个时代的鲜明印记。他还给观众贡献出了比较少见的工业领域国安题材的谍战剧《于无声处》，表现出深厚的编剧功底。

高满堂编剧的作品基本上都是年代剧，跨越的年代都很长，有的甚至超过五六十年，他编写的故事总能让观众通过故事还原到那个时代中去，通过人物的言行举止，让观众感受到作品中那时代的真实与工人生活环境与生活场景的真实，他的作品都是为普通的劳动者立传的，历史是由这些普通劳动者创造的。

新时代到来，中国工业的版图已经从中国“制造”转型为中国“智造”，高科技行业日新月异，中国高铁、探月工程、电动汽车、大飞机制造、人工智能、芯片制造等中国原本落后的行业都取得了重大突破，为中华民族的伟大复兴打下了坚实基础，出现了数不胜数的可歌可泣的感人故事，为工业题材电视剧的创作提供了取之不尽、用之不竭的源泉，因此，工业题材的电视剧创作一定要与时俱进，创作观念一定要转变。如何体现出工匠精神？不能一味塑造勤劳苦干、任劳任怨的工人形象，应该塑造既勤劳又能干，有勇有谋，有发展眼光、国际视野的新型工人形象。《大工匠》《矿山人家》《最好的时代》等作品已经做了有益的尝试。塑造新型工人形象空间广阔，大有可为。

工业题材的电视剧作者一定要深入工业生产的第一线，深刻领悟生活是一切艺术源泉的真谛，写出真实反映工业生产一线工人、技术人员、科学家的精神面貌，写出工业一线工作者的内心世界，表达他们同时也表达出剧作者的真情实感，在真实的生活素材中提炼出典型化的富有戏剧化冲突、可看性好的故事，在广大的工业一线的普通人的生活中提炼出典型化的具有鲜明时代特色和个性特色的人物形象来。用精彩的故事和鲜活的人物形象去吸引观众，缩短电视剧与观众的心理距离，引发观众情感上的共鸣，创作出更多无愧于时代、无愧于人民的优秀的工业题材电视剧。

此卷是电视剧剧本选集，由于我国影视界长期对于剧本创作的忽视，电视剧剧本从一开始就没有真正受到过重视，编剧的地位报酬都较低，直到今天也没有得到真正的改观，电视剧剧本由于自身的文体特征，它所显现的文本内容，必须能够用镜头语言来呈现，许多文学表现手法不能自由地得到运用，导致其文本并不像诗歌、小说、散文、戏剧等那样具有较强的可读性，受众面较窄，从而使电视剧剧本的出版面临诸多的困难，虽然在20世纪90年代和21世纪初，有人提出过第五种文学样式——“影视文学”的概念，在播放电视剧的同时，将同名的“影视同期书”出版，利用电视剧的热度，让观众成为潜在的读者，也曾热闹过一段时间，在书店里将影视文学作品摆放在显眼位置，畅销一时。但影视文学并不是特指影视文学剧本，而是在剧本的基础之上又进行了艺术加工，与其说是剧本，不如称其为小说更适合其文本特征，以增强其可读性，真正的电视剧本出版的并不多，直到今天这种状况仍然没有什么大的改观。

剧本乃一剧之本，在电视剧的发展史中，那些受到观众欢迎的电视剧，无一不是有着良好的剧本基础的。“电视文学剧本，我认为是一部电视剧艺术成败和水平高低的关键。”[①] 没有好的剧本，电视剧便成了无源之水、无本之木。精彩曲折的叙事角度、动人心魄的故事情节、生动丰满的人物形象、历史与现实生活情景的真实还原、台词的精练与个性化、呈现给观众的吸引注意力的场景，无一不是建立在成熟而完整的剧本基础之上。

编辑这本书，最大的困难是电视剧剧本的搜集，由于大部分电视剧剧本并没有正式发表或出版过，有的出版过与电视剧同名的作品，如高满堂的《大工匠》《钢铁年代》等，虽然在封面上印的是电视剧的剧照，但不是电视剧剧本，文本更像小说，电视剧只是纸质书的营销手段而已。即使找到了编剧本人，由于时间过去太久，剧本的电子文档实在找不到了。而一些根据小说改编的电视连续剧，在改编的合同文本上就规定了不允许单独出版电视剧剧本，也只能徒唤奈何。

在此感谢那些为寻找剧本提供过帮助的朋友，首先感谢本丛书的总主编贾玉民老师，在统筹全局的繁劳中，仍然给我提供了他所找到的电视剧剧本。感谢河北影视集团的信文静女士，她给我介绍了几位编剧朋友，感谢这几位朋友慷慨无私地为我提供了相关电视剧的剧本。感谢我的研究生余蝶蝶、贾静、杨若冰、齐彩君、何霄汉、康志鹏、赵凯，他们在整理剧本的格式、校对方面做了许多有益的工作。

编选的过程中，笔者虽然竭尽全力搜寻工业题材的电视剧剧本，但毕竟自己受视野所限，本书所涉及的剧本，只能说是工业题材电视剧剧本的冰山一角，选入的剧本更是凤毛麟角，在导言中所提到的作品尽管有罗列之嫌但也难免会挂一漏万，难以映射工业题材电视剧的全景全貌，对作品的评介、论述更是自己的一孔之见，期待方家的批评指正。

刘福泉

---

① 赵寻:《中国新文学大系电视导言》,《中国新文学大系——电视集（1976—1982）》,北京，中国文联出版公司，1990 年版，第 2 页。

目
录

存目

《乔厂长上任》 李宏林
1980
（根据蒋子龙小说《乔厂长上任记》改编）

《情满珠江》 廖志凯 李彦雄 戴沛霖
1994

《苍天在上》 陆天明
1995
（根据陆天明小说《苍天在上》改编）

《车间主任》 张宏森
1997年

《我亲爱的祖国》 韩毓海 姜立煌 莫 言
1999

《汽车城》 贺子壮 傅 星 郝 建
2002

《中国轨道》 陈怀国
2002

《大工匠》 高满堂
2007

《铁血》 韩太康 宋 歌 许泰彰
2009

《奠基者》 王功
2010
（根据何建明报告文学《部长与国家》改编）

《钢铁年代》 高满堂
2011

《师傅》 齐星
2011

《厂花》 李 青 张 静
2011
（根据李铁同名小说改编）

《国家命运》 陈怀国 陶 纯
2012

《大路上》 商国华 牛伯成
2014

《于无声处》 高满堂
2017

《大江大河》 袁克平 唐 尧
2018
（根据阿耐同名小说改编）

《奔腾年代》 王成刚
2019

《最好的时代》
李恒建 肖小目 王乔慧 刘 力
2020

有一个青年

根据张洁同名小说改编

导　演：蔡晓晴

编　剧：张　洁

主　演：张铁林　方　舒　齐士龙

　　　　陈　浥　沈丹萍

出品方：中央电视台

清晨。

车水马龙的大街。十字路口各种车辆川流不息。

自行车队里，一个不修边幅的小伙子——顾明华，他驶进十字路口，瞟了一眼指示灯，红灯亮了，他不予理睬，加一把劲闯了过去。

岗楼中的民警气愤地站了起来。

他继续向前，几乎与侧面过来的自行车撞上。

民警招呼他停车。

他很快地骑过十字路口，回过头来朝民警调皮地一笑。

画面定格，叠字幕：《有一个青年》

字幕消去，顾明华继续自在地蹬车向前。

一对青年男女在人行道上漫步，顾明华投过羡慕的一瞥。

又一对青年男女并肩骑车，他们亲热交谈，顾明华经过他们身边，女青年幸福的笑声引起他的注意。

他继续缓行，沉思着。树影从他脸上掠过。

画外音，他的内心独白："我真想爱上一个理想的姑娘，为什么就偏偏爱不上呢？当然，随随便便找个对象并不难，可我想要找的是真正的爱情。"

顾明华的脸上，现出遗憾的微笑。

十字路口，报纸杂志售书亭旁，顾明华停下车来，买了一份杂志，毫无兴味地溜了两眼，往口袋里一插。回身发现卖冰棍的，买了两根，剥下纸来，随手往地上一扔。

一个小姑娘和妈妈恰巧走来。小姑娘指着顾明华扔在地上的纸："妈妈，你看这个叔叔乱扔冰棍纸，我们老师说了，不让往地上乱扔脏纸。"

顾明华回头瞪了她一眼。

妈妈对小姑娘说："乖孩子，那你去捡起来吧。"

小姑娘捡起纸看了顾明华一眼："哼！不听老师的话！"

顾明华不屑地举起冰棍逗她一下，骑车走了。

某工厂大门口。上下班的工人来来往往。

王小明骑车从厂里出来，他老远就看见进厂的顾明华，大声招呼："哎，哥们——"

两人在门口相遇，王小明立刻一脚蹬地："哥儿们，那小妞儿怎么样？"

顾明华停住车，满不在乎地："吹了！"

"她不同意？"

"不，我不同意！"

王小明跨下车来："我瞧不错嘛！"

顾明华欲答。来上班的余达昭和陆彩凤经过他们身边，他们互相打招呼。

一群骑车的工人经过，人们响着车铃，对他们嚷着："靠边！靠边！"

"这两人，哪儿不能说话，专拣大门口。"

他们把车子往路边移了移。

顾明华："呀！不错？"

王小明一时也想不出词儿来，用大巴掌在自己脸上晃了一圈："……盘儿呀！"

顾明华竖起大拇指往脑门上指了指："这儿可不怎么着！"

"怎见得呢？"

顾明华无所谓地笑笑："啊啥，她只关心我老子那块招牌！"

"那有什么大不了的，现在差不多都是这样。"

"有什么大不了的？正经挺要紧的！头一次见面就让我爸爸给她带块外国表来。"

“给她一块不就得了！”

“我倒不是抠门，我就是见不得这号儿人，越是这么看，对不起，吹！”他看看表，蹬上车走了。

“回见！”他回过头来，朝小明调皮地一笑。

王小明无可奈何地摇摇脑袋，对着镜头，又用大巴掌在自己脸前一晃：“挑个什么劲？！对付一个得了！”

闪烁的火星，耀眼的弧光。

顾明华从焊件上抬起头来，掀开面罩，对着镜头，鄙夷地，“别看我这副尊容，每月才挣四百一十大角……哼！我还不愿意跟那些尽讲究打扮的小妞们扯淡呢！我一听到她们捏着鼻子说话我就来气儿！就跟她们全得了感冒似的！……”

一只大手拍在他的肩上，镜头拉出，车间主任田保安笑嘻嘻站在他身边：“怎么啦，小伙子？怎么直发愣啊？”

顾明华似被人揭穿了自己的秘密，低头一笑：“没什么，田师傅。”

田保安走到焊件旁看了看：“质量不行，可是最大的浪费啊！明华，把你们班的质量抓一抓。”

他又走到顾明华身边：“听说，有人给你介绍对象？”

顾明华支吾：“看您说的，田师傅，没影的事！”

田保安关心地：“你父母都不在身边，这种事要看准点儿！”

顾明华感动地点点头。

顾明华家。

明华的妹妹丽华拿着一块衣料在穿衣镜前比试着：“哥，好看吗？”

明华正在吃午饭，他看着妹妹在镜子前转来转去，皱了皱眉头：“快吃吧，小姐！”说着，又拿出一个包子，一口全填进嘴里去了。

丽华挑剔地：“这就是午饭？”

他毫不客气地："想吃别的自己做！"

"我没时间！"

"把你照镜子的时间缩短十分之一就全有了！"他又塞进一个包子……

丽华瞪了他一眼，娇滴滴地："德行样儿！"

他火了，用力一捶桌子。"我跟你说过多少次了，别这么捏着鼻子说话，这儿没人爱听！"

丽华眨着大眼睛，当哥哥发脾气的时候，她有点怕他。"管着了吗！"

"怎么管不着？既是双亲大人全都远隔重洋，你就委屈点吧！"

她转过身去，小声嘟囔着："该让你一辈子找不上对象才好呢！"

他笑了："快吃吧，包子要凉了。"一回身，发现方桌上的信："哟，爸爸来信了，你怎么不早说？"

"哼！瞧瞧吧，爸爸说的可都是你！"

明华看信，丽华走到哥哥身边不停地唠叨："妈妈经常为你晚上睡不着觉，爸爸对你也不放心，让你考虑个人生活问题一定要慎重，嗯？"

明华不耐烦地摆摆手，耳边响起父亲的画外音："我们还是希望你能抓紧时间多学习点。你们这一代青年不能碌碌无为，虚度青春，你一定要坚定自己的事业心，为了实现四个现代化，尽快提高自己的文化水平，你还应该把英文拾起来，对你的工作会有用处，我相信你会学好的。"

明华叹了口气。"唉，爸爸说得多容易！"

"好好学学吧！"丽华有点儿得意。

"你自己呢？"

"我上班去了！"她眨了眨眼，回身走了。

明华回手打开收音机，正播放着英语讲座，他认真听起来。

焊接车间。行车来来往往搬运着焊件。电焊火花闪闪烁烁，弧光此起彼伏。工人们紧张地劳动着。

顾明华认真地焊接，不时停下来，摘下面罩，用心抚摩着焊缝，满心喜欢。

几个工人在旁边聊天，抽烟。王小明正给大家讲一个什么电影，说得绘声绘色，指手画脚。大家不时发出哄堂笑声。陆彩凤手里不停地打着毛线，听得津津有味。

顾明华听见，抬起头来喊着："王小明，干活儿了，干活儿了！"

有的工人听见组长在喊，走回来接着干活儿。王小明兴犹未了，还拉着彩凤说个不停。

顾明华瞪他一眼。

小明做了个鬼脸，回来干活儿。

"眼镜。"——余达昭拿了一件刚检验完的产品来找顾明华。

车间主任田保安东张西望找人，他走到彩凤身边，看她焊活："用点儿劲啊！"

"使着呢！"彩凤与田师傅打招呼。

田保安过来，余达昭把不合格的焊件给他看，"师傅，您看！"

"谁的？"田保安问。

"王小明的。"顾明华叹了口气。

"干活儿的时候就是不集中，脑子里也不知想什么。"田保安熟知小明的毛病。

"眼镜"："挺聪明的，可就是不好好干，成天神吹。"

田保安："我正为这事儿找你们哪。厂里最近接受了一批新任务，质量要求高，领导上决定要进行一次技术考核，合格的才能参加，你们班的质量可得抓一抓。"他看了看他俩一眼，"告诉大家，要准备参加考核。"

"眼镜"："咱们那台全位置焊管机要是发明成功，就省事儿了！"

顾明华："废话，不是还没成功吗！"

田保安："好了，好了，那是后话，先考虑考虑手工操作的问题吧。我去通知其他班组。"

车间里，顾明华小组在进行考核。

顾明华："现在考核开始！"

四五个人打着了焊钳，火花飞溅，弧光闪耀。

围观的工人交头接耳，田保安、顾明华严肃地看着。

顾明华："下一组——王小明、陆彩凤、余达昭、白铁，还有你——小孙，准备！"

王小明不在乎地："哥儿们，瞧我的！"

彩凤："哎哟，我紧张得心怦怦跳。你瞧，手都哆嗦了！"

"眼镜"很稳重。

白铁和小孙互相鼓励。

几个人接着焊起来。

王小明一上来就捅了个娄子。

陆彩凤的手真的抖个不停。

余达昭焊得利落、漂亮。

田保安和顾明华交换眼色。

火星飞溅，焊条嗞嗞，弧光闪闪。

一堆切割开的焊管。

田保安、顾明华逐个审视着，分成合格、不合格两堆。

青年们围着，屏声静气，等待"宣判。"

田保安看看大家，笑嘻嘻地："怎么，不咋呼啦？"

王小明："师傅，该撸就撸吧，别卖关子了。"

田保安："我就知道你第一个张嘴，最沉不住气的就是你。"

大家哄堂大笑。一个工人朝王小明做了个怪相，王小明给了他一拳。

田保安："瞧瞧，你们班二十多个人就这么一堆——十四个。"他严肃地望着大家："十四个啊，不合格的。如今我们生产任务一天比一天紧，质量要求一天比一天高。要是我们大伙儿焊的活儿都是这样的质量，你们看看怎么办？"

大家默不作声。

田保安："咱们这可不是在家里烙饼，这张生了，那张煳了，自己凑合着吃了。咱们干的是国家的百年大计呀。同志们，马上就要焊高质量的活儿了，怎么，就他们几个人焊，咱们大伙儿都在旁边瞧着，聊大天？不行吧！可怎么解决这个问题呀？顾明华，你领着大家好好研究研究，我马上有个会，就不参加了。"他转身欲走，王小明吐了下舌头，田保安拍了下他的肩膀："小伙子，可不能光贪玩了。"

二十几个人面面相觑。一个小青年叹了口气："是呀，真够现眼的。"

几个不合格的找出自己的焊件，看着，惭愧不安。

"怎么搞的呢？！"白铁埋怨着自己。

顾明华挥了一下手："我说，哥儿们。"——他看见几个姑娘，然后立即重新说："同志们，咱们别怨天怨地的！"

白铁紧接着："真的，谁他妈的愿意现这个眼！"

顾明华："说正经的，大伙儿说说究竟是怎么回事？"

王小明："老田头今天是存心拿咱们一手，这也太难了，我费了不少劲，不是有气孔，就是夹砂。"

陆彩凤："电压、电流都符合焊接规范嘛！"

小孙："连焊条粗细也符合嘛！"

余达昭："我看，关键在于焊钳是用手工操作的，这就不能保持弧长不变。又是固定管，在不同的位置上，焊条角度，焊接速度都要适应。只看电流电压也是白搭。"

大家开了窍，十分赞同。

顾明华把大拳头往余达昭身上一捶。"臭小子，真有你的！我们是得练好基本功，还得改变手工操作，搞自动化！"

余达昭："听说外国已经有一种用于耐高压固定位置对接焊的自动化设备。"

顾明华："那你就给咱们研究研究！"

余达昭："别乱来，ABC 不认识我，我也不认识它。你还不知道，我这点初中程度，和小学生差不多……”

小孙赞同道：“是啊，这十几年，可把咱们坑苦了。”

王小明：“顾明华，还是你来吧？”他对大家：“他行，他的英文有底，他爸爸教他！”

顾明华：“好了，先干活儿吧，等下班咱们认真开个会。”

下班了。顾明华班组的班后会正在进行。

顾明华：“那好，咱们就这么说定了，打明日起咱们就练基本功，下面，咱们再研究研究自动化！”

王小明：“用得着咱们研究吗？找技术员，工程师去。”他说着就走，陆彩凤跟着也走，余达昭急忙阻拦：“哎，彩凤，你别走啊……”

“我呀，是练基本功的料？你们研究吧。”她溜了。

余达昭认真地：“你们这是什么态度，考核那么多人不合格，咱们不解决行吗？”

王小明：“你积极，你留下。我可没拿那份技术员的工资，什么都咱们研究研究，要技术员、工程师干吗？”

顾明华火了：“王小明，你……”余达昭一把拦住他。

王小明嬉皮笑脸：“哥儿们！你还别来硬的，你瞪眼也白搭，我还是这就走！”他把书包一甩，扬长而去。

大家骚动起来。

白铁：“算啦，咱们还是实际点吧，从明天开始我保证练基本功。”

小孙：“咱们懂什么呀。”

群众纷纷议论。

“没戏！”

“白耽误工夫！”

顾明华气极：“走，走，你们都走！”

工人们有的吐吐舌头，有的若无其事，有的犹疑不决，闹闹嚷嚷走了。

余达昭走到顾明华身边。“我找技术员小吴去。”

顾明华涨红了脸，激动地说：“我非争这口气不可！”

“我非争这口气不可……”这坚定的声音在回荡，发出响亮的回声。

顾明华刚毅的目光，他用力抓起工作服甩到肩膀上，大步走去，跑出车间。

街道，顾明华蹬车骑过北海公园大桥。

北京图书馆门口，顾明华陌生地东张西望。

图书馆主楼，顾明华背着书包直冲而入，被门口的工作人员拦住。“同志，把书包存那边。”

顾明华不知所措，存了书包，依工作人员的指点，领了入门证，走向查号大厅。进入这庄严的领地，他有点茫然，不知从何下手。

两个读者在查号，低声交谈，顾明华正要去问，那两个人查完书目，送回上抽屉，走了。

顾明华走向另一读者，还没等他走过去，人家也走了。他尴尬地站在那里，拉出一个抽屉，却没有他要找的书目，他又走向另一个书柜。

被顾明华拉出的抽屉堆在柜子上，一双纤细的手伸进来，把抽屉一个个放回原处。镜头拉出，这是位年轻的姑娘，名叫徐薇。

顾明华把抽屉碰得“乒乓”响。

姑娘投过责备的目光。

顾明华愣头愣脑走到姑娘身边：“服务员，这怎么查？”

徐薇不解：“什么？”

“我是说，这怎么查？”

“你借哪方面的书？”

“焊接方面的。”

“那你到那边查查图书目录。”徐薇指向对面的书目柜。

顾明华似乎很内行地点了头。

他的面前又放着一堆目录，还是没有查到，只好为难地看看别人是怎么干的。

徐薇查完抬起头来，遇上顾明华的目光。

他难为情地笑了一下。

徐薇看到他实在外行，大方地走过来，热心地问他："你借中文的，还是外文的？"

"外文的。"

"唔，那在二楼！"

顾明华如获至宝，连忙道谢，把他拿出的抽屉送回原处。

楼梯上，顾明华三步并两步向上跑。徐薇又叫住他："嗨！查到要借的书，记下书的编号和书名，在二楼借阅处那里，用你的工作证换一个阅览室座位牌号，填两张借阅单，把座位牌号填上去，交给借阅处，一会儿工作人员就会按号码给你领书了。"

"天哪！这么复杂，光这套借书手续，就得有个电子计算机来控制才行。"

"是有些麻烦。"

"太谢谢了！"

"别客气。"她翩然走去。

顾明华有了信心，走向镜头。

镜头拉出，顾明华老练地来到图书馆，存包，上楼，借书。

顾明华的画外音："这以后，好长一段时间，逢星期五厂休，我都在图书馆度过。"

阅览室里，人们在认真学习，查阅资料。

顾明华桌前，摆着字典、笔记、外文书，等等，他吃力地读着，不时停下查字典，疑难真多，他不耐烦地叹气，刚想伸个懒腰，看到人们埋头看书，边上一位老者，头发花白，戴着花镜认真读着，他忍住了，揉揉眼睛继续低头看书。

他眼花缭乱，一行行字在眼前飞舞。他累得闭闭眼，当他再睁开眼时，发现他桌子对面，一双沉静而温柔的眼睛正含笑看着他。那是他第一次进馆时，曾热心帮助过他的那位姑娘。

他求救似的朝她一笑，眼光落在她前面的桌子上，那是一个高等院校的英文教材。

他拿起自己的书，探身问她。旁边一位读者示意他不要影响别人。他拿起书本轻手轻脚走到她的身边。

姑娘耐心地为他讲解。

顾明华不好意思地笑着："……对你来说，这大概是很容易的，对我可……"他苦笑着摇头。

徐薇否定地摇摇头，悄悄地就像在说一个不愿被人知道的秘密："不，对我也是很难的，我只念完了初中……不过……我们没有别的办法，只有咬紧牙撵上去！"

顾明华被这句话一震，定睛佩服地看着姑娘。

柔和的台灯光，映出顾明华凌乱的书桌。桌面上有《焊接手册》《围棋谱》《自行车比赛入门》等。

顾明华伏案写着，"一次又一次""咬紧牙撵上去，撵上去……"接着他拿过日记本，写着。

顾明华的画外音："她流利的英语和清晰的讲解，也给我留下很深刻的印象。"

他起身走到窗前，思绪连绵。

画外音继续："在我一向的记忆里，凡是姑娘，总是和什么尼龙花边、高跟皮鞋、巧克力奶糖才有缘分，就跟我妹妹一样。我暗暗地对她产生了一种敬佩的心情，在这以前，我敢说，我从来没有敬佩过一位姑娘。我不由得想起有人说过的一句蠢话：'爱情是从漂亮的脸蛋开始的。'不，真正的爱情应该从尊敬开始！"

他转身回到桌前，提笔写下去。忽然，他把日记本一推，自嘲地说："浑蛋，这跟爱情有什么关系？！"

丽华推开房门，伸进头来：“哥，‘眼镜’来了！”

话音未落，余达昭走进门来：“嗬，好自在呀！”

“小子，怎么这么晚才来？”

“白天我妈没完没了让我干活儿，可逮住我今天休息了。”余达昭说着拿起扔在床上的杂志翻着。

顾明华站起来：“你坐，我倒杯水去。”他走到外屋，对丽华：“丽华，贡献点糖出来！”

余达昭拿着录音机很有兴味地听着。

丽华走到他身边：“‘眼镜’，吃糖！”

顾明华端了杯水坐在他旁边。

余达昭关掉录音机：“你说，技术科昨天试验那台自动焊管机为什么不稳定？”

顾明华思索着：“实在琢磨不出来。”

“没查到什么资料？”

“本人还在努力！唉，现在才知道自己的文化水平有多低。”

“就是搞不清毛病出在哪儿，真急人！”余达昭也有坐不住的时候。

“不能光着急，得学，得咬紧牙撵上去！”顾明华脱口而出，鼓励着他。

余达昭欣喜地看着他：“嗬，小顾，你思想真来了个飞跃啊！”

顾明华脸红了：“你说我这话对不对？”

“对，千真万确的真理！不光咱们闷头撵，还得把咱们那帮哥儿们都带起来。”余达昭越说越兴奋。

“可别说，王小明最近练基本功真有进步。”顾明华赞同地。

“唉，陆彩凤那个丫头，真笨死了。”余达昭无可奈何。

顾明华拍拍他肩膀，“明天我们再帮她总结总结。”说着拿起围棋，“怎么样，来一盘。”

余达昭腼腆地：“我可下不过你！”

“你那脑袋瓜，别谦虚了！”

两人摆起棋来。

耀眼的弧光。

陆彩凤在一小段管子上练基本功。顾明华在一旁看着，帮她指点。

白铁和王小明在练基本功。

顾明华和余达昭检查产品质量。又分成两堆，合格的一堆增加了。

图书馆的座位号，顾明华看着手里的号数，习惯地先把整个阅览室“扫描”一遍。他看见了她——徐薇，于是他挺别扭地，心情很矛盾地坐到离她很近的座位上去。

她未发觉，正专心地看着书，写着。

他一边看着她，一边轻轻坐下。他随手把自己的牌号放在桌上，开始认真读起来。

一位白发老者来到桌边，见自己的位置被占，原来是那个常见面的刻苦的小伙子。老者含笑意味深长地看了明华一眼，发现桌上顾明华的座位号，自己坐到他的座位上去。

顾明华遇到难题，苦苦思索。他紧锁双眉，抓耳挠腮。

姑娘看在眼里，伸手向顾索书，意欲帮助。

顾涨红了脸，见到姑娘似是可怜他的目光，自尊心受到挫伤，挥手拒之。他又埋头翻查字典，逐字查看。他的脸开朗起来，他把句子顺下来，飞快地写着。

姑娘投过赞许的目光。

明华露出胜利的微笑。

姑娘报以会心一笑。

两人目光交融，明华眼睛闪着火花。

电钟正指十二点。

“啪”，一本书合上了。

“啪”，又一本书合上了。

图书馆里，人们纷纷离去。

顾明华从塑料袋里掏出两个烧饼，边看边啃。

徐薇正欲离去，见状，好心地问："不走啦？这么艰苦！"

顾明华抬头，坦然相告："没办法，差得太远了，得争这口气！"

姑娘感动了！

天气闷热，树丛中传来阵阵蝉鸣。

阅览室里，顾明华仍在埋头苦读。

人们陆续回来，姑娘也坐到原位。

顾明华停下笔来，向她投去一瞥，然后轻轻撕下一页纸写着：

"请问尊姓大名，工作单位？"

他把纸条折起来，欲递给姑娘，却又迟疑了，脸上露出自嘲的一笑，把折好的小条郑重地插进衬衫口袋里。

一阵风吹来，吹散了明华桌前的书、纸。他举目窗外，天空浓云密布，电闪雷鸣，大雨倾盆而下。

徐薇被雷声打断思路："糟糕，下雨了！"

顾明华："看样子，到晚上也停不了！"

徐薇："真的？"又自语地："没带伞。"

他像突然想起了什么，推开椅子悄悄离去。

她诧异地看着他的突然行动，不理会地又低头看书。

大雨中，顾明华在街上冒雨奔跑，浑身被淋透他全然不顾，寻找着商店。

百货商店。顾明华飞了进来，气喘吁吁对售货员："买把伞！"

售货员上下打量这个落汤鸡似的小青年："要是您，我就不花这份冤枉钱喽！"

他急切地："有用，这把伞非买不可！"

售货员无法理解，觉得好笑地卖伞给他。

顾明华一把拿过伞，交了钱就走。

售货员找好钱，不见了顾客，急忙喊："同志，找您钱！"

顾明华挟着伞只顾出门，并未听懂他说什么，一阵凉风袭来，明华打了个喷嚏，跑出门去。

两个售货员莫名其妙地看着他："怎么回事？"

街上。顾明华挟着伞冒雨飞奔。

阅览室里。顾明华推门进来。大家惊看这落汤鸡似的抱伞人。顾明华毫无察觉，任雨水从身上滴下。他把伞靠在徐薇的桌边。徐薇大吃一惊。

顾明华抬眼看着她，真挚地："给你的！"

徐薇恍然大悟。看着他，找不到一件干东西可以擦去脸上的雨水，她把自己的手绢递给他。顾明华接过手绢，刚想擦却又舍不得，珍重地奉还。

姑娘默默接过，低头学习，看到桌边的伞，地上积了一摊水。

天渐渐亮了，雨停了。

她高兴地："嘿，停了！"他懊丧地："啊？！停了！"

她收拾好东西，把伞还给顾明华："谢谢你！"起身离去。

他也慌忙收拾东西，尾随而去。

大门口，他追上来。她见他尴尬不知所措的神态，大方地说："再见！"翩然而去。

他想起了口袋里的纸条，掏出来却已是湿乎乎的一团。他惆怅地站在门口，呆望着她踩着雨水走远了。地上的水映出她修长的身影。

他一动不动，手里拿着那团纸和那把雨伞。

街道。大小车辆如流水似长龙。顾明华骑车穿行。他神情里带着惆怅。拐弯处，一个小伙子只顾自己骑，转弯不打手势，把顾明华撞倒了。顾明华爬起来刚要说话，不讲理的小伙子却先发制人，朝顾给了一拳："他妈的，你会骑不会？"

顾明华火了："你说什么？"他向小伙子冲去，突然，他愣住了。人群中，他远远看见她的那双大眼睛惊诧，甚至有点害臊的——就跟见了什么丑事似的在看着他。他二话没说，蹬上车，飞快地跑了。

她看着他远去的背影，若有所思。

家里。顾明华正聚精会神算着一张图纸上的数据。桌上乱七八糟堆放着书本等，还有一个咬了一半的面包，半个鸡蛋和一碟肠子。

门轻轻开了，丽华悄悄进来，她把墨水瓶偷偷放在盛面包的碟子里，明华未察，竟然把墨水瓶错当成面包送到嘴里。

丽华咯咯大笑："对外友协冯伯伯送来的两张票。"

"什么票？"

"一个外国芭蕾舞团的访华演出，你去吧！"

"我没空，你去吧！"

"我下班就十点了，你去吧。你最近着了魔似的成天趴在那儿用功，都瘦了，也该轻松一下。不然累垮了，妈又得说我不关心你了。"

顾明华没理会，自顾计算。

丽华夺过他的笔："哥，去吧！哟，瞧你脏成什么样啦，看节目前抓紧时间洗个澡，理个发。"

"我用你管？我没时间。"

"把你趴在桌上的时间抽出十分之一就全有了，你看你的头发可以扎小辫子了，哎呀，瞧你的脖子，跟车轴似的，你准两个星期没洗澡了，一身汗味！"

"得了，得了，别烦啦，快上班去吧！"

丽华走出门，又伸进头来："哥，叫上你的好朋友'眼镜'或是小明。去吧，哥！别忘了洗澡、理发！"

"烦死啦，知道啦！"明华把门关上。

剧场里，顾明华拿着瓶汽水入场找座。

王小明在远离他的后排叫他，大声招呼着："喂，哥儿们……"随手扔给他一根冰棍。不少观众厌恶地瞧着他俩。

顾明华坐到自己的座位上，随手剥下冰棍，纸往地上一扔。

旁边有人说话了："哎，同志，请你别往地上扔纸好吗？人家打扫起来挺辛苦的。"

他听见，狠狠咬了一口冰棍，理也不理。

开演了，观众安静下来，台上演的是《天鹅湖》。

他喝完汽水，把瓶子放在脚下。

台上演出继续。

顾明华感兴趣地看着，但是他太疲倦了，剧场里幽暗的灯光，舒适的座位，美妙的音乐，他陶醉了，也困了，两眼渐渐不支，直打架，他偷偷摸出一支烟来点上。

后面一个女声："不许吸烟！"

他不理。

女声："别吸烟，既影响观众，对演员也不尊重。"

声音好熟，他不由得扭过头去愣住了——他又看见她那双眼睛正对着他，他还看见她正亲密地靠着一个相貌端正仪表大方的小伙子。

他窘极了，连忙回过头，不小心踢倒了脚下的瓶子，瓶子滚到前面去，发出一阵响声，不少人回过头瞪他。

他如坐针毡，舞台上的东西变模糊了，《天鹅湖》的音乐变成了妹妹的声音："你看你的头发可以扎小辫子了，哎呀，瞧你的脖子，跟车轴似的！"他极不自在地坐着，一个劲儿往下缩，他把衣领尽量往上提，想遮住他的脖子，他周身难受，实在坐不住了，"啪"地起身，离开了剧场。

徐薇看见他离去，微微皱起双眉。

顾明华家。镜子里，他懊丧地看着自己，他打开水龙头，猛撩肥皂，大洗其脖子。

客厅里，他烦恼地来回踱着。

他走进卧室，把自己扔在床上，他难过得真想哭鼻子。

月光柔和地透过窗棂射进屋里，投在他的脸上。树影摇曳，他睡不着，在床上辗转反侧，思绪翻腾。耳边又响起姑娘的话："我们没有别的办法，只有咬紧牙撵上去！"他翻了个身，父亲的声音"一个人不能碌碌无为，虚度青春，要坚定自己的事业心，为实现四个现代化，赶上去！”

他翻身起来，坐到书桌前，打开台灯，接着算他的数据。

东方吐出白色，阳光透过窗棂投在墙上。

新的一天开始了，顾明华在阳台上舒展身躯。

顾明华衣着整洁，焕然一新，披一身彩霞骑车去上班。

十字路口，红灯亮了，他主动停车。

午间。工厂球场。工人们在打篮球。

树荫下，顾明华和余达昭在下棋，王小明端着饭盒，边吃边走。他凑到顾、余身边，兴致勃勃：“哎，哥儿们，你们看见了吗，你们看见了吗？今天早上咱们班长那身真他妈盖了！昨天干吗不捯饬捯饬，没准还……”

顾明华满脸怒容：“我说，咱们打今儿个起打扫打扫语言上的垃圾好不好？昨天咱们在剧场干那事，也不嫌害臊？”

王小明：“怎么啦？”

余达昭：“王小明嘴上零碎儿就是比咱们谁都多！”

王小明：“你怪谁？怪我？怪得着吗？找‘四人帮’去！”

田保安正好走来：“谁找‘四人帮’啊？”

余达昭：“正说让王小明以后说话嘴里干净点。”

田保安：“是啊，你们这些年轻人受‘四人帮’的害可不浅啊。”

陆彩凤插嘴道：“田师傅真逗，什么都怪‘四人帮’。”

突然从球场飞来一个篮球，正落在棋盘上。

王小明捡起球，朝打球的人骂起来：“他妈的，会不会打……”

田保安：“瞧瞧，满世界找找，哪个文明人嘴里像你这么热闹？”说着，要给王小明理发，小明一溜烟跑了。

顾明华：“师傅，给我理吧！”

田保安：“小顾、小余，下午你们到技术科去一趟，总工程师找你们去参加全位置焊管机的诸葛亮会！”

说着，给顾明华理起发来。

顾明华精神焕发，急匆匆走进图书馆。一位胖胖的女同志正巧和他相遇，他彬彬有礼，让她先行，她满意地看他一眼。

顾明华跑上二楼，徐薇正巧在前面，他上前欲招呼，姑娘冷淡地看他一眼，走了，顾明华别扭地站住。

他遭此冷遇，忐忑不安，在庭院中徘徊。

阅览室。他“扫描”不见徐薇，他习惯地走向她经常坐的位子，顾明华深情地看了片刻，坐回自己的位子。

一本本厚厚的书，顾明华顺畅地阅读，翻译着。

他专注的眼睛。

书页张张翻过。

日历张张翻过。

顾明华认真攻读。

外文杂志阅览室。顾明华翻阅，忽然发现一张技术图片，十分兴奋。

他和余达昭同阅，两人抬起头来，兴奋对视。

余达昭，“有门儿，明天给徐总看看，说不定咱们的自动化，借鉴它就动起来啦！”

两人你捶我一拳，我捶你一拳，畅怀雀跃。

地铁车站。顾明华等车，手里捧着一本英文杂志。

徐薇和一个胖姑娘走下站台，老远，见顾明华，胖姑娘指给徐薇：“瞧，那是我哥哥工厂的同事，多用功啊！”

徐薇一见是顾明华，装得若无其事。“别去打扰人家！”

“这个人钻劲可大了，我哥哥说他硬是自己学通了英语，能掌握外文技术书啦！”

“他叫什么？”徐薇轻轻地问。

"顾明华！"

车进站，他们分两个车门进了同一节车厢。顾明华看书如故，旁若无人。徐薇远远观察，心有所动。

车又到站，顾明华下车。胖姑娘叫了他一声。

顾明华回头，见车上两个姑娘。一愣。

徐薇主动向他点头微笑。

他受宠若惊，欲反身上车，车门关上了，车走了。

车上，胖姑娘问徐薇："你们认识？"

她脸红了。

大车间。行车运送焊件，弧光闪烁，一派热烈紧张的劳动情景。

顾明华小组一变过去的松垮现象，个个认真干活。

顾明华愉快地焊活儿，一件又一件。

田保安带领大学生在车间参观，其中有徐薇。他向大学生们介绍顾明华："这是我们车间里拔尖的电焊工顾明华。他利用业余时间广泛阅读国内外焊接技术方面的资料，最近为我们厂设计的程控脉冲钨极氩弧全位置焊管机提供了重要资料。"

参观者围着顾明华，他未察觉。焊条烧光了，他拉开面罩正要换条，见身边一群众，扫了一眼。换好焊条，他正要拉下面罩，呆住了。

一双文静而温柔的眼睛正含笑看着他。

他快乐地朝她眨眨眼睛，点头示意。

她笑了。

他顿时觉得周围一切都变得那么明亮，电焊火花似乎变成了礼花，在她身旁飞溅。他又看到她胸前的校徽。他低下了头，拉下面罩，只听见她说："我叫徐薇，如果……你还有什么要共同讨论的，比如说英文，就来找我吧！"

他不相信自己的耳朵，连忙又掀开面罩。

徐薇深情地看他一眼，点点头，随人群走了。

王小明把这一切看在眼里，连忙凑过来，捅捅顾明华："那小妞……噢，不，那位女同志、女同学怎么样？"

"不错！"

"哪儿不错？"

顾明华拍拍脑门儿："这儿！"

王小明为好友高兴，拍拍他的肩："哥儿……不，我说明华，真有你的！"

顾明华深情地望着远去的徐薇。

顾明华满心喜悦，从阳台跳回屋里。他有一肚子的话要找人倾诉，他想到了自己思想的寄托处，走到桌前，拿出纸、笔写信。

画外音："让我一下子下决心去找她，那还是困难的，虽然我这辈子就没怕过什么，也不知道害怕是个什么滋味，可我为什么总是在她面前感到害怕？现在我才清楚，我所有的害怕，无非唯恐自己干了什么不得体的事，惹恼了她，从而失去了她。"

他握笔凝思。

邮筒旁。顾明华柔情地望着手里的信封，这无生命的东西，一时变成像有了生命似的。他向周围环顾，没人，他笨拙又虔诚地在信封上吻了一下，把信投进信筒。

某大学校园。徐薇正在读信。

顾明华画外音："徐薇同志，星期六我有两张票，如果你愿意的话，可以约你最好的朋友一同去。七点，我在百花剧场门口等候给你票。顾明华。"

在"最好的"三个字下面画着三个表示重点的小圈。

徐薇不解："最好的？"她遐想，她的心激荡起来，脸红了，她接受了他的邀请。

顾明华在剧场门口徘徊，他不时看表，朝来路张望。他买冰棍，随手又欲扔纸，即觉不妥，扔到果皮箱里。

小姑娘跟她妈妈也来看戏，见此情景，高兴地拉拉妈妈衣角："妈妈，你看哪，那个叔叔把冰棍纸扔到果皮箱里去了！"妈妈抬头看他，似曾相识。女儿在她耳边悄悄说："就是上回乱扔纸不听老师话的坏叔叔。"

妈妈恍然大悟，笑笑："叔叔这么做是对的，有错改了就好嘛！"

话被他听见，不好意思地拍拍女孩的小脑袋："真乖！"

妈妈笑着领小姑娘进剧场，女孩回首向他招手："叔叔再见！"

"再见！"他连忙又向人群望去，四处寻找，生怕一刹那丢了她。

等人的，等票的人们奇怪地看着这个着了魔似的人。他又失望又焦急地踱着。他抬起眼睛，她笑眯眯站在他面前。

他向四周寻找："他呢？"

"谁？"她不解。

"你最好的朋友！"

她笑了："最好的朋友？"

"和你一块看《天鹅湖》的！"

她哈哈大笑："那是我哥哥！"

"噢！"他放心地大笑。

两人跑进剧场。

电话里，他向她报告喜讯："我们的自动焊管机已经开始试用了！"

"别翘尾巴，还得咬紧牙向前撵！"

"是……还有什么指示？"

"这个星期日我到你家去，帮你收拾屋子，太乱！"

"收拾？遵命！用不着你来，星期五我自己干，你当检查团长吧！"

顾明华家。他认真地擦玻璃。

他把床单泡进满是肥皂沫的水池里。

他擦地板，愉快地哼着歌，擦到丽华脚下，她正织毛衣，笑看他，撇撇嘴。

“小姐，把您那屋也收拾收拾。”

“我没空，她又不上我屋去！”

他夺下她手里的绒线活儿，给她系上围裙，塞给她一块抹布“去，擦擦你屋里的玻璃！”

她无奈，不情愿地系上围裙：“哥哥你变了，变文明了，当初我让你理发、洗澡，你可老当耳旁风。哼，还是得犯‘妻管严！’”

他高兴地：“得了，你将来也会传染上‘妻管严’，等着瞧吧！”

她刮着脸皮：“不害臊！我看你将来准是个怕老婆的人！”

“怕老婆？怕老婆又有什么不好呢？”他得意地接着擦地板。

“没羞，没羞！”丽华欲刮哥哥的鼻子。

明华哈哈大笑，两人嬉闹。

楼梯上，顾明华和徐薇跑上来，步子那样轻捷。他们来到明华家。她环顾全室，窗明几净，有条不紊，满室生辉！明华手忙脚乱地拿出水果、糖招待她。她坐在桌旁，打开收音机。

明华突然叹了口气：“唉，我要走了！”

徐薇：“上哪儿去？”

他看了她一眼，不答。

她着急了：“上哪儿去呀？”

他笑了：“到上海。”

她：“干什么？”

他：“参加焊接技术经验交流会。”

她欣喜地：“真的？太好了！”

明华削好一个桃子递给她：“我怎么感谢你呢？”深情地看着徐薇。

“这就行！”徐薇调皮地举起手里的桃子。

“这就行了！”他吃惊了。

她笑了，在他耳边轻轻地：“I love you！”

他惊喜得要喊出来，她把桃子一口塞到他嘴里。他跳起来旋转着，在沙发上翻了个筋斗，两人畅怀大笑。

他：“我老是不相信。”

她：“不信什么？”

“你从来没对我说过，这是为什么？”

“什么为什么？”

“你为什么爱……”

“你当初是那么笨，却又是那么认真，那么努力！明华，就因为你总是那么认真，那么努力！”

他受宠若惊，幸福的眼神略显呆痴。

她歪头看看他的笨态，轻轻在他鼻子上按了一下。他突然跳起来，见此情景，吐了吐舌头，又悄悄缩回去。

她幸福的笑脸。

他幸福的笑脸。

晴朗的天空。

盛开的鲜花。

波光耀眼的水面。

他们在游泳池里，他从跳台上跃入水中，两人畅游。

他们在图书馆并肩而坐，共同切磋。他俩骑车并驱。

夜晚，灯下，顾明华给父母写信。

画外音：“……尽管历史迟至今日才给我们这一代人机会，但我们珍惜它，不放过它。当我们不得不和小学生一同向前迈步的时候，这种智力上的畸形发育，给我们当中许多人带来不少变态心理。而我们那些粗俗的没有教养的行为掩盖下的痛苦，是许多人都不容易同情和原谅的。但是她看到了，也理解了，并且鼓励我要咬紧牙赶上去。

这就是为什么我和她在一起，总感到温暖的原因。她眼睛是温柔的也是敏锐的，她透过我那粗鲁的没有教养的行为，看到我有一颗追求上进的心。现在，就连这些和我们时代极不相称的缺点我也都改正了，我现在才感到，做一个文明的人是多么愉快呵。亲爱的爸爸妈妈，你们放心吧！”

机场。伙伴们为顾明华、余达昭送行。

徐薇在人群中招手。

顾明华在机梯上招手。

客机向广阔的天际飞去。

（《电影与戏剧·丛刊·电视剧专辑》上海文艺出版社，1982 年 4 月第 1 版）

荣获 1980 年第 1 届中国优秀电视剧（飞天奖前身）一等奖

卖大饼的姑娘

上海电影演员剧团集体创作
宋　崇　申怀琪　执笔
出品方：上海电影制片厂

夏末。清晨。

某新村住宅区的一条街道口，一家名叫“为民点心店”的门口，排着长龙似的队伍。人们在等待购买大饼、油条、点心。

店外一片喧闹，抱怨点心店开市太迟。

店内也是一片混乱。油锅翻滚，却没人炸油条。大饼烘炉旁只有高伟莉一人在贴大饼。她贴完大饼，焦急的脸上挂满了汗珠。她看看扇炉子的林小梅，又看看店外长龙似的队伍，问：“火怎么样了？”

林小梅只顾扇风，没有吱声，半天她把扇子一丢，骂道：“这该死的炉子……”

高伟莉安慰她一声，站到店外，对顾客们打招呼，抱歉地说：“同志们，对不起啦！今天店里人少……请大家多等一会儿，对不起啦！”

顾客抱怨：“我们都等了半个多小时了！”“我们上班要迟到了！”

赵美娣穿着时髦的花衬衫，头发烫得入时，眉毛铰得细细的，这时她背对顾客坐在窗口，悠闲地欣赏着自己的红手指甲。油锅虽在滚得冒烟，她却不回头下油条。

高伟莉不满地：“别人忙死，你就这么闲坐着？！”

赵美娣不服地白了一眼：“有人不来上班，你把气出在我头上！”

高伟莉：“这么多顾客等着，工作总要大家来干吗！”

赵美娣：“这工作我早不想干了！”高伟莉：“别摆小姐的架子了！”

赵美娣：“你喜欢做，你做好了。你嘛，大饼世家，望你子子孙孙做大饼！”

林小梅看不下去，劝说道：“美娣，你怎么这样讲话！”

赵美娣：“哎！我讲话是难听的，反正多做也是36块钱，不像有些人每月拿补助，当然卖力啦！”

高伟莉：“你把话说说清楚！”气愤地把大饼面坯摔在桌上。窗外的顾客着急地劝阻。

一顾客：“好啦，不要吵啦，都七点半啦！”

胖乎乎的饮食服务公司经理带着王英朝这边走来。

胖经理：“我说的就是这家店！”他指指为民点心店，又说：“到了店里你再熟悉一下情况！”

王英：“经理，你放心吧！”

他们穿过人群，走到店内。王英笑眯眯地扫视了一下大家，从包内取出工作服，麻利地穿上，又去洗净手，回到案板前熟练地揉起面来。

林小梅和大家好奇地看着这位比她们大一二岁的姑娘干得那么熟练，露出钦佩的目光。

胖经理向大家介绍：“哦，这是王英同志，现在到你们店工作，她……”

王英忙打断胖经理的话：“我是来卖大饼的！”

音乐骤起，推出片名：

卖大饼的姑娘

高伟莉拍手欢迎。

林小梅好奇地打量王英。

赵美娣不以为意地一笑，然后把油条慢吞吞地放入油锅。

一

郑保宇裤腰上插满装蟋蟀的小竹筒，匆忙挤过人群，闯入店内。他把围裙一扎，走到案板前，做起油条来。

林小梅：“又去抓蟋蟀……”

郑保宇学着越剧的腔调："啊哈，林妹妹，我来迟了！"

高伟莉："店里的工作都叫你耽误了！"

郑保宇："啊呀！不要叫，不要叫，我来做，看我的……"一面做油条面坯子，一面哼起小曲。他看到在干活的王英，悄悄地问赵美娣："这是谁呀？"

赵美娣："新来的，咱们区的大饼新秀！"

窗外一位残废军人扶着拐杖上前，递上筹码，见赵美娣不理："哎，同志，牌子放进去啦！"

赵美娣不耐烦地："看见啦！"

民警不满地："应该给她装只反光镜！"

赵美娣回头看看，冷冷地回敬一句："站马路，开开红绿灯，有什么了不起！"

郑保宇身上的竹筒里发出阵阵蟋蟀叫。大概有一只蟋蟀跳到他的衣服里，使他身上奇痒难忍，左右不是。

林小梅看见郑保宇不时扭动身体，阵阵傻笑，生气地骂道："精神病！"

突然，一只蟋蟀跳到郑保宇鼻子尖上，郑保宇一心想捉住，两眼盯住鼻尖，两只眼珠子都挤到一块，成了"斗鸡眼"。

林小梅顺手拿起扇子朝郑保宇脸上打去。

郑保宇寻找逃走的蟋蟀，乱扑乱打，店里乱作一团。

高伟莉严厉地："郑保宇，你再捣乱，我把你的蟋蟀全丢到炉子里去！"

赵美娣："当个芝麻绿豆官，神气什么呀！"

郑保宇附和地："就是，就是！"

赵美娣从油锅中夹起一根根油条，等着面坯下锅。郑保宇却提着面坯没精打采地在打哈欠。赵美娣干脆落个清闲，放下竹筷，又欣赏自己的指甲去了。

郑保宇悄声问赵美娣："你又谈了一个？"

赵美娣："早吹了！现在人家又给我介绍了一个！"露出得意的

神色。

林小梅见郑保宇昏昏欲睡的样子，用面杖狠狠敲了几下案桌：“哎，哎……你这是干什么呀！”

郑保宇被惊醒，忙掩饰：“啊，哦，我做气功哪！”做了个深呼吸的气功动作。

王英看着这一切，没作声，陷入深思。

店外，一位医生顾客拿着刚买的大饼挤过人群，问：“你们这是素大饼还是荤大饼？”

高伟莉不解地：“我们只有甜大饼和咸大饼，没有什么荤大饼！”

医生把刚买的大饼掰开：“你看看！”

大饼当中夹着一只死蟋蟀。

顾客围上前来议论纷纷：“真是太不卫生啦！”“这叫人怎么吃啊！”“算啦，到别的店买去！”

高伟莉连连道歉：“对不起，给你换一个。”

郑保宇慌忙上前招呼：“哎哎，对不起啊，我们大饼摊是因陋就简，不能像医院那么干净嘛！”

“强词夺理！”医生气愤地走了。

高伟莉气愤地一把抓住郑保宇，要将他衣袋里的蟋蟀筒全掏出来。郑保宇不让，两人你争我夺，闹得不可开交。

林小梅把两人拉开，伸手要郑保宇把竹筒交出来：“给我，全都给我！”

郑保宇无可奈何地交出了全部蟋蟀筒。林小梅接过竹筒，全部丢入大饼炉。

郑保宇：“你这是……人家好不容易……这全是钱哪……钱！”

二

店门口，高伟莉和小会计正在结账，王英和林小梅在店内盘点。

陈东华兴冲冲地走来，到了店门口又犹豫不前。

高伟莉热情招呼：“同志，你找谁？”

陈东华："我找王英！"

王英在店内闻声回头，见是自己的未婚夫，欣喜地奔出店门："东华，你回来啦！也不来个电报，我好到车站去接你！"

陈东华："我又不是孩子！"

高伟莉："王英你先回去吧，我来锁门。"

王英："麻烦你啦！"

三

街上熙熙攘攘，王英和陈东华在人群中并肩走着。

王英："还记得明天是什么日子吗？"

陈东华："七月七啊……哦，我们认识正好一年啦！"

王英："那你干吗还愁眉苦脸的！"

陈东华："每年七月七牛郎会织女，可我呢！"

王英："你怎么啦！"

陈东华："我穿过太平洋，来会一个卖大饼的姑娘！人往高处走，水往低处流。放着好好的经理不干，干吗非要……"

王英："……非要到下面来卖大饼！"

陈东华："是嘛！何必自讨苦吃！"

王英："那我问你，伯母几次要你调回机关工作，你就是不肯，这也是自讨苦吃？"

陈东华："我是学航海的，不到海上去干什么？工作需要嘛！"

王英："那我也是工作需要嘛！"

陈东华："不是我……我是担心我妈妈！"

王英："你妈妈的工作靠你去做嘛！"

陈东华："好吧。哎，明天晚上妈妈请你去吃饭，你可千万别提这事啊！"

王英心中不悦："怎么？"

陈东华："第一次见面，别搞得不欢而散。"

四

这天是发工资的日子，郑保宇拿着几张钞票反复点着，一脸的不高兴。他点着钱，对赵美娣自嘲地：“身在大饼摊，红尘早看穿。工资不够花，奖金没份拿。年纪二十八，不知哪年当阿爸！”

赵美娣：“我可不像你这么悲观！”

郑保宇：“我啊，研究过中国做大饼的历史，宋朝有个武大郎就是典型，咱们这一行从来就被人看不起……你准备干一辈子？”

赵美娣不以为意地：“要我做‘永久牌’，我可没这么好的思想。我要做‘飞鸽牌’啦！”

准备回家的高伟莉和林小梅听见赵美娣的话，交换了一个不屑的表情。

“大家等一下。”王英招呼大家，“目前店里是有些问题，大家也有情绪，难道我们店就真的搞不好啦！”

郑保宇不感兴趣地说：“新官上任三把火，我们店换了九个头头，像走马灯似的，没有一个搞得好的。”

高伟莉：“那我们就甘心店里亏损下去吗？”

赵美娣：“我们做大饼就是做死，也挣不了几个钱！”

郑保宇怪声怪气地：“就是啊！”

王英从桌边站起来，走到郑保宇跟前：“过去我们待业的时候盼就业，就了业又干不好，这怎么行呢？”

林小梅：“那你说我们该怎么办呢？”

高伟莉：“对，我们听你的！”

王英：“我们先做三件事，和面、发酵……”

郑保宇不耐烦地：“好啦，好啦……我们天天干的就是和面发酵，都干腻了。”

王英热情地：“我说的和面，就是把我们几个人的心捏在一起；发酵呢，就是把我们的积极性都发挥出来！”

赵美娣站起来准备走：“哎，我们现在已经干得够累的了，我走了！”说完匆匆走出店门。

王英望着赵美娣的背影：“现在就是有人出工不出力！我说的第三件事：一定要有严格的奖惩制度！”

郑保宇不信任地说：“算了吧，订了这么多的制度没有一样做得到的！真是的……”提了包向门外走去。

林小梅心灰意懒地：“嗨，有这几个人，我们店就这样，搞不好了！”

五

“不能这么说，五个指头还不一般齐呢！”王英推着自行车和高伟莉、林小梅边走边说，“我们要多做工作呀！”

“真难哪！车站到了，我要上车了。”林小梅向马路对面走去，“再见！”

高伟莉、王英向街心花园走去。

王英：“你这个月的困难补助怎么不申请啦？”

高伟莉：“为了这几个钱，让人说长道短的，咱们人穷志不穷！”

王英：“要实事求是嘛！哎，你妈妈身体怎么样啦！”

高伟莉难过地：“最近又不太好啦，我每天早出晚归……”

王英：“听说你妈妈是我们店的退休老师傅……”

高伟莉点点头。

“走，去看看她！”王英示意高伟莉带路，上她家去。

六

陈东华在家忙着打扫房间，门外传来母亲的声音：“东华，快，快，帮个忙！”东华忙拉开门，陈母手中捧着水果、糖果等大包小包点心。

陈东华：“哎呀！怎么买这么多东西？”

“人家姑娘第一次上门。”陈母把买来的东西装盘放到桌上，“快说说，这姑娘怎么样？”

陈东华故弄玄虚地：“哦……嗯，她是个女的，眼睛两个，鼻子一个！”

陈母：“废话，我说她脾气怎么样？”

陈东华：“妈，她来了你就知道啦！”

七

高伟莉端着药从厨房走到客堂间。高母坐在竹榻上，和王英聊天。

高母：“过去店里花色品种多，生意也好……”

高伟莉走来扶妈妈吃药，插话说：“现在顾客也有意见，大饼油条，油条大饼，太单调。”

高母：“‘文化大革命’一来，大众化，革命化，搞得花色品种越来越少，人越变越懒，店越变越穷！”

王英：“花色品种能不能恢复一下呢？”

高伟莉：“好是好，可现在老师傅都退休了，谁会做呢？”

王英：“我们可以学嘛！”

高伟莉为难地：“现在光做大饼油条都来不及，谁还肯去做那个……”

“那，我们两个先做起来嘛！”王英激动地站起来，上前请求高母：“师傅，您就收下我这个徒弟吧！”

高母欣喜地：“哎呀，那可不敢当！这样吧，你们要学，现在我们就做做看。”说着就支撑起身体，向厨房走去。

王英忙上前拦阻：“师傅，师傅，您的身体……”

高母：“不要紧，我就喜欢你这脾气！”

八

陈家的厨房里，陈东华站在凉台上一面剥葱，一面向下面街道张望。陈母端着一盘鱼走来。

陈母：“快五点啦，这鱼还炸不炸了！”

陈东华：“炸，她一会儿就来啦！”

陈母："炸早了就不脆了！"

陈东华："炸吧！"

九

沸腾的油锅。油馓子在锅中炸着。

高母在一旁指导王英炸油馓子："绕这么几圈就行了，快拉……好！"

王英把炸好的油馓子夹起："您尝尝！"高母尝了口新炸的油馓子。

高母："嗯，不错，就是还缺把火，不够脆！"

墙上的挂钟敲响了六下。

这时王英才突然想起晚上的约会："哎呀，我还要去看一个人！"匆忙解下围裙，拿起提包准备出门。高母和高伟莉拿起新做的油酥大饼和油馓子，赶紧装入王英提包。

高母："哎，把这些东西带上！"

王英："不要，不要！"

高母："自己做的嘛！"

十

自行车轮飞滚。

王英满头是汗骑着车子在街上飞驰。

十一

王英骑车来到新村工房楼口，陈东华迎上前去。

陈东华："哎呀，怎么这时候才来，妈都等急啦！"

王英："真对不起，有事给耽误啦！"

陈东华把自行车扛上肩，陪王英上楼："我跟你说，等会儿见了我妈，千万别提你们店的事！"

十二

门外传来陈东华的喊声："妈，小王来啦！"

陈母兴奋地把菜盛好："来啦，来啦！"急忙去开门。

王英腼腆地站在门口："伯母，你好！"

陈母上下打量了王英一番，热情地：

"哎，可把我等急啦，快里面坐！"拉着王英走进里屋。

陈母忙着给王英倒水，王英把点心放在五斗柜上。

陈母："还带东西来，让你花钱！"

王英："没花什么钱，这些大饼是我自己做的！"

陈母惊喜地："哦，那我可要好好尝尝！"

陈东华递毛巾给王英擦脸，一听谈到大饼，一愣，埋怨地看着王英："什么不能送，偏送大饼……"

陈母不以为意："大饼怎么……妈最爱吃大饼。我们是北方人，我又有胃病，一点米饭也不能吃，就爱吃个面食！"

王英："那好，以后天天给你送！"陈母："那多麻烦！"

王英："不麻烦，我们店就是……"

陈东华正好端菜走来："嗯咳，嗯咳！"忙打断王英的话，示意别谈店里的事。

陈母看看王英又看看东华："嗯，你们店怎么啦？"

陈东华灵机一动，上前解释："他们店隔壁……隔壁就是做大饼的！是吧……我们还是边吃边谈吧！"

陈母给王英倒酒。

王英："我一点也不行！"陈母："多少喝一点！"

王英把酒杯送到东华面前："给！"陈母："那，你就多吃一点菜吧，我做得不好！"热情地给王英夹菜。"好吃！"王英尝了一口菜。

陈母："有米饭，有面条，不知道你喜欢吃什么？"

王英看看陈东华，然后故意说："我吃大饼！"

陈东华感到意外："嗯，嗯！"

陈母高兴地从袋中拿了只大饼给王英："那，咱俩吃到一块去了！"

陈东华不高兴地站起来，端碗盛饭："我吃米饭！"

陈母一把拉住东华："不行，这是王英亲手做的，说什么也得尝尝。"顺手拿了只大饼塞给东华："吃！"

陈东华无可奈何地坐下，大口地吃着大饼，哭笑不得。

十三

凌晨，天下着细雨，四周一片漆黑，只有"为民"店内亮着灯光。王英在揉面，东华帮着扇火生炉子。高伟莉披着雨衣跑进店来。

高伟莉："哟，还带个保镖。"

陈东华不好意思地："我，反正是休假，又没事。"

高伟莉："你是不放心王英吧！"

王英对东华："你先回去吧。"

高伟莉："我来！"夺过东华手中的扇子。

林小梅气冲冲地走了进来："不要脸！皮厚！"

王英："怎么啦！"

林小梅放下雨伞，穿上工作服，掏出一张纸条塞给王英："你看，郑保宇给我写的信！"

王英展信，轻轻念道："'小梅同志：你热情、活泼、漂亮，'沉沉地打动了我……'嗯？哦……'深深地打动了我'。"她感到郑保宇写了错别字很可笑，继续念："我郑保宇要真成了贾宝玉，你能成为林妹妹那该多好啊！"

林小梅气得抢过信，揉成一团，丢在地上："等他来了，我非狠狠地骂他一顿不可！"

王英："人家只是对你有好感，并没有什么恶意嘛。"

林小梅："让他有好感，倒霉了！"

高伟莉："你不愿意就算了，也别太过分，不理他就是啦！"

林小梅："我一看到他就来气！"

十四

一只蟋蟀在网罩中跳着，挣扎。

一群孩子围着郑保宇，观看他网罩里的蟋蟀。

郑保宇在自由市场上大声叫卖："啊，铁腿，铜头，钢牙！"

十五

饮食店内，王英和大家正在紧张地为开市做准备。林小梅在登记考勤。

林小梅："王英姐，郑保宇、赵美娣现在还没有来，怎么算？"

王英："再等半小时不到算旷工！"

郑保宇急急忙忙钻进门来，跑到林小梅前，讨好地："林妹妹，我来迟了！"

林小梅："你迟到两小时，扣奖金！"

郑保宇："大家天天见面，何必这么认真，是不是？我今天能来就不错啦。"

高伟莉："现在就是要讲认真！"

郑保宇："好啦，我们还不都是混口饭吃嘛。"

王英耐心劝道："别以为社会主义是铁饭碗，别再混啦！"

郑保宇："神气什么呀！算我旷工，我今天就不干啦！"说完转身要走。

王英激动地喝道："你要不想干，从今天起，就别来上班！"

郑保宇被震住，看到王英严肃的神情，又慢慢回到店里："赶我走，没这么容易，你开个条子盖个章，我就走！"磨磨蹭蹭地挤到案板前干起活来。

林小梅正在扇火，郑保宇走过去讨好地："烟挺大的，我来扇吧！"林小梅把扇子一丢，理也不理地走开，又去拿发面团，郑保宇又殷勤地挤过去："我来，我来！"一面揉面，一面嬉皮笑脸地慢慢挨近林小梅讨好地笑笑，又犹疑不决地轻声问道："我给你的信看了吧……”

林小梅没好气地：“我交到派出所去了！”

郑保宇着急地：“什么，交到派出所去了……这，这又何必呢？”

十六

夏末的阵头雨扑打着地面，水花点点。一双大套鞋拖拖沓沓地在雨中走着。毛毛打着伞，穿着大人的套鞋急急匆匆拿着锅去买大饼油条。“为民”店门口又排起了长龙。人们撑着伞，张着雨披，默默地站在雨中。王英看着这眼前的情景，心神不安，一面炸油条，一面招呼顾客。

王英：“顾客们，我们这里条件差，真对不起，我们尽量快些……”

一个残废军人摇着手推车来到店前，扶杖打伞来到队伍中，行动十分不便。

王英见状：“让这位同志先买好吗？”

“好，好，上前买吧！”众人异口同声说。

残废军人：“那不客气啦，谢谢你们啦！”

“你每天都来买，家住得远吗？”王英一边把油条递给他，一边问。

残废军人：“路倒还好，可总比自己家里做要省事多啦！”

“这一带饮食店太少。”“真不方便！”“要是能设几个流动点就好啦！”“现在有些人光想着挣钱，就不考虑群众的方便！”群众议论纷纷，引起王英的沉思。

“砰”的一声，毛毛跌倒在雨中，锅里的大饼油条散落在泥水里。王英急忙奔过去，把满身泥污的毛毛抱起领进店里，给他擦洗。

毛毛哭着说：“我的大饼油条……是给隔壁阿婆买的……”

王英：“什么？”

毛毛：“隔壁阿婆在生病，妈妈要我给她买早点……”

王英听了毛毛的话思绪万千。

十七

清晨，上海老式弄堂。王英走来，看见一位来买过大饼油条的民警正在门外扇炉子。

王英："老徐，你今天怎么没来买点心？"

民警："我爱人今天早班，我得在家忙啊！"

一位老伯伯正坐在门口小凳上吃早饭。王英上前招呼："老伯伯，你今天也没上店里来买点心嘛！"

老伯伯："刚才下雨，路滑不好走，弄点泡饭吃吃算了。"

王英走着，思索着群众的话语。

十八

"为民"店内，大家在开会。

王英："顾客的意见我已讲过了，我们是不是多到几个里弄去卖，这样既方便群众又扩大营业……"

林小梅："我们就这么个破摊子，没有售货车，又没货摊，怎么卖？！"

王英："我想过，买几个竹篮子，又方便又省钱！"

郑保宇正在看书，听到王英的话，突然冒叫一声："那不真成了武大郎卖烧饼了！"

林小梅："我们店就这么几个人，谁去卖？"

高伟莉："我们可以等早市完了，再分头去卖！"

郑保宇："谁积极谁去卖，我声明，我这点奖金情愿不要，我不去！"说完拿起提包，起身走了，走到门口还回头做了个怪相："拜拜！"

林小梅："真讨厌！"

王英的心情很不平静，她紧锁眉头，咬着嘴唇。

十九

咖啡馆内，赵美娣和崔大姐坐在桌旁，像是在等着什么人。赵美娣拿着小镜子，左照右照。她今天浓妆艳抹，画了眉，涂着口红，耳朵上戴着假钻石耳环。

赵美娣："大姐，你看怎么样？"崔大姐："就怕太时髦了！"

赵美娣嗲声嗲气地："时髦有啥不好，现在的男青年就喜欢……"

崔大姐："那可不一定！哎，听说小梁很钻研技术，在区里还评上什么标兵呢？"

赵美娣："那……他知道我是大饼摊的会不会吹呀！"

崔大姐："工作总还是要说的嘛！"

赵美娣："嗯……好大姐，今天先别说工作，看看人再讲嘛！"

咖啡馆门外街道上，走来了小梁和老张。两人走到门口，小梁犹豫不前。

小梁："老张，我说算了吧！"

老张："都到门口啦，怎么又打退堂鼓！"

小梁："肯定不行，每次都谈得好好的，只要一听我是浴池烧大炉的就吹！"

老张强拉硬拖小梁进咖啡馆："先去看看再说嘛，见一次面不容易！"

小梁："要是问到工作呢？"

老张："你就讲得虚点，多问问对方，以攻为守！快走吧……"

崔大姐和赵美娣见老张、小梁进来，忙起身迎接。

"哟，你们早来了！"老张向赵美娣、崔大姐介绍，"这是小梁……"

崔大姐："这是美娣！坐，坐！"

小梁不安地入座，偷偷朝美娣看了一眼。赵美娣也不好意思地低着头摆弄着手绢。服务员走来问："吃点什么？"

小梁不知所措地看看老张，老张示意让女方点，小梁立即将点心单推到美娣跟前："请你点吧！"

赵美娣娇嗲地说了一句："随便！"

王英踏着三轮车，拉着几块大面碱，沿街踏来。看到咖啡馆橱窗里放着许多糕点，她停下车，一面休息，一面走到橱窗前想看一下西式糕点的特色。

咖啡馆内四人边吃边谈。

崔大姐："小梁同志，最近工作忙吧？"

小梁："还好！"

崔大姐："你是搞什么工作的？"

一提工作小梁就有些着慌，忙看着老张，支支吾吾："啊？嗯……"

老张忙插话帮助解围："就是搞烧煤发热的……工作！"

赵美娣自作聪明地解释："是能源方面的研究吧？"

老张："对，能……能源……！"

小梁额上渗出冷汗，老张在桌下用脚踏了一下小梁的脚，小梁恍然大悟，反问："美娣同志做什么工作？"

赵美娣有些慌乱，忙掩饰："我……嗯，我是进出口公司的！"

小梁又问："主要进口些什么产品！"

赵美娣："嗯，各种各样的，有圆的还有长的！"做了个油条和大饼形状的手势。

王英走到橱窗前看点心，抬头发现了赵美娣，用手敲敲橱窗玻璃。赵美娣一看是王英，生怕王英暴露自己的身份，忙向王英摇手示意。王英不理解，又做了个贴大饼的动作，意思问赵美娣今天为什么没来上班。老张、崔大姐、小梁看美娣和王英手势来手势去，像演哑剧。

崔大姐："你怎么啦！……这是谁呀！"

赵美娣忙掩饰："她是我们文化馆合唱队的朋友，问我……今天去不去指挥……"

老张："真不简单，还会指挥……"

赵美娣尴尬一笑："她让我去一下！"急忙走出咖啡馆。

赵美娣走出店外，王英上前拉住她问道："怎么没来上班，要算你旷工的！"

赵美娣恳求道："好姐姐，算我旷工，让我检讨都可以……"

王英奇怪地问："怎么啦？"

赵美娣："今天人家正在给我介绍朋友！"

王英感兴趣地："那好，我去看看……"

赵美娣忙拦住王英："哎，求求你别去，瞧你这身白衣服……"说完又急步走回咖啡馆。

王英下意识地看看自己的白工作服，摸摸胸前"为民"二字，心像被人捅了一下，久久不能平静。

二十

王英提着大竹篮，在弄堂里穿行叫卖："卖大饼油条，卖油条大饼！"

民警、残废军人、老伯伯等闻声走出家门来买点心。

残废军人："小王，买两副。好啊，你们把商业工作者的温暖送到我们心坎上了。"

民警："你们的服务态度真值得我们学习！"

老伯伯一面给王英打扇一面说："哎哟，你们是送货上门哪，精神真好！"

毛毛拿着锅子和钱、粮票跑了过来说："阿姨，这是上次欠你的钱。这是今天要买的！"

王英："真是好孩子！"点钱，夹大饼油条给毛毛。

毛毛："阿姨，明天你还来吗？"王英："以后天天来！"

毛毛高兴地又蹦又跳："哦，我去告诉隔壁阿婆！"

在弄堂另一头，高伟莉也在提篮叫卖。有几个居民向她买早点。

王英兴奋地走过去："你也来啦！"

高伟莉故意装着不服气的样子："只准你卖，就不准我卖？"

高伟莉调皮地看看王英：“什么时候请我们吃糖？”

王英：“早呢！”

高伟莉：“都二十八岁了，还早？等成了老太婆才结婚啊！”然后神秘地又说：“刚才，他……到店里来过啦。”

王英莫名其妙：“谁呀？”

高伟莉：“就是你那个最、最、最那个的人嘛。”

王英追打着高伟莉：“你再调皮，我……”

高伟莉突然从口袋里掏出一张船票，举得高高的，故意在王英面前晃来晃去，逗着她：“看，晚上浦江夜游的船票，说句好听点的！”

王英一把抢过船票，脸上露出了喜色。

二十一

美丽的仲夏夜晚，华灯初上。王英打扮得素洁、朴实、大方，赶着去赴约。突然传来“哎哟，快来人啊，不好啦！”的呼叫声。

王英和几个青年循声跑入树丛里。

王英和几个青年在树丛中发现有人躺在地上，蹲下细看，大吃一惊：“这不是小郑吗！”她扶起郑保宇，问：“怎么，你被人打了？”

郑保宇：“不是！”用手指指自己的脚。

一块大石头正压在他的脚上，脚旁散落着蟋蟀筒等物。

他疼得哼叫着。

二十二

浦江游船码头灯光耀眼，参加夜游的游客如潮似涌。在纷乱的人流中，陈东华翘首而望，焦急地等待着。汽笛长鸣，催游人上船。

二十三

医院急诊室。医生端着手术器械盘子走到郑保宇跟前。郑保宇瘫在椅子上，受伤的脚高高搁在木架上。医生给他洗着伤口。郑保宇认出了医生，就是上次拿着夹有死蟋蟀大饼提意见的那位医生，心中颇为不安。

郑保宇："医生，上次我态度不好，请原谅。今天你手下留情，轻点！"

医生淡淡一笑，小心擦洗伤口："放心吧，我不会计较这些的。"

王英把这一切看在眼里："医生，你这也是伺候人的工作嘛！"

医生："是呀！"

王英："那，你认为这伺候人的工作有意义吗？"

医生："社会分工不同嘛！今天我侍候你，明天你侍候我……要是早上我不吃你们做的大饼油条，饿着肚子又怎么来侍候他呢？"

王英看了郑保宇，故意地说："可有人就是认为做大饼这工作没出息。"

"哦？"正在替郑保宇上药膏的医生抬头看看王英，明白这话是针对郑保宇说的，又说道："从前有个极自私的人，他希望世界上的人全死光，就留下两个人不能死！"

郑保宇："哪两个人？"

医生："一个是他老婆，一个是做大饼的。"

郑保宇感到很有趣："这是为什么呢？"

医生："民以食为天，人不吃饭要死的！"

郑保宇笑起来："看不出，你还挺会说笑话！"医生把药敷到他的伤口上，痛得郑保宇"哦哟，哟……"直叫。

二十四

王英扶着郑保宇一拐一拐地走出医院。

王英："还痛得厉害吗？"

郑保宇："痛得我直冒冷汗！"

王英："以后别再捉蟋蟀到市场去贩卖了。"

郑保宇："闲着没事，玩玩……"

王英："你呀，应该走正道，和大家一块把店搞好。"

郑保宇没信心地说："这大饼店搞得好吗？"

王英："怎么搞不好！你看人家向阳店，全店拧成一股绳，想着法子把营业搞了上去，光月奖金就比我们多好几倍！"

二十五

游览船靠岸。

游客们纷纷涌上岸来。陈东华悻悻走下舷梯，看见王英这时才匆匆赶来，一脸的不高兴："怎么这时候才来？"

王英歉意地："我们店一个同志脚砸伤了，陪他去了一趟医院……"

两人走到江边，倚栏而立，看着江上夜景。

王英想缓和一下气氛："船上好玩吗？"

陈东华："还好玩呢，人家都是成双成对的，我就一个人，真恨不得跳江了。"

王英打趣地说："这么严重？"

陈东华："好不容易有个假期，没想到第一次约你出来，就唱'空城计'！"

王英赔笑着说："下次我一定好好陪你！哎，你妈的工作做得怎么样啦？"

陈东华面有难色："还没谈呢！我想找个适当的机会。"

二十六

黄昏。林小梅远远看见街心花园长亭中王英和高伟莉正在谈论着什么，就悄悄从背后走过去，突然出现在两人中间。

林小梅："什么事，这么神秘？"

王英拉着小梅："给你一件任务能完成吗？"

林小梅："哟，瞧你们一本正经的样子，什么事，快说！"

王英："请你去看看郑保宇！"

林小梅佯作生气的样子："好啊，干部还开我玩笑！"

王英："不开玩笑，说真的！"

林小梅将信将疑地看看高伟莉，高伟莉认真地点点头："是真的！"

林小梅生气地甩开王英的手："不，我才不去看这个二流子呢！"说着要走。

高伟莉忙上前拉住小梅："总不能让他一直成为二流子吧！"

林小梅："这是他自己的事，人家哪个店都不要他，我们收他就算不错了。"

高伟莉："像郑保宇这种人，如果我们不去关心他，社会上的坏人就会拉他……这你想过吗？"

林小梅："这跟我有什么关系？"

王英耐心开导她："我们团员光管好自己是不够的，还要关心、帮助后进的青年……"

林小梅听听有些道理："干吗非要我去呢？"

王英："你说话比我们有用，小高，是吧？"

林小梅："你再开玩笑我走了！"

高伟莉和王英交换了一个会心的微笑，逗着小梅说："我们三个人一起去，这是我们团小组的一次活动。"

林小梅："好啊，你们串通好了整我！"三人手拉手，笑着跑出长亭。

二十七

郑保宇半躺在家里的竹椅上，缠着纱布的脚跷得高高的，边上放一只四喇叭的收音机，正哇啦哇啦唱着《幸福不是毛毛雨》的歌儿。郑保宇一面看着小人书，嘴里一面跟着收音机哼着。

郑父提着菜篮进来，听见"毛毛雨啊，毛毛雨……"的歌反感地皱了皱眉头，问："哪儿弄来的？"

郑保宇："借来的！"

郑父："你干点正经事，帮着剥剥毛豆。"

郑保宇："咦，你没看见我在生病！"

郑父无可奈何地走回屋里："我怎么养了你这么个不争气的儿子！"

郑保宇："你有我这没出息的儿子，我有你这没本事的爸爸！"

郑父听到这番话生气地走了回来："什么，什么，你给我讲讲清楚！"

郑保宇不服地："人家都说，学好数理化，不如有个好爸爸。你一点本事都没有，我只好去卖大饼！"

郑父生气地说："你这种思想，干哪一行都不行！"

郑保宇又怪声怪气地唱着："啊，毛毛雨……"

王英、林小梅、高伟莉三个姑娘在弄堂里边看门牌号码，边朝前走，正好碰上民警同志。

民警："小王，你们找谁呀？"

王英："老徐，郑保宇住在哪呀！"民警指指前面一座房屋："在那儿。你们店的郑保宇吊儿郎当，你们要帮帮他。"

王英："这事就交给我们吧。"

民警："要耐心多帮助他。"

郑保宇在楼上的阳台看见三个姑娘正在和民警谈话，心里有些紧张，想到林小梅曾对他说过："我把信交到派出所啦！"急忙逃进屋里，往阁楼上躲。

郑父："慌慌张张干什么？"

郑保宇："派出所和我们单位来人了！"

郑父："你又做了啥坏事？"

郑保宇苦苦恳求："我没做啥坏事，真的，求求你，好爸爸，他们来了就说我不在……"突然有人敲门，他三步并两步爬上阁楼躲起来。

郑父叹了口气，无可奈何开门，三个姑娘笑着站在门口。

王英："你是郑伯伯吗？我们是保宇的同事！"

郑父紧张地问："保宇又闯了什么祸呀？"

王英："不是，我们来看看他！"郑父将信将疑："那里面坐吧！"

三人走进屋里。林小梅发现收音机还在唱着，好奇地问郑父："你也喜欢听这个？"

郑父："不爱听！"想关掉收音机，却又不知开关在哪："这怎么关？"

小梅顺手替他关掉收音机。

郑保宇从阁楼木栏上伸出头来朝下探望，听到王英问："保宇呢！"

郑父支支吾吾不知如何回答："哦……他……"

高伟莉问："他出去了？"无意地看了一眼阁楼。

郑保宇以为被高伟莉发现，连忙躲闪，不小心头撞在木柱上，发出一声响声。

林小梅听到响声吓了一跳，朝阁楼上看看。

郑父掩饰道："大概是老鼠！"他仍不放心地打量着几个姑娘："你们真的没有别的事！"

王英："我们是专程来看看保宇的脚伤的，不知现在怎么样啦！"

郑父高兴地："是这样，那太好了！"忙着倒水沏茶："我们家保宇呀，一向是……不是派出所来找，就是单位里来找他谈话，像你们这样关心他，专程来看他，真是太好了！喝茶！"

高伟莉："其实，我过去的工作也有缺点，把他看死了，还要让青年们孤立他，疏远他。"

林小梅："郑保宇过去是不好，不过我们应该热情地关心他，帮助他，希望他能变好！"

郑保宇在阁楼上，听了姑娘们的这番话十分惭愧和感动。

郑父："我们家保宇坏习气实在太多啦，一时半会儿怕改不过来。"

王英："保宇本质上还是好的，人又聪明，有时兴趣来了干起活来还真积极呢！"

郑保宇还从来也没听到过表扬他的话，也从来没有感受到同志间的温暖。姑娘们的话深深打动了他的心扉，他在阁楼上激动地哭了起来。

林小梅听到阁楼上的哭声："这，老鼠怎么还会哭呀！"

郑父被说得不好意思："啊，不，不……哎呀，保宇你还不赶快下来。"

郑保宇一步步从木梯上走了下来，擦着眼泪激动地说："你们这样看得起我，我再不好好干，就不是人！"

歌声：

大饼热嘞哎，

大饼香哦！

大饼热，大饼香，

心儿酥来皮儿黄。

大饼热，大饼香，

我为顾客穿街巷。

大饼热嘞哎！

大饼香哦！

大饼，大饼，卖大饼！

歌声中：

郑保宇兴奋地揉面；

林小梅欢快地配合他；

一把刀飞快地切着油条坯子；

王英、高伟莉在商量着什么；

大家围在一起认真读报学习；

王英提着篮子来到茶楼卖点心。

二十八

又是发工资的日子，"为民"店里喜气洋洋，大家高兴地点着钱，愉快地谈论着。

高伟莉："这个月我们挣得真不少！"

林小梅："我们店总算打了个翻身仗！"

郑保宇点着钱，走到一边去参加拣菜劳动："嘻嘻，我也有15块奖金，应当买点酒来庆贺一下。"

赵美娣不以为意："再庆贺，也是做大饼！"

郑保宇："对啦，我们要是不做大饼油条，全部做高档点心，那挣的钱还要多呢！"

高伟莉正在晒笼布，回身问道："你说是吃大饼油条的人多，还是吃高档点心的人多？"

郑保宇："当然吃大饼油条的人多，可是一只大饼能赚多少钱呢！"

林小梅："我们不能光为钱嘛，别忘啦，这是'为民'店为民嘛！"

郑保宇："那，我们怎么扩大营业额呢？"

高伟莉："我们应该像王英那样，把生意做活，每天早市以后，都提着篮子上街去卖！"

赵美娣惊讶地："什么，什么？上街去卖，我脸皮没这么厚，要去你们去！"

郑保宇挖苦她："哟，男朋友都谈了快一打了，还怕脸皮厚！"

赵美娣把青菜根子狠狠砸在郑保宇头上："去你的！"

高伟莉："其实王英开头也不习惯，可是一想到群众的需要和困难，就有了勇气，我们也可以先试试！"

郑保宇殷勤地邀林小梅："我们也去试试嘛！"

林小梅："去去，谁睬你！"

二十九

弄堂里，林小梅和郑保宇各提着满满一篮点心，穿着白色工作服，东张西望走来。

郑保宇催促林小梅："你喊啊！"

林小梅不满地："怎么，你男的不喊，叫我女的喊！"

郑保宇："女的喊有号召力，像卖花姑娘！"

林小梅被逗笑了："去你的。今天你喊，明天我喊！"

郑保宇："那么一道喊！"

林小梅："你卖蟋蟀都喊了，怕什么？你不喊，我不和你一起卖啦！"

郑保宇连声答应："好，好，我喊！"

林小梅命令道："那好，预备开始！"

郑保宇想喊又难以开口，林小梅一旁催促："你喊呀！"郑保宇只好从命，鼓足勇气，闭上眼睛，张大了嘴，刚叫一声"卖……"就卡壳了！

林小梅埋怨地："怎么又哑巴啦！"

郑保宇恳求小梅："等人走光了再喊好吗！"

林小梅又气又好笑："那卖给谁去！"

在一旁看热闹的毛毛插嘴说："叔叔，我会喊。我来喊好吗？"说着便尖着嫩嫩的小嗓喊了起来："卖大饼油条啦，大饼油条脆麻花！"

郑保宇如获至宝："好，喊得比叔叔强！给！"郑保宇从篮子里拿了根麻花送给毛毛。

毛毛："不要，不要，我来给你们喊……"

郑保宇高兴地："还免费服务，这办法好！"

毛毛在前面走着喊着："大饼油条——脆麻花！"郑保宇和林小梅在后面跟着。

三十

街心花园。王英和赵美娣提篮叫卖走来，赵美娣远远落在后面，戴着大草帽，帽檐压得低低的。

远处街口，小梁骑着自行车驰来。

赵美娣赶紧把帽檐拉得更低，见小梁骑车迎面驰来，急忙脱下工作服，把工作服和提篮一起交给王英："帮帮忙！"

王英不明白这是怎么回事，接过衣物和提篮。

"美娣！"小梁看见赵美娣，下车，热情地上前招呼："没想到在这儿碰上你。”看她正和王英在一起，不解地问：“你这是……”

赵美娣一阵心慌，又灵机一动：“哦，我……买早点呢！”顺手从王英提篮里拿了个大饼吃起来，故意走到一边石凳上坐下。

小梁：“怎么现在才吃早点？”

赵美娣：“昨晚夜班，刚……起床！”

小梁：“我正想打电话找你呢！”

赵美娣：“什么事？”

小梁：“我这儿有两张明天晚上音乐会的票子，你有空没有？”

赵美娣：“有空！”

小梁高兴地把一张票送给美娣：“那好，现在我到区里开会，再见。”骑车驰去。

“明天见！”赵美娣这时才松一口气，自言自语道：“谢天谢地！”回到王英身边，说：“我们还是到弄堂里去卖吧！”

三十一

工人新村，上班的和买菜的人川流不息。孩子们在嬉戏。王英和赵美娣提篮走来。

王英恳切地：“为什么要说谎？”

赵美娣：“你想，他是能源研究所的，能要一个卖大饼的姑娘！”

王英：“隐瞒是不能长久的！”

赵美娣痛苦地说：“这是没有办法的办法！”

王英：“你想错了，靠欺骗是得不到幸福的！应该把真实情况告诉对方！”

赵美娣：“我可开不了口！”

王英：“那好办，我去找小梁谈谈！我相信，他会通情达理的！”

她们又沿着里弄叫卖。

陈东华正在阳台上浇花，听到吆喝声十分耳熟，一看是王英她们，慌忙奔下楼，一把把王英拖到楼梯过道里。

陈东华埋怨地：“你哪儿不能卖，非跑到这儿来卖大饼啊！”

王英半开玩笑半认真地反问："你住在这里，就不让这里的居民吃大饼油条啦？"

楼上屋内陈母听到吆喝声，走到阳台上，问下面的赵美娣："同志，油酥饼有吗？"

赵美娣问："有啊，你要买几个？"

陈母走下楼来："这几天胃病又发了，正想吃个烧饼呢！"

王英推开陈东华，走到陈母前："伯母！"

陈母惊喜地说："哟，小王来啦！"

陈东华急忙掩饰："她是专门来看你的！"

陈母看见王英提了一大篮点心，将信将疑："又给我送大饼来啦！"

王英坦然地："不，我们是来卖大饼的！"

陈母感到十分意外："卖大饼？你不是中心店的经理吗？"

陈东华忙解释道："今天星期四，干部参加劳动嘛！"同时给王英使眼色。

王英全不理会东华的暗示，直率地说："我原先在中心店，现在调到门市部工作！"

赵美娣介绍说："她是我们的大姐哪！"

陈母脸色立即阴沉下来："那敢情好，以后吃早点方便！"说完转身就走。

陈东华埋怨地看看王英："你呀！"追上楼去。

王英和赵美娣默默地走着。赵美娣看着王英复杂的心情，既同情又有点幸灾乐祸："这就是说真话的结果！"

王英眼里噙着泪水，默默无声地走着。

三十二

公园里，碧波荡漾，亭台楼阁，鸟语花香。

陈东华和王英坐在花廊长凳上，两人背对背，默默无语，有些不愉快。

陈东华："好啦，不提那些不愉快的事啦，下午我请你看电影，

《爱情啊，你姓什么》！”

王英点了点头，又一想：“哎呀！不行，下午我还要去看看我们同事的男朋友。”

陈东华不悦地：“嗯，你放着我不看，去看别人的男朋友干吗！”

“瞧你说的……”王英有些歉意，深情地说：“东华，将来我们在一起的日子长着呢！可是搞我们这一行的，有很多青年都在为婚姻问题苦恼，要是不关心他们的实际问题，叫他们怎么能安心工作？”

两人边说边走，来到湖畔。

“自己的事都管不过来，还去管别人的事！”陈东华不满地在湖边长凳上一坐，“好，电影又看不成啦！”

王英赔笑耐心劝说：“我问你爱情到底姓什么？”

陈东华赌气地回答：“姓大饼！”

王英也被逗乐了：“去你的！”狠狠打了东华一拳。

陈东华：“你成天大饼大饼的，我还真不如一只三分钱的大饼！”

王英又气又好笑：“你呀！”

三十三

浴室门口停满了自行车，排队洗澡的队延伸到街口。

一位浴室师傅正在擦洗玻璃门。王英推车走来。

王英：“请问，梁明在哪儿呀？”

师傅：“他呀，在那儿！”指指大炉间。

三十四

锅炉房内，小梁站在凳上压着水压泵抽水。

工人甲跑了进来：“小梁，你女朋友来看你了！”

小梁一听，心急慌忙地跳下来：“啊，糟糕，你就说我不在……”

工人甲为难地：“我已经把她带进来啦！”

“小梁！”门外传来王英的叫声，小梁看看自己油腻的工作服，急于想找个地方躲一下，最后只好把半个身子钻入炉膛里。

王英进来，看到小梁的狼狈相感到十分可笑："快出来吧，能源专家！"

小梁无可奈何地爬出来："真对……对不起！"一看不是美娣："哦，是你呀！"忙走过去招呼王英坐下："你找我有什么事？"

王英："我是赵美娣的同事！"

小梁："哦，坐吧，我们这儿挺脏的！你也是进出口公司的？"

王英："我们都是卖大饼的！"

"噢，卖大饼的？"小梁感到莫名其妙。

王英解释说："美娣在恋爱问题上，受了挫折，所以就对你撒了一个谎，你能原谅她吗！"小梁听了这番话感触很深，许多往事涌上心头。王英又问："你们为什么不说实话？"

小梁难以启口，拿起铁铲在炉膛里用力铲煤渣："其实我在恋爱上也遇到过同样的事！"

王英："那么你也瞧不起自己的工作？"

小梁："开始我也觉得这活又脏又累，可后来习惯啦，也想通啦，其实无论什么人，都不能不洗澡啊！"

王英深有感触地说："可惜洗澡只能洗去身上的脏东西，却洗不掉人们思想上的灰尘。"

三十五

王英一个人推着车在街上走着，心情久久不能平静，脑海中闪现出：赵美娣上街偷偷摸摸叫卖的情景；陈母知道王英在大饼店工作后铁青的脸色；赵美娣会见男朋友，对自己身上白工作服的厌恶神情……她心里在想："我们为群众服务，我们靠自己的汗水生活，可是有些人总认为我们服务行业低人一等，这是为什么？"

三十六

"为什么？因为她是卖大饼的！"陈母坐在家中沙发上，一面缝补衣衫，一面和儿子谈着他的婚事，"将来亲戚朋友会怎么议论哪！"

陈东华坐在床上看书，不耐烦地："让他们去议论好啦！"

陈母："你不在乎，我这个做妈的脸还没处放呢！"

陈东华："前两天你还说王英如何如何好啊……"

陈母："我不是指她这个人，可她现在这工作，无论如何不行！"

陈东华，"只要人好，那就行！"

陈母："你这个死脑筋，你就不能给她施加点压力，让她再调回中心店！"

陈东华心烦地站起来："妈，我们的事你就别再管了！"

陈母："好啊，还没结婚，妈的话你就不听啦！"

陈东华："哎呀，你让我安静点好不好！"

陈母又逼上前："你不让她调回中心店，就别想安静！"

陈东华忍无可忍："这个家我没法待了！"气愤地拿了几本书和背包冲出家门。

陈母着慌了，追着喊："哎，东儿，东儿！"

三十七

弄堂口几个流里流气的小青年在打康乐球。

林小梅和郑保宇提篮叫卖走了过来。

流氓甲学着林小梅嗲声怪气地："大饼油条脆麻花！"引起几个小青年哈哈大笑。

流氓甲："哎，这个妹妹菲斯（脸形的英语译音）不错！"

流氓乙："来来，快打！"

流氓甲："老打没劲，调调花样。"把木杆往康乐球盘上一丢："看我的！"

林小梅正在给几个顾客卖点心。流氓甲推开顾客，在小梅身旁一站，用手掀掀竹篮上的纱布。

"干什么！"林小梅把流氓甲的手打掉。

流氓甲讪笑着："妹妹，我这有两张电影票，你陪我看电影去吧！"

林小梅："不要脸！"生气地走开。

流氓甲："要脸也不上街卖大饼啦！"

林小梅愤怒地："你再耍流氓我喊人了！"

流氓甲一把抓住竹篮："我买大饼总可以吧！"

"放手！"郑保宇看见林小梅被人欺负，心中火冒三丈，飞步上前，抓住流氓的手："你要干什么！"

流氓甲也不示弱："好，你小子敢动手打人哪！"伸拳踢腿，摆出一副教师爷的架势。

郑保宇："你想打架！"

"啊——"流氓甲声嘶力竭地喊着，舞着拳头一次次地朝郑保宇扑来。郑保宇趁流氓甲露出破绽之际，上去一个扫堂腿，流氓甲人仰马翻，狼狈地趴在地上。其他三个流氓看同伴吃亏，蜂拥而上。

林小梅看郑保宇寡不敌众，焦急地喊着："来人哪，流氓打人了，快来人呀！"

三十八

饮食店门口停放着一辆新的手推售货车，王英正在装货。

赵美娣衣着笔挺地从店里出来："王英，我要请会儿假！"

王英："什么事？店里人手还不够呢！"

赵美娣："我去看朋友！"

王英："你跟小梁年纪还轻，应该把精力集中在工作上！"

赵美娣："不是小梁，他是浴室烧大炉的，早和他吹啦！"

"什么？"王英惊讶而又不满地看着美娣，"你怎么能这样呢！"

赵美娣不耐烦地："什么这样那样，你怎么不找个做大饼的，要个知识分子……技术员！"

王英像当头被人打了一棒，一阵说不出的痛楚。

赵美娣："我的工作已经被人看不起，再找个比我还低的，将来子女顶替，就要世世代代做大饼。我第二次投胎一定要选个好人家！"

王英激动地："你这种思想是不对的！"

赵美娣恼怒地："你！"

林小梅一手提着被流氓弄破的篮子，一手扶着受伤的郑保宇向店门口走来。王英不安地上前询问："出了什么事？"

林小梅把破竹篮往桌上一甩："你看！"满腹的委屈倾泻而出，"哇"的一声扑在王英肩上痛哭起来："太欺负人啦！我再也不上街去卖啦！"

"有话慢慢说……"王英安慰小梅。

小梅边哭边指指郑保宇："你看他！"

郑保宇把手从面颊上拿下来，只见他鼻青脸肿。

"看看，牙打掉两个，再卖下去，牙全要被打光了！"郑保宇指着自己的牙对王英说。

赵美娣一旁冷言冷语地："哼！什么为民服务啊，看看，这下该死心了吧！"说完提着包走了。

王英看着被流氓踏坏的竹篮，想到刚好转的营业局面又被破坏了，心情十分难过。

三十九

王英的卧室，朴素整洁。王英独自在看书，但是心烦意乱，无心看下去。她走到床边，躺下，陷入沉思中。林小梅的话："我再也不上街去卖啦！"赵美娣的话："你这下该死心了吧！"回响在耳畔。

传来敲门声，王英起身开门。陈母满面笑容地站在门口。王英意外地："伯母？您请坐！"

陈母进屋，打量着房间的陈设布置，走到沙发前坐下："就你一个人在家？"

王英："他们上班都还没回来！"

陈母顺手拿起写字台上的书："哦，在看什么书？"

王英边倒水边说："世界第三产业情况介绍！"

陈母新奇地："第三产业？"

王英："就是社会服务行业！"

陈母不屑地："这也值得出本书！"

“学问可大啦！”王英把茶送到陈母桌前，在一旁坐下。

陈母从提包里拿出一块色调素雅的花布料，展开披在王英身上：“我给你买了块料子，想给你做件连衫裙，你喜欢吗？”

王英不好意思地笑：“喜欢，谢谢伯母！”

陈母拿出软尺，拉王英站起来：“来，我来给你量量尺寸。”边量边说：“小王，我还求你办件事哩！”

王英：“什么事，你只管说！”

陈母：“你是不是跟领导说一下，调出大饼店！”

王英：“大饼店不也一样工作吗？”陈母弯腰量身长：“不一样，你原来就是中心店的经理，又有文化，再说我们家世世代代都是读书人……我们家东华又在远洋公司工作，这……”陈母把手中的尺子比了一比。

王英：“这尺寸不合适？”

陈母欣喜地：“对呀，对呀！你也掂掂哪个重要！”

王英：“那么，东华也是这个意思？”

陈母：“他的脸皮薄，让我来给你说说！”

王英把布料折起来还给陈母：“看来，这块布料给我做太长，不合适！”

陈母看看退回的衣料，僵持了一会儿：“我也是为了你们俩好。东华为了这件事一肚子不高兴，他已经去买明天的车票，要回船上了……”

王英吃了一惊，双唇颤动了一下，她努力克制住自己。

陈母又等待了一会儿，把衣料放回包内：“你好好想想吧！”怏怏而去。

王英一个人孤独地站在房子中央，痛苦得很。突然她转身冲出门外。

四十

王英的双脚在楼梯上飞跑。

自行车轮飞转。

王英骑车飞驰，心焦如焚，汗流满面。

四十一

火车站售票处，挤满了旅客。王英挤开人群，找寻着。她在买票的队伍中看到穿着海员制服的陈东华，急步上前。

王英："你跟我回去，你不能走！"

陈东华不愿回去："妈妈天天闹，你又忙着店里的事，我还是回船上算了！"

后面乘客不耐烦地："你们买不买呀！哎，小夫妻吵架回家去吵！"

王英把东华拉出售票处："你不能走！"

四十二

街心花园。王英推着车，和陈东华走来。

王英："现在是我困难的时候，多需要你的帮助和支持！"

陈东华："我是无能为力！"

王英："你太软弱，太无能，连自己妈妈都说服不了！"

陈东华止步站住："你们两个都不肯让步，我在中间受夹板气！"

王英在一旁石凳上坐下："总有个是非道理吧！"

陈东华无可奈何地："她是我妈，在家里有些大道理就是行不通嘛！"

王英："你和你妈一个样，封建思想，看不起我们这工作！所以在你妈面前总觉得理亏！"

陈东华："好，好，我封建思想，我软弱，你有能耐，你跟我妈说去！"把自行车一放，回身就走。

王英又急又气："你回来！"

陈东华："我惹不起，总还躲得起吧！"扬长而去。

王英生气地跌坐在石凳上，委屈地痛哭，泪水夺眶而出。

四十三

已经打烊的为民饮食店门口围满了人，在看墙上的一封表扬信。

毛毛大声地念着表扬信：“小小饮食店，为民情意长；穿街又走巷，一片热心肠！”

王英推车来到店门口，以为发生什么事情，上前一看是表扬信，心情十分激动。老顾客们都围了上来。

民警：“是我们大家写的！”

王英感激地：“谢谢大家了！”

医生上前和王英说：“你们受委屈了！”

老伯伯上前再三叮嘱：“以后你们还要到我们弄堂来卖哟！”

残废军人鼓励王英：“这条路可不能半途而废啊！”

多少热情的话语，热切期望的目光，像一股股暖流，温暖着王英的心，王英眼中闪烁着感激的泪花！

四十四

王英、高伟莉推着售货车，来到新村里弄叫卖：“大饼油条脆麻花！”

一些顾客闻声出来买点心。

楼道口，几个小流氓正在看画报。流氓乙跑来报告：“阿龙，这帮卖大饼的又来了！”

流氓甲：“这帮小子倒是打不怕，走，去热闹热闹！”小流氓一哄而起，拥到售货车旁，推开几个顾客。顾客们敢怒不敢言，闪到一旁。

流氓甲：“臭卖大饼的，快滚，以后不准上这儿来卖！”

王英：“你们想干什么，现在是什么时候啦，你们还敢横行不法。”

流氓甲：“还嘴硬！来，把他们的车给翻了！”几个流氓拥上前来要动手。

高伟莉猛地从车上抽出根面杖，在车板上一敲，大喝一声："谁敢来！"把面杖高高举起。

几个流氓被吓得朝后退了几步，流氓甲一面给同伙打气："上，上！"一面举拳冲上去。突然，一只有力的手抓住他的手腕，流氓甲回头一看，原来是民警老徐。老徐用力一扳，流氓甲痛得直叫。

"小王，你们安心营业吧！"民警老徐对王英她们说完，又狠狠地对小流氓喝道："走！"把几个流氓带走。

王英、高伟莉兴奋地笑着："谢谢大家！"

四十五

为民饮食店门口。正是下班的时间，林小梅提着砂锅等着王英。王英提一篮点心走了出来，锁上店门，看见小梅，问："怎么还不回去？"

林小梅："等你！"

王英："什么事？"

林小梅不好意思地："我们一起去看看郑保宇……"

王英故意地问："看他干什么？"

林小梅羞涩地："他是为我受的伤……我……"

王英故意逗小梅："看这个二流子？"

林小梅红着脸："嗯，他现在变好了嘛！"

王英："好妹妹，你去吧，代我向他问好！"

林小梅："你不去，我也不去！"

王英解释道："我也要去看一个人！"

林小梅神秘地："看谁呀！"

王英："看一个一辈子做大饼的人！"

林小梅不明白："哦？"

四十六

郑保宇坐在家里圆桌旁左思右想，认真画着设计图。林小梅走来看见郑保宇专心学习，喊了声："大老鼠！"闪身躲到墙边。郑保宇回头看门外无人，又探身到窗口张望。林小梅溜到他身后："哎，你在干什么！"

郑保宇吓了一跳，回头一看，又惊又喜："林小梅！你坐！"

林小梅坐下，看见桌上的图纸："哦，你在搞技术革新！"

郑保宇不好意思地将图纸收了起来："我这是闹着玩的。"

林小梅："你伤好点了吧？"

郑保宇："没什么，为朋友流点血怕什么！"

林小梅看郑保宇摆出一副英雄模样，暗自好笑。

郑保宇把茶放在桌上，好奇地打量着砂锅："这是什么东西？"

林小梅掀开锅盖："三七炖鸡，吃了伤会好的！"

郑保宇忍不住伸手去撕鸡腿，林小梅打开他的手。郑保宇蘸了点汤在嘴里吮吮："好香啊！"

林小梅："告诉你个好消息，几个流氓让派出所给抓起来了！"

郑保宇听说流氓被抓，开始高兴，但马上又严肃地说："哦，不好，不好……"

林小梅不理解地："怎么不好？"

郑保宇："以后没人打我了，谁还给我送鸡汤呢？"

"厚脸皮！"林小梅骂他。

郑父扛了一袋米回来，林小梅忙起身，不好意思地说："郑伯伯，您回来啦！"

"我来看看保宇！"

郑父喜出望外："保宇现在有进步，这全靠你们的帮助。他从小就没有妈妈，是一个野孩子，以后你多管着点！"

林小梅被说得面红耳赤，忸怩不安："我要回家做饭了！"

郑父殷勤挽留："哎呀，时间还早，哎，坐，坐，我给你烧两个水爆蛋。"对保宇："好好招待着点！"一面拿鸡蛋，一面打开收音机。

收音机里正在播送越剧《红楼梦》唱段。贾宝玉唱道："天上掉下个林妹妹……"

林小梅和郑保宇都不约而同地相视一笑，笑得那么甜蜜，含情脉脉。

四十七

医院女病房，王英提着一篮点心走到高母病床前。

高母高兴地："小王你来了？"王英："您的身体好点了吗？"

高母："好多啦！"让王英在床边椅子上坐下。

王英打开提篮，里面装着油馓子、麻团、蟹壳黄："请您尝尝我们的手艺！"

高母："又带这么多东西，谢谢！你们店里大变样啦！"

王英："这是大家干的！"从口袋里拿出钱放在高母手上："这是给你们家本月的补助！"

高母："不，不，店里兴旺了，伟莉的奖金也多了，现在家里不那么困难了！"

王英体贴地："生病住医院花费总大一些嘛，拿着吧！"

高母感动地接过钱，忍不住转过头去，暗暗擦泪。

四十八

陈东华家，陈母正发胃病，在床上辗转反侧，痛苦呻吟。

陈东华推门进来，没精打采地："面条卖完了……只有饼干！"说着把一桶饼干放在陈母枕边。

陈母："哎呀，饼干甜滋滋的，吃了更要胃酸……你不会上王英店里买几个烧饼！"

陈东华："我可没脸再上人家店里去！"赌气地坐在阳台口："要吃你自己做！"

陈母又气又恼："我能自己做，还用你去买……哎哟，哎哟！"

四十九

繁华的街市，车水马龙，人山人海。林小梅和郑保宇在逛街。两人你拉我扯，异常亲热。

林小梅："到对面百货公司去看看嘛！"

郑保宇："到旧货商店去看看旧的！"林小梅不高兴地："我爱看新的！"

郑保宇解释道："旧货便宜呀！"说着向对马路走去。

林小梅无可奈何只好紧紧跟上："真是个小气鬼！"

五十

郑保宇走进日用品调剂商店，边走边看，在电器柜台停步，细细打量货架。货架上摆满各种旧的风扇、烘箱、电炉等电器。

林小梅毫无兴趣："尽是些废铜烂铁，有什么看头！"

郑保宇看中角落里一架老式风扇：

"同志，这风扇能转吗？"

老营业员拿过风扇，插上插头，风扇抖动了一下，慢慢转动起来，发出"咣唧唧，咣唧唧"的响声。

郑保宇高兴地："风还挺大。多少钱？"

老营业员："12元钱，要不要？"

林小梅："不要，不要，要买新的！"

郑保宇忙解释："我买去修一修……"

"你真讨厌！"林小梅生气地走了。郑保宇追上去想劝说小梅。老营业员追问："你到底要不要？"郑保宇又忙赶了回来掏钱："要……要！"可是掏遍四个口袋，不够12元钱，尴尬地："对不起，钱不够，我明天再来买！"

老营业员："好，好，我给你留着！"

五十一

浴室门前，洗完澡的顾客纷纷走了出来。赵美娣披散着湿头发，边走边梳理。小梁迎面拉着煤车走来，看见赵美娣停车问道："美娣，你也来洗澡？"

赵美娣回身看见小梁，有些不自然地："你……"

小梁："我想跟你谈谈！"

赵美娣傲气十足："我早就说过了，咱们不谈了！"

小梁："不，我不是这个意思，我是……"

赵美娣："那好，有话就快说吧！"

小梁："上次王英找我谈了一下，我很有感触，我们的工作看上去比较脏，但心灵应该是干净的。上次是我说了谎，请你原谅。"说完转身拉车走去。

赵美娣没想到小梁态度如此真诚，想到刚才自己的态度，望着远去的小梁，心里感到有些不安和内疚。

五十二

王英正在家中打扫卫生，林小梅气冲冲地闯了进来："王英姐，郑保宇他……他又去自由市场搞贩卖了！"

王英："是真的吗？"

林小梅又急又恨："这次一定要好好教训教训他！"

王英："走，去看看！"两人急忙出门去。

五十三

自由市场上，一串串的清水螃蟹吐着白沫。

郑保宇大声叫卖："谁要买，清水大闸蟹！"

一些顾客围上前来挑拣，付钱……

王英和林小梅在人群中穿行，寻找着郑保宇。

郑保宇卖完了蟹，清点钱，高兴地把钱往口袋中一装，转眼消失在人群中。

林小梅和王英寻找着，发现了郑保宇，挤开人群，向前追去。

五十四

调剂商店内。郑保宇气喘吁吁奔向电器柜台，问一位女营业员："卖出去没有？"

女营业员莫名其妙："什么卖出去没有？"

郑保宇着急地："那架旧风扇啊！"女营业员不耐烦地："你看呀，没有就是卖出去啦！"

郑保宇一看架上没有那架老式旧风扇，着急了："你们说好给我留下的，怎么说话不算话！"

女营业员生气地："谁给你留的，你找谁吧！"

郑保宇火冒三丈，大声嚷道："你这是什么态度？啊，我半夜三更去摸螃蟹，好不容易凑齐了钱，你真是……"

女营业员："神经病，谁管你半夜三更……三更半夜的！"

郑保宇："什么，我神经病……"

老营业员闻声出来："吵什么哪！"郑保宇高兴地："就是他……"

老营业员："我给你留着呢！"顺手从柜台后面拿出那架旧风扇。

郑保宇喜出望外："太好啦，师傅你帮了我们大忙啦！太感谢你啦……"兴奋地抱着风扇就走。

女营业员一把拉住郑保宇："哎，回来！"

郑保宇向她道歉："我刚才态度不好，对不起！"说完又要走，被女营业员拉住。

女营业员："付钱！"

郑保宇这才恍然大悟，一时兴奋地忘了付钱："哦，我忘了，对不起啊！"

五十五

郑保宇抱着旧风扇，唱着歌兴冲冲地走出调剂商店。

林小梅、王英正迎面赶来。

林小梅怒气冲冲地问："谁让你上自由市场搞贩卖？"

郑保宇满脸堆笑："我也是为了你吗！"

林小梅生气地上前夺过风扇，举起要往地上砸："谁要你这破风扇！"

郑保宇忙上前护着风扇："哎，这……这是给店里做鼓风机用的！"

林小梅举着风扇的手在半空停住，将信将疑问："真的！"

郑保宇不好意思地说："我看你每天上班扇火挺累的，火又不旺真急人，想搞点'技术革新'！"

林小梅高兴地："你怎么不早说！"

郑保宇："我想让大伙儿高兴高兴！"

王英打趣地："害得小梅差点哭一场！"

林小梅不好意思地："去你的！"把风扇还给郑保宇。

王英："其实给店里打个报告，盖个章就行啦！"

郑保宇："盖这七八个章，不知要等到什么时候。这不，我一下子就买了！"

五十六

医院女病房。

陈母躺在病床上看书。高母已病愈，正准备出院。她把一篮点心送到陈母面前："我出院啦，你留着吃吧！"

陈母推让着："别，你自己留着吃吧！"

高母："别客气，这是我女儿店里经理送的，这姑娘啊，待我真比女儿还亲。"高兴地从口袋里拿出皮夹子："我这还有她的照片！"她坐到陈母床上，给她看一张王英和高伟莉合影的照片。

陈母一看是王英，意外地："哦！"

高母："你们认识？"

陈母慌忙掩饰："哦……不认识！"

高母收起照片："这么好个姑娘，可碰上个婆婆不满意……"

陈母关切地："哦？怎么啦？"

高母："原来一门好亲事，就因为她到门市部去卖大饼，这婆婆硬要儿子跟她吹！旧社会我做了一辈子大饼被人看不起，今天新社会了，还有这号人……你说这婆婆思想落后不落后！”

陈母闪烁其词：“落后……落后！”

高母：“论长相人品，这姑娘真是百里挑一，这么好的媳妇都不要，我看哪，这婆婆真是瞎了眼睛！”

陈母明知骂了自己，又不能发作，支支吾吾地：“嗯……是……”

高母又热情地打听：“大姐，你儿子有对象了没有？”

陈母：“有……哦，没有！”

高母：“那多大啦？”

陈母：“快三十了！”

高母：“要不要我给你们介绍一个？”

陈母：“哦，不要了……”

高母：“我看你是个有文化的人，你总不会有那种旧思想吧！”

陈母尴尬地：“当然，当然！”

王英和高伟莉走进病房，“师傅！”“妈！”亲热地喊着。

王英问高母：“东西都准备好了？”

高母：“早收拾好了。伟莉，你去办办出院手续！”

高伟莉应声而去。高母热情地拉着王英来到陈母床前：“大姐，大姐！”

陈母不知什么时候连头带脚整个人蒙在被里。

高母着急地：“刚才还好好的，别是发病了。快叫医生！”

陈母从被单中伸出手来拼命摇着。

高母着急地：“她是不是抽筋了！快去叫医生！”王英刚想去叫医生，陈东华进来。高母一把拉住陈东华的手：“你妈不好了，快！”

王英跑出病房去叫医生。

陈东华冲到床前着急地喊着：“妈，你怎么啦，妈……”急得差点哭出来。

陈母生气地坐了起来：“干什么，你妈没死！”

王英跑回病房：“医生马上就来！”看到陈母已经坐在床上，亲切地叫："伯……伯母，东华！"

陈母难堪地笑笑："嘿嘿……"东华惊讶地："你？"

高母对陈母："原来你们认识？"

高伟莉拉拉母亲，在她耳边悄悄地说着什么。

医生们拿着急救药品，推着氧气瓶赶进病房，问："怎么啦，是不是胃出血？"

高母："不，是有点心病。"

医生："心脏病？"

高母："不是，这有点想不通！"指指头脑，和医生耳语几句。

医生："哦，是遗传病呀！"

陈母："什么，你说我是遗传病！"

医生："这是旧社会遗传下来的一种毛病哇！"

陈东华："不，不，我妈主要是没有吃王英做的大饼，所以她的胃病又犯了！"

高母："那容易，叫王英天天给她做！"陈母："不知道人家愿意不愿意！"王英看看东华，欣喜地："伯母！"

走到陈母床边。陈母紧紧搂着王英。东华站在后面，看到她们之间的矛盾已经解开，满意地笑了。

尾声

歌声起：

大饼热，大饼香！

大饼热，大饼香，

心儿酥来皮儿黄。

大饼热，大饼香，

我为顾客穿街巷。

大饼，大饼，卖大饼！

大饼热，大饼香，

吃在嘴里滋味香；
为民服务情意长！
大饼，大饼，卖大饼！

歌声中：

面包车上扎着彩绸和大红花，车厢横幅上写着：“欢送青年突击手参加全市青年代表大会！”

人们敲锣打鼓。

王英和青年突击手们戴着大红花走向欢送的人群。

陈母、东华、高母在热烈鼓掌。

民警、残废军人、医生上前祝贺王英。

郑保宇、高伟莉、林小梅和王英握手。赵美娣深有感触地看着大家。

代表们的车子缓缓行驶。

陈母、东华频频招手。

王英从车窗口向人们招手。

赵美娣也举手招呼。

林小梅、高伟莉、郑保宇激动地欢呼，跳跃，招手。

王英向人们招手，无比欣喜和激动。

（选自《1981 年全国优秀电视剧获奖作品集》
上海文艺出版社 1981 年 12 月第 1 版）
荣获 1981 年第 2 届全国优秀电视剧（飞天奖的前身）二等奖

赤橙黄绿青蓝紫

根据蒋子龙同名小说改编

导演：王扶林

编剧：晨原

主演：陈宝国　夏立言　李小力

出品方：中央电视台

第一集

五颜六色的彩灯闪烁不已。

跳出剧中的几个镜头：

刘思佳在卖煎饼；

刘思佳在煎饼摊前与厂长祝同康对峙；

烈火中，刘思佳与解净争夺方向盘；

小姑娘般天真、纯朴的解净在司机们的包围之中，羞愧得无地自容；

解净身穿银色的西装，对厂长侃侃而谈；

解净珍惜地擦去手上的油手印；

解净说服刘思佳在意见书上签名；

叶芳夹着香烟走过来；

叶芳捶打着刘思佳的肩膀；

叶芳扔烟；

五颜六色的彩灯令人眼花缭乱。

推出剧名：

赤橙黄绿青蓝紫（第一集）

钢铁厂。

不冒烟的烟囱孤寂地竖立着。

原材料凌乱地堆放着。

墙上的大字标语“在调整时期各党支部应起到战斗堡垒作用”，被风吹起一角。

一片寂静。使人萧条之感油然而生。

第五钢铁厂挺有气派的大门。

画面外是一片嘈杂的喧嚷声。

大门墙上醒目的大字布告——“严禁商贩在工厂大门口摆摊设点，堵塞交通，违者罚款。”

镜头拉开：

沿厂门口两侧围墙，像嘲讽般出现了一个兴旺的自由市场。

四郊的农民推车挑担而来。

摊子上鲜鱼，猪牛羊肉、水果、瓜果菜蔬应有尽有，摊贩们高声叫卖着。

中间还夹着几个卖油饼、火烧的小摊贩。油饼摊很是肮脏，几个顾客拿着饭盒，摸着隔夜的冰凉的油饼，叹气，犹豫。

一位老乡卖鸡蛋的摊子前，围着几个人在挑拣，问价钱。

何顺，身材硕壮，粗手大脚，装束时髦而流气，鼻上架着一副特大号墨镜，晃了过来。

老乡赔着小心，打起笑脸问他：“您买鸡蛋吗？一块钱一斤。”

“这么贵？”何顺恶声恶气地反复挑拣，“新鲜不新鲜？别弄些臭鸡蛋到这儿糊弄人！”

老乡：“哪儿能啊……”

有人要称鸡蛋。

何顺趁老乡照应别的主顾的时候，顺手抄起两个鸡蛋，塞进自己兜中。

旁边人故作不见。

何顺蛮不讲理地对老乡嚷嚷：“喂！你没看见我们厂保卫处的布告吗？不许堵厂门口摆摊，影响交通。快点挪窝！”

老乡央求着：“这不，我离厂门口还老远着呢，不影响过人过车……”

何顺：“不行！叫你挪就得挪！”

老乡：“师傅，您行个好！边上的人不也在这儿卖吗？”

“你甭废话！”何顺把眼一瞪，“乡下佬！你到底走不走！”

周围人敢怒不敢言。

画外传来一声高喝："何顺！欺负人家老实人干什么？走，上那边儿干去！"

不知是谁有这等权威，在老乡面前像个强盗似的何顺，竟听话地转身，对画外那人咧嘴一笑，顺从地走了。

工人和家属们起劲地与小贩们讨价还价，争吵着，不时听到一两句骂人的粗话。

一片喧嚣声。

突然，飘来一阵立体声录音机的"阿波罗神乐"的音乐声，令人耳目一新。人们不禁四下张望，寻找着音乐声的来源。

在一片蹲着做小买卖的肮脏、灰蓝色的人群中，呼地撑开一把洁净的遮阳伞，使人联想起避暑的海滨。

紧跟着，一根一丈多高的竹竿，竖向了天空。竿顶上，一面"清真"的小旗高高地迎风飞舞。

几个煎饼摊前的顾客被音乐、阳伞和清真的招牌吸引走了。

几个正要买凉火烧的人不付钱了，向新开张的摊子赶去……

阳伞被人们围得水泄不通，大多数是钢厂的职工和家属。

阵阵悦耳的音乐从人群中传出。

其余的煎饼摊前生意冷清，小贩们向阳伞投去嫉妒的目光，咒骂着该死的音乐。

围得里三层、外三层的人群。

阳伞下，精致的立体声录音机在油烟腾腾的煎饼锅旁响着。

操作的青年白衣、白帽、白袖套，白口罩，干净得像一名大夫。他低着头，背着身子在加煤。

何顺粗嘎地嚷着，招揽生意："来啊！来吃呵！喷香的煎饼馃子！物美价廉啰！别处一毛二，咱只收一毛，不为赚钱，只为方便本厂职工……"

白衣青年抬起身，摘下口罩。这就是刘思佳，细高身材，眉清目秀，两眼炯炯有神，生得一表人才。

他用权威的口气，“何顺，戴上帽子。”

何顺笑嘻嘻扣上一顶白工作帽。

刘思佳：“把墨镜摘了。”

何顺摘掉墨镜。

刘思佳在煎锅前自豪地忙着，动作潇洒，不像是在摊煎饼，倒像是在制作什么精细的工艺品。

何顺叫着，收着钱。

身穿钢厂工作服的职工们，边买边七嘴八舌地打听：“何顺，这一早晨得赚个十块八块的吧？”

何顺：“厂里不发奖金，就得靠自己捞点外快！”

工人，“你们这样干厂里同意吗？”

何顺：“不同意又怎么着？咱这是业余时间，还有政府执照，我爸爸的！真正的西域回回！”

工人：“你们上班拿工资，下班做买卖，两头捞钱，这不是一人吃两面吗？”

何顺一边卖着，收着钱，一边不忘讲歪理：“谁有能耐谁就干！这叫八仙过海，各显其能！在美国，大学生下饭馆端盘子洗碗。农民可以进城跑买卖，当工人就该饿死？”

工人：“都这样干不就乱套了？”

何顺火了：“去你娘的！不这样就不乱套了？不买你滚蛋！别找碴！”

工人：“你做买卖怎么骂人哪？”

何顺：“骂你个王八蛋了！怎么着吧！”

何顺嚷着就想动手。

刘思佳头也没抬，轻轻喝了一声：“何顺，你还想干吗？”

何顺立刻就老实了。

一阵急促清脆的车铃声响起。

一辆鲜红的“凤凰”轻便坤车的前轮，直冲进人群，险些撞倒了煎饼摊。

叶芳来了。

叶芳，一个长得很美的姑娘，眉宇之间显出一种落拓不羁，头发别出心裁地高高盘在脑后、别着一个黄灿灿的发卡，耳边挂着翠绿的耳坠，穿着时髦，但有些俗气和招摇。

何顺一脸横肉一下松弛了，堆出笑容：“叶芳，吃煎饼，我请客，管你够！”

叶芳不理他，怒气冲冲直视着刘思佳。

刘思佳没抬头，像个生意人一样，轻声而有礼貌地：“叶芳，躲开一点，别影响我们卖煎饼。”

叶芳：“你就缺这几个钱花？”

刘思佳继续摊着煎饼：“不为赚钱，是为本厂职工谋福利。”

叶芳拿出命令的口吻：“别来这一套！赶快把摊子给我收了！你这一天赚多少钱，我全包了！”

刘思佳突然恶意地：“一天十块，一年三千六百五十块！你包得起吗？快走！”

他说罢埋头摊煎饼，再也不理叶芳。

叶芳使劲按了一下车铃。

刘思佳像没听到，无动于衷。

众目睽睽之下，叶芳下不了台，一赌气推车走开了。

汽车队田队长推着自行车走来，他也被这音乐、阳伞、招牌所吸引。

钢厂的人们不断围过来。

大家议论着。

一位工人咬了一口煎饼，“嘿！味道还真不错！”

另一位工人，“这合法吗？”

吃煎饼的工人："这有什么合法不合法！谁的煎饼又热又好，价钱又便宜，就买谁的！"

几个戴着保卫处袖标的干部远远地看着，一脸不是滋味的模样。他们小声嘀咕着，似乎是想干涉，又吃不准。

煎饼摊前人越来越多。

刘思佳、何顺开市大吉，买卖兴旺。

一辆黑色的小轿车开来。

轿车被刘思佳的煎饼摊子挡住了去路，不得不停下来。

轿车内，司机用力按着喇叭。

厂长祝同康和刘秘书坐在车内，

祝同康："保卫处不是三令五申，摊贩不许堵在厂门口吗？"

刘秘书没好气地："不是农村来的摊贩，是汽车队的地下队长刘思佳，还有何顺。"

祝同康顿时火冒三丈："什么！"

祝同康推开车门，探出身子。

煎饼摊旁围着的人群，唰地一下闪开一条缝隙。

祝同康和刘思佳通过这条缝隙四目相视。

群众好奇而紧张地注视着这一幕。

刘思佳成心用锅铲响亮地敲着煎锅沿，不紧不慢地："来呀！吃刚出锅的煎饼馃子，又烫嘴又烫心，吃完了多想几个为什么呀！又长智慧又锻炼思考能力啊！"

祝同康站在车门口一步也迈不动。

刘秘书严严实实躲在轿车里一丝不露，只是紧紧拉住祝同康的后衣襟。

刘秘书压低了声音，焦急地："厂长，可不能急躁呵！刘思佳业余时间做小买卖，国家没有明文规定禁止，冲突起来怕不好收场……"

厂长一时不知该怎么办。

祝同康、刘思佳隔着人群遥遥对峙着。

人群先是屏住了呼吸，慢慢有人开始窃窃私语。

汽车队田队长见状惊慌地悄悄往后躲，不知被什么绊住，摔了个仰面朝天。

爆发出一片哄笑。

刘秘书在车内催促着："厂长……"

祝同康毕竟有经验，他想了一下，果断地钻回车内，"砰"地关上车门。

祝同康的声音哆嗦着："倒回去！从后门进厂！"

汽车倒回头，开走。

人群哗然，众人的反应不同。

小轿车从后门进厂，开走。

一辆汽车也从后门进厂。

解净把着方向盘，她身穿剪裁合体的银色西装，烫发曲卷，发型美观大方，她脸上带着一股抑制不住的兴奋在开车。车开到汽车队停车场进口处。

解净突然刹车。

叶芳扶着自行车横在路中间。

解净从驾驶室里探出头来，还没有来得及说话，叶芳愤愤地对她嚷起来，"小解！刘思佳、何顺在咱们厂大门口卖煎饼，你知道吗？"

解净一惊："卖煎饼？"

叶芳见解净这种表情，她好像是放了心，接着又诉苦似的说起来："唉！刘思佳、何顺在厂门口摆了个煎饼摊，把人都丢尽了！也不知道他这到底是图什么！"

解净急急从车上下来，"小叶，你先把车开回去，我到大门口去看看。"

解净跑了。

叶芳望着解净，一脸不悦。

钢厂大门口。

上班的工人们拥进门来。

解净迎着上班的人流跑去，不时听到人流中对刘思佳卖煎饼的议论，

“这刘思佳够嘎的！”

“汽车队里可是藏龙卧虎哇！”

“明天我也做小买卖去！”

“嘿，厂长也傻眼了！人家有执照，祝头管不着！”

“厂里连工资都快发不出来了，他不好好想想自己，还管别人哪！”

“就是！”

解净匆匆忙忙穿过人流。

上班的汽笛长长地响起来了。

解净急促的脚步突然停了下来。

以刘思佳为首的何顺等一大帮汽车队的小青年，扛着摆煎饼摊的全部家伙什具，兴高采烈，熙熙攘攘而来。有人还轻松地哼着、吹着口哨，俨然一副凯旋、扬扬得意的样子。

他们发现了解净，都停下脚步来。

除了刘思佳、何顺，其他的小青年的态度明显收敛，看得出来解净是有一些威信的。

刘思佳、解净的目光相遇了，两人似乎有什么事心照不宣。

远处，谁也没发现，叶芳不知什么时候又来了，死死盯住他们。

刘思佳环顾一下众人，淡淡地：“走！”

青年们簇拥着刘思佳而去。

解净望着刘思佳的背影，从衣兜里掏出一张纸展开来。

这是一张图，画满了符号、箭头，写着蝇头小字。题头三个醒目大字：“八卦图”。

望着刘思佳远去的背影，解净思索着。

“啪”的一声，祝同康将公文包摔在办公桌上。

办公桌的玻璃板下压着一张1976年度厂部先进科室的照片。

照片上，祝同康的身边坐着一位年轻的姑娘，她就是解净。

电话铃响，祝同康一把抓起电话，“……知道了，知道了。……对卖煎饼事件，一定严肃处理。告诉你们轧钢车间的职工，要安心上班……”

挂上电话，祝厂长靠在转椅上，心烦意乱闭上了眼睛。

刘秘书也在接电话：“怎么？……有人请假摆摊？好，我马上转告厂长。”

刘秘书刚挂上电话，电话铃又响。

刘秘书拿起另一个电话：“什么？车间乱套了？”

电话铃都响了起来。

祝同康突然睁开眼睛，一把抓起电话。

祝同康：“喂！门卫！我是祝同康！刘思佳的煎饼摊子收了没有？收了？上班铃一响他们刚好进厂门？”

祝同康无可奈何地挂上电话：“这个滑头！”

祝同康起身踱步，思考着。

祝同康：“现在的年轻人，简直是太不像话了！工厂这种情况，他们还要拆台捣乱！”

刘秘书：“刘思佳家里冰箱、电视、立体声录音机什么都齐全，一个三级工，一个月工资才几个钱？”

刘秘书说着，半吞半吐起来：“收支不平衡呀！怕是……这个，这个来路嘛……”

祝同康顿时就警惕起来，“嗯，这事我倒也是听说了。”

他略一想，对刘秘书：“叫汽车队的负责人来！”

刘秘书，“队长，还是副队长？他们田队长可不大管事。”

祝同康的口气亲切了一些，“叫小解来吧！自从她下了汽车队，我差不多有两年没有见到她了。”

刘秘书仿佛是漫不经心地，“小解最近变化可不小。”他暗暗瞟了祝厂长一眼，继续说下去，“穿戴挺时髦，听说她还学会了抽烟、喝酒……”

刘秘书知趣地不说了。

祝同康，“叫她来！叫她马上来！”

镜头推向玻璃板下照片上的解净，成特写：

一个单纯、朴素的姑娘，梳着两条小辫，天真得像个中学生。

汽车队停车场上。

解净向一青年司机询问着刘思佳卖煎饼的情况。

解净转向另一老师傅了解情况。

车库内。

一中年司机对解净说着什么。

有人喊：“小解，厂长来电话找你。”

解净：“知道了。”

汽车队办公室。

解净在接电话，“知道，我就来。”

解净放下电话。

田队长提着手提包，匆匆走进来，一望而知是刚来上班。

解净：“老田，刘思佳和何顺刚才在厂门口卖煎饼的情况，你知道吗？”

田队长作一本正经状：“啊，怎么回事？我不知道啊！”

解净抬手腕看看表：八点二十分。

田队长自言自语地解释：“今儿个不知是怎么的了，保健站看病的人比哪天都多，好半天才轮上我……我这头痛的老毛病！……”

解净看着他意味深长地笑了笑，对他说：“那我到厂部去了。”

厂区马路上。

解净向厂部大楼走去，步伐很快，边走边思索着。

突然，解净的脚步慢下来。

〔闪回〕

厂门口的煎饼摊前，刘思佳与厂长对峙着。

刘思佳用锅铲敲着锅沿，不紧不慢地，“来呀！吃刚出锅的煎饼馃子，又烫嘴又烫心，吃完了多想几个为什么呀！又长智慧又锻炼思考能力啊！”〔闪回完〕

解净继续走着。

解净的内心独白，“又烫嘴又烫心，吃完了多想几个为什么，又长智慧又能锻炼思考能力？”

解净从衣兜里掏出那张八卦图。

〔闪回〕

汽车队办公室。

解净边看文件边走进办公室。

一个纸团从窗外飞进，打在解净身上，然后落在她脚边。

解净从地上捡起纸团仔细展开。

纸上画满各式箭头，写满蝇头小字，各种数字，题头三个大字“八卦图”。

解净不解其意，反复地看着。

解净的内心独白，“两个月前，我捡到了这张图。从字体我认出是刘思佳写的。我研究了很久才明白，这张图指出了我们汽车队经营管理上关键弊病之所在，也提出了一些改革的办法。可他不直接交给我……这个人可真是个谜啊！”〔闪回完〕

解净走到厂部大楼门口站住了。

解净望着高大、庄重、陈旧的大楼，一阵感慨之情油然而生。

解净的内心独白，“当年离开这座大楼的时候，我心里空虚、惶惑，没个着落，可现在……”

解净迈着坚定自信的步子走进大楼。

解净走在楼道里。

解净走过一间间办公室、会议室、政治处、生产处、供销处、宣传科……门口。

解净向前走着。

她的〔画外音〕“大楼里的一切都没有变，我亲手写的这些牌子，还挂在老地方，可我却变了……”

〔闪回〕

解净穿着一身肥大不合体的、再生布做的蓝工作服，手捧一份稿子，随祝同康走进办公室大楼。她神情庄重、虔诚，带几分惶恐不安。

解净的〔画外音〕“……1972年我第一次走进这个大楼的时候，单纯无知得像一张白纸……”

〔闪回〕

厂部办公大楼外，停着厂长的小轿车。

祝同康从大楼里出来，正要上车，解净追来，手中挥着一份文件。

祝同康在文件上签字，并亲切慈爱地向解净交代什么。

解净的〔画外音〕“那时候，我是化验员。祝厂长发现我的字写得不错，从此我成了他的秘书，开始了厂部办公大楼里的生活……”

〔闪回〕

解净在写大批判标语，祝同康走过来，帮助她纠正笔法。

画出刊头“从头越”；

钢笔在稿纸上疾书；

镜头从手摇到四年后的解净的脸，辫子变成了短头发。

解净的〔画外音〕“我就这样写了好几年，从厂长秘书，成了宣传科的副科长。虔诚地相信我所写的一切，觉得它们是那样神圣，我对生活充满了信心……”

〔闪回〕
全厂职工大会上，解净在慷慨激昂地发言。

解净的〔画外音〕“那时，我是全厂青年的榜样，厂里最年轻的中层干部……”

解净的〔画外音〕“一声霹雳，打倒了‘四人帮’，我从前那坚如磐石的信念，一下子被粉碎了，我从噩梦中醒来……”

〔闪回〕
厂区马路上，解净一个人孤独地走着，身后，长长的影子寂寞地移动着。

解净的〔画外音〕“我发现自己受骗了。我浪费了青春。现在，我除了写写画画一无所长……”

〔闪回〕
解净瑟缩着走过楼道。
人们在她背后指指点点地议论。
解净的眼里含着泪花。

解净的〔画外音〕“在人们的心目中，我不过是个随着‘四人帮’的杆子爬上去的小丑。每当我走过这楼道，心里像负了千斤重担……”〔闪回完〕

办公大楼楼道里。

一声“解净”的呼唤打断了她的回忆。

刘秘书迎面走来。

刘秘书：“小解，才来呀？厂长等着你呢。”

解净：“哦。”

刘秘书望着解净发愣，不住上下打量她。

解净低头看看自己身上。

镜头摇过解净一身合体的银色西装。

解净的〔画外音〕“早晨一忙，忘了换工作服了。”

解净坦然地对刘秘书：“老刘，还有什么事儿吗？”

刘秘书：“啊？啊……没有……”

解净转身向厂长办公室走去。

刘秘书边走边回头看解净。

解净感觉到了，她一回头，正好碰上刘秘书的目光。

刘秘书尴尬地对解净笑了笑，赶紧走掉。

厂长办公室门口。

解净推开了房门。

厂长祝同康颓唐地靠在沙发上，闭目吸烟。

从沙发背上露出了半个脑袋，一只长着老年斑的疲倦的手，抚摩着几缕干草似的稀疏的白发，一缕烟袅袅上升。

弥漫着一股凄凉、苍老之情。

解净的〔画外音〕“我尊敬这个曾经爱护、培养同时又耽误、禁锢过自己的人，但对他，又有一种说不出来的怨恨……”

解净走上前，轻轻地：“祝厂长，是您找我吗？”

祝同康闻声亲切地起身，“是小解吗？”

祝同康看见解净的衣着，脸色唰地变了。

〔闪回〕几年前纯朴得像个中学生一样的解净。〔闪回完〕

祝同康的〔画外音〕“难道她真的变了？”

解净似乎对祝同康的反应有了精神准备，她平静地问：“您找我有什么事？”

祝厂长没理她，抽出一支烟来送向嘴边，半途突然递给解净，带几分挖苦地：“抽烟。”

解净：“不。”

祝同康，“我听说你也学会了？”

解净仍旧平静地，“是的。但我没有瘾，平时也不抽。”

祝同康：“你们队里的刘思佳、何顺，在厂门口摆煎饼摊，做小买卖，你知道吗？”

解净：“听说了。”

祝同康，“为首的刘思佳，这个人很成问题。”

解净：“您指的是什么问题？”

祝同康：“他一贯目无领导，还有，他追求资产阶级生活方式，喇叭裤、蛤蟆镜都是他带到厂里来的。还有他家里那些外国牌子的电视机、电冰箱是哪里来的？他和流氓集团有没有关系？这些你里里外外给我都查清楚！”

汽车队男司机休息室。

何顺袒胸露怀地蹲在椅子上数钱。

一大帮青年司机乱哄哄地围在何顺周围，七嘴八舌地嚷嚷：

“哎，多少？到底多少？”

“呵！怕有二三十块呢！”

刘思佳独自一人坐在自制的软椅上，聚精会神地盯着电炉子上的煮山芋。

刘思佳夹起一块山芋尝了一下，满意地咂咂嘴，像是吃了山珍海味。他从塑料袋中抓出一把玉米面撒在锅里，熟练地搅着。

何顺蘸着唾沫，扬扬得意地点着票子。

一元、五毛、二毛、一毛的小票分别堆放着。

大伙儿的眼睛都紧盯着何顺的手。

何顺仔细排点着最后的几分零币。

大伙儿都屏住了气息。

何顺得意地大声公布战果："妈的！三十七块四毛！"

大伙儿哄地一下议论开来：

"嘿嘿！一早晨比一级工干一个月挣的钱都多！"

"休病假！休病假！明儿咱也去做小买卖！"

刘思佳津津有味地在一旁喝着山芋玉米粥，一副不相干的神气，偶然用眼角的余光扫一眼吵闹的人群。

一个小伙子冲进来报信："哎！哎！厂长把解净叫走了，八成是为思佳卖煎饼的事！"

乱哄哄的司机们一下安静下来，全望着刘思佳。

一个年龄最小的司机轻轻说了一句："哟！这下坏了！"

大伙儿又议论起来：

"思佳，赶紧休几天病假躲躲风头，厂长肯定饶不了你！"

"是呵！好汉不吃眼前亏，快走吧！歇两天就歇两天。"

"大王，你表姐夫的哥哥不是在厂办吗？快探听探听风声去！"

"我看哪，多一事不如少一事！眼下呀，还是把卖煎饼的钱交公了吧！……"

何顺也有些不知所措了，"思佳。"

刘思佳没理他，慢慢悠悠地喝完了最后一口山芋玉米粥，然后精心地刮下锅沿边上残存的一点粥放进嘴里。

刘思佳异常镇静的样子，使大家慢慢都平静下来。刘思佳这时才不慌不忙地指指桌上那几堆钱问何顺："何顺，这钱你打算怎么办？"

何顺慷慨地把钱往刘思佳面前一推："你拿！剩下是我的！"

刘思佳："我一分也不要。"

何顺，“那哪儿成！你讲义气，我也不能当小人！要不咱俩二一添作五,一人一半。”

刘思佳摇摇头。

何顺：“你不要，我也不要！”

刘思佳猛地盯问他一句：“你真的不要？”

何顺的舌头有些打弯，还是硬着头皮：“不要！”

刘思佳：“那好！这些钱就交给孙大头。”

何顺噌地蹦起来，抓起钱就往兜里塞：“给那个乡下佬？没那么美的事！扔在河里还有个响呢！”

刘思佳唰地把脸放下来：“何顺！我也是乡下佬。你这个城里洋佬的祖宗，也是从农村刀耕火种过来的！你要是不乐意，这钱你全拿去，我再找人凑。”

司机大王：“就是！孙大头老实巴交的，在咱车队干了二十多年，如今老婆晚期胃癌住院，没有几天熬头了，正困难呢！”

另一司机，“大头老婆还是农村户口，医药费只能报一半，大头拖着四个孩子，背了一屁股债，这节骨眼上咱们不伸把手，叫人寒心呵！”

何顺仍不情愿：“大头有困难，可以向厂里申请补助嘛！”

刘思佳：“你又不是不知道，厂里连工资都快发不出来了，还顾得上大头？我要是张嘴向大伙儿捐钱帮他，谁也不会驳面子，可眼下没奖金了，再让大伙儿从工资里往外掏也不合适，所以我才想出一个卖煎饼的办法。”

刘思佳走到何顺面前：“咱们说痛快的。我用你爸爸的执照，你又帮了忙，理应给你钱。可要是你爸爸卖，一早最多赚五块，你就把那七块四的零头留下，剩下的三十块给大头，就当是给我，怎么样？”

何顺咬着牙把钱往桌上一扔：“话都说到这份儿上了，我也不能不够朋友！都拿去！给大头！”

“好！够意思！”刘思佳干脆地，“可对外人你还得说钱全归你了，因为咱们用的是你爸爸的执照。你就说你父亲病了，生活困难，儿子利用业余时间帮父亲干活儿。我嘛，是哥儿们义气，自愿帮忙。这样，甭管是上级追查，还是上法院打官司，咱们都占理。”

何顺听着连连点头。

其他人也直咂嘴称是。

一中年司机：“怕是不那么简单，今儿个你在厂门口给祝头玩了一个下不来台，你看他能饶你？”

刘思佳微微一笑：“哼，不用饶，我这儿正等着他呢！”

刘思佳突然严峻起来：“你们大家看好：厂长若不找我，我明天不吭不哈接着卖！厂长要是找我，那正好，我敲锣打鼓地卖！你们大伙儿都去卖！厂子几十万几十万地亏损赔钱，工资都发不出来，他还好意思来管我们？哼！让他跟咱们学学，什么叫经济头脑！”

周围的司机们一个个摩拳擦掌：“行呵！”

厂长办公室。

祝同康十分激动地回头对解净：“全厂职工都学他，工厂不全乱套了！影响太坏，一定要严办！”

解净：“怎么严办？”

祝同康：“你们先拿个意见出来！”

解净：“上级没有精神，我们怎么拿意见？国家对如何处理职工做小买卖，没有明确规定，我们凭什么处理刘思佳？他要是不服，怎么办？”

祝同康：“你们做工作嘛！”

解净：“要是工作做不通呢？”

祝同康压住火头，走到办公桌前，坐下。

祝同康：“照你这么说，就只能放任自流了？”

“有办法！”解净跟过来，“不过，办法应当厂里出，得厂里拿出明文决议。咱厂今年生产任务到底有多少？到底多少人没活儿干？什么时候扭亏为盈？奖金还给不给？”

解净又补一句：“上面一摊糊涂浆子，下面人心惶惶，光抓一个卖煎饼，顶什么用？”

祝同康语塞，心里一团乱麻。

解净：“按厂规，职工旷工半年就应该开除厂籍。二车间有个工人旷工一年去搞贩运，党委毫无办法，一不敢治罪，二不敢开除；您叫我又怎么处理刘思佳？”

祝厂长：“好吧！那你先调查他和流氓集团的关系。”

解净：“为什么总是喜欢把人想得坏一些？我调查过了，没有根据！”

她端起茶杯，喝了一口。

祝同康：“他穿喇叭裤，戴蛤蟆镜……”

解净：“可他也是我们汽车队唯一一个20万公里无事故的司机！他关心生产，他的建设性意见……”

“你是在替刘思佳说好话？”祝同康皱起眉头，“小解，别忘了，你是什么身份。你最近变化很大，这样发展下去很危险。”

解净：“我如实向您反映情况。”

祝同康：“话是这么说，厂里的工作也确实有一些问题，可现在厂里这种情况，职工的思想已经很混乱了，刘思佳在这个时候堵着工厂大门口卖煎饼，你知道造成了什么后果吗？刚才那个车间、工段的头头儿来电话，都说工作没法领导了，下面的工人都要学着刘思佳的样儿去做小买卖……”

解净听着，也感到了问题的严重性。

祝厂长，“更重要的是，只要你不处理，他明天、后天、大后天都会堵着厂门口卖煎饼。你想想那会是什么后果？处理！一定要处理！如果我连一个小小的刘思佳都处理不了，我这个厂长还怎么当！”

解净考虑了一下，“我倒是有解决的办法。”

顿时引起了祝同康的注意。

办公室外。

刘秘书走来欲推门。

屋内传来祝同康一声不满的问话：“这，就是你的办法？”

刘秘书吓了一跳，停在门外。

办公室内。

祝同康手中拿着刘思佳画的那张八卦图。

解净镇定而自信地："是的，这张图生产处和总工他们正在研究，是否可行，今天就会有确实的答复。"

面对坚定的解净，祝厂长有些无可奈何，"好吧！我就给你一天时间。如果问题没有解决，明天早晨刘思佳还是堵着厂门口卖煎饼，那我就先把他停职反省，然后酌情处理。你呢？"他停了片刻，"那我就把你调回厂部大楼来，现在宣传科还是很缺人的。"

解净："祝厂长！"

祝同康用少见的权威的口吻打断了她："好！这件事就这么定了。"

电话铃急促响起来。

祝同康接电话，"什么？汽车队一部分青年司机不肯出车了？"

解净的脸一沉，接过话筒……

汽车队停车场的出口处。

何顺的车横在出口，阻挡住了长长的一串车。

何顺站在车上，挥着手中的派车单，满嘴唾沫星乱飞，煽动着大家："得咧！别人拉油、拉钢材，偏偏让我拉白灰，这不是给我穿小鞋吗？哥儿几个要是够意思，谁他妈的也别出车！今儿个给他泡了！奖金都不发了，咱们还卖什么劲儿？"

本来干劲就不足的青年司机纷纷下了车。反正有何顺顶着，大伙儿也乐得歇会儿。

大王溜到何顺身边，低声地，"这事可有点出格哇！刚才思佳不是还让你按时出车吗？"

何顺："他不知道调度让我拉白灰。去去，这事你甭管！"

何顺一瞪眼，大王又溜开了。

厂区马路上。

解净心急如焚，匆匆往回赶着，她耳边回响着祝厂长的话：

〔画外音〕“……如果问题没有解决，明天早晨刘思佳还是堵着厂门口卖煎饼，那我就先把他停职反省……把你调回厂部大楼来……”

解净脚步越迈越快。

钢厂耐火砖仓库。

几个装卸工在给刘思佳的车装砖。

刘思佳拿着油壶给车头细心地上机油。

大王上气不接下气地闯过来。

大王：“思佳，出事了！快去看看吧！”

刘思佳：“怎么了？”

大王在刘思佳耳边悄悄说了几句。

刘思佳一拧眉头：“这个浑蛋！节骨眼上专往人家手里送小辫子！”

大王：“这事非你去说不行，最好赶在解净回来之前。”

刘思佳，“嗯。”

汽车队停车场。

不出车的小青年们有的在抽烟聊大天，有的在睡觉，有的在看小人书。

何顺和几个人在大呼小叫地打扑克。

一个小青年举起牌的手突然僵在半空中，一个“甩”字喊了半截，卡在喉咙里。

何顺一回头——

解净站在身后。

小青年放下牌，讪讪着欲溜。

何顺一瞪眼，“别走！”

小青年左右为难，一时尴尬在那里。

大伙儿都围了过来，有心看看解净如何处理这局面。

解净机敏地观察着形势。

〔内心独白〕“看来今天不先剃了何顺这个刺头，他这帮哥儿们是不会出车。”

解净镇定地向何顺发问，“田队长呢？”

何顺：“田队长休病假，躲了！”

解净：“刘思佳呢？”

何顺：“拉砖去了。”

解净几乎察觉不出地微微点点头。

〔内心独白〕“这倒像刘思佳的作风，越是这种时候，越不让人捉住小辫子。”

解净直追何顺，“那你为什么不出车？”

何顺：“别人拉油，干吗让我拉白灰。”

解净干脆地：“第一，拉白灰也是任务。为什么别人能拉你就不能拉？你比别人特殊？第二，你昨天拉油，在油库里抽烟，差点引起火灾。你必须写一份检讨，保证今后进油库不再抽烟。否则今后拉白灰的活，就让你包了。”

“什么？”何顺差点没跳起来，“这脏活儿全让我包？这不是挤对人吗？我不干！”

解净向他逼近一步：“那好！你把车钥匙给我。等我拉完白灰，我再告诉你，你这是旷工，还是罢工。”

何顺愣了一下。

解净不紧不慢地：“现在工厂里正亏损，要是有人不要工资，我们还是欢迎的。”

何顺看出僵下去没有好果子吃了，但一时又下不了台阶，憋了半天，二皮脸一拉：“得了！到底是胳膊拧不过大腿呀！我自认倒霉还不成？”

解净一步也不让地：“那现在就出车！中午写份保证书，下午跟车队去拉油！”

何顺悻悻然：“嘿！我成了墙倒众人推，鼓破乱人捶了！我的好处你们当头的就一点也看不见了！过去我三天不打一架心里就难受，现在你看我还敢惹事吗？我觉着都快够入党的条件了！”

人群中不知是谁小声地：“你入国民党早够条件了！”

大家哄笑。

何顺装作满不在乎的样子向自己的车走去。

大伙儿一见何顺去出车了，也都跟着向自己的车走去。

解净：“大伙儿先等一下。”

众人回头，站住。

解净：“反正也是晚了，借这个空，有点事跟大伙儿说清楚。这几天大家干活儿有些懈怠，可能认为咱们是被调整单位，任务吃不饱，奖金发不了，工资也玄乎，没什么干头。那就错了！我先给大家透个信，咱们车队可能要单独恢复奖金制度。在厂子调整期间，我们车队还要上马大干，为厂子多赚钱，为扭亏增盈出大力，队里还要公布新的管理奖励制度。”

大家情绪活跃起来，脸上都有了笑容。

解净：“希望大伙儿都打起精神来，好！现在出车吧！”

车场沸腾了。

一辆辆车轰鸣着，驶出出口处。

解净望着开走的车，松了一口气。

汽车队进口处。

刘思佳的车疾驶而来，吱的一声停住。

刘思佳和大王从驾驶室的玻璃窗内往外面望着。

停车场上只有解净一人，她正向办公室走去。

解净闻声回过头来。

大王惊奇地吹了声口哨：“嘿！想不到！何顺这个刺头，今天也让她给剃了！”

刘思佳微微点点头。

解净向刘思佳的车快步走来，看样子是有什么事儿。

大王：“哎，奔咱们来了！”

刘思佳：“走。”

刘思佳加大油门。

他的车扬起满天灰尘，从解净面前飞快地开走了。

解净被孤零零地甩在那里。

她望着远去的车，耳边响起祝厂长的话：“……如果明天刘思佳还是堵着厂门口卖煎饼，那我就先把他停职反省……把你调回厂部大楼来……”

刘思佳的车走得更远了。

解净望着。

〔内心独白〕“怎么办呢？现在必须去找总工程师。”

刘思佳的车远去。

解净坚定地向前走去。

第二集

五颜六色的彩灯闪烁不已。

闪出第一集中的一些镜头：

刘思佳神采奕奕地叫卖着煎饼；

解净在厂门口与“凯旋”的刘思佳、何顺一伙人相遇，目光交锋；

何顺在男司机休息室里数着钱，刘思佳慢悠悠地喝着粥；

何顺站在车上，挥着手中的派车单嚷嚷着；

解净严肃地教训着何顺；

一辆辆汽车轰鸣着，驶离车队停车场，车队办公室的墙上，贴着安全行车记录表，刘思佳的安全指标红线，赫然位居第一；

……

五颜六色的彩灯令人眼花缭乱。

出现片名：

赤橙黄绿青蓝紫（第二集）

厂区马路上，解净迈着坚定有力的步伐向前走着。

解净的〔内心独白〕：“两年多来，我的命运不知为什么总是和刘思佳缠绕在一起（声音慢下来，带着追怀的语调）我第一次看到他是在粉碎‘四人帮’以后不久。那时候，我生活的信念垮了，一切都需要重新开始……”

〔回忆〕

田队长板着严肃的脸，一本正经地，“各位师傅，这是党委给咱们新派来的副队长……”

镜头拉开，出现汽车队停车场全景。

二十来个青年司机东倒西歪地站着，用嘲弄、陌生，敌视的目光望着田队长身边的解净。解净尴尬地暗暗绞着双手。

在青年们身后不远的地方，停着一辆汽车，他们不时回头向汽车张望。

田队长继续作报告似的讲着：“解净同志是全厂最年轻的中层干部，当过祝厂长的秘书，宣传科副科长，大名鼎鼎，不用介绍大家也都知道了。”

司机们哄笑，怪叫。

解净难堪地低下了头。

那停着的汽车里，一个青年的侧影，冷冷地向人群看着。

田队长看出大家的敌意，却不动声色，圆滑地：“大伙儿这一笑就全有了。哎——说明大家热烈欢迎，我就不用多说了，往后大家多服从解副队长的领导，让我们汽车队的工作好上加好。”

又是一阵哄笑。

何顺怪声怪调地：“田头，你可真会逗啊！”

田队长意味深长地向大伙挤了挤眼，一反刚才一本正经的派头，随随便便走到司机们中间，从一个青年兜里掏出香烟叼在嘴上，马上一个小伙子为他点上了火。

田队长吐出一口烟，对解净：“小解，我还有点事，你先和大伙儿随便聊，熟悉熟悉。”

田队长说完，一晃就不见了。

只剩下解净一个人，更加孤立无援地站着。

青年司机们敌视地冷眼望着解净。

不远处停着的那辆汽车，这时突然鸣了一声喇叭。

青年司机们像得到了什么号令，一拥而上把解净围在当中。

解净在尴尬中，也注意到了这些动向。

司机大王，“嗐！她本来在上面挺美的，跑下面来干吗？”

“甭听那些！”何顺大声地，“她这号的，是顺着‘四人帮’的杆子，专靠整人爬上去的，现在在上面不吃香了，只好到下面来避风呗！”

解净脸色惨白，低下了头。

有人：“她到汽车队能干什么？给咱沏茶倒水，递烟点火倒挺合适。”

何顺：“可别小看人！别看什么不会干，人家背后可有戳头，人家当过祝头的私人秘书，谁不老实，人家笔杆一晃，一个小报告捅到祝头那儿整死你！”

解净无地自容，强忍着眼泪。

司机们再次哄笑……

镜头推向停在不远处的汽车。

驾驶室里，刘思佳一脸冷漠。

他默默看着自己导演的这一出闹剧，心里说不上是开心还是厌恶。

〔回忆〕

司机群中，老工人孙大头实在看不下去了："得了得了，哥儿几个！杀人不过头点地，人家初来乍到，欺负人家小姑娘干吗？"

何顺一见孙大头劝阻，马上冲他来了："姓孙的，看不出你还真会拍马屁！副队长刚一来你就拍上了！"

孙大头生气了，一伸手揪住何顺："你，你小子别找不自在！"

何顺一闪身变了脸："怎么着？你老东西还想动手？"

眼看他们就要打起来，突然传来一声清脆的、女子的高喝声，"何顺！你别光欺负老实人！"

何顺愣了一下。

穿戴时髦，手中夹着香烟的叶芳大步走来。在一群穿着肮脏工作服，带几分吊儿郎当劲儿的男司机之中，俨然鹤立鸡群。

何顺见叶芳出头，一时不知所措。

叶芳仗义而亲热地用右手勾住解净的脖子，安慰地，"别怕！对这帮臭狗屎就不能讲客气！"

叶芳掏出一盒过滤嘴香烟递给解净，"会抽吗？"

解净羞得满脸通红，直摇头。

叶芳笑了，小声对解净说："到这儿来，和在大楼里当干部不一样，头一条要先学会打架骂街，文攻武卫全能来一套，护着自己不吃亏！"

不远处那辆汽车的喇叭又响了。

解净感到又要发生什么事，有些紧张。

何顺果然立即把矛头对准叶芳："小叶，你这么甜言蜜语巴结队长，是不是想入党混个小官当当？"

叶芳故意气人，扬扬得意地吐一口烟："我就是想入党，就是想当官，好狠狠管教管教你们这帮臭狗屎！"

何顺一下又憋住了。

叶芳又点上一支烟，诚心诚意地：

“抽根尝尝，不要紧的。”

解净，“不不，我可不敢抽。”

叶芳撇撇嘴：“瞧你这文静样儿！干我们这一行不会抽烟喝酒可不行。你真是个单颜色的大姑娘！”

解净：“单颜色？”

叶芳咯咯地笑了。

叶芳：“就是红色呀！你光会搞政治，就像你身上这蓝衣服一样单调、别扭。人活一世，该享受的都得尝尝滋味。”

解净听着，她虽不赞同叶芳的理论，可对叶芳在众人面前嬉笑怒骂、挥洒自如的爽朗泼辣又挺羡慕。

叶芳搂着解净向女司机休息室走去。

〔回忆〕

刘思佳注视着这一切，利索地发动了车。

汽车吱地一个急刹车，顶着叶芳、解净身子停了下来。

解净吓得跳了开去。

叶芳火了，张口就骂，“这他妈的是谁！……”

车门“咣”一下推开，刘思佳伸出头来。

叶芳的脸色一下柔和了。

解净有些好奇地望着这辆神秘车的主人。

刘思佳：“解副队长，您恐怕还没坐过汽车吧？上来，我带您遛一圈，对运输工作做做调查研究……”

没等他话落音，叶芳脸沉下来，跃上汽车踏板：“思佳！打什么主意？头一天见面就想和她兜风？”

刘思佳阴沉着脸，看也不看叶芳：“你操心太多了吧？”

解净听到刘思佳的名字，大大震动了一下。

解净的〔画外音〕“原来这就是全厂赫赫有名的汽车队地下队长

刘思佳！”解净注意刘思佳，碰上了刘思佳冷峻、敌意的目光。

刘思佳：“怎么？不敢上来？汽车都不敢坐，还想在车队当副队长？”

解净被激，半天被司机们冷嘲热讽，压抑着的火气也冲上来，她一咬牙跳上了车。

叶芳：“我也去！”

何顺耳朵两边夹着香烟，拉住叶芳：“八字还没一撇，醋劲就这么大？我替你管着他！”说完，一下子钻进车里。

车启动了。

叶芳生气地：“呸！臭狗屎！”

汽车开走了……〔回忆完〕

炼钢车间的平台上。

解净与一技术员大声说着什么，炼钢车间的轰鸣声盖住了他们的谈话。

技术员用手向外指着。

隐隐约约可以听到他告诉解净。

“总工……在轧钢车间现场……”

解净走在通向轧钢车间的厂区马路上。

一辆载着白灰的汽车飞驰而过，白灰飞扬。

解净在白灰中走着。

飞扬的灰粉蒙住了镜头。

〔回忆〕

漫天灰沙，风吹得天昏地暗。

卡车顶风疾驶。

驾驶室内，解净被夹在刘思佳、何顺之间。何顺暗中拼命挤着解净，解净只好靠在刘思佳身上。

解净又紧张又厌恶，脸上汗水直淌。

何顺，“这是何苦呢？娇滴滴的大姑娘，大楼里当个干部，茶水喝着，风扇吹着，多美！你倒偏往下面跑！”

刘思佳：“你不懂！这叫有头脑，有上进心。前几年政治吃香，人家搞政工；现在业务吃香，人家又下来抓汽车队。好事全叫她占了！这个世界简直就是为这种人设计的！”

解净低着眉眼，极力控制着自己，假装听不出他们话里的刺。

〔回忆〕

刘思佳的车驶入被风刮得天昏地暗的白灰场。车停下，车身瞬间就被漫天飞舞的白灰笼罩吞没。

何顺从车窗里把领货单交给灰场工人。

灰场工人大声喊着，“嘿！你们疯了？！这么大风来拉灰，到你们厂子连一半也剩不下，全扬了！”

何顺怪声怪气故意说给解净听：“那有什么办法？咱们是磨坊的驴——听喝！头儿让干吗就干吗！”

灰场工人，“你们头没长眼？！”

何顺：“我们头闹红眼病，就是天上下刀子也看不见！”

“解副队长，”何顺故意把双腿一并，“你别光看热闹。新官上任三把火，你下去盯着点，别让他们少装了白灰！”刘思佳抽了口烟，冷眼旁观。

解净咬着嘴唇跳下车，何顺乐了。刘思佳脸上冷若冰霜，毫无表情，只是从反光镜中暗暗观察着解净。

解净一下车几乎被狂风吹倒，鼻孔、嘴里灌满了白灰，呛得透不过气。

车上传来何顺的笑声。

解净顽强地扶着车头挺住了。

一个灰场工人把她拉到避风处。

灰场工人，“哟！是新来的女司机？”

解净点点头。

灰场工人，“何顺这小子真不地道！自己躲车里，让徒弟下来……你们头儿也真瞎闹！大风天拉白灰，半路上白灰就刮没了，白糟蹋钱，马路上的行人还得骂你们。”

解净思索了一下。

解净：“那你们就别装了。”

〔回忆〕

解净钻进驾驶室。

解净：“刘师傅，咱们回去吧！”

“嗯？”刘思佳意外地，“不装了？”

解净：“风太大，就是装满了，半路上也得被大风刮去大半，白糟践东西，还招行人骂我们，不装了。”

刘思佳锐利的目光逼住解净：“是解副队长的指示吗？”

解净，“我这儿不是在和你们两位师傅商量吗？”

刘思佳步步紧逼：“可要是影响了生产，厂部怪罪下来怎么办？”

解净柔和但执拗地：“当然是由我去和厂部解释。”

刘思佳半眯起眼睛，看着解净，眼神却玄妙莫测。

何顺没有看出路子，冲着解净嚷起来：“你算老几？刚来就还想端你那副队长的酸架子下命令？！”

刘思佳没看何顺，坚决地发动了汽车。

何顺，“你……”

何顺以为刘思佳被解净镇住了，他想为朋友出气争面子，不服气地瞄了解净一眼，随即浮起了恶作剧的微笑。

解净对何顺：“我身上有白灰，就坐外边吧！”

解净径自靠着车门的一边，勉强挤着坐下了。

〔回忆〕

汽车从白灰场开出。

汽车行驶在郊区公路上。

驾驶室内，何顺和颜悦色地和解净讲话。

何顺："解副队长，你要真想在汽车队待下去，当名副其实的副队长，就得学会开车。"

解净看看他，"你看我行吗？"

何顺，"你认我当师傅就行。"

解净生怕又落进什么圈套里，怀着戒心，绕着弯子说，"反正从头学起，你们都是我师傅。"

何顺："学开车的规矩你知道吗？先要学会给师傅点烟。师傅两手把着方向盘，想抽烟腾不出手来点火，当徒弟的就得主动给点上，就像这样——"

何顺从一边耳朵取下一支烟塞在刘思佳嘴里，划着火柴替刘思佳点上。然后取下另一边耳朵的一支烟叼在自己嘴上。

"你先学着点一支，我看你够不够格。"

解净生气地把脸扭开。

何顺自己点着烟，狠狠吸一口，把烟全喷到解净的脸上。

何顺："快点哪！是不好意思还是放不下架子？"

解净无处可躲，干脆挺直了身子：

"请你放规矩点！"

何顺："别装正经！老实告诉你，点烟是最起码的，复杂的还在后头哪！一个姑娘想要学开车，不动点真格的还行？"

何顺说着，嬉皮笑脸地把一条胳膊搭在解净的肩上。

解净忍无可忍，猛甩开他胳膊站起来，几乎是带着哭腔大喊："停车！"

刘思佳像没听见，毫无表情，反而加大了油门，汽车开得飞快。

解净打开车门，一咬牙就要往下跳。

何顺吓傻了："哎！"

刘思佳一惊，急踩刹车。

车吱一声停住了。

解净纵身跳下车去，连看也不看他们一眼，顶着大风走了。

刘思佳怔住。

何顺恶声恶气地："别管她！咱们走！"

刘思佳望着风沙中解净倔强的身影，脸上微露出一丝赞叹的神情，但瞬间又消逝得无影无踪了。他板着面孔一踩油门，汽车从解净身边飞过。

何顺从驾驶室里向解净发出一声怪叫。

汽车掀起浓密的尘土，解净的身影被灰尘淹没。〔回忆完〕

轧钢车间控制室里，红光满天，机械的轰鸣声震耳欲聋。

解净在控制室和技术员说话。

技术员："总工上料场去了。"

解净："什么？"

技术员大声地："上料场去了！"

钢花四溅，钢龙飞舞。

去料场的厂区公路上，解净急急地走着，擦着头上的汗。

一辆汽车开过她身边，停下。

叶芳从驾驶室里伸出头来，"火上房啦？这么着急干什么哪？"

解净："上料场找总工程师。"

叶芳："上来吧。"

解净上车，车开动。

解净坐在叶芳旁边，对叶芳笑了笑。

叶芳急不可待地，"刚才停车场上人多，我没好问。厂里打算怎么发落思佳？"

解净："还没决定。"

叶芳："你说会不会给处分？"

解净："……"

前面会车，叶芳打方向盘。

解净看着反光镜。反光镜里映出开车的叶芳，一脸忧虑。

〔回忆〕郊区公路上，狂风大作。

满身灰粉的解净已是精疲力竭，狼狈不堪，她一步一步挣扎着向前走着。

风沙吹得她脸生疼，她咂了咂嘴，又渴又饿，但仍然坚毅地朝前走。

天昏地暗，远处的田野上已出现几点灯火。

解净踉跄地贴着树干喘息。

迎面，远处射来一道昏黄的车灯光。

汽车吱的一声停在解净面前，解净警惕地向后退去。

叶芳从驾驶室里跳了出来。

叶芳，“小解，快上车！”

叶芳将解净扶进驾驶室，拍打解净身上的尘土，解净像是遇到亲人似的，扑到叶芳怀里。

〔回忆〕

驾驶室内，叶芳在开车，解净土人似的软在一边。

叶芳愤愤地：“这俩挨千刀的，干这号缺德事！回去看我跟他们算账！”

叶芳掏出一条很漂亮的花手绢递给解净，

“快擦擦脸。”

解净接过手绢，犹豫起来。

解净：“这么好看的新手绢……”叶芳：“什么这个那个的，擦！”解净感激地擦脸。

解净的〔画外音〕“真没想到叶芳会来接我。这个热心肠的姑娘，她那么爱刘思佳，可是刘思佳欺负人，她又敢于出来打抱不平……不，我决不离开车队，我不走！这儿有好人，连人称时装模特儿的叶芳都这么乐于助人，就更不用说像孙大头那样的老司机了……”

车停下来了。

叶芳，“你瞧！”

前面，商店的灯光闪闪烁烁。

〔回忆〕

饭店灯火辉煌，隔着大落地玻璃窗，只见刘思佳、何顺和几个司机在喝酒。

叶芳急不可待地：“这几个小子在这儿吃得倒美，走！咱们也去吃他们一顿。”

解净：“你去吧！我在这儿等你。”

叶芳：“那怎么行！赶上了还不进去吃他一顿，过后他们还得便宜卖乖。”

叶芳说着下了车，又拉解净，“走吧！走呀！”

解净：“我不会喝酒。”

叶芳：“那就光吃菜。”

解净：“你瞧我这身土，怎么进饭馆？”

叶芳：“要的就是这个劲！”

解净：“不行，不行……”

叶芳的脸顿时就拉了下来：“哦，怕丢了共产党员的身份是吧？哼！我告诉你，在汽车队你要是老端这么个酸架子可吃不开，到没人理你的时候，可别怪我不捧场！”

叶芳说完，径自进饭馆去了。

解净被甩在驾驶室里，走也不是，不走也不是，左右为难。

叶芳和刘思佳、何顺等人在饭桌上吃着、喝着，有说有笑的十分开心。

解净疲乏地靠在座位上，眯起眼睛想睡一会儿。

突然响起刘思佳的声音，“党员同志，敢不敢喝几口二流子的酒解解渴呀？”

解净猛一惊醒，回头一看：刘思佳靠在车门口外，端一杯啤酒直捅到她的鼻子下面。

解净犹豫了一下。

刘思佳："请吧！"

解净镇定一下，接过杯子喝了一小口，然后一饮而尽。

刘思佳赞赏得几乎察觉不到地点了点头。

刘思佳："再来一杯！"

解净摇摇头，"谢谢！"

刘思佳："嗯，还不错。要想指挥别人，首先得能够指挥自己。"

解净有些不解地望着他。

刘思佳："做人的尊严，当领导的资格，不能仰仗别人施舍，更不是党委所能任命得了的，要靠自己去挣！在社会上混，得有坚强的神经中枢。副队长，你的神经不脆弱吧？"

解净摇摇头："我的神经不用你操心。（轻轻地）你这人说话为什么这么刻薄？"

刘思佳又是那副冷冷的腔调："这不叫刻薄，你搞政治的还不明白这个？人的力量就在说话上，人要是不说话，不就和畜生差不多了？"

解净被挖苦得一时说不出话，只是望着这个令人捉摸不透的刘思佳。

二人对视。

刘思佳用一种男子特有的目光打量着秀丽、文静的解净。

解净有些不知所措，同时也有了几分醉意。（静场）

叶芳阴沉着脸，突然插在二人中间。

叶芳："你这酒送个没完了？"

刘思佳没理她，钻进驾驶室："你先去吃吧，我把车送回厂里再说。"

叶芳一下揪住刘思佳的衣角，恶狠狠地："你送她？！你可算是反复无常，刚才还那么恨她，把白酒掺进啤酒里要灌醉她！现在又要送她回去，你安的什么心？"

解净暗暗吃惊，推门欲下车。

刘思佳甩开叶芳的手，发动了车。

叶芳不顾一切地绕到解净这边跳上车，从解净腿上狠狠爬过去，插在刘思佳、解净之间坐下。

汽车疯了似的迎风冲出去。

叶芳再也压不住火气和委屈，发了疯似的捶打着刘思佳的肩膀。

刘思佳纹丝不动，毫无表情地开着车。

叶芳一下伏在刘思佳身上哭了。

刘思佳仍然纹丝不动："你别抽风了好不好？你也该学学人家副队长，搞政治的人都是恒星，不管遇到什么事都不动声色，哪像你这么忽冷忽热？"

叶芳："你说！你打的什么主意？"

刘思佳："往啤酒里掺白酒是何顺干的，你又不是没看见。我之所以要送她，是看你酒喝得太多了，要是开车出了事怎么办？"

叶芳突然激动起来，猛地凑过脸去，在刘思佳面颊上吻了起来，还故意示威似的看看解净。

解净没有看他们，陷入了沉思。

解净的耳边回响着刘思佳的话。

〔画外音〕"……做人的尊严，当领导的资格，不能仰仗别人施舍，更不是党委所能任命得了的，要靠自己去挣！"

解净皱着的眉头松弛了，脸色渐渐坚定起来。〔回忆完〕

料场附近。

吱的一声，汽车停了。解净跳下车。

叶芳探出头来，"对了！小解，刚才交通队来电话，叫你明天去领驾驶证。"

解净，"是吗？"

叶芳，"谁还骗你！"

解净："那我可得好好谢谢你这个师傅。"

叶芳爽快地："得了！整天一块滚爬，还用得着说这个！"

解净真诚地："我这可是真心话，要不是你教我，我哪能这么快就拿下本子？"

叶芳："光谢我？那当初逼你学开车的那个人呢？……你就替思佳在厂长面前求求情，千万别让他背处分！"

解净："你放心吧！"

叶芳点点头，开车走了。

解净走了一两步，转身看了一眼汽车的背影，愣起神来。

叶芳的〔画外音〕"光谢我？那当初逼你学开车的那个人呢？……"

解净不禁又追怀起往事来。

〔回忆〕

夜，下着瓢泼大雨。窗玻璃上淌着雨水。

车队的值班室里，桌上闹钟指向十点。

解净坐在值班室里看书。

电话铃响。

解净带着第一次值夜班的庄重、谨慎、紧张的心情拿起话筒。

解净："我是汽车队，我就是值夜班的……是！好的！我马上派车去。"

解净挂上电话，拿过汽车队司机登记表，用手指指着一个个挨着查。

登记表上密密麻麻的地址和人名。手指在何顺、刘思佳的名字下停住了。

解净自言自语："只有何顺、刘思佳的家离车队最近……"

解净放下登记表，急急向外走去。

她忘带雨衣，又回过头取了再跑……

〔回忆〕

解净冒着大雨匆匆行路，不时用手电照着门牌号。

简易楼的过道里，解净站在何顺家的门外，敲门。

门开了，何顺站在屋内，由于光线太暗，只能看见何顺的轮廓。

何顺睡眼惺忪，粗嘎地："半夜三更不叫人睡觉，喊什么？"

解净："何师傅，炼钢车间急需补炉料，马上就要停产了，您辛苦一趟吧。"

何顺："停不停产关我屁事？！"

解净："您补休、报加班费都可以……"

何顺恶作剧地："我不要补休，也不要加班费。"

解净："那，那你要什么？"

何顺："嘻嘻！我就要你给我点烟。"

何顺一边说，一边从黑门洞里走了出来，竟光着上身，只穿了一条小裤衩。

解净像被蝎子蜇了一下，"啊"的一声转身就逃开了。

身后传来何顺开心的大笑："快跑吧！跑回去挨值班厂长的骂！"

〔回忆〕

滂沱大雨之中，孤零零的解净抱着双肩瑟瑟颤抖，但仍在小跑。

她停了一下，有所决定地拐进了小胡同。

〔回忆〕

刘思佳的卧室。

一切都笼罩在昏暗之中，模模糊糊的。

只有一个很强的聚光灯，打出一道雪亮的光线照在桌上。

台灯前，刘思佳聚精会神地焊着半导体零件，桌上摊开一些无线电杂志。

门被推开。

刘思佳的母亲在外面大声说，"思佳，有人找。"

刘思佳："进来吧。"

解净进屋，有些怯生生地向前走了两步。刘思佳仍在集中精神搞电焊，头也没抬，似乎没有感觉到屋里进来了生人。

解净想打招呼，气氛似乎不容她开口。她随手将雨衣放在门边的凳子上，无意中不知道碰到了什么机关。

突然，节奏强烈的立体声音乐大作。赤橙黄绿青蓝紫七个颜色的彩灯逐个迅速开放，随着音乐的频率忽明忽暗，闪烁不已，映亮了房间。

房间很小，家具很简单，多是自制的，有的还未上漆，但摆得很协调。电唱机、录音机、电视机都有，而且都是同一个拉丁文的商标——CangZhou。

自制的小书柜里放满了书，从无线电技术到《丰田企业管理》《红与黑》《三国演义》《美学概论》，五花八门，无所不有。

室内呈现出多色的光谱，好像到了一个梦幻世界。

解净被惊呆了。

刘思佳这才转过身来，看到解净，先是愣了一下，然后不悦地："你有什么事？"

五彩缤纷、忽明忽暗的光华，映在解净惊讶的脸上，她茫然地看着四周，竟然没有回答刘思佳的问话。

刘思佳"啪"地按了一下什么东西。

梦幻世界骤然消逝，只剩下桌上台灯射出的一束白光，屋里顿时一片宁静。

刘思佳再次问解净，"你有什么事。"

解净醒悟过来，忙说："刘师傅，炼钢车间急需补炉料，一个小时之内运不到就得停炉了，您辛苦给拉一趟吧！"

刘思佳掏出一个红皮笔记本，准确地翻到其中一页，迅速地瞥了一眼。

刘思佳："按生产处规定，炼钢车间应当存有三吨备用补炉料。"

解净，"这确实是生产处计划不周，但现在不能看着炼钢车间窝工，请您救救急吧！可以报加班费，您愿意倒休也行。"

"不去！"刘思佳干干脆脆地一口就回绝了，"生产处计划不周，应该由生产处负责，我不管！”

解净：“可现在我通知你，你不去，炼钢车间停了炉，厂里追查下来，你也有一定责任。”

刘思佳嘲弄地，“是吗？既然这样，我马上去医院开张血压高的假条给你，因病不能出车，就是厂长也说不出什么来，安全生产第一嘛！”

解净气得快要哭了，“你怎么能这样对待工作？”

“我怎么对待工作？”刘思佳反唇相讥，“你又不是不知道：安全行车十万公里，油耗全队最低，月月完成任务……”

解净找不出词反驳，急得直握拳头。

刘思佳：“我倒要问问你是怎么工作的！你不是副队长吗？你会开车吗？你知道解放车牌汽百公里油耗多少？你知道维持全厂生产一天需要多少台班车？你知道汽车队一个月跑多少万公里？你说呀！”

解净哑口无言。

刘思佳毫不放松，紧接着，“哼！你还有脸说我！”

解净羞愧得无地自容，一扭头冲出了刘思佳的家。

她的雨衣仍在进门处的凳子上，忘记拿走。

屋外，雨下得更大了。

刘思佳从窗子里看着在雨夜中奔跑的解净。

〔回忆〕

汽车队值班室。

电话铃震耳欲聋地响着，在这雨夜中格外令人胆战心惊。

被雨淋成落汤鸡一般的解净推门进来，一个箭步冲向电话，一伸手又胆怯地停住了。

铃声固执地、发怒地响着。

解净不敢接，又不能不接，终于咬着嘴唇拿起了电话。

话筒里传来非常严厉的声音，“汽车为什么还不来？嗯？”

解净：“……”

电话里重复追问，她无言对答，汗水、泪水、雨水从解净脸上流下来。

雨夜里，突然响起汽车马达启动声。

解净一转头——停车场上，一道灯光划破了黑暗的雨幕。

解净对话筒语无伦次地嚷了一句："有车了，有车了！马上就到！"

她扔下话筒，一下冲到外面去了。

〔回忆〕

雪亮的灯柱刺透了雨幕。

一辆汽车开了过来。

站在停车场出入口的解净举手，示意停车。汽车没有减速的意思。

解净不顾一切跳上车的踏板。

她突然发现司机竟是刘思佳，吃了一惊："是你？！"

刘思佳毫无表情："坐好。"

汽车高速拐弯，积水溅出老远。

〔回忆〕

满载补炉料的汽车在雨夜中疾驶。

驾驶室里，刘思佳、解净默默无言。

刘思佳叼上一根烟，对面会车，刘思佳双手抓紧方向盘，全神贯注地开车。

解净拿起火柴，一下划着，送到刘思佳面前。

刘思佳锐利地看她一眼，点着了烟。

〔回忆〕

车轮飞转，泥水四溅。

驾驶室里，突然震动了一下。

车停了。

解净问："怎么了？"

刘思佳："后轮陷了。"

解净："那该怎么办？"

刘思佳："往轮子下面垫东西。"

解净："我去！"

她跳下车。刘思佳将她遗落在他家里的雨衣扔给她。汽车的反光镜中：

解净披着雨衣在泥水中挣扎，搬碎砖石、破木板垫在后轮下。

刘思佳抽着烟，凝视着反光镜，脸上的表情柔和了，双眼流露出男子汉特有的目光。

〔回忆〕

解净站在大雨和泥水中，向驾驶室挥手。

刘思佳扔掉香烟，打开前车灯，启动了车。雪亮的车灯光倾泻在解净身上，积水没过了她的脚腕，她用脚在水里蹚着，踩着，试探着，探出一条路。然后她转身面向汽车，保持一定距离，倒退着，一步步引导着汽车缓缓前进。

刘思佳专注地把着方向盘。

解净退着，喊着。

汽车终于开出了水洼。

车灯照得夜雨闪着万点金光。解净的脸上满是雨水、汗水，现出了笑容……

〔回忆〕

汽车队值班室。

刘思佳从怀里掏出一个扁扁的小酒瓶，一仰脖喝了几口，然后递给解净。

刘思佳："再喝一口二流子的酒驱驱寒吧！"

正在擦头上的水，冻得直打哆嗦的解净，接过酒瓶马上喝了一大口，顿时呛得直咳嗽。

刘思佳，"慢点！这是二锅头。"

解净脸上泛起红晕，感激地笑了。

刘思佳转过身，蹲在电炉子跟前烤手套。

解净凑了过来。

解净，“今天晚上你冒雨出车，我准备写稿在厂报上表扬一下，好不好？”

刘思佳的脸倏地沉了下来，“又是这一套！”

他站起身，把手套一扔，轻蔑地：“汽车队队长不是宣传科科长！有这工夫你好好想想，今晚我要是不来你怎么办？！”

刘思佳转身走了。

解净久久沉思着。

〔回忆〕

第二天清晨。

女司机更衣室。

绳子上晾着毛巾、湿衣服、裤子等。

香烟缭绕，传来一连串吓人的咳嗽声。

解净穿着工作服，笨拙地抽着烟，每抽一口都呛得直咳嗽，眼泪汪汪地活受罪。

叶芳进来，见状吓了一跳，连忙过来拍着解净的后背给她缓劲。

叶芳：“哎呀！你发疯啦！”

她递上手中的套着花塑料套子的水杯：“快漱漱口！”

解净接过水杯，连连漱着，好了一些。

解净：“小叶，从今天起我拜你做老师。”

叶芳：“学抽烟？”

解净：“不，学开车。”

叶芳：“开车？”

解净：“你不教？”

叶芳：“我教！教！”

解净带着眼泪：“一言为定！”

叶芳深受感动，把水杯塞到解净手里："这个送给你，咱们一言为定！"

画面推成花塑料套水杯的特写。

〔回忆〕

解净坐在驾驶室里，叶芳教她操作，解净躺在车底下修车，满脸油污，解净拖着沉重的轮胎，吃力地给汽车换轮子，刘思佳忍不住帮她扶一把；

夜深人静，解净在灯前读着驾驶和汽车修理的技术书籍；

解净开着解放牌汽车，绕着几根竹竿前进、倒退、左右转弯。

解净的〔画外音〕"从那以后，我走过了艰苦的道路，终于学会了开车，对车队的工作也渐渐入门……虽然后来我和刘思佳很少说话，但我觉得我们一直在互相注视着……"〔回忆完〕

料场化验室。

透过各种颜色的试料管，可以看到解净走进来。

解净问化验员，"总工呢？"

化验员，"总工去矿粉区了。"

解净拿起电话，拨号。

解净，"总工吗？你的大驾可真难找！"

电话里传来总工的声音："小解吗？上午炼钢车间有点事，把你的事给耽误了。"

解净："我知道。我从炼钢车间一直追到料场也没找着您。"

她拿出八卦图一手打开，边看边说："我对八卦图上关于节油和合理安排生产调度问题的修改，您看了没有？"

总工的声音："看了，改得很好。不过有些小地方还需要充实一下，明天咱们详细谈。"

解净，“请您现在就具体谈谈。我在中午必须赶着把它公布出来。”

总工的声音：“为什么这么着急？”

解净，“您早晨在厂门口吃了热煎饼没有？”

总工的声音：“呵，听说了，听说滋味还不错，我明天再尝吧……”

解净：“对不起呵！我要是公布了八卦图，您的口福恐怕就没有了。”

总工在电话里笑起来。

总工的声音：“这样处理很好啊！那我这就跟你谈谈吧！……”

中午。

第五钢铁厂大食堂。

工人们穿着肮脏的、带着汗迹的工作服，挤在一起，粗鲁地，亲切地开着玩笑，狼吞虎咽地吃着午餐。

很多人在议论刘思佳卖煎饼的事。

穿炼钢服的人向车队的人打听，“怎么处理你们队的刘思佳的？是不是停职反省了？”

车队司机：“没有的事！人家一早就出车了！”

另一堆工人在议论，“你没看见祝厂长早晨气成那副样子？他轻饶不了刘思佳！”

“刘思佳也不是省油的灯！厂长弄不好，鱼吃不着沾一身腥！”

刘思佳神态平静地从外面进来。

他的出现引起所有人的瞩目，人们纷纷关切地向他打招呼。

刘思佳向众人一一致意，非常坦然。

叶芳将饭盒递给他，带着怨气：“都买好了，吃吧！”

刘思佳泰然自若吃着饭，何顺也捧着饭盒过来凑热闹。

刘思佳轻声问：“有什么动静？”

何顺有点鬼鬼祟祟地摇摇头：“没，没有。”

刘思佳觉得有些出乎意料。

食堂外面传来喧哗声，不知什么事引起了轰动。

爱看热闹的工人们拥出食堂去。

刘思佳被吸引了，向外望着。

食堂外，篮球场边上的板报栏前，里三层、外三层地围着端着饭盒吃饭的工人。

解净和几个生产处的干部往墙上贴刘思佳的八卦图。这是经过解净整理、改进和放大了的《汽车队管理考核规章草案》。

人们看着，议论着。

刘思佳挤进人群一看，突然愣住了。

八卦图的标题。

刘思佳仔细看着。

八卦图一部分。

刘思佳流露出一丝笑容，随即收敛。

八卦图另一部分。

刘思佳下意识地点着头。

解净暗暗注意刘思佳的反应。

刘思佳挤到前排，叶芳等人跟随。

解净对大家讲解说明："一个星期前，我在汽车队捡到了一张八卦图。图的主人对汽车队的生产情况作了详细调查，提出了很多，很好的改进措施，很多问题还涉及全厂的企业管理。我根据这个图整理了一份新的《汽车队管理考核规章草案》，现在我们把它公布出来，先请大家讨论。从下月开始，汽车队准备单独恢复奖金，评奖办法就按这张图来。"

众人议论纷纷。

刘思佳简直不敢相信眼前的情况。

刘思佳的〔画外音〕"真没想到！解净能把我的图改得这么妙。

我原来不过是一些粗略的想法，现在可真是一张高级的科学管理图表了！”

解净提高清脆的嗓音，盖过嘈杂的议论声，继续说下去，“各位师傅，生产处决定发给这位作者同志50元科技奖金，请他到生产处去领奖。”

刘思佳扒了一口饭，好像与己无关。

解净：“如果这位同志太谦逊了，不愿来领奖，生产处就召开全厂职工大会，在会上给他发奖……”

解净停下手里的工作，视线落在刘思佳脸上。

两人目光相遇，交锋。

站在刘思佳身旁的叶芳关切地问刘思佳：“哎，思佳！是不是你画的？……哎哟……哎哟……”

刘思佳暗中踩叶芳的脚。

叶芳，“哎！你怎么回事？”

刘思佳一副若无其事的样子，暗中又踩了叶芳一下，示意她不要声张。

谁知叶芳痛得直咧嘴，不但没理解刘思佳的意思，反而推了他一把，高声嚷起来，“抽什么风！踩得我痛死了！”

刘思佳欲怒不能，只皱了皱眉头。

解净忍住笑，视而不见地扭开头去。刘思佳有些沉不住气了，扭头钻出人群。

厂区马路。

刘思佳越走越快，向汽车队走去。

刘思佳的〔画外音〕“解净到底想干什么？……卖煎饼的事，连提都不提！……为什么今天公布八卦图？还细细给修改过……这是表扬我，还是寒碜我？……”

刘思佳一脸的疑惑不解。

下午。

汽车队停车场。

司机们紧张地在做着出车前的准备工作，懒洋洋的劲头已经没有了。

刘思佳早做好一切准备，坐在自己车里，默默抽着烟。

司机们还在议论着新的规章：

“看不出来，解副队长还真能抓挠两下子！下个月奖金又有了！”

“大头又该乐了！”

“嗯，这钱可不好拿！你没看那张图，还得真卖把子力气才行！”

刘思佳向外望着，他在等待着什么。

何顺拿着几页纸，把大王拉到一边，看看四下无人，悄悄问大王：“哎，哥儿们！检查的查字怎么写？”

大王：“上面一个木字，下面……”

“得了得了！”何顺打断他，“你帮我填上算了！”

大王：“哟？”

何顺硬把检讨书塞给大王，“完了你替我交给解净。”

大王：“怎么着？还不好意思？”

何顺：“去你的吧！”

远远地，解净端着叶芳送的那个花塑料套子的水杯，向停车场走来。

众司机不禁都停止了胡聊，加紧了手中的活计，时不时瞟解净两眼。

刘思佳在车内注视着解净。

解净停下了脚步，用目光四下搜寻。

她发现了刘思佳坐在驾驶室里。

大王走到解净跟前，将何顺写的检讨书交给她。

刘思佳这时悄悄打开车门，然后故意扭过头去不看解净。

解净向刘思佳的车走来。

所有在场的司机，都默不作声，但是紧张地注视着。

解净却意外地越过了刘思佳的车，向何顺的车走去。

刘思佳终于沉不住气了，他推开车门，“小解！”

解净回过身来。

刘思佳：“副队长，你帮助这个，帮助那个，为什么不帮助帮助我？”

解净：“你是信得过的司机，还用我帮什么忙呢？”

刘思佳：“怕是信不过吧？”

解净迎着刘思佳犀利的目光：“好吧！今天我就跟你这个十万公里无事故的优秀司机学一学。”

解净钻入刘思佳的驾驶室。

众人看见，一起发愣。

半晌，大王对何顺小声说，“地上队长进了地下队长的车啦！”

小平头司机打趣道，“今儿个是什么日子啊？”

刘思佳发动汽车。

解净将叶芳送的那个花塑料套水杯，端放在座位边上。

刘思佳的车怒吼一声冲去……

何顺惊愣的脸，

叶芳先是惊愣，继而痛苦的脸；

青年司机们一张张惊愕的脸……

汽车飞驶。

透过前窗玻璃，看见刘思佳和解净端坐在驾驶室里。

车窗上闪过婆娑的树影。

两人沉默。

沉默中酝酿着一场严肃的思想交锋。

第三集

五颜六色的彩灯闪烁不已。

闪出第二集中的一些镜头，

解净在众司机的嘲弄和讽刺下无地自容；

解净在刘思佳家中，被七色的光华映亮，惊呆了；

风雨之夜，解净踩在泥水中，一步步引导着汽车缓缓向前；

墙上贴出试行规章草案，

解净与刘思佳目光交锋，

解净钻入刘思佳的驾驶室，

众人惊愕的目光，

刘思佳和解净端坐在驾驶室里，默默无言。

推出片名：

赤橙黄绿青蓝紫（第三集）

刘思佳的车行驶在平坦的公路上。车内。

刘思佳开着车，故作聚精会神状态，不跟解净讲话。

解净打破僵局，

“你什么时候去领奖金？”

刘思佳佯装：“什么奖？”

解净：“你自己清楚。”

刘思佳：“那是孙大头画的。”

解净：“孙师傅不会要你这种方法的经济援助，上午何顺去医院送钱，孙师傅知道了钱的来源，坚决不收。”

刘思佳皱了皱眉。

解净：“你对生产有这么多好的想法，为什么不早向领导讲？”

刘思佳：“我在领导眼里是什么人？落后分子、流氓、二流子。

祝厂长不是叫你处理我卖煎饼的事吗？你准备怎么办？”

解净：“这有什么办不办的？你是为了帮助孙师傅，这样的好事表扬还来不及呢！”

刘思佳以为解净没有看透他卖煎饼的真正动机，笑了一下。

解净：“我想把你的事写成稿子在厂报上登，在广播里念，好好表扬一下，怎么样？”

刘思佳：“你心里明白，我最讨厌这一套。”

解净：“我明白，这是你的个性。”

刘思佳：“我倒想知道，你的个性是什么？”

解净：“做一个自己认为有价值的人，一个为社会所需要的人。”

刘思佳凝视着前方，目光中带着忧郁：“不，人是渺小的。在动荡的社会面前，在命运面前，人，永远是束手无策的。”

解净：“你说的是心里话，我观察你两年了。你是在沧州的农村老家长大的。父亲从农村来到城市学徒，后来成了全市有名的电工技师，找的对象是清华大学的毕业生。老家的亲戚都说你爸是个有出息的人，也很宠你。你十一岁时，从农村来到这里……”

〔闪回〕

小学的课堂上。

忠厚、纯朴、农村装束的刘思佳在回答老师的问题。

同学们讥笑他的农村口音和土里土气的农村打扮。

〔闪回〕

学校门口。

刘思佳被一群城市孩子包围了。

众孩子：“乡下佬！乡下佬！”

刘思佳被城里孩子推倒。他刚爬起来，又被推倒。

解净的〔画外音〕“虽然你小，不明白命运为什么这样捉弄你，但你勇敢地、本能地起来抗争……”

刘思佳不顾一切地拼命厮打，同学们招架不住了，一溜烟跑掉了。

〔闪回〕

课堂上。

刘思佳完全是城市孩子的装束，用纯正标准的北京话回答着老师的问题，老师满意地点头。

刘思佳以一种儿童的仇视的目光看着老师和同学，马上又微笑了。〔闪回完〕

笔直的公路向前伸展。

解净的〔画外音〕“……你的学习成绩很好，后来又当上了班主席，你那时对前途充满了信心。你能上大学，当一名优秀的工程师，没想到‘文化大革命’开始了，一切都成了泡影……你父亲怕你惹事，把你关在家里学电工……”

〔闪回〕

刘思佳在家里装半导体、电视……陶醉其中。

镜头掠过电视机、录音机、冰箱、洗衣机等的半成品。

镜头掠过桌上的《电工学》及电子元件、烙铁、焊锡、保险丝等各种工具、材料。

解净的〔画外音〕“你家里的冰箱、电视机、录音机等等，都是你买处理零件自己装的，上面的商标是拼音字母拼写的‘沧州’，为的是纪念你的被人瞧不起的故乡……你父母希望你能继承他们的职业，做个好电工，谁知道1972年你又被分配当了司机……”

满脸油污的刘思佳，拿着工具，从汽车底下爬出来……〔闪回完〕

刘思佳没有想到解净对自己的身世会这么了解。

他竭力保持着平静，稳稳地开着车。

解净的〔画外音〕“你很骄傲，表面上你很快乐，其实你内心是孤独的、痛苦的……”

〔闪回〕

刘思佳在昏暗的房间里喝酒。

剧场里众人鄙视、轻蔑的目光下，狂怒、暴躁的刘思佳。

刘思佳叫卖着煎饼，当他面向大家时神采奕奕，当他低身添火或背向大家时，脸上浮现出一丝忧郁的神情。〔闪回完〕

驾驶室内。

解净，“你卖煎饼的目的，并不全是帮助孙师傅，你是看不惯厂里领导的工作，在法律允许的范围内给领导出难题，看他们的笑话……”

刘思佳的内心已被解净窥透，他表面上仍想竭力保持平静。

车速加快了，绕过行人，超过一辆又一辆汽车。

解净的〔画外音〕“可你这样做并不能减轻你的痛苦……”

驾驶室内。

刘思佳脸上的表情可怕。

解净从反光镜中观察着刘思佳，冷静地步步紧逼，“因为你追求美的理想的心没有死，你有头脑，你还不想毁灭自己……”

刘思佳爆发地：“别说了！”

汽车疯狂地行驶。

行人吓得东躲西藏。

其他车辆纷纷让路，司机们咒骂着刘思佳。

飞驰而去的车卷起滚滚烟尘。

驾驶室内。

解净赶紧制止，“刘思佳！刘思佳！”

刘思佳不顾一切地开着。解净猛一踩刹车。

刘思佳的车在高速行驶中突然刹车，发出吓人的“吱、吱”声。车几乎横了过来，后面一串车也都跟着急刹车。一阵混乱。

〔闪回〕
刘思佳被人当“乡下佬”踢倒，
刘思佳以儿童仇恨的目光望着，然后又微笑了，
狂风吹着“文革”时期的大标语；
刘思佳陶醉在半导体零件中；
一件件自制的漂亮的电视机、录音机等；
刘思佳满脸油污在擦车；
刘思佳在寻欢作乐；
镜头越闪越快，最后一片纷乱。

刘思佳拉开车门冲了出去。

刘思佳伏在车厢板上，双肩抽搐着。

解净从反光镜里看着刘思佳，不知怎么地涌起了一阵柔情，仿佛自语地：“思佳……”

解净欲下车。

她不小心碰倒了驾驶室窗台上叶芳送给她的那个水杯。

翻倒的水杯。

解净望着水杯，渐渐冷静下来。

车孤零零地停在路边。

四周静悄悄的。

刘思佳靠在车厢板上，望着驾驶室。

刘思佳的目光闪动着激情。

解净从反光镜中看到了一切。

刘思佳激动地扶着车厢望着驾驶室。

刘思佳的〔画外音〕“……两年来，我们从不多讲一句话，没想到她竟是唯一能理解我的内心的人。我想在她面前抛开一切伪装，对

她哭，对她笑，对她诉说……”

解净从反光镜中看着激动的刘思佳。

解净的〔画外音〕“不能再让他的感情发展下去了，否则……”

解净果断地打着火。

车外的刘思佳依然沉浸在激情中。

传来解净平静的声音：

“刘师傅，上车吧！去晚了灌油要排队的。”

驾驶室内。

解净：“我来开车。”

刘思佳顺从地坐在一边，手在膝头颤抖。为掩饰，他把手藏下，无意中握住了工具箱外的油壶，紧紧地握着，握着。

解净在开车，她美丽的侧影吸引着刘思佳。

刘思佳再也忍不住了，他回过头盯住解净：“我……”

解净平静地打断了刘思佳的话，扭转话题：“我和你一样，遭受了任何一代人都没有经历过的精神创伤。我痛苦过，失望过，现在想走一条新的路，重新建立一个新的生活信念。”

刘思佳感到解净在逃避他，自尊心受了损伤，不快地：“说得容易！没有一个明确的目标，怎么重建人生的信念？上大学？年龄已过；有人让我学外语，有什么用？我干电工不会低于七级工水平，却在这儿开车。”

解净扫了他一眼。

刘思佳继续说下去：“我卖煎饼是想出领导洋相，他们不是说任务不足，没钱发不了奖金吗？我就大把捞钱给他们看。我们不是穷，而是笨，我要是厂长，三年就可以让工厂变个样。可惜我不想当官。”

解净：“你看不起一些所谓当官的人，认为自己比他们强，对这一点你承认吗？”

解净真挚的话使刘思佳不好意思起来。

解净没有看他：“可是情绪太偏激往往会影响清醒的理智。自命不凡，嘲笑一切，这好像挺时髦，其实是用玩世不恭，掩饰自己的痛苦、软弱、空虚。受侮辱的不是别人，正是你自己。”

刘思佳的脸愤怒得歪扭了。解净的话深深地刺痛、刺伤了他。

刘思佳暴怒地：“你，你给我滚下去！”

车驶入油库。

库门口木牌特写：××市第一中心油库。

驾驶室内。

刘思佳伸手去抢方向盘，无意中触到了解净的手。刘思佳触电般地抽回手臂。握过油壶的手在解净的手背上留下一个油污的手印。

刘思佳的脸瞬间红了，甩过头去。

解净突然刹车。

刘思佳望着解净，解净盯着前方。

远远看去，油库上空腾起一股不祥的黑色烟柱。

消防队值班室。

值班员神色紧张地在接电话：“什么？第一油库？”

手立即揿响警铃，尖厉的警铃声大作。

另一消防队值班室。

值班员也神色紧张地在接电话：

“第一油库？知道了！”

揿响警铃，尖厉的警铃声大作。

警铃声中，消防队员纷纷从宿舍冲出，边跑边穿消防服。

楼梯上，消防队员争先恐后地跑下，有的顺着楼梯旁的滑竿溜下去。

一辆辆消防车呼啸着从消防队大门开出。

行人们纷纷躲闪。

消防车迎镜头呼啸而来，越来越大。

警铃声令人毛骨悚然。

油库大院。

一辆油罐车着火了，烈焰腾空，不远处耸立着一排九个大储油罐，“严禁烟火”的字样赫然醒目。

几个油库女工吓呆了，连消防栓都打不开。有人向大火泼水，火势越来越猛。

胖胖的戴眼镜的油库主任跺着脚喊叫：“电话！打电话！快！消防队，叫消防队！”

一仓库女工提着泡沫灭火器：“打！打了！”

油库主任还想说什么，女工手中的灭火器射出白沫，直喷到胖主任的脸上，胖主任大叫。

火，无情地燃烧，油罐车的油罐变形了，车头也开始着火，眼看一场爆炸就要发生。

人们纷纷向四下躲避。

女工畏惧地抛下灭火器，向院外跑去。

“完了，完了！”胖主任犹豫了一下，也往外跑去。

这时，解净、刘思佳、何顺等冲过来。

他们一下被眼前的情景惊呆了。

刘思佳沉着地打量着周围的情况。

人们不断地从他们身边跑过。

解净哑着嗓子着急地：“大家别跑，快救火呀！”

刘思佳冷静地，“来不及了，快把车开走。谁的车？是谁的车？！”

一个哆嗦成一团的中年人，忠厚的脸吓得歪扭了，“我的……我、我的。”

刘思佳的眼珠都气红了，冷笑着：“你早干什么来着！”

刘思佳突然抡起巴掌向中年司机脸上猛抽了一记耳光，那人一头栽倒在地上。刘思佳转身要往火里冲，何顺一把拉住他，“你干吗？

又不是咱们闯的祸！”

刘思佳犹豫了一下站住了，他向后面望着解净在这种情况下怎么办。

突然，一油库老工人惊叫了一声：“姑娘！”

刘思佳回头一看，吓呆了。

解净娇小的身影扑向油车，又被热浪打了回来。

她果断地抢过一桶水浇在自己身上，飞快地脱下外衣，抽打着车头的火，然后不顾一切地钻进了驾驶室。

刘思佳的脑袋嗡的一声。

刘思佳向前冲去。

何顺吓傻了，哆嗦着紧紧拉住他不放。

刘思佳猛地一抡胳膊，强壮的何顺竟被抡出老远，摔倒在地上。

刘思佳恶狠狠地：“你他妈的是个真正的浑蛋！”

刘思佳发疯似的边跑边喊：“慢点，慢点！一颠就爆炸！”

汽车开动了。刘思佳纵身跳上踏板，伸进一只手把着方向盘，

“别慌！沉住气。哎，对！”

起火的油车徐徐开出大门。

随着车身的一摇一晃，人们发出阵阵惊呼。

倒在地上的何顺惭愧至极，爬起来追着车喊，“思佳，队长，慢着！别挂挡！”

他又冲到前面吆喝，“那是谁的车？滚一边去！快让开！”

解净紧握方向盘。

刘思佳的后背着火了，他顾不上这些，两眼紧盯前方，右手协助解净掌握方向盘。

车驶出油库大门。

何顺在后面追了几步，停下来呆望。

他眼圈红了，含着眼泪……

一辆辆消防车蜂拥驶入油库大门。

消防车急停，队员们跃下，架起泡沫灭火器喷枪。

手持无线电话筒的指挥员高喊着询问："火情在哪儿？火情在哪儿？！"

一身泡沫白迹的胖主任上气不接下气地，"火，火走了……"

指挥员惊愕地："什么？"

胖主任："啊，不，火被人开走了……"

指挥员："追！"

消防车开动。

胖主任对大家："追！"

众人跟着都跑进去。

着火的汽车平稳地行驶在公路上。

站在汽车踏板上的刘思佳狠狠扔掉着火的工作服。

刘思佳："把方向盘让给我，你快下车！"

解净全神贯注，盯着前方，没有听见刘思佳的话。火映着她年轻的脸，热风掠起了她的秀发。

刘思佳凝视着解净，瞬间忘掉了一切。

对面驶来的车辆狂鸣喇叭。

刘思佳惊醒了，他看车后的油箱发出燃烧的爆裂声，快要来不及了。

刘思佳拉开车门，粗鲁地挤进驾驶室，夺过方向盘："快下车！我要加速了！"

解净："不！你下！"

刘思佳从座位上弓起身子，用凶猛得出奇的力量踹开了另一车门，腾出一只手把解净推到门边。

刘思佳："往下跳！"

解净"啊"一声摔了下去。

解净在地上翻滚着。

拖长的"啊"……

刘思佳像被人用刀刺了一下似的浑身一紧，双眼紧闭。

解净在地上翻滚的慢镜头。

刘思佳开着车，向后望着，视线被背后巨大的火球挡住了。

解净从地上爬起来。

着火的车远去。

解净不顾痛苦，向车追去。

刘思佳百感交集的脸。

〔叠印〕

解净在白灰场的大风中挣扎；

雨夜里，刘思佳用目光看着她。

解净开着车对刘思佳说着："……因为你还不想毁灭自己，你那颗追求美好理想的心还没有死……"刘思佳被深深感动；

刘思佳激动地伏在车展板上，向驾驶室里望着，对解净产生了强烈感情。

解净不顾一切，顽强地冲向着火的汽车。

……

刘思佳的脸上，两行热泪滚滚而下。

刘思佳没有用手去抹，任其流淌。现在没有任何人能看见他，他不需要任何伪装，再过一会儿能否生存都是疑问，就让感情尽情地发泄流露吧！

着火的汽车疯狂地疾驶着。

刘思佳泪流满面的脸。

解净向刘思佳车开去的方向追赶着。

一辆辆消防车超越了她。

背着火球的汽车在疾驶。

行人们呆若木鸡。

浓烟卷进驾驶室，车窗玻璃被烧得炸裂了。

有人高喊："危险！司机跳车！快跳车！"

刘思佳根本没有听见，他只是凭本能在开车。

他眼里的泪水不断地涌出，涌出……

车外飞快地闪过：

第×小学正放学，天真的小学生拥出；摆满彩色电视机、冰箱的商店橱窗，门洞上贴着喜字的新建高层宿舍楼；长长的宽敞的繁华街道……

汽车上油罐爆裂的声音越来越大。刘思佳回头看了看，他意识到了，爆炸就在眼前！

刘思佳将车拐入一条短短的狭巷，飞驰的车眼看就要撞在尽头的墙上。

刘思佳紧盯前方，半站起身猛打方向盘。

解净吃力地在马路上奔跑着。

突然，远处传来猛烈的爆炸声。

解净震惊，身子一软，靠在路边的树干上。

她缓缓抬起右手，上面留着刘思佳那个清晰的油手印。

解净握住油手印，紧紧握着。

旷野。

一个大水坑里燃着冲天大火，隐隐能看见四下散落的、炸碎的汽车部件。

距水坑不远的地上，刘思佳躺在那里，显然是跳车时摔伤了。

他望着水坑，松了一口气。

刘思佳想站起来，刚一动，痛得直咧嘴。

刘思佳想起了什么——

〔闪回〕

解净从车上摔下来，在地上翻滚着的慢动作。〔闪回完〕

刘思佳挣扎着爬起来。

消防车赶到，向水坑中的大火，喷吐着灭火剂。

刘思佳一瘸一拐地向回走着。

街道。

衣衫褴褛的刘思佳一瘸一拐地走着。

迎面赶来一群人，油库领导、职工，被打的中年司机、沿途单位的负责人，过路群众……

刘思佳想避开已经来不及了，人们一拥而上包围了他。

“同志，你是哪个单位的，叫什么名字？”

“我们要到你们单位去，找你们领导表扬你。”

“我们要给你发奖金！”

“活雷锋！真是活雷锋！你平时一定是先进工作者。”

刘思佳一下被问蒙了。

众人还在不住地跑着，说着。

〔闪回〕

油库旁油车失火时，众人惊慌失措情景。

打不开消防栓的女人；

干跺脚的主任；

吓瘫了的司机。

〔闪回完〕

刘思佳没有理会大家。

好心的人们继续围着他说这说那。

刘思佳依然一语不发。

刘思佳拨开人群跑了。

大家面面相觑。

油库胖主任："大概是受了惊吓，神经受了刺激。"

刘思佳跑着，有人向他打招呼，有人投来敬佩的目光，他一概不理，只是拼命跑着。

解净一脸悲痛之情，沉重地向前走着。

解净走到铁道附近，刘思佳匆匆从马路另一侧跑过，没有发现解净。

刘思佳一瘸一拐，超越解净跑过了铁道。

解净突然发现了刘思佳，激动地忘情高喊："思佳！思佳——"

刘思佳回头，向解净猛冲过来。

铃声大作，道口栏杆落下，把两人分隔在铁路两侧。

刘思佳、解净扶杆相望。

刘思佳激动的脸。

解净激动的脸。

如果不是道杆相隔，两人的感情大有一泻千里之势。

一列火车轰隆隆地开过。

刘思佳、解净从闪过的车厢缝隙之间，互相望着。

刘思佳焦急地等待火车过完。

一节节车厢驰过，仿佛老过不完。

解净激动的脸。

突然插入〔画外音〕"你这是怎么了？不，不能这样……"

解净强迫自己收敛起感情。

车终于过完，道杆升起。

刘思佳奔了过来。

解净仅仅是关切地，"刘师傅，你伤着没有？"

刘思佳一愣，随之也控制着自己。

"没有。你呢？"

解净轻轻摇头。

刘思佳打量着解净。

解净衣服有的地方湿着，有的地方焦煳，衣袖摔破，露出一截丰润的胳膊。解净略带羞涩地掩了掩。

刘思佳没说什么，脱下自己的破衣服抛给解净。

后面传来油库胖主任的喊声："同志，救火的同志。"

刘思佳最后向解净投去炽热、忧郁的一瞥，擦过她的身体，径自走了。

油库内。

何顺像变了一个人似的，低着脑袋帮着女工接输油管。

女工："行了，我自己来，看弄你一手油。"

何顺客气地："没事，没事。"

突然何顺发现解净一瘸一拐地走来。

何顺慌忙拔去输油管。

女工："哎，还没灌满呢！"

何顺羞愧地爬进驾驶室，匆匆启动了车。

何顺的车绕过解净开走了。

解净看了一下，油库里再也没有第五钢铁厂的车了。

解净精疲力竭，一下子坐在地上。

以油库领导为首的一群好心人跑进来，一下围住了解净。

"同志，你真了不起！"

"同志，太感谢你了！"

"我们应当向你学习，你救了我们大家，保住了油库。"

解净又累又乏地低着头一声不吭。

油库主任："是不是伤着了？我们送你上医院！快打电话叫救护车。"

解净："我没事，告诉你们，车不是我开的，我只是个新司机，没那么大本事，是我们厂刘思佳开的。"

"我们给报社写报道表扬他，给你们厂写感谢信。"

解净："刘思佳最讨厌有人表扬他，他会去控告的。"

众人怔了。

"控告？控告什么？"

解净："今天这场大火你们油库的领导要负法律责任。这么大的油库你们是怎么管理的，出了事故就抓瞎。还是检查一下自己的工作吧。"

叶芳拨开人群冲进来，一把按住解净："小解，你怎么样，伤得重不重？思佳呢？"

解净："他没事儿，快扶我上车，咱们回厂。"

众人不放："到办公室休息会儿再走。""是啊，喝口茶，喘喘气再走吧。"

一辆解放牌汽车迎面开来，险些撞上解净他们，吱的一声车停了。

刘思佳跳下车来，他身穿黑色皮夹克，笔挺干净的哔叽裤，皮鞋锃亮，青年头梳得一丝不乱，真帅气。

刘思佳，"怎么样，救火的勇士，当英雄的滋味不好受吧！"

两人心领神会交流着目光，叶芳看在眼里，脸色阴沉下来。

叶芳想叫刘思佳，解净拉了她一把。

解净有意为刘思佳打掩护：

"怎么你也来拉油？"

刘思佳："多新鲜，我可不像你，当了英雄还不快走，现在被一群喝彩者包围，可以不干活了。"

解净会意地笑了。叶芳看着他们俩心照不宣的样子，伤心地咬着嘴唇。

刘思佳开心地："英雄好当，捧场难挡。副队长，你当心呀！哈、哈、哈……"

刘思佳的话激起众人愤怒。

油库主任，"同志，你叫什么名字？你这是什么思想？我们要向你单位反映。"

刘思佳："我叫刘思佳！"

众人一下全傻了，惊愕地望着他。

刘思佳不慌不忙钻进汽车，车“轰”地一下猛冲出去，卷起一股尘烟。人们急忙躲闪着。

有人咒骂：“呸！这混样也配叫刘思佳！”

解净拉着叶芳趁机溜了。

医院，换药室。

叶芳扶着解净走出来，解净的样子十分疲劳。

叶芳扶解净在走廊的长椅上坐下。

叶芳眉宇间带着从未有过的忧虑。

解净靠在长椅上，手轻轻扶着身上摔疼的地方，轻声地：

“想起来真有点后怕，今天要不是刘思佳可真有点玄。”

叶芳突然哭起来。

解净一惊，扶住叶芳肩头：“你怎么了？”

叶芳：“凭良心说，我对你怎么样？”

解净：“那还用说？”

叶芳：“那你干吗抢我的人！”

解净：“你说些什么呀？”

叶芳：“我看出来了！刚才在油库，思佳用那种眼神盯着你，可他从来就没这么看过我……”

解净：“看你，都想哪儿去了！”

解净迟疑了一下：“我已经有朋友了。”

叶芳狂喜，不好意思地看了解净一眼。

解净：“走吧。”

两人亲密地并肩离去。

解净轻声地：“你很喜欢刘思佳吗？”

叶芳点点头。

解净：“他爱你吗？”

叶芳：“嗯。”

“没有多大把握吧？”解净忍不住笑了。

叶芳老实地点头承认。

解净：“我看他以前爱过你，将来会更爱你。”

叶芳：“那现在呢？”

解净：“现在你有的地方让他爱，有的地方不叫他爱。”

两人走到院子里的花坛前站下。

解净：“记得你以前说过，我身上只有红色，是一个单颜色的大姑娘吗？”

叶芳：“记得，那时你刚到车队，傻帽似的，什么也不懂。”

解净指着花坛：“人应当是全颜色，就像这花儿一样，太单调不好，可大红大绿也不太好。抽烟、喝酒，打架骂街、出风头、发牢骚是全颜色？不，这是空虚，无聊。”

叶芳：“那什么是全颜色？”

解净：“人的全颜色应当是德、才、学识、情操、风度、文学、音乐……还有，还有很多。”

解净的话有一种新鲜感吸引着叶芳。

解净：“小叶，你说人什么时候最需要爱人的帮助？”

叶芳想了一下：“当然是心烦的时候，遇到难处的时候。”

解净：“是啊，在思佳苦闷消极的时候，如果你能使他清醒，给他力量，他能不爱你吗？可你呢？宠着他，顺着他，当时可能你们相亲相爱，日子长了会感到厌烦。你说对吗？”

叶芳服气地点头。

解净：“你的生活太单调了，四个字就可以包括：吃、喝、玩、闹。一个大活人整天就是这一套有什么意思。人不能像动物似的只是活着，人应当生活。”

叶芳：“生活？！”

解净：“我们这一代人学得最少，懂得最少，人生的头一课就没有上好。现在新学期开始了，再也不能不及格了。生活中最复杂、最困难、肯定也是最美好的东西还在前面。”

叶芳思索着解净的话，她并没有全听懂，但还是被激动了。叶芳不禁向解净身边靠了靠。

两人亲密地依偎在一起，叶芳拉住解净的手。

叶芳发现解净手背上刘思佳留下的油污的手印，掏出手绢递给她，“擦擦手吧。”

解净接过手绢擦手，又停住了，她抬起头回味着什么。

叶芳：“怎么了？”

解净，“啊？没什么。挺干净的手绢弄脏了怪可惜的，回队里用汽油棉丝擦去。”

汽车队。

刘思佳一身平常工作服在听电话。

厂部。

解净和祝同康站在一边看着小个子秘书打电话。

小个子秘书：“下班不要走，油库的领导同志要来看望你，给你发奖金和送感谢信。”

汽车队。

刘思佳：“怎么早晨把我当成坏典型要处理我，晚上又要表扬我。”

厂部。

秘书圆滑老练地：“同志，这是因为你有了转变，下午你在油库表现得很好嘛！”

车队。

刘思佳：“我可没有变，我既不像你们想得那么坏，也不像油库领导说得那么好！我就是我，不好不坏，有好有坏。”他“啪”一声挂上电话。

厂部。

小个子秘书："喂！喂！"

祝同康面露尴尬之色。

解净："厂长，生活在变，是非的标准在变。"

祝同康拿起桌上的八卦图和《汽车队管理考核规章草案》。

解净："我觉得政治工作方法也应当变一变，您说呢？"

祝厂长玩味着解净语重心长的忠告。

男司机休息室。

何顺一个人一声不吭地在收拾着卖煎饼用的锅、碗、家什。

刘思佳走进来。

刘思佳开玩笑："走，何顺，咱们趁下班人多，再去卖上一阵。"

何顺装傻："卖什么？"

刘思佳，"卖煎饼。"

何顺慢吞吞地从兜里掏出三十七元钱："这是早晨卖的钱，孙大头不要，咱俩一人一半吧，以后我……我再也不卖了。"

刘思佳眯起眼睛惊奇地，"什么？"

何顺轻轻地，但绝不含糊地："以后我再也不卖了。"

刘思佳盯着何顺。

女休息室。

叶芳在收拾手提包。

她把大半包"前门"烟掏出来扔在地上，又拿起一个精致的打火机，犹豫了一下也扔了。

刘思佳走进来。

叶芳高兴地："思佳，我正要找你。"

刘思佳惊奇地望着地上的烟和打火机。

刘思佳："你干吗？"

叶芳："我戒烟了。"

刘思佳也对她开玩笑："走啊！下班帮我卖会儿煎饼去！"

叶芳干脆地："不，我不跟你卖，也不让你再卖了。"

刘思佳："这是怎么了？"

叶芳："你不用这么看我，我再也不愿意像以前那么过了。思佳，今天是个好日子，是你的好日子，也是我的好日子，咱们应该借着这个台阶过一种新生活。"

刘思佳："今天是我什么好日子？"

叶芳："今天你在油库救火，到底让大家认清了你的真面目，连我都为你高兴。"

刘思佳："那今天又是你什么好日子？"

叶芳："今天我明白了，我过去的生活是不对的，那不叫生活，只是活着，以后我要学着过真正的生活。"

刘思佳被惊呆了，"这些是谁教你的？"

叶芳："小解，我觉得她说得对。"

刘思佳若有所思。

叶芳："我现在明白了，过去我捧着你，顺着你，那是害了你，使你反而讨厌我。"

叶芳突然激动起来："思佳，我过去傻，不懂事，我以后改！我不抽烟了，也不喝酒了，你也别抽烟了，你，你上进吧！生活中最美好的东西还在前面呢。只要你上进，只要你能再对我稍微好一点，我为你干什么都愿意啊！思佳！"

叶芳扑在刘思佳怀里，刘思佳抚着她的肩头。

刘思佳心头一热，泪水涌上眼眶："叶芳，你对我太好了，你把心都掏给我了，我要是再对不起你，我就不算人了。"

叶芳："思佳……"

叶芳幸福地依偎着刘思佳，装着无意地："知道吗？小解她、她已经有朋友了。"

刘思佳坦白地直视着叶芳："小叶，你放心，解净就是没有朋友我也不会跟她好。我不配，这个人了不起。她把我看透了。我身上的毛病可不少哇，日子长了，你就知道了。我会给你带来幸福吗？"

叶芳真挚、信任地：“你会！”

解净拿着一沓稿纸进来，见状轻轻咳了一声。

刘思佳、叶芳两人分开。

解净：“刘思佳，我到处找你，哪都没有，我想八成在这儿。”

刘思佳：“有事吗？”

解净：“我写了一份意见书，你看看。”

刘思佳：“意见书？”

解净：“是对油库管理、防火工作的建议。你要是同意，就签个字，算咱们一起写的，一会儿交给油库领导。”

刘思佳翻着意见书。

叶芳：“小解，他还要去卖煎饼。”

解净：“不会的。”

刘思佳：“其实，咱们的目的是一致的。”

解净：“可手段不同。过去你是消极地讥笑生活。我们应当积极地推动它。生活不是儿戏，不能用儿戏的方法对待，这样会使自己痛苦，对生活也没有好处。看看你周围，大家都在变。”

刘思佳：“我签字。”

解净：
叶芳：“好！”

刘思佳：“你这份‘意见书’倒启发了我，咱们厂生产管理上的漏洞太多了，只要进行一下改革，全厂范围内搞一下岗位责任制，合理调配各工种的奖金，成本起码可以下降百分之十。”

解净微笑着，“有具体想法吗？”

刘思佳：“有……”

叶芳：“你干吗不早说？”

解净：“现在也不晚。”

解净看看表：“时间不早了，你去见祝厂长和油库领导吧！”

刘思佳：“走！”

解净：“小叶，你陪他一起去。”

刘思佳习惯地叼上一支烟。

叶芳把烟从他嘴上拿下来："思佳，以后不许抽烟了。"

刘思佳："是！"

他略带俏皮地对解净爽朗地一笑。

叶芳轻轻推了他一把："走吧！"

刘思佳迈着矫健、欢快的步伐走了。

叶芳骄傲地走在他身边。

解净望着他们的背影。她抬起右手，刘思佳留下的那个油手印仍然依稀可辨。

她掏出手绢，轻轻地，一下一下地把手背上的油手印擦干净。

解净恢复了自信、坚毅、执拗的神情。坚定地向前走去。

第五钢铁厂高炉林立。

烟囱喷烟吐雾，炉火闪闪，一派生机。

解净的身影，迎着一片壮丽的红霞走去……

——全剧完

（原载《电视文艺》1982 年第 4、5、6 期）

荣获 1983 年第一届中国电视金鹰奖优秀连续剧奖

风雨情

编剧：何廷栋　王汉清

人物表

柳　青——男，五十多岁，江城市审计局局长。

鲁　平——男，四十三岁，江城市审计局处长、会计师。

徐　燕——女，二十四岁，审计局干部。

胡春来——男，五十多岁，太丰米厂厂长，柳局长的老战友。

李士光——男，二十七岁，太丰米厂财务科科长。

柳荣荣——女，二十四岁，某银行工作人员，柳局长的女儿，李士光的女朋友。

郭莉莉——女，二十多岁，太丰米厂财务科干部。

丁大柱——男，二十五岁，工人，原太丰米厂仓库保管员。

财务人员、审计人员、志愿军、医务人员及工人等若干。

【字幕】国务院设立审计机关，对国务院各部门和地方各级政府的财务收支，对国家的财政金融机构和企事业组织的财务收支，进行审计监督。

审计机关在国务院总理领导下，依照法律规定，独立行使审计监督权，不受其他行政机关、社会团体和个人的干涉。

——《中华人民共和国宪法》

献给为维护财经纪律，履行审计监督职责而勤奋工作的广大审计人员。

序幕

深秋。

几片枯似橘红色的梧桐叶轻轻地飘落下来：细雨淅淅沥沥地间断下着。

审计局局长办公室。

在一栋大楼二层的一端，有一个 30 多平方米的房间，门前上角钉有“局长室”三个字的牌子，黄底红字，引人注目，室内墙上挂着一块横匾，上写“秉公执法，实事求是”八个大字，靠窗下放有一张办公桌，桌上有文件夹、电话、笔盒……室中间有条桌，桌上铺台布，两旁放折叠椅。

鲁平、徐燕等审计工作人员围在条桌前向柳局长汇报。

鲁平较为严肃地：“柳局长，刚才我收到一封检举信，揭发太丰米厂厂长胡春来目无法纪，严重违反财经纪律，擅自将库存平价粮 500 万斤作议价出售，牟取暴利，滥发奖金实物。”

认真听着汇报的柳局长，简直不敢相信自己的耳朵，猛地站立起来，震惊地：“你再说一遍，是哪个厂？”

鲁平肯定地说：“太丰米厂！”

柳局长急切地问“检举人是谁？”

鲁平：“太丰米厂原来的仓库保管员丁大柱。”

柳局长心情沉重而又疑惑地坐下，很不自在地掏出一支烟点着。

审计局门口。

写有“江城市审计局”的大牌子引人注目。

鲁平、徐燕等人推着自行车下班。

柳局长手提黑色皮包，拖着沉重的脚步出了局大门，沿着道路向前走去。

又一片枯似橘红色的梧桐叶飘落下来。

画外音：这是真的吗？这是真的吗？胡春来啊，你真的吃了豹子胆？……但愿这不是事实。

推出片名《风雨情》。

主题歌起：

叶儿落，雨无声，

细雨浇着赤子心，

是暖？是寒？是亲？是恨？

理不清的忧虑，剪不断的情。

……

随着主题歌，推出演职员表。

一

柳局长拖着沉重的步子在回家的路上走着。风吹动着他的鬓发，雨水淋湿了他的衣裳。

二

柳局长家。

柳局长的女儿柳荣荣和她的男朋友李士光早已做好了饭菜，整个客厅、厨房都散发着香味。

李士光：“荣荣，你爸爸怎么还没有回？”

柳荣荣：“他呀，总比别人下班晚。”

李士光：“哎，我见了你爸爸喊什么呀？”

柳荣荣：“就喊伯伯呗，放大方些，别像个羞姑娘。”

李士光：“那好，来，你给我整整容。”

柳荣荣含情脉脉地把李士光拉到沙发上坐下。她给李士光牵了牵衣领，然后在他的腮上挠了几下。

两人嬉闹着、拥抱着，在沙发上尽情地吻着。

门铃响了。

柳荣荣：“哎呀，爸爸回来了。”

两人忙乱地松开。

柳荣荣开门迎进了爸爸——柳局长。

柳荣荣：“爸爸，看您淋得这样，怎么不叫车送一下。”

柳局长：“没关系。”

李士光急忙迎上前：“伯伯，您好！”

柳荣荣忙上前介绍：“爸爸，这就是我跟您说的那一位，他叫李士光。”

柳局长：“嗯，好。坐吧，坐吧！”

柳局长进房更衣。

柳荣荣和李士光欢快地摆好晚餐。

柳局长更衣后出了房门。

柳荣荣：“爸爸，您坐这里。”

柳局长：“好，好，随便坐。”

李士光给柳局长斟上酒。

柳荣荣：“爸爸，这酒是他特意给您买的。”

柳局长：“嗯，好酒！小李呀，你在哪个单位工作？”

柳荣荣：“他呀，他是胡叔叔那个米厂的财务科科长。”

柳局长先是：“嗯，嗯。”突然想起了什么，忙问：“你就是太丰米厂的财务科科长？”

李士光拘谨地：“我是在那个厂工作。”

柳局长：“就是胡春来那个厂？”

李士光：“是在胡厂长手下。”

柳局长：“小李呀，听说你们厂把库存的平价粮500万斤作议价出售了，有这事吗？”

李士光不在意地回答着：“有这么回事。”

柳局长将手中的酒杯使劲往桌上一放，大发雷霆地：“啊？！”

随着柳局长的发怒，酒杯被击碎了。

李士光和柳荣荣目瞪口呆。

李士光立即意识到自己失了言，急忙胆怯地：“不，不，不，没有这回事，没有这回事。”

说罢李士光害怕地冲出了门，消失在雨夜中。

李士光这一突然的举止，使得柳荣荣心急如焚。她急忙放下手中的碗筷，追喊着：“李士光，李士光！”

三

风雨中的街道。

李士光拼命地奔跑着。

柳荣荣在后面追赶，并呼喊着："李士光！"

四

柳局长家。

柳局长早已离开餐桌，含着烟在客厅里坐立不安。

柳荣荣像失去了一切似的，沮丧地回来，她一头扑到自己的床上痛哭起来。她恨，恨爸爸不该在她男朋友第一次进家门就问这问那；她气，气李士光不该就这样不辞而别地冲出了她的家……

良久，柳荣荣的哭声似乎使柳局长更加不安，也似乎使柳局长有些心酸。

柳局长："别哭了，荣荣！"

回答柳局长的还是哭声。

柳局长："听见了没有？荣荣！"

柳荣荣埋怨地："就是您，呜呜——审计，审计，怎么这个时候也审起来了！呜呜——"

五

太丰米厂加工车间。

机器轰鸣，人装车运，整个车间一派热气腾腾的景象。

在奋战的人群中，有一个身穿工作服，戴着口罩的年过半百的老同志，他，就是太丰米厂厂长胡春来。

一个青年工人拿着一张刚来的《江城日报》叫开了："你们看啰，我们太丰米厂又上《江城日报》了，报纸上刊登了我们胡厂长带领全厂职工大搞改革，搞活经济的事迹。"

大伙儿都被这张报吸引住了。

职工甲："我看看，我看看。"

职工乙："嗨，我们厂真不赖，我们的头头值得宣传！"

这时的胡春来沉默了，他感到内疚，他放下手中活，独自向厂办公室走去。

画外音：在胡春来看来，有什么可高兴的，又有什么值得宣传？改革的步子迈得还不够大，还有好多的实际问题没有得到解决。“改革是一项复杂的系统工程，真正搞好，难啦！”

刚从仓库保管室调到加工车间的丁大柱不满地自言自语道：“哼！别高兴得太早了，你胡春来就等着瞧吧。”

六

太丰米厂厂长办公室。

胡春来从车间回来，在翻阅着有关文件。

财务科的郭莉莉走进来。

郭莉莉：“胡厂长，我向您报告一个情况。”

胡春来：“报告什么情况？”

郭莉莉：“听说审计局又要派人来审计我们了！”

胡春来眉宇陡然皱起：“真的？”

郭莉莉慢条斯理地说：“我，我是听市粮食局财务处的一位同志讲的。”

胡春来脸上又浮现了笑容：“哎，他们晓得个屁！审计局要审哪一家，不审哪一家，还会让他们晓得？再说，审计局也只有那百把几十号人嘛，全市有几千个企业，他们才审多少，何况我们厂是去年审计过的呀。”

郭莉莉：“那不见得，去年审计过的不一定今年就不审。”

胡春来心情不快地：“你去告诉你们财务科的李科长，要他马上来一下。”

郭莉莉：“好。”

郭莉莉走出厂长办公室。

不一会儿，李士光进来。

胡春来：“小李，来，你坐下。”

李士光坐在一旁。

胡春来：“刚才听郭莉莉说，审计局又要派人来审计我们了？不过，我分析这个消息，不一定可靠。话说回来，不怕一万，就怕万一，万一他们要……这样吧，不管这个消息是真是假，那500万斤粮食的问题，对，还发放奖金的问题，你都要在账上做做文章，把它处理好，要想法做到滴水不漏。”

李士光脸上泛起一层淡淡的阴影，怯怯地说：“是！是！不过提到那500万斤粮食的事，我心里总是有些怕，万一被审计出来，你我都不好下地呀，厂长。”

胡春来冷冷一笑：“哎，你这个人总是前怕狼后怕虎的，扬尘掉下来，也怕打破脑壳。”

七

太丰米厂院内。

李士光从厂长办公室出来，在院子内低头走着。

回忆：

画外音：几个月前的一天，胡厂长把我找到他的办公室。

胡春来指着沙发：“请坐，请坐。”

李士光坐下。

胡春来跟着也坐下，面对李士光：“小李，找你来商量一件事。”

李士光微微点头，未语。

胡春来从口袋里掏出香烟，给自己嘴里含一支，递给李士光一支，用气体打火机把烟点着，接着说：“小李，我已将库存平价粮500万斤交给市粮油议价公司作议价出售，我初步算了一下账，这一笔就可赚几十万元，有了钱，就可以给厂里多办一些事，解决一些问题，也能够给职工多发一点奖金，更好地调动积极性……你说，是吗？”

李士光愕然：“这可是违反政策呀。”

胡春来：“要改革、开放、搞活，不突破原来的规定，打破老框框，行吗？”

李士光：“那在账上不好处理呀！”

胡春来：“事在人为嘛，堂堂的财务科科长，还被这点小事难着了，你可以在再加工上打些主意，把账做平衡就是啦！”

李士光一本正经地说：“厂长，现在有了《会计法》，在账上作假是干不得的呀！”

胡春来振振有词地说：“我要你做的事，我负责，不要你负责，再说，你有你的《会计法》，我也有我的《厂长法》，依我看《会计法》还得服从《厂长法》，不然怎么叫厂长负责制呀！”

李士光担心地说：“将来万一查出怎么办？”

胡春来拍胸：“我不是说过了吗，我负责，不要你负责。”

李士光低头走着，从他肩膀的颤动可以看出他内心的悔痛。

回忆完。

八

太丰米厂财务科办公室。

郭莉莉等财务人员各自忙碌着。

李士光回来坐在自己的办公桌前发呆。

昨天晚上在柳荣荣家的情景在他眼前浮动……

九

李士光在沙发上和柳荣荣尽情地吻的镜头。

十

柳局长把酒杯击在桌上，大发雷霆的镜头。

十一

回忆完。李士光不禁打了一个寒战。

十二

离太丰米厂不远的一棵大树下，这是李士光下班的必经之路。

柳荣荣背着时新的小包，在那里不安地走来走去。

柳荣荣老远看见李士光出厂门，并向这里走来。她连忙朝李士光跑去。

十三

柳荣荣和李士光一起朝公园走去。

柳荣荣含情脉脉。

李士光心事重重。

十四

审计局局长办公室。

柳局长、鲁平、徐燕等审计人员正在讨论对太丰米厂的审计方案。

徐燕："从太丰米厂所报的上半年的财务收支报表看，还没有发现有违纪行为。"

鲁平："徐燕的这种看法，只是看了表面现象，违反法纪的事谁做了会自己贴上标签？"

柳局长听着大伙儿的议论，不由得想起那天晚上发生在家中不愉快的事情。

十五

柳局长家。

李士光不在意地回答着："是有这么回事。"

柳局长将手中的酒杯使劲往桌上一放，大发雷霆地："啊？！"

随着柳局长的发怒，酒杯被击碎了。

李士光和柳荣荣目瞪口呆。

李士光立即意识到自己失了言，急忙胆怯地说："不，不，不，没有这么回事，没有这么回事。"

回忆完。

十六

柳局长站起来，拍了一下办公桌："查！"

十七

审计局商粮贸审计处办公室。

室内摆着十多张办公桌，几个文件柜，审计人员正紧张地工作着。有的在起草文件，有的在审查报表，有的在接电话，有的在接谈……

徐燕拿着一张《江城日报》，穿过纵横交错的桌椅，走到鲁平面前：“处长，你看，太丰米厂上报了。”

鲁平冷冷一笑：“我已经看过了。”

徐燕歪歪脑袋：“那我们对它还审不审哩？”

鲁平：“登报归登报，审归审嘛。不能因为它上了报，我们就不审啦。如果这个厂的效益真正好，我们还可以总结它的经验嘛。”

徐燕：“是！”返回自己的位子坐下。

十八

两个镜头组合在一起。

一边是鲁平打电话，一边是胡春来接电话。

胡春来有些紧张，他在电话里回答：“我们厂去年你们不是审计过了吗？怎么还要审？”

鲁平：“从来没有规定去年审计过的单位，今年就不审呀。”

胡春来无可奈何，灵机一动：“你们柳局长在吗？请他来接个电话。”

一会儿，柳局长来到电话机旁，他克制不住内心的激动，用颤抖的手拿着话筒：“我是柳青。”

心情沉重的胡春来，精神上似乎有了可靠的支柱。

胡春来：“柳局长，我请求你，我们认真进行自查，能不能不审呀？”

柳局长：“自查归自查，审归审嘛。”

胡春来一听无比气恼：“老柳，你别给我来那一套！”

一气之下猛地压了话筒。

十九

柳局长见胡春来气恼中压了电话，心里很难受，甚至有些后悔。

二十

胡春来先前精神上的支柱全崩溃了。有的是火、是恼、是怨、是伤心。

回忆：

二十一

紧靠太丰米厂仓库有几间破烂不堪的房子。

门前标有“太丰米厂幼儿园”字样。

雷声，暴雨。

幼儿园的小朋友在午睡中被雷声惊醒，有的房屋漏雨，雨水洒在床被上，洒在小朋友们的身上，吓得哭的哭，喊的喊。老师们慌忙把小朋友往另一间房里转移。

正在仓库查点粮食的胡春来等人，走出仓库门。

看着破烂不堪的幼儿园，听着孩子们嘶声的哭叫，胡春来心里不是个滋味。

胡春来等人跑进幼儿园，正抱着孩子哄逗的老师们见到胡春来又是喜，又是悲。

一职工见此情景，难受地说：“胡厂长，你想办法也得解决幼儿园的房子啊！”

胡春来：“我一定尽快想办法，尽快！”

二十二

太丰米厂厂长办公室。

胡春来在给市粮油议价公司黄经理泡茶。

胡春来：“黄经理，先喝点水吧！”

黄经理：“胡厂长，您别客气。”

胡春来：“现在经济体制改革，你们粮油议价公司搞得活，我们厂和你们公司比起来，实在有愧呀。”

黄经理：“哪里话，您胡厂长是全市有名的劳动模范，就凭您这块叫得响的牌子和几十年的老经验，这个米厂还愁办不好？”

胡春来：“老经验过时了，靠牌子也换不来利润，新的时代，得有新点子、新办法才行，不然的话，就跟不上趟啊。”

黄经理：“这倒是，改革嘛，就是要改革那些阻碍生产力发展的规章制度，只要不是往自己腰包里捞，胆子越大越好，步子越快越好！”

胡春来：“所以，我们厂没有办好，一千多职工的单位，许多人没有宿舍，青年人要结婚也没有房子给，幼儿园的房子破烂不堪，一直是凑合着，我每次路过那里，只要听见孩子们的哭声，就像在挖我的心！”

黄经理：“那你们为什么不快点动手盖房子呢？”

胡春来：“这是件关系干部职工切身利益的大事，我连做梦都想盖。最近合计一下想盖两栋，可资金还差二三十万块。钱从哪里来？上面又不拨，银行也不贷。黄经理呀，我请你来，就是想请你帮点忙，借二三十万块钱给我。”

黄经理：“不瞒你说，二三十万块钱对我来说，的确算不了什么，不过，你们在外面说起来总是欠债，依我看……”

胡春来：“你有什么高见？”

黄经理：“把你们库存的平价粮按议价卖一批，不就可以了吗？”

胡春来：“这倒是个路子，可是……”

黄经理：“怕什么？改革嘛，就是要大胆，还是那句话，只要不为个人进腰包。”

胡春来：“那就——”

回忆完。

二十三

傍晚。

江城市长江两岸的灯火。

江面上行驶的船只。

沿江大道人来人往。

柳局长在沿江大道走着。

柳局长穿过密集的人群，来到一条人烟稀少的小街。

街旁的树叶“沙沙”作响，映衬着柳局长沉重的脚步声。

画外音：“他会生我的气吗？他不应该生我的气。柳局长的脚步是那么沉重，又是那么匆忙。有多少个星期六的晚上，柳局长从这条街上走过。胡春来做好了香喷喷的晚餐，等着他去喝一盅，然后，两人对坐，下着围棋，今天也是星期六，可柳局长的心情非同以往……”

柳局长在通往胡春来家这条熟悉的小街上继续行走。

画外音：“世上的事情竟是那么蹊跷。该有多少工厂，多少个企业，可检举揭发的偏偏是太丰米厂，被检举的人又偏偏是太丰米厂的他！这能叫我们老局长的心情不沉重吗？要知道，柳局长和胡厂长有着深厚的感情。”

回忆：

二十四

朝鲜战场。

山峪、硝烟。

青年时期的柳局长和胡春来，身着志愿军服装，携带着背包和枪弹在山峪里行走。

柳局长和胡春来艰难地翻过一个山头。

柳局长和胡春来来到一棵大树下。

柳局长：“小胡，坐一下，歇歇脚。”

胡春来一走一拐。

胡春来："我简直像在扭秧歌。"

柳局长和胡春来靠着大树坐下。

柳局长："该死的美国佬，还不投降！一转眼我们离开祖国三年了。"

胡春来："你想家吗？"

柳局长："想啊！我时刻都盼望着赶走美国佬，我们荣归故里，投入祖国的社会主义建设，过着和平幸福的生活。"

二十五

山脚下。

一群美国鬼子在朝山上移动。

二十六

大树旁。

胡春来突然发现山下的美国鬼子。

胡春来："不好，我们被敌人发现了。"

柳局长："快走！"

柳局长和胡春来起身躲藏。

眼看鬼子要追上来。

"砰"地一枪打来。

柳局长的左腿中了敌人的子弹。

柳局长倒地。

殷红的鲜血在柳局长的左腿流淌着。

胡春来："啊！"

胡春来急忙取出三角巾迅速地给柳局长包扎。

柳局长疼痛不已。

柳局长："别管我，你快走！"

胡春来："不！我要背你一起走！"

柳局长："快别管我，你走！"
胡春来强行地背起柳局长前行。
敌人在那里喊着："抓活的！"
胡春来敏捷地把柳局长背至一丛林中。
胡春来暴露在敌人的面前。
胡春来用枪向敌人发起猛烈的还击。
两个敌人倒下。
胡春来边战边退，引敌上身。
胡春来退到鸭绿江边的山包上。
胡春来继续还击，不料子弹打完。
胡春来从腰间取出手榴弹。
敌人已逼近了胡春来。

二十七

丛林中。
难以站立的柳局长神情紧张地注视着胡春来。

二十八

胡春来面临着敌人的逼近，毫不畏惧。
胡春来的身后是滔滔的河水。
胡春来将手榴弹扔进敌群中。
硝烟弥漫。
胡春来滚进了河水中。

二十九

丛林中。
注视着胡春来的柳局长眼看着这一切，他失声痛喊"胡——春——来——"，喊声震得山峪起回音。
回忆完。

三十

柳局长在通往胡春来家熟悉的小街继续行走。

三十一

同一时间。

胡春来神情忧郁地站立在门口，望着门前的街道。

画外音：“唉！人的感情啦，是怎么也弄不清楚的。在柳局长和胡春来之间，有着死而复活的同志感情……”

回忆：

三十二

江城市人民会场。

“纪念抗美援朝胜利二十五周年”的横幅会标引人注目。

参加这次纪念活动的代表，大多是当年参加过抗美援朝的老同志。

柳局长作典型发言。

柳局长的发言动人心弦。

柳局长：“当年，我们志愿军怀着保卫祖国，保卫和平的信心，同朝鲜人民军一道，与美国侵略者进行了殊死的战斗，我有一个很要好的战友，在一次战斗中，为了掩护我，他引敌上身，与敌人战斗到生命的最后一刻……”

作为代表参加这次纪念活动的胡春来，听着当年战友的发言，简直不敢相信自己的耳朵。他做梦也没有想到当年在朝鲜的同壕战友还活着，竟在二十五年后的今天出现在讲台上。

他浑身热血沸腾，那颗滚滚的心快要跳出来了。

胡春来激动的泪水。

三十三

柳局长家。

柳局长和胡春来面对面坐着。

柳局长："我一直以为你不在人世哩。"

胡春来："那次我跳进河里以后，被朝鲜的一个船队救了。后来，转业回到了江城。"

柳局长："孩子都大了吧？"

胡春来："俩儿子都参军啦。你呢？"

柳局长："我赶不上你，就一个女儿还在上学。"

胡春来："你老家不是山东吗？怎么转业到江城市来了？"

柳局长："孩子妈是这里人，她不习惯北方的生活。哎，你的那一位在哪个单位工作？"

胡春来："她是搞文艺的，原是一个剧团的团长，'十年动乱'，她被活活地——"

胡春来哭泣。

回忆完。

三十四

太丰米厂财务科。

鲁平、徐燕等审计人员正在认真地查账。

徐燕从账本上看出不太清楚的地方，问李士光。

李士光忙指点着告诉她。

三十五

太丰米厂大门口。

胡春来、李士光、郭莉莉一起送审计局的鲁平、徐燕等人出门。

李士光："你们好走。"

胡春来："欢迎你们常来指导。"

鲁平话中有刺地："来勤了恐怕不受你们欢迎。"

胡春来："哪里话，都是为了工作嘛！"

鲁平、徐燕等与胡春来、李士光等握手告别。

三十六

鲁平、徐燕等上面包车。

胡春来、李士光等向开动的面包车挥手。

三十七

面包车在繁华的街道上疾驶。

三十八

湖边假山旁。

柳荣荣依偎在李士光的怀抱里。

柳荣荣："士光，我问你，你还恨我爸爸吗？"

李士光："怎么谈得上恨呢？说真的，我愧当你爸爸的女婿。"

柳荣荣："你胡说什么？按这种说法，我不就愧当我爸爸的女儿了？"

李士光："这个我说不清楚。哎，荣荣，我听说你爸爸和我们厂的胡厂长是抗美援朝的老战友？"

柳荣荣："不光是老战友，胡厂长还是我爸爸救命恩人哩。"

李士光大为吃惊地："真的？那为什么对我们审计还那么严？"

柳荣荣："我爸爸呀，是个既有人情味又有原则性的老头子。"

李士光："也许审计不出什么问题。"

柳荣荣："怎么也许？究竟是怎么回事？你这个财务科科长心里还没有一本账？说正经的，工作和爱情一样，不能有半点虚假。"

三十九

夜。

李士光的房间。

墙上挂有某财贸学校毕业的合影照。

李士光关了收录机。

白天与柳荣荣约会的恋情还在李士光的脑海里环绕。他嘴边仍然挂着甜蜜的笑意。

当李士光想到事业，想到工作，苦恼的神情，随即又代替了甜蜜的笑意。

柳荣荣的话在李士光的耳边回响："工作和爱情一样，不能有半点虚假。"

李士光有点坐立不安。

李士光来到墙边，凝视着墙上的合影照。

随着合影照上人的晃动，李士光进入了回忆：

四十

幽静的校园。

教室里。

李士光和柳荣荣围坐在一起讨论习题。

四十一

草坪上。

李士光和柳荣荣躺在草坪上畅谈理想。

柳荣荣："祖国的振兴，关键要靠经济的繁荣。"

李士光："经济建设离不开你我这样的人才。"

柳荣荣："我不行，你才真正称得上人才。你的毕业论文受到了高教授的高度赞扬，可以说轰动了全校。"

李士光："你看，就像那花一样，之所以娇艳，还不是靠绿叶的扶衬。"

柳荣荣："但愿你这朵娇艳的花，能在经济建设的实践中，吐出沁人的芬芳。"

四十二

学校广场。

毕业典礼。

校长在颁发毕业证书。

校长拿着一张红色的毕业证书喊："李士光！"

李士光上台领毕业证书。

校长握着李士光的手："你是我校的优秀学生，希望你成为一名优秀的财会人员。"

李士光："决不辜负校长的殷切期望。"

四十三

李士光躺在床上内疚的神情。

校长的声音在耳边回响："希望你成为一名优秀的财会人员。"

李士光内疚地自语："优秀什么？我，是一个不合格的财会人员。"

李士光在激怒中进入梦乡。

四十四

漆黑的夜。

阴森的小巷。

李士光低着头慢慢地走着。

一只手落在李士光的肩膀上，李士光掉头一看，是校长。

校长手拿一只灯笼。

李士光："校长，您……"

校长严肃地："你走到什么地方去了？这哪里是你走的路？"

李士光不解地望着他。

校长："你的同学都在那边赛跑，可你配得上当我的学生吗？"

远处传来柳荣荣的喊声："李—士—光！"

随着呼喊声，柳荣荣气喘吁吁地来到李士光的跟前。

李士光："荣荣，你喊我？"

柳荣荣："快，我们的接力赛就要开始了！"

说罢，柳荣荣掉头就往回跑去。

李士光目瞪口呆地站立不动。

校长消失了。

柳荣荣的身影也不见了。

李士光恍然大悟。

李士光向柳荣荣喊着："等等——等着我！"

梦毕。

李士光躺在床上。

"等着我！"的喊声，使他从梦中醒来。

四十五

太丰米厂厂长办公室。

胡春来在与李士光谈话。

胡春来："小李呀，由我提议，经厂党委研究决定，把你提升为厂办公室主任。"

李士光："怎么，让我当办公室主任？"

胡春来："是的，你有文凭、有能力，何止这个办公室主任，你将来的前途还大着哩！"

李士光："我实在当不了，厂长，我连一个财务科长都没当好，还当什么办公室主任？我找你，是谈上次你主张卖的那500万斤库存平价粮的事……"

胡春来："过去了的事，还谈它干什么？"

李士光："我们不应该弄虚作假……"

胡春来拍案而起："你说什么？！"

四十六

傍晚。

柳局长家。

柳局长进屋。

一封写有“柳局长收”字样的信出现在柳局长脚下。

柳局长拾起、拆阅。

柳局长看信。

画外音：尊敬的柳伯伯，我错了“我做了一件难以饶恕的蠢事，我们厂的确将库存500万斤平价粮按议价卖掉了，我没有抵制，并在账上作了假……”

柳局长颤抖的手。

柳局长大为震惊：“啊？！”

四十七

柳局长此时心烦意乱。

柳局长手颇抖地点着一支烟。

柳局长压抑不住内心的怒火，在屋里走来走去。

门外的电铃响了。

柳局长徘徊的脚步。

门外的电铃又响了。

柳局长这才意识到，于是前去开门。

柳荣荣满面春风地进屋。

柳荣荣：“爸爸，我给您带来了一个好消息。”

柳局长无动于衷。

柳荣荣：“爸爸，您听见没有。”

柳局长：“嗯，什么好消息？”

柳荣荣：“参加企业家访问团的有胡叔叔，过些日子，胡叔叔就要出国访问了。”

柳局长：“你是说胡春来？”

柳荣荣：“没错。”

柳局长：“嘿！”

柳局长拿出那封信，递给柳荣荣。

柳荣荣：“这不是李士光的字体吗？”

柳局长："是啊！"

柳荣荣感到莫名其妙。看信。

柳荣荣吃惊地："啊？！这可怎么办？"

柳局长："该怎么办就怎么办！"

柳荣荣似乎失落了什么，又似乎在寻找什么。

刚才的高兴劲飞往九霄云外。

柳荣荣为眼前发生的一切而焦急。

柳局长抽着烟，在客厅里来回踱步。

柳荣荣："爸爸，李士光的这封信除了您，审计局还有没有人知道？"

柳局长仍然来回踱步，不语。

柳荣荣："爸爸，我在问您，审计局还有没有人知道？"

柳局长："知道怎样，不知道又怎样？"

柳荣荣："我是想，要是审计局暂时没有别的人知道的话，您可把这封信压一段时间，等胡叔叔出国回来后再调查处理。"

柳局长突然止步。

柳局长像不认识自己的女儿，瞪大眼睛望着柳荣荣。

柳局长："这种话，亏你说得出口。"

柳荣荣："爸爸，我求您，可别让胡叔叔错过这次出国的机会。"

柳局长理解女儿的心情，可又埋怨女儿的政策观念淡薄，更气胡春来不该做出这种违反财经纪律的事情。

柳荣荣："爸爸，这是一次多难得的机会，难道您就那么狠心……"

柳局长："住口！"

柳荣荣越说越激动，眼泪在眼眶里打转转。

柳荣荣："就是，就是，您对胡叔叔太无情无义！"

柳荣荣的话像一盆油泼在早就满肚子是火的柳局长身上。柳局长顿时火冒三丈。

柳局长抬起手想给荣荣一记耳光，但又没忍心打下去。

本来就内心难受的柳荣荣，此刻哭出了声。

柳局长自己给惊呆了，他恨自己不该凶女儿。

一种内疚、怨恨、气恼，使得他也流出了泪水。

四十八

上午。

职工宿舍。

一辆小汽车停在门口。

从车上下来的是柳局长、鲁平和徐燕。

他们走进 82 号宿舍。

四十九

丁大柱在宿舍门口与柳局长、鲁平、徐燕握手告别。

丁大柱目送小汽车远去。

五十

鲁平、徐燕骑着自行车在街上行驶。

徐燕："这些日子可忙坏了，连跳舞的时间也没有。"

鲁平："我们这里走，那里跑，东访西奔，不也是在跳舞吗？"

徐燕："如果这也是在跳舞，那世界上就没有人开舞厅了。"

鲁平："社会本身就是个大舞台，每个人都在扮演不同的角色，跳着不同的舞。这是国外一个名人讲的。"

徐燕："嘀，真是处长水平！这种说法我还是第一次听到，那你说，我们在跳着什么舞？"

鲁平："我们呀，在跳着审计迪斯科！"

徐燕："太棒了！"

五十一

"江城市粮油议价公司"的大牌子。

两辆自行车停在门口左侧的自行车停放处。

两双脚步的走动。

两双脚步进了“江城市粮油议价公司”的大门。

五十二

经理办公室。

鲁平、徐燕正在向江城市粮油议价公司的黄经理作调查。

黄经理：“胡厂长是把他们厂库存的500万斤平价粮交我公司作议价卖了，听说用赚的钱盖了房子，没有听说他私人得什么好处。不过……”

徐燕：“难道私人不得好处就合法吗？这样，太丰米厂多赚了钱，你们公司也赚了钱，只是挖了国家，坑了群众，不是吗？”

鲁平：“你们的胆子也太大了，难道不知道这是违反国家的粮食政策和财经纪律的吗？”

黄经理难以回答，表现出难堪的神情。

五十三

夜。

个体餐馆。

丁大柱和太丰米厂的工人甲在喝酒。

丁大柱给自己斟满了酒，又给对方把酒斟满。

丁大柱：“兄弟，你别怄气。来，咱俩再碰一杯！”

俩人一饮而尽。

工人甲喝得摇摇晃晃，醉意十足。

工人甲：“他妈的胡春来，尽给我小鞋穿，我就旷了半天工，把我这个月的奖金全扣光了。”

丁大柱：“老弟，旷工也不对嘛，大家都旷工生产怎么搞呢？”

工人甲：“要不久，就要胡春来有好戏看哩。”

丁大柱：“好—戏？有什么好戏看？”

工人甲：“我告诉你，胡春来是兔子的尾巴——长不了。”

丁大柱：“这话我不相信，听说，过些日子他还要出国访问哩！”

工人甲：“啥，他就别给我做春秋大梦了！”

工人甲摇摇晃晃地走到丁大柱身边，对着丁大柱耳语。

丁大柱：“老弟呀，你可不能胡搞。”

五十四

上午。

太丰米厂厂长办公室。

李士光胆怯地坐在办公室里。

胡春来不知从哪里得知审计局正在为卖库存500万斤平价粮的事进行调查。

胡春来：“上次卖那500万斤粮的事，你没有走漏风声吧？”

李士光不敢正视胡春来的目光。

李士光：“我没有！”

胡春来：“那么一定是丁大柱把这事告发了。只要你守口如瓶，随他们怎么查也是白费劲。”

李士光忐忑不安。

胡春来见李士光神色不对，走近李士光。

胡春来：“你到底……”

李士光：“我的良心和职责不容我继续隐瞒，我向审计局写信汇报了。”

胡春来：“什么？你果然出卖了！”

气怒中，胡春来扯着李士光的衣领推拉着。

胡春来：“你，你，你怎么这样不争气！？”

李士光理解胡春来的心情，任凭他发泄。

胡春来：“你这不是汇报，是在坑人，在坑全厂一千多名干部和工人。”

李士光：“厂长，纸是包不住火的，越包带来的灾难只会越大，错误越严重！”

胡春来：“我胡春来个人受处分算得了什么？撤销我这厂长的职务又算得了什么？可我们全厂的职工要利润，要吃饭，要房子住呀！”

五十五

审计局局长办公室。

柳局长在听取鲁平、徐燕等审计人员对太丰米厂审计情况的汇报。

鲁平："对太丰米厂的问题，经过我们审计查证，已经搞清楚了，证明群众来信反映的情况基本属实。"

柳局长："问题查清楚了，就可以写审计结论啦。发现新的问题没有？"

徐燕："除那500万斤粮的问题，没有发现其他大的违纪问题，但在审计的过程中，发现有几个单位向这个厂进行乱摊派，都被我们给顶回了。"

柳局长："你们顶得好！国务院早有规定，不准以这种名目或那种名目向企业摊派要钱，可是有些部门'令不行，禁不止'，仍在继续搞摊派，对这种情况，我们一旦发现，要严格制止，以维护企业的合法权益！"

鲁平："从最近一段时期，我们对一些单位的审计情况来看，太丰米厂的问题不算复杂，我们回处里再认真研究一下，马上写审计结论。"

柳局长："实事求是，客观公正，是我们审计人员必须遵守的准则，你们写审计结论可要慎重呀！特别是对审计发现的问题提处理意见时，一定要依据法律规定，按照不同情况，区别对待，掌握宽严适度呀。应当体现出既要维护国家利益，又要保障企业的合法权益。"

鲁平："是。"

五十六

同一时间。

太丰米厂仓库门口。

如山的大米。

堆放的麻袋。

灌米袋的场面。

一辆停放在仓库门口的东风牌汽车。

工人抬米袋的场面。

胡春来身着工作服，同工人们一起大干。

画外音："胡春来真不愧是劳动模范，你瞧，年过半百的胡厂长干起活来，还像个小伙子，这装车的大米，是他挖掘生产潜力，充分利用现有设备代山西省粮食部门加工的，这也算是他在改革中，搞活企业的一项具体措施吧。"

装满大米的拖车。

胡春来爬上车同一工人拉绑绳子。

另一工人："胡厂长。您下来吧，让我去绑。"

胡春来："我干是一样。"

要断的绳结。

胡春来使劲拉绳。

突然，绳子断了。

胡春来摔倒在地。

一工人："哎呀，不好了！"

众工人："胡厂长，胡厂长！"

胡春来头部出血，昏迷过去。

工人们围了上来。

另一工人："快打电话，叫救护车！"

五十七

救护车刺耳的叫声。

救护车在道路上疾驶着，叫声惊动了行走的人群。

五十八

江城市人民医院。

柳局长在医院走廊寻找。

一护士走过。

柳局长忙拦着护士："同志，刚才进来的太丰米厂的一位姓胡的摔伤病人在哪个病房？"

护士："在急诊室抢救。"

柳局长直奔急诊室。

柳局长来到急诊室门口。

太丰米厂的几个工人也焦急地等候在门口。

柳局长恨不得一下子冲进急诊室，看一眼正在抢救的胡春来。

没料，一护士拦住了他。

护士："同志，急诊室不能进！"

柳局长神情紧张地等候在门口。

五十九

医院病房。

包扎着头部的胡春来正在床上打吊针。

一护士守在病床前。

病房的门开了。

进来的是柳局长。

柳局长提了些罐头、高级营养品。

胡春来还没有醒。

柳局长蹑手蹑脚地来到胡春来的床边坐下。

柳局长轻声问护士："好些了吗？"

护士点了点头，没言语。

胡春来醒来，睁开眼睛。

柳局长忙上前："老胡……"

胡春来没加理睬，神情是那样的冷漠。

柳局长："我是老柳哇！"

胡春来应付地望了一眼，故意闭上了眼睛。

少顷。

胡春来慢慢地睁开了眼睛，柳局长还没走。

相反地，柳局长心情很激动地凑上前。

谁知，胡春来用手轻轻地向外摆了摆，意思是要柳局长出去。

护士领会了胡春来的意图，出于护理工作的职责，她撵柳局长走。

护士："病人的心情不好，你走吧。"

柳局长心情不快地转身出了病房。

胡春来睁开眼睛，见柳局长已走，对护士说："不论什么时候，只要他一来，就请他走，就说我不愿意见他。"

护士："行，哎，他是您什么人？"

胡春来："嗯……"不语。

六十

晚上。

李士光的宿舍。

宿舍里有一台 14 英寸的彩色电视机。

李士光坐在电视机前，跟着电视里学日语。

柳荣荣坐在李士光旁边，一边织毛衣，一边跟着发音。

电视教学完毕。

李士光关了电视机。

李士光伏在书桌上整理读书笔记。

柳荣荣一边织毛衣，一边看影集。

柳荣荣："嗬！你这里还有胡叔叔的照片？"

李士光："那是今年春游时照的。"

柳荣荣："哎，你今天去医院看了胡叔叔没有？"

李士光："去过了，他的伤势比前两天好多了。"

柳荣荣："你们厂怎么搞的，他那个年龄的人能上车吗？怎么不拦一拦？"

李士光："谁拦得住呀，干起活来跟小伙子不分上下，他说要干就准得干。"

柳荣荣："和我爸爸一个样，有点倔！"

六十一

上午。

医院病房门口。

柳局长前来看望胡春来。

柳局长即将推门进去。

护士拦住了。

护士："你要干什么？"

柳局长："我看望胡春来。"

护士："胡厂长说过，他不愿见到你，请你不要进去。"

柳局长："不愿见到我？"

护士："嗯，请走吧。"

柳局长："那么，你让我隔着窗户看一看行吗？"

护士："真拿你这个人没办法。"

柳局长透过窗户，看到胡春来安详地睡着。

柳局长轻声地："你好些了吗？"

柳局长依依不舍地离去。

画外音："胡厂长说过，他不愿见到你……他不愿见到你……他不愿见到你！"

六十二

又一个上午。

医院病房门外。

柳局长立在窗户下，透过明净的玻璃，看到胡春来躺着看书。

少顷。

柳局长悄悄离去。

六十三

也是一个上午。天空飘洒着小雨。

医院病房门外。

窗下，立着身披雨衣的柳局长。

柳局长透过玻璃窗，看着胡春来躺在床上，侧着身子写什么。

少顷。

柳局长悄悄离去……

六十四

医院病房。

胡春来在床上躺着。

郭莉莉坐在一旁削苹果。

胡春来："莉莉，给山西加工的大米运完了吗？"

郭莉莉把削好的苹果递给胡春来。

郭莉莉："您放心养伤，早就运完了。"

胡春来："审计局的同志还在厂里搞审计吗？"

郭莉莉："审计完啦。"

胡春来："他们是没事尽找事！"

郭莉莉："哎呀，胡厂长，您可别那么说，那500万斤粮平转议的问题，我们是违反了政策，多发奖金的问题，也违反了财经纪律，可是，审计局对我们的审计是实事求是的。还有……"

胡春来："还有什么？"

郭莉莉："审计局这回可帮了我们的大忙！"

胡春来不解地："怎么，他们还给我们帮了大忙？"

郭莉莉："那可不？在李科长和我们财务人员的配合下，审计局对我们上半年的财务收支进行了就地审计，不仅发现了一些财务处理上的错误，帮助进行了纠正，而且，在此期间，有几个部门以这种名目或那种名目向我厂搞摊派，都被他们给顶回去了。他们还协助我们收回了几十万元长期拖欠的货款。"

胡春来："这些都是真的？"

郭莉莉："那还有假？"

胡春来：“他们还有什么具体要求吗？”

郭莉莉：“他们建议我们尽快建立内审机构，把内审科成立起来，这有利于加强内部控制，也是企业发展的内在要求。”

胡春来：“成立内审科的事，你告诉李科长要他先准备个意见。”

郭莉莉：“是！”

胡春来：“审计局的同志帮了我们的忙，那你们就不知道好好地谢谢他们？”

郭莉莉：“还谢哩，听说审计局的柳局长来医院看您，您连理都不理他。”

胡春来的心颤了一下，睁大眼睛望着郭莉莉。

护士：“哎呀，胡厂长，你们说的那个人，就是柳局长啊？自从您住进医院，他几乎每天要来一趟，我不让他进病房，他就每次在门外，隔着玻璃窗看一下您，然后悄悄地离开。”

胡春来下意识地垂下了头，他激奋，他内疚，他自愧难言：一种复杂的感情潮水般涌上心头……

猛地，他奔出了病房。

六十五

胡春来出了医院的大门。

胡春来走在阳光洒彩枫叶红的街道上。

胡春来在向江城市审计局走去，他的脚步是那么轻，那么快……

六十六

审计局局长办公室。

柳局长正在接待太丰米厂的丁大柱。

办公室的门半掩着。

丁大柱端端正正地坐在那里。

柳局长认真地看信。

看罢，柳局长把信放在办公桌上。

柳局长来回踱了几步。

柳局长冷静下来，给丁大柱倒茶。

柳局长："来，喝杯茶。"

丁大柱："好，谢谢！"

柳局长："你就是上次写检举信的丁大柱吧？"

丁大注："不错。上次，胡春来把库存的平价粮按议价卖了500万斤，是我检举揭发的。"

柳局长："你发现违纪现象，主动检举揭发，做得很好。我们通过审计调查，确实有那么回事。你这个举动，是对我们工作的支持，我谢谢你！"

丁大柱："我这次揭发的材料也是真实的，不信，你们去查！"

六十七

审计局大门口。

胡春来在门口站了一会儿，朝里面走去。

六十八

审计局局长办公室。

柳局长正在继续接待丁大柱。

胡春来来到办公室门口，见柳局长在跟丁大柱谈话，他的脚步止住了。

柳局长："我们对反映的一切情况，都要认真进行调查。"

丁大柱："局长，调查落实后怎么处理呢？"

柳局长："分别不同情况，实事求是地进行处理，可是你这次反映的你们厂把大米弄到山西去的事，我们知道。这是你们厂挖掘生产潜力，充分利用现有设备代山西省粮食部门加工的，不是违法乱纪，而是你们厂在改革中，搞活企业的一项具体措施。"

丁大柱："那……"

柳局长："我们审计机关并不是像有的人想象的那样，就是挑毛病，找岔子、整人，恰恰相反，我们审计人员是社会主义的经济卫士，我们就是要保护改革者，支持改革者，促进改革的深化。”

丁大柱：“可我们厂长……”

柳局长：“你们厂长是有错误，违反财经纪律的问题，我们将按照有关法令规定进行处理。可是小伙子，你看没看到你们胡厂长大胆尝试，改革治厂的战斗风貌？看没看到他以厂为家的艰苦奋斗的革命精神！”

站在门口的胡春来，听着柳局长的讲话，早已是泪流满面。他想进屋，又觉不便，只好悄悄地离去。

一会儿，柳局长办公室的电话铃响了。

柳局长拿起电话筒。

柳局长：“喂，我是老柳。”

接着电话里传来了胡春来的声音：“我是胡春来，今天晚上请你来喝一盅，再杀两盘棋。”

六十九

傍晚。雨淅淅沥沥地下着。

风，吹落了几片树叶。

柳局长朝胡春来家走去。

胡春来打着伞在门口迎接。

两人可望而尚未接近。

不知从哪儿传来了深沉的曲调。

伴随着音乐，主题歌起——

叶儿落，雨无声，
细雨浇着赤子心，
是暖非寒，是亲非恨。
经风雨的沐浴，战友情更深！
……

——全剧终

（原载《财务通讯·综合版》1988年第6—10期连载）

天字号风云录

导　演：周　予
编　剧：周端木　邓定维
主　演：佟瑞敏　姜黎黎　郑　榕　茹　萍
出品方：上海电视台

第一集

秋天。上海。阴雨连绵。

一辆出租汽车在绿树成荫的幽静马路上缓缓行驶。车内坐了一位青年女子：披肩长发，风姿绰约，她是美籍华人，作家林布倩。

轿车在僻静的小巷口停住。

林布倩撑了一把黑色雨伞，在缕缕雨丝中寻找门牌号码，好像游子寻找自己的家。

她来到小巷深处，有浓荫覆盖院墙的七十号门前，按电铃。

门“吱呀”一声开了。迎接她的是一张稚气的孩儿脸：“阿姨，你找谁？”

林布倩：“欧阳恒如老先生是住在这儿吗？”

女孩点点头，领着这位陌生客人穿过碎石铺成的通道，走向客厅。她朝落地长窗里，坐在花园阳台上观赏秋雨的老人喊道：“好爷爷？有人……有人来看你了！”

欧阳恒如老人，漫不经心地：“谁呀？”

小女孩圆睁睁的眼，一直盯着她。

林布倩望着他的背影：“欧阳老伯，我是刚从美国回来的……”

这熟悉的声音，使他猛然转过身子，惊呆了。“映霞。”他脱口而出。眼前站着的女子，无论从容貌，声音、气质，都太像他年轻时代的恋人了。

林布倩嫣然一笑，妩媚动人，“您把我，当作我妈妈了。”

欧阳恒如老人有些手足无措，窘态地：“……你和你妈妈，好像一个人……实在，太相像了。哦，坐，请坐。”少顷，他眼睛望着远处，嘶哑地：“你母亲，没有和你一起回来？她……还好吗？”

林布倩："她过世了，再也回不来了，这是她终身的遗憾！"

欧阳恒如老人一怔，黯然神伤，久久没有说话。

雨静静下着，飘湿了老人的衣裳。

"那么，你这次来——"

"实现妈妈的遗愿，给她老人家的恩师吴蕴初先生扫墓。要是有可能的话，想写一本中国化学工业的奠基人——吴蕴初的传记。"林布倩急切央求，"希望得到您的帮助。"

欧阳恒如老人感慨万千。"难得，你有这番诚心！我也是久有此意了。来，上楼！"

林布倩牵着小女孩的手，跟随上楼，边走边说："听说，还有一位张逸云老先生……"

欧阳恒如老人扭过头来："嗬，连这，你都知道？是位伯乐啊！"

一双枯手，将宣纸摊平，逐渐呈现一幅淡水墨画：芳草斜阳，山水苍茫。在岩石的重压下，缝隙里长满求生的青藤，开着艳红小花。

白云悠悠，一片绿洲。

近代化的大都市，厂区烟囱林立。

《天字号风云录》剧名赫然入目。

镜头在天字号企业的图案中横移：天厨的佛手，天原的太极图，天盛的容器，天然利益不可丢的钱币。

黑暗中坐着一个人，他火柴一划，点燃雪茄。借着微光，看清吴蕴初愤世嫉俗的脸，和墙上挂着一张面容清癯的张逸云照片。他起身，走向街头。

从此，开始了欧阳恒如老人漫长的回忆。沙哑的画外音：

"他们都过世了……现在，很少再有人提到他们。六十年前，上海滩这块风水宝地，早就成为帝国主义掠夺的中心。它是冒险家的乐园，罪恶的深渊，也是我中华民族工商业诞生的摇篮。……"

与此同时，出现纷纭多变的画面。

江海关的钟声。

黄浦江水像一条缎带，从这座城市东边静静流过。

外滩。汇丰银行门前的两座铜狮。大把墨西哥银圆（鹰洋）和日本银圆（龙洋）丢进抽屉。

证券交易所内，烟雾弥漫，买卖股票的叫喊声，震耳欲聋。

经纪人在交易台前，用手势表示意向：手掌朝内，买进；手掌朝外，卖出。一旦成交，场务员立刻在行市板上写上价格，顷刻之间，几十架电话接通全市各个商号。暴发户狂喜的脸。

租界。工部局沿街，走着英国巡捕，红头阿三和地痞流氓。

一幅巨大的日本味之素广告，耸立在交通路口。它的底部挖一条狭长通道，一切车辆、行人由此经过。吴蕴初停步，对它凝视。

徐家汇天主堂的十字架高高耸立，晚风吹来祈祷的钟声，悲戚而深愁。

天宇飘着微雪，忽成惊雨。

弄堂的过街楼前，一盏昏黄路灯下，小贩身背蒲包，一手捂耳，悠长的叫卖："甜—辣—松—脆，檀香橄榄，卖橄榄！"声音凄楚而辽远，消失在深巷尽头。

画外音在继续："……奋发有为的人，不甘寂寞，常常点燃一盏孤灯，默默地探索。这里，是福源里的一个亭子间。"

深夜。万籁俱寂，灯火熄灭。唯独吴蕴初家的亭子间里，还闪着光亮。

酒精灯燃着，吴蕴初聚精会神在做观察试验。

马蹄表的切嚓切嚓声，时针指着下夜两点。他手拿记录本，挥笔疾书。

吴蕴初困乏的脸。他放下笔，后仰，稍事小憩，又打起精神贴近观察。

钟声，当，当，当，敲打三下。

前楼吴仪惊醒，披衣下床。

亭子间的门推开了，吴仪将一碗水泼蛋放在记录本旁，她边系衣扣边说："吃了，快去睡吧，清早还得上班！"

吴蕴初站起，脱去白罩衣，交给夫人，端起碗，三口两口吞下。

吴仪穿好白罩衣坐下观察。她的神情如临深渊，如履薄冰，战战兢兢。吴蕴初感到她的紧张，走到她身后，察看一下，轻轻吻了下她的发梢走开。

瞬息，传来鼾声。

天色微明。吴家亭子间窗口冒着白气。这种化学反应过程泄出的刺鼻气味，不断向窗外流溢，惊扰了左邻右舍。他们冲着亭子间骂山门了："哎哟，上头亭子间里放啥个毒气啊，呛死人哦！"

弄堂半空飘着白气，下面住家的男女老少往这里云集了，有人叫着："赤佬，臭煞人了！""倒霉倒霉！""是啥人放毒气啊！"

"吴家嫂嫂，侬下来讲讲清爽！"

吴仪奔下楼去，向邻居赔不是："对不起，对不起，实在对不起！"向挤进来的人做解释："不是放毒气，不是，是做试验，吴先生做化学试验。"

一个中年男子责问："做啥个试验？臭是臭得唻！要嘛，大家到巡捕房里讲道理去！"

吴仪没有办法，只好摊牌："是试验，做味之素！"

一个大块头挤过来，尖刻地："味之素？嘿嘿，尝尝鲜来！闻闻臭来！到底搞啥个名堂，上去看看清爽！"

一群人簇拥着吴仪朝楼上走去。

吴蕴初睡眼惺忪，衣衫不整，穿了双拖鞋，在亭子间里迎接这批不速之客。他拱手作揖："诸位邻居，多多包涵。蕴初实在是出于无奈，惊扰大家了，请多原谅！"众人吵吵嚷嚷，大块头特别来劲："吴老板，侬轻松来，说一句事出无奈，阿拉活受罪唻，做人要讲一点公德嘛！"

吴蕴初掏出三炮台敬烟："蕴初道歉，向诸位道歉，请抽烟，抽烟。”

大块头吸着香烟，气消了点：“看在大家长年邻居的分儿上，只好客气点喽！吴老板，这次算了，下次再放臭气，别怪我们翻脸，可就要巡捕房走一趟喽！”

邻居们附和，各说各的。“这次就算了，下次巡捕房见”“吴师母，我劝你还是不要试验了，臭气熏天，你我身体谁吃得消！”“大家讲点公德嘛！”

大块头双手一扬：“走吧走吧。吴老板，下不为例！”人们吵吵嚷嚷跟着他下楼。

吴仪扶着楼梯拐角，向他们招手致意。忽然，再也支持不住，她疲劳、惊吓，双腿一软，晕倒了。

吴蕴初惊呼，急忙上前搀扶。

晚上，脸色苍白的吴仪卧床不起，她的丈夫服侍她喝药。“好点了吗？要不，试验停一下吧！”

吴仪摇摇头，挣扎着坐起：“不不，都试验一年多了，那是你的心血。酒精灯，千万不能熄。”

福源里吴家的亭子间，酒精灯燃着，门窗紧闭，外面下雨。病病歪歪的吴仪和丈夫，将一条条牛皮纸贴在窗缝上。

氯化氢气体弥漫斗室，越来越浓。吴仪捂嘴，不断呛咳。她起身去刷纸条，颤颤巍巍想贴到窗缝上，吴蕴初过来，接过刷子，推吴仪出门。一股酸气飘至过道，吴蕴初迅速将房门关严了，吴仪回身敲门，不开，她深深叹了口气。

严冬。亭子间朝北的窗户结了一层霜花，外面隐隐落雪。黎明，寒冷异常，吴仪披着毛毯，在静观默察。突然，发现烧瓶中出现了雪花状的白色结晶体。她好像悟到了什么，手伸进烧瓶拨弄一下，惊喜地站起，不知怎么处置才好。吴仪一抹垂发，急匆匆出门，毛毯竟绊住了脚，她一把甩下……

吴仪狂喜地奔向前楼，推醒和衣而睡的丈夫："快，快……好像是了！"

吴蕴初乍醒，迷迷糊糊欠身："什么？什么是了？"

心急火燎的吴仪，催促着，边走边说："白色的，像雪花……"两人迅步走进亭子间，观看那白色的结晶体。他捏了一点，放入舌尖一舔，笑了。吴仪贴近他的脸，低声问："怎么样？"吴蕴初寡言，用拈着味精的手指送到夫人的舌尖，她一舔，也乐了，两人相视而笑。

吴仪："好极了！和日本味之素一模一样。"

吴蕴初一把撕掉墙上的味之素广告，欣喜若狂地："不，我的比他好！成功了！"

吴仪乐极而悲，竟泪流满面了。

"夫人，今天应该高兴！"他搂住吴仪的腰，口中喊着"蓬嚓嚓——蓬嚓嚓"跳起快三步。旋转的华尔兹，一圈又一圈，转得吴仪头晕目眩起来，她求饶："我头昏，算了，算了……"

又转了几圈才收。他俩小心翼翼地将白色粉粒装进一个玻璃瓶内，塞好软木塞。

小瓶装进皮包。穿衣镜内，看到吴仪给丈夫穿上大衣，吴蕴初整衣领，左顾右盼，回身向吴仪一扬手："夫人，等我好消息——"戴好礼帽，快步出门下楼。

吴仪倚门默默看着。听他脚步声远去。

福源里弄堂口。

清晨，吴蕴初兴致勃勃地提包而去。

暮色中，吴蕴初转过弄堂，神情颓唐地走向家门。

欧阳恒如老人的画外音："试验成功了，兴奋之余，接踵而来的却是惆怅困惑。现在，当务之急，就是要尽快找到一个肯出资金的老板，所谓'货卖识家'。几天奔波下来，识家又在哪里呢？"

门口，儿子一把抱住爸爸，小狗在旁摇尾欢跳。吴蕴初撸了撸儿子的头，默默进门，通过厨房，径自向楼上走去。

他的夫人，用奇异的目光望着丈夫。

福源里吴家亭子间。

吴蕴初独自闷坐，一根接一根地抽着烟。儿子牵着小狗，对父亲纠缠不清："爸爸，带我去看马戏。"

吴蕴初头也不回，没好气地："现在没工夫！"

儿子："你答应过我的，还要给小狗买铃铛。"拉起父亲的手："现在就去，现在就去嘛！"

吴蕴初心烦意乱："吵什么，烦死人了，出去！"顺手一推，儿子跌个踉跄，也来劲了，他奔回，拉住父亲的手臂，倔头倔脑地："我不，我要看马戏，我要铃铛！"

小狗也凑热闹地汪汪叫着，走着。

吴蕴初肝火上升，命令儿子："把它牵走！"

儿子挺直脖子："我不！"

吴蕴初撩起一脚，将小狗踢出门外，从楼梯上滚了下去。儿子冲下楼去，抱起受伤的小狗，委屈地哭了。

吴仪闻声来到丈夫面前："我们搞试验，孩子一直丢在嘉定老家。这不，刚来几天，就发这么大的脾气。"

吴蕴初面有愧色，内疚地转过身去。

吴仪走到他的身边："我们是答应过他，试验成功了，要带他去玩的嘛！"

吴蕴初愧疚，无言以对。吴仪充满感情地望着他。她拿起一支雪茄，剥开，放进吴蕴初的嘴里。每当丈夫气恼、不顺心的时候，作为妻子，总是这样做的。

一根火柴点着了雪茄，瞬息，使他想起了过去——

沉闷的汽笛鸣声。江轮上，吴蕴初独立船头，心事浩茫。

他的夫人吴仪，从舷梯上来。齐耳短发，戴一副金丝边眼镜，身着豆绿色旗袍，脚蹬高跟鞋。端庄，秀丽，聪慧。她四处张望，发现丈夫在船头，悄悄来到他身边，温柔地："想抽烟吗？"

"嗯。"他摸摸口袋，忘在船舱里了。

吴仪打开手提包，将雪茄剥开，放进吴的嘴里，掏出火柴为丈夫点烟。

吴蕴初拿过火柴盒摆弄着，苦笑："奋斗多年，一事无成啊！只好做火柴的原料……和牛皮胶打交道了。"

吴仪劝慰："人家刘鸿生老板看得起你，才请你回上海当牛皮胶厂的厂长，这个位置也不容易了。"

吴蕴初愤世嫉俗，直起身子："混口饭吃，自然绰绰有余了。可事业呢？化学工业的基础是三酸二碱，在国内还是一片空白。我做梦都想开制造盐酸、烧碱的厂！"

吴仪同情关切："那要多少钱？"

吴蕴初："少说也要几十万大洋的资金！"他无可奈何地走开。

吴仪幻想："要是碰上个财神菩萨就好了。"

吴蕴初向妻子苦笑，回过头去，江水滚滚流湍。

十六铺码头。

轮船靠岸，吴蕴初夫妇提着皮箱，夹杂在人群中走过栈桥，下船。

一条长街上，摆满各种各样的摊头，嘈杂的小贩叫卖声此起彼落："香炒热白果，香是香来糯是糯，一粒开花两粒大……""香是香得来，甜是甜得来，朝西香到徐家汇，朝东香到黄浦滩。"卖零食推车的小贩，起劲地半吟半唱，恰好碰上一个身无分文的男孩，用手指在食物上摸摸舔舔，小贩一巴掌打下去，嗓音沙哑地："阿弟阿弟，做小生意苦恼来西，侬帮帮忙，勿要打棚了！"

吴蕴初夫妇身临其间，在长街上穿越而过。他们走到十字路口，被巨幅的日本味之素广告吸引了。吴蕴初手拎皮箱，仰视。斗大的字，味、之、素，一个一个映入眼帘。“搞味之素！”吴蕴初停住脚步，念头一闪。

福源里吴家起居室，吴蕴初在书橱前翻阅外文资料，轻轻读出声来：“……戈罗登酸钠，一八六六年，德国人立森豪顿在植物蛋白中提炼过……”

掩卷沉思。“植物蛋白……”他喃喃自语，踱步思索。突然，他眉宇舒展，飞奔下楼。

正在厨房忙碌的吴仪：“快吃饭了，到哪里去？”

“就来！”他头也不回地走了。

南货店柜台上，吴蕴初用手一指，伙计将一瓶味之素放在台上。

吴蕴初看，取走。伙计连忙叫：“先生钱——”

吴蕴初停步回身，抱歉地笑笑。“对不起——”掏出四角钱，大步走回家去。

吴家起居室，黄昏。桌上摆着四菜一汤。吴仪做针线，等候丈夫回来。楼梯响了，吴蕴初兴冲冲走出房间，将一瓶味之素放在桌上。

吴仪：“味之素啊，正好，汤里放一点。”

吴蕴初连忙用手捂住：“这可要派大用场的！”

吴仪敏感地：“哦，你是想做味之素？”

吴蕴初：“太太，你真聪明。这种东西，本钱小，销路大，千家万户都需要。重型化工搞不起来，就从轻化工业开始吧！我想把亭子间腾出来试验，你看呢？”

吴仪：“好的呀，我总归听你的。快吃饭吧。”

吴蕴初胃口大开，狼吞虎咽。

吴仪舒心地望着丈夫。

夜。灯下，吴蕴初在写字台列实验室器皿清单，吴仪悄悄走到他身旁，将一包银圆、首饰放在桌上。她手扶吴蕴初的肩：“够不够？要不，这只手镯……”她伸手脱镯。

吴蕴初急忙阻拦：“不不，够了！你连私房钱都拿出来了……”

“什么你的我的，只要你高兴，我就心满意足了。”

吴蕴初感激地抚摩着妻子的手，扭头在她的脸颊上亲了一下。

数日后，亭子间变成了实验室。摆满了坛坛罐罐，酒精灯、油灶、手摇真空泵等各种仪器。夫妻俩洗器皿、拖地板、搬东西，忙得汗流浃背，他们怀着创业的喜悦，累得瘫倒在地板上。

吴蕴初手点着试管下的酒精灯，坐下，开始了试验。他喘着气，“总算就绪了。喂，这次试验，你来当我的助手。”

“我？”吴仪连连摆手，“别开玩笑了，我只上过小学五年级。你那化学，我一点不懂。当不了。真的。”

吴蕴初：“别担心，我来教你。这件事非你不可，我的太太。化学反应，一般需要四十八小时，才能有个结果！白天我要去牛皮胶厂上班，只好靠你来接替了。”他站起，把座位让给她。

吴仪胆怯地坐下，“那，就试试吧。”她神情专注地看着。

吴仪点完烟，摇灭手中的火柴，与吴蕴初凝目而视。

吴仪：“怎么，沈老板陈老板他们不是愿意出本钱开工厂的吗？”

吴蕴初：“那不过是说说罢了。现在我才搞清楚，他们认为我是摆噱头，根本不相信在亭子间里能制造出味之素来，除非我公开整个试验过程。”

吴仪：“那不等于公开了我们发明的秘密，专利权就没有了。”

吴蕴初仰天长叹：“唉，人微言轻啊！谁叫我是个无名小卒！我根本不该搞这种徒劳的试验。”他冲到吴仪面前，“不该拖着你和我吃这份苦。连陪孩子看场马戏的工夫都没有。我算什么父亲？我算什么丈夫？没有资本，没有钱，一切都是空话，空话，空话——”激愤之下，他一振臂，挥手向器皿抡去。

器皿打落在地。吴又搬起一个坛子向其他坛子砸去。

吴仪一脸惊恐神色："别，别这样，别这样……"拼命用身子保护着仪器。

儿子吓傻了。瞬息，奔上楼来抱着父亲的腿，央求："爸爸，别生气，别生气，我不要铃铛了，真的，我不要了……"他哭出声来。

吴蕴初愣住。百感交集，一把搂过孩子，泪水盈眶夺目。

春暖花开。满庭坊行人熙熙攘攘。吴蕴初穿一身崭新的西装，春色满面地走进聚丰园饭店。

这里宾客盈门。跑堂端盆子的，唱菜单关照账房收钱的，热闹非凡。一个堂倌朝灶间扬头喊唱：

"一盆酱汁肉，汤里滗个浴，一盆金花菜，边上缺只角。还钞四十文，还找三十六。"

吴蕴初被逗笑，找了个空位子坐下。

立刻有跑堂过来："先生，吃点啥？"

吴蕴初："一份客饭。"

跑堂的手巾肩上一搭，边走边喊："四角小洋客饭一份。"随即将汤饭送上。

吴蕴初有意从口袋里取出一只小玻璃瓶，拿在手里横看竖看，拔开瓶塞，往汤里倒了一点白色粉末，津津有味地喝着。他的举动引起同桌一位顾客的注意："你汤里放了点什么东西，喝得这么起劲？"

"好东西。要不要尝尝。"吴蕴初不由分说，随手倒了一些在那人的汤里。

"神经兮兮的，侬阿有毛病哦！"

"你才神经兮兮的！我好心好意，吃错药啦！"吴蕴初火了，两人吵了起来。

邻桌坐着一位三十来岁商人模样的宁波人，看到这种情况，跑过来劝架，"别吵了，别吵了。有话慢慢讲嘛。"对吴蕴初："老兄，你把什么东西放进人家汤里了？"

吴蕴初举起小瓶："总不会是毒药吧！这东西很鲜的，我好意请他尝尝，想不到他出口伤人。"

"这东西哪里来的？"

"我自己发明的。"

"嗬，你自己发明的？"他目不转睛看了他一眼，"好！让我来尝尝。"他舀了一汤匙，放入口中，略微辨了辨味，"确实很鲜！"拍拍那人的肩膀，"老弟，你误会了。这碗汤算我的，我再给你叫一碗。"他向跑堂的招了招手："给这位先生再上一碗汤，钱算在我账上。"他拉着吴蕴初，在他的桌边坐下。两人攀谈起来。

"先生贵姓？"

"我叫吴蕴初。"

"这很鲜的东西，真是你发明的？"

"是的。我是学化学的，试验了一年多才成功的。"

"原来是这样。我叫汪冬远，是张崇新酱园的跑街。我们老板张逸云对味之素一类的东西很感兴趣，他在上海滩开了几十爿酱园，实力雄厚。我想介绍你跟他见见面。"

吴蕴初高兴地："好，好——"

汪冬远倾身，小声地："他是前清的举人，你们都是读书人，一定谈得来。"

吴蕴初连忙站起："那就有劳汪先生引见了！"二人站起握手。

翌日。吴蕴初在聚丰园门口徘徊，他不时看看怀表，心情有些焦躁。这时，一辆雪佛莱汽车戛然而止。汪冬远下车。

吴蕴初欣喜地迎了上去，见车内没有别人，有些失望："怎么，张逸云先生没来？"

汪冬远："他在府上恭候先生。请上车吧。"

汽车在宁波路张公馆门口停住。

汪冬远和吴蕴初来到宅前。这是一座老式房子。庭院幽静，屋深楼高，装修得雍容华贵。楼下的落地长窗敞着。

他们穿过客厅，只见一个五十岁开外的人，颧骨高耸，面容清癯，戴一副深度眼镜，身穿长袍马褂，他就是张逸云，在楼梯口拱手抱拳："老朽张逸云有失远迎了。蕴初兄，请，请楼上坐。"

吴蕴初立刻还礼，谦和地："不敢不敢。蕴初是晚辈。逸公，您请！"

两人拾级上楼。

二楼前厅。墙上字画林立，窗前的几只鸟笼里，小鸟歌喉婉转。

张逸云："冬远已经给我说了。出于酱园业务，我对味之素一类的调味品很感兴趣，可惜市面上流行的，都是日本货。听说！你在试制国货产品，实在难能可贵！"

吴蕴初："逸公过誉了。堂堂中华，只有日本味之素独家经营，作为一个搞化学工业的中国人，连这种轻化食品都搞不了，是深感内疚的。所以，才花一年多时间进行试验。虽然获得了成功，但要投入生产，苦于没有资金，实在是力不从心，还望逸公大力扶植。"

张逸云："振兴民族工业，乃老朽之心愿也。但不知蕴初兄试制的调味品，在质量、成本等方面，能否和日货抗争，这直接关系到销路和利润。"

吴蕴初："逸公请放心。这种调味品是从植物蛋白质中提炼的，主要原料是面筋和盐酸，成本低、利润高。我仔细算过了（递上清单）请逸公过目。"

吴仪乘坐黄包车来到张公馆门前，她手提菜笼叩门，汪冬远出来。

吴仪满面春风："请问，这是张公馆吗？"

汪冬远："是的。你找谁？"

吴仪："有位吴蕴初先生在这里吗？"

汪冬远："他在楼厅和东家谈话。请进！"

吴仪："不打扰了。"递上菜笼和帖子，"麻烦你送上去，交给张先生。”

汪冬远疑惑地：“你是……”

吴仪含笑不语，坐上黄包车远去。

二楼前厅。张逸云和吴蕴初谈笑风生。汪冬远提着菜笼上来，呈上帖子：“张老板，这是刚才一位太太送来的。”

“哦！”张逸云观看帖子，笑出声来：“蕴初兄，嫂夫人用你的调味品，亲自做了一桌素菜送来，说是给我们助兴。难得一位贤内助啊！”

吴蕴初暗自钦佩夫人的高招，满面春风：“见笑见笑。请逸公品尝！”

张逸云：“冬远，叫丫头摆酒上来。今天我是借花献佛了。”

一桌素菜，琳琅满目。张逸云用乌木筷夹菜，吃得津津有味。

汪冬远：“张老板今天是胃口大开了。”

张逸云：“是啊，是啊，我从来没有吃过这样鲜美的素食。嫂夫人的手艺固然高超，归根到底恐怕是你的功德了。”

吴蕴初兴高采烈：“哪里哪里，中国是个佛国，吃素的人很多，日本味之素之所以畅销，就是看准了这个市场。还望逸公当机立断。不是我蕴初大言不惭，这个事业肯定前途无量。”

汪冬远：“我这是皇帝不急急死太监。照我看，吴先生是满肚子技术，没有资本，我们张老板呢，是腰缠万贯，急需技术。今天二位相会，也算是有缘分。这样的天作之合，打着灯笼也难找！”

张逸云畅怀大笑，站起身来，“既然大家有信心，我出五千银洋办厂，就这么定下来吧！”举起酒杯，“来，为我们的合作，干杯！”

三人一饮而尽。

佣人递毛巾，他们离席，品茶。

张逸云端起盖碗，边品茶边思索：“蕴初兄，给你那个发明取个名字吧。好比这茶叶有毛尖、龙井、碧螺春……我们总要区别于日本的味之素才好。”

汪冬远："对对对，吴先生动动脑筋，取个叫得响的名字。"

吴蕴初沉吟有间："……最甜的叫糖精，最香的叫香精……那么，最有味道的，就叫它味精，怎样？"

张逸云："好！好！味精之名最好！"他不禁起身，踱步到菩萨像前，忽而停住："可惜对素食的佛教徒号召力尚嫌不足，日本味之素的'素'字是有讲究的。味精想要打倒味之素，在这点上必须针锋相对，才能取而代之。能否在厂名及商标上想想办法，谋求弥补！"

吴蕴初："那么，逸公的高见？"

张逸云踱步思考，成竹在胸地："蕴初兄，商标取名佛手如何？"

吴蕴初："佛手？"他兴奋地驰骋遐想："哦，佛手是供佛的；必备之品……佛手自然是巧手。巧手，才能调出美味！"

汪冬远："妙，妙！"

吴蕴初："最妙的，佛手是黄色。假如我们在商标上再配上蓝色，那么，这黄蓝二色是所有佛堂常用的颜色，我想会引起佛教徒的兴趣的！"

他滔滔不绝的遐想，使逸公诗兴勃发。

张逸云："唐诗中有'朱骑传红烛，天厨赐近臣'的佳句。我想，我们就叫它天厨味精吧。这个名称，对任何美食家都会有吸引力的。"

吴蕴初以手敲桌："对了对了，此味只应'天'上有，人间'厨'下竟能尝。"思之再三，拍案叫绝，"很好！很好！"

鞭炮齐鸣。唐家湾蓝维霭路福源里的一幢石库门前，挂着"天厨味精厂"的招牌。对联"开工胜利，财运亨通"，张逸云题。这里门庭若市，热闹非凡。今天是开张之喜。楼下，摆满坛坛罐罐，七八个工人已经开始工作，他们在捣面筋掀油灶。楼上住房内，挂满喜幛。宾客盈门，络绎不绝。吴仪和汪冬远倒茶、递烟，忙个不停。吴蕴初、张逸云应酬于宾客之间，谈笑风生。

欧阳恒如也来道喜，见人手不够，泡开水，挑盐酸，主动揽活，楼上楼下，忙得不亦乐乎。

吴仪递块热毛巾给他："快歇一歇，欧阳兄弟，今天没去读书？"

欧阳恒如："高中毕业了。师母，让我留下来跟吴先生学点技术吧。你替我求求情。"

吴仪："胡说，不是老早就讲好的吗，让你到沪江大学化学系读书去。这几年的学费，吴先生替你付。你不要有顾虑，他自己就是清寒苦读出身。"

欧阳恒如感动得不知说什么好。烟气扑过。

福建路张崇新酱园门口，出现了"天厨味精、鲜美绝伦""完全国货，庖厨必备"的招贴广告。尤其以画了家庭主妇的"味精人人晓，荤腥都打倒，异口有同声，金钱省多少"最为引人注目。与此同时，张家几十爿酱园店里，门庭若市，争购味精。一张别出心裁的天厨味精外包装标记，是张逸云先生精心构思的，它用古金钱形状，写上"和味善品"四个字，特别引起顾客的注目。

汪冬远推着插满五彩旗帜的小车，在"洋鼓洋号"嘀嘀嗒嗒的吹打下，到马路上宣传，直接向味之素挑战了。他扯着破嗓，唾沫星飞溅，和小姑娘一起地高喊："天厨味精，完全国货，价廉物美，胜过味之素！"

铃木株式会社的商人井田三郎从日商洋行出来，停住了脚步，惊呆地望着他。

汪冬远脱下草帽，非常潇洒地一躬："吾哈狗腰崽你妈死（早安）！"井田三郎也文质彬彬，露出谦和的笑容："啊，道着约勒希古，道着约勒希古！"（请多多关照，多多关照！）

汪冬远推起车，回头笑笑："关照你妈了个皮！"他又喊着走过。洋鼓洋号声响着。

初夏。日商买办林雨桐的别墅。草地上，林雨桐和他的掌上明珠林映霞在打网球。他四十开外，穿一条白色西装背带裤，潇洒、干练，而她，豆蔻年华，妩媚动人。父亲虽是球场老手，毕竟比不过女儿年轻，几个回合下来，累得气喘吁吁，只有招架之功，没有还手之力了。女儿一个吊球，他没接住，摔倒了。

林映霞急忙过来搀扶："爸爸，摔疼了吗？快歇歇吧！"又是为他掸土、擦汗，又是搬藤椅，端咖啡。

林雨桐这个"倚徒于华洋之间，来往于主奴之界"的风云人物，在女儿面前竟如此顺从、任凭摆布。他喜欢女儿的亲昵，这是早年丧妻后唯一的安慰。他一直在欣赏女儿，心声，"哦，映霞越长越漂亮了。要是她妈妈还活着……"一种惆怅心绪，笼罩着他。

女仆月香走来："林先生，日本洋行的井田先生来了，在客厅等您。"

林雨桐："映霞，我去去就来。"径直走向客厅。

林映霞："又是日本人！"她叹了口气。

林家客厅。井田三郎将一瓶天厨味精放在茶几上："林雨桐先生，作为日本味之素商行的买办，你对此有何感想啊？"

林雨桐胸有成竹地："你是想责备我没有掌握经济情报吧！"他蓦地从口袋里掏出几张照片，摔在桌上："一个小小的家庭作坊，总共七八个人，几台老爷机器，有什么竞争力！我看大可不必惊慌失措。"

一张张狭窄场地、简陋设备的照片，映入井田三郎的眼帘。他沉吟有间："嗯。……我不希望上海滩有第二家味之素出现。"

林雨桐："不至于吧！"

井田三郎："哦，不不不，家庭作坊也可以变成巨大的工厂。雨桐君，经济史上的这种先例太多了！"他把照片戳齐，装入上衣口袋。

林雨桐家院。

草坪、树下。林映霞靠在藤椅上看书。欧阳恒如出现在林家花园的铁栅栏门前。他捡起一块石子，向林扔去。

"谁？"林映霞抬头，欣喜地，"欧阳！"向他奔去。

欧阳恒如："你不是想见见蕴初先生吗？走，我陪你去。"

林映霞："进来坐会儿好吗？喝点咖啡。"

欧阳恒如："不了，谢谢。快走吧！"

林雨桐走出客厅："映霞，你在跟谁说话？怎么不请客人进来！"

欧阳恒如腼腆地低下了头。

林映霞奔向父亲："爸爸，我想出去一下。"

林雨桐看了欧阳一眼："跟他？……他是谁呀！"

林映霞："同班同学。他叫欧阳恒如。爸爸，他有一个恩师，是搞化学的，就是天厨味精的发明人吴蕴初先生，我也是学化学的，很想见见他，向他讨教讨教。"说完，一阵风似的打开铁栅栏旁的小门，来到欧阳恒如身边，亲密地并肩而行。

林雨桐望着他们渐渐远去，他心事重重，不祥的预感笼罩着他，心声："看样子，我女儿是爱上这个小伙子了……崇拜吴蕴初！哦，但愿不幸别降落到我的家庭……"

第一集完

第二集

蓝维霭路福源里，铅皮匠挑着担子喊叫："阿有啥坏铅壶修哦！"一对瞎子夫妻，背着口袋，用宁波口音寂寞叫卖："汰衣裳板刷宁刨花……和总需要的啦……"

天厨味精的石库门里，林映霞饶有兴味地参观着："真想不到，中国的味精，产生在这么小的家庭作坊内。"

欧阳恒如："比起当初搞试验的亭子间，这已经是宽敞多了。"

吴仪："林小姐，不久我们就要搬家了。地皮、房子都已经看好啦。"

欧阳恒如兴奋地："真的！"

吴仪："天厨味精生意兴隆。张老板看到有发展前途，打算扩大投资。这不，把蕴初叫去商量，到现在还没回来。”

林映霞：“那真是太好了。师母，能允许我拍几张照吗？”

吴仪：“哎哟，草创时期，简陋得很，不值得拍！”

林映霞：“我就是要拍草创时期！”

欧阳恒如：“师母，她是为毕业论文收集资料。”

吴仪恍然大悟：“哦，是这么回事。过去也有人来拍过，我还以为……请吧请吧！”

林映霞拿出相机，非常熟练地从各种角度拍摄，镁光灯一闪一闪。操作的工人好奇地望着这时髦的女性。

她给吴仪留下很深的印象。

张逸云家。二楼花厅。有几位股东，是张逸云的姻亲李云书、郑赞臣、陈甄甫等，和吴蕴初共商大事。

张逸云：“……今后，大家都是天厨的股东了，蕴初兄，经营管理和其他事务我会妥善掌管好的；关于厂里的生产嘛，都要倚仗你了，还望通力合作。”

吴蕴初郁郁寡欢：“逸公，事情还得商量，今非昔比呀！当初，您投资鹰洋五千，我们共创基业，平分红利。如今呢，资金是五万了，在座的都有股份。我吴蕴初却还是两袖清风，看来，我应该告退了！”起身戴上礼帽，大步向门外走去，全场惊愕。

张逸云追了上去，急忙挽留：“蕴初兄！蕴初兄！……你是开国元勋，有功之臣。不要走，有话只管说嘛。”

众股东七嘴八舌：“对对对，别走别走！”“天厨离不开你，有事好商量嘛！”

吴蕴初转过身，取下礼帽：“那，我就直言不讳了。味精是我发明的，请一次支付研究费二千元，今后，每生产味精一磅，我提取发明金一角。年终分红，和总经理享受同等红利。”

众股东骚动，面面相觑。

吴蕴初岿然不动，他提高了声音：“关于厂部经理，永远由我担任，不得更换。”说完，正襟危坐，等待唇枪舌剑。

孤孀邵丽君想发作，汪冬远用脚踢了踢她。王光雄是个口吃者，只见他嘴巴嚅动，讲不出一句话。朱镇海掏出手绢，很响地，擤了一下鼻涕。张逸云默默抽烟，在紧张地思索。全场哑然。

瞬息，吴蕴初站起，笑容可掬地向大家欠身告别。他潇洒地走下楼去。

邵丽君，这位从来不肯吃亏的女人终于按捺不住，爆发：“碰到赤佬了！”拿起鸡毛掸子，敲着，“拿我们当阿木林，猪头山。”她向门外啐了一口：“呸！”

张逸云胸有成竹地：“邵太太，不可妇人之见。小不忍则乱大谋！”

傍晚。福源里二楼。吴蕴初靠在藤椅里看曾文正公家书。叼着雪茄，悠然自得。

坐在八仙桌旁剥虾仁的吴仪，有点沉不住气，她忍不住开口了：“蕴初，那天你提的条件是不是太苛刻了一点？逸公一向对我们不错，不该使他太为难了。”

吴蕴初：“糊涂，交情归交情，权利归权利。一步也不能让！不要忘了当初没有本钱、到处求人的苦恼相。我要发财！发大财！味精是我发明的，我有这种权利。现在是合伙公司了，我连一股都没有，再不提点条件，哪有你的地位哦！人啊，不可一日无权，一日无权，狗都讨嫌。夫人，你涉世不深，资格还嫩呀！”

吴仪觉得他的话也有道理，但仍忧心忡忡：“都几天过去了，逸公一直没有露面，还不知是什么结果。我真担心闹翻了，来个不欢而散。”

吴蕴初：“夫人，欲速则不达。我看，我们还是出去消遣消遣，看看马戏呀，听听京戏呀……”

楼下有人喊：“蕴初兄在家吗？”

吴仪探身窗外：“在！在！”欣喜地对丈夫，“是逸公。”

张逸云携三子祖安上楼：吴蕴初夫妇上前迎接。

张逸云："一直想来，这几天偶感风寒，出不了门。"

吴蕴初："不知逸公身体欠佳，我应该去看望您的。"

吴仪沏茶、递烟，忙个不停："祖安怎么今天也有空来啊！"

张逸云："我是带他来拜蕴初兄为师的，让他学点技术，也好谋生啊！不知蕴初兄肯不肯收这个徒弟？"

吴蕴初打趣："吴氏秘方，本不外传，不过，祖安贤侄，当然是例外啰。逸公知遇之恩，我是理应报答的。"

张逸云："不敢不敢。蕴初兄乃栋梁之材，天厨的兴旺发达，非你不可。我和股东们谈妥了，一切照你的意思办。这样吧，你也入一股，每股五千元，除了你的两千元研究费，还缺三千，由我付了，算是替祖安交学费吧！你看如何？"

吴蕴初："逸公大度豁达，考虑甚周。恭敬不如从命，一切就由逸公定夺吧！"

张逸云："祖安，快拜见先生！"

张祖安："先生在上，弟子叩见老师！"行大礼。

吴蕴初急忙搀起，笑逐颜开。

礼拜天，林雨桐久等女儿不归，寂寞地在钢琴上消磨时光。他神情忧郁地弹奏着《可爱的家》，思绪也越发惆怅了。

"爸爸！"林映霞突然出现在客厅里。

父亲似乎没有听见，继续弹奏着。女儿奔过去，搂着他的脖子，"怎么不理我呀！"

林雨桐："才想到回来啊！你看，一桌菜都凉了。到哪里去了？"

林映霞兴奋地："去拜会吴蕴初先生了。"

"上个礼拜不是去过了吗？"林雨桐有些不愉快。

"没见着嘛！爸爸，别生气，我是想写一篇论文。"

林雨桐："你要了解这方面的知识，为什么不请教请教你爸爸呢？一个小小的家庭作坊，值得你研究吗？"

林映霞，"嘀，你那味之素，是东洋货，小小作坊嘛，在中国化学史上，有点特殊的意义。爸爸，他们很受同胞的欢迎，兴旺发达得很哪！马上要招考新工人了！”

林雨桐勃然变色：“你太兴奋了。别忘了，你是日商洋行买办的女儿！和你命运休戚相关，是铃木株式会社，而不是吴蕴初的作坊！”

林映霞一时语塞：“爸爸……”

林雨桐：“我出去一下。”走至客厅门口，回过头来，目光深邃地，“别让爱情冲昏了头脑……我不希望，你和那个欧阳恒如来往。”

日商洋行后院。一片树林里，保镖们在练武术。他们精神抖擞，喊声震天，功夫娴熟。

林雨桐着一身印度绸长衫，在林荫下观看。他的目光停留在膀粗腰圆的卢金海身上。少顷，练武结束，他发话：“卢金海，到我写字间来一下！”

写字间。林雨桐：“养兵千日，用在一时。有人要抢我们洋行味之素的生意。几包天厨味精，本来是小儿科，可最近像胖大海一样发了起来。井田先生非常恼火。”

卢金海摩拳擦掌：“那，派弟兄们把它砸了！”

林雨桐：“不！别胡来，那太露骨了。明天是他们招工的日子，你要想办法打进去，在产品质量上，搞点手脚，让他们砸了牌子，信誉扫地。”将一沓钞票放在他面前，“事成之后，另有重赏。”

卢金海见钱眼开：“林先生，这件事包在我身上。混进去当个工人嘛，绰绰有余！”

林雨桐，“先不要说大话。吴蕴初的脾气我还摸不透。明天考场上，你要卖点力气，机灵点，讨他的喜欢。”

天色微明，露出蟹壳般的青色。在黑黝黝的氛围中，呈现一幅高楼、矮屋的剪影。渐渐地，远处抹上一层橘红，那艳红的太阳正在升起。城市顷刻喧闹起来，我们看见弄堂口贴着一张醒目的“招工布告”。

风雨操场角落里，堆着盐酸甏。操场的中央，用砖头架起几块横七竖八的跳板，布成九曲十八弯的格局。卢金海身穿黑襟短衫裤，挑起盐酸甏，轻捷走动。他行如风，坐如钟，像有飞檐走壁的功力，博得考试者们的一片赞叹。突然绳索断了，卢金海爽性左右开弓，他拎着两只甏，在跳板上绕场一圈。

吴蕴初和夫人交换了一下眼色。

张逸云拊掌，点头，仍然一股斯文劲："嗯，不错，不错，新派招工，好！"

突然，冒出洛遐的声音："蕴初兄是当代奇人，颇有创造，我一定写文章鼓吹——。"

吴氏夫妇闻声站起："嗬，大记者光临小工厂，难得难得，正好来做监考！"

平房内，吴蕴初在口试。他摸摸卢金海隆起的肌肉，看着他的手，惊异："一点老茧都没有！……从前在上海滩做过工吗？"

"没有。"

"没有。"吴蕴初更加惊异了："那么，你上海的路，熟不熟呀！"

卢金海自豪地："熟透熟透。东起黄浦滩，西到徐家汇，熟门熟路。喏，从徐家汇天文台过来，有爱文义路，劳勃生路，迈尔西艾路，福开生路，麦特赫司特路，极司非尔路，辣斐德路，海格路……"

吴蕴初轻声对吴仪："这个人头子太活络，将来麻烦。"转向卢："看来，你对租界很熟嘛！"

卢金海竭力讨好："中国地界也熟。讲南市吧，有个文庙，旁边就是蓬莱路。蓬莱路上有条弄堂叫普益里，十三号灶披间楼上的亭子间里有位姨太太为了几个臭钱……谋杀亲夫……"

吴蕴初制止："好了，好了，不必说了。我已经很佩服你了。"

卢金海："我从小练就一身武艺，进了你的厂，还可以当你的贴身保镖！”

吴蕴初：“我是招工人，不是找保镖。贴身不贴身这些话，回去跟你老婆讲。行了，”一摆手，“你回吧！”

卢金海丈二和尚摸不着头脑：“考完了？”

吴蕴初：“完了。”他双手一摊，耸了耸肩：“非常抱歉！……下一个，阿糜！哪一位是阿糜师傅？”

阿糜从走廊的角落里进来，一副忠厚老实相。他步履滞缓，诚惶诚恐地准备回答问题。

卢金海大步流星地朝门外走去，他一想不对，又折回来，兴师问罪地：“吴老板，你不能没良心！我盐酸髭给你挑了，话给你问了，考了我半天就这样打发我走是不行的。你得讲讲清楚。老实说，我一来就看出你招考没个章程……随便胡问八问的……”

吴蕴初自尊心受到伤害：“哦，你怎么知道我没个章程？章程在我肚皮里！我开的厂，我喜欢招什么人就招什么人。”洛遐拍拍卢的肩膀，卢回头，洛遐附耳说：“这好比到协大祥买布，喜欢买花布就买花布，喜欢买蓝布就买蓝布。各人胃口不同，你知道吗？”

汪冬远和他手下的办事员，拉着卢金海向外走。

卢金海在退却前，倔头倔脑地向前冲了几步：“那你就只能招几个乡下人！黑脚丫子，不识马路……文盲……”

吴蕴初：“说对了。我就是要黑脚的，不要白脚的，要举目无亲的乡下人，不要像你这样熟门熟路的城里人。要老实巴交的，不要能说会道的……”

“我领教了！吴老板。”他号叫着，被人拖出了门。

吴蕴初回敬：“不客气！”他回过头来，和颜悦色地对阿糜：“你，头一次来上海？”

“是的。”

“那你，上海的马路一条不熟啰？”

阿糜听出了他的弦外之音：“我想……领我走几趟，我会记牢的。”

吴蕴初：“来上海前，你在哪里？做什么事？”

何麋："在乡下种田，吴老板，我有力气，会卖力做工的。"

吴蕴初："好，我要你了！"他一挥手，"夫人，领他去粗制工场。每月工钱两块（元）。一天三顿厂里管饭！"他说一句，阿麋答应一句："哎——"

吴蕴初叫："下一个，阿旺——"

日商洋行。下房。卢金海自饮自酌，醉如烂泥。

林雨桐冲进屋去，一把揪起他的衣领，火辣辣地打了他几个耳光："你浑蛋！浑蛋！蠢猪！……坏了我一盘棋！"

卢金海两眼冒着金星，被打得清醒了些："……他要……乡乡乡……下人，不要城……里人……"

一阵凉风吹过，卢金海哇的一声将肚内黄汤吐了出来。

林雨桐赶紧躲闪，怏怏不乐地："霉头触到印度国！"

欧阳恒如老人的画外音："……不久，震惊全国的五卅惨案发生了。工人罢工，学生罢课，商人罢市，纷纷走上街头，掀起了抵制日货的高潮。"

在他叙述声中，出现了青年时代的欧阳恒如和林映霞等一大批大学生游行、演讲、焚烧日货的场面。

日商铃木株式会社的经营部里，门庭冷落，库房里味之素堆积如山，经理井田三郎和买办林雨桐垂头丧气，相对无言，而在天厨味精的营业部里，客商盈门，汪冬远应接不暇。南北货商店的柜台上，争购味精的顾客，络绎不绝。

日商公寓。卧室。穿和服的井田三郎借酒浇愁。艺妓们围着他劝酒献艺。

一个艺妓用日文忧伤地唱着："马车啊，远远在行走，离别了，我的故乡和亲人……"

"别唱了！"井田三郎怒吼一声，将酒杯摔得粉碎。艺妓们惊恐地退下。

女仆上来通报："买办林雨桐先生到。"

井田三郎怒气未消："请他进来！"

"是！"女仆收拾碎片，退下。

少顷，林雨桐走了进来。他躬身："森塞，空邦哇！"（先生，晚安！）

井田三郎："林雨桐先生，今天我请你来是提醒你，我商号的味之素，经营得如此惨败，作为中国买办，你有不可推卸的责任。一个小小的天厨味精厂，居然独占鳌头，把我们打得落花流水，真是滑天下之大稽。我早就跟你说过想办法把他卡死在摇篮里，卡死他！可你偏偏掉以轻心，铸成了今天的大错。倘若局面再不扭转，你是要付出代价的。"

林雨桐话里嵌着骨头："井田先生，请别忘了味之素在中国畅销十年的历史，我林某恐怕也不能说不尽责吧。小小天厨，本来微不足道，可是五卅惨案激起民众抵制日货的浪潮，我即使有三头六臂，也难挽狂澜。至于代价，我有几万元保证金在贵行作抵押，您是大可不必担心的。"

井田三郎语塞，顿时软了下来："啊……我们的合作关系，一向是好的，实在是上面怪罪下来，我不能不讲。还望我们同舟共济，挽回局面。"他斟了一杯酒，恭恭敬敬地递给他。

林雨桐接过酒杯，略有沉思："要挽回局面，鄙人有一条妙计。"

井田三郎兴奋："嗬，请讲请讲。"

林雨桐："唯一的办法是在商标上做文章。"

井田三郎大惑不解："商标？"

"对。我们味之素的广告，是美女商标。上面有'调味精粉'四个字。"林雨桐从上衣口袋中掏出广告，递给他。

井田三郎看了半天，纳闷地："这有什么文章可做？"

林雨桐："告他天厨厂的'味精'二字，是从我们味之素广告中的'调味精粉'一词中窃取而来的。"

井田三郎顿悟："嗬，妙极了，妙极了！"他如获至宝，兴奋极了。

彤云密布，天色昏暗下来。游行的队伍散了。眼看就要下雨，欧阳恒如和林映霞举着小旗在马路上奔跑。一阵狂风掠过，雨噼里啪啦下了起来。欧阳恒如脱下学生装，顶在林映霞头上，为她遮雨。自己却淋得像个落汤鸡。

林家客厅里，林雨桐陪着杨太太及她的儿子杨秉辉喝茶、聊天。

杨太太："雨桐，秉辉和映霞都不小了，我看找个日子把婚事定下来，等他们大学毕业了，就举行婚礼，也好了却我们一桩心事。"

林雨桐："我也早有这个意思，秉辉的人品是再好不过的。我们又是世交，这样就亲上加亲了。等映霞回来，我们商量一下，再做定夺。"

杨太太："秉辉，还不谢谢伯父！"

杨秉辉羞涩地："谢谢伯父。"

杨太太："我们告辞了！"留下一盒礼物，"明天是映霞的生日给她买了一套衣服，祝她生日愉快。"

一座花园洋房的门楼前，林映霞按电铃，欧阳恒如向她告别，"明天学校见！"

林映霞："别走别走。看你全身都淋湿了，到我家里去洗洗嘛！"

欧阳恒如看了看自己光着一双泥脚，手上拎着破鞋，不好意思地："以后再去吧。"

林映霞："怕什么。"

这时月香来开门："小姐回来了！"

林映霞推着腼腆的欧阳恒如走进大门。

林家客厅里，林雨桐正在看报。林映霞蹑手蹑脚地领着欧阳恒如溜上楼去。父亲从镜子里看见，佯装不知，继续看报。

二楼，林映霞在梳洗。月香悄悄拿了一套男装进来："小姐，这是老爷的长衫，你看合身吗？"

林映霞："行啊！"她敲了敲卫生间的门，"欧阳，给你衣服。"门开了一条缝，水汽溢出，欧阳的手接进衣服关门。

月香："小姐，老爷请你马上下去。"

林家客厅，只有一盏落地灯开着。林雨桐在室内踱步，踱到门边，打开顶灯，顷刻整个屋子敞亮起来。林映霞倚门站着，脸朝门外。林雨桐踱到屋中，一个转身："欧阳恒如，是个激进分子，经常写点小文章，"他捡起沙发上的报纸拍着，"是吧？"

林映霞回头，看了一眼："嗯！"

林雨桐举起报纸："以你的身份，和这种人来往，合适吗？"

林映霞转过身来："我喜欢他。"

林雨桐一扬报："他不配。"走到她的身边："我的大小姐，你还是好好读书，少参加点这类活动。"

"为什么？"林映霞毫不让步，"难道因为我是日本洋行买办的女儿？！算了吧，爸爸，我真感到……羞耻。"她又背过身去。

林雨桐心头一怔："那么，我使你坍台啰？"

林映霞回身，真挚地："爸爸，别替日本人做事了，我情愿吃萝卜干，粗米饭，也不愿听别人骂你……"

林雨桐被激怒："放肆！你教训我还为时太早！"伤心地往沙发上一仰，"唉，我辛辛苦苦挣的这份家业，到底是为谁，为了谁啊！我怎么养了你这么一个女儿呀……"

这时，月香陪着井田三郎进来。林映霞快步上楼，故意将楼梯踩得很响。

井田三郎："林先生，飞机票买好了，我们马上去北平打官司。"

林映霞听到此话吃了一惊，悄悄躲在楼梯口的拐角上倾听。

林雨桐对送茶的女佣："月香，赶快把我的衣服整理一下，我要出门去。"

月香应声，走进客厅旁边的卧室。

井田三郎落座，接过林雨桐递来的鼻烟，美滋滋地：“腰细，腰细！雨桐君，刚才接到本国政府大使馆电话，对您提供的天厨厂的“味精”二字是从味之素广告的‘调味精粉’一词窃取而来，极感兴趣。啊涕——已经决定向贵国政府提出抗议。要求撤销天厨味精的商标，啊……啊……嚏！”

林映霞如五雷轰顶。

闺房。欧阳恒如听完林映霞的话，心情焦急，不知怎么办好。

林映霞黯然神伤：“想不到我爸爸会做出这种事情……”

欧阳恒如为难地：“吴蕴初先生是我的恩师，这件事关系到天厨味精的命运，照理我应该告诉他一声；可又偏偏牵扯到你的父亲，真不知道怎么办好。”

林映霞心烦意乱。

欧阳恒如：“映霞，你也别太为难了。要不，先搁一搁，你再好好地想想，明天再说好吗？”

“不，”林映霞狠了狠心，“我也顾不了那么多了。走吧，去找吴蕴初先生。”

三辆黄包车在马路上奔跑。

新桥路寄棺所内的粗制工场。油灶间烧火工人，站在坑道里烧火，烟熏火燎，睁不开眼，捣压的工人，赤裸，每人脸上罩一只露头的面袋，面上涂着白色的牙粉，他们被氯化氢气体熏得透不过气来，屋里雾蒙蒙的，伸手不见五指，吴蕴初也脸上涂着牙粉，呛咳着从里面出来，身上的衣服被盐酸烧烂了。吴仪、欧阳恒如、林映霞迎了上去。

天色阴霾，雷声滚滚。场房外的廊檐下，吴蕴初怒吼：“造谣！纯粹是造谣！天厨味精是我吴蕴初发明的，东洋人可恶，我让他去告！”他突然收住话题，走至林映霞面前，歉意地：“林小姐，实在对不起，太冒犯令尊了。我从心里感谢你！”

吴仪拉着她的手：“林小姐。你父亲要是知道你来为我们送信，会不会……难为你……”

林映霞含泪低头。

欧阳恒如走到吴蕴初面前：“林先生和井田已经去了北平，我们要赶快想个对策！”

吴蕴初沉思，他的脸色变得坚毅起来。

雨幕中的小巷。吴蕴初撑着布伞，急匆匆地行走，在寻找门牌号码。

一幢临街房子的后门，狭窄的楼梯，弯弯曲曲通向亭子间。

亭子间里，门窗紧闭。忐忑不安的汪冬远，用一把剪刀，剪掉赛璐珞瓶装的日本味之素，倒在桌上堆满的白色粉末里，然后，紧张地把它装入大厨味精的瓶内，还没有来得及做完，已经是大汗淋漓了。

一阵敲门声。

“谁？”汪冬远胆战心惊。

“请开门，是我啊！”吴蕴初顿起疑心。

门开了一条缝，见没有外人，让吴进屋，迅速将门锁上。

吴蕴初环顾屋内，捡起一只味之素空瓶，倒吸了口凉气。他的眼里燃着火。

汪冬远做贼心虚，惶惶不安地：“吴经理，听我给你解释。一抵制日货，日本味之素没人买，我杀个半价收进一批”，他举起天厨味精的瓶罐，“把它改装一下卖出去，赚头可大了！”

吴蕴初脸色骤变，将手中的味之素一扬：“这太危险了！”

窗外一声霹雳，大雨滂沱。

夏夜。繁星点点，闷热异常。逸公的客厅里，气氛比天气还沉闷。

张逸云摇着蒲扇，仰躺在藤椅上。汪冬远恭顺地站在他身旁。吴蕴初来回踱步。

张逸云："我看，冬远也是好心，他无非想为厂里多赚几个。"

汪冬远："是的。我个人一点好处都没有，完全是为了天厨厂里。"

张逸云："当然，这种做法不妥，只此一回，下不为例就是。"

吴蕴初来回踱步，焦虑万端："我们是靠抵制日货起家的。这件事传出去，非同小可，要是让日本人知道了，这场官司就更热闹了，会弄得我们声名狼藉，信誉扫地的。"

汪冬远急切解释："我看没那么严重。这件事没别人知道，在座的不说，也就无声无息地过去了。"

吴蕴初："那我们良心上也过不去。日本人要打官司的事是谁通风报信的？林小姐，日本洋行的买办，林雨桐的女儿！"

张逸云和汪冬远都非常吃惊。张："谁？"

吴蕴初："林映霞！"

张逸云震动，他吃力地站起："大义灭亲，令人敬佩！"颤颤地走着，"我看这样吧，冬远一向精明能干，就让他去北平打这场官司！"

汪冬远："我一定竭尽全力，使出浑身解数！"

张逸云："一定打赢啊！可不要辜负林小姐这片苦心啊！"

汪冬远重重地点头："哎，二位经理放心！"

一辆列车呼啸着，风驰电掣般地驶去。

飞闪的铁路，迅猛向后退去。

汪冬远手抱皮包，坐在车厢里。

吴蕴初在通长途，他非常焦急。

张逸云拜菩萨。

判决书，叠印字幕，天厨胜利！

股东们在张家客厅共同举杯，欢庆胜利。

在上述叠印画面中，出现欧阳恒如老人的画外音："这场官司，打得十分艰苦。汪冬远向有关部门走了不少门路，经过一年多的反复较量，总算获得了胜利。蕴初先生他们欣喜若狂，而你外公，却以失败告终。当他知道女儿背叛了他，一气之下把她赶出了家门。”

秋风瑟瑟，落叶满地。颓唐的林雨桐蜷缩在沙发里。林映霞手提皮箱，从楼梯上下来，她最后看了一眼父亲和这个家，毅然离去。门嘭的一声，林雨桐战栗。

林映霞踩着落叶缓缓而行。路的尽头，欧阳恒如在等她。

菜市路，化工研究所门前。欧阳恒如领着林映霞走进二楼的一间卧室。只见窗明几净，床上铺了崭新的被褥。林映霞一眼望见窗台上放着一盆秋海棠，她欣喜地观赏着，发现花盆下压了一张信笺。吴蕴初的画外音：“林小姐，我很内疚，由于我的缘故，使你失去了家。但愿这个小小天地，能给你一丝安慰，留住你那颗纯洁善良的心。”

落寞中的林映霞，感到了很大的安慰。她和欧阳恒如，面对面地坐下。

“不后悔吗？”欧阳恒如轻声地问。

林映霞摇摇头：“不！”

他俩，静静坐着，看晚霞染红了西天。

中华工业化学研究所实验室。

吴蕴初：“密斯特林，委屈你了，在这儿工作还习惯吗？”

林映霞：“谢谢，蕴初先生，这儿很好。我是沪江大学化学系的，有这么多的仪器和资料和我做伴，”她指了指在外面阅览室翻资料、交谈的人们，“还有很多化学界的前辈和同行经常在这里聚会，我很开心，一点都不寂寞。”

“恐怕还是因为有欧阳君常来跟你做伴，才不寂寞吧，我的老同学！”褚伯安打趣着。

林映霞一阵脸红，还是欧阳恒如老练：“是又怎么样，这儿是我们的家……”他的话没说完，就被屋里屋外一片哄闹声打断，他急忙解释：“别闹别闹，我话还没说完嘛，我说的家是化学之家，是蕴初先生为我们创立的化学工业之家，伯安兄，你不也是常来吗？”

褚伯安：“不一样，不一样！你是公私兼顾，我是独善其身。”

众哄笑。

吴蕴初：“欢迎大家常来，能把这儿当成家，我实在是太高兴了！中国的化学工业还属于一片沙漠，需要大批的开拓者。各位都是学化学的大学毕业生，蕴初搞这个研究所，就是想给大家提供一块实验园地，共图大业。可惜地方小了些，设备也不完善。”

欧阳恒如：“蕴初先生正在托人买房子，准备捐赠出来，作为永久的会址。”

林映霞颇受感动：“蕴初先生，你自己还住在别人的房子里。”

吴蕴初感慨万千：“我也受到许多恩惠。天厨味精是由于抵制日货才走了红运的，没有工人罢工，学生罢课，日本味之素是不会被打败的。我办这个研究所，盼望中国化学工业迅速发展，是完全应该的。”

新建厂房巍然耸立，行人走过投以羡慕的目光。门前车水马龙。一辆货车从厂内开出，客商们蜂拥而上，拦截。

汪冬远：“到营业部去！到营业部去！”

众客商手举提货单，争着要货，七嘴八舌地：“营业部没有货色了，等的人较关”“阿拉南货店已经脱销了”“王经理，帮帮忙。喏喏，呼根香烟！”“照顾照顾，阿拉小户头，拨几包，可怜伤心的！”

瞬间，车上味精，“洗劫”一空。

临街，一座房屋的二楼窗口，年近花甲的魏伯贤目睹了这一切，充满了妒忌。

他的颇有几分姿色的姨太太，吐着烟圈：“看见了吧，人家发财了；堂堂大中华合粉厂冷冷清清的，你这个老板呢，坍台！”

魏伯贤：“哼，吴蕴初有什么？还不是靠抵制日货起家。额骨头碰到天花板了。”

魏姨太：“他技术上还是有一套的。听说，有一包秘密的药雪粉，蓝莹莹黑黢黢的，放进去味道就鲜了。”

魏伯贤惊异地：“哦！”陷入沉思。

第二集完

第三集

密室。吴蕴初叼着雪茄，将淀粉倒进一个容器里，又舀了一勺食用颜料，用玻璃棒搅匀。他一边搅，一边把雪茄灰弹在里面，拉开抽屉，拿出一沓裁好的纸，将搅匀的粉，用勺分到纸上一一包好。他操作潇洒，神情很有点恶作剧。

欧阳恒如老人的画外音：“精明能干的蕴初先生，为了技术保密，声称自己发明了一种特制药粉。它的成分一经化验，无非就是淀粉，加上食用颜料，再加上烟灰。这种药粉，每天由他亲自配制，由‘娘姨’张妈一本正经送到车间使用。”

张妈手拿托盘，招摇过市。她走进厂门，来到水解车间，慎重地将托盘里的药粉交给阿贵师傅。“阿贵师傅，我们吴先生关照，每只甏里放一包，药粉不到，不许开工……”

阿贵：“晓得，晓得。这是特制药粉，增加鲜味，起催化作用的。你每天讲一遍，我背也背得出来了。”

张妈固执地：“这是吴先生关照的……”

阿贵：“有数有数。张妈，你可以回去了。”

张妈：“我要看你笃下去再走。”

阿贵无可奈何地：“好好好，真罗苏呀，我笃给你看。”将一包包药粉倒入甏内搅拌：“放心了吧！”

张妈觉得重担落地，顿时轻松，满面笑容地走了。

魏姨太家。她仰卧在床上。

心事重重的魏伯贤来回走动："吴蕴初这个人头子活络，门槛很精，会不会故弄玄虚呀？你又不是亲眼看见！"

魏姨太得意地："还用得着亲眼看见？有人亲眼看见了，告诉我不谈纤数了。"

"喃，谁？谁告诉你的？"

魏姨太瞟了他一眼："告诉你，不吃醋？"

魏伯贤坐到床边，搂着她亲脸："不吃醋，不吃醋……"

魏姨太："阿贵——"

魏伯贤抓起她的手，将一枚金戒指套在她的手指上："你给我把他挖过来！"

夜。桌上摆满了酒菜。魏姨太穿件黑白枫叶状图案的绸旗袍，马夹袖外，露出一对白皙丰腴的肩膀。她给阿贵师傅斟满了酒，妩媚地："来，我再敬你一杯，阿贵师傅！"

阿贵色眯眯地看着她，一饮而尽。

魏姨太："听说你和吴老板夫妇是乡邻，他们很看得起你呀，那包药粉，每次都是交给你亲自笃下去的……"

阿贵被迷魂汤灌得神志迷糊的，吹起牛来："一点不错。不瞒你说，在厂里技术上我阿贵是头一块牌子！那包药粉，是啥个成分，我肚皮里清清爽爽。我是……技师嘛！"

魏姨太暗喜："阿贵师傅，今天请你来，是有件事情要请你帮忙。喏，大中华合粉厂的魏老板看中了你。他们厂就缺你这样的技师，想聘请你当工程师，不知你的意思……"

阿贵心慌地："工程师？！……谢谢魏老板的好意，厂里离不开啊！"

魏姨太误会了，以为他在搭架子，吊胃口："魏老板是个爽气人，工钱是不会亏待你的。一百块打底，做得好，另外还有酬劳。"

"一百块！"阿贵眼睛一亮，利欲熏心的他准备冒一次风险。

顺昌路办公室。欧阳恒如急匆匆走进来。

吴仪："阿贵师傅找到了没有？"

欧阳恒如："打听到了。他被大中华合粉厂的魏老板挖去当工程师了。"

"工程师！冷锅里爆出个热栗子！"吴蕴初放声大笑，"一个普通工人，对化学一窍不通，只不过他自认为能说会道、卖相好一点，居然有人请他去当工程师。真是饥不择食啊！"

欧阳恒如："不过，现在工人跳槽的现象很严重。据我了解，同行对我们技术上的优势很关注。幸亏阿贵师傅刚来不久，要是换个熟练的技术工人被挖走，那就非同小可了。"

张逸云："是啊，我们要想想办法，增加点福利，稳住职工，减少流动。"

吴蕴初颇受启发："逸公的意思是——"

张逸云："味精虽是天厨首创，然而同行纷起，竞争激烈。要保住这块牌子，除了技术上的优势不能丢掉，更重要的是，稳住人心。我们天厨是一向供膳宿的，这是其他厂家所不及的。依老夫之见，这种积善积德的事，不妨多做。"他边踱步，边思考说："譬如，每年的端午节呀，春节呀，能否考虑发双薪？"

吴仪："好虽然好，不过，这笔开销很大哟！"

吴蕴初不以为意："妇人之见！逸公想得周到。隆冬炎夏，工友是最辛苦的。虽然增加了一笔开支，但温暖了人心，就什么都有了。"

张逸云含笑点头："对，对！还是蕴初兄懂得我的心意。嫂夫人，我看还可以给工友们发些味精，酱油精之类的东西，反正是自己生产的，近水楼台先得月嘛。"说完，畅怀大笑。

夏天。厂里熙熙攘攘，吴仪在办公室里发工钱。外面站满等候的人。她将一沓钞票递给写字台前的工人："阿糜师傅，快过端午节了，这个月发双薪，回去买点东西。"随手将一打味精，一罐土槽打酱油精递给了他："烧烧小菜，送送人。"阿糜师傅敲了图章，连连道谢，眉开眼笑地走了出去。

吴仪："下一个，金根娣！"

一个女工应声走了进去。

吴蕴初家的客厅，吴仪和一个职员在谈话："张先生辛苦了。这一年，你给厂里出了不少主意，吴先生很赏识你，"递过红包，"一点小意思，以后还要请张先生多多出力。"

门外，张打开红包，悄悄数钱，大喜。此时，另一职员匆匆而来："密司特张，恭喜发财啊！"

"同喜同喜。"张先生尴尬地将钱塞入口袋，下楼。客厅传来吴仪的声音："……吴先生夸奖你，这点酬劳不成敬意的……"

夜。阿贵衣着焕然一新，喝得已有几分醉意，推门进入魏姨太的房内。他欲火燃烧，盯着她丰腴的身子，白皙细腻的肌肤，早就目挑心招，色授魂与了。

魏姨太短裤便衣，躺在靠近阳台门的藤椅上看小说，聊以消愁解闷，见他闯入，淡淡地："这么晚了，有事吗？"

阿贵惊异地："不是……你让我来一次吗？"

魏姨太言不由衷："我让你来一次？哦，守信用的朋友。"她站住伸了个懒腰，娇声柔气地："这南风呀，吹得人浑身没有一点力气。阿贵师傅，麻烦你帮帮忙，衣橱上的两只樟木箱，帮我搬下来，行吗？"

神情痴愚的阿贵，点了点头，他拉过一只方凳，站上去，将橱顶上的箱子，一只一只轻巧地搬了下来。

魏姨太的眼里露出野性的笑。看着他隆起的肌肉，强健的体魄，不禁怦然心动。"家里没有男人，只好请你帮忙了。"

突然，阿贵把她拦腰搂住，求欢。

魏姨太惊惧："放开我！放开我！流氓，瘪三！你狗胆包天了！"

阿贵竟然狗胆，抱她上床，身子压在她身上，疯狂地亲她脸蛋、脖子、胸脯。魏姨太挣扎，左右回避，不久，像失去了抵抗力，任凭阿贵摆布了。她反手搂住他的脖子，亲着：“你……不怕吃官司？”

阿贵气喘吁吁：“不怕，魏老板到杭州去了。”魏姨太闭上了眼睛。

阿贵的手伸下去……

大中华合粉厂门口，一个行李被扔了出来。魏伯贤破口大骂的声音：“混账王八蛋！跑到我这里来充内行、骗饭吃，什么工程师？狗屁不如，滚！”

随着骂声，阿贵师傅被推出门外。他踉踉跄跄，捡起了铺盖，往街上走去。

饭厅，灯火辉煌。全厂的职工在这里端午会餐，十几张圆桌，坐满了人。

厨房间，热气蒸腾，油锅烧旺，吴仪大显身手。

一盆盆菜端上桌面，人们夸奖老板娘的手艺。

张逸云端起酒杯：“诸位辛苦了！今年厂里生意不错，全靠大家的努力。我张某敬大家一杯，祝来年生意兴隆通四海，财源茂盛达三江。干！”

众频频碰杯，相互道喜。

吴蕴初：“请静一静，静一静。张逸云总经理还有一桩事情要告诉大家。”

张逸云：“经股东会商量，明年我们厂里发一种存折。也就是说，每人每月从工钱或奖金中拿出一块钱存起来，十七年后厂里发给你们一千块整数。”

饭桌上有人问：“是银洋吗？”

吴蕴初：“当然是银洋。敲得响的银洋是值钱的。”

阿糜、阿旺听清楚了，扳着手指计算。阿旺轻声叫了起来：“十七年，差不多要赚几百元哩！”

阿糜点头："划得来，划得来！"

吴蕴初："大家好好算算账，愿意不愿意存？"

场内一片呼声："愿意！"

张逸云："谁愿意的话，饭后到办公室领折子，工厂富了，大家也就有钱赚了！"

群情沸腾。

夜里。阿贵偷偷溜进厂来。在路灯下看墙上贴着的布告：

查金阿贵，擅离职守，招摇撞骗，冒充工程师，毁我厂誉。为严肃厂规，决定开除。特公布于众。

经理：吴蕴初

阿贵绝望地跌坐在铺盖上。

阿贵拖着沉重的步子，漫无目的地在马路上走着。经过那座使他陷入困境的楼房，不由自主地向二楼那扇窗户望去。这时，灯灭了。

街头传来小贩的叫卖声："甜—辣—松—脆，檀香橄榄，卖橄榄……"

阿贵凄楚离去。刚走几步，弄堂里窜出几个穿黑襟棉袄裤的人，为首的撞了阿贵一下："……你肉骨头敲铜鼓，昏沉沉地过了几天，撒烂污走啦！"说着抱以老拳，向他小腹打去。他的弟兄们蜂拥而上，对他拳打脚踢。

阿贵东倒西歪，急呼："爷叔！救命！爷叔！爷叔！"

城隍庙，春风得意楼。魏伯贤和几个商人在会晤。桌前放着龙井、雨前等绿茶；室外楼台亭榭，池石花木，布置得错落有致。这里商人云集，是洽谈应酬，散布流言，做生意的地方。

李老板："伯贤，这次你是老鬼失算。工程师没有挖到，偷鸡不成蚀把米，赔了夫人……好，不说了，不说了。"

魏伯贤懊恼地："上当上当！不过他吴蕴初不要高兴得太早了，

我魏伯贤也不是吃素的……”

王老板：“人家牌子闯出来了，‘完全国货’，又是‘首创’，抢生意的花样经真透啊！”

魏伯贤冷笑：“他们是‘首创’，那我们算什么？王老板，这种话你也承认？至于‘完全国货’，我们心里是清清楚楚的，真是天晓得、天晓得啊！做味精的盐酸明明是东洋货嘛！”

吴蕴初在化工研究所实验室里倒烧瓶，玻璃门外的前厅，林映霞、欧阳恒如和褚伯安传递着一张晚报。他们眼睛盯在“完全国货是假，东洋盐酸是真！”两行醒目的标题上。

林映霞轻声地：“糟糕，千万别让蕴初先生知道。”

欧阳恒如：“毁坏声誉，这对先生的打击太大了。”

褚伯安：“你看，自己人拆自己人的台，真他妈的国民劣根性。”吴蕴初擦着手，从实验室里出来。林映霞迅速将报纸藏在身后。

吴蕴初：“你手里拿的什么东西啊？”

林映霞：“一张报纸。”欲盖弥彰地，“哦，今天没什么新闻。”

褚伯安故作鄙夷地：“是啊是啊，都是些桃色事件，没什么看头。”

欧阳恒如：“先生累了一天了，该回去休息了。”

吴蕴初：“我一点都不累。在实验室里倒倒烧瓶，是一大乐趣。你们怎么还不走，好像在商量什么事情？”

他们三人，“没有，没有！我们有什么事要避先生？”

吴蕴初从口袋里掏出一张晚报，“那我倒要和你们商量个事情。你们的眼都不灵，其实是有重要新闻的——”

林映霞：“先生已经知道了？”

吴蕴初：“读过几年书，标题上的这几个字还认识。”

林映霞：“你千万别生气啊！”

褚伯安：“同行是冤家。十有八九是魏老板他们搞的。蠢哪，要是提醒了东洋人，卡起盐酸来，他们也做不成味精了。这不是搬起石头打自己的脚吗？”

吴蕴初豁达大度：“同行竞争，略施雕虫小技，也是司空见惯的。我也并不例外。我倒要感激他们推了我一把。”

吴蕴初：“盐酸这条小辫子捏在东洋人手里，始终是我心头之患。看来，非搞不可了。十几年前我就梦想过，拖到今天，实在是力不从心。现在虽有天厨的基础，要拿出几十万的资金，也是非同小可的。”

褚伯安：“我要是财政部部长宋子文呀，就掏出几十万给你办化工厂。他奶奶的熊，盐酸是基础化学工业，国家不管，靠私人投资。坍台！”

欧阳恒如愤懑不平：“我们这些学化学的人，还有什么作为！”

褚伯安翻遍了所有的口袋，把钱凑在一起，自嘲地：“这是我全部家当，四毛大洋！开化工厂不行啰，吴先生，请你吃一套大饼油条还是绰绰有余的。”

大家被他的幽默逗笑了。这笑声中，饱含着辛酸。吴蕴初踱步、思索。

林映霞自言自语地：“要是现在有九万块钱就好了。”

吴蕴初：“你说什么……九万块？”

林映霞：“对，最近有人提起，越南有个法国人办的盐酸厂，因为经营不善，关门停业了。听说是法国的机器，美国的电槽，产品很好。”

吴蕴初立刻兴奋起来：“这倒是个机会！当务之急，是要争取股东投资。”

黄昏。一辆自备包车在张逸云家的大门前停住，吴蕴初匆匆入内。

会乐里。长三堂子内，一间号称“沉香阁”的房间。张逸云和朱镇海横卧烟榻，正在“卧游”；其他股东王光雄、谢葆生、邵丽君、汪冬远或坐或站，欣赏演唱。

窗前坐一位姑娘，她衣着子儿纱，头梳双飞燕，手抱琵琶，琅琅有声："平林漠漠……烟如织，寒山一带伤心碧……"

张逸云对朱，轻声地："歌喉清丽，技艺可传者不多了，这位姑娘可算一个。"

朱镇海似懂非懂地频频点头，表示附和。

"……暝色入高楼，有人楼上愁……"姑娘继续演唱着。谢葆生色眯眯地："嗯，卖相不错！"

邵丽君："哎哟，罪过，罪过！"

演唱完毕，姑娘很有分寸地答谢众人的鼓掌。当她告辞走到门口时，谢葆生拦住去路，目不转睛地盯着她，好像古董商鉴赏古董一样。"姑娘，晚上到我房里来，大爷有赏。"

姑娘脸色绯红，非常克制地："我卖唱不卖身！"说完，迅步夺门而出。

众人大哗，一时纷乱不堪。

张逸云敲敲桌子："诸位，诸位，逢场作戏，何必认真。我们还是言归正传吧！你们既是我的朋友，又是厂里的几个主要股东。我希望共商大计，把我们的厂开得更加兴旺发达。"

朱镇海："吴蕴初为什么到现在还不来？"

张逸云："他会来的。一定有什么事耽搁了。"

汪冬远："这几年工厂办得是有起色的。在美国、英国、法国都取得了专利权。一炮打响，威震海内外。吴先生是有功劳的。"

朱镇海："功劳归功劳，但是红利呢？实在分得不多！我朱镇海资金搁煞，血脉都不流通啦！"

王光雄有点口吃地："这、这、这、这、这位吴蕴初，分起红利来，慢吞慢吞，讲……到自己好处，急吼八吼的。……"

张逸云："二兄弟，你讲话吃力，简短点。"

王光雄力求简略地："上……次老板集资聚……聚……聚会。"越发讲不清楚了。

邵丽君口齿伶俐："我知道他的意思。我来替他讲。吴蕴初老板也太心狠手辣。上次集资聚会，他提出给他两千元研究费，每磅味精生产，还要付一角钱的发明金，这还不算，等到分红的时候，和我们张老板对半分红利，这公平吗？”

王光雄挤出一句：“结棍！”

邵丽君：“条件可太苛刻了！”

谢葆生：“当初，为啥答应他。啊？为啥？”

张逸云：“这是过去的事情了，何必旧事重提呢！我早说过，现在我还是这个看法：没有蕴初，我们这个事业也办不起来。算了吧，邵太太，多讲伤和气的。”

邵丽君不肯罢休：“……你二兄弟的意思：不在过去，而在现在。现在谁又晓得姓吴的肚里装的什么货色？钞票哗哗流到别的地方去。这不，今天一座化工研究所，统统开销我们的钱。明天，恐怕又会去买机器，造厂房了，我们等着喝西北风吧！”

张逸云：“这太过分了、太过分了。邵太太，你想做什么？”

“换个经理！”邵丽君说，“吴蕴初大权独揽，太累了，我们应该体谅他，让他好好休息休息。”

此时，门帘撩开，吴蕴初神态自若地走了进来。

吴蕴初：“各位股东，我来晚了。没有当面聆听大家对我的关心，非常遗憾。蕴初一直保障股东的权益，红利不是刚刚分过吗？但谁要动用公积金，我吴某实难从命。现在同行纷起，竞争激烈，各位请看！”他把一叠广告撒在桌上，“有中华的观音粉，天一的味母，太乙的麦精粉，天然的鲜味精，天生的滋味素，天元的味王，天香的味宝……”

众股东惊愕。

吴蕴初：“更严重的，我们有小辫子捏在别人手里。盐酸是制造味精的主要原料，我们至今不能造，只要东洋人一卡我们喉咙，天厨就透不过气来。”掏出报纸，“这张报纸指责我们不是完全国货，就是一个信号。”

张逸云：“蕴初兄的意思——”

吴蕴初：“筹建一座为天厨解决原料的电化厂，向在座各位股东集资。”

邵丽君恍然大悟：“啊，我想吴蕴初先生怎么会这样爽气，刚把红利分给了我们，转眼之间，又叫我们乖乖地送到你的手里，作为向新工厂的投资。”她站起身来，神经质地来回走动。“老狐狸！办不到！”

吴蕴初莞尔一笑：“悉听尊便。谢谢你送我的雅号，我非常欣赏。”他平静地掏出一支雪茄，拿起打火机点燃。

全体陷入沉思。

少顷，张逸云站起：“蕴初兄，办盐酸厂，我赞同！”

楼上儿子的房间里，吴志超在做功课，吴仪织着毛衣陪伴他。时钟敲打十下。

吴志超：“爸爸怎么还不回来？”

吴仪：“他去找张公公和股东们商量事情了。功课做完了吗？”

吴志超：“做完了。”

吴仪：“你先去睡吧。”

吴志超：“不，我要等爸爸回来，有话跟他说。”

吴仪：“乖，去睡。明天还要上学。”

吴志超很不情愿地：“那好吧。爸爸回来，你一定要叫醒我。”

“好！”吴仪帮他脱掉衣服。儿子钻进被窝，她给他掖好被子，轻轻走出，带上房门。

时钟指向十二点，毛线团掉在地板上，吴仪困倦已极，倚在沙发上睡着了。

门铃声响，她惊醒，奔下楼去，开门。“都半夜三更了，才回来呀！”夫妻俩轻手轻脚上楼。

客厅。吴仪习惯地给丈夫脱掉大衣、换上拖鞋、沏茶、递烟，服侍得周周到到。“怎么样，资金有着落了吗？张老板和股东们怎么说？”

“小股东话不好听，大股东脸不好看。现在总算没有白跑，逸公答应投资了。过几天我就动身，到越南海防买机器，欧阳恒如和我同去。”

“这么急？”

“越快越好。晚了，叫别人买去，就前功尽弃了。”

时钟指着一点。吴蕴初躺在床上，翻过身来看吴仪：“你怎么不睡，想什么心事？”

吴仪靠在床上，叹了口气：“蕴初，连国家都没有开过这样的厂，你单枪匹马的，不知道会碰到什么事情。”

吴蕴初：“我就是这个脾气，想做别人没有做过的事情，开别人没有开过的工厂！”

吴仪：“这个我知道。我担心的是几十万、上百万的资金投下去，弄不好……也像那个法国人开的盐酸厂，关门倒闭。我们倾家荡产也赔不起，只好去坐班房了。”

吴蕴初：“你怎么尽说些不吉利的话？快睡吧。”又翻过身去。

吴仪也躺下来：“蕴初，不是我啰唆，你再好好想想，一旦把机器买下来，就等于骑上了老虎背，想下来也下不来了。”

吴仪见丈夫没有反应，侧身一看：他睡着了。鼾声如雷。

玉佛寺。

巨大的佛像，香烟缭绕。

吴仪跪在地上虔诚拜佛，嘴里喃喃有声：“菩萨保佑他消灾免难，事业成功！”

黑色轿车驶进天原化工厂。办公楼前，国家二级企业的金字招牌十分醒目。几位厂领导在楼前迎接他们。欧阳恒如是老天原了，熟人相见分外亲热，他将林布倩一一介绍给诸位领导。

他们参观这座现代化的化工企业，电解，研究所，盐酸厂房，离子膜控制室，都留下足迹。他们绕上舷梯，登高鸟瞰。欧阳恒如感慨万千："今非昔比了。当年这儿是荒郊野地，跑马的地方……"

上海西郊，煤屑铺成的林肯路上，跑马的人络绎不绝。一匹高头大马载着穿短打的阿翔哥，耀武扬威飞奔而来。路口，小兄弟们簇拥着他下鞍。他歪戴帽子，卷起袖口，拖着鞋子，朝桥头茶馆走去。周家桥茶馆的老板娘，笑脸相迎。沏茶、递烟、殷勤备至。

桥前一片绿油油的农田上，欧阳恒如收皮尺，吴蕴初将一块写有"天原电化厂"的木牌插入田埂。

站在一旁的地主拱手称道："恭喜你了，吴先生。这是祖传的风水宝地。在这里盖工厂，将来一定大发呀！"

吴蕴初："托老先生的福；土地入了股，你也是厂里的股东了。同喜！同喜！"

茶馆里，正在品茶的阿翔哥目睹这一切，向老板娘努了努嘴，漫不经心地："戴铜盆帽的人，是谁呀？"

老板娘："哟，味精大王嘛，你不认识？钞票'麦克麦克'的，又在盖新工厂了。"

阿翔哥霍地站起，摘掉墨镜，注视良久。他的弟兄们诡秘地笑着。

绿油油的田园变成了建筑工地。

苏州河，一座崭新的工厂巍然耸立。

机器设备起吊安装。吴蕴初和法国工程师班纳，对照图纸，指挥现场。他们挥汗如雨，忙个不停。

苏州河，运盐的船队出发了，欧阳恒如独立船头。

在上述场景中出现欧阳恒如老人的画外音："蕴初梦寐以求的重化工业，在苏州河畔起步了。一切都是从零开始。机器设备远涉重洋，经过千辛万苦，总算安排就绪，只等着我去余姚运盐回来，就可以开工了。谁知这个时候发生了一桩意想不到的事情……"

深秋夜里，吴蕴初独自一人拖着疲惫的身子回家。走到拐弯角上，突然从门边上闪出两个蒙面人，拦住了他的去路。吴蕴初刚要喊，后面一个马上附耳："不许动！"吴愣住，回头，只感到后腰有手枪顶住。他扭身，前面的发出命令："跟我们走一趟。"

吴蕴初惊恐地："去哪里？你们是干什么的？"

蒙面者甲："吴先生，我们老板久仰大名，请你去搓麻将。"

吴蕴初刚要转身："对不起，我不会。"

蒙面者乙手枪一举："识相点。不要敬酒不吃吃罚酒。"

吴蕴初："你看……我刚回来，总得换套干净衣服吧！"

蒙面者甲："啊，不要掉枪花。朝前走，嘴巴闭紧，你要叫一声，一颗卫生丸报销了。吴先生，保重性命要紧。请！"

秋虫唧唧，夜凉如水。近郊，一座年久失修的花园洋房楼上，阿翔哥脱去短打，换了长衫，戴上呢帽，穿好布鞋，在房内徐徐走动，竭力装作斯文的样子。他的姘头黄四妹抿嘴而笑，觉得挺新鲜。

阿翔哥："……那种歪戴帽子，卷起袖口，拖着鞋子走路的样子，寿命到头了，杜先生说，丰衣足食，就要、就要这个……礼仪了！不能让人家一看到我们就讨厌害怕。"

他温文尔雅，走到穿衣镜前左顾右盼，"你看，还像个读书人吗？经常跑跑上流社会的？"

黄四妹扑哧笑出声来："我管它上流社会，下流社会的，反正强盗扮书生，总有点不大对劲。"

阿翔哥认真起来："什么地方？"

黄四妹："讲话的口气……吃相难看……啊哟，凶来！"

阿翔哥经她一说，天性流露，刚想发作，楼下汽车戛然而止。接着是上楼的脚步声和粗俗的喊叫声："灶君老爷到！"

阿翔哥看了黄四妹一眼："快，接财神菩萨去！"

楼梯口，阿翔哥对拾级而上的吴蕴初作揖道："吴先生，兄弟久慕大名。"他挥扇，蒙面者乙解开吴蕴初脸上的黑布，阿翔哥作揖："我叫阿翔哥，我们算认识了。请，屋里请。"

吴蕴初观看着环境，卧室不像卧室，客厅不像客厅。房子中央放一张八仙桌，几把太师椅；左角上一面衣镜耸立。墙上蛛网密布，一派凌乱不堪的局面。房子的主人根本不会是在现场的这些人。“这是什么地方？我被你们绑架了！”

阿翔哥：“哎，绑架谈不上。我们是接财神，把你这位灶君老爷请来，搓搓麻将，谈一笔生意。”

吴蕴初无可奈何地：“那就开门见山，谈吧！”

阿翔哥：“不急不急。我们三缺一，正好少你这位麻将搭子。谈生意嘛，就在搓几圈中神不知鬼不觉地完成了。”

除了原先是蒙面者乙的人担任望风，其余三男一女开始了这场不可思议的打麻将。吴蕴初准备破财免灾，把口袋里一沓钞票放在桌上，舍命陪流氓了。

麻将搓了一歇，阿翔哥脸上笑吟吟地：“算我手气好，自摸百搭！”他推倒骨牌，兴高采烈地，“一条龙，我赢了！”

吴蕴初哈欠连天，兴趣索然。将桌上的钱统统推到阿翔哥面前：“一塌刮子，都归你了。我明天还要去写字间上班，请高抬贵手，放我回家。”

阿翔哥嘿嘿笑了：“吴先生，你是场面上跑跑的人，不觉得这些钱数目太少了吗？”

吴蕴初惴惴不安地：“那，你要多少，开个价钱。”

阿翔哥：“好，爽气！弟兄们手头不活络了，我出个数吧。”伸出三根手指，“怎么样，不算多吧！”

“三百？”吴蕴初脱口而出。

“不，不。”阿翔哥摇摇头，不屑一顾。

“那，你的意思是——”

“三千鹰洋！”阿翔哥斩钉截铁，“一个钱都不能少了。现在物价暴涨，要敲得响的鹰洋才值钱。”

空气骤然紧张。短暂的沉默之后，吴蕴初觉得这笔竹杠有非挨不可之势，他竭力申辩：“三千鹰洋，我是个穷书生，实在付不起。”

阿翔哥慢吞吞地：“对吴先生的实力，我们还是了解的。”婉转之中带着狠辣："随你吧。这和炒菜一样，火候到了，一切解决。我本想'清炖鸡'，用小火慢慢炖熟，不愿炒腰花，唰地一下，皮开肉烂。这很苦恼、很苦恼呀……"

黄四妹："给他一点颜色看看。"

原蒙面者甲："中国国货银行总经理的下场，你知道吗？"

吴蕴初惊悸。

"他要钱不要命。小肚子挨了一枪，躺卧在田塍内。等到拿了两麻袋钞票去赎他的时候，已经不灵光了，马上送海格路红十字会医院求救，来不及了，哈！一命归了天。"

吴蕴初霍地站立起来，搓麻将的一伙也站立起来。原蒙面者乙："干什么干什么？吴先生，你想干什么？"

"解溲。我熬不住了。要解溲。"

"跟一个人下去。"阿翔哥命令弟兄。

原蒙面者乙："花样经真透。走！"径直走出门去。

他们一前一后，踉踉跄跄下楼，刚走了几级楼梯，吴蕴初顺势将他猛推一把，在他应声倒地的瞬间，吴蕴初使出吃奶的力气，发疯奔跑。

黄四妹惊呼："不好，他跑啦！"

阿翔哥："放心，他跑不了。"一个箭步窜到楼梯口，对原蒙面者甲，低声嘱咐："一定要活票，不要开枪。"

"是！"

楼上楼下，顿时乱成一锅粥。

楼下花园，吴蕴初在奔跑，原蒙面者甲、乙在追捕。院墙内，左冲右突，终于短兵相接，厮打在地。

等到"捉拿归案"时，双方都已气喘吁吁，满脸是汗了。阿翔哥见此情景，责备地："吴先生，不惬意了，不惬意了！"随即打发弟兄，把他押到楼下一间小屋内，由他严加劝导："事情不要做绝，光棍不打九九，我们都还是留个余地。这样吧——"他端出笔墨纸砚，"给你太太写封信，让她开张支票，取出三千鹰洋。交来人带回。事情妥善了，我们马上放你回家。吴先生，不要肉麻这几个钱，只不过是你们天原电化厂请几个外国工程师的差旅费罢了……”

吴蕴初大为沮丧，茫然四顾，心乱如麻。

顺昌路办公室脱了常规，吴仪在打电话：“喂，张逸云先生吗？是我。对，对，蕴初是不是在你府上？哦……不在，对不起，半夜三更还打搅你……”缓缓挂掉电话，另拨号头。“喂，海格路疗养院护理室吗？请问，吴蕴初先生今天来按摩、理疗了吗？……哦，没来……”

时钟敲打一点。

林映霞陪伴着忧心忡忡的吴仪，不知怎么安慰她才好。长夜，度日如年，她们相对无言。瞬间，一阵猛烈的电话铃响，林映霞去接：“是的。没有消息。天原那边也不在？你回来吧，欧阳。”

吴仪焦虑万端，克制不住，拉住林映霞的手：“会不会……出事情了？！这几天我心神不定，哦，我怕极了，怕极了……”

林映霞：“吴师母，你冷静点，冷静点。也许……也许蕴初先生蹲在一个什么地方……什么事也没有……”她越讲越空洞，连自己都不相信了。

早晨。通向天厨味精厂的必经要道上，原蒙面者甲、乙在等人。

他们头戴呢帽，身穿长衫，打扮成职员模样。见吴仪远远走来，原蒙面者甲迎了上去：“你是吴太太吗？”

“是的。你是——”

“我是吴蕴初先生派来的人。他有一封信。”

吴仪刚要伸手去接，他亮了亮信封上的字迹，放进口袋。“吴太太，这里谈话不方便，请跟我来。”

疑窦顿生的吴仪，跟着他们走去。

咖啡厅，音乐茶座。

吴仪看信，出现吴蕴初的画外音："请开支票一张，取鹰洋三千，交来人带回。我有急用，切勿耽误。吴蕴初。"

吴仪疑虑重重："他为什么自己不来？"

原蒙面者甲："忙嘛。"

吴仪："他在哪里？"

原蒙面者甲："嗯，在市长吴铁成办公室里。"

吴仪："那好，我想跟他通个电话。"站起，欲走。

原蒙面者甲按她坐下："吴太太，你是个聪明人。吴先生信上说，取鹰洋三千，有急用，切勿耽误。你大概还没有懂得意思。"压低了声音，一字千钧，"他很危险，性命捏在你手里。你愿意私了，让他平平安安回家，付三千鹰洋是必不可少的，假如不愿意，报巡捕房也行，那我们也公事公办，把他送到吴淞口大海'种荷花'。他捏在如来佛手心里，弟兄们愿意怎么调理他就怎么调理他。"

吴仪浑身战栗，失声地："请高抬贵手，不要伤害他，不要伤害他……"

"你太紧张了，吴太太。这样下去，会出事的。"原蒙面者甲站起，低声叮嘱，"把茶钱付了！"忽而抬高了声音，关心备至地："最近气候变化太大，吴太太你要保重啊。再见！"

第三集完

第四集

黄昏。夕阳斜照，天边留下一抹淡淡霞光，吴仪端坐窗口，心绪很不宁静。突然，传来儿子兴奋的声音："爸爸回来了！"吴志超一路喊上楼梯。

夫妻见面，谁都说不出话。

吴仪顿时如释重负，饮泣。她擦去泪水，问："没有打伤你吗？……"

吴蕴初摇摇头。

吴仪："回来就好。破费几个钱，就算烧锡箔灰。你在上海滩开厂，不到他们的白虎堂拜码头，他们容得了你吗？"说着，又声泪俱下了。

吴蕴初颓然坐下愤懑不平地："三千块鹰洋啊，这笔钱花得冤枉！他们凭什么？一批流氓！让你乖乖把钱孝敬他们，临走还说：不准报巡捕房，否则有你的苦头吃。"

吴志超血气方刚，大声嚷嚷："爸爸，弄一把手枪，打死他们！"

吴仪急急阻拦："我的祖宗，外头，可不要乱说呀！"

吴蕴初沉吟半晌："手枪？……"

郊外，靶场。吴蕴初身穿防弹马甲，全副武装，他举起手枪，瞄准靶心"砰！砰！砰！"连发三枪，将满腔仇恨宣泄。

"好枪法！"张逸云在吴仪的陪同下，出现在靶场。"嚯，防弹马甲也穿上了。"

吴蕴初："逸公，我是吃一堑长一智啊！"他掂掂手枪："再碰上这批流氓，就不至于束手就擒了。"

张逸云："蕴初兄，你受委屈了。我今天是特地来给你压惊的。请过来，有一样东西我请你观赏。"

吴蕴初不知他葫芦里卖的什么药，吴仪含笑不语。

张逸云领他来到一辆崭新的小轿车面前，"请看！还满意吗？"

吴蕴初不解地："你指的是——"

张逸云上前开门："防弹汽车！灵不灵当场试验。蕴初兄，请上车吧！"

吴蕴初疑惑地上了车。

张逸云："哦，请把手枪借用一下。"

吴蕴初一愣，"逸公，小心走火，你会用吗？"将手枪递给了他。

张逸云接过手枪，左右摆弄，悄悄问吴仪："怎么打？"

吴仪摇摇头："不知道。"指着扳机处，"是不是……这个地方扣一下，就行了！”

张逸云走到车前，举枪朝车内瞄准。

吴蕴初在车内叫：“逸公——”

张逸云哆哆嗦嗦，扣了一下扳机，砰然一声枪响了。

三个不同心情的人都吓出了一身冷汗。瞬间，张逸云奔向汽车，抚摩玻璃，欣喜：“啊，好极了！一点都没有损坏。”

吴蕴初也兴奋起来：“果真防弹，名不虚传啊！”

此时吴蕴初已从车内出来：“真把我吓了一跳！我还以为逸公想谋财害命呢！”

三人畅怀大笑。

吴蕴初拍着车转，“是，这部车很漂亮，很漂亮！”

张逸云得意极了：“这是犬子祖安刚从德国买回来的。本来是打算自己用的。我没有十分把握，敢打你一枪吗？蕴初兄，要是你喜欢，就送给你了！”

吴蕴初：“不不不，这怎么敢当呢！”

张逸云：“这是董事会的一点心意。你是天厨天原的要紧人，万一碰到意外，可以防护一下，避免不测，就送给你使用吧！”

吴蕴初：“君子不夺人所爱，这实在不好意思！”

张逸云：“你是我们公司的擎天柱。保证你就是保证了企业，就不必客气了。二位上车，我们兜兜风。”

车内司机打火，启动走了不远，总觉得颠颠簸簸，浑身不舒服。他停住，下车检查，踹踹轮胎，情绪一落千丈：“下车吧！”

张逸云三人相继下车，张蹲下身子看：“老夫枪法不准，打着后轮胎了。”

吴蕴初夫妇苦笑，点头。

张逸云解嘲地：“不过，防弹性能是毫无问题的。”

吴蕴初夫妇再一次频频点头。

家。在吴仪的服侍下，吴蕴初穿好崭新的长袍马褂。他对着镜子左顾右盼，得意地来回走动："这身打扮，可以去行大礼了吧！"

吴仪："嗯，神气多了。拜个老头子，找个靠山，省得再受人欺侮。我看，什么杜公馆呀，黄公馆呀，张公馆呀，都拜会。"

吴蕴初："对，商界，政界都找找门路。哪炷香没烧到，哪路就不通啊！"

防弹汽车停在施公馆门口。吴蕴初撩起长袍，拾级而上，直至客厅。他整理衣冠，拱手行大礼，欲跪："门生吴蕴初拜见施林台先生！"

施林台急忙搀扶："贤弟，你太客气了。何必如此，快请坐。"

吴蕴初："久闻先生大名。承蒙厚爱，能投身先生门下，乃蕴初之大幸。"

施林台："过誉过誉。我不过是上海滩上的文人墨客，写写文章，办办报纸，在银行混个董事长，在政府是小小参议员，如此而已呀！"

吴蕴初："先生过谦了。谁不知您豁达大度，乐于助人。天原即将开工，和洋货竞争，前途未卜。还望先生多多提携！开工之日，恭请大驾光临！"

施林台："遵命，遵命！我看，不妨多请些各界人士。我给你开了一张名单，到时候，给你引荐引荐，如何？"随手将单子递给了他。

吴蕴初接过，感激万分。

天原写字间，桌上堆满了请帖。职员顾乃智，还在继续写着。

吴蕴初："乃智，写完了赶快送出去。过几天就要开工了。"

顾乃智："是。"

吴蕴初："运盐的船队怎么还不回来？"

顾乃智："已经回来了。正在卸货。"

秋天。苏州河岸的天原仓库门前，有一块高出地面的水门汀。八仙桌上放着几碟小菜，一壶绍兴花雕。程放良，松江盐务稽核所驻厂监视员端坐于位，低斟浅酌，陶然引杯。他身穿黑香云短衫裤，白纺绸内褂，卷起袖口，袒露胸怀，一副怡然自得的样子，虽然独自抿酒，但已喝得几分醉意了。

他的工作是监督用盐，看工人搬迁，过秤。

一列蜿蜒的队伍。工人脊背上压着盐包，小腿青筋突暴，迈着沉重步子，由河埠码头向仓库缓缓移步，至秤放员面前，卸下盐包过秤。秤放员一面过秤一面报数，有人记录在案。"…… 一百四十八斤，下一个：一百五十斤，下一个：一百四十斤，下一个：一百五十六斤，下一个……"

从朝霞初升，到太阳西沉。

河边的"知了"仍然不知疲倦地嘶哑鸣叫。

停泊在苏州河里的几条木船，都逐步清舱见底。

欧阳恒如急匆匆跑至程放良面前："程监视员，这是提货单。请马上秤放，厂里急等原料，点火开工。"

程放良一副傲岸态度，根本不予理睬，他递了另一张清单给欧阳恒如。

欧阳恒如一看，惊异："罚款！"

程放良："对！二千二百五十元。先缴钱，再提盐。"

众工人议论纷纷，"罚款？为什么要罚款！"

欧阳恒如："这到底是怎么回事？"

程放良兴师问罪："你们的盐少了三百多担，都到哪里去了？哼，申请政府免税，私自运输盗卖！不吃官司就算你走运，还不该罚！"

欧阳恒如气极，用手指着他："你、你，你血口喷人！天原自己运输，也是经过政府批准的。你们盐务稽核所规定，允许有百分之五的正常消耗，我们没有超过这个规定，凭什么要罚款？"

众工人："对，凭什么要罚了。"

阿旺师傅："盐又不是金子，一路上刮风下雨，哪有不消耗的？"

程放良慢吞吞地："这是松江盐务稽核所的法国协理卢力贝亲自

规定的。”他大吼一声，“一定要罚！”

王小毛：“他妈的，洋人放个屁都是香的！我们中国自己的盐，凭什么要一个洋人来管？还派了你这么个吃里扒外的人来监视我们。”

阿旺师傅：“你吃厂里的，喝厂里的，整天像老爷似的供着你，还要耀武扬威！”一把揪住他的衣襟，“盐，你秤放不秤放？”

程放良：“你干什么，干什么，想打人呀！”

欧阳恒如：“放了他，阿旺师傅。”转对程放良：“回去告诉你的主子卢力贝，不要欺人太甚！别忘了，你还是一个中国人！”

程放良抖了抖衣服，“我看你们吴经理怎么向卢力贝交代。秤放员，上锁！”

一把大锁咔嚓锁上。程放良扬长而去。

王小毛憋着一肚子火，无处发泄，将八仙桌“咣当”一声，连酒带菜推入苏州河。

“岂有此理！”天原电化厂办公室内，吴蕴初听完欧阳恒如的汇报，心情激愤：“一个外国的盐务官，竟有如此大的权力，任意罚款。分明是敲诈勒索！”他长叹一声：“列强瓜分中国，我们的祖宗不但把海关送给了洋人，就连渔税，盐税都用来抵债了。要不，怎么会允许卢力贝这样一个法国人来当中国的盐务官呢？耻辱，耻辱啊！”

欧阳恒如：“给财政部上书的报告写好了，要不要读给你听听？”

吴蕴初：“不用了。你赶快送去。天原开工，迫在眉睫，耽误不起啊！”

欧阳恒如：“好。我这就走！”

松江盐务稽核所。卢力贝掏出一沓钞票递给哭丧着脸的程放良：“程先生，去买点酒压压惊，这几天你辛苦了。”

程放良连连摆手：“不不不，卑职没有镇住那帮刁民，您不怪罪就感恩不尽了，哪敢再无功受禄呢！”

卢力贝：“你已经立了功了。他吴蕴初自己包船运输，抢了我们的生意，就是要给他点颜色看看！放心吧，按你们中国话说：小河沟里翻不起大浪！没有我的命令，他们谁也不敢秤放的。你安心去睡大觉，他吴蕴初拖不起，会求上门来的。”

瞬间，电话铃响，卢力贝去接：“喂，我就是。什么？宋子文部长的意思是……放，不要拖延？”他鼻子哼了一声，很不痛快地，“请阁下转告你们的宋部长，食盐免税，私自运输，对我们损失很大，此风断不可长！”他扔下电话，拿起威士忌，倒了满满一杯。

程放良：“怎么办？马上秤放，那就太便宜吴蕴初了！”

卢力贝：“拖他三天再说！”端起酒杯，一饮而尽。

玉佛寺。巨大的佛像。释迦牟尼慈眉善目。吴仪敬上香烛，虔诚地跪拜：“明天天原电化厂就要开工了，蕴初要亲自点火，菩萨保佑他平安无事，一切顺利。”

天原，氯碱车间炉前，彩旗飘扬，锣鼓喧天。一条横幅：“天原电化厂开工典礼”，赫然入目。

吴蕴初，张逸云陪同实业部部长孔祥熙，施林台步入现场，后面跟随着吴仪，欧阳恒如，褚伯安，顾乃智，阿旺等人，再后，是工人。梯上梯下挤满了人，情绪是沸腾的。

他们来到彩球面前。林映霞手托盘子，里面放了把剪刀，孔祥熙拿过，剪断彩带，球被林映霞托走。

在众人的欢呼声中，孔祥熙和吴蕴初，张逸云一一握手，以示庆贺。

高耸的石英炉，吴蕴初准备点火。

阿旺拿铜氢气吹管跑来，递给吴点着火。

氢气管慢慢伸进氯气口。

全场紧张，屏住了呼吸。

吴仪更是焦虑不安，担心地望着丈夫，好像随时都可能酿成大灾。她搂住林映霞，林也握着她的手，安慰着她。

吴蕴初手拧氢气筒开关。

炉内的火霎时喷燃，发出喷吼声。

吴抽出氢气管，熄灭。随着喷吼声，把寂静的全场顿时变成欢呼雀跃的热闹场面。吴仪流泪了。林映霞跳起来喊，欧阳恒如的拳头在半空挥动，褚伯安拍着巴掌……一片欢声笑语。

张逸云瘦骨嶙峋，伸出枯槁的双手，口中说着："老朽祝贺你，点火成功……"

吴蕴初和张逸云招呼，握手，他十分感激。人们蜂拥围来，像浪潮一样，将他淹没。

菜市路，中华化工研究所。杨秉辉在门口踌躇片刻，鼓足了勇气，走了进去。在过道正碰上迎面走来的抱着一大堆资料的褚伯安。

褚伯安："哦，杨秉辉，老同学，今天怎么有空来了？"

杨秉辉："路过，顺便来看看老同学。你还好吧！"

褚伯安："大学毕业时，没找到职业，幸亏吴蕴初先生办了这个化工研究所，才有了立足之地。你怎么样，听说在卜内门洋行当秘书，那儿条件优越，一切称心如意啰。你可算是我们同学中的贵族呀。"

杨秉辉脸红了："请别耻笑，去卜内门洋行也是家父的意思。我自己并不想做生意，学业都荒废了，我真羡慕你们，能学以致用，干一番事业。"

褚伯安："真没想到你还有苦恼。除此之外，还有……失恋的痛苦吧，啊？"

杨秉辉推了推眼镜，叹了口气。

褚伯安醒悟："你是来找林映霞的吧？对她，你真是一往情深呀！"

杨秉辉："请别见笑，是家母让我来找她……"

褚伯安："她到吴蕴初先生那里去了，离这儿不远，她说一会儿就回来。"

杨秉辉："我可以在这儿等她一会儿吗？"

褚伯安："瞧你这个斯文劲，那有什么不可以的，她的宿舍在楼上，我领你去。"

褚伯安领着杨秉辉上楼，他推开一扇房门，"请！这就是她的房间，你在这儿等她吧，我还有事，恕不奉陪了。"

杨秉辉："谢谢。"

"再见。"褚伯安径自离去。

杨秉辉环顾这间小小的房间，虽然极其简陋，却收拾得干净、利落。窗台上放着一盆月季，丝绒重瓣，鲜艳夺目，给这间屋子增添不少春色。他走到写字台前，面对装在镜框里的林映霞照片，宛如见她本人一样。到晚来，灯下悄然相对，也算一种幸福。

他静静坐着，恣意饱看秀色，时间长久，竟不知自己身在何处了。

吴蕴初家。客厅。林映霞将一沓学生登记表递给蕴老："这些都经过评委会阅卷，被批准获得您的清寒学生奖学金。大学一共十名。"

吴蕴初兴奋地翻阅着："好，好，成绩优良。将来都是栋梁之材。"突然，他的目光停留在一张表上，惊异地，"哦，钱伟长，接连考取五所大学：清华、交通、中央、武汉、浙江，都同时录取了？"

林映霞："他决心去清华物理系了。"

吴蕴初："后生可畏，后生可敬啊！"

黄昏。杨秉辉不见林映霞回来，心绪不宁。他掏出钢笔，刚想写个条子留下，林映霞推门而入。

"秉辉！"她诧异地，"什么时候来的？"

杨秉辉局促不安地："来了一会儿了。哦，是褚伯安让我在这儿等你的。……映霞，明天是中秋，家母让我来请你一起过节，你有空吗？"

林映霞为难地："这……"

杨秉辉："我知道，你不一定肯赏光的，可我还是来了，因为有一件重要的事情，我想请你转告吴蕴初先生……"

林映霞："什么事？"

杨秉辉："卜内门洋行对天原电化厂的烧碱很恼火，他们要杀价竞争。我想，这对吴蕴初先生的打击一定会很大的。还是提早做点准备的好。"

这意外的行为，使林映霞颇受感动："谢谢你，秉辉！真没想到，你还有这份心。"

杨秉辉："我也是学化学的。最近我看了《生活》周刊，韬奋写的介绍吴蕴初的文章，很受感动。一个清寒苦读出身的人，赤手空拳，为中国的化学工业创基立业，付出了多少代价呀！尤其是他还拿出五万块钱，建立了清寒教育基金。我很敬重他的为人，也很惭愧，自己碌碌无为啊！"

林映霞："别这么说，秉辉。我们要想想办法，能帮助他一下就好了。"

杨秉辉思索片刻："跌价竞争的事，霍斯顿交给严嘉俊办理，他和家父是世交，明天也要来我家玩，这倒是个机会。"

林映霞陷入沉思。

杨秉辉家的别墅，一幢很大的花园洋房。

中秋佳节，张灯结彩，宾客盈门，络绎不绝。客厅里，正在举行"派对"，露天阳台上，布满了小圆桌。这是赏月的好地方。用人们不时地上着月饼，水果。园中桂花盛开，香气扑鼻。

一曲告终，杨道坤夫妇、严嘉俊和一位年轻的女人，从客厅里出来。

严嘉俊："嚯，好香啊！道坤兄，你这满园桂花，实在是诱人啊！"

杨道坤："所以今天才请你来园中赏月嘛。一年一度，开这么几天，大家欣赏欣赏。"

年轻女人："怪不得嘉俊约我来，果然名不虚传。"

女用人托糖芋奶上。杨太太："来来来，尝尝桂花糖芋奶。这桂花是刚摘下来的。"

众品尝，赞不绝口。

这时，杨秉辉领林映霞、欧阳恒如来到花园。

林映霞对杨道坤夫妇："伯父！伯母！"

杨太太满脸欢喜，亲昵地："哟，映霞！好久不见，真把我们想坏了。"

杨道坤："秉辉一直在等你，怎么才来呀！"

林映霞："实在对不起，有点事耽搁了。"

杨太太看了欧阳恒如一眼："这位是——"

杨秉辉："是我的老同学，欧阳恒如。"

欧阳恒如彬彬有礼地："伯父，伯母，打搅了。"

杨太太："哪里哪里，坐，大家都请坐。"她拉着林映霞的手，走到严嘉俊的桌前，"我来介绍一下。映霞，这位是严伯父；她，就是林雨桐先生的掌上明珠，林映霞小姐。"

林映霞躬身："严伯父。"

严嘉俊："早就听说雨桐有一位如花似玉的千金。幸会！幸会！"

杨太太："她和我们家秉辉，从小一块儿长大，青梅竹马，可要好啦……"

杨秉辉拉了拉她的袖子，示意不要再说下去。偏偏严嘉俊凑热闹，他看了他俩一眼，"嗯，天生的一对，什么时候请我们吃喜酒呀！"

杨秉辉惶恐，林映霞尴尬，欧阳恒如难堪。

幸亏音乐声起，人们相邀离座，才解了围。杨道坤请了那位年轻女人翩翩起舞。杨秉辉见人已星散，将欧阳恒如引至严嘉俊面前，悄声地："他就是吴蕴初先生的秘书，专程前来拜访您的。"转对欧阳恒如，"严伯父为人爽气，一定会帮忙的。"

林映霞："严伯父威震上海滩。有您一句话，不就全部解决了。"

杨秉辉："一切拜托了！"转对林映霞，"走，跳舞去。"挽起她的胳膊，步入舞厅，旋转起来。

桌前，两人低声交谈。

欧阳恒如："严嘉俊先生，实不相瞒，天原主要生产盐酸和漂白粉，烧碱的数量是很少的，每天才两吨，还不及贵洋行的一个零头。这种情况，不值得杀价竞争，还望严先生从中疏通，多美言几句。"

严嘉俊："嗯，你说的话可当真？"

欧阳恒如："绝无半句虚言。不信的话，欢迎你亲自来鄙厂看看，你就明白是真是假了。"

严嘉俊抽着雪茄，吞云吐雾："好说好说。不过事情要一步步做，我尽力帮忙就是了。"

欧阳恒如见时机已到，大胆地："天原草创，时世艰难，风雨飘摇。蕴初先生很感谢你患难相助，为了表示对您的一点敬意，备了一份薄礼，还望笑纳。"他放了一条"大黄鱼"在桌上。

严嘉俊心中暗喜，又故作姿态地："见外了，见外了，区区小事，何必破费呢！"他随手将礼物放入口袋，"请转告吴蕴初先生，英国大班霍斯顿方面，我当尽力从中周旋，放心就是了。"

欧阳恒如："有劳大驾，多多费神！"

客厅。林映霞和杨秉辉在表演探戈，博得阵阵掌声。杨道坤夫妇得意非凡，窃窃私语。

杨太太："她到底还是来了。你看，她和秉辉跳得多好。这样标致的媳妇到哪里去找，又是知根知底，门当户对的，定个日子，早点娶过来，也好放心。"

杨道坤："那也得人家愿意。那么长时间都不来了，刚才又带来个男的，我看是在闹三角恋爱！那个欧阳君一副精明能干的样子，我们秉辉太书生气了。再说，映霞离家出走，父女俩的关系至今没有和解，怎么好提亲呢？"

杨太太："今天约雨桐来，不就是想让他们父女俩见见面吗？唉，总归是亲骨肉，哪有说不开的事。"

杨道坤，“雨桐怎么到现在还没有来？”

杨太太：“早来了，一个人关在楼上喝闷酒呢，怎么劝也不肯下来。”

热烈的掌声，打断了他们的谈话。林映霞、杨秉辉向大家致谢。

杨太太走过去，牵着她的手，“映霞，你跳得真好，你是今天舞会上的皇后啰，跟我来，我带你去见一个人。”领她走上楼梯，推开一扇房门，林映霞愣住了：“爸爸！”

林雨桐放下酒杯，缓缓站起，老泪纵横。

杨太太带上门，悄悄离去。

林雨桐：“……我的女儿，你好吗？扔下我孤零零的一个人，你也真够狠心的。回来吧，你住的那个房间，每天我总是派人打扫的……”一种凄凉感紧紧笼罩着他，“唉，人去楼空啊……”

“爸爸！”林映霞再也控制不住，扑向父亲的怀抱。“答应我吧，别给日本人做事了……”

林雨桐轻轻推开女儿，背转身去，“商务上的事，你不懂。国际间的经济往来，是无可指责的。”

林映霞，“日本人已经侵略中国，也能经济往来吗？”

林雨桐：“好了，好了。我们刚见面，还是不谈这些吧。今天是八月中秋，人逢佳节倍思亲，我们好不容易重逢，别扫了兴，还是下去赏赏月吧。”

花园一角。林映霞和欧阳恒如在桂林里赏月。耳鬓厮磨，情意缠绵。

杨秉辉远远望着他们，痛苦地低下了头。

林雨桐、杨道坤坐在圆桌旁聊天、赏月。

杨道坤：“骨肉至亲，受了别人的挑拨，有时也会相互伤害的。映霞毕竟年轻，缺少社会经验，你就原谅她吧。我还盼着我们能结成儿女亲家呢。”

林雨桐：“都是这个吴蕴初，害得我们父女分离。道坤兄，对此人不可掉以轻心！他居然办成了一座天原电化厂，在你的眼皮底下生产盐酸、漂白粉，你作为日本洋行的买办，难道就眼睁睁地看着他们抢了生意？”

杨道坤胸有成竹：“做大生意，就像皇帝统治天下一样，该杀的杀，该放的放。”

林雨桐：“什么意思？”

杨道坤：“我要杀价，杀到成本以下，叫他站不住脚。亏本，也在所不惜！”

天原电化厂。吴蕴初和欧阳恒如陪同卜内门洋行大班霍斯顿、买办严嘉俊在厂区参观。霍斯顿见工厂规模甚小，大有不屑一顾之意；严嘉俊悄悄和欧阳打招呼，示意他不必担心，一切包在他身上。

会客室内，摆着精致的点心和鲜果。林映霞穿一身旗袍，殷勤招待着客人。霍斯顿说了几句英语。

严嘉俊：“霍斯顿先生问：天原电化厂总投资一共多少？”

吴蕴初：“二十万。”

严嘉俊翻译。霍斯顿一听，敞怀大笑，突然用蹩脚的华语：“二十万？我们卜内门洋行资金一千二百万英镑，你那二十万，我们在墙角落里扫一扫，也不止这个数字。”

吴蕴初深感侮辱，大有一触即发之势，他一转身，正碰上林映霞送茶，示意他忍耐。他回身端坐。

严嘉俊低声地：“霍斯顿先生，你都看到了，这个厂一天才生产两吨烧碱，实在是不值得大动干戈的。”

霍斯顿“唔”了一声，一摆手：“那就算了吧。”

严嘉俊：“吴蕴初先生，承蒙你热情款待，霍斯顿先生十分满意。今天的会晤，就圆满结束吧。”说完，站了起来。

吴蕴初：“送客！”

一辆小汽车驶出厂门。

会客室内，吴蕴初拍案而起：“太狂妄了！真不该引鬼上门！密斯特欧阳，我们要有骨气，不把天原办成具有国际规模的化工厂，我吴蕴初誓不为人！”

清晨。杨家客厅。杨道坤在接电话：“喂，我是啊！什么？天原的漂白粉也降价了？降多少？……那我们再降，每箱六元！”

吴蕴初书房。

他坐在椅子上接电话：“哦，他们降到六元一箱？那我们……”他咬咬牙，“也降到六元。”

他的夫人想劝阻：“蕴初！”

吴蕴初放下电话：“没办法，总不能让他掐死啊！”

夜。杨家客厅。杨道坤：“降多少？每箱六元，和我们一样！那我们再降。”他杀气腾腾地：“降到成本以下，逼他倒闭关门！”扔下电话，仰躺在沙发上发呆。

一盏落地灯，昏昏沉沉。

杨秉辉倚在门边：“爸爸，你这是何苦呢？何必置人于死地呢？中国人办厂不容易。人家严老伯都放了一码，您干吗要做冤家呢！”杨道坤霍地坐起：“你又是替林映霞当说客了吧！告诉你，儿子，哎，恋爱归恋爱，做生意归做生意。你是洋行的职员，要是为了一个女人出卖了主子的利益，那太不仗义了。有本事，从那个欧阳手里，把映霞夺过来，别那么窝窝囊囊的，哪像我的儿子！”

杨秉辉书生气十足地：“爸爸，别说了……映霞有选择的自由。强扭的瓜是不甜的，我不愿意拆散别人。”

杨道坤站起：“嗬，既然如此，你何必整天愁眉苦脸，像掉了魂灵似的，害得一家人都替你操心！”

杨秉辉：“好，那我走！”大步走向通室。

杨太太从楼上下来，惊讶地：“上哪儿去？”

杨秉辉站住：“……到国外留学。”他哀求地：“爸爸，我不会做生意，没法继承你的事业，让我走吧。”说完，低垂着头，冲出门去。

杨太太对丈夫：“你们刚才是怎么啦？秉辉怎么突然想走了？你倒是说话呀？”

杨道坤叹了口气：“唉，没出息！”

吴蕴初在书房里倾听着褚伯安的侃侃而谈：“……他杀价我也杀价，虽然不顾血本，勇气可嘉，但我总觉得非长久之计，乃下策也！”

“下策？”

“是下策。”

“那么上策呢？吾兄有何高见，快拿出来吧！”吴蕴初颇有兴趣地催促着。

“高见嘛……”褚伯安正等得心焦，忽听得有脚步声上楼，他打开房门，欧阳恒如和林映霞各自拎着几只铅皮桶，“咣当”，往地上一扔，冲了进来。

欧阳恒如心急火燎地，“口干死了，口干死了！”拿起凉开水，咕咚咕咚一饮而尽。

褚伯安笑呵呵地对吴指了指铅皮桶：“高见在这里！上策在这里！”

吴蕴初如入雾中，越发不清楚是什么意思了。

欧阳恒如：“蕴初先生，日商的漂白粉包装费太高了，他们用的是木箱，我们改用铅皮桶包装……”

林映霞急急插了一句：“用户可以拿空桶来调换的。”

欧阳恒如：“这样，既降低了成本，又方便了用户……”

褚伯安：“加上天原的漂白粉现产现销，质地新鲜，肯定会受到欢迎的。”

吴蕴初豁然开朗，精神为之一振：“这真是绝处逢生！我谢谢你们，谢谢你们了！”

吴仪眉开眼笑地：“三位足智多谋，可帮了蕴初的大忙了！”

欧阳恒如老人的画外音："空桶退回，循环使用。这样一改进，同样的价格，日货在成本以下，而天原可以维持成本。日本商人黔驴技穷，没有能够击败天原，自己却亏本不少，只好悄然收篷了。"

画外音中，出现了以下镜头。

天原电化厂营业部门前，持空铅桶换漂白粉的厂家，十分踊跃。

小黑板上的牌价，标明每桶四元七角。

日商洋行的批发部里，也是标价四元七角，而门庭冷落。杨道坤垂头丧气，示意一职员取下价格牌。

天原的林荫道上，欧阳恒如老人和林布倩在漫步。

欧阳恒如老人："蕴老的事业，是在抵制日货中发展起来的，没想到，也在抵制日货中，遭到了极大的灾难。真是天有不测风云，人有旦夕祸福啊！"

林布倩："哦，那怎么会呢？"

这时，他们走到了一片盐酸甏前。

"事情就是由这些盐酸甏引起的。'九一八'的时候，我们国家还没有制造耐酸陶器的工业，天原生产的盐酸，用的是日本的盐酸甏，这就引发了错把国货当日货的轩然大波……"

江西，南昌街头。

抗日救国会的布告栏前，围着一群市民，一位学生在大声朗读："……在国家垂危，群情愤慨之际，本市竟然发生最大不幸之事件。有奸商王福昌，丧尽天良，勾结日商，偷运日货盐酸三十甏到埠。经查明，特作以下处理：

"一、将仇货盐酸全部充公。

"二、由抗日会押送奸商游街。游街后，禁闭于大成公园木笼内示众三天。

"三、罚款五千。"

朗读声中，镜头转换。

一群抗日救国会员，押着王福昌老板游街。他头戴纸扎高帽，上写“偷运仇货的奸商王福昌”几个字。被人推搡，跌跌撞撞，挣扎着向围观的人群呼救：“冤枉呀！我冤枉……盐酸是国货！天原电化厂生产的……不信你们可以到上海去调查……”

夜半，吴蕴初夫妇被紧急的敲门声惊醒，急忙披衣下床，去开门。

欧阳恒如：“对不起，蕴初先生。南昌的急电，三十九坛盐酸被当作日货查封……”

吴蕴初夫妇看电报，大惊失色。

客厅。吴蕴初焦虑万分地踱步。天色微明。

“赶快给南昌抗日救国会发份急电。”吴蕴初口授电文：“……贵会热忱救国，切实抗日，无限敬佩。但所扣之盐酸，确系我厂出品之国货。箱口贴有封条，封口上有石膏暗印及太极商标。请速释放无辜之王福昌老板，并将货物归还该行。特致感谢。天原电化厂总经理吴蕴初。”

欧阳恒如：“好，我马上去发。”

吴蕴初：“等等，为了保险，还是你亲自去南昌一次，带上所有证明。王老板，水深火热，刻不容缓。”

天原办公室。吴蕴初站着听。

（画外）念电文：“广州来电：盐酸在广州被扣，事态扩大，将铺内货物一并抄去。三天内此地开会处理，万请蕴初先生派人参加，证明确系国货，救我商号！”

吴蕴初书房。他在看电报。

（画外）念电文：“苏州反日救国会来电：贵厂的盐酸一共有几种？每甏重量多少？国货与日货的区别何在？务请详加说明，以便检查。”

吴蕴初靠在沙发里，吴仪坐在他旁边，念电报：

“湖南抗日救国会！快邮代电：本会厉行对日经济绝交，唯国货和日货区别甚难，请尽快明确答复。”

吴蕴初神情颓唐，两眼发直。

南昌，大成公园门口，王福昌神情沮丧地被囚禁在木笼内示众。围观者不时向他身上吐唾沫，扔果皮。

欧阳恒如挤到了木笼前，王福昌像发现救星似的：“欧阳先生，快救救我吧！盐酸是国货，他们不信，我冤枉呀，冤枉呀！”

欧阳恒如：“委屈你了，王老板，我马上去办交涉，让他们放了你……”

话未说完，几个不明真相的市民一哄而上：“你是什么人，敢为贩卖日货的奸商说话！”不容分辩，将他团团围住，揍了一顿。

抗日救国会办公室。

被打得鼻青脸肿的欧阳恒如，将一份份证明递给了副会长：“这是我厂的注册商标……这是上海抗日救国会的国货证明……这是印有照片的产品说明书……”

副会长不屑一顾，傲慢地：“这些都没有用。甏是日本货，你无法否认吧！”

欧阳恒如：“这是废物利用，以解我厂缺少盛器的燃眉之急。不过，为了避免奸商图利，鱼目混珠起见，我们是特加商标及封条的。”

副会长：“你说是国货，谁又能证明坛子里装的不是日本货呢？至于封条等等，恕我直言，是可以大做手脚的。”

欧阳恒如被激怒：“我厂出产的盐酸，质地纯净，含砒量极少，颜色浅淡；日货则含砒量较多，颜色深重。一经化验，便可分辨的。你……你……指鹿为马，不分青红皂白，扣压国货，关押无辜的王福昌老板，游街示众，未免欺人太甚了！”

副会长拍案而起："放肆！抗日救国会是爱国的民众团体，你口出狂言，诬蔑本会，该当何罪！扣押的盐酸决不退还，王福昌罚款五千，一分钱也不能少！否则，休想释放。上级有令，要枪毙一批奸商，这已经是便宜他了。"

欧阳恒如大汗淋漓。

杨道坤："为中国唯一的盐酸送终，干杯！"

两人举起酒杯，一饮而尽，发出歇斯底里的狂笑，杨秉辉厌恶地看了他们一眼，匆匆离去。猛烈的关门声，使他们震惊。

吴蕴初家的客厅。欧阳恒如已回来，林映霞关心他的伤势，气愤地："……打成这个样子，还有没有王法！"

吴仪："真对不起欧阳，让你受苦了！"

欧阳恒如："别这么说，师母。这次去南昌，一无所获，有负先生的重托。"

吴蕴初愤懑地："天高皇帝远，他们无法无天。这哪里是抵制日货，分明是借机敲一笔竹杠，发国难财！这些抗日救国会中的败类！"

褚伯安："蕴初先生息怒！我想他们做得似乎也有道理：谁叫中国历来没有盐酸呢！一旦出现，就把它当成东洋货。这件事情，太滑稽了。可以载入中国化学工业的史册，让后人来品味吧！"

众面面相觑，苦笑。

吴蕴初穿衣，戴帽："我去找找施林台先生，他和江西省党部主席熊式辉关系甚密，请他帮帮忙。"走出门去。

施林台家的书房。

窗外大雪纷飞。

吴蕴初："我们是民办化学工业，搞点东西相当不容易。现在动不动就查禁，敲竹杠，一敲就几千几百，怎么得了啊！再这样下去，我吴某也只有收拾残局，告老还乡了。"他黯然，竟含着泪花。

施林台："蕴初兄，不要太伤感了。给熊式辉的信我已经写好了，行政院方面，你想办法去疏通疏通，我们双管齐下，总会冰化雪消吧！"

漫天风雪。王福昌独自在街上踉踉跄跄地走着，他已经被折磨得不成样子。店铺门口，招牌摔在地上，门板贴上大封条，一副破败景象，他扑倒在地，抱起招牌，号啕大哭。

欧阳恒如老人的画外音："几经周折，王老板被释放了。天原的盐酸，虽然被承认是国货，但被通告应负这场纠纷的责任，指令登报道歉，理由是：使用了日本的坛子，事先未向各界声明。这桩不白之冤，就这样不了了之。"

厂区，吴蕴初拿起铁棒，狠命地向日本盐酸甏砸去。一只只坛子，被砸得粉碎。

漫天大雪。

吴蕴初肃穆而立。

第四集完

第五集

铁锤沉重敲打燧石，爆发出耀眼的火花。

敌机在上空盘旋，狂轰滥炸。闸北一片火海，居民伤亡，惨不忍睹。

欧阳恒如老人的画外音："震撼中外的一·二八战争爆发了，黄浦江畔掀起了抗日救亡的怒潮。十九路军在暴敌欺凌下，奋起抗日。整个上海汇成一股抗日洪流，真是如火如荼，可歌可泣……"

画外音中，出现相应的历史资料图片。

欧阳恒如老人的画外音在继续："……蕴老当然也不例外，他是学化学的，除了捐献二万多块钱的物资运往前线，还一心想试制烟幕用药剂……”

化工研究所的廊檐下，吴蕴初在试制烟幕用药剂（毒气）。浓烟上升，令人窒息。突然天空彤云密布，一个霹雳打在台阶上，暴雨如注。吴蕴初吓出一身冷汗，立刻停止了试验。他对协助他工作的林映霞说：“……做毒气伤人，大概有违上天好生之德，还是做点救人的东西吧。”

林映霞赞同：“那，做什么呢？”

吴蕴初：“反其道而行之，做防毒面具吧，十万只，捐献部队。”

春寒料峭。街头，一群抗日学生围着林雨桐，强迫他穿上印有“卖国贼”字样的衣服。围观的群众义愤填膺，振臂高呼：“对日经济绝交！”“唤醒全国民众！”“和日商买办断绝往来！”转为有节奏地呼喊：“卖国贼！卖国贼！卖国贼！卖国贼！卖国贼！”

林映霞挤进人群，发现被围斗的竟是她的父亲。父女俩目光对峙，双方都感到十分难堪。一股强烈的耻辱感，冲击着林映霞，她低着头逃出人群，在马路上拼命奔跑。

晚上林雨桐悄悄溜入化学研究所。

林映霞的房间内，父女俩相对无言，难堪的沉默。他摸出怀表，看了看：“时间不早了。我再说一遍：奇耻大辱，铭刻在心。我决定退出商界，回浙江老家去，颐养天年。你是我的独生女儿，战乱之时一个孤身的女孩子留在上海，我实在不放心的。看在你死去的母亲分儿上，跟着我一起走吧……爸爸求你了！”

林映霞踌躇不决，难以回答。

父亲凄楚地望了女儿一眼，步履蹒跚地离去。

女儿追出门外，目送父亲苍老的背影，扶门饮泣。

夕阳西下，林映霞和欧阳恒如漫步在苏州河边，他们走累了，坐在河埠的石阶上歇脚。

欧阳恒如："……只要伯父真的不再给日本人做事，你就送他回去吧。"

林映霞："谁能担保呢！爸爸的脾气我是知道的，他和日本人的关系很深，恐怕是难以改变的。可他，又是我唯一的亲人，看到他一下子变得苍老了，我心里真不是滋味。我怕……送他回去以后，他再也不让我回来了……"

这时，杨秉辉出现在他们面前。

林映霞惊异："秉辉，你提着皮箱，上哪儿去？"

杨秉辉："父亲执迷不悟，这个家我也待不下去了，他们同意我去美国留学，我是来向你们告别的。"

欧阳恒如："什么时候动身，去送送你。哦，你和映霞谈谈吧，我厂里还有点事。"他想回避，给他俩一个单独的时间。

"不，欧阳，你别走！"杨秉辉喊住了他，"真的，别走。我赶来就是想和你们说一句话：祝你们幸福！"说完，扭转头，他眼泪快流出来了。

欧阳恒如感动地："秉辉，你太好了！"

林映霞："别记恨我，秉辉。你永远是我忠实的朋友。"

杨秉辉控制住自己，匆匆离去。突然又折了回来："映霞，忘了告诉你一件事，伯父要去日本。听他和我父亲说，准备带你一起走。"

林映霞瞠目结舌，恍然大悟。

车间，墙上挂着一条醒目标语：十万火急，加紧生产防毒面具，支援十九路军抗战！

车间外，工人们在装车。阿旺师傅、黄小毛押着车向厂门口驶去。突然，吴蕴初从小轿车里出来，截住了他们的去路。他阴沉着脸，一挥手，示意卡车开回去。

众不解："怎么回事？""出了什么事了？"

吴蕴初愤懑地："十九路军被迫撤离上海了！"

长空阴霾，雨恨云愁。一江春水向东流逝。间或，传来了几声沉闷的汽笛鸣叫。

欧阳恒如老人的画外音："一九三二年五月五日，国民党政府终于签订了卖国的《淞沪停战协定》，承认了日本军可以驻留上海，而中国军队却不能在上海周围驻守设防。同时，居然还允许取缔抗日活动！丧权辱国，出卖抗战。全市人民义愤填膺，蕴老和我们一批血气方刚的年轻人，也都忧心如焚。"

是日，大夜弥天，吴蕴初独立窗前，心事浩茫。

客厅，褚伯安、欧阳恒如、林映霞、吴仪和吴志超在聚会。一向谈笑风生以幽默著称的褚伯安，如今不苟言笑，他念了两句《满江红》"怒发冲冠，凭栏处，潇潇雨歇……"就哭了，泣不成声。男儿有泪不轻弹，只因未到伤心处。此刻他的哭声感染了朝夕相处的同伴，由欧阳恒如带头，唱起这首悲壮的歌，大家和着。

"怒发冲冠，凭栏处，潇潇雨歇。抬望眼，仰天长啸，壮怀激烈。三十功名尘与土，八千里路云和月，莫等闲，白了少年头，空悲切。……"

勇赴国难和爱国主义情操，席卷了屋里所有的人。

隔壁房间，还可以隐隐听到歌声。吴蕴初挥笔疾书："知其不可为而为之。"

一曲告终，吴蕴初出现在客厅门前。他将横幅放到地板中央，对大家说："……你们也许会认为，这是不切实际的想法，而我却是认真的。我想再开一片氮气厂或硝酸厂，诸位同人，你们看怎么样？"

吴仪惊异："马上吗？"

吴蕴初："越快越好！"

吴志超："爸爸，硝酸是国防工业。投资大，产品销路没把握，还有和官方打交道的麻烦。"

吴蕴初："承蒙提醒，不胜荣幸。我就是看中国防工业。国防太弱，敌人才敢侵犯。我想利用天原放空的氢气做合成氨，再从氨做硝酸，制造武器、炸药，御敌于国门外。这就是我要唱的《满江红》，一个平民百姓做力所不及的事，确实是知其不可为而为之！”

他的一番话，深深打动了在座的人。

“知其不可为而为之！”褚伯安激动地复诵着，“师母，有酒吗？”

“有！”吴仪乘兴给大家斟酒。褚伯安举杯：“为先生这句至理名言，干杯！”众一饮而尽。

宋公馆。绿茵茵的芳草地。吴蕴初在此拜会财政部部长宋子文。

宋子文：“蕴初先生这次赴美考察归来，想必以杜邦为榜样，要大展宏图啰！”

吴蕴初：“哪里哪里，基础化学工业和国防有千丝万缕的联系，我想在这方面做点努力。这次去美国，咬咬牙把机器买下来了，一笔进口税却相当可观。兄弟是民办工业，力量单薄，恳请财政部免税进口。如蒙恩准，自当不胜欢欣了……”

宋子文一口答应，“这个事情好办。”他略停片刻，接着说，“目前蒋总裁五十大寿，我们发起献机祝寿，这也是为了加强国防，发展航空，希望你共襄盛举，如何？”

吴蕴初没有马上接口，他想：“看来，这笔竹杠大有非挨不可之势了”，但又不便回绝。沉吟有间，转为笑容可掬，“抗日救国，是义不容辞的。只是一架飞机，少说也要十万八万，容我回去商量，促其成功。”话虽如此，但已汗水涔涔了。

宋子文顺水推舟：“很好，我静候佳音。”

面容清冷的张逸云，在二楼客厅横卧烟榻抽大烟。女仆悄悄进来，轻声地：“老爷，吴经理、吴太太来了。”

“请他们上来。”张逸云有气无力地吩咐，他站起身子，有点气喘吁吁。

吴蕴初偕夫人进门：“逸公，近来身体还好吗？你坐下，快坐下。”

张逸云唏嘘地：“去年五月得病到现在，时好时坏，一直这么拖着，恐怕不久于人世了。说句触霉头的话，我的身体，好比国难当头的政府，多年重病缠身，气息奄奄，也算亡国有日了。蕴初兄，五月，不是什么好日子啊，民国十七年五月三日，日军侵入济南，杀我同胞，去年五月五日，十九路军明明打得很好，政府偏要来个《淞沪停战协定》，噫，阴虚火旺，正不克邪。我非常失望，非常失望！”

吴仪：“张老先生，失望归失望，身体还是要弄好的。没有什么东西可送你，买只金华火腿，让你氽氽蛤蜊火腿鲫鱼汤。清补清补。”

张逸云：“要二位破费，过意不去。”

吴蕴初：“区区薄礼，不成敬意的。”

张逸云不想延伸此类谈话，他话锋一转，直截了当地：“机器免税的事，谈妥了吗？”

吴蕴初：“宋子文一口答应……”

张逸云：“难得爽快！”

吴蕴初：“不过他有一个附加条件：要我们捐一架飞机，为蒋总裁祝寿。”

张逸云惊：“一架飞机！这笔竹杠也敲得太大了。你打听过要多少钱吗？”

吴蕴初：“大概要九万块。”

张逸云：“九万块钱，狮子大开口！”

吴蕴初：“重化工业和国防有关，今后少不了和官府打交道，看来还是不要拒绝为妙。再说，这也是件好事。蒋介石总不能把飞机装在自己的口袋里。管他祝寿不祝寿，捐给空军，支援抗日，也了却了我们一桩心愿。一·二八日寇狂轰滥炸的情形，至今历历在目啊！”

张逸云：“此话也有道理，国家兴亡，匹夫有责，作为炎黄子孙，理应尽力。不过这笔钱数字很大，你打算从哪里出？”

吴蕴初：“我想用天厨的名义捐献，从历年积余的广告费中支出。”

张逸云：“这样很好！”他的情绪兴奋起来，“献机、抗日，虽然多花了些钱，为了不当亡国奴，也是值得的。”

吴仪：“天厨捐献飞机，一定会轰动全国，报上一登，消息还会传到国外，是一次最大的广告！我看味精的生意会越做越好，钱也就会赚回来的。”

张逸云：“蕴初兄，我身体不好，这件事就交给你来办吧。订购飞机的事，让祖安协助你，到德国禅臣洋行办理，他对这方面比较熟悉。”

吴蕴初急忙拱手：“多谢逸公再一次提携，不是我蕴初夸口，凭我多年办企业的经验，这次捐献飞机，很可能成为一个创举，一定会获得成功的。”

张逸云频频点头：“你的铁算盘我是知道的，但愿一箭双雕，名利双收。……也许是我老了，近来忧虑甚多。我还有一句话相告：人怕出名猪怕壮，在这乱世时期，不可锋芒太露，切记切记！”

八仙桥，青年会三楼大厅。天厨、天原的股东，云集于此，大家谈笑风生，气氛极其热烈。

吴蕴初：“承蒙各位股东厚爱，天利氮气厂的百万资金，不崇朝而集。蕴初虽然再三申明，基础化学工业投资巨大，而利润微薄，各位股东仍然踊跃认股，这使我十分感动。蕴初深感责任重大，当勉力经营，不负众望。”

邵丽君带头鼓起掌来，谢葆生看了她一眼，低声地，“你不是要换经理，让他好好休息休息吗？”

“哟，男人记仇，女人记恩呀！”邵丽君很不满意他旧事重提，落落大方地，“都是哪个朝代的事啦？我改变主意了。这陈年臭屁还挖它出来做啥？不识抬举的东西！”

大厅的另一角，朱镇海对王光雄：“……我们对他有过误解。现在看来，秉公办事有远见，专门开人家没有开过的厂，风险虽大，前途无量！我欣赏有魄力的人。”

一位文质彬彬的年老股东对新的股东：“……逸公是伯乐，当年推崇蕴初先生，才有今天的大世面。雄才大略哟，不可多得，不可多得。”

话音未落，只见汪冬远推门进来，他一脸沮丧，沉痛地向大家宣布："张逸云先生过世了。"

人们立刻沉寂下来，举屋哀愁。吴蕴初泥塑木雕一般，泪水夺眶而出。

哀乐声起。

宁波路张公馆门前，挂着大白灯笼。奔丧致哀的人，络绎不绝。

灵堂里，四周摆满了佛手。一张面容清癯的张逸云遗像。遗像下，逸公的遗体安详躺着，手中紧握着一只佛手。张家公子祖康、祖耀、祖安戴孝，吴蕴初守灵。哀乐不断。

汪冬远喊："邵家姑奶奶到！"

祖安、祖耀、祖康跪了下去，邵丽君悲悲戚戚，她素服戴孝跪拜，女用人搀邵。

吴蕴初陪祭鞠躬，他的内心独白："逸公，你对我恩重如山。……你去了，天字号少了一个拿大主意的人，我少了一个有力的靠山。"

他抬起头，逸公宛如在世，满眼的佛手，佛手！

野阔天低，烟雨苍茫。

新江天轮，载着张逸云老先生的灵柩，在宁波镇海故乡的河道上缓缓行驶。他的子孙们披麻戴孝，护船送葬。宁波镇海衙前码头上，站满了前来接葬的乡邻们。他们满目悲伤，等待着木船靠岸。

欧阳恒如老人的画外音："逸公生前行善积德，为乡邻们做了不少好事。他的过世，使大家十分悲痛。他们来到了码头，迎接这位为开创天字号企业做出丰功伟绩的伯乐！这是乡邻们引以为豪的，他将永远活在人们的心中。"

街头，报童叫喊："卖报！卖报！新闻报，老申报，大美晚报。要看特大新闻：天厨号飞机明朝虹桥机场举行命名典礼！到时候有精彩航空表演！”

路人争相购买，议论纷纷。

林雨桐穿一件风衣，买了一份报纸，消瘦的脸上更加气色阴沉。

菜市路天厨味精厂门口，临时设立发票处。人们排成一字长蛇阵，争着要票。两个大学生在乱哄哄的人群中，谈得津津有味。

“真阔气，要么不捐献，一捐就是两架飞机，风头出足了！”

“这你就不晓得了。本来是一架，试飞的时候，螺旋桨触到跑道上，来了个元宝大翻身。洋行当然答应赔啰。做生意的人要面子，怕传出去名声不好，除了负责修好，另外又赔了一架教练机。”

“嗬，你怎么知道的？”

“我爸爸是巡捕房里的包打听，我能不知道吗？”

虹桥路上，柳色青青，春意正浓。

汽车，一辆跟着一辆，头尾相接，连绵不断。沿途军警戒备森严，交通管制。

机场入口处，一辆黑色轿车戛然而止。里面出来两个人：吴蕴初身穿蓝袍黑褂，头戴铜盆帽，手拿斯的克；他的夫人吴仪，穿一件紫绛色夹旗袍，黑色披肩，高跟鞋。女的亭亭玉立，男的气度不凡。他们挽着胳膊，徐徐向大厅走去。

一批记者立刻围了上来，他们倒退着走路。镁光灯下，七嘴八舌：“吴蕴初先生，请简单发表几句感想！”“我是申报记者，对献机祝寿，请说几句话！”“我是字林西报记者，请问吴先生，你真的认为能航空救国吗？”

吴蕴初夫妇走进大厅。

休息室内，金碧辉煌。施林台拱手相庆：“来，来，蕴初先生，吴夫人，我给两位做个介绍。”他指着消瘦的男子和旁边的妇女，“这位是杜月笙先生，这位是杜夫人沈月英女士。”

吴蕴初彬彬有礼地：“久慕大名，失敬失敬！”

杜月笙立刻起来，谦和地："蕴初先生，天厨味精厂独资捐助飞机一架，实在是难能可贵，兄弟十分敬佩先生的为人。"

吴蕴初："过誉了。这事全仗逸云公鼎力支持，蕴初只不过尽了绵薄之力，做了一点应该做的事情。杜先生，您不是也捐了一架飞机，命名'月辉'号吗？"

杜月笙喜形于色，频频颔首："是啊，是啊，国难当头，匹夫有责！谁叫我们生在这个时代！"

在男人们寒暄时，吴仪立刻拉起沈月英的手，坐到一边，和她亲切攀谈起来。

这边，杜月笙对吴蕴初仍然关怀备至："……现在，没有人再来找你的麻烦了吧！"

吴蕴初一愣，随即明白了过来："哦，没有了，没有了，全靠各方关照。"

施林台："杜月笙先生帮了大忙。"

杜月笙连连摆手："说不上，说不上。不过，上海滩确有一批鸡鸣狗盗之徒，叫人讨厌，事情都坏在他们手里。我这个人，不瞒你说，有怕我的也有敬重我的。怕我的，认为强盗扮了书生，见了我'捱法捱法'，敬重我的，说我黄鳝修成一条龙，乐善好施，仗义疏财。蕴初先生，今后有什么为难，尽管说，我杜某愿助一臂之力。"

对面，一位虎背熊腰、五大三粗的人，叫张啸林，突然将纸丢在地上，咆哮起来："娘了个皮，人都死绝啦！就这么应付我呀！老子也算对航空事业有贡献的，主席台上连个位子都不摆，叫我去观礼台，办不到！"

他的夫人苦苦哀求："大帅，大帅！你轻一点，轻一点……"

吴铁城市长急忙跑来劝慰："张公息怒，张公息怒……听我慢慢跟你解释……"

休息厅外，军乐队演奏起来，群情振奋。

停机场前的主席台，挂着一条醒目横幅："天厨号飞机命名典礼大会。"两旁分别悬挂对联："天厨飞机是受用味精同胞，间接出资购得。""航空救国愿民众一致努力，赶快大家起来！"

军乐队演奏，威武雄壮。

欧阳恒如老人的画外音："这批党国精英，都在主席台上。从左边排起：施林台，报馆编辑、银行董事长。不过，他今天是以市参议员的身份参加大会的；杜月笙，他的头衔实在太多，这里只能一言以蔽之曰：上海滩上数一数二大亨；吴蕴初，今天献机大会的主角；吴铁城，上海市市长，奉蒋总裁命令代表国府参加大会；王晓籁，上海市总商会会长；虞洽卿，工商界巨头；林秋将，这个……我记不起他的身份了……"

镜头在这些人身上横移，千姿百态。

观礼台一角。张家三位公子及其亲属喜气洋洋，颇为自豪。

张祖安对其亲属："可惜父亲过世了，看不到今天的盛况。要不然，他老人家一定会非常高兴的。"

"是啊，是啊！"祖耀、祖康连连点头。

谈话被一阵热烈的掌声打断。欧阳恒如、褚伯安、汪冬远、阿旺师傅以及一批天厨号的工友，热烈欢呼。有的甚至取下帽子"抛顶宫"。邵丽君脸上生辉，手舞足蹈。股东们满面春风，得意非凡。

林家客厅。落地长窗外面，杂草丛生，满目荒芜，一片衰败景象。

杨道坤手持报纸，从外进来："看看吧，盛况空前，吴蕴初风头出足了！"

林雨桐看报，耳边响起吴蕴初的声音："一·二八战争，上海被日寇狂轰滥炸，每当我想起这些国耻，就觉得非谋求发展航空不可，为此，敝厂独资捐献飞机两架。"群众的欢呼声和飞机起飞的巨大轰鸣交织在一起。林雨桐厌恶地扔下报纸："他这是公开挑战，要和日本帝国作对到底了！"

杨道坤“……想不到雨桐兄也会败在他的手里，连女儿也被拐跑了……秉辉离家出国，他母亲整天唉声叹气。唉，好端端的一门儿女亲事，给拆散了。”

林雨桐：“君子报仇十年不晚。本来我想退出商界，一走了之。这次去东洋，日本军政界的朋友向我透露，他们要发起更大规模的进攻，这场战争会打赢的。”

杨道坤，“那你这次回来，负有特殊的使命啰？”

林雨桐笑而不答。

此时，一个雍容华贵的日本女人，梳洗打扮好了，穿着木屐，端着托盘，从楼上下来。

杨道坤一眼望见：“哦，你好，嫂夫人！”

日本女人深深一躬：“你好，道坤先生。请随便用一点！”为他斟酒。

电话铃响。林雨桐去接：“喂，我是啊……什么？天厨资金掉转不灵，急于要向银行贷款？吾兄的意思是……好，好，我就来。”放下电话，喜形于色：“道坤，我的机会来了。”

杨道坤：“怎么？”

林雨桐：“吴蕴初风头出足，现在该是他倒霉的时候了。”

杨道坤惊喜：“哦，此话怎讲？”

林雨桐：“天意啊，政府废两改元，引起了全国金融风潮。许多工厂亏损倒闭，天厨岂能例外？嘿，当时，吴蕴初靠抵制日货逼得我走麦城，现在嘛，我要借金融风潮，好好报答报答他。”

杨道坤感到了他的神秘莫测，探问：“雨桐兄的意思是——”

林雨桐俯身过去，耳语。两人狡黠地相视而笑。

杨家，楼上卧室。杨太太郁郁寡欢，倚在床上。邵丽君坐在床边，安慰着她：“表嫂，秉辉在美国不是很好吗，你就不要操心了。”

杨太太叹了口气：“我是担心他的终身大事。可他心里只有映霞……来信说要独身主义，这不要断了杨家的香火吗！”

邵丽君："林映霞也真是的，我就看不出那个欧阳恒如有什么好的？穷得答答滴！还不是靠着吴蕴初宠着他，有什么神气的！"

这时，杨道坤进来："丽君表妹，我告诉你个秘密消息，天厨入不敷出，弄不好会关门倒闭啊，你这个股东要长个心眼。"

邵丽君大惊失色："哟，天厨的户头上我还有不少存款，天利我也入股了！"她急切走近杨道坤。

杨道坤："赶快取出来！天利的生意也不好，阿摩尼亚卖不出去。"

邵丽君焦急万分，身子都有点发抖了。

寒风凛冽，吴蕴初站在天利化工厂堆积如山合阿摩尼亚（液氨）罐前，眉宇紧锁。

褚伯安愁容满面地："每天生产阿摩尼亚四吨，可全上海的需要量，每天只要半吨。企业亏本，难以维持，能不能从天厨想想办法，挪动点资金，以解燃眉之急！"

吴蕴初连连摇头："天厨也是泥菩萨过河，自身难保了。唉，化化缘罢！"

寄一线希望于天厨的褚伯安，长叹了一声，沉默了。

这时，隔岸一声巨响，大地都震撼，颤动了。

忧心如焚的吴蕴初叫了一声"不好！"拔腿就往天原方向跑去，半道上只见浓烟高升，火光冲天。

阿糜尘土满面，急匆匆赶来："不好了，吴先生，天原的盐酸甏爆炸了！"

吴蕴初摇着他的身子，寄予一线希望："炸了多少？"

阿糜上气不接下气地："四十二只盐酸甏，全都炸完了……"

吴蕴初两腿一软，跌坐在木箱上。

天原厂的残垣断壁，一堆废墟前，吴蕴初呆若木鸡。欧阳恒如扶着颓伤的吴蕴初上车。

秋风横扫落叶，满目苍凉。

菜市路，天厨味精厂。

吴蕴初刚下车，就被一群人团团围住。人们七嘴八舌，兴师问罪："吴经理，财务科为什么不给我们提款？""临死找垫背呀，天厨倒闭了，我们跟谁去要钱！""你们讲不讲信用？今天不给钱，就不走了！"

邵丽君吸起香烟，笃悠笃悠跑到吴蕴初面前，改变了称呼："喂，吴家里！我这二万元钱，五点之前取走；你那个月息一分，老娘并不在乎。跟你打个招呼，沙耶窝那拉了。"

吴蕴初惊魂未定，又受此冲击，有点招架不住。但他深知这个时候是不能倒下的，强作镇静："各位！各位！天厨虽有困难但请相信我吴某，一定想办法扭转局面。请大家宽容几天，帮助厂里渡过难关，我吴某讲话是算数的。就这么几天！请多多包涵，多多包涵！"

邵丽君仍然不紧不慢："吴家里，你讲话算数，我讲话也是算数的。君子一言，驷马难追！我这二万元钱，五点之前取出！"

提款者的情绪，被她煽动起来，都争先恐后地要求五点之前取出。他们再一次向财务科拥去。

家，书房。吴蕴初疲惫不堪，靠在沙发上双目紧闭。

吴仪轻轻推门进来，他急忙欠身："怎么样，银行同不同意贷款？"

吴仪摇了摇头，沉重地："他们非但不同意贷款，还说天厨的欠债要在一周内还清。"

这对吴蕴初来说，无疑是当头一棒、雪上加霜，接二连三的打击，使他濒于绝望，他从心底发出呼唤："老天爷，这是要置我吴蕴初于死地啊！"

他心烦意乱，拿起酒瓶，倒了满满一杯，一饮而尽，接着倒第二杯时，吴仪急忙拦住，"别喝了，蕴初，要醉的"。

吴蕴初推开他："别管我，你走！我要一个人待一会儿。"见妻子还不走，大喝一声："你给我出去！"

吴仪惊呆了，她含泪，不放心地离去。

吴蕴初又倒了满满一杯，灌下，仰靠在沙发上。

尘烟滚滚的幻觉。张逸云笑着抱拳迎来："乱世时期，不可锋芒太露，切记切记！"

吴蕴初以酒浇愁，渐渐醉了，他失去了理智，几乎不能自拔："逸公，你长眠九泉永远解脱了痛苦、烦恼，把一大堆重担留给了我，我……挑不动，天字号要是真的垮台，我吴蕴初还有什么立锥之地？"他趴在桌上，少顷，猛地站起，打开保险箱，双手触摸到一件冰凉的东西：一把自备手枪，赫然入目。吴蕴初苦笑，掂了掂："难道这，是我最后的出路？"举枪，对准太阳穴。

门被推开，吴仪冲了进来，夺枪，抱住吴蕴初："你……你要干什么……你干什么！"她扑通跪倒在丈夫面前，泪流满面，"多少难关，都闯过来了，这回，你怎么趴下了？蕴初，这不是你！不是你！"她夺过手枪，往后一扔："糊涂呀，你一时糊涂，喝醉了……"吴蕴初摇摇晃晃，像似刚醒过来："我……醉了"

他紧贴着她的脸，吴仪泪流满面。

吴家客厅，烟雾缭绕。张祖安和吴蕴初夫妇运筹帷幄。

张祖安一直在踱步思索，他沉吟有间，猛吸了口烟，终于开口："我是天厨的总经理，不能眼看家父创下的基业，在金融风潮冲击下倒闭。这样吧，我家还有些房地产，慕尔名路四幢洋房，还有爱多亚路天厨大楼拿出来做抵押，清理债务，保住天厨，以解燃眉之急。"

吴蕴初眼前出现生机，如释重负地："事到如今，也想不出万全之策，但愿逸公在天之灵，能谅解蕴初的苦衷。天利的困难，还是要靠贷款来解决，我已经拜托得力的人去疏通了。"

吴仪："现在最愁的是，天原盐酸甏爆炸引起的停产，怎么办？"

吴蕴初："是啊，龙华济公滩的天盛陶器厂刚刚在建，到法国去买，远水又救不了近火，真是急死人！"

阿旺师傅破门而入："吴经理！工友们想了个办法，用大缸代替盐酸甏，已经复工了。"

吴蕴初霍地站起："怎么，能解决问题吗？"

阿旺，"眼前救急，是可以应付的。"

"太好了！太好了！"吴蕴初欣喜若狂，全屋气氛为之一变，充满了欢欣。

冰雪融化，大地春回。

苏州河两岸，一片兴旺。天原电化厂的新机群，移动的盐酸甏，电解车间，天利氮气厂的新机群，硝酸出货，质地净白，龙华济公滩，新式炉窑耸立，耐酸陶器琳琅满目。天厨大门口，换上了"天厨股份有限公司"的牌子，写字间一张张订货单送到吴仪手中，她应接不暇。

吴蕴初和张祖安并肩走在通道上，他们将要步入会场。背景的墙上，是天字号企业的图案商标：天厨的佛手，天原的太极图，天盛的容器，天然利益（天利）不可丢的钱币。镜头横移。

和上述画面同步的，是欧阳恒如老人的画外音："经过创业的阵阵剧痛，闯过航程的激流险滩。天厨、天原、天利、天盛，一个实力雄厚的天字号系统建成了，吴蕴初为中国的化工事业创立了一份不小的家业，也使他自己成为此生享用不尽的巨富。"

书房。一众天字号同人席地而坐，排成一个天字龄照片。镜头从吴蕴初和张祖安身上拉开。吴蕴初放下照片，沉思片刻，伏案疾书。他的画外音："味精虽由我吴蕴初发明，然而能有今日之发达，全靠同人的努力和社会的赞助。故从今日起，我吴蕴初只保留发明权，而牺牲应得之利益。特建议将发明权报酬的百分之二十五分给职员，百分之五十作为公司特别公积金。"

菜市路，吴家平台。

清早，晨曦微露的上海。吴蕴初舒展筋骨，在打太极拳。从一平台往下俯视，车水马龙，人们行色匆匆。

欧阳恒如老人的画外音："成为巨富，蕴初先生仗义疏财，他买了一所南昌路花园洋房，赠送给中华工业化学研究所作为永久会址。在沪江大学捐助礼堂，为中华职业学校捐赠奖学金和理化实验室，甚至连南京美术专科学校也受到了他的资助。可是对他自己的家人——"

菜市路，吴家客厅。

一沓美元放到桌上。吴蕴初对儿子："这是你去美国留学的生活费，每月一百元。"说完，泰然走开。

吴志超没有拿："爸爸，我想马上结婚，美龄打算和我一起出国，两个人……"

吴蕴初踱到门口，回身："两个人也是一百元！"

吴志超十分委屈："爸爸，这是为什么？你对别人那么大方，捐起款来成千上万的，可对自己的儿子……"他顿了一顿，终于说出，"……这么小气！"

吴蕴初火冒三丈："你放肆！"

吴仪急急走来，劝阻："志超，爸爸是为你好，怕两个人去了，分散精力，耽误了学业！"

吴志超心里不服，嘟囔着："爸爸也太不相信人了！"

吴蕴初指着吴仪："都是你惯出来的！先结婚，一起走，是出去度蜜月还是读书？"

吴仪竭力想调和："美龄是大户人家，大家闺秀，志超一出去就是几年，能放得下心吗？我看不如把婚事办了，也好了却一桩心事。"

吴蕴初："老实跟你说了吧！我们吴家媳妇，从上到下，个个都是勤劳的。这位千金小姐，天还没凉，胸口就捂个暖水袋，我看不惯那种娇滴滴的样子！”

吴仪：“哎呀，人家身体不好嘛！只要志超愿意，你啰唆什么呢。我看，还是把亲事办了吧！”

吴家书房。

吴蕴初坐在写字台前的椅子上，十分恳切地对儿子说：“明天一早你们要走了，我希望你记住，你虽然是沪江大学化学系毕业，但是根底还浅。这次去美国，一定要集中精力，刻苦攻读，要知道，能有造就者，往往是清寒出身的人。”

吴志超：“是，爸爸你放心。”

吴蕴初：“我放心不下……”

吴仪倚着门，生怕再节外生枝，连忙补充：“爸爸希望你成才，将来继承他的化工事业。”

“行了。”吴蕴初冲着吴仪笑。他踱步，拉开抽屉，取出一方汉玉章：“这块汉玉章，送给你，作为出国纪念。”

吴志超拿起，看。

吴蕴初：“上面刻的是篆字。”

吴志超凑到灯下看。他念：“知其不可为而为之。”

吴蕴初思绪翻腾，凝立。倏忽，他推开落地长窗，走向屋顶平台。

炎夏，繁星。霓虹灯一明一灭，映照在吴蕴初的脸上。他凭栏眺望，夜色正浓。远处隐隐飘来歌声：“……云儿飘在上空，鱼儿藏在水中……”“爷爷留下的破渔网，小心再靠它过一冬……”

欧阳恒如老人的画外音：“成为巨富之后的吴蕴初，不知怎么的，对人生感慨起来。他有过面临绝境的巨险，事业成功的得意，却从来没有像今晚那样的苍凉悲怀，追忆过去……”

吴仪轻轻走到他的身边，低声：“你想什么呢？”

吴蕴初望着远处：“我想老师了，杜博老师……”吴仪：“趁你这次出国考察的机会，去看看他。”

“嗯。”吴蕴初颔首。

日内瓦，风景秀丽的世界城市。

欧式的建筑。近郊地区，一片葱绿的草地，这里小楼幽静，风烟迅远。

吴蕴初在一座门廊前，按电铃。

室内，书卷气浓重，杜博老人临窗坐在轮椅上，听到门铃，发出苍老的声音：“请进！”（德语）

门开了，吴蕴初悄悄进来，打量。老人毫无动静。待走近半边时，觉得他耳不聪，眼不明，面容枯槁，反应迟钝，一望而知，垂垂老矣。

吴蕴初用英文对话：“我刚从中国来，我叫吴蕴初！”

杜博神情木讷：“……无语珠……无语珠……”

吴蕴初走近他的身边，大声呼喊：“我是吴蕴初，您的学生吴蕴初啊，老师，你不认识我啦！兵工学堂的……”这次，他完全用中文讲了。

杜博眼睛一亮，神神道道，语不成句，“兵工学堂……吴蕴初……哦，你就是兵工学堂的吴蕴初吗！”他也改用中文，伸出枯手，流泪了。“谢谢你，还记得我！”老人想欠身起来，挣扎几次失败了，他颓伤地垂下了手。

吴蕴初躬身：“老师，我的恩师，你怎么啦？怎么啦？”

杜博：“老了，不中用了。我……老了……”

吴蕴初拉住他的双手，一下子跪下去：“杜博老师，我很想你，非常非常想你。”

杜博手扶着他的头，露出一丝笑容：“哦，你就是，兵工学堂那个穷小子吴蕴初吗！那个在外白渡桥……”

他眼神迷离，遥想当年。

隆冬，吴蕴初穿着一件被硝酸药水烧得棉花一块一块拖出来的破棉袄，徘徊在外白渡桥。

一辆黄包车划过。

车夫朝吴喊：“喂，小阿弟，我看你身体蛮好，要吃饭，跟我来，推一把！”

吴蕴初迟疑片刻，鼓足了勇气，推车上桥。车至桥顶，他气喘吁吁伸出了手，那洋人刚要把几个铜板递给他，突然惊讶地：“吴蕴初，怎么是你！”

“杜博老师……”吴蕴初叫了一声，尴尬极了，羞愧难当，恨不得有个地洞钻进去，再也不出来了。

兵工学堂长廊。杜博扶着吴的肩走来，亲切中带着严厉：“考进兵工学堂很不容易，你怎么能这么荒废学业呢？”

吴蕴初：“我是想好好读书的，可我……家里还有五个弟妹要我扶养……今天是第一次……请……老师……原谅。”

杜博觉得很有点歉意了，使劲摇着他的胳膊：“你为什么不早说，不早说呢？”

回到现实。杜博用手抚摩着吴的头：“嗯，头发还那么硬，像个板刷。可以看出，你的血气还没有衰败。身上穿得也体面，漂亮，你不穷了吧！啊？”

吴蕴初：“不穷了，我开了许多化工厂，我有钱了，有许多钱！”

杜博认真：“有多少？”

吴蕴初自豪地：“可以说，终身享用不尽！我想买架飞机，在中国上空兜兜，来往于上海、重庆、香港……”

杜博不以为意，连连摇头：“清贫使人奋发，所以你有了今天。我跟你说……”拉吴，凑到他的耳边：“一钱逼死英雄汉，所以没钱是绝对不行的，可多了呢……不好，不好哇！你要丢掉它，消灾免难。”

吴蕴初沉默。

杜博空空的声音："为什么不说话？懂我的意思了？"

吴蕴初似懂非懂："老师，我懂……"

杜博："不一定。我告诉你……我也曾烜赫一时，到老来孤身一人，枯坐在这里。楼房花园很漂亮，可我，感到寂寞，不过，终究也习惯了。"

吴蕴初直起身来，看了看室内，走到窗前，回身："老师，假如你同意，我想接你到中国去住……"

杜博斩钉截铁："不，不去！你们那边在打仗。我这里，已经几百年没有战争了。"

吴蕴初深深理解地望着老师。

杜博疲劳的声音："我不想再听枪炮的声音了。"

字幕：一九三七年七月七日，卢沟桥事变，中日战争爆发。

敌机投弹，血肉横飞。端着刺刀的日本鬼子在大举进攻，战场上硝烟弥漫。

欧阳恒如老人的画外音："抗战开始了！吴蕴初在德国柏林代表资源委员会谈判人造石油的机器设备，接到国内电报，立即匆匆回国。他去南京中央政府，接受了经济部工厂内迁的命令。"

飞机在虹桥机场降落，吴蕴初走下舷梯。

天原化工厂。一辆轿车停在门口，吴蕴初手持拐杖，对集合在一起的工人讲话："现在日本人打到上海，政府命令，天原、天利两个重化工厂要迁往内地，工厂要关门了！你们的生活到今天，工钱也发到今天。厂里有困难，只有大家承担。摆在你们面前有三条路：愿意跟我走的，一起内迁，不愿走的，在南方的可回乡种田，在北方的自谋出路。每个人发一个月工钱作为疏散费。抗战胜利，有幸见面的话，还可以再回来的……"

满城风雨近重阳。工友们星散了。他们卷起铺盖，撑着雨伞，赤着脚，三三两两走出厂门，相互对视片刻，无言地道一声“再见”，在雨幕中各奔前程。

日军驻上海司令部内，正在欢庆胜利。音乐声中，来宾翩翩起舞，一派升平景象。

门卫走到司令官的圆桌前，悄悄暗语。

司令官：“请他进来。”

少顷，林雨桐一副绅士派头，带着日本老婆来到司令官前：“森三，空泵哇！”

司令官对他俩：“请坐！请坐！”林雨桐递给他一张密写好的纸。

司令官接过看，面含笑容，不住地点头：“嗯，天原旁边，有高炮部队？厂里有军用物资？”

林雨桐颔首。

司令官：“你，大大的中日亲善！啊，夫人，请陪林先生跳舞吧。”

强烈的探戈节奏，林雨桐和他的日本老婆翩翩起舞着。

苏州河边。

工人们戴着草帽，挑着扁担，在拆运机器。欧阳恒如指挥着，天空敌机盘旋，机枪不断扫射，大家奋不顾身地将一部分机器装上了船。

吴蕴初乘坐防弹汽车，向天原电化厂急驶。在离厂不远之处，目睹厂内中弹起火。轰然一声巨响，浓烟滚滚，烧红了半边天空。

天原厂区内，房塌机毁，一片废墟，吴蕴初看到千辛万苦创立的基业，毁于一旦，他精神麻木，欲哭无泪：“我总算亲自来为天原送了终。”霎时他腰也弯了，眼也花了，步履蹒跚了。

第五集完

第六集

苏州河北岸，天利氮气厂浓烟弥天，烈火熊熊。准备内迁的设备，打包装箱，堆放在河岸码头上。吴蕴初迈着沉重步伐，向这座他呕心沥血建设起来的工厂告别。褚伯安一直默默跟在他的后头。这个一向刚硬的汉子，此时也忍受不住，他扑在舷梯上号啕大哭。吴蕴初克制着自己："伯安！别太伤感了，我们会回来的，总有一天会东山再起的！"

日铁工厂楼房的窗前，站着林雨桐和宫本。他们俯视吴蕴初收拾轰炸后的残局、指挥着工人将残存的设备搬运上船。林雨桐幸灾乐祸地："想不到吴蕴初也有今天——逃跑！我看他的船队没到武汉，皇军的太阳旗已经挂在武汉三镇的街头了。"

宫本："你的，大大的中日亲善。"

林雨桐："宫本先生，他回不来了。天原一大片厂地……还有价值几十万元的机器是搬不走的……"

宫本露出贪婪的目光。

林雨桐："你们是邻居，近水楼台先得月嘛！"

宫本心领神会。

天原厂房内。

一个四十开外叫顾乃智的职员，在清点造册。见吴蕴初走来，他将一本册子递上："这是留沪的器材名册，请总经理过目。"

吴蕴初翻了翻还给他："乃智，你跟了我十年，办事一向稳重，可靠，我就不细看了。"他拍了拍他的肩膀："这些机器，你们留厂人员要好好保管，能运的想办法继续运往内地；剩下的能搬就搬到租界去，千万不能落在日本人手里，隔壁就是日铁工厂，宫本狡诈，不可不防。”

顾乃智沉稳地点了点头：“嗯，乃智受此重托，绝不敢掉以轻心的。”

天厨写字间，一个铁火盆。吴仪正在用火钳焚烧信件。抽屉打开，东西堆得乱七八糟，屋内烟雾弥漫。

一个西装笔挺的中年男子走了进来。

“吴师母，您叫我？”中年男子毕恭毕敬地问。

“哦，张先生，坐坐。”吴仪灭了火焰，两人在沙发上就座：“我们很快就要走了。蕴初忙，要我和你谈谈。”

张先生：“师母有话，只管吩咐。”

吴仪：“蕴初去武汉。上海天厨几个厂的事，就拜托张先生多照顾了。”

张先生：“晚辈受先生、师母栽培，恩重如山，正愁没有机会报答。有晚辈在，就有上海天厨在，请师母不必担心。”

吴仪不大喜欢他过于自信的口气。叮咛：“难得你一片忠心。别忘了味精是味之素的劲敌，打官司他们又吃了败仗，再加上捐了天厨号飞机抗日，这个仇他们是不会不报的。天原被炸就是信号。南市的两个粗制工厂，蕴初的意思要赶快想办法搬到租界去，利用租界维持生产。不得已时宁可停产，也不能向日本鬼子屈服。”

张先生眼神中有一丝惶恐，随即十分虔诚地：“是。”

客厅。吴仪整理着行装，室内杂乱无章。

“吴师母。”邵丽君人未到声音先到。她提着礼品进屋，“我是来送行的。”说着，将礼品放在茶几上。

“哎哟，邵太太，你太客气了，不敢当的。”吴仪应酬着，“张妈，倒茶。”

张妈应声倒茶。

邵丽君："吴师母，想不到你们真的要走呀！我们老姐妹在一起多热闹……"说着，鼻子一酸，涕泪双流，她摘下衣襟上别着的绣花手绢擦了起来。

吴仪也受感染，她声音有些发抖："邵太太，我也舍不得离开你们。这也是不得已，抗战胜利了，我们还要回来的。"

邵丽君："话是这么说，唉，兵荒马乱的，谁知道今后是怎么个局面。"她点燃一支烟，吞云吐雾，逐渐露出了本性："我是直肠子，有话憋不住，有几句话可能是马后炮了，不知该不该说？"

此时，吴蕴初走进客厅，听见她们谈话就悄悄站在一边。没有去打扰她们。

吴仪："邵太太，有话只管讲好了。"

邵丽君："不瞒你说：天原、天利、天厨都有我的股份，我对这次迁厂，实在不托底。几千里的水路，没有轮船吨位，靠十几条木帆船，什么时候才能走完？路上并不安全，又是兵又是匪的，上有飞机炸，下有鬼子杀，想想我都害怕，就算额骨头碰到天花板，安全运到了内地，买地皮呀，盖屋子呀，装机器呀，缺胳膊少腿的，我的头都大了。不要苦也吃了，力气也花了，到头来工厂还是开不了工，叫天天不应，叫地地不灵，冤枉死人啰！股东们嘴上不说，心里想法和我差不多。"

吴仪认为她说的话不是没有道理，更增添了一丝愁绪。

"那，依你的意思呢？"吴蕴初这时走了过来。

邵丽君："哟，总经理回来了，我可不敢在太岁爷头上动土哦！"

吴蕴初哈哈大笑，"邵太太，你是有名的活观音，别说太岁爷，就是玉皇大帝见了你也要敬畏三分，请讲，我洗耳恭听了！"

邵丽君把这些话当补药吃，更来劲了："上海滩这块宝地丢了你不心疼！其实有租界可以依靠，何必要走嘛！想办法把工厂搬到租界来。要是不行，先忍一忍，停几天工，等市面稳定了，还可以复工嘛；管他东洋人不东洋人，我们做自己的生意就是了。"

吴蕴初不悦："请别忘记，天原厂已经被日本人炸成了废墟！"

邵丽君语塞："……我不过是随便说说，大权还不是掌握在你的手里。我们这些小股东不过是聋子的耳朵……"她提着小皮包转身向门口走去。吴蕴初跟着送出，亲热地："哪里哪里，邵太太过谦了。"到门口，邵丽君站住，回身："吴总经理，我们的血本都压在你这条船上了，要是有个三长两短，会找你算账的！"说着，昂首挺胸而去。

吴仪这才明白了她来送别的真正含义，她满怀忧虑地望着丈夫。吴蕴初愤懑地："他们留在上海，不担风险，坐享其成，还要威胁我们！"他猛地敲桌。

吴仪从玻璃橱中拿出一瓶三星白兰地，倒满高脚玻璃杯，"说实话，我比她们还担心！"她猛饮一杯，当她要倒第二杯时，吴蕴初夺过她手中的酒杯："让我替你喝了吧。我的夫人，这些年，全靠你的支持，才创了天字号企业。要爱惜自己，你是我事业的支柱，要是你倒了，我也就……"

吴仪抱住吴蕴初伏在他胸前："别说了，再苦再难，也撑下去。"

吴蕴初抚摩着妻子的柔发："这次你去香港，要独当一面了，我相信你的非凡才干！"他忽然把她推开，吴仪惊愕。吴蕴初站起："真奇怪，当初结婚的时候，我怎么没看出来呢？总算福星高照，菩萨把你赐给了我，要是叫别人抢了去，那我真是终身遗憾了。"

吴仪感动地笑着，捧住吴蕴初的脸。突然，警报频传，飞机声，爆炸声，电话铃声。吴蕴初奔向办公室。窗外火光冲天。

欧阳恒如在天原门房间，对着电话筒惊呼，"……蕴初先生……不好了……飞机轰炸，两条木船炸沉了……机器，完了……"他心急似火，汗流满面。随着又一声爆炸，电话中断"喂！喂！"他拼命呼唤，火光映红了他的脸。

岸边，吴蕴初望着苏州河上漂浮的木箱、炸断的桅杆、烧焦的风帆……他缄默不语，心像铅一样沉。

站在他身旁的顾乃智宽慰地："回去吧，总经理。明天你还要启程，保重身体。请放心，炸沉的机器，乃智一定想办法把它打捞起来。”

吴蕴初默默点了点头。

欧阳恒如：“其余的船，是否按原计划马上出发？”

吴蕴初：“背水一战，别无选择。我看，越快越好。路上很危险，多加小心，有劳你和褚伯安了。”

码头。装满器材的几艘木船要起航了。

林映霞发疯似的在河边奔跑，她惊恐万状地呼喊：“欧阳——欧阳——”

欧阳恒如闻声上岸，林映霞扑向他的怀里，浑身发抖。“你怎么啦？你怎么啦？映霞！”欧阳恒如紧紧搂着她。

林映霞：“你没伤着吧？真把我吓坏了……吓坏了……”说着，哭了。

欧阳恒如：“别哭，别哭啊，真是个傻孩子，你看我不是好好儿的吗！”

褚伯安站在船头喊：“欧阳快上来，再不开船，敌机回来就麻烦了。”

“映霞，你多保重，我走了。”欧阳恒如挣脱她。

林映霞扑过去，紧紧拽住他：“不，我不让你一个人走，要走我们一起走，死也死在一起。”

欧阳恒如急了，“映霞，别耍小孩子脾气，等那边安顿好了，你坐轮船来，我在武汉码头接你。”

林映霞不松手，固执地：“不，我不放心，要是再遇上轰炸……带我走吧，欧阳。”她几乎是哀求了。“别把我一个人留下，死活我们都在一起。”

褚伯安催促：“欧阳，再不来，我们先走了。”

欧阳恒如五内俱焚，他狠了狠心，一把推开林映霞，踏上跳板，走下船去。林映霞一个踉跄，摔倒在石阶上，当她爬起来，沿着河堤追赶时，木船已向远处驶去。

她奔到桥上。

欧阳恒如向她挥手告别。

泪流满面的林映霞，挥动纱巾，直到木船消失，她还泥塑木雕般地站在桥头。

“小姐！小姐”林家女仆月香气喘吁吁地跑上桥：“叫我好找呀，你怎么一个人在这儿？”

林映霞痛苦地：“送人。”

月香：“是送欧阳先生吧！”

林映霞诧异：“你怎么知道？”

月香：“老爷打听的。他怕你……”

林映霞：“怕我什么？怕我跟欧阳先生一起走，是吗？”

月香：“不，不，我不知道。”她说漏了嘴，赶快岔开，“小姐，老爷请你回去，他病了。”

林映霞：“哦，什么病？”

月香：“我也说不清楚，反正病得很重。小姐，快回去吧，汽车在桥下等你呢！”不由分说，拉着她向桥下跑去。

“请上车。”一个男管家早已开好车门恭候。

林映霞满腹疑虑地坐进轿车。

车子穿过大街小巷，驶进日租界。在一座日本式的屋子门前停住。林映霞下车。愣住：“这是什么地方？”

男管家：“老爷刚买的房子，给新夫人住的。”

林映霞很不愉快，本想不进去了，但又感到事情蹊跷，既然来了？还是弄个明白好。便落落大方，跟着管家、女仆走进门去。

起居间，一切摆设都是日本式的。林雨桐和宫本在密谈。穿着和服的那个日本女人正在为他们斟酒。

宫本举杯：“雨桐先生，你是我们日本人的老朋友了。今后，日铁工厂的兴旺发达，还有赖于您大力协助啊！”

林雨桐也举杯："哪里，哪里，义不容辞嘛！宫本先生，你知道不知道，天原有两条木船被炸沉在苏州河啦……"

宫本困惑地："你的意思是——"

林雨桐狡黠地："可以大做文章嘛。"附耳用日语交谈。

宫本频频点头。

林映霞出现在门口，见此情景，转身要走。

"映霞，怎么刚来就走！"林雨桐叫住女儿，"快进来，见见宫本先生和你的继母。"

日本夫人满脸堆笑，宫本欠身致意，林映霞冷若冰霜。

宫本感到没趣："我告辞了！"

林雨桐对日本夫人，"替我送送宫本先生。"

林映霞："爸爸，听说你病了，我来看看你。看来，你的身体很好，我该走了。"

"慢！"林雨桐急忙起身拦住，"听说你也要到内地去。外面兵荒马乱，一个女孩子家，有什么必要跟吴蕴初奔波流浪？我知道你的犟脾气，不想个办法是不肯回来的。现在是战乱时期，你万一有个三长两短，我怎么对得起你死去的母亲。"

林映霞猛地扬头怒视，心中却又十分悲戚："母亲，你还记得我的母亲……你这么快就找了个日本女人……国难当头，你寻欢作乐，认敌为友，"不可遏制地，"难道你做卖国贼要做到底吗？"

"放肆！"林雨桐脸色骤变，"什么卖国？日中提携，你懂什么！"

林映霞气得发抖，拔腿就走。

林雨桐："上哪儿去？"

林映霞头也不回。

林雨桐胸有成竹地："你是走不出去的。看在林家祖宗分儿上，我要好好保护你，你的房间在楼上，我亲自为你安排好了，既舒服又安静，我的女儿，请吧！"

林映霞感到情况不妙："不！"她大声反抗，向门口冲去，迎面走来两个穿短打的彪形大汉挡住了去路。她大惊失色。

林雨桐得意地望着女儿。

楼上，林映霞的闺房。所有的窗户都钉上了钢条。林映霞似笼中之鸟，插翅难飞。经过一番激烈的挣扎，最后精疲力竭，绝望地倒在房门旁。

欧阳恒如老人的书房。

落日的余晖斜照在老人和林布倩的身上。往事勾起了欧阳恒如对林映霞的思念，他望着窗外飘飘洒洒的一片金黄色树叶，哀思更浓。林布倩望着他弯曲的背，同情之心油然而生："我外公就这样把你和妈妈分开了？"

欧阳恒如老人默默地点了点头，"这都是以后知道的，当时我和褚伯安正经历着烽火搬迁中的惊涛骇浪……"

船队。吴淞口。远处，一艘满载日本宪兵的小火轮向船队驶来。欧阳恒如向褚伯安使了个眼色，两人迅速下舱。他们将书籍、衣服藏好，换上布短衫裤，赤脚破鞋，活像船夫。日本宪兵上船搜查、抄腰包，将手表，法币抢劫一空。

夜宿桥畔，照明弹高挂船头！舱里的人提心吊胆，惶惶不安。欧阳恒如和褚伯安将船只藏入桥孔。

船至某小镇，残垣断壁，破败不堪。欧阳恒如、褚伯安等人沿着小巷走着，饥肠辘辘，难以忍受。幸好野地里还有些挖剩的胡萝卜、山芋，他们如获至宝，七手八脚弄来，在河里洗净，燃起篝火，煮熟充饥。

风起云涌，大浪滔天。

欧阳恒如老人的画外音："一场大风，把我们的船队刮散了。历尽艰险，伯安兄和其他的船只都先后到达了武汉，只有我押运的那条船杳无音信……”

武汉。刘家庙码头。黄昏，吴蕴初，褚伯安呆呆望着江面，不见欧阳恒如的归帆，心情十分沉重。

褚伯安：“已经一个月了，看来没有希望了。”

吴蕴初非常难过：“马上给中央保险公司发报，给留守上海的顾乃智也发个电报，这件事千万不要让映霞知道。”

林布倩的画外音：“可是，晚了！消息已经传到了我外公的耳朵里。……”

林映霞闺房，门上仍然挂着一把大锁，精力交瘁的林映霞孤独地倚在窗前。她望着笼子里的鸟凄然泪下。泪水滴在桌上用毛笔书写的一首词上：“……剪不断，理还乱，是离愁，别是一番滋味在心头。问君能有几多愁，恰似一江春水向东流！”她的心在呼唤：“欧阳，你在哪里，在哪里呀？”

门外的锁开了。林雨桐领着杨秉辉进屋：“映霞，秉辉回国，来看你了。”

林映霞缓缓回过头来，满目凄楚。

“映霞！”杨秉辉见她一声不响，呆呆地坐着，心里像针扎一样。他实在忍不住：“伯父，你不该这样对待她的。”

林雨桐不以为然地：“秉辉，你怎么也说傻话，我若不采取果断的措施，这会儿她就跟欧阳恒如一起去见龙王爷了。”

林映霞一惊：“龙王爷！”忙追问父亲：“你说什么？刚才说的是什么？欧阳他……”

杨秉辉知道事情不妙，急忙打岔：“没有什么，伯父他随便说说的，真的没什么。”

“不！”林映霞眼睛睁得大大的：“欧阳他怎么啦？你快告诉我，他到底怎么啦？”她近似疯狂地步步紧逼父亲。

杨秉辉暗暗给林雨桐摆手，示意他千万不能说。

林雨桐一意孤行。他决心扑灭女儿心中最后的希望：“我就实话告诉你吧，你永远也见不到那个欧阳恒如了，他遇难了。”

晴天霹雳。林映霞悲痛欲绝。她惨叫一声：“欧阳——”发疯似的冲出屋子，一阵晕眩，跌下楼去，晕倒在地。

“小姐！小姐！”月香惊呼。

林雨桐、杨秉辉赶到。“映霞！映霞！你醒醒呀，我的女儿。”林雨桐一时急得没有主意。还是杨秉辉沉着：“赶快送医院，伯父，快叫司机。”他跪下身去，抱起映霞，急步向大门外走去。

门口，车在等候。林雨桐帮着杨秉辉将映霞抱上了车。

江水滔滔，烟雨苍茫。吴蕴初独立黄鹤楼，酹酒祭奠，“欧阳！你听得见我的呼唤吗？……我对不起你，也对不起映霞，我是千古罪人。我原指望能会师武汉，在刘家庙重建天原。可谁又能想到，大搬迁的速度，赶不上大撤退的速度。武汉眼看就要失守，可悲，可叹啊！脚跟还没有站稳，又要烽火历程了。长江天堑，激流险滩，多少人葬身鱼腹，真不知道我们的木船能否闯得过去！我忧心如焚，但又别无选择，只好孤注一掷了。欧阳，保佑我们平安无事吧！”他挥泪将酒洒在地上。

褚伯安拾级而上：“蕴初先生，几十条柏木船上的机器设备已经全部装好了。”

吴蕴初：“出发！”

浊浪滔天，风云突变。

神女峰上烟云沉浮，云山雾罩，细雨蒙蒙。

激流险滩，江水湍急。直立的山峰，迎面压来。神女峰移过。

上海至重庆的江轮上。欧阳恒如老人望着旋涡，对林布倩：

“当初，就有一条柏木船被旋涡吞没。这次的烽火搬迁，历尽了艰险，舳舻千里，蔚为壮观……”

残阳如血，陵嘉江边，船夫们奋力拉纤。吴蕴初步履艰难，那双破皮鞋上沾满了泥巴，汗水湿透了他的衣衫。

激越高亢的川江号子，在嘉陵江畔回荡。

医院，杨秉辉守在病床前。林映霞脸色苍白，两只大眼睛深深凹陷，她直勾勾地望着天花板。突然，在她的眼中，天花板上流下很多的水，向她直泻而来，汇成了滚滚江涛，将她的床掀起。“啊——”她充满恐惧地坐起，失声狂喊：“水！水！欧阳快逃，快逃呀！”她拍拍自己的床：“来，快来，坐我的船，我来救你了。”

“映霞！你静静，你静静，哪有什么船，你静静呀！”杨秉辉使劲按住她，费了好大力气才使她躺下。

林雨桐喊来医生，给她注射镇静剂，亢奋才渐渐平息。这次大发作，消耗了她大量体力，她已疲乏透顶。杨秉辉轻轻擦去她脸上的汗水，这时药性已起效，她安然入睡。杨将她瘦骨嶙峋的手臂放进被窝。望着她眼角的泪水，心里一阵绞痛，眼圈红了。

医务室，医生对林雨桐、杨秉辉叮嘱：“她患的是精神分裂症。主要是长期心情压抑，突然受了刺激所致。但她是间歇性的，如果换个环境，慢慢调养，也许会好起来。切记，千万不能再让她受刺激。”

杨家客厅。杨秉辉向父母请求：“爸爸、妈妈，看在我们从小青梅竹马，一起长大的分上，就让我陪映霞到美国养病吧。欧阳君不在了，我应该替他照顾好映霞。”

杨母：“辉儿，你太忠厚了，不是做父母的舍不得花钱。她这种病，一时难好，会成为你终身累赘；妈就你这么一个儿子，总盼着你娶一房好媳妇，让我们早日抱上孙子，共享天伦之乐。可映霞这种病会闹得我们家鸡犬不宁的。”

杨道坤：“秉辉，你母亲说得很对。我们和林家是世交，映霞也是我们极喜欢的，可她红颜薄命，我们总不能娶一个疯女子进门。”

杨秉辉：“我并不是为了要娶她，只想侍奉她的终身。”

杨母：“辉儿，你疯了，这样会耽误你一辈子的。”

杨道坤：“将来，你后悔都来不及！”

杨秉辉："不，我是心甘情愿的。为了映霞，我宁可一辈子不结婚。"

杨道坤："有这个必要吗！映霞并不爱你，她爱的是欧阳恒如。"

杨秉辉："可她失去了。现在她比任何时候都需要友谊和帮助。她需要有人关心、照顾、安慰。我愿意把这颗心奉献给她。爸爸，妈妈，我在美国已经有了工作，可以养活她的。如果你们真的爱我，那就成全了我吧。"他扑通跪倒在地："如果你们不答应，我就永远不起来了。"

杨道坤夫妇相顾无言，百般无奈，长叹一声。

重庆，通向猫儿石的山路上，搬运机器的人流，络绎不绝。吴蕴初肩扛一根圆木，夹杂在人群中，吃力地攀登。忽然，褚伯安气喘吁吁地奔了上来，他兴奋地："蕴初先生！"指着山下嘉陵江边的一条木船，"你看，谁来了？"吴蕴初回首向船上望去，依稀可见船头上站着一个人。褚伯安："是欧阳回来了！"他刚说完，吴蕴初丢下圆木，向山下狂奔。

圆木顺着山坡滚下。

船上，欧阳恒如蓬头垢面，衣衫褴褛，喊："老师。"

吴蕴初奔向江边。篷船正在靠岸，欧阳恒如急不可待地跳下了船，踏水而来，一边走，一边叫："老师！"

吴蕴初也踏水奔过去，高呼："欧阳！欧阳！"他的身后，褚伯安也跟着下水了。

两人伸着手，流着泪，紧紧拥抱在一起，又跌坐在水中。

欧阳恒如："我真以为再也见不到你们了！"

吴蕴初拍打着欧阳："还是见到了！"他极其兴奋，但又老泪纵横。

欧阳感慨万千，笑着，热泪长流："死里逃生啊！"

芦席棚，吴蕴初在下榻处为欧阳恒如接风洗尘。欧阳手捧一碗担担面，大口吃着，嘴里不断发出“嘶哈嘶哈”的声响，他辣得够呛，满头大汗。

吴蕴初和褚伯安看着他。

欧阳恒如放下碗筷：“该死的大风把我们害苦了。好不容易找到了一个避风港，谁知那是一个土匪窝，船一靠岸就被包围了，他们用枪逼着我们将船上的机器搬下来，为他们运烟土、枪支、弹药。就这样被扣船，拉夫，干了一个月的苦力……”随着他的诉说，出现以下场景。

狂风大作，木船驶进江湾。

芦苇荡里，窜出一群土匪。持枪逼迫欧阳恒如等人把船上的机器搬上岸。随后，一个剃光头的“司令”，拨开芦苇，一箱箱烟土、枪支、弹药露了出来。“司令”挥动皮鞭，亲自督战。欧阳恒如等人被迫将东西搬上船。

溶洞内，堆满了抢劫来的赃物。“司令”等饮酒作乐，喝到酩酊大醉，欧阳恒如一伙，磨断捆住手脚的绳索，趁机溜走，在山野奔跑、喘息。

吴蕴初听罢，劝慰“……大难不死，必有后福。你为天原立下汗马功劳，天字号是不会忘记的。欧阳……我……”他吞吞吐吐，言犹未尽。

“老师，有什么话不好讲吗？”欧阳心存疑虑，似乎证实了什么。

吴蕴初笑笑，有点尴尬：“没有，没有。”

“最近我的眼皮直跳，有一种预感，好像映霞出了什么事了。老师，请直言不讳，我能禁得住。”欧阳再一次请求他。

吴蕴初犹豫片刻：“好吧。”将一封信递给了他，“这是你的老同学杨秉辉托人带给我的，你看看吧。”

欧阳恒如战战兢兢地拆信。

月光，欧阳恒如徘徊在嘉陵江上。望着东去的江水，他愁肠百结，心如槁木。

吴蕴初不放心，默默跟在他的后面。

远处飘来歌声："那一天，敌人打到了我的村庄。我便失去了我的田舍、家人和牛羊。如今我徘徊在嘉陵江上，我仿佛闻到故乡泥土的芳香。一样的流水，一样的月亮，我已失去了一切欢笑和梦想。江水每夜呜咽地流过，都仿佛流在我的心上……"

欧阳恒如脑海里闪现林映霞在苏州河边苦苦哀求把她带走的情景。

"映霞，我害了你！害了你呀！"他扑在岩石上失声痛哭。

吴蕴初："欧阳……别太难过了……"

欧阳恒如举起双拳，击自己的头部："我真恨我自己，为什么不让她跟我一起走啊。现在她疯了！我对不住她，对不住呀！"

吴蕴初："是我考虑不周，不该把她一个人留在上海。她父亲和我们积怨很深，像他这样一个亲日派，是不可能放女儿跟我们走的。这点，我应该早就想到，"他懊悔莫及，挥着手，"铸成大错，大错呀！欧阳，请你原谅我吧！"

欧阳恒如冷静了："不，您是好心，怕她吃苦，想等条件好点再让她来。谁能想到她的父亲会这样狠心！"

"蕴初先生！蕴初先生！"褚伯安拿了一份电报，赶到湖边："上海出事了，我们撤退时，炸沉在苏州河的机器被日本人捞了上来，他们硬说这些机器里有日商铁厂的东西，诬陷是天原偷的。顾乃智先生去交涉，被日本宪兵司令部逮捕了！"

欧阳恒如："真卑鄙！"

褚伯安："这是师母从香港转来的电报，请你赶快派人回上海营救。"

吴蕴初沉吟半晌："欧阳，伯安建厂走不开，只有辛苦你去一趟了。我看他们存心不良，炸了厂房不算，还想霸占上海的机器。价值六十万元哪！这一切都是冲着我吴蕴初来的。乃智处境很危险，你还是早些动身。明天我要去香港办事。你就和我一起走，从香港回上海，安全些。"

欧阳恒如："好。"

吴蕴初："你回去看看映霞。如果她还没有出国，争取把她接来。"

欧阳恒如颔首。

宪兵司令部。

审讯室，蹲坐的狼狗。刑具林立，阴森恐怖。顾乃智吊在梁上，他形容枯槁，气息奄奄。

宪兵队长："……说吧，这些机器是偷我们大日本中山铁厂的……你承认了，在这张纸上签个字，我们就放你回去。米西米西地，啊？"

顾乃智低垂着头闭眼："机器……是蕴初先生……国外……买来的。"

"哦，还想抵赖。"宪兵队长举着螺丝钉发怒，他一把抓住顾的头发，扬起他的头，"看见没有，上面有日铁商标！机器是你们偷的。"

顾乃智无力地垂下头："这种螺丝钉，商店……到处……有卖……"

宪兵队长狞笑。"吆西——"招呼手下将烧红的烙铁，往顾乃智胸脯烫去。

烙铁冒烟，发出丝丝的声音。

一声惨叫，顾乃智晕了过去。

隔壁办公室的沙发上，林雨桐和宫本在抽烟、品茶。

宪兵队长脸色铁青地走了进来。宫本："怎么样？他签字了吗？"

宪兵队长伤脑筋地摇了摇头："他快完了！没有用了……"

绿色草坪上躺着顾乃智，他奄奄一息，全身浮肿，不堪言状。他的夫人泪流满面地跪在他的身边，倾听他的叮嘱。

顾乃智声音微弱，断断续续"……告诉蕴初先生，千万……不要……派人……来……他们……他们……搞了一个圈套。……我不承认……不承认……"

夫人看到他讲话这样痛苦，垂泪点头：“不要再说了，他们答应放你出去，不要说了。”

“我不行了……”他脸色苍白，目光迟钝，呼吸顿时急促起来。

他的夫人哭喊：“乃智，别抛下我，别抛下我和五个孩子啊……他们在家里等你回去……”

太阳失掉了光辉，地动山摇，猛然把夫人摔向黑暗的深渊。

欧阳恒如老人的画外音：“我跟蕴初先生到了香港，还来不及转到上海，就接到顾乃智牺牲的噩耗。”

香港，吴仪的寓所。

吴蕴初看完电报，号啕大哭。

吴仪泪湿衣衫：“乃智死得冤枉啊！”

欧阳恒如：“人死不能复生，还望先生和师母节哀。商量一下后事的料理吧！”

吴蕴初颔首：“乃智为厂捐躯，要隆重悼念。他的家眷要好好安抚。”

吴仪：“他有五个孩子。孤儿寡母，实在可怜。”

吴蕴初：“战乱时期，经济困难，给一万元抚恤金，让欧阳带去，交给他的妻子。我们再发一个电报通知，请欧阳记一下。”他口授：“乃智壮烈牺牲，不胜悲悼。十八日九点，香港、重庆、汉口、上海同时追悼顾君亡灵。请向家属致哀！吴蕴初。”

江海关钟声敲打九下。

上海玉佛寺，追悼会隆重举行。欧阳恒如主持仪式。顾乃智的妻子和五个孩子，披麻戴孝，跪倒在灵堂前。和尚诵经念佛，超度亡灵。

香港。天厨厂的一座木屋前，挂着“精神不死”的横幅。吴蕴初夫妇和港厂同人，肃立致哀。

重庆，猫儿石山下，职工们抬着用松枝扎成的花圈，来到嘉陵江边。褚伯安酹酒祭奠。

武汉，刘家庙码头，押运人员在几条木船上低头默哀。

林雨桐老住宅花园洋房的门口，欧阳恒如向一个打扫庭院的仆人探听："请问，林小姐在家吗？"

"她疯啦！杨家少爷陪她到国外看病去了！"

茫然若失的欧阳恒如，离开了这座楼房。在那条林荫道上，孤独地走着。

林荫道的尽头，太阳西沉。

落日的余晖照在映霞苍白的脸上。她站在远洋轮的栏杆前，呆呆地望着江水。杨秉辉将一件外套披在她的肩上。

欧阳恒如在菜市路默默走着。他进入天厨，有人在画外喊，"欧阳先生……"

股东会议室。

欧阳恒如舒服地仰坐在沙发上。邵丽君冲到他的面前："别闷声不响啊，吴总经理凭什么要把中国银行的盐税保证金提走？"

另一董事责问："连上海天厨的股金也通通抽走，他在重庆到底赔了多少？"

邵丽君："不用讲，一定损失惨重！作孽呀作孽，我们倒霉了！"

谢葆生不紧不慢踱来："他吴蕴初想当抗日英雄，大搬迁，出风头，拿我们的钱往长江大浪里扔呀！我们不能陪他倾家荡产！"

邵丽君再也按捺不住，大声地："让他把账目向董事会交代清楚！"

众人呼应："对，把账目交代清楚！"

王光雄："转……告姓吴的，做、做、做人要识相，不识相请……请他……吃辣糊酱！"

邵丽君扔掉烟头："跟他一刀两断！"

谢葆生："他吴蕴初再一意孤行，拿我们董事会当儿戏，我们就把上海的机器、厂房全部卖掉，和他分道扬镳。"

众齐声呼应，王光雄也站起来，吃力地喊叫。

朱镇海站起举双手："诸位，诸位！我们先礼后兵。欧阳先生，吴蕴初做事一贯独断专行。内迁重庆建厂的情况，我们也略有所闻。已经陷入绝境了。股东们忧心忡忡，不断向董事会提出询问。"他从口袋里掏出一封厚厚的信递给张先生："这是我们归纳出来的问题，一共二十二条！"

张先生将信递给欧阳。

朱镇海郑重其事地："务必请他迅速答复。否则，提款一事，绝难从命！"

欧阳恒如拿信，站起："我奉劝各位，不要鼠目寸光，把事情做绝了。我深信蕴初先生的毅力，一座崭新的天原，一定会耸立在重庆猫儿石山上。天原的产品，一定会像嘉陵江水，源源流淌。到那个时候，众位可要识相点，不要垂涎三尺！这封信，我一定面呈总经理。再见，我们后会有期！"装信，微微一躬，出屋。

全体缄默。

晚上。香港吴仪寓所。

一只玻璃杯猛摔地上。

吴蕴初气得脸色铁青，怒吼："什么二十二个问题，一个也不答复！"他身穿睡衣，走到欧阳面前，拿起茶几上摊着的信："你不该把他带来！"嚓嚓两下撕碎，空中一扬，往写字台前一坐："我们吃苦受罪，他们坐享其成，还要教训我吴蕴初，他们不配！"他转椅猛地回身，展纸，挥笔疾书。

吴的画外音："……重庆建厂，积极猛进，虽然急需资金周转，根本谈不上陷入绝境。"

董事们的会议室。朱镇海在念信，诸董事聆听。

吴蕴初的画外音，气冲冲地陈词："本人日夜奔波于重庆、武汉、香港之间，处于水深火热之中。望上海诸公茶余饭后，不要吹毛求疵。你们中的一部分人，为了蝇头小利，张皇失措，妄图对我管头管脚，竟发展到泄私愤，图报复，气势汹汹地提出二十二条责难！本人敢冒风险，正是为了谋求中国化学工业之发展，对你们这种闲言碎语、鸡声鹅腔，毫无兴趣，恕不答复！"

听者面面相觑，极为气愤。邵丽君猛地扬手拍桌："老娘说了，就是不准提，一个铜板也不准他动！"

重庆，上清寺资源委员会办公室。

欧阳恒如老人的话外音："山重水复疑无路，柳暗花明又一村。面对上海董事会的压力，吴蕴初焦虑万端，匆匆回到重庆，去找他的老朋友——资源委员会副主任钱昌照先生了……"

钱昌照继续深谈："看来，蕴初兄真是破釜沉舟，背水一战了，居然要用天原在重庆的全部资产做抵押请求贷款，这可要冒大风险呀！"

吴蕴初无可奈何，苦笑着："世道艰难，我是英雄末路！万望吾兄向工矿调整处疏通疏通。"

钱昌照："蕴初兄的事情，我从来是帮忙的。可这件事关系重大，和上海的董事会商量过吗？"

吴蕴初不满地站起来："那群刁婆婆的风采，我早就见识够了。他们只知道保股本，挣红利，赚大钱享清福！哼，我下定决心，先斩后奏了！"

钱昌照也站起："好！蕴初兄胆识过人，我是十分佩服的。你这次烽火搬迁，行程几千里，是可大书特书的。"他凑到吴蕴初面前，小声地："我听说，蒋委员长在多次讲话中表示赞赏！……要请你当国民参政会的参政员，啊，名单我见到了，最后一名！"

吴蕴初颇为激动："啊……我怕困难重重，一事无成，将来……愧对党国了！"

钱昌照：“既然你那些婆婆那么难缠，何不考虑改换门庭呢！”

吴蕴初有点意外地看着他：“啊？你说的是……”

钱昌照：“跟我们资源委员会合作。那样，政府就成了你天字号企业的靠山了！”

吴蕴初沉思有间：“容我考虑”。他踱步到窗口，山城已是夜色苍茫，万家灯火了。

第六集完

第七集

重庆，猫儿石山，天原化工厂矗立在半山腰。林布倩、欧阳恒如老人隔山远望，只见缆车飞越，青山环抱，烟雾缭绕。

他们登上缆车，在半空中行进。林布倩往下俯视：嘉陵江水像缎带一样蜿蜒曲折，伸向天际。面对这青山绿水，她心旷神怡，禁不住赞叹：“啊，多美呀！蕴老真有眼力，选了这么个地方办工厂！”

欧阳恒如老人：“是啊，巴山蜀水，烟波浩渺……可在当初，是愁云惨雾，流水呜咽！”

他们来到山上。满头银发，身体仍很健康的褚伯安和欧阳恒如老人久别重逢，热烈拥抱。欧阳恒如老人把林布倩介绍给褚伯安：“这就是映霞的女儿——布倩，这位是褚伯安，也是你妈妈的老同学了。”

林布倩：“您好，褚叔叔。”

褚伯安：“哦，欧阳！怪不得你信上说，她和映霞宛如一人。不仅容貌像，连声音都像，我差点以为映霞再世呢！”

林布倩莞尔一笑，就更像她母亲了。

他们漫步厂区，浏览八十年代重庆天原的英姿，在一座二层楼的旧建筑前驻足。

褚伯安：“……当年的办公楼。蕴初先生认为，这和上海菜市路的天厨大楼一样，是发祥地，任何时候都不能拆的。”他指着旁边的另一座楼："这是当年的化工研究所，可惜，你妈妈没有能来……"

林布倩："妈妈常和我说起，这是她终生的遗憾。"

她打开照相机拍照。三人被一种怀旧思绪笼罩，顷刻，默默无言，静悄悄地走着。

山上，一座幽静招待所的阳台上。褚伯安、林布倩和欧阳恒如老人，围坐在圆桌前舒适的藤椅里，品茶，聊天，观赏山景。

林布倩突然想到一个问题："我在一本杂志上看到，蕴老在开工投产时，七天七夜没有脱衣睡觉，是吗？"

褚伯安频频点头："是的，那真把他累惨了……"

重庆，猫儿石山上建起天原新厂。

月夜。雨敛云收，流萤明灭。雾蒙蒙的山峦。江流声。

在静静的山城旧屋内，传来机器声，隐约的人声。倏忽，空袭警报长鸣，机群轰隆飞至头顶。有人撩起窗帘，透出微光。这里是天原的氯碱车间。机器旁几个工人、褚伯安围着吴蕴初。他胡子拉碴，眼窝深陷，布满红丝，目不转睛地看着氯碱出口处。

连续不断的爆炸声。

褚伯安胆战心惊，抓住吴的胳膊。工人慌乱起来。

吴蕴初仍然凝视着氯碱出口处，氯碱缓缓流出，越来越快，越来越多。流速中，夹杂着飞机俯冲声、高射炮轰击声和机枪声。

褚伯安突然大叫："出氯碱啦！"工人们也七嘴八舌地："成功啦！""天原重建胜利啦！"

吴蕴初伸手抓起一把氯碱，捧到眼前，他紧闭着嘴，闭上眼睛。霎时，一片寂静。

解除空袭警报的汽笛声，在山城上空回荡。

早上。晨星寥落，白云悠悠。稀落的鸟叫声。沉寂的小码头。只有泊船，没有游人。吴蕴初拖着疲惫的脚步，略显踉跄，在院中走着。他倚树小憩，不由自主地闭上眼睛，低垂下头，突然惊醒，又走。在自己的平房门口，拿钥匙开门，身子一软，顺着门框往下滑去，跌坐在地上，眼又闭起。他太困乏了。从衣兜掏出粗铅笔，另一只手掏出电报纸，强打精神写着："志超，天厨准备在渝复厂，你若有意，见电即回……"纸上写："父启——"笔滑手松，电文和铅笔落地。

他在家门口睡着了，鼾声如雷，惊天动地。

太阳从门后升起，阳光洒满嘉陵江。吴蕴初脱掉衣服，投入江中畅游。多少天的劳累，随着畅游烟消云散了。

渡船停靠码头，吴志超提着皮箱上岸。

江边，吴蕴初游兴未尽，忽听有人喊："爸爸！"他钻出水面，见儿子站立岸边，欣喜地："志超！"随即迅速游到岸边，上岸，边穿衣服边问："收到我的电报啦！"

吴志超："嗯。"兴冲冲地："爸爸，重庆的天厨厂建在哪里呀！"

吴蕴初指了指半山腰："喏，在哪儿！"

猫儿石山地，竹篱笆墙，茅草顶的仓库。墙角堆着一只真空烘箱，两座老爷离心机，两部面筋车。吴蕴初指着这些机器说："上海天厨运来的东西都在这里了。这个天原的仓库就借给你做工场吧！"

吴志超的心凉了，半天说不上话，扭头就走。吴蕴初跟在他的后面："你不是想独当一面，干一番事业吗？这可是个施展才能的机会呀！"

"机会？"吴志超头也不回："爸爸，谢谢你了。"

"坐在别人创好的基业上，是一辈子也不会有出息的。爸爸当初就在那十个平方米的亭子间起步的。"

吴志超忽有所悟。他们走出竹篱笆房，登上山顶"那，资金呢？"

吴蕴初："什么？"

吴志超："你给多少资金？"

吴蕴初索性摊牌："一个铜板也没有！"

吴志超猛地回头，惊呆地看着父亲。

“我办天原也没有钱，靠一点贷款。”吴蕴初走近儿子身旁，“我送你那方汉白玉章呢？”

吴志超：“在。”从衣袋掏出，“知其不可为而为之”的篆刻布满了画面。

山城银行门口，停了一辆轿车。一位金融界女士李琳，推门下车，她欧式打扮，雍容华贵。

李琳在二楼长廊匆匆走来，到总经理室门口，推门进屋，招呼：“哈啰，豪都由都……”

王经理坐在转椅内，喝咖啡，见李琳，立刻站起：“哦，密斯李，息唐，佩丽斯！”

李琳笑盈盈地：“我给你带来一个惊人的消息……”

王经理让李琳在沙发落座。他递过杯子，倒咖啡：“什么惊人消息？美国要和日本宣战吗？”

李琳机密地：“不，据可靠人士消息，吴蕴初很有可能把天原一半的股票，让给资源委员会。……”

王经理：“嗬，没想到，资源委员会的手伸得很长嘛！”

李琳仰靠在沙发上：“你就没有钱昌照那份眼光，为了应付货币贬值，囤积物资，套购外汇，都已经不新鲜了。做汽车生意，你能斗得过宋家兄妹、孔二小姐吗？现在，有眼光的人把注意力开始转向对大型企业的投资，天原就是一个战场。”

王经理挠头：“吴蕴初这个人可是难缠哪！”

李琳一本正经地：“他十分精明，非常能干。再说，天原是国防化工，产品全部由国家包销，向他投资，可以说是万无一失！”

王经理站起，走向写字台：“嗯，不失为一着好棋，不过，资源委员会已经……”

李琳也站起：“大路朝天，各走一边嘛！我们有我们的打算……你可知道，吴蕴初父子正筹划在重庆恢复天厨味精厂，很为资金发愁。”

王经理恍然大悟：“哦……是，是。”回身，点李琳，“你真是智多星！”

李琳一笑：“这么说，你接受我的建议啰？”

王经理：“当然。”

飞机投弹爆炸声，然后响起空袭警报。屋内的灯火，顿时黑了下来。

山城银行经理室。

吴蕴初靠在沙发上，挥动纸扇，静静地听。

王经理：“蕴初兄吃尽千辛万苦，将天原电化厂矗立在嘉陵江畔，解决了后方工业所需的化学原料，国人有口皆碑。现在又让令郎在重庆恢复天厨厂，以应千家万户对味精的急需，我是非常敬佩的。”

坐在吴蕴初身边的吴志超欠身：“那，王经理，您看贷款的事……”

王经理从抽屉拿出一个折子：“我特意为你立了一个透支户，需要钱用，尽管到敝行来领。”

吴志超接过折子：“谢谢王经理了。”

王经理笑眯眯地：“不必客气。蕴初兄，你不是想为天厨解决原料，办一个面粉厂吗？我已经考虑过了，可由山城银行和天厨合作，双方各取一个字，办个‘天山’面粉厂如何？”

吴志超喜形于色：“那太好了！”

吴蕴初老练得多，他深知这一切都是为了拉拢他，达到另一个目的，便不卑不亢地：“感谢你的一片盛情。我们的合作还刚刚开始。大的项目嘛，可以从容商议嘛！”

天府酒家的特等雅座。

四只高脚酒杯碰在一起。

王经理：“借贵厂的声誉，扬名天下，敝行感到无上光荣。”

吴蕴初：“哪里哪里，盛名之下，其实难副。山城银行，实力雄厚，愿屈就和敝厂合作，蕴初深感荣幸。”

李琳：“我看都不必谦虚了。一位是威震陪都的实业家，一位是财源茂盛的金融家。二位合作，可以说的上是珠联璧合，我看前途似锦哪！”

吴志超：“也得感谢密斯李的穿针引线……”

王经理：“来，为我们的合作，干杯！”

四人笑着，喝酒。

吴蕴初靠近王经理，试探：“我们天原，还有一部分机器留在上海，是否也请徐经理买下呢？”

王经理颇感兴趣地：“怎么样？”

吴蕴初：“我想，可以用这笔钱买下留在上海股东们手里的全部股票……”

王经理会意，大为兴奋：“那，今后的天原，就是吴先生和我们山城两家的企业了！好啊！好啊！”

吴蕴初：“王经理出个价钱吧！”

王经理在桌下打了个手势：“这个数……”

吴蕴初大悦，却不露声色地：“一言为定！”

王经理一拍手，“绝不反悔！”

李琳马上站起，举杯：“绝妙的合作，为天原新厂的诞生，干杯！”

王经理站起，凑近吴蕴初：“给你透露个秘密，密斯李是留美的经济学博士，将来天原的财务监督，密斯李是义不容辞地要担起重任的哟！”

吴蕴初一怔，略微沉吟，随即举杯，微笑：“蕴初早就听说了，李小姐才干非凡，干！”

歌乐山，吴志超寓所。

炎夏，纹风不动，蝉嘶哑鸣叫。吴蕴初仰在竹躺椅上发呆。沈美龄衣着朴素，围裙，挽发，她洗完衣裳，端西瓜进屋，走向吴蕴初：“爸，吃西瓜，降降暑。”

吴蕴初欠身，上下端详沈美龄，拿起西瓜，没吃，又陷入沉思：“山城银行这个婆婆难伺候哇！不比上海的董事会，股权分散，我说了算。山城方面，不仅要当董事长，还要派个财务监督……控制我……那位李琳小姐……”

吴忠超颇为欣赏：“相当精明。”

吴蕴初：“厉害角色！”他啃了几口西瓜，顺手一扬，吴志超递给他毛巾，他擦手站起：“走着看吧！好在，天厨的路，已经给你铺平，下面就看你怎么走了。”沈美龄端盆洗脸水放好：“爸爸，擦擦汗。”

吴蕴初走过去，看着她：“想不到你这个大家闺秀，也这么朴素、勤劳，你像我们吴家媳妇了！”

沈美龄略有尴尬。

吴志超：“其实美龄是很能吃苦的。这个家，全靠她在操办。”

吴蕴初对沈：“要是爸爸过去有些话说重了，不要记在心上！”

沈美龄低垂下头：“哪能呢，爸。”匆匆出屋，在外面流下泪来。

吴蕴初对此毫无觉察。他洗完脸，取衣服：“你在昆明当助理工程师，资源委员会给你多少薪水？”

吴志超：“二百。”

吴蕴初穿衣：“那我们也给你二百！”说完，扬长出门。

吴志超顿时愣住，沈美龄走来，扶着他的肩，长叹一声：“我真不知道，他为什么这样对待自己的儿子。……这个日子，没法过。”

上海。邵丽君的家。这是一座中西合壁的楼房，宽大的阳台，落地长窗。阳光照射进来，有一种温馨之感。此时，上海的一些股东，朱镇海、谢葆生、王光雄在这里聚会。

无线电里传来白光的歌喉：“……假惺惺，假惺惺，你的眼睛早已经，飘过来，飘过去，在偷偷地瞧个不停。……”

朱镇海：“唉，时过境迁，走的走了，散的散了。上海的股东，可以相互走动走动的，也就数我们几个了。”

邵丽君：“是啊是啊，听说重庆大轰炸，我这个股东的心啊，像十五个吊桶，七上八下的。现在总算好，吴蕴初派人来收股票了。”

朱镇海很有城府地：“邵太太，还不知道吴经理怎么个手法呢！你们看，通知上是这么写的：‘天原厂内迁之后，前途未卜，为了保障股东利益，不使股东蒙受损失，特派人前来收购股票！’哼，我但愿他讲得像字面上一样的冠冕堂皇。”

邵丽君：“跟他讲价钱嘛，我才不做寿头呢！”

王光雄冷不丁地冒了一句：“天……原在重庆，鞭……长莫莫莫及，我……们吃亏了！”

谢葆生：“吃亏是明摆着的。当时工厂不内迁就好了！”

邵丽君兴奋地：“不是我放马后炮，当初我就提过。他们不听嘛！”

谢葆生：“上海的天厨，现在还不是挂德国人的牌子，变成了高翕公司。我说，也可以挂日本人的牌子，把市面做大嘛。”

邵丽君吃惊：“哦，你也有这种想法？”

谢葆生：“跟‘阿里阿笃，狗崽依玛斯’合作有什么不可以的？做生意嘛！邵太太，杨道坤是你的亲戚，他是买办，和日本人的关系一向很好，请他疏通疏通，把厂子租过去，保险会赚大钱！我们上海股东再也不要受吴蕴初的摆布了。”

邵丽君为之心动。

朱镇海凝神半晌，觉得大有希望：“嗯，不失为一条妙计。”

谢葆生俯首过去，向邵低语：“杨道坤的夫人新近过世，他很寂寞……你的话他是会听的。”

邵丽君顷刻脸色绯红：“你瞎扯什么呀，十三点！”

谢葆生用手指指她，乐呵呵地：“好，好，不说了，不说了，就此打住。”

正在此时，张先生领着欧阳恒如进入客厅。

“各位股东，总经理派欧阳先生来收天原股票了。”张先生说。

欧阳恒如边走边说："是的。重庆天原虽然投产，可是日本鬼子的飞机经常狂轰滥炸，时局动荡不安，工厂前途未卜。"他转身又走回去："蕴初先生考虑到保障股东利益，不使股东蒙受损失，由山城银行买下了上海的股权。"他自己从桌上取了一根雪茄，点着。谢葆生冷冷地问："怎么个买法？"欧阳回头说："按照股票票面的钱发还给各位股东。这样做，也是一片苦心，还望各位股东大力协办才是。"

朱镇海放声大笑起来："嚯嚯，真是美妙动听。我们的吴老板生意越做越大，门槛也越来越精。按照股票票面的钱，发还给我们，哼，拿我们当猪头三了。"

邵丽君动了肝火："现在物价暴涨，一天翻三个筋斗，十多年前的票面，到今天还值几个钱？那不等于吞并我们的财产吗？叫吴蕴初拿出点良心来，大家先分红利。"

王光雄口吃得厉害："对，分、分、分……红利！"

谢葆生："吴蕴初要是不肯，我们打官司，法庭上见！"

欧阳恒如也觉得有点理亏，尽量想使气氛缓和下来："各位股东！各位股东！你们的意见我回去原原本本禀告蕴初先生。……不过，这次内迁，损失惨重，元气还没有恢复，还望股东们谅解。"

朱镇海："不要哭穷，对天字号的家当，我们心中也有一本账，另外，我们也是天厨的股东。既然上海的事，全权委托了张先生，鞭长莫及，今后就请吴总经理少操点心了。"

张先生："欧阳先生，请你回去转告吴总经理，上海的天厨虽然挂了德商的招牌，也很难维持了。我们想……换个比较硬的牌子……"

欧阳恒如猜出他的心思："蕴初先生再三叮嘱：在租界营业，挂任何牌子都可以，就是不能挂日商的牌子；插任何国家的旗子都可以，就是不能插太阳旗！"

邵丽君慢吞吞地："为什么呀！"

欧阳恒如彬彬有礼："因为你我都是中国人，不是汉奸！"

"汉奸！"邵丽君洒脱地一笑，接着是妇人的刻毒之心："有一位美人坯子刚从美国回来，现在正躺在日本买办杨道坤的大公子怀里睡觉呢！欧阳君，你不去欣赏欣赏吗？”

欧阳恒如像被打了一枪，脸色骤变。

买办杨道坤家。客厅布置成灵堂。杨道坤颓伤地坐在长沙发里，望着妻子的遗像，黯然神伤。

邵丽君领着张先生进来：“表姐夫，想开点，人死不能复生。看你，都老多了。我陪你出去散散心好吗？”她一屁股在他身边坐下，亲热地望着他。

杨道坤猛地站起：“我没有心思。丽君，你找我还有别的事吗？”

邵丽君讨了个没趣，脸上有些挂不住，瞪了他一眼：“无事不登三宝殿，给你介绍生意呀！这是天厨的张先生。”

杨道坤：“哦，书房谈，张先生，请。”

经过几年的调理，林映霞恢复了健康，气色好多了。此刻她独自坐在藤椅里看书。冬日的一抹斜阳，透过窗户，淡淡照在她的身上。屋里宁静极了。

杨秉辉像往常一样，在她身后来回踱步。

林映霞放下手中的书：“秉辉，你好像心神不定，有什么事情吗？”

杨秉辉了她看一眼，正好撞在她的目光，掩饰地：“哦，没有没有。”

林映霞：“不对，你有事情瞒着我，以前可不是这样的。”她把垂到脸上的一绺头发掘回去，带着笑意，“我们之间，难道还有什么话不能说的吗？”

杨秉辉吞吞吐吐，欲言又止。

林映霞：“说吧，不管发生了什么灾难，我和你一起去承担。”

杨秉辉：“映霞……欧阳回来了。”

林映霞如入雾中：“什么，谁回来了？”

“欧阳回来了，他的遇难是误传。”杨秉辉艰难地说着，“我想……你们应该见见面。”

“我的天！”她以手捂脸，心绪很不平静。说着，林映霞以迅雷不及掩耳的速度穿好大衣，扎好头巾，奔出房门，忽又折身回来，“他在哪里？”

“老地方。”

林映霞迅步下楼，只听得关上了大门。杨秉辉从二楼窗户里望下去，看着他的夫人在马路上奔跑，他的心被痛苦吞噬。

公园。光秃秃的梧桐树下，站着两个人。林映霞和欧阳恒如都面向湖泊，缄默无语。这突如其来的重逢，给他们带来无穷的遗憾和满腹的愁楚。

茶座传来歌声：“……望穿秋水，不见伊人的倩影，更残漏尽，孤雁两三声。往日的恩情，只换得眼前的凄清，梦魂无所依，空有泪满襟……”

他们相互望着，霎时紧紧拥抱在一起，随即闪电似的散开。欧阳恒如哀求地。

“映霞，跟我一起走吧，到重庆去，我求你了！”

林映霞满眼凄楚：“晚了，一切都太晚了。欧阳，我求过你带我走的……这都是命运的安排……忘了我吧……”说着，她哭了。

欧阳恒如心如刀绞，掏出手帕替她擦泪：“……映霞，我们还能再见面吗？”

林映霞茫然地：“不知道……婆婆的丧期满了，我们就要回美国了……替我问候蕴初先生……别了，欧阳。”说完，头也不回地离去。

欧阳恒如追了几步，望着她的倩影消失。

晚上，林映霞缓缓走入卧室。杨秉辉立刻忙碌起来，帮她脱下大衣，打好洗脸水，端出饭菜，请她用餐。

林映霞摇了摇头，表示不饿。

杨秉辉也不劝她，装作什么事都没有发生。他冲了个热水袋递给她。

深夜，时钟敲打一点。他俩躺在床上，一动也不动，可谁都知道彼此都没有入睡。

窗外是雨夹雪。在一盏昏黄的路灯下，欧阳恒如在徘徊。他望着楼上那扇窗户，心绪惆怅。远处传来小贩的叫卖声："刮辣松脆，檀香橄榄，卖橄榄！"声音自远而近，逐渐消失在凄风苦雨中。

翌日。卧室。林映霞用毛笔在一块乳白方巾上写完了字，寄托自己的情怀。她的心声："东风恶，欢情薄，一怀愁绪，几年离索。错，错，错！"

杨秉辉来到她的身旁，向方巾投以深深一瞥。

林映霞："请原谅……"

杨秉辉："不，只要你心里舒服些，我什么都依你。"

香港。天厨味精厂内吴仪的寓所。客厅。

欧阳恒如："……货币贬值，按股票票面价值发还，股东们觉得吃了亏……我实在难以说服。"从公文包里拿出一沓信，递给吴蕴初："这些都是股东们写给您的信。"

"嚯嚯，打笔墨官司！"吴蕴初拆信阅读，连看几封，肝火上升，他大发雷霆："告！让他们去告；我奉陪到底。"将信撕得粉碎，气得在屋子里兜圈子："我们流汗，流血，流泪，吃尽千辛万苦，付出惨重的代价；他们躲在上海享清福不算，还有人想把股票卖掉，甚至卖给亲日派，有什么资格指责我！"对欧阳恒如："你说！你为什么不说！"

欧阳本想申辩几句，吴仪示意他不要再说。二人收拾起碎纸片，默默离去，将门带上！

吴蕴初失去发泄对象，渐渐平静了。

门外，过道。吴仪和欧阳恒如交谈。

欧阳恒如："蕴初先生的心情，我能理解，可上海的股东们不这样想，有些话很难听……说他吞并了股东的财产……"

门内，吴蕴初侧耳倾听，大为不满，他哗地将门大开，气势汹汹地："有话当面讲，背后触什么壁角。欧阳，进来，他们还讲了些什么？"

欧阳恒如："先生，恕我直言不讳。物价飞涨，货币大大地贬值了。当初的股票已不值钱，难怪股东们有意见。我想，做人要讲信誉，切不可见利忘义，请先生三思。"说完，向门外走去。

吴仪担心地望着丈夫，怕他发作。但她深知丈夫是个自尊心很强的人，还是让他一个人想想的好。她轻轻带上了房门。

吴蕴初犹如斗败的雄狮，他深深叹了口气："人言可畏，人言可畏呀！"他踱步，思考，从黄昏到深夜，由深夜至黎明。

欧阳恒如老人的画外音："尽管蕴初先生暴跳如雷，但毕竟是个讲道义的人，觉得收掉天原股票，占了上海股东的便宜，内心深处有一种负疚之感，他在寻找着一种既可免人非议，又利于进一步集中股权的办法。"

黎明，太阳升起。吴蕴初拉开窗帘，阳光透射进来。他步入阳台，呼吸着新鲜的空气，一个思想孕育成熟了。他挥动手臂，打起了太极拳。

吴仪走到他的身边："你一夜没睡，快去休息一会儿吧！"

吴蕴初："不不不，我精神很好，一点儿也不困。伍子胥过昭关一夜急白了头发，我可是一夜之间，做出了重大的决策。"

吴仪摸不着头脑："什么决策？"

吴蕴初："我想把自己所有的财产拿出来，创办蕴初工业基金，这样既可免人非议，又可进一步集中股权，发展化工事业。我写了一封信，就商于钱昌照先生，想请一些社会贤达，成立蕴初基金委员会，共同来管理我的财产。你看如何？"

吴仪："我总是听你的。不过，这件事和孩子们说说清楚。"

吴蕴初沉吟有间："嗯。"

重庆，猫儿石山。北风呼啸。四面透风的竹篱笆车间里，机器设备安装就绪，一切都是因陋就简的，天气虽然寒冷，冻手冻脚，但大家都很卖力。吴志超亲自督阵，指挥若定，脸上洋溢着自信。他走到包装桌前，欣赏着自己的杰作，望着纸袋、药片瓶上贴着的天厨商标，他得意地笑了。

道门口。营业所挂着天厨味精的巨幅广告。这儿门庭若市。买味精的顾客排成一字长蛇阵，人们拥挤着、叫嚷着争购，几乎把柜台压塌。

柜台后面的经理室。从后门涌进一群人，团团包围着吴志超。递烟的，送请帖的，说奉承话的，目的都是一个，要他签字批发味精。吴志超春风满面，应接不暇。

重庆猫儿石，天厨厂经理室内外。吴志超临窗办公。半开的窗外，有的工人在扫尘，有的背着包裹往外走。几个女工走到窗口，扒窗往里看，羞怯地："吴先生，快过年啰，我们的工钱啥时发哟？"几个男工也凑过来，吴索性打开窗户招呼："放年假了，好好休息几天！"一男工："厂里生意不错，大家都眼巴巴地等着领奖金哩！"一个老工人："听说上海的老规矩，过年发双薪！"妇女："家里的娃娃都盼着穿新衣哩！"

吴志超抽着烟，乐呵呵地操着几分川腔，打包票："没得问题，已经派人下山去银行取钱了。大家放心，工钱奖金都少不了。"

话未音落，办事员老董急匆匆而来，他把吴志超拉到一边，低声地："银行冻结，钱没提到。"

吴志超一愣："怎么回事！为什么不让取？"

“是……”老董欲言又止。

吴志超焦急地：“有话就说嘛，吞吞吐吐做啥！到底是怎么回事？”

老董：“山城银行接到总经理从香港打来的电报，停止对透支户的支付……还说要派会计师来厂清查账目。”他将手中一沓账单递给了他：“这些客户的钱怎么付？”

吴志超如遭闷雷一击。他的心里充满了愤怒。

工人们不知发生了什么事，惊异地望着他。突然，吴志超发疯似的奔出门去，在山上奔跑，摇曳着树木：“爸爸，你为什么这样不信任我呀！”

他的吼声在山谷回荡。

歌乐山。吴志超寓所。夜深人静，窗帘低垂，屋里亮着昏黄的灯。

吴志超握着一叠账单，脑海里浮现一批客户向他要账的头影和工人们催发薪水的情景。他焦虑万端，一筹莫展，如热锅上的蚂蚁，坐立不安。他一根接一根地抽烟，寻找着救急的办法。

门悄悄地被推开了。他的妻子沈美龄挺着大肚子，端了一壶咖啡进来。

吴志超：“美龄，你怎么又起来了！我自己来。”他接过咖啡壶，“快去睡吧，当心身体。”

“睡不着。”沈美龄捶捶头，倒了杯咖啡给丈夫。

吴志超：“那就数数啊！”

沈美龄：“也没有用，夜里真静呀，你来回走路的脚步声，我可听得清清楚楚。唉！谁叫我们是夫妻呢！我真替你愁。”她深深叹了口气，眼角含着泪水。

“别愁，别愁。你要多想高兴事，不然我们的第一个儿子就成了多愁儿了。”

沈美龄被他的幽默逗出一丝笑容：“你还开玩笑，我真担心，天一亮，那些客户又来要账怎么办？爸爸也真是，为什么要这样来逼亲生的儿子……”

吴志超心中的不快又被激起，他克制不住，将咖啡杯摔得粉碎。

美龄惊慌又同情地望着丈夫。

香港。吴仪寓所。卧室。

夜。吴仪翻来覆去睡不着，她望着墙上挂着的儿子结婚照，心神不宁，喃喃自语：“志超，这个年你怎么过得去呀！别怪妈妈，你爸爸决定的事是任何人也更改不了的。美龄又怀着身孕，我真恨不得飞到重庆去帮帮你们。”她忧心如焚，倒了一杯酒，一饮而尽。

吴蕴初急匆匆回来：“马上替我收拾行李，明天回重庆。”

吴仪惊慌地：“出了什么事了？是不是志超他……”

吴蕴初：“你想到哪里去了！刚才我得到消息，天厨曾经替天原垫付过一笔运输费，志超这小子还是有心计的，他用这笔钱偿还了债务。看来，他应变的能力还不错。”

吴仪这才恍然大悟：“哦，你是在考察他呀！”

吴蕴初怡然自得：“我跟他开了个玩笑。”转而口吻严肃起来：“夫人，请记住。历代的王孙公子都是被娇宠坏的。我要立个规矩，我的儿子跨入我的企业，起码要提醒他注意操守，否则我决不姑息。”

吴仪敬佩丈夫的治家之道，先前的种种忧虑烟消云散了。她替丈夫整理着行装：“明天就动身，什么事，这么急？”

吴蕴初将一份电报递给吴仪：“天原的草棚着了火，一点小事，山城银行就大惊失色，叫我回去。”

深秋。重庆天原化工厂办公室。

王经理来回走动，兴师问罪：“草棚烧了，工厂蒙受损失，这是你总经理失职！我料想你没有采取措施，董事会对此是极为不满的。现在我通知你：立刻把全厂的财产保上火险！立刻。亡羊补牢，为时不晚。”

吴蕴初坐在他的对面，双手扶着手杖，竭力克制着自己的反感：“天原的设备，不是石头就是铁器。烧碱装入铁桶，漂白粉放进坛子，这些东西，碰到火都烧不着的，有什么必要去保火险？”

王经理：“这是董事会的决议！”

吴蕴初霍地站起：“恕我直言，你们银行家只关心投资产业的安全，不管保险费多贵，反正不要你们出钱，乐得慷他人之慨。可我，是实业家，必须精打细算，替企业着想，不肯浪费一个铜板。我希望董事会少来这一套，不要对我管头管脚。”

王经理也不示弱：“我提醒你，总经理不能凌驾于董事会之上。”

两人对峙。话不投机，难堪的沉默。少顷，吴蕴初：“我吴某经营企业，一向是名、利、权三者不可失。总经理是我，工厂的事，我绝不允许任何人，以任何方式来干涉。”

王经理：“你必须执行董事会的命令！”

吴蕴初哈哈大笑：“不就是你们山城银行的几票吗？我和吴仪也都是董事，我们不同意。”

王经理气得够呛，用手指着吴的鼻子：“你……专横……不讲道理……独裁！”转身走向窗边，又折回，“像这样的厂，我实在不想办下去了！”

吴蕴初眼睛一亮，立刻抓住时机：“王经理，你说话算数？”

王语塞。

吴蕴初步步紧逼：“你不办，自然有人要办，我替你介绍好吗？”

王咬咬牙，无可奈何地一挥手：“你去找好了。”

欧阳恒如老人的画外音：“一向大权独揽的蕴初先生，是从不允许别人插手他的企业的。他和山城银行的合作，自然不欢而散，就此告终了。此时，商得资源委员会钱昌照先生的同意，将山城银行所有的股份由资源委员会承担。从此，天原就成了蕴初先生和资源委员会合办的企业了。”

重庆上清寺，资源委员会的庭院里，吴蕴初、钱昌照在漫步谈心。

吴蕴初："昌照兄，天原现在是国家投资的企业，你看，是不是派人——"

钱昌照："不必了！蕴初兄，你就是国家资源委员会委员，又是经济委员会委员，有声望的科学家、实业家，足智多谋，经验丰富，别说是天原一个厂，再多几个企业，也是胜任有余，就不必画蛇添足了。我们早就该合作了，中间给山城银行插手了一段，现在一切由蕴初兄全权处理，有劳阁下辛苦了。"

吴蕴初激动："岂敢岂敢。蕴初受此重托，一定竭尽全力。"

上清寺室内。

桌上放着一枚景星勋章和一张国民党党证。

钱昌照侃侃而谈："为了表彰你对国防事业的贡献，委员会特别颁发你一枚景星勋章，还有这张国民党党证。"

吴蕴初愣住，莫名其妙地："我并没有申请入党啊……"

钱昌照呵呵笑了："这是蒋委员长的特殊关照，你就承蒙厚恩吧！"

吴蕴初也笑嘻嘻地："那就谢主隆恩了，说不定什么时候还可以当个'护身符'吧！"装起党证。

钱昌照此刻拉开抽屉，取出一张宣纸信笺，清秀的毛笔字映入眼帘。

钱昌照："你上次所托的蕴初基金委员会的人选，我已替你物色联系好了。有经济部长翁文灏，司法行政部长谢冠生，银行家王志辛等七八人组成，共同来管理你的财产，这主任委员嘛，还是由你来担任，你看如何？"

吴蕴初："啊，这张名单很好，很好！"

钱昌照："蕴初兄，这可是个创举呀，怕是会惊世骇俗的！你的子女对这样做，是否会有疑义？我希望你也和他们商量一下。"

吴蕴初颔首。

嘉陵江边。吴志超脸紧绷着，余怒未消，默默坐在岩石上。

吴蕴初："发什么脾气呀，我不过是跟你开个玩笑罢了。"

吴志超年少气盛，"开个玩笑，爸爸，你说得好轻松，啊，有这样开玩笑的吗？"

"好了好了，"吴蕴初打断，"这我都知道了。你不是想出办法把工厂支撑下来了吗？一个企业家遇到的风险，将比这多出千百倍，你应该锻炼这种应变的能力，志超。"

吴志超鼻子哼了一声。沉默。

瞬息，响起了空袭警报。江边的行人奔跑起来。吴蕴初："快！快进防空洞。"

漆黑的防空洞内，壁上油灯闪闪。各种装束人群，挤在一起。洞外火光时起时灭，不断传来飞机俯冲的声音、投弹爆炸声、高射炮猛击声。洞内，尘土不断从头顶震落。

吴蕴初父子挤在洞口，外面声音渐弱，吴蕴初压低了声音，"志超，你是长子，有件事想跟你商量一下。"

吴志超："是创办基金委员会的事吧？妈妈来信跟我说了。"又不愉快起来，脸上掠过一丝冷笑。

吴蕴初："怎么，你不赞成？"

吴志超："爸爸，你是不是要把你的儿女……都变成'无产阶级'？要我们去讨饭。"

"这是什么话！"吴蕴初刚要冒火，突然传来巨大的爆炸声，他猛回头，脸上充满愤怒地看着儿子。

吴志超心绪烦躁，哑然无声。

石阶。陡壁。吴蕴初父子并肩缓缓向山上走去。

吴蕴初："我对美国杜邦化学公司，这个百年老企业始终保持兴旺，非常羡慕。杜邦之所以如此，是因为家族有一套保持股权不分散的办法。如果把股票分给了你们兄妹四人，那就散开了。如果你们再把股票卖掉，那就更分散了，最后这些企业自然也就完蛋。为你们子孙后代着想，只要企业大权在握，总会有饭吃的，钞票是用不完的。”

他们登上山间寺庙的茶楼，吴蕴初父子临江而坐，凭栏远望见渔帆点点，夕阳西下。

一个小姑娘牵着瞎子卖唱，她声音凄楚悲凉。道士将一勺薄粥倒在姑娘的碗里。

吴蕴初喟然长叹：“……中国穷人太多，我常想我们的财产取之社会，应用于社会，中国的化学工业靠我一个人做不成大事，事情总得靠大家来做，我只不过开个头。我想把利润集中起来。用以发展事业，培养人才，这样对国家对社会都有好处。所以我不想把钱留给你们，钱多的人早晚要倒霉，这也是为你们消灾免难，你看呢？”

吴志超沉思半晌：“您的话也许是对的，由父亲做主，听从您的安排吧。”父子俩对烟。

吴蕴初起来舒了舒身，面对着崇山峻岭，长舒了口气，他完成了一件在心中孕育许久的大事业。对儿子：“谢谢你！”

枪林弹雨，轰然有声。

字幕：一九四一年，珍珠港事件。

隆冬，日机云集长空，向太平洋彼岸珍珠港航空母舰基地俯冲投弹。顿时，浓烟直冲云霄，洋面上一片火海，经久不息。

香港沦陷，街市上挂满太阳旗，铁蹄所到之处，大哭小叫，一片混乱。日本兵在大街上追逐年轻妇女，喊着：“花姑娘！花姑娘！”企图非礼。

吴仪在写字间打电话：“喂，报社新闻科老严吗？我是吴仪。给我登个声明，对，香港天厨味精厂，从今日起，停业！绝不和日本人合作！”

一批端着刺刀的宪兵横冲直撞，进入天厨，追捕吴仪。阿糜、阿泰师傅急中生智，在堆栈中将她藏入一个木桶内。日宪用尖刀在堆栈中乱戳、搜索。阿弥陀佛，菩萨保佑，总算幸免。

车间外，有人放哨。

吴仪帮着阿糜、阿泰，抬着几根毛竹，将生产味精的重要设备——镓管，装入竹内。

吴仪、阿糜、阿泰等人打扮成难民，穿过敌人封锁线，长途跋涉翻山越岭，在一条崎岖山路上行进。

嘉陵江边。吴蕴初父子、欧阳恒如、褚伯安和重庆天原、天厨的工人，在这儿翘首盼望。吴仪和香港天厨的工人，乘坐渡船渐渐靠岸。两方会师，分外亲切，他们热烈握手、拥抱，甚至涕泪双流。

猫儿石，平房。吴蕴初一家人，久别重逢，围着八仙桌吃团圆饭。虽然没有丰盛的宴席，只是稀饭和几碟四川泡菜，但他们吃得是那么的香甜，喝稀饭呼哧呼哧的声响，引得大家发笑。不一会儿，锅底就朝天了。

吴仪从来也没有过这样好的食欲，她感慨系之："金窝，银窝，不如自己家里的草窝。我再也不想奔波了！"

当一家人享受着天伦之乐时，电灯突然熄灭。"又停电了！"

吴蕴初点起一根蜡烛，对吴仪说："敌机经常骚扰，三天两头停电，生产任务只能完成一半，我已经打听过了，宜宾电力充足，准备在那里办一个天原分厂。"

旭日东升。一个婴儿从母腹中冲出，哇哇啼哭。

歌乐山吴志超寓所。沈美龄将抱着的孩子递给了婆婆。吴仪接过孙儿，在他的小脸蛋上连连亲着。沈美龄对吴蕴初，喜滋滋地："请爷爷起个名字吧！"

吴蕴初抬头："啊，起名……"他伸手："拿笔墨纸砚。"

吴志超准备停当："爸爸，请！"

吴蕴初举笔凝思："志超，我想为我们家重新定一个排行，从我开始排下去，我是蕴，你是志……”他挥笔疾书，写下“蕴志兴华，国同家永”八个大字。吴读出声来。“你的孩子就取个‘兴’字辈吧！”

电线木杆上挂着高音喇叭，传来日本无条件投降的消息。人们奔走相告，山城沸腾了。

日历：一九四五年八月二十日。毛泽东、周恩来、王若飞专机抵渝的照片和重庆各界人士热烈欢迎的照片叠印。各种报纸的报道。

欧阳恒如老人的画外音：抗战终于胜利了。在饱经创伤后，人民渴望和平、结束内战。毛主席不顾个人安危，率领中共代表团，亲赴重庆谈判，谋求和平意愿的真正实现，建立一个联合政府。就在这个历史的重要时刻，蕴老家里来了一位不速之客……

吴蕴初凝神看报，他的夫人凑在他肩后共阅。

一阵敲门声。二人没有注意。

门被轻轻推开，进来一位老朋友。他咳嗽一声，吴仪抬起头来，惊喜：“洛遐！多年不见，你到什么地方去了？”

吴蕴初：“也不告诉我们一声！”

洛遐一身湖绉长衫，拄杖，很有一点老者潇洒的风度，“我嘛，云游四方啦！”

吴蕴初：“你的行踪，我多少知道点。怎么，又来邀我跳舞吗？”

洛遐掏烟，吴仪赶紧递上雪茄，给他点火。他吞吐着摇摇头：“不，老树婆娑，无此豪兴喽！”他坐稳当了，“蕴初兄，我是无事不登三宝殿，有件重要的事情找你商量。”

吴蕴初：“什么事？”

洛遐指着报上毛泽东下飞机的照片，压低了声音：“这位，希望和工商界的上层人士见见面，开个茶话会。他们方面，由王若飞牵头；工商界嘛，我想劳你大驾，和他共同出面邀请，促成此事，你看如何？”

吴蕴初和吴仪交换了眼色。吴仪：“工商界里比蕴初有影响的，大有人在，请他们出面，不是更好吗？”

洛遐：“嫂夫人，不瞒你们二位，几位合适的人选，都有顾虑，怕得罪当局，引起麻烦。蕴初在沧白堂和周恩来有过多次接触，彼此有一定的了解，我看就非你莫属了！”

吴蕴初一直在踱步、思考，他踌躇片刻，爽快地：“好，我出面就我出面。”从抽屉取出国民党党证，让洛遐看：“我这里还有个护身符呢！委员长总不会把我当作共产党，给我也戴上红帽子吧！”他朝墙上看了一眼，那里正挂着他在庐山给蒋介石上化学课的照片，献机的嘉奖令。

两人开怀大笑。他的夫人看着他们，轻轻叹息。

欧阳恒如老人的画外音：“蕴初先生为了促成此事，多次奔走于中共代表团的驻地曾家岩，引起了国民党特务的注意，他处境险恶……”

吴蕴初西装革履，拄杖上渡船。几个不三不四的人，随同过江，暗中盯梢。

市内，吴蕴初乘黄包车，后面的特务也紧跟一辆。

去曾家岩的路上，吴蕴初匆匆行走，劈面闪出一个人来，他装成学生模样，跟着吴边走边说：“先生！先生！我是重大的穷学生，想去解放区，没有路费，请接济一点。”

吴蕴初突然停住了脚步，对他审视：“你说什么？”

小特务装腔作势：“我……渴望光明，反饥饿，反迫害，反……内……战……”

吴蕴初横眉立目，用手一指：“你是共党！我要拿你交官！”

小特务连连摆手：“……不是不是！”

吴蕴初一把揪住他的衣领：“你是共党，你骗不了我，走，跟我走一趟！”

小特务遭此一击，傻了“先生，我真的不是，别误会！……别误会……”

吴蕴初仍然抓住不放："说，你究竟是什么人？"

小特务无可奈何，掏出证件，手捧着送至吴的面前："您看——"

吴蕴初审视，笑了："哦，一家人——"他从上衣口袋里掏出国民党党证，迎面一亮。

小特务连连点头："对，一家人，误会了……"

吴蕴初："哦，尊驾是军统特务，我有眼不识泰山，确实误会了，误会了。"

欧阳恒如老人的画外音："蕴老的奔波努力，总算成功了。一九四五年九月十七日，重庆工商界的头面人物和中共毛泽东主席，荣幸地在桂园会面。周恩来、叶剑英、王若飞、李维汉……都参加了。席间气氛融洽，情绪热烈……"

桂园，毛泽东主席的住处。景色宜人。

会议室内，笑声朗朗。警卫员端着茶水、果盘进进出出。

室内灯火辉煌。

窗口，激动的发言人影。

会议室的灯火，一盏一盏熄灭。

周恩来和吴蕴初缓步走来，穿过一片桂树、竹林，他们都还浸沉在兴奋之中。

周恩来："重庆的工商界，如此关心新中国的前途，提出了这么多的建议，使我十分感动。蕴初先生，由你出面组织了这次会晤，是立了大功啊，毛泽东主席让我谢谢你呀！"

吴蕴初尚在琢磨、品味："哪里，哪里。毛泽东主席对新中国前途的分析，实在是太精辟了，讲得又幽默风趣，实在令人敬佩，敬佩……"

周恩来："新中国像一轮红日，将从东方升起。我们非常希望能和蕴初先生这样的爱国实业家合作。你不是一直想办成像美国杜邦集团那样的化学托拉斯吗？"

吴蕴初长叹了一声："空中楼阁，难呀！目前的中国现实，能让天字号维持下去，就阿弥陀佛了！”

周恩来呵呵一笑：“原来蕴初先生也发愁了。”他挽起吴，又走，“我们希望，这次国共谈判成功，能够建立起一个民主、团结的联合政府，创造一个良好的环境，来发展我国的民族工商业。蕴初先生，你这次去香港还是回上海啊？”

吴蕴初：“都不是。我去宜宾，再办一个化工厂。”

周恩来：“很好嘛！很好嘛！我祝你成功。”他们放眼看去，夕照下的群山还是那样青黛巍峨，变幻莫测。

重庆猫儿石吴蕴初的家。一张毛毯上，放着一包红枣，一袋小米。

吴仪神秘地低声说：“王若飞先生来过了。”她向报纸登载的毛泽东照片努了努嘴，“说是代表他赠送的。”

吴蕴初：“喏，那边的红枣，很香甜。”

吴仪手捏红枣，放到嘴里细细品尝：“嗯，是蛮甜的。”

吴蕴初：“延安的小米，世界闻名。”

吴志超：“熬锅粥尝尝味道……很时髦的……”

吴仪将枣递给沈美龄，回头问：“毛泽东有没有讲到‘共产’的事！”

吴蕴初颇为得意地：“没有！他倒是说，在现阶段，他们不主张没收资本家的产业，而是采取调节关系的政策。”叼着烟斗，来回走动，有点神采飞扬：“他希望我们转告工商界的朋友，中共对于爱国的民族实业家，并不是作为敌人而是作为朋友来对待的。”

吴仪：“真的吗？”

吴蕴初转过身子：“一定！中国久穷，他们很得民心，我看，将来的天下终归是共产党的。”

吴仪抓起小米，一把一把流洒小米，她静静思索。吴蕴初踱到窗口，停下了。他从树丛背后看到一张熟悉的脸——先前扮过大学生的军统特务。

伫立的吴蕴初在凝视。小特务警觉，隐蔽。

吴蕴初迅步反身，抓起电话："委员长吗？我是吴蕴初哇！"

蒋介石在卧室听电话："哦，味精大王，你好吗？"

吴蕴初："委员长好！委员长，蕴初犯了什么过失吗？"

电话里，蒋介石一口浓重的浙江奉化口音："这是哪里说来嘛，有什么事情吗？"

吴蕴初："他们在盯我梢。"

电话里，蒋介石："胡闹！你不要急，我和他们讲！"挂断电话。

吴蕴初放下电话，回头向吴仪做了一个注意的手势，微笑着走开。

墙上挂着巨幅达摩像。

虔诚的吴蕴初跪下，诵经念佛。

窗外，特务一闪，向里窥视。

吴仪惊恐。

第七集完

第八集

重庆开往上海的直快列车。林布倩在小本上挥笔疾书，软卧车厢的行李架上放着几篓鲜红的橘子和广柑。欧阳恒如老人将一个切好的广柑递给了她："尝尝，四川的广柑是最有名的。你运气不错，正赶上上市。"

林布倩："谢谢。"她咬了一口，"嗯，真好吃。"少顷，问："蕴老在家中挂了一幅大的达摩像，每天念经拜佛，是想说明他和马克思主义者无缘，为了掩人耳目吧！"

欧阳恒如老人："有这个意思。也不尽然。他是一个虔诚的佛教徒嘛！他认为国民党腐败，拒绝了当经济部长，对共产党有好感，但又害怕……要不然怎会在上海解放的前夕，独自跑到美国去了呢！"

林布倩："听说，上海解放的第二天，他就挂长途回来了，是这样吗？"

欧阳恒如老人："是的。……"

美国。吴蕴初的寓所。他在打电话："是志超吧！几个工厂的情况怎么样？"

上海寓所，吴志超在回话："安然无恙。工人组织了护厂队，没有损失！三个工厂一切正常！爸爸，我看你还是回来吧！"吴蕴初挂断电话，额手称庆，如释重负。他点燃一根雪茄，思索踱步声。

美国，某大城市华人街的一座住宅里，传出了琵琶伴奏的歌。

"长亭外，古道边，芳草碧连天……"

住宅内，林映霞手弹琵琶，唱着思乡之曲："……晚风拂柳笛声残，夕阳山外山。天之涯，地之角，知交半零落，一壶浊酒尽余欢，今宵别梦寒。"歌声哀怨动人，勾起了思乡之情。

吴蕴初站在一幅"长城"的中国绒绣面前，思绪万千。

杨秉辉打开中国茶叶盒，泡了一杯碧绿的龙井茶，递给了吴蕴初。吴接过，品尝，他思绪更浓了。

一曲告终。林映霞悄悄抹去泪水。

吴蕴初也受感染，眼睛湿润了。

杨秉辉："蕴老，回国的事，你作何打算呢？"

吴蕴初长叹一声："这几天我辗转难眠，踌躇得很哪！"

林映霞："你是爱国的实业家，和中共的领袖人物又有过交往，我看，他们会欢迎你的。"

吴蕴初："也许吧！不过，共产党专讲斗争，毛泽东在曾家岩说的话，还算不算数？要不要像我这样的资本家，吃不准哪！我想先回香港，就近了解一些国内的情况，再做最后的决定。如果他们要我，我就回去，不要，就一走了之，回美国养老算了！"

杨秉辉："这样也好！"

吴蕴初："那，你们呢？"

林映霞："秉辉在美国已经有了自己的化学研究所，好不容易站住了脚，丢掉实在可惜。再说，我们的父辈又都当过汉奸，回去会怎么样呢？"

杨秉辉："还是请蕴老先行一步，这里毕竟是异国他乡。如果需要，我们还是愿意报效祖国的。"

隔壁卧室，传来婴儿的啼哭声。林映霞匆匆入内。

杨秉辉："听说，我的老同学欧阳君到现在还是独身，我感到很抱歉，也很不安。映霞为此，常常流泪。我真不知道该怎么办好……"

林映霞抱着婴儿出来，杨秉辉停住了话语。他接过孩子，在她的小脸蛋上亲着，掩饰着内心的痛苦。

林映霞将一张合家欢的照片交给吴蕴初："如果见到欧阳，请把这张照片送给他，留个纪念。"她低垂下头，眼睛俯视地面："……替我劝劝他，快点成家吧，就说我……求他了。"

杨秉辉眼含泪水望着她。

香港。天厨味精厂生机勃勃，一片繁荣。吴仪陪着丈夫各处走走。看到车间里设备更新，生产井然有序，营业部生意兴隆，深感欣慰。

寓所。吴仪端了清炒虾仁等几样菜，为丈夫接风："这都是你喜欢吃的，在美国，吃不到中国菜吧！"

吴蕴初："嚯，色香味俱全，都是你的拿手好菜，真解馋哪！"

吴仪为丈夫斟酒，他狼吞虎咽，吃得津津有味。

吴仪望着丈夫，舒心地笑了。

吴蕴初斟了一杯酒给夫人："让我敬你一杯。真没想到，你把工厂管理得这么好！东南亚有稳定的市场，销路长年不衰，怪不得英国总督都要来参观呢！我真想待在这儿不走了！"

吴仪："别说笑话了。你的脾气我还不知道？你是闲不住的，人在香港，心里想着上海那几座工厂，那是你的命根子！"

窗外，一群大雁掠过长空。

“鸿雁传书了。”吴仪神秘地掏出一封信，递给丈夫，“钱昌照先生从北京来信说，中共的领导人欢迎你回去。”

吴蕴初阅信，大喜过望。

天津轮船码头，吴蕴初提着箱子下船，吴志超在旅客中寻找父亲。人流拥挤，相互错过。

北京，前门外大栅栏，热闹非凡。商店、饭馆、浴室、茶馆鳞次栉比。酒楼里传出民间艺人演唱京韵大鼓和单弦的曲调，摊贩的叫卖声此起彼伏，行人摩肩接踵。

吴志超东张西望，在这条长街上走着。他对了对手中的纸条，走进一家很不起眼的小旅馆。

客房内，吴蕴初情绪有些焦躁。他坐立不安。忽听叩门声，定了定神，去开门：“嗬，志超，是你啊！”

吴志超：“爸爸！我在天津码头扑了个空。好不容易打听到你的地址，你怎么住在这么蹩脚的地方。嗯，不灵，不灵。他们也太不客气了！”吴蕴初：“不要紧，不要紧。说是暂时住住的，以后要重新安排……快说说，上海的情况怎么样？”

吴志超：“天厨没动，还是我当经理。天原就不同了，因为有资源委员会一半的股份，被军管了。”

吴蕴初：“军管？！”

吴志超：“他们派了军代表……”见父亲不悦，补充地：“不过，你还是总经理。”

吴蕴初脸色阴沉，充满疑虑。

一辆轿车驶进中南海西门，沿路飞驶，停住。

钱昌照、吴蕴初向总理办公室走去，不料，周恩来早已在门口等候，他迎了上来：“哦，味精大王回来了，欢迎欢迎！请！钱昌照先生，请！”

他们相继入内。

警卫员端来茶水。

周恩来：“蕴初先生，重庆曾家岩一别，已有五年了吧！”

吴蕴初：“是啊，时间过得真快。桂园那次和毛主席、总理您会面，使我茅塞顿开，至今记忆犹新。”

钱昌照：“总理，蕴初是个实干家。他这次回国，就是想为新中国的化学工业尽点力量。”

吴蕴初：“尽力而为吧！”

周恩来：“好嘛！蕴初先生是有名的爱国实业家，和范旭东先生一南一北，对中国化学工业的开拓是有贡献的。新中国的化学工业将会有一个很大的发展，非常需要像你这样有经验的人才！”

吴蕴初频频点头：“是的，是的！”

周恩来：“钱昌照先生，蕴初先生能够回国，这要特别感谢你啰！”

钱昌照：“哪里哪里，还是蕴初先生的决心嘛！”

警卫进来，向总理低声耳语。

周恩来：“请两位在这里便餐。蕴初先生，今天的菜里，用的可是你的天厨味精啊！”

三人开怀大笑。

明亮宽敞的北京饭店。吴志超抱着棉衣裤进屋：“爸爸，这是统战部特意给你做的！”

吴蕴初欣喜，他对着穿衣镜试衣服。

那套宽大厚实的蓝布棉制服穿在身上，虽然显得臃肿一点，但他非常高兴，说：“看样子，我也像个共产党了！”对吴志超：“走，去拍张照，留个纪念。”

照相馆。长凳上坐着吴蕴初父子。摄影师一口京腔摆弄着他们的姿势："首长，您二位靠拢一点，对，就这个样儿了，脸上得挂一点儿文工团的微笑！"他按了一下快门，镁光灯一闪，"成！"

列车风驰电掣般地掠过平原，在江南水乡地区飞驶。吴蕴初临窗而坐，他看看照片，笑了，递给儿子。吴志超仔细端详，笑着摇头："离正牌老革命还远呢！"

外滩，华东军政委员会的大楼里，工作人员川流不息，陈毅办公室内，传出朗朗笑声。

室内，陈毅和吴蕴初在促膝谈心："你读过兵工学堂化学系？我年轻的时候，也进过四川甲种工业学校哦。"

吴蕴初："哦，想不到陈市长也是学工业的，那我们是同行了。"

陈毅摆摆手："那是几十年前的老皇历了。后来，投笔从戎，带兵打仗，都还给老师了。蕴初先生，建设上海这样一个工业城市，需要你这样的专家、内行，我想请你出山，助我一臂之力，怎么样？"

吴蕴初："我非常乐意，这是责无旁贷的！"

陈毅："那就太好啰！我正式通知你，组织上已经决定，任命你为华东军政委员会的委员、上海市人民政府委员。另外，工商联和化学原料同业工会，也请你出任领导工作。"

吴蕴初受宠若惊："这……我怕是力不胜任吧。"

陈毅："哎，你不要谦虚了嘛！君子一言，驷马难追，就这么定了！"

"报告！"门外传来小战士的声音。

陈毅："进来！"

小战士托着一套军装走进。

陈毅："蕴初先生，给你准备了一套军装。这位小同志，是你的警卫员。"

小战士立正："首长"！向吴蕴初行了个军礼。

吴蕴初措手不及，惶恐地还礼，把手在眉毛上放了放。

外滩。吴蕴初穿着军装不大自信地走着。小战士跟在他的后面。

他感到不太自由，踌躇片刻，回过头来："你一天辛苦了，回去休息吧！"

小战士立正："我要保护首长……"

吴蕴初："我不是首长，随便走走，一会儿就回去，行吗？"

小战士为难："这……"

吴蕴初："安全我负责，行吗？保证平安回到家里！"

小战士："那……"举手敬礼，向后转。吴蕴初慌忙还礼，长舒了口气。

依旧繁华的南京路上，解放军在肃立站岗。

电影院的巨幅广告：一边是披头散发的《白毛女》，另一边画着女人大腿的《出水芙蓉》。

马路中央，一群腰鼓队、秧歌队在行进。

街上，摩登女郎的旗袍外面，套上了一件列宁装。她挽着朋友胳膊，婀娜多姿地款款而行。

远处飘来流行歌曲："这美丽的香格里拉，这可爱的香格里拉，我深深地爱上了她，我爱上了她……"

摩登女郎和她的朋友，从吴蕴初身边走过。

欧阳恒如老人的画外音："蕴老回到上海这块土地，正面临着新旧交替的历史大变迁。这种变迁，延伸到各个领域，谁都不能置身事外。随着工人觉悟的日益提高，厂里的军代表变成了公方代表，蕴老渐渐痛苦地意识到，历史不以自己的意志为转移，他已不能主宰工厂的命运了……"

天原办公室。墙上挂着红五星、毛主席像。军代表一手搭在阿旺的肩膀上，娓娓而谈："像这种事呢，就不必处处请示！你现在是工会主席，他呢，只不过是私方经理。我们对他的态度是清楚的：'利用、限制、改造'！"

阿旺："是，是，我可以走了吗？"

军代表，"好，拿出领导阶级的态度来。"用力拍着阿旺的肩，十分关切地，"当家做主嘛！"

阿旺兴奋地点头。

军代表："有毛主席撑腰，还怕什么？"

阿旺："是，是，军代表你放心吧！"正欲出门。

吴蕴初推门进屋，一边脱大衣挂在衣架上，一边问："阿旺师傅，找我吗？"

阿旺尴尬地："是……哦，不！不！我没事，总经理……我走了。"吴蕴初诧异，向门外注视了一会儿，走向办公桌，坐在军代表对面。

欧阳恒如的画外音："一向大权独揽的吴蕴初，现在好像时时、处处都不适应。他看到某些人带着敌意的目光，和听见背着他的窃窃私语。无所事事。好像每天在支票上盖盖总经理的图章，是必修的功课，工厂的运转用不着他去操心了！一种失落感笼罩着他的身心。"

吴蕴初在一沓支票上敲完图章，收进抽屉，上锁。

空荡荡的办公室里，吴举目四望，站起来走了一圈，推门出去，向五楼屋顶花园的寓所走去。

正在装货的女工甲，望着他的背影："总经理一个人住两层楼，太惬意了。他为什么不搬出去？"

女工乙："以厂为家嘛！"

女工甲："哼，他这个人一贯公私不分。"

吴志超经过长廊，听到她们的谈话，佯装不知，吹着口哨上楼。

五楼，吴蕴初的卧室。老头子肝火旺盛，正向儿子发脾气："……不搬，我就是不搬！这幢楼是我盖起来的，现在连住住的资格都没有？岂有此理！"

吴志超靠着门框，双手抱臂，"爸爸，你冷静点。依我看，还是搬出去的好！"

吴蕴初怒吼："为什么？"

吴志超："你是企业的从业人员，厂、家不分，混在一道是不好的。爸爸，不比从前了，你要考虑后果！"

吴蕴初："后果，什么后果？"几乎是哀伤的，"这座房子是天字号的发祥地，住了几十年了，非搬不可吗？"

此时，欧阳恒如进来，示意志超不要再说，他倒了一杯酒，递过去："蕴老，你消消气……"把酒放在吴面前。

吴蕴初把酒杯一推："欧阳，你都听见了，你说我该搬不该搬？"

欧阳恒如："蕴老，其实搬出去也好。眼不见，心不烦，图个清静。"

吴蕴初看了看欧阳，失望地长叹一声，将头靠在沙发上。

吴蕴初新居。卫乐公寓，二楼，一套四间的房子。所有家具都是法国拿破仑时代的样式。屋内窗明几净，古老而雅致。

吴蕴初孤独地坐在沙发里睡着了。他已面容苍老。沙发角地板上，跌落着一本翻开的外文化学杂志，书上画有红道。茶几上，烟灰缸里的烟头堆成了尖。

窗外，正是暮春季节。东风无力，百花残……

一辆轿车在公寓门前停下，吴志超搀扶着吴仪下车。她比以前苍老了，脸上也缺乏血色。

二楼房门口，吴仪示意儿子小声，大概是想突然出现，让丈夫享受意外相见的欢乐。门轻轻推开，她和儿子悄悄走了进来，见丈夫睡着了，捡起地上的书，蹑手蹑脚地将一条毛毯盖在他身上。

她示意儿子回家，将几盒玩具、礼物交给了他。

儿子走后，吴仪在丈夫身边的沙发矮凳上坐下，默默望着丈夫。她的心声："……老了，他老多了。只有我懂得他。累是累不垮他的，闲了，倒是要生病的。"

一阵风吹散了写字台上的稿子，吴仪急忙起身关窗，惊醒了丈夫。

吴蕴初见吴仪站在面前，像在梦中一般："……什么时候到的，我的老太。你真是从天而降，怎么也不打个电报，我好去接你呀！"

吴仪啜泣："打了。打给儿子的。不想让你操心，是志超去接的我。”

吴蕴初：“他人呢？”

吴仪：“给孙子买了些礼物，叫他先送回去，让孩子们高兴高兴。”

吴蕴初笑了：“你总是想得那么周到。操劳过度，会生病的。”扶他坐起，穿拖鞋，“我看你的脸色不大好。”

吴仪心酸，又流下泪来。她岔开，替他收拾稿子：“还是关心关心你自己吧。”看了一眼冒了尖的烟灰缸，“又熬夜了？”

吴蕴初扶着夫人的肩：“给陈毅市长写了份《发展中国化学工业的设想》。”吴仪没有回头看他，低头擦泪。

吴蕴初抓了把核桃仁，吃着回身倚着写字台：“唉，不知有没有用，也许是一纸空文。……”

吴仪擦干了泪，也回身，扶着他的肩：“年岁大了，少操点心吧！我这次回来，就是想和你再聚一聚。这些年，我在香港，你在重庆、上海，在一起的时间实在太少了。我想好好地陪陪你，以后，恐怕就没有机会了。”

吴蕴初感到她情绪的反常：“老太，你今天是怎么了？好像很伤感，是有什么事情瞒着我吧！”

吴仪掩饰地：“没什么，真的没什么……我只是觉得我们老了。看，太阳下山了，多漂亮！”

她挽着丈夫的胳膊，走向阳台。

一轮红日西沉。

残阳如血。

黄昏中的上海街道。

欧阳恒如老人的画外音：“蕴老的感觉是错不了的，吴仪确实是病了，诊断为胃癌。人之将死，其言也善。她让蕴老陪她到当年自己管理过的菜市路天厨味精厂去旧地重游……”

一辆轿车驶入天厨，厂里的工人停下脚步围观。

吴蕴初扶着夫人下车。吴仪心绪激动，举目四望，频频点头。

在他们四周，疏疏密密围着一些人。一个青工小声对她的同伴在讲什么："看清爽吧，喏……"

吴仪面含笑容向前走了几步，一下子惊呆了。"深入开展三反五反运动！"的标语映入眼帘。巨幅的宣传画《喂，你坦白了没有？》赫然入目。画面上是粗犷的工人用手指着行人。吴仪看后觉得咄咄逼人。身边回响起"坦白从宽，抗拒从严，顽抗到底，死路一条！"的口号声。

惊呆的吴仪用手捂住嘴，竭力想镇静下来。她旧地重游的思绪就此轰毁。代之而起的是口号声、汽车开走声和金属碰撞的撕裂声。

天厨办公室。墙上的有线广播喇叭，传来口号声，激烈的点名批判："五毒俱全……总经理吴蕴初是罪责难逃的……"

室内空荡，吴蕴初独自端坐在此"听会"，桌上放着一杯清茶，算是对他特殊的照顾。

突然电话铃响，使他心惊。

吴蕴初忐忑不安地抓起电话："喂，我是啊！啊？你是陈毅市长吗？啊，还好还好……马马虎虎……"

陈毅："蕴老，我接到国务院的通知，请你作为中国代表团的成员，参加莫斯科召开的国际贸易会议……"

吴蕴初："陈毅同志，我这里正在接受批判……"

陈毅："啥子批判哟？受教育嘛。你听我说，名单是周总理定的，明天我派车来接你。另外，我还要告诉你，这次五反运动，市里组织了三百零三户工商界人士，在和平饭店学习，请吴志超参加，厂里的运动，就不要参加了。"

"谢谢，谢谢！"吴蕴初微微躬身，放下话筒，心情非常激动。

一架飞机在虹桥机场徐徐降落。欧阳恒如翘首盼望。

黑色轿车驶出机场。车内，吴蕴初和欧阳恒如热烈交谈。

晚上。卫乐公寓，灯下夜话。

吴仪靠在长沙发上，聆听丈夫的讲述，吴蕴初叼起烟斗，走动着：“莫斯科是一座迷人的城市，建筑宏伟，可以和欧美的一些大都市媲美。……我觉得，苏联经过了临产的阵痛，现在已经长成欢跃的青年了，我们的国家还处在临产期中，凡是被改造的人，自然免不了痛苦。”他走过来坐在吴仪身旁：“但是我想，前途是光明的……”

吴仪欣喜：“你变多了！”

“好吗？”吴蕴初像是征询她的意见。

“好的。”吴仪点头，“我的一切，都为你。只要你舒畅，我就很高兴了。”

这时，吴志超兴冲冲来了。“爸爸，我们的企业，被评为守法户。”他将一张鉴定书，递给吴蕴初。吴看看，笑了，递给吴仪。

吴志超：“不过，明天厂里要开一个见面会。”

吴仪不解地：“见面会，什么见面会？”

吴志超：“就是我们这批保护对象，到时候在会上要拿出一个像样的检讨。”

“检讨！”吴蕴初不悦。

吴志超：“这是必须走的一个形式。已经够照顾的了。爸爸，你不是写过一个东西交给工商联了吗？我把它要回来改了改，你看看，要是行，到时候照念就是了。”说着，把一份稿件递给父亲。

吴蕴初一目十行地翻阅。他的目光突然停留在一处，读出声来：“……我开的这些厂，之所以有成就，都应归功于工人！”他接受不了，拍案而起：“没有我吴蕴初，就没有天厨、天原、天利、天盛！这个事实，谁也否认不了！”

吴志超：“爸爸，别人不是这样认为的。”

吴蕴初：“嗬，你说说……”

吴志超：“有些话说得很难听……我不想告诉你。”

吴蕴初果断坚决：“那就更应该听听了，他们说什么？”

“他们说你是，不劳而获的剥削者。”

猛然一击，半天缓不过气来。吴蕴初痛苦地低下了头，双手抱住。

吴仪过来，搂住他："蕴初，随他们说去，资本家还能好？"

吴蕴初："……不劳而获……我吴蕴初从小上无片瓦，下无寸地，苦了一辈子，创办了这几座工厂。"他一把撕破自己的衬衣露出斑斑驳驳的伤痕，用手敲打着胸膛，"我算什么不劳而获！"

吴仪惊骇，悲怆，双手直摇："蕴初，蕴初……"

吴蕴初对儿子："你说，我算什么？"

吴志超被吓住："爸爸，爸爸，你别急，千万别急……"

吴蕴初站起喊："我算什么？"

身体虚弱的吴仪，连说"蕴初，你别……"她语不成句，禁不住一吓，倒在沙发里晕过去了。

吴蕴初父子这才惊慌失措地喊着："老太！老太""母亲！你醒醒！"

虹桥机场，入口处，一对老人依依惜别。

吴仪："要是可能……我想再来看你一次。我不在你身边，起居饮食都要自己操心。"她看了他父子俩一眼，"真是牵肠挂肚。"

吴蕴初："回去好好养病。过些日子，我和志超一起来接你。"

吴仪颔首，提着皮箱进入检票处，回过头来向他们挥手告别。

工厂的饭厅里挤满了人，台上挂着"访苏汇报会"的横幅。吴蕴初在讲台上作报告："……这次我有幸和盛丕华副市长，南汉宸人民银行行长一起到苏联参观访问，最大的收获是：亲眼看到了社会主义阵营的强大。……莫斯科是一座美丽的城市，建筑雄伟，不比我曾经去过的欧美资本主义国家差……置身其中，确是分辨不出这是东方还是西方的都市。"

一年后，慕尔名路，化工原料同业工会大楼的长廊。

吴蕴初开完会，从一扇侧门出来，少顷，他的儿子吴志超也从这扇侧门出来。父子俩一前一后，默默无言地向前走着。

斜阳西照，满楼生辉。

至长廊的尽头，就要下楼时，吴志超在后面喊："爸爸——。"

吴蕴初转身："嗯？"

吴志超迟疑片刻，轻声地："您的电报。"

吴蕴初："哪里来的？"

吴志超："香港。"

吴蕴初一把抢过，刚看，心窝像被人打了一拳，立刻眩晕起来。霎时天昏地暗，眼前一片漆黑。甚久，他望出去：天上挂着一轮黑色的骄阳。

之后，独自缓缓下楼，走出了大门。

暮春季节的残阳，照在他那毫无血色的脸上。瞬间他苍老了。

他跌跌撞撞，在大街上走着，在他身后很远的地方，忧心忡忡的吴志超跟着父亲，怕他出事。

卫乐公寓，二楼。

风雨敲打着长窗。墙上挂着吴仪的遗像。楼下庭院里，石阶下的青苔和红了叶子的树林，在风雨中显得凄凉冷落，在月色里又令人悲愁。

吴蕴初躺在床上，他的心声："……秋天连绵的阴雨和我心头的隐痛都是无法驱除的，更何况现在又是万里西风的时节，茫茫长夜就更难度过了……"

他彻夜难眠，泪湿枕褥。思绪追逐风流云散的年华，回到如晦如泣的三十年前，想起了她对他一生的帮助。

江轮上，那个豆蔻年华的吴仪，从舷梯上下来。齐耳短发，戴一副金丝边眼镜，身着豆绿旗袍，脚蹬高跟鞋。端庄、秀丽、聪慧，她四处张望，发现丈夫在船头，悄悄来到他身旁，温柔地："想抽烟吗？"递上雪茄，给他点烟。

创业初期，吴蕴初“想把亭子间腾出来做试验”，吴仪含情脉脉地：“好的呀，我总归听你的。”

夜里。灯下。吴仪将一包银圆、首饰放在桌上，询问丈夫：“够不够？要不，这只手镯……”

邻居大闹亭子间后，吴仪再也支持不住，她疲劳，惊吓，双腿发软，晕倒了。

春风得意的吴仪，坐在黄包车上；她手提菜笼，去叩逸公家门。

巨大的马达轰鸣声，飞机腾空而起。吴仪祈祷的心声：“菩萨保佑他消灾免难、事业成功吧！”

吴仪浑身战栗，失声地：“请高抬贵手，不要伤害他，不要伤害他……”

虹桥机场入口处。一辆黑色轿车戛然而止。里面出来两个人：吴蕴初身穿蓝袍黑褂，头戴铜盆帽，手拿斯的克；他的夫人吴仪，穿一件紫绛色夹旗袍，黑色披肩，高跟鞋。女的亭亭玉立，男的气度不凡。他们挽着胳膊，徐徐向大厅走去。

吴蕴初打开保险箱，双手触摸到一件冰凉的东西：一把自备手枪。他对准自己的脑袋，刚刚举起，吴仪冲进门来，拼命从他手中夺下手枪：“……不能……你不能……蕴初，我求求你，我求求你了！”她扑通跪倒在丈夫面前，泪流满面，“多少难关你都闯过头了，这回难道你就没有勇气了？蕴初，这不是你！不是你！你糊涂，一时糊涂呀！你要死，我们俩一起去死！”她用手枪对准自己的太阳穴。

“不！”吴蕴初惊愕，跪下，拉起妻子的手，吴仪一头扎入丈夫怀里，夫妻抱头痛哭。

大搬迁前夕，吴仪一怀愁绪，斟酒痛饮。

烽火的里程，吴仪从车上回过头来，频频挥手告别。

……

时钟敲打了四下。

吴蕴初通宵失眠，他思绪万千，精神恍惚，渐入梦乡。

萧瑟秋风，暮云迢递，流水呜咽，令人忧愁。

吴蕴初来到森林边缘，和吴仪相见。

无边落木萧萧下。远处，一片坟地，大大小小，高高矮矮的墓碑，隐没在烟雾缭绕中。

吴蕴初："你好吗？我想不出来，你怎么过日子……"

吴仪："我好的。我解脱了，现在真是心静如水，没有争斗，没有烦恼，你呢？"

吴蕴初叹了口气："我把图章交了，每天去盖支票的总经理的图章。以后也不到厂里去了，我闲得慌！……"

吴仪颔首："蕴初，你何必要那一点权力和资本呢？这些东西是身外之物，生不带来，死不带去。……不过，我还是盼望你鹏程万里，展翅高飞的。要有一天，你真的飞不动了，到我这里来，我永远是你的归宿，是你……温馨的家。"她依依不舍，退回到烟雾深处。

墓地旁，一棵老树的枝丫上，有一个鸟窝。飞鸟在夕阳下回到自己的窝里。

葱郁的野草地，开着寂寞的红花。

……

一夜无眠，他等待着迎接朝阳。起床后，却听到钟声刚打五下，天还是黑沉沉的。

天色微明，他站在高楼，极目远望，风雨如晦，四顾茫茫。辽阔长空中，一群飞鸟，结伴而行。其中一只翅膀短小，力量微弱的鸟儿，不能高翥远飞，和同伴失群了，在风雨中挣扎，盘旋。

斜风细雨，飘飘洒洒，吴蕴初晕倒了。

一辆救护车，在延安西路上疾驶。

华东医院护理室。吴志超急切询问："医生，他要不要紧？"

医生："糖尿病发作，影响到心脏。他要住院治疗。他是你的什么人？"

吴志超："父亲。"

华东医院，南楼高干病房。

吴蕴初郁郁寡欢，陷入沉思。

陈毅去探望，他轻装简从，不带警卫："蕴老，觉得怎么样，好一点了吗？"

"唉，我老朽了，不中用了！"吴蕴初从沙发上欠身起来，请他就座，"等身体好一点，我打算离开工厂，颐养天年了。"

陈毅："哦，连你都这么说。是真话？"

吴蕴初："真的。我这个人从不说谎。"

陈毅："可惜啊，可惜！我是当兵出身的人，深知千军易得，良将难求。蕴老，除了身体条件之外，你还有什么别的不如意？哦，我指的是咱们华东军政委员会工作上的毛病，使你想离开？"

吴蕴初："不敢不敢，我确实年岁大了，做事力不从心。与其拖着，不如……告老还乡。"

陈毅："嗯，不是这么回事，至少这句不是真话。蕴老，你为啥从美国回来？你是个闲不住的人，想干事，很多、很多。譬如说吧，你在解放前十多年时间内，创办了天厨、天原、天利、天盛这些天字号工厂，并不停住脚步。据我所知，你跑到江西，想在那里开发钨砂，跑到浙江，想办人造丝绸；你去云南蒙自，看到露天煤矿，想从德国进口一套机器，搞一个人造石油厂。条件都讲好了，你代表资源委员会，花七千万美元成交，后来抗战爆发，吹了……"

吴蕴初惊讶地："陈毅市长！这些你都知道……你从哪里得来的消息？"

陈毅："那你就管不着啰。重要的问题是，这些都是真的！"

吴蕴初连连点头："真的！真的！"不胜欢欣，如数家珍似的提到，"我还去过新疆，很想在那里办一个氯碱工厂。"

陈毅："哦，又招供一条。不过，盛世才这个人不好合作。"

吴蕴初："对对，当年他抓了许多人，横行暴戾，那边是不宜久留的。"

“你可到过我的家乡？”

“到过，到过。我考察过四川的天然气和盐。”

“这么多地方，都开了工厂，蕴老，你怎么跑得过来哟？”

“所以，我想买一架飞机，在全国兜兜。日本人一来，计划全部落空。”吴蕴初两手一摊，十分遗憾。

陈毅沉思有间：“很好嘛！我说千军易得，良将难求。你确实是一位合适的人才。你不说空话，又懂技术。现在懂技术的实业家不多了，南吴北范，名不虚传，我现在……”

正说时，一位护士进来，给吴蕴初发药，量体温，他们的谈话中断了。

护士：“不能谈得太多，累了。”

陈毅：“我不累。”

护士：“我不是说你，首长。”

陈毅恍然大悟，对吴歉意地：“哦，哦，是说你累了。”轻声低语，“你看，我来探望病人，一点都没注意，倒叫一个娃娃训斥了一顿。”

吴蕴初：“没关系，我不累。过几天，我出院了，要谈多少小时就谈多少小时！”

护士把脸一沉：“谁说的？到了这里，听我的。”她转而笑嘻嘻地，一字一顿，像是发出最后通牒，“谈话不能太久哦，请注意！”说完，径自出门。

陈毅：“看样子还挺厉害。咱们打不赢，就走……”

吴蕴初把头探出窗外：“……到楼下草地上去。”

陈毅察看了一下地形：“对，避开重镇，退居两厢。你在头里走，我随后就来。”

两人一前一后，躲躲闪闪，溜下楼去。

绿茵茵的草坪上，两人欢愉极了。

陈毅挥动胳膊：“嚯，好像到了解放区了。”

吴蕴初伸伸腿：“上面是不自由，老把我当小孩管。”

陈毅：“言归正传吧，蕴老！我希望你出山，担负重任。今后，你可以不必多管天原、天厨这些厂，等病养好了，去北京主持化工方面的工作，怎么样？”

吴蕴初心头一怔，若有所动。

陈毅：“你对化工方面的一些设想，毛主席、周总理都知道了。到北京去工作，这是总理的意见。请认真考虑。”

吴蕴初激动地点头。

楼上窗口，护士露出一张稚气的脸，盯住楼下那块芳草地。他们居然不守信用！一个本该禁止会客的病号，私下跑到草坪上去活动。她气急败坏地从楼上奔下来，用严重得不得了的口气训斥他们：“……你们，不守规矩，病倒了，谁来负责！”她眼里闪着泪水，差点哭出声来。

啊，真诚也是一种威力。它把平生掌握十万貔貅，叱咤风云的大元帅给镇住了。

陈毅怏怏不悦地：“好吧好吧，算我错啰！蕴老，望你慎重考虑。请多加保重！”他伸出巨手，重重地握了他一下。

吴蕴初：“谢谢！”

小护士余怒未息，白了他俩一眼。

病房。吴蕴初兴致勃勃地对儿子说：“志超，我想托人到北京买所房子……”

吴志超诧异地：“怎么，你要离开上海了？”

吴蕴初：“是啊是啊！”他抑制不住内心的激动，“陈毅市长告诉我：毛主席、周总理准备让我主持化工方面的工作，我真想好好地干一场，恨不得明天就出院！”

吴志超：“爸爸，祝贺你！你可以大展宏图了。我也有一个好消息告诉你，天厨已经按过渡时期总路线的精神，把味精交给国家包销了。”

吴蕴初频频点头：“好，这样很好。你们今后总得要按国家指引的道路走下去。志超，我还有个想法，将来有机会，把蕴初基金会的全部财款，连同上海几爿厂的股票，通通交给国家。”

吴志超颔首。

欧阳恒如老人的画外音：“事情并不尽如人意。一九五三年十月十五日，从华东医院的阳台上望出去：晴空万里，夕阳无限好。蕴老吃了晚饭，兴致勃勃，欣赏着大自然的日落。他咬了一口苹果，突然感到不舒服，说了一句：‘哎哟，不灵！’就溘然长逝了。真的就这么一秒钟，安详离世了。这个时间距香港吴老太的谢世，只不过半年光景。古人说，哀，莫大于心死。蕴老积郁成疾，追觅爱妻于九泉，享年仅六十三岁。”

在欧阳恒如老人的叙述声中，出现以下情境。

一轮秋阳，在暮色苍茫中渐渐西沉。

阳台上站着吴蕴初，他极目远望，潇洒自如。瞬息，他咬了一口苹果，觉得很不舒服，猝然倒地。

远在海外的林映霞，正弹着琵琶，唱一首思乡曲。她魂牵梦萦，气息相通。嘎嘣一声断弦之时，便是她恩师谢世之际。她霍地站起，眼里充满惶恐神色。

吴志超闻声，急忙去搀扶父亲。见不行。在长廊里奔跑，呼救。

一批医生护士紧张抢救，终于无效。

曾经训斥过他的那位小护士，替他拉上白布。她的脸色，特别哀愁苦痛。

青山不改，绿水长流。半山腰上，一片风景如画的墓地。

林布倩穿一身白色衣裙，手捧一大束鲜花，在墓地上走着。她的后面跟着颤颤巍巍的欧阳恒如老人。

朝霞绚丽，四周宁静极了。

林布倩的心声：“……妈妈临终前嘱咐我，一定要回来，给蕴初先生扫墓。哦，我真没有想到……他竟没有墓。为了实现妈妈的遗愿，我在这片热土上，给他竖一块碑吧！”她来到山坡的尽头，将一大束鲜花虔诚地放在水泥地上。一行碑文，赫然入目：“民族工业之魂，吴蕴初先生永垂不朽！”

欧阳恒如老人对着碑石：“蕴老，我们来看你了。……几十年前你所奋斗的事业，今天又在开拓了。”他的喃喃自语变成了感慨万千的画外音。

广州、厦门，相继出现天原的“窗口”。

香港，巍然耸立的天厨雄姿。

林布倩一张沉思的脸，久久留在人们的心头。

剧终

（周端木，邓定维编剧《天字号风云录·电视文学剧本》
中国戏剧出版社，1990 年 12 月第 1 版）

外来妹

（节选）

导演：成　浩

编剧：谢丽虹　成　浩

主演：陈小艺　汤镇宗　杨　青　常　戎　李　婷等

出品方：广州电视台

第一集

序

一辆老式火车头呼啸着朝镜头奔过来。

一节节闷罐式的车厢通过画面。厢内塞满了民工。

原野，列车喘息着爬进一个隧洞，一声长鸣。

隧道入口。车进黑画面。字幕：1988 年 2 月。

铁道岔口，铁轨铺向远方。

车轮疾驶。

某北方车站。成千上万的民工潮水般地涌向列车。有的挣扎着爬上车，车站内有警察维持秩序，其中有人甚至挥舞着手中的警棍驱散涌向列车的人群，但仍无济于事。

车头喷射出一阵蒸汽，人群为白雾驱开，然后又聚拢过来。

爬上车的民工们的笑脸。列车开动了。

未挤上去的民工们失望地看着列车开走。

疾驶的车轮。

一张广东省沿海地图，有几个箭头指向珠江三角洲一些主要的城镇。

画外音：

“今年春节过后，大批的民工涌向广东。京广沿线的火车站纷纷告急，衡阳车站失控。虽然调拨专列运送民工，但仍有大批的民工滞留沿线车站。这个问题引起各地政府部门的重视，正在积极组织疏运工作。记者在广州车站采访他们，发现大部分都是女工……”

叠印报纸标题新闻，内有香港《大公报》等，赫然标题：“百万女工潮涌广东”“内地改善投资环境，本港商埠纷纷北上”等等。

广州火车站内，闷罐车靠站。女工们蜂拥下车。

镜头往前移动，女工纷纷躲避，有的愣愣地看着镜头。

镜头跟住一个女工，麦克风伸出去："请问你是从哪里来的？"女工一回头，忸怩地答："湖南。"

又是一个女工，她爽然一笑："四川。"

一女工愣愣地："俺山西。"

镜头急追一女工，画外音："请问你呢？"

女工看了一眼，未作答，低头走开，挤出画面。画面内出现一群好奇的姑娘正望着镜头，画外音趁势提问："你们呢？"姑娘们发现镜头对准自己，都互相推让，嘻嘻哈哈，却不作答。这显然是一群刚出门的姑娘。她们来自偏远的山村赵家坳，里面有赵小云、秀英、玉兰、金玲、志强等。

画外音问："请问你们为什么要来广东？"

金玲大大咧咧地抢着答："赚钱呗！"她的话引起一阵大笑，人们拎起自己的行李跑了。摄影机随着升起。

壮观的场面，赵家坳的姑娘们汇入潮水般的女工人流。

画外音：

"据资料有明，由于上百万女工进入珠江三角洲，致使当地人口比例严重失调，有的乡镇男女比例竟达到 5 ∶ 1。这些女工大都散布在外资企业，她们生产的产品全部外销。对于这帮女仔，本地人称她们'外来妹'。"

推出片名：《外来妹》。

赵家坳的姑娘们迎着镜头走来。

一

香港。日。

繁华的街景。摩天大楼。字幕：香港。

股票市场。人头攒动，股票指数码急速翻动。

一个中年男子——江生，手持电话，如醉如痴地注视着股票行情的变化。

人们歇斯底里地喊叫着。

二

北方某山村。赵家坳。拂晓前。

一串串点燃的松明子。隐约可以看到一群姑娘在雪地里跋涉着。

凤珍入画，她转身朝后吆喝："快点，到祠堂里集合！"

后面跟着一群扶老携幼的送行者，还有即将出远门的姑娘。

三

香港。股票市场。

一群人涌过去。江生正对着电话在喊："放！放！放！"后景出现林老板，他默默地盯着江生。

江生回头发现林老板，一愣，放下电话。

四

赵家坳。

一串火把划过画面。赵小云回头，面对镜头，神情迷惘。

金玲跟上来，她憨憨地："娘，我真不想去。"

牛婶哄着："别犯傻，南边挣钱多。"

小云回过头去，继续往前走。

五

香港。股票市场。

急速翻动的股票指数码。

林老板："临走还想捞一把。"

江生："玩玩而已，我想试试手气，看到了大陆运气好不好。"

林老板："运气怎么样？"

江生："还不错，今天早上这一进一出，小赚了一笔。"

两人笑了。林老板："江生，去大陆，大把的机会等着你。走吧，咱们赶下一班的直通车。"

两人离开，江生拖着个行李箱，一副出门人的装束。走到门口，江生回头环顾了一下大厅，似有不舍之意。

林老板："怎么，还在担心你那几张小小的股票。"

江生（感慨地）："到了大陆，就玩不成了。"

林老板："放心吧，大把赚钱在那边。"

六

香港。大楼外。街景。

两人匆匆走下台阶，钻入街边停着的一辆汽车。林老板："火车站。"车开走，汇入街上疾驶的车流。

七

赵家坳。赵氏祠堂前。

一束火把熄灭了，冒起青烟。后景中，一轮红日正爬上山冈。

祠堂前，聚集着一群整装待发的青年。送行的亲人们围着。场上鸦雀无声。

老村长手捧一叠纸，庄严地："这是村委会开的证明。一人一张，别丢了，管用得很哩！住店，坐车、吃饭，顶盘缠使哩……"

小云、志强，金玲和金贵兄妹，凤珍、玉兰。

老村长逐个发证明信，先递给志强："给，都收好了。到了南边，丢了证明，人家不收，可别哭鼻子跑回来。"

志强展开证明看了看，纳闷地问："村长，咱村啥时候受灾了？"

老村长回头："嘿，就得这么写，我有经验。那些年咱村的人都是拿着它走南闯北。"将证明递给玉兰，玉兰小心地收好。

老村长手里还有一张介绍信，他念："赵秀英，秀英姑娘来了没有？"

秀英的弟弟二柱气喘喘地跑入人群，找到凤珍"凤珍姐，我爹叫我来告诉你，咱家秀英不去了。”

凤珍：“咋啦？”

牛婶：“秀英是定了亲的人，拿了人家的定金，就想轻轻松松地走？”

小云问二柱“你秀英姐呢？”

二柱：“我姐说，叫你帮她把证明领下。我得回去了，家里正闹哩。”说完他又跑了。

志强和小云对视了一眼。

八

秀英家。农舍内，堂屋。

一巴掌猛地拍打在方桌上，桌上一沓人民币跳了一下。画外音：“你还犟嘴！”

堂屋中摆着一张方桌，桌上用红布包着那厚厚的一沓人民币，还放着一把大菜刀。秀英低头跪在她爹面前，脚边扔着一捆铺盖卷儿。秀英的大哥和两个弟弟在一旁立着。

秀英爹气吁吁地骂着：“你抬起头，看看你哥，说话上四十的人了，还说不上媳妇……”

秀英一声不吭。秀英爹：“爹接了李大头的定金，你哥这些天也哼哼上小曲了。”

秀英大哥憨厚地低下头。

秀英仍不吭气。秀英爹还在说：“……你哥带着你长大成人，干活供着你念完高小，现在用着你了，换个亲，你就要偷跑！”

秀英突然转过身，对大哥：“大哥，你就让我去一年，要是挣不下这笔钱，我就回来，让我嫁谁都成。”

秀英哥望了妹子一眼，转头朝着爹：“爹，我再等一年好了，让妹子去试试……”

秀英爹：“窝囊废！这个家我说了算！是我嫁女儿，收了人家的定金。闺女偷着跑了，让我这老脸往哪儿搁？还要不要在村里做人？”

他转身朝秀英："现在门开着，你走吧。你要敢走，我就砍了你，就当我没生下你这么个闺女！"他一拍大菜刀。

秀英仍不吭声，只是冷冷地注视着菜刀。

秀英爹："拿绳子，把她捆起来，关到上花轿那天，我看你逃。"

秀英哥："爹，您歇着吧，我送她到西屋去。"走到秀英跟前："妹，起来吧。"

九

秀英家院内。

秀英走出堂屋，被哥哥关进西屋。秀英哥一屁股跌坐在门口台阶上。

十

赵家祠堂内。

人们都跪在祠堂里。凤珍的奶奶："给老祖宗磕个头吧。保佑你们平平安安地回来。"

赵家祖宗牌位前，香烟缭绕。

小云和姑娘们拜倒在地。

凤珍的奶奶一拜倒地，她身后拜倒一片。

小云虔诚的面容。玉兰、金玲、凤珍。

凤珍的奶奶颤颤巍巍地站起身，人们也跟着站起来。凤珍的奶奶："孩子们，不管你们到了哪儿都别忘记你们是赵家坳的人，不能给赵家坳丢脸。"

气氛十分庄重。

村长："凤珍，你过来。"

凤珍走过去。村长："凤珍，当着众人的面，我这做村长的有句话要交代你。这些人当中，数你年纪最大，出去做工又早。这些丫头就托付给你了，替我管着她们。"

凤珍点点头。

志强在后面偷偷一笑。

村长："志强，你别乐。出门在外，你要时刻记住你是赵家坳的男人。懂吗？"

志强高声应道："我知道，村长。"

村长又看看大家，庄严地："上路吧！"

土铳猛然炸响，划破了雪野的沉寂。

金玲哇的一声哭起来，扑到牛婶怀里。人群也像炸锅般沸腾了，一派难舍难分的送别场面。

玉兰："哥，不要再跟嫂子吵了，好好过日子。"

小云走出人群，再看一眼山下的赵家坳。

赵家坳残雪覆盖的农舍，几缕缥缈的青烟。

十一

山路上。

这群人在赶路，凤珍领头。

志强赶上小云："小云，赵老师怎么不来送你？"

小云："我没告诉他，偷着跑出来的。"

志强帮她扛起行李。"怎么？你爹不同意？"

小云："我爹那人你还不知道，指望我读书，读书，读了这么多年，咱赵家坳也没出一个大学生。高考，我反正是没希望，我爹想让我当民办教师，接他的班。可我想先出去闯两年再说。"

志强没吭声，默默跟上。

金玲问凤珍："凤珍姐，你当初出家门，心里难过吗？"

凤珍笑了："傻丫头，那时候我一个人走出赵家坳，哭起来连个劝的人都没有，哪像你们？"

金玲："不知怎么搞的，我到这会儿还觉着心里不好受。"

凤珍："走一段路就好了。"

金玲忽然有所发现："凤珍姐，你看那是谁？"

凤珍朝前观望。

十二

路口。

秀英兄妹拎着一捆行李站在那儿。

十三

路上。

金玲惊喜地："是秀英！秀英！"

她们欢快地跑上前。

十四

山顶路口。

秀英哥："妹子，不送你了，安心去吧。"

秀英："爹那里……"

秀英哥："让他骂几天就好了，我回去了。"

秀英百感交集地望着他离去。

秀英哥越走越远。

众人跑过来，欢快地叫着秀英，秀英茫然不顾，突然，她跪倒在地，号啕大喊："哥哥！"众人都愣住了。

秀英哥没有回头，继续朝前走。

秀英嘶哑地喊着："我发誓，我会寄钱来的！"

秀英哥消失在山坡下。空荡的雪野和山谷间，远远传来几声山歌小调。

秀英低下头。众人静静地听着这山野味道十足的歌声。

凤珍搀起秀英："走吧。"

一双双脚踩着雪在山路上走着。

十五

广东某乡镇。某工厂门口。日。

疾驶的车轮。

一辆小汽车驶入工厂。工厂的厂牌上写着“康乐电子玩具厂”。

十六

工厂内。总经理室。

厂里高级管理人员都站在那里，内有阿娴、精仔等人，他们在听林老板训话。

林老板：“我给诸位介绍一下，这是本厂新上任的经理，江子平先生。”

江生平静地注视着大家，点点头。

林老板：“江生曾经留学英国，获得硕士学位，在经营管理方面有先进的经验，在香港也是难得的人才。”

大家认真地倾听着。

精仔一副漫不经心的样子，朝阿娴使个眼色。阿娴仍很正经地听着。

林老板发现了精仔的神情，提醒地咳了一声。

林老板：“往后，我在香港，不常回来。这间工厂的管理经营，都由江生负责。现在请江生讲话，大家欢迎。”

众人鼓掌。

江生：“承蒙林董事长的厚爱，聘我当这间工厂的经理。非常感谢。”

林老板满意地微笑。

江生（诚恳地）：“我们以后都是一条船上的人，望同舟共济，请多关照。不耽误大家的时间，请回去工作吧。”

人们散去。阿娴走上前，对林老板：“舅舅，阿妈知道你回来，给你煲汤了，要你回家吃饭。”

江生回头，颇感意外。

林老板：“阿姐每次都这样细心，知道我喜欢喝她煲的汤。阿娴，告诉你妈，我会去的。”

精仔走过来："阿叔，我要的东西带回来没有？"

林老板："带回来了。"他拿出个新潮的摩托头盔，慈爱地："以后骑车小心点。"

精仔："谢谢阿叔。"和阿娴一同离去。

江生想了一下，走到林老板面前："董事长，这间工厂里有您不少亲戚。"

林老板感慨地说："早年我是从这村出去的，他们的父母都为我受过不少牵累。回来办间厂子，也算是报答乡里乡亲。"

江生默默地注视着他。

林老板回过头，郑重地："江生，这间工厂就托付给你了。你父亲是我多年的世交，我相信你。"

江生颇受感动，诚挚地："我知道，你放心吧。"

林老板："你先熟悉一下，晚上我再领你去见乡长。"他离去。

江生在办公桌前坐下。他按了一下桌上的对讲机："请把这几个月的生产报表给我送来。"然后，他随手拿起一份报纸浏览。

一则新闻引起他的注意。

报纸标题："春节过后，民工大潮涌向广东。"

十七

北方。某中等城市火车站广场。傍晚。

电线杆上的高音喇叭正在播放着："……去往广州方面的车票全部售完，请不要在广场上滞留。现在播放车站派出所的规定：第一，不准……"

镜头摇开，广场上黑压压的一片，人头攒动，挤满准备南下的民工。他们三五成群，有的席地而卧。

一个票贩子在兜售："要票波，去广州的车票，两百块钱一张。要票波……"

赵家坳的人们呆呆地围坐在一起，神情沮丧。金玲傻乎乎地："怎么，这么多人要去广州啊！"

没人理她。中间一个铺盖上摆着一堆烧饼，没人想吃。

小云："凤珍姐，咱们都来了两天了，还买不着火车票，你说咋办？"

凤珍也没有办法："先吃吧，烧饼都凉了。吃完了再想办法。"一转头，碰上玉兰的目光。

玉兰望着凤珍，凤珍无可奈何地一笑。

金贵小声地对金玲说："妹子，要不咱，咱回家吧。"

金玲使劲地摇头。

小云："志强哥，怎么办，你快拿个主意吧。"

秀英抬起头，殷切地注视着志强。

志强见大家都盯着他，没办法地说："先吃饭。一人拿一个，吃饱了该回家就回吧。"

大家都沉默。

突然，秀英伸手抓起一只烧饼，站起就走。

小云："秀英，你去哪儿？"

秀英："从头站队。"

小云："等等我，我也去！"站起。

志强起身拦住她们："好啦，你们都留下，排队你们能挤得过人家？金贵，走！"金贵不情愿地跟上去。

十八

售票处。日。

人们疯狂地往前挤。

志强、金贵在人群中啃着烧饼。

十九

车站广场。日。

赵家坳的姐妹依偎在一起。画外音："凤珍！"

凤珍一回头。

一位身穿大红尼龙网面短袄，梳着新潮短发的姑娘挎着一只旅行袋走过来。

凤珍赶紧把嘴边的烧饼拿下来放在手心里，敬畏地：“芳姐，你今天走了？”

阿芳：“你怎么还在这里排队？这哪里赶得上回去开工？你去晚了，那个工位只好安排别人做了。”

小云注视着阿芳。

凤珍：“芳姐，我……”

阿芳：“快买高价票一起走吧。这笔冤枉钱不花是不行的。”

凤珍：“不是钱的事。我带了好几个老乡出来，哪能扔到这里我自己先走呢？”

阿芳：“那你要迟到让老板炒了，还怎么给老乡介绍工作呢？好好想想吧。我先去买点东西路上吃。”说完，她谁也不看，径自从姑娘们面前走过。小云一直好奇地盯着她的背影。

凤珍呆住了，陷入沉思。

小云：“凤珍姐，她是谁？你好像挺怕她。”

凤珍：“助理拉长，正管我。”

小云：“什么是拉长？”

金玲：“她是香港人？”

凤珍：“不是，我们隔壁县的。”

金玲还要问，被玉兰拦住：“金玲，别问了，凤珍姐正烦着呢。”

小云：“凤珍姐，要不你先走吧。”

凤珍（很矛盾）：“我不能丢下你们。”

小云：“那位拉长说得有道理。你误了工，我们也找不到工作。买张高价票走吧。”

凤珍在思考。

小云：“钱不够的话，咱们大家凑凑。”她扭头征询地望着秀英。

秀英毫无表情：“我没钱！”

大家有些尴尬。画外音：“往广州的48次列车进三站台。”

凤珍站起来："不，不用凑，我打过一年工，钱比你们宽裕。小云，这是我在广东打工的详细地址。照这就能找到我。真不好意思，我先走了。"

小云也站起来拎行李："我送你。"

凤珍走过来，拉住秀英的手："姐等着你们！"

凤珍微微一笑，走了。

秀英觉得手心里塞进一个东西，扭身偷偷一看，是张卷成卷的十元人民币。她抬起头。

凤珍消失在人群中。

秀英倔强地咬住嘴唇，竭力不让自己哭出来。

二十

车站进站口。

凤珍在站里隔着栅栏门和小云道别。

凤珍："真是不好意思，半路就把你们抛下了，你和志强他们解释一下。"火车鸣笛声。

小云："你走吧，车要开了。"

凤珍慌忙地跑开："广东见！"

小云挥着手，轻声地："广东见。"

二十一

原野。晨。

火车疾驶在原野上。

日出。

二十二

广州火车站。站台内。日。

一列火车驶进站台。站台上有一群拍电视新闻片的片组人员。他们见火车进站，都忙碌起来："来了！来了！"

主持人手持话筒，对着摄像机作现场报道。

主持人："各位观众，我们正在采访南下的民工……"

摄影师扛机拍摄："快点，她们下来了！"

一节闷罐车。民工们纷纷跳下车厢。小云和志强他们也在其中。

她们扛着行李，小云、志强走在前面。

下车的人流。摄制组在紧张地拍摄，采访。

金玲好奇地打量着四周，忽然她发现了什么："你们看，那是什么？"

众姐妹随着她的视线回头。

一台摄像机逼过来，摄制人员围上来。

众姐妹一愣。麦克风伸向她们。"请问，你们是第一次来广东吗？你们为什么要来广东？"

连珠炮式的提问弄得她们手足无措。

摄影师盯着她们："我们是电视台的。"

金玲心粗胆大，大嗓门："赚钱呗！"

众姐妹一阵欢笑，挤出人群溜掉了。

她们很兴奋，边走边说。

金玲问小云："她们是干啥的，扛的那是个啥玩意儿？"

小云："是电视台的。"

志强："金玲，你上电视了！"

众人又是一阵哄笑。金玲不好意思了："哎呀！真丢人！"她想了想，自言自语道："要是咱村有电视就好了，俺娘就能看见俺了。"

小云若有所悟，回头望去。

摄制组人员仍在采访。

出站的人流。

二十三

广州市。街道。日。

川流不息的车流。小云她们站在马路边，不敢过马路。站在五颜六色的大广告牌下，她们显得那么小。

她们惊奇地打量着这繁华的大城市。

高耸入云的大楼。

她们从立交桥下走过。

二十四

广深公路。日。

一辆大巴前景入画，疾驶远去。

二十五

广东某镇外。日。

岭南工业小镇，田园风光。地里的水牛，远处耸立着林立的厂房。

二十六

镇内小街。日。

醒目的街贴："招聘熟手女工。"一群群刚来的外地妹子围着观看，议论。

赵家坳的青年们拎着行李走进小镇。他们风尘仆仆，疲惫不堪，但却兴奋、好奇地打量着这里的一切，觉得什么都新鲜。

小街不大，但很热闹。镇内的青年骑着摩托飞快地驶过，溅了她们一身泥水，还留下一阵"外来妹"的嬉笑声。她们不恼，反而笑了。

二十七

电子玩具厂门口。日。

小云拿出纸条，对了一下，肯定地说："是这里。"

小云回头望了望志强。志强走上前，铁门紧闭着，门口站着一位保安人员，他旁边坐着一位身穿黑布衫裤，围着一条黑白格头巾的干瘦得像木乃伊的老太婆。她的目光炯炯，望着走过来的志强。

志强走近：“同志，我想找个人，叫赵凤珍的……”

老太婆面无表情，显然她根本听不懂问话。

姑娘们聚集在一起。闷热的天气把穿着花棉袄的姑娘们热出一头大汗。小云把里边的棉袄脱下，她用一把木梳仔细地梳理着发辫，注视着厂门口。

志强仍在与阿婆交涉。语言不通，用手比画……

小云举着木梳：“喂，你们谁用？”

秀英把梳子接过去，玩笑地：“金玲，瞧你头发乱七八糟的，老板不收你咋办？”金玲吓得忙说：“你用完给我梳。”众人乐了。

志强走过来，小云问他：“强哥，怎么样？”

志强：“我的话，她听不懂，她说啥我也弄不明白，后来才搞清楚，上班时间不许会客。”

说着，他换下衣服，随手交给小云。小云把衣服放进包袱里。

志强：“哎，你们咋啦？还捂着棉袄，这要捂出病来的。”

秀英将棉袄脱下。玉兰低下头，金玲红着脸说：“里面的褂子有……有洞哩。”

旁边有一群农村来的姑娘，也都拎着行李，等候在厂门口。其中一个姑娘和小云搭讪上了。

姑娘甲：“你们刚出来啊？”

小云：“是啊，你们哩？”

姑娘甲：“我们都来三天了，还没落实工作。”

小云：“咋啦？不好找？”

姑娘甲：“这个镇子我们都问遍了，最好的就是这家工厂，工薪高。既然老远出来，我们就要找间挣钱多的工厂，你说是吗？不过，我们都来迟了，听说这间都满额了，不容易进去哩。我们都等了几个早上了。”

秀英回头倾听着。

小云忧心忡忡地：“是吗？”画外下班铃响了。

隔着铁栅栏，姑娘们翘首企望着。

厂房内涌出许多穿蓝灰色工作服的女工。一出车间，她们就纷纷撑开一把花伞。不断涌出的女工，汇成花的海洋，向厂大门涌来。

保安员打开门。老太婆纹丝不动。

志强他们闪到门边，女工们挤出来。小云和姑娘们羡慕不已地注视着她们。争奇斗艳的花伞，胸前戴着的厂证。志强和金贵在女工们的探询目光下不自在地转过头。

“志强！”随着一声呼唤，凤珍从女工群里跑来。

“凤珍姐！”赵家坳的青年们狂喜地抱在一起。

二十八

小镇内。小吃店。日。

工休的女工们川流不息地走在街上。凤珍等人围坐在小吃店内一张餐桌旁。店内全是女工，志强、金贵甚感别扭。

凤珍：“老板，来六碗米粉。”

金玲：“凤珍姐，少要了一碗。”

凤珍：“我去食堂打饭。你们慢慢吃，吃完了我带你们见工去。”说完，她走出小吃店。

小云奇怪地盯住邻桌正在吃田螺的女工，她推推身旁的玉兰：“你看，她们在吃什么虫子？”

玉兰有些不舒服，没回答她。正端米粉上来的小店老板福生笑了：“炒田螺啊，你要不要来一盘试试？”

小云吓得连连摆手：“不，我不要！”

志强发现玉兰神色不对：“玉兰，玉兰！你怎么啦？”

玉兰脸色发青，嘴唇发白，微微摇了两下，歪倒在身旁秀英的怀里。

众人围上来叫：“玉兰，玉兰！”

福生：“她穿得太多，快把她衣服解开，我去拿点白花油来。”

秀英忙把玉兰的棉袄扣解开，露出里面补丁打补丁的小褂。

福生跑过来："这是白花油，给她抹在额头上，还有人中。"他把小瓶递给小云。小云接过为玉兰擦抹。玉兰渐渐醒来，忙下意识地掩上怀。

福生又端上一碗黑褐色的药汤："这是凉茶，喝了去暑气的。"

玉兰在秀英的帮助下，微微皱着眉头，小口呷着凉茶。

她顿觉清爽了许多，抬眼望望福生。

福生正关切地注视着她。

玉兰："谢谢你。"

二十九

小镇的路上。日。

凤珍领着老乡们去见工。一路上，她们兴高采烈，异常激动，追着凤珍问："凤珍姐，见了老板，我们说什么好？"

凤珍老练地说："什么都不要说，问什么答什么。"突然想起，转身对金玲："金玲，你今年多大了？"

金玲老实地说："虚岁十八了。"

凤珍："待会儿，老板问你，你就咬定是十八了，不要说虚岁，记住了？"

金玲点点头："记住了。"

秀英略有些紧张，扯住凤珍问："凤珍姐，要见老板了，你说我们这装束行吗？"

凤珍往前走了两步，认真地审视她们。

她们都已换过装，期待地看着凤珍。

凤珍肯定地说："没问题。"她走到志强跟前，见志强仍敞着怀，忙提醒道："志强，要进厂了，把衣服拾掇拾掇。"

志强很有主见地："大姐，这是我有意的。待会儿见了你们老板，我什么话也不用说，他只要看见我背心上的字，保准满意我。"

说着他亮出背心，上面印着"青年突击队"几个大字，赫然醒目。姑娘们一阵大笑。

金玲傻傻地问道："凤珍姐，听说上一个月班可以挣好多钱，是吗？"

凤珍："是啊，这里的工薪是全镇最高的。"

金玲很感慨地："咱们第一个月领那么多钱，怎么花啊？"

姑娘们都沉寂下来。金玲恳切地问秀英："秀英，你咋办。"

秀英不假思索地："寄回家！"

小云对志强："强哥，你呢？"

志强很得意地："我请客，请你们到镇上最好的饭馆去吃一顿。"

小云："为什么？"

志强："我挣的钱肯定比你们多。在村里，像我这样的劳力都是满分，你们可顶多是六七分。挣钱多的，当然要请客啰。"

小云高喊："对啦，凤珍姐，跟老板说说，把志强哥分配到我！一起做活。我们累了，他还可以帮我们。"

姑娘们七嘴八舌地围着凤珍："是呀，让志强哥跟我们在一起吧。"

志强很得意地一笑，和金贵走到前头去了。

三十

厂门口。日。

木乃伊似的老太婆，一声不响地注视着远方，充满了神秘感。

凤珍领着姑娘们走到门口，凤珍对门卫说道："她们是来找工作的，我领着她们进去见工。"

门卫示意让她们进去。小云等低头走进厂门。突然，门卫将警棍一伸，挡住了志强和金贵。

志强和金贵一愣。凤珍忙过来："哦，他们俩是我的老乡，也是一起来见工的。"

门卫毫不客气地："厂里昨天通知我们，本厂只招收女工，外地男人一律拒绝入厂。这是江老板亲口吩咐的，请原谅。"

那个老太婆仍然不出声，目不转睛地望着这里。

小云急了："我们是一起来的，让他们进去吧。凤珍姐求求他们。"

门卫毫无表情："我们只招收女工，不要男的，请回吧。"

志强火了："你们这里搞什么鬼，为什么只要女的不要男的？凭什么？"

双方闹起来，引来一些围观者。

江生从外面走来，手持一个无线电话。他走进人群，人群突然静下来，门卫对他毕恭毕敬。

门卫："江老板，您来了。"

江生点点头，责备地："都快开工了，这里怎么堵了这么多人？"

门卫："我会搞妥的，您放心。"

江生低声地："不要影响生产。"说着往里走。

凤珍悄声对志强说："这是香港的经理。"

志强来了性子，高声喊："香港老板……"

凤珍急忙制止："志强！"

江生停步。志强冲着他的背影喊："你们凭什么只招女工不招男的，搞的啥名堂？"

江生沉住气，思索了一下，转身来到志强面前，打量了他一下。

志强不甘示弱地望着他。江生盯着他没吭声？转身看看周围。

凤珍和小云担忧地注视着。

江生笑了。他慢条斯理地说："你提的问题太简单了。如果你耐心点，我的门卫早可以给你解释清楚。既然你问到我，那就由我来答复你吧！本厂是专门生产电子玩具的厂家，技术先进，有十几条自动生产线。每个工位对人素质上的要求，是耐心、细致，而不需要体力和勇气。"

小云和姑娘们望着他。江生又说："这个工作只需要每天几千次地机械重复，这种品质，经生物实验证明，只有雌性才具备这种特性。"他回过头，直视志强："我们男人做不到这一点，你明白了吗？"他朝志强走过来："本厂只需要少量的男工在仓库做搬运的笨重活，但是很遗憾，已经满额了。”

志强的斗志被彻底打垮，哑口无言。

小云怯生生地：“我们是一起来的……”

江生仍然很和蔼：“如果你们想在一起干活，可以另找一间工厂。不过，明天我们的女工就满额了。”说完他很有礼貌地冲小云点点头，转身走了。

小云转而对凤珍：“凤珍姐，咋办？我们不想分开……”

秀英：“这里的工薪最高啊。”

姑娘们愣住。在厂门口等候多时的一群姑娘，直往里挤：“放我进去，我要在这里打工。”警卫放她们进去。赵家坳的姐妹们都傻了。金玲急得直跳脚：“凤珍姐，她们都跑进去了。”

志强气得一跺脚，拉着金贵就走。

小云扑到铁栅栏上喊：“强哥！”

志强站住。

小云：“你等等，我们再想想办法。”

志强回头望着小云。

看了多时的那个老太婆，突然打了个哈欠，伸一下懒腰。

三十一

厂内。日。

林老板和阿娴从厂办公楼走出来。他们拐过一个墙角，恰好遇到赵家坳的姑娘们躲在那里哭。凤珍正在劝慰她们：“别哭了。”见林老板走过来，忙恭敬地：“林老板，你好。”林老板点点头，走过去。走了几步回头对阿娴说：“阿娴，去问问，是怎么回事。”阿娴回头招呼：“凤珍，你过来一下。”

凤珍忙跑了过来。阿娴：“她们怎么啦？”

凤珍（紧张地）：“哦，是我从乡下带出这四个女孩，说好了在这里找工作。刚才在门口耽误了一下，名额只剩下两个了，她们又舍不得分开，所以就……”

林老板回头走过来，看了看，突发慈悲："都收下吧。阿娴，去跟江生说，这是我的意思。"

凤珍高兴得直鞠躬："谢谢老板。"她忙跑去给姑娘们报喜讯。

阿娴："舅舅最怕眼泪了。"

林老板憨厚地笑着。

凤珍把姑娘们领过来："林老板，她们谢您来了。"姑娘们感激得不知说什么，都含着眼泪在哭。

林老板："你看看，都哭成什么模样了。好好干吧，不出一年，争取当个模范女工。不怕没活干，我这次回香港，又要带回许多订单。好好干！"

"是，多谢老板！"她们响亮地齐声回答，并深深地一起鞠了个躬。

三十二

车间内。当天。

流水线上，女工们在紧张地操作。阿芳来回巡视着。

阿娴领着四位姑娘走进车间。她们怯生生地。

阿娴为她们介绍："这位是你们的管工林生。"精仔向女工们微微点头。

阿娴喊："阿芳，你过来一下。"

阿芳走过来。阿娴将一叠工卡交给她："这四个人就交给你了。"转而对姑娘们："这是你们的助理拉长阿芳小姐。以后你们就受她管。"阿芳接过工卡，打量了一下众人。金玲、玉兰都低下头。小云热切地注视着阿芳，她认出了阿芳。

阿芳冷冷地："都跟我来。"便引她们朝流水线走去。她走过小云身边时，小云单纯地说："阿芳姐，我见过你。"阿芳理都没理她，径自往前走。小云自讨没趣，跟在后面。

生产线上，女工们紧张地操作，无暇顾及她们的到来。凤珍也在其中，见她们走来，忙招手示意。

金玲忙喊："凤珍姐！"欲想跑过去。

阿芳严厉地说："凤珍，上班时间，请集中注意力。"

凤珍只得低头做工。

小云、金玲她们吓得直咋舌。

阿芳："好了，大家都停一下。新来四位女工，我给大家介绍一下。"拿出工卡喊："赵玉兰！"

玉兰往前一步："是我。"

阿芳："赵秀英！"

秀英也跨前一步，应道："哎！"

阿芳："以后都要说'到'。赵金玲。"

金玲："哎，到！"

阿芳见她一副憨态，不禁笑起来："你以后改名叫'靓女'吧。"

金玲："'靓女'是什么意思？"

阿芳："就是说你长得很漂亮。"

金玲憨憨地笑了。传来姑娘们的窃笑声。

阿芳："好啦，现在分配工位。"说着往前走。

小云见没介绍自己，忙抢着对阿芳说："我叫赵小云。"

阿芳头也不回地说："知道了。"

阿芳很麻利地分配工位："你在这儿，你，这儿！"

四位姑娘各就各位，消失在生产线上。

三十三

厂门口。傍晚。

下班了，女工涌出厂门。小云、凤珍等结伴出来。一阵轰响，精仔骑着摩托车，后坐着阿芳，从人流里出来。人们躲闪开。阿芳对她们喊："凤珍，今晚加班，记着！"

小云好奇地注视他俩，问："凤珍姐，他们俩是……"

凤珍一脸不屑的神情："谁知道，搞不清楚。"

这时，金贵走过来：“小云，凤珍姐。”她们高兴地迎上去。

小云：“怎么样，找到工作了？”

金贵摇摇头：“志强哥叫我来告诉你们，我们准备今天晚上乘夜班车离开这里，回家去。”

凤珍：“为什么？”

金贵：“跑了三天，嘴都快磨破了，还没找到工作。我们只剩下回去的盘缠，再待下去，连家都回不去了。”

小云：“强哥呢？”

金贵：“他在那儿。”说着，手指向外一指。

大家望去，只见志强蹲在墙角，脚下放着行李，神情疲惫。他不好意思望大家，只顾低头吸烟。

小云怜爱地望着他。金贵说：“强哥想邀大家去照集体相。好歹咱们算来过广东一趟。”

三十四

镇内照相馆。夜。

赵家坳出来的男女青年整齐地排列在布景片前。摄影灯啪地亮起来。灯光下人人都紧绷着脸，心情沉重。

摄影师：“注意了，我们要拍了。笑一笑，笑一笑嘛。”

大家仍绷着脸。

摄影师埋头于相机的幕布内：“哎呀，不会笑吗？好了，那就听听广东人讲官话。注意了：西红柿炒鸡子，你说好吃不好吃。”

摄影师按下快门。大伙儿一副啼笑皆非的表情。（定格）

大伙儿愣了片刻，小云哇的一声大哭着跑出照相馆，志强追了出去。

三十五

镇内街道。夜。

小云含着眼泪在街上走，志强在后默默地跟着。

狭窄的街道上挤满才脱下工装的姑娘们。一群人嬉笑追逐着。

小云走着，光影在她脸上变幻。

穿着鲜艳的姑娘迎面走来。

一群姑娘围在一家店门口看电视。

在一家酒廊门口，他俩站住了。

志强："小云，别为我难过。就当我送你们来广东。别哭了，你看这满街打工的，都是我们这些种庄稼出身，她们个个都挺快活。这里是特区，特区是不一样，我也想留下来，只可惜，老板要雌的。"

小云被逗乐了，抬起头，含着眼泪深情地注视着他。

志强望着小云。

这时，酒廊的门开了，精仔挽着阿芳从内出来。精仔见小云和志强站在对面，很诧异地："赵小云？"

小云恭敬地："林生，阿芳姐。"

阿芳扫了她一眼："快开工了，别迟到。"挽着林生走开。

精仔回头又望了一眼小云，小声地："这女仔刚来就拍拖……"

阿芳："我一看就知道不是好货。喂，你老实点！"

两人走远。

小云和志强对望了一眼，低下头。

三十六

小街。夜。

精仔和阿芳走着，迎面遇到江生和林老板，互相打招呼。

精仔："三叔，今晚还要返香港？"

林老板："是啊。"

精仔："我们去上夜班。Bye Bye。"两人离去。

林老板回头对江生："这小镇没什么娱乐生活，把你留在这儿，委屈你了。"

江生："要玩，我就留在香港不过来了。林伯，玩具的国际市场行情变化很大，您在香港得盯紧点。"

林老板："揾食艰难。这里就拜托你了。"

江生："等着你的订单。"二人握手作别。

三十七

厂门口。夜。

小云一声不吭，依恋地望着志强。

志强不忍看她的目光，转过头去……

另一边，金贵正把一条旧毛巾塞给金玲："妹子，毛巾你留着使。"

金玲："告诉娘，我开薪，就寄钱回去。"

秀英："跟俺爹说，不出半年，彩礼的钱我还给他！"

玉兰笑眯眯地："告诉俺哥，我在这里很好。"

她们隔着铁栅栏与志强、金贵告别。

志强收回目光，发现小云仍在盯着他。

小云望着他。

志强："进去吧，要迟到了。上夜班别走神……小云，我想告诉你一句话……"

小云："什么话？"这时传来轰隆隆的巨响。

一门卫挥着警棍敲打铁栅栏："让开，让开。"同时，铁门自动开了，把两人分离开。

大门全开，四五辆巨大的集装箱卡车驶出厂，无情地将赵家坳的青年男女远远分隔开。

小云张开嘴喊着什么。

隔着车队，志强也比画着高声喊着。

上班的铃响了。

金玲（以下将称她为靓女）跑过来，拉着小云："上班了！"小云往回跑。

志强仍在那边。巨大的轰鸣声吞没了他要说的话。

小云跑了几步，回头。（定格）

歌声起。

（第一集完）

第二集

歌声起，一组女工们生活的镜头。

小云和女工们匆匆起床。

女工们跑出宿舍。

洗手间拥挤的场面。

女工们匆匆吃饭。

女工们排队打卡。

流水线上忙碌不停地工作的女工们。

五颜六色的衣服晒在屋顶上。

女工们向镜头走来。

三十八

小镇工业区。晨，数日后。

太阳刚刚升起，晨曦给小镇抹上一层金黄色。赶早的农夫吆喝着牛下田耕地。

三十九

厂内。门口。晨。

一只打卡的手。刚下夜班的女工们面容疲惫。靓女打完卡，秀英跟在后面。

秀英："金玲，你今天怎么搞的，我老等你的料。"

靓女："别说了，我好困。"打了个哈欠。

凤珍担忧地望着靓女。

四十

工业区大道上。晨。

小云和玉兰走在前面。

玉兰："去吃早点吗？"小云摇摇头。玉兰望着她："还在想强哥呢。"小云不吭声。玉兰回过头："姐妹们，肚子饿吗？去吃早点吧！"

靓女第一个反对："不去！困死了。"

秀英："我也不去，吃早餐太浪费了。"

玉兰犹豫地说："那我也不去了。"

一阵铃声传来，玉兰抬头一看，欣喜地大叫："你们看，谁在这儿！"

小云和姐妹们回过头，都呆住了。

只见志强踩着一辆三轮车笑眯眯地停在她们身后。

姑娘们高兴地跑过去："志强哥！"只有小云还呆呆地站在那里没有动。

姑娘们吵吵着："你没走啊，志强哥！""这到底是怎么回事？""这两天你在哪儿？""我哥哩？"姑娘们围着志强不停地问这问那。

志强："听我说，听我说！"

小云咬着嘴唇，忍着泪，定定地望着志强说不出话来。

志强发现小云，开玩笑地："哎，小云，怎么两天就不认识了？"

小云走过来，控制不住自己，转身趴在凤珍肩头哭了起来。

志强："那天我把金贵送上车，自己又折了回来。我不甘心就这么回家去。嘿，正好碰到在这里养鸭子的浙江人，他雇了我。"

小云止住泪，抬起头。

志强："走，上车，都上车。到我住的那个鸭棚玩玩去。那边风景可美了。"

姑娘们雀跃着挤上车。志强踩车远去。

四十一

厂内。总经理室。日。

江生正在严厉地批评精仔。

江生："这个月生产最差的就是你这个车间。一张订单做到现在还没完。这样下去怎么赚钱！你替我想想，替你阿叔想想。"

精仔不服气地辩解："这个月招了许多新工人嘛。"

江生："我不理你这么多。出问题我找你负责。新工人也来了快一个月了，再笨也学会了。你要多动动脑筋。"

精仔不吭声。

江生："我知道你是董事长的亲戚，正因为如此，你要努力。"

电话铃响了。江生望了一眼，转而又对精仔说："你可以走了。"

精仔走后，江生走过去拿起电话。

江生："噢，是 Marry 吗？你和孩子好吗？嗯，我身体还可以。这个月不回香港了，下个月要去趟泰国，有桩生意要斟酌，到时路过香港，再回家看你们。好，就这样吧。"

放下电话，静了会儿，他按下桌上的对讲机："请通知香港林董事长，这月订单可以全部完成。"

四十二

厂门口。日。

几辆集装箱车满载货物驶出厂门。

四十三

车间内。夜。

流水线的机器传送带转动。

装配零件的女工的手在熟练地操作着。

装配好的玩具又送到下一道工序。

靓女笨拙地装配，老是装不好。她显得吃力而又紧张。她后面的秀英焦急地望着她。

阿芳在巡视。

十几个工人挤在生产线上劳作。

小云抬起头，将一个装好的玩具放在传送带上。她扭头见上首的阿珍（凤珍）仍在干活。她又转过脸，担忧地向靓女那个方向看。

靓女的桌上堆积了许多工件。她紧张得满头大汗，手越来越不听使唤。秀英从后面探身取走一个工件，帮靓女干活。

靓女："秀英姐，我，我来那个了。"

秀英："憋住点，快干！"

靓女："裤子都弄脏了，怎么见人呀……"

秀英："快干！"将装配好的工件放到传送带上。

这时，靓女上首的工件源源不断地涌来，她后面的传送带上却空荡荡的。显然，流水作业卡在靓女这一道工序上。靓女后面的女工都停工待料，有的探身朝靓女看，然后不满地摇头，起身离去；有的则起身去端水杯喝水。

正在拉长位上坐着填写报表的拉长阿娴抬头注意到这现象。她站起来喊道："阿芳，阿芳！"

阿芳正在分料，见状忙跑过来："拉长，什么事？"

阿娴："你先去看看拉尾那边怎么搞的，怕又是让那靓女滞住了。"

阿芳回头看了一眼，忙跑过去。

阿芳来到靓女面前，她一边训斥靓女，一边动手示范。

阿芳："靓女呀靓女，怎么你这里又积压了，教了你这么多次，你怎么这么蠢呢？这样来，先做这个，然后这样……"

阿娴走过来："这个工位你到底做不做得来呀？真是一粒老鼠屎坏了一锅粥，整条拉都让你给拖住了！再这样下去，这张订单都不知能不能按时做完交货，教你就要用心学。"

靓女很不自然。

阿娴："动来动去干什么，坐不住你怎么干活？屁股底下有虫子呀。"

靓女无可奈何的神情。

一女工跑来："拉长，管工叫你们到 QC 部去。"

阿芳："就这样做，啊，记住了。靓女动作快点！"

阿娴："算了，阿芳，她要再做不来，换人吧，我们走。"

阿芳和阿娴走远，靓女忙飞快地向门口跑去。

秀英忙向凤珍招手："凤珍姐，过来帮帮我们。"

凤珍自顾不暇，连连摇头。

小云跑过来坐在靓女的位置上，急急地问秀英："快说，安哪个位置？"秀英指点着："这儿，这儿。"小云麻利地干起来。片刻，她又跑回自己的工位，装完一个，又跑回靓女的位置。

靓女后面的女工纷纷回到工位上。

四十四

车间二楼拐角处。

阿娴、阿芳、精仔抬着一箱半成品从质检部垂头丧气地走出来。

精仔："江生把我骂得真是没面，你们……"

拐过一弯，与正从楼下没头没脑跑上来的靓女撞个正着。

阿娴："你以为你还是农民，还在种地，想来就来，想走就走呀？"

精仔想了一下："靓女，坏了！那拉尾的人怕都停工待料了，快过去看看！"

他们跑去。

四十五

车间内。

精仔他们冲进车间门口，都愣住了。

车间内秩序井然。拉尾的女工在聚精会神地工作。小云坐在靓女的位置上，积件已经不多了。

精仔轻轻地舒了口气，阿芳和阿娴对视了一眼。靓女悄悄地从她们身后溜走，欲走回自己的工位。阿芳怒气冲冲地："靓女，你给我站住！"靓女吓得赶紧站住。阿芳走过来。靓女以为又要挨一顿臭骂，没料到阿芳没理她，径直朝小云走去。靓女抬起头，负疚地看着小云。

小云仍未知觉，阿芳走过来："赵小云，你怎么坐到这里来了，你的工位怎么办？"

小云起身一笑："误不了。"跑向自己的工位。她的工位上没有积压。

阿芳回头望望精仔他们，无可奈何的神情。

精仔和阿娴交换了眼神，走过来对阿芳："这细仔女还真行！"欣赏地朝小云望去。阿芳瞪了他一眼，气鼓鼓地走到小云面前："赵小云，还记得合同上第一条是什么吗？"

靓女瞪大眼睛望着。

小云低声说："记得，不得擅离工位。"

阿芳："对呀。要是都像你这样擅自离开，在车间里来回走动，这里就像个墟了！还有你，靓女，快回到你的工位上去！你们俩都违反了第一条，按合同规定该怎么处罚？"

靓女怯生生地走回自己的工位坐下。她回头看着小云，因她为自己受过深感不安。

小云："罚款五元，从当月工资扣除。可是……"

阿芳："可是什么……"

精仔走过来："小云没有影响工作，就免了吧。"

阿芳横他一眼，没吱声。

阿娴打了个哈欠："好啦，快够钟了，赶紧宣布一下返工的事情吧。真倒霉透了，今天我家里还有事呢！"

精仔："大家听着，这一箱产品不合格，有一个部件装错了，就要拆了重装。下班后，从靓女这里开始拉尾十个工位都留下返工，不留下的作旷工处理。"

车间内拉尾的女工哄起来，"又不是我们做错，干吗要我们也返工。""嘿，白做半宿。""困死了。""真倒霉！"

一女工站起来："拉长，能换个工位吗？"

又一女工："对，我不要排在她后面。"

靓女可怜兮兮地望着她们。秀英在后面低着头不吭声。

一女工："做不了就回家嘛。"

一女工："白耽误工夫。"

靓女"哇"地哭起来。

阿芳爆发地："别吵了！都忘了自己刚出来的时候了？你们生下来就都会做工？"

车间里渐渐静下来，女工们面面相觑。

下班铃声响了，传送带戛然而止。更静了。

小云看着阿芳，流露出一丝敬佩的表情。

靓女抬起头，感激地看着阿芳。

阿芳欲说些什么，又忍住，挥挥手："下班吧！"

车间里站起一片女工，拉尾的女工都不敢动。

小云和凤珍走到靓女身边。

小云："阿芳姐，我们能留下来帮帮她吗？"

阿芳火又上来了："你能帮她一辈子？"把那箱次品往桌上一扔。

小云和凤珍只得随人流出去。阿芳依次发料。

靓女老老实实地坐在流水线前。

小云和凤珍走到门口，回头。

传送带又无情地运转起来。

四十六

工厂。夜。

工厂大楼，车间里灯火通明。

四十七

女工宿舍区。深夜。

寂静的女工宿舍区。外景。

四十八

女工宿舍内。夜。

女工宿舍很大，是临时搭起来的。一个大房间挤满了几十张床。此时，宿舍内静悄悄的，女工们都已入睡，只能看见一顶顶的蚊帐。

小云酣然入睡。

靓女在做噩梦。先是痛苦地呻吟，继而大叫起来。“不……不，我不行，我不去……妈，救救我！”猛地坐起来。

别的女工被吵醒，纷纷掀开蚊帐骂：“搞什么名堂。”

“拖累我们返工，还不让我们睡个安稳觉！”

“靓女，你没死吧！”

睡在旁边的小云掀开蚊帐，探身进靓女的蚊帐，关切地：“金玲，你没事吧？”

靓女不好意思地说：“没事。我刚才做了个噩梦，梦见有人要抓我。”

小云：“玲妹，你太紧张了。别急，会干好的。”

靓女朝她点点头：“你睡吧。”小云缩回自己的蚊帐。

靓女躺下。

宿舍里又归于平静。

靓女翻来覆去睡不着，索性坐起来，呆呆地望着窗外。

窗外一盏路灯在亮着。

靓女傻乎乎地看着，毫无表情。

四十九

第二天。小镇。小吃店。日。

小街上又活跃起来。人来人往的。

小吃店门口，一个本地的姑娘正和福生谈着话。

姑娘：“福生，我妈说，这两天有人去香港，香港买金便宜。你上次答应帮我买条链，你看是不是，就这回托人带回来。”

福生为难地：“阿虹，现在我手头紧，你看我这小店，做的都是女工的生意，利润少。再加上这一段是月底，女工们都还没开薪，来店吃的人少……"

阿虹不耐烦地打断："行了，我就知道你没出息，我告诉我妈去。"赌气地走了。

福生："阿虹，你等等。"追了两步，见她走远，叹了口气，转身走进店内。

福生拿起一盆田螺在洗。玉兰走进店里，店内无人。

福生头也没回："还没有开市呢，吃饭等一会儿再来吧。"

玉兰走近："老板，让我来洗吧。"

福生："又是你……你敢洗这个吗？"

玉兰："啊！它们咬人吗？"

福生笑了，将田螺端开。玉兰也就抄起抹布擦起桌椅来。

福生看了她一下，边走边说："小阿妹，说真的，下了夜班该多睡会儿。你在厂里打工，又到我这里炒菜，听哥一句话，钱是挣不完的。"

玉兰一声不吭，继续干活。

五十

女工宿舍楼顶。日。

楼顶上晒满了各式各样的五颜六色的衣服。靓女这里摸摸，那里提提，晒干了的她就取下来。她腋下已经夹了许多衣服。

五十一

宿舍走廊。日。

靓女一手提桶水，一手拎着好几件衣服走在走廊里，模样很可爱。她拐过一个弯。

五十二

女工宿舍内。日。

下夜班的女工大都已经起床，宿舍里叽叽喳喳，十分热闹。

靓女走进来。她将水桶放在一张床前：“青姐，水给你打来了。玲姐，你的衣服干了。还有你的。”将衣服递过去。

宿舍里立即响起一片支使靓女干活的喊声。

一女工从上层床上喊：“靓女，帮我去买包话梅，好吗？”

另一女工：“带一包卫生纸来，靓女。”

靓女憨厚地笑着，一边接钱一边说：“行，好。”

画外音：“我要一块香皂。”“帮我买瓶花露水吧！”

靓女走过阿芳的床边。阿芳正戴着耳机听音乐，见状她摘下耳机：“靓女成了你们的使唤丫头啦？”站起来。

一女工甲：“害我们返了两小时工，还不让我们使唤使唤。”

可以看出都是在靓女工位后面的女工，她们都乐了，靓女也跟着乐，一副不在乎的样子。

阿芳走过来：“靓女，你算得过来账吗？”

靓女：“我有四个口袋，钱分着装。”

引来一阵大笑：“靓女真聪明！”

秀英瞧了一眼，生气地转过身。

阿芳和靓女往回走。阿芳：“在门口要是见着林管工，就对他说，我还要睡会儿，请他先回去。”

靓女：“我不敢，他要恼了呢？”

阿芳：“恼了也不会把你吃了。”说完她优雅地躺在床上，戴上耳机。

靓女愣了一下。

女工们都敬佩地看着阿芳。靓女慌慌张张地走了出去。

看着靓女出了门，秀英立即爬到凤珍的铺上，凤珍正在缝衣服。

秀英：“凤珍姐，有件事……想求你……”

凤珍没在意：“咱们姐妹有事就说，求什么？”

秀英：“换着玲妹做，我多干点，累点倒不在乎，只怕累了半天只能挣下个饭钱。你能不能替我向阿芳姐求个情，给我换个工位。”

凤珍一惊，针戳到了手指上。她吸着指头上的血，愣愣地望着秀英。秀英也不吱声。

凤珍："秀英，玲妹是手笨些，但她不是成心偷懒，你在身边看得最清楚，她连吃奶的劲都使出来了，对不？"

秀英点点头。

凤珍："所以呀，别人都吵吵要换工位，让她们吵去，咱们一块儿出来的连骨连肉的姐妹也要换，她还怎么待下去？快别这么想了，啊！"

秀英欲言又止，转身下了床。

五十三

鸭棚旁。日。

一排芭蕉林。远远地矗立着一个孤零零的鸭棚。鸭子们跳进池塘，静静地浮游着。

小云坐在鸭棚旁的荔枝树下，定定地看着在水中嬉戏的鸭子。

志强在池塘边干活，他走过来。

志强："小云，你们厂里多好，人家想进都进不去，可你偏爱到这儿闻鸭屎味儿。"

小云："这里安静。"

一条大黄狗摇着尾巴跑到小云跟前，显然已经和小云很熟。小云搂着它，抚摩着。志强关切地望着她，坐下来。

志强："想家了？"

小云答非所问："强哥，这狗啥时候都认识自家人，干吗这一间宿舍里经常有说有笑的姐妹一上班就跟不认识似的。"

志强不解地问："怎么会呢？怎么啦，和姐妹们闹别扭了？"

小云摇摇头，不再说话，又定定地瞧着池塘。

五十四

小吃店。日。

秀英从小街上走来，她看了一眼小吃店的招牌，抬脚进去。

秀英："老板，你这里要不要帮工？"

福生："有一个了，谢谢。"

玉兰抬头，见是秀英，有些意外："秀英姐"

秀英也觉得意外，片刻，她乐了，走到玉兰身边："玉兰，想不到你不吭不响的，挣钱还挺有办法。"

玉兰脸红了："秀英，不是的。"

秀英："这有啥不好意思，咱们出来就是挣钱的嘛。没事儿，我再到别处去碰碰运气。"她走出小吃店。

五十五

池塘边芭蕉树林。黄昏。

夕阳西下，给这里的景色又增添了些许情趣。远远地，只见两个人影。志强、小云漫步在芭蕉林中，那只大黄狗一颠一颠地跟在后面。

小云："真不想去上班。"

志强："活儿太累了？"

小云摇摇头。

志强："太难？"

小云："你也太小瞧我了。强哥，那些活儿我看看就都会做。"

志强："那为啥？"

小云："没意思。"

志强上前一步："小云，你原来不是哭就是笑的，现在怎么啦？"

小云望了他一眼："干长了怕真的不会哭也不会笑了。"说着，紧走几步。

志强跟在她身后，突然望着她大惊失色："哎呀，别动，毛毛虫！"

小云吓得全身僵直，一动不敢动："在哪里？"

志强："就在你头发上，正往下爬，快到脖子啦，这鬼南方就是虫子多，怎么办？"

小云急得要哭："快把它弄下来，快！"

志强：“我也最怕这玩意儿了，拿什么弄下来呀，总不能用手抓呀。”

小云真急哭了：“快呀，呜……”

志强乐了：“行，还会哭，笑没忘吧？”学广东官话：“西红柿炒鸡子，你说好吃不好吃。”

小云：“毛毛虫呢？你……原来你骗人！”扑过去胳肢他。

志强躲，小云追，芭蕉林内一片笑语。

五十六

小镇内。发廊。黄昏。

一个电吹风呼呼地响。秀英瞪大一双眼睛全神贯注地看着师傅为客人理发。

一位顾客做完头发起身。发廊师傅冲秀英喊：“喂，洗头做头就过来在这椅子上坐下，轮到你了。”

秀英摇摇头，让旁边的顾客先洗。一顾客坐到椅子上。

发廊师傅帮顾客系好围巾，纳闷地回头对秀英说：“姑娘，你坐了这么久，又不洗头又不烫头，莫非是来偷师学艺的？”

秀英站起来：“师傅，收下我吧。我来帮你洗头，打下手。我能从中午干到晚上十点，工钱您看着给就行。”

发廊师傅拿起了洗发香波：“这可是技术活儿，不比在厂里打工，你干得了吗？”

秀英走上前：“我现在试试，行吗？你在旁边指点我。”趁师傅犹豫间，她接过洗发香波往顾客头上倒。

镜子里，秀英动手为顾客洗头，颇为自信地征询顾客：“这个力够不够？”

顾客：“再大点！”

秀英洗头，顾客满意地点点头。

发廊师傅端详着秀英，犹豫不定。

五十七

路口。黄昏。

志强和小云走来。

小云："你回去吧，别送我了。"

志强："哎。"往回走了几步，又回身，"小云，说真的，你知道我为什么留在这儿看鸭子，你要是真不愿意在厂里干，你跟我说一声。"说完，扭头就走了。

小云目送着他。志强和小黄狗渐渐地融化在黄昏暮色中。

五十八

发廊。黄昏。

秀英刚给一个客人洗头。店内走进一个本地青年——华仔。他坐进椅子，开玩笑地对师傅："咦，黄老板啥时收了一个这么标致的女徒弟呀。以后我可要天天来洗头。"

黄师傅："多多帮衬。"走到秀英身边，"唔，你叫什么？"

秀英："阿英。"

师傅又走回来："一天五块，月底付钱。"

秀英惊喜得不敢相信自己的耳朵。

华仔："黄老板，太小气了，给这么少。"

秀英："不少了，不少了，谢谢师傅。"秀英深深地鞠了一躬。

五十九

车间内。夜。

女工们鱼贯地走进车间，直奔各自的工位。

秀英、玉兰和靓女也走到自己的工位前，刚欲坐下。

阿娴："秀英，你往前坐一个座位，玉兰，你也往前坐一个……"

秀英愣住了，站在原来的靓女的工位上不知所措。

凤珍向她投来责备的目光。

秀英悄然看靓女。靓女一脸惶惑不安。

阿娴："坐下呀，快坐下，别影响开工。"

秀英、玉兰迟迟疑疑地坐下来。女工们都坐好了，只有靓女一个人站着，没有工位。

阿娴："靓女，你跟我来。"

靓女惊慌地："上哪儿去？不要我了吗？"

女工们看着阿娴领靓女走出车间。秀英回头，见凤珍正盯着自己，一脸责备的神情。

六十

车间电梯口。夜。

阿娴领着靓女来到上料的电梯口。

阿娴："靓女，大家说你有力气，是吗？"

靓女忙伸出那双大手："是的，你看我的手。"

阿娴："那好。你听清楚了，装配用的零件都从这个电梯运上来，然后你就把它们搬下来，再按照纸箱上写的，把它们分发到每个工位去。这你认得吧？那好，数字你就能认得。每个工位都有号，按号送。不认得也不要紧，对上纸箱上的和工位上的两个一样就行。千万别发错了。这就是你的新工位，好好干。"

靓女乐呵呵地："放心吧，拉长。这个我能干好。"

六十一

车间女厕所内。

凤珍奇怪地站在一扇关闭的门外等着。旁边明明有两扇开着的门，她却像没看见，气呼呼地只盯着那门。

随着一声水响，门开了，秀英边系裤子边走出来。

凤珍："你还是去请求换工位了？"

秀英："我不知道……"

凤珍："你不知道，可你现在坐的是玲妹的工位，现在你们干多少可以拿多少，干得快就可以挣得多了。可是玲妹那活又重又累不说，就只挣一个死数，而且是全厂最低数。我真恨自己无能，帮不了她。”

秀英：“我帮了她快一个月了，我一直干着两个工位的活儿。”

凤珍：“我也没有劝住你。”

秀英：“不，不是我。凤珍姐，你怎么不相信我！”

凤珍：“我下午就相信了你，没想到……”

秀英委屈地：“真的不是我。”

凤珍在门口回头，疑惑地看着秀英，走出厕所。

六十二

车间内。

精仔把一张小桌搬到小云身后，又拿来了纸笔墨。

小云：“这是干什么，林生。”

精仔：“你好像干得挺轻松，给你加点活。我记得你的名字写得很漂亮。来，帮我抄点东西。”

小云：“好吧。”

江生巡视车间，精仔过来，陪他观察了几个工位，正欲抽身离开，抬头发现什么……

小云干一会儿工位上的活，转身抄几行字。

江生觉得诧异，精仔忙解释：“这女仔干活很轻松，我临时抓她的差，抄抄通告什么的……”

江生责备地看了精仔一眼，走到小云身后。精仔、阿芳、阿娴也凑过来。精仔有些不安，阿芳则幸灾乐祸地看着他。

江生：“字写得还挺漂亮，”对精仔：“赶紧把这张桌子撤走。”

精仔示意阿芳，阿芳横他一眼，将桌抬走。

江生：“你叫什么？”

小云有些紧张：“我……”

江生不待她回答，凑前看了下胸卡：“赵小云，好。”打量她一下，转身走了。

小云对精仔：“林管工，这……”

精仔悄声地：“没你的事。”追上江生，解释道：“这不关她的事，是我……”

江生没吭声，走了几步：“你去人事部一趟，把她的材料调给我。”说罢继续巡视。

精仔摸不着头脑，应了一声。

六十三

运料电梯口。

电梯里电话铃声不停地响着，靓女却趴在一堆纸箱上睡着了。电梯运料到了。门大开着。

江生一行人巡视到此，精仔忙跑去接电话。江生发现靓女仍在酣睡，勃然大怒。

江生：“这是什么？你们都没发现。夜班要多巡逻，发现打瞌睡的就提醒她。我平生最讨厌的两种行为，一是偷，二就是工作时睡觉。”

阿芳、阿娴忙跑上前摇醒靓女。

阿娴：“快起来，快醒醒！”

靓女懵懵懂懂：“娘，再睡会儿，再睡会儿嘛！”翻了个身。

阿芳：“谁是你娘，快醒醒，老板来了！”

靓女一惊，跳了起来，揉着眼睛。

江生鄙夷地转过脸：“先警告她。要是第二次上班睡觉，坚决开除！”

六十四

几天后一个黄昏，工业区大道上。

小云兴高采烈地走着，一辆摩托车越过她，在她面前刹住。骑车人摘下头盔，原来是精仔。

精仔：“上车吧，我送你回去，顺路。”

小云：“我可不敢坐。”

精仔："摔不着的。"

小云："谢谢了。"便往前走。精仔开着摩托车追上来，围着她转圈。

精仔："晚上八点，我请你吃田螺。"

小云继续往前走："饶了我吧，那东西我看见都恶心。"

精仔又追上来："就在前面，去坐坐嘛。"

小云不回头："不了，我要赶回食堂打饭。"

精仔悻悻地看着小云远去。

六十五

小吃店。黄昏。

玉兰摘下围裙，手袖，对屋内："老板，我该回去了。"

福生从屋内出来，手里拿着一沓钱："哎，你慢走，今天是你来这里炒菜一个月了，我给你按一天五块算的。这是你的工钱，拿着。"

玉兰惊恐地往后退："不，不要，我不要。"

福生："你是嫌太少了。"

玉兰："不，不，不是。"

福生："干活拿钱，天经地义，为啥不要？看把你吓的。"

玉兰："我不是来炒菜的，我……"

福生："那干吗天天来干活？还真让我碰上了田螺姑娘了不成？给，拿着，你们这么老远来这里，不就是来挣钱的。"

玉兰："我……我是谢你那天一碗凉茶救了我。"转身跑出店门。

福生捧着钱呆立在店中。

六十六

女工宿舍露天洗衣池前。日。

凤珍在洗衣服，她听到身后几个女工在边洗边聊。

"要说厉害，最厉害的还属赵家坳的女子。刚来了一个月，就把小吃店的老板缠得死死的，天天去那里，像老板娘似的忙里忙外。"

"听说老板有对象了。"

“哟，那不是挖墙脚嘛！”

“哎，真不害羞呀！”

凤珍忍不住，回头：“你们说谁？咱赵家坳没这样的人！”

女工甲：“你去看，现在还在那儿哩……”

女工们突然都不说话了，低头洗衣服。

凤珍一回头，见玉兰正要上楼梯回宿舍。凤珍端着脸盆走过来。

凤珍：“玉兰，我有话问你。”背后传来一阵女工们起哄的笑声。

二人走到楼梯拐角，凤珍问玉兰：“玉兰，你去哪儿啦？”

玉兰：“我去小吃店了，怎么啦？”

凤珍：“你真喜欢上那个老板了？”

玉兰：“他救过我。”

凤珍：“她们话说得可难听了，姐不信她们的。你没做给赵家坳丢脸的事，对吧？再说，他是有对象的啊！”

玉兰点点头：“别说了，凤珍姐，我以后不会到那儿去了。”

凤珍看了她一下：“行了，就该这样！”

走廊上靓女惊喜的叫声：“快去呵！”二人回过头一看，见靓女高兴地在走廊上跑来跑去，通知每个房间：“发工资啦，发钱啰！林管工通知去车间领工资！”

秀英跑出房间，急切地问：“在哪里？”又跑出几位女工。

靓女神气地说：“车间。”又大声喊：“小云姐！”

玉兰抑制不住地兴奋，望着凤珍：“凤珍姐，我们……”

凤珍体贴地笑了：“我第一次领工资也是这样。”

靓女、小云、秀英等几个女工冲过来，靓女喊：“玉兰，我们快去。”她们一搭肩，齐齐地冲下楼梯。凤珍看着她们跑去，自己回身晾衣服。

六十七

女工宿舍传达室。日。

信柜里塞满了来信。一只手取走了一沓。

六十八

女工宿舍。日。

小云拿着一沓信走进房间："姐妹们，来信了！"立即围上来一群姑娘："有我的吗？"有的惊喜："有我的。"

小云招呼："金玲，你娘来信了。"

靓女正捧着一大罐荔枝罐头在吃，听说来信，忙抬头，乐呵呵地："哎，今天是啥日子，又发工资，又来信。"

秀英在桌前数钱，记账，一姑娘问："秀英，待会进城去吗？"

秀英头也不抬："去，我去邮局汇款。"

二层铺上面，小云翻身上来，正要躺下看信。靓女也爬上来，不好意思地凑近她："小云姐，你帮我念念信。我妈不知托谁写的信，写的字俺都不认识。"

小云笑笑，接过信读："玲儿，你好。屈指算来，你离开家快一个月了。"靓女认真地听着小云念信。"妈想你。金贵回来了，这孩子没出息。咱们家就指望你了。"愣了一会儿，见小云没声音，靓女纳闷地问："没了？""没了。"靓女不满足地："就这么点，我妈也真是的。哎，对了，小云姐，你帮我写封回信，我说，你写，行吗？"

小云满口答应，她趴在床上，铺开纸，拿着笔道："说吧。"

靓女换了个姿势，背靠着小云开始口述："妈妈，你好。今天发工资了，等一下我就去邮局寄些回家。我领了好多钱……"回头对小云："哎，别告诉我妈，我的钱比你们少。"小云点头，写着。

靓女接着口述："好多的钱。因为，我的力气大，比……比别人都挣得多，我在这里很好，您别……别挂念我，妈……我好想你哟……"她说不下去了，鼻子一酸，哽咽起来。

小云听到身后的哭声一惊，忙扔下笔，抱住靓女："玲妹，你哭什么，别哭！想家了？"靓女抽泣着低着脑袋直点头。小云也动了感情："玲妹，苦日子都熬过来了，玲妹，好好干，将来你挣的钱会超过我们的。"说着她的泪水也涌了出来。

几个正在谈笑的女工都回头看她们。

秀英仍是一副无动于衷的样子。

一女工在门口叫："去城里买东西的，走啰！"

女工们纷纷起来出门："走啰！""哎，带上伞！"

凤珍走到小云她们床前："走吧，我们也去高兴高兴。"

靓女抹掉眼泪，有点难为情。她见小云脸上也挂着眼泪，破涕为笑："你哭啥？"

三个人笑着走出去。

六十九

村口。日。

村口聚集着一群骑摩托车的人，是从事载客生意的本地青年。他们见从工业区走来一群姑娘，呼地十几辆摩托蜂拥而上，上前拉客人，态度甚为热情周到，"上城？坐我的车啦。""我的车新，保你满意。""不贵，才一元吗。"

小云她们这时就像骄傲的公主，颇为神气地挑选着坐骑。

秀英："你这辆车太脏了，我坐这辆！"

靓女跨上一辆摩托，乐得大叫："小云姐，我在这儿！"

凤珍和玉兰同坐一辆摩托，向靓女打招呼。

小云跨上摩托，显得挺有风度。

十几辆摩托争先恐后地启动引擎，排气管冒烟，一阵吼叫，载着这群姑娘，浩浩荡荡地驶去。

七十

乡村大道。

摩托大队。

七十一

傍晚。鸭棚。

火柴点亮马灯，映出志强的脸。

志强在鸭棚内，收拾了下东西，很无聊地往床上一躺。刚躺下，棚外传来姑娘的喊声："强哥！"他起身拎着小马灯弯腰出鸭棚。

志强从鸭棚钻出，提起马灯一照，见一群穿着时髦的姑娘背对着他，有的烫了发，有的穿着牛仔裤，都在捂着嘴笑。

志强纳闷地："你们找谁啊？"

姑娘们笑得更厉害了。大黄狗冲到小云身边，欢快地"呜呜"直叫。小云转过身来，佯装嗔怒地打狗，不敢接触志强的目光。她的一身装束显得颇为洋气。

志强目瞪口呆："小云？"姑娘们吃吃地笑起来。志强走上前："今天是什么日子，仙女下凡来了？"

小云拿出瓶酒："仙女还带着酒呢。"

志强："噢，你们怎么，都发财了？"

靓女："我们发工资了。"

志强："那咱们是该庆贺一下。正好师傅打牌去了，这里没别人。"

姑娘们把带来的酒、吃食等铺排在鸭棚前的小桌上，围坐过来。

七十二

镇内。小酒廊。夜。

酒廊内灯光幽幽。江生和精仔坐在酒柜的高脚凳上对饮。这个不大的酒廊是本镇唯一可以高消费的地方。

精仔："江生不带太太过来住几天。"

江生："她在那边有事。"

精仔："太太不过来，兴许还自由些。"

江生望了他一眼，没有接腔。

精仔喝了口酒："江生，这满街的北方妹，没看上一个？"

江生："我怕引火烧身。"

精仔来了兴致："嘿，你身上揣着 Pass，出了事，你抽脚一走，她能追过罗湖桥？”

江生有些厌恶，嘲讽地：“想不到林生，思想还很新潮。”

精仔有些醉意：“你别看我是小镇上的人，自从你们带着钱过来办厂子，我们这里开化了许多。”

把江生搞得哭笑不得，直喊：“老板，买单。”

七十三

鸭棚边。夜。

小竹桌上杯盘狼藉，志强喝得有些醉意：“我志强吹了大牛。上次我说请你们吃饭，现在……哈哈！”一阵苦笑。小云担忧地望着他。

凤珍：“志强，别说这些。姐妹们，下一个节目是什么呀？”

靓女：“哦，该照相去了！”

凤珍：“志强，你先闭上眼。”

姐妹们围拢过来。

志强：“干吗，又想吓我一跳呀？”

玉兰：“你闭上眼就知道了。”

志强：“不干不干。”

小云绕到他身后，用手捂住他的双眼：“快，快！”

凤珍从包里拿出一套廉价西服，亮在志强面前。小云松开手。秀英问：“喜欢吗？”

志强：“这是干什么？”

凤珍：“志强，快换上这身衣服，咱们一块儿照相去。”

志强：“哪来的？”

凤珍：“你别问了，换上看看合身不。”

靓女：“这叫西装，外国男人都穿哩。”

志强：“谁买的？”

玉兰：“我们大家的工资凑的。”

小云笑眯眯地注视着他。

志强：“我不要！”

凤珍："这……"为难地看着小云。小云也有些意外。

志强吼："拿走，快给我拿走。"颓然坐下闷头灌起酒来。

姐妹们吓傻了。片刻，小云扑过去夺酒瓶。

小云："别喝了，强哥！"

志强推开她，摇摇晃晃走向鸭棚："别管我，你们走吧，照相去吧。都是工人了，拿工资了，穿得也像城里小姐了。干吗还要和我这放鸭子的农民一起照相，干吗要给我买衣服！我一个大老爷们儿，吃女人挣的，喝女人挣的，还要穿女人挣的……"

志强"哇"地吐了一地。

众人："志强哥！"都跑过来扶他。

志强号啕大哭起来。

小云："凤珍姐，你们先走吧，我来照顾强哥。帮我请一会儿假。"

秀英："那这个月的全勤奖就都吹了。"

小云："不管它了！"

众姐妹难过地走了。

小云把志强扶进鸭棚，安顿他坐下。

志强："小云，刚才强哥太……"

小云给志强倒水，她扭过头，见志强脸上两行眼泪在月光下闪着亮光。

小云端着水走过来："不，我太自私了。只知道自己心里不痛快就来这儿说，也没问问你心里咋样。"

志强："小云，咱俩一块儿回赵家坳吧！你不喜欢这儿对吧，我早想跟你说了，就怕你回去以后又后悔，回去再累再苦，我是条汉子，在这里我还不如一个女人……"又吐起来。

小云把他扶上床，给他脱了鞋，擦干净他的嘴巴，给他盖上被子。志强呼呼地睡了过去。

小云走过来，对着那盏马灯发呆。片刻，她拧小灯火。

（第二集完）

第三集

七十四

车间。夜。

灯火通明。女工们在紧张地工作。

小云有些走神儿，不时拿着零件发呆，速度显然慢多了。阿娴在她背后巡查。

阿娴："干活儿集中精神，别总发呆。"

小云一惊，赶紧动起手来。

凤珍看阿娴已踱了过去，忙扭过脸。

凤珍："志强好些了吗？"

小云："睡得死死的。"

凤珍："那你还有什么不放心的！"

小云："他想回赵家坳了。"

阿娴："哎，那边注意，工作时间不许说话。"

凤珍、小云立即不作声闷头干起活来。

突然，全车间的传送带停了，车间里骤然静了片刻，接着便又响起一片"嗡嗡"声。女工们有的关注地议论，有的乘机伸伸懒腰，去喝水，上厕所，有的索性趴在桌上闭一会儿眼睛。

精仔神情严峻、风风火火走进车间，阿娴与阿芳忙迎了过来。多数女工都关注地望着他。

阿娴："怎么啦，出什么事！"

精仔："这一个钟头出来的产品都不合格，QC 部说不止一道工序出了问题，快分头一道一道工序查一遍。"

三人立即分头查了起来。三人严峻的表情吓得女工们人人自危，都端坐着不敢吭声，等待着检查，车间里出奇的安静。

正在一个女工身旁检查的阿芳突然直起身来。

阿芳："林生，快过来，是这里错了。"

那女工惊惶地哭了起来。

女工："我，我全是按你教的做的呀，怎么会错……"

阿芳："哭什么！现在还不知道谁的错！"

精仔与阿娴奔了过来，查了查。

阿芳："这零件不是这道工序的。"

精仔抬头看了看工位号。特写：6 号。

精仔："阿芳，快去看看 9 号位的零件对不对。"

阿芳跑了过去，仔细查了查。

阿芳："错了，6 号位的零件跑到这儿来了。"

精仔："这两个工位的料发错了！叫靓女来。"

阿娴："靓女！靓女！"

没有回音。

三人奔向上料口，凤珍等人紧张地从座位上站了起来，直向这边张望。

电梯里。靓女趴在纸箱上睡熟了。

精仔等三人见状大怒。

精仔："造成全车间停工，她却在这里睡大觉！叫醒她，我有话对她说。"

阿芳："嘿，醒醒，靓女。"

靓女惊恐地跳起，忙把电梯里的纸箱一箱一箱往出扛。

靓女："我没睡，真的，我只是闭了下眼。"

精仔："阿娴，马上开张出门条给她。你现在就走！明天再到写字楼结一下账，领回你的押金。回去睡觉吧！"

靓女："不，不，我不睡觉，我正在上班。"

阿芳："你被炒鱿鱼啦！"

靓女："什么叫炒鱿鱼？"

阿芳："你被开除了！"

靓女愣住了。

凤珍等人离开工位，围上前来。

阿娴拿来了出门条，递给精仔，精仔签了字，交给靓女。

靓女"扑通"一声跪了下来。

靓女："阿娴姐，阿芳姐，林生，别开除我，我再也不敢睡觉了。求求你们……"

阿娴："你以为你只是打了会儿瞌睡！你把料发错了，知道不知道！造成全车间现在都停工了，今天夜班的成品都报废了，五十多人都白干了，马上要大返工！炒你还是客气的，要赔偿经济损失那卖了你也赔不起！快起来吧，这会儿求也没用了。"

靓女接过出门条，号啕大哭起来。

阿芳往回轰那些围观的女工。

阿芳："回到工位上去，都回去，马上返工。"

女工们渐渐散去。但凤珍等四人仍未走。

凤珍："林生，原谅她一次吧，今天的事都怪我，发了薪水，我就带她们去镇里玩了一天，没有睡觉，才出了这么大的错。要处罚就扣我的奖金工资吧！"

小云："扣我的！"

玉兰："还有我。"

精仔："不行，她已经在上一次打瞌睡出差错了。你们求情也没用！都回自己工位去。"

车间里响起传送带转动的噪声。

凤珍等人仍迟疑。她们朝车间望去。

阿娴："开始返工了，还不快回去，不想干了吧！"

玉兰、秀英、小云只好在精仔和阿娴的轰赶下回到工位上去了。

小云："凤珍姐，你先陪陪玲妹，我替你干着。"

凤珍扶靓女站起来。

凤珍："别哭了，咱们再想别的办法……"

靓女突然哭着跑下楼梯。

凤珍："玲妹——"

凤珍犹豫片刻追去。

七十五

厂门口。

靓女哭着奔到门口，用拳头猛砸着紧闭的大门。

老太婆从传达室里像幽灵般闪了出来。

老太婆不说话，对靓女也不觉奇怪，冷冷地接过她手里的那张出门条，看了看，掏出钥匙打开了铁栅栏门上的一扇小门。靓女迈出了小门。

"玲妹——"凤珍呼叫着追了出来，但被老太婆拦住了。

老太婆："出门条呢。"

凤珍被问住了。

老太婆"哐啷"锁上了小门，走进传达室。

凤珍扑到栅栏门上。

靓女在门外站住了，慢慢转过身来，她已不再哭泣，惨白的脸上挂着泪，她定定地望了一会儿灯火通明的厂房。然后摇摇晃晃地走进了夜幕中。

凤珍："玲妹——阿婆，求求你开开门让我出去和她说句话。"

传达室小屋的灯灭了。

凤珍只好慢慢转身走回车间大楼。

七十六

宿舍里。

靓女手捧着娘让她带出来的那条旧毛巾，默默垂泪。

七十七

车间。清晨。

下班铃声响。

凤珍、小云、玉兰和秀英站起来就向门口冲去。

七十八

宿舍里。

凤珍等人跑进宿舍，不见靓女，不禁都有些吃惊。只见靓女的床上整整齐齐地叠放着新买的牛仔裤，牛仔裤上面是叠得四四方方的那条旧毛巾，再上面是她请小云代笔写好但还未寄出的家信。

凤珍翻了翻这些东西，感到信封里鼓鼓囊囊的，便把那没封口的信封里的东西倒了出来，她发现是一些钱，其中还有一分、二分的硬币。

小云："她怎么把零钱都装进给她娘的信里！"

凤珍与小云惊惧地对视了一眼。

凤珍："快，小云、玉兰，你们去志强那儿找找，看她会不会上那儿去了，秀英，咱们在这附近找找。"

七十九

鸭棚。

小云、玉兰气喘吁吁冲进鸭棚，叫醒志强。

小云："强哥，玲妹来过你这儿吗？"

志强："没有，怎么啦？"

小云："上夜班她出差错被厂里开除了！现在哪儿都没找到人。"

玉兰："这附近这么多鱼塘，她会不会……"

小云急忙捂住她的嘴。

志强猛地站起来。

八十

宿舍周围。

凤珍与秀英边喊边找。

凤珍："玲妹——"

八十一

鱼塘边，荔枝基，芭蕉林。

志强领着小云、玉兰边喊边找。

志强："玲妹——"

八十二

冲凉房。

一群下了班的女工"叽叽喳喳"抱着盆，提着桶涌了进来。

"瞧她们那个紧张样儿，靓女这么大个人还能丢了！"

"就是，没准找别的厂去了。"

"等会儿洗完澡她们还要吵吵，我就不客气了。"

她们分别走进一格格单间冲凉房。

女工甲推开其中一间，关上门，片刻，只听得里面一声尖叫和脸盆落地的声音。接着，她惊恐地跑出来。

女工们纷纷探头出来。

八十三

冲凉房外。

冲凉房在楼上，赵家坳的人正聚集在楼下坪里商量。

凤珍："她能上哪儿呢？"

传来女工甲的尖叫声。她们抬头望去。

女工甲趴在栏杆上，惊恐地朝她们挥手号叫："快……在这里！"

凤珍、志强等人立即跑上楼。

女工甲扶着栏杆捂着脸干呕起来。

八十四

冲凉房内。

志强、凤珍等人冲进来。

女工们看见志强进来惊得大呼小叫，忙不迭地躲藏、遮掩。

一女工慌得用脸盆遮住自己。

志强视若无睹冲到尽头的那一格，踢开门。

一女工尖叫捂住脸，随之更安静了……

凤珍欲哭无声："靓女——"

小云恐惧的眼神，无力地靠在志强肩上。

玉兰转过头，不敢看。

一双脚悬空吊着，后景，志强推开小云，走上前："快，帮着我解下来。"

上来有人帮忙，镜头推向小云，她整个吓傻了……

志强抱着靓女把她缓放到地下，用手试了试，志强惊奇地回头："还有气！老天有眼，快送医院，兴许还有救。"

人们一阵忙乱，志强抱起靓女就往外跑。

小云呆呆地站在那儿，走到窗前。窗外是新兴的小镇，崭新的厂房。

推土机还在开垦着新地，生活依然生机勃勃……

八十五

小吃店。下午。

赵家坳的人疲惫不堪，神色委顿地围坐在一张小桌上，桌上各人面前的炒米粉几乎没动，小老板关心地在一旁注视着。

秀英走了进来。

凤珍："让你在宿舍里守着她，你怎么来这儿啦！"

秀英："她睡了，那镇静针怕是起作用了，她一时半会儿醒不了。"

福生忙端上来一盘炒米粉："快坐下来吃点东西吧，下了夜班到现在你们还什么东西都没吃吧？"

秀英试探地："今晚我们还上不上班去？"

凤珍："不，玲妹上不了班，我就不上，我把她带出来的，我不能不管她，我们赵家坳的人，有福同享，有难同当。”

小云：“对，我不去上班。”

玉兰：“我也和你们一起。”

凤珍：“秀英，你呢？”

秀英抬了下头，又低下头没说话。

福生：“奇怪，又没开除你们，你们干吗自己开除自己，不上班，你们千里迢迢来干吗，以后住哪儿？”

志强：“明天她要是觉得好点儿，我带她回家去。”

秀英惊愕地抬头望志强。

凤珍：“唉，我想再求求厂里，要是他们还是不肯原谅玲妹，一定要炒她，那我们就一起离开这儿，回家去。”

秀英：“要是玲妹不愿意回家呢？”

凤珍愣了，回答不上来，转而望小云，小云也一筹莫展。

一女工风风火火闯进来。

女工：“小云，你在这儿呢，厂长找你，让你马上去写字楼！”

小云迟疑地站起来：“我？厂长找我？”

女工：“嗯，快点，说是在等着你哩。”走出店门。

秀英也站起来：“会不会玲妹的事惊动厂里了？”

凤珍：“小云，你去吧，给玲妹解释解释，求求情，告诉厂长，他要还不同意，我们就都一块儿离开他这厂。”

秀英：“小云，就看你的了。”

志强：“怕什么，臭资本家，跟他谈不成咱们一起回赵家坳去。”

玉兰：“一路上想想怎么谈……”

小云重任在肩，表现出一副决战的神态。

八十六

工业区大道。日。

一辆车驶过，小云向镜头走来，来往的车很多。

小云神情紧张，急急地走，〔画外音〕：“厂长，赵金玲给厂里造成了损失，可她不是故意……求求你！不，不这么说，口气要硬点……”

她走进厂门：“厂长……”

八十七

写字楼内，厂长办公室。

办公室有个秘书在抄录公文，见小云走来，意外地很热情招呼：“来了。”

小云点点头，秘书小姐按桌上的对讲机：“江生，您请的人来了。”“请她进来。”秘书对小云：“进去吧，他们正等着你哩。”

小云走到门口，迟疑了一下，推门进去。

室内，江生手拿一份履历表，上面有小云的照片，和精仔正谈着。见小云进来，随手将表格放到桌子上。小云怯生生地推门进来。

江生和精仔笑着望着她。江生：“进来，请坐吧。我们正等着你哩。我们有件事要跟你说一下……”

小云在他指的椅子上坐下，鼓足勇气：“刚好，我也有件事要跟你说……”

江生：“那就先谈完我们的事，再听你说，行吗？”

小云点点头。

江生：“这是你来厂的登记表，上面记载你是念书念到高二就没读了，是吗？”

小云很纳闷地点点头：“是。”

江生：“小云小姐，进厂一个月，你就以你的文化程度和掌握技术的速度引起了我们的注意，我们认为你不仅仅能当好一名工人，这间厂和我本人非常希望得到你的通力合作。”

小云愣了：“我？”

江生点点头：“是的，最近国际上订单来得很多，时间都很赶，电子车间屡次返工，停工，生产进度很慢，需要加强管理。我正式任命你为助理拉长……”

小云简直不敢相信自己的耳朵。

江生："请协助阿娴小姐、林生工作。记住，多动脑子，想尽一切办法提高效率。我管理一个厂，他管理一个车间和你协助拉长管好一条拉是一回事，好好干！"

小云饶有兴趣地听着。

江生："从这月起，你的月薪是三百元，不包括奖金，干好了再加薪，具体怎么干林生会教你的。怎么样，有意见吗？"

小云如坠云海，茫然不知所措。

江生不等她表态："好，对不起，我要赶晚上这班船回香港，再见。"起身匆匆提着箱子走出。

小云突然想起自己的任务，扭头喊："哎……"

江生走出门，门在他身后关上。

精仔向她伸出手："祝贺你荣升，小云小姐？"

小云回过头，表情复杂。（定格）

精仔："小云小姐，今后遇到什么困难，需要我帮忙，请尽管说。为了祝贺你荣升，和我们俩将来的合作愉快，走，咱们到海韵楼吃海鲜去，我请客。"

小云迟疑地："我……是有件事求林生。"

精仔："好啊。上酒楼谈去。我提升时，厂长请我的客，阿芳小姐提升的时候，我也一样请过她的。这是例规，走吧。"

小云犹豫不决地转过身来。

八十八

宿舍里。日。

靓女已坐起来，正吃着米粉，她表情漠然。

赵家坳的同乡们围聚在靓女身旁。

志强不自在地站了起来："小云怎么还不回来？厂里不同意就不同意，咱们就一块儿回家去，跟他们泡什么蘑菇！"

凤珍："泡也没用，小云该赶紧回来大家一块儿商量哪天走的事。"

玉兰："要走的话，东西还没收拾呢？"

靓女放下碗筷："凤珍姐，我不回去，要回去你们回去。"神情似换了个人似的，漠然中带点浑……

凤珍、志强惊讶地回头看她。

靓女："我这样子回去怎么见我娘……我真傻，怎么会放错料呢……"一脸恨恨的样子。

秀英走过来："玲妹，我看这半天小云还不回来，怕是有门。就是今晚上还上不上班，她该赶紧回来告诉我们呀。"

外面传来大呼小叫的声音，她们回头。

女工甲闯进宿舍，直朝阿芳的单人床奔过来："阿芳姐，阿芳姐，那个赵小云，我看见她跟林管工一起进海韵楼了，还是坐林生的摩托车去的呢！林生怎么会看上她，土里土气的……"

阿芳翻身坐起："闭嘴！"急忙起床，对镜子整了整妆，往外走去，经过靓女床前，她停下来："凤珍，管管你带来的人，这边自己姐妹刚在冲凉房上吊，那边她就想在管工的膀子上上吊了。"

凤珍低下头，有点难堪。

阿芳狠狠地瞪了她一眼，走出。

赵家坳的人愣了一刻，半晌，志强转过身来："我去看看。"

凤珍："等等，我陪你去。秀英、玉兰你们陪玲妹。"两人离开。

秀英："有消息赶紧告诉我们。"

八十九

海韵楼。楼上。傍晚。

精仔举起酒杯："小云，来，举杯，为我们的合作愉快，干杯！"

小云没有举杯，双手趴在桌前，极认真的样子。"不，你得先答应我求你的事，靓女不是故意的，以后让她在我管的工位上做，我保证不让她出错……"

阿芳出现在几张台后，落座，朝这边张望……

小云："这点事情都不答应，以后还谈什么合作。"负气地转过头来。

精仔用手拍打着小云，说："哟，小云当上助拉口气都不一样啰。"

阿芳气得把茶杯放下，她拿起桌上的笔在菜单上草草写了几行字，然后折起来，做了个手势，叫过来侍者："请把这个送给九号台的那位先生。"

一张纸条交到精仔手中，精仔打开看了看，将头转过去与阿芳目光对视了会儿，转过头来也在纸上写了几个字。

纸条在阿芳手中展开，上写："你是我什么人？"

阿芳抬起头，气愤地将纸条撕得粉碎。侍者站在一旁，询问："小姐，想吃点什么？"阿芳扔下两元茶钱，冲出大厅。

精仔和小云还在交谈着……

九十

海韵楼外。傍晚。

阿芳从内出来，正撞上刚刚赶到的凤珍、志强。

凤珍："阿芳姐，小云是在里面吗？"

阿芳不理睬，气哼哼地走过几步，忍不住转身。

阿芳："凤珍，你转告小云，叫她当心点！"转身离去。

凤珍、志强对望了一下，转身朝大门走去。

这时，小云和精仔走近转门。小云看着转动的门很害怕，不敢跨进门去。精仔善解人意地笑了笑，挎起小云的胳膊，带着她挤进一格中转了出去。

精仔："我送你回去。"

小云："不！"抬头发现凤珍，高兴地跑去："凤珍姐！"小云跑来："凤珍，你怎么来了？强哥。"

志强转过身来不理她。

小云纳闷的神情："怎么了，出什么事了。"

凤珍责备的神情："小云，你怎么跑到这地方来了。"

小云不知道怎么辩解："我……"

精仔骑摩托车过来："小云，老乡来接你来了，我就不送你了。"

开车欲走："哦，对了，凤珍，靓女的事，小云已经跟我谈妥了，等她休息好了，就叫她来上班吧。哎，还有件好事，小云跟你说没有？"

凤珍："什么事？"

精仔一笑："让她自己说吧！"开车走了。

凤珍纳闷地问："小云，又怎么了。"

小云："刚才，厂长任命我为助理拉长了。"

凤珍激动地一把抓住小云："这是真的？"

小云点点头。

凤珍高兴地："太好啦，太好啦。志强，小云要当助理拉长了！"转过头去，她俩都愣住了。

志强早已走远了。

小云委屈地向志强追去："志强。"

九十一

车间里。日。

一杆老式钢笔在写信，小云兴奋的画外音："爸爸，我现在当助理拉长了。'拉'，就是指一条生产流水线，是英文名字。我要管五十多个工人呢！香港厂长看重我，希望我多动脑子，想办法提高生产效率，半个月来，我就一道一道工序地琢磨，一个一个工位去试做，现在，我想把这条拉的工位作一次调整，准能大大提高这条拉的产量，我给您说烦了吧？可我就像着了魔一样兴奋……"

同时出现以下画面：

小云察看一道道工序。

小云试做一个个工位。

小云激动地向阿娴陈述，阿娴漠然……

小云将信投进信箱，向我们走来……

九十二

车间里。日。

小云愣愣地听着，阿娴画外音："让你大胆管理你都没管起来，拉上的工人还没服你，又搞什么新名堂？"阿娴出现在后景训斥着："这些工位都是照着香港那边厂安排的，天下就你行！"

小云回过头来，倔强地："就让我试一试吧，拉长，就从我管的那半条拉先调整，行吗？"

阿娴："你要试就试吧，别影响生产。"

小云："谢谢阿娴姐。"

小云走回工位，一女工举起手。

女工甲："助拉，我想上厕所。"

小云："你去吧，我替你做会儿。"

又一女工举手："助拉，我想解手。"

其余几个纷纷举手，"我也要去。""拉肚子，不行了。"

小云："一个一个去。"

话音未落，女工们呼啦啦地跑了一片。只剩秀英、玉兰、凤珍和靓女等几个女工坐在工位上继续工作。

小云站在那里一时不知所措。

秀英朝她招了招手。小云走过去。

秀英凑在她耳边说："刚才阿芳来过，她们是老乡。"

小云直起身，愤怒的眼光寻找着阿芳。

只见阿芳正若无其事地在她所管的那些工位间巡查，不时还冲小云笑笑。

小云使劲甩过头，站在空荡荡的流水线边，不再看她。

小云走开几步，定了定神，掏出那张新工位表，走向姐妹们："秀英，以后你做这个工位，凤珍姐，你做这个。玉兰、玲妹，你们换一下，你们几个过来，这道工序加两个人做……"

小云重新安排工位。

九十三

厕所门口。日。

女工甲从厕所出来，对门内："姐妹们，你们多待会儿吧，我先去看看。"

她扬扬得意地往车间走去。

九十四

车间内。日。

女工甲走回车间。她发现秀英坐在她的工位上："哎，这是怎么回事？"

小云："以后你做这个工位，过来。"

女工甲："我做好好的，为什么要换我？"

小云："那道工序不用三人做，秀英她们两个人就够了。"

女工甲："那为啥不换秀英下来，要换我？就因为她是你的老乡？"

其他女工陆续回来，发现调整工位也吵吵起来，顿时一片混乱。

阿娴、阿芳从人群里挤出来："吵什么，吵什么？"

女工甲："拉长，为啥把我换下来，让她的老乡做，这不公平。我不在这里做，调我去阿芳姐那边工位吧，我和阿芳姐还是老乡呢！"

女工众："我们也要调过去……"

阿娴责备地看着小云。

小云委屈的神情。

阿芳话里有话："去，去，都调过来，我也不能把好工位都调整给老乡呀。"

小云噙着泪："你什么意思？"

这边的女工突然不作声了，都回头看去。江生在林管工的陪同下走过来。

江生问阿娴："怎么回事？"

阿娴："怎么回事？你问她好了。"

江生朝小云望去。

小云委屈地抹着泪。

江生回头对女工："先回自己的工位去。"

女工甲："我的工位被人占住了。"

众女工："我不知道在哪个工位呀？"

"我不会做这个工位。"

江生："阿娴，到底是怎么回事？"

阿娴："小云跟我说她想调整一下工位，提高效率，我就同意让她试试，没想到，她是为了照顾老乡，这一下就引起了混乱。"

江生一听火冒三丈，但立即克制住火气："小云……"转头看小云。

女工们又起哄："厂长，我们……"

江生："别说了，马上恢复生产！"

阿娴："听着，马上回到原来的工位上去。"

小云呆若木鸡。

凤珍等人灰溜溜地回到原来的工位坐下。

江生："赵小云，你跟我来一下。"扭头就走了。

小云迟疑，跟着走出。阿芳幸灾乐祸地笑了。精仔走来。戏谑地看了阿芳一眼，阿芳立即敛住笑，若无其事地走开，精仔意味深长地笑了。

九十五

车间过道上。日。

车间过道内，江生在训斥小云，小云耷拉着头。

江生："在厂里打工，只有个人分工不同，没有不同乡的区别，要说老乡，我们香港人，也是你的中国老乡。小云小姐，我没想到你一个高中生怎么也有这么强的农民意识……"

小云抬起头。

江生："你让我感到失望。"良久地注视她后，转身离开。

小云脸色严峻，显得更为倔强，注视着他离去。

长长的走廊，江生走远。

小云转过头，愣住了。

靓女提着裤子站在厕所门口。

小云走过来："玲妹，你怎么在这儿。"

靓女："小云姐，你帮了我的忙，我一直没谢你。以后谁敢欺负你，你就告诉我……"

小云笑了："玲妹，不……"

九十六

拉长食堂内。日。

干干净净的饭厅里摆着四张大圆桌，周围有凳子，桌上摆着小菜四汤，屋角摆着一个木板桶，拉长们有说有笑地一起走进。阿芳也来饭桶前盛饭，小云在她后面，阿芳盛完饭横了她一眼，得意地走了。小云上前盛饭，离开。江生走进来，小云怯生生地低头走过，江生望了她一眼。

阿娴进来。"江生，今天来尝尝我们拉长饭吧，比你们厂长食堂好多了。"

江生："我们厂长食堂的饭再好吃也肯定没有你阿娴的喜筵好吃呀！阿娴，几时请饮喜酒呀？"在桌围坐下。

阿娴似乎有些害羞："月底，他阿妈看皇历给选的日子。"

众："喂，阿娴要当新娘子啦。""请不请我们？""恭喜你呀。"

江生："真为你高兴，不过，你们大安乡的女子结婚就在家里做太太，我可缺了一个好拉长喽！"

正在吃饭的阿芳一下噎住了……

小云仍静静地往自己的饭盆里盛菜。

江生："今天我给大家发红包了，阿娴，帮我发一下，包上面写着名字。"响起一片"多谢"声。

当阿娴发给小云时，小云像怕烫着似的：“不，不，厂长已经给我助理拉长的薪水，比工人高多了，我不能再拿别的钱。”众笑了。

江生：“这是奖金，你看看，每人一份的，不过，因为今天的事，你拿的是最少的。”

小云看了看别的拉长，把红包接了过来。然后端着饭盒离席。

九十七

工人食堂。日。

卖饭窗口拥挤地排着几条长龙，熙熙攘攘，叽叽喳喳。

小云端着饭盒在门口等待着。

凤珍等人买好饭挤出来，孤零零一人的小云迎上去：“快看我给你们带什么来了，今天有丸子、排骨，快尝尝，都凉了，给！”要往凤珍碗里塞。

凤珍：“今天我不想吃肉，真的。”小云欲往玉兰碗里赶。

玉兰客客气气地：“还是你自己吃吧。”

小云急了：“怎么都跟我客气起来了。”

靓女：“小云姐，我想吃，唔真香，我也想当助拉，有肉吃。”边说边往嘴里塞，说话都不利落了。

凤珍、玉兰忍不住回头笑起来，她们吃饭，只见碗里的青菜。

小云端着饭盒追前一步，将碗里的肉分给她们一点，四人又和谐了，边吃边走。

小云：“秀英呢？”

凤珍：“每天一下班就不见人影，也不知干什么去了？真让人担心。”

小云：“噢，对了，这是厂长今天发的红包，凤珍姐，交给你。”

凤珍停步：“厂长为啥发你红包？他给你的薪水够多了，他没有约你出去吃饭？”

小云：“你都想哪儿去了，每个拉长都有，我是最少的呢！你拿着，平分给姐妹们。”

精仔凑过来："小云，今天发红包了？"

姐妹们招呼了声："林生。"便躲开了。

凤珍临走还叮嘱一句："小云，别忘了找志强谈谈。"

小云有些尴尬。

精仔："把你新排的工位表给我看看，我知道你不是为照顾老乡。"

小云眼圈有点红，掏出工位表递给精仔，精仔看了看。

精仔："想要我的帮助吗？"

小云点点头："嗯。"

精仔："那今天晚上你先陪我上卡拉OK玩去，来，咱们拉钩。"伸出小拇指。

小云愣了一下。

阳光下的小拇指，充满了诱惑力。

小云迅速思索一下，笑了："不，我不去，我今晚有事。"

精仔也充满自信地笑了："反正我晚上八点钟在卡拉OK门口等你。"

阿娴与阿芳过来，走近他们。

阿娴："哟，小云，我以为你找老乡去了，原来是找管工在谈心哟。"

小云跑远，被阿娴叫住："等等。"阿娴走到小云身边，低声地："小云，我们这个地方是很开化，但凡事总有个先来后到呀！"

小云转头望了她一眼，愤然离开。

阿芳含着一丝冷笑，望着小云走了，转头见精仔凑过来，负气地把身子转过去，显得很傲气。

阿娴走来："我那位肯定在厂门口等着啦，你们谈，你们谈，拜拜。"

精仔："阿芳，别生气，你总躲着我，还不让我约别的女孩子玩！晚上我请你上卡拉OK。"

阿芳望了他一眼，转身走了。

精仔追上去："我去接你好不好……"两人远去。

九十八

女工宿舍。黄昏。

这是女工宿舍里最热闹，最忙乱的时辰。

靓女端着一盘田螺从走廊里走来，迎面走来几个女工拎着桶去洗澡。

"靓女，又贪吃了。"相互招呼，靓女嘿嘿只笑不答，走过。

她走进宿舍，背景的女工有的在学唱流行歌曲，有的在做头发，有的在编织，她绕过一张床，前景有的女工在扯绳子晾衣服，有的在看书……

玉兰在上铺，靓女径自朝她走过来："玉兰姐，玉兰姐，快接住，这是那个小吃店老板一定要带给你的。"将田螺放到床上。

凤珍闻声从下铺钻出来，看看玉兰。

玉兰："我不要，你拿回去。"

靓女："嘿，拿来了，就吃呗。"捡起一颗就往嘴里搁。"啪"被玉兰一巴掌打掉了。

玉兰："送回去！凤珍姐，你瞧她这馋样！反正吃完了你去告诉人家是你吃的，我可没接受。"

凤珍："每天送一盘，这小老板也真够痴的，玉兰，去和他谈谈，看他是什么意思。"

玉兰低头没吭声。

靓女："那我可吃了！"端起盘子欲吃，发现什么，"凤珍姐，你瞧她们要干吗？"她们望去。

只见女工甲等白天在厂里给小云捣乱的女工正在小云床前拉绳子，把内衣、短裤衩一件件晾在过道中，这样，小云必须从裤衩裆下钻过才能上床。

靓女放下盘子，就要冲过去，被凤珍一把拽住。

女工们继续在晾裤衩……

凤珍朝阿芳的单人床望去。

阿芳正斜靠在床上欣赏着女工们的恶作剧。

正在门口放风的女工喊着跑过来："来了，她回来了！"晾衣服的女工哄地离开小云的床前。

刚洗完澡的小云走进宿舍门，毫无知觉地搓着湿湿的长发……阿芳瞟了她一眼，将一盘磁带放进小录音机里，若无其事地戴上耳机。

小云走到床前，一长溜的裤衩等衣物挡住了去路，她愣住了。

阿芳戴着耳机在听录音带，压根儿不朝这边瞧。

小云："谁的衣服，怎么晾在这里？"

女工甲、乙背着身偷偷地窃笑，回头看一眼。

宿舍里渐静下来，所有的视线都集中在小云身上。

小云一人站在那儿，忍耐地："到底是谁的，晾在这里我怎么上床？"

小云到处看看，无人回答，画外传来阿芳"咯咯"的笑声，她望去……

阿芳正笑着。

小云被激怒了："阿芳姐，你笑什么，大概你知道是谁干的吧？"

阿芳装模作样地从耳边摘下两只小耳机："什么，你跟我说什么，我正在听相声呢？"

阿芳的老乡们哄笑起来。

小云："那我只好把这些脏东西送到传达室去让人认领了。"转身过去动手解绳子，绳子一松，衣服"哗"地全掉在地下。

女工甲等人冲过去："干什么呀！"

阿芳冷冷地望着。

女工们冲上来围住小云，女工甲夺过小云的水桶，一下子把小云桶里洗干净的衣服倒在地上。

小云气得跳到地上在她们的内衣裤上用脚乱踩，女工甲扭住她。

脚在衣物上踩，一阵混乱。

女工甲、乙与小云撕扯着，将小云推倒。

小云跌倒在地，爬起来，向她们扑过去。

靓女扑过去，一下推倒两个，护住小云："谁敢碰她我就拼了！"

凤珍："别打了，有话好好说嘛！"

玉兰："都住手，住手！"

女工甲、乙扑过来，与靓女、小云厮扭。凤珍、玉兰帮手。

阿芳高喊："嗬，赵家坳的老乡们挺抱团的！"

这句话激得阿芳的老乡们都冲过来，一场混战开始。

靓女勇猛非凡，与女工甲、乙撕扯着。

小云像头发怒的母狮，与人厮打着。

玉兰被人扯着头发，她也不示弱，扯着人家的头发。

靓女与人在地下翻滚。

小云被打得脸上出了血，她挣扎着又冲过来。

赵家坳的人少，渐落下风，她们都被按倒在地上……

这时，阿芳娉娉婷婷地下了床，走到正厮打的人群中。

阿芳："别打了，都给我住手！打架斗殴，你们都想被开除吗？"

厮打的人群渐渐平静下来，阿芳的老乡都退到阿芳的周围站着。

赵家坳的姐妹们互相搀扶着也站了起来。

阿芳："赵小云，这里就我们两个是助拉，今天这里发生的这场斗殴，要不要向厂里报告一下，你的意见如何啊？"

小云气得说不出话来。

阿芳："我想你们大概都不愿意让厂方知道吧！特别是靓女。"

靓女狠狠地望着她。

阿芳："我看这样，凤珍，你们把衣服洗干净，在原来的地方挂好，这事儿就算私了啦。"

凤珍开始蹲下将地上的脏衣服一件一件往桶里捡。

小云再也控制不住自己，扑到凤珍身上："凤珍姐——"哭了起来。姐妹们也过来抱头坐在地上痛哭起来，边哭边捡着地下的衣服。

阿芳走到门口，得意地回头看了看这一幕，出门。

凤珍对玉兰："别哭！"

凤珍擦着玉兰脸上的脏渍……

小云帮靓女擦去鼻血，靓女仰着头。

靓女："我们不能这么算了，找志强哥去。"

小云沉吟片刻："不，强哥帮不了我们。"表情决绝地慢慢站起来，靓女、凤珍、玉兰也站起来，不解地看着她离去……

小云回到自己的床前，换上那套刚买的运动服，梳直了长长的披肩发。走到镜子前，用手擦去脸颊上刚被挠破的几条血道。

镜子里的小云仿佛突然长大了许多。目光中多了些坚毅和冷峻。

她用力咬了咬下唇。

九十九

发廊。夜幕初降。

小云："加十块就加十块，喷吧，就用进口发胶。"

镜头拉开，只见小云罩着白罩单坐在理发椅上，师傅正在给她把刘海高高地吹起。

阿娴的未婚夫华仔从外面进来，熟门熟路，大大咧咧地就往一张理发椅上坐："谭老板，阿英呢？快叫她给我洗洗头。"

师傅："阿英，华仔来了，你出来给他洗洗头。"

阿英端着一盆刚消过毒的毛巾从里间走了出来。

华仔："阿英，你脸色不好，是不是生病了？"

华仔关心地摸了摸阿英的额头，阿英不乐意地往一旁闪了闪，动手为他洗起头来。

大镜子里，小云和秀英的目光相碰，两人都愣住了。

华仔："谭老板，你就多给些工钱，让阿英就在这里做，别停下，再挠挠，工厂那份工辞掉算了，一天打两份工，水灵灵的大姑娘都熬成小阿婆了。"

小云掉转头看秀英，师傅："别动！我也这样劝她，可是她怕一起出来的姐妹们不答应，工人总比洗头妹听起来体面。"

秀英注视着小云……

谭师傅用发胶为小云的刘海定型，小云掏出二十元给师傅，转身欲叫秀英，秀英却领着华仔走向洗头池。

华仔：“阿英，出来打工还不是各人挣各人的钱，要不说你们不开化呢！只要人家给钱，打什么工不是一样吗？给我洗舒服了，我就给小费。”华仔一伸手，在阿英的屁股上拍了一下，阿英躲闪着。

一直在后面看着他们的小云跑过来：“你怎么耍流氓，给小费就能调戏妇女？秀英，我们走，这里的钱不能挣。”小云拉着秀英往外走。把师傅、华仔都搞蒙了……

一〇〇

发廊门外。夜。

秀英挣脱小云的手，看着小云那高高耸起的刘海。小云让她看得有些不自然。

秀英：“我会保护自己的。我知道，你也一样，你花这么多钱来做头发，不是为的强哥。”转身走进发廊。

小云呆住了。

一〇一

卡拉 OK 门前。夜。

霓虹灯，卡拉 OK 字样。

小云站在门口等着，她发现阿娴在门的另一侧站着，表情焦灼。小云将脸转过来。华仔匆匆走来。

阿娴迎上去：“华仔，怎么才来呀？”

华仔：“我去洗了洗头。”

阿娴：“你老洗头，臭美。”

华仔：“和你出来拍拖，不漂漂亮亮的行吗？”两人亲热地依偎着走进去。

小云仍在等待着，传来摩托车的响声，她循声望去……

突然发现阿芳从摩托车后座上下来，正接过精仔的头盔。

小云的脸上的表情僵住了，欲躲。

精仔从后景走来："呀，小云小姐今天真漂亮。"

小云狠狠地："你约了别人，为什么还要约我？"欲走。

精仔一把抓住她的胳膊，笑："这有什么关系，咱们三人都是拍档，有必要一起沟通沟通感情。阿芳，过来，咱们进去。"

阿芳抱着精仔的臂膀，精仔抓住小云的胳膊。三人走进歌厅。

一〇二

卡拉 OK 歌厅里。夜。

精仔三人走进来。

侍者及许多本地人纷纷向精仔和阿芳打招呼，都好奇地打量着小云。

"精仔，艳福不浅。"

"一边一个，够威！"议论纷纷。

精仔领着他们向一张台走去，江生站起来，双方互打招呼。

精仔和阿芳挤在一起。江生为小云拉开椅子，小云却惊惶得不敢坐下。

江生："请坐呀，小云小姐。"

小云："您先坐，厂长。"

江生："女士先坐，就是香港总督在这里，也要请你先坐的。"

小云感兴趣地望了江生一眼。坐下。

小云落座，转头……

正遇上阿芳死死盯住她的目光……

小云避开她的耳光，朝台上看。

精仔招呼侍者，将一张纸条交给侍者："先来三杯啤酒。"侍者离开后，精仔转而对阿芳和小云："今天是江生'买单'，你们想吃什么，想喝什么，尽管要，不要客气，他有钱。"

江生："前段工作太紧，今天请你们来放松放松。"

阿芳："厂长真关心我们，谢谢了。"转而对精仔嗔怒，撒娇地："精仔，你骗我，说是你请客，想叫我领你的情呀。"

侍者送上来三杯啤酒。

江生将一杯啤酒送到小云面前："请，小云小姐！"

小云有些感激地望着江生。

激光视盘塞进唱机内。

工作台，一侍者念条："有请九号台赵小云小姐、林先生。"

小云愣住了，以为听错了："他们搞错了，我没要唱歌。"

精仔起来拖她："走，是我点的。"

小云："我不会唱，不行……当着这么多人面……我……"

江生鼓励地："去吧，这可锻炼一下你的勇气。"

阿芳阴阳怪气地："不唱可别后悔。"

小云望了她一眼。画外。"有请赵小云小姐……"她犹豫起来。

精仔连拉带拽地将小云带到台上的话筒前，小云极不自然。精仔颇为潇洒地面对观众。"欢迎大家，给点掌声给小云小姐，这是她第一次来卡拉OK。"

掌声，笑声四起。

精仔礼貌地对四周点点头！"谢谢，谢谢。"转而对调音台示意。

小云羞得不敢抬头……

阿芳嫉恨地望着台上。

调音台，一只手将音量推上去，放的是首粤语歌《一千个太阳》。

电视机上放出画面，小云抓着话筒的手几乎在发抖，小云完全听不懂这首歌，朝精仔摇摇头，精仔朝后"再换一首……"

激光视盘又塞进一张。

调音钮又推上去。放的又是一首粤语歌……

小云冒汗了，直是摇头"我不会唱粤语歌。"

精仔赶紧，"国语歌，国语歌。"

直朝后台打手示意。

阿芳幸灾乐祸地注视着，周围的议论："有没有搞错……"

调音钮又推了上去……放的是首台湾歌曲：《无言的结局》。

小云死死盯住电视机，精仔开始唱，频频扭头鼓励小云，轮到小云唱了，小云哭丧着脸求救地望着精仔。

从调音室内透着玻璃，远远可见精仔和小云在商量什么，两侍者在内，已显得很不耐烦，小声议论。

精仔朝这边跑来，隔着玻璃对侍者比画着什么。

侍者两手一摊，表示很为难。精仔又朝小云跑去。

精仔跑来对小云："这里没有你会唱的歌。"

小云："我说过……我不上来的……"

场内嘘声四起，小云怯生生地看看场内。

"精仔，带她回家练几首再来呀！"

"阿芳，阿芳在哪里，上去亮一手。"

阿芳此时扬扬得意，风姿绰约地站起来，朝台上走来。

小云站起来，往台下逃，恰与阿芳狭路相逢。

阿芳有意堵住去路，压低声音地："早该识相了，还是想想今晚怎么上床吧！"

小云低头冲向门口，经过座位，江生早站起来恭敬地为她拉开椅子，可小云视而不见，冲了过去，厂长愣住了。

就在小云马上要冲出歌厅的时候，阿娴拦住了她，拽她面向台上。

阿娴："要走也得看完最精彩的节目。"

小云抬起头……

台上阿芳与精仔依偎合唱着一首粤语流行歌，两人配合默契，台下人反应热烈。

阿娴："阿芳来我们这里快三年了，和林生也好了有一年多，你刚来就想插一杠子，你还年轻，有的是机会，阿芳可二十四了。"

小云愣愣地看着。

阿芳唱得很投入，显出从未见过的纯情和美丽。

调音室的侍者也随着节奏在扭动着。

调音钮在渐渐地拉下来。

歌厅里响起热烈的掌声，阿芳和精仔携手走下台来，阿芳发现了小云，向她走来。

阿芳：“你还没走，我真佩服你的自信。”

小云转身冲出门去。

精仔追出：“小云——”

一〇三

门外。夜。

小云跑出，精仔一把拖住她：“小云，不玩会儿，还早呢？”

小云挣脱她的手，恨恨地：“你们几个约好存心算计我……”

转身跑了。

精仔欲追，一回头……

阿芳站在门口，声色不动地注视着他……

一〇四

荔枝基上。夜。

小云一人气喘吁吁，跌跌撞撞向鸭棚跑去，经过一片芭蕉林。

她在跑。

荔枝林里她在跑，远远地传来凄婉的唢呐声……

她站住了，聆听着，循着声音望去……

鸭棚旁，志强一人坐在那儿，对着夜空吹唢呐，如泣如诉。

小云热泪如泉水般涌出来，她抱住一棵荔枝树，控制着，不哭出来。

志强身边的狗嗅出点什么，霍地跑开，志强停止吹唢呐，朝那边看。

片刻，狗跑到小云的身边，围着她的腿转，呜呜直叫唤。小云抬起头，强哥已站在她身后，小云转过身来，扑进志强的怀抱，失声抽泣起来："强哥！"

志强："咱们回家去吧。"

小云停止了抽泣，没说话。

志强："这地方不是我们待的。"

小云仰起泪光闪闪的脸庞，望着强哥："不，我不能认输。我一定要给你找到一份厂里的工作，只要有你在我身边，我就什么也不怕。"

志强突然扳开小云的肩膀："你喝酒了，你刚才和谁喝酒了！你把头发弄成这个鬼样子，洒了这些香水就是为了和别人喝酒去，他是谁？又是那个浑蛋，你说呀，说呀！"

小云："我没做一件对不起你的事，强哥，相信我……"

志强愣愣地看了她一眼。

志强狠狠地推开小云，转身大踏步走了，大黄狗也跟志强跑去。

小云一人孤零零地伫立在融融的月色中。

一〇五

宿舍。深夜。

小云蹑手蹑脚走进宿舍，在那一溜晾在她床前的内衣内裤前站住了。她一咬牙，躬身从底下钻了过去，扑到自己的床上，使劲咬住枕巾，忍住了眼泪。

（第三集完）

第四集

一〇六

阿娴家。数日后。日。

这是一座珠江三角洲典型的乡村花园式三层小洋房。

阿芳按响门铃，半晌，阿娴的母亲才开了门："是阿芳呀，今天不用上班吗？"

阿芳："我请假了，阿娴姐在家吗？"

阿娴妈："在楼上，正摆弄她那件婚纱呢！快进来吧。"

阿芳走进洋楼。

一〇七

车间。日。

精仔拿着小云的新工位表琢磨着。小云从旁边经过，他叫道："赵小云，你过来一下。"

小云回头犹豫了一下，走过来："什么事，管工？"

精仔："你的这份工位表我看过了，今天试试怎么样？"

小云很意外，疑惑地望着他。

精仔笑了："怎么，还在生气啊，不相信我了。"

小云没吭声。精仔转过身，面对大家："都注意了，现在调整一下工位，不服从调动的扣除当月奖金。都听从赵小云的调配。"

小云感激地望了精仔一眼，然后正色地："一号位两位减去一个，增加到四号位……"

一〇八

阿娴家。阿娴的房间。

阿娴的房间摆设很现代化，阿娴正在摆试着婚纱，阿芳帮她的忙。

阿芳："阿娴姐，你不上班了，能不能跟你舅舅说说，让我接你的拉长位？"

阿娴："我当然要说，不过我舅舅不常回来。"

阿芳："他还不回来参加你的婚礼呀？"

阿娴："噢，对，他会来的。不过江生是厂长，他不会跟我讲情面的，你要抓紧精仔，只要他和我两人一起提出，都是你的顶头上司，江生不会不考虑的。”

阿芳听了她的话，若有所思。

阿娴：“你不是还要赶回厂里吗？咱们一起走，我去把我的东西收回来。”

阿娴妈送两碗糖水鸡蛋进来：“怎么，阿芳，就要走啊，吃完了再走。”

阿芳：“不了，拉上就一个新来的助拉在那里，我要赶回去。”

阿娴妈：“阿娴嫁了，你别不来啊。你一人出来打工，离爹妈这么远，常来这里，婶给你煮点凉茶、糖水喝。”

阿芳：“谢谢伯母。”

她俩出去。

一〇九

车间内。日。

女工甲与旁边的女工乙议论：“这月怕没什么钱寄回家了，唉！”

精仔走过来：“别说话，换了新工位还有时间聊天？”女工甲忙低头干活。

精仔见小云正在紧张地为新调整工位的工人示范，纠正，检查，笑着走开。

阿娴动手收拾拉长桌子抽屉里的和柜里的私人物品，阿芳帮她忙。精仔走过来：“新娘子回来收拾东西了。”

阿娴：“精仔，我可告诉你，这张桌子我让给阿芳用了。阿芳，把你的东西放进来。”

阿芳踌躇满志地将自己的茶杯等物品从助拉的位置上挪过来。

这边的动静吸引了女工们。女工甲等议论起来。

女工甲：“拉长要结婚了，瞧，东西都收拾走了。”

“那拉长位子准是阿芳姐的了。”

“阿芳姐要当拉长了！”

小云巡视过来，发现：“请注意了，上班时间不要交头接耳。”

女工甲："助拉，我要上厕所。"举手。

女工乙："我也要解手去！"

小云正想说话，后边又有人喊。

女工丙："我闹肚子了。"

女工丁："我憋不住了。"

小云不知所措。

秀英小声地提醒："小云，你朝拉长位那边看。"小云望去，只见精仔和阿芳送走拎着大包的阿娴，阿芳走回坐到拉长位子上，端起桌上的茶杯。小云似乎明白了什么。

女工甲仿佛示威似的将手举得高高的："哎，听见没，助拉。"

小云定了定神，以从未有过的严厉，不容置疑的口气："8号位，你先去，其他人不许说话，等8号位回来再去。8号位，请抓紧时间。"

女工甲从8号位站起来，左右看看，一溜小跑出去。其他人没敢动。

精仔把小云画的新工位表递给阿芳："工位我们已经调整过了，你看看这个，还挺科学的。"

阿芳看了看工位表，霍地站起来环视了一下车间，愣住了。

精仔赞许地："这女仔很聪明。"说着向小云那边走去。阿芳又气又恨，瞪着走开的精仔。

一一〇

工业区大道。日。

一串串震耳欲聋的鞭炮炸响。阿娴，华仔身穿结婚礼服，捧着鲜花，在亲友的簇拥下走来，围观的女工都十分羡慕。

华仔正要钻进汽车，看见人丛中的秀英，冲她送了个飞吻。秀英不自然地扭过脸，正碰上小云的视线。

福生也挤在人群中看热闹，但他似乎对结婚的车队无多大兴趣，目光在捕捉对面马路的玉兰。本地姑娘阿虹也在注意着福生，她顺着福生的视线看去，发现了挤在凤珍和靓女中间的玉兰也正迎合着福生的目光。

阿虹明白了，她挤出人群。彩车开动了，亲友们一阵欢呼。阿虹挤到福生身旁："福生，我妈叫你去谈谈。"

福生："有什么好谈的，都已经谈过了。我们俩没什么可谈的。"

阿虹气急败坏："你谈吧，谈个女工没出息。"

福生扫了她一眼，并不反驳。彩车开过，福生径自走过马路朝玉兰而去，拦住正欲走开的凤珍她们。

福生："阿兰，阿珍，今天你们休息，来吃炒田螺吧。"

玉兰："凤珍姐，去不？"

靓女："去，咱们一起去。"

凤珍："玉兰，你去吧，我和玲妹有事。"

靓女："我没事，没事。"

凤珍硬把靓女拉走了，玉兰尴尬地站在另一边，福生得意地朝马路对面望。阿虹恨恨地瞪了他们一眼，悻悻地走开。

一一一

海韵楼前。夜。

阿娴、华仔和伴郎伴娘站在门外送客，客人中有林老板、江生等。阿芳、精仔都有些醉态，他们相互搀扶着朝路边走，到了摩托车前，精仔怎么也找不到摩托车的钥匙了："糟糕，钥匙不知丢到哪儿去啦！"

阿芳："算了，你今天喝了这么多，摩托车就存在这儿吧，我送你回去。"

精仔："不，不，你喝了也不少，还是我送你吧。"

阿芳："那你就陪我芭蕉林去走走，想呼吸新鲜空气。"

精仔："行。"挽住她的手。

一一二

荔枝基上。夜。

阿芳和精仔漫步。显然，阿芳的酒意已让夜风吹去不少。

阿芳："精仔，阿娴姐嫁了，我们这条拉怎么办？"

精仔："真扫兴，要我陪你来就是谈这事。"

阿芳："这对我很重要。你想好了吗？用我还是用小云。"

精仔："当然是你。你做得长，又有经验。"

阿芳："那你要抓紧去和厂长说，明天就去说。"

"行。"精仔答应。

阿芳："哎呀，好像掉雨点了。"

精仔："快跑。"

两人跑，雨越下越大，两人躲在一棵树下，隔着一片鱼塘，前面是灯光闪烁的工业区。

精仔："糟糕，我们走出来太远了。"他朝四面张望。

一道闪电，照到前边有一座鸭棚……

"轰"，雷声近了，阿芳吓得抱住精仔。

精仔："前面好像有一座鸭棚，快跑，到里边躲一躲。"

两人朝鸭棚跑去。

一一三

鸭棚内。夜。

"呼"，竹门被推开。浑身淋透的阿芳和精仔闯进来。精仔："好像没人。"

一道道的闪电把屋内照得通明。在闪电中，阿芳因淋湿而曲线毕露的躯体使精仔无法移开目光。又是一声炸雷，阿芳惊叫一声扑进精仔的怀中。

精仔紧紧地搂住阿芳，轻轻地吻着她脸上的雨水："别怕，别怕，亲爱的，我在这儿。今天你真美，我爱你……"

阿芳用力推开他："你真的爱我？"

精仔："这么严肃，亲爱的。"

阿芳："我不能不严肃，你是本地人，我是外来妹。你家很富有，我家里很穷，你是厂里的管工，我还不过是助理拉长。你会真的爱我？"

精仔："哎，都一年了，你老是拿这些话来问我，我怎么做才能让你相信我，你说吧。"

阿芳："帮我当上拉长。"

精仔："这刚才已经答应你了，还有呢？"

阿芳："结婚。"

精仔："可你又怎么让我相信你爱我呢？怎么能够证明你不是为了当拉长才跟我好呢？"

阿芳嫣然一笑："真是个精仔。"

她走向竹床，回头朝精仔，慢慢地解开衣服的纽扣……

精仔紧张地注视着她。

一一四

荔枝基上。

志强顶着一件雨衣领着大黄狗往鸭棚奔来。快到鸭棚时，大黄狗突然狂吠起来，志强警觉地直奔鸭棚。

一一五

鸭棚外。夜。

志强、大黄狗冲进鸭棚，里边传出阿芳和精仔的尖叫，志强立即返身奔出，气得站在门外不动。大黄狗叼着一件女内衣出来。志强从它嘴里夺过内衣，往里一扔。"大黄，叫他们快滚！"大黄又扑进去。志强抹着脸上的雨，背对门伫立着。片刻，精仔和阿芳捂着脸夺门而逃。志强回过头，觉得有些面熟："站住！"

精仔、阿芳急慌慌地跑，大黄狗狂吠。一道闪电，照亮了恰好回头的精仔。

志强愤怒了，一转身进了鸭棚，大吼一声掀翻了那张床。

一一六

水上别墅内。数日后。日。

林老板："江生，有件事我本不该管得这么细，应由你全权处理。不过我的外甥女向我求情，我想问问你的意见。"

江生："什么事？"

林老板："阿娴不上班了，电子拉谁来当拉长？阿娴向我推荐她的助理，一个叫阿芳的女工。"

江生想了一下："这件事，我应听听精仔的意见，他是主管，又是顶头上司，不过我也要向你推荐一个名叫小云的女工。这月电子拉产量猛增，就是她重新设计了工位，调整了工位的结果。"

林老板来了兴趣。"哦？我想见见这位女工。"

江生："我来安排，保证不误你要搭的船。"

江生拿起电话："精仔吗？马上带小云一起来林老板的别墅一趟。"

一一七

女工宿舍。傍晚。

秀英的床透着光板。

秀英在卷着铺盖，收拾自己床上的东西。

秀英："小云怎么还不回来？"

靓女："我看见她坐林生的摩托去了。"

沉默。

秀英："我不等了，回头你们告诉她，我搬走了。"说完要走，凤珍站起来。

凤珍："秀英，我比你大点儿，早出来一年，我想有些话我还是要说给你听。发廊是侍候人的地方，什么样的人来了都不能得罪，都得侍候，这和在厂里打工可不一样。咱们女孩儿家，早晚要嫁人，还是打份体面点儿的工好。"

秀英："凤珍姐，我可不明白，你比我早出来一年，怎么还这么老土？现在，有钱就有体面。你们知道，谭师傅一个月答应给我多少薪水吗？……四百元！"

玉兰、靓女和凤珍面面相觑。

靓女小声地："比小云姐还多啊。"

秀英提着行李往外走："玲妹、凤珍、玉兰，我走了。你们哪天来找我洗头，烫头，我来伺候你们，保证舒服。"

靓女："能免费吗？"

秀英："不行，我不是老板，等我把钱攒够了，把手艺学到手，我能开一家发廊，那时候你们来全免费。"

她们都笑了，帮她拎行李，送出宿舍。

一一八

宿舍大门口。

志强踩着三轮车过来，正遇上她们出来。

靓女："志强哥。"

志强："小云在吗？"

凤珍："你找她有……有急事？"

靓女："我看见小云……"凤珍急忙暗示靓女别说。

志强："你看见什么？"靓女："没啥。"

志强发现她们手中的行李："这是干吗，谁要走？"

秀英："我辞了厂里这份工，到发廊去当学徒。"

靓女："老板一个月就给秀英姐四百块钱哩。"

志强绷着脸不说话。

凤珍："钱是给得不少，可我就是担心那地方人太杂，不像厂里，都是正经人……"

志强猛然发话："别提你们厂子里那些正经人了！我来就是要告诉你们，特别是要告诉小云，凤珍，说我警告她，离那天请她吃饭挎她胳膊的人远点。"

凤珍一愣："林生？"

志强："我亲眼看见他糟蹋了一个女工。他要再敢靠近小云一步，我就打断他的脊梁骨，这畜生！"

她们都震惊了。

志强：“把行李放车上吧，秀英，走，到哪里打工都一样。”说着，便将秀英的行李放在车上。

秀英同凤珍她们互相拉拉手，上了车，默默地离开了。

车已经走远了，凤珍仍然站着没动。玉兰拉了拉她说：“凤珍姐，秀英会照顾好自己的。”

凤珍：“不，我是担心小云。”

一一九

荔枝基上。黄昏。

精仔骑着摩托车带着小云在路基上驶过。两人都戴着头盔。

精仔：“你生我气啦？”

小云：“生什么气？”

精仔：“我向林老板建议阿芳当拉长。”

小云：“该轮到她了，我没意见。”

精仔：“你还有机会的，江生很赏识你。”

一条小桥，迎面踩来一辆三轮车。二车相遇，没有会车的地方。

摩托车紧急刹车，小云尖叫一声扑到精仔背上，问：“怎么啦？”

精仔：“有个放鸭佬。”

小云掀起头盔探头一看，发现是志强，刚欲打招呼，又想起什么，忙把头盔拉了下来。

志强也已刹住车。

精仔：“喂，老兄，往后退一下，让我们先过去。”

志强：“我车上拉着一车饲料，还是你退后吧。”

小云小声地：“我们退后让他先过吧。”

精仔：“这些老土，我给他启蒙一下，让他懂得尊重女士。”

精仔下了车摘下头盔，走到志强面前：“我说你这位老兄怎么这么不开化，没有看见我车上有女士吗？快往后退，总不能让女士给你让道呀？”

志强认出精仔，眼睛里射出仇恨、憎恶的目光。

精仔："快退呀，退回去。干吗这样瞪着我，不服？你见过世面没有！"

志强一声不吭，咬紧牙关慢慢地往后倒着车。

精仔得意地转回身，要往回走。

志强一咬牙，脚蹬猛启动，志强以全身力气疯狂地猛蹬着三轮车朝精仔撞去……

小云猛地摘下头盔，大叫："志强哥！"

志强来了个紧急刹车，望着小云："是你……"

精仔对小云："你认识他，他要干什么？"

志强跳下车，扑到精仔面前，一把揪住他胸口的衣服："你这个流氓，说，你到底要糟蹋多少女工？"

精仔："你有没有搞错，我又不认识你。"

志强："说，你碰过她没有？"揪得他更紧。

精仔："你放开我。"欲挣脱志强。

志强："想跑？没那么便宜。"

志强挥拳要打，被小云冲上来死死抓住。

小云："志强哥，不能打，不能打，林生不是坏人，是老板叫他……"

志强："你……你还护着他？"气得把小云推向一边，冲着精仔击出狠狠的一拳。

精仔被打倒在地，鼻子出血了。他抹了下脸，手上都是血。他被激怒了跳起来："你敢打人！走，到治保会去。你这个放鸭佬，我要你赔汤药。"

他扑上去欲扯住志强，志强又是一顿拳脚相加。精仔招架不住，狼狈地躲闪。二人撕扯倒地。小云哭喊着："住手，住手！别打了！志强哥！"但她愈是喊，志强愈是发狠。小云不喊了。精仔被打倒在石桥边，志强扑上去骑在他身上狠揍。

精仔挣扎着一翻身，眼看要落进塘里，志强又扑过来。精仔猛地往前一跃，抱住志强的一条腿，死命地往塘里拖，两人一齐滚下鱼塘。小云尖叫起来。

在水里，精仔占了上风，志强显然是不会游泳。精仔把志强的头直往水里捺。

小云："住手，林生，求你，放，放了他！"

志强的头冒出来，扑腾着，精仔又抓住他的头……

小云急中生智，用力将精仔的摩托车往塘里推："林生，你放开他，你不放我就把摩托车推下去了。"

狂怒的精仔听而不闻。

小云突然将摩托车推往水中。

"扑通"一声大响，摩托车掉入水里，激起高高的水花。

精仔一转身，傻了："我的摩托车……"他飞身向落水点游去。

志强冒出水面，挣扎着。

小云拾起一根竹竿跑过来，伸向志强，志强抓住竹竿。

精仔爬上岸，对着一池塘水发呆。

志强爬上岸，蹲在池塘边"哇哇"地直呕吐。精仔："我要去治保会告你们，赔我的摩托车。"他撒腿朝村里奔去。

小云："志强哥，你没事吧？"伸手去扶他。

志强："别碰我！"

小云含泪望着他。

志强慢慢地站起来，小云欲去扶他，又被他狠狠甩开。

志强走到三轮车旁，推起三轮车欲走。

小云跟在后面，帮他推车。

小云："志强哥，你听我说……"

志强猛然刹车，头也不回："走！别让我看见你！"奋力将车蹬走。

小云呆在原地。夜幕不知不觉已降临。小云转过身擦掉泪水，抬眼望去，远方的工业区已是灯火通明。

她镇定神情，往前走去。突然，她被什么绊了一下，弯腰一看，是那顶头盔。她拾起那顶摩托车头盔，猛然想起那辆被推下水的摩托车。她急忙跑向塘边，围着水塘焦急地看。

远远地传来一阵嘈杂声。她抬眼一看，一片摩托车、手电筒的灯光照得她睁不开眼。精仔带着一些人来到塘边，其中有阿娴的丈夫华仔等。小云抱着头盔站在那儿。

精仔："那个人呢？"

小云使劲摇了摇头。

精仔："华仔，车子就掉进这个塘里，大概就在这个位置，小云，你告诉他们。炳叔，我们走，一个一个鸭棚找，不信找不到。"

小云担忧的神情。

精仔坐上一辆摩托车的后座，和另一辆摩托车一起向鸭棚方向驶去。小云扔下头盔，撒腿要追，却被华仔拉住。

华仔："小姐，你看是从这边掉下水的吗？"

小云只得徐徐转过头来。

华仔认出是小云："是你？精仔真行，又把你约出来了，是哪个小子坏了你们的好事呀？"

小云："你……"挣脱他的纠缠，欲走。

华仔："你去干吗？放心吧，这回有治保会的干部和他一起去，那放鸭佬伤不着他。"

众人哄笑起来，人群中走出个长者："别闹了，华仔。快一问清楚，动手捞吧，越晚水越凉。"

华仔问小云："是这里吗？"

小云："这边，从这边下水的。"

人们开始脱衣服下水。华仔吆喝着。小云乘人不备，撒腿跑了。手电筒灯光下，华仔冒出水面："我摸到了！"

小云不顾一切地在荔枝基上跑。忽然，她站住了，迎面射来的光柱晃得她睁不开眼。刺眼的光柱直逼过来，两辆摩托车从她身边一掠而过，她看清一辆后座上坐着精仔，另一辆坐着志强。她扭过身又追。

小云："志强哥……"她摔倒，爬起来又追。

摩托车飞驰而去。

一二〇

治保会。院内。夜

门口挂着"大安区治保委员会"的牌子。屋内亮着灯，志强、精仔、小云都在屋里。

炳叔站起来："好了，事情都清楚了。这位老兄先留下来，明天你带钱来赔偿医药费和摩托车修理费，保证放人。"

一位治安员领着志强走出去，小云跟着，求炳叔："摩托车不关他的事，是我……"

炳叔："知道了，可他打人总是不对的，明天带钱来领人"说完，转身走了。

精仔在门口狠狠地望着小云。

治安员把志强带到院子一角的一间单人拘留间。志强走进去，治安员把门关上，上了锁。小云扑到铁栅栏门上："强哥，别急，我明天就来接你。"

志强苦笑了一下，望着小云不知是谅解还是憎恨。然后，他走到床前倒下。

一二一

女工宿舍。夜。

一小堆小面额的钞票，一只手往上添了几张。众姐妹为难的神情。

玉兰："这月薪水还没发，我只有这些了。"

靓女："我的钱都寄回家了。"

凤珍看着小云："这些钱够吗？"

小云："连医药费都不够，那修车费三百多呢？"她的面容憔悴。

靓女："云姐，别着急，你饭还没吃呢。"靓女把饭盒递给小云，小云接过又放在一边。

小云："我吃不下去。"

凤珍："小云，能不能求求林生。"

小云："不，他不会原谅我的。"

玉兰："咱们为什么不去找秀英？"

众姐妹一听，立即活跃起来："是呀！……"小云也升起希望："对，我怎么把秀英给忘了。"

一二二

发廊外。夜。

发廊关着门。小云等人冲着发廊上面的阁楼喊："秀英……"

秀英探出头："快，快上来，从后面绕，有楼梯。"

一二三

秀英阁楼。夜。

狭小的楼梯，众姐妹正往上爬。

秀英站在楼梯口："这儿哩。"她们爬上去，随着秀英走进屋，见华仔坐在里面，姐妹们面面相觑，回过头来看秀英。

秀英："都进去吧，站在门口干啥？"

华仔："哗，来这么多小姐，坐，坐。"

秀英对他视若无睹："这么晚了，有事吗？"

小云不愿多说："秀英，你这里有三百块钱吗？我有急用。"

秀英面有难色。

靓女："是救志强！现在他被拘留在治保会里，等着交钱才放人呢！"

秀英："出了什么事？"

凤珍："他把林管工打了。"

秀英犀利地看着小云："因为你？"

小云："你有钱吗？先救人要紧。"

秀英为难地："我的钱都存了。"

玉兰："那明天去取出来，发了薪就还你。"

凤珍："算了，咱们走吧。"

秀英："不是我不愿取，存够一千才能取呢。我怕自己忍不住花了，就存的是零存整取，那是给我哥娶亲用的。"

沉默。

华仔从上衣口袋里掏出一只大皮夹子："阿英啊，我正好带着三百块，你先拿去，别让姐妹们失望。"把钱递给秀英。

秀英紧张地："不，不，我不能要！"

华仔："先解燃眉之急嘛，发了薪再还给我，啊？"

又是片刻的沉默。

小云突然跨前一步接过钱："发了薪我马上还你，谢谢了。"

华仔："谢阿英吧，发了薪把钱还给她。"

秀英复杂的神情。

一二四

治保会。日。

拘留室的铁栅栏上的锁被打开，推开门，志强走出来。他茫然若失。

小云站在院门口望着他。

两人站在原地，谁也没说话。片刻，小云扭头走开。

一二五

小吃店。日。

在满街花伞的摆动中，两人走来。志强跟在小云身后走进小吃店。

江生正坐在一张桌子前吃着炒粉。小云一看见江生，立即转身要推志强出去。

江生抬头看见小云："小云小姐，怎么没去上班？"

小云："厂长，我，我……有点事，这是我老乡……"

江生站起为小云拉开椅子："来，这边坐。"

小云大大方方地坐下，扭头招呼："强哥。"志强阴着脸走过来，坐下。

江生瞧了一眼仍绷着脸的志强，觉得眼熟，猛然想起："哦！我们见过。怎么样，找到工作没有？"

志强不吭声，有些难堪。

小云解围："哎，已经找到了。厂长，你怎么也在这儿……"

江生："我和李工他们在试一种新产品，晚了，不好再去麻烦食堂，在这儿随便吃点。你们要点什么，老板……"

福生跑来："小云，要点什么？"

江生："哦，你们还挺熟。"

小云："就要两份炒粉，两份粥吧。"福生跑开。

江生："小云小姐，要是林老板同意，我准备把这新产品交给你们那条拉试验，由你来负责。"

小云："什么新产品，我做得来吗？"

江生："没问题，现在国际市场上的玩具，又要改变潮流。上次我去泰国，发现一种新的玩具，它的式样是这样的……"边说边在桌上比画。小云凑上去看。一边的志强感到被冷落了，无名火渐起。

江生继续说："这模样滑稽极了，欧美市场上很畅销，我买了一个回来，拆开研究……"

福生将粉、粥端来，还上了一盘田螺："这盘田螺我请客。"

小云："谢谢了。志强哥，你快吃吧，一定早饿坏了。"

江生还在继续他那个兴奋的话题："小云小姐，这次我想请你来设计工位，你先试试做，看看分几道工序，安排多少个工位，哪个工位要几个人来做……"

志强闷头"呼噜呼噜"地喝粥，声音之大使江生不得不打断话头，看了志强一眼。小云注意到了，小声对志强"小声点。"

志强察觉到小云的难堪，有所收敛。

江生掏出香烟。“我能抽支烟吗，小云小姐？”

小云：“当然。”

江生点烟：“你还像上回一样，画出一份工位表来。这样吧，你下午来我办公室一趟，我给你看样品，你……”说着他又走神了。

小云顺着江生的视线望去，见旁边的志强抓着炒田螺吃，每吃完一个就下意识地吮吮两只拿田螺的手。

小云难堪得满脸通红，她迅速起身到柜台前买了一包餐巾纸回来，递给志强：“强哥，用这个擦。”

志强看看小云，又看看江生，索性把炒田螺的盘子拉到自己面前，五个指头抓起田螺吃起来，并且故意大声吸吮着每一个手指头。

志强：“好吃，这小老板炒的田螺真好吃，这么好的味道，擦掉太可惜了。”

几个邻桌的顾客都朝这儿张望。

小云难堪得几乎要哭。

志强：“小云，明天你跟我离开这里回家去，今后再也吃不到这玩意儿了。”

江生：“怎么，小云小姐，你要回家乡去？”

小云一时语塞，百感交集地望着志强。

江生：“太可惜了，你还不知道你自己的价值。老板，买单！”

福生跑来。

江生：“一共多少钱？”

小云忙掏钱：“不，厂长，我自己付。”

江生：“一起吃饭，哪有让女士付钱的道理。”

志强听者有意，更加窝火。江生付完钱，打个招呼：“告辞了，慢慢吃。”

小云低头无语。

志强望了她一会儿：“你交治保会多少钱？”

小云：“干什么？”

志强不容分辩地：“你把那个纸条给我。”

小云只好把纸条拿出，递给志强。志强看了看，折起放进自己的口袋。

志强："快上班去吧，去告诉这个香港厂长，你不走的……"

小云背对着他："强哥，我真的希望你不要干涉我的生活，我自己的生活我自己来考虑……"

志强："我早知道你会说这句话的。我在这里待不长，干上两个月，把钱还给你。"

小云很痛苦地摇摇头，泪水悄悄地涌上来。

一二六

康乐厂写字楼。厂长办公室外间。当日下午。

女秘书坐在桌前，不时注视里间的动静。里间传来争论的声音。女秘书跑到门前去听，桌上的传真机响，她跑回。

传真机吐出一份订单，秘书拿起去敲里间的门。

一二七

办公室里间。日。

江生和林老板停止争吵，回头看女秘书进来。

女秘书："厂长，这是美国林纳公司刚发过来的订单。"将订单递给江生。

林老板："等等，林纳公司不是已经有一份半年的订单吗？这订单是怎么回事？拿来给我看看。"

女秘书只好把订单交给林老板。

江生对秘书："你可以出去了。"女秘书走出去。

林老板大发雷霆："好呀，我还没同意开发新产品，你就背着我和客户联系上了！咱们两个究竟谁是老板？"

江生："当然您是老板，您总是担心转产新产品会丢了这些老客户，我就投石问路试探一下，这不，订单马上就来了。"

林老板："这么大的事你不先和我商量，要是只有这么一份两份订单，你说你铺不铺开做，开不开新位？原来老订单怎么办？”

江生：“生产上我都做了安排……”

林老板：“不行，刚才我已经费了这么多口舌，你怎么还不明白，我们现在的效益很好，订单够做到年底呢。我不准备再投资冒险试什么新产品。幸好林纳公司是我的老客户，这次我帮你擦屁股，不许再自作主张了，别忘了，你不是老板！”摔门而去。

江生呆呆地站在那里。

一二八

办公室外间。日。

林老板气冲冲地出来。

女秘书追出：“董事长，我给您叫司机。”

小云从外进来，纳闷地看着他们走出去。

小云走到里间门口，犹豫了一下，推门进去。

一二九

办公室里间。日。

小云进来，江生抬起头：“什么事？”口气很严厉，不耐烦。

小云：“厂长，是你约我来的……”

江生：“噢，很抱歉，新产品计划被取消了。”

小云：“为什么？”

江生苦笑了一下：“我不是老板。”他的脸色很严峻。

小云第一次看见这位上司的失落神情，不由得泛起一丝同情。

江生仍然竭力保持一种尊严，掩饰着自己内心的痛苦：“你可以走了。”

一三〇

鸭棚外。日。傍晚。

志强赤着膊，汗流浃背地卸着三轮车上的饲料，然后扛着一袋走进鸭棚后的饲料棚。他的雇主阿根在他身后转悠："阿强，停下，你听我说。"

志强更卖力："马上就好，还有什么活，耽误不了。"

阿根："哎呀，不是的，我有话和你说。"

志强："卸完再说吧！"

阿根一把抓住他："阿强，我……我不能雇你了。"

志强愣住了，他放下饲料袋，回头："为什么？"

阿根递给他一沓钞票："这是你这个月的工钱。"

看看发怔的志强，阿根叹了口气，走开了。

志强颓然蹲下来。那条狗仍围着他转。

一三一

公路旁。翌日清晨。

一辆集装箱车疾驶而过。

赵家坳的姐妹们在送志强走。

一辆中巴驶来，姐妹们招手。车停下，志强上车。小云站得远远的，一颗泪珠却滚下面颊。

车门关上，中巴疾驶而去。

小云转过身，擦掉脸上的泪。

姐妹们回过头，看到小云已经迎着阳光走远了。

（第四集完）

第五集

一三二

鱼塘。晨。

一农夫打扮的中年男子正往塘里撒鱼食。

江生走来："书记，早啊！"

书记："是江生啊，早啊。"

江生："书记这么早就出来干活。"

书记："这亩鱼塘归我家承包了，只能用上班之前的一点时间来打点一下。"

江生："我刚才去你家，知道你准在这儿，就上这儿来了。"

书记："找我有事吗？"

江生掏出烟，递给书记，两人蹲下。

江生给书记点上烟，沉默了一下，"书记，我想在你们乡投资办厂，欢迎吗？"

书记："你不是在林生那间厂帮他当厂长吗？"

江生："是的，我和他的想法越来越不一样，我想自己另办一家厂。"

书记："就在我们这里？"

江生："嗯，也是电子玩具厂。"

书记："这……你和林生今后抬头不见低头见的，会有许多不便，都是朋友了，我们夹在中间怕不会愉快的。"

江生："坦白地说，我是可以到别的乡去投资，但我欣赏这里的投资环境，我还怕女工中的技术力量不肯跟我远走他乡，她们在这儿待惯了。"

书记："这么说，林老板还不知道。"

江生："一旦准备就绪，我会向他告罪的。"

书记："这太让我们为难了。"

江生恳切地注视着他。

书记思索了一下："这样吧，你下午到政府来一趟，我与另外几位委员碰一下头，给你答复。"

一双泥脚走远。

一三三

乡政府会议室。日。

乡政府大楼，极为现代化的建筑。

会议室，布置颇为考究，书记与另外几个人在内，书记此时已换了装束，有一番气度。他站起来："我看这件事可以定下来了。竞争嘛，自然很难顾及情面，他们之间的竞争对本乡的经济发展，只有好处，况且，对工人也是好事，哪一家对工人好，哪一家就拥有他们。"

一三四

乡政府会客室。日。

江生："那么，能尽快租给我一套厂房和宿舍吗？"

书记走向墙上画的本乡地形图："你过来，这里原来一片荒山，只能种点木薯，现在已开发成本乡的第二工业区，我们将在这里为你提供厂房和宿舍，你看怎么样？"

江生激动地："谢谢，我会尽力让这片荒山繁华起来。"

一三五

康乐厂写字楼。数日后。日。

外间，精仔推门进来，正欲向里间走，女秘书叫住他："林生，你的电话。"

精仔过来接电话："嗬，这么巧。"

女秘书："是阿芳打来的，你们俩真好，刚离开会儿，电话就追上来了。"

精仔拿起电话："喂，是我！"

一三六

车间内。日。

阿芳："你想好了怎么跟老板谈吗？"

（对方的声音）："想好了！就这事啊？"

阿芳"我怕你谈崩了，多从生产角度说，这拉长位子也不能总空着。你说你阿叔今天去香港，所以无论如何今天得谈妥这件事。”

（对方的声音）：“知道。”

阿芳有些不舒服：“还有……嗯，精仔，你答应过我的，我是什么都给你了……”

阿芳放下电话，面色苍白。

一三七

写字楼。日。

精仔神采飞扬地：“行，我答应的，会搞妥的，你等着好消息吧！”放下电话。问女秘书：“董事长在里面吗？”

女秘书：“在。”

精仔走进里间，电话铃响，女秘书又接电话：“康乐电子玩具厂……”

一三八

办公室里间。日。

精仔已坐在董事长对面的椅子上，林老板神情严峻：“精仔，我正要派人找你。”

精仔：“太好了，阿叔想我，我就来了。”

林老板：“别拣好听的给我说。我问你，最近江生有什么动作？”

精仔纳闷：“没什么，像往常一样。”

林老板盯着他。

精仔：“听说，最近他好像和赵小云来往比较密切……”

林老板：“赵小云？”

精仔：“就是那个推我摩托车下水的女仔。”

林老板想起来：“哦！”画外精仔的声音：“江生还请一些女工吃饭，都是技术骨干。”

林老板警觉起来：“噢！”

精仔：“我看没什么，江生对女人没兴趣，都是工作上联络联络感情。”

林老板不置可否地笑了一下，点燃一根烟。

精仔：“三叔，我们电子拉的拉长的位置，自从阿娴走了以后，就一直空着。”

林老板：“你想推荐谁？”

精仔：“阿芳！我都答应人家了，就算您给我一个面子。您今天不是要回香港吗？走之前把这事给定了吧。”

林老板：“今天不走了，我要留在这里，处理一些事。精仔，在这个时候，你无论如何要帮阿叔一把了。”

精仔一惊：“出什么事了？”

林老板愤愤地：“毛头后生，想玩我，我生意场上见得多了，看谁玩过谁……”语塞。

这时，江生推门进来，“你们俩在这儿。”

林老板转而谈笑风生，“江生，我们正商量着电子拉长的人选问题，精仔又向我推荐阿芳小姐，你的意思哩？”

江生也笑着说：“您说谁就是谁啰，您是老板，我没意见，就是阿芳吧！”

精仔乐了：“那现在就去宣布吧！”

林老板意味深长地瞧了江生一眼，声色不动。

一三九

车间。当日。

女工们仍紧张地工作。阿芳与小云分别在各自的管辖区间巡查，传送带突然停下来。

林老板、江生、精仔走进车间。

阿芳期待地转过头来望着。

精仔冲阿芳挤了挤眼，神采飞扬：“大家注意了，利用下班前一点时间，厂长有事要向大家宣布。”

小云遇到江生的目光，她随意点了点头。

江生朝她笑了笑。这一切，都被林老板看在眼中，他迅速在琢磨着……

江生："我今天是要向大家宣布一下关于拉长的任命……"

阿芳得意地昂着头……

江生正欲说下去，林老板咳嗽了一声，江生回头："董事长，你有话说？"

林老板威严地："我任命赵小云小姐为电子拉拉长，请诸位服从她的管理。"

小云抬头，愕然。

阿芳更愕然。

精仔愕然。

江生也愣了，转脸望林老板，林老板没理他。走到小云面前，慈祥地："下班上我办公室一趟，我有话给你说。"

小云顺从地："是！"

这时，林老板才扬起头，一副胜者的姿态，冲江生微笑。

江生表情尴尬，似笑非笑。

阿芳的脸色苍白，突然摇摆几下，下班铃响……

精仔朝阿芳挤过去。

阿芳支持不住晕倒过去，周围的女工惊呼起来。

精仔扑过来将阿芳抱在怀里："阿芳、阿芳，你怎么啦，哪儿不舒服，快，过来，帮帮我，我去找车，送她上医院。"

阿芳紧闭双眼，面无血色。

小云奔过来欲帮忙，被精仔一把推开，凤珍、靓女等人拥上前抱起阿芳。

小云傻傻地看着。

靓女已背起阿芳，正欲走，凤珍回过头来投来责备的目光，女工们前呼后拥挤出车间。

小云难过地低下头。林老板出现在后景："我也很难过，没想到她……"摇摇头走了。小云跟着走。江生还站在那儿，小云走到他跟前，犹豫一下，低着头回避他的目光，走了。江生严峻的神态。

一四〇

车间外。日。

一辆面包车驶来，停在女工面前，女工们将阿芳送进车内。

精仔在吆喝着：“阿珍、靓女，你们上车护着她”

她们都上车。

车疾驶而去。

一四一

写字楼上窗户前。日。

小云和林老板注视着。车远去的声音。林老板关上茶色玻璃窗。

一四二

写字楼里间。日。

林老板回过头来：“再过一段日子，就是我们厂开业三周年厂庆，你现在身为拉长，望你团结女工，宣传爱厂精神，生产更多更好的产品，献给厂庆。”

小云站在那儿，一声未吭。

一四三

医院。日。

精仔在观察室坐立不安，来回踱步。

凤珍和靓女拿着化验报告单匆匆走来，精仔急忙上前询问：“查出什么病了，要紧吗？”

凤珍：“我看不懂，赶紧送给医生看看去。”

凤珍、靓女走进观察室，将化验单交给医生。阿芳醒了，正斜倒在床上休息。

凤珍进来：“你醒了，好些了吗？”

阿芳："你们，跑来干什么，谁让你们来的。"

医生："是她们把你送到医院来的，好啦，告诉我，你结婚了吗？"

阿芳摇摇头。

医生将化验单递给她，阿芳展开一看。她脸色骤变，捧着化验单愣了片刻，捂住脸小声地哭泣起来。

凤珍和靓女吓坏了，急忙凑上前。

凤珍："怎么啦，阿芳姐，到底是什么病呀，要紧不，别哭了。咱想想办法，总能治好的，医生，化验单上写着什么……"

阿芳突然抬头，歇斯底里地："别装蒜了！你们早就看过化验单了，用不着装着什么都不知道，快滚，向小云报告去吧，到车间里嚷嚷去吧，回宿舍传闲话去吧，阿芳栽了，没当上拉长还让人搞大了肚子……"阿芳哭倒在床上。

凤珍和靓女震惊了，不知所措。

精仔推门进来，她俩回头。

精仔慌乱的神情，显然他已听到刚才那番话。

阿芳不哭了，抬起一双泪眼，望着精仔，心中升起一线希望……

一四四

女工宿舍的天台上。晨。

天台挂满衣服，太阳就从衣物中冉冉升起……

一四五

女工宿舍。数日后。晨。

下了夜班的女工们蜂拥进来，她们兴高采烈。

"喂，这个月你拿多少？"女工乙问。

"三百多哇。"女工甲不无得意地。"还真亏了小云，她把工位一调整，这两个月我们可以往家多寄点钱了。"

"老板任命她当拉长，还真有眼力。"

阿芳进来，她们都不议论了，阿芳望了她们一眼。她拖着倦怠的身躯撑到床前，乏力地躺下，用被子捂住了耳朵。

几个女工抬着一张单人铁床走进宿舍："让开，让开！"

"这是什么？"

"给拉长搬的，她不愿意离开我们住到外面去。"

"放这边，哎。挪开点，放在这儿，靠窗户下边。"

赵家坳的姐妹们反而在旁看着。凤珍担忧地注视阿芳。

小云走进宿舍，所到之处都是热情招呼声。

"回来了！"

凤珍她们装着没瞧见，回身做别的事，靓女拿起毛巾迎着走出。

女工甲跑到小云面前，献殷勤地："拉长，过来看，这是为你布置的新床位！"

靓女走过。

小云："让你们费心，我还是想和我们老乡挤一块。"

听到小云走进来，阿芳拿开捂着的被子，神态自若地斜倚在床上摆弄录音机。小云看了阿芳一眼，收拾自己的东西。

女工甲："拉长！这是我刚买的生肉包子，给，你还没吃早餐吧？"

小云："真香，不过，我还没刷牙呢！"

女工甲："那给你放这儿了。"

阿芳突然想呕，干呕两声，捂着嘴跑出。

小云朝这边看。

又有些女工围上来："拉长，今天我们去深圳玩，跟我们一块儿去吧。"

小云："我跟凤珍姐她们一块儿去。"

阿芳面色苍白地走回床位前。

女工乙："拉长，要我们带什么好吃的。"

小云："不用，快走吧，你们别晚了。"

女工甲："拉长，快吃吧，包子都要凉了。"

凤珍、玉兰厌恶的神情。

阿芳又一阵恶心，捂着嘴往宿舍门外跑，刚到门边，就"哇"地吐了一地，继而干呕。

凤珍等人围了过来。

靓女刚好回来。凑近阿芳：“我用你的桶打了热水，放在第三间浴室里。”

凤珍：“去洗个澡，也许会好点。”

阿芳感激地望了她俩一眼，走出。

小云望着她远去的身影。

画外议论声：“看着她挺吊林生胃口的，怎么轻易就让林生占便宜？”

“真丢人！”

小云转过脸，严厉地：“别瞎议论了，该干什么干什么去！”

女工散开。

宿舍内，小云拿起桌上的镜子，梳理着自己的头发，她换了拿镜子的姿势，想照照自己的发式……

镜子里映出凤珍死盯着她的目光……

小云一转身，凤珍站在她身后。

小云：“凤珍姐……”

凤珍默默地望了她一下，半晌：“小云，你当拉长了，厂里可以为你在外面单租一间宿舍，是吗？”

小云：“嗯”

凤珍：“我想你最好搬出去。”

小云：“你希望我出去？”

凤珍：“嗯！”

小云：“为什么，我做错了什么事啦？自从强哥走了，你就对我不冷不热的，他非要走，能怪我吗？”

凤珍：“你还住在这里，对阿芳的刺激太大了。”

小云不吭声了。

一四六

工厂大门顶上。日。

有人在搭庆贺厂庆的架子，挥着榔头在钉着什么。

有几个巨型的字，隐约可见“厂庆”的字样，有人举起字样往上装……

一四七

写字楼外景。日。

茶色玻璃窗后。林老板叼着烟斗得意地注视着。

一四八

工厂大门。日。

一辆小车驶出厂门。

一四九

写字楼内。日。

林老板注意到了，想了一下，急速回到办公桌，打开对讲机：“请给我接江生。”

女秘书画外音：“他刚出去！”

林老板若有所思。

一五〇

女工宿舍门前。日。

从车内拍摄过去。江生坐在车内，点燃一根香烟。焦灼地注视着宿舍门口，转过头去，透过玻璃，远远可见女工宿舍大门。片刻，小云从内出来，没有注意到这边，朝另一边走去。一只手熄灭烟蒂。车启动，驶过去……

小云正面走来，那辆小车驶上来，停在她的面前，江生开车门出来，“小云小姐，我等你半天了。”

小云回头，诧异地：“江生，有事吗？”

江生为她打开车前门："车上谈吧。"

小云犹豫一下，坐进车内。

车疾驶而去。

一五一

芦苇地。日。

芦苇下，阿芳和精仔接吻，阿芳很动情地吻着精仔，精仔显得有些勉强。

阿芳："你这几天怎么老躲着我？"两人躺在草地上。

精仔："没有啊，你看，今天你约我，不就出来了。"

阿芳深情地注视着，轻轻拂去他头发上的草。

精仔："真对不起……""拉长的事……"

阿芳："不要提它了，我对它没兴趣，我只关心我的孩子，关心你……"

精仔转过脸去。

芦苇丛中，阿芳依偎在精仔的怀里，充满了幸福感。不远处，停着那辆摩托车。

一五二

公路上。日。

小车内，小云望着开车不语的江生，纳闷地："这是上哪儿去？"

江生："我带你去看一个新工业区，我在那儿投资要办个厂。"

小云诧异地望着他。

小车疾驶而去。

一五三

芦苇丛。日。

阿芳："精仔，我们什么时候去登记啊？"

精仔："你别烦我好不好，这个问题你都问了一千遍了。"站起来，阿芳愣了一下，慢慢地站起来。

精仔："结婚是件大事，你也得等我想一想嘛。"

阿芳："可我们的儿子不肯等，他正一天天地长大。"

精仔烦恼地："我们的儿子？谁知道他妈的是谁的儿子。"

啪的一声，阿芳狠狠地抽了精仔一耳光。扭头走了。

精仔站在原地没动。阿芳走远。

一五四

新工业区。新厂房内。日。

偌大的一个大车间，车间静静地摆放着几十台机器和流水线，小云和江生站在里面。有些机器蒙上套，车间内极静……

小云惊奇地注视着，江生在后面看着她，片刻："小云小姐，你想好没有，如果你跟我过来，我将任命你为车间主管，这间车间就归你管辖。"

小云没表态，径直来到流水线前，按动电钮，流水线轰隆地转起来，她注视着，内心极为矛盾。

江生走过来："再还有，你帮我多动员一些熟手女工过来，我准备提高工薪。"

小云回头："你在这里办厂，林老板会怎么想？"关掉电钮。

江生正视着她："我知道，林老板对你不错，他对我更不错，他是我父亲的老朋友，是他领着我走上这条路，铺开来给我做，我在这里办成这个建达厂，有一半机会是他给我创造的。到现在，我都感激他。但是，我不可能一辈子给他打工，当他的马仔……"

小云聆听着，深深被他的坦诚所感动。

江生："我不满足，要做老板。就像你也不会满足，永远做一个普通的拉长。按你们大陆的话来说，人总是要求进步嘛。林老板会理解的，香港人这点大度会有的。不过将来我的事业做大了，把他挤垮了，他可能会恨我。这也不足为奇，香港每天都有人跳楼。将来跳下去的还不知道是谁哩。论实力，他比我强，所以，我好希望你能过来帮忙，你要过来，就是开国元勋！”

小云有些心动：“这，这件事我要回去和姐妹们商量商量。”

江生：“行，但你要尽快给我答复，再过三天就是康乐玩具厂的建厂三周年的厂庆，就在那天，我的建达玩具厂要开张。”

小云惊骇地望着他。

一五五

公路上。日。雨。

阿芳一言不发地在前面疾走，精仔骑着摩托车在一旁紧追，天上下着小雨。

精仔：“就算我说错了，好不好，快上车吧，下雨了，别淋湿了，要生病的。上来吧，我送你回去。……”

阿芳径自往前走，不理他。

精仔：“还要登记做夫妻呢，丈夫的话一点都不听……”

阿芳抿着嘴想着，站住了。

精仔把摩托车停在她面前：“林太，请。”

阿芳：“这种时候还顾得上开玩笑！”阿芳坐上车。

精仔苦笑了一下。

摩托车疾驶而去。

一辆轿车驶去。

江生开车，小云坐在内，她不时侧脸看江生。车窗上的雨刷子一下一下地摆动着，隐约可见前方有辆摩托车在行驶。

江生：“你看那辆摩托车真是疯了，这种天气开这么快，太危险了。”

小云看去。透过车窗玻璃，可见摩托车上的阿芳和精仔。

摩托车上。阿芳用手捶着精仔：“死精仔，你开慢点，听见没有……”

精仔回头：“你说什么？开车时不要和我说话，听见没？”

精仔回过头来，愣了……

一辆货柜车迎面撞来。

精仔惊恐的神情，阿芳的尖叫声。

主观镜头，镜头摇摇晃晃，掠过路边景物直冲下路基。

货柜车紧急刹住。

小云惊恐的神情："天哪，真出事了。"

江生开车门："快救人！"

两人跳下车奔往出事地点，货柜车疾驶而去。江生想拦，没拦住。

路基下恰好是一片水稻田，摩托车摔倒在边上，两人都没受伤。

阿芳爬起来，满脸都是泥水，恨恨地对精仔："你这个杀人犯，你一心想杀了你的儿子。"扑过去厮打："你是存心的，我恨死你了。"

阿芳疯狂地厮打着精仔，两人在田里翻滚……

小云和江生冲到田里，拖开他们。

"别打了，别打了！阿芳姐！"小云扶起阿芳。

阿芳控制不住狂怒："我告诉你，今天你儿子只要没摔死，不管是残废痴呆，我都要把他生下来，不管你跑到哪里，我都会带着他找到你……"

精仔狼狈地站在那儿。

小云关切地："阿芳姐，你没事吧？"

阿芳狠狠地甩开小云的手，踉踉跄跄地站起来，径直走了。

小云对走过来的江生："江生，你送阿芳姐回去，我想和林生待一会儿。"

精仔在搬弄那辆摩托车，小云从后面走来。

小云："阿芳姐肚子里那个孩子是你的，对吗？"

精仔："这关你什么事？"

小云："我只想提醒你，这一点我志强哥虽然走了，可我知道，治保会也有人知道，你别想抵赖，你要是个男子汉，就负起责任来。"

小云转身走去。精仔待在那里。

公路上，江生坐在车内，望着失魂落魄的阿芳，若有所思，他突然笑了一下，摇起玻璃。

车开走了。

一五六

镇内酒吧。夜。

江生和精仔在酒吧内喝酒。

精仔："叫我负什么责任，是她自己问我要的。现在，唉……"闷头喝酒。

江生不紧不慢地："这件事难办啰。按我们香港来说，算不了什么。这件事闹得影响大，不知这边怎样处理，我夹在中间也很为难，不处理，怕女工不服，处理了又给林老板丢面子。我看那女仔对你很中意，你就娶了她吧。"

精仔："不，不行，她那疯疯癫癫的样子，嫁过来，不把我吃了。再说，她是个外来妹……江生，你帮我出个主意，就譬如说，你要是碰到这事怎么办？"

江生笑："你不是早就给我出过主意，过了罗湖桥，就追不上了吗？"盯着他。"精仔你是个聪明人，还用我来给你提醒。"

精仔若有所悟："走？……"

江生望着他，笑了。

一五七

发廊阁楼。日。

发廊刚开门，没什么人。

小云走到门口："谭师傅，阿英呢？"谭师傅出来："她在楼上，该下来了。"

小云："我去找她。"

楼梯，小云刚要上楼，发现阿娴在楼梯上。

小云："这不是阿娴姐吗？你怎么在这儿？"

阿娴刚要说什么，听到有人下楼来，赶紧下楼梯出门。小云纳闷的神情。

秀英从楼上走下来："小云，刚才你在和谁说话？"

小云："是阿娴，她来这里干什么？"

秀英："谁知道，疑神疑鬼的，刚结婚就看不住老公，这辈子怎么过？"

小云把钱拿出来："我把钱带来了，你快还给华仔，那不是个正经人。"

秀英也数了数，往口袋里一塞："他可不在乎这三百块钱，项链、戒指、胸针，来一回给我送一样。"

小云："都收下了？"

秀英："送上门的，干嘛不要，可他想占我的便宜，门儿也没有。"

小云目瞪口呆。

一五八

车间。数日后。夜。

灯光通明的车间，女工在拼命干活。

阿芳脸色苍白地在工位间巡查着。她转身走过去，女工们就议论起来。

女工乙："好些日子没见到林管工了。"

女工甲："三天了，听说他躲起来了……"

"这狗男人！"

"要怨还怨女人自己贱。"

阿芳发现一名女工睡着了，过去将她叫醒。

阿芳："醒醒，别睡了，站起来，醒醒觉。"

女工醒了，发现是阿芳，撇了撇嘴，没动。

阿芳："站起来，听见没有，打瞌睡罚站十五分钟。"

女工："算了吧，站起来让大家看见，多丢人呀。"

阿芳："怕丢人就别打瞌睡。"

女工站起来："罚站就罚站，反正打瞌睡总比不上大肚子丢人。"

女工们哄笑起来。

阿芳气得浑身直哆嗦。

小云跑过来，指着那女工：“你，打瞌睡还不服从管理，扣除这个月的奖金。其他人听着，不许再出声，现在是上班时间。”

女工们安静下来。

阿芳转身走来，她身后好几个女工吐着唾沫。

小云扭头发现，愤怒地：“谁要是再随地吐痰，也扣这月奖金。”

阿芳转身愣瞪了小云一会儿，突然扑向小云，撕扯着她的衣服头发。

阿芳：“你还我林生，你把他还给我，那天你和他说了什么，他就失踪了。你干吗总和我过不去，我恨你，我恨你！你别再假惺惺地护着我，装好人，这简直让我发疯。”

小云躲闪。

阿芳疯狂。

凤珍等人上来把阿芳拉开，车间大乱。

阿芳哭着跑出车间。

小云镇定地理了理头发：“好了，都坐好，继续工作。”

凤珍：“小云，我请假跟着她。”

小云无力地：“去吧。”

凤珍急忙跑出了车间。

一五九

写字楼里间。夜。

林老板如坐针毡，很不耐烦。对女秘书：“精仔回来没有？”

女秘书：“都派人去找了，找不着。”

林老板：“明天就是厂庆了，精仔怎么搞的，跑到哪儿去了，厂庆一大堆的事都没人张罗，没出息的东西。打电话给阿娴，叫她回来帮手。”

女秘书拨电话，半晌，朝林老板一摊手：“电话通了，没人接！”

林老板气得不吭声。

一六〇

阿娴家窗户外。夜。

只见窗户内两个人影，电话铃声响着。里面打闹着，时不时传来砸碎东西的声音。

阿娴的哭诉声："你天天去洗头，我看你的魂都叫洗头妹勾走了。我们结婚才多久，你就想着别的女人，我怎么命这么苦呀……"

一六一

发廊。翌日。晨。

阁楼上，正在酣睡的阿英忽然被什么声音惊醒，她猛然坐了起来，聆听着，楼梯上传来杂乱的脚步声。

木板门上响起"砰砰"急促的敲门声。阿英穿着睡裤下了床，把门打开。

阿娴带着几个女人冲进来，内有本地姑娘阿虹。她们不理阿英，直冲屋内搜查，阿英吃惊地望着她们。

一个抽屉被打开，倒出杂物，有女人在翻查……

阿英："你们这是干什么？找什么？这里没有你的男人，快出来，不然我就去治保会告你们了。"

正在翻查的女人面面相觑，正欲退去。

突然，阿娴翻出了一包首饰："这都是我的，是我的！这个成事佬，把我的首饰都偷出来送给这个臭婊子！"

阿英："你嘴巴干净点儿！"

阿娴："你不是婊子？这些东西怎么到你这儿的，这些东西能白送你，天底下有这样的傻瓜男人吗？"

阿英："是不是傻瓜你最好回家问问你老公！"

阿娴："是你勾引了我老公，你这个臭婊子。"

阿英："那你怎么不勾引住他呢？真蠢！"

阿娴："你……你，我今天和你拼了！"

其他女人一拥而上，"打呀，打死这个臭婊子""狐狸精！"

秀英躲闪。

愤怒的阿虹："打，就是她们一来，把这里的男人都勾引坏了。"

掷过去一样东西。

秀英被揍，往楼梯口退去。女人们追过去。

秀英从楼梯上滚下来。女人们追下来。

秀英抬头，抹了一下脸上的血。

一六二

发廊街上。晨。

有人从阁楼上把阿英的东西，一件件地扔下来。发廊街上，围满人群，大都是女工。

本地女人在追逐阿英。

凤珍、小云、玉兰、靓女等人惊异地观看。

四五个本地女人围着阿英，用破鞋子、鸡蛋、西红柿往她身上掷，一边骂。

阿英："你们有什么凭据，你们的男人在哪儿，把他们叫来对峙……"

阿娴："凭据，大家看看，这些都是我的首饰，刚才我们在她的床上搜出来的，她就为了这些钱财，勾引男人，伤风败俗，破坏别人的家庭。"

女工们都震惊了，鸦雀无声，这更使赵家坳的姐妹们蒙受耻辱。

有个西红柿砸到秀英的脸上，她伤心地哭起来。

本地的女人越发疯狂地打秀英。

阿娴："滚！让她滚，滚出大安乡永远别再回来。"

秀英抬起头，用目光搜寻老乡。

女工们和凤珍等人都低下头，避开了她那求援的目光。

秀英不哭了，擦了把眼泪，弯腰默默拾东西。

阿娴等人虎视眈眈地……

阿英提起几件行李，蓬头垢面，向镇外走去，沿途的女工，都不敢帮她。她走远，一步没回头。

玉兰和靓女在悄悄地拭泪。

小云似乎思索着什么，凤珍觉得羞愧难当……

一六三

厂内。日。

两个巨大的“厂庆”二字在门上。

鞭炮炸响。

锣鼓齐鸣。舞狮。

在厂内地坪里，临时搭起个厂庆的台子。台上宾客满座。坪里坐满了女工。

林老板走到台中央，神采飞扬：“康乐电子玩具厂开业三周年庆祝大会现在开始。”

女工们鼓掌。小云有些不安，焦灼地往外看。

凤珍专注地看着台上。

一六四

厂门外。日。

四辆大巴士悄悄地驶来，停在厂门外！

江生从车上跳下来，靠着车边，挑战似的望着厂内。

一六五

厂内。

林老板充满感情地：“工友们，你们背井离乡到我这间工厂做工，三年来，风风雨雨，艰苦创业，才使这间厂有了今天的地位，我林某衷心地感谢大家，我今天要说的是，厂就是你们的家，我就是你们的父母……”

女工中爆发雷鸣般的掌声。

凤珍被感动得热泪盈眶，直拿手绢擦着，又拼命地鼓掌。

小云似有所动。她不安地抬手看了下表……

一六六

厂外。

江生也抬手看表。

建达厂新招聘的女秘书——杨帆（女大学生，二十五六岁）走来，和江生站在一块儿："怎么还不出来，她们会来吗？"

江生："会来的，我都跟她们谈好的。她们说，要开完厂庆会才出来，干了一段时间，对厂子还是有感情的。"

杨帆："或许林老板正利用她们的感情，把她们留下来了哩？"

此时，厂门口的高音喇叭传来会场林老板的声音："为了表彰女工对本厂的贡献，现宣布一批模范女工名单：赵小云、赵凤珍……"

江生愣了，杨帆冷冷地看着他。

江生讷讷地："这林老板还真有一手。"

一六七

厂内。

小云、凤珍等被披红戴彩拥到台上。一片欢呼声。

林老板恭恭敬敬地将红包分发给模范女工，发到小云的面前。

林老板："祝贺你，一点小意思，望继续努力。"看了她一眼，意味深长。

小云的眼突然湿润了。她掏出了手绢，悄悄地拭泪。

林老板将红包发给凤珍，凤珍连声："谢谢！"

台下，靓女、玉兰拼命地欢呼、鼓掌，气氛热烈。

一六八

厂外。

江生拼命地抽着烟，神情焦灼，来回踱步。画外传来女工的欢呼声。

一双脚在来回走，地上扔满了烟蒂。

喇叭里传来林老板声音："大会到此结束，中午食堂聚餐，下午放假半天。"又博得女工的欢呼声。

江生现出极度紧张的神情。

一六九

厂内。

一群女工欢快地跑着，其中有靓女、玉兰等。

一七〇

车间内

小云抬起头，神情复杂。她环顾四周，窗外的光直射进来。

车间静悄悄的，没有人。只有小云一人坐在流水线旁。

片刻，凤珍走进来："小云，你怎么在这儿？大家都在找你。"

小云没吭声，凤珍向她走来。

凤珍发现小云神情有异："你怎么了？"

小云："凤珍姐，我要走了。"

凤珍："你？上哪？"

小云："门外江生的车在等着我，我本来想悄悄地走的，不想告诉你们。江生自己另办了一家电子玩具厂，要我过去当车间主管，我同意了！"

凤珍大怒："你不能这么做，当初你们来找工作，是林生收下了你们，你不能翅膀硬了就忘恩负义，这间厂待你不薄，短短的半年里，你的薪水提了又提，你现在又是模范女工，你还要怎么样？人不能太贪了，不要伤害林老板，他于你们几个是有恩的……"

小云一副决然的神情。凤珍惊异地看着她。

一七一

写字楼里间。日。

小云走进来，林老板回头。

小云："林老板，我是来向您告辞的，江生叫我过去帮手，对不住您了。"小云的言辞诚恳、愧疚、充满感激之情。她掏出那份刚发的红包，很恭敬地放到桌上。

林老板望着她。

小云："这是您刚才发给模范女工的红包，我拿着它感到有愧，我知道，我让您失望了。"

林老板一副大人不记小人过的表情，将红包又塞还给小云："不要这样说，你在康乐厂辛苦了，谢谢你。"令小云意外的是，林老板向她鞠了一躬："什么时候想回来，这里等着你。"

小云也还了一躬，慌张地跑出去。

女秘书进来："董事长，门口几百女工要出门，上江生的车，你说放不放她们出去？"

林老板思虑半天："放！为挽留女工，我做到了仁至义尽，她们要走，自有她们的道理。江生这一年的厂长没有白当。"

女秘书欲走。

林老板："对了，你告诉江生，他要是还念旧情的话，就给我个面子，叫他把车开到个僻静的地方，让她们悄悄地走。"

一七二

厂外。日。

车队在倒车，门口聚集着一群女工，静，无声。江生充满自信地站在车头，朝厂内写字楼摆手。

一七三

写字楼窗口。日。

林老板正望着这边，他突然显得苍老了许多……

一七四

女工宿舍窗前。日。

凤珍站在窗口，伤感地望着这边。

一七五

公路。日。

透过树丛，可见几辆大巴载着她们驶向远方。

一七六

宿舍内。日。

站在窗前的凤珍回过身，她手上捧着一张照片，凝视了一下，伤感地将照片摆到窗前的箱架上：赵家坳小老乡们初来时那张合影照片，面部均是哭笑不得的滑稽表情。

歌声起。

（第五集完）

第十集

二八一

酒吧间。夜。

江生拉着精仔在酒吧间内喝酒。

江生："你三叔那边有什么动静？"

精仔："听说乡政府已经跟他联络了，好像过几天就会谈判。"

江生："你帮我留意一下，有什么消息告诉我。"

精仔点点头。

江生："你知道，你三叔一向对我有误解……算了，别说这些事了。（向侍者）伙计，酒！"

侍者过来给他们添酒，精仔挡住酒杯，示意不要了。

江生："不像你以往的风格嘛？"

精仔（心灰意懒）："这么多年了，我也看透了。厂我也开过了，女朋友我也谈过了……可现在，什么都没了。这也挺好，不像以前那样，明争暗斗，搞得你死我活。我太累了。"

江生："人活着是累，可难道因为累就不做人了？没错，吃一个汉堡包也是一餐，但是吃鸡包士也是一餐，要看你怎么选择。我真不明白，你们这些内地人怎么想。香港是遍地黄金，但是并不是每个香港人面前都摆着一碗饭。有本事你就吃两碗。不错，这是残忍点儿。但是生存就要不断地竞争，不竞争就会被别人比下去。"

精仔："这儿不是香港。"

江生（点点头）："是，是不错。但是我们香港人不是傻子。要是这里没有前途，我们是不会到这里来做生意的。（探询地）我看你心情不好，你看这样行不行，到我们厂来做点事情，生产部主管，如何？"

精仔抽着烟没说话，但显然是动心了。

江生顺势拍拍精仔："好了，不要再考虑了，就这样吧。伙计，买单"！

侍者过来，将账单递给江生，江生摆手示意让他给精仔。

江生："给他签吧。以后林生来酒吧可以签单。"

精仔为江生的气度和爽快所折服，心甘情愿地抽出钢笔签了账单。

二八二

建达厂车间。日。

工人们在紧张地工作。

风珍急匆匆地来找阿芳。

阿珍：“阿芳，你知道吗？小云为了大伙加薪的事，向江生辞工了。”

阿芳：“老板没有同意吧？”

阿珍：“没有。听说，江生把精仔找回来接替了小云的位置。”

阿芳一下子站起来，瞪大了双眼。

阿芳：“欺人太甚了。”

阿珍：“阿芳，你说怎么办呢？”

阿芳：“我看这样。江生他面对的不是小云一个人，只要我们齐心，他拿我们没办法。”阿芳凑到阿珍跟前说了些什么。

二八三

车间生产部办公室。日。

江生领着精仔熟悉生产情况。江生：“生产进度就靠你了。”

精仔：“噢，你就放心吧。”

江生站住，看了精仔一眼。

江生：“忘了告诉你了，阿芳就在这个车间当拉长。”

精仔（喜形于色）：“真的？”江生（举起一只手指点着精仔）：“别再给我添麻烦了。”

精仔：“知道了。”

二八四

生产线上。日。

阿珍见江生带着精仔进来，回头向身后的女工说：“他们来了。按我们商量好的去做。”

女工点点头，把这话传到下位工作的女工，接着一个一个传下去。

阿芳看了阿珍一眼，二人会意地点点头。

二八五

车间内。日。

江生同精仔走进来，二人来到阿芳跟前。

江生："阿芳，精仔从今天开始接替小云的工作。"

阿芳没说话，也没理精仔。精仔有些愧疚地低下头。

江生见状，拉过精仔。

江生："都是老同事，以工作为重。你们先聊聊。"说完江生离去。

阿芳与正在工作的阿珍遥遥对视了一下。

精仔（小心翼翼地）："阿芳，我们又像以前一样……在一起工作了。"

阿芳沉着脸没说话。

精仔（搭讪）"你……还好吗？"

阿芳（冷淡地）："还好，谢谢。"

在生产线上的阿珍举起手："报告拉长，我要上厕所。"

另一女工："报告拉长，我也要上厕所。"

女工们纷纷举手，"我也去！""我也去！"

精仔有些不知所措。

阿芳："可以，我同意了，都去吧。"

女工们都站起来，起着哄向外走。

精仔看着女工都离开工作岗位，急了，对阿芳说："哎，你怎么能同意那么多人去厕所？"

阿芳（沉着脸）："这是我拉长职权范围内的事，你无权干涉。"说罢扬长而去。

精仔："哎，你去哪儿？"

阿芳站住，回过头嘲弄地："我也上厕所。"

精仔无可奈何地叹了口气。

二八六

车间内。日。

江生坐在空无一人的生产线上，又气又急。

他拿起步话机，机内传出杨帆的声音："江生，江生……"

江生："我是江子平。"

杨帆："美国林纳公司来催圣诞的订单，问什么时候能交货，您接不接电话？"

江生看看空荡荡的车间，没说话。

杨帆的声音："江生，江生……"

江生（对步话机）："你对他们说，那批货绝对没问题，一定按时交货。"

江生在车间里来回踱步。

二八七

女工宿舍内。日。

女工们穿着工作服在屋里，有站有坐，阿芳、阿珍、小云都在其内。她们盯着来访的江生。江生感觉到众女工抗争与挑战的目光，有些不自在，他干咳了两声。

江生："各位工友，我今天来，是想告诉大家，我同意你们加薪，请你们回去工作。"

女工们无人表态。

江生环视一周，见他的话没有产生效果，只得又说："既然你们都回来了，今天就放半天假。明天呢，请你们回去上班。"

女工们仍然没有反应。江生讪讪离开。

女工们突然爆发了一阵胜利的欢呼。走到门口的江生回过头，见人们一边喊，一边笑，小云被她们扔起来接住，抛上抛下。望着这快乐的场面，江生感到挫败的耻辱，他皱着眉头走开了。

二八八

某监狱内。日。

一位女警察打开监狱内一道铁栅栏门，秀英从里边走出来。她跟在警察身后穿过走廊，走进一间会见探访犯人专用的房间。

二八九

探监室。日。

秀英隔着铁丝网窗和一道走廊，看到对面屋里来探监的小云、阿珍、靓女和阿芳。双方默默地对视着。

阿珍：“秀英，我们几个来看你。明天，我和玲妹就要回赵家坳去了。”

秀英似有所动，她欲言又止。

小云：“你好吗？”

秀英：“还好。”她勉强挤出了一个笑容。

小云：“等你出来以后，就到我们那个工厂去吧。”

秀英（冷漠地）：“我永远不想回那个地方了。”

阿珍与靓女对视了一眼。

阿珍：“秀英，你有话捎给家里吗？”

秀英：“你对我哥好，我知道。我哥呢，是个实在人。好好过日子吧。”

阿珍的眼泪夺眶而出，哽咽着点头应声。

秀英：“我好几个月也没有寄钱给家里了。凤珍姐，帮我找个理由给瞒一下吧，千万不要告诉我哥，我求你们啦。”

女警察：“时间到了。”

秀英：“好，不要来看我了。”

秀英恢复了一切都无所谓的样子，转身往里走。小云和阿珍她们叫了她一声，她又回头看了一眼，便走出了探访室。

二九〇

公路边。日。

靓女和阿珍在等车，小云与玉兰前来为她们送行。姐妹们依依惜别。

汽车来了。阿珍和靓女准备上车。小云和玉兰帮她们提行李。

阿珍。“我们走了，你们回去吧。”

小云掏出一封信："凤珍姐，我有封信，你帮我带给志强哥。"

阿珍接过信，会意地："唔。"

靓女上车前回头又说："小云姐，玉兰，我们走了。"她的眼圈发红，快要哭了。

车开走了，小云和玉兰追了两步，向远去的汽车挥手道别。

小云喊着："凤珍姐，玲妹，写信来，别忘了我们！"

凤珍和靓女探头出车窗，挥着手"回去吧！再见。"

小云和玉兰往回走。

玉兰（关切地）："小云姐，你还惦记着志强哥啊？"

小云不置可否地笑了笑。

玉兰："听说他已经成家了。"

小云："我知道。"

玉兰："你自己个人的事情也该考虑了。"

小云："我暂时不想考虑这事。像我们这些外来的打工妹，还能做几天工啊？说不定哪一天我也会像她们一样离开这里，回家去。你以为，谁都有你这样的好福气啊！"

玉兰："其实你完全有条件的。"

小云（不想谈这件事）："好啦好啦，不要拿这事烦我了。"

她们回到了镇里。

二九一

赵家坳。凤珍家门口巷子里。

鞭炮齐鸣。一群孩子簇拥着回到家的凤珍走来。凤珍的奶奶从屋里出来，祖孙俩亲热地拉住手。

凤珍："奶奶！"

奶奶："快，进屋去，进屋去。"

凤珍提着一个大包走进屋。

二九二

风珍家里。日。

屋子里靠墙摆放了一溜货架，上面摆着各种杂货。凤珍放下包，抱住奶奶。

阿珍：“奶奶，可想死我了。”

阿珍的弟弟走过来拉住她。

弟弟：“姐姐，你看，（他指着货架）这都是咱家的。”

阿珍：“弟弟长这么高了。”

奶奶：“你看，咱家变得多好，快看看吧。”

阿珍看着琳琅满目的货架，惊喜地：“哟，这都是咱家的东西呀？”

弟弟：“姐姐，这都是你这两年寄来的钱买回来的。”

阿珍打开旅行包，取出一包糖给弟弟。

阿珍：“弟弟，来，给你。”

奶奶对阿珍又看又摸，喜不自胜。

奶奶：“凤珍呢，他昨天运货来，还问你回来没有呢。”

阿珍：“谁呀，奶奶？”

奶奶：“春生呗。这孩子憨实，会过日子。这可不是奶奶包办的啊！”

阿珍不好意思地低头笑了。

奶奶：“你们通信也有半年了。再说，秀英也是你们打工的好姐妹。这回，总算没意见了吧？”

阿珍笑着搂住奶奶。

奶奶：“好，过两天你们就去登记。过年咱们把喜事给办了。这小铺子全是他给弄的，货也是他给运的，他不是运输专业户吗。”

这时，门外传来一阵汽车停车的声音。奶奶向外一望，喜道：“说曹操，曹操就到了。”说着迎了出去。

奶奶：“春生。”

春生答应着走进来。

奶奶："凤珍回来了，刚到。"

春生放下手中的东西，站在门口。阿珍害羞地转过身。

奶奶（对阿珍）："你给我看着小铺，我给你们弄吃的去。"说完奶奶走开了，顺便拽了拽阿珍的衣襟，示意她主动些。

春生靠在门框上，从耳朵上拿下一支夹着的烟卷，划着火点上抽了一口："回来啦。"

阿珍看着这个显得陌生的男子，有些不知说什么好。这时，来了一个抱着孩子的妇女，手拿一个瓶子。

妇女："打点儿酱油。"

阿珍正待去接，却被春生接过瓶子，打好酱油递给妇女。阿珍插不上手，只得躲在一边。

妇女接过瓶子看了看："我要酱油，这是醋。"

春生连忙拿回瓶子："对不起，我不知道。"

阿珍拿过瓶子，为妇女重新灌好酱油。她的动作不熟练，却充满热情。

妇女交了钱，走了。春生和阿珍尴尬地笑着，站在一起觉得找不到话说。

春生："怎么不来个信儿？我好开车到县里接你去。"

阿珍："人家又坐火车又坐汽车的，哪儿说得准时间。"

春生："哎，小妹怎么没和你一块儿回来？"

阿珍有些支吾："呵，厂里不准假，我是辞了工才回来的。"

春生："那她也应当来个信儿啊，几个月没给家里写信了。"

阿珍："她捎了话给我。再说，我回来了，还不行吗？"

春生笑了："那也行啊。"

阿珍打开手提包，拿出衣服、鞋等物品。

阿珍："你看，这都是给你买的，喜欢吗？"

春生："喜欢！"

阿珍拿出一件西服，一个电动剃须刀交给春生。春生一按开关，剃须刀转动发出了响声，吓了春生一跳，他忙把剃须刀递还给阿珍。阿珍看着春生那副憨样，笑了。

春生：“这是啥？”

阿珍：“刮胡子用的呗。”

春生：“多少钱？”

阿珍：“八十八块。”

春生大惊：“八十八块？你？买它干啥？剃头匠来了，连刮胡子带理发，两毛钱的事儿。别在我身上花钱，我没有城里人那么讲究。咱们还是艰苦朴素，过得去就成。你看，买这么些东西，花那么多钱，你怎么也不在信上跟我商量商量？”说着，他把阿珍送给他的东西放在货架上。

这时，一个小伙子走进店里，他注意到那些礼物，问道：“这个卖吗？”

春生忙过去：“卖，卖，都是刚从南方进的货。”

小伙子：“这个多少钱？”

春生：“阿珍，这多少钱？”

阿珍没有回答，她感到伤心、失望、陌生。

二九三

赵家坳。山间小路上。日。

阿珍走来，她远远望见地里一对夫妇在逗弄小孩。那男的正是志强。

阿珍：“志强。”

志强回头见是阿珍，也很意外：“哎，你怎么回来了？还好吧？”

阿珍：“好，你呢？”说着她瞟了一眼那个女人。

志强：“我？挺好的。”说着他从那女人手里抱过孩子：“来来来，让阿姨看看。”孩子大哭起来。

志强：“叫姨，叫姨！”

孩子找他妈，仍然大哭。

志强（解嘲地）：“这孩子没吃饱。”又把孩子交还给女人。然后，他背起农具，拉上牛，往回走。

阿珍："志强，小云有信给你。"

志强（无所谓地答应着）："噢，说什么了？（又对那女人）哎，我说你别让那孩子哭了好不好"！

阿珍："她说她干得挺好，还说你要愿意，她可以帮你找个工作。"

志强："噢，对了，有工夫上我们家玩儿去啊！"说着，他把阿珍扔在那儿，管自走了。阿珍手里捏着小云的信，看着志强的背影，百感交集。

二九四

建达厂。车间门口。日。

两个管工正从墙上抽下一些工卡。女工们上班来了，她们到自己熟悉的卡带处去取工卡。阿芳发现自己的工卡不见了，与此同时，还有一些女工也找不到自己的工卡了。

男管工之一："请没有工卡的员工全部站过来。"女工们围了过来。"很对不起大家，我来宣布一件事。从今天起，你们已经不是本厂的员工了，多谢大家的合作。"

阿芳："为什么？"其他女工也纷纷质问。

男管工："这是江生的吩咐，我不清楚。"说着拿出一些工资袋分给众女工："这是你们一个月的工资，多谢。"

女工们乱哄哄地嚷着："这是怎么回事？太不公平！"

小云走进来，阿芳拉住她。

阿芳："小云，我们被开除了。"

小云（向男管工）："这是怎么回事？"

管工："这是江生吩咐的，我们是按江生吩咐做的。"

小云想了想："我去找他去。"说罢转身便走，女工们跟出来。

二九五

车间外。日。

小云走出，后边跟着被解雇的女工们。

阿芳："小云，你发现没有，这次被开除的都是上次为了加薪被开除的。"

小云看了看大家："我知道了。"

二九六

江生办公室内。日。

江生正在办公，有人叩门。

江生："进来。"

小云走进来。

小云："江老板，我有事找你，能给我几分钟吗？"

江生看看小云，已知其来意："坐下说吧。"

小云坐在江生的对面。

小云："老板，你为什么要解雇这些女工？你没有理由这样做！她们为了这批圣诞订单没日没夜地干，这些你都看见了！为什么这批订单一完，你却要解雇她们？这是为什么？"

面对小云的质问，江生显得胸有成竹。

江生："我早知道你要找我来谈这个问题，我现在不怕和你说，理由很简单：圣诞订单完成了。为了圣诞订单，我不惜超额招收不少女工回来。现在生产转入淡季，那些女工没用了，我不能白养活她们。唯一的办法就是裁员，这很合理，哪个老板都会这么做。"

小云："为什么解雇的都是些熟手女工？而这些女工，都是为上次加薪而停工的。你说过不会为这事而记恨她们的，可是你出尔反尔，我认为你是在报复！"

江生："我再跟你说清楚一点，新来的女工在技术上面掌握甚至已经超过了原来的女工，为了工厂的长期利益，我只好这么做。难道这一点你都不明白？"

小云："江老板——"

江生（制止她）："小云，你很聪明。没错，我们原来有点误会，这些都是思维方式不同。这就不再说了。你跟我合作这么久，加起来有两年了，建达有今天，你帮了不少忙，我非常感谢你。”

二人一时无言。想到他们共同奋斗的时日，心里有股说不清的滋味。

江生站起来，踱到窗前。

江生：“我一直对你都很信任，对你很放心。我相信我的眼光。你是个人才，我重用你。但这次的事，你令我太失望了。你说我报复也好，坏人也好，什么都好，但你记住一点，我们是在做生意，不是在交朋友。”

江生拿出一个信封扔到小云面前。

江生：“这是三个月的工资。从今天开始，你不用来上班了，你已经被解雇了。”

小云有些意外，但她很镇定。

小云（微微一笑）：“我早知道有这一天的。（她站起来）打工妹吗，总会有被解雇的那一天。”

江生：“和你取消合约我很遗憾，我也是迫不得已。为了这件事，我在香港用高薪聘了一个行政人员来顶替你。你有多少才华我很清楚。你是很有前途的，你离开本厂有很多人会请你的。需不需要推荐？我有几个朋友在这儿开厂”。

小云：“谢谢，用不着你操心了。呵，借我电话用一下可以吗？”

江生：“当然可以。”

小云拨通电话：“喂，是梁生吗？我是赵小云。我答应你的邀请，可我有个条件，我必须带二十名女工过去。好，我下午就过去。再见。”

江生耸耸肩膀。他显然为与小云的分手感到遗憾。

小云：“非常感谢你解雇了我。江生，你是我的老板——哦，不，曾经是我的老板，你我也是朋友，我一直把你当老师。今天，你给我上了最后一课。谢谢。”

小云拿起工资袋向外走，又被江生叫住。

江生：“等等。有件事我想提醒你，你无论到哪一家工厂，都要记住一点：老板就是老板，打工仔永远是打工仔。”

小云被他的话激怒，回答道：“我会记住这一点的。但是，我不相信这一点。”

小云走后，江生自嘲地嚷了一声。桌上的电话响了，江生拿起话筒：“喂，Marty 吗？早上好，什么事？”

二九七

大路上。傍晚。

阿芳挎着背包，独自一人走去。精仔骑着一辆摩托车追上去，停在阿芳身边，阿芳停下望着他。

精仔：“阿芳，听说你要去深圳打工？江生解雇你是没有理由的，我已经跟他说了，他愿意把你留下来。如果你不愿意在建达打工的话，别的工厂我还有朋友，薪水比建达还高。阿芳，留下吧。”

阿芳（微微一笑）：“像我们这样的外来妹，走到哪儿都一样。我想换一个地方，出去闯一下。”

精仔：“阿芳，我知道你还记恨我。以前我……”

阿芳：“别说了，我不想听。”

精仔：“我，我不知道该怎么说。（恳求）阿芳，我们从头开始吧。”

阿芳（余恨难消）：“晚了，已经晚了。我可以告诉你，我不能再生孩子了。那是我最后一个孩子。”

阿芳说不下去了，掩面而去。精仔震惊之余，忙骑着摩托追上去：“阿芳，阿芳！”

二九八

赵家坳。赵家祠堂。日。清晨。

春生拉着阿珍兴冲冲地跑来。他敲敲村委会的门，见门锁着。

春生：“有人吗？（对凤珍）村干部都还没上班呢，我们来早了。咱们等会儿吧。”

阿珍：“谁叫你这么性急，一大早就催人来。”

春生和阿珍找了根横卧在地的房柁坐下来。春生傻笑着坐在离阿珍远远的地方。

阿珍："瞧你，这么大个人了还能跑了？"

春生："那当然了。等登了记以后，你就正式是我老婆了。"

阿珍："那现在呢？"

春生："现在？现在是……"

阿珍："啥呀？"

春生："是……是那个——谈恋爱"！

阿珍："这算哪门子恋爱？要登记了，还离我这么远坐着！"

春生憨笑着犹豫了一下，凑了过来。

阿珍亲热地拿出一块糖，塞在春生的嘴里。

阿珍（望着只会傻笑的春生，含羞暗示）："春生，要登记了。你，你忘了件事！"

春生："啥事？"

阿珍（难以启口）："你说呢？"说罢她走开，靠在一根柱子后，挑逗地瞥了春生一眼。

春生咽了口唾沫，似有所悟，凑过来。

春生："你是说——那个？"

阿珍不好意思地点点头："唔！"

春生（大惊小怪）："在这儿？哎呀！这可不行！这可是祠堂啊！"

阿珍（不以为然）："瞧你！人家在广州的大街上又搂又抱的，可亲热呢！"

春生犹豫了一下说："那，你等等。"

春生跑出门外张望了一下，大呼小叫地跑回来。

春生："凤珍！没人儿，没人儿！"

春生冲动地一把抱住阿珍亲吻起来。阿珍温存地接受着他的爱抚。春生激动地拉起阿珍往外走。

春生："凤珍，咱们先回家去！"

阿珍有些不知所措，她拽住狂热的春生，忽然觉得必须对这个热爱自己的男人说实话。

阿珍："春生，你等一下，我有事要对你说。"

春生："回去再说"！

阿珍："你听我说！秀英她——出事了！"

春生愣住了："什么？"

阿珍（难以启齿）："这几天，我一直在犹豫，告诉你好还是不告诉你好。可事到如今，我不能再瞒着你了！"

春生（心急火燎）："你说什么呀？"

阿珍："秀英，秀英她为了挣钱，卖了身，被公安局给抓起来了！"

春生大怒，粗暴地将阿珍推倒在地。

春生："你胡说！"

阿珍（痛心地）："这是真的！"

春生对阿珍又踢又打："你胡说！你住嘴！"他又拉起阿珍："你说，这不是真的？这不是真的！"

阿珍："春生，这是真的，这是真的！"

春生放开阿珍，无比痛苦地抱着头蹲在地上。

阿珍走过来，怜爱地抚摩着春生。

春生哭了。

阿珍："春生，秀英她……"

春生："别说了！我恨她！我真想把那座房子烧掉！我们家几代都是清白的。这以后叫我怎么做人呢？"

阿珍："春生。"

春生："阿珍，你以后要守规矩呀！我已经想好了，我要给你定几条规矩。第一，你不要再到南方去打工了……"

阿珍震惊了，她难以置信地瞪着痛定思痛的春生。

春生（仍继续说）："……第二，你要守本分；第三,一你要好好地跟我过日子；第四，你要好好地干活……"

望着失魂落魄、念念叨叨的春生，阿珍骤然感到她无法同这个男人共同生活，她站起来往后退着。春生浑不知。

春生："……第五，你什么都要听我的……"

阿珍一扭头，奔出了祠堂。

春生："凤珍，凤珍！"

二九九

香港。某家饭店。日。

大安乡的乡长同杨帆一起，正在同林老板谈判。

乡长："怎么样，林老板？购买康乐的事，你到底同不同意呀？"

林老板："你们要购买康乐，我同意。我看了合同，手续齐备。不过我有个条件——"

乡长和杨帆对视一眼。

林老板："康乐只卖给你们乡政府，不许你们跟建达合作，怎么样？你们同意不同意？"

乡长笑了笑，未置可否。

林老板："同意的话，价钱可以从两百万下浮到五十万！（他抽出一支烟点上）哼哼，江生想吞并我的康乐，他出多少钱也不行！想都别想！我康乐宁可变成一堆废铁！也不让给他！"

乡长沉吟着没说话。

林老板："这样吧，你们先考虑一下，三天以后听你们的答复。我有事，先走了。"说罢他站起来。

乡长和杨帆也站起来。

乡长："也好，我们会尽快给你答复的。"

双方握手。林老板离去。

乡长："杨帆，你对我们乡办厂这个事怎么看？"

杨帆："早就应该这样！这个机会太好了。乡长您不用考虑了。"

乡长："可问题是，我们厂的技术力量，管理人员从哪儿来呢？"

杨帆："大安乡搞来料加工，已经有几年了，培养了一批技术力量和管理人才。女工中大有人在，您不必担心。"

乡长："最难办的是，怎么向江生解释这件事。"

杨帆："其实，江生应该最了解林老板为什么这么做。"

乡长会意地点点头："说得对，这件事我自己去解释。"

三〇〇

建达厂。江生办公室。日。

电话铃响，江生拿起听筒。

江生：“喂，噢，乡长啊。（他皱起眉头）怎么会这样？好的，我马上来。”

江生放下话筒，一脸不快。

三〇一

大安乡某饭店。夜。

江生和大安乡乡长坐在一张桌前。

乡长：“江生，我请你出来，是想跟你解释一下。”

江生拦住话头：“不用了，我都知道了。”

乡长（歉意）：“真是对不起呀！林老板那边，我们解释了很多，可是——”

江生：“我知道，我知道，林老板对我还记恨。（他叹了口气）不过也好，生意场上得失我都见过了。饭总不能只让一个人吃，大家都有钱赚，生产才能搞下去。讲到交情，你们乡政府为我们投资者出了不少力，很应该有自己的工厂。”

乡长：“你这么说，我就放心了。噢，我想跟你打听一个人。”

江生：“谁？”

乡长：“你们那儿是不是有一个叫赵小云的？”

江生（微感诧异）：“赵小云？”

乡长：“她的能力怎么样？”

江生（笑笑）：“还挺能干的，不过，她已经不在我那儿干了，已经辞了。”

乡长：“为什么？”

江生暧昧地笑了笑，反问：“你想聘她吗？”

乡长未作答复，含蓄地一笑。

三〇二

乡政府。日。

杨帆领着赵小云走进来。

杨帆："乡长，这就是赵小云。"

乡长："来来来，请坐。其实，我们见过面，就是没有说过话。听杨帆说，你很能干，是个难得的管理人才。你知不知道，我们乡已经把林先生那个康乐厂给买下来了。"

小云："知道。"

乡长："现在我们乡有二十八家独资厂，三家合资厂。我们乡管理人员有限，你熟悉电子玩具生产业务，又熟悉康乐，所以我们乡想聘请你担任我们新康乐厂的厂长，怎么样？"

小云（难以置信）："我？"

乡长："这样吧，你先考虑考虑，如果同意的话，就告诉杨帆。"

小云望着杨帆，杨帆鼓励地向她点头示意。

三〇三

露天茶座。日。

杨帆和小云在喝茶。

杨帆："小云，抓住这个机会！"

小云："杨帆姐，你为什么把这个机会让给我？我觉得你比我更合适。"

杨帆："其实我真想跟你争一争，可是我争不过你，因为你没有牵挂，没有负担，更没有什么怕丢掉的。小云，我要回内地去了。停薪留职已经到期了，单位催我回去。听说，以后再不许办停薪留职了。"

小云："不能不回去吗？"

杨帆："想想做人，就是这么奇怪。在内地，每月拿着七十六，上班看报纸，喝茶；回家，看书听音乐，觉着清苦，没劲。可在这儿，拿着千八百的，卡拉 OK、迪斯科闹着，新潮时装穿着，工作又可以随便挑。可是心里总觉着寂寞。想想，真要扔掉了铁饭碗，心里边还发虚呢。万一除名，父母，亲人，包括我自己，恐怕也受不了。”

小云无言以对。

三〇四

赵家坳。日。

在出山的路上，凤珍又踏上了当年走出山坳的路，在她身边，跟着一群童趣未泯，扛着行李，憧憬未来的山姑娘。

姑娘甲：“凤珍姐，城里的高楼有多高啊？”

姑娘乙：“凤珍姐，咱们怎么去呀？”

阿珍：“先坐汽车，再坐火车。”

姑娘们欢笑起来，叽叽喳喳地笑作一团。

姑娘甲：“还坐火车，我们都没坐过呢！”

姑娘乙忽然指着远处山坡上：“你们看，那是金玲姐！”

远处山坡上，靓女满脸泪痕，望着她们。

靓女的妹妹也在这群人中，她兴奋地叫：“姐姐！”

阿珍忙拉住她。

靓女挥动着一只缠满绷带的断臂，默默地向她们告别。

姑娘们：“金玲姐，再见！”

靓女转身，消失在山坡后。

山里妹们跨着大步向山外那新鲜的未知世界勇敢地走去。

三〇五

广州白云机场。日。

江生提着手提箱从候机室大厅出口走出，他显然是刚下飞机。走了几步，江生忽然发现了什么，他站住了。

小云也提着提箱，正走向候机室另一侧的入口，她也看见了江生。二人对视片刻，几乎是同时互相示以微笑。

江生走过来，他几分满意，几分欣赏地打量着西装笔挺、气派英俊的小云："去哪儿？"

小云："去泰国参加一个贸易洽谈会。你刚回来？"

江生："听说你在那边干得不错。"

小云微微一笑，掏出一张名片："这是我的名片，以后请多多关照。"

江生："这个世界不是没了谁就不行，我没看错人。还记得我的电话吗？"

小云："记得，还记得你跟我说过的话。"

江生："有空 Call 我。"

小云："好。（看看表）哦，飞机快要起飞了，再见。"

江生："拜拜。"

他目送小云走进候机室，很有感触。

三〇六

白云机场。日。

一架波音 767 准备起飞。小云登上舷梯，放眼观看，信心十足地走向未来。

（全剧终）

（葛芸生编《外来妹十集电视连续剧》中国戏剧出版社，1993 年 8 月第 1 版）

荣获 1992 年第 12 届飞天奖长篇电视剧一等奖

大路朝天

编剧：葛建初

片头

高铁山掀翻宴席桌面。

“下岗人员名单”和围观群众。

王大路用圆珠笔在一页日历上写着：“今日下岗离厂，明天重新创业。”

隧道窑窑体内，王大路用炉钩拨撬窑车上的酒坛碎片。

张小兰和蒋志明在舞池里翩翩起舞。

柳小春往咖啡杯中投放“春药”。

卡拉OK包厢里，吉春风接过仇一民的三万元现金。

王爱萍猛地挥手抽了张一刀一个耳光。

肖光明跪在母亲跟前，“妈，我会永远记住你的话！”

吉凌云对肖光明怒吼：“阳渚陶瓷厂的事，我说了算数！”

王大路伏在罗剑梅的遗体上悲呼：“剑梅，剑梅！”

周公伯检察长对刘易平说：“骑上老虎非把它打死不可！”

李敏在展台前演示刻画艺术。

阳渚陶瓷厂门口，牛昌林等人拦住红远陶瓷厂的汽车。

竹海中，王大路和任倩拥抱在一起。

王书记、李部长、王大路、任倩为“大路陶瓷有限公司”揭牌。

片头画面和演职员表同时推完。

第一集

1．暮春时分。

阳光灿烂，东风和煦。公路两旁的梧桐树的枝叶轻轻摇曳着，在地面上画出各种奇特的图案。

车辆行人，来去匆匆。

2. 阳渚陶瓷厂大门。

海燕展翅型的门楼金碧辉煌。

门楼立柱上并排挂着三块木质长条标牌：

“国营阳渚陶瓷厂”“中共阳渚陶瓷厂委员会”“阳渚陶瓷厂工会”。

厂门一旁竖着一块标语牌，上面写着：“热烈欢迎市工业检查组莅厂检查指导”。

3. 阳渚陶瓷厂会议室。

椭圆形会议桌四周坐着市工业检查组成员和阳渚陶瓷厂党政工领导。每人面前放着一包中华牌香烟和茶杯、烟缸。与会者有的抽烟，有的喝茶。会议室里烟气缭绕，光线昏暗。

吉凌云（男，50 岁。阳渚陶瓷厂厂长兼党委书记）翻到汇报材料的最后一页，说道：“……到目前为止，职工两个月未发工资，医疗费半年没有报销，因此，请市里解决 100 万元贷款，以解燃眉之急。”

会议室里沉寂了片刻。

林正方（男，40 岁。阳渚市计经委主任）一边抽烟一边说：“阳渚陶瓷厂是国有企业，我们不能眼睁睁地看着它沉下去，应该扶持一把！”

何胜荣（男，45 岁。阳渚市财政局局长）摇了摇头：“去年年底阳渚陶瓷厂贷款 100 万元，至今分文未还，企业也不见起色。那种输血式解困不是办法，要靠自我造血才有出路。吉副市长你说呢？”

吉振霄（男，45 岁。阳渚市副市长，吉凌云的胞弟）呷了口茶水：“大家谈谈吧，阳渚陶瓷厂的同志也可以发表意见嘛！”

王大路（男，40 岁。阳渚陶瓷厂副厂长，党委委员）“去年借贷的 100 万元，用在生产经营上的恐怕不足 20%……”

何胜荣插话："其余的钱到哪里去了？"

吉凌云白了王大路一眼，沉下脸来。

王大路："出国考察，更新轿车、厂庆活动，钱像流水一样花光了。企业已经到了最危急的时候，再不开源节流，只有死路一条！"

吉振霄："如何开源节流，愿闻高谋良策！"

王大路："第一挖掘企业自身资金潜能，悬赏催收欠延货款。第二压缩非经营性开支，加大新品开发投入。第三……"

吉凌云插话："王副厂长，你一开口就是黄河之水天上来，没完没了漫无边际。还是听听各位领导的意见吧！"

何胜荣："王副厂长讲得很好嘛，第三呢？"

王大路把烟头揿灭在烟灰缸里，强忍怒火："算了，不说了。研究所肖工还等我商量釉料配方呢，先走了。"说完快步走出会议室。

4. 阳渚陶瓷厂研究所办公室。

墙上挂着一条装裱考究的楷书条幅。上面写着："让陶艺产品穿上花衣裳走向世界。"条幅下面是一张办公台，台上放着一盆葱翠的文竹。

肖光明（男，40岁。阳渚陶瓷厂研究所所长）正伏案整理资料。

王大路径直走进办公室，坐在肖光明对面的靠椅上闷头抽烟。

肖光明抬头看了王大路一眼："大路厂长你不是在厂部开会吗，怎么开小差了！"

王大路气呼呼地说："开会开出一肚子气，真是活见鬼！"

肖光明不解地反问："谁惹你了？"

王大路："吉凌云阻止我在会上发言，一气之下就跑了出来！"

肖光明叹了口气："算了吧，现在是厂长负责制，他的弟弟又是副市长，何必与他斗气自寻烦恼！"

王大路"嗨"了一声，说："难道你能眼睁睁地看着吉凌云把阳渚陶瓷厂搞垮不成？一千多职工要吃饭生存哪！"

肖光明摇了摇头："这是你的想法，吉凌云以为你篡政谋权呢！

不谈这些丧气的话了，咱们到窑上去看看釉料试片吧！”

5．隧道窑开窑处。

几车烧制好的陶瓷产品在阳光下熠熠闪亮。

三位工人正在开窑。（把窑车上的产品搬在平台上）

王大路、肖光明一边和工人打招呼，一边在窑车上寻找釉料试片。

方家贵（男，40 岁。阳渚陶瓷厂烧成车间工人）：“大路厂长，你们寻找釉料试片吧？牛主任早已拿到车间办公室去了！”

王大路点了点头：“家贵，现在厂里借钱做债烧点产品不容易，可要轻拿轻放啊！”

方家贵：“阳渚陶瓷厂给这班狗屁昏官吃都吃穷了，咱们每天上班卖力气，两个月没有工资了，日子怎么过！”

一位络腮胡子的工人放下手中的产品，气呼呼地说：“吉厂长天天坐在办公室里抽烟品茶看报纸，过着神仙一般的日子，根本不把工人疾苦放在心上，上面的头头儿瞎了眼。”

方家贵：“大路厂长，你和肖工成天开着救火车在车间转来转去，真是皇帝不急，急死太监，何苦呢？！”

王大路拍着方家贵的肩膀。苦笑着说：“在其位谋其政，尽人事听天命。你们慢慢干吧，我们找牛主任看试片！”

6．烧成车间办公室。

窗口处放着品字形的三张办公台。

牛昌林坐在办公台前翻阅着质量报表。（牛昌林，男，45 岁。阳渚陶瓷厂烧成车间主任兼党支部书记）他的那张办公台上放着一杯茶水和烟缸。还有六片釉料试样。

牛昌林一边摇头一边说：“厂里不知从哪里购来的劣质煤，烧不上温度，产品质量下降了三个百分点，真是越穷越急，越急越穷！”

小郁（女，36 岁。烧成车间会计）叹了口气：“听说是吉厂长从他的一位朋友那里赊来的。三百多元钱一吨呢！”

牛昌林愤然说道：“真是睁着眼睛吃老鼠药，这种煤最多二百元钱一吨。虽说欠账，终究要还钱嘛！”

小郁：“他要这么干，你有什么办法呢！”

王大路、肖光明走进办公室。

牛昌林笑着说：“我料定你们上午一定要来的。小郁快泡茶！”

小郁一边泡茶一边开玩笑地说：“你把人家的儿子抱来了，当然非找你不可！”

王大路：“小郁，你别说得那么夸张，不就是几块釉料试片嘛，怎能与儿子相提并论呢？”

牛昌林：“算了吧，你用在儿子身上的心血。远没有这些釉料试片多！”

王大路搔了搔脑袋：“言归正传，闲话少说。肖工，你看这几只试样效果如何？”

王大路、肖光明拿着釉料试片仔细端详着。

肖光明：“菊红釉的色泽淡了些，看来配方还要调整一下，明天再试！”

王大路点了点头：“小郁你帮肖工把试片拿到研究所去，我和牛主任还要商量一下烧成质量问题。”

肖光明、小郁拿着试片离开办公室。

牛昌林一边给王大路发香烟，一边说：“大路厂长，这种劣质煤怎能烧出好产品。简直开玩笑！”

王大路抽着烟，沉思片刻：“下午开个会。调整一下烧窑操作方法，采取勤添薄层，加强通风来提高窑内温度。咱们吃点苦，把损失降到最低限度。”

牛昌林叹了口气：“说句实在话，咱们的工人太好了，两个月没有工资。照样上班。最多发发牢骚而已。少数干部实在不像话。自以为是，挥霍无度，把企业搞得一塌糊涂，照样潇洒人生……”

这时高铁山（男，45岁。烧成车间工人）匆匆跑进办公室，打断牛昌林的话头。

高铁山："大路厂长，不好了！成型车间五号压机冲头脱落，砸断了宋建华的右手大拇指……"

王大路急忙问道："小宋现在哪里？吉厂长知道不知道？"

高铁山："小宋已经送到医院包扎去了，估计要转院到上海去做接指手术。吉厂长陪着检查组不知到哪家饭店去了。"

王大路："牛主任，你和铁山到财务科去借一万元钱，我上医院办理转院手续。快！"

三人匆匆离开办公室。

7. 医院急诊室。

医生、护士和阳渚陶瓷厂的几位工人围在宋建华的病床前。

宋建华（女，26 岁。阳渚陶瓷厂压机组工人）脸色苍白，躺在病床上输液。右手断指处已经包扎好，纱布上渗出些许血渍。

医生把断指清洗后放入一只消毒盒内。

宋建华的母亲哭泣着对医生说："求求你。把我女儿的断指接好，她才 26 岁，不能残废啊！"

医生叹了口气："你们赶快想办法筹集一万元钱，把病人转到上海做接指手术，延误了时间那就不好办了！"

邱永明（男，42 岁。阳渚陶瓷厂成型车间主任）"到哪里去弄到一万元钱呢？真是急死人！"

女工甲："五号压机的冲头早已损伤，上次安全检查时，大路厂长就通知停机更换。今天你叫我们开机压地砖，现在出了工伤，你要负责！"

邱永明"唉"了一声："车间里的几台压机有的电动机坏了，有的传动轴坏了，吉厂长接了红远陶瓷厂的地砖加工任务，人家催要货，没有办法，只好开五号压机了！"

医生："你们别在这里分析事故责任，赶快筹钱去吧！"

朱母哭泣着，"那哪里去筹这么多钱呢？我好苦命哪！"

这时王大路匆匆跨进急诊室。

宋母："大路厂长，建华转院要一万元钱，我求你……"

说着便向王大路跪了下去。

王大路急忙扶住宋母："别这样，别这样！赶快起来！"

王大路对医生说："我叫王大路，是阳渚陶瓷厂的副厂长。请你们马上安排救护车和随行护士。钱一到立刻开车！"

医生："好，我去做转院准备工作。"

医生快步走出病房。

邱永明："大路厂长，厂里工资都发不出来，到哪里去筹一万元钱呢？"

王大路："我叫牛主任、高铁山去找吉厂长了，请他解决转院费。另外我向'开明陶瓷店'的吴老板借五千元钱，马上送来！"

女工乙："要是厂里的头头都像大路厂长那样关心职工疾苦，阳渚陶瓷厂也就不会落到今天这个地步了！"

吴开明（男，56岁。"开明陶瓷店"老板）提着一只黑皮包走进急诊病房。一边把皮包递给王大路。一边说："包里五千元钱，你点数吧！"

王大路："我还信不过你老兄？不用点了！"

吴开明："亲兄弟明算账，你先点数，再打借条！"

王大路把皮包交给邱永明："邱主任，你送小宋去上海，点钱吧，打个借条给吴老板！"

邱永明拉开黑皮包，取出一叠百元币，点数。"五千元，不错。"说完从口袋里掏出工作手册，用圆珠笔写了张借条，撕下一页交给吴开明。

吴开明："店里还有事，我得回去了！"

王大路："谢谢你的支持！"

吴开明："无所谓，无所谓。谁都会有急难时！"说完便离开了急诊室。

王大路："铁山他们去找吉厂长还不回来，真是急死人。"

8．阳渚陶瓷厂财务科。

牛昌林、高铁山快步走进办公室。

牛昌林对赵敏说："赵科长，宋建华出了工伤，要转院到上海去做接指手术，大路厂长叫我们来办一万元借款！"

赵敏（女，40岁。阳渚陶瓷厂财务科科长）白了牛昌林一眼："牛主任。不是开玩笑吧，厂里哪有这么多钱？即使有钱，也不是大路厂长能做主的！"

牛昌林："财务科有多少钱，我们去找吉厂长批！"

赵敏一愣："这是财务机密，无可奉告！"

高铁山："赵科长，要是延误了时间，造成宋建华残疾，由你负责！"

赵敏冷哼一声："你别吓唬人，我不过按章办事而已！"

牛昌林转身问小亚："财务上有现金吗？"

小亚（女，25岁。财务科出纳）讷讷地说："有……有五千多元，不过吉厂长已经安排支付宾馆餐饮费了。"

牛昌林："我们马上去找吉厂长！"

牛昌林、高铁山离开财务科办公室。

赵敏白了小亚一眼："就你多嘴！"

小亚："宋建华转院接指是救死扶伤的大事，餐饮费可以缓付一下嘛！"

赵敏："你倒说得轻巧，到时候厂长怪罪下来，看你怎么办？"

小亚："批不批借款是厂长的事，我不过说说而已！"

赵敏："你啊，年轻尚轻，不知深浅。待我先打吉厂长的手机，向他汇报情况。"

赵敏拨通了吉凌云的手机。

赵敏："吉厂长，我是赵敏，牛主任和高铁山找你去了，宋建华出了工伤，要借转院费。什么，王经理马上来取款，知道了，知道了，凭你的批条付钱。"

赵敏刚放下电话，天佳宾馆的王经理拎着一只公文包跨进了财务科。

王经理拉开公文包。掏出一包中华牌香烟，向财务科的同志敬烟，不管男女每人一支。接着把一份收款收据和吉厂长的批条交给赵敏。

王经理："真是站着赊账，跪着要钱。好不容易解决五千元钱！"

赵敏："我们阳渚陶瓷厂欠人家千把万元债务，有些外地债主在这里一住十几天分文无收。算你王经理面子大。小亚把五千元钱给他吧！"

小亚："牛主任去找吉厂长了，小宋转院急需要钱，说不定吉厂长改变主意呢！"

赵敏："叫你付款，你就付款，啰唆什么？"

小亚："事有轻重缓急，我看还是等牛主任来了再说吧！"

赵敏："你啊，尽说小孩子话，只要是厂长决定的事。都是大事急事。赶快付款，别自找麻烦！"

王经理："赵科长说得对，快付款吧，我还要赶回去向吉厂长和市里的领导敬酒呢！"

小亚叹了口气，接过吉凌云的批条和收据，打开抽屉把五千元现金往台上一放："点数吧！"

王经理熟练地点了一遍钞票："不错，不错！赵科长有时间到我们宾馆来坐坐。告辞了！"说完走出财务科。

9．天佳宾馆。二楼贵宾厅内。

这是一个单桌包厢。豪华气派，灯火辉煌。圆桌中心的小转台上摆满了菜肴。圆桌上放着一瓶茅台酒和一瓶 XO 洋酒。还有罐装青岛啤酒和果汁饮料。

阳渚陶瓷厂的领导和市检查组成员围着圆桌用餐。

吉凌云从座位上站起来，端着装有洋酒的小酒杯，说道："我代表全厂职工向各位领导表示衷心感谢。同时请何局长尽快把 100 万元贷款拨下来。何局长，干！”

何胜荣端起装着茅台酒的小酒杯和吉凌云碰了碰杯，一饮而尽。接着用餐巾纸抿了抿嘴唇：“吉厂长，希望你们在贷款到位后一定要统筹兼顾，把经济工作搞上去！”

吉凌云：“何局长，你放心，我们一定以实际行动为市里增光添彩。”

周佳英（女，45 岁。阳渚陶瓷厂工会主席）对吉凌云说：“吉厂长，贷款到位后，无论如何要给职工补发一个月工资，报销一点医疗费。咱们的工人太苦了！”

吉凌云笑着说：“钱还没有到手，你倒打起如意算盘了！”

林正方：“她是工会主席，职工利益不能不考虑嘛！”

吉凌云：“别只顾说话，喝酒、吃菜！”说完朝服务小姐招了招手：“来，唱支‘潇洒走一回’助助兴！”

在服务小姐“潇洒走一回”的歌声中。宾主相互敬酒、敬菜。气氛甚为热烈。

10．天佳宾馆贵宾厅门口。

牛昌林、高铁山气喘吁吁地站在贵宾厅门口。

高铁山一边擦汗一边说：“这里就是了，咱们进去吧！”

高铁山抓住大门把手用力推了推，大门纹丝不动。

牛昌林“嗨”了一声：“是移动拉门，往边上推！”

高铁山依言往边上一推，贵宾厅的大门移开了。

11．贵宾厅内。

吉凌云正向林正方敬酒。见到牛昌林、高铁山闯进贵宾厅，愣了愣，放下酒杯：“牛主任，你们，你们怎么来了？”

高铁山看着满台菜肴，冷哼一声：“找你借钱！”

吉凌云：“到这里来找我借钱，不是开玩笑吧？”

牛昌林：“刚才五号压机冲头脱落，压断了宋建华的右手大拇指，现在要一万元钱转院到上海去做接指手术。”

周佳英焦急地问：“小宋现在哪里，我去看她！”

高铁山：“在镇人民医院，大路厂长已去办理转院手续了，借到钱就立刻开车！”

周佳英匆匆走出贵宾厅。

吉凌云：“厂里的情况你们又不是不知道。有什么钱可借呢？”

牛昌林：“财务科不是有五千元现金吗？你就批给小宋转院吧！”

吉凌云：“已经付给人家了，还批什么呢？”

高铁山：“刚才还在财务科。现在怎么……”

吉凌云不耐烦地：“刚才是刚才，现在是现在，难道骗你不成？！”

高铁山：“吉厂长，请问五千元钱付到哪里去了？！”

吉凌云：“告诉你们又有何妨，付给天佳宾馆了！”

牛昌林：“果真付了餐饮费！”

吉凌云：“我们厂里人来客往都在天佳宾馆用餐，已经欠人家两万多元钱了，欠债还钱天经地义，何必大惊小怪！”

高铁山：“吉厂长，请你先把付给天佳宾馆的钱要回来，送小宋到上海去做接指手术。以后有了钱再还给天佳宾馆。”

吉凌云：“开什么玩笑。付出去的钱，泼出去的水，哪能要得回来。你们别在这里胡搅蛮缠了。市里领导在这里，像什么话？”

高铁山：“工人的手指压断了，要转院，没有钱。你们在这里大吃大喝不动心。什么领导不领导，简直是冷血动物！”

吉凌云：“高铁山，你胡说什么？去去去，赶快出去，否则我叫宾馆保安人员把你抓起来！”

高铁山怒不可遏，一把推开吉凌云，双手抓住桌面，奋力往上一掀，圆桌上的杯盘菜肴散落一地。在场的人们惊呆了。

高铁山：“吉凌云，你记住，老子总有一天会找你算账。牛主任，咱们走！”

高铁山、牛昌林愤然离开贵宾厅。

主题歌起：当官不能当一世，

做人要做一辈子。
头上顶着明亮的天，
脚下踩着厚实的地。
只要你耐得烈火炼，
只要你不怕风霜欺。
走过一条条崎岖路，
通天大道在等着你。
快马加鞭奔前程，
十里百里千万里。

第二集

1. 盛夏、傍晚。

阳渚陶瓷厂办公大楼前的告示牌上，贴着一张“下岗人员名单”。

围观者人头攒动，群情激奋，议论纷纷。乱成一片。

2. “下岗人员名单”前。

高铁山指着“下岗人员名单”愤愤而言：“老子在阳渚陶瓷厂辛辛苦苦干了二十年，现在不明不白叫我下岗，真是岂有此理。”

李精明（男，51 岁。成型车间会计）摇了摇头：“铁山老弟，不是我说你，你这个人样样都好，就是脾气太倔，动不动和领导抬杠，最近又掀了吉厂长的酒宴。自古犟牛挨重鞭，你不下岗谁下岗！”

高铁山不服气地反问：“精明老兄，我是犟牛你是绵羊，领导讲长你不讲短，领导说白你不说黑，这次怎么也下岗了！”

李精明愣了愣，讷讷地说：“这个……这个……”

韩志刚（男，28 岁。高铁山的徒弟）打趣地说：“这个嘛，当然是天机不可泄露了！”

李精明摇了摇头：“唉，真是有其师必有其徒，现在都下岗了，还来寻我老头子的开心，孺子不可教也！”

这时刘小云（女，42 岁。成型车间女工）挤到“下岗人员名单”

前，当她看到“刘小云”三个字时，便大哭起来。

高铁山拍了拍刘小云的肩膀：“哭什么。下岗就下岗。还怕饿死不成！”

刘小云一边擦着泪水，一边说：“我家老周每月工资三百多，虽说苦粥苦饭有的吃，可是女儿今年高中毕业了，要是考上大学，拿什么去交那些杂七杂八的费用。这种日子怎么啊！”说完站在“下岗人员名单”前，一边哭泣一边数落起来：“辛苦几十年，为厂拼命干。现在下岗去，老天瞎了眼。不如死了好，活着真心酸……”

高铁山“嗨”了一声，拉起刘小云：“好死不如恶活，你胡说些什么？只要你女儿考上大学，我们这班穷兄弟就是砸锅卖铁，也会帮她交清学费。送她进校门！”

女工甲：“吉凌云把我们踢出厂门，到哪里去找工作？”

女工乙：“干脆咱们一日三餐到吉凌云家里去讨饭，看他怎么办？”

张小兰（女，25岁。阳渚陶瓷厂工人）：“我不相信离开这个破厂就会饿死！天无绝人之路嘛，怕什么？”

李精明叹了口气：“豪言壮语不能当饭吃，还是想想下步怎么办，那才是正经的事！”

众多下岗人员附和着：“是啊，下步该怎么办？！”

3．阳渚陶瓷厂厂长室门口的走廊上。

王大路、吉凌云、周佳英正在交谈着。

吉凌云：“大路，这次让你下岗，实在是形势所迫，大道理不多讲了。今后有什么困难，尽管找我！”

王大路：“谢谢吉厂长的美意，我王大路心领了！”

周佳英：“大路厂长，你这么一走，厂里的几个新品开发项目就要泡汤了。实在……实在应该你留厂，我下岗！”

吉凌云白了周佳英一眼：“木已成舟，还提这些干什么？”

王大路微微一笑：“周主席，吉厂长自有打算，你又何必多虑呢？”

周佳英叹了口气：“唉。一下子走了一百多名职工，心里不好受。他们以后怎么办？真叫人担心呢！”

吉凌云：“现在陶瓷行业不景气，职工下岗分流是深化改革的必然趋势，你这不是杞人忧天吗？！”

周佳英愣了愣：“不谈了，不谈了。大路厂长，以后常到厂里来看看！”

王大路点了点头：“我对阳渚陶瓷厂很有感情，也不会忘记这里的兄弟姐妹！”

王大路等三人边说边向楼梯口走去。

4．楼梯口。

几十名下岗人员在高铁山带领下蜂拥而上。

吉凌云惊恐地：“你们，干什么？”

高铁山：“找你评理！”

吉凌云恢复常态，傲慢地：“你们都下岗了，找我评什么理，笑话！”

高铁山：“下岗了怎么啦，还是阳渚陶瓷厂的职工嘛，找厂长评理有何不可！周主席你说呢？”

周佳英迟疑了一会：“铁山。有什么事说吧！”

吉凌云冷哼了一声。

高铁山：“我把‘下岗人员名单’反复看了几遍，为什么吉厂长的男亲女眷，三姑六姨个个榜上无名？”

吉凌云：“当然是工作需要，那还用问！”

高铁山：“厂部两名接待员，一名是你的小姨子，一名你的外甥女，全厂三名绿化工都与你沾亲带故，我不相信少了他们阳渚陶瓷厂会关门！”

吉凌云愣了一下：“你们下岗是组织决定，他们留厂也是组织决定，轮不到你来横加指责！”

韩志刚：“厂长大人，路不平众人踩，何必拉大旗作虎皮吓唬人呢？”

吉凌云：“你，小小年纪，目无领导，无法无天！”

韩志刚冷笑两声：“领导，领导！你吉凌云把阳渚陶瓷厂领到破产边缘，把全厂职工导向贫困交加你能代表天，你能代表法。真是厚颜无耻！”

吉凌云：“反了，反了，你们到底想干什么？”

刘小云：“我们要吃饭，子女要读书。厂里不能把我们一推了事。佳英，你是工会主席，要帮我们说话，为我们着想啊！”

周佳英叹了口气：“唉，我知道大家的难处，可是，我有什么办法呢！”

高铁山气愤地：“你们这些当干部的，平时讲得好听，工人是工厂的主人，干部是群众的公仆，现在主人被公仆撵出工厂，你们吃肉，我们喝粥，甚至要饿肚子，简直岂有此理！”

吉凌云怒视高铁山。周佳英自感内疚。低头无语。

王大路振声而言：“高铁山，平时你是个敢作敢为的好汉，今天变成了怨天尤人的懦夫。你的闯劲、你的豪气到哪里去了？”

高铁山愣了愣：“我……我不过为大家鸣不平而已。大路厂长，连你都下岗了，实在叫人咽不下这口气！”

韩志刚：“厂里把会捉耗子的猫赶了出去，留下那些只会吃鱼的猫，阳渚陶瓷厂不关门才是笑话呢？”

王大路：“志刚，现在企业不景气，与其困死，不如突围，相信大家都能明白这层道理！”

高铁山：“大路厂长，难道咱们就这样一走了之？”

王大路：“咱们下岗了，明天就要离开赖以生存的工厂。离开朝夕相处的同志，心里的确不好受。但是并非没有出路，头上顶着明亮的天，脚下踩着厚实的地，照样可以走出一条通天大道来！”

李精明摇了摇头：“大路厂长，话虽这么说，真正做起就不容易了。你想想，这么多下岗工人到哪里去找饭吃？”

王大路拍着李精明的肩膀："精明老兄，事在人为嘛，不必悲观失望。咱们一步一步往前走吧！"

5．阳渚陶瓷厂宿舍区。

一条中心通道把十几幢宿舍分成东西两区。

每幢宿舍前是一排枝干粗壮，绿叶葱郁的法国梧桐树。

夕阳西下，彤云似火。

一群衣着各异的下班职工在中心通道上匆匆穿行。

6．中心通道一侧。

李敏穿着连衣裙，打着花阳伞，一边用手帕擦着额上的汗水，一边与并肩同行的周伟轻轻交谈着。（李敏，女，23岁。阳渚陶瓷厂特艺车间刻花组组长；周伟，男，25岁。阳渚陶瓷厂机修车间钳工组组长）

周伟："这个鬼天气，热得叫人受不了！"

李敏："厂里到现在还不发放防暑降温费，简直不像话！"

周伟："唉，厂里这样搞下去，恐怕下个月的工资又要欠账了，还指望防暑降温费呢？真不知吉厂长打的什么馊主意！"

李敏叹了口气："今天一百多名职工下岗了，到哪里去再就业。就说我老爸吧，五十多岁的人了，还能干什么？想想真心酸！"

周伟感慨地："总有一天我们也难逃下岗的命运，而且为期不远了！"

李敏摇了摇头："你是钳工组组长，我是刻花组组长，都是技术骨干，怎会下岗呢，完全多此一虑！"

周伟放缓脚步，侧身看着李敏："高铁山、韩志刚是烧成车间的顶梁柱，刘小云是成型车间的质量标兵，就连抓生产的大路厂长也给吉凌云划进了下岗人员名单。你啊，太天真了！"

李敏："到哪座山樵哪山柴，听天由命吧。阿伟，我要的微型刻刀搞得怎么样了？等着用呢！"

周伟："差不多了，明天上午给你送去！"

李敏："今天晚上到我家来喝茶。怎么样？"

周伟摇了摇头："你那后妈见了我就板面孔，实在……"

李敏："她能把你吃掉不成？一点儿没有男子汉气派！"

周伟："她看我不舒服，我看她也不舒服，何必弄得大家不舒服呢？吃了晚饭老地方见，怎么样？"

李敏点了点头："好吧！"

两人相对一笑，分别而行。

7. 王大路家。

一个三室一厅的小套间。

饭厅的餐桌上放着一盆绿豆粥，一盘凉拌面。一碟什锦酱菜。

吊扇转动着，微风吹得挂在墙上的日历轻轻掀动。

长台上的"三五牌"座钟"当当……"响了六下。

大路妈（王大路的母亲，62 岁。退休工人）从房里走出来，看了看座钟，自言自语地说："六点钟了，一个人都没有回来，不知忙些啥名堂？"

王学斌（王大路的儿子，12 岁。学生）穿着汗背心，背着书包，一手拿着皱巴巴的衬衣，一手从裤袋里摸出钥匙打开防盗门。

王学斌："奶奶，我回来了！"说完把衬衣丢在椅子上。

大路妈接过王学斌的书包："小斌，又到哪里去玩了，看你晒得像条乌鱼精！"

王学斌摇了摇头，从冷水壶中倒了一杯水牛饮起来。

大路妈："是给老师留在学校里补课了？"

王学斌又摇了摇头。

大路妈不解地反问："到底哪里去了，现在才回来？"

王学斌用手背擦了擦嘴："我到爸爸厂里去了。"

大路妈："找他要钱买冷饮？"

王学斌："没有，没有。放学后我看到很多人围在办公大楼前，于是就挤进去凑热闹。你猜他们干什么？”

大路妈：“别卖关子了，说吧，他们干什么？”

王学斌：“看‘下岗人员名单’。”

大路妈：“下岗人员名单？你看到哪些人下岗了？”

王学斌：“高铁山、韩志刚、李精明、刘小云、张洪生、方家贵……还有爸爸王大路！”

大路妈：“别跟奶奶开玩笑，你爸爸是副厂长，怎会下岗？”

王学斌一本正经地：“真的。奶奶，我不骗你。这次厂里有一百多人下岗。名单上第一个就是爸爸的名字。”

大路妈：“这倒怪了，阳渚陶瓷厂只有一个王大路，难道……”

这时王大路拎着一包资料，开门而入。

王大路：“妈，我回来了！小斌，作业做好了吗，和奶奶咋呼些什么？”

大路妈：“小斌，你去自己房里做作业。待一会儿奶奶叫你吃晚饭！”

王学斌点了点头，拎着书包走进小房间。

8. 大路妈的房间。

王大路把资料放在办公台上。顺手打开落地转向电扇。

大路妈轻轻关上房门。

王大路笑着说：“妈，什么事啊，神秘兮兮的样子？”

大路妈：“听说你下岗了？”

王大路点了点头。

大路妈：“你是副厂长，怎么会下岗呢？莫非犯了错误！”

王大路：“妈，看你想到哪里去了，今天阳渚陶瓷厂一百多名职工下岗，难道都犯了错误？”

大路妈：“跟妈说实话，叫你下岗总有一个理由嘛！”

王大路苦笑了一下：“情况是这样的……”

9. 王大路的回忆。

阳渚陶瓷厂小会议室。

会议室的门窗关闭着。室内开着空调。六只40瓦的日光灯在烟气中散发着灯光。

党委会会议正在进行。

吉凌云端坐在会议桌正中位置。两边分坐着王大路、周佳英等六位党委委员。

周佳英："你们别再抽烟了，人都给你们熏得喘不过气了，再这样下去，非尼古丁中毒不可。"说完便咳嗽起来。

吉凌云把手中的半截中华牌香烟拧在烟缸里，喝了口茶水，说道："我看下岗人员名单就这样定了吧！"

王大路："这份'名单'贴出去，恐怕意见不会少，一下子走了这么多生产技术骨干，对企业也不利，我看应该调整一下。"

吉凌云："百姓百姓百条心，不管你如何调整，没有意见才是怪事呢！"

王大路点燃一支香烟，狠狠抽了两口："高铁山、韩志刚是烧成车间的虎将，两人同时下岗太伤元气了，留一人吧。方家贵上有老母体弱多病，下有儿子上学读书，妻子又是临时工，叫他下岗，这一家子怎么过。还有……"

吉凌云打断王大路的话头："这些下岗人员名单，都是政工、劳资部门和车间协商后报上来的，我们应该尊重他们的意见嘛！"

周佳英摇了摇头："那也未必，我看长官意志起了主导作用。"

吉凌云："上有所思，下有所为，上呼下应，达成共识是好事不是坏事嘛！"

王大路："烧成车间牛主任出差在外，是否等他回来后再商量一次？"

吉凌云："不必了，即使牛主任有意见，也必须服从党委的决定！"

王大路："既然如此，我们何必坐在这里开会讨论呢？"

吉凌云："当然是体现民主集中制的原则嘛！另外，还有一件要事与大家商榷！”

王大路：“吉厂长，这几天隧道窑的产品质量不稳定，我想先走一步，开个现场分析会。怎么样？”

吉凌云摇了摇头：“我们都是党委委员，必须集中思想开好党委会议，小局服从大局！”

周佳英：“吉厂长，有什么要事，请你明示，我们洗耳恭听！”

吉凌云：“全厂各车间、部门，都按10%的比率下岗分流。我们党委一班人不能例外，也要安排一位同志下岗，现在就商定这件事！”

与会者抽烟的抽烟，喝茶的喝茶，谁也不开口。

吉凌云点燃一支中华牌香烟，深深吸了两口，似笑非笑地说：“平时我们做职工思想工作时，口若悬河、滔滔不绝，今天怎么都变成哑巴了，难道要抓阄不成？！”

刘克西（阳渚陶瓷厂组织科科长，男，35岁）看了吉凌云一眼：“吉厂长，你是阳渚陶瓷厂的党政‘双枪手’，谁下岗，你决定吧！”

吉凌云摇了摇头：“克西同志，你这话就不对了，党内讲民主嘛，还是大家商量为好！”

王大路把烟头灭在烟灰缸里，沉声说道：“我下岗！”

周佳英惊诧地反问：“你下岗？”

王大路肯定地点了点头。

周佳英：“你是分管生产技术的副厂长，又是新品开发办主任，你下岗了，工厂的正常生产谁来指挥，新品开发计划如何实施？”

吉凌云：“周主席，不要杞人忧天嘛，当年毛主席他老人家逝世了，中国不是照样发展前进吗？大路厂长精神可嘉，我同意他下岗！”

周佳英：“与其大路厂长下岗，不如我下岗。”

王大路：“周主席，何必呢？你就不要和我争了！”

刘克西：“大路厂长要求在前，我同意吉厂长的意见！”

宋复明（阳渚陶瓷厂分管基建设备的副厂长，男，50岁）点了点头：“我也同意吉厂长的意见！”

杨明华：“我同意吉厂长的意见！”

吉凌云："严副厂长你呢？"

严志才："我，没有意见！"

吉凌云白了严志才一眼："有人说我独断专行，其实不然，该民主的时候，我是很民主的。现在表决：同意王大路同志下岗的请举手！"

吉凌云、刘克西、杨明华、宋复明、王大路举起右手。

吉凌云："同意周佳英同志下岗的请举手！"

周佳英独自一人举起右手。

吉凌云："我宣布党委表决结果，同意王大路同志下岗的五票，同意周佳英同志下岗的一票，一票弃权。王大路同志下岗！"

10. 王大路回忆结束。

大路妈房间。

大路妈望着儿子点了点头："原来是这么一回事。大路啊，你下岗了谁来接替你的工作呢？"

王大路摇了摇头："不知道。谁也不明白吉凌云葫芦里卖的什么药。反正我已经下岗了，不在其位不谋其政！"

大路妈："下岗就下岗，不必想不开！"

王大路叹了口气："吉凌云这么搞下去，恐怕阳渚陶瓷厂没有翻身之日了！"

大路妈："妈知道你惦记着阳渚陶瓷厂，现在你下岗了，又有什么办法呢？"

王大路苦笑着说："我在阳渚陶瓷厂干了二十多年，情感难舍啊！"

大路妈："你就把这份情感藏在心底里吧，现实问题不容乐观啊！厂里一百多职工下岗了，他们以后的日子怎么过，你自己的路怎么走？这些你想过没有！"

王大路："我准备先开个陶瓷经营部，赚了钱再办工厂，让那些下岗人员重新就业，解决吃饭生存问题！"

大路妈："开店，办厂，志气不小嘛。妈要提醒你，自古创业多艰辛，你要做好思想准备哪！”

王大路：“困难当然不会少，但是没有踩不平的崎岖路，没有过不了的火焰山！”

大路妈：“好，妈支持你，放开手脚干吧，一定会成功！”

王大路望着大路妈坚定地说：“儿子不会使你失望的！”

大路妈点了点头：“时间不早了，吃晚饭吧！”大路妈拉开房门和王大路走出房间。

王大路对着被吊扇吹得不时掀动的日历，陷入了沉思。片刻，伸手撕下一页日历。

大路妈：“怎么啦，现在就把今天的日历撕了下来？”

王大路：“我要永远记住今天这个日子！”

被王大路撕下的那张日历上显示着：一九九五年八月二十二日星期二。

王大路从长台上的笔筒里抽出一支圆珠笔。在那张日历上写着：今日下岗离厂，明天重新创业。

王大路把那张日历贴在饭厅正中的墙壁上。

大路妈望着王大路点了点头。

主题歌起。

第三集

片头……

1. 盛夏。烈日高悬暑气蒸腾。

工商所所长室。

徐政（男，32岁。工商所所长）正和王大路、高铁山、刘小云等人交谈着。

徐政：“你们放心，下岗工人自谋职业，我们工商部门会给予优惠的。这些材料先带回去看看。有什么困难，找我就是了！”

王大路接过材料，笑着说：“徐所长，今后麻烦你的事多着呢，在此先行谢过！告辞了。”

王大路与徐政握手告别。

2．开明陶瓷店。

吴开明和王大路、高铁山、韩志刚围着小方桌一边抽烟喝茶，一边交谈着。

吴开明："现在你们都下岗了，以后有什么打算？"

王大路："我们几个人想合开一个陶瓷经营部，不知行情如何，还望赐教！"

吴开明："我们阳渚市是太湖风景区，盛产陶瓷产品，货源充足，交通便利。开陶瓷经营部嘛，不说发大财，吃穿总是不成问题的！"

韩志刚："吴老板。要多少启动资金呢？"

吴开明思索片刻："三万元左右！"

高铁山："这么多钱！"

吴开明："租赁门店，简单装修，添置货柜货架，采购陶瓷产品，杂七杂八的费用多着呢！"

韩志刚："我们到哪里去筹集这笔资金，看来只能纸上谈兵了！"

王大路："别急嘛，资金问题总有办法解决的。"

吴开明："万事开头难，只要门店开出来，不愁没钱赚！"

王大路："雄关漫道真如铁，而今迈步从头越。吴老板，做陶瓷生意你是内行，到时请多关照！"

吴开明："好说，好说！"

3．盛夏，早晨。

阳渚陶瓷厂厂长室。

吉凌云坐在真皮高靠背转椅上，隔着仿红木办公台，对牛昌林说："红光陶瓷经营部的张老板要我们五天内烧制1500只酒坛。这是硬任务，必须不折不扣完成！"

牛昌林迟疑了一会："吉厂长，这几天隧道窑正在调试，恐怕不好办！"

吉凌云："厂里已经收了人家的定金，今天下午就烧酒坛。误了交货期，找你算账！"

牛昌林："这不是强人所难吗？"

电话铃骤响。

吉凌云接电话："喂，哪一位？噢，张老板你放心，保证五天内交货。我吉凌云说话是算数的。好，我一定到场！"

吉凌云挂好电话，朝牛昌林挥挥手："这件事就这么定了，你去忙吧！"

牛昌林无可奈何地摇了摇头，走出厂长室。

4. 下午。王大路家。

王大路抽着烟，望着台上两把造型古朴、圆润晶亮的紫砂茶壶发愣。

大路妈："大路啊，你就把两把茶壶卖掉吧，只要经营部开起来，值得的。"

王大路叹了口气："爸爸走得早，就留下两把紫砂壶，在我手上卖出去，总觉得对不起他老人家！"说完捧起一把茶壶轻轻抚摸着。

大路妈："要是你爸在世，他也不会责怪你，不要于心不安嘛！"

王大路："妈……"

大路妈："不要说了，就这么定下来吧！"

王大路："那，那就卖掉一把茶壶吧，还有一把留给小斌做纪念。"

大路妈："这样也好。只是开门店的钱不够怎么办？"

王大路："向朋友借一点，铁山他们凑一点，估计不成问题。"

5．晚上隧道窑窑房。

一条六十三米长的隧道窑横卧在窑房中间。十几辆装满酒坛的窑车停歇在轨道上。

隧道窑西端是进车处。东端是出车处。炉口火光跃动，窑房里热气蒸腾。

6．隧道窑中心控制室。

仪表柜中镶着十几只仪表，墙上挂着管理制度和操作规程。

中心控制室顶上的吊扇飞旋着，吹下一阵阵热风。

小叶（女，28岁。值班员）坐在控制台前，记录着各个仪表的数据。

挂在墙上的电钟发出清脆的“当当”声，小叶抬头看电钟：上午八时整。

小叶离开控制台，走到隧道窑观察孔前，观察情况。

片刻脸上露出惊恐之色，匆匆走出控制室。

7．隧道窑加煤处。

余兵和两位烧窑工人往烈焰翻腾的炉膛中加煤。

小叶：“余班长，不好了，窑内出现异常情况……”

余兵（男，31岁。烧窑班班长）盖好炉门，用衣袖擦着脸上的汗水：“什么情况，大惊小怪的样子！”

小叶：“冷却带里窑车上的酒坛炸裂了，你看怎么办？”

余兵招呼两位烧窑工人：“控制室去！”

8．中心控制室。

余兵站在观察孔前，观察窑内情况。

余兵转身对小叶说：“从观察情况分析，98号窑车上有两只酒坛炸裂了，已经造成倒车事故。还是向牛主任汇报后再处理吧。小刘你去找牛主任！”

小刘（男，29岁。烧窑工人）答应一声，离开控制室。

小叶指着进车压力表说：“余班长，你看压力又增加了两公斤，已经到了临界线！”

余兵一挥手，果断地说：“立刻停止进车，要是进车机出了问题，我们负不起这个责任。”

孙春林（男，42 岁。烧窑工人）不满地说：“这几天隧道窑正在调试，吉厂长硬要烧酒坛，现在出了倒窑事故，这笔账找谁算！”

余兵冷哼一声：“酒坛倒在隧道窑里，横竖咱们当工人的倒霉，真他妈的活见鬼！”

小叶：“算了，少说几句吧，传到吉厂长耳朵里，没有好果子吃。”

余兵：“老子身强力壮，又有技术，怕个屁，大不了叫我下岗，还怕找不到吃饭的地方！”

牛昌林、小刘快步走进中心控制室。

小叶：“牛主任，隧道窑冷却带 98 号窑车……”

牛昌林：“小刘在路上都对我说了，现在情况怎么样？”

小叶：“进车压力已经到了临界线，现在停机了！”

牛昌林一言不发走到观察孔前，观察窑内情况，片刻，

“停止加煤，熄火降温！小刘你到办公室把探测镜拿来，其余的人到出车口拉窑车！”

9．隧道窑出车口。

牛昌林、余兵等人相继从窑内拉出三部窑车。

小刘把探测镜递给牛昌林。

牛昌林站在出车口用探测镜观察窑内情况，热气扑来，牛昌林一连退了两步，说：“窑内情况不妙，我去找大路厂长汇报！”

孙春林“嗨”了一声：“别忘了，大路厂长已经下岗了！”

牛昌林一拍脑袋：“习惯成自然，一下子转不过弯来，看来只能去找吉厂长了！”

余兵哼一声：“找吉凌云有屁用。除了高谈阔论，吃喝玩乐，生产上的事他根本不懂，还是去请大路厂长吧！”

小刘：“余班长言之有理，难道你想叫吉厂长钻到窑里去排除故障？”

牛昌林思索片刻：“我是车间主任，不能没有原则，先向吉厂长汇报情况，听听他的意见再说！”

10. 晚上，小云餐馆。

餐馆堂口，灯火通明。刘小云、高铁山正在摆放台凳。

灶间内，王大路、韩志刚正在砌贴瓷砖。

周志豪（男，45岁。刘小云的丈夫）端着两杯茶水走进灶间："大路厂长，天这么热，休息一会喝口茶水吧！"

王大路一边贴瓷砖一边说："明天把灯箱安装好，小云餐馆就开业了！"

周志豪感激地说："要是没有你们帮忙，这个餐馆是开不成的。实在感激不尽！"

王大路："咱们都是下岗工人，互相帮衬应该的嘛！"

这时牛昌林匆匆走进小云餐馆。

高铁山："牛主任，你怎么来了？"

韩志刚："餐馆还未开业，你倒想来用餐了，未免太急了吧！"

牛昌林："小韩，你别胡扯，我有急事找大路厂长！"

王大路："找我？什么事！"

牛昌林："隧道窑出了倒车事故，快去帮帮忙吧！"

王大路把茶杯递给牛昌林："牛主任，喝口茶，慢慢说，到底怎么一回事？"

牛昌林喝了口茶水，吁了口气："吉厂长不顾隧道窑调试情况，强令我们要在五天内烧制1500只酒坛。今晚八时，第一车酒坛刚出烧成带就炸了，碎片倒塌下来把窑车卡死了！"

韩志刚："真是瞎指挥，乱弹琴！"

王大路："牛主任，你向吉厂长汇报了吗？"

牛昌林："刚才我找吉厂长了，晚上他赴宴，喝醉了。躺在床上动弹不得，车间里的工人叫我找你……"

韩志刚："大路厂长已经下岗了，找他有什么用！"

牛昌林："这个……"

王大路："铁山、志刚，跟我到隧道窑处理事故，走！"

王大路等人快步走出小云餐馆。

11．隧道窑出车口。

出车门敞开着。几位工人敞胸露臂在出车门观察窑内情况。指指戳戳，各发议论。

王大路等人走到出车口。他从一位工人手中接过探测镜，朝窑内观察情况。

探测镜头内显示：窑车南侧火道均匀通畅；窑车北侧炸裂的酒坛碎片倾倒在窑体上。

王大路看了看镜面显示屏：18m（米）。

王大路：“我建议打开炉口全面降温，立刻进窑排除故障！”

牛昌林：“大路厂长，窑内温度太高，你在外指挥。我们进去排险！”

王大路笑了笑：“别忘了我是烧窑工人出身，又当过车间主任，窑内各个部位的情况比你们都熟悉。你是‘现官’，你指挥！”

牛昌林点了点头：“好吧，开始行动！”

12．小刘、孙春林打开炉口盖，用炉钩把炉膛里的煤炭捅下炉栅。

13．小叶在中心控制室巡视着，观察各种仪表的运行情况。

14．王大路、高铁山、韩志刚、佘兵穿上防火工作服，分成两组从窑内拉出装满产品的窑车。

15．牛昌林把一台移动式排风机推到出车口。插上电源向窑内吹风。

16．王大路、高铁山将一部窑车拉出窑体。推入停车轨道。

17．王大路一边擦着额上的汗水，一边拔掉排风机的电源开关。

牛昌林：“窑内温度太高了，关了排风机要中暑的！”

王大路摇了摇头："冷风冲击。对窑体和产品都不利，还是坚持一下吧！"

牛昌林叹了口气："厂里叫你下岗，实在是一大损失！"

王大路端起一杯茶水，一饮而尽，笑了笑说："什么一大损失，两大损失，这些都是追悼会上说的话，我还想干一番事业，过几年好日子呢！"

余兵、韩志刚又把一部窑车从窑内拉了出来。

余兵："大路厂长，里面已经是 98 号窑车了，你看怎么办？"

王大路从停车轨道旁拎起一根炉钩："我进去处理！"

说完俯下身子冲进窑内。

18．隧道窑窑体内。

王大路用炉钩拨撬 98 号窑车上的酒坛碎片。

酒坛碎片剥离窑体散落在窑车轨道外侧。

王大路拉着炉钩冲出出车口。

19．王大路满面通红，气喘吁吁地跌坐在开窑平台上。

头部露出防火工作帽外面的头发，眉毛都被高温灼黄。

牛昌林帮王大路卸去防火工作服、工作帽。

孙春林把一杯茶水端给王大路。

王大路一口饮干茶水，甩掉手上的防火手套，说道："余班长，你们赶紧把 98 号窑车拉出来，清理窑车轨道。"

20．中心控制室。

王大路："小叶，启动进车机，看看压力是否正常？"

小叶按动进车机开关。

众人注视着压力表。

压力表上的指针抖动着缓缓向上移动，最后停在正常部位上。

牛昌林吁了口气："总算恢复正常了，大路厂长，实在太感谢你了！”

王大路笑着说：“一家人别说两家话，客气什么呢！现在我已经下岗了，叫我大路吧！”

余兵：“下岗归下岗。你，还是我们的大路厂长！”

主题歌起。

第四集

片头

1. 盛夏，中午时分。

张小兰家中。这是一套一室一厅的职工宿舍。中堂放着一张木架单人床。床上挂着打了几个补丁的蚊帐。床前是一张小方桌和两个木板凳。

张志超（男，61岁。阳渚陶瓷厂病退工人。张小兰的父亲）躺在床上望着帐顶发呆。轻轻叹了口气，翻过身来，说道：“小兰，你在房里忙些什么？下岗了，总得找份工作，要不然，我们的日子怎么过！”

2. 张小兰的卧室。

房内放着一套老式家具，墙上贴着几张港台明星图片。

张小兰对着镜子梳理着一头乌发，镜子中呈现出张小兰秀丽的面容，苗条的身子。

张小兰摇了摇头：“爸，你别急，我已托人找工作了，估计不成问题！”

张小兰稍微整理一下房间便走出卧室。

3. 张小兰家中堂。

张小兰拉开张志超床上的蚊帐：“爸，起来吃中饭吧！”张小兰从厨房间端出一碗冬瓜汤，一碗炒青菜，两碗米饭，放在小方桌上。

张志超望着小方桌上的饭菜，叹了口气。说道：“明天改善一下伙食吧，天天素菜怎么行呢！”

张小兰点了点头：“爸，你别老是唉声叹气，我的工作自然会解决，厂里一百多名职工下岗了。难道都饿死不成！”

张志超“唉”了一声：“我们家的情况不同，你娘死得早，我又体弱多病，每个月的病退工资打针吃药就差不多了，现在你又下了岗，一百多元的生活费怎么过日子，干脆让我一死了之，免得拖累你！”说着流下两行泪水。

张小兰走进厨房，拿了一块毛巾，帮张志超擦了擦眼睛：“爸，别胡思乱想，说不定好日子还在后头呢，吃饭吧，下午我去联系工作。”

4. 夏日，午后。

“百美酒楼”堂口。

朱自元（男，41岁。酒楼经理）坐在靠椅上抽烟品茗。

几个员工正在清理大厅里的餐具、椅子。

朱自元：“动作快一点，收拾完了我还要上台打麻将呢！”

张小兰看了看“百美酒楼”的灯箱，迟疑了一会儿跨进堂口。

张小兰：“请问哪一位是朱经理？”

朱自元放下茶杯，站起身来：“你是用餐还是联系酒宴？”

张小兰摇了摇头。

朱自元嬉皮笑脸地说：“那，找我兜风还是跳舞？”

张小兰：“朱经理开玩笑了，鸿运饭店周老板介绍我来应聘服务员！”

朱自元哈哈大笑：“周老板自己不收你，却叫你到这里来。这才是开玩笑哪！”

张小兰：“周老板讲你们酒楼客人多，生意好，因此……”

朱自元：“简直胡七八糟，老子上个月亏了千把元钱，还说生意好！”

女服务员甲：“这里都收拾好了，还有什么事吗？”

朱自元：“收门。收门！”接着对张小兰说：“转告周老板。叫他别再寻开心，当心老子叫人揍他。你请吧！”

5. 夏日，下午。

烈日高悬。人行道上行人稀少。

张小兰在人行道上徘徊着。寻找着招聘启事。

张小兰站在一棵梧桐树前，仔细看着一张招聘公告。

柳小春一身珠光宝气，走近张小兰，说："小兰，你看招聘公告干什么？想跳槽不成！"

张小兰："小春姐，我下岗了，待在家里老爸唠叨，只能在街上游荡，想找份工作。"

柳小春端详着张小兰，点了点头："找工作还不容易，我帮你解决！"

张小兰："真的？"

柳小春："难道骗你不成？过两天找我就是了！"

6. 夏日，夜。

东风陶瓷厂隧道窑车间。

高铁山，韩志刚往隧道窑炉口加煤。加煤毕。两人走到休息台旁，坐在拉椅上喝茶。

刘明祥（男，49 岁。东风陶瓷厂厂长）拎着一只手机包从窑房外进来，一边向高、韩俩人发烟，一边说："这次调试多亏你们帮忙，否则质量问题还是不会解决。实在太感激你们了！"

高铁山笑着说："刘厂长。受人之托，忠人之事。用不着多客气！"

刘明祥："大路厂长呢？"

韩志刚："在进车口进车。找他有事？"

刘明祥点了点头。

7. 隧道窑进车口。

王大路和一位工人把一辆装满花瓶的窑车推进窑内。

王大路用固定栓锁住过渡车，随即关上进车口铁门。

王大路对工人说："进车后要立刻关闭铁门。防止冷风进入影响窑内温度！"

工人："大路厂长，你交代的事情我都记住了，这次跟你学到很多技术，收获不小！"

刘明祥径自走到进车口："大路厂长。明天真的回去了？"

王大路点了点头："是啊，我们的经营部也该开业了！"

刘明祥："我真想把你们留在东风陶瓷厂。干一番事业。"

王大路："留我们？"

刘明祥："你当抓生产的副厂长，铁山当烧成车间主任，志刚当烧成班班长。工资比阳渚陶瓷厂翻两番。怎么样？"

王大路笑着说："谢谢抬爱。恕难从命！"

刘明祥无可奈何地摇了摇头："我知道小庙留不住高僧。实在可惜！"

王大路："今后你们生产技术上有什么困难，尽管招呼，我们一定尽力相帮！"

刘明祥点了点头，拉开手机皮，拿出一沓百元币交给王大路："你们三位在这里忙了十多天，这两千元钱算是劳务费吧！"

王大路接过钞票笑着说："我们正愁进货资金不足呢！"

8．夏日，午后。

柳小春的别墅。这是一幢两底两楼的欧式小别墅。

宽敞的庭院，种着各色花草。几株美人蕉绽放着鲜红的花朵，格外醒目。一条鹅卵石铺成的通道连接着院门和别墅。

9．柳小春的卧室。

地上铺着仿红木地板，房顶挂着镀膜吊灯。四周墙上贴着水曲柳装饰板。一张铜架席梦思床置于中间。矮柜上放着一台大屏幕彩电和录放机。床头柜上放着一盏高档台灯和电话机。整个房间装潢考究，摆设齐全。

柳小春正在梳妆台前化妆。台上放着各种化妆品。（她是星光歌舞厅经理，女，29岁。单身女贵族）

10．柳小春的别墅门口。

两扇不锈钢钉花大门紧闭着。张小兰站在大门口。双手撸了撸头发，显得有些惴惴不安。举手欲敲门，忽然发现门墙上的电铃开关。自顾点了点头，连续按了三次开关。

11．柳小春的卧室。

柳小春放下手中的眉笔，嘀咕着："讨厌，是谁穷按电铃开关。"说着走到一台电视屏幕前，打开开关，屏幕上显示出张小兰站在院门口的图像。

柳小春点了点头："小兰来了！"说完关掉开关，走出卧室。穿过客堂，踏着鹅卵石通道来到院门前。她打开观察孔，看了看，摸出钥匙打开门锁，拉开大门。

张小兰："小春姐，打扰了！"

柳小春满脸堆笑地说："请进，请进！"

柳小春待张小兰跨进院门，随手关好大门。

张小兰羡慕地说："这里真是世外桃源，人间天堂，我们干十辈子都买不起半幢别墅！"

柳小春笑着说："你也太小看自己了，只要真心实意跟着我闯世面，不出三年就能住上这样的小别墅。咱们里面去说话！"

12．会客室。

地面铺着红色花岗岩地砖。墙上挂着几幅油画。橡木沙发、茶几、电冰箱、立式空调摆放有致，豪华得体。

柳小春待张小兰坐定后，打开电冰箱取出两罐饮料和一包"摩尔"女士烟放在张小兰面前的茶几上。

柳小春："小兰，到了我这里不用客气。先喝点饮料降降温，解解渴！"说着打开饮料罐的封口，把"可口可乐"递给张小兰。

张小兰接过饮料罐："谢谢小春姐！"接着饮了一口，赞叹地说："清凉可口，味道好极了！"

柳小春扯开烟盒封口，抽出一支棕黑色的细长香烟，叼在嘴唇间，用18K镀金打火机点燃，吸了两口，缓缓吐出几个圆圆的烟圈，叹了口气，说道："人活在世上，要生存发展就必须自我奋斗，拼命挣钱。有了钱嘛，就得尽情享受，及时行乐。否则何苦来哉！"

张小兰："话虽不错，但是我下岗半个多月了，到现在还没有找到工作，哪里去挣钱呢？别说享受了，再这样下去。恐怕要饿肚子了！"

柳小春浅浅一笑："像你这样水灵灵的一朵鲜花，到厂里去捏泥巴，到饭店去端盘子，岂不糟蹋了吗？"

张小兰："小春姐，那，给我介绍什么工作呢？"

柳小春抽出一支"摩尔"烟递给张小兰，说道："别急嘛，抽支烟，咱们好好聊聊！"

张小兰连连摇头："不会，不会，我从来没有抽过香烟。"

柳小春："不会就学，任何事情都有第一次。我给你点烟！"说着便为张小兰点燃香烟。

张小兰猛地抽了一口，接着连连咳嗽起来。

柳小春笑着问道："味道怎么样？"

张小兰摇了摇头："又辣又凉，不好受。不好受！"

柳小春："抽得太猛了，自然不好受。慢慢抽、细细品，其乐无穷呢！"说完抽了口烟，吐出一串烟圈来。并示意张小兰再抽一口试试。

张小兰学着柳小春的样子，两指夹着香烟。轻轻抽了一口，说道："好像不那么难受了。小春姐，这种香烟多少钱一包？"

柳小春："不贵，不贵，十元钱一包！"

张小兰惊诧地："十元钱一包还不贵。够我们两天的伙食费了！"

柳小春"哎"了一声："那是你们收入少，要是每天能赚一百元。抽包烟算得了什么？"

张小兰："凭我这点能耐，做梦也不敢想赚这么多钱。小春姐，你准备给我介绍什么工作呢？"

柳小春微眯双眼，端详着张小兰："不知你想挣大钱还是挣小钱？"

张小兰不假思索地回答："不瞒你说。我都穷怕了。当然想挣大钱了，吃苦受累无所谓。"

柳小春："自古出力不赚钱，赚钱不出力。我要叫你舒舒服服拿钞票，开开心心过日子！"

张小兰迫不及待地："小春姐，你就别卖关子了，到底是什么工作？"

柳小春："到我的歌舞厅当伴舞，每月工资一千两百元。怎么样？"

张小兰愣了愣："当伴舞？我怕……"

柳小春："怕什么？下岗女工不用怕，赚钱全凭胆子大。上舞厅、当伴舞，进发廊、当按摩，不愁吃用不愁穿，大把钞票任你花！小兰，你要不乐意，明天我找秋云来上班。"

张小兰："小春姐，我不会跳舞，当，当不好伴舞！"

柳小春："不会就学嘛。开初你不会抽烟，现在不是会了吗？从明天开始，每天下午你到这里来学跳舞、演唱。晚上到歌舞厅当见习。见习期间每天工资二十元！"

张小兰："小春姐，你对我太好了。叫我如何报答呢？"

柳小春脸上闪过一丝奸笑："谁叫咱们是姐妹！"

13. 陶瓷集市。夏日早晨。

"大路陶瓷经营部"门口竖着一块标牌，上面写着：开张大吉，优惠供货。店堂里的货架上摆满五光十色的陶瓷产品。

王大路燃放一串挂在店门口的小鞭炮。高铁山、韩志刚站在店门口两边燃放十几个大炮仗。

爆竹声响成一片，纸屑、硝烟在店门口飞扬。

14. 阳渚陶瓷厂厂长室。

吴克强（男，40 岁。青云陶瓷店老板）抽着烟，望着吉凌云发愣。

吉凌云："克强，别这么看着我，有什么事，说吧！"

吴克强："表叔，你们厂的王大路、高铁山等人，在我门店隔壁开了个陶瓷经营部，抢生意、拉客户，把我搞得焦头烂额。非想个办法把他们挤掉不可！"

吉凌云叹了口气："他们是粪缸里的石头，又臭又硬，在厂里时经常与我对着干，你想挤掉他们谈何容易！"

吴克强："他们是新开店，资金肯定不足，我想降价销售，从价格上压垮他们！"

吉凌云："打价格战是个办法，但是你自己的利润怎么办？弄不好落得个两败俱伤的下场！"

吴克强："这就要请你表叔支持了！"

吉凌云："请我支持？"

吴克强点了点头："我想从你这里低价进一批陶艺产品，和他们拼市场。叫他们知道我的厉害！"

吉凌云思索片刻："好，我批给你两万元产品。优惠50%，希望你打胜这一仗，也为表叔出口气！"

吴克强："你就静候佳音吧！"

15．夏日，上午。

陶瓷集市。青云陶瓷店门口竖着一块标牌，上写："陶艺产品，特价供应。"

吴克强站在店门口招揽顾客。

两位外地顾客走进青云陶瓷店。

吴克强一边敬烟，一边介绍货柜上的陶艺产品。

顾客甲："我属虎，买一只陶瓷虎多少钱？"

吴克强一边从柜架上取下一只陶瓷虎，一边说："不贵，不贵，十元钱！"

顾客乙："我属马，买一只陶瓷马吧！"

吴克强又从柜架上拿下一只陶瓷马，说道："八元钱！"

顾客甲："这里的陶艺产品造型不错，价格便宜，划得来，划得来！”

16. 大路陶瓷经营部门口。

一边竖着一块标牌，上写：诚信经营，优质服务。

另一边放着一只保温桶和几只杯子。保温桶上贴着一张纸条，上写：免费供应茶水。

王大路和高铁山站在店门口迎候顾客。

两位在青云陶瓷店购买虎、马陶瓷品的顾客，先在保温桶前饮了一杯茶水，然后步入大路陶瓷经营部。

王大路：“两位好！”

顾客乙：“你好我好大家好，老板生意不错吧！”

王大路：“还好，还好！”

顾客甲指了指货柜，说：“这里也有陶瓷虎，多少钱一只？”

高铁山：“不贵，15元一只！”

顾客甲打开包装匣，拿出陶瓷虎，说道：“刚才我在隔壁店里买的陶瓷虎，和你们的一模一样，只有10元钱一只。还说不贵呢？”

王大路拿起顾客甲的陶瓷虎，仔细看了看：“10元钱一只？不可能吧，我们进价都要13元呢！”

顾客乙打开包装匣，拿出陶瓷马：“隔壁的陶瓷马只要8元钱一只，你们标价12元，价差太大了！”

高铁山：“这就怪了，难道吴老板肯做亏本生意？”

顾客甲：“俗话说‘打来骂来蚀本不来’哪有开店不赚钱的！走吧，别在这里浪费时间了！”

顾客甲、乙离开经营部，扬长而去。

高铁山：“我们和吴老板的陶艺产品都是从阳渚陶瓷厂进货的，其中必有蹊跷！”

王大路抽着烟，沉思片刻，用手掌拍着自己的额头：“想起来了，吉凌云是吴老板的表叔，可能……”

高铁山：“难道他们想联手挤垮我们的经营部？”

王大路："没那么容易。以前常说竞争中要做到人无我有，人有我优，才能立于不败之地。现在看来确实如此！"

高铁山："我们怎么办？"

王大路："下午把陶瓷动物系列产品全部收起来，叫志刚到旅游景点设摊销售，店里的货柜上全部换上陶艺挂盘和彩陶花瓶！"

高铁山："好，扬长避短，决战决胜！"

王大路："这还不够。我准备与东风陶瓷厂联合研制一批新材质，新釉面的陶艺产品，只有求新求变，才能生存发展。"

17．夜。星光歌舞厅门口。

星光歌舞厅的霓虹灯标牌在夜空中闪烁着，发出迷人的光彩。

歌舞厅门口人头攒动，生意红火。

一位少妇站在吧台后发售舞票和各种饮料。

18．舞厅里。

旋转灯发出眼花缭乱的光束。乐队吹奏着"快四"舞曲，十几对男女在舞池里翩翩起舞。

柳小春和张小兰坐在舞池边半封式包厢里轻轻交谈着。

柳小春抽了口摩尔烟，喷出几个烟圈，接着端起面前的咖啡杯，浅饮一口，说道："小兰，你已是能歌善舞的靓女了，今天开始放单。歌舞厅里的规矩我都向你讲透了。该你赚的钱你留下，该上交的钱要交清。凭你的姿色再加上磨炼。一年挣几万元钱不成问题。假若你要坏了规矩，那就别怪我不客气！"

张小兰讷讷地说："小春姐，我有些担心。"

柳小春"哎"了一声："我这个歌舞厅有营业执照，有税务登记，合法经营，按章缴费，担心什么呢？再说黑白两道都有我的朋友，谁敢来惹麻烦！"

张小兰："我担心我那位当兵的男朋友知道了瞧不起我。"

柳小春："听说胡振球这小子在广东当兵混得不错，现在是中尉了吧！”

张小兰点了点头。

柳小春：“小胡在南方当了军官，恐怕比你开放十倍呢。即使他瞧不起你，还能瞧不起钱？不是我吹牛，虽然我与老公离异多年，现在要找个处男是不成问题的。你要记住千好万好不如自己好，爹亲娘亲不如钞票亲！”

这时一位西装革履的中年男子走到柳小春身旁，笑嘻嘻地说：“柳姐。今晚本经理单独行动，有伴舞吗？”（他叫蒋志明，男，40 岁。红木家具公司经理）

柳小春笑着说：“难得，难得！你那位花秘书不来保驾护航了？”

蒋志明：“安排她到外地去收款了。天天跟着我烦不烦。”

柳小春：“她是你夫人的眼线，当心告密！”

蒋志明：“放心吧，绝对没有问题。我给了她三千元差旅费，答应她收到五万元货款嘉奖五千元。这样的美差高兴都来不及呢。临走时还狠狠地亲了我一口！”

这时“快四”舞曲结束了。场上亮起了顶灯。

十几对舞友纷纷走向舞池边的半封式休息室。

两位服务小姐推着装满饮料、洋酒、香烟、口香糖等物品的售货车向舞友们兜售。

蒋志明朝服务小姐招了招手，服务小姐把售货车推在他跟前。

服务小姐：“蒋总，你要点什么？”

蒋志明从西装内袋里摸出一张百元币丢在售货车上，

说道：“随便，随便！”

服务小姐把三罐可口可乐、两罐青岛啤酒和几包口香糖放在双人桌上。对蒋志明说了声“谢谢”，便推着售货车缓缓离去。

蒋志明指着张小兰问道：“这位小姐好面生，不知如何称呼，还望柳姐引见！”

柳小春：“这位张小兰小姐，是我们星光歌舞厅最新推出的舞后，叫兰小姐就行了！”

蒋志明定睛注视着张小兰，良久，点了点头，说："清丽脱俗，真是一朵幽谷香兰！"

这时舞厅里响起了优雅的"三步舞曲"，场灯熄灭，旋转灯缓缓转动。

蒋志明："兰小姐，请赏光！"说完很有风度地伸出右手，做出邀请的姿态。

张小兰愣了愣："这……"

柳小春："去吧，蒋经理是个有钱有势、有情有义的好男人，不要令他失望！"

张小兰款款起身："蒋经理，初次见面，多多关照！"

柳小春笑着说："良辰不待，及时行乐去吧！"

蒋志明挽着张小兰的手臂，缓缓走进舞池。随着舞曲翩翩起舞。

19．夏日，下午。

柳小春的会客室。

柳小春对张小兰说："你到星光歌舞厅上班个把月了，收入满意吗？"

张小兰："一个月二千多元钱，以前做梦都不敢想，实在太满意了！"

柳小春："我们做女人的，青春易逝，红颜易老。只有青年时赚足了钱，以后才有好日子过。"

张小兰点了点头："言之有理。以前我也想赚钱，在厂里出力流汗拼命干，一个月不过两百多元工资，生活太艰苦了。现在一切都好起来了，真是山重水复疑无路，柳暗花明又一村！"

柳小春浅浅一笑："你啊，太容易知足了。两千多元钱一个月，看起来多了，用起来就太少了！"

张小兰摇了摇头："我们父女两人天天吃鱼吃肉，一个月 500 元钱足够了，加上老爸的医药费，我的零花钱，也就千把元钱嘛！"

柳小春："这是低质量的生活标准。离潇洒人生差之千里呢！"

张小兰："小春姐，说得太夸张了！"

柳小春摇了摇头："一点儿不夸张，像你这样在娱乐圈里活动的靓女，一个月几百元钱的化妆品并不过分。添置两套看得上眼的衣服少不了千把元钱。再说你连戒指都没有一个，实在太寒酸了。以前你是工人当然无所谓，现在不行了！"

张小兰叹了口气："话是不错，我到哪里去弄这么多钱？"

柳小春点燃一支香烟，缓缓抽了一口："凭你的实力，易如反掌。关键看你敢不敢！"

张小兰："财长精神力长胆。只要有钱，我怕什么？"

柳小春："真的？"

张小兰："真的！"

柳小春点了点头："最近天天找你跳舞的蒋志明经理，是个百万富翁，他想与你交个朋友，怎么样？"

张小兰："交朋友当然可以，与钱有什么关系呢？"

柳小春："你与他交了朋友，其中奥妙自然明白！"说完从茶几上的皮包里拿出手机，拨了一组号码。"喂，是蒋经理吗？我是柳小春，对，兰小姐在我这里。好，我们等你！"

柳小春一边关掉手机一边说："蒋经理对你情有独钟，马上就过来，你可不要抹了人家的一片心意！"

张小兰："现在就来？"

柳小春："是啊，异性相吸嘛！"

张小兰显得有些紧张："我得抓紧时间化妆一下！"

柳小春摇了摇头："天然去雕饰，清水出芙蓉。……"

这时响起一阵门铃声。

柳小春瞟了张小兰一眼："蒋经理来了，我去开门！"

20．别墅门口。

蒋志明推着一辆五羊本田摩托车停在院门里。

柳小春夸张地说道："蒋经理雷厉风行，一下子飞过来了！"

蒋志明："美人相邀，哪敢延误。"接着轻声说道："还望柳姐成全！"

柳小春吃吃一笑："只要你心中有数就行了！"

蒋志明："这个自然，还用多说！"说完打开车斗拎出一只皮包和柳小春步入别墅。

21．柳小春的会客室。

张小兰见柳、蒋进来，从三人沙发一端站起来，微微一笑："蒋经理，你好！"

蒋志明："兰小姐，请坐，请坐！"说着便在三人沙发的另一端落座。

柳小春："你们两位都是客人，我去冲咖啡！"

张小兰："小春姐，还是我去吧！"

柳小春："算了，算了，你陪蒋经理说说话，千万别怠慢了人家！"说完便走进自己的卧室。

22．柳小春的卧室。

柳小春把两包速溶咖啡分别倒入咖啡杯里。然后用钥匙打开抽屉锁，拿出一小包白色药粉，倒进一只咖啡杯内，并在这只咖啡杯里放了一把不锈钢汤匙。接着冲泡咖啡。

柳小春揣着两只咖啡杯走出卧室。

23．柳小春的会客室。

蒋志明、张小兰抽着香烟，轻声交谈着。

柳小春："来了，两位请用咖啡！"她把有汤匙的一杯放在张小兰面前的茶几上，另一杯递给蒋志明。

蒋志明朝柳小春看了一眼，柳小春对他挤了挤眼睛。蒋志明接过咖啡杯，呷了一口："味道不错，兰小姐请！"

张小兰用汤匙在咖啡杯中搅了搅，浅饮一口点了点头："只是稍微苦了一点！”

柳小春笑着说：“先苦后甜，慢慢品尝，其乐无穷。小兰，我还要到化妆品公司选购几支唇膏，你们慢慢聊吧！”

说完离开会客室。在会客室门口，她有意无意地朝蒋志明点了点头。一会儿传来开门、关门声。

蒋志明从皮包中摸出一只锦缎首饰盒。打开盒盖，里面是一条24K黄金项链和一个鸡心挂件。

蒋志明：“兰小姐，这是我送给你的见面礼！”

张小兰望着金光闪闪的项链、鸡心。双眼发出欣喜的光彩。“蒋经理，我们相识已经个把月了，怎么，怎么现在能收你的见面礼！”

蒋志明“哎”了一声，“舞厅里相识不过是逢场作戏而已，今天才是我们交朋友的首次见面。只是不知兰小姐合意不合意？”

张小兰：“这么好的项链，这么好的挂件，我当然合意！”

蒋志明：“来，我给你戴上！”说着从首饰盒中取出项链、挂件。张小兰往前俯了俯身子。蒋志明把项链挂在张小兰的脖子上。手指摸了摸张小兰的后颈，接着又嗅了嗅她的头发：“好香，好香！”

张小兰吃吃一笑：“痒痒的怪难受！”

蒋志明把首饰盒递给张小兰。张小兰一看盒内的标价牌，惊诧地说：“喔唷，两件首饰二千一百八十元，太贵了！”

蒋志明：“不贵，不贵！只要你喜欢，再贵也值得。来，喝咖啡！”

张小兰依言饮了两口咖啡。“蒋经理，听小春姐说，你的红木家具公司生意很好，效益不错吧！”

蒋志明：“一年净赚几十万元，马马虎虎过得去！”

张小兰：“喔哟，这么多钱，如何花得掉！”

蒋志明笑着说：“大多数人辛辛苦苦干上一辈子也挣不到我一年赚的钱。因此，他们只能过着清贫的日子。我就不同了，只要高兴，一个月花掉几万元钱也无所谓。有了钱不用和没有钱一样，何苦做守财奴呢！”

张小兰：“蒋经理的人生哲学实在令人佩服。只是我们没有条件潇洒，只能想想而已。嗯，今天怎么搞的，开了空调还是热得难受。”说着用双手拎了拎自己的衣领。

蒋志明望着躁动不安的张小兰，故作关心地问道：“莫不是感冒发热了？”说着用手掌抚摸着张小兰的额头。

张小兰闭着双眼，轻声呻吟着：“喔哟，胸口闷得发慌，难受极了！”

蒋志明乘势把张小兰揽入怀里：“我来给你揉揉……”

说着把右手伸进张小兰的内衣，在双乳之间游移着。

张小兰睁开双目，推了推蒋志明的右手：“你……你不能……”

蒋志明把张小兰横倒在三人沙发上，一边吻着她的面额，一边急切地说：“兰小姐，我爱你……”

24. 星光歌舞厅。

十几对男女舞友在欢快的舞曲中翩翩起舞。蒋志明、张小兰亦在其中。

蒋志明：“小兰，今天你太漂亮了，简直是天仙下凡，令人心醉！”

张小兰幽幽地说：“我的一切都给了你，还说什么漂亮不漂亮！”

蒋志明：“小兰，你在歌舞厅工作，我有些不放心。”

张小兰：“不放心什么呢？我不过是个伴舞，人家给我小费，请我跳舞，难道不应付？其实我也不想在歌舞厅看人家的脸色过日子。可是有什么办法呢？”

蒋志明：“既然这样，那就离开歌舞厅！”

张小兰：“离开歌舞厅？你为我安排工作！”

蒋志明点了点头：“你出来开个卡拉OK厅，自己当老板。费用开支由我负责。赚了钱归你，怎么样？”

张小兰：“真的？”

蒋志明：“难道我还骗你不成！”

张小兰：“蒋总，你对我太好了。叫我如何报答你！”

蒋志明：“你我之间还说什么客套话！”说完吻了吻张小兰的

脸庞。

张小兰把脸贴在蒋志明的脖子上，悠然地踏着舞步。

主题歌起。

第五集

片头

1. 深秋之夜。

一轮明月高悬在天空。几颗寒星闪烁着光亮。一阵秋风吹过，桐叶飘落满地。

阳渚陶瓷厂宿舍区的花坛中，一丛丛菊花临风怒放。

一曲《满江红》的洞箫声，如诉如泣，深沉悠远。

2. 王大路的房间。

王大路停止了吹箫，他轻轻地抚摸着那支乌黑光亮的洞箫，叹了口气，把洞箫挂在一帧照片下面。

王大路凝视着镜框里那张俊秀清丽的女人照片，自言自语地说："剑梅，你听到我吹《满江红》了吗？八年来，我一刻也没有忘记你的嘱托……"

3. 王大路的回忆。

八年前的秋天，阳渚人民医院病房。

王大路、王学斌、大路妈、周佳英以及阳渚陶瓷厂的几位职工围在罗剑梅的病床旁。

罗剑梅昏睡在病床上，正在输液。（她是王大路的妻子，30 岁。阳渚陶瓷厂的工程师）

医生站在病房门口说："王大路同志，请你出来一下！"

王大路望了罗剑梅一眼，离开了病房。

肖光明（阳渚陶瓷厂研究所所长）、周佳英（工会女工委员）也随之离开病房。

4．医生办公室。

医生："看来病人的时间不多了，你们要做好准备……"

王大路："难道一点儿办法都没有了？"

医生点了点头："病人是脑癌，已经晚期了，华佗再世也无能为力！"

周佳英哭泣着说："医生，求求你用最好药把病人救醒，她不能一句话都没有留下，就这么走了！"

肖光明："医生……"

医生摇了摇头："任何灵丹妙药都无济于事，除非出现奇迹，病人是不会开口说话了！"

王大路悲痛地低着头，暗暗流泪。

一位女工匆匆走进医生办公室，急切地说："大路，大路，剑梅醒过来了。快过去！"

王大路等人快步走出医生办公室。

5．病房里。

王学斌拉着罗剑梅的手："妈妈，妈妈！"

罗剑梅点了点头，转动着眼球似乎在寻找什么，接着轻声呼唤着："大路，大路！"

王大路冲到罗剑梅跟前："剑梅，剑梅，我是大路啊！"

肖光明、周佳英和医生相继走进病房。

罗剑梅："大路，扶我起来！"

王大路迟疑了一下，把罗剑梅扶靠在病床靠背上。

罗剑梅朝肖光明点了点头，肖光明走到病床前。

罗剑梅："肖……所长。茶晶彩的配方、数据在我的办公台抽屉里。"

肖光明："罗工，你安心养病，这些事以后再说吧！"

罗剑梅摇了摇头，问道："大路，今天是什么日子？"

王大路："十月九日。"

罗剑梅轻轻叹了口气："我的时间不多了……"

王大路："剑梅，你别胡思乱想，一定会好起来的！"

罗剑梅："厂里效益不好，我住院治病，花了很多钱，心里不安……"

周佳英："罗工，你是为开发新品劳累过度病倒的。厂里再穷也要把你的病治好。何况我们的企业总有一天会走出低谷！"

罗剑梅摇了摇头："我们的产品太陈旧了，难以拓展市场，也难以取得效益。这一点大家心里都明白！"

肖光明："罗工，你放心，我们会抓紧新品开发，改变落后面貌的！"

罗剑梅点了点头："大路，我……有件事拜托你，一定答应我！"

王大路："剑梅，你说吧。"

罗剑梅："我们只有研制出丰富多彩的新釉料，让陶艺产品穿上花衣裳占领市场，走出国门，才有出路……"

王大路："你……"

罗剑梅对王大路摆了摆手，喘了口气，接着又说："我已经没有时间了，你要把研制新釉料的工作做下去。

到了夜深人静的时候，用那支洞箫给我吹《满江红》的曲子……"

王大路："剑梅，别说了，喝口水吧！"

罗剑梅微微摇了摇头："妈，小斌，你们要……"罗剑梅松开了抓在王大路手背上的手掌，垂下了脑袋。

王大路悲呼："剑梅，剑梅——"

王学斌悲呼："妈妈，妈妈——"

6．王大路回忆结束。

王大路的房间里。

王大路擦了擦泪水，对罗剑梅的遗像喃喃地说："剑梅，八年来，我们研制了十二只新釉料，可是吉厂长把配方卖给了乡镇企业，人家赚了大钱，我们失去市场。剑梅，现在我下岗了，但是不会忘记你的嘱托，一定要让我们的陶艺产品闪发出绚丽的光彩。”

王大路坐在靠椅上，翻开《国外陶艺概论》，扉页上显示娟秀的签名：罗剑梅。

王大路叹了口气，打开书本，抽出一张“名片”书签，认真阅看起来。

7. 李精明的居室。

李精明独自坐在小桌前饮酒。

李精明端起酒杯浅饮一口，抓了几颗花生米放在嘴里慢慢咀嚼着。接着翻开《三国演义》看了起来。

挂在墙上的时钟“当当……”敲了十下。

李精明放下手中书，叹了口气，幽幽地说：“老伴儿搓麻将，女儿谈恋爱，十点钟还不见个人影，叫人好凄凉！”

李精明端起酒杯一饮而尽。从袋里摸出手帕擦了擦嘴唇，低头看到摸手帕时带出来的一张纸片。

李精明捡起纸片，凑在灯光下看了一眼，纸片上显示：

下岗人员工资单。

李精明摇了摇头：“下岗几个月了，还没有找到合适的工作，真叫人烦恼。下岗前蒋科长、邱主任要我办的事又毫无着落。而今就业无门、返厂无望，怪只怪女儿不听话！”

李精明倒了一杯酒，一口饮干。

这时，李敏推门进屋。

李敏：“爸，醉成这个样子，不要喝了！”

李精明：“谁说我醉了，清醒得很呢！”

李敏：“十点钟了，洗澡休息吧！”

李精明：“小敏，蒋科长、邱主任为你做媒的事，考虑得怎么样了？”

李敏：“上次就同你讲了，不同意！”

李精明：“吉春风有什么不好，他的老子吉凌云是我们厂的厂长，他自己是保卫科科长。人也长得挺帅气，横竖比周伟好得多。你怎么榆木脑袋不开花呢？”

李敏：“我又没有说吉春风不好。我已经讲过好几遍了，选择周伟是我的权利。你就少操这份心吧！”

李精明：“你，选择周伟是鲜花插在石板上！”

李敏：“你说什么，鲜花插在石板上？”

李精明：“是啊，鲜花插在石板上，艳丽一时，顷刻凋谢。周伟不过是个钳工组组长，有什么发展前途。小敏，为了你自己也为了我们全家，听爸的话不会错。”

李敏摇了摇头：“爸，别的事情可以依你，这件事女儿难以从命！”

李精明叹了口气：“唉，女儿大了，翅膀硬了，有什么办法呢！”说完端起酒杯一饮而尽。口中念念有词：“抽刀断水水更流，举杯消愁愁更愁。而今下岗谁人怜，一弯冷月万般忧！”

8．吉凌云的办公室。

吉凌云、蒋国方、吉春风正在交谈。

蒋国方（男，48 岁。阳渚陶瓷厂劳资科科长）无可奈何地说：“吉厂长，今天李精明对我说了，他那宝贝女儿坚决不答应这件事！”

吉春风（男，25 岁。吉凌云的儿子，保卫科科长）急切地说：“爸，你看怎么办呢？”

吉凌云抽了口烟：“这类事哪能一蹴而就，俗话说好事多磨嘛。就算她李敏是块铁，我也要叫她化成水。”

蒋国方：“有些人就是敬酒不吃吃罚酒，依我看，今后她李敏求你的日子多着呢！”

吉凌云：“春风，你去忙吧，我和蒋科长还有其他事呢！”

吉春风点了点头，走出办公室。

蒋国方起身关好办公室大门。转身走到吉凌云身旁，说：“这个李敏太不识抬举了，给了她三分颜料竟然想开印染公司。这次职称评定……”

吉凌云一边听着蒋国方的耳语，一边点头："就这么办！"

9. 吉凌云家中会客室。

吉凌云坐在会客室里看电视。

孙小娟（吉凌云的夫人，48岁）推开会客室大门："老吉，刘科长来了！"

吉凌云点了点头："叫他进来吧！"

刘克西小心翼翼地跨进会客室。"吉厂长，你找我？"

吉凌云"嗯"了一声，拿起遥控器关掉电视。

孙小娟为刘克西泡好茶，退出会客室。

吉凌云递给刘克西一支中华牌香烟："抽吧！"

刘克西依言点燃香烟抽了起来。

吉凌云："这次技术职称评定工作总体不错，你们这些评委辛苦了！"

刘克西："厂长领导有方，我们不过做了些具体工作。"

吉凌云抽了口烟："我把职称申报名单看了两遍，觉得特艺车间的李敏同志，对照工艺师标准有差距，不报为宜。"说着从公文包里取出职称申报名单递给刘克西。

刘克西愣了愣："这个……昨天我向你汇报时，你不是同意了吗？评委们都签了字，怎么今天……"

吉凌云挥手打断了刘克西的话头："昨天是昨天，今天是今天，情况是在不断变化嘛！"

刘克西沉思片刻："我看名单还是照报，只是在李敏的附件材料上做些文章，叫她名落孙山就是了！"

吉凌云点了点头："好主意，今天又要让你熬夜了。喏，这条香烟算是奖励吧！"

刘克西："吉厂长，那就不好意思了！明天上午我把李敏的附件材料先送给你审核，然后再上报。"

吉凌云："不必了，不必了，你办事我放心！"

刘克西拿着名单和香烟向吉凌云告辞。

吉凌云倚在沙发上，自言自语："李敏啊李敏，孙悟空再狠也翻不出如来佛的手掌心，咱们走着瞧！"

10．深秋上午。

阳渚陶瓷厂烧成车间办公室。

小郁（女，30 岁。烧成车间会统员）正在埋头做报表。

牛昌林端起茶杯呷了口茶，叹了口气："看来今年各项指标又要落空了。去年盼望今年好，今年还是穿件破棉袄！"

小郁放下账本，说："财务科小亚私下对我讲，厂里早已亏了个大窟窿，只是账面上没有反映出来！"

牛昌林感慨地说："长此下去，阳渚陶瓷厂非关门不可！"

小郁："听说大路厂长的陶瓷经营部、刘小云的小吃店生意都不错，收入比厂里翻了几番。看来还是下岗好，自由自在一身潇洒。"

牛昌林摇了摇头："不尽其然，不尽其然。大多数下岗工人的处境并不乐观。我们车间的方家贵下岗几个月了，还没有找到工作，日子不好过啊！"

小郁叹了口气："古人说，吃饭难，饭难吃，难吃饭。此言有理。对了，上个月方家贵借你的钱还了没有？"

牛昌林摇了摇头。

小郁："好人做不得，那可是个填不满的穷坑哟！"

这时方家贵推开办公室大门。

方家贵："牛主任！"

牛昌林："家贵，坐，小郁快泡茶！"

小郁把一杯茶水端在方家贵面前。

牛昌林关切地问："家贵，工作找到了吗？"

方家贵摇了摇头。

牛昌林："看你脸色憔悴，精神不佳，可别急坏了身子。找工作的事慢慢来嘛！"

方家贵无可奈何地："牛主任，我……"

牛昌林"哎，别吞吞吐吐，有什么事说吧！"

方家贵："上个月借你的两百元钱。实在无力归还……"

牛昌林挥了挥手："不要紧，等你找到工作了再说！"

方家贵搔了搔脑袋："昨天我儿子说学校里要两百元代办费，不交钱不准进校上课。我想，再向你借点钱。"

小郁暗地里向牛昌林摇了摇头。

牛昌林迟疑了一会儿："家贵，我身上只有一百元钱，你拿去吧，千万不能误了孩子读书啊！"

方家贵接过钱："牛主任。实在太感谢你了！"

牛昌林："都是老兄弟了，说什么客气话呢！"

方家贵："你们忙吧，我回去了！"

牛昌林点了点头，方家贵离开办公室。

11．同日傍晚。牛昌林家。

牛昌林把笔记本、材料纸和一些学习用品放进一只马甲袋。对着厨房间说道："小芳，天力回来后你们先吃晚饭，我有事出去一下！"

查小芳（牛昌林的妻子，43岁。阳渚陶瓷厂工人）走出厨房，说："刚刚下班，又忙些什么？"

牛昌林："方家贵下岗几个月了，还没有找到工作，我想去看看情况，顺便给他的儿子带些学习用品。"

查小芳："现在下岗工人这么多，真是瞎操心！"

牛昌林："岂能尽如人意，但求无愧我心。我去去就来！"

12．同日傍晚，方家贵家。

方家贵的母亲看着孙子方小龙清点一把零钱。

方母叹了口气："小龙，叫你受苦了。你爸爸下岗几个月了，不但没有找到工作，反而沾上了赌博恶习，家里值钱的东西都叫他卖光了。还欠了人家一屁股债。这种日子如何过得下去。我也一大把年纪

了，身体又不好，不如死了拉倒！”（她是方家贵的母亲，67 岁）

方小龙（男，13 岁。方家贵的儿子，小学生）摇了摇头，说：“奶奶，你再劝劝爸爸吧，只要他戒掉赌博，苦日子总会熬出头的。今天放学后我捡垃圾卖到六元三角五分钱，明天的生活费可以解决了。奶奶，你把钱收好，别叫爸爸看到了又拿去输掉！”

方母接过钱，放在自己的内袋里。幽幽地说：“沾赌容易戒赌难。你爷爷就是因为赌博，欠了人家的钱还不起。最后投河而死的。那时候你爸爸才三岁。想不到你爸爸又踏上了这条不归路。不知方家前世作了什么孽！”

方小龙：“奶奶，也许是爸爸下岗后找不到工作，一时糊涂做了错事。要是他真的不改，我就到派出所举报他！”

方母连连摇手：“使不得，使不得。你去举报了，他非进班房不可。我们这一家也就完了！”

方小龙：“不！与其他走爷爷的老路，不如让他吃点儿苦头，或许还能痛改前非，对大家有好处！”

方母叹了口气：“不说这些了，小龙，快做作业吧。”

方小龙点了点头，便在小桌上摊开课本做作业。

13. 老黑家，赌局。

门窗紧闭，室内亮着一盏 60 瓦的电灯。烟头满地，烟气弥漫。

老黑、方家贵、张鸿发、牟良围着方桌打“沙哈”。（老黑，男，48 岁，无业游民、赌头。张鸿发，男，47 岁，“小刀手”，人称张一刀。牟良，男，30 岁。赌徒）

老黑熟练地洗牌、发牌。

老黑给每个人发了一张开着的牌和一张合着的牌。

老黑面前开着的牌：梅花 3；

方家贵面前开着的牌：方块 J；

张鸿发面前开着的牌：梅花 2；

牟良面前开着的牌：黑桃 9。

四个人各自看了看自己那张合着的牌。老黑和牟良把自己面前的牌推在桌子中间，表示退出。

张鸿发："家贵你开价！"

方家贵用手掌按在合着的那张牌上，迅速把它抽出桌面，微仰身子，看了一眼：方块A。接着又把牌放在桌面上。

说："五元！"

张鸿发："跟上！"说着把五元钱放在桌子中间。他见方家贵没有放钱，问道："你的钱呢？"

方家贵："别急嘛。还怕我赖账不成！"

老黑瞟了张鸿发一眼："不要紧，家贵的赌品甚好，这局完了结账！"

老黑给方家贵、张鸿发发第三张牌。

张鸿发的是方块5，方家贵的是黑桃K。

张鸿发："家贵，又是你开价，上多少？"

方家贵略一思索："五元！"

张鸿发："跟上，我再加五元，你跟不跟？"

方家贵："跟！"

老黑为他们发了第四张牌。

方家贵的是黑桃A。他轻轻吁了口气。

张鸿发的是方块2，他斜了方家贵一眼。

老黑："鸿发，你是一对2，这次轮到你开价！"

张鸿发摸了摸自己的光头，迟疑了一会儿："我说三元！"

方家贵："跟上，再加五元！"

张鸿发叹了口气："到了这一步，不跟不行了。我跟！"

接着把钱丢在桌子中间。

老黑发第五张牌。

方家贵是方块6，张鸿发是黑桃7。

张鸿发："上五元！"

方家贵："跟上，再加十元！"

张鸿发："照跟不误！"

老黑："到了翻底牌的时候了，谁输谁赢立见分晓！"

张鸿发："家贵，你先翻！"

方家贵一边翻底牌，一边说："我是A一对。"

张鸿发："我猜你就是A一对，我是三个2！"说完翻开底牌：黑桃2。

张鸿发："家贵，掏钱吧，一共38元！"

方家贵为难地说："我身上一分钱都没有了，先欠着吧！"

张鸿发："不行，我可不像老黑那样好说话。没有钱，把衣服脱下来抵！"

方家贵："鸿发，咱们低头不见抬头见，何苦呢？"

张鸿发板下脸来："家贵，我张一刀说话从来没有讨价还价的余地。"

方家贵无可奈何地："老黑，先借些钱给我，过几天一定还！"

老黑摇了摇头："上次借给你的钱到现在未还，这次只能抱歉了！"

张鸿发："家贵，快把衣服脱下来。别忘了我是小刀手，白刀子进，红刀子出，什么事都干得出来！"

方家贵迟疑了一会，拉开夹克衫拉链，摸遍口袋，把一只打火机放在台上，脱下衣服。

14. 老黑家门口。

王爱萍敲门，未开。再重重地敲门。

老黑开门，王爱萍推门而入。（王爱萍，38岁。方家贵的妻子，阳渚陶瓷厂的临时工）

15. 老黑家。

王爱萍见方家贵把夹克衫递给张鸿发，一把抓住衣袖。

张鸿发："干什么，扯我的衣服！"

王爱萍："家贵，到底怎么一回事？你说！"

方家贵讷讷地："这个……这个……"

老黑："家贵赌输了，没有钱，把衣服抵给了张鸿发！"

王爱萍："老黑，你又不是不知道，我们本来就很穷，现在家贵下岗了，苦粥苦饭都成问题，你还拉他来赌钱，不是要我们的命吗？"

老黑连连摇手："你别信口开河，家贵自己要赌钱，我有什么办法呢？"

方家贵："爱萍，你别在这里胡搅，赶快回去烧晚饭！"

王爱萍："不！你把衣服穿好，一起回去！"

张鸿发："你拿 38 元钱来，就把衣服拿去，否则……"

王爱萍："否则怎么样？"

张鸿发嬉皮笑脸地："否则你给我亲个嘴，就算两清。"

说着便向王爱萍靠了过去。

王爱萍猛地挥手，狠狠抽了张鸿发一个耳光，返身冲出老黑家。

16．方家贵家。

王爱萍披头散发匆匆进屋。

方小龙："妈，你怎么了？"

方母："爱萍，出了什么事，弄成这个样子？"

王爱萍擦着红肿的双眼，抽泣地说："家贵在老黑家赌钱，把衣服都押上了。还听任别人当着他的面侮辱我！"

方母气愤地："走，到老黑家去，找这班畜生算账！"

方小龙："奶奶，我也去！"

三人准备出门，牛昌林拎着马甲袋跨进门来。

牛昌林："怎么，一家子准备出门，家贵呢？"

方母："别提他了，这个混账东西！"

牛昌林："出了什么事？"

方母："他在老黑家赌钱，输得把衣服都抵上了，而且，而且听任人家当着他的面欺侮爱萍！"

牛昌林："简直岂有此理，我和你们一起去找他。小龙这是给你的学习用品。”

牛昌林把马甲袋放在台上，和方母他们走出家门。

17. 路上。

牛昌林和方母等人匆匆行走。

牛昌林突然停住脚步，对方小龙说：“你认得大路厂长的陶瓷店吗？”

方小龙：“认得！”

牛昌林：“快去，叫他立刻到老黑家去。就说是我讲的。”

方小龙点了点头，匆匆而去。

18. 陶瓷集市。

橘红色的落日余晖映照着数十家开敞式的陶瓷门店。

数万件陶瓷产品闪烁着绚丽多姿的光彩。

陶瓷集市一侧停歇着十几辆旅游车。

众多游客在各个陶瓷门店里选购产品。

店主的吆喝声，客人的还价声，此起彼落，热闹非凡。

19. 大路陶瓷经营部。

王大路把一只色彩斑斓的“迷彩瓶”装进锦匣，递给站在柜台外的一位三十多岁的女客。

女客把两张百元币放在柜台上，友好地点了点头，拎着锦匣转身欲走，忽然又转过身来，对王大路说：“我想请教几个问题，不知方便不方便？”

王大路：“当然方便，而且知无不言！”

女客莞尔一笑：“好像这种‘迷彩瓶’只有贵店出售？”

王大路点了点头：“是的！”

女客：“不知是哪个厂家生产的？如果属于商务机密，算是多此一问。”

王大路："这种'迷彩瓶'是我自己研制生产的，刚刚推向市场。"

女客愣了愣，似是不信，反问："是吗？"

王大路："事实如此，绝无虚言！"

女客感慨地说："那就实在委屈人才了！"

这时一位女青年匆匆赶到女客身旁，气喘吁吁地说："任总，车上的人都齐了，就等你……"

女客点了点头，从挎包里掏出名片盒把一张名片递给王大路。笑着说："这是我的名片！"

王大路接过名片一看，名片上显示着：广南市经贸公司总经理任倩。

王大路讷讷地说："对不起，我的名片……旧名片行吗？"

任倩："无所谓，只要能联系就行！"

王大路转过身从办公台上拿起《国外陶艺概论》，把插在书中当作书签的名片抽了出来。用圆珠笔画掉"国营阳渚陶瓷厂副厂长"字样，翻过名片，写上"阳渚市大路陶瓷经营部"，接着把名片递给任倩。

任倩接过名片看了看："王大路，好名字。原来是国营陶瓷企业的厂长，真是有眼不识泰山了！"

王大路："现在下岗了！"

任倩："真的？"

王大路点了点头："自谋出路，开店经商！"

任倩："愿意到我们公司来发展吗？一切从优！"

王大路摇了摇头："谢谢。我在下岗那天发过誓，先开店，后办厂，让那些下岗工人重新就业，过上好日子！"

任倩点了点头："有志气，祝你成功！"

任倩和王大路隔着柜台握手。

王大路目送任倩登上一辆豪华旅游车。

20．旅游车里。

任倩摇下玻璃窗，看到王大路注视自己，便朝王大路浅浅一笑，挥手致意。

旅游车缓缓驶出陶瓷集市，汇入国道车流中。

21．大路陶瓷经营部。

王大路若有所失地叹了口气。

韩志刚推着一板车陶瓷产品停在经营部门口。他擦了擦额上的汗水，轻呼："大路厂长，大路厂长！"

王大路蓦然惊悟："喔，小韩，产品拖回来了？"

韩志刚："瞧你全神贯注的样子，又在构思什么新配方！"

王大路笑着摇了摇头："我在思考如何扩大行销市场，把生意做大！"

韩志刚"哎"了一声："整个陶瓷集市里我们的生意最好，照此下去，不用多少时间，我们就成了万元户，还是守住摊子稳步发展吧！"

王大路："守摊子是守不住的。没有开拓精神，没有忧患意识，是干不成事业的！"

韩志刚："反正你是经理，你说上天，我们就跟着飞。"

说完与另一名工人卸货。

这时方小龙气喘吁吁跑进经营部："大路伯伯……"

王大路："小龙，你怎么到这里来了？"

方小龙："牛伯伯叫你立刻到老黑家去！"

王大路："出了什么事？"

方小龙："我爸爸在那里赌钱……"

王大路："我们走，志刚，你看店！"

王大路和方小龙匆匆离店向老黑家奔去。

主题歌起。

第六集

片头……

1．深秋。傍晚。

镇区街道上，行人稀少，偶有车辆驰过，卷起尘土和落叶。王大路拉着方小龙在街道上匆匆行走。

2．街道旁的小巷。

小巷内光线昏暗。王大路和方小龙拐进小巷。

3．老黑家门口。

大门紧闭着。王大路和方小龙站在大门口。

屋里隐约传出争吵声。

王大路敲门，未开。再敲门。

王爱萍打开大门，王大路、方小龙进屋。

4．老黑家屋内。

赌局已经中止，扑克牌撒了一地。

老黑等四个赌徒和牛昌林、方母等人各站一边对峙着。

张鸿发对着牛昌林大声嚷着："家贵已经下岗了，轮不到你来教训他。你们平白无故闯进民宅，属于违法行为，统统出去！"

王大路越过牛昌林，站在张鸿发面前，冷哼一声："以前只知道你手上的刀功好，想不到你的嘴上功夫更加犀利！"

张鸿发："实事求是嘛！"

王大路："家贵下岗了，你说他还是不是中国公民？"

张鸿发脱口而言："那还用问，当然是！"

王大路："既然如此，赌博算不算违法行为？我们制止赌博到底是违法还是合法？你说吧！"

张鸿发愣住了："这个……这个……"

王大路叹了口气："家贵啊家贵，我叫小韩带了两次口信，让你到经营部去上班，你却推三阻四，不理不睬。我看你赌博昏了头，忘记了你父亲留下的教训，也忘记了自己肩上的责任。你说准备怎么办？"

方家贵讷讷地：“我，我有什么办法呢？”

方母气愤地：“你再这样赌下去，不是进班房就是见阎王。大路，我把家贵交给你，把他拉上正路，我们方家永世不会忘记你的大恩大德！”说着跪在王大路面前。

王大路急忙扶起方母：“伯母，快快请起，这是我们应尽的责任。家贵走吧！”

方家贵朝老黑看了一眼，悻悻地走到牛昌林身旁。

王大路：“老黑，我奉劝你也该金盆洗手了。否则将会后悔不及！”

5．深秋，夜。

大路陶瓷经营部。

王大路、高铁山、韩志刚等人正在开会。

王大路：“我想筹建一个实验工场，形成自产自销格局，把生意做活、做大。你们看怎么样？”

刘巧珍（女，38 岁。原为阳渚陶瓷厂计划科统计员。后下岗，现为大路陶瓷经营部会计）轻轻摇了摇头，说道：

“搞实验工场不是一件容易的事，要建造厂房，添置设备，打造窑炉，还要招收十几名工人。这个包袱太重了！”

高铁山：“现在我们到其他单位试烧釉料，加工产品，不但收费高，破损大，而且技术情报极易泄露。要是我们自己有了实验工场，这些矛盾都迎刃而解，对下步发展有好处。”

韩志刚：“现在下岗人员中有能耐的人不少，我们可以择优录用，既解决他们的就业问题，又增强我们的技术力量，一举两得嘛！”

王大路：“我看筹建实验工场的事就这么定下来吧。还有一件事向大家通报一下，方家贵明天到经营部上班，跟铁山搞产品加工！”

刘巧珍：“方家贵这个人不怎么样，听说下岗后经常和老黑他们赌博，我怕他来了会产生负面影响！”

高铁山：“方家贵这一家实在太苦了，他自己又不争气，再这样下去会出事的。他到经营部来上班至少有个管束嘛。”

王大路："我们不能看着一起下岗的同志走歪路啊。铁山，我把家贵交给你，带他好好做人！"

6. 深秋，清晨。

方家贵家中。

方母："家贵啊，大路厂长收留你，可得好好干哪。不要辜负了人家的一片好心！"

方家贵："妈，这句话你已经讲了好几遍，烦不烦！"

王爱萍："你不要嫌妈唠叨，我还要说几句呢。为了你自己也为了这个家，以后绝对不能再赌博了，否则我只有投河上吊了！"

方小龙："爸，你知道同学们怎样嘲笑我吗？"

方家贵不耐烦地："我们不过穷一点儿，有什么好嘲笑！"

方小龙："他们说：'方小龙，方小龙，糊涂老爸是赌虫，输了回去卖家当，赢了请客他做东……'"

方家贵气愤地："别说了，这些小王八蛋！"

方小龙跪在方家贵面前，哭着说："爸，再穷再苦我都不怕，只求你戒掉赌博，重新开始。"

方家贵："这……"

方母："家贵，你就可怜可怜孩子吧，难道要我和爱萍向你下跪不成！"

方家贵讷讷地："妈，我，一定戒赌。一定！"

7. 初冬。傍晚。天低云暗。万木萧疏。

大路陶瓷实验工场。（这是一幢乡镇企业闲置的旧厂房。）

王大路、高铁山、韩志刚等人正在安装梭式窑。

两名电工忙着拉接电线。

徐茂良（男，50岁。乡镇企业的会计）穿着皮夹克走到王大路身旁："大路厂长，这个月两千元房租该交了吧！"

王大路放下手中的扳头，用衣袖擦了擦额上的汗水，笑着说："徐会计，协议上不是写明当月房租月底交清吗？

今天才二十八号，还有三天时间呢！"

徐茂良接过高铁山递上的香烟，苦笑着说："实不相瞒，我们欠了供电所的电费，明天不交钱，就要拉电了，因此，想请你们帮帮忙！"

王大路点了点头："原来如此，明天上午来取钱吧！"

徐茂良："谢谢，谢谢，你们忙吧，我先走了！"说完离开了实验工场。

韩志刚："大路厂长，听巧珍说，我们的资金已经到了山穷水尽的地步，明天上午哪有钱交房租。"

王大路抽着烟，思索片刻："我想收工后到刘小云那里去借五千元钱！"

方家贵："五千元不是小数目，刘小云哪来这么多钱？即使有，也不一定肯借嘛！"

高铁山："大路厂长是金字招牌，只要他开口，绝对没有问题。"

王大路摇了摇头："我也没有把握，到时再说吧！"

8．同日晚上，十点多钟。

小云餐馆门口。红底白字的名号灯箱在寒风中闪闪发亮。店里不时飘出一阵阵热气和客人们的谈笑声。

刘小云穿着工作服走出餐馆，看了看黑沉沉的夜空，自言自语："这个鬼天气，怕要下雪了！"说完退入餐馆。

王大路带着高铁山等人走到"小云餐馆"门口。

高铁山大声呼叫着："刘小云，刘老板，你看谁来了？"

刘小云匆匆走出餐馆，惊诧地："大路厂长，这么晚了，你们……"

王大路开玩笑地："饥寒交迫，上门讨饭来了！"

刘小云："外面风大，快进屋吧！"

9．“小云餐馆”里。

外间放着两张餐桌，几位客人正在饮酒用餐。内间是雅座。

刘小云把王大路等人领到雅座门口，说：“大路厂长，里面请吧！”

10．雅座内。

顶上吊着五只吊灯，墙上贴着米黄色墙布。雅座中间是一张覆着台布的圆桌。圆桌边上摆放着十张靠椅。

刘小云：“大家坐吧，吃点什么呢？”

王大路：“一人一碗盖浇面！”

刘小云对着厨房间吆喝：“雅座六碗排骨盖浇面！”接着又说：“大路厂长，好长时间没有来了，怕我宰你不成？”

王大路一边抽烟，一边笑着说：“哪里，哪里，一直穷忙，天天早出晚归，实在抽不出时间来！”

刘小云点了点头：“听说你们在筹建实验工场，进度怎么样？”

高铁山：“今天开了个夜班，总算把梭式窑安装好了。明天点火调试，实验工场就正式启动了！”

刘小云：“明天我买个画匾去祝贺一下，你们统统来吃饭，我请客！”

王大路笑着说：“算了，大家都忙，何必小题大做呢！”

刘小云：“我开餐馆时，你带着铁山他们帮我装修店面，搬运桌椅，忙得不亦乐乎。开张那天又帮我上灯箱，放鞭炮，难道我就不能补补情？！”

王大路：“这么说就太见外了。我们都是下岗人员，一人有难大家帮忙，应该的嘛！”

刘小云：“话虽这么说，但是只有你们帮我的忙，我却不能帮你们的忙，总叫人于心不安！”

韩志刚：“今天大路厂长就有困难想请你帮忙，只怕你不给面子呢！”

刘小云："说吧，只要我刘小云办得到，决不打回票！"

王大路搔了搔脑袋："我想借五千元钱，三个月内归还，不知方便不方便？"

刘小云沉吟片刻："什么时候要用，我给你送去！"

王大路："明天上午，怎么样？"

刘小云点了点头："好，就这么定了！"

这时服务员端上六碗排骨盖浇面，放在餐桌上。

刘小云："趁热吃吧，不够再添！"

11．冬夜。

周伟家中。室内开着石英取暖器，周伟、李敏和周伟的父母亲围在取暖器房交谈着。

周伟："小敏，你是特艺车间刻花组组长。这次竟然没有评上工艺师，实在欺人太甚了。肯定是吉凌云搞的鬼！"

李敏叹了口气："今天上午我找了职改办的刘科长，他把全厂申报工艺师的上报名单给我看了，我的名字在名单上，吉厂长也签了字。刘科长说上面没有批下来，怪谁呢？"

周少峰（50岁，周伟的父亲，小学教师）摇了摇头，说道："阿伟，不要意气用事，了解一下情况再说吧！"

冯晓月（48岁，周伟的母亲）："小敏，你也别急，不就是个工艺师职称吗？只要自己功夫硬，走遍天下都不怕！"

周伟："刻花组好几位女工评上了工艺师，小敏是组长却榜上无名，其中必有蹊跷，这件事非搞个水落石出不可！"

李敏无可奈何地："阿伟算了吧，就算吉厂长做了手脚，你又能怎么样，何必自寻烦恼呢？"

冯晓月点了点头："小敏说得对，自古胳膊扭不过大腿。咱们争不过他。再说阳渚陶瓷厂效益又不好，他不叫你们下岗就算上上签了！"

周伟："妈，你也太胆小了，还怕我们出了阳渚陶瓷厂找不到工作，饿死不成。你看人家大路厂长、高铁山、刘小云下岗后自谋职业，虽然辛苦了些，但是不受冤枉气，钱也挣得多，比我们潇洒多了！”

李敏点了点头：“听说大路，厂长最近办了个实验工场。招收了十几名下岗工人，生意越做越大了！”

周伟：“吉凌云有市里当副市长的弟弟撑腰，厂里有一班狐朋狗党捧场，把一个好端端的工厂搞得乌七八糟。现在靠卖机器、卖厂房过日子，关门的日子不远了。我们也得有所打算，留条退路。小敏，星期天我们到大路厂长那里去看看情况……”

冯晓月打断了周伟的话头：“阿伟，你别闹着玩。给吉厂长知道了那还了得！”

周伟：“难道他能把我吃掉不成？大不了辞职嘛，爸爸你说呢？”

周少峰：“凡事三思而行，谋定而动。我尊重你们的选择。”

冯晓月白了周少峰一眼：“你啊，一副教师腔！”

周少峰笑着说：“本来就是教师嘛，难道能成娘娘腔！”

众人大笑起来。

12．阳渚陶瓷厂研究所电炉间。

肖光明看着周伟修理电炉铁柜。肖光明叹了口气：“这只破电炉早该更新换代了，可是厂里没有钱。常坏常修老是麻烦你，实在不好意思！”

周伟一边拧着铁柜上的螺丝，一边说：“肖工你也太客气了，我们当工人的到哪里都是干活儿，做一天和尚撞一天钟而已！”

肖光明：“现在做一天和尚撞一天钟已经不错了。很多和尚不但不撞钟，还要偷吃香火油呢！”

周伟：“所以这个厂难逃破产关门的命运！”

这时吉凌云和乡镇企业的姜厂长走进电炉间。

肖光明：“吉厂长，找我？”

吉凌云摇了摇头。

肖光明："那……你怎么……"

吉凌云颇有反感地打断他的话头："难道这里是你肖光明的独立王国？我吉凌云来不得！"

肖光明："吉厂长，误会了。平时你很少到研究所来，故此一问，别无他意！"

吉凌云冷哼一声，转身对姜厂长说："你看了我们研究所的全套坭釉测试设备。不知意下如何？"

姜厂长："我看这套设备最多值十五万元。你的要价太高了吧？"

吉凌云摇了摇头："姜厂长，咱们真人面前不说假话，这套设备原价五十五万元，现在开价二十五万元，已经是忍痛割肉了，再要压价那就只能'拜拜'了！"

肖光明焦急地插话："吉厂长，你要把全套坭釉测试设备卖出去？！"

吉凌云点了点头："秦琼不穷不卖马，有什么办法呢！"

肖光明："今后厂里要研制开发新产品，新釉料如何测试？你不能做'断子绝孙'的事嘛！"

吉凌云："肖光明，这是厂部的决定，轮不到你来妄加评论！"

周伟："吉厂长，你不要用厂部的名义来压人，说穿了还不是你自己的主意！"

吉凌云："我的主意怎么样？本来我就是企业的法人代表嘛！"

周伟："难道法人代表就可以为所欲为了？难道你非把阳渚陶瓷厂的五脏六腑掏空了才肯罢休？"

姜厂长："吉厂长，这套设备到底卖不卖？我可没有工夫听你们的高谈阔论！"

吉凌云一挥手，说："卖！我吉凌云说话算数。"

姜厂长："既然吉厂长如此豪爽，我也不再讨价还价了。明天我先开二十万元现金支票送来，余款待设备安装调试后付清。告辞了！"说完离开电炉间。

肖光明："吉厂长，你……"

吉凌云："我怎么了？谁要你多管闲事，简直不成体统！"

肖光明气愤地："你，吉凌云将成为阳渚陶瓷厂的末代皇帝！"

吉凌云："你敢当面侮辱领导干部，非处理你不可！"

肖光明："你把研究所的设备卖光了，我这个所长不当了。自动辞职，不劳你来处理！"

周伟："肖工，你别冲动！"

吉凌云："口说无凭，你写辞职报告，我立马批准！"

肖光明从袋里摸出工作手册，用圆珠笔在一页空白纸上奋笔疾书："我于今天辞职。肖光明。"接着撕下"辞职报告"丢在台上，愤然走出电炉间。

13. 雪后，晴天。

琼楼玉宇，蔚为壮观。

大路陶瓷实验工场。里面开着两个石英取暖器，三名刻花工人围着工作台，正在花瓶上刻花、刻字。

丁虹（女，30岁。阳渚陶瓷厂下岗工人）望着坯体花瓶叹了口气，说："沈师傅，刻刀捏在手里不听话，想刻直线，弯了。想刻细线，粗了。看来我不是当刻花工的料。"

沈翠琴（女，35岁。阳渚陶瓷厂刻花组下岗工人）笑了笑说道："小丁，别泄气。你去找些废坯来，先用刻刀在上面画线画圈，待到手法熟练了，再在花瓶上刻字刻花，功到自然成嘛！大路厂长说了，今后刻花组要扩大，我们都是辅导员呢！"

丁虹点了点头："以后请你多加指教。"

这时王大路陪着周伟、李敏走进刻花组。

沈翠琴惊诧地说："阿伟、小敏，你们怎么来了？"

李敏笑着说："你沈大姐在这里高就，敢不前来拜访！"

王大路点燃一支香烟，说："小敏是阳渚陶瓷厂的刻花状元，今天送宝上门，你们别错过了讨教的机会！"

李敏摇了摇头："大路厂长，开玩笑了。沈大姐是我的启蒙老师，岂敢班门弄斧！”

沈翠琴：“刻花艺术，一靠苦练，二靠悟性。虽然我先进山门，现在都落伍了。小敏，帮我看看这幅‘夜泊图’有什么不妥之处！”

李敏：“如此说来，我也只能勉为其难了。”说完捧起刻有“夜泊图”的花瓶，仔细端详着。接着说道：“画面布局不错，刀法也很逸秀。只是线条转接处有些呆滞，可能是刻刀锐度有问题。”

沈翠琴把一把刻刀递给李敏。

李敏坐在沈翠琴的位子上，左手托起一只花瓶，右手运刀。一挥而就，刻了一首唐诗：朱雀桥边野草花，乌衣巷口夕阳斜，旧时王谢堂前燕，飞入寻常百姓家。

王大路连声赞叹：“好刀法，好刀法！”

李敏笑了笑：“沈大姐的这把刻刀，刀尖锐度大了些，线条转接难以控制自如，需要重新打磨！”

沈翠琴点了点头：“经你这么一说，使我茅塞顿开。只是请谁打磨刻刀呢？”

王大路朝周伟看了一眼，周伟笑着说：“我来效劳吧！”

周伟一边用油石打磨刻刀，一边讲解其中要领。

14．大路陶瓷实验工场办公室。

王大路、高铁山、周伟、李敏正在交谈。

周伟气愤地说：“吉凌云把我们研究所的坭釉测试设备卖给了一家乡镇企业，肖工不同意，两人干了起来。肖工一怒之下写了辞职报告，听说今晚就回江西老家去了。”

王大路：“真的？”

周伟点了点头。

王大路：“肖工是研究陶瓷坭、釉的专业人才，我们一定要留住他。快到他宿舍去！”

王大路等人匆匆走出办公室。

15．肖光明的宿舍。

地上放着两只塞满行装的大纸箱。

肖光明穿着羽绒衫烦躁地走动着。他在窗口停下脚步，朝窗外看了看，又看了看手表。自言自语："出租车到现在还没有来，真是急死人！"

肖光明坐在床板上，点燃一支香烟抽了起来，忽而长叹一声："想不到我肖光明背井离乡在阳渚陶瓷厂辛辛苦苦干了十几年，落得个如此下场！"

肖光明望着自己吐出来的烟圈，陷入了沉思。

16．肖光明的回忆。

十年前的春天。江西农村，肖光明的老家。

肖光明的父母亲、妻子交谈着。

肖父："光明，你在大学里当学生科科长，工资待遇都不低，何必辞职到江南去谋生呢？"

肖妻："爸爸说得对，甩掉金饭碗去捧泥饭碗，不值得！"

肖光明："爸，我是学陶瓷专业的。在学校里做行政工作，没有用武之地。现在阳渚陶瓷厂要成立坭釉研究所，在报刊上发了招聘所长的公告，对我而言是施展抱负的机遇。我想会干出一番事业来的！"

肖母："明儿，我们是贫寒人家，节衣缩食让你读完大学，已经尽到了责任。如何谋生存、求发展，你自己拿主意。只是我要告诉你，不管你走到天涯海角，也不管你贫穷富贵，别忘了在江西这块红土地上，有你的父母妻儿，有你的家！"

肖光明望着两鬓斑白的母亲，一时百感交集，他强忍泪水，跪在母亲跟前："妈，儿子永远记住你的话！"

17．春天，阳渚陶瓷厂会议室。

宗大为（男，50岁。阳渚陶瓷厂厂长）主持召开中层干部会议。

宗大为站在主席台上，兴奋地说："同志们，今天，我们阳渚陶瓷厂研究所正式成立了，这是一件值得记入厂史的大事。我宣布：聘任肖光明同志为研究所所长，罗剑梅同志为副所长。现在请肖所长讲话！”

肖光明局促不安地站了起来，讷讷地说：“我……”

宗大为笑了笑：“肖所长，上主席台来讲几句吧，算是就职演说！”

肖光明在掌声中走上主席台：“同学们……不，不，同志们，我肖光明不会讲什么豪言壮语，但是，我会用全部精力研制开发陶瓷新材质，新釉料，报答大家。谢谢！”

全场响起一片掌声。

18. 秋天。肖光明的宿舍。

宗大为和肖光明相对而坐。宗大为抽着烟说道：“肖工，你用两年时间开发了三种新材质、五只新釉料，使我们的陶艺产品以全新的面目占领了销售市场。我从内心感谢你！”

肖光明摇了摇头：“这是我应该做的事。说到底，我要感谢你！”

宗大为：“此言何意？”

肖光明：“我是学陶瓷专业的，以前在大学里做行政工作，虽然领导对我不错，工作也省心，但是用非所学，于心不安。是你给了我施展抱负的舞台，知遇之恩，终生难忘！”

宗大为连连摇手：“贪天之功不敢据为己有！”

肖光明：“以前的事不谈了。最近剑梅搞了个新产品开发计划，我建议厂部开个论证会，以便分步实施。”

宗大为重新点燃一支香烟，叹了口气：“恕我无能为力！”

肖光明：“那是为什么啊？”

宗大为：“实不相瞒，今天我是特意上门向你告别的……”

肖光明急切地问道：“你怎么啦？”

宗大为：“今天接到文件，我已调任市工业局副局长。”

肖光明：“你……你这一走，谁来当厂长呢？”

宗大为："吉凌云！"

肖光明："你说吉书记当厂长？"

宗大为点了点头："以后老吉便是'双枪手'了，书记兼厂长！"

肖光明："吉书记对生产技术、销售经营一窍不通，当厂长能行吗？"

宗大为苦笑了一下，埋头抽起烟来。

肖光明不满地说："宗厂长，你应该推荐王大路当厂长。不能因为自己调任，任凭市里乱点鸳鸯谱！"

宗大为："我提了王大路，上面不听，有什么办法？"

肖光明叹了口气："我为阳渚陶瓷厂的前途担心哪！"

宗大为："人非生而知之，吉书记不懂业务可以慢慢学嘛。何况还有你和大路扶持他呢？"

肖光明："我总觉得吉书记有种说不出的滋味，恐怕不好相处。"

宗大为："肖工，你太敏感了。还是谈些别的事吧！"

19．深秋。

阳渚陶瓷厂研究所。吉凌云和肖光明争论着。

肖光明："吉厂长，你要把三只釉料配方卖给乡镇企业那是自断财路，我不同意！"

吉凌云："肖工。卖釉料配方也是一种创收手段。今天卖掉三只配方，明天可以开发六只配方嘛。"

肖光明："吉厂长。我们不是科研单位靠转让技术成果求生存发展。我们是工业企业要靠新产品占领，谋取效益。何况开发一只新釉料亦非易事，你不能只顾眼前利益忘掉长远利益。"

吉凌云："肖光明同志，请你注意自己的身份，我是厂长。难道要你教训不成！"

肖光明望着吉凌云发愣。

20．肖光明回忆结束。

肖光明的宿舍内。他蓦然一惊，把灼手的烟头丢在地上。叹了口气，无可奈何地摇了摇头，又在宿舍里不安地走动起来。

21. 阳渚陶瓷厂宿舍区通道上。

王大路等人骑着自行车快速行驶。

22. 宿舍区 8 号楼前。

王大路等人下车，支车架，上车锁。

23. 楼道里。

王大路等人匆匆上楼。

24. 肖光明宿舍门。

王大路举手敲门。肖光明开门，愣了愣说，“怎么是你们？我以为是出租车司机呢！进来吧。”

25. 肖光明宿舍里。

王大路看着肖光明的行装，说：“肖工，难道你就这么一走了之？”

肖光明叹了口气：“我已经辞职了，赖在这里干什么？”

王大路：“肖工，你不能走，也不该走！”

肖光明：“为什么？”

王大路：“因为你振兴陶艺之心未灭，攀登陶艺高峰的抱负也没有实现！”

肖光明：“大路厂长，难道你要我肖光明摧眉折腰事权贵，向吉凌云乞求不成？！”

王大路：“不，当然不！”

肖光明：“你叫我怎么办？”

王大路：“此处不留人，自有留人处。到我们实验工场来吧，条件虽然差一些，但是一切都会好起来的！”

肖光明：“大路厂长，我……答应你！”

王大路紧紧握住肖光明的双手。

主题歌起。

第七集

片头……

1．春天的早晨。桃红柳绿，莺歌燕舞。

大路陶瓷经营部门口。

韩志刚和两位工人往一辆运输车上装陶艺产品。

客户站在车旁点数记账。

王大路和肖光明拉着一板车陶艺产品停在经营部门口。

韩志刚："肖工。又有什么新产品上柜吗？"

王大路："昨天试了几只'冰花釉北极熊'先拿来出样，要是销售看好，就组织批量生产。"

韩志刚走到板车旁，拿起一只"冰花釉北极熊"仔细看了看，说："这种'冰花釉'我还是第一次看到，效果不错，肯定好卖。每只试销价多少钱？"

肖光明："三十元钱，怎么样？"

韩志刚摇了摇头。

肖光明："价格太高了？"

韩志刚又摇了摇头。

肖光明："嗨，你这个小韩。这也摇头，那也摇头，卖什么关子嘛！"

韩志刚笑着说："每只六十元，只怕供不应求呢！"

王大路："反正是试销，你看着办吧。请及时反馈信息。"

2．大路陶瓷经营部柜台内。

电话铃骤响。刘巧珍接电话："对，这里是大路陶瓷经营部，好，请稍候。"接着对柜台外说："大路厂长，电话。"

王大路走进柜台。拿起电话传声器："喂，我是王大路请问你是哪一位？哦，任倩，你好，你好……怎么不记得呢？广南市经贸公司总经理嘛！对。最近我们办了一个陶瓷实验工场。什么？你那里有外贸业务？好，一言为定，广南见！”说完架好电话。

肖光明：“大路厂长。什么事令你如此兴奋？”

王大路：“广南市经贸公司需要一批陶艺产品，出口东南亚地区，叫我前去洽谈。”

韩志刚：“这可是个特大喜讯，今天晚上你请客，我们为你饯行，怎么样？”

王大路笑着说：“你啊，就会打秋风。好吧，我请客！”

3．阳渚火车站站台上。

一列客车停靠在轨道上。

王大路在车厢里拉开玻璃窗，向站在站台上的高铁山、肖光明挥了挥手，高声说：“回去吧，家里的工作拜托了！”

一声长鸣，列车缓缓启动。

高铁山、肖光明挥着手，目送列车驰去。

4．列车快速行进。铁路两旁的景物一一闪过。

硬座车厢里，挤满了各式各样的旅客。

王大路穿着一身铁灰色西服，倚窗而坐。阅看《国外陶艺概论》。王大路放下书本，从袋里摸出一包香烟，抬头看到车厢里贴着的禁烟标志，苦笑着摇了摇头，把香烟放进袋里。

坐在王大路对面的旅客一边抽烟一边说：“车厢里到处都是抽烟的，难道还怕罚款不成！”

王大路叹了口气：“算了，不抽了。”接着又看起书来。

突然间列车一个急刹车，王大路不由自主往前一冲。

小女孩的哭喊声：“赔我的小猫，赔我的小猫！”

小男孩的抗辩声：“我伏在台上睡得好好的，谁知火车急刹车，往前一撞，碰在小猫上，我有什么办法呢？”

一位少妇一边帮女小孩擦眼泪，一边说："琳琳，人家不是故意的，算了吧！"

琳琳捡起陶瓷小猫的碎片，放在台子上，抽泣着说："这只陶瓷小猫是舅舅从国外带回来的，又漂亮，又精巧，现在跌碎了，真的好伤心！"

王大路抬头注视着那些白胎紫红釉的陶瓷碎片，眼睛一亮。急忙从旅行包里取出一只锦匣，对琳琳说："别哭，别哭！叔叔给你一只小白兔怎么样？"说着把锦匣递给琳琳。

少妇："琳琳，快谢谢叔叔！"

琳琳打开锦匣，取出一只雪白晶亮的陶瓷小白兔，破涕为笑，连声说："谢谢叔叔，谢谢叔叔！"

王大路一边把台上的陶瓷小猫的碎片装进一只大信封，一边说："不要紧，不要紧！"随手把大信封放在旅行包里。

5．广南火车站。站台上。

任倩和邹琼（女，25岁。任倩的秘书）在站台上踱着步子。

邹琼看了看手表："任总，火车已经晚点半个多小时了，你先回去吧！"

任倩摇了摇头："既来之，则安之。急什么呢！"

一列火车呜呜地缓缓驶进站台。

任倩："我们到九号车厢去！"

6．九号车厢下客处。

王大路拎着旅行包挤下车厢。

任倩："王经理，王经理。王大路，王大路！"

王大路抬头见到任倩，高兴地："任总，你好！"快步走到任倩眼前，放下旅行包与任倩握手。

任倩望着风尘仆仆的王大路、一边点头一边笑着说："路上辛苦了！"接着说："这位是我的秘书，邹琼小姐。"

王大路一边和邹琼握手一边说："你好，请多关照！"

邹琼："王经理。别客气，今后还要请你多关照呢，要是你在任总面前说了我的坏话那就非炒鱿鱼不可了！"

任倩笑着说："你啊，满口胡言，老毛病改不掉！"

邹琼朝王大路做了个鬼脸，拎起地上的旅行包，说："咱们出站吧！"

7．广南火车站出口处。

出站旅客和接客人员交错在一起拥挤着。

王大路等三人挤出出站口。

几个出租车司机围着王大路等人招揽生意。任倩连连摇头。

王大路跟着任倩离开出站口。

8．车站停车场。

任倩领着王大路走到一辆奥迪轿车旁。

邹琼从挎包里掏出钥匙，打开轿车车门。"王经理，请！"

王大路和任倩坐在轿车后排位置上。邹琼关上车门，接着打开前排车门，坐在驾驶员座位上，将轿车发动起来。

轿车缓缓驶出停车场。

9．广南市市区。

高楼林立，店铺毗连。一派繁荣景象。

王大路等人乘坐的轿车在街道上行驶。

10．轿车内。

王大路笑着说："想不到邹小姐的车技如此精湛，能文能武，叫人佩服！"

任倩不无炫耀地说："王经理，给你说对了，琼儿不但是我的秘书和驾驶员，而且是我的保镖兼管家，谁要得罪了她，那就麻烦了！"

王大路笑着说："不敢，不敢！"

邹琼开玩笑地说："得罪了我无所谓，要是得罪了任总，那就只能不客气了！"

任倩："你看你啊，又来劲了。对了，王经理，先安排你住下来呢，还是先到我们公司谈业务？"

王大路不假思索地："谈业务！"

任倩："好，雷厉风行，精神可嘉！"

王大路摇了摇头："我们是创业初期，不敢稍有懈怠，即使今后事业有成，也应该把工作放在第一位。"

任倩："说得好！有些单位的首脑人物到了广南，往高级宾馆里一住，游山玩水，寻欢作乐，玩个痛快再谈业务。实在是本末倒置，令人不敢恭维。"

王大路叹了口气："这种人到处都有，只能说是社会的悲哀！"

11，广南市经贸公司总经理办公室。

任倩推开办公室大门："王经理，请！"

王大路环视着装潢考究、摆设豪华的总经理办公室。

一张弧形红木办公台放在靠墙处，办公台中间插着一面国旗，一面党旗。右边放着一红一白两部电话机。台面上有三个文件夹。办公台后面的墙上挂着一幅装裱考究的行书横幅。上书"心帆高扬"四个大字，下面落款"任倩补壁"。左边傍墙处是一组博古架，里面摆放着琳琅满目的工艺品。那只从大路陶瓷经营部买回来的"迷彩瓶"置于醒目处。右边墙上挂着世界地图和中国地图。地图下面是四张单人红木沙发和两张茶几。

王大路脱口而言："好气魄，好气魄！"

任倩微微一笑："虚张声势而已。"指了指沙发："王经理，请坐！"

王大路、任倩坐在两张相邻的沙发上。

邹琼笑着说："不知王经理喝咖啡，还是喝饮料？"

王大路："谢谢，敝人自带阳渚红茶，还是喝茶吧！"说完从旅行包里取出一只黄色茶叶筒，递给邹琼。

任倩："听说阳渚红茶很有名气，而且茶文化底蕴丰厚，能否分享一杯，长点见识！"

王大路："当然可以。邹小姐，让我来沏茶！"说着从蓄水茶盘上翻开三只玻璃杯。

邹琼把一只不锈钢热水瓶递给王大路："两只茶杯够了！"

王大路笑着说："我们三个人，一人一杯，烧香不空佛！"

王大路打开热水瓶盖，往三只空杯中倒满开水，稍待片刻便把杯中开水倾入茶盘。然后打开茶叶筒，向每只杯中倒了些许茶叶。

王大路："任总，你把杯子拿起来嗅一嗅，其味如何？"

任倩、邹琼各持一只杯子放在鼻尖嗅了嗅。

邹琼："好香、好香！"

任倩："香气浓烈，不可名状！"

王大路："初春之际，茶农采摘茶叶后，略经晾晒，然后用手搓揉，待到叶片渗出汁水，便放进器皿内发酵。数小时后，进烘炉烘干，就制成了红茶。我把茶叶放进用开水烫过的杯子里，茶叶受到杯体温度的影响，释放出茶叶的原味，嗅之沁人心脾。茶道中谓之'焐'也！"

任倩："有道理，有道理！"

说话间，王大路拎起热水瓶往每只杯子里倒了三分之一的开水，茶叶随着开水的注入，翻动着，然后沉入杯底。

王大路指着杯中的茶叶说道："此刻茶叶在开水的浸泡中慢慢展开叶片，缓缓渗出茶汁，杯底将会出现一层橙红色的茶色，茶道中谓之'养'也。你们看——"

邹琼："真的，茶叶中有一丝丝红色茶汁溢出，太妙了！"

王大路拎起热水瓶，快速向杯中冲倒开水，茶叶在杯中上下翻动着，一忽儿，杯中茶水金黄透亮，香气飞逸。

王大路笑着说："茶道中此谓'催'也。稍待片刻即可品尝。"

任倩："想不到泡杯红茶还有这么多学问！"

王大路："茶道中的'焐、养、催'三法，同样适用于其他事物。任总，请用茶！"

邹琼迫不及待端起杯子呷了一口："好看！好醇！好舒服！"

任倩端起杯子浅饮一口："果然名不虚传！"

12．广南市经贸公司业务洽谈室。

王大路、任倩、邹琼围着几十件陶艺样品交谈着。

任倩："王经理，这是泰国K公司要订的陶艺产品，总价值253万元人民币，年内交货，你看怎么样？"

王大路沉思片刻："任总，这些陶艺产品我们都能生产，只是我们的实验工场只有一座梭式窑，生产能力有限，年内交货有困难，能否延期三个月时间？"

任倩摇了摇头："时间上不容延期，你们不能扩大生产能力吗？"

王大路叹了口气："真人面前不说假话，扩大生产能力要增加窑炉和其他设备，我们刚刚起步，资金不足，难以办到。如果不能延期交货，宁肯不订这笔业务，不能拿自己的信誉开玩笑，也不能给贵公司制造麻烦！"

任倩点了点头："我对你的诚信表示敬佩！"

王大路："任总，这次广南之行，虽然业务未成，但是沟通了思想。增进了友谊……"

任倩笑着插话："谁说业务未成呢？你们扩大生产能力不就是缺少资金吗，需要多少？我来解决！"

王大路："任总，不是开玩笑吧，我们之间仅两次见面，肯帮这个忙？"

任倩"哎"了一声："有些人相处多年仍觉不可深交，有些人见上一面就觉得可以合作。你是后一种人！"

邹琼开玩笑地说："这就叫'一见钟情'！"

任倩一愣："你啊，信口开河。真不像话！"

王大路："任总，实在太感谢你了！"

任倩看了看手表：“我还要到市里去参加一个会议，只能失陪了。琼儿，你同王经理到沧海宾馆开房间，订一桌晚饭。下班后我们为他接风！”

王大路：“如此客气，实在叫人担待不起！”

任倩：“到了广南一切由我安排，今后我们去了阳渚市。照样劳驾你嘛！”

13．大路陶瓷实验工场办公室。

王大路、高铁山、肖光明等人正在开会。

王大路兴奋地说：“这次广南之行收获甚丰，订到 253 万元外贸合同，带回 120 万元预付款，任总还给我介绍了一些陶艺产品经销商，发展前景比较乐观。因此，我想在实验工场的基础上成立大路陶瓷厂。我任厂长，铁山任副厂长，肖工担任总工程师，志刚担任经营部经理，巧珍担任综合办公室主任。你们看怎么样？”

高铁山：“我是个工人大老粗，恐怕当不好这个副厂长，因此……”

韩志刚笑着说：“师傅别谦虚嘛，假若你真的当不好副厂长，那也不要紧，我这个徒弟可以接班嘛！”

高铁山：“志刚，开什么玩笑！”

王大路：“志刚说得对，人非生而知之，帝王将相宁有种乎，何况一个副厂长呢。放心大胆干吧！”

14．初夏的早晨。

大路陶瓷厂厂长室。

王大路、高铁山和周伟、李敏交谈着。

周伟笑着说：“古人云：良禽择木而栖，贤士择主而事。现在阳渚陶瓷厂一天天烂下去，大路陶瓷厂一天天好起来，我和小敏‘弃暗投明’来了。不知你们肯不肯收留？”

王大路：“你和小敏加盟大路陶瓷厂是我们的荣幸。我代表全厂员工表示欢迎。”

高铁山："你们辞去国营企业的工作，到这里来上班，父母亲都同意吗？"

周伟："我家老爸老妈明确表示尊重我们的选择。小敏的父母亲有些看法……"

高铁山："什么看法？"

周伟："他们认为国营企业的职工捧的是铁饭碗，到你们这里来有风险。其实不然，阳渚陶瓷厂是国营企业，几百职工不是照样下岗了吗？就是留在厂里的职工，也有三个月拿不到工资了。与其捧着铁饭碗饿肚子，不如自己找米下锅做饭吃！"

王大路："说得好，说得好！不管国营民营。集体个人，都要靠自己的努力，才能求得生存发展！"

周伟："大路厂长，我们今天就报到了，安排工作吧！"

王大路点燃一支香烟，略加思索："阿伟担任机修车间副主任，小敏担任陶艺车间技术总监。铁山你看怎么样？"

高铁山："好！希望你们在新的岗位上干出成绩来！"

王大路："铁山，你陪他们去熟悉一下情况，我到工地看看推板窑的施工进度。"

15．推板窑施工工场。

一条正在施工的五十米四孔推板窑横卧在窑房里。

几十名建筑工人忙着砌筑推板窑窑体两边的内墙。

市建筑公司的杨经理（男，45 岁）和质监员小张（男，25 岁）陪着王大路检查施工质量。

杨经理："大路厂长，你放心，砌筑质量绝对没有问题！"

王大路站在窑体内墙中间，仔细检查两边内墙的砌筑灰缝。他说："杨经理，看上去南边内墙的砌筑灰缝比北边厚得多。恐怕达不到质量要求吧！"

杨经理蹲下身子，察看两边内墙的砌筑灰缝。摇了摇头："差不多，差不多。没有问题的！"

王大路："小张，你是质监员，请你测量一下南北两墙砌筑灰缝的厚度！"

小张看了杨经理一眼，用专用工具测量起来。

小张："南边每层砖的砌筑灰缝比北边厚 1.3 毫米。"

王大路："杨经理，我们这条推板窑的内墙为 30 层砖，每层误差 1.3 毫米。总误差就是 39 毫米。两边内墙高度不一，在高温煅烧时产生的应力也不同，后果不堪设想。因此必须返工重砌！"

杨经理讷讷地："现在已经砌了二十三层砖，返工重砌实在太劳民伤财了。"

王大路："你想怎么样？"

杨经理："我想……减少一万元工程费，作为质量赔偿！"

王大路摇了摇头："别说一万元，就是十万元我们也不能接受！"

杨经理："大路厂长。何必如此古板呢……"

王大路："不必多言了，抓紧时间返工吧，否则误了工期，那就更不好办了！"

杨经理无可奈何地："好吧！"

主题歌起。

第八集

片头……

1. 王大路的办公室里。

办公台上放着王大路从火车上带回来的白胎紫红釉陶瓷猫的碎片。

王大路拿起一块碎片对肖光明说："肖总。我们能生产这种白胎紫红釉的陶艺产品吗？"

肖光明从口袋里摸出放大镜，对着陶瓷碎片仔细端详了一会儿："从材质、釉料来看，这种陶艺品产于西欧，国内并不多见。我们可以把这些碎片送到科研单位做全分析、获得理化指数后搞优选试验，我想能行。只是试验成本不会低！"

王大路："只要能成功，多花一点钱值得。还怕投产后收不回成本？"

肖光明点了点头："明天我就着手这项工作！"

王大路："肖工，我想把这种釉色定名'紫玉'怎么样？"

肖光明："红中泛紫，紫中孕红。紫玉紫玉。名不虚传。"

2．某科研单位化验室。

肖光明从化验员手中接过一份化验单。封面上显示：紫玉釉理化指标分析报告。

3．秋夜。大路陶瓷厂试验组。

王大路翻阅着"紫玉釉"的试验记录。

肖光明把"紫玉釉"试片按试验顺序排列在台上。

肖光明："大路厂长，我们已经做了二十一次试验，釉色还是不理想，你看怎么办？"

王大路放下记录本，点燃一支烟，缓缓抽了两口，望着肖光明："继续试下去，总有一天会成功的！"

肖光明叹了口气："当初我对研制'紫玉釉'充满信心。二十一次试验，二十一次失败，耗费了这么多的精力财力，实在是我的失策！"

王大路"嗨"了一声："二十一次试验虽然都失败了，但我们积累了二十一次的试验数据，这就是收获，这就是成绩。大而言之，我们研制'紫玉釉'是填补国内空白，小而言之，是形成自己的拳头产品。半途而废才是真正的失策！"

肖光明："大路厂长，你……"

王大路："什么都别说了。咱们商量下一次的试验方案吧！"

肖光明："但愿第二十二次试验获得成功！"

4．肖光明的办公室。

韩志刚和肖光明争论着。

韩志刚："肖总，我们刚刚出样的'鎏金花瓶'红远经营部已经批量销售了，到底是怎么回事？"

肖光明："你问我，我问谁？"

韩志刚"哼"了一声："你问你自己，墙内开花墙外红，你心中有数！"

肖光明气愤地："你怀疑我们研究所出卖技术情报，简直岂有此理！"

韩志刚一步不让地说："用不着怀疑不怀疑，事实胜过雄辩嘛！"

肖光明："你……胡说八道，血口喷人！"

这时高铁山匆匆走进办公室。

高铁山："志刚，你给我住口。没有调查研究，怎好信口开河！"

肖光明："铁山……"

高铁山摆了摆手："别讲了，我相信你不是那种吃里扒外的小人！"

韩志刚："难道这种事就这么不了了之！"

高铁山："谁说不了了之。等大路厂长出差回来后再作计较！"

韩志刚："这……"

高铁山挥了挥手："就这么定了，你去忙吧！"

5．初夏。深夜。

老黑家。门窗紧闭，烟雾缭绕。吊扇缓缓旋转着。

老黑、方家贵、张鸿发和一位四十多岁的女老板正在打"沙哈"赌博。

老黑面前堆着一摞面值不等的钞票。

女老板抽了一口烟："时间不早了，家贵也没有钞票了，我看还是明天再战吧！"

老黑打了个哈欠："好吧！"说着便站起来收牌。

张鸿发："家贵，明天没有钱。你就别来胡搅了。我最讨厌欠账！"

张鸿发和女老板相继离去。

老黑揉了揉眼皮："家贵，你又借了我 300 元钱，那边的事再不抓紧，别再向我开口了！"

方家贵苦笑了一下："老黑，你放心，我准备……"

方家贵凑着老黑的耳朵嘀咕着。

6. 初夏，深夜。

大路陶瓷厂厂长室，正在开会。

韩志刚："那天我对肖总态度是不对的，我向肖总赔礼道歉。但是我认为不管是谁偷盗了技术情报，研究所都负有不可推卸的责任！"

肖光明抽着烟说："这几天我的压力很大，又气又恨。寝食不安。我们辛辛苦苦试出来的'鎏金花瓶'自己刚刚出样，市场上就有了销售，简直不可思议。志刚对我发脾气也是为了厂里的利益。归根到底我疏于管理。应该受到处分……"

高铁山："肖总，处分的事以后再说。我提两点看法：一、尽快查出到底是谁偷了技术情报。二、尽快建立保密制度，杜绝类似情况发生。"

王大路："我同意铁山的意见。亡羊补牢为时未晚！"

高铁山："我估计是内部人员作的案，大家排一排有哪些人有反常现象，总会理出头绪来的。"

肖光明："我怀疑方家贵。"

高铁山："方家贵？"

肖光明点了点头："半个月前的一天……"

7. 肖光明的回忆。

大路陶瓷厂研究所办公室。

肖光明正在整理资料。方家贵匆匆走进办公室。

方家贵："肖总，今天梭式窑出来的陶艺产品质量有问题，你去看看吧！"

肖光明急切地问。"铁山知道吗？"

方家贵摇了摇头："我是到机修车间提取运坯车的，见到你顺便说一声。"说完离开了办公室。

肖光明把台上的资料归拢后，压上一方大理石镇纸，匆匆而去。

8．梭式窑工场。

各类陶艺产品分类堆放着。一位工人正在清扫场地。

肖光明："小李，今天出窑产品的质量怎么样？"

小李放下扫帚："质量不错，正品率达到95%。"

肖光明："家贵对我说质量有问题，到底怎么回事？"

小李："听他胡扯。全窑12件次品，都在哪儿呢？"

肖光明走到次品堆旁，低头审视着，自言自语："都是'鸡毛孔'缺陷，看来要加强坯件除尘工作。"

肖光明与小李打了个招呼，离开梭式窑工场。

9．肖光明回忆结束。

大路陶瓷厂厂长室。

肖光明："那天我整理的正是'鎏金花瓶'的技术数据，因此怀疑方家贵趁我到梭式窑工场去的时候，偷抄了配方。"

高铁山"唔"了一声，"方家贵已经好几天不上班了，说是腰痛。看来是有些反常！"

王大路："铁山，明天你到家贵那里去了解一下情况。"

高铁山点了点头。

这时王爱萍推门闯进办公室。

王爱萍："你们在开会？"

王大路："这么晚了，你怎么来的？"

王爱萍："小龙突然肚子痛，在床上翻来滚去哭闹着。我找家贵送小龙去医院。"

高铁山："你找家贵？"

王爱萍点了点头："他说今天晚上加班，吃过晚饭就跑出来了。

刚才我到窑上去看了看，没有人上班，就找到厂部来了！”

高铁山：“家贵已经好几天不上班了……”

王爱萍：“什么。你说家贵好几天不上班了？那……又到哪里去鬼混了？”

王大路：“这些事以后再说。先送小龙进医院。铁山，我们一起去！”

10．医院急诊室。

王大路、高铁山、王爱萍坐立不安。

医生从急诊室内间出来。

王爱萍急切地问：“医生，孩子什么病，情况怎么样？”

医生：“急性阑尾炎。需要马上动手术！”

王爱萍：“这……”

医生催促着：“请家属签字。交二千元住院手术费，迟了恐怕有危险！”

王大路：“爱萍，快签字吧。钱的问题我来解决。”

王爱萍颤抖着，在手术单上签了字。

王大路拉开公文包，取出二千元钱，交给高铁山：“你去办理交费手续。”

11．次日清晨。

大路陶瓷厂研究所办公室。窗户洞开，大门半掩。

肖光明走到办公室门口，朝里面看了看，急忙返身朝厂部走去。

12．大路陶瓷厂厂长室。

王大路、高铁山正在商量工作。

肖光明匆匆而进：“大路厂长，研究所出事了……”

王大路、高铁山、肖光明快步走出厂长室。

13．研究所门口。

王大路等人站在门口朝办公室里面看望。

几块碎玻璃片散落在窗户下面。办公台抽屉已经撬开。资料纸片满地皆是。

高铁山："看来是入室偷盗，我去打 110 报警。"

王大路点了点头。高铁山匆匆而去。

王大路："肖总，我们在这里保护现场。"

14．研究所门口。

一辆警车呼啸而至，三位警察走下警车。

王大路迎上前去，把警察引到研究所办公室门口。

一位警官点了点头："拍照，侦查！"

15．大路陶瓷厂厂长室。

三名警察和王大路等人正在分析案情。

警官："这是一起入室盗窃案。估计窃贼身高 1.65 米，穿 39 号旧皮鞋。窗户玻璃上留有窃贼的血渍，我们带回去化验。肖总，请你谈谈情况吧！"

肖光明："经我清理检查，失窃两只釉料配方，其他没有什么东西。"

王大路："哪两只配方？"

肖光明："天青釉和珠光釉。"

警官"唔"了一声："如此说来，窃贼是专偷配方的了。"

高铁山："一定是内贼作案，这次非查个水落石出不可。"

警官："一方面我们立案侦查，另一方面你们多加留神，发现情况及时联系！"

16．清晨，医院病房里。

方小龙安静地躺在病床上。

王爱萍拎着一只热水瓶轻轻走出病房。

方小龙梦呓着翻了个身又安然入睡。

方家贵穿着夹克衫匆匆走进病房。他站在病床前，木然地望着脸色苍白的儿子，自言自语："小龙，爸爸对不起你！"

王爱萍拎着热水瓶走进病房。

王爱萍气愤地对方家贵说："你来干什么？出去！"

方家贵讷讷地："听妈说，小龙开刀动了手术，我……来看看情况！"

王爱萍："你还记得小龙？昨天要不是大路厂长，铁山兄弟帮忙，小龙恐怕……"

方家贵："爱萍，别说了，都是我不好，昨天晚上，我……"

王爱萍："你什么？骗我说晚上加班，我到厂里去找你，根本不是那回事。又去赌博了？"

方家贵："我把工资奖金都交给你了，哪有钱去赌博？"

王爱萍："你可以借，还可以偷、抢！"

方家贵："我是这种人吗？"

王爱萍："你当你是什么好东西！"

方小龙翻了个身："水，水！"

王爱萍赶忙倒了半杯开水，坐在床沿上一边用汤匙给小龙喂水，一边关切地问："小龙，还痛吗？"

方小龙摇了摇头。

方家贵凑到床前："小龙，爸爸看你来了！"

方小龙："爸，小龙不要紧的。"

这时王大路、刘巧珍拎着一包营养品走进病房。

王爱萍："大路厂长，你们……"

刘巧珍把营养品放在床头柜上。

王大路："小龙动了手术需要营养。家贵，好几天不见了，腰痛好些了吧？"

方家贵："这个……这个……听爱萍说小龙动手多亏你们帮忙，

实在太感谢了！”

王大路挥了挥手：“谁家没有急难事，别放在心上！”

刘巧珍：“大路厂长怕小龙住院钱不够，又带一千元钱给你们备用！”说着拉开挎包，把一千元钱交给王爱萍。

王爱萍推辞着：“不，不用了。小龙准备住两天院就回去调养。”

王大路：“胡扯什么，我们要对孩子负责。钱是身外之物，挣了花，花了挣，就是这么一回事！”

方小龙：“大路伯伯，你们是好人。你们的恩情我永远不会忘记！”

王大路摸了摸小龙的脑袋，叹了口气说：“听医生的话，好好养病。厂里很忙，我们该回去了。家贵，我找你有点儿事，一起走吧！”

方家贵愣了愣：“我，要照看小龙！”

王爱萍：“去去去，小龙由我照看呢，这么热的天还穿着夹克衫，叫人笑话。快把衣服脱下来，同大路厂长去吧！”

方家贵：“这……”

王大路：“看你热得满头大汗，把衣服脱下来凉快凉快”。

方家贵无可奈何地脱下夹克衫，丢在病床上。

方小龙：“爸，手臂上哪来这么长的伤痕？”

王大路、王爱萍把目光盯在方家贵的手臂上。方家贵右手小臂上一道三寸长的伤痕，沁着斑斑血渍。

方家贵手足无措地掩饰着：“昨天晚上不小心跌了一跤。”

王爱萍：“你说实话，昨天晚上干了哪些见不得人的事？”

方家贵：“爱萍，你不要胡言乱语，我能干什么坏事！”

王大路望着方家贵手臂上的伤痕，下意识地看了看方家贵脚上的旧皮鞋。

王大路的眼前幻化出研究所窗户玻璃上的血渍，窗户下面的皮鞋痕迹。

王大路叹了口气：“时间不早了，家贵咱们走吧！”

17．初夏。上午。

大路陶瓷厂厂长室。

王大路、高铁山、肖光明和一位警官正在找方家贵谈话。

王大路："家贵，你把昨天晚上的情况说说清楚！"

方家贵："大路厂长，昨天晚上我没有干什么坏事，你们不要冤枉好人！"

警官："方家贵，你自己心里明白。何去何从，悉听尊便！"

方家贵用手掌擦着额上的汗水，讷讷地说："昨天晚上我在老黑家赌钱了。保证以后坚决戒赌！"

警官冷冷地说："就这些？赌博结束后又到哪里去了？"

方家贵："这……我……"

高铁山："方家贵，做事要凭良心。大路厂长在你走投无路的时候收留了你。昨天夜里小龙急性阑尾炎突发，又是大路厂长把他送医院开刀治疗。你要对不起大路厂长，还算人吗？！"

方家贵突然跪在王大路眼前："大路厂长，我对不起你，我不是人！"

王大路扶起方家贵："站起来，有话好好说！"

方家贵："昨天晚上，我到研究所偷了两只釉料配方……"

肖光明急不可耐地问道："配方现在何处，快说！"

方家贵："在我家床席下面。"

王大路吁了口气："家贵，你拿配方有什么用呢？"

方家贵："这个……"

警官："老实交代。否则，哼！"

方家贵："我交代，我交代。以前我在赌场上欠了老黑几百元钱。老黑多次找我逼债……"

18．方家贵的回忆。

暮春，傍晚。

一棵粗壮的法桐树犹如一把巨伞遮罩着巷口。

老黑站在法桐树下，东张西望，似在等人。

方家贵穿着工作服随着人流匆匆而来。老黑快步迎向方家贵。

老黑：“家贵，我有事找你！”

方家贵一愣：“找我？”

老黑点了点头：“这里说话不方便，到我屋里去！”

19．老黑家。

老黑待方家贵进屋后，随手关上大门。

老黑指着一张板凳：“你坐！”

方家贵依言落座：“老黑哥，找我什么事？”

老黑板下脸来：“家贵。兄弟待你不薄。谁知你言而无信，实在叫人气愤！”

方家贵：“小弟什么地方得罪了你，但请明言！”

老黑顺手发给方家贵一支香烟，说道：“上次借给你200元钱，讲好一个月归还，现在早已过期了，打算怎么办？”

方家贵无奈地摇了摇头：“借你的钱我也一直想还。只是每个月的工资、奖金都叫爱萍拿去了，实在没有办法！”

老黑生气地：“照你这么说，钱就不还了？”

方家贵：“钱嘛，总是要还的。待我想法捞点‘外快’再作打算。”

老黑冷笑两声：“要捞‘外快’还不容易，就怕你没有这个胆量！”

方家贵迫不及待地：“说吧，只要有钱赚，何惧之有！”

老黑瞟了方家贵一眼：“我有个朋友是陶瓷厂的老板，他说只要搞到大路陶瓷厂的釉料配方，每份一千元，立马付款，怎么样？”

方家贵：“你叫我去偷配方？”

老黑“嗨”了一声：“不要说得这么难听，配方又不是现金，没有什么大不了的事！”

方家贵思索良久，甩掉手上的烟头：“一言为定。不过到时一定要兑现！”

老黑拍了拍方家贵的肩膀，“你就放心吧。我老黑不是那种说话不算数的人！”

20．方家贵回忆结束。

大路陶瓷厂厂长室。

方家贵看了肖光明一眼：“第一次我偷抄了一份‘鎏金花瓶’的配方，交给老黑，扣除以前欠款，给了我800元钱。老黑见我有了钱，就拉我赌博。结果输光了，又借了老黑几百元钱。昨天后半夜我从老黑家出来后。翻墙进厂，敲开研究所窗户玻璃，开窗时，手臂被划了条口子，我也不管三七二十一，越窗而入，翻遍肖总的抽屉，拿了两份釉料配方。回到家中，我妈说小龙住院了，我把配方塞在床席下面。就去了医院。大路厂长，我说的都是事实，求你千万不要把我送去坐班房。我方家贵上有老母、下有儿子……”

王大路挥手打断方家贵的话头，叹了口气。对警官说：

“方家贵交代了作案过程。我想留在厂里处理。给他一次改过自新的机会。你们看怎么样？”

警官瞪了方家贵一眼：“好吧，我尊重厂方的意见。但是，你，方家贵，必须写出悔过书，交到分局来。今后再有赌博和偷盗行为，从严处理，决不手软！”

方家贵：“是赌博害我走上歪路。保证痛改前非，重新做人！”

主题歌起。

第九集

片头……

1. 盛夏，晚上。

雷电交加，风狂雨骤。街上的商店大部分已经关门。路上行人稀少。

“兰韵卡拉OK厅”的霓虹灯在风雨中幽幽闪亮。

张小兰坐在吧台前叹了口气："看来今夜生意泡汤了！"

一辆小轿车疾驰而至，"嘎"的一声停在卡拉 OK 厅前。车上走下吉春风和仇一民。两人快步跨进卡拉 OK 厅。

2．兰韵卡拉 0K 厅里。

张小兰急忙走出吧台："吉科长，请！"

吉春风见到张小兰，愣了愣说："你在这里打工？"

一位穿着紧身短装的小姐说道："兰姐是老板，我们才是打工的。"（她叫李莉，23 岁，服务小姐）

张小兰叹了口气："下岗了，没有办法，开个 OK 厅混口饭吃而已！"

吉春风"嗯"了一声，说："我和仇厂长开车出来兜风见到这里开着门，进来喝杯咖啡！"

张小兰笑着说："贵客临门，欢迎，欢迎！"

吉春风："来个包厢吧！"

张小兰点了点头："李莉，把楼上五号贵宾包厢打开，吉科长请！"

3．五号贵宾包厢里。

亮着粉红色的灯光，朦胧中可见电视机、空调、冰箱、三人沙发、茶几等物件。

吉春风和仇一民（男，45 岁。红远陶瓷厂厂长）坐在沙发上抽烟。

李莉把两杯巴西苦咖啡和一只小型热水瓶放在吉春风面前的茶几上，说："两位请用咖啡！"

吉春风点了点头："谢谢。出去时请把门关好。没有招呼请勿打扰！"

李莉笑了笑："知道了。"说着离开包厢，带上包厢门。

仇一民："吉科长，这位老板娘是你们厂的下岗工人？姿色不错嘛！"

吉春风："在厂里时，整天穿着工作服，灰头尘面的，根本不显眼。现在看来确实不错！"

仇一民叹了口气："古人云'佛要金装，人要衣装'此言不谬。可惜，可惜！"

吉春风笑着摇了摇头："百步之内必有芳草，何须惋惜。我们还是谈正事吧！"

仇一民点了点头："好吧！"

4. 兰韵卡拉OK厅的吧台内。

张小兰和蒋志明轻声交谈着。

张小兰："我们厂的吉厂长的儿子和仇厂长在五号贵宾包厢喝咖啡，估计没有什么好交易！"

蒋志明摇了摇头："管它什么交易呢，反正付钱就行了。"

张小兰："阳渚陶瓷厂就是被这批蛀虫搞黄了。害得职工活受罪。今天我倒要看看他们玩什么鬼名堂！"

蒋志明反问："你想开通监视录音器？"

张小兰点了点头。

蒋志明："我看算了吧。当初我安装监视录音器，只是想看看有哪些头面人物宿奸嫖娼，以便抓其弱点，为我所用。吉厂长的儿子嘛，充其量小鱼小虾而已，何必呢！"

张小兰："蒋总，你不知道我们厂里的工人对吉家父子有多少怨恨。他们表面上是正人君子，暗地里坏事做绝……"

蒋志明："好了，好了，别激动嘛，依你就是了！"

张小兰招呼李莉："我和蒋总有事，你来坐吧台！"

5. 监控室里。

门窗紧闭，室内开着空调。一台监视录音设备安装在壁柜内。

蒋志明、张小兰并肩坐在拉椅上，凝视着监视器。

6. 监视器屏幕。

显示着五号贵宾包厢里的画面。

吉春风和仇一民抽着烟，喝着咖啡，轻声交谈着。

吉春风：“仇厂长，我们对你可谓有求必应。全力以赴了，你可不能无动于衷啊！”

仇一民：“你们对我的关爱我深为感激。这次又要调拨你们两台原料加工设备，价格上还望多加照顾。”

吉春风：“这个嘛，不劳吩咐，自然有数！”

仇一民拉开公文包拿出三万百元币递给吉春风，说道：“这三万元钱聊表我的一点儿心意，万望笑纳。”

吉春风笑了笑接过三万百元币放进自己公文包内：“仇厂长，你太客气了，我代表老爸表示感谢！”

仇一民抽了口烟：“哎，吉厂长与我情同兄弟，说什么感谢不感谢。以后仰仗你们的事情多着呢！”

吉春风笑着说：“互惠互利，长期共存嘛！仇厂长，是否叫位小姐来助助兴？！”

仇一民看了看手表：“算了吧，时间不早了，喝完这杯咖啡也该回去了！”

7. 监控室里。

张小兰看了蒋志明一眼，关掉监视录音器，说道：“蒋总看到了吧，吉凌云父子当权，阳渚陶瓷厂不垮台才是笑话呢？！”

蒋志明叹了口气：“穷庙富方丈。不亦悲哉。我们走吧！”

张小兰点了点头，两人走出监控室。

8. 夏日，中午。

张小兰家中堂。

张小兰家中的状况发生了明显改变。原来锈斑剥落的钢窗变成了古铜色的铝合金窗，并安装了防蚊纱罩。室内墙壁上涂了白色立邦漆。破旧的小方桌和旧板凳换成了崭新的折台、折椅。张志超的木架床换成了仿红木单人床。

房顶新装的调速吊扇缓缓转动着。

张志超望着装修一新的中堂又是点头，又是摇头，又是微笑，又是叹息，让人感到有些无所适从。

张小兰提着一只装有鱼肉蔬菜的网兜打开防盗门，走进中堂。说道："爸。你怎么啦，怪模怪样的叫人吓了一跳。"

张志超："以前穷怕了，现在一下子过上好日子，感到有点莫名其妙！"

张小兰笑着说："三十年河东，三十年河西，砖头瓦片都有翻身之日。有什么奇怪呢？"

张志超叹了口气："我总觉得你开的卡拉OK厅太容易赚钱了，有些不对路，叫人放心不下。"

张小兰："你啊，没有钱时想钱，有了钱时怕钱，真叫人哭笑不得！"

张志超："刚才巧珍找你来了……"

张小兰："找我？有什么事！"

张志超："巧珍说，要是你愿意就到大路陶瓷厂去上班，每月工资500元！"

张小兰叹了口气："人家蒋总花了很多钱，才把卡拉OK厅开起来，我不能一走了之。何况到厂里去上班，一个月几百元钱，如何够花。我还想多过几天好日子呢！"

张志超摇了摇头："现在人心不古，你要好自为之啊！"

张小兰："爸，我又不是小孩子，你就尽管放心吧！"

9．夏日，清晨。

大路陶瓷经营部门口。

方家贵拖着一板车花瓶停在大路陶瓷经营部门口。

板车柄撂在隔壁青云陶瓷店门口的通道上。方家贵一边擦着额上的汗水，一边高声吆喝：“小冬快来卸车。今天还要拖两车货呢，人都累死了！”

小冬：“老方，别那么夸张好不好，人是苦了一些，收入不少嘛，我看比厂里强多了！”

方家贵：“这倒也是……”

这时青云陶瓷店的老板吴克强气势汹汹走出自己的店门，拎起横在通道上的板车柄往后一推。板车上的花瓶“哐啷啷”的一阵响，倒在地上，碎成一片。

方家贵一把抓住吴克强的手腕，“干什么，干什么？一车花瓶都跌碎了。赔！”

吴克强用力一甩，方家贵一个踉跄冲出好几步。

相邻店里的店员和顾客都围过来看热闹。

小冬急忙跑到经营部打电话：“大路厂长，赶紧过来，经营部出事了！”

吴克强捋了捋手腕，大声说：“大清早就把车子横在我的店门口，难道只有你们要做生意？简直岂有此理。”

方家贵：“你毁了我们一车花瓶，非赔不可！”

吴克强蛮横地：“赔个屁！自从你们开了个经营部，把我的生意拉去一大半，不找你们算账已经客气了！”

方家贵：“各人开各人的店，生意好坏凭本事，你怪谁？”

吴克强“哼”了一声：“你们仗着自产自销的优势，压低价格，挤兑同行。还在店门口搞什么新产品展示活动，把客人都拉到你们那里去了，我们还要不要吃饭！”

这时王大路分开看热闹的人群走到经营部门口。他看到地上的花瓶碎片、皱了皱眉头，说：“家贵，到底发生了什么事？”

方家贵：“一板车花瓶都给吴老板毁掉了……”

吴克强：“谁叫他把板车横在我的店门口。”

王大路：“吴老板，家贵把板车横在你的店门口，叫他推走就是了，怎能把一车花瓶毁掉呢？”

吴克强：“我这个人一向都是人不犯我，我不犯人，人若犯我，我必犯人。你们妨碍了我做生意，我也只能不客气了！”

这时高铁山、韩志刚带着十几名工人冲到吴克强面前，分别往他两旁一站。

高铁山：“吴老板，咱们各开各的店，井水不犯河水，今天你毁掉我们一车花瓶，到底赔不赔！”

吴克强一看势头不对，连声说：“你们想干什么？”

韩志刚挥了挥拳头：“你要认赔，咱们相安无事。你要不赔，老子今天砸掉你的青云陶瓷店！”

吴克强：“你敢！”

韩志刚：“你别依仗着吉凌云是你表叔，也别依仗着狗屁亲戚在镇里当官。集市上的人都怕你三分，我韩志刚还不把你放在眼里。”韩志刚指了指十几名工人又说：“我们这些人都是阳渚陶瓷厂的下岗人员。今天叫你撞上了，算你倒霉！”

十几名工人下意识地朝吴克强围了过去。

吴克强的妻子急忙从青云陶瓷店跑了出来，拉了拉吴克强的胳膊，悄声说：“克强，算了吧！”

高铁山大声说：“大家听着，我数到三，要是吴老板不说‘赔’字，你们就砸掉他的青云陶瓷店。一……二……”

吴克强连忙说：“我赔，我赔！”

王大路轻轻吁了口气。

高铁山一挥手：“没事了，大家回去吧！”

当天下午。

大路陶瓷厂办公室。

王大路等人正在开会。

王大路：“上海天明商场定制的一千只花瓶，必须保质保量十天内交货。否则以后的业务就不好办了！”

高铁山：“现在只有五副石膏模具，不够周转。请肖总在一两天内赶制八副模具，怎么样？”

肖光明：“今天晚上我们干个通宵，明天上午把八副模具交到你手上！”

王大路点了点头：“好，就这么定了！”

刘巧珍：“青云陶瓷厂的吴老板虽然把一车花瓶钱赔过来了，但是，他不会善罢甘休的。我们要有所防备。”

王大路：“吴克强是陶瓷集市上的土皇帝。这次吃了亏，总会伺机报复的，多加提防才是。上午我真怕你们砸了他的陶瓷店呢！”

高铁山：“你放心，这种人欺软怕硬得很，当我们十几名工人围过去的时候，我看到他的脸部肌肉颤抖起来，因此料定他不敢不赔！”

王大路摇了摇头：“铁山，我们都是党员，想问题，办事情，千万不能离谱啊！”

韩志刚不以为意地说：“大路厂长，自古人善被人欺，马善被人骑。吴克强再要胡缠蛮闹，由我来对付他，你们睁一眼，闭一眼，佯作不知便是了！”

这时镇市场管理委员会主任尤得宝和办事员小丁走进办公室。（尤得宝，男，42 岁。小丁，男，25 岁）

刘巧珍：“请问，你们两位……”

尤得宝趾高气扬地：“我们是市管会的，找王大路！”

王大路：“市管会，找我？”

小丁：“对。这位是尤主任，我叫小丁。”

王大路站起身来，欲与尤得宝握手：“我是王大路，尤主任，请坐！”

尤得宝既不与王大路握手，也不落座。“我们是来处理公务的，没有工夫闲坐！”

王大路微微一笑：“既然如此，请尤主任明示！”

高铁山等人脸上露出不满之色。

刘巧珍悄声对高铁山说：“这个尤得宝是吴克强的表弟，看来要兴师问罪了！”

高铁山“哼”了一声，自顾抽烟。

尤得宝干咳了一声，从公文包里取出一张纸片，肃然而言：“有人举报，今天上午大路陶瓷经营部在集市上聚众闹事，扰乱他人正常经营，影响极坏。为规范集市管理，决定对大路陶瓷经营部作如下处理：一、大路陶瓷经营部必须写出书面检查，张贴在集市公告栏内，保证以后不再发生类似事件。二、罚款一千元，三日内交市管会。三……”

高铁山猛然捶着桌子，茶杯震落在地，跌成碎片。尤得宝吓了一跳，收住话头。

高铁山：“狗屁不通，一派胡言！”

尤得宝：“你算老几，竟敢谩骂国家工作人员，干扰行政执法，简直无法无天！”

高铁山：“别拿大帽子压人。你尤得宝既不代表法，也不代表天。今天上午青云陶瓷店的吴老板无端毁掉我们一车花瓶，他自知理屈，交了赔款，这件事已经结束了。根本用不着你们市管会狗捉耗子多管闲事。”

尤得宝：“你们仗着人多势众，逼迫他人就范，这种欺行霸市行为，我们非管不可！”

高铁山：“要管先该管他吴克强。他仗着你这个当市管会主任的表弟，今天同张三吵，明天同李四闹，今天掀你的货架，明天砸他的产品，简直是集市上的土皇帝。你们管过没有？你不要以为手上有了这么一点儿权力，就可以为所欲为。总有一天我们会联名向上级揭露你的渎职行为。咱们走着瞧！”

王大路向尤得宝、小丁各发了一支香烟，缓和地说：“尤主任，偏听则暗，兼听则明，今天的事，还是调查清楚了再下结论吧！”

小丁：“反正在我们管区里，总会弄个水落石出的。尤主任，咱们到集市上收集旁证材料！”

尤得宝点了点头，他走到办公室门口，回头狠狠瞪了高铁山一眼。尤、丁两人匆匆离去。

高铁山："大路厂长，何必对他们如此客气！"

王大路笑了笑："我不这么说，他们如何下得了台阶。对这些人只能'佛样敬之，贼样防之'。"

10．大路陶瓷厂成品仓库。

花瓶、花盆、陶艺产品琳琅满目，分类堆放整齐。

刘巧珍和几个工人正在包装上海天明商场的彩釉花瓶。数十只装满花瓶的包装箱整齐地堆放在仓库一角。

米黄色的包装箱上印着两行鲜红的仿宋体字。"大路牌陶瓷艺术品；阳渚市大路陶瓷厂制造。"

刘巧珍把一个装满花瓶的包装箱放在小板车上……

这时王大路和肖光明匆匆走进仓库。

刘巧珍："大路厂长，今天下班前完成装箱任务，保证明天上午发运！"

王大路："你们暂停装箱，在仓库待命，巧珍，我们到办公室开会！"

刘巧珍："发生了什么事？"

肖光明："你去开会就知道了。走吧！"

11．成品仓库办公室。

王大路等人正在开会。

王大路："肖总，通报一下情况吧！"

肖光明："刚才我和大路厂长到成品仓库查对数字，发现有一百只二级品五彩瓶混入一级品装箱了，现在怎么办？"

韩志刚："是我通知保管员调级的。这次的二级品花瓶除了釉面亮度差一点，没有其他缺陷，外行根本看不出。再说天明商场把价格压得太低了，我们赚不了多少钱。"

高铁山把烟头灭在烟缸里，大声说道："这算什么话？价格高低是双方商定的。咱们不能自欺欺人，自找麻烦！"

韩志刚："明天我去上海送货，保证货款如数带回。"

高铁山望着王大路，王大路也望着韩志刚。

韩志刚："大路厂长，你不相信！"

王大路："我相信你能够办妥此事。但是更相信从今以后，以次充好，损害客户利益的事会不断发生，最终自己毁掉自己创下的这片基业！"

韩志刚："不会这么严重吧！"

王大路："千里之堤溃于蚁穴，绝非危言耸听！"

韩志刚："这……"

肖光明："大路厂长说得对，我们不能忘了'诚招天下客，信为经商本'的古训。更不能做出自绝于市场的蠢事。"

王大路："巧珍，你立刻安排工人开箱重新检验，今晚开夜班突击装箱。志刚违章指挥扣罚当月奖金，以为禁戒。志刚你有什么意见？"

韩志刚："我……认罚。"

主题歌起。

第十集

片头……

1．秋天，上午。阳渚陶瓷厂办公室。

吉凌云坐在沙发上一边抽烟，一边与吉春风、刘克西聊天。

吉春风："仇厂长刚才和我通了电话，约我们今天晚上到'得月楼'吃蟹赏月。"

吉凌云笑着说："仇一民这几年发财了，没有忘记我们这些穷朋友，难得，难得！"

刘克西奉承地说："知恩图报人之常情嘛！"

吉凌云摇了摇头："现在世风日下，人心不古，忘恩负义之辈比比皆是。王大路、牛昌林不都是我提拔的吗，还不是处处和我作对，要我的好看！"

吉春风："爸，有句话我一直憋在心里，不知该不该说？"

吉凌云："说吧！"

吉春风："刘科长一直忠心耿耿跟着你，为什么不提拔他呢？"

吉凌云："刘科长是党委委员，享受副厂级待遇，所以，没有动他！"

吉春风："爸，不是我说泄气话，阳渚陶瓷厂终究靠不住，趁你还在位置上，提他当个副书记，也算上个台阶嘛。"

刘克西："吉书记待我恩重如山，提不提副书记无所谓，我都会忠心效命的！"

吉凌云抽了口烟："春风说得对。明天我就向市委组织部打报告，提升你当阳渚陶瓷厂党委副书记。即使今后各奔东西，也不枉相处之情嘛！"

这时张小兰跨进办公室，把一叠医疗费用报销单放在吉凌云的办公台上。轻声说："吉厂长，这是我爸的医疗费用报销单据，请你签批！"

吉凌云白了张小兰一眼，随手翻了翻报销单据，说："一个月花掉一千多元医疗费，是不是搞错了？"

张小兰："现在药品涨价了，医院收费又高，有什么办法呢！再说我们厂里医务室李主任复核了好几遍，每张单据都签了字，怎么会搞错呢！"

吉凌云："厂里给退休工人看病都看穷了，真是活见鬼！"

张小兰："他们以前也为厂里做过贡献，现在有了病，难道不看等死！"

吉凌云："厂里工资都开不出来，批了单据也拿不到钱，以后再说。"

刘克西："吉厂长说得对。现在何必多此一举呢？"

张小兰："我已经来了两次，今天才遇到吉厂长。谁有这么多闲工夫跑来跑去，还是批了吧！"

吉凌云不耐烦地说："你下岗了，有的是时间，多跑几次又有何妨！”

吉春风：“你还不知道，现在小兰当了卡拉 OK 厅的老板，忙得很呢！”

吉凌云：“卡拉 OK 厅赚的都是黑心钱，日进斗金易如反掌，还在乎这点小钱，未免太小气了嘛！”

张小兰：“应该报销的钱，不管多少我都要。吉厂长，请你批了吧！”

吉凌云：“张小兰，不，张老板，今天不签批单据，改日签吧。我们还要开会！”

张小兰气恼地：“吉厂长，你……不要欺人太甚！”

吉凌云傲气地：“我这个人一贯如此。请你出去！”

张小兰狠狠瞪了吉凌云一眼，回身走出办公室。

2. 兰韵卡拉 OK 厅。

五号贵宾包厢里。张小兰、蒋志明正在密谈。

张小兰一边擦着眼睛，一边说：“吉凌云父子太霸道了，这次非给点颜色他们看看不可！”

蒋志明抽着烟说：“小兰，事情已经过去了，别放在心上，气坏了身子划不来！”

张小兰：“这件事我是不会善罢甘休的。你要真心欢喜我，就帮我出这口气。否则……”

蒋志明把张小兰搂在怀里：“小兰，这算什么话。你说吧，准备怎么办？是雇人打他们一顿，还是砸掉他们的门窗？”

张小兰连连摆手：“不妥，不妥！这样做被公安局查出来要连累你的。我想……”张小兰附在蒋志明耳朵旁嘀咕着。

3. 阳渚市人民检察院、检察长室。

室内布置明快而庄重。

周公伯和刘易平正在交谈。（周公伯，男，45 岁，检察长。刘易

平，男，30岁，检察员）

刘易平："刚才有位女同志到我们举报室，留下一个信封，里面有一盒录音带。叫我们一定交给检察长。问她叫什么名字。她说'下岗工人'便匆匆离去。"

刘易平把一个信封放在周公伯面前。

周公伯拿起信封看了看，信封上写着："检察长亲收"的字样。于是拿起剪刀，剪开信封封口。从信封中倒出一张折好的信笺和一盒录音带。

周公伯展开信笺，认真看阅。

画外音："尊敬的检察长。我们是阳渚陶瓷厂下岗工人，今奉上一盒录音带，举报厂长吉凌云受贿事实，请您秉公执法，解民怨，平民愤。"

周公伯把信笺递给刘易平。自己点燃一支香烟抽了起来。

刘易平看完举报信，说道："不知录音带上有什么内容，听听再说吧！"

周公伯拿起台上的录音带掂了掂，说："好，放录音！"

刘易平把录音带放进周公伯办公台上的录音机，按下键盘。录音机里传出吉春风和仇一民的对话。

吉春风："仇厂长，我们对你可谓有求必应，全力以赴，你可不能无动于衷啊！"

仇一民："你们对我的关爱我深为感激。这次又要调拨你们两台原料加工设备，价格上还望多加照顾。"

吉春风："这个嘛，不劳吩咐，自然有数！"

仇一民："这三万元钱聊表我的一点儿心意，万望笑纳！"

吉春风："仇厂长，你太客气了。我代表老爸向你表示感谢！"

仇一民："哎，吉厂长与我情同兄弟说什么感谢不感谢。以后仰仗你们的事情多着呢！"

吉春风："互惠互利，长期共存嘛！仇厂长是否叫位小姐来助助兴？！"

仇一民："算了吧，时间不早了，喝完这杯咖啡也该回去了！"

刘易平关掉录音机，沉思片刻，说："吉凌云的弟弟吉振霄是我们市里的副市长，这件事可能有些麻烦！"

周公伯把烟头灭在烟灰缸里，说："不要说是吉副市长的哥哥，就是吉副市长有问题，我们也照查不误。否则就对不起头上的国徽。难道你怕了不成？"

刘易平："我只是担心阻力肯定不小，到时骑虎难下！"

周公伯："咱们骑上了虎背就非把它打死不可。相信市委一定会支持我们。"

4. 大路陶瓷厂厂长室。

王大路正在看阅《阳渚日报》。

一条新闻标题吸引住王大路的目光。

"我市将组团参加北京举办的全国艺术品展销会"

王大路看完这条新闻，点燃一支香烟，沉思片刻，拎起电话听筒，拨了一组号码。"巧珍吗，我是王大路，请你马上通知铁山、肖总、志刚、李敏到接待室开会。"

王大路刚放下电话，肖光明拿着两块釉料试片走进办公室。

肖光明喜形于色地说："大路厂长，你看，这是今天出来的紫玉釉试片。"说着把试片放在办公台上。

王大路拿起试片仔细端详着，又拉开抽屉从信封中倒出从火车上带回来的陶瓷猫碎片。反复比较着，兴奋地说："成功了，咱们的紫玉釉终于成功了！"

肖光明感慨地说："三十五次试验，不容易啊！"

王大路："锲而不舍，金石可镂。肖工，我要代表全厂职工感谢你！"

肖光明连连摇头："没有你的支持，紫玉釉不可能成功。这一点你、我心里都明白。你看下一步怎么办？"

王大路："立刻组织紫玉釉陶艺瓶生产。参加全国艺术品展销会。”说完把《阳渚日报》递给肖光明。

肖光明浏览了一下报纸，说：“好，咱们抓住机遇，打好这一仗！”

5．金秋时节。

北京火车站出站口。人流如潮，车流如梭。

王大路等四人走出出站口。

韩志刚兴奋地高呼：“北京，我来了！”

李敏推了推韩志刚：“别这么大声叫嚷，人家以为你有毛病呢！”

韩志刚搔了搔脑袋：“我这个人一激动就忘乎所以了！”

王大路笑了笑说：“我第一次到北京时，也和志刚一样激动。但愿这次北京之行满载而归！”

肖光明指着一辆大客车说：“大路厂长。展销会的接站车来了！”

王大路等人一起登上大客车。

6．北京展销馆门口。

一条横幅拉在展销馆门楣上：“热烈祝贺全国艺术品展销会在京举行。”

大门两边高悬着两个巨型气球，垂下一副对联。

上联：集四海奇珍异宝，展示中华文明。

下联：邀五洲商贾宾朋，欣赏古国风流。

各式彩旗迎风招展，车来人往热闹非凡。

7．展销厅内。

设有玉器、漆器、刺绣、木雕、书画、陶艺等展区。各类艺术品摆放在展台上，金玉满堂，五彩纷呈。

8．大路陶瓷厂展台

一块制作精美的展板竖在展台旁。图文并茂介绍大路陶瓷厂概况。

展台上陈列着数十件釉彩鲜艳的陶艺产品。紫玉釉陶艺瓶放在醒目位置。

展台后面堆放着十几箱陶艺产品。

王大路、肖光明、韩志刚热情地接待着参观群众，不时回答他们提出的问题。

展台屏风后，李敏用吹风机干燥三块镶在木框中的坭片。

展台前，一位四十多岁的中年男子指着一只刻有“夜泊”图案的花瓶对王大路说：“请把那只花瓶给我看看！”

王大路点了点头，把花瓶递给中年男子。

中年男子仔细观看花瓶，说道：“诗情画意，神形兼容！”

王大路：“过奖了，过奖了！”

中年男子：“我想一定是先用铅笔打草稿，然后再用刻刀刻画的！”

王大路笑着说：“又是又不是！”

中年男子不解地问：“到底怎么回事？”

王大路：“初学刻花者如君所言，但熟练工是用刻刀直接在产品上刻的。这只‘夜泊’花瓶是工艺师李敏所制，当然是一挥而就的了！”

中年男子：“只是没有机会到贵厂去现场观摩，可惜了！”

王大路：“别急，别急。李工正在干燥坭片，马上出来现场表演！”

中年男子：“真的？！”

王大路：“李工，可以出来了吗？”

李敏内应：“志刚，帮我把坭片端出来！”

韩志刚把三个装有坭片的木框端在展台旁的小方桌上。

李敏手持三把刻刀笑盈盈地走到展台前，问道：“刻些什么呢？”

王大路对中年男子说：“请你命题吧！”

中年男子略一思索：“刻首‘日照香炉生紫烟’的唐诗，并配画。怎么样？”

李敏点了点头：“可以，请问先生尊姓大名，以便落款。”

中年男子答曰：“敝人姓郁，名成风。”

李敏："好风雅的名字。在下献丑了！"

李敏拉过一张折椅，端坐在小方桌前，手持刻刀对着坭片凝神片刻，运腕刻画。

9. 坭片上刻出险峰峻岭。

10. 坭片上刻出苍松翠柏。

11. 坭片上刻出飞瀑急流。

围观者惊讶。赞叹。

12. 李敏刻好画后。轻轻吁了口气，换了把刻刀。运腕刻字。

13. 刻刀快速运行，坭片在上方显现出秀逸的行书刻字：日照香炉生紫烟。遥看瀑布挂前川。飞流直下三千尺，疑是银河落九天。

另有一行小字：旅京，遵郁成风先生之嘱，匆成。阳渚李敏于全国艺术品展销会。

14. 围观者发出叫好声，鼓掌声。

15. 王大路笑着说："郁先生以为如何？"

郁成风："妙，妙，简直妙不可言！"

李敏："现在是半成品，经过高温烧成后，便成了艺术陶板，效果更佳。"

郁成风点了点头："原来如此。李小姐，我是北京天通贸易公司总经理。下个月我们要召开业务恳谈会，现在决定订购一百块艺术陶板，不知能否满足要求？"

王大路："能，肖总，我们和郁经理到后面去商订合同。"

王、肖、郁三人离展台而去。

16．展台前。

参观者争相购买大路陶瓷厂的陶艺产品。韩志刚、李敏忙着收款、发货。

一位青年女子要了六只紫玉釉陶艺瓶。一位中年男子笑着说："小王，你买这么多花瓶，难道想开批发部？"

青年女子一边付钱，一边说："这种花瓶的釉面实在令人心动。价格也不贵。多买几只送人嘛！"

17．业务洽谈室。

一张办公台、四张折叠椅。

王大路、肖光明、郁成风围坐在办公台旁。

郁成风一边抽着烟，一边审阅合同文本。片刻郁成风笑着问道："王厂长，我们天通公司是第一个和你们签订购货合同吧？"

王大路点了点头："希望给我们带来好运！"

郁成风："当然是好运多多，财源滚滚了。不过，你们总得给点优惠嘛！"

肖光明："价位已经很低了，再优惠就无利可图了！"

王大路："既然郁总开了口，那就优惠5%吧，怎么样？"

郁成风："好，看来王厂长是个爽快人，这个朋友我交定了！"

王大路在合同书上签上优惠5%的字样。把一联合同书交给郁成风，另外两联夹在文件夹里。

郁成风："你们在北京有什么困难尽管找我。后会有期，告辞了！"说完与王、肖二人握别，离去。

这时。一男一女走进业务洽谈室。

男客："我们是北茂商场的。"指着女客说："她是我们的陈总。"

女客把一张名片递给王大路："我叫陈琳！"

王大路接过名片看了看："欢迎陈总光临。我是大路陶瓷厂厂长王大路。"说着把自己的名片递给陈琳。

陈琳一边与王大路握手一边说：“幸会，幸会！”

肖光明忙着给客人泡茶，让座。

陈琳：“我和采购部刘主任看了你们展出的陶艺品，很不错、有新意。选中五种花瓶，准备各订二百只，不知什么时候能够交货？”

刘主任把一张纸片递给王大路，说：“这是我们需要的品种。”

王大路看了看，笑着说：“这五个品种都是我们刚刚开发的新造型，新釉面。陈总有眼光！”

陈琳点了点头：“但愿我们初次见面，合作成功！”

18．宾馆客房内。

王大路等人正在愉快地交谈着。

王大路：“到目前为止，我们已经订到销货合同 67 万元，带来的 4 万元产品也都卖得差不多了，收获不小。”

肖光明：“这次展销会使我开了眼界。我把展销会上的艺术品都拍了照，回去好好研究研究，搞一批创新产品。”

韩志刚：“明天是展销会的最后一天了，上午清理展位，下午撤展。”

王大路：“咱们忙也忙了，钱也赚了。撤展后你们在北京痛痛快快玩几天，我先回去组织合同产品生产，保证如期交货！”

李敏：“大路厂长，机会难得，你也留在北京轻松几天吧。咱们回去后抓紧时间赶一赶，不会误事的。”

王大路：“以前我多次出差北京，要玩的地方都玩过了，这次不陪你们了。明天还有事，大家休息吧！”

主题歌起。

第十一集

片头……

1．仲夏，下午。

大路陶瓷厂新建成的推板窑旁。

出车处，几十车晶莹透亮的陶艺品在阳光下闪动着绚丽的光彩。

王大路穿着工作服和两位工人正在开窑。王大路擦了擦头上的汗水：“干了一个多小时，休息一会儿吧！”

王大路和工人坐在窑旁抽烟、交谈。

工人甲：“大路厂长，推板窑投产后，咱们的发展就更快了！”

王大路：“现在市场竞争激烈，咱们的工艺技术水平偏低，抗风险能力较差。稍有不慎便有淘汰出局的危险。千万不能盲目乐观！”

工人乙：“大路厂长说得对，咱们的制坯机、喷釉机都太落后了，我看应该更新换代了！”

王大路点了点头：“是啊，厂里正在筹集资金。准备淘汰和改造那些落后设备。”

工人乙：“听说吉凌云准备卖掉原先进口的那套制坯、喷釉设备，给工人发工资。我们可以争取买下来嘛！”

王大路摇了摇头：“吉厂长对我有看法，对大路陶瓷厂更加有看法。恐怕不会将设备卖给我们！”

工人甲：“那也未必，我们要设备，他们要钞票。大不了讨价还价罢了！”

王大路：“那就试试吧！”

2. 仲夏。下午。

阳渚陶瓷厂门口。

铁门紧闭着，几十名工人组成的人墙堵在厂门里面。

牛昌林大声说：“这里留三十名工人守住厂门，别让红远厂装设备的汽车开出去，其余的跟我找吉凌云评理去！”

3. 阳渚陶瓷厂厂长室。

牛昌林带着十几名工人围住吉凌云的办公台。

吉凌云拍着台子：“牛昌林，你想干什么？我警告你，现在不是‘文化大革命’，挑动群众围攻干部，破坏工作秩序是要严肃处理的！”

牛昌林不屑地说："吉厂长，别吓唬人，你把进口的制坯机、喷釉机低价卖给红远厂，我们不同意，找你评理不犯法！"

吉凌云："我是厂长，我决定的事情用不着你们同意不同意。你算老几，简直笑话！"

牛昌林："我是职工代表，有权参政议政。请你不要忘记，阳渚陶瓷厂是国有工厂，不是你吉凌云的私人产业！"

丁志超（男，25岁。机修车间技术员）越众而出："吉厂长，这套进口设备，进价一百多万元。不过使用两年时间，现在四十万元卖给红远厂，实在说不过去吧！"

吉凌云叹了口气："厂里没有钱发工资，你们有意见，现在红远厂肯花四十万元买我们的设备，拿钱来给大家发工资，你们又说价格太低，乱起哄。叫我怎么办？"

这时仇一民匆匆走进办公室。

仇一民："吉厂长，我们装运设备的汽车被你们的工人堵在厂门口，你看怎么办！"

吉凌云白了牛昌林一眼："真是岂有此理。仇厂长，咱们走！"

4. 阳渚陶瓷厂门口。

几十名工人手挽手，拦在厂门口。红远厂的押车人员和几个装卸工推扯着阳渚陶瓷厂的工人，企图让红远厂的装运汽车强行出厂。双方扯在一起，乱成一片。

吉凌云、仇一民和牛昌林等人先后赶到厂门口。

吉凌云挥动着手臂，高声呼喊着："快把厂门打开，让红远厂的汽车出去，谁敢不听，扣发工资！"

丁志超："别怕他吓唬人，他敢扣我们的工资，我们就到市里去告状。出了问题他负责！"

吉凌云："丁志超，难道你想造反不成？"

牛昌林："吉厂长，今天不把设备卸下来，红远厂的汽车别想开出去！"

工人甲："吉凌云，你卖设备收了多少回扣，当着大家的面说说清楚！"

工人乙："阳渚陶瓷厂穷得一贫如洗，你吉凌云富得屁眼流油。良心喂了狼！"

吉凌云对刘克西大声说："刘科长，打110报警，就说阳渚陶瓷厂有人聚众闹事。快去！"

刘克西匆匆离去。

5．大路陶瓷厂厂长室。

王大路、高铁山、肖光明正在商量工作。

王大路："上星期我们到阳渚陶瓷厂联系购买设备的事，到现在还没个答复，莫非有了什么变化？"

高铁山"嗨"了一声，说："这个吉凌云太不上路了，两台设备开价90万元。大路厂长你也心急了些，还价75万元，我看没占什么便宜！"

肖光明："这两台设备性能都不错，75万元也不算吃亏。"

王大路点了点头："铁山，我们到阳渚陶瓷厂去看看情况吧！"

高铁山："这个吉凌云，谁知他葫芦里卖什么药！"

6．阳渚陶瓷厂门口。

厂门紧闭着，一辆警车停在厂门外面。

厂门里，阳渚陶瓷厂的职工和红远厂的运输车对峙着。

五名警察站在对峙双方的中间。

吉凌云对着一名警官说："刘局长，请你们驱散拦在厂门口的闹事者，让红远厂的汽车开出去！"

刘局长："到底是怎么回事，闹得不可开交？"

吉凌云："牛昌林等人挑动不明真相的群众堵住厂门，破坏企业正常经营活动。"

刘局长："谁是牛昌林？为什么堵住厂门？"

牛昌林走到刘局长面前，说："我是牛昌林。吉凌云把两台价值一百多万元的进口设备，以四十万元的低价卖给红远厂，我们不忍国有资产的流失，因此发生了冲突！"

吉凌云："刘局长，难道你们公安机关不支持企业改革，不维护工厂正常经营秩序？"

牛昌林："别用大帽子吓人，你这一套也叫改革，岂非成了天大的笑话！"

王大路、高铁山把自行车停在厂门一旁。从传达室进入厂里。

王大路惊诧地问："发生了什么事，这么多人堵在厂门口？"

吉凌云不友好地说："你们赶来凑什么热闹？"

王大路笑了笑："吉厂长，我们是来联系业务的，何必如此呢？"

吉凌云："我们之间有什么业务好谈？"

高铁山："上星期我们来联系购买进口的制坯机和喷釉机。你开价 90 万元，我们还价 75 万元。你说要研究研究，叫我们听通知。今天我们就是来商量这件事的，怎么说没有业务好谈呢？"

牛昌林："铁山，此话当真？"

王大路："确有此事，绝非虚言！"

牛昌林："吉凌云，大路陶瓷厂出 75 万元买这两台设备，你说要研究研究，现在 40 万元卖给了红远厂，到底搞的什么鬼名堂？"

高铁山："什么，40 万元卖给了红远厂？不是开玩笑吧！"

工人甲："这等大事还能开玩笑。两台设备都装在红远厂的汽车上了。我们堵在这里就是不让他们的汽车出厂！"

刘局长："吉厂长，对不起，这里的事情我们不能介入，告辞了！"

一位警官气恼地说："恶人先告状，简直乱弹琴！"

警察们登上警车，警车呼啸而去。

吉凌云："你们大路陶瓷厂一下子能拿出这么多钱吗？我可急等发工资呢！"

王大路："铁山你回去办一张 75 万元的支票送来。吉厂长，请你通知他们把两台设备卸下来！”

吉凌云：“这……”

仇一民：“吉厂长，我们有约在先，你可不要出尔反尔！”

吉凌云无奈地：“把设备卸下来吧，我们的事以后再议。”

仇一民白了吉凌云一眼：“要卸你们自己卸！”

牛昌林：“好，我们卸！”

7. 初秋。傍晚。

大路陶瓷厂制坯、喷釉流水线工场。

王大路、高铁山、肖光明走进工场。

高铁山从运输带上拿起一只喷好釉的杯子，笑着说：

“制坯机、喷釉机投产后，产量、质量、效益同步提高，看来75万元值得！”

王大路：“工欲善其事，必先利其器嘛！”

“嘟——嘟——嘟”一阵手机鸣号声打断了王大路的话头。

王大路从夹克衫袋里摸出手机，打开翻盖：“喂，我是王大路，请问你是哪一位哦，任总，你好！怎么，你在我的办公室里，好，我马上就来！”

8. 初秋。晚上。

王大路家，中堂。

王大路和大路妈交谈着。

大路妈：“大路，广南方面来考察的情况怎么样了？听说他们的总经理是位女同志！”

王大路：“情况不错。我们两家准备合资在广南开办陶艺工场。他们的总经理叫任倩，是个干事业的女强人。”

大路妈：“咱们工厂又有发展了，叫人高兴哪！”

王大路：“我们大路陶瓷厂能有今天，多亏任总的支持。”

大路妈：“你啊，一定要把广南那个陶艺工场办好。千万不能有什么闪失！”

王大路：“妈，你就放心吧。只是厂里的工作实在太忙了，家里的事情什么都顾不上。劳你辛苦了！”

大路妈“嗨”了一声，说道：“自古忠孝难两全，只要你把工厂搞好了，再苦再累妈也心情舒畅！”

王大路望着苍老的母亲，叹了口气：“做儿子的总觉得于心不安哪！”

大路妈摇了摇头：“大路啊，剑梅走了这么多年，你也应该再娶了，后面的日子长着呢！”

王大路讷讷地说：“这个……”

大路妈：“我知道你的心里还想着剑梅，但是……”

“丁零零……”一阵电铃声打断了大路妈的说话。

王大路一边自语：“这么晚了，会是谁呢？”一边快步走到门口，拉开大门。惊诧地：“任总！”

邹琼拎着一大包礼品，笑着说：“还有我呢，不欢迎？”

王大路：“贵客临门，不胜荣幸。请进！”

王大路把任倩、邹琼请进中堂，向母亲作了介绍。

任倩拉着大路妈的手：“伯母，你好！前几天一直忙着考察，今天才登门拜访，还望谅解！”

大路妈端详着任倩，赞叹地说：“好俊的容貌。任总经理，谢谢你的关心！”

任倩笑着说：“伯母，叫我倩倩吧！”

大路妈：“好。倩倩，请坐。这位……”

邹琼开玩笑地说：“琼儿请坐！”

任倩白了邹琼一眼：“琼儿，不得无礼！”

大路妈：“不要紧，不要紧。大路快泡茶！”

王大路一边泡茶一边说：“任总，怎不打个招呼呢。家里乱糟糟的，实在不雅观。再说带这么多礼品……”

任倩摇了摇头：“区区薄礼，何足道哉。对了嫂夫人及孩子呢？”

大路妈叹了口气："我那孙儿做好作业睡觉去了。大路的妻子叫罗剑梅，九年前就去世了，是个好女人。大路至今没有再娶。我们一家三口聊以度日！"

任倩："对不起，实在唐突了……"

王大路："不要紧，不要紧。本来就是这么回事嘛！"

邹琼："想不到大路厂长是个多情种子，佩服，佩服。不过长此下去亦非良策。"

王大路苦笑了一下："邹小姐年纪尚轻，有些事情是不会理解的！"

大路妈："我看琼儿的话不无道理。一个人不能沉湎于往事的回忆，直面现实才是正理！"

任倩："伯母之言，令人深省。大路厂长有此贤母，三生有幸！"

大路妈："谬奖了，谬奖了。家里不必多礼，你就叫他大路吧！"

任倩点了点头："伯母，大路这个名字，叫起来顺口，听起来爽快，实在有气魄！"

大路妈叹了口气："大路这个名字是我给他起的。那是四十年前的事了……"

9. 大路妈的回忆。

一九五六年的春天。上午，阳光和煦，桃红柳绿。

一条龙窑斜卧在坡地上。

王志成（王大路的父亲）和十几个工人正在装窑。

张秋琴（王大路的母亲）和几个女工挑着坯担往龙窑上送坯。

张秋琴挺着大肚子挑着半担坯件，吃力地走到龙窑旁，放下担子，喘着大气，用衣袖擦着额上的汗水。

王志成走到张秋琴身旁："秋琴，叫你在家好好休息。怎么又来送坯了？"

张秋琴笑了笑："不要紧的。你不看见我只挑半担坯吗，现在咱们工人当了主人，工厂好坏都是自己的事，能干多少就干多少嘛！"

王志成苦笑着摇了摇头："你啊，总有理。自己小心些，我进窑去了！"

张秋琴点了点头，目送王志成走进窑内。她把坯担里的坯件拿出来堆在龙窑边上。突然捂着肚子跌坐在地上。

几位女工立刻围了过来。

一位青年女工问道："秋琴姐，怎么啦？"

一位中年女工说："怕是要生孩子了，快叫王志成出来！"

青年女快步走到龙窑户口前，高声呼叫："王志成快出来，秋琴要生孩子了！"

王志成闻声跑出龙窑户口。赶到张秋琴旁："秋琴，怎么样了？"

中年女工："快去找辆板车来，送秋琴上医院！"

王志成望了张秋琴一眼，匆匆跑下窑坡。

几位女工围在张秋琴旁，张秋琴痛苦地呻吟着。

中年女工焦急地说："怕是要生了，怎么板车还没有来。"

一些装窑男工也闻声围了过来。

中年女工大声叫嚷着："秋琴要生孩子了，有什么好看，男人走远些，别在这里碍眼！"

男工们识趣地走开去。

张秋琴："喔哟，肚子痛得受不了……"

中年妇女一边脱下自己的罩衫一边对青年女工说："你把罩衫脱下来！"

青年女工愣了愣，脱下罩衫递给中年女工。中年女工把两件罩衫的袖子打了个结，对青年女工说："咱们各拉一边，替秋琴遮阳挡风，看来只能生在龙窑旁了！"

王志成推着一辆板车气喘吁吁赶到龙窑旁。

中年女工："快，把秋琴抱上板车，送医院！"

10. 曲折的小路。

小路两旁低矮的房屋和一丛丛杂树。杂树上开着红、白相间的小花。

王志成等人推着板车在小路上行进。

王志成："秋琴，坚持住，前面就是大路了！"

王志成用力推着板车，快步前进。

11．小路与大路交会处。

王志成刚把板车推上大路，板车里突然传出婴儿的啼哭声。

中年女工大声叫喊着："停车、停车，小孩生下来了！"

12．大路妈的回忆结束。

王大路家中堂。

大路妈叹了口气："因为孩子生在大路上，就取名'大路'。六十年代初，大路他爸生了一场重病，撒手而去。留下我们母子两人相依为命！"

任倩："伯母，你这一生太坎坷了！"

大路妈："现在好了，苦尽甘来，退休在家享清福。大路很孝顺，孙子也听话，美中不足，大路不肯再娶，总有一块心病。"

王大路："妈，今天你怎么啦，老提这件事，客人在这里呢！"

任倩："不要紧，不要紧。伯母之言有理嘛！"

王大路搔了搔脑袋："在厂里一直穷忙，下岗后又忙于开店、办厂。哪有心思打理这些事情。"

邹琼"嗨"了一声，接着说："现在有些当权者，家有妻室还在外面泡小姐、养小蜜。美其名曰，前卫开放。何必当苦行僧呢？！"

任倩："好了，好了，别在这里胡说八道！"

大路妈："大路啊，你不想想，妈的身体哪能一直如此硬朗。自己总得有个打算嘛！"

王大路："妈，你放心。机缘未到强求无益。以后总会解决的。任总，我们这里条件有限，考察期间招待不同，还望海涵。"

任倩："你太客气了。这次阳渚之行我们很满意。明天准备回去了！”

王大路摇了摇头：“那可不行。明天我陪你们到太湖风景区转一转、看一看，聊表地主之谊嘛！”

大路妈：“大路说得不错。你们不能光顾工作。也要劳逸结合嘛！明天晚上到我们家里吃晚饭，算是饯行吧！”

邹琼：“任总，就多留一天吧，我也很想领略一下太湖美景呢！”

任倩：“好吧，我若再坚持己见，那就不通情理了！”

大路妈：“不知为什么，见到你很投缘，今后常来走走！”

任倩：“我们公司和大路陶瓷厂是联营单位，来阳渚市的机会多着呢，少不了叨扰你老人家。时间不早了，我们也该告辞了。”

大路妈：“大路，代我送送他们！”

13．秋天的早晨。太湖之滨。兰石渚上。

一边是浩瀚太湖，万顷碧波；一边是荣山竹海，满目苍翠。

王大路、任倩、邹琼登上太湖旁的山岩。

任倩喘了喘气，感叹地说：“登高远眺，万顷太湖尽收眼底，真乃心旷神怡！”

邹琼笑着说：“对此良辰美景，实在不虚此行。任总，吟首诗吧！”

任倩摇了摇头：“听肖总讲，大路厂长文武双全，我可不敢班门弄斧，叫人笑话！”

王大路：“别听他们胡扯。我这个人天生迟愚，不学无术，还是任总来吧！”

任倩环视四周景色，沉吟片刻：“恭敬不如从命，我就胡诌一首‘菩萨蛮’！”

“兰石渚头放眼看，浩瀚太湖疑无边。

波光隐白鹭，帆影上青天。

竹海泛碧浪，茶山吐翠烟。

更喜秋风里，彩蝶舞蹁跹。”

王大路：“好词，好词。短短一首‘菩萨蛮’犹如丹青妙笔，勾画出太湖美景，令人佩服！”

任倩：“大路厂长，过誉了。我是抛砖引玉，下面该你了！”

邹琼一边拍手，一边说：“一、二、三，快，快，快，一二三，快快快！”

王大路朝任倩看去，正好任倩也注视着王大路，两人目光相撞，任倩嫣然一笑，低下头去。

王大路微微点了点头：“我就勉为其难，吟首诗吧。

登临只缘秋光好，兰石渚头听松涛。

金橘挂果绿映红，杂花生树缀玛瑙。

满目青山披锦绣，万里晴空白云飘。

太湖波涛连天涌，心帆高扬上九霄。”

王大路话音刚落，任倩连声说道：“好诗，好诗。特别是最后两句‘太湖波涛连天涌，心帆高扬上九霄’，有韵味、有气魄。”

邹琼思索片刻，笑着说：“大路厂长，我们任总办公室里的横幅上写着‘心帆高扬’四个大字，你的诗里又有‘心帆高扬’的句子，看来你们两人倒是心有灵犀一点通，不远千里来相逢。”

任倩佯怒地：“琼儿胡说什么，也不怕大路厂长笑话！”

邹琼看了王大路一眼，“实话实说嘛，要是大路厂长这么小气，只能叫小路厂长了！”

王大路笑着说：“我那最后两句诗，确是受任总启发而作。掠美之处，还望谅解。”

任倩摇了摇头：“大路厂长，别听琼儿信口开河，我们到那边竹林去看看吧！”

王大路点了点头。三人离开兰石渚。

14．竹林。

万竿翠竹一望无际，竹枝交错遮天蔽日。

竹林中一条曲径通向远方。

王大路等三人缓步来到竹林深处。

邹琼兴奋地："好大的竹林，难怪要称之为'竹海'了！"

任倩喘了口气："只怪平时缺少锻炼，稍一走动便觉疲劳。人未老，气先衰，愧疚不堪。"

王大路关心地："累了吧，咱们坐下来歇一会儿，喝口矿泉水解解乏！"

邹琼"哎哟"一声："我把两瓶矿泉水剩在兰石渚上了。"

王大路："不要紧，不要紧。我到村口小店去买吧！"

邹琼连连摇手："你和任总先歇着，我去买。算是将功补过。"说完匆匆离去。

15. 竹林深处，山石旁。

王大路脱下夹克衫铺在一块山石上，笑着说："任总，请坐！"

任倩："你自己穿件衬衫，挡在风口，小心受凉感冒！"

王大路爽朗地笑了起来："我这个人自小经风历雨，体质甚佳。倒是你弱不禁风，要是到阳渚来一趟有个闪失，你那先生怪罪下来，我可担当不起！"

任倩坐在夹克衫铺盖的山石上，叹了口气，幽幽地说："不瞒你说，十年前我与那位就劳燕分飞了。现在还是孤身一人。我行我素，无人问津！"

王大路："对不起，唐突之言，还望海涵！"

任倩摇了摇头："十年前，我与那位同在一个厂里工作，他是党委书记，我是计划科科长。当时改革之风起于青蘋之末，我想下海到南方经商。然而遭到那位强烈反对，并说'若要下海经商，除非离婚！'我这个人外表懦弱。性格刚烈。一怒之下便与他办了离婚手续。一晃十年过去了，我在广南市历尽艰辛，创下一片基业，所憾者至今还是孤身只影。不亦悲哉！"

王大路叹口气说："任总白手起家确实不易。只是你还年轻，个人问题总得有个打算！"

任倩望了王大路一眼，轻声说："天涯沦落，同病相怜。"

王大路："找不到合意的人，又有什么办法呢！"

任倩笑着说："你把合意人的标准说来听听，我也可以帮你留意一下嘛！"

王大路讷讷地："标准嘛，怎么说呢！"

任倩催促着："别吞吞吐吐了。还是堂堂七尺男子汉呢！"

王大路定睛望着任倩："好，我就斗胆直言了。若能娶你为妻，终生无憾！"

任倩愣了一下："你……"

王大路握住任倩的手："倩倩，我是真心的。答应我吧！"

任倩注视着王大路，良久，轻声说："我，答应你！"

王大路把任倩拥入怀内："倩倩，但愿人长久，千里共婵娟！"

这时邹琼拎着一只食品袋，从小径上匆匆走来。她见到王大路和任倩拥抱在一起，突然收住脚步，悄悄躲在山石旁。

任倩轻轻推了推王大路。王大路吻了吻任倩的脸庞，放开双手。

任倩："咱们坐着说话吧，让琼儿见了不好意思！"

王大路点了点头："琼儿去了好长时间，也该回来了！"

邹琼从山石旁探出身子，轻轻咳了一声，笑着说："琼儿早已回来了，只是不敢打扰你们罢了！"

任倩："你啊。人小鬼大，神秘兮兮的，搞什么名堂？"

邹琼："天地良心，我可什么也没有看到，什么也没有听到。食品和矿泉水买回来，请两位享用。"说着把食品袋放在草地上。

王大路笑着说："邹小姐辛苦了。坐下来歇歇吧！"

邹琼点了点头："还是大路厂长体贴我们办事的人。"

16. 深秋。晚上。吉凌云家会客室。

吉凌云和他的胞弟吉振霄隔着一张茶几，相对而坐，正在交谈。茶几上放着两杯茶水，一包中华牌香烟，一只烟缸。烟缸里堆着几个烟头。会客室里烟气弥漫，空气混浊。

吉凌云狠狠抽了两口烟，把手中的烟头熄灭在烟缸里，抬头望着吉振霄，说："难道一点儿办法都没有了，节骨眼儿上你得拉我一把哪！"

吉振霄叹了口气："现在阳渚陶瓷厂已经资不抵债，生产经营难以为继。群众意见很大，写到市里去的人民来信堆起来几尺高。我这个副市长有什么办法？！"

吉凌云："我也辛辛苦苦为党干了半辈子工作，现在市里把阳渚陶瓷厂定为'关停并转'企业，一下子把我架空了，这种做法太伤感情了吧！"

吉振霄："你啊，有些事情做得太出格了。我也不止一次劝过你，可是你不听。现在墙倒众人推，谁也挡不住。"

吉凌云："以前的事已经过去了，关键是以后怎么办？"

吉振霄："市里决定派联合调查组到阳渚陶瓷厂综合审计。先停产整顿，再资产重组，招标并厂。从现在开始，厂里的资产一律不准变卖，否则要受到纪律处分。"

吉凌云："如此说来，一切都完了！"

吉振霄摇了摇头："那也未必，阳渚陶瓷厂被其他单位兼并后，你当个副手还是有希望的。"

吉凌云"嗨"了一声，说："我这个人当惯了一把手。现在叫我去仰人鼻息当副手，太残酷了吧。你就不能想想办法，帮我调个单位，哪怕是小单位也无所谓，只要当一把手，我就心满意足了！"

吉振霄："这次市委明确规定'关停并转'企业的厂级领导一律不准易厂为官。唉，这些事以后再说吧！"

吉凌云叹了口气："看来只能听天由命了！"

主题歌起。

第十二集

片头……

1．深秋。夜。

秋风萧疏，落叶飘零。一弯冷月在云层中时隐时现。

天地间苍凉虚旷。

2. 牛昌林家中。

牛昌林、周佳英、丁志超等人正在开会。

牛昌林："今天市委调查组已经进厂了，我们要如实反映情况，把阳渚陶瓷厂的情况搞清楚。不能让那些蛀虫蒙混过关！"

丁志超："自从吉凌云当厂长以来，卖掉21只釉料配方，14台机械设备，不知捞了多少好处，弄得企业资不抵债，工人下岗分流。他要负全部责任。"

周佳英叹了口气："我们给市里写了这么多举报材料、市里应该知道这些情况的。这次能不能搞个水落石出，关键看调查组敢不敢动真格。就怕干打雷不下雨，那就不好办了！"

余兵："周主席，你太多虑了。吉凌云以权谋私的问题是客观存在的。市里不解决，我们可以向省里、向中央反映情况嘛。我就不相信共产党的天下，腐败分子会有好下场！"

小郁摇了摇头："别忘了吉凌云的弟弟在市里当副市长。"

牛昌林："不管怎么说，市委派调查组进厂就是倾听民意的表现。至于吉凌云的问题如何处理，那要看调查结果而定！"

小亚："我向大家反映一个情况。今天下午红远厂的仇厂长带着吉凌云的批条和一万元现金，到财务科开真空练坭机调拨单，被我卡住了。后来吉凌云把我叫到他的办公室……"

3. 小亚的回忆。

吉凌云的办公室里。

吉凌云和仇一民坐在沙发上抽烟。小亚走进办公室。

吉凌云："小亚，你是财务科会计，也是厂里的培养对象。领导决定的事情怎能顶着不办？快同仇厂长下去开调拨单吧！"

小亚："吉厂长，这件事恐怕不好办！"

吉凌云："为什么不好办？难道我吉凌云不是阳诸陶瓷厂的厂长

了，批下去的条子不管用？”

小亚：“这台真空练坭机进价三万元，只用了两年时间，现在一万元卖出去太伤本了！”

吉凌云：“厂里停产整顿，什么时候开工谁也说不准。真空练坭机搁在那里不用，还不是废铁一堆。你是财务人员，难道连盘活资金的道理都不懂吗？”

小亚：“盘活资金的道理我当然知道。但是也不能把机械设备当废铁卖啊！何况调查组上午宣布了。即日起不准变卖厂里的资产。我们这些平头百姓，不敢明知故犯违反纪律！”

仇一民：“你看清楚没有，条子昨天就批好了，今天只是办理付款手续而已！”

吉凌云：“就是嘛，何必死搬教条呢？再说天塌下来有我顶着。你怕什么？”

小亚：“我怕什么？什么都不怕！”

吉凌云：“既然如此，你就去开调拨单吧。只要我吉凌云在阳渚陶瓷厂，不会亏待你！”

小亚：“真要我开调拨单也可以。只是有个条件……”

吉凌云：“什么条件，说吧！”

小亚：“请调查组何组长签个字，我立马出单！”

古凌云：“你……这是什么意思？”

小亚：“我在财务科恭候，告辞了！”说完离开了厂长室。

吉凌云“哼”了一声：“总有一天你要懊悔不及！”

4．小亚回忆结束。

牛昌林家中堂。

余兵：“小亚，你错了。要是我，就先给仇一民开调拨单，再向调查组反映情况。既抓住了吉凌云的尾巴，又不让仇一民提走真空练坭机。一箭双雕嘛！”

牛昌林：“小亚，你在财务工作，这类事一定要严格把关。当心吉凌云再玩什么鬼花样！”

小亚：“吉凌云和仇一民的关系非同一般。其中必有蹊跷。今天上午我查了账册，吉凌云经手卖出去的14台机械设备，其中5台是卖给仇一民的，而且价格都很低。这是我抄录的14台设备买进卖出的差价清单。放在你这里！”

牛昌林接过清单看了一遍，气愤地说：“总差价高达85万元，真是触目惊心，令人愤慨！”

周佳英：“这个吉凌云太不像话了。再这样下去，阳渚陶瓷厂的地方都要给他挖空了。”

牛昌林：“过几天我去找大路厂长，动员他们出资兼并阳渚陶瓷厂，给几百名职工寻条出路！”

周佳英：“到时候我和你一同去，怎么样？”

牛昌林点了点头：“时间不早了，大家回去休息吧！”

5. 大路陶瓷厂厂长室。

王大路、牛昌林等人正在交谈。

王大路：“听说市委调查组进驻陶瓷厂了，不知审计情况如何？”

周佳英：“这几天他们忙着开座谈会，查阅资料，一时半刻不会有什么结果。”

牛昌林叹了口气：“现在厂里人心惶惶，乱成一片。”

高铁山：“吉凌云称得上穷庙富和尚的典型人物，这次不能让他溜之大吉！”

肖光明：“听说吉凌云三室一厅的住房，装修得可与星级宾馆媲美。最近又花十几万元钱买了一幢小别墅。凭他的工资收入，没有这么多钱。肯定有经济问题。”

王大路：“我相信调查组一定会查个水落石出的。周主席，你们第一次光临大路陶瓷厂。今天我请客，咱们好好聚一聚！”

牛昌林摇了摇头。

高铁山“嗨”了一声：“难道怕吉凌云知道了撤你的职？”

牛昌林笑着说："吉凌云已经火烧屁股自顾不暇了，哪有心思管这些事。今天我和周主席到这里来，有要事相求，还未触及主题，先讲吃饭，恐怕不妥！"

王大路："什么事，说吧，我们一定尽力而为。"

周佳英："阳渚陶瓷厂下一步无非在'关停并转'上做文章。几百名职工的吃饭问题没有着落，我这个工会主席心里很不好受。因此，想请你们出资兼并阳渚陶瓷厂……"

高铁山："不妥，不妥！我们这些人都是吉凌云的眼中钉、肉中刺，好马不吃回头草，好汉不走回头路！"

牛昌林："铁山兄弟，那可不是什么回头草、回头路的问题，而是打回老家去，小鱼吃大鱼。就是不知道大路厂长有没有这个胆略！"

肖光明："假若吉凌云还留在那里当政，恐怕金山银山也不够他挥霍。何况我们这点儿家底！"

周佳英："我们可以向调查组反映你们的意见，当然也是我们的意见。请求市委罢免吉凌云的职务。或者请他到其他单位去任职。"

牛昌林："大路厂长，你看呢？"

王大路："三天后给你们答复，怎么样？"

牛昌林："好，我们静候佳音！"

6. 阳渚陶瓷厂隧道窑窑房内。

隧道窑已经熄火停产。几十辆空窑车停在轨道上。

余兵带着几位工人正在清扫场地。

牛昌林匆匆走进窑房。说："余兵，你们来一下！"

余兵等人放下手中的工具，走到牛昌林身旁，自找地方坐了下来。

余兵："牛主任，厂里停产整顿，天天学习，天天搞卫生不是长久之事嘛。总得想想办法才行。"

孙春林："厂里停产只发生活费，日子怎么过？什么时候才能开工复产呢？"

牛昌林："你问我，我问谁？调查组都没个底数！"

余兵："吉凌云把我们害得好苦，恨不得揍他一顿，才解心头之恨！"

牛昌林："你可不要胡来，闯了纰漏自己倒霉！"

余兵："这样不死不活地拖着。谁能受得了！"

牛昌林："前天我和周主席找了大路厂长，劝他们出资兼并阳渚陶瓷厂。大路厂长说三天给我答复，今天下午我们再去找他！"

孙春林："大路厂长是好人，但不是傻子。他肯出钱买个包袱背。你们太一厢情愿了！"

牛昌林："别忘了，我们阳渚陶瓷厂的几百名职工是一笔丰厚的财富。只要有一个好厂长领航掌舵，就能够创造出巨大的经济效益。只是不能再让吉凌云之流糊弄了！"

孙春林："吉凌云的弟弟在市里当副市长，要搬倒他谈何容易！"

余兵："现在阳渚陶瓷厂已经成了空壳子，吉凌云在厂里也没有市场了，说不定他早已向市里打了请调报告，另觅高枝呢！"

牛昌林点了点："但愿如此！"

7. 大路陶瓷厂厂长室。

王大路主持召开厂务会议。

韩志刚："当初吉凌云把我们一脚踢出厂门，何其悲惨。我们历尽艰辛，白手起家，创下今天的基业。现在阳渚陶瓷厂资不抵债，成了一个空壳鸡蛋。我们何必去背这包袱呢？再说吉凌云还在那里，我劝你们不要忘了'农夫和蛇'的故事！"

肖光明："我们这些人都是被吉凌云赶出来、挤出来、逼出来的。对吉凌云毫无好感。但是阳渚陶瓷厂毕竟是我们的娘家，那里的职工毕竟是我们的兄弟姐妹。我们出资兼并阳渚陶瓷厂虽然有风险，但是也是一次发展壮大的机遇。"

刘巧珍："我初步估算了一下，兼并阳渚陶瓷厂后，首期启动资金就要 180 万元，我们无法在短期内筹到这笔资金。"

王大路点了点头："资金问题可以想办法解决。关键要分析利弊、统一思想。铁山，谈谈你的看法吧！”

高铁山：“原先我对兼并阳渚陶瓷厂也是疑虑重重。仔细想想还是利大于弊。其一，可以获得更大的发展空间；其二，可以解决阳渚陶瓷厂几百名职工的就业问题；其三，提高企业的知名度和竞争能力。有此三利，我主张兼并阳渚陶瓷厂。”

王大路：“我同意铁山的意见。资金问题嘛，我准备向广南经贸公司任总通报情况，争取双方联合出资兼并阳渚陶瓷厂！”

肖光明：“任总肯冒这个风险吗？”

王大路：“我们本来就是合作伙伴，估计问题不大！”

8．深秋之夜。王大路家中堂。

王大路和大路妈正在交谈。

大路妈：“听说你们要兼并阳渚陶瓷厂，这不是小马拉大车吗？”

王大路：“是啊，困难不少，压力不小。我们决心咬紧牙关搏一搏，争取实现突破性发展！”

大路妈：“你们拿得出这么多钱吗？没有钱，什么事情都办不成！”

王大路：“今天下午我和倩倩通了电话，请他们公司出资联合兼并阳渚陶瓷厂。她说晚上给我答复。”

这时王大路衣袋里的手机发出鸣号声。

王大路掏出手机一看：“倩倩的电话来了。喂，倩倩吗，你好。我是王大路。你们决定投资120万元联合兼并阳渚陶瓷厂，太好了，太好了！你们准备举办经贸洽谈会？好，过几天我派几个工艺师去捧场。我妈和小斌都好，谢谢你的惦念。好，有事再联系！”

王大路合上手机盖板，吁了口气：“资金问题总算落实了，咱们可以放开手脚大干一场了！”

大路妈：“你啊，别只顾工作，和倩倩的事也该定下来了。”

王大路：“倩倩向你问好。她准备开过经贸洽谈会，就到阳渚来商定兼并事宜。到时再说吧！”

9. 阳渚陶瓷厂。市委调查组办公室。

何胜荣、牛昌林、周佳英正在交谈。

何胜荣："大路陶瓷厂出资兼并阳渚陶瓷厂一事，调查组可以向市委反映。但是对方提出吉凌云不进入合并企业领导班子的条件。我们不能接受。"

周佳英："何组长，吉凌云的所作所为，群众对他的评价，难道你们不清楚？这样的人再进入领导班子合适吗？"

牛昌林："阳渚陶瓷厂被吉凌云搞得一塌糊涂，资不抵债，成了市里的一个包袱。现在大路陶瓷厂愿意出资并主动承担责任，是件天大的好事。人家的钱是辛辛苦苦挣出来的，怎肯让吉凌云胡花乱用。我认为他们提出的条件合情合理，你们调查组应该积极支持！"

何胜荣："话不能这么说，我们都是共产党员，应该懂得党的组织纪律。企业领导干部是由上级组织部门考察任命的，不是谁要谁不要的问题。"

周佳英："兼并后的企业就是股份制企业了。领导干部不一定要上级组织部门委派嘛！"

何胜荣："那是以后的事。现在我是不会认同他们提出的条件的。再说人事问题也不是我管得了的。请你们谅解！"

牛昌林："我们也知道你的难处，得罪了吉凌云等于得罪了吉副市长，很多事情不好办。这样吧，我们直接向市委反映情况！"

何胜荣："这是你们的权利，谁也无权干预！"

10. 深秋之夜。牛昌林家中堂。

丁志超："调查组不同意大路陶瓷厂提出的条件，难道还想让吉凌云当合并企业的厂长，简直岂有此理。看来只能找市委书记反映情况了！"

余兵："要是市委不解决，咱们就组织职工静坐示威。看他们怎么办？"

牛昌林连连摇头：“我们是工人阶级，不能干那种破坏安定团结的蠢事。明天我和周主席到市里去反映情况，你们在厂里做好护厂工作。防止有人偷盗集体财产！”

小亚：“听说吉凌云把门卫都撤了，真是活见鬼！”

这时一位工人匆匆走进牛昌林家，气喘吁吁地说道：

“牛主任，有人在隧道窑拆卸风机！”

牛昌林：“什么，拆卸风机？”

工人点了点头。

牛昌林一挥手：“走，去厂里！”

11．隧道窑窑房内。

昏暗的灯光下，宗复明带着四位红远厂的工人正在拆卸风机。他们把拆下来的零部件装在一辆板车上。

宗复明：“动作快一点，给牛昌林他们知道了，又是麻烦事！”

拆卸工甲：“吉厂长同意的，怕什么！”

宗复明“嗨”了一声：“调查组下了不准变卖企业资产的禁令，要是给他们抓住了把柄，肯定折腾不休！”

这时牛昌林等人匆匆走进窑房。

牛昌林：“宗副厂长，这么晚了，还在检修风机？”

宗复明：“牛主任，这个……”

余兵：“宗副厂长，这几位朋友眼生得很，他们把风机拆下来干什么？”

宗复明尴尬地：“情况是这样的。以前我们调拨了红远厂的原料，一直没有付款。他们听说阳渚陶瓷厂在‘关停并转’了，天天派人来逼债。吉厂长出于无奈，将这台风机抵给他们还债，所以……”

牛昌林：“宗副厂长，这就不对了。一来市委明令不准变卖资产，你这不是明知故犯吗？二来即使调查组同意拆风机抵债，也该和我这个车间主任打个招呼嘛。三来白天有的是时间，何必晚上带人来拆卸呢？”

余兵："你们不把阳渚陶瓷厂的家当卖光是不会甘心的！"

宗复明："这……并非变卖资产，不过抵债而已！"

牛昌林："宗副厂长，现在你们把风机拆下来抵债，今后隧道窑复产点火怎么办？"

宗复明："这是吉厂长的意见，我有什么办法呢？"

周佳英："老宗，我们都是阳渚陶瓷厂的党委委员，要带头执行市委、市政府的决定，千万不能阳奉阴违，有禁不止啊！"

宗复明："这……"

牛昌林："小余、小丁，把拆下来的零部件重新安装好，红远厂的同志请回吧！"

宗复明："走吧，有事明天找吉厂长！"

12. 吉凌云家会客室。

吉凌云、仇一民、宗复明正在交谈。

仇一民："吉厂长，我们是多年的老朋友了，欠我们的原料款怎么办呢？总不能叫我们白受损失吧！"

吉凌云："牛昌林三番五次和我作对，好事都叫他捣黄了，总有一天老子非让他吃点苦头不可！"

宗复明："听说牛昌林他们鼓动王大路出资兼并阳渚陶瓷厂。要是他们的阴谋得逞，我们的日子就不好过了！"

这时刘克西和吉春风一同走进会客室。

吉春风："爸，这么晚了，叫我们来有什么急事？"

吉凌云指了指沙发："坐吧，现在形势对我们极为不利，要认真研究对策！"

吉春风"嗨"了一声："爸，你太悲观了吧，俗话说大树底下好乘凉，只要振霄叔在市里当副市长，没有走不通的路，过不去的桥！"

吉凌云："真是年轻气盛，不知深浅。这次市委派调查组来厂里审计，他拦得住吗？现在王大路想出资兼并阳渚陶瓷厂了，我们怎么办？"

吉春风："还有这等事，他王大路的胆子不小嘛！"

宗复明："听王大路还提出了一个条件，是针对吉厂长的！"

吉凌云："针对我的？"

宗复明点了点头。

吉凌云："说吧，不要紧的。这里都是自己人！"

宗复明："他提出吉厂长不得进入合并企业的领导班子。"

吉凌云："简直笑话，人事问题他管得了？"

刘克西思索片刻："我估计市委可能接受这个条件！"

吉凌云："此话怎讲？"

刘克西："据我分析，市委为了稳定大局，解决阳渚陶瓷厂几百名职工的吃饭问题，会走这步棋的。除非有别的单位愿意兼并阳渚陶瓷厂。"

宗复明若有所思地说："仇厂长，你们红远厂实力不错，何不接下阳渚陶瓷厂呢！"

仇一民连连摇头："别拿我开玩笑了。我这点小鸡本钱哪敢有此奢望。你们欠我的几万元原料款解决了，就算烧了高香！"

吉凌云："仇厂长，你别急，欠你的钱总会解决的。明天我到市里去和振霄商量对策！"

13．深秋之夜。

吉振霄家中会客室。

吉振霄和吉凌云父子正在交谈。

吉振霄叹了口气："今天上午你们厂的周佳英、牛昌林直接找市委王书记反映了情况。下午市里开了专门会议，同意了大路陶瓷厂提出的兼并方案。此事已成定局。"

吉凌云："我知道你们这些当官的，只要书记表了态，谁也不敢多说话！"

吉振霄："那也不尽其然。当时我就提出，让一个私营企业兼并阳渚陶瓷厂，有损国有企业的形象，似乎不妥！"

吉春风："叔叔的意见完全正确，王书记怎么说呢！"

吉振霄摇了摇头："王书记自有高论……"

14. 吉振霄的回忆。

市委会议室里十几位同志正在开会。

王思奇（男，43 岁。中共阳渚市委书记）呷了口茶水，放下杯子，说道："吉副市长，你的话我就不明白了。一些国有企业曾经有过辉煌的历史，良好的形象，这是事实。但是改革开放以来，由于经营不善或者人为因素，连年亏损，已经到了资不抵债的地步。这些企业的职工要吃饭，他们的子女要读书，成为严重的社会问题。现在私营企业愿意出资兼并这些濒临破产的国有工厂，与国与民都有利，有什么不妥呢？！"

李汉臣（男，45 岁。阳渚市委组织部部长）："我谈一点儿看法。大路陶瓷厂出资兼并阳渚陶瓷厂，当然是件好事。但是他们提出吉凌云同志不进合并企业领导班子的条件，似乎不妥！"

王思奇："又是不妥，愿闻其详！"

李汉臣："两个厂合并后，王大路同志当厂长是毫无疑问的。但是吉凌云同志在政工线上工作多年，又比较熟悉陶瓷生产，是当书记的最好人选，何必拒之门外呢？我们不能顾此失彼。弱化党的领导嘛！"

王思奇："李部长，言重了。人家王大路既没有提出合并企业不设党组织，也没有提出不接受上级委派的党委书记。只是拒绝吉凌云同志进入领导班子，怎能是弱化党的领导呢？何况王大路同志以前也是阳渚陶瓷厂的党委委员，也有资格担任党委书记嘛！"

15. 吉振霄回忆结束。

吉振霄家的会客室。

吉凌云叹了口气："如此说来没有一点儿松动的余地了！"

吉振霄点了点头。

吉春风："叔叔，我的事怎么办呢？"

吉振霄："我与李部长打了招呼，准备在并厂前把你调到机械厂当副书记。春风啊，你可要好好工作，为叔叔争口气。"

吉春风："你放心，我会的！"

16．初冬。上午。朝阳灿烂。霞光满天。

阳渚陶瓷厂门口。

王思奇、李汉臣、王大路、任倩、邹琼、高铁山、肖光明、周桂英、牛昌林、韩志刚等人以及数十名职工代表围聚在厂门口。

厂门立柱上挂着两块由红绸覆盖的牌子。

牛昌林挥了挥手："同志们，请安静。'大路陶瓷有限公司'成立大会现在开始。请市委王书记讲话！"

一阵热烈的掌声。

王思奇走到话筒前，向大家摆了摆手："同志们，朋友们：我代表市委、市政府向新成立的'大路陶瓷有限公司'表示热烈祝贺！"

掌声又起。

王思奇接着说："大路陶瓷厂和广南市经贸公司是两家私营企业，他们联合出资兼并了资不抵债的国有企业阳渚陶瓷厂，为政府分忧，为职工解难，其志可嘉，其行可嘉，我相信大路陶瓷有限公司一定会在改革开放的通天大道上奋勇前进。再创辉煌业绩！"

掌声又起。

牛昌林摆了摆手："请市委王书记、组织部李部长、大路陶瓷有限公司董事长王大路，副董事长任倩为大路陶瓷有限公司揭牌。鸣炮奏乐！"

在鞭炮声中。

在《我们走在大路上》的乐曲声中。

王思奇、李汉臣、王大路、任倩，分别揭开"中国共产党大路陶瓷有限公司委员会""阳渚市大路陶瓷有限公司"的标牌。

群情激奋，欢声如潮。

两块标牌在旭日照映下鲜艳夺目。

主题歌起：当官不能当一世，

做人要做一辈子。

头上顶着明亮的天。

脚下踩着厚实的地。

只要你耐得烈火炼。

只要你不怕冰霜欺。

走过一条条崎岖路，

通天大道在等着你。

快马加鞭奔前程，

十里百里千万里。

（全剧终）

2001年7月23日于正阳轩

（原载《戏文》2001年第6期）

江河水

（节选）

根据杜卫东、周新京同名小说改编

导演：李小亭

编剧：杜卫东

主演：秦　昊　郭　涛　车　晓　阚清子　张　粟

出品方：江苏幸福蓝海影视文化集团

江苏稻草熊影业有限公司

浙江天光地影影视制作有限公司等

第1集

1. 长江　秋　晨　外

宽阔的水面上，一艘客轮鸣笛驶来。

船首甲板上，迎风而立，站着一位四十六七岁的中年人，中等身材、灰衣黑裤，气质沉稳、目光刚毅，显得不怒自威。

伴随画外音打出字幕：

20世纪80年代一个秋天的早上，东江省副省长程志赴南京参加重要会议，特意取道东江港紧急召见了一个神秘人物。由此，一场惊心动魄、险象环生的改革大戏拉开序幕。

推出片名：江河水

2. 秦池家　秋　晨　内

一个三十多岁、一副土豪装束的男人破门而入，大叫：不好了，不好了，秦局长，出大事了！

坐在沙发上正打电话的秦池瞪了来人一眼，伸手示意他坐下。

来人无奈坐在沙发上，搓着双手，欲言又止，一副很焦虑的神态。

秦池对着话筒继续说：达夫啊，你也知道，老局长退休半年了，港务局局长的位置还空着呢！

秦池五十多岁，面皮松弛，目光闪烁而犀利，像是隐藏在暗堡中的两只枪眼。

话筒里传出琊山煤矿副矿长赵达夫的声音：肯定是你上位嘛，你是常务副局长，这还会有悬念？等着喝你老哥喜酒啦！

秦池：这年头，粮食没进仓，哪能算丰收呢。赵矿长，你琊山矿的煤，今年还要通过东江港多走一些呀！

3. 小城瑞丽　秋　日　外

瑞丽的初秋，翠绿醉人。宝石街上，一家家珠宝玉器店鳞次栉比。店主笑脸招揽顾客。来自泰国、缅甸、印度和巴基斯坦的商贩，没有店铺或固定摊位，一条条高举着的胳膊把一盒盒各种颜色的宝石伸到客人面前，各种情调的叫卖声、吆喝声在街市此起彼伏。

赵达夫和琊山煤矿矿长廖汉中在街市上游览。赵达夫四十多岁，五官长得比较夸张；廖汉中五十多岁，又黑又粗一条壮汉。

赵达夫对着手机：秦局长，我们老大的太太可在你们东江港呢，你可要小心伺候。

话筒里传出秦池惊讶的声音：什么，方秋萍在东江港？

赵达夫：我还蒙你不成。我们老大不发话，不会从东江港多走一吨煤，你老哥脑袋可别进水！

赵达夫说着看了一眼廖汉中，谄媚地一笑。

4. 秦池家　秋　日　内

秦池：好，好。我明白，我这就联系方总。

秦池挂断电话，瞥了一眼坐在沙发上的年轻人：建荣啊，成就大事者，必须有静气。出了什么了不起的事，看把你慌的！

孟建荣：秦大局长，您还真沉得住气，我刚刚得到重磅消息——

秦池倒了一杯茶递给孟建荣：重磅消息？哼哼，是海地又地震了，还是朝韩冲突升级啦？

5. 东江港客运码头　秋　日　外

码头上，一个佩戴二级警衔的中年人临水而立，他是东江港公安局局长江河，身量不高，健硕敦实，三十八九岁年纪。或许是昨夜睡得太晚，眼圈有些发黑。

一艘江轮渐驶渐近，透过江面上氤氲的淡淡水汽，江河看到了船头站着身穿灰色衬衫，深色长裤的副省长程志。程志也看见了江河，扬手相招。

船刚停稳，江河一个箭步跳了上去。

江河立正敬军礼：程省长，您好。

程志一伸手拉住江河，朗声大笑江河，你小子活得蛮滋润嘛！

江河本来有点紧张，程志一开玩笑也就放松了：老首长取笑我了！昨天值了一夜班，刚想闭闭眼，就接到省委组织部紧急通知，被您提溜来了，哪里说得上滋润？

程志：老首长？我老吗？我不过比你才大八岁！严格地说，算是一代人，怎么就成了老首长？你是赞我还是咒我？

江河：咒您，我哪敢？

程志掏出烟扔给江河一支：谅你小子也不敢。

江河接过烟背风用打火机点燃，哈哈一笑：那是啊，拍马屁还找不着机会呢！

程志手一挥：想拍马屁？好，给你机会。听着，省府调整分工，政法那一摊儿我不管了，让我主抓工业、交通！

江河：省府调整分工，是你们领导层面的事，和我有什么关系？

程志：关系大了！东江港是全省水上交通枢纽、煤炭集散中心，经营好坏，直接影响全省的经济形势。这次省府调整分工，我二话没讲，只提了一个要求，把你小子放到东江港主持工作！

江河：我？我对港口管理一窍不通，您把我放到东江港主持工作，这不是乱点鸳鸯谱吗？

6. 小城瑞丽　秋　日　外

赵达夫从宝石店窜出，捂着眼大喊：他娘的，太平世界，朗朗乾坤，怎么说打人就打人呀！

话音未落，青衫平头、膀阔腰圆的两个伙计追出来，一左一右挟持住他。赵达夫使劲挣脱，无奈伙计的手像铁钳一样令他动弹不得。

精瘦的宝石店老板倒剪双手，一晃一晃走过来，对一只眼已乌青的赵达夫说：打人？先生，您赌了石头不给钱，您不是找打吗？

赵达夫揉着眼：欺负外地人是不是，还有没有王法？

店老板一脸不屑：倒要讨教，怎么欺负您了？

赵达夫：你说了，这块石头切下去就值一百万！

店老板轻蔑一笑：我说这块石头切出绿来值一百万，何曾说过一刀切下去就值一百万？要是这样，我把这块石头5万块钱卖给您，脑袋岂不是被驴踢了？

7. 东江宾馆客房　秋　日　内

一个女人站在宽大的落地窗前打电话，她叫方秋萍，是廖汉中的妻子，三十四五岁年纪，身材婀娜、千娇百媚，一边打电话一边欣赏美丽的江景。

方秋萍：老廖，你们不是在南京开会吗，怎么又跑到云南去了？这是开会呀，还是旅游呀？

8. 瑞丽街市一角　秋　日　外

廖汉中在离宝石店不远的地方接电话：开会，当然是开会啦！这不是会开完了，主办方安排了两条线路，让大伙儿放松放松。一路瑞丽，一路黄山，我眼也没眨就选择了瑞丽。

方秋萍娇嗔地（OS）：为什么？

廖汉中：秋萍呀你是明知故问。瑞丽卖宝石，我要为你买一只上好的翠镯呀！

方秋萍（OS）：汉中，难为你有这片心！明天中午我就回琊山了，我可不想一进家门，看见的是冷桌子冷板凳。

廖汉中心旌摇曳：我和赵达夫坐明天一早儿的航班回琊山，你爱吃的宣威火腿我也给你买了，保证你一进家门就能吃上热乎的。

方秋萍（OS）：你舍不得让我一个人独守空房？

廖汉中：那是自然呀。

方秋萍：你走了十几天，真有点想老哥哥了。

廖汉中：娘子，老哥哥也想你呀。

这时不远处传来嘈杂的叫骂声和赵达夫的呼喊：老大，老大！

廖汉中侧身一听：哎哟，老赵和人打架哪，不说了，我得过去看看，挂了。

9. 宝石店　秋　日　外

赵达夫被两个伙计抓住动弹不得，见到廖汉中，他像遇到救星一样喊：老大，天下哪有这样便宜的事，一块破石头，一刀切成两半，就要五万块钱，不给就动粗？操，我老赵也不是用手捏出的面人，要是在咱琊山，我非打得他们满地找牙！

俩伙计一听，手上一用力，赵达夫杀猪一样嚎叫起来。

廖汉中连忙上前制止：小兄弟，手下留情。又拍拍赵达夫肩膀：老赵，我刚才劝你别赌，你不听。接一个电话的工夫，怎么就闹出了这么大动静？

赵达夫：谁想到切出来一片白呀！

廖汉中：兄弟，愿赌服输，不就是五万块钱吗？别把咱们琊山煤矿的脸丢到瑞丽来。

店老板嘿嘿一笑：这位先生是个敞亮人。

廖汉中冲店老板笑着求情：老板，你让伙计把手松开，有话好商量。俗话说和气生财嘛，你动不动就抡拳头，财神爷还不得吓跑了，你说是不是？

店老板一摆手，伙计放开赵达夫，叉开丁字步，一前一后把他夹在中间。

店老板：这位先生，他要赌是您亲眼所见，不是我们以强凌弱，实在是他不讲道理。什么叫赌石，我不说您也明白，能赖账吗？这是没切出绿，要是切出了绿，我能反悔吗？一百万的东西，不是五万块钱就归他了吗？

10. 东江港客运码头　秋　日　外

客轮的甲板上，江河与程志相向而立。

程志：你不要和我讨价还价！东江港在长江沿线是出了名的政令不通，治安混乱。前几年，省里组织打黑，东江港一下子就抓了几十名危害社会治安的各类嫌犯，是你这个港口公安局局长亲自坐镇指挥的吧！

江河：那还不是在您的领导之下。

程志：少来。那次你出了名，号称威震八百里东江，风头几乎盖过了我这个主管政法的副省长，我没说错吧？

江河：您又取笑我？

程志看了江河一眼，话语中充满信任：东江港需要你，去不去，我就想听你一句痛快话！说着把烟蒂扔在甲板上，狠狠踩灭。

江河吸了一口烟，沉默不语，他有些犹豫不决。

11. 宝石街另一端　秋　日　外

香港巨商丁伯带着侄女丁薇薇走来。丁伯年逾八旬，庞眉皓发，精神矍铄，看上去颇有几分道骨仙风。丁薇薇不过三十来岁的样子，眉目清丽，行为端庄，举手投足间，一股大家风范自然流露。

街上有一位须发斑白的老人，衣衫不整，手托一顶破毡帽，嘴里含混不清地念叨着“白魔、白魔”，有游客向他的毡帽里施舍钱币，他也面无表情，与丁伯、丁薇薇擦肩而过时，老人呆滞的目光中忽然有一道亮光闪过。

丁伯也一愣，伸出手：杨先生，别来无恙乎？在下丁某。

老人怔怔地盯住丁伯喃喃自语：无恙乎？无恙乎？……我不认识你呀！

丁伯一声长叹，示意丁薇薇。

丁薇薇拿出一张支票：老伯，这是一张两万元的现金支票，您收好。

老人接过支票，举起对着阳光翻来覆去看了几遍，然后小心翼翼地撕成了一条条，向空中抛去，在丁氏叔侄的愕然中转身离去，边走边咏：别人笑我太疯癫，我笑世人看不穿，黄粱美梦终将醒，谁人死后变神仙？咏罢仰天一阵大笑。

望着老人背影，丁伯一脸愧疚，感叹一声：罪过，罪过啊！

丁薇薇有些好奇：叔叔，您怎么认识这个疯老头？

丁伯感慨万端：岂止认识，我们打交道时，你还是黄毛丫头哪！

丁薇薇：噢，这么大来头啊？

丁伯：他姓杨，退回十几年，可是云缅边境上远近闻名的“翡翠大王”！

丁薇薇更为惊异：怎么就疯了？

丁伯若有所思：也未见得真疯，鬼迷心窍，一时糊涂罢了！

丁薇薇面露同情之色：当年的翡翠大王沦落至此，也怪可怜的。

丁伯叹了口气：说起来，和叔叔还有些关联。叔叔玩儿翠玩儿了大半辈子，也颇有些心得。前几十年算得上顺风顺水，过了七十，老啦老啦，这大悲大喜也就来了。

丁薇薇：我知道您是玩翡翠赌石起家，怎么从来没听您给我讲过这一段儿？

丁伯摇头一笑：不错，叔叔是玩翡翠赌石起家的，没给你说过这一段儿，是从来没想过让你染指。你可以玩字画、玩古董、玩青花，赌石不是女人玩儿的，暴富、破产常在一念，天堂、地狱近在咫尺，轻易不要去碰它。

叔侄俩说着话，也来到了这家宝石店前。本无心停留，看到神情沮丧的赵达夫，丁伯愣了一下，他拉了一把侄女，走了过去。

12. 宝石店　秋　日　外

赵达夫被两个伙计揪住胳膊，挣脱不得。

店老板：您这位兄弟执意赖账，也没什么，小店虽本小利薄，但也不在乎这几个小钱。

廖汉中一抱拳：那就多谢老板了。

店老板：只不过，小店自开张以来还是头一回遇见这样的事。您的兄弟不能就这么走了，我要借他身上一样东西留个念想儿。

廖汉中有些困惑：什么东西？

店老板冷笑：一个鼻子。两只耳朵也成，随您这位兄弟的意。

赵达夫一听，杀猪一样叫了一声，使劲挣脱胳膊转身就跑。伙计追上去扬起一脚，赵达夫一个嘴啃泥直挺挺摔在地上。廖汉中急了，上前挥拳要打伙计，刚扬起手，就被另一个伙计紧紧攥住手腕：大叔，您悠着点，别闪了腰！

赵达夫见状龇牙咧嘴爬起来，掸掸身上的土对廖汉中说：老大，强龙不压地头蛇，今天我他娘的认栽了。老板，咱们各退一步，两万五，怎么样？

店老板白了他一眼：对半儿？您沿着这条街从这头儿问到那头儿，看看有没有这样的先例！

廖汉中：老板，再商量商量？

店老板：先生，不是驳您面子，没得商量。少一分钱，您这位兄弟别想站着走出这条街。

丁伯从人群中走出来，双手作揖：店家，不过是五万块钱吗，何必弄出这么大动静？我替这位先生付了。

店老板有些意外：老先生仗义疏财，那自然好。

赵达夫一见丁伯，面露惊诧，欲上前搭讪，却发现丁伯根本就没有用正眼看他，就臊不搭说：老爷子，哪有让您破费的道理？我不是拿不出五万块钱，只是他们欺人太甚，我咽不下这口气。

店老板要理论，丁伯一摆手：这位先生，恕我直言，您确实不懂赌石的规矩。谁都没有透视眼，能不能切出绿来，多一半得凭运气。赌石嘛，赌的就是风险！要不在赌石界怎么会流传这样的话：疯子买疯子卖，另一个疯子在等待。

店老板：老先生所言极是，这才是玩家！

赵达夫满脸羞愧，不知如何收场，丁薇薇已将一张现金支票递给了店老板。

丁伯：店家，银讫两清，放这位先生走吧。

店老板接过支票看了看，对赵达夫不屑地说：算你走运，今天遇到了贵人。

赵达夫还想假意推脱：这怎么好意思？

廖汉中一把拉过他：兄弟，别装了，来点实在的吧！老想着发横财，把脸都丢到云南了，我算是服了你。

赵达夫：老大……

廖汉中：什么老大，咱们驴粪蛋儿下山——滚球儿吧！

赵达夫想跟廖汉中走又心有不甘：不再转转了吗，只给嫂夫人买了一只镯子，分量轻了点吧？

廖汉中没好气：转个屁，还不够你散德行的呢！刚才就是你嫂子打来电话，说她明天中午回煤矿，我们要坐一早儿的航班赶回琊山！

赵达夫讨好地：老大，这才分别几天呀？都老夫老妻了，不至于吧？

廖汉中瞪了赵达夫一眼：闭嘴！回身冲丁伯一拱手：老伯，我这兄弟让您见笑了，谢过，谢过！

13. 东江港客运码头　秋　日　外

程志洞穿了江河内心：圣人云：君子不立于危墙之下。我听说省里有单位想调你去任行政主官，你也年近不惑了，是不是在拨拉自己的小算盘，觉得没必要把政治前途押在东江港这样一个危机四伏的单位，你是不是这么想的？

江河神情尴尬地咧咧嘴：想想不犯法吧？

程志目光中的调侃变成了期待：当然。江河呀，漂亮话我也不说了，大道理我也不讲了。我只想告诉你，东江港这些年改革滞缓，让你这个门外汉去港务局当局长，省委、省政府是下了很大决心的。大丈夫当有鸿鹄之志，顶天立地，岂能与燕雀为伍，苟活于世？我希望三年，最多五年吧，你能还给我一个风清气正、效益可观的现代物流中心，如何？

江河发牢骚：省长大人，您说您调整了分工，为什么一定要拉我去垫背？

程志抬手看了看手表：屁话！船要开了，干脆点，去还是不去？东江港确实是个烂摊子，想当逃兵？可以！我放你小子一条生路。见江河无语。程志紧逼不舍：亏你还当过十年兵、十年警察，做事别像老娘们似的磨磨叽叽，一句话，到底去还是不去？

轮船鸣笛了，江河双眉微锁，略一沉吟，退后一步向程志敬了一个标准的军礼：调令一到，我马上去东江港报到！

程志上前两步，紧紧抓住江河的双手：江河同志，我知道你不是个稀松软蛋。好，上岸等调令吧，慢则一天，快则两个时辰！

14. 瑞丽宝石街宝石店　秋　日　外

宝石店门口摆着一溜赌石。宝石店老板见丁伯出手阔绰，看出他是海外来的大老板，满脸堆笑地连连点头，极尽谄媚。

丁伯不理睬他，转身对丁薇薇说：要说起来，翡翠赌石最没有定数。就说那个疯老头吧，玩了一辈子赌石，眼力之准，不要说瑞丽，恐怕全滇也无人能出其右，在道上从来没有过大闪失。

丁薇薇一笑：能让叔叔青睐的人，肯定非等闲之辈。

丁伯摇摇头：不过，打了一辈子雁，到头来被雁啄了眼的事也是常有。

丁薇薇看着丁伯，目光中充满好奇与期待。

丁伯面色沉重：十三年前，我在缅甸花十万块钱买了块石头，有百十斤重。又花十万元请当地一个顶尖高手在石头上开了个口子，在口子上黏了薄薄一层好翠，那活儿真是绝了，做得天衣无缝，请杨先生过来看货，是想请他看看做活人的手艺，没想到，他竟然斥资两千万非要把石头买下。

丁薇薇：他主动要买？

丁伯：是啊。当时他认定有十倍的利，回去剖开一看，自然是白魔，人一下就痴了！

丁薇薇感慨：叔叔，您二十万赚了人家二千万，百倍的利，这是您说的大喜？

丁伯双手一摊：福祸相依。第二年，叔叔也栽了，一下子赔进去两千万。

丁薇薇：您老能一把赔进两千万？

丁伯叹一口气：所以说赌石最无定数。

店老板在一旁听得一脸惊诧。

15. 东江市长江江畔　秋　日　外

江风习习，江水滔滔？方秋萍一袭白色衣裙站在江边，眺望江面。突然，手机响了。

方秋萍掏出手机接听：哦，秦局长，你好，你好！手机刚才调到静音了，没听见，对不起啊！

16. 东江港秦池办公室　秋　日　内

秦池：方总，你来东江，招呼也不打一个，莫不是对我秦某有意见？

方秋萍（OS）：哪里，我这次是和东江电厂签供煤合同，和港口没有业务，就没好意思打扰你。

秦池：方总见外了。这次如果你连一口水都不喝东江港的，我心里过得去过不去事小，老廖如果知道了，还不把我扔到长江里去！

方秋萍（OS）：秦局长说笑了，哪里有那么夸张？

秦池：方总，总之，你得让我一尽地主之谊，务请方总赏光。我在临江茶楼雅间请方总喝茶。

方秋萍（OS）：请我喝茶？秦局长好有雅兴啊！我还有事，免了吧。

秦池：方总，不光喝茶，还有重要的事向你通报。一小时后，我在临江茶楼恭候，咱们不见不散。

方秋萍犹豫了一下：好吧，一会儿见。

17. 瑞丽宝石街宝石店　秋　日　外

宝石街另一端，来自丽江黄记古玩店的老板黄敬业也在闲逛。黄敬业六十来岁，一脸沧桑，额头上的皱纹又深又锐，仿佛把古树的年轮搬到脸上。几个小商贩将装满宝石的盒子递到他面前，嘴里吆喝着：上好的翡翠戒面，三百块钱一粒，老先生，您看看。

黄敬业看也不看，他被站在宝石加工店门前的丁氏叔侄吸引住目光。

丁伯也看见了黄敬业，两人目光偶一对接，似有火花迸出。

黄敬业略一迟疑，走了过来。

18. 瑞丽宝石街宝石店　秋　日　外

宝石加工店门前摆着的几块赌料，黑黝黝的，每块重量都在四五十斤左右，状若顽石。阳光直射下，似乎又呈现出某种神秘的难以形容的色调。

丁伯好像看中其中一块石头，过去用脚踢了几下。

丁薇薇满脸茫然：叔叔，这就是赌料吗，我可什么都看不出来。

丁伯：十三年前在缅甸，杨疯子赌的就是这样一块石头，简直就像是一个坑里刨出来的。

丁薇薇试探着问：叔叔，可有心情再玩一把？

宝石店老板抓住机会走过来：老先生，您是行家，洒洒水啦！

丁薇薇拉拉丁伯胳膊：叔叔，玩一把吧。

丁伯踢踢脚下那块石头，用余光瞥了一眼缓缓走过的黄敬业：缅甸的？

店老板：缅甸的。

丁伯蹲下身，将石头翻来覆去看了几遍，对丁薇薇说：珠宝级的翡翠仅产于缅甸，危地马拉、日本、美国、墨西哥也有翡翠出产，其质地较之缅甸不可同日而语，没什么可玩的。

丁薇薇：这块呢？

丁伯抬头看了一眼已走到近前的黄敬业，说：这块石头有那么点意思。

19. 东江临江茶楼　秋　日　内

这是一家古色古香的茶楼。店门两边，各挂四盏金边黄穗的红灯笼，衬映着满街的霓虹灯和玻璃墙，让人有穿越时空之感。原木本色的正门门柱上悬有一联，黄底黑字，行书秀逸：龙团雀舌香自幽谷；鼎彝玉盏灿若朝霞。

进门后叠石为峰，池水环绕。池水旁，绿萝成行，迎春垂地，掩映出一条鹅卵石铺就的曲径。曲径两边是摆满原木桌椅的散座，尽头有一架水车，吸水而转，吱吱作响。水车旁，是一架木制的楼梯，直通二楼各个错落有致的单间。服务员都是妙龄少女，一律身着藏蓝白点的棉麻布小衫，面若桃花，温婉有礼。

方秋萍款款走进茶楼，服务员立刻将她引领到二楼雅间。

进了雅间，秦池满脸带笑站起：方总，你到东江也不知会我一声，如果不是达夫打电话给我，岂不是太失礼了吗？

方秋萍：秦局长太客气了。这次到东江，有电厂的薛东方尽地主之谊，就不劳港务局破费了。

秦池作生气状：方总这样说，还是不拿秦池当朋友啊！

方秋萍瞟一眼秦池：岂敢，秦局长言重了。

服务员送来茶具茶叶，秦池示意她下去，亲自冲泡：方总，这是刚采摘的秋茶，你品品。

方秋萍端起茶杯，在鼻尖下嗅了嗅：好茶。有什么重要的事，这么急火火地召小女子见面？

秦池呷了口茶：方总，开门见山吧！事发实在突然，这记闷棍，几乎把秦某打蒙了。

方秋萍放下茶杯：秦局长，到底发生了什么事儿？

20. 宝石店　秋　日　内

丁伯用脚踢踢他看好的那块石头，对店老板说：你开个价。

店老板露出一脸谄媚的笑：一看您就是海外来的大老板，十万，不还价。

丁伯看了一眼黄敬业：这位先生，你也喊个价吧，你要不喊价，十万块钱我玩儿一把。

黄敬业摆摆手：老先生，您玩儿您的，我玩儿不起这个，也就是看看热闹，长长见识。

丁伯：先生客气了。好，我就碰碰运气。老板，叫伙计抬进去，切一刀。

两个伙计抬着丁伯看好的赌料，固定在店内的切料机上，老板亲自操作，合上电闸，对丁伯说：切啦——？

丁伯平静地一挥手：切。

随着切料机的轰鸣，石头被切开了，阳光下白花花一片。

丁伯一怔，面呈失望之色。

站在一旁的黄敬业不由惊叫一声：白魔！

丁伯看了黄敬业一眼，脸色依然平静，指着半块石头说：拦腰再切一刀。

伙计把半块赌料固定好。老板一摁电钮，众目睽睽之下，石头切出来仍旧是白花花一片，围观者发出惊叹。

丁伯若有所失，摊摊手：看走眼了。

伙计将两块四分之一的废料扔进了废料堆。

店老板：老先生，这半块要不要也切一刀？

丁伯瞥了一眼黄敬业：不必啦。

伙计将另半块赌料从切料机上抬下来，站在一旁的黄敬业略一沉吟，趋前一步：等等，我看看。

丁伯没心思再摆弄石头，挥了下手：不必啦，扔废料堆里吧。

伙计抬着石料正要扔，黄敬业一招手：且慢——

众人皆感到诧异，不知道黄敬业是什么意思。

黄敬业走过去，让伙计把这半块赌料放在地上，然后用双手抱起来，感到吃力，又放下来，蹲在石头前面翻来覆去看了好一阵子，问丁伯：老先生，这半块石头你出手不？

丁伯欲擒故纵地一笑：嘿嘿，你也看到了，切开的这一半既无水头也无绿，分文不值，另一半切出来十之八九也是要撞白魔的，我看你还是不要的好。

黄敬业：碰碰运气嘛，说不定哪块云彩里有雨。

丁伯顺水推舟：那好，我也不多要，十万，我把本钱收回来就行啦。

黄敬业伸手与丁伯击掌：成交。

黄敬业一脸深不可测的表情，对店老板说：老板，这块石头算我的了，您把刚才收的钱退给这位老先生，我来碰碰运气。

半块赌料再次被固定在切料机上，老板合上电闸。

黄敬业气定神闲地抽着他的长杆烟袋锅，丁薇薇蹙着眉头，捉摸不透黄敬业唱的是哪一出？

老板即将按下电钮，丁伯忍不住对黄敬业说：这位先生，你再斟酌斟酌，这一刀切下去，可就不能反悔了。

黄敬业好像有十二分把握：愿赌服输，不反悔，决不反悔！

丁伯满脸狐疑地退后一步。

老板手按电钮，最后一次征求黄敬业意见：切啦？

21. 东江临江茶楼　秋　日　内

秦池：孟建荣早上到家告诉我，说省里提议任命东江港公安局局长到我们港务局来当局长。

方秋萍吃了一惊：什么？有没有搞错？前几天我还听海涛说，市里已经定了你接任，报告都送上去了，怎么又突然任命一个公安局局长来当港务局局长，有这么出牌的吗？

秦池叹气：就是嘛！市里也给我吹了风，本来是板上钉钉的事。嘁，港口业务的技术含量再低，也不是一个只知道打打杀杀的公安局长能够玩转的。听说是副省长程志亲自点的将，他主管政法时，那个公安局长是他的得力干将；这次改行管工业又把他带过来，简直是乱点鸳鸯谱。

方秋萍：匪夷所思。

秦池喝了一口茶：唉，先不说这个了。方总，咱们打开天窗说亮话，我知道你和海涛走得很近，海涛在江北闸口有一支中等规模的运煤船队，你每年从琊山煤矿给他发来两百万吨煤，背靠东江港闸口煤码头走货，你们赚的是盆满钵满。

方秋萍惊叫一声：哟，秦局长，怎么说话呢？海涛可是你亲侄子呀！

秦池：正因为如此，我才坦诚相见。赵达夫哪，每年给我们东江港也发来两百万吨煤，他那里赚多少，我想你心里也有数。你、海涛、赵达夫和我是不是有点三国四方的味道？

方秋萍想了想：是有点。

秦池：我在东江港主持工作，三国四方的利益就能保证。现在省里任命一个公安局局长来担任港务局局长，这是釜底抽薪。我若失了势，后果如何，方总不难想明白。

方秋萍端起茶杯喝了一口，有些漫不经心：有那么严重吗？秦局长。

秦池：当然有。方总，这可是性命攸关的事，大意不得。

方秋萍：你想让我做什么，不妨直说。

秦池：我就是想和你商量一下，怎样联手遏制那个即将上任的新局长。

方秋萍沉吟片刻：我一个弱女子，可管不了那么多。这事你就是商量，也得找廖矿长、赵副矿长商量是不是？

秦池：那不是现铁不打，反去炼铜吗？你是矿长夫人，又是琊山煤矿总会计师，谁不知道你在矿山说一不二！这次和东江电厂签订供煤合同这么大的事，老廖不是也委托你全权代表吗！

方秋萍有些敷衍：我也不想让人打破琊山煤矿和东江港已经形成的平衡，你和赵达夫是老交情，赵达夫这个副矿长既主管生产，又兼着矿山总调度，你和他打个招呼不就行了。

秦池苦笑：方总，我打招呼和你打招呼是一码事吗？

方秋萍轻描淡写：多大点儿事呀？好，好，我回去和老赵打个招呼。

秦池一脸凝重：秋萍、方总，这是大事，你可千万不要掉以轻心。咱们要趁他立足未稳，赶紧把他挤走！

22. 宝石店　秋　日　内

黄敬业好像突然醒悟了什么，叫一声：等等。走到切料机前连说带比画：这块石头不能这么切，得顺着切。来，转过来，重新固定一下，顺着原来的刀口切。不然切出绿来，可就不成材料了。

丁薇薇低声问丁伯：叔叔，这半块石头真能切出绿吗？

丁伯低声回答：他这是虚张声势，你等着看吧！

丁薇薇：前面两刀切出来是白魔，他还花钱把这半块买去，他会那么傻吗？此人非同常人，叔叔，我看这里面有名堂，要不咱们再把石头赎回来吧？

丁伯摇摇头：不急，再看看。

两个伙计又一次把赌料固定好，店老板手按电钮：切啦——？

黄敬业突然改了主意，一摆手：慢！老板，麻烦您把石头卸下来，不切了，我带回丽江去。

丁伯心生疑窦，走过来问：不切了？

黄敬业一笑：老伯，您是大行家，实话实说，我看好这半块赌料，您看这“莽带”、这“松纹”，不过是不是真有绿，谁也不敢板上钉钉打包票。咱们玩儿翠的有句老话，“十解九甩”，瞬间论生死，就不是玩儿翠的境界了。

丁伯嗯嗯点头：不错，不错，十解九甩。这位先生，听口音不是本地人，北边过来的吧？

黄敬业：是。

丁伯：您贵姓？

黄敬业一抱拳：免贵姓黄，老家在北京。

丁伯脸上稍纵即逝闪过一缕诡异的表情，又问：祖上也有人玩儿过这个？

黄敬业：我父亲那辈儿好过，从我这一辈儿起，就上云南种地来了。

丁伯：能理解，能理解。

黄敬业：老伯您贵姓？

丁伯：免贵姓丁，这是我侄女薇薇。

丁薇薇含笑点点头：黄先生好。

黄敬业也向丁薇薇示好。

丁伯：我听说当年京城有个玩儿翠的大家，不管什么样的石头，到了他手里，掂两下，看几眼，就知道是什么成色，有那么神吗？

黄敬业脸上闪过一缕自许的神情：有没有那么神我说不好，不过我知道有这么件事，民国二十五年，有几个贩石头的从缅甸运来几块开了门子的大翠料，口子处成色不错，里头怎么样谁也吃不准，开出价来，五十万块现大洋！

丁伯：民国二十五年？五十万现大洋，那可是天价啊！

黄敬业：那是，所以北京城里玩儿翠的行家全都傻了，谁敢拿货？谁也没那个胆！您说的这位大行家，回价回到三十万，拍板成交，要不是他那胆识，那一次京城玩儿翠的可就把脸丢大了。

丁伯赞叹：后来我听说这块石料切出了翠，卖了三百万，近十倍的利！先生真是家学渊源，家学渊源！

黄敬业略显羞涩：老伯，谬赞了，晚辈拜谢。

丁伯：老朽受教，受教。

黄敬业：我明儿一早就回丽江了，有机会，我在丽江洗杯以候。

丁薇薇沉不住气了，趋前一步：等等，这块石头我们想再买回来。

黄敬业停住脚，木着一张脸说：这不能够吧，你问问这位老伯，有这规矩吗？

丁薇薇看了叔叔一眼：愿买愿卖，我们不强买，我出二十万，算是把这石头赎回来，成不成交？

黄敬业不与丁薇薇对话，转身面向丁伯：老伯，那你们可就赔了。

丁伯微微一笑：二十万块交个朋友，值啦。

黄敬业：老伯既然这么说，恭敬不如从命，成交。

23. 东江临江茶楼　秋　日　内

谈话已近尾声，秦池站起身。

秦池：方总，我已经在全福兴酒楼订了雅间，还邀了几个朋友作陪，时候不早了，咱们一同前往吧。

方秋萍：不了，不了。这些天我正在减肥，一个苹果、两根黄瓜足矣，去了也是给大家扫兴；再说我滴酒不沾，还是你们自己吃吧。

秦池：方总说笑了，哪有客人不到，主人自饮的道理？

方秋萍双手作揖：真的，不是客气。求求秦局长，不要难为我。

秦池无奈：既然方总都这样说了，再强求就显得无理了，那就遂方总的意，我派车送你回宾馆。

方秋萍：谢了，谢了。我想在江边走走，欣赏欣赏秋色渐浓的东江风景。

秦池：方总好雅兴，那我就先走一步了，你有事可随时电话我。

两人握手告别。

24. 宝石店　秋　日　外

目送黄敬业走后，丁伯指指花了二十万赎回的石头，对店老板说：叫伙计扔废料堆里吧。

店老板顿时呆若木鸡。

丁伯说罢扭身便走。丁薇薇不知所措，一脸茫然跟上。直到走出半条街，丁伯才说：薇薇，知道叔叔为什么这么做吗？

丁薇薇：是不是侄女做错了什么？

丁伯：干咱们这一行，不怕看走眼，就怕心里没数轻信人言，欲占小便宜必吃大亏！

丁薇薇：叔叔……

丁伯：像这种摆在街面上的石头，不过是拿来随便玩玩儿的，纵然开出绿来，也是大路货，值不了几个钱。这里面的道道儿我明白，刚才那位黄先生也明白，那半块石头我是有意不让店老板再切，就是想看看那位黄先生怎么使诈？

丁薇薇娇嗔：叔叔您可真是的，您心里明镜似的就是不点破，还跟那位黄先生一唱一和，不是有意让我出丑吗？

丁伯：我这是花点钱给你交学费，这种教训你一辈子忘不了。

丁伯说到这里有意顿了顿，脸上露出一种高深莫测的表情。

丁薇薇：不过这事还没完，是不是，叔叔？

丁伯：不错，今天我故意洒洒水，一是让你长一点教训，二是要借此和那位黄先生盘盘道。

丁薇薇：盘道？

丁伯：对头。如果我的判断无误，他很可能就是依娜说的黄敬业，黄元昌的小儿子。今后你少不了和他打交道，老话说，得胜的猫儿欢似虎，今天让他小胜一局，下次你再和他打交道就容易多了。咱们今天赔进去的二十万，明天会几十倍、几百倍地赚回！

丁薇薇诧异：他就是依娜说的黄敬业？叔叔，您是怎么判断出来的？

丁伯：刚才一照面，我就觉得此人有别常人，你看他的神态、做派、举止、风度，赌石时也是藏而不露，气定神闲。后来我又问了一下他的经历，并拿一个京城玩儿翠名家来试探他，有意不说出这位名家的名字，他说来却如数家珍。据此不难判断，他就是黄敬业。

丁薇薇：您拿来试探他的那位玩儿翠名家就是黄元昌吧？

丁伯：对头。我和这个黄敬业还有另一段过节，回到游艇上再讲给你听。

丁薇薇若有所思：叔叔，那个赌石悔约的人您认识？他见到您的神态，我看很有几分惊诧，几分敬畏呀。

丁伯微微一笑：噢，是吗？叔叔相貌过于普通，或许和他的哪位熟人有几分相像也未可知。

25. 豪华游艇　秋　日　外

太阳辉映下的陇川江，波光粼粼，沿江两岸远山隐约，竹茂林幽，凤尾竹林深处，掩映着一幢幢傣家竹楼。江面上偶有轻舟划过，竹林中傣家情歌声声入耳。

丁伯和丁薇薇回到停泊在江心绿色小岛旁的豪华游艇上。

男服务生端来咖啡，放在两人间的圆桌上。然后，躬身后退两步离开。

丁薇薇端起咖啡，用小勺搅动：叔叔，刚才您说您和那个黄敬业还有一段过节，是什么过节呀，能让叔叔铭记于心？

丁伯：这事要说有十多年了。那时你还在美国，叔叔在香港看上一块百十斤重的赌料，花了两千万港币买下来。

丁薇薇接话：两千万？在那时也算是轰动一时的新闻啦！

丁伯：自然。令人惊叹的是这块赌料上擦出了一道二十厘米长、一厘米宽的绿绺子，其绿之艳之浓，很多玩儿了一辈子翠的人也没见过。多少行家看过，无不认为石头切出来至少值一个亿！

丁薇薇：一个亿？

丁伯：是啊，谁知这块石头切开了，整块石头就这么一绺薄得像纸一样的绿，轻一分擦不到，重一分擦没了，真是微妙到毫厘！叔叔几经辗转，打听到擦石人在丽江，托人带话想见一面，却被一口回绝了。

丁薇薇：叔叔是因为那次豪赌伤了元气，才不再染指赌石？

丁伯叹一口气：没伤元气，伤了心气儿，自此远离赌石。

丁薇薇：叔叔，那你怎么能证实，黄敬业就是当年的擦石人？

丁伯道：无须证实。薇薇，事情过去多年，叔叔也早已无心再见擦石人，岂知今天看到黄敬业，就像冥冥中有定数，叔叔认准了他就是当年那个擦石人。

江风吹来，江面上渐有凉意。丁薇薇从船舱中取来一件风衣，为叔叔披上。

丁伯触动心事，略显伤感：你也年过三十了，婚姻大事不好再拖下去，心里有什么打算吗？

丁薇薇低头不语。

丁伯：薇薇，你父亲英年早逝，我膝下无儿无女，我们两兄弟就你这点骨肉，你再蹉跎下去，丁家后继无人，将来这万贯家财只得付诸东流了。

丁薇薇长吁了口气：叔叔，人生莫测，我心已死……

丁伯起身轻轻拍拍侄女的肩膀：薇薇，你才这般年纪，何出此言？莫非是心中早有归属，只是造化弄人，难以如愿？

丁薇薇凄然一笑：侄女的婚事还劳叔叔操心，真是不孝。

丁伯：那人是谁？可否告知叔叔？

丁薇薇：不说了吧。

26. 江河办公室　秋　日　内

江河接听程志电话：我是江河。调令已经接到，我马上去东江港报到。

放下电话，江河在办公室收拾东西，他把墙上的几张奖状拿下来，包成一卷；又把抽屉里的书和本堆成一摞，然后坐在椅子上，温情凝视着自己的办公室。看得出，他十分不舍。

少顷，他站起身来到衣架前。衣架上挂着他的警服和缀有国徽的帽子。

江河仔细将挂着的警服整理了一遍，然后退后一步，庄严向警服敬礼。

门被敲响。

27. 江畔　秋　日　外

方秋萍沿江边漫步。在树荫下的一条石凳上坐下，眺望江面，若有所思，面色凝重。少顷，她四顾无人，拿出手机拨号。

方秋萍压低声音，语气神秘：是姐姐吗？

28. 豪华游艇　秋　日　外

丁薇薇接听手机：是我。说着起身走到船舷无人处低语几句，又回转身走到叔叔身旁，附耳说：叔叔，依娜的电话，一切按计划执行。如无意外，她明晚抵达昆明，顺利的话，后天就能到瑞丽与我们汇合。叔叔还有什么吩咐？

丁伯沉吟了一下：你告诉依娜，先不要来瑞丽了，你把黄敬业的情况对她讲讲，让她先去一趟丽江，想办法弄清楚这位黄先生的来龙去脉。

丁薇薇点头，又走到船舷处，压低声音和依娜说了一阵。

丁伯用手拉住风衣，缓步渡到艇首，手扶护栏，极目而眺。神态有些凝重，似有满腹心事。

丁薇薇和依娜交代完，走到叔叔身边听到一声长叹。

丁薇薇：叔叔为何叹息？不过是一次意外，并无血光之灾呀。

丁伯欲言又止，少顷，感慨道：血光之灾，血光之灾又当如何？哼哼，想当年，叔叔纵马沙场，一战下来，尸积如山，血流漂杵，绝非诳语。人命简直等同蝼蚁，正所谓：一将功成万骨枯！

丁伯说着回过身，拍拍侄女肩头：自古以来，成就大事者绝不可有妇人之仁。薇薇，你虽是巾帼，但既然走上了这条道儿，就要谨记斯言。

丁薇薇撒娇：叔叔，您真是老啦，一点儿小事，至于这么感慨吗？

29. 公安局食堂包间　秋　日　内

包间正中摆着一个大圆桌，桌上摆满酒菜。十几位警官围坐在四周，他们大都把警服披在椅背上。只有坐在主位的江河身穿便服。

李强起身：兄弟们，今天我们欢送咱们的好局长、好大哥。我们一块出生入死好几年，今天……（声音哽咽）局长要扔下兄弟们走了。

江河：李强，别说得那么悲悲切切。我调走了，也没有离开东江市，想见面一个电话的事。来，我敬兄弟们一杯。

警察甲端起酒杯走到江河面前，语气庄重：局长，你今天脱了警服，我能叫你一声大哥吗？

江河：咱们一直是好兄弟。

警察甲：大哥，三年前在江上缉捕逃犯，如果不是你为我挡了一枪，今天我该是挂在墙上的相片了。大哥，千言万语都在酒里了，兄弟我先干为敬！

江河见警察甲一饮而尽，也举杯要喝。

李强：局长，你有胃病，沾沾嘴唇，意思到了就行了。

江河还是一饮而尽。

李强走过来抹眼泪：局长，八年前我从警校毕业，就一直跟着你学徒。如今你要走了，徒弟心里真的不好受。日后你有用得着徒弟的时候，一个电话！

江河拍拍李强肩膀：李强，都是刑警队大队长了，说话办事大气点儿，大伙儿都看着你呢！

30. 东江港客运站　秋　午后　外

港务局客运站售票处前，一对年轻情侣在排队购买翌日过江的船票。女孩子叫刘希娅，如花似玉，胸前别着东江师范大学校徽，男孩子是她的男朋友陶然，也是一表人才。

陶然从窗口递进钱：明天早班“裕泰号”的船票，八张——

一旁的刘希娅脸上露出诧异的神色。

走出客运站，刘希娅面色不悦：陶然，你买八张船票干什么？

陶然笑笑：希娅，时候不早了，我们先去吃点你的最爱——东江小吃。

31. 公安局食堂包间　秋　午后　内

众人已然微醺，桌上的酒菜也下去大半。江河看看手表，站起身。

警察甲：大哥，今天送你，弟兄们是AA制，不会坏了你立下的规矩。你要调走了，大家舍不得，不是说好了吗？不醉不归！

江河：调令一下，我就是港务局的人了，我想先去港务局点个卯。

警察乙：局长，不在乎这一时半刻呀，再喝几杯吧。

江河：下午说不定有任务，我劝你们也少喝。刚才，我从客运码头过来，见上船的旅客人山人海，“两节”就要到了，安全这根弦松不得！我得去转一转。

警察甲：局长……

李强：让局长走吧！一块出生入死这么多年，你们还不了解局长。

江河不好意思：我是不是扫了弟兄们的兴？

李强：你别这么说，正是因为这样，兄弟们才敬重你！

江河冲大家一拱手：那好，兄弟们，我先行告退。

李强说了一句：慢。然后面向众人：列队。

众人迅速排成一列，穿戴整齐，整理好警容，一个个面色严峻。

江河愣了一下：你们这是……

李强：欢送我们的好局长，好大哥，敬礼！

众人齐刷刷向江河庄严敬礼。江河眼眶一热，也立正举手还礼。

32. 东江小吃　秋　日　外

街市上人来人往。闲逛的方秋萍在小吃店门口停下脚步，看了一眼匾额，走了进去。片刻，刘希娅和陶然也手拉着手来到小吃店门口。

陶然：就这家儿。

刘希娅：你怎么知道我喜欢这家的小吃？

陶然：这点情报我再搞不准，还不叫你一纸休书给休了？

刘希娅打了陶然一拳：你嘴皮上的功夫见长啊！

33. 东江港港务局　秋　午后　内

江河来到港务局，传达室一个老头儿推开小窗看看他，没理会。

江河走进办公楼，局长办公室在三楼，楼道里住了十几户人家，煤炉及炊具堆占了大半个过道，人只能勉强走过去。已过午时，有人刷锅，有人洗碗，正忙得不亦乐乎，江河有些愕然。

推开局长办公室的门，江河首先看到的是一张破旧的办公桌和同样破旧的两张沙发、一把椅子。他坐下，用手晃了一下桌子，咯吱咯吱作响，三个抽屉，一个底板没有，一个一拉就散，另一个底上有洞。桌子上有两部电话，江河试了试，内线可以打，外线不通。

江河见玻璃板下压着港务局各部门通讯录，他看了一阵，用内线拨通了电话。

江河：你是局办主任赵小苏吗？

话筒里传出赵小苏的声音：是呀，你是哪一位？

江河：请你马上到局长办公室来一趟。

放下电话，江河走到文件柜前，打开柜门，柜子里居然结了蜘蛛网。他皱着眉头拂去蜘蛛网，才看清放在里面的是一摞文件。文件好久没人动过了，落了一层厚厚的灰尘。他拿起其中一份干部任免文件。

特写：兹调沈奕巍同志任东江港港务局办公室主任科员。

沈奕巍的名字被红笔划去。

三十来岁的港办主任赵小苏推门进来，看着办公室里的陌生人，流露出疑惑的目光。

江河放下文件，开门见山：赵小苏吧？

赵小苏点点头：我是，你是……

江河：我是新上任的港务局局长江河。本来韩市长要陪我来，他在省里开会，要等一两天，我脾气急，就不请自到了。

赵小苏脸上露出笑容：哦，江局长，久闻大名，您好，您好。

江河把那份文件扔过去：这份任免文件是怎么回事，怎么沈奕巍的名字上打了个叉叉？

赵小苏接过来一看：噢，这份文件失效了，沈奕巍不来！

不来？江河疑惑地问了一句，又指指电话：这电话呢，外线怎么拨不出去？

赵小苏解释：江局长，老局长退休后，这间办公室一直没有使用，可能是线路出了故障，周一一上班，我就通知电话班查线，把外线接通。

江河一怔：周一？为什么要拖到周一？

赵小苏：江局长，港务局不是公安局，今天是周五，这个点儿……恐怕电话班很难找到人了。

江河抬起手腕看了一眼表：现在离下班还有两三个小时呢。

赵小苏：还是等周一吧。

江河面露愠色：局长上任，电话不通，你这个办公室主任是怎么当的？我告诉你，如果下班前电话修不好，我就换一个能修好电话的人到你这个位置上！

赵小苏闻言一愣：我马上想办法。转身要走。

江河叫住他：修好电话，把局里这两年的文件都搬过来让我看一看。

赵小苏答应一声转身出门。

赵小苏刚走，咣当一声，一个男人突然用上身撞开房门，江河抬头一看，此人四十来岁，身量瘦高，面孔白净，两只眼睛不大，目光游离而诡秘。他探进半边身子，左手拿着锅，右手拿着铲子：你是新来的江局长吧，你来了好好管管吧，这栋楼总停水停电，我们做饭可不方便了。

江河：做饭？你是哪个部门的？

海岩：我是商务处副处长海岩。

江河：怎么，你在办公楼做饭？

海岩见江河疑惑地望着他，似乎意识到了某种不妥。忙将拿着锅和铲子的双手背到身后，笑容渐渐凝结，一转身走了。

34. 全福兴老店　秋　午后　内

一间豪华的包房。秦池坐在圆桌的首席，四周坐着孟建荣、煤码头刘经理等六七个人。

酒席正在进行，桌上杯盘狼藉。

海岩推门进来，向众人打躬作揖：对不起呀，对不起。迟来一步！

孟建荣：海处长，喝酒你还迟到，这不是你的风格呀！

海岩给自己满上酒：好，好，我先自罚三杯，以表歉意。一仰脖喝干杯中酒，抹了抹嘴说，我刚去会了一下新来的局长。

孟建荣：什么感觉？

海岩：来者不善，看来像个硬茬口。

刘总：来了一介武夫管理港务局，以后的日子不会太消停。总之，大家伙儿还是要紧密团结在秦局长的周围。

秦池：不要这么说嘛，还是要团结在局党委的周围。

刘总：他一个公安局局长怎么能管好这么大一个港口？嘁，我就不服，以后我只听秦局长你的，别人的话在我这儿就是一个屁。

海岩：对，刘总说得没错，咱们只听秦局长的。

众人推杯换盏，随声附和。间或有人猜拳行令。

海岩：哎，今天咱们算不算鸠占鹊巢了？方总没来，一桌待客的酒席让咱们给吃了。

刘总：错不在咱们呀！酒席定了她不来，总不能拿去喂狗吧？

孟建荣：刘总，好话从你嘴里说出来也会变了味儿，怎么和喂狗扯到一起了呢！

刘总：孟总，我不过是打个比方，莫怪啊！扭头问秦池，秦局长，这顿饭走什么科目？

海岩：还用问，招待费呀。见秦池点了一下头，就冲门外高声喊：服务员，再给我拿……他数了一下人数，八条软中华。

35. 东江小吃店　秋　晚　内

一张靠角落的桌子旁并排坐着刘希娅和陶然。

靠窗的另一张桌子旁坐着方秋萍，她点了好几样精致的东江小吃，却没有一点儿胃口，随便扒拉了一下又放下了筷子。

陶然：我参加工作好几年了，顺便请一下学弟学妹也是应该的。

刘希娅：少来，我还不知道你那点鬼心思。就是想动员他们毕业后，也去你那个丽江歌舞团。

陶然：知我者，女友刘希娅也。

刘希娅打了一下陶然：贫吧你就。

两人吃饭，忽然刘希娅扭头冲陶然叫：嘿，嘿，看什么呢？看什么呢？

陶然从坐在前面的方秋萍身上收回目光，小声说：好妹妹，那可是个大姐呀，你也吃醋？

刘希娅：大姐你还直眉瞪眼地看，你是不是有恋姐情结？

陶然若有所思：希娅，你不觉得这个大姐有点奇怪吗？

刘希娅：有食欲没胃口，有心事没朋友。早看出来了，用你提醒。

这时，方秋萍喊了一声结账，把一张百元大钞放在桌子上，起身离去。一个服务员过来，把几样基本没动的小吃倒进剩菜桶，然后拿起桌上的钱，冲着离去的方秋萍，苦笑着摇摇头。

刘希娅望着方秋萍的背影，直到她在门口消失？

36. 江河办公室　秋　晚　内

江河在看港务局文件，秦池推门进来。

一进门秦池就热情地伸出手，满脸堆笑：江局长，听小赵说你到任了，欢迎啊！老局长退休后，一直是我临时主持工作，你来了就好了，我肩上的担子也可以卸下来了。

江河和秦池握过手：老秦，以前咱们只是脸儿熟，如今可要在一起搭帮过日子了。我一个港口管理的门外汉，还要仰仗你这个老码头呀！

秦池：江局长客气了，相互支持，相互支持。唉，没想到你这么快就来上任，办公室还没来得及收拾，明天我让港办加个班，派几个人好好打扫打扫。

江河：不必了，我自己收拾一下就行了。

秦池叹了口气：按说这些桌椅也早该换了，港务局穷呀！江局长，你先凑合凑合，等咱们效益上去了，全套换新的。

江河苦笑着摇了下头：老秦啊，都说东江港效益不好，到底不好到什么程度，你给我交个底。

秦池：四个字，债台高筑。经济效益在长江各口岸年年垫底，今年亏损至少又是一千万！

江河闻言略一沉思：老秦，咱们港务局办公楼是怎么回事，三楼什么时候改成职工宿舍了？

秦池：没有呀？

江河：煤气灶占了大半个走廊，过人都困难，这像什么样子？

秦池：可不是吗？

江河：要让这些住户搬出去。

秦池：搬出去，谈何容易？这些人不是港务局的中层干部，就是各分公司的硬茬子，哪个脑袋也不好剃。

江河：不好剃就不剃了，那港务局还有没有王法？

秦池：谁说不是呢。老局长是个好人，说好听点是心慈手软，说难听点就是怕得罪人，整天把和谐两个字挂在嘴边，没什么原则性，几次动员这些人搬出去都没成功。

江河苦笑：太奇葩了，办公楼成了宿舍楼。

秦池脸上露出一丝诡异的微笑：老江，新官上任三把火，我给你个建议，整顿港务局就从这些钉子户下手，以正风气，把涣散的人心重新聚拢起来。

江河：我是狗咬刺猬，还真不知道从哪下嘴呢。老秦啊，以后你要多指点。

秦池：岂敢。在东江的官场，谁不知道你老江是霹雳火秦明。

江河：港务局不同于公安局，不敢造次。

秦池：老江你谦虚了。他看了一下手表，哎，都这个点了，我请你吃晚饭，港务局再穷。也要给你接个风嘛！

江河：吃饭不急，眼下别的做不了，起码要把人头认一认嘛！

秦池：也好，老江，你想先到哪里去看看？咱们港务局倒驴不倒架，局机关有七八个处室，下面还有七八个分公司，也老大一坨呢！

江河一笑：老大一坨？这词生动。先去江北煤码头吧，它不是咱们港务局的纳税大户吗？周一就过江。

秦池：好，我让局办赵小苏去安排：又指了指墙上的挂钟，都快八点了。早点儿回家吧！

江河：好，这就走。老秦你也早点儿回去休息吧。

37. 东江街市　秋　晚　外

陶然和刘希娅走出小吃店。

陶然：回家吗？

刘希娅：你说呢？

陶然：要我说，这么早回家，怕是要辜负一次邂逅……

刘希娅：什么邂逅？

陶然：你看，今天的东江夜色多美啊！

刘希娅一把挽住他的胳膊，臭美吧，你就。

陶然一鼓腮帮子：喏……

刘希娅趁人不注意，在他的脸上亲了一口。

38. 东江港客运码头　秋　晚　外

已近子夜，码头上仍人来人往，旅客云集。

江河走在人流中，手机响了，他打开接听键，里面传出妻子徐小惠的声音：江河，你这是在哪儿？怎么还不回家？

江河：我在客运站呢！

徐小惠（OS）：客运站？港务局都在传，说你要来当局长了，看来是真的了？

江河：是真的。小惠，我这不正在客运码头转悠呢吗，中秋和国庆临近，客流量太大了，我看看有没有什么安全隐患。

徐小惠（OS）：你吃饭了吗？

江河：吃了，刚吃了一碗米粉。

徐小惠（OS）：港务局没请你吃顿饭？怎么也该给你接个风啊！

江河：人家老秦安排了，是我不吃。这时突然不远处传来一阵吵闹声。小惠，你不用等我了，吃了饭早点休息吧。

挂断手机。江河循声走过去，见两个人撕扯在一起。一个地痞模样的光头揪着一个外地旅客。

光头：我这药是国外进口的，好不容易买来，给我妈治癌症的，你赔我五百块够干什么的！

外地旅客：我只带了八百块，你总得给我留出路上的饭钱吧！

光头：嘿，你还有理了，五千块，少一分钱你也别想走！

外地旅客：你这不是欺负人吗？

光头：欺负你了，惹急了老子，还他妈揍你呢！

江河挤过去：让一让，怎么回事？

外地旅客像遇到救星一样：这位先生，你给评评理，我们俩对面走过，不小心碰掉了他手里的纸包，里面有五瓶药水，他一张口就让我赔五千块。

光头：我有发票。

江河拿过发票，看了一眼甩给光头：碰瓷的吧？你这是假发票，我劝你别找事，把钱还给人家，趁早滚蛋！

光头：你是干吗的？充什么大？你知道我大哥是谁吗？

江河：谁呀？

光头：说出来吓死你。站稳了，听好，二狼——！

江河哈哈一笑：二狼，名头不小啊！你知道我是谁吗？

光头：谁呀你？

江河抬起手腕看看表：准确地说，十个小时以前是港口公安局局长，现在是新任港务局局长。

光头：你就是江河？

江河：不像吗？如假包换。

光头：有种，是个爷们儿。

江河：我告诉你，你用假发票敲诈勒索，仅此一条，老子一个电话就可以拘你半个月，你信不信？

光头气焰顿时暗淡：算你狠，算你狠！他把五百元还给了那个旅客，一转身狼狈而去。

39. 东江港客运站栈桥　秋　夜　外

江河站在客运站的栈桥上。

夜幕下滚滚东去的长江水，拍打着逶迤伸延的江岸。江面上愁云惨雾，一弯新月，孤零零地挂在天际一角，映照着江边斑驳的木制栈桥。栈桥连接着陆地和在江水中起伏摇曳的裕泰号渡轮，突然，江风陡起，栈桥上的两盏灯，似风雨飘摇中的两团烛光，忽忽闪闪了一阵，黯然熄灭。

江河一惊，向灯熄灭的地方走去。

40. 东江长江江畔　秋　夜　外

刘希娅和陶然并肩坐在一块石头上。

月亮在云层里潜行，把银灰色的月光洒在他们身上。

陶然：希娅，你还不高兴吗？

刘希娅打了陶然一拳：本来两人出游变成了八人同行，想起来就生气！

陶然一脸歉意：别生气了，我补偿你还不行吗？

刘希娅语气娇嗔：怎么补偿？

陶然：我一回丽江，就给你订好往返机票。十一长假你来丽江，我带你去爬玉龙雪山，去四方街吃丽江粑粑，去走青石板路。好不好？

刘希娅一撇嘴：东江的青石板路我都走了二十年，谁稀罕你的丽江青石板路？陶然，我要是不想去丽江呢？

陶然：你不想去？

刘希娅：你一整天泡在东江师大，动员艺术系的学弟学妹们毕业后去你那个丽江歌舞团，不就是成心和孟建荣作对吗！

陶然：孟建荣居心叵测。

刘希娅：言过其实。

陶然：哼，八竿子都打不着，就因为祖籍是一个地方，居然攀上了表兄妹。我算服了。

刘希娅：小心眼儿。

陶然：是我小心眼儿吗？他为什么要出资赞助东歌？真实目的你心里还不清楚吗？

刘希娅故意气陶然：你就是小心眼儿，孟建荣说一方水土养一方人，希望我毕业后留下来发展东江的文化事业，有什么不好？

陶然：他要你毕业后留在东江，是为了发展东江的文化事业吗？

刘希娅：我才不管孟建荣是什么心思哪！我从小生活在东江，从来没想过要离开东江。陶然，你就不能为我想想，趁这次东歌扩招，从丽江回来吗？

陶然轻吁了口气：希娅，东江的发展空间怎么能和丽江比呢？我在丽江歌舞团是当之无愧的第一长笛演奏员，在整个大西南地区，也是数一数二的……

刘希娅打断陶然的话：好了，你别说了，我问你，是东江美还是丽江美？

陶然一笑：美不美，当然是家乡水啦。

刘希娅嗔道：我看在你心里哪里的水都一样。

陶然拉起刘希娅的手：希娅，我这粒种子除了在你心里，在哪里也发不了芽！

刘希娅含情脉脉：那你还不肯回东江？

话音未落，突然一阵呜呜咽咽的声音借着夜风传来，凄婉哀怨，像是一个女人痛彻心扉的哭声，在夜色笼罩的江畔回响。

刘希娅有些害怕：陶然，你听这是什么声音？

陶然侧身听了一下，诡秘地：像是女人的哭声呀！

刘希娅：你别吓我！顺势一头扎进陶然的怀里，两个恋人相拥相抱在一起。

41. 东江客运站站长老卢头家　秋　夜　内

墙壁上的挂钟，指向凌晨子时。刚入睡的东江港客运站站长老卢头，被急促的电话铃声惊醒。他下床走到客厅，揉着惺忪的睡眼拿起话筒。

话筒里传来陌生的声音：卢站长吗？我是江河。

老卢头愣了愣神：江河……哪个江河？

江河（OS）：怎么，你认识几个江河？

老卢头有些紧张：莫不是新上任的江局长！

话筒里传出江河的声音：是我。

老卢头睡意顿消：江局长，您有什么指示？

江河（OS）：我现在在客运站的栈桥上。卢站长，打扰你睡觉了。

老卢头莫名其妙：江局长，这么晚了您在栈桥上做什么，出什么事了？

江河（OS）：栈桥上有两盏灯不亮了，你马上派人把灯换上。

老卢头绷紧的弦松下来，口气里带着些许不满：江局长，知道了，您也早点休息吧，明天一早我叫电工换上。

江河硬邦邦地甩过一句（OS）：卢站长，我让你现在派人把灯换上，你没听明白我的话吗？现在！

42. 东江港客运站栈桥　秋　夜　外

夜色如水，一江碎银。

客运站码头。江河守在栈桥上，见老卢头匆匆赶来忙迎上去：老卢头年近花甲，背有些驼，头发半灰半白，看上去有些孱弱。

江河：你是卢站长吧？

老卢头：是我。

江河语气缓和了一些：卢站长，不要小看了这两盏灯。栈桥是船与岸的通道，如果你是旅客，这里没灯你走路踏实吗？旅客中有那么多老人和孩子，万一踩空掉到江里就是大事故！

老卢头：江局长，我已经给夜班电工打了电话，他马上过来，我亲自监督他们更换。

江河：卢站长，明后两天是休息日，坐头班客渡过江的旅客很多，你们一定要注意安全，眼瞅着要过中秋节和十一了，我们要确保两节期间不发生任何水上交通事故。

老卢头：这个问题站里一直在强调。

江河：光强调不行。我刚才向值班调度和售票、检票人员明确了两条：第一，客渡严禁超载；第二，风大雾大不许开船。你是站长，我再向你重复一遍，这两条雷打不动！

老卢头：好，江局长，我明白。

43. 病房　秋　夜　内

房间里摆着七八张病床，有的病床前挂着吊瓶，病床之间拉着简单的布帘。刘黑子——一个四十来岁的粗壮男人，正把刚刚小解完的妻子抱回病床。

一个白衣白帽、戴着口罩的女护士走进来，为刘妻抽完血后说：38 床欠费好几天了，赶快把钱交了吧，要不就停药了。

刘黑子：没问题，您放心吧，我明天就去交。

刘妻：黑子，要不咱回家吧，住院花销太大了。

刘黑子：什么话啊你这是，病不好怎么出院？

刘妻：看把你累的。

刘黑子：你爷们儿没事，铜浇铁铸的一条硬汉，这点累还值得提吗？娟子。

刘妻：吹吧你就，煮熟的鸭子——就是嘴硬。瞧你那脸色！

刘黑子：放心，不用担心我。你跟了我就没过上一天好日子，有病了，我不给你看，那还是人吗？以后别再提了！

刘妻；可是……

刘黑子：可是什么？再提我可真生气了！

护士赞许地看了一眼刘黑子，说了一句：模范丈夫。托着药盘转身出去了。

刘妻疲惫不堪，叹了一口气。

刘黑子：娟子，你再好好睡一觉。我出去拉几个活儿，明天下午再来。

44. 护士站　秋　夜　内

女护士在护士站整理分发药品。

刘黑子放轻脚步走进来：护士。

护士抬眼看了一眼刘黑子：你吓我一跳！

刘黑子：不好意思啊，38 床的药费能再宽限几天吗？

护士：你们已经欠费一周了，再不交钱，医生就不下医嘱了，我也没办法。

刘黑子咂咂嘴，十分无奈：唉，但凡有辙，我也不会来求你。八尺高的汉子，站着尿尿的主儿，说这话寒碜呀！可我……

护士：说什么呢你？不低俗吗？

刘黑子：噢，是是是，话说糙了。

护士：赶紧去想想办法。我们是医院，不是慈善机构，都不交钱，医院怎么运转？理解万岁吧，啊？

45. 东江港客运站　秋　夜　外

江河离开栈桥，走出客运站。午夜的街道，一片寂静，远处驶来一辆“摩的”，江河招手让摩的停下。摩的司机是个三十四五岁的青年人，江河跨上摩的后座。

摩的司机：去哪？

江河：港务局。

摩的司机回头看了江河一眼：这么早去港务局？

江河一笑：你老弟不是也天没亮就忙活上了吗？

摩的司机冷笑一声：我倒是想不忙活呢，可港务局靠得住吗？哼，这么大一个家当，快被那些败家子败光了！

江河闻言：老弟，何出此言？

摩的司机不搭话，手上一给油，摩的如脱缰之马向前蹿去。江河双手赶紧搂住了司机的腰。

摩的司机：你长了眼睛又不是出气的，自己去看。

江河：嘿，你吃枪药了？

第2集

1. 东江人民医院　秋　拂晓　外

刘黑子蹲在路旁抽烟，身旁是一辆摩的。

医院里出来一个人，冲刘黑子喊：嘿，到东三路，五块钱，拉不拉？

刘黑子摆摆手：十块。

乘客：就五块钱，拉不拉？

刘黑子：没这个价啊？

乘客：给句痛快话，不拉，我找别人。

拉！刘黑子犹豫了一下，起身把烟头扔到地上，狠狠踩了两脚，迈腿跨上摩的。客人坐好后，一给油，噌一声钻进晨曦中。

2. 港务局大门口　秋　拂晓　外

摩的司机一捏刹车，左脚支地，回头：冒昧问一句，你是——？

江河翻身下车：新任港务局局长，江河。

摩的司机露出一缕惊异之色：噢，江局长，失敬，失敬。车钱我不收了，权且算作赔礼。

江河忙说：那怎么行？你靠此为生，我怎么能无偿占有你的劳动？

说着掏出十元钱塞给他。

摩的司机一甩手，正色道：谁说我靠此为生？大丈夫行不更名坐不改姓，本人沈奕巍，在港务局也算是榜上有名。

言毕，左手一给油，摩的已如一头奔鹿疾驰而去。

江河自言自语：沈奕巍？听着耳熟啊！

3. 东江港客运站码头　秋　清晨　外

清晨，东江港客运站驶往江北的头班客渡裕泰号停靠在码头上，旅客已陆续登船。

刘希娅、陶然和几个同学也兴高采烈上船。《东江港报》年轻漂亮的女主编卢茜在江边徘徊。

裕泰号船长王德纲正要上船，见到卢茜走了过来。

王德纲：姑娘，你在这儿溜达什么呢？

卢茜：王叔，我要过江去趟煤码头。头班客轮没票了，在等下一班。

王德纲呵呵一笑：大周末的，不在家休息，你跑煤码头去干什么？

卢茜不满地：新来的江局长下周一要去煤码头检查工作，赵小苏抓差让我去张贴标语、更换宣传栏，今天一天都忙不完，尽搞花架子。

王德纲摇头：这个江局长谱儿可真不小。

卢茜：他也未准知道，还不是底下的人拍马屁。

王德纲：你还为他开脱？你不知道吗，昨天夜里快一点了他给你老爸打电话，把老头儿从被窝里提溜出来。你猜干什么，让你老爸去换栈桥上的两盏灯！

卢茜诧异：还有这事？我一点儿也不知道，睡得太死了！

王德纲：卢站长一把岁数，眼瞅着就快退休了，这不是折腾人吗？这个江局长完全是小题大做，给自己树威。

卢茜沉吟无语。

王德纲一拍卢茜肩膀：姑娘，跟王叔上船！

卢茜：合适吗？听售票师傅说，昨晚江局长到售票处和检票口反复强调，不许无票上船！

王德纲哼了一声：县官不如现管，裕泰号我说了算！走。

4. 裕泰号客轮　秋　清晨　船舱内

船舱里，陶然、刘希娅和艺术系的几个同学坐在椅子上有说有笑，刘希娅的小提琴由陶然代劳背着，同学们也都带着乐器。

同学甲：难得大师兄请客，咱们可要在翠华山好好玩两天。

陶然：对，一定要尽兴而归。

同学乙：希娅，晚上咱们搞个小型演奏会，你可要露一手。

同学丙：希娅是不鸣则已，一鸣惊人。去年大学生小提琴比赛，轻而易举就拿了第二名，今年再比肯定一举夺魁。

同学甲：得了第二名，就让那个叫孟建荣的建筑商魂不守舍了。你没看他上台给希娅颁奖时，差点摔个跟头吗？

刘希娅：说什么呢？不许乱说。

陶然站起身：你们先聊着，我到甲板上去透透气。

同学乙见陶然离去，拍了同学甲一巴掌：就你话多，哪壶不开提哪壶。

坐在旁边的一名青年军官笑着接茬儿：同学们，你们是哪个大学的？

刘希娅：东江师大艺术系的。

刘希娅一侧头，见到昨晚小吃店遇到的那个女人也坐在不远处。她的目光和刘希娅对接的一瞬间略显慌乱，急忙低下头摆弄手机。

5. 裕泰号客轮　秋　清晨　外

王德纲船长带卢茜走进驾驶室。

天气很好，无风无雾，江面上漂浮着一层淡淡的水汽。

舵手和轮机手已穿上救生衣。王德纲穿上救生衣，又拿了一件递给卢茜，卢茜笑着摆摆手。

王德纲船长发出开船指令，裕泰号缓缓离开码头，向江心驶去。

满载旅客的裕泰号逐渐加速，船首高启，船舷两侧，绽开一路连绵不绝的水花。这时方秋萍走出船舱，一些没见过长江景致的旅客也走上甲板看江景。

刘希娅和其他同学仍旧在船舱里说说笑笑。

6. 裕泰号客轮驾驶室　秋　清晨

裕泰号进入一片宽阔的水域，准备穿越锚地。

舵手请示：船长，要穿越锚地了，提速吗？

王德纲皱着眉头：提个屁！昨天新来的江局长不是一再强调安全第一吗？又不是去赶着给你老婆接生！

舵手：嘁，这条航线不知跑了多少个来回，江面上哪里有旋涡，哪里有湍流，不要说咱们，就是上船不到一年的青瓜蛋子也烂熟于胸了，您至于这么谨小慎微吗？

卢茜：小心驶得万年船嘛，还是听船长的。

王德纲点头说，照姑娘说的做，又咂了一下嘴：今儿个一上船，我怎么有点心神不定呢？

卢茜扑哧一笑：为什么？王叔，您可是老码头了。

舵手：卢编辑，你没听说吗？说是昨天夜里栈桥上那两盏灯突然熄灭后，咱们裕泰号上就传来女人断断续续的哭泣声。

王德纲：据说哭泣者是个穿一身白衣的女人，但是码头值班员两次登上裕泰号检查，都没有发现异常。可一回到值班室，哭泣声又有了，你说怪不怪？

卢茜疑惑：白衣女鬼？

王德纲：姑娘，你是《东江港报》主编，这事儿值得发条消息吧？

卢茜：无稽之谈。天下本无事，庸人自扰之。王叔，不听你们忽悠了，我到甲板上去吹吹风。

7. 东江街市　秋　清晨

刘黑子的摩的停下。

客人下车掏钱：哎哟，只有三块零钱，要不拿这100元找吧。

刘黑子接过钱，用手弹了弹：我要是能找得开你这100元，还犯得上天不亮就出来奔命吗？

客人：那怎么办？天太早也没地方换去呀。

刘黑子递回100元，接过三元零钱：得了，少给两块钱，你也长不了一块肉！客人恼羞成怒，横眉立目：怎么说话呢你？

刘黑子：拿100块钱打摩的，明摆着你他妈是想找便宜！

客人：嘿，为两块钱，你穷疯了吧！

刘黑子：你再说一遍——客人：我看你就是穷疯了，大清早的找不自在。

刘黑子从怀里抽出尖刀：老子就是找不自在了，你他妈是不是憋得难受，想放点儿血呀！

客人见状，惊叫一声，掉头就跑。

8. 裕泰号客轮甲板上　秋　清晨

裕泰号甲板上，站着几个观看江景的乘客，他们时而拿着相机拍照，时而发出几声啧啧赞叹。卢茜走到甲板上，身背小提琴的陶然映入她眼帘。他分明是个大男孩，脸上的笑容像阳光一样灿烂，不经意间，陶然的目光和卢茜对接了，竟有几分羞涩、几分慌乱。卢茜善意地扭过头，看见一个衣着时尚华贵的女人，扶着护栏正打手机，从背影看，挺拔的身材颇为性感。

卢茜从侧面注视着她，有几分羡慕，几分欣赏。她抬起腿，走了过去。

9. 东江港港务局局长办公室　秋　清晨　内

一夜未眠的江河正欲小憩，刘黑子闯入办公室。

刘黑子：你就是新调来的江局长吧？

江河审视着眼前这个黑铁塔似的壮汉，判断着他的来意：不错。

刘黑子：我叫刘黑子，是江北轮驳公司的舵工。

江河点了一下头：刘黑子，你找我什么事？

刘黑子：明说吧，三年前我被判了，上个月刚放出来。现在我打零工，饱一天饿一天，养不了家，糊不了口。你是新调来的，我也不想跟你过不去，让你为难，我就一个小小的要求，您批个条子，让我回原单位开驳轮。

江河不动声色：刘黑子，你嘴里说不想跟我过不去，我看你是摆明了要跟我过不去。

刘黑子听了：你这话是什么意思？

江河不紧不慢：什么意思，你应该比我清楚吧？不管是什么人，只要被判刑就等于自动开除公职，你改造了三年，连这点常识还不懂吗？

刘黑子爆了粗口：谁敢开除我公职，我操他妈！姓江的，你到码头上去打听打听，我刘黑子什么阵势没见过，开除我公职？别说下面没人敢，就是秦池那个老杂毛也没这个胆量！

江河狠狠一拍桌子：放肆！刘黑子，你把嘴给我放干净点儿！你听好了，从你被判刑的第一天起，你就从东江港正式除名了。现在你刑满释放，港务局可以给你一条改过自新的出路，但你不要心存妄想，无理的要求我们绝对不会答应！

刘黑子跨上一步，猛地从腰间抽出利刃横在江河脖子上：操，你他妈批不批？

10. 裕泰号客轮驾驶室　秋　清晨

裕泰号渡轮驶入锚地。这时如果有逆江而上的上行船，裕泰号无法观察到，几艘等待进港作业的大型货船挡住了裕泰号视线。

王德纲船长发出指令：右舵 2，航速 1。

裕泰号划出一道弧线，绕开锚地上等待进港的万吨货轮。而此时，两艘结绑在一起的湘籍货船也在全速前行。从空中俯瞰，裕泰号从南向北正常航速航行，湘籍船由东向西全速航行，停泊在锚地上的货轮阻挡住王德纲船长的视线，双方注定要相撞。

王德纲船长发现危险时已无法改变航向了。他惊叫一声，轰隆一声巨响，两艘结绑在一起的湘籍船拦腰撞上裕泰号。巨大的冲击力使裕泰号横飞出水面，船身呈九十度角猛烈倾斜，然后就像一口倒扣的锅一样，在江面上急速下沉。

顷刻间，江面上留下了一个巨大的漩涡和一片凄厉的呼号……

11. 江河办公室　秋　清晨　内

江河看着刘黑子，目光犀利：不批！

刘黑子：不批？我手腕只要轻轻一抖，就让你血溅白墙，牢饭老子不是没有吃过，大不了你把老子再送进去待几年，反正这日子老子也过够了！

江河泰然自若，呵呵一笑。

刘黑子：你笑什么？

江河：我笑可笑之人。你乘人不备，把刀架在我脖子上，算哪路好汉？如果你把刀子一横，我就尿了裤子，那对得起我人生履历中的十年军旅生涯，十年从警经历吗？

刘黑子没想到江河如此淡定，一时语塞，刀子横着也不是，拿下也不是。这时电话铃突然响起，江河伸手抓过听筒。

港口总调度室报告：今晨六点二十分，客运站首发的裕泰号客渡，在距江北约一千米的深水区域，与正在穿越锚地的两艘结绑逆水航行的湘籍货船发生碰撞，裕泰号当即沉没！

江河脸色立即大变。他狠狠扣上电话，一抬胳膊，刘黑子手中的利刃横着飞了出去。江河夺门而出，跨出房门时，对要扑上来动粗的刘黑子狠狠吼了一句：你这个浑蛋，裕泰号沉船了！

刘黑子闻言，一下子呆若木鸡。

12. 长江锚地　秋　清晨　外

船倾覆后，最先浮上水面的是那些站在甲板上的乘客，江面上传来撕心裂肺的呼救声。会水的人、不会水的人，全都在滔滔江水里挣扎着。

闯下大祸的湘籍船原地施救，船上所有的救生圈都扔到江里，船员们站在船舷一侧，手持长竿伸向落水者，几艘救生小艇从船上放下来，以最快的速度向落水者划去。

卢茜在江水里挣扎着，甲板上看到的那个身背小提琴的阳光大男孩离她只有几米距离，大男孩一只胳膊上挂着琴，另一只胳膊搭在一只救生圈上。

救……！卢茜冲着男孩拼命喊，只喊出一个救字，一大口江水就狠狠地灌进她的嘴里。

大男孩显然听到卢茜声嘶力竭的呼救声，他艰难地抬起头。卢茜看到大男孩头上有一个很大的伤口，鲜血汩汩流着，和滔滔江水融为一体。那一刻，大男孩的目光茫然，似乎已无力分辨眼前这个在水里拼命挣扎的女人是谁。

卢茜绝望地挥着手臂，她知道如果这次再沉下去就将永远葬身江底。

坠落突然停止，卢茜感到有一只手托了她一下，接着双臂抱住了什么，那是生的希望，卢茜一下子死死抱住绝对不会再松开了。

——卢茜抱住的是男孩推给她的救生圈。救生圈上横着一只小提琴盒子。男孩想说什么，却没有说出来，江水涌过来，男孩那只搭在琴盒上的手滑落下去，男孩消失了，只有卢茜抓住救生圈和琴盒在江水中沉浮。

救生艇向卢茜划过来。

13. 职工宿舍区　秋　清晨　外

楼群之间，有一片郁郁葱葱的小树林，秦池和老卢头在打太极拳。

秦池：老伙计，怎么打蔫了，一点精神头儿没有？

老卢头一声叹息：老了，经不住折腾了。

秦池：谁折腾你了？

老卢头身体微微左转，慢慢悠悠地使了手野马分鬃：老秦，昨天夜里我们客运站栈桥上出了什么事，你当真不知道？

秦池不以为意：老卢头，就你们那几步路的栈桥上，能出个鸟事？

老卢头摊摊手：坏了两盏灯。

秦池吐出一口气：换上不就得了！屁大的事，至于吗？

老卢头：唉，可是新来的江局长半夜把我从被窝里提溜起来去换灯，上了岁数觉少，回来就睡不着了。

秦池：有这事？简直是小题大做。

老卢头：这还不算，还定了两条规矩：第一，客渡严禁超载；第二，风大雾大不许开船。老秦呀，我也是个老码头了，喝了一辈子长江水，运了大半辈子煤，这点道理还不懂吗？你说他新官刚一上任，怎么就盯上了我这客运站？

秦池不以为然：他是干公安的，码头上的事他懂什么？

秦池手机响了，他按下接听键，话筒里传来赵小苏惶恐的声音：秦局长，裕泰号沉船了！

秦池：什么？

话筒里赵小苏近乎号叫，连老卢头都听见了：裕泰号沉船了！

秦池脸色骤变：老卢头，裕泰号沉了——

老卢头身体晃了一下，一下子瘫坐在地，秦池赶忙上前搀扶。

14. 长江江畔　秋　清晨

东江港在港的四艘船紧急出港，全速驶向出事水域。

救护车凄厉地鸣叫着，在江边排成一排，身着白衣的医生和护士抬着担架肃立车旁。

江河沉着脸坐在江边一块石头上抽烟。

港口各部门负责人陆续赶来，在江边议论。

郭副局长：只能寄希望湘籍船原地施救，能救出一个是一个。

总会计师章江：是呀，咱派出的船开到出事地点怎么也得半个小时，没用了。

秦池搀着老卢头急匆匆赶来。老卢头到了江边，身体一晃就瘫坐在栈桥上。

见江河坐在石头上抽烟，秦池走上前去：老江，还说哪天为你正式接个风呢！真是……

江河起身把烟蒂扔在地上用脚一踩：接什么风？咱们不到号子里去吃冷饭就烧高香了！

秦池面露苦笑：真去吃冷饭，也轮不到你江河江局长啊！

江河看到卢子明，快步走到栈桥上心急火燎地问：卢站长，裕泰号上有多少乘客？

卢子明目光呆滞，嘴唇动了动，一言不发。

秦池跟过来：老江问你话呢！

卢子明缓过神：江局长，我马上去查。

江河突然爆发了：查，查个屁！你一个站长，头班船卖了多少张票，上去了多少人，还不清楚吗？你是干什么吃的！你脑袋里装的是糨糊吗？

秦池拉了一下江河胳膊：老江，你压压火，出了这么大事，谁心里都不好受。

老卢头挣扎着站起来去客运码头售票处了。

江河把秦池拉到栈桥一边，压着火说：老秦，祸闯大了，船是顷刻间沉没的，你是老码头，你还不明白吗，船舱里的乘客很难有逃生的时间和机会。我们要是连船上有多少人都弄不清楚，怎么在第一时间向港监局、向市里、向省里报案？

秦池：我亲自到客运站去查。

江河：卢站长不是去查了吗。老秦，港务局的人来了不少，你招呼在场的局处级领导，我们在江边开个现场会！

秦池答应一声转身招了招手：过来，局处一级的干部，我们开个紧急会议。

十几个人聚集过来，站成一圈儿。

秦池把江河介绍给大家：这位就是我们港务局新上任的局长兼党委书记江河同志。又把与会者一一介绍给江河：这位是主管生产的副局长郭川，这位是总会计师章江，这位是工会主席闫罡……

江河一摆手，打断了秦池的介绍：没想到会以这样一种方式和大家见面。情况紧急，咱们这个会议不超过五分钟。

老卢头磕磕绊绊跑过来：报告江局长，我查问过了，卖出了43张船票，满员，没有超载！

秦池闻言，双手合十：谢天谢地。要是超载，罪过就大了！

江河点点头，做了一个手势，示意老卢头留下开会：好，局办立刻向东江市港监局报案，同时向东江市人民政府总值班室和省里报告。

赵小苏应声：好，我立刻报案。

江河：现在我宣布，事故善后领导小组正式成立，我任组长，老秦任副组长。下设三个专项小组，一是事故调查小组；二是搜救打捞小组；三是安置接待小组；事故调查小组由分管生产的郭副局长担任组长……

秦池插话：我们东江港自建港以来，从来没发生过船毁人亡的水上交通事故，责任重大，我看这个组长就由我来亲自兼任吧。

江河点头：也好，郭副局长就任搜救打捞小组组长吧，搜寻失踪者，打捞沉船。安置接待小组是个忍辱负重的活儿，由工会的闫主席任组长。

郭川等人点头领命。

江河停顿了一下：各小组成员五至十人，由相关职能部门的负责人组成，各组长根据工作需要自行确定，不必报我了。我再强调一下，大家要有思想准备，今后一段时间里，善后安置小组的工作将异常繁重，港口各个部门要全力支持，全面配合，大家同心协力，共同渡过难关。

众人点头称是。

江河问一声：听明白了？

众答：明白了。

江河又跟一句：听明白了吗？大点儿声。

众人一声吼：明白了！

15. 宾馆客房　秋　日　内

程志正在卫生间洗漱，墙上的电话铃声急剧响起。程志赶忙吐出嘴里的水，用手一抹，拿起听筒，里面传出省委书记的声音：程省长吗？

程志：是我，万书记有什么指示？

省委书记（OS）：告诉你一个坏消息。

程志一惊：坏消息？

省委书记（OS）：今晨6时20分，东江港发生重大水上交通事故，满载旅客的裕泰号渡轮在深水区与两艘湘籍货船相撞后沉没，目前人员伤亡情况不详。

程志大惊：什么，裕泰号在深水区沉没？

省委书记（OS）：是呀！所以省委责成你立刻赶赴东江市，指挥裕泰号沉船的善后事宜。

程志神色严肃：是，我立刻赶赴东江市。

16. 长江江畔　秋　日

肇事的湘籍船缓缓驶进东江港。船靠岸后，江河指挥救护车上的医护人员首先上船，第一时间为沉船生还者检查身体状况，甲板上一片忙碌。

卢茜一身是水，目光茫然，抱着琴走上岸。

获救的刘希娅被医务人员抬上担架，她全身虚脱，处于半昏迷状态。

躺在担架上，刘希娅用迷离的目光寻找陶然和她的同学。她没有看到陶然，依稀看到怀里抱着琴的卢茜，她认出来那是她的琴。她想喊，可是发不出声音，一着急又昏迷过去。

获救者陆续上了救护车，卢子明在生还者中看到了卢茜，激动得老泪纵横，向女儿奔去。

卢茜将怀里抱的一只琴盒交给老卢头，含泪叮嘱：爸，您把琴收好，千万要收好，没有它女儿就见不到您了。

老卢头答应一声接过琴，看着卢茜上了救护车，转身离开码头。

总调度室调度于娟看一眼父女俩，对一个女职工说：卢茜这是怎么了？弄得跟水鸭子似的。

那职工正忙着抬人，看了一眼卢茜：喀，她就是个热心人。

秦池登上湘籍船。闯了大祸的湘籍船船长神色惶恐，蔫头耷脑地不敢正视秦池的目光。秦池心急火燎地问：你们救上来多少人？

湘籍船长低声回答：26 人。

秦池就像当头挨了一棒，嘴一咧，半晌才说出话来：26 人，准确吗？

湘籍船长：准确，数过无数遍了，只打捞上来 26 人。

秦池怒骂：你他妈犯的是杀头的罪！裕泰号上连船员带乘客有 46 人，那 20 个人呢？你说，你给我说！

湘籍船长呆若木鸡，怔怔地说不出话来。

秦池怒不可遏，上去狠狠抽了船长一个嘴巴。挨了嘴巴的船长捂着脸，蹲在了甲板上。

江河上船。秦池喘着粗气迎上去：老江，不好交代了，43 名乘客，3 名船员，一共是 46 人。这个浑蛋船长说，获救的只有 26 个人，还有 20 个人下落不明。

江河一听也如五雷轰顶：啊，有 20 个人下落不明？他走过去，抬腿狠狠踹了船长一脚：你他妈是怎么开的船呀！

船长一个嘴啃泥倒在甲板上，索性不起来了。

江河对身后的赵小苏说：看住他，一会移交公安局。

秦池将江河拉到一边：老江，如果这 20 个人最终遇难，无论对港务局还是对东江市，都是大祸临头！

江河脸色铁青：老秦，立即通知局里所属各码头，把能派出去的船都派出去，以事故现场为中心，扩大搜索半径，全力搜寻失踪者。

秦池：是，我马上安排。

江河狠狠在自己的头上击了一掌：真要死那么多人，杀了你我的头，也没办法交代！

秦池两眼发直：多事之秋！眼瞅着过两节了，偏偏出这事……

17. 长江江面　秋　日

一艘艘搜救船鸣着笛赶向出事水域，气氛异常紧张。

出事水域，搜救船往返游弋，有潜水员时上时下。秦池和郭川在船上指挥。

18. 东江市人民医院　秋　日　外

救护车在医院门口停下，刘希娅在担架上被抬下。

一辆奔驰轿车一个急刹车停在救护车后面。孟建荣跳下来，奔过来扒住担架：希娅，希娅……

护士：松手！让开一下。说着抬起担架奔向急诊室。孟建荣紧追不舍：希娅，希娅，你没事吧？

刘希娅艰难地睁开眼，想说什么，又无力闭上。

孟建荣追着担架：希娅，希娅！

护士：先生，你不要再跟着了，行吗？

孟建荣：我是她表哥！

护士：你是他爸爸也不行，妨碍我们工作！

19. 长江江畔　秋　日　外

黑色奥迪轿车风驰电掣般驶来。江边的气氛，随着程志的到来越发凝重。

程志推开车门，双脚还没落地，就心急火燎地问：江河呢？

江河紧跑几步，伸出右手放在车门的上方，程志跨出车门，扫视了一眼江边，见忙而有序，悲而不乱，长长吐了一口气。他看了一眼围拢过来的众人：秦池呢，他怎么没来？

江河：老秦和郭副局长去了出事水域，在现场研究打捞沉船方案。

程志心里窝着一团火：叫秦池和郭川回来，打捞沉船方案叫总工制订，我已经通知市里有关部门负责人统统到江边来，你们韩市长也从省城赶回来了，很快就到，我们开个现场会。

江河回头吩咐赵小苏：派一艘快艇，到出事水域把秦局长他们接回来。

程志抽出烟，江河为他打火点燃。程志抽了一口，皱着眉对江河说：你先简略汇报一下情况。

江河：碰撞事故是早晨6点20分发生的，裕泰号上共有46人，肇事的湘籍船在事故现场救起了乘客23人、船员3人，有20名乘客失踪。

程志：20名乘客失踪？

江河：是。现在港口能派出去的船都派出去了，共有12艘船在出事水域搜救失踪者。潜水员也已下水作业，查明水底情况后，立刻开始打捞沉船。

程志眉头紧皱，眼睛凝视着江面冷冷发问：江河，你坦率地告诉我，失踪的这20个人，还有没有获救的可能？

江河摇摇头：非常渺茫。

程志重重吁了口气：也就是说，几乎没有生还的希望了？

江河声音低沉：是。

程志将吸了几口的烟扔在地上，狠狠地用脚碾了几下。

20. 机场登机口前　秋　日　内

廖汉中和赵达夫排队办理登机手续。

赵达夫：老大，你这次满载而归呀，又是手镯、玉石，又是火腿，嫂子肯定喜欢得不得了。

廖汉中：女人是什么？女人是鲜花，你要捧着她。秋萍一朵花骨朵，嫩得能掐出水，嫁到咱们琊山，我能不好好待她？

赵达夫：老大，你不仅是个好矿长，还是个模范丈夫呀！

廖汉中：那是必须的。

赵达夫：再过三四个小时就见面了，小别胜新婚。估计嫂子也该下船了。

廖汉中：是呀，她最爱吃宣威火腿了，今儿中午就能吃上。

两人检票登机。

过了检票口，廖汉中停住脚，有些心神不定：达夫呀，你嫂子怎么不接电话了呢？

赵达夫：嗐，乱哄哄的，兴许人家没听见。

廖汉中：不应该呀，我打了三次，都关机。

赵达夫：得了，老大，别磨叽了，晚上准备交公粮吧！

廖汉中瞪了赵达夫一眼：怎么说话呢你！

21. 长江江畔　秋　日

程志把江河晾到一边，独自一人在江边来回踱步。一支香烟吸完，他招手叫江河过来，看了下手表：还有几分钟时间，说几句沉船以外的话。江河呀，调你到东江港，你是捏着鼻子上任的，昨天没让你说话，现在给你几分钟时间，有什么牢骚统统发泄出来。

江河直言不讳：我对港口管理一窍不通，调我来主持工作，勉为其难。见程志沉吟不语，江河又自责道：老首长，这个当口，我不该发牢骚。

程志手一摆：继续说嘛，不止勉为其难这么简单吧？

江河：昨天上任，今天就沉船，真是觉得前途未卜。

程志不说话，目光复杂地凝视着他。

江河自觉失言：不说这些了。他望一眼流淌的江水，郑重表态：三五年之内，您不是让我交给您一个风清气正的现代物流中心吗？我领命就是！

程志用力拍拍江河肩膀：谢谢你，江河同志！

江河：老首长，我是让您逼上梁山了！

程志：那你就给我演一出智取生辰纲的好戏。

江河：我会尽力。

程志摇摇江河肩膀：江河啊，我也给你交个底，你是临危受命，这点我不说你心里也清楚。不幸的是这次沉船事故，看来要把我们对港口的工作部署打乱了。

江河：我明白。现在港务局工作的重中之重，是做好这次沉船事故的善后处理工作。

程志：对。马上就要过两节了，特别是中秋节，中国人传统的团圆节，死了这么多人，善后处理不妥会造成什么样的后果，你不会不清楚吧？

江河：我清楚。

程志略一沉吟：我给你提个醒，善后处理工作可能会比你们想象的更复杂、更艰难，你要做好充分的思想准备。

江河点点头：这个思想准备我有，开完现场会我马上到医院去，一是代表港务局对沉船生还者表示慰问；二是调查清楚失踪者中有没有他们的亲友。我们必须尽快弄清楚每一个失踪者的身份，这样才能有针对性地开展工作。

程志：嗯，这是你的强项。你当了多年公安局局长，处理突发事件的能力我是放心的。你去了，代表省市两级政府向沉船生还者表示慰问，开完会，我向省委书记汇报完情况，也会去医院。

22. 长江江畔　秋　日

一艘快艇疾驰靠岸，秦池和郭副局长走下快艇，看到江边已拉了警戒线，闲杂人员一律不得靠近。新任命的港口公安局副局长李强领着十余名警察，手持微型冲锋枪守卫，气氛颇显紧张。

程志神色严峻地站在江边，东江市市长韩仕琪及市属各局的一把手悉数到场。

秦池：老郭，程副省长和韩市长都来了。

郭川：港务局这回算是现眼了，老秦你看，港监局、交通局、卫生局、劳动局、民政局、财务局的一把手也都来了。

秦池苦笑：老郭，我当了七年港务局常务副局长，这么大的阵势还是头一次经历，祸闯大了，港务局出名了。

见到秦池和郭川，程志一招手，两人跑步过来。

韩仕琪冲李强一招手：新的公安局局长还没有到任，你是刚提的副局长，这个会你参加吧！

李强：是。

程志：人齐了？

韩仕琪：齐了。

程志：现在开会。秦局长，你刚从出事水域回来，先把情况汇报一下。

秦池：事故原因基本查明，完全是由两艘湘籍船违章操作，结绑逆水航行所造成的。肇事船均为自行船，长江航线明文规定，严禁自行船无动力行驶。肇事船为了节省燃料，擅自将一艘船停机，结绑后由另一只船拖带逆水行驶，由于船速降低，未能在规定时间驶出锚地，结果与正常航行的裕泰号发生碰撞，导致裕泰号当场沉没。

韩仕琪恼怒地挥了一下拳头：简直是乱来！

秦池看了一眼市长：还有更离谱的呢！在穿越锚地时，肇事船也没按规定鸣笛，舵手说是因困乏疏忽所致。

李强：舵手和船长已经被我们控制了。

秦池：由于裕泰号视线被停泊在锚地的货船挡住，在肇事船没有鸣笛示警的情况下，失去最后规避机会，导致船毁人亡的重大事故。在这次事故中，港务局方面为零责任，属于受害方，东江港保留对湘籍船的索赔权利。

程志有几分不快：现场会主要是部署善后工作，责任认定要由港监局做出。当然，如果确实如秦局长所说，东江港一方在撞船事故中责任为零，善后处理工作也就相对简单了许多。秦局长，你能确定吗，湘籍船在事故中负完全责任？牵扯到外省市，必须实事求是，不能想当然。

秦池拍着胸脯：程省长，这个保票我绝对敢打，我们的船没有任何责任。

港监局局长刘东民插话：秦局长，你这个保票打得早了点吧？

23. 东江市人民医院　秋　日　内

医院里人多嘈杂，医护人员进进出出。卢茜坐在一个角落目光呆滞。

在抢救室门口，孟建荣拽住医生：大夫，刚才推进去的那个姑娘没什么事吧？

医生：不好说，要看检查情况。

孟建荣：你们要保证……

医生打断他的话：保证什么？谁能给你打这个保票！

24. 长江江畔　秋　日

秦池有些恼怒：你这是什么意思？

刘东民话外有音：没什么意思。秦局长，出事时裕泰号没有超载吗？

秦池斜了刘东民一眼，斩钉截铁：没有，绝对没有。

韩仕琪：刘局长提的这个问题很重要，即便超载一人，裕泰号也就成了过错方，马虎不得！

秦池：韩市长，眼看就要过中秋节和十一了，我们工作重点就是要确保两节期间不发生任何水上交通事故。江局长昨天下午刚刚上任，晚上就到客运站强调安全，夜里一点还给客运站卢站长打电话，要他亲自到客运码头杜绝安全隐患，是不是，江局长？

江河点点头：我让他把栈桥上灭掉的两盏灯换上了。

程志紧锁的眉头略有舒展，但神色依然严峻：同志们，现场会的主要议题是如何搜救失踪者，以及怎样做好这次事故的善后。对于事故处理，我讲几点意见。

程志有意停顿了一下，扫视一遍与会者，与会者一个个神情专注。

程志：首先明确一下，搜救失踪者和打捞沉船以港务局为主，搜救工作要继续加大力度，扩大巡逻水域，遇难者的遗体，要全部打捞上来。

秦池：您放心，程省长。

程志：事故处理以港监局为主，必须彻底查清事故原因，严厉处罚肇事者，这样才能对事故罹难者，对东江市人民有所交代。

刘东民：坚决落实程省长的指示。

程志：港务局和港监局要相互配合，各职能局要积极协助，组织专门的人员、专门的机构、专门的经费处理善后工作。另外我再强调一点，这次沉船事故属于重大突发事件，有关事故的所有信息，由市政府统一发布。

韩仕琪：程省长的指示很重要，各位要严格执行，不许打半点折扣。

刘东民：韩市长，我们港监局一定以最好的状态，在最短时间内调查清楚事故原因，给事故罹难者的亲属和全市人民一个交代。

韩仕琪：很好。

刘东民：沉船事故公布后，今明两天罹难者亲属势必大量聚集到港务局和市政府，这一期间是罹难者亲属情绪最激动、最容易出事的魔鬼时间，极易造成整体局面失控，我们必须拿出最周密的措施。

程志看着他：说出来听听。

刘东民：我建议成立接待小组，把罹难者亲属集中安排到市里条件最好的饭店，在住宿、饮食、服务、医疗、交通等方面精心安排，让罹难者亲属切实感受到我们处理事故的诚意，求得他们谅解，这样才能以最稳妥的方式做好善后。

江河不以为意，脸上露出不安的神色。

程志捕捉到了：江河同志，你有话要说吗？

江河：刘局长……

25. 丽江机场秋　日　内

扩音器里传出播音员的声音：各位旅客，飞往泰国的第 328 次班机就要起飞了，请您做好登机准备。继而又用英语广播了一遍。

头等舱候机室。训练有素的服务生躬身对坐在豪华沙发上的丁氏父女毕恭毕敬地说：老先生，请您老登机。

丁伯拄着拐棍站起身，丁薇薇上前搀扶。

服务生帮他们提起皮包，做出请的手势在前面引路。

丁薇薇：叔叔，您这么大年岁了，还劳您为了丁氏集团四处奔波，薇薇真是惭愧。

丁伯叹了一口气：人老了，不服不行呀。近来叔叔常有神思怠倦之感。不过，这次叔叔领你去东南亚转上一遭，和老朋友们见见面，丁氏的业务也就可以放心交你打理了。

丁薇薇：谢谢叔叔栽培。

丁伯看一眼侄女，朗声一笑：你要真心想谢，就早早把侄女婿领来见我。

26. 长江江畔　秋　日

程志见江河有些犹豫：江河同志，有话就说嘛！不要吞吞吐吐的。

江河：是这样，根据公安局工作的经验，这种做法不妥，很可能给善后工作带来麻烦。我的意见是，将罹难者亲属安置在四五个宾馆居住，分头去做工作，这样效果可能会更好。

刘东民大为光火：江局长，你真是三句话不离本行，我们现在是在处理一起特大水上交通事故，是要用我们最大的热忱去安抚事故罹难者亲属的心，我们有必要搞背对背、各个击破那一套吗？你现在是处理事故善后，不是在侦办案件。

江河：你怎么这样理解问题？

刘东民：怎么，我这样理解有错吗？别忘了，你现在已经不是公安局长了！

江河正欲开口反驳，秦池碰了他一下，打着圆场：刚才程省长讲了，事故处理以港监局为主，就按刘局长意思办吧。

秦池如此说，江河也不好再说什么了。

刘东民：按照法定程序，在事故调查期间，要对双方船长进行监视居住，对打捞上来的罹难者遗体，要分别进行编号、拍照、遗物登记、裹尸、袋装等工作，然后运往市殡仪馆。这些工作非常繁杂，希望民政局、港务局和公安局方面全面配合我们。

秦池表态：没问题，港务局一定全力配合。

民政局局长也表态：我已经通知了殡仪馆，做了周到细致的安排。

李强对刘东民说：需要公安局做什么，我们服从命令。

程志：工作细节会后各局再认真研究协调，这里就不具体讨论了。总之一句话，各个部门要负起责任，务必让罹难者亲属满意。

韩仕琪：是啊，刚才我已经向程省长做了保证，两节前一定要完成好事故善后工作，让全市人民过一个祥和平安的中秋、十一。

程志一拱手：拜托各位了！

27. 客运站码头　秋　日　外

一艘搜救船正准备离岸，马达轰鸣，汽笛响起。开完现场会的郭川一个箭步登上甲板，回头想扶一下紧随其后的老卢头。

秦池匆匆赶来：卢站长！

老卢头回过头，见是秦池便停下脚步。秦池上前拉住他的胳膊，对郭川说：老郭啊，卢站长有心脏病，现场就别去了，让他多在岸上照应一下吧！

郭川：我是不让他去，他非去不可。说完喊了一声：开船。

见搜救船渐行渐远，老卢头责问秦池：你这是干吗？我在搜救组，怎么能不去事故现场？

秦池把老卢头拉到一边：于娟刚才对我说，见咱们丫头浑身水淋淋的，怎么回事？

老卢头：什么怎么回事？不是你们安排她到江北煤码头有事吗？

秦池：她也在裕泰号上？

老卢头：是呀，捡了一条命！

秦池自言自语：怪不得刘东民在会上阴阳怪气，准是听他老婆于娟说了什么。

老卢头：你叨咕什么呢？

秦池越发急切：丫头现在在哪儿？

老卢头：去医院了！

秦池叫来摩的：赶紧把丫头叫回来，老老实实在家待着。说着把老卢头按到摩的后座上。

老卢头：为什么？

秦池一挥手：别问了，刻不容缓，照我说的办就是！

28. 客运站休息室　秋　日　内

秦池见驮着老卢头的摩的开走了，来到客运站休息室。

王德纲正靠在长椅上休息，秦池进来，他站起身，耷拉着脑袋：秦局长，我给您闯祸了。

秦池：别这么说，德纲，你也受惊了。

王德纲：一上船我就不踏实，昨天晚上白衣女鬼的说法，就是不吉利。

秦池：别扯什么白衣女鬼。不过，你可真别鬼迷了心窍。

王德纲：秦局长，您是……

秦池伸手示意王德纲坐下，递给他一支香烟，话中有话：闯祸的是湘籍船，不是我们的船，我是说你不要有什么思想负担。

王德纲：谢谢秦局长。

秦池：我对程省长、韩市长，对港监局明确说了，我们在这次事故中是零责任。我来看看你，是让你把心放在肚子里。翻船的时候，你们几个没伤着吧？

王德纲又站起身：落水的时候我们几个船员都穿着救生衣，没啥大碍，可怜那些乘客了。唉，穿越锚地时，要是把弧线稍微兜大点儿就撞不上了，只差一个船身！他们的船没有鸣笛——

秦池摆手让王德纲坐下：上行船过锚地不鸣笛，该死啊！

王德纲坐下后说：是呀！我们的客轮哪禁得住它撞，小船就像鸡蛋壳，咔嚓一下就完了。秦局长，我听说还有 20 个乘客没救上来，造孽啊，真是造孽！

秦池打断王德纲的话：德纲，你不要有什么顾虑，我不是说了吗，我们的船没有任何责任，这孽不是我们造的，你明白吗？

王德纲点点头：秦局长，我明白。

秦池：德纲，我先给你吹吹风，刚才会上，港监局那边发话了，这是一起特大水上交通事故，要按法定程序处理。

王德纲有些紧张：秦局长，什么是法定程序？

秦池放缓语气：就是在事故调查阶段，对双方船长实行监视居住。

王德纲一听脸就白了，站起身叫道：监视居住，那不就是拘留吗？

秦池一拍桌子：德纲，你怕什么？瞧瞧你这点胆儿，还没怎么着呢，脸都白了，就你这样儿，没事都得让人整出事来！

王德纲定了定神：我不是怕，我是不理解，我们又不是责任方，凭什么要对我监视居住？

秦池：我不是对你讲了吗，这是法定程序，有责任没责任在事故调查阶段都要走这个过程。

王德纲：那是不是我就不能上班了？

秦池：上个屁班，在家随时听候传唤。不过，港监局也不是公安局，就是问问你当时的情况，你别乱说一气就成了。

王德纲：乱说一气？

秦池：对呀！德纲你要搞明白，如果我们的船真要有什么责任的话，我和卢站长自然要负领导责任，可是你，就得进去蹲几年，懂吗？

王德纲：秦局长，您放心，我王德纲不傻，甭管谁来问，谁来调查，我绝不胡说八道。

秦池压低声音问：德纲，出事的时候，卢站长的闺女卢茜也在船上？

王德纲：是。还是我让她上的船，出事时她在甲板上站着，真要在舱里，说不定也完了。

秦池眉头皱成一团：她有船票吗？

29. 市人民医院急诊室　秋　日　内

走廊里全是人，医护人员步履匆匆，不时有医护人员推着活动床跑过来。

老卢头匆匆走进来，四处张望，看到了坐在角落的女儿，上前一把抓住她的手：闺女，检查了吗？没啥事吧？

卢茜：人多还没轮到我，我没事，就是累，想好好睡一觉。

老卢头一把拉起女儿：没事就好，我们赶紧回家去休息。

卢茜被父亲拉起来：爸，马上就轮到我了。

老卢头：轮到你也不看了，赶快跟老爸走。

30. 客运站休息室　秋　日　内

王德纲：卢站长的闺女上船，谁找她要船票？她是去煤码头办公事。

秦池：她去煤码头办什么公事？

王德纲：她说下周一新来的江局长要去煤码头检查工作，赵小苏让她到煤码头更换宣传栏。

秦池暗示王德纲：办公事也得有船票嘛，你没找她要船票，怎么知道她没票？

王德纲脑袋不开窍：满员了，她去办公事，没票也得让她上呀！

秦池最担心的事发生了，卢茜果然是无票乘船：德纲，我问你，裕泰号额定乘员是多少人？

王德纲：乘员43人，船员3人，总共46人。

秦池冷笑一声：客运站售票员说，头班渡轮一共卖出43张船票。德纲，卢站长的闺女如果没有船票的话，港监局查起来，裕泰号岂不就超载了？超载1人和超载10人没什么两样。一旦超载，咱们也就有了过错，懂吗？

王德纲如梦初醒，用手背擦着额头的汗，结结巴巴：秦局长，我、我懂了……当时裕泰号满员了，我、我这个船长怎么能让她上船呢？我让她坐下、下一班客轮渡江，出事时，她没在裕泰号上。

秦池起身用力拍拍王德纲肩膀：这样说就对了嘛。回头你和那两个船员也打下招呼，该说的说，不该说的就烂在肚子里。

王德纲连连点头：是，是，你放心吧，秦局长。

秦池：振作起精神，别像霜打了的茄子。老卢头退休后，我还考虑让你接任呢！

31. 泰国廊曼机场　秋　日　外

丁伯在丁薇薇搀扶下走出机场出口。

几个衣着华贵的富商模样的人在出口迎候。

有少女送上鲜花，众人握手寒暄。

丁伯和丁薇薇被让进一辆凯迪拉克，轿车缓缓驰去。

32. 客运站休息室　秋　日　外

秦池走出客运站休息室，看到港办主任赵小苏，招手叫住他：小苏，你不是要和江局长一起去医院吗，怎么还没走？

赵小苏：江局长已经去了，他说有些遇救者需要护理，要我和工会闫主席商量一下，看看我们港务局能不能派些职工过去照顾一下，我和闫主席商量完了就过去。

秦池点了下头：小苏，我问你，你是不是让卢茜今儿一早到煤码头去更换宣传栏？

赵小苏：昨天您说新来的江局长周一要去煤码头，让我安排一下，我想给新局长一个好印象，就让她去贴几张标语，更换一下宣传栏，卢茜去了吗？

秦池拉下脸：小苏，这事我可得批评你，你说你搞这种花架子、形式主义的东西干什么？江局长知道了也得批评你，你要引以为戒。

赵小苏见秦池脸色阴沉，心头一紧：秦局长，出什么事了吗？

秦池：你险些酿成大祸，形式主义害人呀！卢茜要有个三长两短，你怎么向老卢头交代？

赵小苏一惊：卢茜上了裕泰号？

秦池：王德纲说，幸亏裕泰号满员了，没让她上去。

赵小苏松了口气：我真该死！万幸！真是万幸。

秦池叮嘱：小苏，卢茜既然没有去煤码头，这件事就不要再提了，港务局现在是多事之秋，你也没必要给新局长留下一个不好的印象，明白吗？

赵小苏：明白。

秦池点了下头：好，你去找老闫吧。

33. 廖汉中家　秋　午后　内

廖汉中备好的一桌饭菜已凉了，屋里冷冷清清，时钟指向两点，方秋萍仍旧没有回来。

廖汉中神情焦虑地在房间里踱着步，再次拨打方秋萍的手机，话筒里传来的声音：你拨打的用户已关机。

一种不祥的预感笼罩着廖汉中。

赵达夫突然闯进来：老大，刚刚午间新闻报道，今晨六时二十分，东江港的裕泰号出事了，船沉了，伤亡惨重！

廖汉中惊恐地重复了一句：裕泰号？

赵达夫：裕泰号！就是嫂子坐的裕泰号。她现在没回来，肯定凶多吉少！

廖汉中一屁股坐在沙发上，呆愣了半晌才说：他娘的，你准备一下，明天一早去东江港，找狗日的说理去。

赵达夫：放心吧老大，我会安排好。

34. 东江市人民医院病房　秋　午后　内

刘希娅无力地睁开眼，映入眼帘的是床头的吊瓶，白衣白帽、口罩遮住半张脸的护士。

年轻护士惊喜地叫道：她醒了，我去叫大夫。

在病床边椅子上打瞌睡的孟建荣一激灵：你可醒了，希娅！

刘希娅神情依然恍惚，茫然地看着孟建荣：陶然，是你吗？

孟建荣俯下身，让刘希娅看清自己的脸：希娅，我是你表哥呀，孟建荣。

刘希娅惶惑：表哥？我这是在哪里？陶然呢？

孟建荣满脸忧虑：希娅，裕泰号出事了，船翻了，你还记得吗？

刘希娅没有回答，闭上眼睛。

护士叫来大夫，大夫过来为刘希娅做检查。

孟建荣忧心忡忡：大夫，她好像有些失忆，会不会是溺水时间过长，导致大脑缺氧受到损害？

大夫观察着心电监护仪：有可能是惊恐和高烧导致大脑出现短暂空白，再观察观察吧，不太可能出现不可逆的脑损害，不用过于担心。

刘希娅闭着眼，记忆逐渐恢复，裕泰号上的一幕在脑海浮现出来：

闪回：

一声巨响，船舱里的人就像从山上滚下来的石头那样剧烈地翻滚着，还没来得及发出叫喊，江水就汹涌地灌进来。

伴随江水而来的是令人恐怖的窒息。她和同学们根本找不到舱口，也没有任何东西可以依托。突然，那个同样在船舱中挣扎的青年军官用力推了她一下，这一推，形成了一次有力的托举，竟然将她不可思议地推到舱口——她浮出了水面。

肇事船停在出事水域，扔下船上的救生艇、救生圈和救生衣后，所有船员都站在船舷，将一根根长竹竿伸向在江水中呼救的乘客。一只救生艇开过来，下去两个人救起了正在下沉的刘希娅。被拉到船上时，刘希娅已经处于半昏迷状态，她依稀看到一个怀里抱着琴的女人坐在甲板上，那是她的琴。她想喊，可是发不出声音，就像做噩梦被魇住一般。

刘希娅再次睁开眼，意识到自己是在医院里，嘴唇喃喃嚅动：陶然呢？我的同学们呢？

孟建荣坐在病床边，又一次问：希娅，裕泰号出事了，船翻了，你还记得吗？

刘希娅神态疲惫：我记得。

孟建荣：你记得什么？

刘希娅：船翻了，我们都掉到江里了。她努力回忆着，想起了什么，突然惊叫一声，陶然呢？我的同学们呢？他们在哪儿？

孟建荣：希娅，你别担心，陶然水性那么好，从南岸到北岸游几个来回都没事，现在长江上全是搜救船，他们可能被冲到下游去了，不会出什么意外。

刘希娅：表哥，我担心陶然。我获救时看见一个女人拿着我的琴，我的琴一直是陶然替我背着，怎么会跑到别的女人手里？表哥，你要帮我找到那个女人。

孟建荣继续安慰：希娅，别胡思乱想，一会儿我帮你去找到那个女人。

刘希娅泪眼汪汪：表哥，你现在就去找。

孟建荣：希娅，东江港港务局的领导来看你，在外面等了很长时间了，船上获救的人是他们统一安置的，你放心，他们很容易就能找到那个女人。

刘希娅焦急地说：表哥，那你快请他们进来。

35. 曼谷豪华餐厅　秋　午后

一间华贵的包间里，酒席已近尾声。

丁伯用餐巾擦擦嘴：谢谢纳瓦老板盛情，没想到在贵国还可以吃到这么地道的意大利菜。

纳瓦老板：丁老先生客气了，您遍游五洲，尽享美食，区区粗茶淡饭不足挂齿，失敬了。

丁伯：哎，哪里，我这次东南亚之行，是引荐小女与各位相识。老了，力不从心，要归隐山林了。拜托各位以后多多指点、关照小女。

丁薇薇站起身，矜持地点头示意：请各位前辈多多赐教。

纳瓦老板：丁老先生此言差矣，丁氏集团根基深厚，财达四海，能屈尊跟我们长期做生意，是对我们的关照嘛！况且，丁小姐秀外慧中、沉稳干练，一看就是巾帼女杰，有她以后执掌帅印，丁氏集团必将宏图大展。

丁薇薇：老伯谬赞，薇薇愧不敢当。

一贵妇：薇薇小姐真是叫人喜欢，这么漂亮的女孩子还有这么好的修为、才学，不知道什么样的男子能入她法眼呢？

36. 东江市人民医院病房外　秋　午后

赵小苏匆匆走来：江局长。

正在走廊上焦急踱步的江河停下脚步：小苏。

赵小苏：您布置的工作闫主席已经做了周密的安排。

江河：好。和东江师大联系上了吗？

赵小苏：联系上了。

江河急忙问：他们有多少学生上了裕泰号？

赵小苏摇摇头：校务处的人说，今天是周末，很多学生一早就出去了，大部分教师也不在学校，有多少学生乘裕泰号到江北去玩，没人能说清楚。

江河吁了口气：沉重地摇摇头。

孟建荣从病房出来，江河迎上去问：孟先生，刘同学醒了吗？

孟建荣压低声音说：醒了。她很虚弱，一醒来就问我她男朋友和同学们的下落，我说可能被冲到下游去了，你们配合些，这时候千万别让她再受刺激了。

江河急切地问：她有多少同学在船上？

孟建荣：她还没说。她说看见一个被救上来的女人，拿着她的小提琴，请你们帮忙找一找，这把琴对她很重要。

江河：这个没问题。随即吩咐赵小苏：小苏，你到每个病房去问一下，看看谁拿了刘同学的小提琴，一定要尽快找到。

赵小苏：好，我这就去。

37. 琊山煤矿总调度室　秋　午后　内

赵达夫打电话：老曾，你们五号井抽 20 个工人，明天早晨到主楼前集合。要年轻生猛的。

话筒里传出老曾的声音：赵矿长，什么任务？

赵达夫：方总在东江港遇难了，我们跟着老大去讨个说法。

电话里传出老曾的声音：方总遇难了？

赵达夫：一个大活人，生生就没了。

话筒里传出老曾的声音：怎么搞的嘛，太突然了。

赵达夫：别啰唆了，快点去给我招呼人！

话筒里传出老曾的声音：可是，眼下生产正忙，一线的人手本来就不够。

赵达夫：闭嘴！天下万事，死者为大。说罢，挂断手机。办公室的门被推开了，进来一个男办事员：赵头儿，调了三辆大卡车够不够？

赵达夫：够了。你再去弄些白布，都给我扯成两指宽二尺长的白布条。

男办事员：干什么用呀？

赵达夫：干什么用？咱们是去奔丧，不是去赴宴，懂吗？

男办事员：明白了，我这就去办。转身出去。

赵达夫：这回得叫东江港好好喝一壶。又抄起电话：给我接 3 号井……

38. 东江市人民医院病房内外　秋　午后

孟建荣：东江港这回算是摊上事了。江局长，您也别太着急。说着推门陪江河走进病房。

护士迎上前嘱咐：她刚醒过来，身体还很虚弱，你们尽量和她少说话。

刘希娅躺在病床上，嘴唇干裂，眼窝深陷，脸上满是泪痕，一头长发零乱地散在枕头上。

江河：刘希娅同学，我代表港务局来看望你，希望你安心治疗，好好休息，不管有什么困难都可以向我们提出来，我们一定尽力解决。

孟建荣：希娅，他是东江港港务局江局长。

刘希娅嘴唇嚅动了一下，眼泪又流出来：江局长，我的同学……还有我男朋友，都在船上。表哥说他们可能被冲到下游去了，你们一定要把他们救上来。

江河急切问：你有多少个同学在船上？

刘希娅：八个。船沉的时候，除了我男朋友陶然在甲板上，我们七个人都在船舱里。

八个！江河冲口而出。

刘希娅：是呀，八个。

江河仿佛被重重一击，身体晃了一下，险些摔倒。

39. 射击场　秋　午后　外

啪，啪，啪，几声枪响。全身移动靶一一被击中。

丁伯吹吹枪口的青烟，把手枪放在了台子上。

报靶员：三枪皆中，二十八环。

纳瓦老板：哎呀，丁老先生神勇不减当年，真是好枪法啊！

丁伯：老了，手不稳了。

纳瓦老板：这是移动靶，老先生三枪二十八环，已经很了不起了。

丁伯笑着摇摇头。

纳瓦老板：丁小姐，要不要打几枪，听说你也是军人出身？

丁伯：她哪里谈得上是军人，不过是在解放军里面弹了几年扬琴而已。

丁薇薇：纳瓦先生见笑了，我当了五年兵，却从来没有打过枪呢。

纳瓦老板：噢，是……文艺兵？女孩子嘛，不舞枪弄刀也好。丁老先生要不要再玩一玩最新款的以色列乌兹冲锋枪？每分钟1700发。过瘾得很呢！

丁伯摆手：不了，不了。

丁薇薇：叔叔一路鞍马劳顿，我们先回宾馆了，谢谢纳瓦先生款待。

40. 东江市人民医院病房　秋　午后　内

赵小苏推门进屋，附在江河耳旁：局长，问了，没有人拿刘同学的小提琴。

刘希娅听到了，支撑着身体要坐起来：什么？不可能！江局长，我被救上船时，明明看见一个女人抱着我的小提琴。

由于激动，她咳了两声，更显虚弱。

孟建荣忙上前扶住她：希娅，你不要着急。扭头对江河说：怎么会没有呢？不应该呀！

江河随口说：希娅同学，你放心，我们再去找。万一找不到，我们会买一把更好的琴给你。

刘希娅一听急了：不可以！

孟建荣有点尴尬：江局长，这把琴对希娅非同一般，不是用钱可以买来的。

江河有些愕然：这么严重？

41. 老卢头家　秋　午后　内

卢茜靠在床头：爸，琴收好了吗？

老卢头端着碗走过来：收好了。闺女，老爸刚给你熬了一碗姜糖水，趁热喝了，喝了好好睡一觉。

卢茜：不想喝。

老卢头：喝一碗吧，驱驱寒气。毕竟入秋了，江水一泡，寒气侵入了身体，怎么得了！

卢茜接过碗放在床头柜上：爸，我现在一闭上眼，就是那个大男孩的样子。要不是他把救生圈推给了女儿……

老卢头眼眶一热，抹了抹涌出的泪水：是个好小伙儿呀！老爸天天会在心里给他烧香祷告。

卢茜欲起身：我得去一趟东江日报，让他们报道一下这个男孩儿！到现在，我连他的名字还不知道呢！

老卢头：你秦叔叔特别嘱咐了，让你休息一个礼拜，闭门不出，闭口不言！

卢茜：为什么？

42. 东江市人民医院病房外　秋　午后

江河和赵小苏推门走出病房。

孟建荣跟在江河身后：江局长，那把琴您还是不要掉以轻心。

江河：有什么说道吗？

孟建荣：那是陶然送给她的定情物。

江河：陶然？

孟建荣：就是希娅的男朋友，这次也在船上。

江河一惊：也在船上？

孟建荣：是呀，江局长，如果我没有猜错，除了希娅，她的七名同学已经全罹难了！

江河双眉紧蹙：我真不知道怎么和希娅同学说。

孟建荣：如果是这样，那把琴就是陶然留给她的唯一念想了。我了解希娅，她既然在船上看到了有人抱着琴，如果说找不到，就绝不会善罢甘休！

赵小苏：有这么严重吗？

孟建荣瞥了赵小苏一眼：赵主任，请你把吗字去掉。我把话放在这儿，事后可以检验。况且，那把琴一直是陶然背着，船翻了，怎么会跑到一个女人手里了？这个谜底，即使你们不好奇，难道希娅也不好奇吗？

江河：孟先生，谢谢你的提醒。

孟建荣：七个大学生遇难，这绝对是一个爆炸性新闻啊！我估计不但东江港，对省市两级政府，都是不能承受之重吧！

43. 市政府程志的临时办公室　秋　午后　内

程志一拍桌子：什么，遇难者中有七个大学生？

江河在他面前垂手而立：是。一共有八个大学生上船，只有一个女同学生还。

韩市长坐在沙发上把端起的茶杯放下，摇摇头。

程志起身在办公室焦虑地踱步。少顷，停住脚步挥了一下手，示意江河坐下，掏出烟扔了一支给他，自己也抽出一支，打火机打了几次，才点燃了香烟，他把打火机又扔给江河。

江河望着副省长：我知道，娄子捅大了。

韩仕琪：何止捅大了，简直是把天捅出了一个窟窿。

程志沉思有顷：江河啊，你当过兵吧？

江河有点莫名其妙：这您知道啊！

程志：什么兵？

江河：在师战士业余演出队吹长笛。

程志：老部队呢？

江河：73 师工兵营。

程志：排雷是工兵的活儿吗？

江河：是啊！您……

韩仕琪：程省长是提示你，江河啊，你踩上雷了，稍有不慎，不但你会被炸得人仰马翻，程省长还有我，也会跟着你吃瓜落儿。

44. 港务局秦池办公室　秋　傍晚　外

孟建荣咚咚咚敲门。

传出秦池的声音：请进。

45. 程志的临时办公室　秋　傍晚　内

程志：这七个遇难大学生的善后工作，一定要妥善处理。我判断它将是整个善后工作的难点，也是突破点。

江河：我明白。

韩仕琪：两节就要到了，让全市人民过上祥和的中秋和十一，这是善后工作要遵循的基本原则。江河同志，我们肩上的担子很重啊！

程志：你们韩市长说得很重要。江河啊，善后工作处理不好，我们吃不吃瓜落儿不重要，重要的是，我们怎么向东江人民交代，怎么告慰死者和死者的家属？

江河从沙发上站起身：程省长，我知道这件事的分量。

程志：那个幸存的女学生还不知道她的同学已经全部遇难了吧？
江河：我正在考虑怎么向她说明真相。真是有点不忍心，太残酷了！
程志摁灭香烟：是啊，首先要做好她的安抚工作。对她的合理要求，一定要尽量满足。

46. 港务局秦池办公室　秋　傍晚　内

秦池拧开饮水机，冲好一杯清茶，端给坐在沙发上的孟建荣：明前的西湖龙井，特意给你留的。

孟建荣接过茶杯，吹吹浮在上面的茶叶，轻啜一口：确是好茶。不过，秦局长，我找您来，可不是要和您品茶论禅的。

秦池坐在沙发上，点燃一支烟：我知道，你是为了集装箱码头的改造工程。

孟建荣：当着明人不说暗话。您知道这个项目我八十八拜都拜了，就差最后一哆嗦。不是我埋怨您，上个月您要是把工程合同章一盖，不就万事大吉了吗？

秦池：话可不能这么说，毕竟有些细节还需要进一步商定嘛！再者说，不是你信誓旦旦说，我顶老局长的空缺板上钉钉了吗？我要是当了局长，还在乎这一天半天吗？

孟建荣沮丧地叹了一口气：市里不是也跟您吹风了吗？谁想到半路杀出个程咬金，程志出来横插了一杠子！

秦池：既然江河已经到位了，这么大的工程改造合同不拿给他看是不可能的。建荣啊，我问你一句话，你老实告诉我，这个工程改造方案经得起论证吗？

孟建荣：这点您大可放心，我是请北京一家设计院做的方案，严谨周全，万无一失。

秦池：那就好。

孟建荣灵机一动：哎，秦局长，江河一个港口管理的门外汉，初来乍到，海参鱿鱼分不清，不如现在把方案报给他，他能说出什么？

秦池：不妥。现在处理沉船是港务局工作的重中之重，天大的事都往后推。何况，江河是公安局局长出身，生性多疑，这时候贸然拿给他一份合同，反倒容易引起他的猜忌，节外生枝。

孟建荣无可奈何：那您说怎么办？

秦池：先吹着风，毛毛雨下着。沉船善后工作完成后，再把合同拿给他看，也算是水到渠成。

孟建荣想了想：也只好如此了。

秦池站起身：你如果就是为这事，那今天就谈到这儿，我还有重要的事情要去处理。

孟建荣：秦局长，我今天还真不是为这事来的。我有重要的情况向您报告。

47. 江畔　秋　傍晚

长江被落日的余晖笼罩，一个身影面江而立，镜头渐渐推近，是江河。

手机铃响，江河接听手机：喂，小慧。

镜头切换到徐小慧家的饭厅。

面对桌上的饭菜，徐小慧一手用电视遥控器调台，一手拿着手机：

徐小慧（OS）：江河，你在哪儿？

江河：我在江边呢！

徐小慧（OS）：一有烦心事就去江边，江水真的就那么灵，能帮你厘清思绪？

江河：小慧，压力太大了，我想一个人在江边坐一会儿，好好想一想。

徐小慧（OS）：吃饭了吗？我今天特意做了你爱吃的红烧猪肚。

江河一笑：吃饭？你不说我都忘了。

徐小慧嗔怪（OS）：江河，你本来就有胃病，这样饥一顿饱一顿的怎么可以。

江河：没事。小慧，你把猪肚给我留点儿。我坐一会儿就回去，你和玥玥先吃吧，不用等我。

徐小慧叹了一口气：你已经一天一夜没回家了，这么大人了，还那么让人操心，真是！

江河：小慧，死了二十个人，还有七名大学生，这是把天捅了一个窟窿！

第3集

1. 港务局秦池办公室　秋　傍晚　内

秦池重又坐下：什么重要情况？说。

孟建荣表情神秘：您知道吗？二十名遇难者中，有东江师大七名应届大学生！

秦池一惊：什么，有七名大学生？

孟建荣：对。

秦池用右手在左手掌心擂了一拳：要命！这真是屋漏偏遭连阴雨。

孟建荣：您也发现疑点了？

秦池：什么疑点？

孟建荣：裕泰号很可能超载！

秦池嘘了一声，竖起右手食指在嘴唇：这个可不能乱说，即便超载一人，东江港也就成了责任方，死了二十个人，又有七名应届大学生，这后果可不是闹着玩的！

孟建荣：怎么是乱说？

秦池：你有依据吗？

孟建荣：有。说着探身到秦池身旁，刘希娅丢了一把琴，她被救上船时亲眼看见一个落水的女子怀里抱着这把琴。可是赵小苏刚才到病房问了一圈儿，说没有人见到这把琴。

秦池如释重负：嗐，不就是一把琴吗？和超载能扯上什么关系？大不了，买一把赔她就是，瞧你这一惊一乍的。

孟建荣一笑：要那么简单就好了。

秦池：有多复杂？

孟建荣：第一，这把琴是刘希娅的定情信物，陶然遇难了，成了留给她的唯一念想，无缘无故丢了，她怎么会善罢甘休？陶然是个孤儿，遗体能不能顺利火化，全在刘希娅一句话。

秦池倒抽一口冷气：照你这一说，还真是件大事！

孟建荣：当然。

秦池：那和超载怎么扯到一块儿了呢？

孟建荣：我怕赵小苏问得不仔细，来之前，我又到病房里查问了一圈儿。这一查，查出了问题。

秦池：什么问题？

孟建荣：算上刘希娅，病房里只有二十二位获救者，而东江港上报省市两级政府的，是乘客二十三人，船员三人获救，这没错吧？

秦池：没错。

孟建荣：获救的三名船员可能回东江港了，那么，还有一名获救者呢？去了哪里？

秦池一惊，他没想到孟建荣心思如此缜密：去了哪里？

孟建荣：我又去了住院处，一查又查出了蹊跷，登记的住院人数就是二十二人，病案记录上也只有二十二个人接受体检，真是怪异，难道多出的一个人是子虚乌有？

秦池掩饰地：场面那么乱，出点差错也未可知，你别疑心生暗鬼。

孟建荣摆摆手：不对。每个沉船获救者是不是都可以从港务局拿到一笔不菲的补偿？

秦池：是呀，每人五千元。

孟建荣：现在谁那么高风亮节，放着补偿不拿悄悄离开？鬼才信。所以我推断：此人和那名船员一样，是港务局内部职员，获救后也许根本没去医院。刘希娅的小提琴就在她的手里，而且此人很有可能是无票乘船。

秦池：你的这些分析和江河说了？

孟建荣：我傻呀！这不，第一时间赶来向您报告！

秦池：好。建荣啊，裕泰号沉船，死了那么多人，还有七名大学生，万一再加上一个超载，上头不宰东江港几只替罪羊怎么会善罢甘休？

孟建荣：我看也是。

秦池：到那时候，除了江河可以一推六二五、独善其身，港务局上上下下，谁能说没有一点责任？尤其是我这个常务副局长。

孟建荣：秦局长，您放心，我只听您的招呼。他江河一个棒槌，能在东江港翻起什么大浪？

秦池：那也不能掉以轻心。建荣啊，离开医院的那个人是不是港务局职工，我们不要妄加推断，留给江河去琢磨吧，人家是公安局局长，这方面自有过人之处。在这节骨眼上，我就八个字——

孟建荣：哪八个字？

秦池：多看少动，谨言慎行。让他江河放马往前冲就是了。

孟建荣诡异地一笑：您是不是早把绊马索给江河备下了？

秦池：什么话？去吧，我还有事要办，今天就不留你吃饭了。

2. 老卢头家　秋　晚　内

老卢头在厨房里忙活。

他用筷子扎了扎锅里的鸡，又用汤勺舀了一勺汤，品了品：闺女，老姜炖鸡好了，还别说，你秦叔的秘方就是不错，炖出来的鸡就是鲜嫩！

靠在床头看书的卢茜把书扔到一边，脸朝里躺下，感觉得出她内心的纠结。

老卢头将鸡端到餐桌上：闺女，起来，吃饭。

卢茜翻了一个身：不想吃。

老卢头走过来：你一天没吃东西了，听话，啊！

卢茜翻身坐起：爸，秦叔为什么限制我的人身自由？他凭什么？

老卢头：闺女，不兴这么说话。

卢茜任性撒娇：说了，怎么着？

老卢头叹口气：这孩子。你刚上一年级，你妈就不在了，说句不夸张的话，是你秦奶奶把你一手带大的，你秦叔对你也像亲闺女一样，他让你做的事，肯定是为你好。

卢茜不以为意，掉头躺下。

门铃响了。老卢头应了一声，过去开门，是秦池。

秦池进屋，把水果放在桌上，吸吸鼻子：哟，老哥哥，你知道我没吃饭，这是炖了鸡要犒劳我？

老卢头笑了笑：你是芝麻掉进针眼里——赶巧了。又招呼卢茜：闺女，你秦叔来了，倒茶。

卢茜无奈坐起，倒了一杯茶端给了坐在沙发上的秦池。

秦池接过茶，举起茶杯端详了一下：你这茶泡过五泡了吧？

老卢头也不见外：怎么啦？要新沏一壶？

秦池以茶喻人，颇为伤感：这茶泡过五泡，就像人过了五旬，该泼掉了。

老卢头当然听出了秦池的弦外之音：老秦呀，新来的江局长年轻，又是个门外汉，港务局要搞好，你可不能松套呀！

秦池：不是我想不想松套，是人家会不会借机松了我的套！

站立一旁的卢茜说：爸，秦叔，你们聊吧，我想出去透透气儿。

秦池放下茶杯伸手拦住卢茜：等等，我有话问你。

卢茜停下脚，注视着秦池。

秦池：听王德纲说，出事的时候你站在舵手旁边？

卢茜：怎么了？

秦池反问一句：怎么了？真是要有居心叵测之人，硬说你影响了舵手操作才导致裕泰号沉船，那可是跳进黄河也洗不清了。

卢茜有些生气：我过江是去煤码头加班，凭什么指责我影响舵手操作？

秦池：王德纲说船舱里满员了，才让你站在舵手旁边，这不是胡闹吗？

卢茜一时语塞。

秦池转向卢子明：老哥哥，你是老码头了，港务局员工无票乘船违反规定，造成超员更是罪加一等，不出事无所谓，出了事就是天大的责任！

老卢头倔脾气上来了，站起身吼：有什么责任我担着，撤职撤我，坐牢我去，和卢茜无关，更连累不到你秦局长头上。

秦池和老卢头对吼：老卢头，你这是屁话！我能让你去承担责任吗？大学一毕业，我就在你的班组学徒，咱俩二十多年的交情了，我是那种人吗？

卢茜：秦叔，您也别跟我爸演戏了，直说吧，让我怎么做？

秦池嗔怪地瞪一眼卢茜：四个字，闭口不言。你根本就没上过裕泰号。

老卢头：老秦呀，丫头浑身是水在医院走廊里待了半个多小时，如果有人看见，怎么解释？

秦池：医院里乱糟糟的，谁会注意到她。连检查也没有检查，怕个屁。真要是有人问起，就说因为救护落水者，沾湿了衣服。你们父女一口咬定没上船就是了。

卢茜：那不行！

秦池眼一瞪：怎么不行？

卢茜：是一个大男孩儿把琴盒和救生圈推给我，我才捡了一条命，他却被江水冲走了，我要说自己没在船上岂不是太亏心吗？

秦池闻言一愣：琴果然在你手上？

卢茜：在我手上，怎么啦？

老卢头：老秦，闺女说话在理，那样说昧良心啊！

秦池大怒：丫头年轻，你也老不更事呀！逝者已逝，还是先顾活着的人吧。再说，人死如灯灭，死后哀荣，那不过是演给活人看的把戏，不提也罢！

卢茜仍不妥协：不行，我不能对不住自己的良心。

秦池把茶杯往桌上一墩，茶汁四溢：住嘴！为了对得住你的良心，你难道不惜牵扯那么多无辜的人吗？我无所谓了，死猪不怕开水烫，撤职坐牢随他去了；看看站在你面前的老父亲……

秦池起身一把摁下老卢头的脑袋，在灯光下，头顶已秃，华发稀疏。

卢茜神色凄楚、愕然。

秦池：你睁大眼看看，他的头上还剩几根黑发。你七岁死了娘，他怕你受委屈，一直没有续弦再娶，又当爹又当妈，一把屎一把尿把你拉扯大，容易吗？你就忍心让他在花甲之年，再去遭牢狱之灾，受铁窗之苦？

说着，秦池已潸然泪下。

秦池：再说王德纲。他女儿刚上大学，老婆有高血压和心脏病，他要是进去了，剩下孤儿寡母怎么办？你貌似高尚，我看呢，就你自私！

卢茜：秦叔……

秦池：你不要叫我秦叔，算我从小白疼了你。说罢起身开门便走。

老卢头冲他的背影：老秦，喝了鸡汤再走。

秦池回身甩下一句话：喝什么鸡汤？咱老哥俩到牢里喝凉水去吧！

3. 江畔　秋　晚

今晚风轻云淡，江水喃喃。一点灯火在黑幕中时闪时亮。镜头推近，是江河在江边的一块石头上抽烟。少顷，江河摁灭烟头，站起身。

离他不远的地方，卢茜一个人跪在江边点燃三炷香，插在沙滩上，然后双手合十面江而拜。

走在江边的江河突然发现了前边的黑影，喊了一声：谁，什么人？

卢茜一个激灵站起，冲走过来的江河问：你是什么人？

江河听声音是个女孩儿，略带歉意地回答：不好意思，吓到你了吧？本人江河，新任港务局局长。

卢茜：噢，江局长。久仰大名，如雷贯耳。

江河：小同志，你也是港务局职工吗？

卢茜：《东江港报》主编，卢茜。

卢茜？江河若有所思，他看看燃到一半的香：小同志，你像在祭奠什么人？

卢茜掩饰：为逝者烧一炷香，不可以吗？

江河右手伸开举到鼻下：我佛慈悲。祭奠亡灵，怎么不可以？

卢茜：江局长，我能给你提个意见吗？

江河：噢，刚见面就给我提意见？好，请说，小同志。

卢茜瞪着江河：拜托！张口闭口小同志，不要搞得那么居高临下，好不好？说完转身就走。

江河：居高临下？这帽子不小啊。他突然有所醒悟，卢茜？对，卢茜。我正找你呢，请留步。

找我？卢茜停下脚步，有些紧张：找我干吗？

江河：向你请教一下港口今后的发展方向啊！

卢茜颇为意外：江局长，你不是开小女子的玩笑吧？

江河：岂敢。我在公安局时就是《东江港报》的热心读者，有几篇关于港口建设的文章写得颇有见地，署名就是卢茜，东江港难道有两个卢茜不成？

卢茜：不错，那是小女子的试笔之作，惹江局长见笑了。

江河：受益匪浅，不想今日不期而遇。你刚才说对我久闻大名，那不过是虚言客套；我对你久闻大名倒是千真万确。不知你能否收下我这个学生，有时间给我讲讲现代物流的理念和操作？

卢茜：学生不敢收，交流一下学习体会倒可以。

江河神情兴奋：那就说定了。你知道，我是干公安的出身，抓人、破案是我的强项，干企业可是两眼一抹黑。

卢茜：局长大人能不耻下问，虚心向学，倒是东江港一大福音。

江河一笑：你这个丫头，嘴蛮厉害嘛！

4. 东江宾馆大厅　秋　晚　内

大厅里聚集几十位遇难者家属，一个个神情悲泣。

儿呀！一声撕心裂肺的哭声撞击着在场每一个人的心扉。一个满头白发的老者将一个瓦罐啪的摔碎在地：白发人送黑发人，你可叫我们老两口怎么活呀？

众人把他搀扶到沙发上坐下。有人在哽咽，有人叫骂。

电梯门开了，一个青年人搀扶着一个老太太走过来。

群众甲指着老太太劝老者：姨父，您往开了想吧，要说苦，人家王大娘更苦，她就一个儿子了，还是解放军上尉呢，到现在，连尸体还没打捞上来呢！

群众乙：听说这江底尽是挖沙船挖沙形成的一个个沙洞，一旦尸体冲进去，很难发现。

群众甲：谁说不是呢，咱们孩子的遗体毕竟还打捞上来了，王大娘千里迢迢赶来，连儿子都见不到一面！

正说着，从电梯里出来的老太太，一个踉跄险些跌倒在地，众人见状跑过去：大娘！王大娘！

5. 江畔　秋　晚

江河：卢茜，我想给你派个活儿。

卢茜：您是局长，给下面人安排工作顺理成章。

江河：你和沈奕巍应该很熟吧？

卢茜：当然，东江港有名的才子。原来在设备处，现在转岗到三产，成天带一群老大妈捕鱼捉虾。

江河：他为什么转岗到三产了？

卢茜犹豫了一下，欲言又止：人员调动是你们领导层面的事，我们底下的小兵哪能知道？有机会您还是问问他本人吧。

江河：此人在《东江港报》也偶露峥嵘，文章论证严谨，视野和见识不让你这个巾帼。前几天晚上不期而遇，确实气度不凡，你和他通通风，先调他到事故善后领导小组协助我工作，下一步的工作安排，等以后再说。

卢茜：那敢情好。世上千里马常有，而伯乐不常有，我先替沈大才子谢谢您了。

江河：且慢。你若真想谢我，就帮我一个忙。

卢茜：什么忙？

江河：到医院去照顾一个叫刘希娅的女大学生，她是八个大学生中唯一的幸存者，你们年轻人知识结构相近，交流起来没有障碍。

卢茜：就这忙吗？行，没问题。

江河：你可不要小看了这份工作。七名大学生占了遇难人数的三分之一，她的男朋友也遇难了，后事只能由刘希娅全权处理。而她到现在还不知道男朋友已经走了，情绪极不稳定。

卢茜若有所思：她的男朋友？

江河：是啊，一个在福利院长大的孩子，刘希娅是他唯一的亲人了。我预感，刘希娅将是沉船善后工作的关键人物，你去了以后，先要设法叫她接受这个残酷的现实，拖不得了。

卢茜还要说什么，江河的手机响了，里面传出赵小苏急切的声音：江局长，不好了！出大事了！

6. 东江宾馆大厅　秋　晚　内

几十名遇难者家属情绪激奋，围着秦池和闫主席讨说法，大厅里人声鼎沸、一片哗然。

群众甲：叫我们找湘籍船索赔？凭什么？

群众乙：人是在你们东江港没的，凭什么叫我们到湖南去？

群众丁：太欺负人了！

群众乙：简直没有人性！

秦池被围在人群里，他挥舞着手：你们这样吵解决不了问题。东江港在事故中是零责任，也是受害方！

群众丙：买了票，就意味着乘客和你们建立了契约关系，出了事你们不负责谁负责？

群众丁：是啊，死了人你想一推六二五，休想！

秦池：不是我们推，我们应该团结起来，一起向湘籍船索赔！

群众甲：胡说，你以为我们不知道吗？湘籍船就是把船和老板绑一块儿卖了，能值几个钱？

闫主席：各位、各位，不要急，事情总有办法解决。

群众丁：少来这一套，想糊弄我们，没门儿！不行，我们就抬尸请愿，向市政府讨个说法。

一时群情激奋，喊声一片。

众人：对，抬尸游行！

众人：市里解决不了，我们就上省里，上北京！

7. 东江市人民医院病房　秋　晚　内

啊！熟睡中的刘希娅忽然惊叫一声，坐起。

在一旁看护的孟建荣上前扶住她的肩膀：怎么了，希娅？

刘希娅揉揉眼睛：表哥，我做了一个梦。我梦见同学们都遇难了。他们伸着手向我求救。可是，可是……我的手脚都被绳子绑起来了，根本动弹不得。

孟建荣掩饰：哪能啊，梦都是反的，别自己吓自己了。

刘希娅惊魂未定：表哥，你说陶然他们都脱险了？

孟建荣：是啊，都脱险了，我还能骗你。

刘希娅：那他们怎么不来看我？

孟建荣：他们也在治疗恢复嘛！过两天就会来看你了。

刘希娅：那，我的琴为什么跑到一个女人手里了，陶然怎么说？不行……我得去问问他。说着，刘希娅挣扎着起身下地。

孟建荣忙拉住：希娅，陶然已经休息了，明天吧，明天，明天我领你去。

8. 东江宾馆门口　秋　晚　内

江河和卢茜匆匆走进门。徐小慧正在等候，见到江河把他拉到一边。

江河：小慧，你也在这儿？

徐小慧：赵主任怕家属中有人身体出问题，打电话叫我来的。

江河点点头：对，有备无患。家属中有不少老年人，又遇到这么大的人生打击，难保不出意外。

徐小慧：可不是。一个六十多岁的老太太本来心脏不好，这些天悲伤过度，刚才昏过去了，真危险。

江河一惊：昏过去了？有无大碍？

徐小慧：我给她扎了针灸，苏醒过来了，正在大厅沙发上输液，暂时不宜挪动。

江河：输完液后，赶快送医院。

徐小慧叹了口气：老太太的问题不在于住不住院。十多年前，她的大儿子就病故了，如今小儿子又在沉船事故中遇难，老太太都快七十岁了，孤苦伶仃，今后怎么办？

江河：真他妈是作孽啊！我恨不得一枪把那个湘籍船船长给崩了！

徐小慧：现在现场有些混乱，我就是怕你情绪失控捅出娄子。江河，你千万冷静点儿。

江河：你放心吧。说着就往里走。

徐小慧追上一步：哎，对了，听陪同老人来的镇武装部长说，老太太的小儿子在云南当兵，也是你们 73 师的，和你还是战友呢！

江河停下脚步：他叫什么名字？

徐小慧想了一下：水……水娃。

江河若有所思：水娃？

9. 东江宾馆大堂　秋　晚　内

人们围着秦池和闫主席，乱糟糟喊声一片。

秦池有些声嘶力竭：我再次重申：一，东江港也是受害方；二，你们这样搞，是要犯错误的！现在稳定压倒一切，你们抬棺上街，不是成心和政府对着干吗？

群众甲：你说的是人话吗？我们的亲人平白无故死了，我们只是要个说法，有什么错？怎么就是和政府对着干了！

群众乙声泪俱下：而且，现在还有好几具遗体没有打捞上来，天人相隔，我们连家人的最后一面都见不上，你还在这里和我们谈狗屁责任，你他妈是人吗？

群众丙：亲人死了，我们连喊一声冤的权利都没有吗？

一时，群情激愤、人群涌动。

卢茜见状和江河交流了一下眼色，上前一步说：请大家静一静。我们江局长刚从市委回来，让他和大家说几句话好吗？

涌动的人群安静了下来。

卢茜拿来一把椅子，江河站了上去：发生如此惨痛的事故，我的心情和大家一样沉重。唯有全力做好事故善后工作，才能抚慰亡灵，对得起诸位遇难者亲属。

群众甲：少说套话，来点实在的！

群众乙：是啊，别打太极拳了，说说你们打算怎么善后吧！

江河：现在社会上各种流言很多，怀疑我们港务局没有做好事故善后工作的诚意，作为港务局的党政一把手，我可以负责任地告诉大家，省市两级政府极为重视，事故发生第一天就做出决定，组织专门的人员、专门的机构、专门的经费处理善后工作。今天程省长和韩市长再次做出指示，要换位思考，设身处地为遇难者亲属着想，理解大家的心情，做好抚恤赔偿工作，对大家提出的合理要求给予充分满足。

群众甲：说得倒是好听，谁知道是不是忽悠人？

群众乙：你们两个局长，一个弹琴，一个吹号，到底谁的调调靠谱儿？

人群中又叽叽喳喳乱作一团。

江河向四周望了一眼，见大厅一角的沙发上有几个人，妻子徐小慧在那里，就分开众人快步走了过去。一个老太太正躺在沙发上挂水，一个三十几岁的年轻后生蹲在老人头前，轻轻给老人揉太阳穴。老人一头白发，两眼哀怨，穿一件青布夹袄，上面有几道死褶，无疑是压在箱底的存货：脚上的千层底布鞋也沾满了泥土，看得出来一路奔波。江河不由心酸，抢上一步，握住老太太的手。这一握，江河的眼眶一热：那是一双怎样的手啊，青筋裸露，骨节粗大，而且每一个手指都伸不直，里外全是茧皮。江河双手把老人的手捂住，轻轻地抚摩。

大厅里的人也围拢过来。

群众甲：王大娘儿子的遗体到现在还没有打捞上来呢。

群众乙：白发人送黑发人，你叫老人家今后可怎么活？

江河：大娘，你好些了吗？

老人努力睁大眼，神情恍惚地望住江河，眼眶里涌出一串混浊的泪珠，她嘴唇嚅动着，颤颤巍巍地问：水娃，是你吗？你没有抛下娘，是吧？

江河再也控制不住自己的情感了，不由双膝一弯，扑通一声跪倒在老人面前，一下子泪流满面：娘，我是水娃，我就是水娃，我不会抛下娘，我会孝顺娘，为娘养老送终！

大厅里顿时一片肃静。人们被江河的举动震撼了，有人在抹眼泪。

江河攥住老人的手：从今天开始，您就是我的亲娘：娘——！

人群肃立，突然响起一阵掌声。

群众甲、乙扶起江河：江局长，你是条汉子，有情义、有担当！有您主持事故善后，我们信得过。

10. 程志临时办公室　秋　晚　内

房间里刘东民欠着半个屁股坐在沙发上，他旁边坐着市长韩仕琪。程志叉腰站在窗前，一手拿着烟。气氛沉闷。程志一把推开窗子，刘东民紧张地站起。

程志：你是说，到目前为止，遇难者遗体一具也没有火化，家属已经从几十人聚集为几百人？

刘东民神情沮丧：……是。

韩仕琪拍了一下沙发桌：大点声嘛，你开现场会时的底气都到哪去了？

刘东民：是。一些遇难者家属条件越提越多，越来越苛刻，港监局、港务局……

程志逼问：港监局是不是已经失去了对局面的控制能力？

刘东民低着头小声回答：可以这样理解。

程志一下把烟摔在地上，用脚踩灭：乱弹琴！

11. 轿车内　秋　夜

卢茜搭秦池的轿车回家，轿车行驶在夜幕里。副驾驶位置上的卢茜一言不发，坐在后面的秦池通过后视镜看了一眼卢茜，点燃一支烟。

秦池：没想到一介武夫，还会使用亲情攻势?

卢茜：秦叔，我不明白您的意思。

秦池：我没什么意思。

卢茜：我觉得江局长今天的做法动之以情，发乎于心，不应该受到指责!

秦池：谁指责他了，你这个丫头说话有失公正嘛！我只是想说，听其言，还要观其行。一个人随口做个承诺并不难，难的是用一辈子去兑现这个承诺。

卢茜欲言又止，转移了话题：奶奶最近好吗，一忙也没顾得上去看望老人家。

秦池也顺坡下驴：她昨天还炖了水晶肘子，叫我喊你过去吃呢!

卢茜很动感情：等忙完这阵子，我想给奶奶买个电动浴盆，每天按摩按摩脚底，听说对老年人心血管有好处。

秦池：难得你有这份心，不过，什么东西也不如我的手给力!

卢茜：秦叔，您真是个孝子。

秦池笑了笑：老太太靠糊纸盒供我上了大学。那时糊一个纸盒，才一分钱呀！为凑齐我的学费，老人家的腰不到五十岁就累弯了。

卢茜：是啊，奶奶真是不容易。不过，有您这样一个争气的儿子，也算晚年有福了。

12. 程志临时办公室　秋　夜　内

桌上电话响，程志拿起喂了一声，递给韩仕琪：找你的。

韩仕琪接过听筒：噢……嗯……好……知道了。

放下听筒韩仕琪对程志说：是东江宾馆经理的电话，他报告说，刚才住在他那里的遇难者家属情绪失控，是江河赶去平息了事态，还当场认下了一个六七十岁的老太太做了干娘。

程志哦了一声，若有所思。

韩仕琪：程省长，您是不是有什么新的考虑?

程志转过头反问了一句：什么考虑？

韩仕琪：从目前的情况看，江河在现场会提出的想法是切合实际的，刚才的电话也证明他有能力控制住局面。

程志：是啊。不过，决心还是难下。

韩仕琪：刚才您给省委万书记不是已经立下军令状了吗？半个月之内完成善后，让全市人民过好两节。

程志：没有退路了！你的意见呢？老韩。

韩仕琪：我的意见……让江河顶上去！

程志：让江河顶上去，他的处境会很艰难哟！

韩仕琪：好钢用在刀刃上，现在是江河接手的时候了。

手机响，程志打开接听键，里面传出万书记的声音：程志啊，我本来想去一趟东江，可是刚才中办来电话让我马上进京开会，东江是去不成喽！

程志：万书记，您放心进京开会吧，东江的事我会处理好。

方书记的声音：中央领导也很关心沉船事件的善后处理。

程志：我明白。请省委和中央领导放心。

挂断手机，程志略一思索，下定决心：好吧，就让江河顶上去！马上打电话请他过来。

13. 卢茜家门口　秋　夜　外

卢茜：秦叔，我回家了。

秦池：你等一下。见司机将车开走了，他叉着腰板着脸：我问你，你为什么不听我招呼？

卢茜一笑：噢，是这样。我晚上到江边去祭奠陶然，正巧碰上了江局长，就跟过来了。对不起，秦叔。

秦池：对不起？就不必说了。不过，以后类似的事不允许再发生。抛开咱们两家的私交不说，我总还是你的领导吧？

卢茜：我知道了。

秦池脸色缓和了一些，语气依然严厉：我告诉你，孟建荣来咱们港务局找过那把小提琴，我明确告诉他，这把小提琴不可能在咱们港务局的员工手里，你明白吗？

卢茜无奈地点点头。

14. 程志临时办公室　秋　夜　内

程志：情况就是这样，你有什么考虑？

江河：乖乖，几百人，食宿都难以保证，再拖下去真要出乱子了！

韩仕琪：江河同志，看来你当初的意见是正确的。刚才程省长讲了，要设身处地为遇难者亲属着想，理解他们的心情，做好抚恤赔偿工作，对他们提出的合理要求给予充分满足。

江河：他们的亲人遇难了，应该得到补偿和同情。

韩仕琪：不过凡事都有一个限度，现在有些遇难者家属搞串联，一天提出一个新条件，不让火化遇难者遗体，和港监局形成对立面，甚至要抬尸游行。这样下去势必影响社会安定，省委要求我们限期完成善后工作。

坐在沙发上抽烟的程志站起身：江河同志，你考虑过没有，继续僵持下去会出现什么后果？特别是死了七个大学生，占遇难人数的三分之一。

江河：想过呀，怎么能不想。

程志：继续僵持下去，学生情绪失控怎么办？家属抬着遇难者遗体上街游行怎么办？这次沉船事故不仅给东江市，也给省里造成非常大的压力和负面影响。九月三十日就是中秋，省委的底线是中秋节前必须完成善后处理工作，否则的话，省委是下决心要斩马谡的。

江河站起身，略一沉吟：我想跟秦局长通个电话。

程志把烟蒂往烟灰缸里一摁：不要跟我耍滑头！说吧，这个热山芋，你接还是不接！

江河略一沉思，一个立正：我请求，从现在起以港务局为主处理善后！

程志倒了一杯茶：江河同志，以港务局为主处理善后，你将会面临更复杂的局面。来，我以茶代酒敬你这一杯，一切尽在不言中！

江河接过茶杯一饮而尽，抹抹嘴，敬了一个礼转身离去。

15. 老卢头家　秋　夜　内

卢茜开门进屋，老卢头迎上来：闺女，你不是说出去走一走吗？怎么这么晚才回来？

卢茜：噢，我在江边碰上了新来的江局长，和他去了一趟东江宾馆。

老卢头：你去了东江宾馆？

卢茜：是啊，怎么啦？

老卢头：我刚才不放心，出门去找你，路上碰到黑子，听他说江局长在东江宾馆认了一个老太太当干娘？

卢茜：有这么回事。爸，我看这个新局长并不像秦叔说的，是个只知道打打杀杀的鲁莽人，挺有人情味的。

老卢头：那敢情好。

卢茜：他还说要拜我为师，为他讲讲现代物流的理念和操作呢！

老卢头：真的？这倒有点出乎我的意料。眼下这么乱，他还能想到东江港未来的发展，真是不容易，说不定东江港有盼头了。

16. 秦池家　秋　夜　内

秦池给母亲洗完脚，将洗脚水倒入卫生间的抽水马桶，然后给母亲铺好了床：妈，您歇着吧。秦母边上床边说：你也早点睡吧。五十多了，比不上年轻人。

秦池：妈，我知道照顾好自己。

秦母唠叨：哼，说得好听。你媳妇和姗姗在加拿大还好吗？

秦池：好着哪，他们还说接您去加拿大住些日子呢！

秦母：我可跑不动了。倒是你，有时间应该去加拿大看看媳妇和闺女。

秦池欲言，手机响。秦池接听：喂。

17. 灯光昏暗的房间　秋　夜　内

打电话的人坐在沙发上，背对着镜头。

背影：秦局长，江河已经顶上去了。对，他向省里请命，由港务局全权处理沉船事故的善后。

秦池有些气急败坏（OS）：这个江河太自以为是了，这不是把挡在港务局前面的那堵墙推倒了吗？

背影：怎么，这种局面你不愿意看到？

秦池（OS）：他这样做，港务局将很被动啊！

背影：那我问你，现在谁是局长？谁主动向省长请命？

秦池（OS）：江河啊。

背影：一旦以东江港为主处理事故善后，即便东江港在沉船事件中不承担任何责任，也会做出一定的政策性牺牲，否则怎么化解遇难者家属的情绪？这样一来，东江港人能接受吗？肯定会对江河下一步开展工作带来严重的负面影响，弄得不好，连他自己甚至都可能搭进去！

秦池恍然大悟（OS）：我明白了，谢谢您点拨。

背影：如果由港监局处理善后，你是常务副局长，能辞其咎吗？这样一来，你进退自如，处理好了呢，你可以顺势过关；即便处理砸了，板子也打不到你屁股上了嘛！

秦池（OS）：还是您考虑问题缜密细致，不愧是留过洋的专业人才。秦池佩服，由衷地佩服。

背影：你明天无妨把这些向他点明。

秦池（OS）：向他点明？为什么？

背影：有时候，最有效的往往是最简单的。你点明了，他就没有退路，处理问题时就会瞻前顾后，投鼠忌器。一个人戴上了镣铐，还能跳出华美的舞姿吗？

秦池（OS）：精辟之论。

背影：倘若事故处理过程中再出点乱子，这黑锅他就背定了，能不能在东江港站稳就另说了。

秦池（OS）：我明白了，谢谢您的提示。

18. 三产公司院内　秋　外

沈奕巍穿一件破背心，蹲着倒腾一只破马达，零件摊了一地。他满手油污，满脑门汗珠。兜里的手机响了，他用纱布擦擦手起身接手机：喂，卢大主编，有什么吩咐？

卢茜（OS）：沈大才子，报告你一个好消息，你要时来运转了！

沈奕巍：此话怎讲？

卢茜（OS）：新来的江局长让我给你吹吹风，要把你调到沉船事故善后领导小组办差。

沈奕巍：你这是给我报喜吗？分明是让我沈某到某治丧委员会打幡嘛！

卢茜（OS）：少来。你现在这个样子，活着也是苟且。这趟差办好了，不进党办也会进局办，拿什么糖？

江河进门，见沈奕巍在接电话，就找了一个小凳在沈身后坐下。

沈奕巍：不是我拿糖。你告诉江河，他要真是礼贤下士，最好屈尊到江北我家来一趟；他要是水货，我还不伺候呢！

卢茜（OS）：牛吧你就，本姑娘不跟你废话了，去不去你自己掂量！我还要到医院去照顾刘希娅呢！

沈奕巍：这么快就被江河招安了，不像你卢大主编的风格啊。

卢茜（OS）：冥顽不化！得，让江局长亲自扛着炸药包来炸平你吧。

沈奕巍还想说什么，见对方已挂断，对着手机苦笑了一下。一回身，看见了坐在小凳上的江河，异常尴尬。

19. 琊山煤矿　秋　晨　外

两辆小车和三辆大卡车已整装待发，大卡车上站满了身穿矿工服的青壮矿工，每个人头上缠着一根白布条，一片嘈杂。

赵达夫在小车上打电话：老秦，琊山矿一共五辆车和一百多号人，到你们东江港奔丧了。

秦池不明所以（OS）：奔丧，奔什么丧？

赵达夫：方秋萍也在裕泰号上，两天未归，肯定是遇难了。

秦池异常惊讶（OS）：方总也在裕泰号上？怎么可能。

赵达夫：确凿无疑。我听说事故处理权不是也归港务局了吗？反正江河坐在风口上，闹出圈去也碍不着你老秦什么事，你就站在城楼观风景吧。

话筒里传出秦池的声音：观风景？只是不知道你这戏怎么唱。

赵达夫：怎么唱对你老秦都有利，事情往大了招呼吧！不是省里的程省长坐镇指挥吗，也许是个改朝换代的机会呢！

话筒里传出秦池的声音：福祸相依，结局难料，关键是咱们俩要配合好。

赵达夫：这个你放心，和老兄你合作也不是一天两天了，默契是没问题的。他看见廖汉中走出大楼，忙说：老廖来了，挂了。

推开车门跑过去殷勤地：老大，出发吧？

廖汉中皱皱眉：奔丧去这么多人？排场太大了吧？

赵达夫：不大，他们东江港靠琊山活命，可眼里根本就不尿咱们，居然敢让嫂夫人坐铁皮还没有鸡蛋壳厚的滑江快艇过江。出事快两天了，连个屁也不放，欺人太甚！不搞出点动静来，他们会以为咱琊山矿是泥捏的土人，没一点儿血性呢！

廖汉中显然被激怒了，悲愤交加，一挥手：出发。

20. 三产公司院内　秋　晨

沈奕巍用棉纱搓着手：江局长。您……

江河起身，笑着调侃：沈大才子，别来无恙乎？

沈奕巍：日出而作，日落而息，如此而已！

江河：好个如此而已！甭管本人是不是水货，先送沈大才子一句话：烽火台上狼烟起，劝君莫作壁上观。

沈奕巍苦笑：一介渔夫，爱莫能助。

江河：我知道，卢茜的一个电话肯定请不动你这尊大神。

沈奕巍：江局长言重了。

江河：我可是坐第一班渡轮过江来会你的。俗话说，当官不打笑脸人，你总要请我到府上坐坐嘛！

沈奕巍：寒舍简陋，只怕江局长连杯水也不肯喝呀！

21. 沈奕巍的家　秋　晨　内

这是一间不足十平方米的平房，阴暗潮湿，陈设简陋。

见江河和沈奕巍进来，一个老人从床上坐起：来客人了？

沈奕巍：这是家父。

江河：老人家，打扰您了。

沈父：你们聊，我出去转转。起身出去。

沈奕巍用一把老式暖瓶给江河倒了一杯水。江河端过水杯一看，水质浑浊，杯底竟有一层沉淀物：这水……

沈奕巍：我父亲是贮木场的职工，我们住的是贮木场宿舍，和港务局不是一个水厂。

江河：这水怎么能喝？

沈奕巍：贮木场连年亏损，债台高筑，连工资都发不出来了，哪里有资金添置必要的净水设备，贮木场的人一直在喝这样的水。

江河放下水杯：奕巍，你领我去看看水厂。

22. 东江市人民医院病房　秋　上午　内

刘希娅靠在床头，孟建荣削了一个苹果给她，刘希娅接过来放在床头柜上：表哥，陶然他们上午会过来看我吗？

孟建荣转移了话题：希娅，这位美女是《东江港报》的主编卢茜，江局长特意让她来照顾你。

刘希娅：卢茜姐，他为什么要回避我的问题？你给我一个解释，好吗？

卢茜：我给你一个解释？

刘希娅：是啊，你是东江港职工，肯定了解真实情况！

卢茜：这……

刘希娅有所警觉：这什么？不行——说着要下床穿鞋。我要去看看陶然，看看同学们。

卢茜起身扶住她，话语艰难：希娅，有一件……有一件事，我要告诉你，你要有勇气面对。

刘希娅一把抓住卢茜的肩头：卢茜，什么意思，你说，你是什么意思？

卢茜紧紧搂住刘希娅：希娅，你一定要挺住。

刘希娅使劲挣脱了卢茜，声嘶力竭地大喊：不——！

卢茜扭过头，泪水夺眶而出：陶然走了，你的那几位同学也走了！

23. 水塔　秋　晨　外

水塔有二层楼高，外表长满苔藓，水汩汩往外冒。继续往里走，蓄水池里竟有蟑螂和死老鼠。

沈奕巍：这水从长江抽出来，简单过滤一下就饮用了。

江河心情沉重：怎么会是这样？

沈奕巍：咱煤码头有一半兄弟是贮木场子弟，因为长年饮用这样的水，不少人患了癌症。

江河紧咬嘴唇，目光严峻，他忍住就要夺眶而出的泪水，一字一顿地说：我起誓，东江港发展了，第一件事就是要帮贮木场改造水厂！

24. 东江市人民医院病房　秋　上午　内

刘希娅停止了叫喊，神态一下变得平和：你骗我呢！是不是？又扭头向着孟建荣：表哥，她是在骗我吧，她为什么要骗我？

孟建荣哭丧着脸：希娅，卢茜说的是真的。

卢茜搂住刘希娅：陶然和你的同学们希望你善待自己，他们在天国里希望你好好活着。希娅，我们大家永远是你的朋友。你要想哭，就痛痛快快地哭一场吧！

刘希娅先是一愣，目光茫然，仿佛被这一记重锤击蒙了，一时还反应不过来。只过了几秒，撕心裂肺的哭声就如山洪一样从胸腔奔涌而出。她拔掉吊针，从病床上跳下来，哭喊着要去投江，与陶然、与死去的同学相伴。

孟建荣和卢茜两个人紧紧揪住她不放。

医生护士急匆匆进来：病人需要安静，这样剧烈的情绪波动对身体恢复不好。

孟建荣问医生：要不要打一针镇静剂？

刘希娅：不要打，我不打，让我去死！

卢茜忽然松开手，对孟建荣说：孟总，你也放开她。她要去投江，好，让她去投！陶然会为她感动吗？死去的那七个同学会为她感动吗？不，不会！他们只会为她羞愧，一个没有勇气活下来的人，不是烈女，是懦夫！

卢茜这一骂，倒把失去理智的刘希娅骂清醒了。她不再挣扎，伏在孟建荣的肩上痛哭不止。

卢茜走过来，轻轻抚摸着她的长发，也泪如泉涌。

刘希娅突然止住了哭声，问孟建荣：琴找到了吗？

孟建荣：希娅，你放心，港务局正在全力寻找。

刘希娅面向卢茜：求求你们，一定要帮我找到琴。一定！

25. 江河办公室　秋　午　内

江河正在翻看文件，秦池破门而入：江局长，你这手玩得可不厚道！

江河一愣：老秦，我正好有事和你商量。

秦池：商量个屁！你在省市领导那里博了彩头，港务局得折损多少兄弟，你想过吗？

江河：老秦，你这话可伤人了！

秦池：我伤的是你的面子，你伤的才是实实在在的人。

江河：此话怎讲？

秦池：就说老卢头吧，今年五十八了，再过两年就退休了，这回可好，班房里蹲三年吧，直接从牢里退休。王德纲升迁无望不说，刑期肯定要多过老卢头！

江河：秦局长，有话你明说，我在省长面前领命，事先没和你商量，是情有所迫，我向你检讨：你是老码头，我做错的地方，你一五一十指出来，我能不接受吗，你夹枪带棒，要干吗呀你？

秦池：好，我今天来个竹筒倒豆子，毫无保留。你在市里冒什么头呀，港监局是事故处理人，港务局是事故责任人，你现在一手托两家，这叫什么事？就像你在公安局，你能既当犯人又当警察吗？

江河听了不禁苦笑：老秦，你扯哪去了，这能是一个概念吗？

秦池：你去市委，我最担心的就是上面给你拴套，你不知轻重一头钻进去！现在善后工作为什么僵持在那里？

江河：为什么？

秦池：我们港务局没有任何把柄落在港监局手里，他处理不了我们！湘籍船他随便罚，就那两条破船，业主是私人，拿去拍卖也卖不出抚恤金的一个零头，随他刘东民的便。

江河：是这么一个理儿。

秦池：你倒好，现在一手托两家，既是事故处理人，又是事故责任人，你再铁嘴钢牙说港务局一点责任没有，不是惹着老百姓跟你翻车吗？上面要维稳，老百姓要过节，对不起，你港务局就得做出政策性牺牲！牺牲谁，老卢头是肯定的，王德纲也跑不了，郭副局长要吃瓜落儿，我这个常务副局长也得拿出去陪绑。这样也好，我们这些老家伙下去了，你另起炉灶搭班子，爱怎么折腾怎么折腾，没人碍你的事了。

江河满脸通红，他狠狠一拳砸在桌子上，斩钉截铁地说：老秦，港务局若是有责任便罢；若是没责任，动我一个干部，我江河陪着去坐牢！

秦池：有没有责任，你现在说话还硬气吗？反正我就是一句话，轻重你听着：别为了个人的政绩，拿咱们的人去祭旗。

26. 东江市人民医院病房　秋　日　内

医生给刘希娅做身体检查，检查完毕，向外走。

守在门口的孟建荣问：怎么样？

医生：已无大碍，情绪稳定一下就可以办理出院手续了。

孟建荣：谢谢大夫。

医生说了一声不客气，转身走了。

孟建荣走进病房：希娅，你可以出院了。

刘希娅：表哥，卢茜呢？

在门口等候的卢茜走进来：希娅，我在这儿。

刘希娅：我刚才和同学们联系了，我们要去江边祭奠遇难的同学。

卢茜：什么时候？

刘希娅：后天晚上，后天是他们的头七。

卢茜犹豫了一下：希娅，陶然遇难好几天了，早点让他入土为安吧！

孟建荣打圆场：这次事故，港务局也是受害方。

刘希娅瞪了他一眼：表哥，你不要总替他们说话行不行？他们为什么不把琴还给我，你以为他们找不到吗？根本不是。他们不把琴还给我，一定是有不敢对外公布的原因！

孟建荣：他们一直在找嘛！

刘希娅对卢茜说：回去告诉你们领导，我要用这把琴为陶然和遇难的同学拉《安魂曲》，只能是这把琴。

卢茜：好，我会向领导汇报。希娅，你们打算在什么地方祭奠？

刘希娅：客运码头。

卢茜：客运码头晚上有三个班次的过江客渡，在那里搞祭奠活动恐怕会影响正常的客运，能不能换个地方？

刘希娅：不能！

孟建荣：卢茜，你回去向江局长汇报，希望尽量满足希娅的要求。

刘希娅瞪了一眼孟建荣：不是尽量满足，而是必须在客运码头！

卢茜：没有商量的余地吗？

刘希娅：没有。陶然他们是在客运码头上船遇难的，我们一定要在那里祭奠！

卢茜：好，我回去向领导汇报。

刘希娅：而且，再强调一遍，我必须用我的琴拉《安魂曲》，因为只有我的琴才承载了我和陶然的爱情，换任何一把琴都不可以！

卢茜看看刘希娅剑拔弩张的样子，咬咬嘴唇：我懂了，我们会为你找到琴。

27. 国道　秋　午后

国道上，两辆小车和三辆大卡车组成的车队浩浩荡荡，一路扬尘。

大卡车上站满了人，每人头上还缠着写着“悼”字的白布条，引得路人驻足观看。

赵达夫坐在第二辆小车里，手机响，传出秦池的声音：老赵吗，你们到哪了？

赵达夫拿着手机向外看了一眼：过了南坡了，还有二十多里地。

28. 港务局秦池办公室　秋　午后　内

秦池：老赵，辛苦啦，我有个新想法，等你来了咱俩单聊。话音未落，听见有人敲门，他对着话筒说：来人了，挂了。

门开处，进来了孟建荣。

秦池：建荣，你怎么来了？

孟建荣：秦局长，希娅出院了，我刚送她回家。

秦池：好呀，看来这姑娘身体已无大碍。

孟建荣：身体倒是没什么问题了，只是情绪极不稳定。

秦池：这也在情理之中嘛，你好好安抚她一下。

孟建荣：不是安抚一下就能解决的事。后天他们要到客运码头祭奠遇难的同学，希娅说必须在这之前把琴找到，她要用那把琴拉《安魂曲》。

秦池若有所思：到客运码头去祭奠？

孟建荣：是啊！那把琴如果找不到，恐怕要出事。

秦池：江河还没有查到琴的下落吗？他一个公安局局长，查一把琴算个什么事？这么费劲。

孟建荣：可不是吗？他头一次见到希娅，就承诺一定帮她找到琴，这都好几天过去了，连琴的影儿也没有，说得过去吗？

秦池：建荣啊，你当初分析得很对，琴嘛，肯定在港务局，有人不愿意交出去，你让刘同学找江河要就是。

孟建荣有些疑惑：您不是让我少管这事吗？

秦池诡异地一笑：此一时彼一时嘛！

孟建荣若有所悟：这是不是您给江河下的第一道绊马索？

秦池用食指点着孟建荣：住嘴！有些话心里明白就好，不能乱说。好，我去开会了。

孟建荣：哎，等一下，秦局长，听说沈奕巍被江河调到事故处理小组了。

秦池一愣：会吗，我怎么不知道？

孟建荣：我也是刚才碰到海岩，听他说了一耳朵。东江港谁不知道，沈奕巍是因为诬陷您吃巨额回扣才从设备处发配到三产的。江河此举来者不善，您可要加点小心。

29. 港务局会议室　秋　午后　内

江河坐在中间的椅子上，四周已经坐了几个人。

沈奕巍走进来，江河微笑着向他招招手。坐在会议记录位置上的卢茜有些惊愕，投出探寻的目光；沈奕巍神秘地一笑，做了一个不要说话的手势，找了一个角落坐下。

江河冲他招招手：小沈，往前坐。

沈奕巍移到了第二排。他看到，卢茜悄悄向他挥挥拳头。

秦池端着茶杯走进来，江河拍拍身边的椅子：老秦，坐！

秦池犹豫了一下，坐在了江河旁边。他见到沈奕巍，神色有些愕然。

郭川走进会议室，坐在江河对面：老江，遗体全打捞上来了，一共二十具。

江河：好，和我们上报的数字正好吻合。辛苦了，老郭！

秦池以手加额，连声感叹：苍天有眼，苍天有眼！

郭川扔给他一支烟：老秦，松了一口气吧？

秦池接过烟：那是。这无可辩驳地说明，裕泰号没有超载，我们在沉船事故中属于零责任嘛！

江河扫视了一下会场：我看人齐了，开会吧。

秦池挑衅：事故领导小组什么时候招兵买马了？

江河：噢，顺便说一下，为了加强和东江师大的沟通，临时抽调沈奕巍同志帮忙。大家都是老熟人了，具体情况不必介绍了吧？

秦池话带讥讽：东江港第一青年才俊，谁人不晓？

沈奕巍站起身，一拱手：承蒙江局长看重，不才愿意为大家跑跑腿儿。东江港正值多事之秋，我希望和各位同心协力，一起共渡难关。

江河：奕巍这个态表得好。今天开会只有一个议题：东江师大的学生提出头七那天晚上要在客运码头搞一个祭奠活动，就是后天。此事干系重大，大家看一看怎么引导？

秦池：什么？在客运码头祭奠？

江河：对。

秦池：我的意见是拒绝学生的要求。

沈奕巍：为什么？

秦池：道理很简单嘛，遇难者遗体尚未火化，学生们头七晚上要到港口客运码头去祭奠，毫无疑问，只能扩大事态，加重遇难者亲属与港务局的对立情绪。祭奠时一旦学生和遇难者亲属情绪失控，出现打砸破坏客运码头生产设施的行为，后果将不堪设想。况且还有三班渡轮，那么多上下的游客，影响太坏了！

闫主席捏着下巴，若有所思：老秦说得不无道理，问题是，学生们如果坚持怎么办？听卢茜说对方态度很坚决。如果我们不同意，恐怕会有麻烦。

秦池把端着的茶杯往桌子上一墩，语气强硬：有什么麻烦？如果学生强行祭奠，就以干扰水上交通运输安全、扰乱正常生产秩序为由，不允许学生和遇难者亲属进入客运码头，必要时可以采取断然措施，制止一切无票人员进入码头。

沈奕巍已按捺不住，腾地站了起来：我反对！

江河伸手示意：奕巍啊，坐下慢慢说。

沈奕巍重新坐下，端起茶杯喝了一口茶：我认为秦局长的意见不妥，搞不好，会激化矛盾扩大事态，断不可行。我们应当换位思考，与学生真情互动，取得对方谅解，抚平对立情绪才是上策。

卢茜：沈奕巍说得对，于情于理，同学、男友遇难了，我们凭什么不许活着的人祭奠？

秦池：小沈啊，你的建议听起来很不错，我也赞成和学生互动，如果真能互动起来，当然好。不过现在我们手里有什么牌，你说说，拿什么去和学生互动？

沈奕巍：这是另外一个层面的问题。首先我们要确定基本原则，再由此去寻找到达目标的路径。

卢茜：刚才在回来的路上我想，头七晚上，我们主动参与祭奠活动，为每一位遇难者敬献花圈，这样做有多大效果不好说，但至少可以在祭奠活动中淡化对立情绪，不至于使学生和其他遇难者亲属把我们视为对立面，避免激化矛盾。当然最重要的还是做好刘希娅的工作，而化解她对立情绪的关键一点，是……是那……把琴。

秦池故作诧异：琴，怎么回事，怎么又出来一把琴？

江河：这事怪我，刘希娅说她获救时看见有个人拿着她的小提琴，让我帮着找找，我让赵小苏到各个病房问了一下，没有谁拿。后来一忙也没太上心，大不了再买把琴赔她嘛，谁知道事情并不像我想象得那么简单。

秦池双手一摊：这不是没有的事嘛！除了沈奕巍，今天在座的出事那天差不多都在现场，谁看见有人拿着那把琴从湘籍船上下来了？

众人皆摇头。

闫主席：我记得那个刘希娅是第一个从湘籍船上抬下来的，当时还昏迷着，她怎么能看到有人拿着她的琴？

郭川：老刘说得有道理，这事是有点蹊跷！

秦池接过话头：蹊跷的事何止这一件？裕泰号沉船的头天晚上，值班员说确确实实看到过一个白衣女鬼，在船旁一闪而逝。他是东江港老人了，按说不会编造这种谎言吓人呀！第二天就发生了沉船，真是让人匪夷所思。

闫主席咂咂嘴：听起来是怪吓人。

沈奕巍不以为然：哪有这种灵异的事？肯定是看花了眼。不过，行将溺亡的人，一般都会出现幻觉，我怀疑刘希娅可能是出现了幻觉，清醒后又把幻觉误以为真了，卢茜你说有没有这种可能？

卢茜心情沉重，她瞪了一眼沈奕巍：你换个词行不行，什么叫行将溺亡？

江河表情严肃：当然，我们力争找到琴，可是，万一找不到怎么办？一旦我们拿不出琴，和学生发生僵持可就不得了了，这个必须做出预案。还有，万一学生和遇难者亲属情绪失控，出现破坏码头生产设施的行为怎么办？省市两级政府的底线是无论如何不能发生群体性事件，大家议一议，能拿出什么防范措施？

赵小苏神色惶然地跑进来：不好了！两位局长，出大事了！

秦池：什么大事？说，慌什么！

赵小苏：琊山矿矿长廖汉中和副矿长赵达夫，带着一百多号人来闯码头了！

30. 码头　秋　午后

琊山煤矿的矿工黑压压站了一片，正中，站着廖汉中和赵达夫。

人喊车鸣，乱作一团。江河不认识廖汉中，但见众人群星拱月一般围在这个壮汉四周，便知晓了他的身份，走过去伸出手：廖矿长，大驾光临，有失远迎！

廖汉中傲慢地上下打量了一遍江河，问跟在后边的秦池：这位兄弟是……

秦池：给你介绍一下，我们新来的局长，江河！

廖汉中这才伸出手，大大咧咧说：噢，江局长。客套就免了，我来只要一个说法，我太太方秋萍也在沉了的裕泰号上，活着还是死了，你们总得吭一声嘛！

赵达夫在一旁帮腔：是啊，如果不是在报纸上看到裕泰号沉船的消息，我们现在还傻了吧唧地被蒙在鼓里呢！

秦池假装惊诧：她，她坐的是裕泰号？她怎么……怎么坐了裕泰号？

廖汉中：这个问题我还要问你呢？裕泰号的铁皮还没有鸡蛋壳厚，早晨六点就开船，早饭都没得吃！漫说你们东江港靠我们琊山煤矿活命，就是他娘的一般朋友，你们也不能这么安排吧？

江河：廖矿长，尊夫人确定上了裕泰号？

赵达夫：那是确定无疑。方总上船后还给我们老大打过电话，说中午就可以回到琊山。现在过去几天了，音讯杳无，不是遇难了是什么？

廖汉中：娘的，后来我又打了三个电话都关机，心里就疑惑，别是出了事，真是怕什么来什么。

赵达夫：是啊，你们东江港必须给我们老大一个交代！

江河：那是自然。老廖，你别急，肯定要给你一个交代。他拍了拍廖汉中的肩膀，又回身对赵小苏说：赵主任，通知食堂照矿山上办丧事的规矩开席，港务局就是再穷，这笔钱也得出。

廖汉中对江河的安排点点头。

江河对廖汉中说：遗体全打捞上来了，我和老秦陪你去殡仪馆确认一下遗体。

又嘱咐赵小苏：食堂安排好你再去问一问获救的乘客，你应该认识方总吧，落实一下她是不是在船上。

赵小苏答应一声离去。

31. 殡仪馆门口　秋　下午　外

江河、廖汉中、秦池、赵达夫等从殡仪馆出来站在门口。

郭川：我负责打捞，要是有方总，我还能认不出来？

赵达夫：那就怪了，现在活不见人，死不见尸，撞鬼了？

江河：是不是方总没上船呢？

廖汉中：不可能！她一上船就给我打了电话，说想吃我买的宣威火腿了。

郭川：十多条船在出事水域像剃头发一样剃了几遍，要是落水了不可能打捞不上来呀！

秦池：还有一种可能，就是被水冲进江底的沙洞里了。

赵小苏急急跑来：江局长，我问了，获救乘客说法不一，只有刘希娅确认在船上看见了方总。

郭川：她凭什么确认方总在船上？

赵小苏：她说方总开船前就在船舱里拿着手机打电话，开船不久就离开船舱到甲板上去了。

江河：准确吗？

赵小苏：方总的声音、相貌、身材和衣着她都描述得准确无误。

廖汉中听了赵小苏的报告，立即像点了捻的爆竹：你们他娘的还有什么话说？生生一个大活人，上了你们裕泰号，转眼就成了江中之鬼，你们还跟没事人似的，屁也不放一个，这还有天理吗？你们得给我一个交代，不然，老子跟你们没完！

赵达夫推波助澜：你们不知道吗，方总不仅是我们老板的太太，还是琊山煤矿总会计师，她对我们琊山煤矿有多重要？人不能就这么稀里糊涂地没了！

秦池连连作揖：老廖，廖大矿长，廖总，息怒，暂且息怒！又对赵达夫说，兄弟，帮着劝劝你们老大，别火上浇油了。

廖汉中眼眶红了：什么叫火上浇油？事没摊在你身上，站着说话不腰疼。息怒？我息得了怒吗？

赵达夫瞪了一眼秦池：秦局长，我看你是饱汉不知饿汉饥！

江河下意识给廖汉中行了一个军礼：廖矿长，嫂夫人出事，我们也很痛心，你放心，我们东江港肯定会给你一个交代！你先回宾馆休息。

廖汉中在赵达夫等人的簇拥中，骂骂咧咧走了。

江河对秦池说：老秦，我们事故处理领导小组马上开个会。

32. 刘希娅家　秋　下午　内

客厅里坐着刘希娅和几个同学。

有人敲门，马尾巴打开门，孟建荣走进来。

孟建荣：哟，你们都在。

马尾巴：我们在商量后天祭奠的事儿。

另一同学：孟总，希娅的琴找到了吗？

孟建荣：没有。江河现在焦头烂额，哪还顾得上。

刘希娅：怎么回事？

孟建荣：我来的路上，见琊山矿来了一百多个矿工闯码头，江河屁颠屁颠说好话赔不是呢。

刘希娅：赔什么不是？

孟建荣：据说矿长的老婆也在裕泰号上遇难了。琊山煤矿是谁的儿，东江港的爷，这回东江港算是碰上硬茬子了。

马尾巴：那是他们的事，跟咱没关系。孟总，找一把琴，对于一个曾经的公安局局长用得着这么费劲？我看他是没有当回事儿！

孟建荣：没这么简单，说不定这里面有什么难言之隐。

刘希娅：反正祭奠时我要拉那把琴！

马尾巴：好啦，孟总，拜托你这两天一定要把那把琴要回来。咱们也分头去准备吧，希娅刚恢复，让她好好休息。

33. 港务局会议室　秋　下午　内

江河首先发言：我们先统一一下意见，廖汉中带着上百号人来，这事咱们是自己消化，还是汇报上去？

秦池：老廖不像话，哪里还有一点共产党干部的样子？带着上百号人来干吗，分明是给政府施加压力嘛！我们东江市管不了他，程省长还管不了他吗？我建议立刻上报，奔丧带几个亲属就够了，其他人请省委下令，通通赶回琊山去，港务局不伺候！

沈奕巍：秦局长，我觉得还是软处理好。不管怎么说，我们煤码头三分之二的煤是琊山煤矿供应的，人家是衣食父母，我们逞一时之快，把人家赶回去，将来的日子可就不好过了，东江港还指着人家的煤扭亏为盈呢。

江河：将心比心，廖汉中他老婆在裕泰号上出了事，总得让他发泄发泄，只要不闹得太出格，就由他去吧。市里也焦头烂额，咱们别再添乱了。我看廖汉中这一块就自我消化吧，你说呢老秦？

秦池干咳了两声：既然大家都赞成自我消化，我就舍着这张老脸去找廖汉中谈谈，尽量劝他自重吧。

江河话题一转说：多事之秋啊，老秦，你说这方秋萍是怎么回事？

秦池：我也纳闷，她就是过江，也不该坐裕泰号，以前她来一向是坐十点钟那班豪华船过江。她这个女人养尊处优惯了，从来没有五点钟起来坐过船。

闫主席摇头感叹了一句：唉，真是死催的。看来，那白衣女鬼的传说不是什么好兆头！

郭川端起茶杯喝了一口，呸呸吐出两片茶叶：白衣女鬼？你也信。又像想起了什么，扭头对秦池说：不过老秦，记得今年五一咱们请方秋萍吃饭，饭桌上闲聊，她好像说会水呀！

秦池叹一口气，摇摇头：会水又能怎么样？裕泰号是顷刻之间被撞翻的，前后不到五分钟，就像个大锅盖一样倒扣在江上，在船舱里必死无疑，就是在甲板上也肯定被打蒙了：如果有点磕碰不及时施救，会水也难以逃生。

郭川：我瞎想啊，如果方秋萍会水，也许顺流而下了，说不定哪天又会冒出来。

秦池：不可能，除非撞见鬼了。

闫主席：老郭的推理如果成立，那沉船岂不是成了一起阴谋？说着扔给郭川一支烟：老郭，你的想象力真够丰富的，我看你不要在港务局当局长喽，转行当作家吧。

郭川从桌子上拿起烟，叼在嘴上：我不过是随口一说，别当真。

34. 宾馆客房　秋　午后　内

廖汉中黑着脸抽烟，赵达夫倒了一杯茶递过去：老大，喝杯茶吧！

廖汉中接过茶：他娘的，我说秋萍怎么没接电话呢？那时候裕泰号已经翻船了。可怜秋萍……

赵达夫递过一张纸巾：老大，事已经出了，节哀顺变，节哀顺变吧。

廖汉中使劲往沙发桌上一放茶杯：一个大活人说没就没了，到现在连个尸首也找不见，你叫我怎么节哀顺变？

赵达夫火上浇油：可不是吗？东江港也太不仗义了。等会儿，看他们有什么屁放。

35. 东江港会议室　秋　午后　内

会已经散了，人们纷纷往外走。

走在后面的江河刚要出门，沈奕巍抢上前一步：局长，借一步说话。

江河看了他一眼，停下脚步。

沈奕巍：有一个情况，不知当讲不当讲？

江河：但讲无妨。

沈奕巍：会前我去人民医院走访了一下，住院簿上有二十二个人登记，而那天获救的乘客应该就是二十三人，对吧？

江河赞赏地看了一眼沈奕巍：这么快就进入角色了？好啊，奕巍。那你的看法是……

沈奕巍：应该有一个人神秘地离开了医院。

江河：继续说。

沈奕巍：我想，这个人会不会是方秋萍呢？

江河：可是，她为什么要神秘地离开？事故发生好几天了，她为什么潜水不露？不合常理嘛。

沈奕巍：是，这两个问题确实令人费解。

江河站起身：你提供的思路很有价值，我再好好想一想。

沈奕巍：那好，我和卢茜先去东江师大了。

36. 金达饭店走廊　秋　午后　外

秦池提着两瓶茅台出了电梯，找到208，敲响了房门。

赵达夫开门，秦池闪身进去。

37. 港务局医院　秋　午后　内

内科诊室。徐小慧在洗手池旁刷饭盒。江河推门而入。

徐小慧：你怎么来了，胃又疼了？

江河：我没事……没打扰你工作吧？

徐小慧把洗好的饭盒放进柜子里，用毛巾擦了擦手，略带伤感地说：跟我说话还这么客气？江河，你不觉得咱俩越来越生分了。

江河尴尬地笑了笑：看你说哪儿去了。小慧，是这么回事。你是第一个登上湘籍船的医务人员，有没有看见船上有一个三十多岁的女人，一米六五左右，不胖不瘦，梳披肩发，穿米黄色风衣，挺时尚的？

徐小慧想了想：没什么印象了，好像没这么一个人。

江河一脸失望：你肯定没有这个人？

徐小惠摇摇头：真没什么印象，我当时忙得不可开交，哪记得住谁跟谁的模样。对了，昨天跟你一起去宾馆的不是卢茜吗，你问过她没有？我记得她当时也在船上。

江河神色一变：卢茜也在船上？

徐小惠：是呀，浑身水淋淋的。我当时心里还想，这姑娘也太热心肠了，护理几个落水者，把自己也弄得跟个水鸭子似的。

江河闻言一惊：怎么可能呢？稍停，又问妻子：你看见她手里拿着什么东西没有？

徐小惠想了想：这我可没注意。好像是抱了个什么东西，记不清了。

江河闻言全明白了，他倒吸了一口气，一拳打在头上。

徐小蕙不明所以：江河，你怎么了，有什么事吗？

江河语气郑重：小惠，卢茜在船上这事事关重大，对任何人也不要去说！懂吗？

徐小惠嘟囔了一句：你当警察当出职业病了吧？知道了！

从诊室出来，江河无力地坐在走廊里的木制长椅上。

第4集

1. 金达饭店赵达夫客房　秋　午后　内

秦池和赵达夫坐在沙发上。秦池掏出一个信封：达夫，这是上半年给你的那份心意。

赵达夫接过来，抽出里面的卡弹了弹：谢了，方秋萍那份呢？

秦池又拿出一个信封：秋萍不在了，她这份……

赵达夫伸手夺过信封：她不在我在嘛！我先替她收着。

秦池无可奈何地摇摇头：达夫啊，以后的事情可就难办了，要知道，新来的江河是公安局局长出身！

赵达夫有些不屑：正因为他是公安局局长，所以他干不长。一个棒槌，能玩得转港口吗？

秦池：话是这么说。

赵达夫凑过头：老秦，方秋萍遇难，对咱们是断臂之痛。没有这位矿长夫人兼矿山总会计师暗中给力，事情哪有那么好办？

秦池：是啊！飞来横祸，伤及股肱。

赵达夫：不过，这也是一个天赐良机。

秦池眼睛一亮：达夫，说说你的想法。

赵达夫语气神秘：老秦，吊个丧，你知道我为什么要搞这么大动静？

秦池诡异地一笑：如果我没有猜错，老弟是项庄舞剑，意在沛公。大闹东江港，继而……秦池右手向下一劈，做了一个砍头的动作。

赵达夫：生姜就是老的辣，什么事也瞒不过你老哥。程省长不是在东江坐镇吗？最好把老廖就地免职。这把火要是烧大了，你们那个江河也得被烧成卷毛鸡！东江港不还是你老秦说了算！

秦池：英雄所见略同。达夫，这是一个机会，我们两个一定要配合默契，同进同退。

赵达夫：下一步怎么整，你老哥有什么高见？

秦池诡异地一笑：这把火光烧大了不行，还要烧的是地方。

赵达夫：别卖关子了，说。

秦池伸手示意，赵达夫把耳朵探了过来。

2. 东江师大办公室　秋　下午　内

房间里的谈话看来已近尾声。

一个戴眼镜的中年女教师站起来：放心吧，我们学校肯定会全力配合港务局的工作。

卢茜起身伸出手：谢谢刘书记，我们的工作出了问题，还劳烦学校帮我们补窟窿，真是不好意思。

刘书记握了一下卢茜的手：不客气。

沈奕巍也伸出手：那好，我们走了，请您留步。

刘书记握住沈奕巍的手：不过，我最后再强调一下，请你们务必找到刘希娅同学的小提琴。我们和她接触过了，那是她男朋友送她的琴，在这个问题上没有通融的余地。能不能找到琴，可以看出你们港务局解决善后问题的诚意。

3. 金达饭店廖汉中客房　午后　内

秦池从赵达夫的客房出来，敲门进了廖汉中的房间。他把两瓶茅台往桌上一墩：老廖，弟妹到东江来，我照顾不周，出了这事，唉，痛心啊！

廖汉中斜躺在床上，耷拉着脸，眼皮也没抬：秦局长，你们港务局做事未免太绝了，秋萍在你们船上，不看僧面看佛面，你们也不能往江里掀啊！

秦池拧开酒瓶盖子，斟了一杯酒洒在地毯上：汉中，这杯酒算我祭奠弟妹。

廖汉中不领情：人都没了，搞这套有屁用？

秦池又斟了两杯酒，一杯给廖汉中，一杯给自己，满脸沉痛：汉中，人死不能复生，现在说什么也没用了，是罚是打，你说咋办咱们就咋办。

廖汉中一口干了杯中酒，放下酒杯：老秦，就你们那条破船，我也不是没见过，扛得住撞吗？我就是没来，你们也不能把她整到那条船上去呀，好歹她也是我老婆嘛！你们也太他娘过分了吧！

4. 港务局江河办公室　秋　下午　内

沈奕巍：局长，情况就是这样。

卢茜，你有什么补充吗？

卢茜：没有啦。说着两人起身要走。

江河伸手拦住：且慢，今晚我要犒劳犒劳你们。

沈奕巍：局长今天怎么会有这样的闲情逸致？

江河：小沈，你这是批评我不够关心群众生活吧！

沈奕巍看了一眼卢茜：哪敢呀！能和局长、东江港第一才女共进晚餐，荣幸之至。

卢茜：贫吧你就。你们吃吧，我走了。江河：哎，卢茜，你可不能走，你要走了，小沈这顿饭就吃得索然无味喽！

5. 金达宾馆廖汉中房间　秋　傍晚　内

秦池也一口干了杯中酒：汉中，你要这么说，可就冤死我了！弟妹这次到东江来，压根没和我们打招呼。

廖汉中：没和你们打招呼吗？

秦池：我还是从达夫嘴里知道她来的消息，她行程全是电厂安排的。要是我们安排，十点钟有班豪华船，我们能让她坐早上六点的裕泰号过江吗？这事就是你老弟不来，我们也得找电厂讨个说法，没他们那么安排的嘛！

廖汉中一听，果然怒了，他起身一拍桌子：电厂也真他妈够操蛋的，为省俩小钱儿，安排早上六点的船，太他妈不仗义了！

秦池给廖汉中斟上酒：电老虎嘛，谁惹得起，我看他们就是店大欺客。

廖汉中双眉拧在一起：店大欺客？他敢欺负我？

秦池：汉中，你是挖煤的，我是走水的，俗话说水火无情，撞船沉船瓦斯爆炸什么的，事故是难免的，全凭主管领导头脑里有没有安全意识。

廖汉中：你要说什么？别扯没用的。

秦池：我是说，就像这次出事，你琊山煤矿这么重要的合作伙伴，又是弟妹亲自来签合同，电厂方面稍微有点安全意识，也不应该安排她坐裕泰号嘛。说白了，还不是没把你老廖放在眼里。

廖汉中狠狠吐出一口气，脸色铁青，牙咬得咯咯响。

秦池：薛东方牛得很。廖矿长，心字头上一把刀，惹不起咱还不能忍吗？

廖汉中一仰脖干了杯中酒，举起酒杯狠狠朝墙上砸去，啪一声，酒杯在墙上碎成几片落在地毯上：忍？他妈的东江发电厂，我跟薛东方那小子没完！

6. 心相知酒楼　秋　傍晚　内

大堂里，江河和沈奕巍坐在一张圆桌旁。江河看着菜单：心相知，这个店名不错。不过，这名字更适合你们这对金童玉女。

沈奕巍很高兴：局长谬赞了！今天这顿饭，我来埋单，以为答谢。

江河意味深长一笑：有你埋单的时候，今天你就不必争了。要不然，卢茜该觉得我言而无信，太不绅士了，对吧，卢茜？

卢茜先是瞪了一眼沈奕巍，又有些嗔怪地回了江河一句：泰山崩于前而色不变，这时候了，局长还有心思开玩笑，真不愧大将风范！

江河微微一笑：我听卢茜的表扬中，怎么有点“暖风熏得游人醉，直把杭州作汴州”的味道呢？

沈奕巍看了一眼卢茜：岂止。分明是批评我们“商女不知亡国恨，隔江犹唱后庭花”呢！

卢茜也不搭话，她有心事，坐在桌前看窗外流云。

女服务员侍立一旁：先生想消费什么档次？要是公家埋单，我们有包间，江鳗、河豚，应有尽有。

江河一摆手：我们是私人小聚，不必铺张。三瓶啤酒，一个老醋蜇头，一盘炒花生，一盘芥末鸭掌，一斤半水饺。

酒菜上齐，三人无话。

酒喝去半瓶，江河提起了一个新话题：清代有个李调元，你们知道吧？

沈奕巍不知深浅：听说过此人，是个大才子，和纪晓岚齐名。

江河看一眼卢茜：我给你们讲个故事，说是这个李调元，有一年被皇上派到广东做学政，途中经过一座桥，这座桥是用三块大石头砌成的，名叫磊桥。有个小孩子在桥面上垒起三块石头，挡住李调元去路，轿夫一脚把石头踢开了，小孩上前和轿夫争吵起来，不让轿子过去。李调元下轿调解，小孩说，我有一个对子，你要能对上来，就让你过去。小孩出的对子是“踢破磊桥三块石”。

沈奕巍：踢破磊桥三块石？

江河：对。李调元想了很久也没对上来，只好掉头回去，约定第二天再对。在驿站住下后，李调元冥思苦想，仍无好对，李妻见李调元闷闷不乐，问明缘故后，笑言这有何难，你对“剪开出字两重山”不就得了！

江河说到这里，有意停顿下来，看看卢茜，又看看沈奕巍。

卢茜已明白了江河的寓意。她不说话，冲沈奕巍一撇嘴：你看我干吗？

江河微笑：女同志往往在关键时刻起到关键作用，是不是，奕巍？

卢茜：江局长，“剪开出字两重山”好是好，可却压不住“踢破磊桥三块石”，不能算对上。

江河不解：哦，为什么？

卢茜解释：古时女人不离闺房，所工不过女红，所见不过花鸟鱼虫，所以出口便是一纤纤“剪”字。试想，手里拿一把剪刀，能压得住人家那三块石头吗？

沈奕巍：才女就是才女，所言极是。

卢茜瞪了沈奕巍一眼：其实这个对子有个正对，李调元初来乍到，不熟悉周边地势。过了磊桥，前面有座山叫“出岭”，正对是“行过出岭两重山”，两座大山怎么也压得住三块石头了吧？

7. 东江电厂门口　秋　晚上

人声嘈杂，一片混乱。

几十名矿工堵着电厂门口在烧纸和花圈，烟雾滚滚。门卫过来阻止，被矿工推到一边。

有矿工喊：叫你们厂长出来！

门卫甲：你以为你是谁呀？你说叫厂长出来厂长就出来了？

矿工甲：我们叫他出来问话，他要是男人就别当缩头乌龟！

门卫乙：哟呵，你牛掰！这是电厂重地，你们这么胡闹，作死呢是不是？

赵达夫跳起脚骂：放你娘的屁，谁作死了？我们方总的命就丢在你们东江电厂手里了，烧几个花圈算是便宜了你们！

矿工甲：惹急了，老子把你们厂子砸了。

矿工乙：告诉你，琊山煤矿不是好欺负的！

矿工丙：没有琊山的煤，你们发个屁电！

8. 心相知饭店　秋　晚上　内

江河哈哈大笑起来：讲得好！讲得好！我江河也是初来乍到，弄不清周边地势，看来我就得用你和沈奕巍这两座大山，压过那三块石头。

沈奕巍：只是怕辜负了江局长器重。

江河：奕巍，你看这两副下联，一纤细一凝重，异曲同工。不过，都有一个出字，令人玩味！

卢茜自然明晓江河话中所指，她不接话，只举起酒瓶喝了一口酒。

沈奕巍是那种一喝酒脸就红的汉子。此时，一瓶啤酒见底，他已有些口无遮拦：江局长，原本以为你乃一介武夫，没想到你胸怀江山，腹有诗书，恕在下眼拙了。从今往后，只要是有利于东江港的振兴，我愿意为你执鞭坠镫。

江河：言重，言重了！他也拿起酒瓶和沈奕巍碰了一下，干尽了瓶中酒。放下酒瓶转向卢茜：卢茜，在江边你曾答应收我为徒，今天的酒总该有个名分，就算是拜师酒，如何？

卢茜急忙站起身：我从来不好为人师，更不敢收局长当学生。不过，你交给我的任务我已经完成了。说着，从一旁的提包里掏出两本书：这是彼得·德鲁克的《有效的管理者》，这是汤姆·彼得斯的《追求卓越》。

江河接过书，惊喜地翻了翻，然后放进椅子上的公文包里，刚要开口说话，手机突然响了，是赵小苏：江局长，发电厂薛厂长来了，请你马上回来，他说有十万火急的事！

9. 江河办公室　秋　晚上　内

江河推门而入。卢茜和沈奕巍跟在后面。

薛东方见到江河迎上就给了他肩头一拳：你小子可把我害苦了！你这是城门失火，殃及池鱼，你快点想办法，要不今晚上非出大事不可！

江河莫名其妙：东方，别急，出什么事了？

薛东方，嘴里唾沫星子乱飞：我能不急吗？还公安局局长哪，你居然连出了什么事都不知道！琊山煤矿那帮人把我电厂的大门堵住了，在那里烧花圈烧冥纸，现在夜班工人进不了厂。我告诉你，今天晚上要真来个全市大停电，你我吃饭的家伙都保不住！

江河勃然大怒：他娘的，廖汉中也太不像话了！他在现场吗，我去会会他，这是东江市，不是他天高皇帝远的琊山煤矿！

薛东方一屁股坐下，端起桌上的一杯凉茶，咕嘟咕嘟灌下去，用手背抹了下嘴唇：老廖倒没在现场，他那个副矿长冒了一下泡儿也走了，一群挖煤汉子在厂门口堵着，四六不分，横竖不齐。你怎么着，要带上港口公安局李强那帮弟兄吗？

江河：用不着，我单枪匹马。

薛东方嘴角一挑，语气中透着不屑：噢，去给他们吹奏一曲《江河水》？

卢茜心念一动，好奇地问：江河水？《江河水》不是曲牌名吗？

薛东方看一眼卢茜：你们江局长的长笛吹得那叫一绝，在我们省军区颇有名气。每次演出，长笛独奏《江河水》必是返场节目，吹者如泣如诉，听者如醉如痴！怎么，他在你们面前没露过？

江河铁青着脸问薛东方：你是真急还是假急？有工夫在这儿扯闲篇儿。

薛东方自觉失言，忙把话题拽了回来：兄弟，你单枪匹马去会谁，万一那帮愣小子跟你群殴怎么办？咱们战友一场，我总不能坐视不救吧？到时候就是一场持械争斗，那可真是呆子帮忙，不帮还好，越帮越忙了。

江河：那你什么意思？

薛东方：我的意思是，现在这个局面已经不是你我可以控制，程省长不是在东江市嘛，我看你还是麻烦他老人家出面干预一下吧。

江河没有接薛东方的话。他坐在椅子上，点燃了一支烟闭目沉思。一支烟没抽完，江河把半截烟在烟灰缸里摁灭：奕巍，说说你的意见，我们中午开会确定廖汉中这一块自我消化，这才一下午，就扛不住了吗？

沈奕巍：廖汉中这把火点得太大了，一旦断电，就是恶性事故。

薛东方：真要断了电，老廖罪过可就大啦，撤职是轻的，弄不好得判两年。

江河：老廖是来奔丧的，或撤或判我们东江港都得背上骂名。

10. 金达宾馆廖汉中房间　秋　傍晚　内

赵达夫推门进屋。

廖汉中：给没给薛东方点儿颜色？

赵达夫：兄弟们堵着厂门口，叫他出来对话。那小子成了潜水的王八,一直没有出来冒泡儿。

秦池：不能够啊，薛东方是军人世家，说话办事很少服过软，怎么这回成了缩头乌龟？

廖汉中：他娘的，那小子肯定是觉得理亏心虚了，对不起我老廖。

秦池：那是，没有琊山煤矿的煤，他转道用其他煤矿的煤，光运费就得提高多少？心里有愧，说明他还良知未泯，不过叫他道歉服软，火得烧大点才行。

赵达夫：老秦说得对，他就是老虎，这回咱们也要给他掰掉两颗牙。

秦池：二位，我先回了。

赵达夫：你急着走干吗？老秦。

秦池冲赵达夫使了一个眼色：我还有事要办，有事通电话吧！

11.江河办公室　秋　晚上　内

沈奕巍点点头：局长，现在的事故善后处理工作，就像刚才你讲的那个故事，可以分为三大块，廖汉中一块，东江师大一块，其他遇难家属一块。三块石头垒座桥，这桥不好过，哪块石头不配合都能把咱们掀水里去。

江河：说，继续说。

沈奕巍：我判断，廖汉中大闹发电厂，肯定是受人挑唆，而且挑唆廖汉中这么做的人是在玩借刀杀人、一石二鸟的权谋之术，一是欲借程省长之手将廖汉中就地免职；二是让你江局长承担处理沉船事故不力、导致事态扩大、危及社会稳定的责任，直接把你拿下。

江河点点头：东方，这事你们上报了吗，能不能先捂一阵子？

薛东方：我就是看在老战友的分儿上，才急急忙忙跑来和你商量。这事要捅上去，老廖吃不了兜着走，你小子也免不了一顿臭骂！

江河拍拍薛东方的肩膀：老战友的情谊我心领了。这样，你给我两小时时间，我去找廖汉中摊牌。

薛东方看了下手表：我最多给你一个半小时，你争取一个半小时之内把廖汉中摆平。时间再长我可拖不起了，工人进不了厂，生产计划就要打乱，必须上报市委，发电厂真要出了事不是你我能担待的。

江河看了下手表：好，一个半小时之内我要摆平不了廖汉中，你报中央去我也不拦你。

薛东方：军中无戏言。江河，你可考虑好了，现在不报，万一延误了处理事态的最佳时机，以后麻烦可就大了。

江河：出了问题我去负荆请罪，不关你事！

薛东方站起身：既然如此，我什么也不说了。我要马上回厂，这当口上我那儿离不开人。

江河拉住薛东方：哦，东方，等一下。

12. 秦池家　秋　晚上　内

孟建荣坐在沙发上，兴奋地对在饮水机前冲茶的秦池说：秦局长，琊山的矿工把电厂给堵了！又是烧纸钱，又是烧花圈，太生猛了！

秦池把冲好的茶递给孟建荣：是吗？那可够薛东方喝一壶的！

孟建荣：可不是吗？大门口围得水泄不通，夜班的工人都进不了厂门。

秦池坐下点燃一支烟：建荣啊，还是自扫门前雪，莫管他人瓦上霜吧。刘希娅的琴找到了吗？

孟建荣：江河被廖汉中弄得焦头烂额，哪里还顾得上找琴！

秦池：那刘希娅的态度呢？

孟建荣：那还用说，我刚从她那里回来，同学们一见面就抱头痛哭。说了，必须用那把琴为陶然拉《安魂曲》，没得商量。

秦池深深吸了一口烟，将烟雾徐徐吐出。一招手，对着孟建荣耳朵说了几句话，孟建荣点头。

秦池掏出钢笔，在一张纸上画道：路线是这样的……你们先到这……然后穿过这里……

孟建荣兴奋地：这招狠！我明白了，您就瞧好吧！

秦池：你去吧，我也有急事要办。

13. 江河办公室　秋　晚　内

薛东方：还有什么事？

江河：方秋萍到电厂去签供煤合同，怎么也算你们的座上客吧，你们怎么安排的，让她坐早上六点的船过江，她以前不是一直坐十点那趟豪华船过江吗？

薛东方叫起撞天屈：怎么是我们安排的？一签完合同，方秋萍就急着过江，前一天我们给她订好了十点钟的船票，她一定让我们退了改成六点的，你说说，这不是往黑白无常的绳索上撞吗？这怨得了谁呀？

江河颇为不解：她为什么要改成六点的？

薛东方搔搔头：这个我可不知道，签完供煤合同方秋萍接了个电话，神神秘秘的，听口气不像是琊山煤矿那边打来的，接完这个电话，方秋萍就让我们把船票改成早上六点的了。

江河皱着眉头自语：电话不是琊山煤矿打来的，能是哪打来的？东方，你分析分析？

薛东方狠狠拍拍江河肩膀：分析个屁！兄弟，咱不是公安局局长那个角了，少操那份心吧。方秋萍这娘们儿，那是省油的灯吗？冲着电话都眉来眼去的，这要见着人还不干柴烈火立马烧起来！老廖这人够仗义，娶了这么个小媳妇算是毁了，嫩得跟水芹似的，经不起她折腾呀……

江河打断：嘿，嘴上有个把门的，没看见我们港务局的女同志在吗？

卢茜小声说了一句：低俗：

薛东方冲江河咧咧嘴：我心里有火，不说几句憋得慌。又冲卢茜说，姑娘，我和你们江局长是老战友，一个锅里搅过好几年马勺，一块儿玩过命共过患难。嗯，这么说吧，他长了几根肋巴骨我都数过多少遍了，说话随便，莫怪啊！

又冲众人一抱拳，得，我告辞了，江河，你也赶紧动作！

14. 程志临时办公室　秋　晚　内

秦池匆匆走入市政府办公楼，来到程志临时办公室门口，定了定神，伸出右手，轻轻在门上叩击了三下。

里面传出程志的声音：请进。

15. 江河办公室　秋　晚　内

卢茜：局长，我们跟你一起去吧？

沈奕巍：是呀，你一个人去我们不放心呀！

江河喝了一口茶：没有那么严重，他廖汉中又没有长着三头六臂！

突然手机响了，江河接听，里面传出一个男人的声音：江河吗，我是韩仕琪。请你立刻到市里来一趟，立刻！

卢茜：韩市长？

沈奕巍：市长亲自打电话给您，肯定事关重大！

江河挂断手机，叹了一口气：葫芦还没按下呢瓢又起来了，多事之秋啊！这么晚了，看来还要抓你们一个公差。

沈奕巍：有什么事，您尽管吩咐。

江河：学生到客运码头祭奠亡灵的应对方案还比较粗糙，你们再商量完善一下，明天我们找时间碰碰。

16. 程志临时办公室　秋　晚　内

一进市委的小会议室，江河看到秦池坐在靠边的一张沙发上，心里就明白了。

中间的沙发上坐着程志，他面前的沙发桌上放着一盒吃了一半的方便面和两根火腿肠：程志脸色发青，他一指身旁的沙发：坐下谈还是站着说？

江河闻言，知道程志动气了，嗫嚅道：站着吧！

程志起身，叉腰站在江河对面：我问你，廖汉中带着一百多人围堵发电厂，这么大的事为什么不报告？

江河看了一眼秦池：我们考虑不给市里添麻烦了，这一块自行消化，开会时老秦也是同意的。

程志一瞪眼：你们自行消化得了吗？我听说你们还按大办丧事的规矩开流水席，什么人手一、N加一、划拳猜酒吆五喝六，搞得乌烟瘴气，这还像一个共产党的企业吗？还有没有一点共产党干部的素质？

秦池火上浇油：江局长也是没有办法，为了维稳只好迁就他们。廖汉中就像个山大王，早就没有共产党干部的样子了，现在又公然组织大批矿工到发电厂门口烧花圈，影响极为恶劣，我也是听到反映，看事态得不到有效控制，要出大事才报告了程省长，老江你莫怪。

韩仕琪：向上级反映情况是你的责任，这用不着道歉。

秦池：这个廖汉中，太没王法了，不撤他的职不足以严肃党纪国法！

江河：老秦，有些事情还没有搞清楚，不要忙着下结论。

秦池急赤白脸：江局长，还有什么不清楚的，不撤廖汉中的职，不足以震慑那些围堵发电厂的矿工。发电厂是要害部门，出了问题必然造成社会混乱，谁负得起这责任？

韩仕琪：这个廖汉中，确实太不像话了！他以为东江市是他的琊山矿吗？

江河：廖汉中本人没到电厂去，烧花圈的人中有一些可能是丧者亲属。我去找他谈谈，让他把人撤回来，我就不信他一条道走到黑。

秦池：跟这种山大王能谈出什么子鼠丑牛来？

江河：老秦，还没接触呢，不要过早下结论嘛。再者说，方秋萍遇难，廖汉中应该找港务局算账，为什么要到发电厂闹事，这里面是否暗藏机关也未可知。

程志：你们两个，一个要杀，一个要保，那你说说，你保的理由是什么？

江河半调侃半认真：省长啊，能给属下一杯水喝吗？忙了半天，嗓子眼都快冒烟了！

程志一指沙发桌上的茶杯：你小子口福不浅呢！你们韩市长送我的明前龙井，刚刚泡好，现在温度正好儿呢。

江河走过去，端起茶杯一饮而尽。

程志惊呼：你这哪里是品茶，分明是牛饮嘛！

这一来，会议室的气氛缓和了许多。

程志坐下了，一指对面的沙发：坐下说吧。

江河一抹嘴，坐在沙发上侃侃而谈：我主张保，基于三点理由，其一是方秋萍在裕泰号上遇难，无论是发电厂还是港口，都没有向廖汉中通报。

秦池：我们不知道嘛！

江河：无论出于什么原因，廖汉中生气也在情理之中。这是其一。方秋萍的遗体没有打捞到，无法向廖汉中交代，活不见人死不见尸，搁谁心里也会怒火万丈，廖汉中情绪失控也情有可原，这是其二。

秦池：那他就可以胡作非为了？

程志：老秦，你听江河说完。

江河：其三，也是最重要的，廖汉中千里迢迢从琊山赶来奔丧，如将其就地免职，东江港将不可避免地承担道义上的责任，在沿江地区口碑尽失，今后不但与琊山煤矿交往会有障碍，在煤区也很难开拓局面。如此一来，东江港以扩大煤炭中转运输为支点的扭亏为盈战略构想也就打水漂儿了。

程志转向坐在一旁的韩仕琪：韩市长，你的意见呢，对廖汉中是杀是保？

韩仕琪已经感受到了省长的态度，他略微犹豫了一下：我认为……江局长的意见有道理。时下局面复杂，还是以稳妥处置为上。

程志点点头，又转向秦池：老秦啊，你还坚持你的意见吗？

秦池见风转舵：我也理解廖汉中的心情，但总不能把个人情绪凌驾于公众利益之上，凌驾于党的原则之上，凡事都要有个底线嘛！

韩仕琪接话：老秦说得也不错。现在，廖汉中要立即带人回琊山。

江河请求：程省长，让我去和他谈谈，我保证一小时之内平息事态。

程志：好，你告诉他省委的态度，对他妻子在这次事故中遇难，省委向他表示深切慰问，希望他节哀顺变。他妻子的遗体，要竭尽全力打捞出来，给他一个交代。

江河：好，我会传达给他。

程志挥了一下手：但也要明确告诉他，身为琊山煤矿矿长，派矿工围堵电厂烧花圈是极端个人主义的表现，这种不计后果、毫无理性的行为，严重影响了东江市的社会稳定，严重干扰了省委沉船事故善后处理工作，他必须认识错误，纠正错误，否则将受到党纪国法的严肃处理！

17. 东江市街头　秋　晚　外

不远处江面上，有星火点点；街市两旁，有华灯高照。

路上，行人稀疏，车辆也比白天少了很多。

卢茜和沈奕巍并肩而行。

沈奕巍：应急方案应该没什么问题了。明天早晨，我们再到东江师大，请校方派几个老师到现场和我们一起做好学生的疏导工作。

卢茜一言不发。

沈奕巍：现在，关键是那把琴……

卢茜依然沉默无语。

沈奕巍：我打个车送你回家吧。

卢茜：不必了，我想一个人走走。

沈奕巍：这么晚了，那怎么行？

话音未落，一辆奔驰在冷清的公路上疾驰而来，嘎一声停在两人旁边。沈奕巍和卢茜被吓了一跳，神色愕然。

18. 金达饭店　秋　晚上　内

一间客房设备讲究。廖汉中靠在沙发上点着了一支烟。他手悬在半空，呆呆地看着烟头上的蓝烟虚幻地升起。看着看着，眼泪就掉下来了。

有人敲门，赵达夫进门：老大，江河兴师问罪来了！

廖汉中抹去眼泪，一拍沙发桌：问什么罪？

赵达夫：我们不是在电厂门口烧了几只花圈吗，捅了他的肺叶子了，上纲上线，说我们危害东江市社会稳定，要我们立刻把人撤回来。

廖汉中一瞪眼：撤回来？

赵达夫进一步挑唆：听东江港的人说，裕泰号沉船的头天晚上，还有一个白衣女鬼哭得悲悲切切，这不是影射嫂夫人，诚心给咱添堵吗？

廖汉中果然怒了：我操他东江港的祖宗，什么他妈的白衣女鬼，纯属放屁！老子的媳妇都死在东江了，烧几只花圈还犯法吗？他们欺人太甚，叫他滚犊子！

赵达夫要的就是廖汉中的这个态度：可不是吗！老大，用不着您出面，我去把江河轰走。言毕，转身开门，江河站在门口。

19. 东江发电厂门口　秋　晚　外

人越聚越多，拥堵在厂门口。有人烧花圈，有人叫骂，有人起哄。门卫怕出事，关闭了工厂的大铁门。

几个工人挤到门口：我们是夜班，都九点多了，马上要交班了，放我们进去！

门卫刚要打开铁门，见手持器械的人群往前一涌，又赶紧关上了。

20. 金达饭店　秋　晚　内

江河：廖矿长，这可是在我的一亩三分地上，你们上百号人，我好吃好喝好招待，我来了，招呼都不打一个，就赶我走，未免太不近人情了吧？

廖汉中一愣，见江河神闲气定，单枪匹马，就站起身说：既然如此，江局长，请屋里坐！

江河进屋坐在沙发上，直入主题：老廖，你在饭店里待得很安逸啊，你那上百号人去了电厂，堵着人家大门口烧花圈，这事你知道吗？

廖汉中瓮声瓮气回答：知道。

江河语气严厉：老廖，既然你知道，那我再问你，你知道这样做的后果吗？

赵达夫给江河递上一杯水：江局长，任何事情都要换位思考。如果你的妻子来谈业务，稀里糊涂就死了，而且连个招呼也不打，你会怎么做？恐怕不止烧几个花圈这么简单吧！况且，方总不仅是我们老板的夫人，还是琊山矿的总会计师，她这一走，会给企业带来多大的损失，您估量过吗？

廖汉中显然被赵达夫的一番话激怒了，冲江河一拍桌子：你说什么后果，老子不怕！不就是烧点纸吗，能烧出个鸟来？

江河：老廖，你的心情我完全理解。在港务局这一亩三分地上，你烧纸也好，烧花圈也好，抬着纸人纸马游街也好，我二话不说。可是你堵着发电厂大门烧花圈，问题性质就不一样了。发电厂是什么，是城市动脉，动脉断了，东江市就瘫痪了，死城一座！老廖，这后果我不说你也该明白吧！

廖汉中一梗脖子：江局长，我廖汉中可不是被人吓大的！

江河端起茶杯喝了一口水，又掏出香烟扔了一支给廖汉中，自己也点燃一支：老廖啊，你是煤矿矿长，我问你，你井下工人在作业时突然有人把电给你掐了，你说会造成什么后果？

廖汉中：你是什么意思？

江河：现在发电厂夜班工人进入不了厂区，一旦断电就是重大恶性事故，东江市就会瘫痪，说你蓄意破坏你如何辩白？廖矿长，你想想，这样的后果你愿意看到吗？你能够担待吗？

廖汉中：我不过是发泄发泄，给薛东方那小子点颜色看看，有他那么办事的吗？叫我老婆坐滑江快艇；出了事屁也不放一个！把我廖汉中还放在眼里吗？操，我烧几个花圈，还能搞得发电厂断电不成？笑话！

21. 东江市街头　秋　晚上

奔驰的车窗摇下，孟建荣探出半个脑袋：两位好兴致啊，欣赏东江夜色呢？晚云收，皎月挂，一路枫树，十里芦花。正好美景配佳人！

卢茜：孟总，别酸文假醋了，我们正准备回家。

孟建荣：真佩服你们，还有闲心压马路！

沈奕巍有些不耐烦：有话说，有屁放，没事我们就不奉陪了。

孟建荣推门下车：我刚去找了江河，他不在。琴找到没有？明天就是头七了，你们别不当回事！

沈奕巍：谁不当回事了？江局长布置我们正在找琴。

孟建荣：反正我告诉你们，刘希娅情绪极不稳定，如果明天晚上之前还找不到琴，刘希娅就是一支爆竹，随时都可能炸！

沈奕巍：有那么严重吗？

22. 金达饭店　秋　晚上　内

赵达夫：就是啊，哪有那么严重？

江河并不看赵达夫。他把手腕伸到廖汉中眼前：廖矿长，九点多了，夜班工人马上要接班了，如果进不了厂，断电也许就在今夜！

廖汉中头上冒出汗珠：此言当真！

江河情真意切：老廖，您去电厂门口看看，你那百十号矿工，中午喝成什么样你不是没见着吧，一人一肚子高粱烧，一个个醉醺醺地手持器械，堵着电厂大门，这是给嫂夫人烧花圈呢，还是蓄意闹事？

廖汉中一惊：还有这阵势？

江河正色道：薛东方当过十二年兵，什么阵势没见过，要是一般的烧烧纸，他能这样着急上火吗？

廖汉中瞪了一眼赵达夫：你不是说他们就在大门口烧了点纸吗？

赵达夫：我陪您在宾馆，厂门口的情形不大清楚，不至于吧？

江河一声冷笑：廖矿长，把嫂夫人的后事办得如此惊天动地，与其说是对嫂夫人的尊重，不如说是某些活着的人要借此达到某种目的吧！

赵达夫神情尴尬。

廖汉中不再说话，闷头抽烟。江河看看火候差不多了，亮出撒手锏：老廖，裕泰号出事当天，程省长就赶到东江市了，坐镇指挥事故善后工作，你知道吗？

廖汉中一惊，问赵达夫：程省长在东江市？

赵达夫装傻：是吗？

廖汉中额头上沁出滴滴冷汗：是吗，程省长在东江市，这是好事呀，程省长最了解我，我老婆在你们东江港的船上遇难，活不见人死不见尸，程省长得主持一个公道吧？

江河：我告诉你，老廖，我来这里就是奉了程省长之命。他让我转告你，廖夫人遇难，他代表省委、省政府表示慰问，希望你节哀顺变。但是如果你的哀悼行为丧失了理性，破坏了东江市的社会稳定，党纪国法决不姑息！

廖汉中愕然地望着江河，一时语塞。

江河又抬起左胳膊，把腕上的手表伸到廖汉中眼前：快十点了！老廖，我是看在合作伙伴的情分上，体谅你的丧妻之痛，向省市领导争取了一个小时的时间，来向你陈说利害的！拳拳之心，苍天可鉴，何去何从，你该当机立断了！

廖汉中摁灭烟蒂一跺脚，冲赵达夫大喊一声：撤！

赵达夫心有不甘：就这么走了，老大？

廖汉中：妈的！不走，不走你要留下来看老子的笑话？

赵达夫见廖汉中去意已决，不敢再坚持，一个人灰溜溜出了门。

江河见赵达夫走了，怕节外生枝，用手一指窗外：天太晚了，坐大卡车不安全。我马上去安排渡轮，你也赶快去发电厂把人撤回来，连夜回琊山。日后找到嫂夫人的遗体，我和老秦亲自扶柩送回矿山，向你赔罪！

廖汉中：行，我等着。

23. 江畔　秋　夜

渔火点点，江风习习，白浪拍岸，涛声阵阵。

夜幕中，一个三十几岁的男子面向长江，神色哀伤。

画外音：

薛东方说，方秋萍本来应该坐十点的豪华渡轮过江，因为接到了一个神秘的电话才改乘裕泰号。那么，这个神秘的电话是谁打给她的呢？

此刻，打电话的人正站在江畔，迎风凭吊他心中的女神。

镜头推出——秦海涛的特写。

从秦海涛的瞳孔叠印如下画面：

东江的饭局。秦池介绍：这是琊山煤矿的总会计师方秋萍女士，这是我的侄子秦海涛——圣达航运公司经理，以后还要请方总多多关照啊！

两个人眉目生情，互致问候。

北京。两个人在机场相见，如久别的恋人。

京城的夜店。墙上的油画，幽暗的灯光，昏黄的蜡烛。秦海涛向一身古典装束的服务小姐点了“黑方”和“杰克·丹妮”，方秋萍略显笨拙地学着他的样子品赏。在弹筝姑娘的旋律中，方秋萍不由投入了秦海涛的怀中……

24. 客运码头　秋　晚　外

一辆辆大客车把琊山矿的人送达码头。

老卢头引导人们上船，江河也在码头上指挥。廖汉中和赵达夫走上船，江河上前欲打招呼，廖汉中不理不睬，掉头走开。

客轮鸣笛，发动机已经启动。刚上船的廖汉中一扬手：慢！说着，跳下客轮。赵达夫和几个矿工跟着走下来。

廖汉中一指不远处的一块石头，命令：搬过来！

一个身材魁梧的矿工走过去，抱起石头吃力地搬过来。廖汉中迎上两步伸出双手接过石头，喘着粗气高举过头，扑通一声扔进江中，然后指江立誓：除非这块石头浮起来，否则绝不再跟东江港打交道！

站在江边的江河目睹了这一幕。他点燃一支烟，看着客轮渐行渐远。

25. 江畔　秋　晚

江河走出客运码头，准备回家。手机响，他掏出一看，是程志，忙接听：程省长，我是江河。

程志（OS）：江河啊，辛苦你再来一趟市委。

江河：好，我这就过去。

话音未落，一个壮汉蹿过来挡住去路，定睛一看，刘黑子！

江河职业性后退一步，两拳紧握：你要干吗？

刘黑子却一抱拳：我来保护大哥啊！

江河莫名其妙：保护大哥？

刘黑子：是啊，如果有谁敢对大哥动粗，我就当场把他撂这儿！

江河一听，哈哈笑了：我什么时候成了你的大哥？

刘黑子面露愠色：莫非是兄弟高攀了？

江河：不，不。前几天你还吵吵着要给我放血，猛不丁成了你大哥，有点不适应。莫怪啊！

刘黑子，竖起大拇指：为什么叫你大哥？因为你江局长是个爷们儿！前几天我拿了刀在你脖子上比画，你脸色都没变，事后也没找我的麻烦。如果换了别的头儿，当时准认㞞；完事准得让公安局抓我，不判两年，也得拘我个十天半个月！

江河：噢？是吗，你这么有把握？

刘黑子拍拍胸脯：那是。吃过牢饭的人，什么没见过！我叫你大哥，不是怕你，是敬你。这几天你为东江港忙得脚踢后脑勺，我们都看在眼里了。刚才兄弟们说了，琊山矿的人如果好说好走，那皆大欢喜；如果他们敢对你江局长动粗，我们绝不会袖手旁观。打架，我是师傅！

江河：那我谢谢你了，不过男人显示力量，不一定非要动拳头。黑子，你是因为什么进去的？

刘黑子：打架！

江河：为什么？

刘黑子苦着脸说：还不是因为在煤码头上拉了点煤。

江河掏出烟，先抽出一支递给刘黑子，刘黑子受宠若惊，双手接过。江河又用打火机为他点燃，然后有些不解地问：拉了点煤？拉了点煤值得打架吗？是偷煤吧，是不是偷了货主的煤？

刘黑子一脸委屈：有什么啊？大哥，您到煤码头上去看看，有谁不烧货主的煤？一冬天下来，烧几千吨煤稀松平常！

江河诧异：烧几千吨？一冬天烧去货主几千吨煤，谁还敢在东江港走货？

刘黑子继续说：我们住的那破房子，冬天屋里比屋外还冷，大家也是实在没辙了，才去货场拉点煤取暖。再者说了，货场上的煤堆成了山，没遮没盖，一场大雨就消耗掉多少？烧点算什么！

江河：我再纠正你一次，是偷点煤。

刘黑子无奈地摊摊手：行行行，就算是偷煤。要是偷了别人家的煤，抓住了顶多是教训一顿，把煤给人撂下完事，罚不罚钱都另说着。我有个叫石二满的兄弟偏偏拉了秦海涛一车煤，被他手下两个人打得鼻青脸肿，这也太霸道了是不是？我气不忿，找上门去替二满出头，打得秦海涛手下那俩人一个月下不了床，嘿嘿，为这个判了我三年。

江河：秦海涛是谁？

刘黑子不屑地一撇嘴：秦局长的侄子呗！

江河：秦局长的侄子，怎么会在咱们煤码头上有煤？

刘黑子：这个说来话长，将来您自己慢慢品吧。反正是把我判重了，前几天我在码头上看见老卢头的闺女，人家都说判我三年没道理。

江河一笑：你说的是卢茜吧，她说判重了就判重了吗？

刘黑子脸上露出信服的表情：那是，老卢头的闺女是办港口报的，人家的政策水平不一般，其实秦局长也明白判重了，要不他见到我能讪讪的吗？

江河一时无语。稍停又忽然想起了什么，问：你住哪儿？黑子。

刘黑子：贮木场宿舍。

江河：噢，沈奕巍不是也住那吗？

刘黑子：咱们码头好些兄弟都是贮木场的职工子弟，大哥，你是没去过，那里简直不是人住的地方，我老婆在贮木场下岗，才三十来岁，就得了尿毒症！

江河闻言一惊，你老婆得了尿毒症？

刘黑子：可不是。三天一次透析，贮木场只能报销10%。

江河：黑子，你原来做什么工作？

刘黑子：我在拖轮上当舵工。

江河略一沉吟：好，我知道了，我有事先走一步，以后有困难找大哥。

26. 程志临时办公室　秋　晚　内

程志：都送走了。

江河：送走了。

程志从转椅上站起身，先伸了一个懒腰，又转动双臂活动了一下筋骨，才从桌上的圆铁桶里抽出一支香烟扔给江河：你小子劳苦功高，琊山矿一事处置得不错，我犒劳犒劳你！

江河双手接过飞来的香烟，放在鼻子下闻了闻，看了看商标：省长大人太抠了，出手才是一支大前门。

程志自己也点燃了一支烟，把打火机扔给江河：怎么，嫌我抠呀？我家里倒是有一瓶陈年茅台，三十年的。不过，现在不能给你小子喝。什么时候，你还我一个新东江港的诺言兑现了，什么时候我陪你一醉方休！

江河：省长，莫要食言！

哪里话，大丈夫一言九鼎嘛！程志坐在沙发上，伸手一指对面，示意江河坐下，口吻随即严肃起来：江河啊，沉船是偶发事件，东江港的工作还要回归正轨。有人建议，这次事故应问责秦池，我也看出你们俩的配合并不默契。我叫你来，就是想听听你的意见，秦池是去是留？

江河：根据事故认定，这是一次偶然水上交通事故，而且责任不在港务局，以此为由撤掉秦池恐怕不妥。再说，秦池是老港口，人脉广泛，这时候撤掉他也不见得对善后工作有推动作用。

程志：有些情况你可能也听说了，你们那个沈奕巍曾实名举报秦池受贿，因为证据不足，没有处理，不过，这次也没有带病提拔。

江河：我大致了解一些。

程志：江河，你说得有一定道理。这个事先放一放。不过——程志向烟灰缸里磕磕烟灰，方秋萍的遗体没有打捞出来，按照港务局上报的获救人员和遇难人员人数，除非撞船时裕泰号超载，否则就不应该出现第四十七人嘛，港务局方面对此如何解释？

江河：程省长，除了裕泰号上的三名船员，其他获救人员全部送往市第一人民医院，医院登记的住院人数即为二十二人，事故当天港务局向省市两级政府上报的遇难与获救人数都是湘籍船提供的，当时场面非常混乱，有可能统计上出现误差，应以入院登记人数为准。

程志意味深长地看了一眼江河：姑且以你的说法为准吧，那个女学生的琴找到了吗。

江河：正在找。

程志直截了当：东江港在撞船事故中不负任何责任的说法经不经得住推敲，你心里应该有数。那个女学生的琴哪去了？江河啊，你是聪明人，事故最后处理阶段，可以不撤他秦池的职，估计想全身而退是不可能的，客运站主要负责人和裕泰号船长难辞其咎，是必须要处理的。

江河：程省长，一切结论应该下在调查结果出来之后。

程志：你说得对，现在谈这个是为时过早。明天就是遇难者的头七祭日了，如何疏导好遇难者家属的情绪迫在眉睫，这个关键节点千万不能出问题！

江河：关键是那把琴。

27. 健身房　秋　晚　内

沈奕巍穿着一身健身服在健身。

他练过几个器械后，擦了擦汗，到跑步机上健走。边走边打开手机，拨通了卢茜的电话。

沈奕巍：美女，到家了吗？

卢茜的声音：干什么呢？听你说话呼哧带喘的。

沈奕巍：健身呢！

卢茜（OS）：健身？哟，沈大才子，挺时尚啊！

沈奕巍：那当然。古希腊人说过，“身体是你的神，要膜拜他。”健美的体形，才是获得快乐的通行证嘛！

卢茜（OS）：你有什么事？该不是让我膜拜你吧？

沈奕巍：膜拜我？我看行。

卢茜（OS）：臭美吧你就。没事我挂了，烦着呢！

沈奕巍：别，别挂呀！刚才你几次欲言又止，是不是有事要对我说啊！该不是真想向我真情表白吧？

卢茜（OS）：少来。这时候了你还有闲心开玩笑。

沈奕巍：你一定是有什么事儿。

卢茜（OS）：不想说了。都十点了，你也洗洗睡吧，别抽风了。

28. 老卢头家　秋　晚　内

卢茜关上手机。

在厨房刷碗的老卢头对女儿说：丫头，早点休息吧，这几天你太累了。

卢茜起身倒了一杯茶递给刚刷完碗的父亲：爸，今天晚上会有客人来。

老卢头接过茶杯坐在沙发上：谁呀，这么晚了，你怎么知道？

卢茜坐在父亲对面：我感觉。

老卢头：你感觉？

卢茜：是。爸，我想把琴交出来。

老卢头：你秦叔同意了？

卢茜：他不会同意的。不过，这几天我一闭上眼，就是陶然。不交出琴，我的良心太受煎熬了！而且，这把琴也直接牵连到善后工作的推进。

老卢头：我懂，闺女。我无所谓了，说实话，一想到裕泰号沉船死了二十个人，我死的心都有：别说判我个三年五年，就是枪毙了我，也赎不了我的罪呀！

卢茜：爸，您别这样说。

老卢头：唉，我是舍不得你呀，丫头。

卢茜隔着沙发桌抓住老卢头的手：爸！

老卢头拍拍女儿手背：还有你秦叔。老郭也脱不了干系，主管生产的副局长嘛，还有王叔……

卢茜掉下眼泪：爸，你别说了。

老卢头：闺女，你怎么做，老爸都不怨你。老爸知道，你是个好孩子。

卢茜欲言，门铃响了。

老卢头：还真让你说准了，这是谁呀？

29. 刘希娅家　秋　晚　内

有人敲门。刘希娅披衣打开门，是孟建荣。

刘希娅：表哥，琴找到了吗？

孟建荣：江河被程省长叫去了，没见着，我找到了卢茜和沈奕巍，他们说正在找。

刘希娅有些冒火：找一把琴，至于那么费事吗？我看他们是心里有鬼！

孟建荣：反正我已经给他们下了最后通牒，明天晚上祭奠之前找不到琴，一切后果由他们自负！

刘希娅：表哥，麻烦你明天白天盯住江河，告诉他，我一定要用那把琴祭奠陶然和同学们。

孟建荣：我明白，你放心。

刘希娅：这几天你也够累了，早点回去休息吧。

孟建荣：没事，我累并快乐着。

刘希娅脸色突变，狠狠瞪了他一眼。

孟建荣自知失言，忙改口：唉，不不不，累并痛苦着。

30. 老卢头家　秋　晚　内

江河提着一兜水果走进来：卢茜，不好意思，这么晚了还来打搅你们。

卢茜淡淡一笑，没有说话。

卢子明客气地说：看您，还买东西，太客气了。江局长，您请坐，这么晚来有事吗？说着，倒了一杯水递给江河。

江河：送廖汉中回琊山了，我刚从市委汇报工作回来，有些事想和你们念叨念叨。

卢茜惊喜道：廖汉中的事平息了？

江河点了下头，面色有些凝重：廖汉中这一关好过，刘希娅那一关不好过。明天就是头七了，找不到她的琴，恐怕还真得出乱子。

卢子明重重叹了口气，敷衍说：这琴就这么金贵，再买一把不成吗？

江河苦笑道：老卢啊，不瞒你说，这事一开始我也没放在心上，谁知有人挑唆，硬说我们港务局居心叵测，因为有不敢示人的原因把琴藏起来了，这不是给刘希娅拱火嘛！现在都闹到程省长那里去了，刚才我汇报完廖汉中的情况，程省长专门谈了琴的事，叮嘱我们不可掉以轻心，千万不能因为这把琴影响了事故善后工作。

卢茜岔开话题：江局长，廖汉中这一走，以后还能和我们打交道吗？这条线要是断了，东江港的日子可不好过了。

江河拿出一支香烟递给卢子明：老卢啊，我先郑重地给你道个歉……

卢子明打断江河的话：江局长，过去的事就不要提了。再说那天晚上你也没错，栈桥上的灯是长明灯，赶上谁都得打这个电话，您要老把道歉这俩字挂在嘴边上，我心里更不好受。

江河：好，老卢，这俩字以后我不提了，这一篇儿就算正式翻过去了。我初来乍到，凡事还得倚重你们这些老码头。

老卢头：局长客气了。

江河：我听说你十五岁就在闸口煤码头上当学徒，一干就是四十多年，老秦大学毕业就在你手下劳动锻炼。

老卢头：是啊，在我们班组干了两年多。

江河：你三年前因为心脏病才调到客运站，你还有个绰号，叫“闸口活地图”，没错吧？

老卢头：那是。

江河：老卢，善后工作结束了，如何把煤炭中转运输这一块搞上去是重中之重，咱们煤码头十多年前的年中转量就能达到五六百万吨，现在连300万吨都到不了，这不是等着喝西北风吗？你是闸口的老人了，给我做个高参吧！

卢子明神情激动：江局长，你能信任我，给我一个赎罪的机会，我就知足了。

江河：好，老卢，咱们就这么说定了。说着扭头看了一眼卢茜，站起身和卢子明紧紧握了握手。临出门时，他犹豫了一下，还是对跟在身后送他的卢茜说：刚才在市里汇报工作时，程省长问起方秋萍的事，怀疑裕泰号是不是超载了？我解释说事故当天向省市两级政府上报的获救人数是湘籍船提供的，当时场面混乱，有可能统计上出现误差，应以入院登记人数为准。我核对过病案，住院接受治疗的只有二十二人，医院可作为第三方提供证明。程省长听完没再追究，你们局办以后也统一一下口径，获救二十五人，遇难二十人，明白吗？

又很不搭界地说了一句：沈奕巍真是个工作狂！

31. 秦池家　秋　晨　内

保姆将早餐摆上餐桌后出去。

孟建荣：秦局长，我还真没来得及吃早餐呢！

秦池坐下，一指对面的椅子：这不，我特意给你准备了早餐。

孟建荣不客气，拿起一根油条：秦局长，你这么早把我叫过来有什么吩咐？

秦池为他倒了一杯牛奶：刘希娅的琴催江河了吗？

孟建荣：催了！希娅盯得也很紧，一定要用这把琴拉《安魂曲》！

秦池：还是要找江河，逼他还琴。

孟建荣：我不明白，如果坐实了琴是在港务局的人手里，裕泰号不就超载了吗？东江港岂不是在劫难逃？

秦池嘿嘿一笑：建荣啊，如果费这么大劲，由江河出面坐实了裕泰号超载，东江港因此损兵折将，他江河不招人恨？日后在东江港还好干吗？

孟建荣恍然大悟：噢，噢噢。

秦池：不过，粘上毛的江河比猴子还精。从我目前掌握的情况看，他八成不会走这一步，他正在四面讨好，搭建自己的班底。东江港谁不知道，沈奕巍是我的对头，他不言不语把沈奕巍调到事故领导小组；昨天十点多了，还去看了老卢头和卢茜，不是很说明问题吗？

孟建荣：那咱们要琴不是瞎耽误工夫吗？

秦池：恰恰相反。你反复去要琴，江河不给，刘希娅会怎么样？

孟建荣：刘希娅会情绪失控，她现在就对港务局意见大了。

秦池：这就是我们要的效果。如果刘希娅不配合，善后工作能按江河的意愿走吗？笑话！

孟建荣：我懂了。无论交不交琴江河都不落好。

秦池：还有，记住——要琴还不是重头戏……

孟建荣：我都安排好了，您放心吧！

32. 事故善后小组办公室　秋　晨　内

卢茜不声不响地走进办公室，默默地坐在办公桌前。

沈奕巍见卢茜一副心事重重的样子，一边给卢茜倒水，一边调侃说：瞧你，像霜打的小白菜。又不是向我表白心迹，什么事呀，能把你难成这样？

卢茜掩饰道：沈大才子，你要是有闲心，去关心关心咱们江局长吧。你知道吗，今天一早江局长就抽了两包烟，那得多重的心事啊？

沈奕巍：太夸张了吧，一早晨抽两包？

卢茜：刚才我在门口碰见了赵小苏，他说早上到局长办公室送文件，原以为局长还没来上班，不想一开门，屋里像着了火一样，呼呼往外冒烟，差点把他呛了一个跟头。

沈奕巍：是吗？今天就是头七，他压力太大了。

卢茜：赵小苏一看，办公桌上的烟灰缸里已经有了几十个烟蒂，到了上班时间，连早饭也没顾上吃，就匆匆走了。

两人正说话，孟建荣匆匆忙忙进门：江局长哪去了，办公室怎么没人？

沈奕巍：老孟，什么事？

孟建荣着急地问：他去哪了？什么时候回来？

卢茜：听赵小苏说去市第三招待所，和罹难者家属谈死亡赔偿协议，怎么也得中午才能回来。

孟建荣：你们可真沉得住气，今儿是遇难者头七的日子，希娅情绪很激动，让我来找你们要琴，晚上她要去客运站码头祭奠遇难同学。

卢茜脸色一下变得很难看，咬了咬嘴唇，想说什么，话到嘴边又没说。

孟建荣：我去三招。

33. 市三招小会议室　秋　上午　内

江河正在和遇难者家属谈判，房间里坐满了人。人们情绪悲凄。

老人：江局长，听说你在东江宾馆认下了一个干娘？

江河：所言不虚。

老人：好人呢，好人！

有人喊：江局长，江局长——！

孟建荣闯入：江局长，您还有闲心在这儿磨嘴皮子，今天就是头七，刘希娅的琴找到没有？

34. 事故善后小组会议室　秋　上午　内

沈奕巍看了一下手表：我去买蜡烛鲜花，然后再去一趟东江师大，只要能安安稳稳过了头七，后面就不会有太大麻烦了。

卢茜想了想：你去东江师大，和他们校领导汇报一下，看看咱们的方案还有什么疏漏，不过，拿不出琴，咱们现在说话也不硬气。

沈奕巍：对。转身欲走。

卢茜叫住他：奕巍，你等等，你说学生晚上到江边去搞祭奠活动，会不会真出事？

沈奕巍：说不好，如果学生情绪失控，什么事情都有可能发生！

卢茜犹豫了一下：如果现在找到刘希娅的小提琴，把矛盾化解了，即使他们去搞祭奠活动，也不至于情绪失控，对吗？

沈奕巍有点疑惑地看着卢茜：能找到刘希娅的小提琴，还会有这些麻烦吗？你这是怎么了，尽说些废话。

卢茜重重吁了口气，在椅子上坐下。沉吟半晌，语气凝重地说：奕巍，我能找到刘希娅的琴。

沈奕巍瞪圆双目，吃惊地看着她：你——

卢茜脸上露出一丝苦涩的笑：你别这样看着我好不好，出事的时候，我也在裕泰号上。昨天晚上本来想跟你说，没张开口。

沈奕巍伸手摸摸卢茜额头：你不是发烧说胡话吧？

卢茜拨开沈奕巍的手：那天我去煤码头加班，船翻了以后，是陶然把救生圈和琴盒推给了我，救了我一命！

沈奕巍：有这事？

卢茜望着沈奕巍，哽咽着说：如果他不向我游过来，就那么趴在救生圈上，他一定会获救的，我的命是用他的命换回来的。

沈奕巍慌乱无措地看着她，过了许久才默默递给她一沓面巾纸。

卢茜擦去眼泪：我忍得好苦，我真想把当时的情景讲述出来，可是我不能讲，只能在心里面一遍遍对自己讲。

沈奕巍默默注视着她，一时语塞。

卢茜：因为我无票乘船，裕泰号超载了，秦局长对知情人都下了封口令，还警告如果我说出去，王德纲船长就会被判刑，我父亲也会因为渎职受到惩办，我真的很矛盾，奕巍，你能帮帮我吗？

沈奕巍：可以。卢茜，你想让我怎么帮你？

卢茜：你把这件事原原本本告诉江局长，然后把琴还给刘希娅，别的你就不用管了。

沈奕巍站在原地：卢茜，这个忙我帮不了你。

卢茜沉默，她知道沈奕巍会拒绝。

沈奕巍：这不符合我做人的原则，这样做无异于打小报告。况且，是去打你的小报告，这怎么可以呢！你还是让我替你保守秘密吧，我不想看到你受伤害。

卢茜：你做人的原则是什么？你不去汇报，才是没原则。

沈奕巍：我怎么向江局长汇报？难道我说刘希娅的琴一直在卢茜手里，她为一己之私才迟迟不肯交出来？这简直就是卖友求荣，我做不出来！

卢茜：你不肯帮我，我怎么办呢？

沈奕巍：卢茜，我们再想想别的办法。

卢茜长叹了一口气：你以为江局长不知道琴在我手里吗？他早知道了。他讲“踢破磊桥三块石”的故事，就是希望我“剪开出字两重山”，自己把琴交出来。

沈奕巍：我说呢，那天你们两个人话语间暗藏机锋，你来我往，好像两个武林高手过招儿，原来是这么回事！可是，江局长为什么不把事情挑明呢？

卢茜：他这个人……唉，其实他的心比水还软，我若自己不把琴交出去，就是天塌下来他也会独自扛着。奕巍，这个情我还不起，你不明白吗？

沈奕巍：我明白。

卢茜：昨天晚上他到我家，临走时还特别提到了你，他是希望通过你把琴交出来。

沈奕巍看卢茜一脸泪痕，沉吟片刻，突然摘下手表把指针往回拨了一小时：卢茜，刚才那一段是时间空白，你什么都没有说过，我也什么都没有听到过。我现在去买鲜花和蜡烛。

卢茜挡住沈奕巍去路：奕巍，你这不是自欺欺人吗？

沈奕巍：卢茜，如果你一定让我把琴交给江局长，我只能对江局长说，这把琴是我们三产公司的大妈捕鱼捉蟹时在江里捞到的。

卢茜泪流满面：奕巍，你要是这样的话，陶然可就死不瞑目了。

沈奕巍转身走了。卢茜颓然坐在椅子上，少顷，站起身欲走。手机响了。

卢茜接听手机，里面传出秦池的声音：丫头，再嘱咐你一句，不要自行其是啊！人，不能只为自己活着，明白吗？

卢茜无力地挂断手机。

35. 江河办公室　秋　中午　内

江河仰靠在沙发上，双眼微闭。

少顷，有人敲门，是沈奕巍。

江河打起精神坐正：奕巍，你回来了。

沈奕巍：局长，东江师大很配合，他们艺术系的刘书记今晚会亲临现场。

江河：好。卢茜今天和你说什么了吗？

沈奕巍摇摇头：没有。

没有？江河失望地唉了一声，起身从文件柜里拿出一个长长的报纸包，报纸包已经发黄变脆，江河小心翼翼地一层层打开后，露出了一支银光闪闪的长笛。

沈奕巍：上回电厂薛厂长说您会吹长笛，看来言之不谬啊！

江河用一块红绸布精心擦拭着长笛，长长呼出一口气：我已经立过誓，永远不碰这支长笛……

36. 香港豪华商场　秋　午　内

衣着华丽的丁薇薇和秘书乔婷闲逛。在一家乐器商店的橱窗前，丁薇薇一下停住脚步，她被摆在橱窗里面的一支银光闪闪的长笛吸引了——那是一支江河曾经梦寐以求的长笛。

丁薇薇注视着它，显得百感交集。

乔婷看看长笛，又看看丁薇薇：丁总，进去看看？

丁薇薇没说话，随乔婷走到店内，在柜台前站定。一个服务生训练有素地迎上来：请问，您要买什么？

乔婷一指长笛，服务生拿过来。丁薇薇伸手接住，抚摸着长笛。一时，眼中似有泪花闪烁。

服务生：这是POWEll，美制老品牌，音域宽阔、音色很好的。

乔婷问丁薇薇：让她装起来？

丁薇薇犹豫了一下，把手中的长笛还给服务生，摇摇头：花自飘零水自流，一种相思，两处闲愁。不要也罢！

37. 江河办公室　秋　午　内

沈奕巍：为什么？有难言的苦衷吗，局长？

江河强作笑颜：不说它了。

沈奕巍：那您今天拿出它干吗？

江河把擦好的长笛放到桌上：到现在琴还没有找到，奕巍，你说会不会导致矛盾激化，刘希娅的情绪失控？

沈奕巍：很难预测，不过，按您的要求，我们已经做了很多准备。

江河：那些准备不一定能打开刘希娅的心扉。也许，只有音乐才能化解她心中的幽怨。

沈奕巍似有所悟：噢，我明白了。

江河：祭奠的学生几点从学校出发？

沈奕巍：听学校说，孟建荣已经带着刘希娅和大批学生离开学校了。

江河：孟建荣？

沈奕巍：是啊，刘希娅身体还很虚弱，有孟建荣陪同，我们可以少操点心了。

江河神色警觉：不对！从东江师大到客运码头，开车用不了一个小时，他们为什么走这么早呢？

38. 孟建荣公司办公楼门前　秋　下午

一辆一辆大客车驰入公司大门，学生们从大客车上下来，有的捧着鲜花，有的举着花圈，有的拿着挽幛。

有不少同学背着琴。

刘希娅最后一个从车上下来，也背着一把琴。神色黯然，孟建荣招呼着同学们：大家到小礼堂先休息片刻，有茶水，有水果。说着，过来搀扶刘希娅。

刘希娅拒绝了，跟在孟建荣身后走向小礼堂。

39. 江河办公室　秋　下午　内

江河：客运站吗？我找卢站长……唉，老卢，祭奠的学生到了吗？

老卢头（OS）：没有啊，江局长，这刚几点啊？

江河挂断电话，点燃一支烟抽了几口：如果是客运站，学生应该到了啊！

沈奕巍看了一眼手表：是啊！

江河摁灭烟蒂：难道他们改变了地点？

沈奕巍：不可能，刚才和学校沟通时还明确说是在客运码头。

江河神色凝重：事情不对。他拿起电话听筒拨号：市交通队吗？

老李你好，我是江河，麻烦你个事，你给我查一查从东江师大开出的两辆大面包车去了哪里？要快，好，谢谢。

沈奕巍：对了，还有一个情况，听说有几个记者也上了大客车。

江河：记者去干吗？有关沉船的新闻不是由市政府统一发布吗？

桌上的电话响了，江河拿起听筒，里面传出一个男子的声音：老江啊，根据道路监控录像，那两辆大客车是去了孟建荣的建筑公司。

江河：谢谢。江河挂断电话自语，孟建荣的建筑公司离东江师大好几十里地，孟建荣要干什么？

沈奕巍：他不是在和咱们洽谈集装箱码头的改造工程吗？会不会是先把学生拉到他那里做些安抚工作，好为日后的谈判增加筹码？

江河想了想：有可能吗？……不过，毕竟沉船事件后，港务局的正常工作处于停顿状态，总拖着对他也不利。

40. 孟建荣公司的小礼堂　秋　下午　内

上百名学生坐在十几张圆桌旁，桌上有茶水和干鲜果品。

孟建荣站在小舞台上对着麦克风：各位同学，这是我们公司新修的小礼堂，以后会搞一些小型文艺演出，你们都是专家，帮我们把一下关，看看音响怎么样？

刘希娅坐在一张圆桌前，目光呆滞。

同学甲：这孟老板真能张罗，也真够破费的。

同学乙：还不是为了刘希娅。

孟建荣拍拍麦克风：哪位同学上来唱一首？

同学丙：今天什么日子，谁有心情唱歌？

刘希娅瞪了一眼孟建荣：神经病！

孟建荣见大家冷眼相向，一拍自己的脑袋：唉，对了，今天不宜唱歌。就冲刘希娅招招手：希娅，要不你们几个同学把《安魂曲》排演一遍？

同学丁：孟老板，希娅的琴找到了吗？

孟建荣：我催一百八十次了，港务局不当个事，没办法。

同学们情绪波动，议论纷纷，交头接耳。

同学甲：港务局太不像话了，有这么欺负人的吗？

同学乙：今天不光是祭奠咱们的同学，还要叫他们给个说法。

同学丙：孟老板，这离客运码头很远，我们走吧。

孟建荣：不用急，有一条近路，穿过10号码头，步行十几分钟就到了。

站起的同学又纷纷坐下。

孟建荣：今天晚上大家会很辛苦，我让食堂给大家准备了米饭和炒菜，还有酒，吃完喝好我们就走。

41. 江河办公室　秋　傍晚　内

江河走到窗前，看了一眼已经暗了的天，回身走到办公桌前。猛然间，他被墙上挂着的东江港地貌图吸引住了，走了几步站在地貌图前仔细查看。

沈奕巍也站在他的身后注视着地貌图。

江河：孟建荣的公司在什么位置？

沈奕巍指着地貌图：在二马路附近。

江河：从二马路到客运码头，要绕半个东江市，开车至少一个小时！

沈奕巍：对。

江河：可是穿过十号码头，步行不过十分钟！

沈奕巍一惊：十号码头是化工码头，里面全是易燃易爆物品，严禁任何与生产无关的人员进入！而且，十号码头岗亭有直通港口公安局的专线电话，出现异常情况，随时可以要求警力支援。

江河大惊：不好，要出事，马上备车，去十号码头！

第5集

1. 孟建荣公司的小礼堂　秋　下午　内

同学们围坐在十几张桌子旁喝酒吃饭。

主桌上的孟建荣举起酒杯：同学们，这杯酒我祭奠遇难的同学，他们青春的花蕾还没有来得及绽放，就凋谢在了滚滚江水之中，愿他们在天之灵得以安息。

说着，弯腰把酒洒在地上。同学们也弯腰把杯中的酒洒在了地上。

孟建荣又满了一杯酒：这杯酒我敬在座的同学，你们的情谊让我感动，你们的悲痛和愤怒是对友谊最好的诠释。今天是头七，我们不但要祭奠遇难的同学，还要为他们向东江港讨回公道。

同学甲：孟总，马上就要祭奠了，希娅的琴为什么还没送过来？

孟建荣：我刚才还打电话问港务局，他们还说正找呢。

同学乙：完全是推诿之词，根本就是拿我们的要求不当回事。

同学丙：找一把琴，比破一个大案还难吗？肯定是有猫腻！

同学丁：同学们，咱们干了杯中酒，找他们去说理。

众同学：对，找他们说理去，没有这么欺负人的！

孟建荣端起酒杯，一仰脖，一饮而尽，随手将酒杯摔在地上，

干，干，干！同学们也干了杯中酒，纷纷把杯子摔在了地上。

2. 丁薇薇豪华的办公室　秋　傍晚　内

乔婷敲门进屋，把一沓文件放在丁薇薇案头：A 国 R 港的股权收购协议已经草拟了，老爷子说请您最后过目定夺。

丁薇薇：叔叔说请我定夺？

乔婷：是啊，老爷子说这个收购项目是您一手促成的，以后丁氏集团的业务要逐步由您全权负责了。

丁薇薇翻看文件：这个协议签署后，我们在 A 国 R 港的股份……

乔婷：如果收购成功，我们就是 R 港的第三大股东了。

丁薇薇应了一声，签了字：丁氏集团不能仅局限于贸易和古玩珠宝，还要向实业进军，将来的竞争应该是海上的竞争。

乔婷：丁总有眼光。说着转身欲走。

丁薇薇：哎，乔婷……

乔婷站住：丁总有什么吩咐？

丁薇薇：辛苦你一趟，帮我把那支长笛买回来吧。

乔婷冲丁薇薇会心地一笑：好，我马上去办。

3. 建筑公司门口　秋　晚上

百名学生胸戴白花，抬着花圈、挽幛排成队走出公司大门。

刘希娅走在队伍最前头，她手里捧着陶然的遗像，另有几个同学捧着其他遇难同学的遗像。

有孟建荣公司的员工在前面引路。

孟建荣在一旁打手机：我们出发了！干掉了十瓶高粱烧，有好戏看了。

秦池（OS）：好，我五分钟以后报警！

4. 公安局值班室　内外　秋　晚

电话铃急促响起，李强拿起听筒，里面传出秦池的声音：我是港务局常务副局长秦池，刚才接到报告，东江师大学生要穿越十号码头到客运站祭奠遇难同学。

李强：什么，要穿越十号码头？

秦池：他们拿了许多花圈、挽幛，一旦引发火灾，后果不堪设想。

李强大惊：娘的，他们不要命了！放下电话，大吼一声：出队！

十几个手提微型冲锋枪的警员从楼里跑出，跳上三辆警车，警车亮起红色的警灯拉响警笛，开出公安局大门。

5. 公路上　秋　晚

沈奕巍驾车拉着江河向十号码头疾驰。

江河拨打公安局电话：公安局嘛，叫李强听电话。

手机里传出值班员的声音：报告局长，李副局长出警了。

江河：出警了！什么时候？

值班员：刚走几分钟，听说有人要强行通过十号码头。

江河放下电话又拨李强电话，里面传出：您拨打的电话正在通话中，请稍后再拨。

江河无奈挂断电话，对沈奕巍说：李强手机占线，奕巍，开快点！

6. 十号码头门卫室　秋　晚

两个门卫正在喝茶聊天。

一个门卫起身续水，无意中向窗外扫了一眼，见黑压压一群人正向码头走来，而且还举着花圈、挽联，吓得浑身一激灵：老张，你快看看这是演的哪一出？

另一个门卫朝窗外一望，大叫一声：不好，有人要冲码头。抄起电话报警：公安局吗？有人要冲十号码头。噢，已经出警了？谢谢！

放下电话，门卫拿起步话机：保安，保安，有大队人马要闯十号码头！

步话机里传出男子声音：收到，收到，我们马上增援！

说话间，学生们已经来到了码头门卫室。

两个门卫慌忙跑出来，连声大叫：站住，站住！张开双臂拦住了学生去路。

走在队伍最前头的刘希娅一扬右手，队伍停了下来。刘希娅上前一步，克制着内心的不满：师傅，我们要去客运站祭奠遇难的同学，绕路时间已经来不及了，请您行个方便！

门卫的头摇得像个拨浪鼓：这怎么行？姑娘，十号码头是运输危险物品的专用码头，与生产无关人员一律不得进入，这么多人从码头穿行，更是绝对不允许。

刘希娅：你凭什么不让我们过，我们那么多同学死在你们裕泰号上，我们要去客运站祭奠他们。

门卫：姑娘，不是不让你们过，而是有危险。

刘希娅：我们会注意安全，不用你们担心。

门卫：那不行，你们还是绕道吧。

刘希娅：绕道时间来不及了！你们不让我们过，死去的同学和遇难者就得不到悼念，你们还有没有一点儿人性？

同学们情绪激动，几个男生冲上前去，欲推开门卫强行通过。

两个门卫急了，冲着对讲机大喊：来人，快来人啊，有人强冲十号码头！

门卫这一喊，一个男生急了，上前推了他一掌：谁强冲十号码头了，你危言耸听呀！

这时，十几名保安列队跑步赶来，和学生撕扯在一起。

7. 秦池办公室　秋　晚　内

秦池拿着手机，里面传出孟建荣的声音：秦局长，严丝合缝、对接无误，一切按计划行事。

秦池阴沉地一笑：我听见警笛声响起了。

里面传出孟建荣的声音：是，好戏已经开锣，我挂了！

8. 十号码头　秋　晚

门卫和几个男生正在撕扯，尖厉的警笛声响起。李强率队来到现场，十几名警员跳下警车一字排开，李强手提微型冲锋枪大喊一声：住手，双方各退一步！话音未落，几个警察已上前把门卫、保安和学生分开。

刘希娅急了：怎么还叫警察？我们是去祭奠同学，又不是去抢银行！

学生们情绪开始失控：太过分了吧，还要抓人吗？

他们手挽手拉成人墙，一步一步向码头逼近。警察也和保安站成了一排，挡住了学生的去路，双方开始有了肢体接触。

李强急了，冲天举起微型冲锋枪：后退，后退！我们在执行公务，你们再往前走，就是袭警！

刘希娅涨红着脸：你们还讲不讲理，不让我们祭奠同学，还要和我们动枪！别管他，同学们，冲过去！

几个男生：冲啊！冲过去！

人群乱了！有两只花圈掉在了地上，白色和黄色的纸花被人们践踏着。如洪水决堤，学生们马上就要冲过警戒线，李强枪口上扬，打开保险，大喊：后退，后退，再不后退，我要开枪了！

刘希娅：开枪吧，我们不怕。同学们，冲呀！

人群像洪水一样漫向港区。

呼，呼呼！李强急了，向天扣动了扳机。一下子，人群寂静了，他们被枪声惊呆了，一时呆立在原地，像火山爆发前的平静。

稍停，人群又喧嚣起来。学生们在喊：他们开枪了，不怕死的冲过去！冲！

正在这时，沈奕巍驾车赶到，车还没有停稳，江河打开车门跳下车，大喝一声：李强，收队！

9. 程志临时办公室　秋　晚　内

秦池破门而入：不好了，程省长！

程志正在看文件，他抬起头：老秦，庙里长草啦？你慌什么神。

秦池：孟建荣向我报告，老江同意学生到客运码头祭奠遇难同学。

程志：这个我知道。

秦池：学生为了抄近路，要横穿十号码头。

程志：横穿十号码头？十号码头不是危险品码头吗？

秦池：对呀，所以我一听赶紧给港口公安局打了电话，让他们出警保护学生安全，刚才我听到十号码头方向响枪！

程志：响枪？他回身抄起一件风衣：走，看看去。叫上你们韩市长。

10. 十号码头　秋　晚

李强看到江河，心中暗暗松了一口气。他看了一眼手下的弟兄，一挥手：还愣着干什么，到这边集合！

十多名警察在一旁列队。

江河快步走到刘希娅面前：刘希娅同学，对不起，我来晚了，你们有什么要求对我讲，我一定给你们解决。

刘希娅气呼呼地说：江局长，你们港务局也太霸道了，你们这是干什么，兴师动众，如临大敌，我们祭奠遇难同学难道也犯法吗？还开枪弹压！

江河狠狠瞪了李强一眼：你留下，叫其他人都回去！

看着警务人员和保安全部撤离，江河才又对刘希娅说：希娅同学，我给你解释一下，十号码头上有两艘六千吨级的化工船正在卸货，码头上堆放着大量危险品和易爆品，同学们从这里穿行太危险，李副局长他们也是怕出事才阻拦你们，绝对没有不许你们搞祭奠活动的意思。

李强：刘同学，对不起，刚才是我态度粗暴。我心里是真着急，秦局长给我打电话说十号码头上满是易爆品，学生们从那强行通过，出了事可不得了，这一路上，我也是担心你们的安全啊！

孟建荣有些尴尬：江局长，路上堵车，同学们担心到客运站太晚，才想到从十号码头借道。

江河：学生们怎么到这来了？

孟建荣解释：是这样的，我们公司新修了一个小礼堂，我是顺便请希娅他们看看小礼堂的音响效果，反正大面包上有空座，大家就跟着一起过来了。

江河此时只想平息事态：希娅同学，你们还是坐建筑公司的车绕行，我叫李副局长在前面用警车给你们开道，保证不耽误事。孟总啊，你说这样行不行？

孟建荣鸡啄米一样点头：行，行，这样最好。

学生们坐上孟建荣的大客车走了。前面有李强的警车开道，江河的车随后。

门卫用扫帚清理场地，关严大门。

程志的奥迪到了，他摇下车窗四下望了望，对车里的秦池说：老秦呀，看来这边平安无事，我们也去客运码头吧！

秦池点头称是，眉宇间却是不尽的沮丧。

11. 客运码头　秋　晚

云影渐开，疏星散淡。

一堆堆香火在码头沿岸点亮，香火旁堆满月饼和水果。

一排花圈摆在江边，一幅挽幛在风中抖动。

挽幛上书——

天人两界　何时续笑谈

悲情难抑　伤心中秋月

聚集在江边的不仅是东江师大的上百名学生，其他罹难者家属也闻讯而来，对着滚滚东去的长江水，呼唤着亲人的名字……

在祭奠亲人的悲泣声中，响起凄婉的《安魂曲》。

十个东江师大艺术系的学生，一身素装，整齐划一地站在江边，用凄怆哀婉的琴声哀悼罹难的校友。刘希娅一袭白色衣裙站在排头。如泣如诉的琴声，在夜的穹苍下回荡。

候船的旅客和路人也闻声而至，与师大学生和罹难者亲属站在一起，人越聚越多，在江边、在凄切的琴声中肃立。

领奏的刘希娅用不惯新买来的琴。手下得就重了些，小提琴的弦绷一声断了！

刘希娅先是一怔，随后冲着夜空大喊：还我琴啊，苍天——！

12. 客运码头一角　秋　晚

程志、韩仕琪和秦池也在人群中。

程志：琴还没有找到？

秦池：是，这姑娘天天催，老江也实在太忙，顾不上。

韩仕琪：一把琴搞得这么复杂，港务局不会是有什么难言之隐吧？

13. 客运码头　秋　晚

“啪”一声，刘希娅突然举起琴在地上一摔两瓣，又捡起地上摔断的琴扬手抛进了江中。众人愕然，琴声戛然而止。其他九位同学也一起举起琴，“咔嚓嚓”一阵声响后，九把琴被折断了，又一起被抛进滚滚东去的江水里。

刘希娅和同学相拥而泣。

东江师大艺术系刘书记走过来劝导学生：同学们，要冷静、要理智。你们的师兄师妹在天上看着你们，他们不希望看到你们的泪水，而是希望看到你们面对未来的坚定与从容。

一个学生发牢骚：歇歇吧，这是江边，不是政治课课堂！你们有能耐，帮我们向港务局讨回公道。

学生们情绪失控了，其他罹难者家属的情绪也失控了，人群里，有人开始悲愤地喊要向市委和港务局讨说法。

同学喊：还我遇难同学！还我遇难同学！

群众喊：还我遇难亲人！还我遇难亲人。

14. 客运码头另一角　秋　晚

秦池：都是这把琴闹的，要出事！嗐，当初，我就不赞成学生这样搞。

韩仕琪：程省长，你看，需不需要出面引导一下？秦池：场面太乱了，一旦失控可了不得，是不是调些警力来？

程志一伸手：沉住气，我倒要看看，江河能不能把天捅出一个窟窿。

15. 客运码头　秋　夜

大家听我说——！一位姑娘突然出现在江边长堤上：半尺白绸，扎起飘飘长发，一袭素裙，衬出淡淡月华。

人群静下来，大家的目光都投向这位如天女下凡一样的姑娘。

镜头推近，是卢茜。只见她一步步走下长堤，来到刘希娅面前，双手递上一把小提琴：希娅，这是你的琴，现在我把它还给你！

韩仕琪和秦池愕然的特写镜头。

程志长出一口气，轻轻点点头。

刘希娅接过琴仔细端详，确认无误后问：我的琴为什么会在你的手里？

卢茜：希娅，我……

刘希娅情绪激动，哽咽失声：港务局为什么拖到现在才把琴还给我，你们到底要隐瞒什么？

卢茜双眼含泪：希娅，这不关港务局的事，是我没有勇气面对你！

刘希娅：这到底是怎么回事？

卢茜：出事的时候，我也在裕泰号上，是陶然把琴和救生圈推给我，我才得救的！

刘希娅神态愕然：你——

卢茜：我宁愿陶然没有救我，我宁愿葬身江中的是我，而不是陶然！

说完这句话，卢茜突然转过身，几步跑到江边，扑通一声面对江水跪下，双手高举过头，仰脸面对明月如镜的夜空，发出一声悲切的长号：陶然，我的好弟弟，姐姐给你磕头了！然后，伏身在地，痛哭失声。

刹那间，万籁俱寂，十里长堤，只闻哭声在江面飘荡。

沈奕巍和二十几名港务局职工每人手捧一只纸船，在江边站成一排，点燃纸船里的蜡烛灯，把一艘艘纸船放入江中。

一时间，好像繁星散 落，簇簇烛光在江面闪耀。

又有几十名胸佩白花的港务局女职工，每人手捧一个竹篮，面向江水鞠躬哀悼，然后一把把将竹篮中的鲜花花瓣撒落江中。

所有的人都被眼前的情景感动了，或神情肃穆，或暗自垂泪。

刘希娅和她的同学们互相抱在一起，大放悲声。

16. 客运码头一角　秋　夜

江河注视着眼前发生的一切，从袖管里抽出长笛，江河把长笛放在嘴边，《江河水》的旋律瞬间在夜色中流淌。穿过夜色，江河吹着长笛，一步步向刘希娅和东江师大的同学们走来……

17. 客运码头　秋　夜

刘希娅听到笛声，一下子止住哭声。在如泣如诉的笛声中，陶然仿佛复活了。

刘希娅站起身，望着笛声传来的方向：陶然，是你，真的是你吗？

同学们也惊呆了：这是陶然的笛声啊！

刘希娅拿起小提琴，琴声再次响起，与长笛融在一起，如歌如泣。

刘希娅拉着琴，向传来笛声的方向一步步走去。

18. 客运码头　秋　夜

程志：没想到，江河的长笛吹得这么好！

韩仕琪：看来，音乐比语言更有穿透力啊！

程志：韩市长，此处无忧，我们可以走了。

19. 客运码头　秋　夜

刘希娅看清了，是江河吹着长笛向自己走来。恍惚之间，江河化成了陶然。

闪回：

晚上在学校的小公园里，陶然吹着长笛向刘希娅走来，到了刘希娅面前，放下长笛，从口袋里掏出一枝红玫瑰，单膝跪地，向刘希娅求爱。

刘希娅扔掉琴，扑向江河……

20. 客运码头　秋　夜

江河上前几步抱住刘希娅，看到刘希娅因为情绪过于激动，已昏厥，忙冲不远处的徐小慧喊：小慧——！

徐小慧闻听背着药箱跑了过来，她身后跟着两名港务局医院的医护人员，抬着一副担架。

人们纷纷围了上来。

徐小慧按着刘希娅的手腕数脉：心率正常，是情绪过于激动导致的暂时性晕厥，一会醒过来挂两瓶水，不会有什么大碍。

徐小惠从药箱里拿出一根针灸用针，刺进刘希娅人中穴轻轻捻转。

刘希娅慢慢苏醒过来。

江河发现刘希娅的目光多了几分女孩子特有的柔美，俯下身轻声说：希娅同学，你现在身体很虚弱，到我们港务局医院输完液再回家，好吗？

刘希娅望着江河，顺从地点了下头。

孟建荣挤上来，焦急地说：希娅，你现在感觉怎么样，我送你去医院吧？

刘希娅摆摆手：表哥，你送同学们回学校吧。

看着围拢过来的同学，刘希娅在担架上欠起身，动情地说：大家都回学校吧，我代表陶然、代表所有遇难的同学，谢谢你们，也谢谢东江港的工人师傅！逝者已逝。他们一定希望我们活着的人，能够活出一份人生的精彩！

伴随字幕画外音：

刘希娅同意火化陶然遗体，打开了沉船善后工作的突破口。

中秋节前一天，江河与最后一位罹难者家属签署了死亡赔偿协议。平稳度过沉船危机，对于江河来说只是完成了一个救火队员的任务。把东江港建设成为现代化物流中心，才是他肩负的使命？

东江港是一张发涩的硬弓，他能拉开吗？

字幕：一个月以后

21. 港务局办公楼三层　冬　晨　外

赵小苏来到三楼，在楼道里转了一圈，见空无一人，略一沉思，从一家门口捡起一个破脸盆，顺手从一个碗柜上拿起一把勺子，当当敲着盆底喊：各位，各位，请注意……

人们纷纷推开房门，探头向外张望。

海岩揉着惺忪的眼睛，推门出来：小苏，你没事闲得，大早晨起来敲一只破盆干吗，有病呀！

赵小苏没理海岩，见人们走出来不少，才说：各位老少爷们儿，今天是七号了，距江局长规定的最后期限还剩一天，大家准备什么时候搬出办公楼啊？怎么一点儿动静都没有？

一个抱小孩的妇女喊：搬出办公楼，我们住哪儿去？

另一个酒糟鼻的中年男人附和：是啊，赵主任，如果你能把家里的床腾出来，我立马就搬。当然，你老婆可以不走啊！

他妻子给了他一巴掌：嘿，胆儿肥了？

酒糟鼻一缩脖，做了一个鬼脸。

众人发出一阵哄笑。

赵小苏：你这小子，狗嘴里吐不出象牙来！我可是好心提醒你们，沉船事故的处理过程你们也看到了，新来的江局长可是言出行随！

酒糟鼻：他妈少来这套，别说什么江局长，就是国务院总理来了，也不能让我们住大街上去吧！

海岩：小苏啊，也就是你拿着鸡毛当令箭，无论谁当局长，总得关心群众生活嘛！

赵小苏有些崩溃，转身欲走：行，行，各位，算我多嘴。

酒糟鼻：不留你吃早饭了，赵主任。

抱小孩妇女：要不我奶完儿子，也奶你两口？

众人又是一阵哄笑。赵小苏落荒而逃。

22. 秦池家　冬　日　内

秦池脸色铁青，把一纸处理决定甩给了坐在沙发上的秦海涛。处理决定掉在地上，秦海涛弯腰捡起，念：郭川劝诫谈话，王德刚移交司法部门，获刑二年，卢子明提前退休。叔，您才是党内严重警告？

秦池：怎么，你还嫌处理轻了吗？

秦海涛一笑：死了二十个人，按说撤职也不为过。

秦池：卢茜临阵反水，听说是江河到程省长那里一再求情，说卢家父女顾全大局，才使善后工作圆满收官。程省长对老卢头高抬贵手，我不过是跟着沾了点儿光罢了。

秦海涛：那也值得庆幸。

秦池：江河收买人心，由此可见一斑。真是没想到，卢茜我视若己出，居然和江河走到了一起。老卢头和我是多少年的交情？也一个劲儿说起江河的好话。

秦海涛：这个公安局局长玩起以柔克刚这一套伎俩也游刃有余，真不可小视。

秦池：我找你来正是为了此事。

秦海涛起身给自己的茶杯加满：不过，也不必庸人自扰。

秦池：屁话！沉船善后完成后，江河一猛子不见了踪影，我担心他是暗中收集我的黑材料了。

秦海涛：谬矣！如果江河想搞您，借沉船事故才好得手，他那时没动，此时就更不会动了。

秦池想了想：那你说他四处到港口乱转，是要干吗？几千人的港口，先不说创利，光是运行一天的挑费，没有几十万也下不来呀！他葫芦里卖的什么药？

秦海涛：没什么药，无非想做出政绩！

秦池：做出政绩？凭他一个对港口业务一窍不通的公安局局长？

秦海涛：所以我说您不要庸人自扰嘛，处理突发事件是他的长项，搞港口建设是他的短板！

秦池：那你说现在应该怎么办？

秦海涛：八个字“静观其变，相机行事”。

秦池有些不屑：这药方，对什么病都能开。

秦海涛：叔，您不是说过吗？最简单的往往是最有效的。

秦池：我看你小子有点儿心不在焉，我一个电话你就麻溜跑过来，该不是仅仅关心你叔吧？

秦海涛诡异地一笑：叔，客运码头上，卢茜一袭白衣，有如春梅绽雪。没想到东江港还有这样冰清玉洁，蕙质兰心的女子！

秦池：打住！我叫你来，还有另一件重要的事问你？

23. 丽江一酒店　冬　日　内

刘希娅和孟建荣站在前台办理入住手续。

前台小姐看了一眼孟建荣递过的身份证，又看了一眼站在一旁的刘希娅：什么标准？先生。孟建荣看价格牌：三千八的。说着，把银行卡递了过去。

前台小姐刷卡、递门卡。

孟建荣拉起行李箱欲走。

刘希娅啪一声把自己的身份证甩给前台小姐：给我开一个单人间。

前台小姐：你先生开的是豪华套。

刘希娅口气不容置辩：给我开一个单人间！

24. 秦池家　冬　日　内

秦池：方秋萍的事，你知道了吧？

秦海涛闻言耷拉下脑袋：知道了。

秦池：我听说方秋萍临时改签船票，是因为接到了一个电话？

秦海涛脸上露出悲切，叹一口气。

秦池：那电话果然是你打的？

秦海涛：是我打的。

秦池一拍沙发扶手：你这不是催命吗？

秦海涛：我哪想到裕泰号能翻船？

秦池：屁话！你叫她六点钟过江干什么？你要陪她吃早茶，还是逛江景？

秦海涛：叔，人都没了，你就别刨根问底儿了，行吗？

秦池：海涛呀，你都三十多岁了，能不能叫你爸爸和我省点心？

秦海涛愁眉不展：叔，您还真省不了心。

秦池：你什么意思？

秦海涛：方秋萍一走，每年那200万吨煤的生意没得做了，我手上的船队怎么办？不能坐吃等死啊！

秦池：这是你的事。

秦海涛：上百张嘴等着吃饭，要不以后就给你们煤码头运煤吧？

秦池摇头：这个不好操作，港口运煤船是大航局统一安排的，你走上几趟问题不大，长期下去可就难了。

秦海涛：现在是市场经济，哪能管那么死？没找着新货源前我可全指望您了，您不能不管。

秦池皱着眉头：新来的这个江河是个狠角色，刘黑子这样的主儿，见了他都认尿，我以后怕是很难罩着你了。今年我还可以再安排你走几趟煤，明年你得自己找出路，别老指着我了。

秦海涛给秦池点上支烟：叔，都到饭点了，我去拿瓶酒，您冰箱里有现成的金华火腿、五香牛肉，咱爷俩慢慢喝着聊，这事得从长计议。靠山吃山，靠水吃水，守着长江黄金航道，我琢磨着怎么也还得吃码头。

秦池站起身：不行，局里还有些事要处理，我得走了，要吃你吃！

25. 丽江一酒店　冬　日　内

有人敲门，刘希娅起身开门。

孟建荣走进来，看了看房间里的陈设，坐在了沙发上。

刘希娅已经洗漱完毕，她用手扎着马尾巴：表哥，咱们这次出来，是朋友结伴，可不是什么恋人同行，你要搞明白！

孟建荣有点尴尬：那是，那是。希娅，你这房间条件太差，要不，咱俩调下房间吧！

刘希娅：谢了，你那是豪华套，正符合你的老板身份，我不过一个穷学生，消受不起！

孟建荣神情有些无奈：你这丫头……

刘希娅已经扎好了马尾巴：咱们定一个约法三章吧。我来丽江是为了凭吊陶然的足迹，所以你不必时时跟着我。你有你的活动半径，我有我的私密空间。

孟建荣：这……这……

刘希娅：就这么定了。每天我们共进晚餐，晚餐后可以一起散散步。其他时间，咱们互不干涉！

26. 港务局办公楼三层　冬　日　外

秦池上了楼梯，出现在三层的楼梯口。

楼道里一片繁忙。有人洗菜，有人淘米，有人炝锅，有人煎鱼。油爆葱花的香味，江鱼过油的鲜味，加上小孩的哭闹、老人的絮叨、掌勺人之间的嬉笑，灌满了一个楼道。

见到秦池，人们纷纷主动打招呼——

秦局长，您这是去哪啊？抱孩子的妇女问。

秦局长，中午到我家搭伙吧？红烧江鱼，我再开瓶陈年茅台。商务处副处长海岩手握铲子，侧身为秦池让路。

秦池摆摆手：你自己享用吧！不过，海岩啊，我看你们的好日子也快到头了，没有接到办公室的通知吗？

秦池走过去后，海岩把一条收拾好的江鱼放进锅里，吱一声响，冒起一股油烟。他把煤气开关拧得小了点：哪能呢，咱们港务局上下，谁不知道您秦局长最体恤职工生活啊！

秦池面露苦笑：你们也就是欺负我心肠软，这回好了，让你们见识一下什么是硬茬口！我估计，这回不会是只听楼梯响，不见人下来喽！你们好自为之吧。

秦池进了办公室。

酒糟鼻对海岩说：嘁，我还不信了，他江河长了三头六臂，一上任就拿咱们开刀，他还想不想在港务局混了！

27. 长江第一湾　冬　日　外

刘希娅坐在一处山势较为平缓的岸边，托腮凝望远方，双眸中叠印出她和陶然在一起的情景。忽然，有一只纸船顺流而下，在她的脚边打了一个弯。

刘希娅伸手捞起，见纸船的内侧写了一首顾城的《祭》：

我把你的誓言／把爱／刻在蜡烛上
看它怎么／被泪水淹没／被心火烧完
看那最后一念／怎么灭绝／怎样被风吹散
献给陶然。

刘希娅有些疑惑，抬眼望去，见到了不远处的孟建荣。

刘希娅对走过来的孟建荣问：你一直在跟踪我？

孟建荣：不是跟踪你，是保护你。你一个女孩子，一个人跑到这么远的地方来，我能放心吗？

刘希娅有些感动：表哥，你的好意我心领了。不过，下不为例！

孟建荣转移了话题：希娅，我发现了一家很好的酒吧，就在我们住的宾馆附近，坐在二楼的平台上，可以看见玉龙雪山终年不化的皑皑山顶。

刘希娅：噢，是吗？

孟建荣：当然。喝着红酒，眺望中国最美的雪山，是不是一件很浪漫的事？

刘希娅：表哥好兴致。

孟建荣：晚上我们去坐会儿吧！陶然的在天之灵，肯定希望他心中的女神能够活得开心，活得幸福！

28. 港务局秦池办公室　冬　午　内

有人敲门。秦池喊一声：请进。

海岩端一盘红烧鱼，一碗米饭进来，放在桌上：秦局长，食堂的伙食也不咋的，您就凑合吃一口吧，尝尝我的手艺。

秦池：难得你费心。

海岩：您这么说就见外了。您对我们的好，大家伙记在心里呢！就说住在办公楼的这十几户人家，哪一户不是明里暗里沾了您秦局长的光？

秦池：心里有数就好。

海岩：谁对我们好，谁对我们孬，大家伙儿心里明镜一样。他江河如果真敢拿我们开刀，我们非把他的刀锛个豁口不可！

秦池抽出一支烟，海岩凑过身为他打火点燃。

秦池吸了一口烟：我叫你注意一下他的动向，有什么情况吗？

海岩：唁，整天跟个没头苍蝇一样，东一头西一头乱撞。我看他是瞎子上轿，还没摸到门呢！

秦池：也不能这么说，沉船事故你经历了。

海岩：沉船是沉船，治港是治港。要论港口管理，明摆着，您肯定是老大！他是马尾拴豆腐，根本提不起来。

秦池：哼，你能就能在这张嘴上了。

29. 丽江酒吧　冬　傍晚　外

在二楼的平台上，孟建荣为刘希娅斟上了红酒。她看到不远处的一张小桌旁有一个女人侧对着她。在朦胧的灯光下独自小酌。

刘希娅无意间看了她一眼，又像发现了什么，仔细盯着她看。那个女人起身离开了酒吧，刘希娅看着她的背影，猛地将酒杯放在了桌上。

孟建荣不明就里：希娅你怎么啦？

刘希娅：我要一杯鲜榨石榴汁。

孟建荣：好，我去买。站起身向吧台走去。回来时，刘希娅已不见了身影。

30. 老卢头家　冬　晚　内

卢子明将热气腾腾的大砂锅端上桌。

卢茜笑逐颜开：老爸，您心情不错呀，今天什么日子，有砂锅炖鸡吃？

卢子明摆着碗筷，语气慈爱：有闺女在身旁，天天都是好日子。

卢茜：谢谢老爸，无功受禄啊，惭愧！卢茜用汤匙喝了一口汤，啧啧嘴：嗯，真鲜，好喝！

卢子明：那是，这汤是用老姜慢火煨出来的，最能散风驱寒，强身健体，要说起来，还是你秦叔家的秘方哪。

卢茜：那我就多喝点。

老卢头：闺女，你说我被免了职，你秦叔怎么连个面都不露。唉……

卢茜：爸，你别来不来就生闷气，撤职这事没啥了不起的，东江港上上下下谁不知道这是顾全大局做出的政策性牺牲？再说你这身体状况，继续干下去还不够让我操心呢。等你提前退休的决定公布了，每天打打太极、遛遛鸟，再种几盆花、养几缸鱼，多好哇，神仙都没你过得舒坦！

卢子明给逗笑了：神仙就这么点追求？

卢茜一本正经说：可不是嘛，你以为神仙有多大的追求，孙猴子到了天上，不也就是养养马、管管桃园吗？

老卢头：我可比不了孙猴子，人家养的是玉皇大帝的御马，管的是王母娘娘的蟠桃，那得多大能耐呀，我连个小小的客运站都没管好。唉……

卢茜：爸。

老卢头：裕泰号沉船，虽然只有一个人超载，但毕竟是我管理不善。一想到二十条活蹦乱跳的生命说没就没了，我死的心都有。

卢茜：您千万别这么自责，这对您的身体不利，我可就您这么一个老爸！

老卢头：处分是应该的，坐牢都不为过。可是……从此报国无门啦！

卢茜：没事，有闺女替你去报国。再说，您在码头干了一辈子，号称“闸口活地图”，谁知道什么时候就又请您出山了。

卢子明：要还是你秦叔主事，我也就啥念想都没有了，踏踏实实在家养老。

卢茜似乎没听明白：爸，这话咋讲？

卢子明给女儿撕了块鸡肉：按说我不该在背后嘀咕你秦叔，可现在东江港哪个老人心里不跟明镜似的，你秦叔要还是主事，东江港的前景那就是死不了也活不成，一天天混日子。

卢茜：爸，您说得太形象了，一针见血。那您怎么看江局长，他能带东江港走出低谷吗？

老卢头：我看他有点不一般。

卢茜放下饭碗，笑着问：是不是江局长主政，您还想再干几年？

卢子明苦笑：老啦，想干也干不动了，你们跟着他好好干吧！

卢茜：我听着您可是有点壮志未酬、心有不甘的意思。

老卢头：什么壮志未酬啊，年岁不饶人。说着话锋一转，他的长笛吹得可真好，中秋节晚上在江边，别说客运站的女孩子，连我们这些老家伙听得都掉泪了，真没想到，他居然有这一手。

卢茜嘴一撇：您都多大岁数了，还喜欢听长笛？

卢子明瞪一眼女儿：为什么我就不能喜欢？好东西大家都欣赏嘛！

卢茜乐了：好，好。哪天我告诉江局长，您还是他的铁杆粉丝呢，叫他专门给您吹一首！

卢子明困惑地看了一眼女儿，叨咕了一句：什么铁杆粉丝？这丫头，说话怎么疯疯癫癫的，粉丝是粉丝，铁丝是铁丝。

卢茜正想给爸爸解释，有人敲门。她应了一声，开门一看，是江河。

31. 丽江街市　冬　晚　外

女子走出酒吧，沿街市西行。

刘希娅尾随其后，借暗影掩护，一路跟踪。

女子似有一定警觉，走不多远便会驻足四顾，或回头张望一眼。

刘希娅则在夜色中或树影后，注视着女子的行踪。

女子进了一家酒店。这家酒店离刘希娅下榻的酒店不过一箭之地。刘希娅见她进了酒店没再出来，便向自己住的酒店走去。

酒店门口，孟建荣在等她：小姑奶奶，一转眼人就不见影了，你跑哪儿去了，让我好担心！

刘希娅：跟你说过了，再重复一遍，我们各自行动自由！

32. 老卢头家　冬　晚　内

江河进屋，把一兜水果放在桌子上：

老卢头：江局长，又让你破费，真是不好意思。

江河：卢站长，你提前退休的批复下来了，我来通知你一声，顺便看看你，一点儿水果，不成敬意。

老卢头接过江河递过的文件，脸上写满了失落。

江河拍拍老人的肩膀，强装笑颜：老卢啊，我知道你心里憋屈。我跟工会闫主席说了，等办完交接手续，搞个茶话会，局里的领导全部参加，热热闹闹地欢送你退休。

老卢头：有必要吗？又不是什么体面的事。

江河：当然有必要。处分你老卢背了，港务局要有个明确的态度，你这是为港务局背的，是为顾全大局做出的个人牺牲。这一点要向港务局全体同志讲清楚，我亲自讲，咱们得退得堂堂正正、明明白白。

卢子明老泪纵横，他攥住江河的手：江局长，撞船责任虽然在湘籍船，毕竟咱们有一个人超载。二十条人命一转眼就没了，枪毙了我也不为过，我不委屈。不过有你这句话，就什么都有啦！

卢茜拉着卢子明胳膊说：爸，你心脏不好，别那么激动。这些话我跟您说了，您就是不信，非得江局长说才算数。

江河：对，老卢，咱们坐下说。你现在的任务就是好好调养身体，你刚五十八岁嘛，等把身体调理好了，我还等着你发挥余热哪。

卢子明松开握住江河的手，抹去眼角的泪水：只要你江局长用得着我老卢头，没二话！

卢茜怕父亲激动，忙转移话题：江局长，我爸还是你的粉丝呢，他夸你长笛吹得好！

江河：噢，是吗？老卢大哥，哪天我专门给你吹奏一曲，你随便点。

卢子明笑了：那敢情好。

33. 东江市街头　冬　晚　外

江河从老卢头家出来，站在路边伸手打车。

刘黑子的摩的在夜色中驶来，嘎一声刹住车，停在江河面前。

江河：黑子，怎么是你？

刘黑子早认出江河，憨憨一笑：大哥，小弟这么做是不是给港务局丢人了？

江河偏腿坐上摩的后座：黑子，我知道你老婆住院，光靠你在煤码头打零工那点儿钱堵不上窟窿，这事怪我呀！

刘黑子一边给油一边说：大哥你可别这么讲，我老婆说了，你是好人，等她出院了，还要请你吃饭呢！不过，咱家的饭比不上“心相知”的山珍海味，你不会嫌弃吧？

江河：什么话？你要这么说，我可下车了！

刘黑子：别呀，我说着玩呢，你要是那种人，也不会认我当兄弟。

江河搂着他的腰，问：黑子，你媳妇的病有点儿起色吗？

刘黑子，没有正面回答江河的话，而是颇为感慨地长叹了一口气：大哥，如果咱们港务局的头头儿都像你一样，东江港能混成今天这模样吗？

江河乐了：你这是在拍我马屁？这不像你刘黑子的风格呀！

刘黑子也乐了：大哥，我就是要拍你马屁，使劲拍。这么晚了，你还忙工作，哪像那帮王八羔子，一天到晚不干正事，就知道胡吃海喝。

江河：有这么严重吗？

刘黑子一听，一踩刹车，摩的嘎一声停在路边：大哥，你现在去“心相知”的豪华包，如果没有咱们港务局的头头脑脑在那里公款消费，我把脑袋拧下来送你当夜壶！

江河一看手表：都快十一点了，可能吗？

刘黑子异常肯定地说：不过十二点散不了局！

江河拍拍他的腰：那好，你拉我去看看。

到了“心相知”，果然还有灯光。

江河下车，掏出钱包拿出一沓百元大钞，拉过刘黑子的手塞过去，紧跟了一句话：什么也不要说，你要认我这个大哥，就用这点儿钱给弟妹买些营养品；你要说一句客气话，咱们就此一刀两断！

刘黑子欲言又止，紧紧咬住嘴唇，克制着不让眼眶中的泪水淌下来。江河拍拍刘黑子的肩膀：早点回吧，明天早晨不是还要上医院照顾弟妹吗？

34. 丽江宾馆刘希娅客房　冬　晚

孟建荣：希娅，你是不是有事瞒着我？

刘希娅：表哥，你今天为陶然叠了一只纸船，还写了顾城的诗，我挺感动的，真的！不过，你现在这样盘问我，我很不高兴。

孟建荣：我不是那意思。我是说，咱们在这个地方人生地不熟，安全是第一位的，你如果有事，我可以帮你。

刘希娅：谢了！你不以监护人的面貌出现，就是帮我了。

孟建荣无奈苦笑：你这丫头，嘴比刀子还快！

刘希娅：是吗？我可没觉得。时候不早了，我要休息了。

孟建荣：我明天早晨喊你吃早餐。

刘希娅一摆手：免了，我有点儿累，要多睡会儿，你自己去吃吧！

孟建荣：那我给你带回来？

刘希娅拉开房门：谢了，不必。慢走不送！

35. 心相知酒店　冬　晚　内

收银台里的两个服务员正坐在椅子上看电视，见了江河，懒懒招呼：十二点下班！

江河：我是港务局的。

一个服务员起身迎出来，上下打量了一下江河，哦了一声：您好像来过。不过，您今天来得太晚了，他们快散了！

江河走近收银台：餐费多少钱？

服务员以为他要结账，递过菜单：加酒水一共是八千八百五十五元。老主顾了，抹零，八千八。

江河接过菜单：清蒸江豚、红焖大虾、油爆鳝鱼丝、澳洲龙虾两吃……呵，都是硬菜啊！

服务员附和了一句：今晚没上鲍鱼，卖完了，对不起啊！

江河把菜单放进口袋，循着隐隐约约的叫喊声来到包房前。稍微定定神，推开门。

滚滚浓烟裹挟着刺鼻的酒味忽一下冲出来，如同着火了一般。随烟雾冲出来的还有口齿已含混不清的划拳声：小海螺，瞎他妈吹，海鸥听了瞎他妈飞。

见江河进来，醉眼蒙眬的海岩一挥手：去，去，再，再开，两瓶五粮，液。

一个中年男子慌忙站起身：哟，江局长，来得早不如来得巧。服务员，再加一副碗筷。

江河：你不是……煤码头刘经理吗？

刘经理：是啊，您到煤码头检查工作，我事后才知道，也没陪好您，今天晚上正好向您赔罪。

江河没说话，坐在了服务员搬来的一张椅子上。

刘经理有些尴尬地赔着笑脸，试探性地问：江局长，再添两个菜？

江河把面前已经斟满了啤酒的高脚玻璃杯举到眼前，对准了坐在对面的海岩，前后慢慢扭动。透过杯子，海岩的脸被变幻成了各种形状，时而加长，忽而又被压扁，很是滑稽可笑。江河强压怒火，放下酒杯：这还不够吗？刘大经理，你们这是私人小聚还是公务宴请？

刘经理忙站起身，指着身旁的一位黑胖男人说：招待琊山矿的一位客户，供销科钮科长。又一指江河，钮科长，你今天有幸啊，这位是我们新来的江局长，有局长出面，接待规格一下子上档次了。

钮科长马上起身，满脸堆笑：江局长，久仰，久仰！您的大名在我们琊山矿可是如雷贯耳呀！今天有幸相见，实在是缘分，缘分。

江河起身握住他的手，笑问：钮科长呀，冒昧讨教一个问题。

钮科长忙摆摆手：岂敢，岂敢。

江河重新落座，看着已满脸通红的这位主客：贵矿山近三年在我们煤码头中转的煤炭，是逐年递增还是递减？

这……钮科长坐在椅子上，搓着手，有些尴尬。

江河一笑，用食指点了点桌子：难为钮科长了，其实，你不说我也猜得出来，秃子头上的虱子明摆着嘛！如果我们的客户在码头得不到优质服务，时常还要受到刁难、克扣，那只有脑袋进了水的人才愿意来走货，喝两顿酒基本上于事无补，钮科长，你说是不是这么个道理？

钮科长频频点头：江局长所言极是，所言极是。

江河冲他一拱手：所以，我今天如果有哪句话说过了，说重了，不是针对你，要先请你谅解呀！

钮科长忙赔着笑脸：哪里话，江局长言重了！

江河转向刘经理：请一位客户，十几个人作陪，咱们东江港真是好客啊！报报各位的名号，咱们也认识一下，恕我眼拙，有几位好像不是东江港的人吧？

刘经理不断揉着鼻头，不敢应答。

江河：你们煤码头是咱们东江港的利润大户，可是这几年煤炭中转量一年不如一年，工人们都快发不出工资了，要靠摆小摊、开摩的来补贴生活，你们倒好，一顿饭就造了近万元！

刘经理倒吸了一口气：江局长，必要的业务……

江河不理睬他，举起酒杯，在众人面前晃了一圈儿：各位看看，这里面盛的是酒吗？不，我看盛的分明是工人们的血汗，你们也真他妈喝得下去！

海岩已喝高了，醉意蒙眬，他见众人闷声不语，酒助孱人胆，站起来结结巴巴一指江河：哟呵，我看你今天不……不是，来，来助兴的，分……分明，是来砸，砸场……场子的！

江河腾地一下站起身，把酒杯啪地往饭桌上一蹾，酒液四溅，杯盘乱响：煤码头请客，你算是哪根葱，这里有你说话的分儿吗？我看你是蚂蚁戴眼镜——自觉得脸不小！

海岩：嘿，我……我看你，真，真是要砸场子。

江河：老子今天就是来砸场子的！我让你们吃，让你们喝！

说着，江河双手使劲一抬，哗一声桌子翻了。杯盘破碎，一地狼藉。江河看也不看那一桌人惊愕的神态，转身一把拉开门就往外走。

门外灯影处，站着半截黑塔一样的刘黑子。

36. 丽江宾馆　冬　晨　外

刘希娅在门口的花丛后守候。

昨晚那个女子换了一身时尚的便装出来。刘希娅尾随在这个女人身后，穿过马路，走过街市，进入了一条小巷。

小巷深处有一家古玩店，门脸上挂着一块匾，匾上镌刻着“黄记古玩店”五个字，黑底黄字，板正的行书。店内山墙正中挂一对条幅，上书十二个字：

四十年来家国　三千里地山河

古玩店生意冷清，三三两两几个游客，看上一眼两眼便又出去，店员小胖在招呼客人。我们在丽江宝石一条街见过的黄敬业坐在一张小竹凳上，自顾自抽着水烟，脚下有一盆水，一块黑黝黝的石头，还有一只电动砂轮。

女人径直走到黄敬业面前：你店里有玉吗？古玉。

黄敬业吐出一口烟，眼皮也没抬：是玉还是翠？

那个女人不解：有什么不一样吗？

黄敬业放下水烟袋，抬眼看了看她，顺嘴甩出一句话：您不像玩玉的人。

女人：此话怎讲？莫非是怕我付不起钱吗？

黄敬业：小姐多心了，说着起身从古旧的多宝格里拿过一只白玉蝉递给女人：时下广东人、香港人、台湾人所说的“买块玉啦”，实际上都是买翡翠。玉是国粹，富豪墓里出土的玉器，件件是国宝；翡翠才玩了多少年，大清国时刚时兴。

女人：是吗？

黄敬业：你看这汉玉，通体洁白，玉质莹润，形象宛肖，吹口气就像能飞一样。

女人拿在手里端详：老板说得倒是。

黄敬业又拿过一只黄玉蝉递给她：同样是汉玉，这只玉蝉黄褐色沁，雕工写实，纹理逼真，气韵是不是更为生动？

女人看了一眼两只玉蝉的标价，神色茫然：两只玉蝉，价钱竟然相差十倍？

黄敬业直言不讳：我看您没必要花这笔钱。

女人愠怒：老板，您这是骂人吗？

黄敬业脸上毫无表情：你知道这东西是做什么用的?

女人：做什么用? 装饰品呗。

黄敬业冷笑：这东西是放死人嘴里的。

女人差点没把手里的两只玉蝉扔地下，镇定了一下，假又装作很内行：有好翠也不妨拿来看看。

黄敬业收回汉玉，瞥了一眼地下黑黝黝的石头：玩这个吗?

女人：开个价?

黄敬业把汉玉小心放回多宝格，依旧面无表情：五万，要不要?

女人有些不屑：贵了吧?

黄敬业不紧不慢说：这块石头擦出绿来，至少能卖五十万。

女人又问：要是擦不出绿呢?

黄敬业轻蔑地一笑：分文不值。

女人蹲下身，用手拨拉了几下石头，仰脸对店主诡异地眨眨眼：老板，我想找一个擦石人。

黄敬业看着她沉默无语。

女人站起身，掏出手绢擦了擦手：听说擦石人为朋友擦一块已经擦露了底的石头，老板你知道，所谓露底，就是擦出了白肉，这样的石头就是废料。

黄敬业：哼哼，接着说。

女人：这位擦石人对着这块几十公斤重的石头琢磨了一夜，又擦了一个白天，竟然擦出了一道二十厘米长、一厘米宽的绿绺子，其绿之艳之浓，很多玩了一辈子翠的人也没见过。

黄敬业：愿闻其详。

女人：后来，这块石头在香港以三千万港币的价格出手，成为当时轰动一时的新闻，切开却是白魔。整块石头就这么一绺绿，轻一分擦不到，重一分擦没了，真是微妙到了毫厘! 后来买石人想见擦石人一面，被回绝了，擦石头的人和石头一样，含而不露。

黄敬业面露不屑，瞟一眼面前这个珠光宝气的女人冷冷地说：我就是擦这块石头的人。

女人也冷冷地说：我就是买这块石头的人。

黄敬业一声冷笑：不知这位小姐是来问罪，还是盘道？若是前者，江湖上没这个先例；若是后者，在下没这个兴趣。小姐如果没有入眼之物，恕在下不再奉陪了。然后招呼小胖：小胖，送客。

刘希娅装作顾客，在离他们两步之遥的多宝格后面欣赏玉器，听到了两个人的完整对话。

37. 秦池家　冬　晨　内

秦池有些愕然：他居然把桌子掀啦？

刘经理：可不是吗？弄得琊山矿钮科长简直下不来台，脸红得跟猴屁股一样。

秦池坐在沙发上，用茶杯盖拨了拨浮在表面的茶叶，抿了一口茶水：这未免也太过分了。

刘经理：现在局机关都传开了，说新局长酒醉失态，和手下的干部老拳相向，全然不顾有重要客户在场。

秦池：是吗？

刘经理：您想，就海岩那张臭嘴，能消停吗？昨天晚上，他差一点儿让江河给轰出去。他说了，今天是江河限期搬家的最后一天，如果江河示弱则罢，一旦较真儿，非跟他过几招儿！

秦池：呦，还忘了，今天有这么一码子事。

刘经理：住在办公楼里的哪一户没有背景，江河处处跟咱们港务局的管理层过不去，他这局长的位置还想不想坐稳？

秦池：是啊，也不知道他是怎么想的。行了，我要上班去了，老刘啊，江河掀了桌子，煤码头的工作可不能受影响啊！

刘经理：人家琊山矿不从咱们码头走煤，我也没辙！

38. 黄记古玩店　冬　日　内

女人一伸手：且慢，我话还没说完呢。

黄敬业停下脚步：小姐，还有什么吩咐？

女人：我有位朋友，想找一只陈年翠镯，烦请黄老板留意，价钱不是问题。

黄敬业：陈年翠镯？那物件可遇不可求，要看缘分。

女人掏出一张支票，递给黄敬业：这是一张现金支票，等会我拿些货，你填上数。一回生，二回熟，多打几次交道，缘分自然就到了。

黄敬业接过支票：敢问小姐的朋友尊姓大名？

女人：姓丁，丁薇薇，是我们董事长。

黄敬业若有所思：丁薇薇？这名字有些耳熟，应该是位巾帼？

女人：正是。红粉佳人、闺阁才女。黄老板浸淫古玩界多年，有所耳闻也不奇怪。

黄敬业：耳闻不耳闻不重要，有道是，有缘千里来相会，无缘对面不相识。

女人：黄老板说得也是，古玩界最讲一个缘字。

黄敬业呵呵一笑：方才小姐自称是买石人，倒让我想起一则典故。

女人：什么典故？

黄敬业：《魏志》上有记载，是曹操和他手下臣子崔季珪的一段故事。

女人：噢，黄老板讲来听听。

黄敬业摆摆手：有些故事讲出来就不好玩了，我还是先陪小姐选货吧。

39. 港务局三层秦池办公室　冬　日　内

楼道里没有了往日的杂乱，一派冷清。秦池来到自己的办公室门前，掏出钥匙开门。

江河端着茶杯走过来：老秦，到二楼会议室开个会吧！

秦池拔出钥匙：今天怎么这么清静？

江河：赵小苏已经把三楼的住户叫到二楼会议室了，听从您的建议，东江港的改革就从腾出办公室开始！

秦池：我举双手赞成，一定要用雷霆手段。哎，就是老局长心肠太软，这个问题才久拖不决！

江河：过去的事就翻篇儿了，今天，还希望得到你的鼎力支持啊！

秦池：那是自然。

40. 黄记古玩店　冬　日　外

黄敬业和小胖送女人出来。

女人：黄老板，请您留步。

黄敬业双手一抱拳：一路走好，恕不远送。

女人提着两个纸箱，款款走过马路。

黄敬业和小胖反身进店。坐在马路对面大排档里的刘希娅也若无其事地站起身，远远跟在女人身后。

41. 港务局会议室　冬　日　内

会议室里坐满了人，大家鸡一嘴，鸭一嘴正在议论。

赵小苏推开房门，江河和秦池站在门外，房间里顿时鸦雀无声。

江河步履沉稳地走到会议室正中，在椅子上坐下，端起茶杯喝了一口茶，又一指众人：大家喝茶啊，这是狮峰龙井，我的战友送给我的，我叫办公室泡了一壶，请诸位品尝。

没有人说话。有人端起茶杯掀开盖喝了一口：茶不错。

江河沉着脸不语，房间里悄无声息，江河扫视一圈，有的人在偷眼看他，一遇他的目光慌忙回避。

江河：我给了诸位半个月时间，请诸位搬出办公楼。十五天的时间足够用了吧，不过诸位好像没有搬出去的意思。今天我把你们请来，“三令五申”典出何处想必大家都知道，当然，我们现在是共产党领导，不搞封建大王那一套，会议室门口也用不着站上刀斧手。但是一个企业有一个企业的规章制度，政令不通，一个企业必垮无疑！

秦池：大家有什么想法好好说，要控制好情绪。

江河看着会议室里仍闷声不响的众人，端起茶杯喝了一口，然后轻轻把茶杯放到桌上，一字一顿地继续说：有人发牢骚，说这点小事何劳你江局长管；我说，如果连这点儿小事我都管不了，这个局长我还能当吗？

海岩：我们家住房紧，岳父岳母来了没地方住，你总不能让我们住到马路上去吧！

有人起头，其他人也跟着嚷嚷起来——

群众乙：给港务局干了一辈子，连这点儿人情也不讲吗？

酒糟鼻：领导要关心群众生活，如果港务局不管我们死活，我们就到市委去上访！

群众丁：对，市委不主持公道，我们就上省里，上北京！

江河冷眼旁观，面无表情。等几个人吵够了，他不紧不慢地说：你们的理由成立不成立，你们心里比谁都明白。愿意向上级去反映情况，那也是你们的民主权利。不过……海副处长，如果你的小姨子、大姑姐也来到东江港，是不是我江河还要为你让出局长办公室？

海岩脸憋得通红：我……我……

我什么我！江河拿出笔记本，翻了两页：海岩，1988 年入职，1996 年分得福利住房两居室楼房一套，建筑面积 70 平方米，按港务局职工分房标准，已经达标。2001 年又通过关系搞到平房一间，16 平方米，属于超标违规住房。

海岩：你调查我？

江河：你一家两口占了 80 多平方米住房，跟港务局的绝大多数职工比，是不是太宽敞了！居然还在港务局办公楼强占办公室，安寨扎营，搅乱正常办公秩序，怎么，我调查你不可以吗？

海岩一时目瞪口呆，不知所措。

江河一拍桌子，声色俱厉：简直是荒唐透顶！赵小苏，你记下我的话，今天下午六点以前，海岩不搬出办公楼，立即停职检查，一个月内必须自行调离东江港，否则停发工资！

众人皆惊。一时会议室里鸦雀无声。

秦池出来打圆场：老江啊，此事是否缓议？

江河看一眼秦池，端起茶杯喝了一口，噗噗吐出几片茶叶：秦局长，港务局办公楼快成家属宿舍了，是非曲直如此明了的一件事，竟久拖不决。政令不通、人心涣散，由此可见一斑！何来缓议？

海岩从座位上蹦起来：你没有权力一手遮天！局长也没有权力搞一言堂！

江河坦然一笑：你说得对，我不会一手遮天，也不会搞一言堂。小苏，你马上通知党委委员，下午一点到党委办公室开会。

赵小苏：是，我马上通知。说完走出会议室。

海岩：不搬，就是不搬！现在讲和谐社会，你难道要官逼民反吗？

酒糟鼻：对，你说搬就搬了！搬了我们住哪去！

江河站起身：各位，该说的我已经说过了，其他各位的住房情况用不着我在这里一一通报了吧？再重申一遍，搬出办公楼的最后期限是今天下午六点，离现在还有近九个小时。过了六点不搬，后果自负。我江河言出行随，到时候若有得罪，休怪我言之不预！

说完，头也不回地走出会议室。

42. 孟建荣的套房　冬　日　内

刘希娅破门而入，神色急切。

孟建荣从沙发上站起来：希娅，你不是说要多睡会儿吗？怎么一猛子又不见影了？吃早餐了吗？

刘希娅：表哥，我刚才查了一下，十二点有一班回东江的飞机，咱们马上订票，打道回府。

孟建荣愕然：打道回府？这才来了一天，玉龙雪山、大研古城、黑龙潭、拉市海都还没去呢！

刘希娅：不去了，以后再找机会，我有重要情况要向江局长汇报。

孟建荣：你这是唱得哪一出呀，小姑奶奶，你总得说明白了，别让我成了阎王殿里的屈死鬼，行吗？

刘希娅拿起桌上的一瓶矿泉水，拧开盖喝了两口：什么屈死鬼？你买不买，你不买，我自己去买！

孟建荣：别，别别，我买，买还不行吗？

43. 港务局党委会议室　冬　下午　内

江河：各位，今天咱们党委会的主要议题是，东江港怎样打好翻身仗！奕巍，你先谈谈东江港的战略定位。

沈奕巍：我？我只是会议记录，没有发言权呀？

江河一笑：今天你尽可敞开一谈，恕你无罪。见沈奕巍犹豫，又说，在下面我们不是沟通两次了吗，你对东江港的战略定位很有见地嘛，说说无妨。

沈奕巍站起身，走到会议桌对面，墙上贴着一幅东江港地形图：东江市襟江通海，是沿海开放地区向内地梯度推进的重要交汇点。现在，国家已立项修建东江长江公路、铁路两用大桥，大桥建成后交通将更加便捷，为东江港开展多式联运，发展第三方物流并最终发展成为地区性的综合物流中心创造了必要条件。

江河：补充一句，特别是东江港的闸口煤码头，可谓长江干线综合能力最强的煤炭能源输出港。

沈奕巍：在和我交谈时，江局长提出东江港的经营方针是以煤炭运输为基础，以外贸运输为重点，我认为符合东江港的发展定位。

江河：这个设想请办公室打印成文件，发给各位批评指正。汲取大家意见后再正式向省市两级政府呈报。总之，良好的港口条件，使东江港可常年靠泊五千吨级海轮，中水期可靠泊万吨级海轮，到了长江枯水期，则是川、鄂、赣等省的物资在这里中转运输最理想的港口，也是长江溯水而上的一个深水良港，担负着国家东部地区和中西部地区以及国外和内地之间的货物中转任务，随着中西部地区经济的快速发展，未来东江港的中转地位将会更加突出。

沈奕巍：捧着这样的金饭碗，我们没有理由讨饭吃！

会议室里气氛开始活跃，与会者窃窃私语。

秦池：小沈、老江的高论在理论上是成立的，可事实是，改革开放以来，东江港思想保守、观念落后，没有及时跟上时代的潮流。这些年连年亏损，积重难返呀！俗话说，病来如山倒，祛病如抽丝。还是要稳步推进，搞港口建设，不能像赵本山小品一样靠忽悠！

江河闻言一笑：秦局长所言极是。搞经济建设要的是老老实实的工匠精神。他转向总会计师章江：今年东江港预计亏损一千万，对吧，章总？

江河一语惊人：明年，我们要把盘子翻过来，变亏损一千万为盈利一千万！

仿佛一滴水珠溅入油锅，会议室里顿时炸开了。

闫主席摸摸脑袋，怕自己没听清：什么，明年盈利一千万？

郭川扔了一支烟给江河，有些兴奋：江局长，你这不是开玩笑吧？

有人摇头：照目前的状况，能不扩大亏损就烧高香了，扭亏为盈？谈何容易！

另一位委员表示赞同：是啊，和琊山矿关系也搞僵了，如果煤码头再无利可创，咱们不喝西北风就算不错了！

秦池以开玩笑的语气对江河说：老江，那天你在“心相知”掀了桌子，琊山矿和东江港的关系更是雪上加霜！

江河没有理睬秦池，他拿起郭川扔过的烟，看看牌子，叼在嘴上，冲卢茜一笑：此屋没有禁烟标志，不算违反规定吧？

卢茜一低头，装作看记录。

江河点燃香烟，随后掏出自己的烟盒递给身旁的秦池：老秦，抽一支提提神。大家是老港口了，想必听到过一句话：江北烧煤，江东烧电。

郭川：闸口煤码头地处江北，工作环境差。劳动强度大，福利待遇低。改革开放后，职工与企业双向选择，原有员工大量流失，新招入的员工多为贮木场子弟。煤码头无法解决职工宿舍，这些员工依旧住在贮木场宿舍，到了冬天就到货场上拉货主的煤烧，一冬天下来，烧几千吨煤稀松平常。

闫主席：江东烧电是港务局多年来的一项福利，老局长退休后，老秦向全港职工许过愿，只要他在任就不会给职工宿舍装电表，吃定社会主义“大锅电”。

秦池抽了一口烟，在烟灰缸上蹭了蹭烟灰：咱们港务局经济效益不好，也就剩这么点儿福利了。

江河眉峰一挑：江北烧煤先不去说它，只江东烧电一条，我做了一个调查，江东共有港务局职工七百八十六户，每月用电五十一万零九百度，一年下来就是六百一十三万零八百度；每度电按五角四分八三计，就是三百五十六万三千九百五十元。

郭副局长一声叹息：唉，用电没有节制，浪费现象十分惊人呀！晚上你去宿舍区看看，灯火辉煌，哪一户的灯泡也不少于一百瓦。一个莲花式吊灯，十几只灯泡，就是六七百瓦，再加上家家一个一千多瓦的电炉子，这哪里是烧电，分明是在烧钱嘛！

江河面色严峻起来：这还只是一项。他从身旁的文件包里掏出笔记本，抬眼望一眼章江，下面的数字如有差错，请章总提示。章江点点头。

江河接着说：据我统计，二级单位和局机关共公款配置了手机一百二十八部，一水的最新款三星，有的分公司三个老总一天到晚打头碰面，还要每月报上千元的手机费，光这一百二十八部手机一个月的话费就是六万多，对吗，章总？

章江：这个月六万一千四百四十元。江河的面色越发严峻：诸位，除了手机的费用，你们知道我们一个月座机的话费是多少钱吗？

众人无语，默默望着江河。

啪一声，江河重重地把笔记本摔在桌子上：七万八呀！

秦池把烟蒂在烟灰缸里摁灭，轻描淡写地说：必需的经营成本总还是要支出的。老江啊，这么大一个港务局，一个月七万八的电话费不高嘛！

江河从文件夹里拿出一沓单据扔给秦池：秦局长，这是商务处一个月的电话清单，共七千八百元，我核对了一下，其中下班以后打的私人长途和音乐点歌、情感聊天的费用就占去四千六！

有这种事？秦池翻看着单据，脸上一阵青，一阵白。

江河面向交头接耳的党委委员：刚才秦局长批评了我，前两天我在“心相知”掀了桌子，想必大家已有所耳闻。

郭川：两个版本。老江，一个说你江河酒醉失态，和手下的干部老拳相向，全然不顾有重要客户在场，一生气掀了桌子，给东江港造成了极其恶劣的影响。

江河哈哈一笑：另一个版本呢？

郭川：另一个版本的发布者是刘黑子，他讲了那天事情的来龙去脉，工人们听了大快人心。不过老江啊，有一个细节我要向你核实，据说海岩和你叫板时，你一发力，一个玻璃高脚杯生生被你攥碎了，海岩吓得瘫倒在地，你的手则安然无恙，有这么回事吗？

江河：传说嘛，允许联想。不过诸位可曾知道，港务局加上各分公司各职能处室，现在一共有二十八支笔有签单权。工人说日日酒席宴，夜夜划拳声，绝非夸大之词。咱们港务局效益连年下滑，招待费却逐月攀升，我查了一下，这个月光是招待费，全局就干掉九十七万……

章江：九十七万七千二百五十六。

江河：他娘的，不少宴请光吃不算，散席后还一人一条软中华，一瓶茅台或五粮液，全部打进招待费。我就奇了怪了，那都是工人的血汗，他们也吃得下去，喝得下去？

（第 5 集完）

（未完）

（节选自《江河水》电视剧文学剧本，
光明日报出版社，2018 年 12 月第 1 版）

最美的青春

（节选）

编剧：郭靖宇　杨　勇

导演：巨兴茂

监制：郭靖宇

主演：刘智杨　何雨虹　赵恒煊　贾宏伟　高　明　王奎荣等

第一集

1. 塞罕坝高原荒漠　晨　外

翻毛皮鞋踏在沙子上，背着大行囊和手风琴的冯程在向高处攀登。

冯程攀上高坡，镜头以航拍的形式替代了冯程的主观。

冯程难以理解的目光。

远处，放羊的老乡赶着四五只羊经过。

冯程向老乡奔去：老乡，这是哪啊？我要去塞罕坝，坐了一宿的车，一睁眼睛，他们把我拉到这来了……

老乡：这就是塞罕坝啊！

冯程：不可能吧？塞罕坝是蒙古语和汉语的组合，美丽的高岭的意思，这里是一片荒漠呀，哪儿美丽啊？

老乡：你说啥我听不懂，反正这就是塞罕坝……

老乡赶着羊走了。

冯程再一次眺望着一望无际的荒漠。

（本场戏老乡不出近景。）

2. 坝上某村　日　外

全景中，冯程正向一个老太太打听着什么，突然鞭炮声传来。

老太太指着鞭炮响的地方：放炮的就是李铁匠家，他今天要娶媳妇！

冯程：谢谢啊。

3. 李铁牛家院内　日　外

地上正在烧着的一挂鞭炮。

李铁牛从屋里冲了出来：谁？！谁点的？！

李铁牛连忙去踩，可已经来不及了，崩得他直蹦高。

很快，鞭炮着完了。

李铁牛气急败坏：谁啊？谁啊？！

一个帮忙的轿夫嬉皮笑脸的样子。

李铁牛发现，指着对方的鼻子骂道：你手欠呀你？！我把你爪子剁下来！

轿夫：办喜事嘛，不得先放几个热闹下？

李铁牛：我抽你！就这么一挂鞭，待会儿新娘子来了放什么？

轿夫：铁匠你也太抠了吧？娶媳妇就买一挂鞭？

没等李铁牛说话，媒人谢媒婆从屋里追了出来。

谢媒婆：到底行不行啊？娘家妈等着回话呢……

李铁牛：没这样的！今儿个娶媳妇，现加彩礼，我哪淘腾这一百块钱去？

谢媒婆：这我还费了半天口舌呢，要不然姑娘不嫁了！谁让你住坝上呢？

李铁牛：这……

李铁牛急得蹲在了地上。

冯程的声音传来：这是李铁牛家吗？

李铁牛一抬头，冯程站在门口。

冯程的打扮跟村里人截然不同。

李铁牛：冯程？

冯程：老舅今天娶媳妇？你看我来得多巧，赶上老舅的喜酒了！

李铁牛：喜酒？喝不上了！

冯程一愣。

李铁牛看了一眼谢媒婆。

谢媒婆：你瞪我干吗？又不是我要加彩礼……

谢媒婆突然指向冯程：你这亲戚城里来的吧？

谢媒婆用眼神暗示着。

李铁牛顿时懂了，上前拉住冯程：外甥快进屋，老舅有急事求你！

4. 李铁牛家　日　内

冯程看着结婚证：这都领了结婚证了，要加彩礼？老舅，这不是好女人啊！

李铁牛：你怎么说话呢？！那是你舅妈！一百块钱你有吗？

冯程：不是钱的事儿，她真不是什么好女人，你听我给你分析分析……

李铁牛：来不及了！冯程我跟你说，你爸打游击的时候我才十几岁，为了给他送情报我险些吃了日本人的枪子！你们老冯家欠我的！你妈就我一个亲兄弟，她要是活着，不可能不借我这一百块钱！

说着，李铁牛哭了。

冯程：老舅老舅，别哭……我有！

冯程连忙在包裹中数出一百块钱，递给李铁牛。

李铁牛接过钱来，眼里充满了泪水：外甥，老舅给你磕一个！

说着，李铁牛就要下跪。

这可把冯程吓坏了：别别别！老舅！钱你先用着，不过将来可得还啊……

冯程一下子严肃了起来。

李铁牛有些尴尬：还……还……

5. 李铁牛家院内　日　外

谢媒婆数着钱：花轿准备了吧？

李铁牛：准备了。

谢媒婆：响动班子呢？

李铁牛：啥叫响动班子？

谢媒婆：吹拉弹唱的呀！

李铁牛：啥？我哪找去啊？

谢媒婆：这可是姑娘自己提的……她本来就不愿意嫁到坝上来，

说了，要是没响动班子，不上花轿！

李铁牛：这……这是要逼死人哪！

冯程：老舅，你没见我背着手风琴吗？

李铁牛：你背的那玩意儿能出响动？

冯程：不就拉喜乐吗？放心吧！你外甥一个就能赶上一个乐队！

李铁牛：外甥！准是你爹在天有灵，把你派回来救老舅的！

6. 迎亲路上　日　外

大漠孤烟，万里无云。

丘陵后面，一支迎亲队伍露出了头。

骑在高头大马上的李铁牛。

有人牵着一头驴，冯程骑在驴上，拉着手风琴，陪伴着花轿。

花轿里坐着吴改花。

吴改花美滋滋的，透过不太严实的轿帘，她看着李铁牛伟岸的背影。

吴改花欠了欠身，很明显，坐的时间有点长了，她端着架子：怎么还不到啊？

李铁牛听到新娘说话，喜滋滋地回过头来：媳妇，着急了？再有一个钟头，咋也到了！不行你先睡一觉？

没等吴改花说话，轿夫起哄道：那可不行！新娘子不进洞房不能睡觉！还得搂着新郎一起睡呢！

李铁牛憨憨地笑着，甚是得意。

轿子里的吴改花也有些娇羞。

拉着手风琴的冯程也跟着笑了。

突然，天际出现大大的黄圈。

轿夫们停住了脚步。

一轿夫喊道：铁匠，风魔来了！

《真是乐死人》的音乐戛然而止，冯程向远方望去。

如墙一样的沙尘暴袭来，瞬间就到眼前。

冯程自语：沙尘暴?

李铁牛连忙从马上蹿了下来。

冯程也快速从驴上跳了下来。

轿夫们落轿。

轿子里的吴改花吓坏了，连忙往外钻，大声地喊着：李铁牛——

李铁牛上前去拉吴改花的手，可是还没等拉到，沙尘暴已至。

冯程大喊一声：全都趴下!

说着，冯程扑向李铁牛，将李铁牛扑倒在地。

轿子刚好停在一个斜坡上，下面是个大沙坎子。

狂风一过，花轿被撂翻了。

吴改花也随着花轿翻了下去。

狂风漫卷，瞬间整个世界天昏地暗。

沙尘暴过后，荒漠一片死寂。

一匹马和一头驴立在远处。

花轿在几十米以外的沙坎之下。

李铁牛从沙土间爬起，大声地喊着：吴改花——

李铁牛冲下沙丘。

连冯程在内的众人也都冲下沙丘去找。

散了架的花轿还在，吴改花早已无影无踪。

李铁牛：我媳妇呢?!

李铁牛抓住冯程的脖领子：你个小兔崽子，救我干吗?为啥不拉住你舅妈?!

冯程一脸茫然。

7. 李铁牛家院内　日　外

三四个人垂头丧气地回来。

轿夫：没找着啊，铁匠。

李铁牛：没找着回来干吗?接着找去啊!我媳妇还能让风吹到天上去?

李铁牛向院子里看热闹的抱拳：诸位诸位！我媳妇叫吴改花，大个儿！长得可俊了！白！她没上过坝，肯定是迷路了，大伙都帮着找找呗？

众人答应着一拥而出。

8. 吴改花家外　日　外

冯程在敲着吴改花家的门。

门在里面别着。

冯程生气了，使劲儿地用拳头砸着，进而用脚踹。

吴改花从屋里冲了出来：谁啊？凭什么踹我们家门？！

冯程听到吴改花的声音：是舅妈吧？

吴改花：谁是你舅妈？！

冯程一听对方口气蛮横，有些不悦：你跟我老舅领了结婚证，出于礼貌，我只能叫你舅妈……我说舅妈，你应该去我老舅家入洞房，咋能回娘家呢？

吴改花：早就听说坝上苦，没见识过，走了俩小时，一棵树都没有，全是沙子，还刮那么大的风。我要住在坝上，房子刮倒了，不得把我砸死啊？我不嫁了！

冯程：法律上你和我老舅已经是夫妻了，这不是儿戏。

吴改花：我离婚！

冯程一愣。

吴改花家里冲出三个人来，有吴改花的妈和兄嫂。

吴改花妈：哎哟，闺女，你说啥呢？这话你也能说出口？

吴改花嫂子：就是啊……

吴改花：你们都闭嘴！现在是新社会了，我的婚事，自己能做主！

吴改花对门外喊道：拉琴的，你把李铁牛叫来，我跟他办离婚手续！

冯程想了想：这坝上坝下，来回一百多里，你凭什么指使我跑腿？

吴改花：我是你舅妈！

冯程：对啊，今天可是您和我老舅的好日子，跟我回去吧！我雇个赶大车的，快！行不舅妈？

吴改花突然发现自己说错话了：谁是你舅妈啊？我说不嫁就不嫁了！

冯程生气了：吴改花，这就是你的不对了，今天结婚，你临上轿多要彩礼钱，别以为我不知道！这还没入洞房呢，就要离婚？你不会是故意骗钱的吧？！

吴改花：谁骗钱了！我们村别的姑娘嫁上坝都要五百块钱呢，我一共才要了三百！

冯程：要多少都是诈骗！你这是违法的！哎，我问问，你骗过多少回了？你们家不会是靠嫁闺女发财吧？嫁几回了？！

吴改花哥哥急了：你说什么呢你！我……

说着，吴改花哥哥就抄起了镐，要出门去打冯程。

吴改花妈和嫂子连忙拉住哥哥：哎呀，你就别跟着捣乱了！

吴改花气坏了：妈，把彩礼钱给我！

吴改花妈小声地：不给！你已经上了他们家的花轿，彩礼钱就归娘家了，你爹躺在炕上就等着钱治病呢！

吴改花更加委屈：妈，你……

吴改花哭了。

门外，冯程没有听到屋里的对话：怎么着？你们商量的怎么样了？两条路，要么吴改花你跟我上坝，要么，还钱！不然，我可就在你们家门口拉哀乐了，想不想听听啊？我的手风琴一响，全村人都得来你们家门口哭丧！

说着，冯程真的拉起了手风琴。

声音一出，吴改花家里人慌了。

吴改花妈急得要哭：这这这……你爹本来就病着……

吴改花哥：我打死他去！

吴改花嫂子一把抱住吴改花哥：打死人是要偿命的！

冯程拉得很得意。

门开了。

吴改花将一把钱摔在冯程的脸上：滚——

钱散落一地。

吴改花脸上淌着眼泪。

门“咣”的又摔上。

（加紧节奏，十分钟内完成以上情节。吴改花家人的话可以叠在一起，非主线人物不要近景描绘。）

9. 上坝土路　日　外

李铁牛等人急匆匆地赶来，远远地看见冯程。

李铁牛：冯程？你也迷路了？你看见你舅妈了没有啊？

冯程：吴改花已经回娘家了。

李铁牛：回娘家了？那怎么可能？出嫁当天回娘家，不吉利！你舅妈能不知道这个理吗？

冯程从兜里掏出钱来：这是吴改花退回来的彩礼钱。

李铁牛瞪圆了牛眼珠子：咋回事？

冯程：她根本不是诚心嫁给你，就是为了骗钱……谢谢我吧老舅，要不是我，你就落个人财两空了。

李铁牛：等会儿！你干啥了？

冯程：我把彩礼钱给你要回来了，你去找吴改花办个离婚手续。

李铁牛“啪”的一巴掌抽在冯程脸上。

冯程：老舅，你打我干啥？

李铁牛怒道：你浑蛋！我李铁牛三十好几了，好不容易才说上一门媳妇，你凭啥给我退婚？！

冯程傻了。

10. 吴改花家外　日　外

门仍然闭着，李铁牛攥着一把钱站在门外作揖：丈母娘啊！老丈人！给我开开门吧！我是来接我媳妇的！我那外甥不懂事，我打他了！你们大人不记小人过，按辈分，他得管你们叫姥姥姥爷呢！

吴改花妈打开了门：铁牛啊，你别喊了，改花走了……

李铁牛：走了？走哪去了？不可能，我外甥见着她了！

吴改花妈：是回了娘家，可你外甥来了一闹腾，改花他爹生气骂了她一顿，就跑了。她哥哥嫂子都出去追了，没追上……

李铁牛：丈母娘，你骗我呢吧？她往哪跑啊？彩礼钱您先拿着，我接上媳妇就走！

说着，李铁牛把钱塞到了吴改花妈手里向屋里冲去。

李铁牛垂头丧气地出门，眼神发直。

吴改花妈：铁牛，我没骗你……大妈对不住，还你钱。

李铁牛想接，又拒绝：不不不，我不退婚！吴改花是我媳妇，你是我丈母娘！她往哪边跑了，我找她去！

11. 李铁牛家　夜　内

炕桌上，李铁牛和冯程喝着棒面粥。

冯程：这都三天了，老舅，你就别找了。

李铁牛：你还有钱吗？

冯程：干吗？又要借啊？

李铁牛：我打听了，内蒙古煤矿来招过工，你舅妈肯定是跟着招工的走了。去内蒙古找你舅妈，总得有点盘缠吧？

李铁牛乞求道：外甥，你再帮帮老舅吧？

冯程：不可救药……钱我可以给你，我估计三年两年你也还不上。把这间房给我住吧？

李铁牛：你住吧！等我把你舅妈找回来，你再腾出来就行了……

冯程：那不行，你把吴改花找回来，这间正房也得给我！要不然，你甭想再借，还得把那一百块还我！

李铁牛：不是……外甥，你看你就一个人，我和你舅妈回来，我们毕竟是新婚，你让你舅妈住偏厦（shà）去，合适吗？

冯程：谁说我一个人了？我女朋友过几天就到，她从小生活条件优越，这屋得给她住。

李铁牛：你女朋友？领结婚证了吗？

冯程：还没，来了就领。

李铁牛：生活条件优越，来坝上干啥啊？

冯程：这个您就别打听了，总之，这个屋你答应腾给我，我就给你盘缠。

李铁牛挠了挠脑袋：不是，冯程，这几天我忙得都忘了问了，你不是在大学当老师吗？你这来了就没要走的意思，女朋友还要来？咋着？要到坝上安家？

冯程：对啊，这是我爸打过游击的地方，我妈临死之前跟我说，要是在外面受了委屈就让我回来。

李铁牛：那你受委屈了？

冯程：我倒是没有，我女朋友毛琦蒙受了不白之冤，我得带她离开北京。

李铁牛：那你们咋过日子啊？公社可没粮食给你们。

冯程：放心吧舅，我是调工作来的，要不是因为你被吴改花骗了，我早就去林业局报到了！

12. 下坝的土路　日　外

冯程走在土路上，一条狗不远不近地跟着他。

冯程回身吓了一跳，以为是狼，连忙从地上抄起一块石头。

狗吓了一跳，掉头跑了。

冯程这才看清是条狗，笑了笑：狗啊，我还以为是狼呢……

冯程扔掉石头往前走。

狗发现冯程没有恶意，又开始跟。

冯程走着走着停住，回头。

狗也停住了脚步。

冯程跺脚吓狗，狗往后退。

冯程走，狗又跟。

冯程笑了：干吗？想跟我做伴？我这走了二十多里了，一个人影都没见着却碰到你这条狗……也是缘分。

冯程从包里掏出一块干粮向狗扔去。

狗一跃而起将干粮叼住。

冯程惊讶：呀！身手不错啊！

狗狼吞虎咽将干粮吞下。

冯程再次扔出一块干粮，狗再次叼住。

冯程笑了，继续往前走。

狗得到好处，跟得更紧了。

13. 围场县林业局院落　日　外

于正来从办公室里冲了出来，远远地打量着背着手风琴的冯程。

于正来：是冯程同志吗？

冯程：是我。

于正来激动地上前握住冯程的手：太好了！终于把你盼来了！档案都到了两天了，你怎么才来啊？！走走走，进屋！

于正来拉着冯程往屋里走，突然想到了什么，大声喊着：同志们都出来一下！

几十个工作人员从各个办公室里出来。

食堂大师傅老刘头还系着围裙。

披着外套的政工科长曲和端着茶缸出门。

于正来：跟大家介绍一下，这位就是冯程同志，北方林业大学毕业的林业专家！放弃了在学校当老师，放弃了首都的生活，自愿回到老家，被分配到咱们林业局了！同志们，热烈欢迎！

大家都鼓起了掌。

冯程对于正来的热情有些不适应，笑得很僵硬。

于正来：冯程同志，我就不一个个给你介绍了，大家慢慢了解，快，进屋！

于正来像对待贵宾一样拉着冯程要进屋。

于正来想起什么，回身对老刘头：刘师傅，中午单加个小炒，欢迎冯程同志！

老刘头看着冯程的样子不是很喜欢，答应着：哎！可没肉啊……

冯程瞟了一眼老刘头，有些不悦。

于正来有些尴尬：那你多放勺油。

于正来拉着冯程进了门。

某男同志：林业专家？怎么还背着手风琴啊？

曲和身后的一位女同志：就是，看着像文工团的……

曲和回头：不许背后议论新来的同志！

14. 局长办公室　日　内

于正来亲手为冯程端上一杯茶。

冯程：谢谢局长。

于正来：小冯啊，你的档案我看了，你父亲叫……

于正来回到办公桌上拿起档案：冯立仁，哪个冯立仁？

冯程：我是遗腹子，没见过父亲。

于正来：档案上说他一九三五年就死了，你可知道他是怎么死的？

冯程：打仗死的。

于正来“腾”地站了起来：真是冯大队长？

冯程：您认识我父亲？

于正来：天哪！这两天我就犯嘀咕，在首都工作的大学生要来围场？咋回事呢？原来你是冯大队长的儿子！我告诉你冯程，不光我认识你爹，围场的老革命没有一个不认识他的！

冯程：我母亲倒是跟我说过，我爸爸是抗日义勇军……

于正来：对啊！他是第一个拉起抗日队伍的，我就是他的兵！

他是为了掩护我们撤退才牺牲的！身中五枪，鬼子还砍下了他的头颅……

于正来有些哽咽：冯程啊，你是英雄的后人，如今子承父业，支援家乡建设，了不起！这里都是你的亲人！工作上生活上，有啥要求，尽管提！

冯程见局长态度这么好，有些受宠若惊。

15. 林业局大办公室　日　内

七八个中层领导坐在办公室里。

于正来：来来来，大伙凑一凑，咱们商量一下冯程的工作安排！北方林业大学毕业的，咱们林业局捡着大宝贝了！

冯程有些不好意思。

于正来拉着冯程坐下：小冯，我给你介绍一下，咱们围场的林业资源非常丰富，坝下分场的植被都不错，可就是坝上塞罕坝地区，原本也是郁郁葱葱，可现在……

于正来一声叹息。

冯程：我已经去过了。

于正来：是吗？你们看看冯程这工作态度，还没到局里报到呢，就现场考察过了！毛主席号召我们绿化祖国，局里正准备成立坝上种树的攻坚小组，春季植树的最佳时间马上就要到了！你是林业专家，你当技术负责人，咋样？

冯程冷漠地：种树？我不会种树……

众人惊诧地看着冯程。

曲和的目光中甚至有些愤怒。

冯程：局长，你是不是没有看清我的专业？我是学木材加工的，砍伐下来的木材该怎么用，怎么用才能最有效地支援国家建设，这才是我的专业。

曲和：冯程同志，你学什么专业跟领导分配你什么工作没有直接关系！组织需要你干什么你就应该干什么！

冯程：不能发挥专业所长，我不是白上了四年大学了？让我去种树，那是浪费人才！

曲和：你还跟领导顶嘴？

冯程不屑道：原来您是领导啊？怎么称呼？

曲和气得直瞪眼睛。

于正来打着圆场：曲和同志是政工科长……怪我，我确实没看清楚你的专业。

生产科长陈广济：本来以为是个种树的专家，结果来个砍树的，对不起了冯程，好木材都被清朝的皇帝老儿和小鬼子砍光了。你来这没用武之地，回去吧！

于正来生气地指着陈广济：开什么玩笑！什么样的专家我们都需要！对不起啊冯程，根据你的专业，我们再研究你的工作安排……这几天你先熟悉熟悉环境，不着急！

镜头推向冯程，他发现曲和正在瞪着自己。

16. 林业局食堂　日　内

冯程吃完饭，端着空饭盒又来到老刘头面前：刘师傅，再给来一份……

老刘头瞟了一眼冯程：挺能吃啊……

冯程：我从小就饭量大。

老刘头不太情愿地加了一勺菜。

冯程顺手从大笸箩里抓起两个馒头。（不要蒸得太白）

冯程没回到座位上，却端着饭盒走了。

老刘头看着冯程的背影哼了一声。

17. 林业局外　日　外

拐弯墙根处，院墙之外，趴着一条狗。

冯程快步而来：你还挺听话，真在这等着我呢！

狗立刻站了起来，摇着尾巴。

说着，冯程将打来的饭菜喂狗。

狗使劲地吃着。

18. 林业局院落　日　外

冯程端着饭盒来到收发室门房：师傅，有我的信吗？

收发室老头：天天问，要是有，早给你送去了。

冯程自语：该来了呀……

19. 林业局宿舍　日　内

冯程拉着琴，凄美的音乐，冯程的心跟着音乐去向了远方。

20.（闪回）景山公园　日　外

冯程和毛琦的背影，他们的面前是紫禁城中轴线。

毛琦：定下来了，遣送兴凯湖，劳动教养。

冯程：哪天走？

毛琦：你以为我真的会去吗？死我也不去！

冯程：那……

毛琦：今天约你来这，就是告别的，永别了，我的爱人……

说着，毛琦泪如泉涌，扑在了冯程怀里。

冯程紧紧地抱着毛琦：毛琦，你到底有什么想法？

毛琦：与其没有尊严地活着，我宁愿……

冯程：别说了！一切困难都是暂时的，你又没做错什么，你的问题组织早晚会查清楚的！

毛琦摇了摇头：我已经对他们彻底失望了，既然祖国抛弃了我，我只能……

毛琦咬紧了牙关，她把叛逃两个字吞了回去：也许会死在路上，但我认命了。

冯程：你想……还没到那一步！毛琦，我们一起想办法，你放心，有我在，我一定会保护你的！我们走！

冯程拉起毛琦就走，空留下了那五百年的中轴线。

21.（闪回）冯程大学教师宿舍　日　内

冯程摊开一幅画，画上是壮美的山河，原始森林牛羊成群。

冯程：你看，这是我的老家，围场坝上。我母亲去世的时候跟我说，不管什么时候回去，家乡的人都会善待我的！你跟我回去吧，在那，没有人能找到你，也没有人知道你的过去！

毛琦：你想让我隐姓埋名一辈子？

冯程：总比叛逃强吧？到了国外，你难道不需要隐姓埋名？

毛琦仿佛被说动了：这个地方看上去很美……

冯程：当然美了！塞罕坝是蒙古语，美丽的高岭，浩瀚的森林，遍地的野花，风吹草低见牛羊！我知道你怕羊肉膻，可我们老冯家有祖传的秘方，做出来的羊肉特别好吃！

毛琦：真的？那你怎么没给我做过？

冯程：那是因为在北京没有那么好的羊肉！跟我回塞罕坝吧！那是当年皇帝木兰秋狝的地方，你坐在家门口，梅花鹿就会跑到你面前来！鸟儿会给你唱歌，冯程会给你拉琴！

毛琦：世外桃源？

冯程：对啊，我们一辈子在一起，生儿育女，白头偕老！

毛琦被说动了：可是，你愿意为我放弃现在的工作？

冯程：为了爱情，现在的工作一文不值！我明天就去找学校谈，在围场找个对口单位，调过去！

22. 林业局宿舍　日　内

琴声停了，冯程幸福地憧憬着。

突然，狗叫声打断了冯程的思绪，很明显，狗受到了攻击，叫声凄惨。

冯程放下琴起身。

23. 林业局院落　日　外

冯程来到院子里，被眼前的情景惊住了。

老刘头的套马杆就在野狗的脑袋上绕。

七八个小伙子将狗围住，野狗想跑，众人就用脚踹，狗儿绝望而不屈地叫着。

老刘头眼见就要得逞，冯程冲了过来，横在野狗和老刘头中间。

冯程：你们干什么？！

老刘头：冯程你干什么？

冯程：不许你们杀狗？

老刘头：什么？谁不许？

冯程：我！

老刘头：你的狗啊？

冯程：对！

司机小庞：真新鲜，你说是就是啊？

冯程：就是我的狗！

司机小庞指着“嘎斯69”：你说“嘎斯69”也是你的得了。

冯程不语。

老刘头：冯程，你滚一边去。

冯程：你个老同志，怎么骂人？

老刘头：骂你？我还没抽你呢！别以为我不知道，每天拿食堂的粮食去喂狗，我盯你好几天了！

冯程愣住。

老刘头：看你是新来的，我不跟你一般见识，今天把狗套了，晚上给全局改善伙食，这事也就算过去了！

司机小庞：就是，你让开吧！

说着，司机小庞就上前去推搡冯程。

几个年轻人连拉带拽，冯程被拉到一旁。

老刘头一甩套马杆：叫你跑！

这一次险些套住，狗儿被抽，更凄惨地叫着。

冯程看在眼里，又一次冲了过去：不许杀狗！

老刘头生气了：咋着？你跟它有亲戚啊？

冯程：有亲戚！他是我兄弟！

众人哄堂大笑。

老刘头：别给脸不要！不知天高地厚的东西，于正来拿你当宝贝，我老刘头可不管你是谁？！滚开！不然别怪我不客气！

说着，老刘头又甩套马杆奔冯程冲来。

冯程冲上前去抱住老刘头，抢下套马杆。

老刘头毕竟岁数大了，被冯程推得险些摔倒。

老刘头：好小子，你敢动手？

司机小庞：老刘是老革命，你小子欠打啊？打他！

众人围攻。

冯程眼见要吃亏，闭上眼睛狂抡套马杆，“啪”的一鞭子正抽在老刘头的脸上，颈部到脸，一道长长的血痕。

老刘头“哎哟”一声。

冯程睁开眼睛，傻了。

24. 局长办公室　日　内

小伙子们像扭送罪犯一样将冯程押了进来。

冯程挣扎着：放开我放开我！

正在和曲和研究工作的于正来吓了一跳：你们干什么？咱们林业局成土匪窝子了？

老刘头冲了进来，指着自己脸上的伤：局长，你说怎么办吧！

于正来一见老刘头的伤，吓了一跳：冯程，你打的？

冯程：是他们先动的手！

曲和：怎么回事？小庞，你说！

司机小庞：我们几个正在杀狗……

于正来：杀狗？谁家的狗？狗是随便杀的吗？老百姓找来怎么办？

司机小庞：局长，不是老百姓家的狗，是野狗！这小子非说是他的！

于正来疑惑地看着冯程：还真有一条狗啊……

冯程：不是野狗，是我养的狗！

老刘头：你听见了吧，我说的是真的！

很明显，老刘头早已向于正来做过汇报。

于正来：冯程，早就有人反映你用食堂的粮食养狗，看来是确有其事。

冯程：是又怎么样？它是我兄弟！

于正来：乱弹琴！你爹生了俩儿子？别给你爹丢人！

老刘头：哪那么多废话！把我打伤了，我参加革命二十多年了，让这么个小孩牙子欺负？怎么办吧，给我个说法！

于正来：老刘，你消消气，他是个孩子……

老刘头：什么孩子？大学毕业了，林业专家，你说的！开除他！不然我到行署告状去！

冯程万万没想到事情会如此严重，有些惊慌。

于正来：哎，老刘。

老刘头：咋着，于正来？你袒护他？小庞，我一辈子没占过局里便宜，今天你跟我出趟车，送我去承德！我找行署杨专员评理去！

说完，老刘头就往外走。

于正来拉住老刘头：老刘你等等！冯程，到外边站着去！

冯程见于正来的眼睛里瞪出了血丝，吓得只好出去。

于正来：其他同志也都出去！

年轻人们跟着出去。

于正来看了看曲和，低下了语调：老曲……

曲和端起茶缸：好，我也出去，不过这件事情必须严肃处理，不然难以服众！之前我已经跟你反映过了，冯程整宿整宿看书，影响宿舍里其他同志休息，白天不到办公室业务学习，躲在宿舍里拉琴，把林业局搞得像个文工团，大家对他早有意见！我觉得，我们林业局根本不需要他这号的！

于正来有些尴尬：行，老曲，我知道了，你出去吧……

曲和出门。

于正来：老刘，要不你先去卫生所，把这伤治治？

老刘头：不治！

于正来：我替冯程给你道歉，鞠个躬不行吗？

老刘头：滚犊子！你凭什么替他？不开除这小兔崽子，我绝不答应！

于正来：开除？你知道他是谁的儿子吗？

老刘头：谁的儿子怎么了？谁养出这种混账儿子呀？有娘生没爹教的东西！

于正来：确实没爹教，他爹是冯立仁。

老刘头：谁？

于正来：冯立仁，冯大队长。

老刘头：什么？你唬我呢吧？冯大队长有儿子？

于正来：咱们搭伙半辈子了，我于正来说过谎吗？冯大队长牺牲的时候，李大姐怀着孩子，你忘了？大姐带着这个孩子离开了围场，辗转兴隆、承德继续参加革命，解放后被调去了北京工作，两年前也病逝了……冯程是冯大队长和李大姐唯一的孩子，现在已经成了孤儿，回老家投奔咱们来了，你要说开除，听你的！

老刘头心头一紧，鼻子一酸：于正来，真的？

于正来：你让我冯程的档案拿来给你看吗？

镜头推向于正来，他已经淌下了热泪。

25. 林业局院落　日　外

院子里，冯程站在院中央。

很多职工都来看热闹，指指点点。

局长办公室的门打开了，老刘头走了出来。

冯程主观视线中的老刘头，老头儿恶狠狠地瞪着眼睛，一步步逼近。

冯程不自觉地向后退了两步，他多少有些怕，可是众目睽睽之下，他也不好意思跑。

老刘头来到冯程面前，盯着冯程的脸：像，还真有几分像……

老刘头颤颤巍巍地伸出双手。

冯程躲着。

老刘头用双手捧住冯程的脸，低声道：孩子，明天不许拿好粮食喂狗，食堂剩下的，饿不死它……

冯程有些意外。

狗适时地叫了两声。

司机小庞竖着耳朵也没听清说的是啥：哎，我说老刘，咋回事啊？局长跟你说了啥啊？这就白打了？

老刘头：不就是一鞭子吗？打就打了！我乐意！我们俩论爷们儿，怎么着？！

冯程不知道该说什么，一脸的懵懂。

另外一个办公室门前，曲和费解的目光。

26. 功勋树下　日　内

高原荒漠中的一棵孤零零的大树。

由于正处于风口之上，大树四周被吹得相对平坦。

两匹马飞驰而来。

离大树不远处，老刘头和冯程勒住了缰绳。

老刘头下马：岁数大了，骑了俩钟头，骨头架子都快颠腾散了。

冯程：刘师傅，你带我来这干什么？

老刘头：看见那棵树了吗？你爹就埋在那……

冯程惊讶地看着老刘头，他冲向大树，围着树走了一圈。

冯程：这……没有坟啊？

老刘头仰头看着太阳，根据树影子的方向指着一个地方：应该就是这……小子，磕头吧！

冯程懵懂地跪下，磕了三个头。

老刘头从马背上拿出一瓶酒来，倒了三碗。一碗供在地上，一碗递给冯程，举起自己手中的酒碗，一饮而尽。

酒烈，风大，老刘头揉着眼睛，老泪纵横：冯程啊，想当年我给你爹背过锅，你爹替我挡过子弹，为了掩护大伙撤退，他……

老刘头说不下去了。

冯程：……

老刘头：日本人把你爹的人头挂在围场县城，后半夜被战友们抢了回来，大伙就商量埋在哪呢？埋在哪也不能立碑啊，日本人看见墓碑还不再把尸骨刨出来？就埋在了这棵树下，原本是有坟包的，一场风就刮平了……

冯程：我倒是听母亲说过，我爸爸被埋在了一棵大树下，那时候我还想，塞罕坝应该四处都是大树，我怎么能找到是哪一棵呢？没想到这美丽的高岭之上，竟然只有这么一棵树……

老刘头长叹一声：一百年前这儿是皇家猎场，那自然是水草丰美，古树参天；可是，同治二年，皇帝下令开围放垦，当兵的肆意砍伐，再加上那个时候也没人管哪，山火不断，毁得就差不多了。最可恨的是小鬼子，只伐不种，一车一车的原木往他们的小岛子上拉！听说他们根本用不完，都沉在海里存着了！你说缺德不缺德？当年的千里松林，现在就剩下这么一棵……当地老百姓都管它叫“镇风神树”，所以也就没人砍它。

冯程上前用手摸着树：这是棵落叶松，少说也有二百年了吧……于局长说要在坝上种树，为什么没有见到树苗呢？

老刘头：连着三年了，每年春秋两季都上来种，一年青，二年黄，三年见阎王，能种的全都试遍了，种什么死什么，所以你才看不着。冯程，把你手里的酒干了吧，坝上风大，别着凉！

说着，老刘头将供在地上的那碗酒端起来，洒进黄土。

冯程一饮而尽，酒烈，顿时呛出了泪水。

（本集完）

第二集

1. 林业局会议室　日　内

冯程推门而进：曲科长，您找我？

曲和正在陪两位客人：冯程，这两位同志是你原单位的保卫干事，你应该认识吧？

会议桌旁坐着的两个人根本不站起来。

冯程不免有些紧张：见过，侯科长对吧？什么风大老远地把您吹到这来了？

侯科长很严肃：别说客套话……毛琦失踪了，她去了哪？请你配合我们，不要隐瞒。

冯程意外：毛琦失踪了？怎么回事？

侯科长“腾”地站了起来：冯程，少装糊涂！放着好好的工作不干了，突然提出要来这鸟都不拉屎的地方，我们就对你产生了怀疑！你的目的就是协助毛琦外逃！说，你把她藏哪了？

冯程：侯科长，请你注意用词，我祖籍围场，在我心中，家乡最美！我响应国家号召，支援家乡建设，难道有错吗？

侯科长一下哑了火。

曲和用敬佩的目光看着冯程：侯科长，冯程同志说得对，我们现在是条件艰苦，可是越艰苦的地方越需要人才嘛！大学生都让你们留在北京了，我们什么时候才能发展起来？

侯科长更加尴尬。

与侯科长同来的徐干事站了起来，不阴不阳地：曲科长，我们侯科长为了抓逃犯昼夜奔袭，好几天都没睡觉了，着急上火，话说得重了些，你理解！

徐干事又转向冯程：小冯同志，咱们是老同事了，那年篮球比赛，你打前锋我打后卫，你忘了？

冯程：徐干事，我和毛琦已经分手了，真不知道她去了哪儿！

徐干事：分手了？这种事情可不能欺骗组织的！如果你知情不报，就是包庇罪了！侯科长态度严厉，也是为了你好，怕你犯错误！

冯程：关于毛琦的事我真的一无所知，我们分手了，也请你们不要因为毛琦，影响我的新工作，我要去业务学习了……

说完，冯程转身出门。

2. 林业局院落　日　外

会议室门口，冯程并没有走，关上门一侧身，在门口稍作停留，会议室里传出侯科长拍桌子的声音。

3. 林业局会议室　日　内

侯科长一拍桌子站了起来：什么态度！

曲和脸上却有些得意：我们围场人就是这脾气，有一说一，有二说二，没事不废话。二位还有什么需要我们配合的吗？

侯科长：曲科长，请立刻带我们去火车站，逃犯毛琦很可能跟冯程来了围场，我们必须查个水落石出！

4. 林业局院落　日　外

门口的冯程听到了这声音，正犹豫之际，侯科长已经撞门出来。

冯程假装往一旁溜达着，侯科长瞪了他一眼。

曲和出门喊着：小庞，出车！配合北京来的同志，去火车站！

司机小庞过来开车，曲和陪同，四人上车。

没等车发动，看门大爷喊着：冯程，你的信！

冯程吓了一跳，他连忙向老大爷摆手，示意别再喊。

坐在车上的侯科长等人并没有听到看门大爷的喊声。

汽车驶出林业局的大门。

冯程快步来到收发室，一把拿过信来，信上果然是毛琦的字迹。

看门大爷：是不是你等的那封信啊？

冯程看了一眼看门大爷，神情紧张没有回答，快步向宿舍走去。

5. 冯程宿舍　日　内

冯程关门，迅速撕开信封，打开。

毛琦的声音传来（OS）：我已经买好了火车票，29号上午九点到围场四合永火车站，一定来接我，别让我丢了！

冯程看向宿舍里的月份牌，已经是29号了。

冯程看表，时间已经指向八点四十。

冯程看信的落款，是4月18日。

冯程：这信怎么才到啊？！

冯程突然想到了什么，瞪大了眼睛。

镜头迅速推向了冯程。

（闪回）侯科长：曲科长，请立刻带我们火车站，逃犯毛琦很可能跟冯程来了围场，我们必须查个水落石出！

冯程冲出宿舍。

6. 林业局院落　日　外

冯程从角落里拽住了老刘头：刘师傅，把您的马借给我！

老刘头：上班时间你要干啥去？

冯程：别问了刘师傅，帮帮我！

老刘头：哎呀，中午炖肉了，一个星期可就这一回，有啥事吃完饭再去呗！我多给你盛一勺！

冯程急了：我求求你了大爷！快把你的马给我！

7. 山间土路　日　外

吉普车颠簸在山路上。

司机小庞慢悠悠地开着车。

曲和坐在副驾驶，侯科长和徐干事坐在后座。

冯程骑着一匹快马斜插而来，在吉普车之前穿越山路。

司机小庞吓了一跳，方向盘没抓稳，险些扎沟里，骂道：怎么骑马的？！

徐干事眼尖：是冯程！他一定是去报信儿的，追上他！

曲和也看到了是冯程，他职业性地提高了警惕。

冯程的马只在土道上跑了不远的距离，便又冲上高坡，抄近道，无影无踪。

8. 火车站站台　日　外

毛琦提着手提包，站立在月台上，艳红的纱巾迎风飘舞，风仪清丽与众不同。

冯程冲进站台。

毛琦一眼看见喊着：冯程——

冯程发现毛琦，跑了过去。

毛琦将包扔在地上，张开双臂拥抱冯程。

刚刚抱在一起，冯程轻声道：快跟我走！别耽误时间！

毛琦立刻紧张起来：怎么了？是不是保卫科追来了？

冯程不想让毛琦紧张，挤出笑脸：不是，我锅里炖着肉呢，没封火，怕煳锅！

毛琦高兴地笑了起来：你真逗！

冯程拉起毛琦迅速离开。

曲和带着侯科长、徐干事冲进火车站，四下寻找着。

徐干事：曲科长，赶紧联系站长！

9. 山间土路　日　外

大漠孤烟直，长河落日圆，一马双人，纵横驰骋。

毛琦搂着冯程的腰。

镜头追逐着冯程和毛琦。

艳红的纱巾迎风飘舞，油画一般的美。

10. 李铁牛家　日　内

看着屋里的环境，毛琦很是失望，她慢悠悠地坐下。

冯程从外面端了一碗水进来：喝口水吧。

毛琦看着粗糙的碗，推到了一旁没喝。

冯程嬉皮笑脸地：这是我舅舅家，房子多新啊，在村里数一数二！我舅舅答应把这间正房给你住，你看这炕上的被褥都是新的！

毛琦：梅花鹿呢？会唱歌的鸟呢？你给我炖的肉呢？

冯程一脸的尴尬。

毛琦：你骗我，在火车站你那么着急，是不是他们追来了？你说实话！

冯程：是……

毛琦紧张起来：那你为什么不让我坐火车逃走？带我来这鬼地方干什么？

冯程：这里很安全，你放心，没有人能找到你！

毛琦：可这不是你给我描绘的世外桃源！一路上，我连一棵树都没看见！

说着，毛琦从包里把画掏出来扔在炕上：骗局！

冯程展开那幅画：毛琦你听我解释，画上画的是真的，不过，是一百年前……美好的环境虽然被破坏了，梅花鹿和会唱歌的鸟都没有了，可会拉琴的冯程还在，他会在你身边保护你。

毛琦略有所动。

冯程：保卫科的人被我糊弄过去了，这种地方他们待不了几天，以后也不会再来！对了，林业局的领导是我爸的老部下，对我特别关照！我想过了这一阵子去求求他，你也能到林业局来工作！

毛琦：你说的是真的？

冯程：当然是真的！饿了吧？你等着，我这就给你炖肉去！

冯程出门。

毛琦忐忑的目光，很明显，她并不是十分相信。

11. 林业局院落　日　外

冯程将马拴到马厩里，神情有些不安。

冯程走向办公室，曲和的声音在他身后传来：冯程！

冯程回身。

曲和、侯科长、徐干事，还有两名穿铁路制服的工作人员站在院子里。

侯科长：站长你看，是不是他？

火车站站长：没错！就是他，就是他接走了你们说的那个女的！那个女的在站台上等了很久，他们一见面还拥抱了，我们都看到了！

镜头迅速推向冯程。

12. 局长办公室　日　内

镜头以广角推进的方式拍摄冯程。

冯程：这是诬陷，我根本没有去过火车站！

站长：我可一直在站台上，看你看得很清楚！

冯程转过身，走向站长：我还说我见过你呢！你是电影演员吧？《平原游击队》里的杨守业是你演的，汉奸大地主！

另一火车站同志：站长，这……

站长急了：你……你胡说！

冯程：急了？所以，长得像的人多了，你怎么能确定你说的那个人就是我？

站长：我确定！

冯程：那我也确定你就是汉奸大地主！

侯科长一拍桌子：冯程，你什么态度！

于正来上前推了一下冯程：胡闹，怎么说话呢！

冯程不语。

曲和：站长同志，对不起啊，我们这位年轻同志……

站长一甩袖子：不像话！

站长起身就往外走，同事跟随，曲和送到门口，有些尴尬。

徐干事慢条斯理：小冯同志，事实证据这么清楚，你还刻意包庇，这是犯罪！

冯程：徐干事，你别阴阳怪气的，事实证据怎么清楚了？

徐干事：我们已经调查过了，你收到了一封信，是从北京寄来了。我想，就是毛琦通知你她潜逃到围场是时间吧？

冯程：你有什么证据？

徐干事：你把信拿出来给我看一看，怎么样？

冯程：组织想看可以，可是没了，被我扔在炉子里烧了。

徐干事瞪起眼睛：什么？！

冯程：不愿意回忆的过去，彻底忘了不是更好吗？留着信有什么用？

侯科长：那你骑着马，火急火燎地超过我们的汽车，干什么去了？说清楚！

于正来：对啊，你哪来的马？

冯程多少有些慌乱。

老刘头被请了进来，他察言观色看着冯程。

冯程对老刘头使了个眼色。

老刘头立刻明白，瞟了一眼于正来，便对冯程：见着你大娘了吗？

冯程看向老刘头，老刘头也使了个眼色。

冯程：见着了。

老刘头：告诉她了？

冯程含糊地：告诉她了……

老刘头转过头来：局长，食堂等着开饭，我走不开。突然想起有个急事得跟老伴儿说一声，我想冯程刚来，还没分配具体工作，就抓他跑了趟腿儿……怪我！

于正来已经看得明白：乱弹琴！你是老革命了，上班时间能让别的同志帮你跑腿干私事？觉悟哪去了？！

老刘头：我错了，我写检查……

于正来厉声道：行了！你们俩都出去吧！

侯科长：哎……

老刘头和冯程迅速出门，正赶上曲和进来。

侯科长：于局长，我给你提意见，你这是护犊子，包庇冯程！

于正来正色：侯科长，说重了吧？你们找毛琦，这个女同志跟我们林业局有什么关系？冯程是我们林业局的干部，跟这件事情也没直接关系！曲科长已经配合你们一天了，我们局里的生产任务也很重！

说完，于正来坐回办公桌，不再理会，侯科长和徐干事异常尴尬。

曲和察言观色。

13. 林业局食堂　日　内

曲和打了饭，坐在于正来身旁，轻声道：北京来的侯科长很生气，说要到上面告咱们状去。

于正来：爱告不告！

曲和：今天冯程夸咱们围场，我心里边还挺暖和……

于正来：就是嘛，这是个好孩子！

曲和：不过去火车站的人，恐怕还真是他……

于正来：有这可能？

曲和：我亲眼看见他骑着马超过了汽车！老刘头他们家根本不是那条道！

14. 局长办公室　日　内

于正来：冯程，到底咋回事？

冯程：他们诬陷好人。

曲和：冯程，给你个机会，跟组织说实话，我们不能眼睁睁看着你捅娄子！

冯程：曲科长什么意思？好像我欺骗组织似的，我说的就是实话！

曲和有点急了：小同志，你这样不好吧？

冯程：脚正不怕鞋歪，我没做错事，有什么不好的？

曲和急了：于局长，你看看他……不识好歹！

于正来：你真没去过火车站？

冯程斩钉截铁地：没有！

镜头推向曲和。

15. 林业局宿舍　夜　内

四五个同志都睡着了。

冯程慢慢起身，悄声出屋。

16. 林业局大门口　夜　外

冯程走着，狗儿突然狂吠。

冯程连忙回身。

两个黑影在远处一闪即逝。

镜头迅速推向冯程，他发现狗跟着。

冯程对狗：别叫唤了！出来看看星星你也跟着我！

冯程的声音很大，故意让别人听见，之后又往林业局走回。

17. 林业局院落　晨　外

冯程穿着运动衣，和另外几个年轻同志在院子里锻炼身体。

曲和推着自行车进院。

也在锻炼身体的陈广济：老曲，干吗去了？

曲和：可算把北京那两个人送走了，捣了好几天的乱，子虚乌有，什么也没查出来！

冯程听得清楚，露出了轻松的笑容，高兴地哼起了《革命人永远是年轻》。

18. 李铁牛家院落　昏　外

冯程飞快地跑向屋里，刚要进门，吓了一跳。

一股浓烟涌出。

冯程大惊：毛琦！

19. 李铁牛家　昏　内

冯程冲进屋，只见毛琦蹲在灶台前添柴火，呛得直咳嗽。

冯程连忙拉起毛琦：毛琦，你没事吧？

毛琦哭了：冯程，你怎么才回来啊？我以为你不要我了呢，都三天了，连口热水都没喝上！

冯程却突然憋不住笑了出来。

毛琦用小拳头砸冯程胸口：你还笑！

冯程止住笑：我不笑了，我不笑了。

冯程伸出手去为毛琦擦着脸上的黑。

毛琦委屈地哭着。

冯程：对不起……

毛琦眼泪滚落：我不想听对不起，你答应我每天都回来看我的！

冯程：我没敢回来是怕被跟踪，不过现在好了，他们走了，我们安全了！

毛琦先惊后喜，说不出话来。

冯程：你快进屋歇着，我马上烧水做饭。

20. 李铁牛家　夜　内

明亮的油灯下，冯程将饭菜盘碗在炕桌上摆得整整齐齐。

毛琦有点惊讶：你还真厉害……可是我为什么什么都做不好！

冯程：这不正说明我对你的重要性吗？缘分让我们走到一起，就是让我照顾你的！来……

冯程拉毛琦坐下。

毛琦坐在炕桌前觉得有些别扭。

冯程：我知道你不习惯上炕，慢慢会适应的，冬天这炕烧热火，可暖和了！不怕你笑话，我们家在北京都砌炕，就是因为我妈忘不了这火炕的感觉！

毛琦尽量适应着盘腿坐好。

冯程：毛琦，敌人已经走了，我们的未来将无比美好！今天就是我们新生活的开始！

冯程说得很高兴。

没想到泪水从毛琦的眼里爬了出来。

冯程：你怎么哭了？

毛琦咬着嘴唇，半晌：新生活……这个词对我来说太奢侈了！冯程，谢谢你！

毛琦端起粥碗：没有酒，我们也要碰杯！

冯程：好！

冯程也端起了粥碗。

两只粥碗碰到了一起。

毛琦眼中的冯程是那么可靠。

冯程眼中的毛琦是那么美。

21. 李铁牛家院落　夜　外

镜头从朴素的农家院推向浩瀚星空中的那轮明月。

22. 李铁牛家　夜　内

外间，冯程刷着碗。

里间，毛琦认真地铺着被褥，她嫌两个枕头远，又往起拽了拽，让两个枕头紧挨着。

干完活儿的冯程进屋。

毛琦连忙坐在了炕上，守着那两个紧贴在一起的枕头，有些羞涩。

冯程向炕上看去一愣，他又看向毛琦。

毛琦羞赧地笑。

冯程尴尬：毛琦，舅舅家还有个偏厦呢，我今晚睡那屋吧……

说着，冯程伸手去拽自己的枕头，被毛琦一把按住。

毛琦侧过头去不看冯程，轻声道：你是怕我连累你？

冯程：哪的话？

毛琦：你就是怕我连累你！既然这样，你为什么让我来围场？这三天三夜，我连门都不敢出，恐惧一直围绕着我，我甚至每时每刻都可以看到死亡！

毛琦泪水肆意地流淌。

冯程连忙松开枕头，转向毛琦的面前。

可毛琦又将脸转到一旁：你别看我，我不想让你笑话我！冯程，我需要你……

冯程蹲身握住毛琦的手，爱抚着：毛琦……

毛琦：你爱我吗？

冯程：爱。

毛琦：那我们今天晚上就结婚吧。

冯程：这……这不好吧。

毛琦：你残忍！

冯程：你说什么？

毛琦：我的父母都已经去世了，拿你当我最亲的亲人！在我绝望到极点的时候，你不该温暖我吗？如果你爱我，今天我们就……

冯程：毛琦你听我说！爱是件幸福的事，我不想在你绝望的时候……而且，我们的未来没有你想象的那么悲观。从明天起我努力工作，让局长更加信任我，最多一个月，我就可以去求他，让他给你安排工作。那个时候，你可以重新续上户口和粮食关系，我们就可以堂堂正正地去领结婚证了！

毛琦有些失望，但她一直咬着嘴唇没有说话，半晌：一个月……

冯程：对啊。

毛琦：我们已经恋爱三年了……

冯程：是，再多一个月不算什么，我能等！

毛琦不再说话。

冯程：你好好休息吧，明天一早我带你去一个好地方，塞罕坝最美的地方！

说着，冯程起身拽起了自己的枕头出门。

镜头推向毛琦，无声的悲怆。

毛琦慢慢地将被子掀开一角，一个手剪的红双喜字在被子里。

一滴泪水落在喜字上。

毛琦不忍再看，抬眼，烛光映射在她的双眸中。

23. 高原荒漠　日　外

冯程拉着毛琦走在沙丘上。

瘦弱的毛琦每走一步都很艰难。

终于，他们爬上了沙丘。

一阵狂风险些将毛琦吹倒，她下意识地降低了重心，人是没有摔出去，可那条红纱巾被风吹走。

毛琦：我的纱巾！

冯程：毛琦，待在这，我去追！

冯程连滚带爬地从沙丘高处追下。

可纱巾被吹得越来越远。

冯程一路狂奔，几次摔倒终于抓住了纱巾。

累得气喘吁吁的冯程露出了笑容。

冯程的视线中，毛琦只是个远远的剪影。

冯程挥舞着纱巾，笑着：我抓到它了！

冯程看不见毛琦的脸。

镜头描绘了毛琦的脸上毫无表情。

冯程回到毛琦身边：来，我帮你系上。

毛琦：不用了，你留着当纪念吧。

冯程：什么意思？

毛琦：我要走了……

冯程：你开什么玩笑！你往哪走啊？

毛琦：你是知道我走投无路了，才故意设下了这个骗局？这是你的老家，你不可能不知道这里什么样子！居然把这里描绘成世外桃源，还拿一幅画来骗我！冯程，你好阴险！

冯程：毛琦，我没骗你，这虽然是我的老家，可是我从来没回来过！

毛琦：你母亲去世的时候，你舅舅去过北京，难道他没告诉你吗？这已经没有人类生存的条件了！

冯程：你说得也太严重了吧。村里不是有那么多人嘛。

毛琦：我不是农民！

冯程无言以对。

毛琦：请问现在是什么季节？

冯程：春天呀！

毛琦：春天在哪里？你指给我看！一个把春天都丢了的地方，你让我怎么生活？

冯程：我带你去的那个地方就能找到春天！那是一棵参天大树！我亲眼看到了上面嫩绿的树芽！

毛琦：我走不动了！也不想去看那棵树！我知道你父亲埋在那棵树下，你带我去就是想让他看看你拐骗回来的女人！

冯程：毛琦，你误解我了！你听我解释！

毛琦：我已经决定了，离开这里。如果你还爱我的话，就跟我走。

冯程：那你想好去哪了吗？

毛琦：我有姑妈在香港，早在一年前她就邀请我去了。

冯程：你说什么？你真的要叛国？

毛琦：不是我要背叛，是他们不要我了！

冯程：你不能走这一步！那是犯罪！我已经为了你放弃了北京的生活，虽然条件艰苦，可这里还是我们的土地！自从踏上这片土地那天起，就觉得我的心踏实下来了！我想起了艾青的诗，“为什么我的眼里常含泪水，因为我对这土地爱得深沉！”这可能就是故乡的力量。相信我毛琦，条件一定会一天天好起来的！未来一定会有梅花鹿，会唱歌的小鸟……

毛琦：我不想听你的乌托邦！你到底爱这片土地还是爱我？

冯程无法回答。

毛琦：回答我。

冯程挤出笑容：毛琦，你是最善解人意的，不会为难我，对吧？

毛琦死死地盯着冯程。

冯程被毛琦的目光灼烧着。

突然一阵狂风呼啸而来。

冯程回头，发现是如墙般的沙尘暴。

冯程连忙将毛琦抱在怀里：快趴下！

冯程将毛琦搂得很紧，他们的身影被沙尘暴吞噬。

沙尘暴过后，冯程和毛琦已经被埋在沙土里。

冯程起身，连忙帮毛琦打扫着头上的沙子：对不起毛琦，为了让你看风景，我才带你走高坡，要是在下面，风没这么大……

毛琦看着冯程，嘴角挤出凄美的笑容：你的怀抱真温暖，再大的风都无所谓了……冯程，再抱我一下。

冯程再次将毛琦拥抱，他很开心，仰脸迎着风。

冯程怀里，毛琦的泪水，无声地流淌着，流淌着……

24. 林业局食堂　日　内

大家正在排队打饭，每个人脸上都洋溢着笑容。

陈广济：老刘，你发现了吗？每到礼拜一大伙来食堂脸上都挂着笑！

老刘头：改善生活嘛！今儿个是小鸡炖蘑菇，多吃点儿！

冯程排在后面，心花怒放地伸出了饭盒。

老刘头故意把勺盛得满了一些。

小米饭上扣上了一满勺小鸡炖蘑菇。

冯程来到桌上想吃，想起了什么，他扣上了饭盒，向外走去。

老刘头瞟了一眼冯程，有些疑惑。

25. 林业局院落　昏　外

老刘头在食堂门口磨着刀，冯程凑了过来。

冯程：刘师傅，再把您的马借我骑骑……

老刘头：不行！我还没问你上次的事呢，你到底在搞什么鬼？

冯程：哪有什么鬼啊？我要上坝看我老舅去。

老刘头：你老舅吃不上饭，等你的小鸡炖蘑菇？

冯程：啊？

老刘头：少装蒜！饭你自己没吃，要给谁啊？

冯程：哎呀，您别打听了，借我马。

老刘头：不借！你小子到底有什么事？你原单位那俩保卫科的……

冯程懒得听，走了。

老刘头：哎……

26. 局长办公室　昏　内

冯程：局长，能借您的马骑骑吗？

于正来：你又要干啥？

冯程：我想上坝看看我舅。

于正来：你还有个舅舅？

冯程：有啊！亲老舅！

27. 山间土路　昏　外

冯程把饭盒用网兜系紧，挂在自己脖子上，骑着快马向坝上进发。

远远地，一辆吉普车跟在冯程后面，他毫无察觉。

28. 李铁牛家院外　夜　外

冯程跳下马，把马拴在门口，刚要推开门，两束车灯的光柱照了过来。

冯程被晃得一时看不清。

车门被拉开，曲和、侯科长、徐干事、司机小庞四人冲下汽车。

当冯程在逆光中看清侯科长和徐干事，吓得面如死灰，扭头要跑。

侯科长大喝一声：站住！敢跑我就开枪！

冯程停住，不敢动弹。

侯科长只是拿嘴说，并没有掏出枪来。

转眼，四人已冲到冯程面前。

侯科长：进去搜！毛琦一定就藏在这里！

说完，侯科长和徐干事就冲了进去。

曲和用手点指冯程：冯程啊冯程，我可给过你机会！告诉你吧，解放前我是侦察兵！押着他！

说罢，伸手和司机小庞押住了冯程。

冯程想挣扎，竟没有挣扎开，可见曲和确实有两下子。

冯程突然意识到什么，突然大喊着：毛琦，快跑！跳窗户跑！

院门上着锁，侯科长和徐干事并没能进屋，听到冯程的叫喊声连忙踹开了门。

29. 李铁牛家　夜　内

屋里黑乎乎的，油灯被点燃，几人四下搜查并没有毛琦。

被押进屋的冯程也愣住了。

侯科长：人呢？快交代！

冯程仿佛感觉到毛琦已走，为了给自己洗脱罪名，笑了起来：哈哈，我逗你们玩呢，哪有毛琦？

侯科长气急败坏：你！

徐干事却阴阳怪气道：这是什么啊？

炕上，喜字下压着一封信。

冯程愣住了，欲冲上去抢信，却被侯科长、曲和抱住。

冯程：那是我的东西，放下！

徐干事看完信，展在冯程面前：铁证如山，你还想抵赖？

信上是毛琦清晰的几行字。

冯程盯着信。

毛琦的声音响起（OS）：冯程，这片土地是你的故乡，不是我的，而我爱的你也并不爱我。既然你不肯跟我走，那就永别吧！我会独自离开这个让我伤心的祖国。毛琦。

侯科长：离开祖国？她要叛逃？冯程，说！她往哪跑了？！

曲和：你现在老实交代，还能将功折罪！

冯程自语：毛琦……

冯程的眼里只有泪水，哪里听得见别人说什么。

侯科长：我看你带的是什么？！

侯科长一把将冯程脖子上的饭盒抢下，打开一看：饭？

侯科长与徐干事对视。

徐干事：毛琦应该才逃跑，追！

说着，两人已经跑了出去。

30. 林业局院落　日　外

黑黢黢的天空将院落压得很低。

31. 局长办公室　日　内

侯科长：这件事必须严肃处理！包庇叛国投敌分子，应该移交公安机关！

徐干事：是啊，之前呢，应该说最多就是不配合。可现在，问题的性质变了，这是犯罪！于局长，把人交给我们吧。

于正来看着曲和：老曲。

曲和：我本来是想挽救他的，可是他执迷不悟，我同意侯科长和徐干事的意见。

于正来被逼到了绝路，他突然一拍桌子站了起来，吓了三个人一跳。

于正来背着身：这个小兔崽子，我一定好好收拾他！

于正来想了想，转过身来：侯科长，徐干事，你们二位长途跋涉，已经在围场待了快十天了，那个叫毛琦的现在已经确认走了是吧？信我也看了，上面说得很清楚，冯程不肯跟她叛逃，顶多算立场不坚定嘛！你们二位请回吧，局里的人犯了错误，我们一定会严肃处理，请你们放心！

徐干事：于局长这是明说要袒护他了？

于正来：是！冯立仁是抗日英雄，早在1935年就把自己的生命献给了这片土地！冯程是遗腹子，冯大队长唯一的儿子，英雄的后代！我担保，经过教育，他可以改造好！他是大学生，将来还能为建设祖国贡献力量！老于恳请二位同志再给他一个机会！

于正来热泪盈眶。

可是侯科长和徐干事根本不以为意。

正在这时电话响了。

曲和上前接电话：喂……哦，侯科长，找你的。

侯科长连忙过去接电话：喂？哦，好！我们尽快赶到！

侯科长来到徐干事面前：承德火车站发现毛琦踪影，我们走！

徐干事连忙起身。

侯科长走到门口回过身：于局长，该怎么处理冯程，你可好好掂量掂量，之后我们还是要过问的！

32. 仓库　日　内

一束逆光打在冯程脸上，他坐在地上像坐在监狱里一样。

曲和打开仓库的门：冯程，出来！

冯程一动不动。

曲和：冯程，我叫你呢！

冯程仍然像没听见一样，他目光失神。

曲和生气了，“咣”地关上了仓库的门。

33. 局长办公室　日　内

曲和：这小子还要上态度了！老于，你就不应该保他！

于正来：他怎么要态度了？

曲和：我叫他好几声，跟没听见一样！不是被关在仓库里吗？好，就让他闭门思过，好好想想！

34. 仓库　夜　内

老刘头打开门，端着一碗饭和一壶水：冯程，这不是监狱，局里也没说要关你禁闭，你反省好了就出来吧，赶紧找局长认错去！

冯程不语。

老刘头来到冯程面前用手晃了晃：孩子，你不是傻了吧？

冯程闭上了眼睛，他不想说话。

老刘头叹了口气：不愿意出来也行，也别饿死！这是饭，这是水……

35. 林业局院落　晨　外

于正来很担心，往仓库方向张望着。

老刘头凑了过来。

于正来：怎么样？

老刘头：一直没吃饭，好像也没睡……

于正来：三天了，那不要命了！

老刘头：看着还挺精神的，倒是一直在喝水。老于，要不你去劝劝他？

于正来生气了：他捅下这么大娄子，不主动来组织承认错误，还让我去劝他？门儿都没有！

36. 林业局会议室　日　外

于正来：各位，动员工作做得咋样了？今年有几位同志能上坝种树啊？

曲和：我这边没什么成果，同志们都反映连去了三年，一棵苗没活，没啥信心哪。

于正来将目光看向一位中年女同志。

女同志摇了摇头：我也找了好几个同志谈话，都不愿意去。

于正来将目光看向陈广济。

陈广济：按说吧，我是负责技术的，又是领导，带头上坝责无旁贷！可是坝下几个分场都面临防治病虫害的关键时刻，我分身无术啊！

于正来叹了口气。

女同志：于局长，要不今年就别上去了，同志们不是怕吃苦，可是没有金刚钻，谁也不敢揽瓷器活，在坝上种树实在是太难了！

突然，一个洪亮的声音传来：报告——

众人一愣。

曲和：好像是冯程……

于正来：进来！

门推开，冯程进门。

曲和：冯程，绝食闹完了？来承认错误？领导们正在开会，外边等着！

冯程：我没有犯错误。

曲和：你说什么？

冯程：我想留住我的爱人，有错吗？可他们却说我包庇……我深爱着家乡的这片土地，有错吗？可是我的爱人却离开了我……

曲和：没人听你在这写诗，出去！

冯程用最大的声音：我请求上坝种树！

所有人都愣住了。

于正来：你说什么？再说一遍！

冯程坚定地：我请求上坝种树！

曲和：你的问题还没有处理，上坝种树是技术攻坚，这么重要的任务不能交给你！

冯程：毛主席号召我们绿化祖国，我是林业大学毕业的，你们可以给我任何处分，但没有权力阻止我申请工作！

女同志：就你？你不是学木材加工专业的吗？你种得活树吗？

冯程：种树很难吗？我离开北方林大的时候，买过几本造林的书。

陈广济：呀呵？局里已经连续三年派了攻坚小组，都没在坝上种活树！靠几本书你就……你以为是小孩过家家啊？

冯程：三年没种活树，那说明派上去的都是笨蛋！

陈广济：你骂谁呢？！

冯程：局长，请分配给我树苗，送我上坝！我一定要把塞罕坝变回美丽的高岭！让这荒漠重现松涛林海！让梅花鹿回来，让会唱歌的鸟回来，让春天回来！

冯程热泪盈眶。

曲和：口气不小，那你要种不活树呢？！

冯程：我就一辈子不下坝。

于正来：好！这可是你小子说的！你得认账！

冯程：一言既出，驷马难追！种不活树，我就死在塞罕坝上！

37. 塞罕坝　日　外

高原荒漠上，两驾马车。

前车上坐着于正来、曲和、陈广济。

后车上装满了树苗和补给，冯程坐在车上，手里捧着一本造林学。

狗儿跟在冯程的车后。

风很大，冯程强按着书，认真地看着。

前车，陈广济看了一眼冯程：哼，现上轿现扎耳朵眼儿……我真心疼这树苗，还给他一千棵？

于正来：整个林业局就他一个自愿报名的，就应该鼓励！老陈，你是林业了，待会你可得多给他一些技术指导！

陈广济：人家用我？他不是有书吗？

曲和不咸不淡地：但愿他真心来种树的……

于正来：你什么意思？

曲和：他的女朋友毛琦叛国了，到了这，没有组织看着他，他要是找机会越境，局里担的责任可就大了！

于正来：要相信自己的同志，冯程要是真做出这样的事情来，我于正来一个人承担责任！

冯程在颠簸中看着书，对前面的议论充耳不闻。

38. 老营地　日　外

被压塌的两个旧地窨子。

马车停住，冯程抬起头。

营地随地就坡，地窨子已然完全被压倒，根本不能住人。

于正来：哎，这地窨子怎么都倒了？

说着，于正来跳下车：老曲，老陈，帮帮忙，天黑之前争取把地窨子给冯程搭起来！

陈广济：我们还得伺候少爷？

嘴上说着，陈广济却跳下马车准备干活。

冯程：不用。

说着，冯程开始卸东西。

半个汽油桶，树苗，行李，手风琴，帆布帐篷、铁锨，镐……

于正来：冯程，陈工是技术专家，这次我专门把他请上来，就是要教你怎么种树！你好好学！

冯程：不用。

正挽着袖子想帮忙的陈广济气坏了。

于正来怒道：冯程……

冯程：于局长，我知道你一直在保护我，你的好意我心领了，其他人的帮助我根本不需要，你们请回吧。刚才我已经查了树苗的生长期，两个月后请来检查我的植树成果！

冯程一句话让于正来、曲和、陈广济都无话可接。

39. 老营地　夜　外

满天星斗，一顶帆布帐篷支开了。

帐篷里马灯下，冯程正在看书，狗趴在他的身旁。

远处的地窨子，冯程并没有着急修复，他翻看着书上对树苗的保养方法。

冯程将所有树苗移进帐篷，将根部插进半个汽油桶，并将携带来的水向苗上喷洒着。

突然，远处传来一阵狼嚎。

狗警觉地站了起来，浑身在颤抖。

冯程：狼……

冯程连忙将帐篷四面完全封紧，用事先准备好的大石头将帆布使劲压着。

冯程紧紧地抱住狗，等待着。

有狼挠帐篷的声音传来，冯程甚至看到了狼的影子。

冯程惊恐的目光。

冯程突然意识到危险，万般无奈之际，他看到了手风琴。

冯程快速将手风琴背在身上，拉出尖厉的声音。

撕扯帆布的声音停止了，惊魂未定的冯程仍在颤抖。

40. 宜林山坡　日　昏　晨　外

冯程抡起镐向山坡刨去，一镐，两镐……

半个山坡已被冯程刨满了坑。

夕阳中，冯程仍在刨着坑。

冯程拿起一棵树苗，对着书，小心翼翼地用“中心靠山苗”法种树苗。（注）

冯程种下了他在坝上的第一棵树。

（叠画）

镜头从不同角度用晨、昏等不同光效描绘冯程种树。

半个山坡被种下了 500 棵树苗，间距 1.5 米左右。

冯程摘下手套，双手满是血泡。

（叠画）

放苗的桶被冯程放在地上，铁锨、镐等工具一应俱全，他决定攻破整个山坡。

（叠画）

夕阳中，这里被种满了树苗。

冯程一屁股坐在地上，喘着粗气。

41. 荒原山路　日　外

冯程背着沉重的生产工具向一个方向走着，突然他听到了雷声。

冯程回身向天边望去。

乌云滚滚而来，闪电从天际劈向大地。

冯程欣喜若狂，他扔掉生产工具向宜林山坡的方向奔跑着。

42. 宜林山坡　日　外

大雨倾盆，树苗下的干土被雨水滋润着。

冯程奔跑而来，雨砸在他的头上，他不但不躲，脸上反而露出幸福的笑。

冯程突然仰天长啸：天助我也！

雨肆意地下着，冯程欢呼雀跃。

（本集完）

第三集

1. 高原荒漠　日　外

一只野鸡在次生林走着。

卧在不远处的冯程，举着拉满弓的弹弓。

冯程非常谨慎，瞄了又瞄。

石子飞出，野鸡被打倒。

狗儿冲出，叼着野鸡回来。

冯程兴奋地站了起来。

2. 老营地　日　外

冯程用搭在野外的灶火炖着野鸡，边添火边对狗说：终于有肉吃了，待会给你也解解馋！

正在这时，于正来的喊声传来：冯程——

于正来、曲和、陈广济翻身下马。

冯程看到了连忙迎上去：于局长，你们来了！

于正来：一个月了，我拽着他们俩上来检查你的树苗！

曲和直奔铁锅而去：哟，伙食不错呀！野鸡炖得挺香！哪来的？

冯程没好气地：自己打的。

曲和：你有枪？

冯程：没有，用弹弓。

曲和：哟！一个月就学会用弹弓打野鸡了？没少练哪，你种树了吗？

冯程有点急：当然种了！跟我看去！

3. 宜林山坡　日　外

陈广济和曲和站在山坡上查看着树苗。

冯程对于正来得意地：怎么样局长？我每天都来看，放叶率很高，起码在百分之九十以上！秋天你给我五万棵苗来，派二十个劳力，照这个速度，三年之内……

正说着，冯程忽然看见山坡上陈广济将一棵树苗拽了出来，隔了两株又拽下一棵。

冯程大喊：你干什么？！

冯程冲上山坡：这两棵苗都活了，你凭什么把它拔下来？！

陈广济：放叶是放叶了，可又小又黄，颜色不新鲜，活不了！

冯程：你胡说！

曲和：你怎么说话呢？陈工是林业局最老的技术员，又在黄林进修了两年，他的话从来没错过！

陈广济：哎哎，年轻人信书不信我，爱信不信！

说着，陈广济就往山坡下走。

于正来迎了上去：怎么样陈工？

陈广济：这小子运气好，赶上今年雨大，放叶率还行，有个六七成。

于正来很激动：那能活多少？

陈广济：这很难说，能活个三棵五棵的？

山坡上的冯程听到了这话急了：你说什么？我种了一千棵，放叶率这么高，怎么可能只活三棵五棵？

陈广济不屑道：按前三年的经验，没准一棵都活不成……

冯程：不可能！

陈广济讥讽道：俩月，俩月后见真章！

冯程气得直哆嗦。

字幕：两个月后

4. 宜林山坡　日　外

树苗基本死了。

冯程在苗中寻找着，只有少数十几棵还有活的可能。

于正来和冯程一起找着树苗，直嘬牙花子。

陈广济连山坡都不上，喊着：怎么样？服不服？

冯程：不服！没全死！

陈广济：我刚才都转了，一千棵，挨棵看的，有几棵带死不拉活儿的，熬不过明年！

冯程：你胡说！我从现在开始，天天浇水，天天施肥！

陈广济：好啊，折腾，越折腾死得越快……

冯程喘着粗气。

于正来：行了老陈，你少说两句行不行？

于正来拍了拍冯程的肩膀：没事，三年来一直没种活，你也别太逞强。

冯程：不对，有人算计我！

于正来：你说什么？

冯程：错不了！你们给我的苗有问题！

陈广济：新鲜！种不活树赖苗？这一棵苗好几分钱呢，要我说应该扣你工资！

于正来：行了行了，别胡说了！

冯程：局长，我要求下坝！

于正来：怎么？你反悔了？

冯程：不，我自己去选苗！再给我一千棵！

陈广济：我赞成！一棵一棵地选，书上怎么写的你怎么选！

冯程气得咬牙切齿。

5. 苗圃　日　内（认真请教苗圃专家，合理出苗具体方法，但表现不宜过长。）

冯程一棵一棵地选着苗，神情专注。

苗圃工人配合冯程，冯程却不放心，每一棵都要经自己的手。

陈广济向冯程走去。

冯程看了一眼陈广济没理他，继续工作。

陈广济：苗子重要，可栽在哪儿更重要。你在坝上好几个月了，就没看见老坑？

冯程：老坑？

陈广济：五年的都有……

陈广济的脸上暗示着。

冯程：根瘤菌？！

陈广济：哎！书没白看！

冯程自语：我怎么没想到……

陈广济：你要是谦虚点，上回我就教你了。

冯程很硬气：用不着！

陈广济没急，却笑了，可突然肋下一阵疼痛，剧烈地咳了起来。

冯程有些担心：陈工，你怎么了？

陈广济：没事没事，老毛病……再有啊，口诀知道吧？

冯程一皱眉头。

陈广济：深送浅提，埋没红皮……我怎么看着你苗种得深浅不一啊？还有的明显窝根！这些俗词书本上有吗？

冯程点了点头：多谢陈工提醒，我明白了，这回一定把树种活！

陈广济笑着：别太要强！实不相瞒，我连着上去过四年，说到底，我也是个失败者。

冯程突然觉得陈广济有些可爱。

陈广济捂着胸口：哎，接着选苗，接着选！多拿二百棵也不要紧！

冯程看向陈广济，他接受了对方的好意，不好意思地笑了笑。

6. 老宜林山坡　日　外

冯程寻找着树坑，快速地刨着，小心翼翼地将树苗种下。

深送浅提，仔细地去看红皮的位置。

（请在林业专家指导下适当描绘细节。）

（叠画）

黄昏，冯程种树的身影。

（叠画）

清晨，冯程种树的身影。

（叠画）

一千棵树苗种满了整个山坡。

冯程欣慰的目光。

7. 高原荒漠　日　外

晨光里，头发蓬乱，长出了胡碴儿的冯程挑着水，水桶用草帘子盖着。

狗跟在冯程身后。

（叠画）

夕阳中，冯程挑水，和如影随形的狗像油画一样。

8. 老宜林山坡　日　外

冯程为树苗浇水，他实在太累了，坐在地上仰望山坡，喘息着。

9. 老营地　夜　外

秋风袭来。

帐篷里很是寒冷，冯程拉着琴。

狗趴在冯程身边。

10.（闪回）大学交际舞厅　夜　内

冯程和毛琦跳舞，音乐声中，郎才女貌，那么的和谐。

11.（闪回）景山公园　日　外

某角落，冯程抱起毛琦转着圈，毛琦开心地笑着。

12.（闪回）景山公园中轴线　日　外

那次深情地拥抱。

13.（闪回）李铁牛家　夜　内

毛琦按住了枕头。

14.（闪回）高原荒漠　日　外

分别前的拥抱。

15. 老营地　夜　外

音乐停住，冯程拉不下去了，泪水滴落。

狗突然叫了起来。

冯程看向狗，拭泪：你是有话要跟我说吗？

狗发出悲悯的声音。

冯程：你感觉到了我的悲伤？

狗向前一步，蹭着冯程的腿。

冯程用手摸着狗的头：幸好有你……天凉了，帐篷里太冷，明天咱们修地窨子，把家弄舒服点，要是等下了雪，可就来不及了。

16. 老营地　日　外

冯程修好了一个地窨子，在做着最后的加工工作，他用镐使劲地砸着木桩。

（叠画）

漫天大雪覆盖了营地。

被雪埋没的一根木杆子向外推着。

冯程探出头来，原来那根木竿子是地窨子的门。

冯程望着白茫茫的世界，他的目光也变得白茫茫。

17. 高原荒漠　日　外

冰雪融化，荒原上的春风吹着枯草，偶尔可见零星绿色。

18. 老宜林山坡　日　外

冯程、于正来、陈广济、曲和四人查看着去年秋天种的树苗。

一棵棵检查，一次次失望。

于正来：冯程，别灰心！

可是冯程很绝望：又一棵没活，我真笨！

说着，冯程在自己脸上抽了一巴掌。

陈广济：哎，等会儿！实事求是地说，我认为山窝里那十几棵，有可能会活！

冯程叹了口气：好了陈工，别安慰我了，我承认，我又失败了。

于正来咳嗽了一下：什么叫失败？你承认失败，才是真失败！还有没有信心？下坝挑苗子去？

冯程想了想，笑了：算了，我相信陈工，请局里分配树苗吧，我再努力一季！

于正来：不急，我们研究了，你在上面一整年，太辛苦了！下去歇几个月，秋天再上来！

冯程：不，我发过誓，树还没种活，我不能下坝。

曲和在不远处喊着：那可不行，你得回局里一趟。北京来电话了，你原单位保卫科要来找你了解情况，你必须配合！

冯程一愣，他有不祥之感。

19. 局长办公室　日　内

冯程声音低沉：又来干什么？我在坝上种了一年树，跟你们没什么好说的！

侯科长：一年没见，脾气更长了……我们是来请你辨认几样东西的，给他看。

徐干事拉开包，拿出两个文件袋，从文件袋里小心地拽出了两样东西。

一条红纱巾和一幅画。

冯程瞟了一眼，没在意。

徐干事：请问这是不是毛琦的东西？

冯程：是。

徐干事：那就好，没事了，你回去吧。

冯程没想到这么简单，转身要走，又驻足：能把这两样东西留给我吗？

徐干事：这可不行。

冯程：那好，纱巾我不要，把那幅画还给我，本来就是我的。

徐干事很和气：这是公安转给我们的证据，调查完还要还，怎么可能给你呢？

冯程：公安？毛琦怎么了？

徐干事：这跟你没关系！

徐干事将两样东西装进包里。

侯科长起身：于局长，曲科长，我们的工作结束了，谢谢配合！

就在冯程的注视下，四人握手，侯科长等二人推开门就走。

冯程突然意识到什么，追了出去。

20. 林业局院落　日　外

冯程拦住侯科长：侯科长，请告诉我毛琦到底怎么了？！

侯科长没理冯程，绕过他往外走。

冯程又拦住徐干事：徐干事，请你告诉我，毛琦怎么样了？

徐干事：哎呀，你就别打听了，安心工作吧，我们再也不来了……

冯程诧异的神情。

徐干事的脸上带着诡异的神情，绕过冯程。

冯程再次追赶，又一次拦住了侯科长：侯科长！看在我们曾是同事的分儿上，求求你了……

冯程眼眶湿润了。

侯科长：其实我们也调查清楚了，你还是很爱祖国的，从表现上看，也应该算跟毛琦划清了界线……告诉你吧，她死了！从深圳宝安偷越国境，被我人民解放军当场击毙，刚才那两样东西是从海里打捞上来的证据。

冯程眼前一黑，栽倒在院子里。

21. 老刘头宿舍　夜　内

冯程的眼睛慢慢地睁开，他的头上搭着湿毛巾。

老刘头：小子，你可算是醒了！你想吃啥，大爷给你做去！

冯程：酒……有酒吗……

老刘头：酒？

22. 功勋树下　日　外

喝醉了酒的冯程拄着一把铁锨摇晃而来，他看着那棵参天大树，树在他的眼前仿佛倾倒了，那是他醉酒后的视力错觉。

冯程用铁锨铲着土，地很硬，铲起来很艰难。

这正是老刘头所指的冯立仁被埋的那个地方旁边。

很快，冯程挖了一个浅浅的坑，他将铁锨扔到一旁，躺了进去。

冯程：父亲，我知道你就睡在旁边，我来陪你了……别怪我没出息，我种的树一棵也没活，爱我的妈妈走了，我爱的毛琦也走了，我……实在太累了！从此以后，这棵树就是咱爷俩的墓碑了……

泪水流淌在冯程所枕的黄土里。

冯程闭上了眼睛。

一阵风吹过，冯程的身上就是一层沙土。

冯程眼前再次闪回与毛琦的那些美好时光，但视角与之前发生了变化，每个镜头都是他主观中的毛琦。

（叠画）

23. 功勋树下　夜　外

远处，一阵阵狼嚎。

已经被埋了半层黄土的冯程置若罔闻。

斗转星移，冯程真的睡着了，他期盼永远睡下去。

（淡黑）

24. 功勋树下　晨　外

（淡起）

天地间仿佛只有那一棵树。

树下的冯程一阵颤抖，是被刺骨的寒风吹的。

冯程的嘴唇开始干裂，但他仍紧闭着双眼，呼吸变得微弱。

“咣”“咣”声震耳欲聋，一个人的声音：砍不动！这树还挺硬！拿锯拿锯！拿锯来！

另一个声音：来了！

锯树的声音传来，冯程慢慢地睁开眼睛。

冯程猛地从黄土堆里站了起来，带起了一团黄土。

冯程的视线中，四个村民正在锯功勋树。

冯程大喝一声：住手！

25. 功勋树下　晨　外

“咣”“咣”声震耳欲聋，一个人的声音：砍不动！这树还挺硬！拿锯拿锯！拿锯来！

另一个声音：来了！

锯树的声音传来，冯程慢慢地睁开眼睛。

冯程猛地从黄土堆里站了起来，带起了一团黄土。

冯程的视线中，四个村民正在锯功勋树。

冯程大喝一声：住手！

众人惊愕。

冯程冲了过去，将拿着锯和斧子的村民逼退。

锯条已经镶嵌在树中。

冯程一脚将锯踹下：不许你们砍树！

为首的是郑三儿，附近村落郑营子郑老骥的儿子。

郑三儿喝道：你是谁啊？！

冯程：我是林业局来坝上种树的！这棵树属于我们林业局，不许你们砍！

郑三儿笑了：你就是他们说的那个疯子吧？种了好几千棵苗，一棵没活的那个？还没滚蛋呢？

冯程喘着粗气。

郑三儿：这就是塞罕坝的一棵野树，谁说属于林业局了？我还说是我们家的呢！我二十五了，得盖新房子娶媳妇！用这棵树当过梁，正合适！你让开！

冯程：你们是当地村民吗？

郑三儿：废话！

冯程：难道你们没听说过，这是一棵“镇风神树”！

郑三儿哈哈大笑：狗屁神树，它什么时候镇住风了？三天两头刮黄土刮沙子，弄得我们坝上的老爷们都娶不上媳妇！没准把它砍了就好了呢！

冯程：只有多种树稳定水土才能减少风沙，这是科学！这棵树是老祖宗留下的，几百年了，我们要靠它搞造林的研究！我是林业局的职工，我警告你们，砍树犯法。

郑三儿：砍棵野树犯个屁法！滚开，不然揍你！

冯程抄起自己的铁锨：有我冯程在，谁也别想砍这棵树！

村民甲有点怕：这是个横主儿……郑三儿，怎么办？

郑三儿：不让我砍树，就是不让我娶媳妇！打！咱们哥四个还打不过他一个？

四名村民冲向冯程。

冯程用铁锨挥舞着，但他只是吓唬，不想打到人，再加上两天没吃饭，他很快就露出了破绽。

村民甲用镐把扛开了冯程的铁锨。

郑三儿趁机抱住了冯程的腰。

另外两人动手抢下冯程的铁锨，扔得远远的。

冯程被郑三儿一个跟头摔了出去。

郑三儿：滚啊，别找死……快砍！我爹套了车，马上就来了！

冯程强撑起身体，再次冲向四人，左拨右甩拦在树前：不许砍树！除非打死我！

村民甲：他是不是脑子有毛病啊？

郑三儿：肯定是个疯子，一个人到坝上种树，不是疯子是个啥？

说着，郑三儿又冲了上去。

郑三儿身体强壮，冯程稍作反抗便已经招架不住。

郑三儿在冯程的肚子连凿三拳，要不是靠在树上，冯程就被打倒了。

郑三儿收拳，冯程捂着肚子跪倒在地上。

郑三儿：扔得远远的！

两名村民架着冯程拖到十米外，扔了出去，又在冯程背上、屁股上踹了两脚。

一阵凉风吹过，冯程才缓过气来，他的嘴角淌着血，他看向那棵树。

郑三儿和村民甲已经又开始锯树。

冯程站起身再次向神树冲去。

负责拦着冯程的村民发现：还来？

村民跳起踹在冯程胸口，冯程再次倒地。

这一回，冯程已经没有力气站起，但他向神树的方向爬着，爬着。

另一村民上前又踹了冯程一脚。

可冯程完全不顾，只是向神树爬着。

两个村民有点含糊。

离树还剩三米远，冯程突然用尽浑身力气一跃而起：不许砍树！

冯程在后面抓住郑三儿。

郑三儿抬手打在冯程的腮帮子上。

冯程一踉跄，却抓住郑三儿的胳膊，用力一口咬了上去。

郑三儿被咬得嗷嗷直叫。

冯程将郑三儿推开。

对面的村民甲吓得站了起来。

冯程将锯条再一次从树上拽了出来，抓住锯条两端一脚将锯条踹折。

村民甲：我的锯！我的饭碗啊！

那个年代，一条锯对村民来说就是一条生命。

村民甲急得满脸通红。

郑三儿捂着胳膊：好小子，我的肉都让他给咬下来了！

郑三儿也红了眼。

冯程面目狰狞：不许你们砍树！

郑三儿：这小子真是找死！往死里打！

村民甲和郑三儿双双冲向冯程，连拳带肘，连膝带脚，一阵痛锤。

遍体鳞伤满脸是血的冯程栽倒在地上。

郑三儿打累了：砍棵树碰到你这么个主儿，真是倒霉！我可不想杀人，你快点滚！

冯程的目光呆滞，他在向一个方向爬着，用尽全身力气将上半身撑起，一把抱住神树，他已经说不出话了，但这一动作说明他以死护树的决心。

郑三儿等四人凑在一起。

村民甲：郑三儿，这……这咋办啊？我锯还让他给踹折了！

郑三儿：我赔你……把镐把给我！

另一村民：你要干吗？

郑三儿：伤成这样了，不打死他咱们哥几个也得进派出所！不如来个干脆的，挖个坑埋了，谁也找不着！

说完，郑三儿没等别人动手，自己从地上抄起了镐把儿：让开！

抱着树的冯程听到了郑三儿的声音，他的身体在颤抖，但他不肯松开树。

郑三儿“啊”的一声大喊，他抡圆了镐把。

“住手！”

郑老骥套着马车赶来。

郑老骥冲到郑三儿身旁，将郑三儿推开：你干什么？！

郑三儿：打死他！

郑老骥凑上去看。

冯程的生命体征已经非常微弱。

郑老骥：你们打的？

郑三儿：不让我们砍树，还咬人！活该！

村民甲：他还踹折了我的锯！

郑老骥：那也不能打死啊？那得偿命！

郑三儿：已经这样了，只能打死了！爹，你快带他们几个挖坑去，挖深点，好汉做事好汉当，我下手！

郑老骥：不行！走吧走吧，快走吧！

郑三儿：不能走啊，万一他告状，公安抓我怎么办？

郑老骥：都这样了还活得了吗？快走！天一黑狼就把他叼了！

众人收拾东西，装在马车上，灰溜溜地离开。

很快，这群宵小消失在荒漠之中。

冯程的力气终于消耗殆尽，他一松手，倒在了树下。

冯程的视线中，参天大树渐渐变得模糊。

冯程累了，又一次闭上了眼睛。

26. 老营地　日　外

被拴在地窨子旁边的狗儿预感到不祥，它一直在挣扎，试图挣脱束缚。

终于，狗儿冲了出去。

27. 功勋树下　昏　外

地平线上是那棵树，树下躺着冯程，远处狼嚎声传来。

狗儿从镜前跃入画，带着拴狗的链子冲向功勋树。

狗叼着冯程的衣服，使劲地拽着。

冯程没有反应。

狗伸出舌头舔着冯程的脸。

冯程慢慢地睁开了眼睛，看见狗儿，欣慰地笑了。

28. 功勋树下　夜　外

漫天的星斗，阴风狼嚎。

狗儿警觉地守护着昏迷的冯程，为了求援，狗突然大叫起来。

仿佛天地间只有这一人一狗。

冯程的呼吸声和狗的狂吠声，让星月都褪色了。

29. 功勋树下　晨　外

狗仍然在叫着，晨风更厉。

冯程一哆嗦，睁开了眼睛，映入他视线中的是蓝天白云和那棵参天大树。

冯程自言自语道：我还活着……狗儿……

狗停止了叫，依偎在冯程腋下，它也累了。

冯程手上的血干了，他用手慢慢地抚摸着狗的头。

冯程淌下了泪水，那泪水可能是冰冷的。

冯程的心慢慢地暖了起来，脸上变得更加坚定。

30. 老营地　日　外

于正来、老刘头、陈广济，还有四五个林场职工从不同的方向汇集到老营地。

职工们汇报着，职工甲：没找着啊！

职工乙：根本没有冯程的人影！

陈广济捂着胸口咳嗽着：他种过树的那几片宜林山区我都去过了，没人！

于正来：你们确实看清楚冯程上了坝？

职工甲：看清楚了！

老刘头：都怪我！他要酒，我就给他喝了！我想他心里难受，醉一回也就痛快了，哪承想……

老刘头懊恼地蹲在了地上。

曲和从一个方向赶来：他舅舅李铁牛家我去找过了，没人啊！

陈广济：局长，做好最坏的打算吧，他靠两条腿上的坝，兴许在半路上碰到了狼群……

于正来吼道：不可能！他是这片土地的英雄之后！塞罕坝的狼不可能吃他！找！接着找！找不着冯程，对不起冯大队长！

老刘头听到冯大队长四个字突然一激灵，"腾"地站了起来：等会儿！我知道他在哪了！跟我走！

说着，老刘头便冲向系在一旁的马。

31. 功勋树下　日　外

冯程将自己的外衣系在树的伤口上，紧了又紧才放心。

冯程用铁锨强撑着身体。

铁锨上有新鲜的草根儿的印记。

八匹马扬起滚滚黄烟。

于正来和老刘头勒住了马，他们惊讶地看到功勋树下拄着铁锨的冯程，佝偻着身子，向他们走来。

众人翻身下马冲向冯程，但见冯程浑身是伤，满脸是血。

陈广济看向冯程，见他没事，松了一口气，又看向远处的功勋树，皱了皱眉，冲向功勋树。

老刘头：小子，这是怎么了？！

冯程看着众人关切的目光，捣着气。

曲和判断着，迅速拿出侦察兵的姿态：不像是被野兽攻击了，是人打的！冯程，告诉我是谁打了你，局里给做主，报告公安去！

于正来担心地：是啊，冯程，到底发生了什么事？

冯程喘着粗气：不重要了……

冯程笑了：我虽然没能种活树，可我却保住了这棵大树……不，不对，是这棵神树，救了我的命。

众人有些疑惑，并没有听懂冯程的话。

陈广济突然喊道：局长，是有人要砍这棵树，冯程一定是保护树才被打伤的！

众人一窝蜂地冲向神树。

树被砍和被锯的地方已经被冯程用衣服系住。

陈广济小心翼翼地拨开衣服一角，草根草叶等将树的伤口完全封住，活干得细致漂亮。

陈广济从树的方向对冯程喊着：冯程，你给树治了伤？

冯程：我也不知道对不对，正想回去查书呢……

陈广济：对！用草根保持树伤口的水分，你做得好啊！

冯程：刚才我查看了年轮，这棵树最少有二百年，而且它还在生长，应该说，它是一棵活标本。它向我们证明，塞罕坝完全有种树的条件，可以种活参天大树！

镜头摇过陈广济、于正来、曲和、老刘头，一个个老林业都热泪盈眶。

冯程站在与他们相对的不远处，瘦弱的身躯显得和树一样伟岸。

32. 老宜林山坡　晨　外

太阳从地平线升起。

种树的冯程。

33. 高原荒漠　日　外

烈日当头，挑水的冯程，他身后的狗儿。

34. 高原荒漠　昏　外

已是秋天，荒漠上的次生林发黄变红。

仍在挑水的冯程，他的头发更长了，脸上长满了络腮胡。

狗儿慢腾腾地跟在冯程身后，显得很悠闲，那是因为已经习惯了日常生活。

落日如金，冯程和狗儿的身影被镶在巨大的太阳中。

35. 宜林山坡　晨　外

朝阳中浇水的冯程。

冯程长满老茧的手轻轻地抚摸着刚刚放叶嫩芽。那神情像一个慈父关爱着新生的婴儿。

36. 老营地　日　外

一人骑着马，并牵着一匹马而来。

骑马的是林场职工甲。

职工甲喊着：冯程——你在吗？局长让你回局里一趟！

冯程从地窨子里出来。

远处那一人二马是逆光中的剪影。

37. 林业局院落　日　外

冯程把马拴在马厩上走向院落。

于正来从办公室里出来吓了一跳：呀！冯程，我突然认不出你来了！走，快跟我去医院！

冯程：什么事？

于正来：陈工查出了毒瘤子，快不行了，他想见见你。

冯程有些意外。

38. 医院病房　日　内

于正来、曲和等很多同志围着病床上的陈广济。

陈广济抓着冯程的手，冲于正来：局长，让我跟小伙子单独说几句话？

于正来点了点头，曲和等人退出病房。

陈广济：今年怎么样？

冯程摇了摇头：不好。去年您说有希望的那几棵，也黄了……

陈广济：育苗。

冯程：育苗？

陈广济：对！这几年我一直在琢磨，为什么坝上老种不活树？俗话说，一方水土养一方人，树也靠当地的水土养！要是从苗开始，成活率一定能上来！在坝上育苗吧！我信你！我会向于局长申请让他支持你的，你比我强，一定能成功！

冯程：陈工，您别瞎说，这点小病会好的！

陈广济摇了摇头：我不行了……塞罕坝靠你了！

陈广济的托付平淡而有力量。

冯程觉得自己的手被攥得紧紧的，他郑重地点了点头。

39. 老营地　昏　外

天边一抹红。

冯程又一次拉起了手风琴，那声音悠扬，传得很远很远，这是冯程为陈广济送行的琴声。

40.（闪回）局长办公室　日　内

于正来：你别回去了，我待会派人上去帮你把东西收拾下来！今年冬天，你无论如何在坝下过冬！

冯程：不，陈工临终前建议我在坝上育苗，并给我准备了最好的种子。冬天那些种子需要雪藏，我得看着它们。

于正来：围场不下雪啊？藏个种子用不着上坝！

冯程：陈工说得对，要在塞罕坝种活树，就应该在当地育苗。雪藏，也要用坝上的雪。

于正来：哎呀，你怎么这么较劲啊！？

冯程：我立下的誓言，不能更改！在坝上育苗需要人手，明年春天必须到位。

于正来：好小子！

于正来伸出大拇指：等着！大年三十，我上去陪你过年！

41. 老营地　昏　外

冯程停止拉琴，看着狗儿：供给准备得差不多了，柴火充足，今年冬天，比去年好过，这是咱们哥俩在这过的第三个冬天了……我们在这建立了家园，你也长大了……

冯程向狗凑去：哎，你看看我，像不像鲁滨逊啊？

狗汪地叫了一声。

冯程笑了：鲁滨逊也有一个伙伴叫星期五，今天星期几啊？星期三……星期四……不对，应该是星期六！

狗儿汪汪地叫了两声。

冯程：怎么？你喜欢星期六？要说咱们哥俩在一起三年了，我也该给你起个学名了，叫星期六好不好？

狗儿肯定地叫了一声。

冯程笑了：就星期六了！小名，六儿，怎么样？

狗儿汪汪连叫了好几声。

残阳如血，冯程紧紧地将狗搂在怀里。

42. 塞罕坝　日　外

雪的世界。

43. 塞罕坝　日　外

一簇野花迎风开了，又一个春天。

44. 承德地区林业局局长办公室　日　内

于正来：哎呀，老伙计！半年没见，可想死你了！

曲和：我也想您啊！到了地区林业局当局长，守着避暑山庄皇家园林，没把围场的老伙计忘了吧？

于正来：那怎么能？！你这带的啥？

曲和将身上背着的几个布袋子卸在地上：可不是我送礼，是老职工们托我给你带的！土豆干、豆角干、风干的牛肉干……大伙惦记着嫂子和那几个孩子！

于正来：哎呀，还是咱们围场的老伙计亲，回去替我谢谢大伙！

曲和：叫我来有什么任务？

于正来：冯程要在坝上育苗，需要人手，这事儿落实得咋样了？

曲和：他行吗？

于正来：你不让他试，咋知道他行不行？

曲和：好，有于局长这句话，我回去就落实。

于正来：多给他几个人！

曲和：育个苗，哪用那么多人？

于正来：还有个大好事我要告诉你呢！

曲和：什么好事？

于正来：我刚接到林业部的通知，国家要求我们在塞罕坝建林场，大林场！

曲和：说起来简单，怎么可能？

于正来：你说最缺什么？

曲和：首先就是人才嘛！

于正来哈哈大笑：这就对了！

于正来将一张火车票拍在曲和面前：看见没有？火车票，我的！下午就去哈尔滨，东北林学院，一个月之内，林业部的领导们会带着我跑遍全国所有的林业学院，为塞罕坝招兵买马！

曲和的眼睛都亮了：太好了！哎，不过说好了，于局长，要招人咱可得招造林专业的！木材加工专业的咱可一个不要！你看看冯程这些年浪费了多少苗子？！

于正来笑了：放心吧，对于即将建成的塞罕坝林场，什么样的人才我心里有数！

45. 东北林业大学礼堂　日　外

毛主席的照片。

礼堂里座无虚席。

国有林场管理局领导栗坤：下面有请林业部副部长覃秋丰同志讲话！

栗坤把麦克风推给了覃秋丰。

覃秋丰：同学们，社会主义新中国成立以来，经济建设日新月异有目共睹，祖国的林业事业也迎来了大好局面，但同时我们也看到了两个危机。首先，原木供应紧张直接影响到了工业发展。开矿藏用木头，建铁路用木头，造纸、建筑更不用说……咱们学林的能让木材供应不足，卡住祖国经济建设的喉咙吗？不能！所以，要加快森林工业发展的步伐，为祖国提供更多的木材！

在以上这番演讲中，镜头慢慢推向一名女同学，她是覃雪梅。

坐在覃雪梅身旁的孟月低声道：雪梅，看见部长面前摆着的名牌了吗？他跟你姓一个“覃”。

覃雪梅低声道：看见了……

覃雪梅皱了皱眉头。

46.（闪回）某家　日　内

一张发黄的照片从一张苍老的手递到覃雪梅的手里。

照片上是年轻的覃秋丰与覃雪梅的母亲，坐在两个人中间的是一个五岁大的小女孩，那正是小时候的覃雪梅。

47. 东北林业大学礼堂　日　内

覃雪梅困惑的神情，一滴眼泪掉了下来。

孟月：雪梅，你怎么哭了？

覃雪梅难以置信地摇了摇头：没事……

覃秋丰的名牌摇起，他仍然在讲话：第二个危机更加严峻，那就是环境问题！就拿北京为例，每到春天风沙弥漫，气候恶劣，那可是首都啊！毛主席住的地方！沙尘暴一来，满城刮得天昏地暗！为什么会有这样的天气？是内蒙古高原的风沙南侵。有专家预测，如果不加以治理，六十年后，风沙可直逼北京城！我们林业人，应该担负起植树造林，稳固水土，保卫首都的重任！今天，和我一起来的还有来自全国十几个林业局的负责人，其中就有承德的于正来同志！待会儿他们会分别介绍情况，也希望即将毕业的各位大学生，响应国家号召，到最需要你们的基层林场去！

雷鸣般的掌声。

鼓掌的覃雪梅。

覃雪梅身后英俊的武延生。

在讲话说到于正来时，镜头描绘了在侧幕等待上台做报告的于正来，他前面还排着四五个其他林场的同志，有斗志昂扬的女同志，也有精明利落的中年领导。

老革命于正来在队伍中显得很土气。

48. 礼堂外厅　日　内

覃秋丰在几位校领导的陪同下从侧厅走了出来。

覃秋丰：同志们继续开会，好不容易来到东北，我得在天黑之前赶到牡丹江林场去！

校领导：部长，要我说您就别赶夜路了！

覃秋丰：不行不行！东北这么多林场，这次来，我得把所有的林场都跑遍了，机会难得啊！

正在领导们寒暄之时，覃雪梅已走得很近，她希望覃秋丰看见自己。

一位校领导发现，转过身来：哎，这位同学，你有事吗？

覃雪梅的目光中只有覃秋丰，她的心跳得很快，脸涨得通红。

覃秋丰看了一眼，对覃雪梅笑了笑。

对校领导道：我发现这两年学林的女大学生越来越多了……巾帼不让须眉，这位同学，希望你响应国家号召，到最艰苦的地方去，建功立业！

覃雪梅强忍着泪水，使劲地点头。

覃秋丰走出了礼堂。

有校领导挡着，覃雪梅没有办法与父亲相认。

49. 东北林业大学礼堂　日　内

同学们正在鼓掌，覃雪梅坐回到原位。

孟月看着覃雪梅红红的眼睛：你又哭了？

覃雪梅：到最艰苦的地方去，建功立业……我是激动的。

主持会议的栗坤：下面就请刚才覃部长提到的承德地区林业局局长于正来同志，给大家介绍一下他们那里的情况！

于正来走向主席台，来到做报告的话筒旁。

于正来的心情有些沉重：同学们，我是承德地区林业局局长于正来。我们正在筹备在围场的塞罕坝地区建立一个大林场，需要人才，越多越好，在座的所有大学生全跟我走，我都欢迎！刚才听了全国各地林业同行的介绍，他们的条件真的都不错，可我们那的条件更好！围场坝上，那是封建社会皇上打猎的地方，能不好吗？有句老话，“棒打狍子瓢舀鱼，野鸡飞到饭锅里”，大树参天，野花遍地，一不留神，梅花鹿就撞开你们家的门！蒙古姑娘美丽，满族小伙结实，不管是男同学还是女同学，去了那儿都不会想走！

于正来一口气讲到这，同学们已经爆发了雷鸣般的掌声。

听到掌声，于正来编不下去了，哽咽了半晌：我说的是二百年前……由于近一百年来的环境破坏，浑善达克和科尔沁沙地的南侵，围场坝上成了高原荒漠。地表沙化严重，缺吃少穿，偏远闭塞……一年就刮一场风，从正月初一刮到腊月三十。

同学们哄堂大笑。

栗坤打着哈哈：老于，你是来招人的，可不是来诉苦的啊！回头没有人报名可别怪部里没帮你组织！

于正来：我是来招人的，可作为党员干部，不能骗同学们。我们那就是常年刮风，海拔一千多米，冬天最低气温零下四十多度，年均积雪七个多月，无霜期最短的一年只有二十七天。可是我们为什么要在那里建林场？因为进北京的沙尘暴就是从我们那里长驱直入！只有建成林场，恢复植被，稳固水土，才能拦住大风狂沙，保卫首都，保卫毛主席！

更热烈的掌声。

于正来热泪盈眶。

50. 东北林业大学院落　日　外

小桌前，每个林场来招人的负责人身边都被学校配了一个工作人员登记。

十几张小桌摆满了学校院落。

有的地方排起了长队，可于正来面前一个人没有。

覃雪梅绕过排长队的同学们，来到于正来面前：于局长您好，我叫覃雪梅，我来报名。

说着，覃雪梅递上自己的报名表。

沮丧的于正来眼睛都亮了起来，一把握住覃雪梅的手：好！

于正来一字一顿地：覃——雪——梅同志，欢迎欢迎！

51. 国家林业部大门口　晨　外

庄严的林业部，覃雪梅向站岗的人民解放军打听着。

52. 林业部家属院　晨　外

一位工作人员引着覃雪梅走来，并指向一栋小楼。

53. 覃秋丰家　晨　内

覃雪梅坐在沙发上，忐忑不安的神情。

金佩云带着两个儿子从楼梯上下来：快快快！上学去！

覃雪梅立刻站起身来等待着。

大儿子有些慵懒：妈，这才几点啊？

金佩云看表：眼见就七点了，八点钟上课，七点半之前不应该到学校吗？我参加革命的时候就比你大一岁！跟着队伍闹革命，从来没掉过队！

大儿子表现出不耐烦，被金佩云轰了出去。

覃雪梅低着头，侧眼观察。

四十多岁的金佩云干净利落，一副军人做派。

金佩云回过头来看向覃雪梅。

覃雪梅：您好，这是覃部长家吧？

金佩云：是啊，我刚才听见小王喊我，说来客人了，是你啊？

覃雪梅：啊……您是？

金佩云：我是覃部长的爱人，你叫我金大姐就好了。

覃雪梅一愣，辈分不对实在叫不出口。

覃雪梅：金……阿姨……

金佩云听着别扭：让你叫大姐，套什么近乎？！你是干什么的？

覃雪梅：我是一名大学生……

金佩云：学林业的？

覃雪梅一愣：您怎么知道？

金佩云：我能不知道吗！？老覃带着人跑了一回林业院校，可好！昨天一天来了四拨人！套各种关系，让老覃帮着给找好地方工作……我就纳了闷了，你们这代年轻人怎么就不知道吃苦呢？我们打下来的天下就是让你们干享福的吗？没有人建设祖国，去哪享福？

覃雪梅很委屈：我……我跟他们不一样！

金佩云：有什么不一样的呀？

覃雪梅：我……我是广西人。

金佩云：噢，要跟老覃套老乡？还是自己来的？没家长陪着，你人不大，主意不小啊？

覃雪梅有点急了：我姓覃！我要见覃部长！

金佩云：姓覃？咋着？还想套亲戚啊？覃部长出差没回来，就算他回来了也不会帮你！我在覃部长身边十几年了，我还不了解他吗？他的心里只有国家！只有林业事业！不会给你走后门，找好工作的！

镜头迅速推向覃雪梅：十几年了……从什么时候开始？

金佩云：这关你什么事？！甭说老覃了，我这关就过不了！你是哪个学校的，学的什么专业，留下全名！我这就联系学校，哪苦把你分配到哪去！

覃雪梅仿佛根本没有听见，她默默地嘀咕着：十几年了……

无限心酸涌上覃雪梅的心头。

54.（闪回）某山洞里　日　内

幼年覃雪梅依偎在母亲怀里，旁边是铺在地上的干草、破锅，即将燃尽的一把柴火。很明显，她们在山洞里艰苦地生存。

母亲对覃雪梅：木娘，别怕，你爸爸是天下最好的男人，他不会抛下我们娘儿俩的！

幼年覃雪梅的眼里掉下眼泪。

55. 覃秋丰家　日　内

泪水从覃雪梅的脸上淌了下来，她的嘴里挤出四个字：无情无义……

金佩云：你嘟囔什么呢？别在我家哭鼻子！

覃雪梅突然正视金佩云，那目光很犀利。

金佩云：你还敢瞪我？给我出去！出去！不然我叫勤务员了！

覃雪梅的情感憋到了极点，她把手伸进随身携带的小包里拽出照片，狠狠地拍在了桌子上，“啪”的一声，吓了金佩云一跳。

覃雪梅瞪了一眼金佩云起身出门。

金佩云：这，这，这……

金佩云纳闷，拿起照片来，一愣：老覃？

照片上是一家三口，男的正是覃秋丰。

56. 旷野　日　外

火车奔驰在辽阔的东北平原。

57. 火车车厢　日　内

感情上受到巨大打击的覃雪梅依窗而靠。

（本集完）

第四集

1. 东北林业大学院落　日　外

覃雪梅走在校园里。

武延生的声音传来：覃雪梅——

覃雪梅驻足。

林荫路上，帅气的武延生跑了过来：从北京回来了？

覃雪梅点了点头：你怎么知道我去了北京？

武延生：一星期没见着你的人，林业部的接收函却已经到了！这么好的事不去北京活动能行？

覃雪梅：林业部？武延生，你竟瞎猜！我已经报名要去承德塞罕坝了。

武延生：开什么玩笑！刚才我见到学生处的领导了，说林业部已经要走了你的档案，好像是让你去给覃部长当秘书。

覃雪梅很意外：怎么可能？

2. 东北林业大学学生处　日　内

覃雪梅看着一个表格：这怎么可能？我志愿报名去承德！

学生处处长：覃雪梅同学，林业部需要品学兼优的毕业生，让学校推荐，鉴于你的毕业成绩和表现，学校决定推荐你，这可是好事！别的同学求之不得的！

覃雪梅：是去给覃秋丰部长当秘书吗？

学生处处长：你已经知道了？到了部长身边多关怀母校！

覃雪梅：我想知道的是，这样的安排是否有人走了后门，活动了关系？

学生处处长急了：哎？！怎么可能？你想到哪去了？

覃雪梅愣了一下，她明白了这件事纯属偶然，与覃秋丰无关：既然没有，我请求到最艰苦的地方去！毛主席号召我们绿化祖国，承德塞罕坝要建立林场，我是学造林专业的，那里才最需要我！

学生处处长充满敬意地站起身：这是你的真实心愿？

覃雪梅斩钉截铁：是！

3. 东北林业大学院落　昏　外

覃雪梅和孟月坐在长椅上。

孟月有点委屈：雪梅，就要分别了，真不知道何时才能再见到。

覃雪梅：你被分配到哪了这么悲观？

孟月：唉，最苦的承德塞罕坝呗……

覃雪梅笑了：真的？！那你说什么分别啊？咱俩是一个地方，以后更得天天在一起了！

孟月：不可能吧？我听武延生说你们两个一起回北京，他还说回去就让你尽快见他的父母，要和你结婚呢！

覃雪梅：我才大学毕业，从来没考虑过结婚的问题，你别听武延生胡说！

孟月：可是武延生追你大家都能看得出来……

覃雪梅：那是他的事！

武延生气喘吁吁地跑来，发现覃雪梅：覃雪梅？

孟月：他来了，我先走了，你们聊。

孟月使了个眼色起身走了。

武延生走过来要坐，覃雪梅却站了起来。

武延生也只好站着，林荫路上，两个人四目相对。

武延生：好好的林业部你不去，要去塞罕坝?

覃雪梅：每个人都应该有他自己的选择，我已经决定了。

武延生：那……那你有没有想过我啊?

覃雪梅：我跟你从来没有过恋爱关系，请你不要在同学间制造舆论。

武延生：覃雪梅，我可追了你三年了……

覃雪梅：我早就拒绝过你了。国家培养我们不容易，我想先工作，后成家。

武延生：那我陪你一起工作!

覃雪梅：你说什么?

武延生：不就是“一年一场风，年始到年终”吗?（第二方案学于正来：不就是一年只刮一场风，从正月初一到腊月三十吗?请演员各说一遍）你覃雪梅都不怕，我也不怕!

覃雪梅：武延生，没有这个必要。

武延生很坚定：有这个必要！追了你三年不行，我就再追三年，三十年!

覃雪梅无奈，但她也只能接受这男生的善意。

4. 老营地　晨　外

睡在帐篷里的冯程翻了一个身，他睡得正香。

尖厉的哨声震耳欲聋。

冯程在梦中惊醒，吓得他心直慌。

捂着胸口的冯程掀开帐篷，发现外面才刚刚有一点晨光。

逆光中，赵天山的剪影，他吹着哨。

冯程：赵天山，你干什么?!

赵天山：起床！出操!

冯程气坏了，他钻回帐篷，捂住耳朵继续睡。

原冯程住的地窨子里钻出东北人张福林，河南人魏富贵和民工甲乙。

众人都很不适应，不知如何是好，看着赵天山。

张福林见赵天山肩上背着枪，顿时紧张，甚至向后退了两步。

赵天山：看什么看？列队！

赵天山看向冯程的帐篷，脸上出现不悦。

帐篷里的冯程被近距离哨声再次惊醒，他发现赵天山掀着帐篷帘对着自己吹。

冯程：你干什么？！

赵天山一字一顿：起床！出操！

说罢，赵天山转身就走。

冯程气坏了，但是想了想，硬撑着开始穿衣服。

冯程终于来到了营地外，发现赵天山正面对着四个民工等着他。

四个民工站的离拉歪斜。

冯程看着想笑，来到赵天山身旁：老赵，你看一个个的，别难为他们了！

赵天山转过脸来，严肃地对着冯程：入列。

冯程：我？

赵天山一瞪眼：当然！难道是我？

冯程：赵天山同志，你没弄错吧？林业局让你们上来是配合我育苗的，不是让你来给我军训的！

赵天山：昨天领导送我们上坝的时候，对我的任命是塞罕坝林场先遣队队长，你必须服从命令听从指挥！入列！

冯程看着赵天山掐起了腰。

赵天山：怎么？不服？

冯程：当过几天兵就不知道姓什么了，官儿迷啊？

赵天山朗声道：我当了十一年兵，我不是官儿迷！但我现在是你的队长，服从命令，入列！

冯程见赵天山眼睛瞪得溜圆，害怕挨打，无奈走进了队伍。

赵天山：稍息……立正！向右转！跑步走！

冯程和几个民工乱七八糟，只有赵天山充分地显示出军人的素质。

5. 大沙坡　晨　外

朝阳中，赵天山带着他的五个兵跑上沙坡。

赵天山喊着口号：提高警惕！保卫祖国！

冯程等五人跟着喊：提高警惕……保卫祖国……

6. 老营地　日　外

魏富贵给大家盛着粥，每人手里一个窝头，咸菜，几人凑在一起吃着。

冯程离得稍远，细嚼慢咽着。

赵天山放下饭碗：听我分配任务！

冯程：等会儿！我不管你什么先遣队队长，育苗是技术工作，该怎么干得听我的！

赵天山：既要工作好，也要生活好！这是林业局交给我的任务！

冯程：你还想怎么好啊？我都把地窨子腾出来给你们住了，我住的是帐篷！

赵天山：既然是先遣队，就得为即将上坝的大部队做好准备工作！

冯程：大部队？笑话！我一个人在坝上三年了，哪见过大部队？

赵天山：三年了，营地还这么破破烂烂，你也好意思说？

赵天山指着冯程原来的地窨子旁另外一个老地窨子，三年过去了，冯程并没有把那个地窨子修好。

冯程：你们几个是我跟局里申请上来帮我育苗的，不是来享福的，愿意干留下，不愿意干走人！

赵天山：不耽误你育苗，昨天听你说了，今天不就是做畦嘛！你需要几个人？

冯程没好气地：一个人就够。

赵天山：那你先挑。

冯程：我就挑你！

赵天山有点发蒙：我……

两个民工开始偷笑，弄得赵天山很没面子。

赵天山硬撑着：我就我……

张福林凑了过来：哎，别别别！我吧……我在老家地种得不错，做畦种菜我都会，我跟冯技术员去！

冯程瞪了赵天山一眼，带着成功者的骄傲，瞟向张福林：你叫张福林是吧？

张福林：对，福气的福，树林的林……

冯程：好，就你了。

7. 冯程小苗圃　日　外

苗圃需在山下，四周可有绿色，一亩地被开垦出来。

冯程和张福林在地上挖着。

一块地已经被挖得差不多了，冯程和张福林开始做畦。

地上有些简单的工具，铁锨、水桶、镐……

张福林干活很精巧，畦做得不错。

冯程：行啊老张，是把好手！

张福林嘿嘿两声：我干啥都是把好手。

冯程捏着土：用于育苗，这土还有点粗，有啥办法没？

张福林：用筛子筛啊！

冯程：哪来的筛子？

张福林：我在营地看到筛网了，做个筛子还不容易？我手巧着呢！

说着，张福林用手比量着畦的宽窄：三尺八九……我就做个这么大的筛子。

冯程：呵！一张嘴就有门道，不赖！

张福林被表扬，笑得有些得意。

张福林想了想，凑到正在干活的冯程面前：技术员，您是大学生，那个赵天山算个啥啊？他管着您？您跟局里说说，赶紧让他下坝吧！

冯程：你也烦他是不是？

张福林：是！吆五喝六的，关键他还背着枪……

张福林说到枪，收住了嘴，很明显，他怕的就是枪。

冯程：当了十一年的兵，居然没提干，不定在部队犯了多少回错呢！等我抓到他的把柄，让他滚蛋！

张福林点着头附和着，小眼睛中带着一丝狡猾。

8. 老营地　昏　外

扛着生产工具，冯程和张福林回到老营地。

先看见魏富贵躺在地上龇牙咧嘴。

冯程：老魏，怎么了？

魏富贵：啊？冯技术员你回来了……哎呀，我算是累趴下了！

冯程和张福林向老营地望去，吓了一跳。

塌了的地窨子被修好了，连通两个地窨子的地面都被相对整齐的石块铺成了路，既整齐又大方。

赵天山还在用大锤砸着地窨子上的木桩，力气十足。

另外两名民工也躲在阴凉休息，喘着粗气。

冯程：就你们四个人，干这么快？

魏富贵：我们仨也就顶他一个，赵队长不是肉做的，中午饭不吃，自己一会都不歇着……

话音未落，赵天山冲这边喊着：五分钟休息时间到了，接着干！

另外两名民工和魏富贵爬了起来。

冯程：几点了？！做饭了没有啊？别为了没影的大部队饿着自

己！你不是说生活要搞好吗？我饿了，谁做饭呀？

赵天山这才发现冯程已经回来了，他看了看太阳：全体都有，集合！

除冯程以外，几个人都连忙列队。

冯程无奈地也往队伍旁凑了几步，但他没有站到队伍里。

赵天山：大家今天的工作表现都不错，现在我命令，魏富贵同志留下做饭，其他同志跟我去打水！

众人面面相觑。

民工甲：还得打水啊……

民工乙一脸不情愿。

冯程：老赵，水源地可够远的……

赵天山：做顿饭的工夫，怎么也回来了，难道让炊事兵做饭，我们张嘴等着啊？晚饭后还要整理内务！看看你们个人物品，不像个样子！

一听要整理内务，张福林紧张起来：哎！打水我请假，我得帮冯技术员做筛子，明天育苗用得上。

没等冯程回答，赵天山：同意！

说完，赵天山拎起水桶。

众人只得跟上。

张福林打着小算盘。

9. 水泡子　昏　外

水面清凉，干了一天活儿的两个民工脸上都露出笑容。

民工甲将水撩在脸上：哎哟，真凉！

民工乙舔了一口水：哎，这水是甜的！

民工甲：要不是这么凉，我真想跳下去洗个澡！

冯程呼吸着水汽，陶醉的神情。

突然，一个声音让冯程转过头去。

不远处，赵天山已将上衣脱掉，整桶水浇在了自己的头上。

四人看傻了。

冯程好奇道：老赵，不凉吗？

赵天山没回答，又舀起一桶水，浇在身上。

水溅在地上，险些迸在冯程身上，他有些不悦，但他突然发现赵天山结实的肌肉上充满了伤疤。

冯程向赵天山身后望去，后背上更大的伤疤，另一侧肩头，肉陷了进去，明显是被子弹打中过。

已经绕到另一侧的冯程：老赵，你这受了多少次伤啊？

赵天山看了一眼冯程，回身将衣服穿上，打满两桶水，用扁担挑起：都动作快点！天黑之前必须赶回营地！

众人连忙打水，冯程看着赵天山，目光中有了一些变化。

10. 老营地　昏　外

一些筛子放在一旁，张福林边干活边瞄着魏富贵。

魏富贵露天做着饭。

张福林趁魏富贵不注意溜进地窨子。

11. 地窨子　昏　内

张福林在自己的包裹里翻着，翻出个油布包，巴掌大小。

张福林把包拿在手里，有很明显的重量感。

张福林神色紧张，快步出了地窨子。

12. 张福林藏金处　昏　外

灌木丛里，张福林用小镐使劲地刨着，将油布包塞进埴土中。

张福林又用刨出来的土将油布包掩埋，使劲地按着，用脚踩着，又用干草伪装，这才放心。

张福林往回走，被灌木丛上的荆棘刮住了衣服，他使劲一扯，衣服撕了。

13. 老营地　昏　外

赵天山、冯程、两个民工挑着水回来。

张福林也拎着小镐回来。

星期六冲向张福林嗷嗷地叫着。

张福林直躲：哎，哎……

张福林越躲狗叫得越厉害。

张福林跑，狗追。

冯程：六儿！过来！

狗这才放弃，跑向冯程。

冯程放下扁担，看着张福林：你干吗去了？怎么惹它了？

张福林：我没惹它啊！

冯程：那就是你身上有杀气。

张福林色变：哎！冯技术员，这可不能瞎说！

冯程：要不然，星期六不会咬你，它是从来不咬好人的！

张福林：我就是好人！这狗是看我最窝囊，捡软的欺负！

张福林假装跟狗使厉害，抡镐吓唬狗：你再欺负我，我一镐打碎你的狗头！

赵天山：你拿着镐干什么去了？

张福林吓了一跳，将镐放下。

赵天山：衣服还被刮破了？怎么回事？

张福林看向自己的衣服，才发现真的刮破了。

张福林：我……我去解个大手。

赵天山：解大手用得着镐头？

张福林：我怕狼，防身的……

赵天山：那衣服怎么回事？！

张福林：赵队长，你这是审犯人呢！

赵天山的脸冷冷地：我是怕你遇到坏人，我是队长，保护你们是我的任务！

张福林笑着：哪有坏人呢，除了咱们几个，好人都没有……

张福林过了一关，松了口气。

张福林突然瞟见冯程，冯程疑惑的目光让他不寒而栗。

14. 老营地　夜　外

赵天山拿着手电筒逐一检查着地窨子，来到帐篷前发现微弱的灯光下，冯程还在看书。

赵天山咳一声。

冯程看向赵天山。

赵天山：几点了，还不熄灯？

冯程：明天就要开始育种了，这是育苗成功的关键，我想做到万无一失，只能依靠知识……

冯程很硬气，却没想到赵天山露出了笑容，坐在冯程身边。

冯程有些不自在。

赵天山讨好的：明天出操，冯技术员可以不用起床。

冯程有些意外：啊？

赵天山：其实啊，上坝之前，我已经了解你的情况了，心里很敬佩……

冯程讪讪地：了解情况？不会是曲和派你上来监视我的？

赵天山一时不知道该说什么好：冯程，当兵的不能怀疑指挥官！

冯程：兵，兵，兵，我看你当兵没当够啊？

赵天山：真没当够。

冯程：当了十一年兵……你是解放前参加革命？

赵天山：那是！

冯程：我看你一身的伤，都是打仗留下的。

赵天山点了点头。

冯程：那立过不少军功吧？

赵天山：军功章都留在家里了，我老娘稀罕，每天都得擦上几遍。

冯程：那你咋没提干呢？要我琢磨，怎么也能当个营长团长的吧？

赵天山：我说了我不是官儿迷！要想当官，解放那年我就当上了！我老班长跟我说，队伍里最重要的就是兵！全去当官儿了，谁打仗？所以我就一直当兵。抗美援朝，一江山岛，我都打过！

冯程：要这么说，你这个队长，我心服口服了！

赵天山：队长归队长，要想种活树得靠你们知识分子，这个道理我懂！冯程同志，为了在坝上种活树，有任何需要我赵天山配合的，尽管说！

冯程站了起来，向赵天山伸出手。

赵天山紧紧地握住了冯程的手：刚才我没开玩笑，明天早上技术员不用出操，我到他们地窨子里吹哨去，不吵你睡觉……

冯程：别！今天起了一回早，我身上还挺舒服，出操必须带上我！

英雄相惜，相视一笑。

15. 冯程小苗圃　日　外

赵天山、冯程、魏富贵、张福林、民工甲乙六人都在，这是坝上第一次用种子育苗，在冯程的指导下，众人格外认真。

华彩中展现以下几点：

（1）落叶松的种子被均匀地撒在苗畦上。

（2）筛土覆盖种子。

正在这时，星期六叼着张福林藏匿东西的那块油布冲向冯程。

冯程：哎呀，我忙着呢，一边去！

星期六用头使劲地蹭着冯程。

冯程无奈，看向星期六，发现它嘴里叼着油布。

冯程将油布拿了下来：这是什么呀？

镜头迅速推向正在准备木滚子的张福林，他手一软，木滚子被他扔在地上。

冯程看向张福林。

星期六冲张福林叫着。

张福林看到冯程的目光，向后退了一步要跑。

冯程：六儿，别叫！看把老张吓得！

张福林一口气松出，他一捂肚子：哎哟，哎哟……我内急！我得去方便方便！

说完，张福林撒腿就跑。

赵天山：这老张怎么回事？我看看去！

冯程：不行！这是关键时刻，得赶紧用木滚子镇压松土，不能耽误！

赵天山明白事情的严重性，和民工甲拿起木滚子迅速干活。

（3）木滚子镇压松土。

冯程看了看手里的油布，又想了想，将油布塞到了兜里：老魏，快去准备莜麦秸！松土压严了铺在上面！

魏富贵：好！

魏富贵招呼着另外一个民工：走走，抱莜麦秸去！

（4）莜麦秸被均匀地覆盖在畦上。

（5）在离畦上三十公分高处，冯程带领大家利用木棍架起一层苇席。

都干完了，众人看着。

魏富贵：哎呀，冯技术员，种几个种子比绣花还精细？

冯程：去年冬天，我就开始处理这批种子，先是雪藏，取出来后，还经过了用高锰酸钾消毒等好几道工序！说太细了你们也听不懂……

赵天山：那干吗盖这么严实啊？

冯程：塞罕坝海拔高，日照强，遮阴法是为了防止嫩苗被太阳灼烧。

众人佩服地点着头。

冯程突然想到什么，从兜里掏出油布，自语：老张的肚子闹得挺厉害，还没回来……

16. 高原荒漠　昏　外

张福林鬼鬼祟祟地走来。

冯程和赵天山迎了上来。

张福林见赵天山端着枪，吓了一跳。

赵天山：张福林，你怎么回事？

张福林：我，我……我没逃避劳动……

赵天山：那你跑哪去了？！

张福林：我哪也没去……我迷路了！

赵天山：不生孩子，你要吓死人哪！我以为你让熊瞎子啃了呢！

张福林：队长，你这端着枪是来救我的？谢谢啊，我就是迷路了……

张福林看向冯程。

冯程的目光可没赵天山那么简单。

张福林不寒而栗。

17. 沙坡上　昏　外

端着枪的赵天山走在前面。

张福林和冯程在十米之后跟着。

冯程把兜里的油布掏了出来：这是你的吧？

张福林：不不，不是……

冯程：别装了。

冯程把油布塞到张福林手里：我兄弟星期六不会无缘无故冲你叫唤，拿着吧，挺好一块油布。

张福林接过油布，心都凉了。

冯程：哎，别再乱跑了，在这地方，迷路可是要死人的。

冯程加快了步伐。

张福林的眼里露出杀意。

18. 地窨 子夜 内

张福林辗转反侧。

同睡在一个炕上的魏富贵和民工甲早已打起了鼾声。

镜头推向张福林。

19.（闪回）荒原 日 外

张福林在荒原上奔跑着。

20.（闪回）张福林藏金处 日 外

地上一片被狗刨过的印记，两块大马蹄金散落在地上，熠熠生辉。

张福林扑跪在地上喘息着，一手一个捡起马蹄金。

张福林回头，没发现追兵，起身又跑。

21.（闪回）博物馆通道 日 内

凶手的剪影映在墙上，他抡起了凶器。

鲜血溅在了像防空洞一样的墙壁上。

一名保安倒地惨死，他的面前两块马蹄金掉在地上。

22. 地窨子 夜 内

张福林脸上冒出冷汗。

（闪回）冯程怀疑的目光。

（闪回）张福林谎称闹肚子，冯程完全不信的神情。

（闪回）冯程把油布塞给张福林：别装了，我兄弟星期六不会无缘无故冲你叫唤，拿着吧，挺好一块油……别再乱跑了，在这地方，迷路可是要死人的。

张福林的嘴唇在颤抖：漏了，跑也跑不了了……

张福林的脸部肌肉在抽搐，下定了决心。

23. 老营地　夜　外

张福林从地窨子里出来，一步步摸向冯程的帐篷，他背着手，镜头描绘了他手里的小镐。

帐篷里的冯程睡得正香。

月光逐渐地照亮的冯程的脸，那是张福林拉开了帐篷。

张福林举起小镐正要动手，星期六的狂吠声响起。

张福林吓得扭头就跑。

星期六扑向张福林，撕咬着不肯放过。

赵天山端着枪冲了出来：谁！

张福林举起手：我！快救命啊赵队长，我闹肚子，刚出门它就咬我！

冯程拉开帐篷帘，看着被狗撕咬的挥舞着小镐的张福林皱了皱眉头。

24. 老营地　晨　外

远景中，炊烟缥缈。

张福林盛了一碗粥，拈了两个热气腾腾的黑莜面窝头蹲到一旁。

星期六一直盯着张福林，叫了一声，让张福林有些不安。

冯程：小六！

冯程挥手示意星期六不要乱叫，并瞟了一眼张福林。

张福林正在偷看冯程，目光与冯程相遇更加狼狈，尴尬地笑着起身，换到了离星期六更远的地方。

大伙都在吃着早饭，最后一个来的是赵天山。

赵天山：大伙抓紧吃饭啊！吃完饭抓紧干活，雷厉风行！

民工甲、乙：是，大队长！

魏富贵端着咸菜出来：咸菜来了啊！我点了香油，可香了！

众人立刻起身抢咸菜，张福林怕狗，没敢上前。

赵天山拿着饭：哎？昨晚剩了个窝头哪去了？

魏富贵一愣，脸上微露尴尬。

赵天山：老魏，你给扔了？

魏富贵：没有，我哪能糟蹋粮食啊？八成是被狗叼去了吧，今儿一早起来我就看见狗在这咂摸……

冯程：魏富贵！别冤枉好狗！小六可没有偷东西的习惯。

魏富贵含糊地笑着：是吗……

冯程瞟了一眼张福林。

张福林又在偷眼看冯程，被冯程的目光吓了一跳。

25. 地窨子　晨　内

张福林将小镐别在了后腰，面露杀机。

26. 冯程小苗圃　日　内

冯程小心翼翼地揭开盖在畦上的莜麦秸，观察着种下去的种子有没有发芽。

张福林视线中，冯程蹲着，后脑勺对着他，正适合下手。

张福林将手插在腰间，拽出了小镐。

张福林举起小镐刚要下手，冯程忽然道：张福林，上坝这些天高兴不高兴？

张福林吓了一跳，将小镐藏在身后，含混地：还行吧……

冯程转过头来，看着张福林：那你觉得我呢？你看我高兴吗？

冯程的脸凑得张福林很近，张福林一时不知道该说什么好。

冯程：你肯定想说我不高兴，因为我成天嘟囔着脸，跟谁欠我账似的，对吧？

张福林又点了点头。

冯程：怪我，一个人在坝上好几年了，待独了。这三年来除了我兄弟小六，没人陪我聊天，可它毕竟不会说人话呀！我呢，话也越来越少，觉得自己的舌头都不会打弯了。可自从你们来了以后，吵架也好，那也是说话啊，最近我觉得舌头又灵活了！也可以说是你们救了我，要不然我早晚得变成哑巴。我应该高兴才对啊！从明天起，我多笑，多说话，不板着脸了！

冯程笑了起来：你知道吗？上大学的时候，我是文艺和体育的骨干，打篮球、拉手风琴都拿手，同学们都爱跟我聊天！我还经常组织活动，诗歌朗诵，唱歌……

冯程有些伤感。

张福林看着冯程，半晌才明白冯程没发现自己要加害，挤出笑容点头：哦。

冯程：哎，你觉得老赵这人怎么样？天不亮就吹哨，拿咱们当大头兵管？你烦他吗？

张福林摇了摇头。

冯程：我开始挺烦他的。可这几天早操下来，浑身上下挺舒服！你呢张福林？有没有觉得胳膊腿特灵活？

说着，冯程就去扒拉张福林的胳膊。

张福林的手里拿着小镐，活动僵硬。

冯程：你手里拿的什么？

张福林：没什么……

冯程：给我看看！

张福林开始躲，冯程硬去拉他的胳膊。

张福林无奈，将小镐亮了出来。

与此同时，张福林左手攥紧了拳头，随时准备进攻。

没想到冯程却哈哈大笑起来：你没事手里老攥着个镐头干吗？

张福林：不是来帮你干活的吗？空着手咋干啊？这镐头，刨个坑啥的……

冯程：畦都做好了，刨什么坑啊……不对，张福林，你拎着镐头肯定有别的用意，说，想干什么？

张福林的目光，他觉得自己暴露了。

冯程：藏东西？那块油布就是你藏东西用的……

冯程突然道：老实交代，你藏了什么？

张福林吓得往后退了一步，攥小镐的手攥得更紧了，脸上开始狰狞。

冯程：……其实我知道你藏的什么。

张福林更吓了一跳：什么啊……

冯程：粮食呗。说，昨天晚上剩那窝头被你拿了！你藏在哪了？夜里饿了出来偷吃，被小六发现了才咬你的，对不对？

张福林长吁了一口气，要不是冯程一口气把自己的怀疑说清楚，张福林就要动手了，此时他尴尬地挤出难看的笑容，默认冯程这一说法。

冯程突然笑了：瞧把你吓得，我又不是保卫科的！你是第一次参加工作过集体生活吧？粮食定量是按人头供应的，可有人饭量大有人饭量小，你能吃，多吃一个窝头不算事！以后别藏了，深更半夜的吃凉窝头，胃也不舒服啊！

张福林被迫点头。

冯程：你把我的包给我拎过来。

冯程指着远处自己带的挎包。

张福林过去帮着拎包。

冯程从包里拿出一袋压缩饼干：这个给你……

张福林：这啥？

冯程：压缩饼干，这可是军需品，难得！部队慰问林业局时送的。领导怕我在坝上饿着，就给了我。这可是好东西，最顶事了，一块顶十块！拿着！

张福林不好意思了：这……这么好的东西我可不敢要！

冯程：客气啥！你看，筛土的筛子、滚筒、刮板都是你做的，样样顺手。

冯程指着苗圃里的几样生产工具：我本来就该谢你的！拿着！

说着，冯程把一盒压缩饼干塞在了张福林的手里，又去查看苗圃了。

张福林很感动，又看了一眼手里的小镐，改了主意。

27. 老营地　晨　外

赵天山吹着哨，他的身形是剪影。

众人起床集结。

28. 高原荒漠　晨　外

在赵天山的带领下，六人的队伍从天际跑来，星期六跟在后面，仿佛是第七个战士。

赵天山喊着：提高警惕！保卫祖国！

众人跟着喊：提高警惕！保卫祖国！

冯程来了兴致，高声喊道：锻炼身体！绿化祖国！

众人都看向赵天山，不知如何是好，只有星期六跟着叫了两声。

赵天山点了点头：这个也不错！锻炼身体！绿化祖国！

众人又跟着喊：锻炼身体！绿化祖国！

口号声罢，跑在第一的赵天山伸出了大拇指。

跑在最后的冯程明白赵天山是在对自己，笑了。

29. 水泡子　昏　外

“哗”的一桶水浇在了赵天山的身上。

冯程也亮出了身板，他很瘦，一咬牙也将一桶水浇在了自己身上。他一阵凉意，冷得直哆嗦。

冯程大喊一声：啊——

赵天山看着过瘾，也对远处大喊：啊——

张福林和魏富贵被感染了，正在打水的二人都挺直了身板。

张福林：啊——

魏富贵：啊——

两个民工也跟着起哄，怪叫着。

夕阳红了半边天，短暂而辉煌。

30. 老营地　晨　外

冯程懒洋洋地看着站在坡上讲话的曲和。

曲和：天没亮我就从林业局出发了，一路上快马加鞭，你们要问我为什么心情如此激动？我是感谢林业部啊！在林业部领导的特别关怀下，十几名大学生已经在承德集结，即将上坝！那可都是国家的优秀人才，到了我们这，我们可得接待好！

冯程不以为意。

曲和：这下体现到你们先遣队的重要性了，把手里的活都停下来，全力以赴搞好基础设施建设！这两个地窨子，远远不够！要多挖！要挖得大！让大学生住得宽敞！人家还特意提出要实验室，你听听，多专业！一定要保证！

冯程气不打一处来。

曲和：还有，我的意思，再建一个高规格的马架子，当会议室兼食堂，我给你们准备了最好的木材，还求人特批了五个毛儿的玻璃！

冯程：玻璃？做马架子还用玻璃？

曲和：高规格的嘛！大学生哪来的都有，要让他们在宽敞明亮的环境下生产，生活！赵天山同志，马架子可得搭结实了！要扛得住狂风暴雪！高一点儿，别雪一大给埋了。

赵天山：明白！我会另选一块营地，挖六个地窨子，修高规格的马架子。

冯程嘟囔着：多此一举……

曲和：冯程你嘀咕什么呢？有话大声说。

冯程：建实验室的主意不错，我也需要一个实验室研究土壤和种子，至于其他的，没必要。大学生，还十几个？我不信，就算真来了，能留下几个？人家就是来玩的，玩完也得滚蛋！

曲和：你说这样的话有什么根据？！

冯程：我是从大学校园里出来的，一到毕业分配，都想找山清水秀的地方，我还不知道他们？

曲和：你胡说！大学生都是自愿报名来坝上建林场的，各个觉悟比你强！

冯程：你把话说清楚，我觉悟怎么了？！

曲和：你自己是怎么上坝的你忘了？

冯程：我当然是自愿上坝的了，我是第一个！这里有我就够了，要大学生没用！他们不可能像我一样爱这片土地！

曲和：说得真像个英雄，你这是严重的个人主义。

冯程：你少给我扣帽子！

曲和：当年的事不算完！你还有很多问题没交代清楚！跑到坝上来种树，不就是躲避处分，怕被开除吗？上来三年了，浪费了那么多树苗，一棵树都没种活，组织早就不相信了你！

冯程急了：曲和，你说什么？！

魏富贵和张福林一听冯程直呼姓名，在两边抓着冯程。

冯程欲往曲和面前冲。

曲和：怎么？你还想打人？

赵天山一把拉住冯程：冯程同志……

近距离中，赵天山用眼神跟冯程交流。

冯程甩了下袖子，放弃了去和曲和争执，转身要走。

曲和：站住！会还没开完呢，你有点组织性和纪律性没有？

冯程无奈站住。

曲和：建设营地的物资已经出发，按照我刚才布置的，一周之内能不能完成任务？

赵天山：保证完成任务！

魏富贵：领导，再多给派几个人手……

曲和：人手？你们的人手还不够吗？把其他工作都停下来！全力以赴！

冯程：他们几个是于局长派来帮我育苗的，我不放人！

曲和：你说什么？塞罕坝林场先遣队是为你一个人服务的？

冯程：就算不是，可苗圃正在出苗的关键时期，不能耽误！之前几年植树失败，就是树苗的问题，陈工临终前对我的嘱托和我的思考不谋而合。我相信，在我的苗圃育出的苗，一定能种得活！这才是对林场最重要的！而不是盖马架子！这些，你一个政工科科长，你不懂！

曲和愣住了。

赵天山：冯程同志！你怎么能这么跟领导说话？

魏富贵：谁是政工科科长？

张福林：我们招工的时候，他可是局长啊，曲局长……

冯程愣了愣，看着曲和。

曲和笑了笑：哼，怪我，县林业局有了人事变动，没向冯程同志汇报，啊？于正来同志已经调到地区工作了，我接替他局长的职务。

冯程多少有点心虚。

曲和：你刚才是在批评我不懂业务？

赵天山：曲局长，您别生气，冯程他没有，他就是心里只装着工作，着急！

曲和：急？谁不急啊？党和国家交给我们的任务是在塞罕坝建大型林场，我恨不得今天就看见大片的森林！可是在哪呢？种活了一棵树苗没有？宝贵的时间都被他耽误了，他还有脸着急？你们都认真听着，即将上坝的大学生才是未来林场的技术骨干。赵天山同志，你是先遣队队长，刚才布置的任务，完不成找你算账！

说完，曲和转身上马。

马蹄扬起尘土。

镜头推向冯程。

赵天山：冯程，我得批评你，曲局长对你不错，你咋这么跟领导说话呢？

冯程：对我不错？哼，鬼才信呢！

赵天山：我说的是真的！我上坝之前，他专门把我叫到办公室，夸了你半天呢！

冯程：夸我？夸我什么？

赵天山：夸你是大知识分子，当过大学老师；夸你能吃得了苦，在坝上一干就是三年！

冯程：哼，就算夸我，也不是真心的！我不领他的情！赵天山，我可没工夫给大学生修营地，苗圃不能离人！

赵天山：你拿那些苗当眼珠子，谁敢让你离开。你需要几个人手配合？我派给你。

冯程：怎么？你不听曲和的命令了？

赵天山：将在外君命有所不受，我觉得你和曲局长说得都有道理，你抓育苗，我抓建设，两头都别耽误！

31. 冯程小苗圃　日　外

冯程打理着他的苗圃。

树苗长了出来，绽放着鲜嫩的绿色。

冯程激动不已，用他的手去爱抚着苗子，热泪盈眶。

那绿色象征着生命，冯程用泪水浇灌着生命的希望。

（本集完）

第五集

1. 避暑山庄　日　外

山庄外景，如果丽正门现代景物太多，可拍博物馆的门。

2. 避暑山庄楠木殿　日　外

地委书记：最后，我再一次代表承德地委行署欢迎各位林业大学生到我们承德来！欢迎你们在这里安家，建功立业！

站在地委书记身后的于正来带头鼓掌。

院子里稀稀拉拉地站着七八个大学生，外圈是十几个林业局的工作人员，大家也都鼓起掌来。

地委书记：老于啊，我还要去开会，招待好你的客人。

于正来：好，放心吧书记！

于正来冲大学生：我是个大老粗，可书记有水平！听听书记这欢迎词，我想半个月也想不出来！

于正来笑着，跟大学生们相着面，不知道说什么好：要不这样吧，大伙儿都来个自我介绍，如何？就从覃雪梅同志开始吧！

于正来对覃雪梅印象深刻，于是指向了她。

覃雪梅：我叫覃雪梅，西早覃，广西人，东北林业大学毕业的，分科时主修的苗木培育，也就是育苗专业，完了。

武延生欣赏着覃雪梅。

于正来：覃雪梅是第一个报名来塞罕坝的，当时我很感动！咱林业局的职工跟我一起再给小覃同志鼓个掌！

林业局的同志们鼓掌。

覃雪梅有些不好意思。

武延生：覃雪梅同学可是我们东北林大的尖子生，本来林业部要调她去北京工作的，可她坚持要来最艰苦的塞罕坝！于局长，这样的人才您可要重用喔！

于正来有些尴尬：啊？

覃雪梅：武延生，你瞎说什么……于局长，您别听他开玩笑。

于正来找了一个台阶哈哈地笑了起来：这位男同学确实很幽默，那接下来，就该你了！

武延生：我叫武延生，也是东北林大的，造林专业，北京人。大家都知道，林业系统的很多科研机构都在首都，我呢……

武延生看了一眼覃雪梅：在覃雪梅同学的感染下，就来了这儿！

覃雪梅明白武延生的话外之意，她没办法接话茬儿。

于正来：好！欢迎武延生同志！

众人鼓掌。

武延生毫不客气地微笑着，冲着身边的孟月：孟月，该你了。

孟月：我叫孟月，孟子的孟，月亮的月，也是东北林业大学毕业的，和覃雪梅是同学，而且是一个专业。不过，我可不是受雪梅同学感染，是服从分配。

很明显，孟月多少有些不情愿。

于正来：欢迎孟月同志！

众人鼓掌。

于正来看向站在中间的那大奎。

那大奎：我呀？我叫那大奎，和季秀荣，我们都是承德街里的……

说着，那大奎指着身边的季秀荣。

季秀荣气得瞪起了眼睛。

那大奎：她家住牛卷子沟，我们家住石洞子沟，我们两家之间啊，就隔了个翠桥……

季秀荣急了：那大奎同学！让你自我介绍，你介绍我干啥？

那大奎看了一眼季秀荣：对，季秀荣同学一直批评我大男子主义……好，自我介绍，我那大奎，承德农专毕业，介绍完毕！

孟月：你学的是什么专业呀？

那大奎一愣：林业专业啊！

孟月和上海姑娘沈梦茵都笑了起来。

武延生也笑了一下：本来就是个农业学校，又是中专生，学林学？也就是学学基础知识而已，根本不分专业，对吧？

那大奎：中专怎么了？承德农专可是我们承德最好的学校！怎么没分专业啊？有学农的有学林的，这就叫分专业！

孟月和沈梦茵笑得更厉害了。

武延生：哎，你们别笑，中专生就这水平……没事！那大奎，在林业知识上有什么问题，你可以随时向我请教！

那大奎有些急了：北京来的挺牛性啊？我那大奎上山能种树，入林能打虎，不信你们哪个大学生来跟我试试？

说完，那大奎一挽袖子，一副要打人的架势。

局面一下子僵住了。

还没等于正来打圆场，季秀荣怒道：那大奎你干什么？！作为承德农专的代表，能跟大学生一起上坝是咱们的光荣！再说，人家都是咱们承德的客人，别让人家觉得你没教养！

那大奎要急，不服气的样子。

于正来：这位女同志是季秀荣吧？

那大奎：没错！她就是季秀荣！也是我们承德农专的尖子生！入学成绩全校第一名！毕业成绩全校第一名！

说完，那大奎瞪了武延生一眼。

那大奎回头看季秀荣，却发现季秀荣也瞪着他。

季秀荣：我叫季秀荣，承德人，承德农专毕业，向各位大学生学习。

说着，季秀荣轻快地鞠躬。

武延生：于局长，您在全国的林业大学做报告也没招够人？还弄了两个中专生凑数？

于正来脸色有些不好看，尴尬地笑了两声。

那大奎上前一步：姓武的北京人，中专生想跟你讨教两招，怎么样？

武延生：讨教什么？林业知识啊？回头吧，有的是时间，我可以收徒弟……

那大奎：摔跤。

武延生一愣。

那大奎：我让你一只手，摔不倒你我改姓！

武延生看到那大奎恶狠狠的目光有些心虚。

于正来：哎！体育锻炼好啊！不过可不能破坏友谊！你们一起上坝，未来是一辈子的朋友，这一点我感触特别深，直到现在，当年一起打过鬼子的战友，都是最亲的兄弟！

于正来一改之前的随和，拿出了军人的作风。

武延生和那大奎看向于正来，都收敛了，各往后退了一步。

于正来露出笑脸：接着自我介绍……我记着有个上海来的……

沈梦茵：是我！我叫沈梦茵，南京林业大学，我是学病虫害专业的。本来我们学校是有四个同学一起来的，可也不知道为什么就变成我一个了。第一次来到这么远的地方，又没有熟人、同学……

沈梦茵的目光中是在寻求照顾，但嘴上说：如果我有什么地方做得不对，请大家多批评帮助！

隋志超：好嘛！我最爱帮助人了……

隋志超一张嘴是天津口音，他满眼放光：我是天津林业大学毕业的，你说巧不巧，我也是病虫害专业的，我们学校也说好几个同学一起来，最后也变成我一个了！咱俩这叫同命相怜、惺惺相惜，共同学习、共同进步，互相批评、互相帮助！

沈梦茵瞟了一眼隋志超，很明显她不喜欢这么贫的。

于正来：天津的这位同志，你还没说你叫什么呢！

隋志超：好嘛，我竟想帮助沈梦茵同学了，忘了报上自己的名号了。我，隋志超，隋唐演义的隋，中国人有志气的志，赶英超美的超！好听吧，姐姐？嘿！我爸给我起这名绝了！

沈梦茵：谁是你姐姐？我有那么老吗？

隋志超：噢，我们天津人管女同志都叫姐姐，这是尊重，不论岁数大小，您老可别生气！

于正来：没错！我去过天津，坐公共汽车的时候，见一个老大爷拄着拐棍，跟前面一年轻姑娘说“姐姐，让让，我到站了”，笑得我肚子都岔气了！

于正来学老头的样子把大家都逗笑了。

隋志超：哎，于局长，您这口音学得不够地道，我给您来一遍。“姐姐，让让，我到站了”。

众人又笑。

武延生：隋志超，你看你更像林业大学相声专业的吧？

隋志超：嘿，这话我爱听！我不光会说相声，快板打得还好呢！不信您听着！

说着，隋志超从后腰抽出快板：

打竹板，乐陶陶，记住我叫隋志超。

这个隋志超本领大，

防治虫害全靠他，全靠他！

（请演员根据曲艺逻辑修改）

众人叫好鼓掌。

武延生：于局长，快给他开个介绍信，送他去曲艺团。

没等于正来说话，隋志超再次打起快板：

曲艺团，咱不去，绿化祖国是大计。

等明儿个，上了坝，我能让千年老树乐开花，乐开花！

（请演员根据曲艺逻辑修改）

众人再次鼓掌。

隋志超得意地瞟了一眼沈梦茵。

沈梦茵正笑着。

隋志超：爱听吧？赶明天天给你打快板！整出的大鼓书，说上一宿我都不带忘词的！

沈梦茵回过头去不看隋志超。

隋志超嬉皮笑脸也不在乎。

于正来：好了，还有最后一位！

众人将目光看向一直安静站在一旁，长相英俊的闫祥利。

闫祥利：我叫闫祥利，四川人，西南林业大学，气象专业。我第一次离开家，生活能力可能有点弱……以前在父母身边，家里有三个姐姐照顾，所以我不会洗衣服。以后还请女同学们帮忙……

那大奎：嘿！出息！

季秀荣：我愿意帮忙！有脏衣服都拿给我！

那大奎一愣。

闫祥利看向季秀荣欣喜地点头。

季秀荣报以微笑。

于正来：好！季秀荣同志的表态不错！同志之间就是要互相帮助、互相学习！

覃雪梅：于局长，我们什么时候上坝？

于正来：不着急，先在承德歇半拉月。

覃雪梅：为什么？现在正是植树季节，错过了最佳时期就等于错过了一年，我们应该尽快上坝，立刻投入生产工作！

于正来：好是好，其实我也急，不过你们这些大学生要支援坝上，围场那边昨天才得到消息，再怎么着，也得给他们几天时间做好接待准备！

覃雪梅：我们是来建设祖国的，自力更生，艰苦奋斗，不需要接待！

于正来：好！有觉悟！鼓掌！

集体鼓掌。

于正来：可是不管怎么样，六位大学生都是头一回到承德，总得让老于招待招待……其实，也没啥好招待的，就请各位在离宫游览两天。离宫，学名避暑山庄，可是我们承德的宝地！

3. 避暑山庄湖区　日　外

八个大学生们在避暑山庄划船游玩。

季秀荣、闫祥利、那大奎、隋志超一条船。

武延生、覃雪梅、孟月、沈梦茵一条船。

两条船划过水心榭、烟雨楼、金山亭。

众人在船上眺望棒槌山，南山积雪。

湖中心，两条船打着水仗。

水花四溅中，一张张年轻而充满活力的脸。

4. 避暑山庄某适合拍摄处　日　外

季秀荣发现那大奎一直跟着自己：哎，你怎么老跟着我啊？

那大奎：谁跟着你了？我是你男朋友，你不应该跟着我吗？

季秀荣：谁承认你是我男朋友了？

那大奎：这还用得着承认？打小不就是吗？

季秀荣：胡说！就你这大男子主义的劲儿，我根本受不了！再说了，对我的婚姻，我早就有了规划……

那大奎：啥？啥话？

季秀荣：说了你也不懂。

季秀荣见覃雪梅、孟月等人都在一个地方看风景：别老跟着我，我要去跟女大学生们聊天，你应该去找男大学生们，好好学习学习怎么跟女同志相处！

说完，季秀荣快步跑了。

那大奎不服：哎……

孟月在一张纸上写着什么。

沈梦茵和覃雪梅发出欢快的笑声。

季秀荣跑了过来：聊什么呢这么高兴？

沈梦茵：孟月在写诗，写得好肉麻啊！

季秀荣：什么诗啊？念给我听听。

孟月不好意思：不是诗，不能给人看的……沈梦茵你偷看人家，讨厌！

覃雪梅：孟月是在给她男朋友写情书，从大学一年级就写，每星期三封从来没停过，我都习惯了。

沈梦茵：哇，这么浪漫！

季秀荣：孟月，你有男朋友啊？

孟月点头。

季秀荣：他是谁？这次来的没他吧？

孟月：他不是学林业的，毕业以后又继续深造了，在武汉大学。

季秀荣：太好了！你有男朋友，我就有希望了！

沈梦茵：什么有希望了？

季秀荣：男朋友呗！我就想嫁给一个大学生，这是我的理想！这次见你们来了三个男大学生，三个女大学生，我真怕你们是三对儿，那我就没份了！

沈梦茵无法适应季秀荣的热情，瞠目结舌。

孟月：那个那大奎不是你男朋友吗？

季秀荣：你看，让你们误会了吧？他一直那样，一厢情愿的，真拿他没办法！

那大奎用石子向湖里扔着，打着水花。

不远处，武延生凑向隋志超和闫祥利。

武延生：哎，二位，看见没有，这个中专生很不服气啊！

隋志超：老武，你嘛意思？

武延生：咱仨都是大学生，一个阵营的，总不能让他……

隋志超：想打架？强龙不压地头蛇啊！

武延生：老隋，你不会是怕他吧？

隋志超：这叫嘛话？我隋志超怕过谁呀？

武延生：你呢，闫祥利？

闫祥利：我妈妈说出门在外不惹事。

武延生：哎，你张嘴妈妈闭嘴姐姐的，能不能有点出息啊？

闫祥利：我从小就没出息，我觉得这样挺好的，不惹祸，还有人疼。

武延生：得，这是个废物……来来来，老隋……

说着，武延生搂着隋志超向一个方向走去。

武延生：我觉得啊，你嘴特别厉害。

隋志超：那是！咱就是耍嘴皮子的嘛！

武延生：逗逗那个中专生，他准保得急，只要他先动手，咱哥俩一起上，还不把他扔湖里？错还在他，多好！

隋志超：行吗？

武延生：行啊！

隋志超：那就来吧！

那大奎仍在打着水漂。

武延生和隋志超一左一右凑了过来。

武延生：那大奎，隋志超想给你讲个笑话。

那大奎：好啊！讲来听听，看看能不能把我逗笑了。

隋志超：嗨，逗笑你还用得着讲笑话吗？说个歇后语吧——蝙蝠身上插鸡毛，你猜猜后半句是嘛？

那大奎想了想：猜不出来。

隋志超：你算什么鸟？

那大奎一听，笑了：嘿嘿，有点道理！再说一个。

隋志超：再来个谜语吧，说守株待兔的成语听过吗？

那大奎：听过啊！

隋志超：问，兔子为嘛撞树上？

那大奎：它着急嘛，不小心！

隋志超：不对。

那大奎：有狼追，它慌不择路？

隋志超：不对，再猜。

那大奎：它……它眼睛不好使，没看清楚？

隋志超：再猜！

那大奎：猜不出来了……

隋志超：那我告诉你吧，那是因为这只兔子，它是中专毕业的！

那大奎这才明白，他把手里的石子扔在地上：敢情你这是专门骂我呢？

隋志超：我说，咱们都是知识分子，君子动口不动手啊！

那大奎：我打你个君子！

说着，那大奎一冲。

隋志超：哎，他先动手？老武，上！

话音未落，隋志超已经被那大奎抓住。

那大奎手脚并用，瞬间已经将隋志超举了起来。

武延生刚要动手，吓了一跳，他没想到那大奎身手如此利索。

那大奎举着隋志超要砸武延生，武延生连忙后退。

隋志超：上啊，老武！

武延生：那大奎，你把老隋放下！开个玩笑你急什么？

那大奎：有他这么开玩笑的吗？！我今天就替局长好好招待他，招待他喝我们离宫的湖水！

说着，那大奎就向湖边走去，欲把隋志超扔到湖里。

远处，四个女生跑了过来。

季秀荣跑在第一个：住手！那大奎，你把人放下来！

那大奎：你少管闲事！

季秀荣快走两步横在那大奎面前：要扔，你先扔我！

隋志超：谢谢姐姐！快救我！

季秀荣死死地盯着那大奎。

那大奎：好，看在我女朋友的面子上，我饶你一回！

那大奎一扭身，将隋志超放在了地上。

隋志超腿直哆嗦，险些坐倒。

覃雪梅：武延生，怎么回事？

没想到武延生却突然大喝一声：好！好身手！那大奎，我还以为你光会说不会练呢！刚才老隋我们俩说要试试你个身手，还真试出个热河汉子来！

说完，武延生上前一拍那大奎肩膀，伸出手：一起上坝的这些兄弟里面，有你那大奎就没人敢欺负咱们了，可别忘了，一起上坝是缘分，咱们是一个阵营的！

一旁的隋志超咧着嘴。

覃雪梅和孟月相互对视。

沈梦茵害怕打架，躲在覃雪梅的身后。

武延生被隋志超拉到一旁。

隋志超：老武，你不够意思，说好一起上的！

武延生：哎，你没看出来啊？他是真练过。

隋志超：可咱俩一起上，就算打不过，我也不至于要被扔湖里啊！当着姐姐们的面儿，多难看啊！

武延生：委屈你了，不过这个那大奎咱们得用，团结一切可以团结的力量对付敌人嘛！有他这么个挡横的，到哪还有谁敢欺负咱们大学生？你等着啊，我再去团结团结他。

一支英雄牌的钢笔递到了那大奎面前。

那大奎：这是干啥？

武延生：上海产的英雄牌钢笔，紧俏货，我爸爸送我的大学毕业礼物，我转送给你。

那大奎：这不合适！

武延生：有什么不合适的？宝刀赠英雄！我武延生愿意交你这个朋友！

说着，武延生伸出手。

那大奎：好！谢了！

说着那大奎接过钢笔，与武延生握手。

5. 风景优美处　日　外

孟月：就这！我看了半天，这最美！

武延生拿着照相机，看着已经在摆姿势的孟月：胶卷有限……

孟月：就拍一张，四年同学，你至于这么小气吗？

武延生：今天我还真就小气了。

孟月：求你了武延生，我男朋友担心我，怕我去的地方太苦。这里这么美，我拍一张照片给他，他也就放心了！

武延生：理由倒是很充分，可你怎么报答我啊？

孟月：你说怎么报答！

武延生：我给你拍完照片以后，你帮我和覃雪梅拍一张合影，如果覃雪梅不干，你得说服她。

孟月想了想：好吧。

武延生一下兴奋了起来：一言为定！来，用你最美的表情看我的镜头，给你男朋友留下永远的记忆！一，二，三！

“咔”的一声，镜头中的孟月。

覃雪梅：我不跟他拍，要拍咱俩拍。

孟月：不行！我都答应武延生了……

覃雪梅：为了让他给你拍张照片就出卖你最好的朋友？

孟月：不是！雪梅，我是这么想的，拍张照片而已嘛，又不代表确定关系。再说，武延生挺帅的，家庭条件又好，人又上进。说实话，这次他能为了你放弃了北京的工作，追到承德来，我心里挺感动的。我觉得吧，你对他的考验也差不多了，你们俩就是早晚的事吧……

覃雪梅：胡说！

孟月：你敢说你对武延生没好感？

覃雪梅：那倒不是。

孟月：既然有好感，拍张照片嘛！同学也可以一起拍照的，更何况你们俩又不是“一般”的同学。

覃雪梅想了想：好吧，给你个面子。

孟月高兴道：谢谢！

武延生正在教孟月用相机：就这样啊，焦点我帮你对好了，你一定要端稳，手不许抖！

孟月点头。

武延生把相机交给孟月，看向等在镜头里的覃雪梅。

武延生快步走到覃雪梅身边，摆了一个姿势站好。

覃雪梅侧头看武延生微笑。

武延生被鼓舞，又凑近了一步。

覃雪梅并没躲，她默认了。

孟月：要拍了啊？一，二，三！

“咔”的一声，武延生和覃雪梅的情侣照定格。

6. 新营地　日　外

新营地由六个地窨子和一个大马架子组成。

六个地窨子门口分别挂着：男宿舍 1、男宿舍 2、女宿舍 1、女宿舍 2、先遣队宿舍、实验室的牌子。

大马架子门口挂着食堂字样的牌子。

镜头从营地全景降下，前景汽车上跳下了大学生们。

大学生们眼前是拉起的横幅“塞罕坝欢迎大学生”。

曲和带着赵天山、张福林、魏富贵和民工甲乙鼓掌欢迎。

于正来有些激动：嚯！这营地修得虎虎有生气啊！

曲和、赵天山等人脸上都洋溢着笑容。

于正来转过头，冲大学生们：同志们，感觉怎么样？

众人的脸上都有些凝重，毕竟他们没想到是这样的生活环境。

武延生：不怎么样。

于正来有些讨好的：小武，你……

覃雪梅：武延生，这里条件艰苦，我们是有思想准备的。你既然报名来了，就不要说怪话！

武延生：覃雪梅，你想哪去了？我的意思是本以为一上坝就能遇上于局长说的那种大风，黄沙遮日，眼睛都睁不开，站都站不住！你们女同学瘦弱，随时会被大风刮跑，这样，才能显示出我们男人的气概！我和那大奎可以保护你们啊！结果，你看，这蓝蓝的天空上白云飘，比我想象的，条件好太多了！

武延生说的是反话，为了在覃雪梅面前表现。

于正来：好！武延生同志，革命乐观主义精神，值得我们学习！

说完，于正来转过身：快快快，帮忙给大学生们卸行李，汽车还得赶紧返回去拉树苗子，实验器具！

众人迎上，帮着卸东西。

武延生嘴上这么说，脸上却非常不悦，硬着头皮往地窨子门口走。

闫祥利一脸的绝望。

隋志超看着地窨子：这是住人的地方的嘛？这是住白菜土豆的地方，地窖嘛！

武延生：有两间男宿舍，那大奎，咱俩一屋吧？

那大奎：好啊！

闫祥利不情愿地走向隋志超：老隋，你晚上睡觉不打呼噜吧？

隋志超：打，打得响着呢！要不你们仨住一屋去，让我一人睡？

闫祥利看了一眼那大奎，对隋志超：没事，幸好我二姐给我带了好多医用棉球，你打呼噜，我可以把耳朵堵上。

隋志超：瞧把你给娇气的，告诉你吧，我长这么大从来没打过呼噜！

闫祥利高兴地：那太好了！

7. 女宿舍 1　日　内

孟月：我还真没住过这样的房子。

覃雪梅：这叫地窨子，挺好的。你看，还有窗户呢！

覃雪梅指着地窨子后边的小窗口：我没去过延安，但我估计毛主席住的窑洞，比这也好不了多少。

孟月笑了：看你说的，我们哪敢跟毛主席比啊？

8. 女宿舍 2　日　内

季秀荣和沈梦茵安顿着行李。

沈梦茵鼻子一酸，坐在炕头上哭了。

季秀荣：哎，沈梦茵，你咋了？

沈梦茵：我想家了……

季秀荣：咋才来就想家了？不是你自愿报名来的吗？

沈梦茵：要是有别的办法，谁来这鬼地方？我出身不好，别的地方没人要我。

季秀荣：我说的嘛，这么漂亮的上海大学生，怎么过来支援坝上？

沈梦茵：我漂亮吗？

季秀荣：漂亮！看你皮肤多白，多细！我们北方女人可比不上你。

沈梦茵有些娇羞地笑着。

9. 新营地　日　外

汽车开走。

于正来问道：哎，怎么没见到冯程来迎接大学生？

曲和：这个冯程思想有问题，如果没猜错的话，建营房他也没出工吧？

赵天山：出工了！你看，这些字，都是冯技术员写的！我们几个大老粗可写不出这么漂亮的字……

曲和没理赵天山。

于正来：那他人呢？

赵天山：在苗圃，苗圃正在出苗子了，冯技术员伺候那苗子伺候得可精心了！

正赶上出来打热水的覃雪梅和孟月听到。

覃雪梅：坝上有苗圃？

曲和：有一个，瞎胡闹的……

覃雪梅：太好了！有苗圃就有育苗的基础，我想去看看，可以吗？

于正来：好啊！你看看覃雪梅，这工作热情，值得表扬！

孟月：那我们把大伙儿都叫上吧，一起去苗圃参观学习！

覃雪梅：好。

10. 高原荒漠　日　外

冯程挑着两桶水向苗圃的方向走去，他的胡子更长了，完全像个野人。

11. 冯程小苗圃　日　外

于正来、曲和、赵天山、张福林陪着大学生走来，看着苗圃。

武延生：这也叫苗圃？这么小的苗圃能育出几棵苗来啊？

覃雪梅：先别说风凉话，看得出来，人家是蛮用心的。

苗已经长出香烟（筷子）高。

覃雪梅把手插入土壤，抓起一把土来，闻了闻，用手搓了搓。

覃雪梅：孟月，带些土样回去，等实验室设备齐全了，化验化验土壤。

孟月：好。

说着，孟月从随身携带的书包里掏出信封，用小铲取土样，放进信封。

覃雪梅：局长，您看，这个苗圃出苗率很高，但苗子的质量不好，可能是由于多种原因造成的，将来移到荒山上，能种活的恐怕连三分之一都没有。像这样的……

覃雪梅伸手去拽一棵苗子，苗子被拽出，果然苗子的根部发育不好。

覃雪梅：可以定为次等苗，没有继续生长的必要。孟月，武延生，帮忙把次等苗都拔了。

于正来看着覃雪梅、武延生和孟月工作，脸上露出了笑容，对曲和：好啊！你看，专业就是专业！

苗子被一棵棵拔出，扔在一旁。

张福林看着有些心疼，毕竟他一直在帮助冯程育苗。

冯程挑着水回来，见苗圃来了一大堆人，有些诧异。

冯程突然发现地上的被拔除的苗子，他大声地喊道：谁拔了我的苗子？！

众人回身，看到披头散发，须发蓬松的冯程。

于正来：我给大家介绍一下，这就是最早上坝的冯程同志。

众人看向冯程，没等有人说话，冯程又喊道：我问，你们谁拔了我的苗子？！

覃雪梅：是我，我帮你清除了次等苗。

冯程：哪有次等苗？谁告诉你这些是次等苗？

冯程从地上捡起苗子：这都是最好的苗子，是我亲手在坝上培育出来的，能长出参天大树的苗子！你个小丫头片子哪来的？居然毁了我的苗子，你是何用心？

于正来：冯程，你怎么说话呢？这位是覃雪梅同志，东北林业大学育苗专业毕业的！我正要问你呢，你难道不知道今天大学生上坝？为什么不去欢迎？

冯程：我欢迎他们有什么用？我来坝上是种树的，没有心情也没有义务接待这些走走过场，给简历上镀金的大学生！请离开我的苗圃！

覃雪梅：这位同志，你怎么这个态度？

大学生们立刻会集，集体面对冯程。

冯程：我在坝上育苗，是围场林业局技术科科长陈工的临终嘱托；种子，每一颗种子我都爱如生命！可你就这么轻易地把它们拔了出来，还要我有什么态度？赶紧走，不然……

冯程四下寻找着，他抄起了刨地的镐：不然我让你们滚出去！

赵天山上前拉冯程被冯程甩开。

武延生和那大奎全急了，两个人双双上前拦在了覃雪梅的身前。

于正来：冯程，你太不像话了！

曲和：于局长，你都看到了吧？这就是冯程，三年没种出树来，他已经疯了！就在一个星期之前，还专门针对我干了一架！

覃雪梅拉住武延生示意他后退，又对那大奎：那大奎，你也让一让。于局长和曲局长都在这里，我不相信这位同志真的敢打人。

覃雪梅走上前来，拿起树苗：你说你爱惜这些种子像生命一样，我想请问，去年冬天你是否在当地对种子进行了雪藏？

冯程咬着牙：当然。

覃雪梅：那播种前，有没有对种子进行消毒？

冯程吼道：消毒了！这种简单的道理我用得着你教？

覃雪梅：消毒液浓度是多少？

冯程一愣：什么？

覃雪梅：我想您一定是采用高锰酸钾进行的消毒，消毒液浓度是多少？

冯程：这个我没具体算过。

覃雪梅：从出苗的情况上看，您用的消毒液浓度可能过高，影响了种子发育。

冯程：不可能！影响了发育，它们怎么可能长得这么好？

覃雪梅：那是你没见过长得好的苗圃。请问，你选择的这片苗圃，土壤的 pH 值是多少？

冯程：这是微酸性土壤，最适合落叶松生长。

覃雪梅：我要具体的数值，pH 值的准确数据，对苗木的生长影响很大。

冯程：我又没有实验室，怎么告诉你准确数据？

武延生、沈梦茵、隋志超等露出了轻蔑的笑容，这一切在冯程的面前是侮辱。

覃雪梅：还有，修筑台田后，你施用了大量的有机肥对吧？

冯程：当然，苗子要想长得好，不施肥能行吗？

覃雪梅：肥力过高，易造成苗木徒长，组织不充实，冬天易受冻害，移植到干旱或者贫瘠的土地上，缓苗期过长，成活率会降低很多。

冯程傻了，他手里的镐头戳在了地上。

曲和：傻了吧？人家是正经八百的大学生，专家！让你搞好接待工作你还不服？逞强在这里育苗，全都错了吧？这三年你浪费了多少苗子？现在又在浪费种子！简直是糟蹋东西！

冯程转过头去瞪着曲和：你说什么？

曲和：怎么？你又想打我？

冯程的目光转向于正来。

于正来怒目而视。

冯程：我也是大学毕业，我还教过大学生呢！我读林学院的时候，他们还戴红领巾呢！跑到这里来装神弄鬼，丫头，你以为你说出一些专业术语来就想糊弄我吗？我知道你什么用心，你自己是学育苗的，来到坝上，见这里已经有了苗圃，你没机会立功了！所以你才拔我的苗子！你这种卑鄙的人，根本就不配到塞罕坝来，你弄脏了这里的土地！滚！

覃雪梅：你……

覃雪梅瞪着冯程，眼泪淌了下来。

冯程看到了覃雪梅的泪水，心头一凛，他慢慢地放下了指着覃雪梅的手。

覃雪梅哭着跑了。

武延生：冯程，你等着！我们，我们饶不了你！

武延生连忙去追覃雪梅。

沈梦茵、孟月追出。

那大奎往外走，路过冯程，故意用肩膀撞了冯程一下。

冯程自知言重，没理那大奎。

季秀荣、隋志超、闫祥利也跟着那大奎走了，闫祥利当然是溜边的。

于正来：老曲，你去，安抚一下大学生的情绪！

曲和：是疯了吧？这不就是条疯狗吗？见到谁咬谁！要我说，立刻让他下去，别在塞罕坝捣乱了！

曲和一甩袖子走了。

张福林看着仍在生气的冯程：冯技术员……

于正来：赵天山，你们俩也走！

赵天山：是！

赵天山像个军人一样：张福林，跟我向右转，跑步走！

赵天山带着张福林离开，苗圃里只剩下于正来和冯程。

半晌沉默，于正来摇了摇脑袋：冯程，你怎么了？

冯程：我很好。

于正来：好？当着我的面，对新上坝的女同志这样的态度，这叫好？

冯程：那是因为她拔了我的苗子！

于正来：是我让她拔的。

冯程没好气地：你也没早说啊……

于正来：你允许我说话了吗？你把我这个局长放在眼里了吗？把同志们放在眼里了吗？大学生刚上坝，工作热情很高，饭都没吃就来你的苗圃参观学习。发现苗圃有些问题，帮你清除次等苗，你却这么对待人家？那些是革命同志，不是敌人！

冯程：哼，我不相信他们会留在坝上，走着瞧！

于正来：你已经听不进去别人的意见了，包括我的！

冯程：我有我自己的判断，我的判断是正确的，错不了！

于正来：你错了！就说刚才那个覃雪梅，他是东北林业大学的高才生，在我最绝望的时候第一个主动报名要求上坝！这中间还有个插曲，要不要我讲给你听听？

冯程：……

于正来：虽说覃雪梅报了名，可因为品学兼优，被林业部看上了，部里直接跟学校要人，让她去给部长当秘书，当时我的心里凉了半截。可是两个月后，覃雪梅还是到承德报告了，她放弃了首都最好的工作，坚决要到最艰苦的地方植树造林，绿化祖国，这是什么样的精神境界？一上坝，你作为一个林场老职工却羞辱人家，你丢的不是你冯程的脸，丢的是塞罕坝的脸，丢的是承德人民的脸！

冯程愣住了。

于正来：造林事业不是你冯程一个人的，是国家建设的大事！塞罕坝也不是你冯程要个人英雄主义的地方！那苗圃是你个人的吗？那是国家的！别人动了苗子你就要打人？这要是在战争年代，我早就掏枪毙了你了！冯程啊冯程，你太让我失望了！收拾东西，跟我下坝！

冯程：为什么？为什么让我走？

于正来：坝上的条件太艰苦了，你一个人在这里硬撑了三年，我怀疑你的身体，你的脑子，不对，是你的精神出了问题！跟我回承德，找精神科的专业医生给你看病。

冯程：你真的相信曲和的话？我没疯！

于正来：等你真疯了，我就更对不起冯大队长了！废话少说，下坝，治病！

说完，于正来扭头大踏步地走了。

苗圃只剩下孤独的冯程，他腿一软跪在了地上，手里抓起被拔掉的苗子，泪水奔涌。

这是一个失败者的绝望，也是一个孤独者的脆弱。

（本集完）

（未完）

荣获2000年第32届中国电视飞天奖优秀电视剧奖，
第30届中国电视金鹰奖最佳编剧提名奖，
第25届上海电视节白玉兰奖中国最佳电视剧、最佳编剧提名奖

共和国血脉

（节选）

导演：万盛华

编剧：雷献和　宋聚丰

主演：王　聪　蒋方婷　任程伟　王　铮　丹　琳　宁　理等

出品方：海宁原石文化传媒股份有限公司

陕西广播电视台

西安曲江影视投资有限公司

第一集

1. 无名岭阵地　傍晚　外

傍晚，青灰色的天空一片阴冷，一轮苍白的夕阳接近西山。

枪声如豆，炮火猛烈，无名岭阵地攻坚战，正打得如火如荼。国军田老六部队盘踞山头，利用炮火优势固守阵地，十几门榴弹炮虎视眈眈。我军五十七师一团正面发动进攻。山坡上，一颗颗炮弹爆炸，腾起一团团火光烟柱。

战场前沿一条堑壕里，潜伏着一队戴着伪装帽的解放军指战员。这就是五十七师一营的钢刀连。连长石兴国，指导员邓耀华，副连长周远，带领钢刀连全体指战员，牢牢盯着敌方阵地，等待时机发动突袭。

英气勃发的石兴国看看手表，和指导员邓耀华对个眼神，点了点头，意思是发动突袭的时间快要到了。

柏春生：（心急地）“连长，指导员，打吧！”

石兴国：“不急！”

邓耀华：“心急吃不了热豆腐！”

柏春生：（向旁边齐占山嘻嘻笑道）“田老六部队妄图仗着炮火强大，固守无名岭阵地！咱们已经到了他们鼻子底下。别说十几门榴弹炮，就是火箭炮，加农炮，什么炮也没有用了。你说对不对，一班长？”

齐占山：（冷着面孔，瞪他一眼）“听从连长指挥，哪有那么多废话！”

柏春生：（做个鬼脸）“是，一班长！”

2. 无名岭阵地　夜　外

夕阳西沉，夜幕降临，啪的一声，天空升起一发信号弹。

我军一团主力正面发动新一轮进攻，敌军十几门大炮匆匆还击。

石兴国（看一眼邓耀华，带头猛地跳出堑壕，大喊道）：“同志们，冲啊……”

“冲啊！”邓耀华和周远，带着潜伏的战士们吼叫着跃出堑壕。齐占山冲在前面。钢刀连战士直扑敌军炮兵阵地。随着枪响，一颗颗手榴弹甩了出去！

敌军炮兵没有料到一队神兵，突然从眼前地下冒了出来，立刻慌了手脚。不一会儿，十几门榴弹炮就被全部炸哑。残余炮兵们转身逃跑。石兴国、邓耀华带队追击。就在这时，敌军阵地的几处暗堡和工事背后，突然出现十几支机关枪筒。机关枪嗒嗒响起，一道道火舌喷出。

石兴国：（急忙喊道）“卧倒！”

石兴国趴在地上。齐占山军帽被子弹打穿。两个战士中弹受伤。

石兴国：（双眼红赤，大喝道）“退回堑壕！”

众战士翻身进入堑壕。卫生员赶紧上来为受伤战士包扎。

石兴国从堑壕里探出头，看到一个国民党机枪兵，正端着机关枪得意地扫射。

齐占山：（摘下被打穿的军帽，愤怒地骂道）“他娘的！”

石兴国：“田老六部队的洋玩意儿，还真不少呢！”

邓耀华：“不错，是美式武器，勃朗宁轻机枪。”

柏春生：“勃朗宁不是德式手枪吗？”

邓耀华：（头也不回）“这是美国二战后期才投入战场的新式武器，勃朗宁 M1919A4 式机枪，特点是重量轻，装弹多，后坐力小，杀伤力大！”

齐占山：（拔出腰间的手榴弹，愤怒地）“我去炸了它！”

石兴国：（急忙制止）“不要！这可是个好宝贝！”（说着探头察看地形）

邓耀华：“兴国，你要干吗？”

石兴国：（顽皮地笑笑）“抢过来啊！”

邓耀华刚要阻拦，石兴国已经跳出堑壕，凭借着地形躲避敌人子弹。

邓耀华只得喊道："掩护连长！"（也追了上去）

战士们纷纷举起步枪和轻机枪射击。

对面工事和暗堡里的机关枪兵，立刻开枪还击，狂吐火舌。

石兴国潜行前去，邓耀华和齐占山紧紧跟上。几人凭借地形和夜色掩护，几个闪展腾挪接近了敌军工事。敌军机关枪兵正在疯狂扫射。石兴国大喊一声，泰山压顶般扑在机关枪兵身上。

石兴国一拳砸晕了机关枪兵，夺过了对方手中的勃朗宁轻机枪，把机枪子弹夹披挂在身上。

邓耀华手枪一甩，"啪啪"，打倒两个企图向石兴国开枪的敌兵。

石兴国匍匐到离自己身边最近的暗堡，起身将机关枪对准暗堡射击口，扣动了扳机，嗒嗒枪声中，火舌喷出，暗堡里一阵惊呼声，机枪停止了扫射。惊慌失措的敌军，在夜色里逃窜。

齐占山也捡起一挺勃朗宁轻机枪，和石兴国一道端机关枪冲锋。

3. 田老六团指挥所　夜　外

田老六团指挥所，是一处原木建成的大房子。

指挥所前第一道暗堡工事被攻下。

石兴国向身后大喊道："同志们，跟我上！"

石兴国和齐占山端着勃朗宁，一阵扫射，第二道暗堡工事被攻下。

石兴国越战越勇，一个人冲锋在前。

邓耀华：（见此焦急呼喊道）"兴国，连长，注意子弹！……"

石兴国：（没有听见，依然冲在最前面。兴奋地）"前面就是田老六团的指挥所，同志们，跟我上！"

邓耀华："周副连长，你带二排三排两侧掩护。一排跟我来，支援石连长！"

"是！"众战士按邓耀华指挥行动。

邓耀华带着一排的轻机枪手和战士们，紧紧追上石兴国。

田老六团指挥所灯火通亮。

石兴国：（此时杀得兴起，径自冲到了指挥所门前，端着勃朗宁机枪大喝）“田老六，缴枪投降！”

一伙逃来的敌军，被石兴国的气势吓得连连后退，惊恐叫喊成一团。

石兴国：（喝道）“缴枪不杀！”

一个顽军军官突然抱起一挺轻机枪，守在指挥所门口。

石兴国立刻扣动扳机，勃朗宁机关枪已经没有子弹，发出咔咔空响。

“啊！”石兴国一愣。就在这时那个顽军军官扣动轻机枪扳机。

石兴国左边胳膊中弹，把怀里的机枪抛到空中。突然，石兴国身后冲来一个身影。把石兴国推到一旁，端着轻机枪向敌军扫射。

顽军军官凭借团指挥所门旁掩体开枪回击。

邓耀华胸口中弹，迸溅起血花。

石兴国：（惊呼）“指导员！——”（忍着伤痛，甩出一颗手榴弹）

“轰”的一声，敌军指挥所门口的机关枪立时哑了。

4. 田老六团指挥所　夜　内

“缴枪不杀！”“缴枪不杀！”……

石兴国挥着手枪，和战友们一道冲进了敌军指挥所。

指挥所内，燃着火把和大碗的油灯。除了刚刚逃来的少数敌军官兵，并没有另外的敌军，显得有些空空荡荡。

“投降，投降，共军弟兄，我们投降！……”

国民党官兵把武器扔在地上，高举双手，惊慌地说着。

石兴国：（厉声）“你们团部的人都到哪去了？田老六呢？”

一个敌军下级军官：“报告长官，我们团座——不，田老六留下我们，固守无名岭阵地。他、他带着全团主力，已经向玉门油矿方向开拔，去执行炸矿任务！”

“啊？！——”石兴国等人大惊。

5. 无名岭阵地　黎明　外

我军主力全面进攻。远处，周远带人冲上阵地最高点。战士们发出胜利欢呼。

钢刀连战旗在硝烟中飘扬。

敌军指挥所前空地上，齐占山和柏春生扶着邓耀华，卫生员正包扎用药。

石兴国：（包扎了左臂，疾步走来）“指导员现在怎么样？”

柏春生：（低着头）“伤势很重！……”

石兴国：（冲上前去）“老邓，老邓！”

邓耀华：（睁开眼）“兴国，你……你没事吧？”

石兴国：（拍拍左臂）“我没事。你呢？”

邓耀华：“我……我也没事，就是擦了点皮。”

石兴国：“让我看看！”

邓耀华：“看、看什么。赶快向团部报告，就、就说情况紧急，田老六已经带着主力，奔向玉、玉门油矿……”

石兴国：“你放心，我已经派人上报了！”（说着，扒开邓耀华的腹部，只见包扎的纱布绷带，已经被鲜血浸透）“这叫擦破了点皮！”（急得大喊）“快，担架！柏春生，快叫担架！……”

6. 团部野战医疗点　晨　外

山坡后，几块白布围起的帐子，就是团部野战医疗点。

柏春生和担架员抬着担架冲进来。

石兴国：（紧紧跟着，一路喊道）“医生，赶快救伤员！医生，快救人！”

军医和医护兵跑了过来。

石兴国：“军医，快，快救我们指导员！”

军　医：“慢慢放下来。”

柏春生等人慢慢放下担架。军医查看邓耀华的伤口。解开被鲜血浸透的旧绷带纱布，换上新的。刚刚换上，就又被鲜血浸透了。

石兴国："怎么样？"

军医不说话，只是给邓耀华包扎。

石兴国：（焦急地）"到底怎么样？你说话啊！"

军　医：（喝道）"别吵！"

石兴国：（一怔，又忍不住低声）"没事……小伤，军医，您说，是吧？"

这时，周远、齐占山等人跑过来问："指导员怎么样了？"

军医一声不吭，迅速包扎完，冲着石兴国难过地摇摇头。

石兴国：（央求地）"再想想办法，再想想办法。他可是战斗英雄，是我们钢刀连的指导员啊！……"

军　医："胸部中弹多处，失血过多。已经深度昏迷了……"

石兴国：（大惊失色）"啊！——"（顿了一顿，大叫道）"不！这不可能！我们钢刀连，不能没有邓指导员！医生，你救救他，救救他啊！……"

军　医：（无奈地）"伤势太重，我们确实无能为力。"

石兴国：（情绪愤怒，立时爆发了，一把抓住军医的衣服，咆哮道）"伤势重，你们给好好治啊！没有办法，你们给想办法啊！你们还是团部医生呢，伤势重，你们就没有办法了！你们这些废物，都是白吃干饭的呀！军队养活你们这些军医，到底有什么用！"

周　远："石连长，你别……"

石兴国：（又找到新的发泄对象）"周远，你不用护着他们！连这点伤都治不好，要他们这些军医，有什么用！"

周　远："石连长，你发什么邪火。指导员受了重伤，你难过，我们就不难过吗！你怎么能把火气发在军医同志身上！"

石兴国：（转向军医）"军医同志，对不起！我是心里难受，憋不住啊！呜呜……"（情不自禁哭出声来）

军　医：（神情沉重）"实在不行，你们送到野战医院试试……"

石兴国：（看到一线希望，立刻抬起担架）“走，野战医院！”

7. 山区道路　日　外

石兴国、柏春生、周远、齐占山等人，大汗淋漓，抬着担架疾行。

石兴国：（边走边说）“快，快！”

邓耀华：（从昏迷中醒来，在担架上气力微弱地）“兴国，放、放下我，我、我不行了……”

石兴国：“到了野战医院就好了！”

邓耀华：（苦笑）“野战医院，在、在……在几十里之外呢……”

石兴国：“再远也要把你抬到！”

邓耀华：“兴、兴国，你别忘了，我、我们这一次，是、是执行战斗任务，消灭田老六，保、保护玉门油、油矿。不能为了我，放、放走田老六他们……”

石兴国：“指导员，现在救人要紧！”

邓耀华：“你、你们，放、放下我……”

石兴国：（换下柏春生，抬着担架）“快、快！”

山道崎岖，坎坷不平。

邓耀华：“你们，放、放、放下我！……石兴国，我、我以连队指导员，党、党支部书记的身份，命、命令你，快，放、放下我。回、回到钢刀连。”（声音越来越无力）“执、执行战斗任务……”

周　远：“连长，怎么办？”

石兴国：（坚定地）“救人要紧，快走！”

邓耀华：（用尽最后一点力量挣扎着）“浑、浑蛋！放、放下我！……”（一挺身滚落）

“指导员！”石兴国等人厉声高叫着，扑向摔落在路旁的邓耀华。

邓耀华：（无神的眼睛盯着石兴国）“……保护，玉门，油……”话没说完，便脑袋一歪，永远合上了眼睛。

石兴国：（抱着邓耀华哭喊）“指导员，耀华，你醒一醒，你醒一醒！……你不要吓我，你睁开眼睛看看，我是石兴国，我是你的兴国兄弟啊！……”

周　远：（悲恸地）“连长，指导员已经……”

天旋地转，“指导员！——”悲伤凄厉的哭叫声，在山间久久回荡。

邓耀华的遗体被放回担架，石兴国用担架上染血的白被单蒙在遗体上。

大家退后一步，向邓耀华遗体庄严敬礼。

8. 甘肃山区道路　日　外

坎坷不平的山路上，行进着一支长长的国民党军队。十几辆木轮大车，拉着辎重。步行的士兵和低级军官，士气低落，除了自己的轻重武器，还带有一些大小不同的包袱，显然是沿路抢来的财物。

团长田老六和牛参谋长骑马并肩而行。后面跟着副官、勤务兵。

牛参谋长：“团座神机妙算。十几门大炮，几十挺机关枪，就把共军大部队拦阻在无名岭下。没想到我们金蝉脱壳，瞒天过海，早已溜之乎也！”

田老六：（自负地）“舍不得孩子套不住狼。同共军打交道，就得比共军更狡猾。胡宗南胡长官奉蒋总裁密令，把炸毁玉门油矿的重任，交给咱们团执行。这是对我田某人，也是对咱们团弟兄们的高度信任。咱们就像过河卒子，只有拼命向前。绝不能把玉门油矿的一口油井，一根钻头，留给共产党！”

牛参谋长：“家贫出孝子，板荡识忠臣。将来时局好转，团座就是党国功臣。牛某人要向团座提前贺喜啊！”

田老六：“咱们弟兄是一条绳子上的蚂蚱——不，是一套马车上的骡马。我升迁还能落下你小子吗！同喜同喜啊！”

“哈哈哈哈……”

忽然，后边行军队伍中一阵骚动。

有人小声嘀咕：“共军，共军来了！”

牛参谋长（吃惊地回头）："怎么回事？"

丁副官："报告参座，是一头拉车的马惊了，现在已经控制住了！"

牛参谋长：（拭一把额头冷汗）"妈的，我还以为是共军追上来了呢！"

田老六：（粗声大气恼火地）"大惊小怪，草木皆兵！这样拖拖拉拉，哪年哪月才能赶到玉门！"（向副官）"丁副官，传我的命令，日夜兼程，火速前进！告诉弟兄们，玉门油矿是个工业重镇，河里淌的都是金子。完成炸矿任务后，给弟兄们放假三天，想要什么就拿什么！"

丁副官："是！"（转向行军的官兵们，大声）"弟兄们，团座说了，赶到玉门油矿后，特许大家纵掠三天。金钱美女，可都正等着弟兄们去享受呢！"

"走，走！""到玉门去，到油矿去！"……

懒懒散散、疲惫不堪的官兵们，兴奋地嚷嚷着，立时显得精神起来。

9. 玉门油矿经理会议室　日　内

这是一个宽敞的会议室，屋中间是长圆会议桌。靠墙有放有石油和岩芯样品的玻璃橱，墙上挂着矿区地图，正中是孙中山画像。油矿经理周明正在召开紧急会议。参加会议的是十几个厂矿高管、技术人员。田义文也在其中。

周　明：（这是个风度儒雅，年近四十的中年人，神情异常焦虑地）"各位同人，周明今天召集大家来，是要商讨一个非常严重的问题。我们玉门油矿，目前形势紧张，已经到了生死存亡的关头！"

与会人员神情严肃。

周　明："现在，没有必要再对各位保密了。这两年来，共产党解放军势不可当，在全国大步挺进。国民党军队节节败退，大势已去。去年十月，国民政府资源委员会主任孙越崎先生，就在南京以家庭冷餐会的名义，秘密召集全国各大工矿经理碰头，要求国民政府各大工矿企业，'坚守岗位，保护财产，迎接解放，办理移交'。鄙人作为玉门油矿经理，完全同意孙越崎先生的英明决策。回到玉门油矿后，就开始着手进行安排。”

与会人员，有的会心点头，有的吃惊地小声议论：

“当时只是说要加强护矿，防制战争破坏。”

“原来是早就做好安排，要把油矿和平移交给共产党啊！”……

周　明：“田义文工程师从一开始，就积极参与和组织了这项工作。义文，你给大家讲一下情况吧。”

田义文：（起身）“我没有什么好讲的。就是按照周经理的安排，我们由技术人员和工人，组成了五百多人的护矿队。把矿区四十眼油井，都用砖石沙土密封了起来。主要钻井设备，机器仪器，进行拆散装箱。一百多辆汽车也都卸下车轮，全部送到山区进行秘密掩藏。此外，我们还在矿区一些主要路口，都用废油桶和铁条，焊起了两丈高的围墙。这些围墙大家在矿区就能够看到。”

周　明：（忧心忡忡地）“做好这一些，对付散兵游勇，流窜土匪，已经足够了。可是，从五月份西安失守，——不，从西安解放以来，胡宗南就数次下令，要求我们务必炸毁油矿，不能把油矿留给共产党。最近几天，胡宗南悍然命令他的嫡系部队，正在甘肃中部地区驻防的田老六独立团，立即奔赴玉门，强行炸毁油矿。我们如果不予配合，就全部以背叛党国，私通共匪论处！”

“啊！——”与会人员都倒吸一口冷气。

田义文：“周经理，那就赶紧通知解放军，让他们尽快赶来接收啊！”

“对，对！”几个与会人员都说。

周　明：（苦笑）“你们以为解放军，是我周明个人的军队啊。孙越崎先生早就在南京上海的地下共产党组织帮助下，和共产党高层取得联系。在孙越崎先生协调下，我们也派人向解放军一野司令彭德怀将军，表达了和平移交的意向。彭德怀将军已经安排黄新亭的第五军，前来玉门接受移交。可是，田老六的军队近在咫尺；黄新亭五军的主力部队，还在河西走廊东部作战……”

“这、这……”与会人员都犯了愁。

这时，大门口外，传来了一片嘈杂的吵闹声。

10. 玉门油矿管理局大门口　日　外

青年钻工刘大勇，带领一帮工人向大门里冲。女扮男装的刘小青也跟在队伍中。几个矿警背着步枪，用力关着大门，不准工人们进来。

工人们：“让我们进去，让我们进去！”“我们要见油矿经理周明！”……

矿警们：“出去，出去！”“周经理正在开会，谁也不准进去！”……

周明和田义文等人从会议室出来，来到门口。

周　明：（严厉地）“怎么回事？”

一个矿警：“周经理，刘大勇带一帮工人要冲进大门，向您当面请愿。”

周　明：（皱皱眉头）“刘大勇，找我有什么事？”

刘大勇：“周老板，现在国民党军队都要打过来了。你们还把护矿的大事，放在少数人的护矿队身上，这怎么行啊！我们代表全矿五千工人请愿，要求立刻组织起来，发放武器。和护矿队一道，参加护矿斗争！”

周　明：（不敢相信地）“你们也要参加护矿？”

刘大勇：“油矿是我们工人的饭碗，我们当然要护矿！”

工人们纷纷说：

“谁敢破坏油矿，我们就和谁斗争！”

“谁也别想砸我们工人的饭碗！”……

刘小青：“共产党马上就要打过来了，我们要保护油矿，迎接解放！”

刘大勇：（理直气壮地）“不错，我们就是要保护油矿，迎接解放！”

周　明：（抱拳道）“好，好，感谢各位工友的护矿热忱。我们马上研究，如何组织起来，共同护矿。请各位工友耐心等候！……”

11. 经理办公室　日　内

周明神情郁闷地坐在沙发上。田义文关心地站在一旁。

周　明：（痛苦地）“义文，现在，我们是内外交困，焦头烂额啊！”

田义文：“周经理，按刘大勇说的，把工人武装起来，也不失为一条出路。”

周　明：（摇头）“田老六军队好歹是正规军，工人护矿队不是对手。”

田义文：“那您就让孙越崎先生，抓紧和解放军联系。”

周　明：“我已经通过电话电报，和孙先生联系了几次。可是，远水不解近渴。田老六的军队只要一到，玉门油矿就会毁于一旦，咱们每个人的身家性命，恐怕也难以保全啊！……”

田义文：（沉思良久，抬起头）“周经理，我倒有个主意。”

周　明：“义文，你讲！”

田义文：“田老六和我同乡同宗，论起来，他还是我没出五服的六叔。我去找他，劝他认清局势，弃暗投明，给自己留一条后路。”

周　明：“这个田老六，可是六亲不认，同共产党势不两立啊。听说前些日，你们老家搞土改，他竟然带着军队，回家乡搞突袭，杀害了不少共产党，和土改积极分子。你想让他悬崖勒马，投降共产党，这可是一着险棋啊！只怕……”

田义文：“事已至此，哪怕不能劝他回头，能拖延他几天脚步也好。为了保护玉门油矿，为了大家的身家性命，冒点儿险也值！”

周　明：（思考良久，终于点点头）“那、那好吧，我派人开车送你。义文，你要注意安全……”

12. 西安　解放军一野司令部　夜　内

宽大的房屋里，一片忙碌景象。墙壁上是西北战争形势地图。一野张副司令正和几个高级指挥员，研究下一步作战计划。一个司令部参谋在接电话。

电话里：（一个和蔼而威严的四川口音）“你们一野，现在哪个首长在啊？”

司令部参谋：“张宗逊副司令在。”

电话里：“让张宗逊接电话！”

司令部参谋：（捂住话筒，向张副司令）“张副司令，是北京电话！”

张副司令：“啊？”（上前接过电话筒）“我是张宗逊！”

电话里：“我是朱德！”

张副司令：（啪的一个立正）“总司令好！”

13. 北京／西安　夜　内

朱德在北京办公室里，和一野司令部张宗逊打电话。

朱　德：“宗逊啊，接管玉门油矿的事情，现在进展怎么样了？”

张副司令：“我们已经命令黄新亭的五军，全力奔赴玉门，接管玉门油矿。但是，胡宗南命令嫡系部队，企图炸毁玉门油矿。我军五军部分部队和十九军五十七师的一个团，正在对胡宗南的炸矿部队进行阻击。”

朱　德：“玉门油矿，是我国目前最大的油矿。石油是一个现代国家的血脉。天上飞的，地上跑的，都离不开石油。没有石油，飞机大炮坦克，还不如一根打狗棍。党中央毛主席，都非常重视石油问题。你们要千方百计，保护玉门油矿，决不能让玉门油矿，遭受任何损失！”

张副司令：“是，朱总司令！”（放下话筒，略一思索，又摇动摇把，拿起话筒）“我要十九军五十七师师部！”

14. 陕南某县城　五十七师师部　夜　内外

这是一个商家院落，暂时做了五十七师师部。夜已深了，仍然一片紧张忙碌景象。门外设了卫兵岗哨。师政委王振华等师部指挥人员，正在作战地图前，研究战争形势。旁边机要室，男女机要人员，嘀嘀嘀收报发报。

宋豫杰：（正接电话）“是，张副司令，保证完成任务！”（放下电话。向王振华）“振华，张副司令电话，说党中央毛主席都非常重视玉门油矿的安危。朱老总亲自下命令，要求千方百计保护玉门油矿，决不能让玉门油矿遭受任何损失！”

王振华：“任务艰巨啊！”

一个参谋：（手拿电报，走到王振华跟前）“政委，一六九团刘团长电报。”

王振华接过电报看。

宋豫杰：“老王，怎么回事？”

王振华：（把电报给师长）“一六九团团长老刘，说他们在无名岭阵地，攻克阵地，缴获大量武器。但是，田老六带领主力部队潜逃，正向玉门方向挺进！”

宋豫杰：“这是敌军的金蝉脱壳之计。告诉一六九团老刘，一定要紧紧咬住田老六的部队不放。甘肃玉门油矿，是党中央毛主席都非常关注的重要工业基地。保护玉门油矿，是朱老总，是一野首长交给我们的神圣任务。现在，只有我们五十七师的一六九团，和五军的一个团，接近玉门前线。命令一六九团，和兄弟部队紧密配合，协同作战，务必把敌军堵截消灭在玉门以外。决不能让他们炸毁油矿的阴谋得逞！”

王振华：“好的，我马上给一六九团回电。”

15. 甘肃中西部山村　傍晚　外

日落西山，田老六的军队在山村宿营。

山村四周，岗哨林立，山村街道，停着车辆马匹。国军官兵们吆五喝六，抢走老百姓的财产，把老百姓从家中抓走。

一些老人和女人，想出村躲避，被一帮国军发现。

一个低级军官：（恶狠狠地）“想跑，没那么容易。抓住他们！”

一帮士兵端着枪追上去抓人。

“救人哪！”“救命啊！”村民哭叫着，国军官兵追了上去。

16. 村头梅大妮家　傍晚　外

一队国军官兵，押着一溜老百姓从门前经过。

梅大妮：（躲在门后，在门缝里观望）“爹，他们抓人了！”

梅阴阳：（愤愤地）“啥中央军，简直是土匪！怪不得老百姓，都盼着共产党解放军打过来呢。这国民党气数，真是完了。大妮，快躲到屋里去！……”

梅阴阳话没说完，咣当一声，门被撞开，几个国军持枪冲了进来。

17. 山村　田老六团部门口　傍晚　外

这是一个大户人家院落，田老六和牛参谋长站在门口。

一队士兵推推搡搡，把捆绑着的梅大妮父女和老百姓押过来。

梅阴阳：（央求）“老总，老总，求求你们，放了我女儿！”

一个士兵：（用枪托打梅阴阳）“嚷嚷什么，快走！”

梅大妮：（上前护住父亲，对那个士兵怒目而视）“你不能打我爹！”

士　兵：（淫笑）“呵，还真是个孝顺闺女呢！”（说着就要摸梅大妮的脸蛋，梅大妮顺势狠狠在他手上咬了一口。他疼得“哎哟”叫了一声，拿起枪托朝梅大妮身上捌去）“好家伙，你还敢咬人呢！”

低级军官：（呵斥）“别在这儿闹了，赶紧把他们都关到村头祠堂里去！”

牛参谋长：（苦着面孔）“团座，您让弟兄们抓这些老百姓干什么？咱们队伍拖三拉四，背着大小包袱，一天走不了几十里路。再带上这些老百姓，只怕到不了玉门，后面的共军大部队就要追上来了。”

田老六：（笑）“你懂个屁！就因为咱们部队行军缓慢，担心后面的共军追上来，我才让弟兄们抓了这些老百姓。就是给咱们的军队，加上了一层保险！”

牛参谋长：（扶扶眼镜，不解地）“保险？”

田老六：“共产党的军队，最怕伤害老百姓。到了紧要关头，我们把这帮老百姓推到前沿阵地，那就是我们军队的人肉盾牌！”

牛参谋长：（恍然大悟，竖起大拇指）“好，好，团座果然棋高一着！”

丁副官：（从村外走来）“报告团座。我们的哨兵，抓到一个共军探子！”

田老六：“押上来！”

两个国军士兵，押着西装革履，五花大绑，嘴里塞团烂布的田义文过来。

田义文扭动挣扎着，嘴里呜呜呀呀咕噜着。

田老六：（端详一阵，惊讶地起身）“这不是我们家田义文吗？快快松绑！”

国军士兵赶紧松绑，掏出田义文嘴里的破布。田义文揉着酸疼的胳膊，连声“呸呸”，吐着嘴里的脏口水。

田老六：“义文，你怎么到这儿来了？”

田义文：“六叔，我从玉门一路到这儿，就是来找您的。您的这些部下，硬说我是共军探子。我骂他们有眼无珠，他们就把我捆了起来。呸，呸！”

田老六：（笑）“你穿着这身洋服，谁知道你是什么人哪！”（转向牛参谋长）“这个田义文，是我还没出五服的本家侄子，出国留洋的大学生，玉门油矿的工程师。田少爷是真正的文人，读书人。这是我们老田家几代人的骄傲啊！”

牛参谋长：（客气地抱拳）“田工程师，幸会幸会！”

田义文：（不善于这些礼仪，别扭地抱抱拳）“哦，哦……”

田老六：（豪爽地）“义文，你找我什么事，要钱，要物，还是要人？只要六叔能办到的，就是一句话！”

两个国军士兵，目瞪口呆。

牛参谋长一个眼神，让丁副官赶紧带两个士兵离开。

18. 田老六团部里屋　夜　内

摆设富足雅致，玻璃罩子油灯明亮。

田义文向田老六说明来意，劝田老六悬崖勒马，弃暗投明。

田老六：（抽着铜水烟筒，不屑地）“义文，你说了这么一大堆，不就是一句话，要我放弃上峰命令，背叛党国，向共产党投降输诚吗？”

田义文：“六叔，国民党大势已去，六叔何苦做国民党的殉葬品。自古道，识时务者为俊杰——”

田老六：（双眼一瞪）“放屁！”（把铜水烟筒狠狠地摔在茶几上）“我田老六生是党国人，死是党国鬼。我同共产党，有血海深仇！共产党搞土改，镇压了我的父亲，分掉了我家上千亩河套良田，我同共产党不共戴天！”（忽然，他心里一动，一把抓住田义文的胸襟，恶狠狠地盯着田义文）“田义文，你跟六叔说实话，你是不是也加入了共产党？”

田义文：（毫无惧色）“我田义文信奉科学救国，实业救国。从来不问政治！”

田老六：“那你为什么前来阻止我，不准我去炸毁玉门油矿？”

田义文：“玉门油矿是民族财产，国家实业，不是哪个政党的私产，谁也无权破坏！炸掉玉门油矿，就是对民族对国家犯罪，会留下千古罪名！”

田老六：（冷笑）“我谅你也不是共产党。你跟我出来！”

19. 田老六团部堂屋　夜　内

牛参谋长和丁副官都在堂屋。

田老六：（把田义文拉回堂屋。厉声）“丁副官，马上把侄少爷身上这层鬼皮扒掉，换上我们的军装！从现在开始，我们就正式征收侄少爷参军入伍，协同我们前去玉门炸矿！”

丁副官："是！"

丁副官和几个勤务兵，拿来一套军装，不顾田义文反抗，强行为田义文换上。

田老六：（得意地）"侄少爷是玉门通，有了侄少爷加盟，我们的炸矿任务，一定会事半功倍，马到成功！"

田义文：（愤怒地）"六叔——不，田老六！玉门油矿是我国唯一的大型石油矿。不只是我田义文，每一个有良心的玉门人，都不会配合你们炸矿！我们早就把矿井掩埋，设备掩藏，你们不会得逞的！"

田老六：（狂笑）"哈哈哈……我们早就料到了这个，上峰特意为我们配备了特派员。丁副官，把胡长官给我们派的特派员请出来！"

丁副官："是！"（转身出屋）

20. 田老六团部院　夜　外

丁副官带了一个西装革履、二十八九岁的人，从院里走进堂屋。

21. 田老六团部堂屋　夜　内

来　人：（意外地）"义文？"

田义文：（更是吃惊，不敢相信地）"新我？——"

田义文看到任新我，两人都感到非常意外。

田义文："新我，这两年，你不是在台湾吗，怎么会来到这里？"

任新我：（苦笑）"是啊，自从前年离开玉门后，我一直在台湾高雄炼油厂工作。前些日，台湾国军征召我，回甘肃执行公务。胡宗南给我的特别任务，就是配合国军，炸毁玉门油矿……"

田义文：（目瞪口呆）"新我，你是玉门油矿的人。你怎么能忍心炸矿？"

任新我：（无奈地）"这是上峰命令。我也是人在江湖，身不由己……"

田老六：（得意地狞笑）"田义文，田少爷。这一回，你应该知道，我们为什么对彻底炸毁玉门油矿，胜券在握了吧！哈哈哈哈！……"

田义文：（愤怒地）“田老六，你不能带人炸矿！你这样祸国殃民，会留下千古骂名，不得好死！老田家祖宗八代，也会因你蒙羞！……”

田老六：（狂怒地）“浑蛋，给脸不要脸！来人，把他关起来。等炸掉油矿，我再和他算账！”

几个士兵冲进屋，把不住叫骂着的田义文拖了出去。

任新我于心不忍，却又不好上前劝阻。

22. 村外山坡　钢刀连营地　晨　外

太阳还没有出山，钢刀连宿营在村外山坡上，正在准备早饭。

山路上，一匹战马和一辆马车，在急速奔驰。

骑马的是钢刀连上级一营营长老崔。马车上坐着许茹、唐娜，还有也穿着军装的邱建设。战马和马车，直奔钢刀连营地。

石兴国和周远正在说话。连通信员柏春生疾步跑来。

柏春生：“连长，副连长，崔营长来了！”

“啊？”石兴国和周远赶紧起身，迎了上去。“营长好！”行礼，握手。

崔营长：（神情沉重地）“兴国、周远，耀华同志的牺牲，是我们营一个重大损失啊！上级研究决定，由副连长周远同志，接替邓耀华同志，担任钢刀连政治指导员！”

周　远：“我？……”

石兴国：（赞同地）“太好了！”

周　远：（敬礼）“我坚决服从组织的决定！”

崔营长：“中央军委和一野首长，都非常重视保卫玉门油矿。这是一项非常艰巨而又光荣的任务！你们钢刀连，一直冲在战斗最前沿，是我们全师的一面红旗啊！在这次无名岭战斗中，也表现非常出色。现在我们的任务，就是追击围堵田老六的队伍，决不能让他们的炸矿阴谋得逞！你们钢刀连要发扬敢打敢冲的优良传统，像一把钢刀，插到田老六队伍前面，担当堵截敌军的重任。”

“是！”石兴国和周远激动地答道。

崔营长：“师首长非常重视先头部队的重大作用，特意给你们配备了向导、军医和报务员。有了紧急情况，要立即向师部首长汇报。”（说着，就向石兴国等人，逐一介绍他带来的男女人员。他指着身穿军装的邱建设）“这位同志是邱建设，原来是玉门油矿的襄理，也就是副经理。”

柏春生：（一伸舌头）“嗬，大官啊！”

崔营长：“他因为在玉门油矿组织地下革命，被胡宗南抓进了国民党监狱。”

邱建设：（愤愤插话）“还被判处死刑！”

崔营长：“对，还被判处死刑。幸亏西安解放，胡宗南逃走，才没有执行。邱建设同志一出监狱，就参加了革命队伍。这次请他来，不只是做我们的向导，也是执行保卫玉门油矿战斗任务的重要顾问。”

石兴国：（激动地伸出手）“太好了！邱建设同志，欢迎欢迎！”

邱建设：（却抱抱拳，文绉绉地）“不客气。为革命效力，是邱某——不，是我们每一个革命同志的本分！”

崔营长：（指指唐娜和许茹，笑）“这两个女同志，一个师部军医唐娜，一个师部报务员许茹，就不用再介绍了吧。”

柏春生：（笑）“唐娜医生是我们周副连长，不，是我们周指导员没结婚的对象；许茹同志是正和我们连长热恋的女朋友，这还用介绍啊！”

齐占山：（也倔巴巴地笑笑）“嫂子们好！”

许　茹：（羞涩地红了脸）“齐班长，你怎么也开玩笑！”

唐　娜：（老练一点儿，向柏春生道）“小不点儿，就你知道得多。再乱讲，小心找我打针时报复你！”

人们哄然大笑。

崔营长：（严肃地）“兴国、周远，保护玉门油矿，是一项艰巨而光荣的战斗任务。只许胜利成功，不许出任何差错。你们钢刀连，一定要冲在前面，当好截击战的先锋啊！走，咱们研究一下具体作战方案！”（几个人向山坡一旁走去）

23. 甘肃西部乡间大道　日　外

田老六的部队，懒洋洋地行军。官兵背着大大小小的包袱。还有好多辆装有辎重的大车。捆着的田义文，和“特派员”任新我，分别坐在不同大车上。

士兵们推搡着梅大妮父女和抓来的老百姓，呵斥着：“走，快走！”

田老六和牛参谋长骑马并行，后面跟着副官勤务兵。

田老六：（看着行动不快的队伍，忍不住焦虑地看看手表，命令道）“快，快！”

24. 山间小道　日　外

钢刀连轻装上阵，头戴柳条圈伪装，抄近路急行军。

石兴国走在队伍前头，不住传达命令：“跟上，向后传，快！”

官兵们疾步跟上，一个个传道：“向后传，快！”“向后传，快！”……

许茹和唐娜，也背着发报机和药箱，走在队伍中间。她们身后的齐占山、柏春生，都是背了两个行李。显然是替两个女同志背的。

唐娜停下脚步喘气。许茹用手背揩揩额头的汗水。

齐占山：“累了吧？”

“不累，不累！”两个女人都说。

柏春生：“还不累，看脸上的汗！”

说着齐占山和柏春生不由分说，就把她们的发报机、药箱，也加在各自身上。

队伍最后，是负责收容的指导员周远。邱建设空着双手，还累得气喘吁吁的。周远只好搀着他快走。

25. 乡间大道　傍晚　外

田老六的队伍，像一条蜿蜒长龙，缓缓向前蠕动。

前面，是一个谷口。两边的山坡上，有好多处新修的工事。

丁副官：（惊慌失措地）“团座，不好，前面有埋伏！”

牛参谋长：（难以相信地）“难道是共军，不可能！除非后面追击的共军，能插了翅膀，从天上飞下来！不会是马步芳的部队吧？”

田老六拿出望远镜，向远处看去。

山谷两边山坡的工事，枪筒密集，严阵以待。工事后面，隐约活动着解放军钢刀连战士的身影。还分别插有几杆解放军的红色军旗。

田老六：（大吃一惊）“真的是共军！”

26. 山坡工事　傍晚　外

一处工事里，是石兴国和齐占山等官兵。

石兴国：（高喊）“田老六，你们被包围了，赶快投降吧！”

另一处工事里，是周远和部分官兵。

周　远：（高喊）“国军弟兄们，不要再跟国民党反动派卖命了！”

柏春生：（手持铁皮喇叭）“解放军优待俘虏，缴枪不杀！”……

喊声此起彼伏。

27. 乡间大道　傍晚　外

田老六的队伍，立刻乱了套。

田老六：“撤，马上撤！”

队伍你推我，我搡你。有的马匹惊踏了人。有的大车被挤到了路边土沟里。

田老六：（声嘶力竭地）“不要慌，不要慌！占领高地，向后面的山顶上撤！”

28. 山坡工事　傍晚　外

石兴国手持望远镜，望着田老六队伍的乱象，脸上不禁浮出顽皮的笑容。

齐占山：（激动地）“连长！”（扬一下下巴，做出个要求进攻的表示）

柏春生：（兴奋地）“连长，让司号员吹冲锋号吧！”

石兴国：（沉着地）“不，敌众我寡，好汉不斗群狼！我们就是要把他们堵在这里，等待我们大部队赶来。”

只见远处的田老六的军队，潮水般向后面山上退去。

石兴国：（向另一处工事里的周远招呼）“指导员，送送他们！”

周　远：“好哩！”

几个工事里，啪啪啪射出几排子弹。

远处的田老六队伍惊慌逃窜，更是乱成一团。

29. 山顶破庙　夜　内外

田老六的军队人马，仓皇撤退到山上。见解放军并没有趁乱进攻，渐渐稳定下来，开始分头安营扎寨。在山坡树林间，扯起一顶顶军用帐篷。

山顶一座荒败无人、神像残缺的破庙，便做了临时团部。士兵们在大殿里点上火把，吊上两盏油灯，摆上行军用的简易桌椅、床铺。

田老六、牛参谋长等人走进大殿。

田老六：（看看正殿的玉皇大帝泥胎，竟然笑了笑，道）“这个临时团部，还不错嘛。”

丁副官：（进殿）“报告团座，各营弟兄已在山坡两侧，分别安营扎寨。”

田老六：“好，好！”

牛参谋长：“命令各营各连，加岗放哨，加强警戒，连夜构筑工事！”

丁副官：“是！”（转身要走）

田老六：（一挥手）“慢！”

丁副官站住。

田老六：“加岗放哨，加强警戒，这是必须的。至于构筑工事，就不必了。”

牛参谋长：（不解地）“团座？……”

田老六：“这股共军咋咋呼呼，根本没有出击。这就说明，他们只是小股先头部队。顶多，不会超过两个连的兵力。”

两个国军侦察员进来。

一个侦察员：“报告团座，我们靠近侦察，发现前面共军只有一百多人。”

另一侦察员：“很可能只是共军的一个连队。”

田老六：（自负地）“怎么样，不出我之所料吧。我们不能守在这里，坐等他们大部队赶来。只有立即把这小股共军引出来，一举歼灭，才能扫清前进的障碍！”

牛参谋长：“对，对。可就怕，他们不会轻易出动……”

田老六：（冷笑）“我会让他们跳出来的！”

30. 谷口山坡　夜　外

钢刀连的官兵们在工事内吃晚饭。十几挺机关枪封锁着谷口。

周　远：（用望远镜观望田老六军队）“连长，田老六这只老狐狸，不愧是国民党军队主力，不同于一般杂牌军。这么短时间就安定下来，扎稳阵脚了。”

石兴国：（自信地）“指导员放心。田老六军队拖三带四，行动不便。我们只要封锁住谷口大道，他们就是插上翅膀，也别想飞到玉门油矿。”

对面山顶上，燃起一堆堆篝火，和一根根火把。

周　远：（警觉地）“敌人好像要行动！”

石兴国：“给我！”（从周远手中接过望远镜）

31. 敌占山头　夜　外

山坡上，一处处的国军，点燃篝火，插上火把。吃饭喝酒，吆五喝六。

他们显然是故意喧闹，想引诱解放军攻山。

32. 山头大殿　夜　内外

国军官兵的故意喧闹声，一阵阵传来。田老六和牛参谋长在喝酒。

牛参谋长：（担心地）“团座，这支小股共军，人少力薄，不会轻易上钩的。”

田老六：（笑）“我的牛参谋长，你慌什么啊。好戏还在后头呢！”（转身大声）“丁副官，把那些人肉诱饵，给我带上来！”

牛参谋长：（感到意外）“人肉诱饵？”

“走，走！”一队国民党官兵，推推搡搡，把五花大绑的梅大妮父女，和三四十个抓来的老百姓，带进了大殿。

田老六：（狞笑）“老牛，这就是咱们的人肉诱饵！丁副官，给我倒上！让他们临死过过瘾，尝尝煤油的味道。”

丁副官和那队国民党官兵，搬起墙角一桶桶煤油，从头浇下，泼在梅大妮父女和老百姓的身上。这些老百姓叫骂哭闹成一团。

牛参谋长：“团座，您不是说，要到关键时刻，用这些人做人肉盾牌吗？”

田老六：（恶狠狠地）“眼下，就是关键时刻！我本来要用他们做人肉盾牌。可惜，共军不肯攻山。我只好用这些人做人肉诱饵，把共军引上山。他们共产党解放军，不是一直在说，他们是老百姓的队伍吗！我今天就要看看，这些‘老百姓’，就要被点天灯，见阎王，他们会不会上山！”

牛参谋长：（赞许地）“对，对！这正是共军的软肋！”

田老六：（粗声大气地）“把这些人肉诱饵，给我带出去！”

梅阴阳：（哭喊着扑到田老六面前）“长官，长官，你放过我女儿。你想烧人，就烧死我吧，千刀万剐也行。求求你，放了我的女儿！……”

梅大妮：（愤怒地）“爹，别求他！死就死，有什么大不了的！”

田老六：“呵，这个黄毛丫头，倒有点儿倔脾气！”（他上前扳起梅大妮的下巴，仔细端详）“嘿嘿，这小脸蛋儿，还真是不错！”

梅大妮：“呸！”

梅阴阳：（哭求）“长官，我的女儿还小啊！你放过她，你放过她吧！”

田老六：（狞笑）“把这个小丫头，给我留下。其他人，都带出去！”

丁副官：“那老家伙呢？”

田老六：“这个老东西，留着也没有用！”

梅阴阳：（气愤地）“这些人不是人，是畜生！大妮儿，大妮儿，你可不能答应他们，被他们糟蹋啊！”

梅大妮：（看看父亲和一帮群众，转转眼珠，突然说）“田老六，我答应你！”

田老六：（意外地）“哦？……”

梅大妮：“不过，有一个条件。”

田老六：“你讲！”

梅大妮：“你们放了我爹，放了乡亲们！”

田老六：（断然地）“不可能，这些人，是我的人肉诱饵！”

梅大妮：“那你们放了我爹，总不能我跟了你。我爹反被你们烧死！”

田老六：（哈哈大笑）“那怎么能啊！你做了我的七姨太，你爹就是我的老丈人。以后，我还要孝敬他老人家，让他跟着我享清福呢！”（转身）“丁副官，派几个弟兄，马上送我的老丈人下山！”

丁副官：“是！”

33. 破庙前空地　夜　外

空地上，燃起一堆堆篝火。

三四十个农村老百姓，五花大绑，浑身淋着煤油，捆在一排树桩上。人们神情各异，有的哭泣，有的叫骂，有的恐惧，有的绝望……

一些国民党士兵，举着火把站在一旁。

不少国民党官兵在一旁看热闹，疯狂地喧闹。

34. 山头小道口　夜　外

丁副官带两个士兵送梅阴阳下山。梅大妮也夹个小包袱来送父亲。

梅阴阳：（抓着女儿的手，绝望地）“大妮儿，爹没有把你保护好，爹对不住你啊！饿死事小，失节事大。咱们梅家的女人，从来把名节看得比生命还重。你可不能失了名节。这样，我就算到了阴曹地府，也没脸向列祖列宗交代啊！……”

梅大妮：“爹，到了这种生死关头，您还说这些，有什么用！”

梅阴阳：“不！我不能留下你一个人！……”

梅大妮：（心焦地）“爹，你放心，我知道该怎么办！这里太凶险了，你赶紧走吧！”（把父亲向前推几步，低声）“共产党解放军就在山下，您知道该怎么办！”

梅阴阳：（恍然大悟）“对，我走，我走……”

丁副官：（假殷勤地）“梅老爷子，要不，让这两个弟兄，再送你一程？”

梅阴阳：“谢谢老总，谢谢老总。不用送，不用送！”（说着，便急急慌慌，向山坡小道奔去）

35. 山顶破庙大殿　夜　内

牛参谋长：（担心地）“团座，你就不怕，梅大妮和她爹一道逃走啊？”

田老六：（笑）“你放心，这个倔丫头为了她爹，不会逃走的。”

丁副官带着梅大妮回到大殿。牛参谋长服气地看看田老六。

梅大妮：（强作镇定地）“团长大人，你说，怎么处理我吧？”

田老六：（淫笑）“新婚大喜，你急什么呀！”（蓦地脸色一变，厉声）“丁副官，把梅大妮的小包袱夺下，下了她手中的凶器！”

丁副官闻声上前，一下去夺走梅大妮手中包袱，狠狠用力抓起梅大妮的手腕。

梅大妮的手里，是一把黑亮的剪刀。

田老六：（冷笑）“黄毛丫头，想给老子玩这一套，你还太嫩了点儿！来人！把她推出去，和那帮老百姓捆在一起，准备点天灯，做人肉诱饵！”

两个带枪士兵，把梅大妮推出大殿。

牛参谋长：（不解地）“团座，您既然对梅大妮早有戒心，那为什么还放走了她的父亲梅阴阳？”

田老六：（笑）“老牛，你傻啊！不放人下山通风报信，共军能轻易上山吗？”

牛参谋长：（佩服得五体投地）“对，对！团座果然神机妙算，神鬼莫测！”

“哈哈哈哈……”二人狂笑。

36. 山顶破庙前空地　夜　外

天色阴沉，如同锅底。

三四十个村民，都被捆在树桩上，悲伤绝望，神情各异。

手举火把，和看热闹的国军官兵，一个个大呼小叫。

丁副官和两个士兵，把五花大绑的梅大妮带来，也捆在树桩上。

“又一个人肉诱饵，又一个人肉诱饵！”国民党官兵们叫道。

梅大妮：（视死如归，毫不畏惧。看到旁边一个姑娘哭哭啼啼的，道）“哭啥呢，大不了是一死！有老天在上看着呢，这帮无恶不作的禽兽，不会有好下场！”

那个姑娘感激地看看梅大妮，停止哭泣，低头在肩膀上揩了把泪水。

田老六和牛参谋长，站在破庙门口观看。

37. 山坡小道　夜　外

梅阴阳在艰险崎岖的山间小道，跌跌撞撞，疾步狂奔。

38. 谷口山坡　钢刀连工事　夜　外

夜色阴沉，钢刀连的官兵在工事内，抱枪露天宿营。

齐占山和一些岗哨，警惕地站岗值勤。

石兴国和周远，注意观察对面山头的敌情。

柏春生和一个年轻侦察员李大军，一身国军打扮，从夜雾中跑来。

石兴国："春生，大军，情况怎么样？"

柏春生：（把国军的帽子扯下）"我和李大军，趁着夜色深沉，敌军混乱，混进了山上。已经基本侦察清楚，他们的一营、二营、三营，分别驻扎在山腰和山根。团部设在山顶一座破庙里。周围是他们的一个加强营。"

李大军："他们还把抓来的老百姓，捆在破庙前的空地上，浇上了煤油。说是要当人肉诱饵，点天灯，烤人肉，引诱我们上山。"

周　远："田老六很可能已经发觉，我们的人马不多。"

石兴国：（愤怒地）"这头狡猾的狐狸，吃人的恶狼！"

一个人影，跌跌撞撞，在夜色中奔来。

齐占山：（一拉枪栓，厉喝）"谁，什么人？"

梅阴阳：（气喘吁吁地）"解放军同志，别开枪，别、别开枪！……"

石兴国：（迎上去，看着身穿破旧长袍，头戴瓜皮小帽的梅阴阳，奇怪地）"老乡，你是从哪儿来的？"

梅阴阳：（嘴干唇燥，虚弱地）"我、我从山上逃、逃下来的。解放军同志，快、快，救……救……命……"

石兴国：（摘下肩上军用水壶）"老乡，不要慌。喝点儿水，慢慢说！"

石兴国喂梅阴阳喝了点水，梅阴阳缓过气来。

梅阴阳：（看了看石兴国等人）"你们、你们真的，是、是……来、来打田老六的解放军……"

柏春生：（拍拍红领章和军帽的五角星，神气地）"那还能错！"

梅阴阳紧紧抓住石兴国，扑通一下，就要给石兴国磕头。

石兴国：（赶紧搀起）"大爷，使不得，这可使不得！"

梅阴阳：（哭诉）"田老六这个遭天杀的，根、根本不是人。他把抓去的乡亲们，要当人肉什么，点天灯烧死。你们可要去救救乡亲们哪……”

石兴国和周远相互看看。

周　远：“大爷，田老六要烧人，您怎么一个人逃出来了？”

梅阴阳：（痛苦地叹口气）“唉，是我闺女大妮儿，答应顺从田老六，田老六才放我下了山。可我的闺女的脾性我知道。她不会顺从田老六，一定会和田老六拼命。解放军同志，快去救救乡亲们，救救我的女儿吧！……”

钢刀连的官兵们，一个个怒不可遏，义愤填膺：

“连长，指导员，打吧！”“就是豁出命，也要救出乡亲们！”……

石兴国眼冒火光，皱起浓眉，神情严峻。

第六集

1. 陕北石家洼村山坡　石家坟地　日　外

梅大妮跪在坟前烧纸。齐大娘坐在旁边土坎上抹泪。

齐大娘：“老姐妹，俺陪着大妮，再来看看你，说会儿话……你能修下大妮这样一个孝顺媳妇，也算这一辈子的福气……”

梅大妮：（烧完纸，起身）“齐大娘，俺和您商量件事儿。”

齐大娘：“你说。”

梅大妮：（羞涩地）“俺娘不在，已经七七四十九天了。烧完这纸，俺想到部队去，看看兴国……”

齐大娘：“兴国他们部队在汉中，听说离咱这儿八九百里路呢！”

梅大妮：“俺能从甘肃来到陕北，就能从陕北找到汉中。俺想让村里给俺开封介绍信，到部队和兴国，把、把结婚证领了……”

齐大娘：“兴国在部队当兵打仗，可不兴带着媳妇。”

梅大妮：“俺没说留在部队。只要领了证，圆了房，俺就回来……”

齐大娘：（点头）“行，行！俺让村里给你开信！”

2. 石家洼村口　清晨　外

齐大娘和几个农村姑娘，送挎着包袱的梅大妮出门远行。

齐大娘：（叮嘱）“闺女，山高路远，你一个女人，一路上可要小心！”

梅大妮：“俺不怕。”

几个农村姑娘也说：

“大妮姐，你早去早回！”“我们都等着吃你和丑娃哥的喜糖呢！”……

梅大妮：“齐大娘，姐妹们，你们都回吧。俺很快就会回来！”

齐大娘等人站在村口不肯离去。梅大妮走了好远，还回头向大家摆手……

3. 汉中　57 师师部大院　日　外

程孟华、张大海等师部领导，正在大院内说话。一辆吉普车驶进大院，宋豫杰和王振华下车。程孟华、张大海等人，都迎了上去。

程孟华：“师长，政委，对我们下一步工作，西北军区和西北石油局，是怎么安排的？”

宋豫杰：“为了尽快适应新的角色，进入新的战斗岗位，经西北军区和西北石油局研究决定，咱们石油师的主要领导同志，也都在西北石油局担任了相应的领导职务。我和王振华同志，明确为西北石油管理局副局长。找油打油，钻探工作无比重要。西北石油管理局经报中央和国务院批准，最近专门成立了西北石油钻探局。由振华同志兼任西北石油钻探局局长；参谋长程孟华同志，任石油钻探局副局长。”

大家鼓掌。王振华、程孟华向大家挥手致意。

宋豫杰：“从现在开始，咱们师就要全面进入迎接新战斗的学习整训。咱们师改编后的整训方案是这样安排的。一团主攻钻井技术和理论，由王振华政委和程孟华参谋长负责。整训基地，就设在玉门油矿。二团主攻炼油技术和理论，由副师长张大海同志，师政治部主任刘进同志负责。整训基地设在延安地区延长油矿。三团主要学习汽车驾驶，准备担负石油运输的重任，由我和其他几位师部领导成员负责。整训基地，就设在我们汉中。概括起来三句话，就是十三个字，‘一团钻，二团炼，三团围着轮子转！’”

大家纷纷点头。

王振华：“同志们，投入新的战斗任务，我们不仅面临着学文化，学技术的重大难关。在工作环境，工作作风，工作习惯上，也面临着重大考验。从现在开始，我们每一个同志，每一个单位，都要接受石油师和地方部门的双重领导。无论机关部门，还是生产基层，咱们的干部战士，都要和地方的干部职工，在一块儿工作，在一个锅里抡马勺。也就是说，穿军装的和穿便装的，要组成一家人。这样，不同作风不同习惯，勺子碰锅沿的事，肯定会发生。我们一定要戒骄戒躁，虚心做小学生，老老实实向地方同志学习，努力和地方同志打成一片。转变思想，转变作风，尽快从一个解放军指战员，转变成一个合格的石油战士！”

“不错，不错！”“是得学习！”大家都说。

宋豫杰：“明天，我们召开一个全师干部动员大会，也是一个送别会。一团和二团准备就绪，就可以分别向玉门和延安出发！”

张大海：“二团准备一下，三天内奔赴延安！”

王振华：“我和孟华到一团做好准备工作。也保证在三天内，向玉门进发！”

宋豫杰：（兴奋地）“好！那我们在汉中，等待同志们的好消息咯！”

4. 戈壁滩　日　外

浩浩荡荡的军人车队，行进在戈壁上。

车上载满了石油师一团军人。车身上都贴着“艰苦奋斗，再立新功”“扎根玉门，建设玉门”“久经锻炼的战斗队，石油建设的突击队”等标语口号。

第一辆军车的车厢里，站着钢刀连部分官兵。

许茹、唐娜和几个师部女兵，也在第一辆军车上。

5. 戈壁滩美式吉普　日　内

车队前头，是一辆美式吉普。王振华、程孟华和通信员，坐在车中。

通讯员：（坐在前排，回头）“政委，参谋长，还没到呀？这可越走越荒凉了！”

王振华：“走了两天了，应该快了吧！”

程孟华：“玉门哪能和汉中比啊。不过，荒凉有荒凉的好处，你们看，大漠落日，多壮观啊！”

王振华：（情不自禁念道）“‘黄河远上白云间，一片孤城万仞山，羌笛何须怨杨柳，春风不度玉门关’。玉门自古以来，就是荒凉边关之地啊！”

程孟华：“我们这一次是，石油战士奔玉门，定叫春风到边关！”

王振华：（笑）“好，改得好！”

6. 戈壁滩军车　日　外

第一辆军车里的钢刀连的官兵们，看着沿途荒凉而壮观的景色，不由想起上次保卫玉门油矿战斗时，一幕幕激烈战斗的情景，心情分外激动。

许　茹：“唐娜，快看，远处那座山，是不是咱们救老百姓的那座山？”

唐　娜：“有点像哎。不过当时太紧张了，我都记不得那山的形状了。”

许　茹：“石连长，周指导员，是那座山吧？”（说着话，自觉不自觉地，就和石兴国紧紧站到一起）

石兴国：（点头）“不错，是那座山。”

周　远：“真想再去那儿看看，捡点什么战利品。”

柏春生：（举起双臂，高呼）“玉门油矿，我们钢刀连又回来了！”

车内的军人们，都高兴地笑了。

石兴国："指导员，唱首歌，鼓鼓劲儿！"

周　远："好啊！春生，你现在已经是咱们连队文书了，给大家起个头儿！"

柏春生：（激动地）"行！'向前向前向前'，预备——唱！"

"向前向前向前，我们的队伍向太阳。

脚踏着祖国的大地，背负着人民的希望……"

第一辆军车歌声响起，后面的军车也群起呼应。

远景，大漠夕阳。车队，军歌洪亮。

7. 汉中 57 师（现石油师）师部　黄昏　外

梅大妮挎着小包袱，风尘仆仆，来到师部门口。

站岗士兵："站住！老乡，你是干什么的？"

梅大妮："俺是来找俺男人的。他就在这个部队。"

站岗士兵："哪一部分的？"

梅大妮：（一时没有听懂）"哪一部……分？……"

站岗士兵："哪个团哪个营哪个连的？"

梅大妮："哪个团哪个营俺不知道。俺只知道，他是钢刀连的！"

站岗士兵："啊，一六九团的啊。一六九团现在改编为石油师一团，接受新的战斗任务，昨天上午，就全部开拔，不在汉中了。"

梅大妮：（大吃一惊，差一点晃倒）"啊！——他们到哪儿去了？"

站岗士兵：（认真地）"这是军事秘密！"

梅大妮：（立刻流下眼泪）"同志，俺不是坏人，不是坏人哪！俺是钢刀连连长石兴国的对象。从陕北老家赶来，就是想见俺男人一面。这是俺的证明信……"（说着，从衣兜里摸出村里开的证明信）

站岗士兵：（接过证明信看看，同情地说道）"梅大妮同志，这样吧，你先在师部客房住下。我向领导请示一下，看能不能告诉你，钢刀连的奔赴地点。"

梅大妮：（激动地）"谢谢同志，谢谢同志！您真是好人！"

8. 玉门矿区　黄昏　外

夕阳将远远的井架，染成一片金色。玉门矿区，一辆辆满载军人的汽车驶入。

玉门街口，又一次扎起松柏牌坊。中间是“欢迎石油师”五个大字。两边大字对联为“工人军人是一家，玉门油矿把根扎”。街道两旁，是夹道欢迎的人群。人们挥动小旗、鲜花，载歌载舞。

刘大勇、刘小青，还有郝师傅和一帮工友，就像上一次欢庆玉门和平解放一样，精神抖擞地敲锣打鼓。他们一边敲着锣鼓，一边向排队走入矿区街道的解放军张望，显然是在寻找他们熟识的钢刀连。

刘小青：（指指行进的队伍）“哥，他们来了！”

石兴国和周远带领钢刀连的官兵们大步走来。

欢迎群众认出了他们，爆发热烈的掌声。

刘大勇、刘小青等人放下手中的锣鼓，上前和石兴国等人握手寒暄。

“石连长，周指导员，欢迎你们啊！”“欢迎，欢迎！”……

石兴国、周远等人看到这些老朋友，也格外兴奋。

“大勇，小青，郝师傅！”“咱们又见面了！”……

钢刀连的官兵们走了过去。刘大勇仍在后面队伍中寻找什么。

刘小青：“哥，钢刀连的同志们都过去了，你还找谁呢？”

刘大勇：（头也不回）“不，还有呢！”

许茹、唐娜和十几个师部女兵走过来。

刘大勇：（眼睛一亮，竟然走进了行进的队伍，激动地）“许、许茹同志！”

许　茹：（一怔）“您叫我？……”

刘大勇：“是啊！我叫刘大勇。你忘了，你们上次来玉门时，我还听过你的革命形势报告呢！”

许　茹：“刘大勇？……”

唐　娜：“工人积极分子，钻井队队长。他还有一个弟弟，叫刘小青。他们不是和邱建设一块儿，去过钢刀连好多次吗？”

许　茹：（记了起来）“啊，对！对！对！刘小青，我倒印象挺深的！”

刘大勇：（指指身后）“这不是小青吗！”

刘小青：“许茹同志，唐娜同志，你们好！”

“小青，你好，你好！”三人热情握手。

刘大勇：（兴奋地）“听说石油师有一个团要来玉门，我高兴得好多天睡不着觉。心想钢刀连的同志们，说不定都会来呢！刚才，刚才看到石连长和周指导员他们都过去了，没有看到你们。我还感到奇怪呢，心想这是怎么回事？”

唐　娜：“我们不是钢刀连的人——哎呀，我们师部的人都走远了，大勇、小青，咱们以后有时间再聊！”

许　茹：“以后有时间再聊！”（便跟着唐娜匆匆赶自己队伍去了）

刘大勇：（喃喃道）“‘咱们以后有时间再聊’，声音真好听！”（突然惊醒似的）“小青，走！”

刘小青：“干什么？”

刘大勇：“到油矿管理局门口看看！”（说罢，也不管刘小青是否跟上来，就挤开街道旁边的人群，追着许茹她们，向前走去）

9. 玉门石油管理局大门　黄昏　外

管理局大门，同样张灯结彩，扎起了花花绿绿的牌坊。

康世恩、杨宇照和管理局的干部，还有邱建设、田义文等人，都站在门口，欢迎石油师一团官兵的到来。

王振华、程孟华向门口走来，康世恩等人上前迎接。

王振华：“康局长，您还从西安赶来了？”

康世恩：“迎接石油师进驻玉门油矿，是咱们西北石油局的大喜事，我能不来吗？”

管理局的领导们，和石油师的领导们，热情握手。

王振华：（向杨宇照笑道）“杨局长，咱们以后在一口锅里抡马勺了，这么热烈的欢迎仪式，就没必要再搞了吧。”

杨宇照："不是我们要搞。是解放军的威望太高，不这样搞，难以表达我们喜悦的心情，干部们不答应，群众这一关也过不去啊！"

"不错，不错！"几个管理局干部都说。

邱建设发现钢刀连的同志们走过来，立刻高举着双手，大声嚷着迎上来。

邱建设：（紧紧握着每一个人的手）"石连长，周指导员，同志们，你们好，你们好！这几年来，真想死你们了！"

"邱建设同志，你好，你好！"石兴国等人也热情回应。

邱建设："咱们钢刀连的营地，还在原来那个院子里。等你们住下后，我再去看你们。我现在是后勤处长，同志们有什么要求，尽管跟我说！"

刘大勇：（向刘小青笑）"看，邱处长看到钢刀连，就像见到娘家人一样！"

田义文在后面，脸上却露出不屑的冷笑。

石兴国等人看看田义文，也仿佛没有看到一样。

许茹满面惊喜，迎着刘大勇走来。

刘大勇不由也堆出满脸笑容。

许　茹：（和刘大勇擦身而过，却是迎向田义文）"义文大哥！"

田义文：（感到很意外似的）"小茹，你怎么也来玉门了？"

许　茹：（高兴地）"我们部队改编成石油师，我当然要来了！"

田义文：（一脸严肃认真地）"小茹，你不该来玉门！"

许　茹：（吃惊地）"义文哥，怎么了？"

田义文：（低声）"这里不是说话的地方。后面我和你认真讲！"

许茹一脸困惑。

刘大勇看到许茹并不是向自己笑，情绪不免有些失落。

石兴国看到许茹和田义文亲热寒暄，却不由皱了皱浓眉。

10. 刘大勇家堂屋　夜　内

这是一个普通的平房小院。三间小屋，中间是堂屋，两边分别是刘大勇和刘小青的卧室。参加过欢迎仪式，王富贵、张涛、孙杰等六七个青年工人，和刘大勇在堂屋喝酒，木桌上放了一些烧鸡，花生豆之类的菜肴，还有两瓶西凤酒。

刘大勇：（提着酒瓶，给各位工人斟酒，兴奋地）“今天是个大喜的日子，咱们弟兄们，得好好喝几杯，庆祝庆祝。”

王富贵：“刘队长，今天怎么是大喜日子？”

刘大勇：“石油师进驻玉门，咱们敬服的钢刀连战斗英雄们，又和咱们见面了。以后，还要在一块儿共同战斗。这还不是大喜的日子吗？”

张　涛：（笑）“刘师傅，你高兴的，不只是和钢刀连的战斗英雄见面。恐怕最主要的，还是又见到了解放军里的那位女同志，见到了你的梦中情人吧！”

孙　杰：“这两年，刘师傅动不动，就把那位什么茹同志挂在嘴边上。常说这是他活这么大，见过的最漂亮，最让他动心的女人！”

刘大勇：（笑）“就你们俩知道得多，大哥这点小秘密，全让你们暴露了！”

几个人都笑了。

刘小青：（端了一盘刚炒的鸡蛋上来，插嘴道）“还用别人暴露啊！大街上，你不管不顾，插进人家行进的队伍中，缠着人家套近乎。又挤到石油管理局门口，追着去看人家。连我都替你感到不好意思！”

刘大勇：“男子汉大丈夫，就得敢恨敢爱！我这当哥的，不赶紧找个好老婆，成家立业。还不把你的终身大事也耽误了啊！”

刘小青：（大大咧咧地）“我的事，你少操心！”（把菜放到桌上，向众人）“你们趁热快吃，我再弄几个菜！”

王富贵：“菜不少了，小青，赶紧坐下吃吧！”

张　涛：“小青，我们都喝好几圈了，就等你了！”

刘小青：（也不再客气，拉凳子坐下，端起一杯白酒）“各位大哥，你们都是我哥的好朋友，也就是我刘小青的好朋友。先喝为敬，

我干了！”（一口喝干）

“好！”“够哥们儿！”“像个男子汉！”……几个人都大声赞道。

11. 刘大勇家门外　夜　外

夜静更深，众人喝完酒，刘大勇兄妹送大家出门。

刘小青：“各位大哥，走好。”

王富贵：“小青，我们没事儿，你哥喝得不少，你照料一下。”

刘大勇：（有些酒意）“什么喝得不少。王富贵，你别走，咱们再开两瓶！”

王富贵：（笑）“刘队长，你是光棍一根，人逢喜事精神爽，哪里喝倒哪里躺。我们再喝下去，回家谁也别想进门了！”

张　涛：“进了门，也是睡地板，跪搓板。”

几个人都笑了。

12. 刘大勇家堂屋　夜　内

刘大勇回到屋，坐在桌边木椅上。

刘小青：（给刘大勇倒杯水）“哥，天不早了，喝点水，赶紧休息吧！”

刘大勇：（仍然兴致勃勃地）“小青，你说哥的眼力怎么样。许茹这个姑娘，是不是越看越好看，越看越精神，就像从画上走下来的人一样？”

刘小青：（好笑地）“哥，你看上人家有什么用，还得看人家能不能看得上你呢！总共只见过几次面，连一句囫囵话都没有说过。这次见了面，人家根本记不得你是谁！”

刘大勇：（不服气地）“许茹分手时，不是还说，‘以后有时间再聊’，到了油矿管理局门口，许茹还一看到我，就冲我笑呢！”

刘小青：“别自作多情了！人家说以后有时间再聊，是随话搭话，急着摆脱你；人家在管理局门口笑，是冲着那个姓田的工程师。哥，你也不想想，自己和人家有多大的差距？人家是大学生，解放军革命干部。你连小学都没有上完，只是一个工人！”

刘大勇：“工人怎么了，工人现在是领导阶级，国家主人！我小学没毕业，现在是玉门油矿最棒的技术工人，钻井队队长，拿的工资奖金比处长局长还多！这两年，油矿分了一些中专生、大专生，人们给我介绍，我还都看不到眼里呢！小青，不是哥给你吹。要说三年前，玉门油矿刚解放时，我在钢刀连看到许茹，只是觉着人家精神、漂亮，真不敢有过分的想法。这两年，哥可不是压在社会底层的穷工人了，追求什么样的对象，也觉着底气十足！听说石油师要来玉门，我就做梦也想。如果老天有眼，前生有缘，命运就一定会把许茹，给我送到玉门来。没想到，这梦想还真的实现了……”（刘大勇越说越兴奋）

刘小青：（笑）“哥，你别说醉话、梦话了！”

刘大勇：“小青，哥是个粗人，女孩子的心思，你比我懂。你说说，我用什么办法，才能追到许茹……”

刘小青：（有些烦地）“哥，你自己做梦吧。我困了，明天还得出车呢！”（回自己卧室，啪地关上屋门）

刘大勇：（嘟囔道）“这孩子，一点儿都不为哥的事操心……”

13. 钢刀连营房　日　外

仍然是上次那个营地，但整修得比以前漂亮了一些，砖墙全部粉刷，院里还新建了几处花圃。墙壁上是新写的“抗美援朝，保家卫国”“扎根油矿，建设油矿”之类的标语。钢刀连的官兵们，正在院里打扫卫生，浇花锄草。

邱建设带着新婚妻子柴丽丽走进大门。石兴国和周远迎上去招呼。

邱建设：“石连长，周指导员，这个营房修建得还可以吧？”

石兴国：“太漂亮了，就像花园一样！”

周　远：“同三年前相比，是旧貌换新颜啊！”

邱建设：（互相介绍）“这是我爱人，柴丽丽。兰州矿业学校的中专生，现在在局图书资料室工作。我们今年春天刚结婚。丽丽，这就是我的老战友，钢刀连连长石兴国，指导员周远同志，他们都是战斗英雄，革命功臣！”

“欢迎，欢迎，丽丽同志！”石兴国和周远同柴丽丽热情握手。

柴丽丽：（崇拜地）“石连长，周指导员，老邱在家里，经常和我提到你们。他说怎么和你们并肩作战，同田老六反动军队斗智斗勇，粉碎了国民党反动派炸毁玉门油矿的阴谋。在我的心目中，你们就像天兵天将一样神奇，伟大！在和老邱来的路上，我还在想，这些钢刀连的战斗英雄，肯定会像神庙里的四大天王那样威武雄壮呢！”

石兴国：（笑）“丽丽同志，没有你想得那么夸张，都是平常人吗！”

周　远：“邱建设同志，柴丽丽同志，请到屋里坐。”

14. 钢刀连连部　日　内

还是三年前的连部，但多了一些新的锦旗和摆设。石兴国和周远把邱建设让进屋。一个年轻通讯员，拿起一个旧竹皮暖水瓶，给几个人倒水。

邱建设：“哎呀，暖水瓶和水杯，都这么旧了。回头我让管理员，给你们送几个新暖水瓶，几套新茶具来！”

石兴国：“不用，不用。”

邱建设：“咱们都是老朋友，老战友，客气什么！”

柴丽丽：（不无炫耀地）“老邱现在是咱们矿管局的后勤处长。职务不算多高，手里还是有一点实权的。这一次石油师来到玉门，矿里住房比较紧张。老邱说，住房再紧张，也不能委屈钢刀连的老战友们。他亲自督促工人，腾出了这个院子，抓紧时间，组织工人，刷墙整修……”

邱建设：“这点小事，老挂在嘴边干什么。这还不是应该的吗！”

“谢谢老邱同志！”“谢谢邱处长啊！”石兴国和周远都认真地说。

邱建设：“丽丽，见过两位早就闻名的战斗英雄，这回虚荣心满足了吧！你回避一下，我和他们再谈一些工作上的事情。”

柴丽丽：（乖巧地站起身）“老邱，你们谈吧。石连长，周指导员，再见！有时间到我们家吃饭！”

15. 钢刀连连部门口　日　外

石兴国和周远，把柴丽丽送到屋门口。

柴丽丽：（回头，张扬地摆摆手）“石连长，周指导员，再见！”

“再见！”石兴国和周远也摆摆手。

柴丽丽显然心情很好，哼着“嗨啦啦啦嗨啦啦啦，天空出彩霞啊，地上开红花啊……”像一只花蝴蝶，向营房大门飞去。

16. 钢刀连连部　日　内

石兴国和周远回到屋里坐下。

邱建设：（向门口看看，近处没有人。才把身边一个帆布提包打开，拿出两条大前门，两瓶西凤酒，两盒筒装茶叶）“石连长，周指导员，一点儿小意思，不成敬意……”

石兴国：（吃惊地）“老邱，你这是干什么？”

邱建设：“这是我个人掏钱买的。绝对不是公家的东西！”

周　远：“公家的东西我们不能收，个人的礼品，我们就更不能收了。不拿群众一针一线，这条纪律，你也不是不知道。”

石兴国：“老邱，没谈事情，先拿礼品，你这不是害我们吗！咱们是同志，是战友，有什么事情，你尽管说。只要我们能办的，一定会尽力去做。要是这样，咱们的话，还真不好往下说了！”

周　远：“邱建设同志，有什么事说什么事。快把东西收拾起来！”（说着，就把桌上的东西，往邱建设提包里塞）

邱建设：（只好把东西收拾起来，叹一口气）“唉！老哥这次，还真是有事，需要二位老弟帮忙呢……”

“你讲！”石兴国和周远，都真诚地说。

邱建设：“你们两位都知道，我在解放前在玉门油矿从事地下革命活动，受国民党迫害，被抓进国民党的监狱。胡宗南还亲自下令，要判处我死刑。我恨透了旧社会，恨透了国民党反动派。西安解放，我一出狱，就投身参加了革命队伍！”

石兴国：“这些，崔营长都已经给我们介绍过。”

邱建设：“后来，我和你们一道，参加保护玉门油矿的战斗，你们都亲眼看到了，我也就不再多说了。可是，重新回到玉门后，我的工作安排并不理想。入狱前，我就是主管财务后勤工作的襄理。解放时，凡是参加和平移交油矿的高级管理人员，都是保持原职原级不动。可是给我只安排了一个后勤处长。他们说，我是重新参加革命的干部，不能算留用人员。可是，作为革命老干部，我更应该提拔重用啊！他们又说，我不是共产党员。搞到现在，别说在单位我说不起话，在家里有时也抬不起头。不怕两位老弟笑话，柴丽丽有时还半开玩笑地和我说，‘老邱，我可是冲着你这个老革命、老干部的身份，才嫁给你的。怎么到现在，你连个共产党员也不是。你这个老革命，老干部，到底是真的，还是假的？’”

石兴国和周远相互看看，都觉出事情并没有那么简单。

邱建设：“其实，我从监狱出来后，一参加革命工作，就向组织上提交了入党申请。后来，随同钢刀连参加保护玉门的战斗，才把入党的事情耽搁下来。看到你们再次来到玉门，我真比见到娘家人——不，比见到救苦救难的观世音菩萨还要亲，还要激动。只要你们给我开一张证明信，说我在参加保护玉门的战斗中，解决了组织问题，我就立刻可以过上组织生活，成为一名光荣的共产党员！”

石兴国：（苦笑）“入党是人生大事，恐怕没有这么简单吧！”

周　远：（耐心地）“老邱，你要求参加组织的迫切心情，我们可以理解。但是这种做法，确实不合手续。领导上让你随同我们钢刀连行动时，并没有把你的入党申请书转过来。你也不是我们钢刀连的干部战士。再说，入党还要党支部讨论，党员同意。先做预备党员，合格后再转正，一大套程序呢！”

邱建设：“不是还有火线入党吗？”

周　远：“火线入党，后面也要补足必要手续。何况，在钢刀连时，组织上也没有发展你火线入党啊！”

邱建设：“这、这……”

石兴国：（严肃地）“邱建设同志，在是不是党员这个问题上，绝对不能弄虚作假，欺骗组织！你如果希望参加党组织，只有认真提出申请，接受组织上的严格考验。”

邱建设：“那，那好吧。石连长，我听人说，你已经被管理局党总支，补充为党总支组织委员。到时候，你可要替老兄说一句公道话啊！”

石兴国：“你放心，党组织的大门，始终为真诚的革命者敞开着。只要你够条件，我们决不会把你关在党组织大门以外！”

17. 邱建设家　日　内

三间平房的普通职工宿舍。

柴丽丽：（满怀期待地）“老邱，这一次钢刀连的老战友来，你失落的组织关系，应该解决了吧？”

邱建设：（装模作样地）“那还用说。不过战斗期间，好多手续不健全，找起来太麻烦。他们建议我重新填写一次申请书，马上帮我解决组织问题。”

柴丽丽：（高兴地）“真是太好了！”

18. 玉门石油管理局大院　日　外

许茹和唐娜有说有笑，从办公楼中走出来。田义文从技术处办公室出来。

田义文：“小茹！”

许　茹：“义文哥！”

唐　娜：“田工程师！”

田义文：“唐医生，小茹，你们的工作分配了吗？”

许　茹：“初步定了，唐娜在管理局直属医院，我在局宣传处教育科，和在部队时差不多，还是职工文化教育。”

田义文：“你们到哪儿去？”

许　茹：（有些不好意思地）“还没有正式上班呢，我们到钢刀连看看。”

田义文：（犹豫片刻）“小茹，有一件事情，我想和你认真谈谈。”

许　茹：“什么事，你就说吧。”

田义文看看唐娜，不好开口。

许　茹：“唐娜是我无话不谈的好姐妹，我什么事也不瞒她！”

田义文：“不，我还是想和你单独谈谈！”

许茹纳闷地看着田义文。

唐　娜：（识趣地）“许茹，你和田工程师说话吧。钢刀连咱们以后再去，我还正有两件衣服要洗呢！”（说罢便转身离去）

19. 玉门街头　日　外

田义文默默向管理局大门外走。

许　茹：（纳闷地跟着他，问了几次）“义文哥，到底有什么事？你说话啊！”

田义文：（也不回答，直到街道一个僻静无人处，才停住脚步，一脸严肃地）“小茹，你不应该来玉门，应该到别的地方工作！”

许　茹：（惊愕地）“义文哥，你什么意思？”

田义文：“玉门这几年，内部斗争太复杂。单凭你哥任新我这一个政治包袱，就会压得你抬不起头，喘不过气来！”

许　茹：“我哥有什么大不了的事，他不是都被彭老总列入保护留用的技术人员名单了吗？再说，我哥是我哥，我是我，他怎么会成为我的政治包袱？”

田义文：（苦笑）“小茹，你这几年在部队，经历还是太单纯了。社会上的事，不像你想的那么简单……”（说着，在街旁水泥台阶上坐下）

许茹也坐下来，急切地望着田义文。

田义文："说起来，这事还和后勤处长邱建设有关。邱建设在解放前，就是玉门油矿主管财务和后勤的襄理，手中权力很大。他利用手中权力，不只倒卖油矿物资，克扣职工工资补贴。到后来，竟然直接贪污油矿的生产经费，技术研究经费。连购买机器设备的钱，他也敢往自己兜里装。仅一九四六年到一九四七年一年时间，他就贪污盗窃了上百万银圆！"

许　茹：（吃惊地瞪大眼睛）"这么贪婪啊！"

田义文："我和你哥等几个技术人员，实在看不下去，就联名向上举报。可是，整个国民党政府贪污成风，告也没有人管。一直到一九四八年，蒋经国在上海打老虎，西北王胡宗南也跟着反贪腐，才下令把邱建设抓进了监狱。并下令严厉惩处，判处死刑，决不轻饶！谁知道，后来形势转变，邱建设冒充政治犯出了监狱，还混进了革命队伍里。玉门油矿的老人们，都知道他的烂底子，谁也不愿意和他打交道。他就以老革命、老干部自居，表现得比谁都革命，都进步。因为我和你哥，是检举他的带头人。他就把我们俩看成眼中钉，一心除之而后快。你哥逃走了，他就把仇恨全都集中在我身上。前两年搞镇反，他就一再举报，说我是历史反革命、现行反革命。多亏管理局的领导处事公道，坚持正义，才没有把我抓进去。今年搞三反五反，他又旧事重提，向运动办公室检举，说我放走了国民党特务任新我，是一个暗藏的反革命分子！"

许　茹："这个人怎么这么坏啊！"

田义文：（叹口气）"要是只是他自己坏，也没有啥大不了的。问题是一些群众，不了解真实情况，又想在政治运动中立功，就闹出好多让人哭笑不得的事情。我的宿舍窗户上，一直挂着窗帘，就有人说我是躲在阴暗角落里做坏事。非要我把窗帘去掉。我在美国留学时，养成了喝咖啡的习惯，有人就说我是美帝国主义的走狗。有一次，我穿了一条新买的黑条绒裤，一走路，裤腿摩擦，发出吱吱的响声。让一个青年工人听到了，他就悄悄跟踪了我一路。说我是一边走路，一边跟美蒋特务发电报。害得我关进运动办公室，像耍猴一样，表演了半天，让办案人员知道，确实是条绒裤摩擦的声音，专案办公室才把我放回家。”

许　茹：（哭笑不得）“义文哥，你是玉门油矿勘探钻井，最好的工程师、专家。他们怎么能这样对待你？”

田义文：“说勘探钻井技术，管理局上上下下，都对我跷大拇指；一说到政治，好多人就对我暗加防范。我在玉门油矿，可以说是过着冰火两重天，一半是神，一半是鬼的日子。如果不是我离不开石油专业，我早就想离开这个是非之地了。所以我说，小茹，你不应该来玉门油矿！”

许　茹：（不以为然）“我既不是技术权威，又没有政治问题，也没有得罪过什么人，我怕什么？”

田义文：“你是任新我的亲妹妹。任新我是玉门油矿有名挂号的国民党特务，是带领国民党军队前来炸矿的主犯，你能撇清关系吗？”

许　茹：“我哥早就逃走了，我和他已经一刀两断！”

田义文：“我带你去一个地方，你就会明白，你想断，也断不了。”

许茹疑惑地看看田义文。

20. 工人家属村　日　外

说是工人家属村，环境和一般农村也差不了多少。只是那一排排低矮的红砖平房，让人感到，这里不是农村。田义文骑了辆僧帽自行车，带着许茹，行驶在坎坷不平的土路上。

许　茹：“义文哥，咱们这是到哪儿去啊？”

田义文：“到了那儿你就知道了。”

21. 小雨奶妈家　日　外

家属村村头，是一个两间平房的小院。院墙破旧，用柳树枝子扎了一圈篱笆。田义文到了村口，把自行车放下，拉一下许茹，让她跟自己走到小院篱笆墙外。小院里的情景，从篱笆缝隙间，看得清清楚楚。

小院里，一个三十来岁，衣服破旧的女人，正在洗衣服，晾衣服。

一个五岁左右，身体瘦弱的女孩，在照看两个比她更小孩子。一个三岁小男孩儿，在地上玩耍；一个不满周岁的小女孩，躺在破旧的婴儿车里。

奶　妈：（一边洗衣晾衣，一边支使小雨干活儿）“小雨，给妹妹喂米糊！……小雨，给弟弟拿块儿馒头！弟弟拉了，给弟弟擦擦屁股！……小雨，把晾衣服的竿子给我拿过来！”

五岁的小雨，忙得团团转。趁奶妈不注意，拿起小妹妹的奶瓶，偷偷喝了口米糊，又拿了一小块儿馒头，塞进了嘴里。尽管赶紧咀嚼，想一口咽下，还是被奶妈发现了。

奶　妈：（“啪”的一个耳光，恶声恶气地骂道）“馋死你了，讨账鬼。又偷吃孩子的米糊、馒头，就不怕把你噎死啊！”

小雨哇的一声哭了。

奶　妈：“你哭丧啥呀！再哭，我立马把你赶出去，让野狼把你吃掉！”

小雨一抽一抽地哽咽着，吓得不敢再大声哭。

许茹再也看不下去了，就想冲进院里劝解。

田义文拉住许茹，自己在前面走进了小院。

奶　妈：（看到来人，怔了怔，立即绽开笑脸）“是田工程师啊！小雨这孩子，吃起东西来，不知道个饥饱。已经吃了一碗米糊、一个馒头了，还要吃。我怕她吃坏了肚子，不让她吃，她就哭！”

田义文：（压抑着心头的火气）“董嫂，你就别编瞎话骗人了，刚才的事情，我们在外边都看得清清楚楚了！”

许　茹：（气愤地道）“这位大嫂，都是自己的孩子，你要一视同仁。可不能疼这个，嫌那个，太偏心了！”

奶　妈：（冷冷地）“都是自己孩子就好了。她不会这么不懂事，不听话！”

许茹一听话头不对，不敢再多嘴。

田义文："董嫂，我每月给你二十万块钱奶妈费，你四处打听打听，哪家奶妈，有出这么多钱的？我没别的要求，就是让小雨多吃一点儿细粮，你却一点儿也舍不得让她吃。就连给她买的衣服，你也不管大小，给你自己的孩子穿上，让小雨穿得这么破旧。她才五岁，你就像一个大孩子一样使唤她。人心都是肉长的。你好好想一想，这样做，就不亏心啊！"

奶　妈：（脸色一红二白，但随即又嘴硬起来）"田工程师，你别说这个。这个钱，我还不想挣呢！三天两日，上面有人来查问。问小雨她爸爸，最近和我们有没有联系，有什么线索，立马得向上面汇报！你知道我们为了这个孩子，担了多大的风险啊！说不定啥时候，还敢把我们抓进大牢里去呢。你嫌我管孩子管得不好，你立马把她带走！看我拦不拦你们！"

田义文立时哑了。

小　雨：（吓坏了，畏畏缩缩依偎在田义文膝前，喃喃道）"叔叔，田叔叔，我想跟你走……"

田义文：（拍拍孩子肩膀）"好，好，小雨乖。等能上学了，叔叔就来接你。"

22. 奶妈家屋内　日　内

田义文和许茹，跟奶妈进屋。

田义文：（拿出一沓钞票给奶妈）"董嫂，这是小雨这个月的奶妈费，二十万元，你数一数。"

奶　妈：（接过放在桌上）"数啥呀，三四年了，我还信不过你啊！"

田义文：（又拿出两包点心）"这是一包饼干，一包蛋糕，不是说不能让你的孩子吃，你也让小雨吃一点儿。看她都瘦成啥了。"

奶　妈："她一点儿也不少吃。饭量比我还大呢，就是不长膘！"

23. 工人家属村村口　日　外

田义文和许茹离开小雨奶妈家，准备骑自行车往回走。

许　茹：（心急地）“义文哥，闹腾了半天，你还没有告诉我，这到底是怎么回事呢！”

田义文：“许茹，你就没有发现，小雨这孩子长得像谁吗？”

许　茹：（惊愕地）“你是说，像我？……”

田义文：“难道不像吗？俗话说，姑姑侄女儿，不错门缝儿。”

许　茹：（像被惊雷击中）“小雨是我侄女儿，我哥哥的女儿？……”

田义文：（沉重地点点头）“你哥哥上次回玉门，本来想把小雨带走。只因逃跑匆忙，他连孩子都没顾得上看一眼。就委托我，替他照管孩子……”

许　茹：（喃喃道）“怪不得我哥那时，有事要跟我说。看到有人在场，又不肯和我说呢。我真浑啊！”（转身就往小雨奶妈家走）

田义文：（一把拉住她）“许茹，你干什么？”

许　茹：“我要把孩子带走！”

田义文：“你一个人，还要上班工作，怎么带孩子？”

许　茹：“我给她重新找一家保姆！”

田义文：“找人家看孩子，每月最少也要十五万块钱。你们当兵的，每月只有几万元的津贴，你雇得起看孩子的保姆吗？”

许　茹：“这一家奶妈，也太不像话了！”

田义文：“我在发现这家人对小雨不好后，先后找了三四十个人家。一听说是任新我的女儿，就谁也不敢接这个茬儿。他们都怕承担政治风险，招惹来麻烦是非。只有这户人家，是小雨从小的奶妈，才不好意思把孩子硬推出门。”

许茹目瞪口呆。

田义文：“我领你来看看孩子，不是为了让你们姑侄相认。我就是想让你知道。你真的不适合在玉门工作。你要是留在玉门，你能不管小雨吗？你和小雨认了亲，你说你已经和你哥划清了界线，还有人相信吗？”

许　茹：（无奈地）“义文哥，我不想离开玉门，又不能不管孩子。你说，我该怎么办？……”

田义文：（摇摇头）“我要有两全之计，就不会劝你离开了。”

24. 戈壁滩　日　外

通往玉门的戈壁滩上，一个年轻农村女人，挟着包袱，艰难地行走。

她太累了，拄着一根树枝，一步一步向前挪。摔倒在地，爬起来又走。

这个女人，就是到玉门油矿来寻找未婚夫的梅大妮。

25. 许茹宿舍　日　内

玉门石油管理局不远，是几排干部职工宿舍。许茹和唐娜住一间屋。

许茹向唐娜说了侄女小雨的事。

唐　娜：（吃惊地）“许茹，你是说，你有一个亲侄女，被你哥留在了玉门？”

许　茹：“是啊。她叫小雨，今年才五岁。这几年，一直是田义文大哥为她出抚育费。”

唐　娜：“这个田工程师，倒是一个很讲义气的人！”

许　茹：（发愁地）“不把孩子赶紧接回来，我心里过意不去。可是把孩子接回来，我一个单身女人，还没有成家，还要上班，照顾不了孩子。再说，咱们没有工资，每月只有一点津贴，找保姆，我还真不知道抚育费从哪儿出呢。”

唐　娜：（豁达地）“这你上啥愁啊！没有成家，就赶紧成啊，又不是没有对象，没有工资怕什么，咱们都是供给制。孩子接过来，就让她和你一块儿吃大锅饭呗。这事儿，你和兴国说了吗。”

许　茹：（摇摇头）“还没有呢。兴国说，咱们刚改编成石油师，来到玉门油矿。万事开头难，肩上的担子太重，现在没有时间考虑结婚的事。我担心影响他的工作，也不好意思和他说……”

唐　娜：“你呀，就是心思太重，考虑太多，光怕给人找麻烦。你和兴国已经到了这一步，结了婚就是一家人。两口子就是互相的依靠。有了事，不和他说和谁说！走，咱们现在就去找兴国。你不好开口，我替你说！”

许　茹：（感动地）“唐娜，你真好！我要是能像你这样果断麻利就好了。”

26. 钢刀连连部　黄昏　内

石兴国坐在桌前，正捧着一本苏联人的《油井钻探读本》，吃力地啃。

唐娜和许茹推门进屋。

石兴国：（高兴地）“许茹，唐娜，你们来了。”

唐　娜：（拿过那本书看看，笑）“现在就学习上了！”

石兴国：（坦率地）“学习什么啊，别说内容了，书上好多汉字和外国字母，我都不认识。许茹，这些地方我都标下了，你看这些外国字母，是什么意思？”

唐　娜：（把书本挡开）“老石，你别说书本了，许茹有重要事情和你说呢！”

石兴国：“现在还有啥事，比学习石油技术更重要？”

唐　娜：“许茹这事，就比学习技术重要！”

许　茹：“兴国，今天田义文大哥找我了。”

石兴国：（有些不快）“他找你干什么？”

许　茹：“他劝我，不要留在玉门油矿工作……”

石兴国：（立时火了）“他有什么权利，劝你不要在玉门工作！这家伙思想落后——不，是思想反动。他就是要破坏咱们军队扎根玉门，你可不能受他鼓动！”

唐　娜：“老石，你不要急，听许茹慢慢说嘛。”

许　茹：“义文大哥说，我留在玉门，政治上会有麻烦。我哥的一个小女儿，一直留在玉门，给一户奶奶抚养……”

“哦？……”石兴国觉出事情有些复杂了。

27. 钻井工地　黄昏　外

夕阳西沉，井塔高耸。

刘大勇和工友们关了柴油发动机，把各样钻井设备检查归拢好，清理了钻井平台，准备下班。

王富贵：“刘队长，走！今天晚上到我家喝酒去！”

刘大勇：（怏怏地）“你们喝吧，我不想喝。”

张　涛：“大勇哥，今天晚上，咱们到电影院看电影。新片，《钢铁战士》！”

刘大勇：“你们看吧，我不想看。”

孙　杰：“刘师傅，你怎么了？”

刘大勇：“没事。你们走吧，我在这儿歇一会儿。”（说着，坐在井台上）

工友们都不好意思走了，纷纷问道：

“大勇，出啥事了？”“身体不舒服吗？”……

刘大勇：（烦躁地）“没事，没事。你们都走吧，让我清静一会儿……”

王富贵：（心中一道亮光，笑道）“刘队长，不是因为见到部队那个许茹同志，怀了心事，犯了相思病吧？……”

刘大勇：（尴尬地）“胡说什么呢，我刘大勇是个堂堂男子汉，能那么没出息，没成色吗！谁还没有一点儿上愁事了！”

这等于是不打自招。工友们围上来，七嘴八舌地道出主意。

王富贵：“这上啥愁啊！凭咱这地位，凭咱这模样，什么样的好女子找不上啊！你找个上岁数的人，上门说媒拉纤，保证一说就成！”

刘大勇：“什么年代了，还说媒拉纤。土溜吧唧的，你就不怕人家部队的同志笑话啊。我可丢不起那个人！”

张　涛：“那就来点儿洋派的。咱们油矿上，原来那些外国人说过，在西方国家，求婚时时兴送玫瑰花，点心形蜡烛什么的。还要准备好戒指，单膝跪地……”

刘大勇：（一口拒绝）“咱们不是外国人！”

孙　杰：“那就去当面直说呗，我要娶你当婆姨！”

刘大勇：“胡说八道！”

王富贵：“我看这样。只要功夫深，铁棒磨成针。只要一下班，你就到管理局办公楼去堵她。请她吃饭，请她看电影，再送些女孩子喜欢的小玩意儿。用不了几个月，就是一块铁，你也能把她暖化了。”

刘大勇：“磨磨叽叽，低三下四，偷偷摸摸，死缠烂打，那不是咱们工人的做派！”

张　涛：“这也不行，那也不行，你说怎么办？”

“是啊，你说怎么办？”大家伙儿都说。

刘大勇：“我有个想法，就是太麻烦……”

张　涛：“平时弟兄们有了事，你都是当成自己的事一样忙活。只要你一声令下，再麻烦的事情，我们都帮你蹚平！”

“不错，不错！”工友们都说。

刘大勇：“弟兄们，我想这样……”

工友们都把脑袋凑上去倾听。听了刘大勇的话，不禁面露喜色。

28. 钢刀连连部　黄昏　内

石兴国：（听许茹说了小雨的事情，惊讶地）“许茹，你就确认，小雨是你哥留在玉门的女儿？”

许　茹：“那还能错！我哥他们有了小雨后，我嫂子没有奶水，就把孩子送给那家奶妈抚养。小雨在那户奶妈家，一直长到现在，从来没有换过人家。就连小雨的长相，也和我非常像呢！”

石兴国：（激动地站起身）“什么也别说了。咱们马上打报告结婚，把孩子接过来，和咱们一块儿住！”

许　茹：“兴国，你不是说，要等新的工作就绪后，再打结婚报告吗？……”

石兴国："计划赶不上变化，家里发生这么大的事，我们还等什么！"

许　茹："有句话，我还是想说清楚。田义文大哥说，因为我哥的那种身份，好多人家都不愿意抚养小雨，唯恐招惹政治上的麻烦……"

石兴国：（理直气壮地）"你哥是你哥，这和孩子有什么关系！咱们都是革命军人。收养一个无依无靠的孩子，看谁敢在政治上找咱们麻烦！"

许　茹：（含泪叫道）"兴国！……"（抓着石兴国的双手，看着石兴国坚毅的神情，觉着有了主心骨，恨不得立刻依偎到那宽厚的胸膛上）

唐　娜：（兴奋地）"老石，许茹，你们打报告吧。我和周远，也马上打报告。我们两个好朋友，还是要在同一天结婚。到时候，我们请王政委和阎大姐，来做我们的主婚人、证婚人！"

许　茹：（转身和唐娜抱在一起，忍不住幸福地叫道）"唐娜……姐！"

29. 道路　日　外

梅大妮抱着包袱，拄着树枝，在西往玉门的道路上，艰难地行走着……

坎坷山路，坡陡沟深，她攀着道边的树藤野草，一步步向前挨。

戈壁道路，乱石滚滚，她几次摔倒在地，她又挣扎着爬起来。

连累带病，唇干舌燥，浑身无力。再一次摔倒在地，她挣扎了几下，怎么也爬不起来，一下子昏了过去……

刘小青驾驶着一辆大型卡车，风尘仆仆驶来。

看到路边倒着的梅大妮，就像一堆破旧衣服一样。

刘小青停车下车，赶紧上前救人。

刘小青：（抱着梅大妮）"大姐，你醒醒，你醒醒！"

梅大妮嘴唇干裂，昏迷不醒。

刘小青：（摸摸梅大妮的额头）“哎呀，烫得像火炉一样！”（从汽车驾驶室里，取出一只竹皮暖水瓶，和一个搪瓷茶缸，倒了半缸水，喝一口试试温度，喂梅大妮喝了下去）

梅大妮慢慢睁开眼睛。

刘小青：“大姐，你怎么了？你要到哪儿去？”

梅大妮：（少气无力地）“玉……玉门，快、快到了吧……”

刘小青：“快了。我就是玉门的！”

梅大妮：（挤出一丝微笑）“兴国，俺、俺来找你了……”（又昏了过去）

刘小青：“哎，你咕哝什么呢……哎，大姐，你醒醒，你醒醒！”

梅大妮没有反应。

刘小青咬着牙，连抱带拖，费劲把梅大妮抱到驾驶室后排。自己坐回前排，发动汽车。

漫漫长路，汽车扬尘而去。

30. 玉门矿区　黄昏　外

刘小青驾驶着汽车，驶进玉门矿区。

31. 玉门矿区医院　黄昏　外

身穿吊带西裤的田义文，正在医院门口散步。

刘小青驾驶着汽车，风驰电掣般驶来。

田义文正要穿过马路。

刘小青：（高喊）“别动，别动！”

田义文慌忙站到医院大门前的路口，不敢再穿马路。

刘小青一打把，汽车猛一拐弯，直冲站在医院门前路口的田义文撞来。田义文惊慌得一个趔趄，近视眼镜也跌落在地。刘小青猛踩脚闸，汽车怪叫着刹住车。车头已经伸到了田义文的脚上。

田义文：“你怎么开车的，长眼睛了没有？”

刘小青：（赶紧跳下车）“同志，轧到了没有？”

田义文：（爬起来，活动活动胳膊腿儿）“还好，大零件没坏，就是眼镜碎了。”

刘小青：“我喊你别动别动，你怎么站到医院道口了？”

田义文：“我听你喊别动。还以为你是不让我过马路。谁知道你喊我别动，是让我站在这儿，你好瞄准了，开车朝我身上撞啊！”（说罢，忍不住笑了）

刘小青：“我认识你，管理局技术处的田工程师！”

田义文：（笑）“你认识我，也不能用这种方式打招呼啊！”

刘小青：（笑）“对不起！”

田义文：“小伙子，以后开车小心点儿！”（转身欲走）

刘小青：“老田，你别走！”

田义文：“怎么了？”

刘小青：“跟我到医院！”

田义文：（纳闷）“这都奇怪了。你撞了我，我不说去医院，你还要去医院？”

刘小青：“是我这儿有个病人，你帮我抬进医院！”

田义文赶紧上前，帮着刘小青抬人。

32. 医院急诊室　夜　内

梅大妮躺在病床上输液。田义文和刘小青守在一旁。

门诊医生：（看输完液，拿出梅大妮腋窝里的温度计看看）“已经退了烧，没事了。就是缺汤缺水，太疲劳了，没什么别的病，不用住院。你们如果住得近，现在就可以把她接回家。”

田义文：（如释重负，打个哈欠）“折腾大半夜，总算没事了。我走了！”

刘小青：“田工，你别走！”

田义文：“怎么了？”

第七集

1. 医院急诊室　夜　内

看梅大妮没事了，田义文要离开，刘小青却不准他走。

田义文：（纳闷地）“怎么了？”

刘小青：“你帮我把她抬进来，还得帮我把她抬出去啊！”

梅大妮：（挣扎起身）“这位大兄弟，这位大哥，我现在好了，我自己能走！”

刘小青：“大姐，你别动。不花钱的劳力，你不用白不用！”

田义文：（笑）“你这个小司机，真算有意思。撞了我你还有理了，今天把我讹上了！”（说着，上前帮助刘小青搀扶梅大妮）

2. 刘大勇家　夜　内外

汽车停在街口，田义文和刘小青搀扶梅大妮进家，刘小青掏钥匙开门。

刘小青：“大姐，你慢点儿！”

梅大妮：“没事。”（挣脱搀扶，要强地要自己走。没走两步，身子一晃）

田义文赶紧上前搀住。

田义文和刘小青，搀着梅大妮，穿过堂屋，来到刘小青卧室。房间不大，家具简单，倒还干净整齐。他们搀着梅大妮，坐在铺着方格床单的床铺上。刘小青端过洗脸盆，让梅大妮洗一把脸。又提过暖水瓶，给梅大妮倒一碗水。

刘小青：“大姐，这是我的屋。你一路太累了。喝了水，赶紧休息吧！”

梅大妮：（感动地）“谢谢大兄弟！”

刘小青推田义文出卧室。

3. 刘大勇家堂屋　夜　内

刘小青：（真诚地）“田工程师，谢谢你了。救人救到底，送佛送到西，折腾大半夜，你也算功德圆满了。赶紧回宿舍休息吧！”

田义文：（眨眨眼睛，诡谲地笑笑）“这会儿让我走，我还不走了！”

刘小青：“啊，对了，我还得赔你的眼镜呢。你的眼镜什么牌子，多少度数，我出门碰上了，给你买一副。”

田义文：“谁稀罕你赔眼镜，我不缺那副眼镜钱！”

刘小青：“那你？……”

田义文：“深更半夜，孤男寡女，把你们留在这儿，我能放心啊？”

刘小青：（吃惊地瞪大眼睛）“田工，你是怕我？……”

田义文：（笑）“看你小子眉清目秀的，倒也不像个坏人。可是，坏人脸上，也没有贴着字儿啊！就算你没有什么坏想法，陌生男女，瓜田李下，也难免让人说闲话。你个大小伙子，不怕人说闲话。人家姑娘可不一样。我今天晚上还是留在这儿吧。到时候，也好给你们两个人，做一个见证。”

刘小青：（笑）“那好。我哥今晚值班，你就在他屋里睡。”

田义文：“我在你哥屋里睡，你在哪个屋里睡？”

刘小青：“我还在我屋——”（说了半句，发觉不妥，赶紧打住）

田义文：（笑）“看看，看看，狐狸尾巴露出来了吧！”

刘小青：（红了面庞）“什么狐狸尾巴！我是说，我就在我们家堂屋坐着，万一这位大姐夜里有什么事，我好照顾她！”

田义文：（笑）“我也没有说你别的啊！小青，你这小伙子挺有意思的，我爱听你说话。干脆，今天晚上，咱们就都坐在堂屋里，聊天说话。那位姑娘有了什么事，咱们一块儿照顾她！”

刘小青：（兴奋地）“好啊！”（灯光下，上下打量田义文）

田义文：“你看什么呢？”

刘小青：（认真地）“以前，我见你打扮洋气，举止古怪，见了凡人不说话。总觉得，你和我们不是一路人。今天一接触，没想到，你还挺有人味儿！”

田义文：（故意沉下脸）“这是什么话！”

刘小青：“对不起，我少说了一个字。我是说，挺有人情味儿！”

二人就像两个天真小孩，哈哈大笑。

4. 许茹宿舍　日　内

床铺上放了一些花布、棉花。许茹和唐娜在做小孩衣服、小孩被褥。两人笨手笨脚，显然都不是缝纫的行家里手。

许　茹：（尖叫一声）“哎哟！”

唐　娜：“怎么了？”

许　茹：“又扎了手了！”（手指上，渗出一滴鲜红的血珠）

唐　娜：“咱们这双手，只会拿听诊器，拿钢笔。让咱们缝衣服，手比脚还笨呢！别再逞强了，拿到街上，找家裁缝铺做吧。”

许　茹：（要强地）“不！不会做也要做。孩子都五岁了，从来没有吃过我做的一口饭，穿过我做的一件衣服。我这做姑姑的，算个什么人哪！一想这个，我的心里就愧疚得慌。咱们结婚，大人换洗一下衣服，把行李拢到一块儿就行了。总不能让孩子也跟着将就。不管做好做坏，总得给孩子做一身新衣服，一套新被褥。也算我这当姑姑的，一点儿心意……”（说着，眼圈不觉就红了）

唐　娜：（同情地）“小雨这孩子，从小就没有跟着自己爸妈，也真受苦了。许茹，来，我给你在手指上抹些碘酒！”

许　茹：“不用。”（把手指伸到嘴上，吮吸上面的血珠）

唐　娜：（惊叫）“别，口水有毒！”

许　茹：（笑）“就你们当医生的，把什么事都说得那么吓人！我看人家大嫂大妈，扎破了手，都是这样。”

二人低下头，笨拙地缝小孩被褥。

忽然，门外传来锣鼓喧闹和唢呐的声音。

唐　娜：（抬起头）“许茹，今天是什么节日？”

许　茹：“不知道，不会是谁家办喜事迎亲吧？”

正纳闷间，只听“啪啪啪”敲门声。有人高叫：

“许教员，许老师！”“许茹同志！”……

许　茹：“谁啊？”（起身上前，打开宿舍屋门）

5. 许茹宿舍门外　日　外

门口是王富贵、张涛和孙杰等人，都戴着安全头盔，身穿整洁的工作服。

不远处路口，是一辆披红挂彩的汽车，几个工人在车上擂鼓敲锣，高吹唢呐。

许　茹：（惊异地）“你们是谁，你们要干什么？”

王富贵：“许茹同志，我们是刘大勇队长的工友！”

张　涛：“许教员，我们刘队长，请你去钻井工地参观！”

孙　杰：“许老师，快跟我们走吧！”

许　茹：“同志，我和你们都不太熟啊！”

王福贵：“以后多交往，不就熟了吗！”

唐　娜：（也来到屋门口）“许茹，怎么回事！”

王福贵：“让唐军医跟我们一块儿去！”

唐　娜：“我们正缝被子呢！”

王福贵：（笑）“回来再缝嘛！”

几个年轻工人，簇拥着许茹，就往路口汽车走。

许　茹：（不免有些发慌，回头叫道）“唐娜姐！——”

唐　娜：（仗义地）“许茹，没事，我和你一块儿去！”

两个穿军装的姑娘，在一帮年轻工人的簇拥下，上了汽车驾驶室。

乐器高奏，汽车发动，穿过城区，向野外道路驶去。

6. 玉门野外道路　日　内外

汽车在野外道路上颠簸。车厢里的工人们，欢奏着《咱们工人有力量》《解放区的天》《志愿军战歌》之类的音乐。

许茹和唐娜坐在后排。王富贵坐在前排副驾驶座位上。

许　茹：（心急地）“工人师傅，你们刘队长，到底让我们去钻井工地看什么？”

王富贵：（笑）“到了那儿，你就知道了。”

许茹疑虑重重，看看身边的唐娜。

唐　娜：（满不在乎地）“怕啥呀，光天化日，工人师傅还能把你绑架了不成！”

许　茹：“我实在想不出，他们请咱们去的理由……”

唐　娜：“说不定是出了生产好成绩，向你报喜呢！”

许　茹：“那也不该向我报喜啊？”

唐　娜：“你在宣传处工作，让你写材料宣传呗！”

许　茹：“噢……”（觉着这个说法还靠谱，略微有些心安）

7. 钻井工地　日　外

井塔高耸云间，钻井工地，同样插了彩旗。张贴了“欢迎许茹同志”“祝福许茹同志”的红纸标语。

钻机飞转，一班上班的钻井工人，正在紧张工作。

刘大勇和二三十名钻井工人，列成两队，头戴安全头盔，身穿整洁的工装，站在钻井平台前面，等待贵宾的到来。

一个年轻钻工：（指着前面道路）“来了，来了！”

刘大勇整整服装，精神抖擞地站在队伍前列。其他工人也赶紧站好。

披红挂彩，锣鼓喧天的汽车越来越近，停在钻井台前。

王富贵：（坐在副驾驶回头笑道）“许老师，唐医生，下车吧。”

刘大勇：（迎上来拉开车门，激动地）“你、你们来了，请、请下车……”

许茹和唐娜相互看看，下得车来。

车厢里，乐声激越高亢。等候在钻井台前的工人们热烈鼓掌高呼：

“欢迎许茹同志！”“祝福许茹同志！”……

许　茹：（一头雾水）“刘大勇同志，你这是干什么呀？”

唐　娜：（急切地）“刘师傅，你搞什么鬼！闹这么大动静，把我们许茹请来，到底想我们看什么？”

刘大勇：（指指钻井平台，豪壮地）“许茹同志，唐娜同志！你们看，这就是我们献给许茹同志的礼物！”（他冲钻井平台上挥挥手）

钻井平台上，两个年轻工人，立刻扯开一条黄白色帆布，是几个红纸黑字：

“许茹，我要娶你！”后面小字是：“刘大勇”。

几个红纸大字，就像一团团火焰，在钻井平台上燃烧，跳动。

周围一片沉静。人们仿佛都被这豪壮、奇特的求爱方式震住了。

唐　娜：“哇！——”（情不自禁抬起手，挡住自己惊讶的嘴巴）

许　茹：（一时也惊呆了，面庞由白皙逐渐涨红，胸中一团火焰腾地燃起，愤怒地叫道）“刘大勇，你这是干什么？”

刘大勇：（反倒坦然下来）“这是向你求婚啊，还能是别的意思？许茹同志，从第一次见面，我就喜欢上你了。这次石油师进驻玉门，真是老天也在成全我们！”（拿出一页字迹粗大的纸张，一本工资本）“这是我给你写的求爱信，这是我的工资本。只要你答应我，咱们就立马向组织上打报告，登记结婚！”

许　茹：（把刘大勇的手挡开，眼含泪花）“把你的东西拿开，我不要看！你不经过我的同意，就这么胡闹，这是对我的侮辱！”

刘大勇：“许茹同志，你这话可就不对了。我光明正大，堂堂正正向你求爱，怎么就成污辱了？我早就想好了，只要你不答应我，我就让这些字，一直挂在井台上。再不行，我就把这些字，悬挂玉门矿区的大街上。我就是要钻井队的人，让玉门油矿的人，全都看到，我刘大勇就是喜欢你，想娶你！”

钻井队的工人们，也纷纷帮腔：

“我们刘队长，可是响当当的钻井队长，千里挑一的男子汉！”

“这两年，有人给刘师傅介绍过大专生，中专生，刘师傅眼都没眨一下！”

“你和刘队长，是多好的一对儿啊！”……

唐　娜：（着急地）“你们嚷嚷什么呢！刘大勇师傅喜欢许茹，还得看许茹喜欢不喜欢他呢！”

刘大勇：“我这不是求婚，征求许茹同志的意见吗！”

唐　娜：“求什么婚？许茹早就有对象了，就是钢刀连连长石兴国！”

刘大勇：（不肯相信，看许茹）“真的？……”

许　茹：（点点头）“真的！我和兴国已经正式向组织打了报告。组织上也批准了。我们很快就要结婚！”

刘大勇精神立刻蔫了，像泄了气的皮球。

钻井工人们也都纷纷数落道：

“刘队长，你办的这叫什么事啊！”

“人家都有对象了，你还求什么婚！”

“这不是让我们大伙儿跟着你丢人现眼吗！”……

刘大勇：（满面通红，手脚失措，惭愧地说）“许茹同志，对不起，实在太对不起了……你和石连长的事情，我真的一点也不知情。也请你和石连长说一下。我这样做，也对不起石连长……等你和石连长结婚时，我一定带着弟兄们，登门祝贺……”

许　茹：“大勇同志，没什么，这只是一场误会……”

刘大勇：（转过身，没好气地呵斥道）“你们就知道埋怨我！都是亲如一家的好哥们儿，你们怎么就不能打听清楚这些事，提醒我一句！都别呛呛了，赶紧，赶紧，把井台上的横幅标语撕掉，把帆布卷起来！”

许茹和唐娜互相看看，都欣慰地笑了。

8. 许茹宿舍　日　内

许茹和唐娜，把小孩被褥衣服做起了，一边收拾，一边说话。

唐　娜：（感慨地）“这个刘大勇，还真是一条汉子！”

许　茹：“我刚开始看到井台上的那些字时，立时气坏了，真想开口大骂一场。觉着刘大勇简直是个流氓无赖！可看到他后来的行为，不但不可恨，反倒有些可爱了。”

唐　娜：“说真的，刚开始看到井台那幅横标时，我立即被震住了。感到一种震撼，心脏不跳，浑身血液也凝固了。年轻女孩子，谁不喜欢被人大张旗鼓、别出心裁地追求啊。我想，要是我喜欢的男人，这样向我求爱，我就会不顾一切地向他扑过去！”

许　茹：（笑）“就让周远在井台上，给你挂上大标语嘛！”

唐　娜：（笑）“他那样中规中矩的人，绝对不会做出这样夸张出格的事。我看石兴国，倒是有可能给你在井台上，挂出表示爱情的大标语！”

许　茹：“要是兴国是个老百姓，也许他真敢这么做。谁让他是一个革命军人呢，就是想做他也不敢做。还没等他把标语贴出去呢，上级查军风军纪，就敢关他的禁闭。”

唐　娜：（笑）“可不是吗。”（顿了一顿，又道）“啊，对了，周远中午找我，让咱们俩今天晚上到钢刀连去。”

许　茹：（羞涩地）“马上就要结婚了，还整天往钢刀连跑，多不好意思啊！”

唐　娜：“那怕啥啊！钢刀连的干部战士都说，连长和指导员一块儿结婚，是钢刀连前所未有的大喜事。今天晚上，先举行一个订婚仪式。到结婚那天，要杀猪宰羊，好好庆祝庆祝呢！”

许茹笑笑，不好再说什么。

9. 刘大勇家　刘小青卧室　黄昏　内

梅大妮和衣躺在床上，呼呼沉睡。

刘小青端了一碗鸡蛋挂面，进门放在床边桌上。

刘小青：（上前推推梅大妮肩膀）“喂，大姐，大姐！”

梅大妮：（一激灵醒来）“哎呀，天又黑了！大兄弟，俺在这儿睡了几天了？”

刘小青：（笑）“没有几天，从昨天半夜过来，总共才半个黑夜，一个白天！”

梅大妮：（翻身下床）“不行，俺得赶紧走！俺得去找钢刀连，去

找俺们家石兴国！……”（说着，伸脚在床前找鞋）

刘小青：“大姐，天都快黑了，你还走什么呀！我给你煮了一碗挂面，赶紧吃饭吧。你不是要找钢刀连吗，我和钢刀连也很熟。再歇一晚上，我就送你去钢刀连！”

梅大妮：（感激地）“大兄弟，你真是个好人！”

刘小青：“出门在外，谁没有个三灾六难啊。帮别人就是帮自己呢。这算什么啊！”

梅大妮：（虔诚地）“阿弥陀佛，大兄弟，你真是个好人！”

10. 刘大勇家　黄昏　外

刘大勇肩膀上搭着工作服，无精打采地走回家门。

刘小青：（迎出屋门）“哥，回来了？”

刘大勇：（闷闷不乐地）“唔。”

刘小青：（笑）“哥，今天丢人丢大发了吧？”

刘大勇：“你听谁说的？”

刘小青：“井台上，扯出大标语求婚。整个玉门都嚷遍了，我还能不知道啊！”

刘大勇：（惭愧地）“都怪我事先没有打问清楚。要是我先到钢刀连打问一下，也不会做出今天这种傻事了。唉，这些天，我被许茹的事冲昏了头。一心只想着，这样的好机会，千万不能错过。凭我这过硬的条件，肯定能把她一举拿下。谁知道……”

刘小青：“哥，天下好姑娘多的是，何必非在一棵树上吊死……”

刘大勇：“你别说了！”（发誓般地说）“我这一辈子，就认准许茹这样的姑娘了。就是许茹成不了，以后我也要找一个相貌品格和许茹差不多的人！”

刘小青：“哥，你真死心眼！”

刘大勇：“我的事，不用你管！”（他看到小青卧室的窗户上，有一个女人的身影晃动，奇怪地）“小青，家里怎么有人？”

刘小青：“昨天出车回来，我在路上救了一个大姐。”

刘大勇：（警惕地）“小青，你别认识不认识的，就把人往家里领！”

刘小青：“怕啥呀，就你警惕性高！”

刘大勇：“她叫啥，是干啥的？”

刘小青：“她说她叫梅大妮，老家甘肃，婆家陕北。是钢刀连石连长的媳妇，这次到玉门，就是来找石连长的。”

刘大勇：（一听怔住了）“石连长的媳妇，这不可能！”

刘小青：“真的，她还带着证明呢！”

刘大勇：（声音都有些颤抖了）“结婚证？……”

刘小青：“不是结婚证，是村里开的，同意结婚的证明。”

刘大勇：（急切地）“快，带我去看看她！”（说着，便大步推门进屋）

11. 钢刀连营房大院　门口　夜　外

大院中间，点燃一大堆篝火，四周的桌子上，放有花生糖果和茶水。

钢刀连的官兵们，为了庆祝连长、指导员订婚，举办篝火晚会。

石兴国、许茹，周远、唐娜，身穿整洁的军装，在门口迎接来宾。

一辆美式吉普驶来，车上走下王振华和程孟华。

石兴国等人赶紧走上前，立正敬礼：“政委好！参谋长好！”

“同志们好！”王振华和程孟华举手还礼。

王振华：“兴国、周远，你们四个人，是咱们石油师改编后，最早打报告结婚成家的两对新人。我代表石油师师部，向你们表示衷心祝贺啊！”

“谢谢首长！”石兴国等人齐声道。

程孟华：“咱们石油师一团的战友们，听说你们要举办庆祝订婚的篝火晚会，都要派代表来祝贺。我说，钢刀连营地有限，还是等他们正式结婚时，再派代表来吧。我这一句话，给你们省了不少糖果花生啊！”

石兴国等几个人都笑了。

石兴国：（不好意思地解释道）“王政委，我和周指导员，本来想新的工作就绪后，再向组织上打报告结婚。可是，因为家庭问题上，发生一些具体情况。我们只好提前打了报告……”

王振华：“你们这个年龄，也不算提前了！早点结了婚，成了家，也有利于更好安心工作嘛！你们阎大姐，这次调到西北石油管理局医务室工作。听到你们定亲的消息后，非常高兴。她说，这次订婚仪式，她是来不及了。等你们正式结婚时，一定和我一道专程赶来，做你们的主婚人、证婚人。”

石兴国：“谢谢王政委，谢谢阎大姐！”

周　远：“王政委，程参谋长，院里摆好了座位，请首长到院里休息。”

王振华：（摆手）“不，不！玉门石油管理局的一些领导，听到这个消息，也要前来祝贺。我和老程，也算是篝火晚会的主人，还是和你们一道，在这儿接待来宾吧！”

程孟华：“对，对！”

话音没落，邱建设骑一辆自行车，带着妻子柴丽丽来到。

邱建设：（上前握手）“王政委好！程参谋长好！”

“好，好！”王振华和程孟华说。

邱建设：（向妻子夸耀道）“这两位石油师首长，都是我参加革命后的领导。”

柴丽丽向王振华和程孟华，满怀尊敬地点点头。

“老邱！”“邱建设同志，你们来了！”……石兴国等人和邱建设夫妇打招呼。

邱建设：（掂着一个大纸包）“石连长，周指导员，这是我给同志们买的几斤水果糖！”

石兴国：“老邱，你太客气了！”

邱建设：“咱们自家人，说这个干什么！”（和妻子走进院里）

又一辆吉普车驶来。车上走下杨宇照和田义文。

田义文：（不大情愿地）“杨局长，这是你们领导的事，我还是别去了吧？……”

杨宇照：（回头拉他）“田工，你怎么这样。你和钢刀连，本来就是老相识。以后钢刀连学习钻探理论技术，还全靠你指导呢！走吧走吧！”

“杨局长，田工程师，你们来了！”王振华和程孟华热情迎上去。

“杨局长，欢迎您！”石兴国和周远也上前说。

杨局长：“石连长、周指导员、小许、小唐，祝贺你们啊！”

“谢谢，谢谢！”石兴国等四个年轻人都说。

石兴国看看田义文，却没有上前握手。

田义文看看石兴国，也把脸扭了过去。

许茹满怀期待地看着他们俩人，希望他们能够握手言欢。可是两个人都不肯迁就对方，许茹情不自禁，轻轻叹了口气。

12. 钢刀连营房大院　夜　外

大院里，篝火燃得正旺，钢刀连官兵和来宾们，有坐有站，欢声笑语一片。

四个新人和一队钢刀连战士，手拉手围着篝火转圈、唱歌跳舞。柏春生等人，拉着手风琴，吹着口琴，在一旁伴奏。

“解放区的天是明朗的天，解放区的人民好喜欢。

民主政府爱人民呀，共产党的恩情说不完。……”

不少干部战士，加入跳舞的队伍。观看的人们，也跟着唱起来。

王振华、杨宇照等人，都满面笑容跟着唱。

一曲唱完，全场一片热烈掌声。

柏春生：（晚会主持，走向前）“王政委的山西梆子，唱得最好听了。下面请王政委，给咱们唱一段山西梆子，好不好！”

“好！”官兵兴奋地高呼。

王振华：（上前）“今天，石兴国和许茹，周远和唐娜，四个年轻人订婚，是钢刀连的大喜事，也是咱们石油师、玉门油矿的大喜事！我是山西人，从小喜欢山西梆子。这些年，在陕西一带带兵打仗，我又喜欢上秦腔。今天，我来一段《龙凤呈祥》中的乔阁老唱段，为大家助助兴！”（说罢，干咳两声，清清嗓子，有模有样地唱道）

“才子佳人结良缘，月老簿上把名添。

今朝幸喜龙凤配，镇定中原曹阿瞒。……”

“好，好！”“再来一段！”干部战士笑着鼓掌叫好。

王振华：（笑）“就会这几句。”

柏春生：（向前道）“下面请指导员、唐军医上场，为大家表演《夫妻识字》。”

周远和唐娜头包毛巾，大方上场。柏春生等人伴奏。二人边扭边唱：

“黑咕隆咚的天上出呀么出星星，黑板上大字放呀么放光明。

什么字，放光明？学习，学习二字我认得清！……”

王振华：（向身旁程孟华）“这个节目好。咱们石油师当前的第一号大事，就是学习，学习石油知识，学习石油技术！”

程孟华：（点头）“不错！”

周远和唐娜在掌声笑声中敬礼下场。

柏春生：（上前）“下面请连长和许教员表演节目！”

石兴国：“我不行，我不行！”

“上吧上吧！大喜的日子！”柏春生和齐占山推石兴国上场，许茹也跟上场。

石兴国：“我实在不会表演节目，要不，我们给大家唱首军歌吧？”

柏春生：“军歌以后再唱，今天必须表演个有特色的节目！”

“对，对！”干部战士们笑着起哄。

石兴国：（和许茹小声商议几句）“那，我们就给大家唱几句陕北小调情歌！”

“好！”干部战士大声笑道。柏春生等人拿起乐器伴奏。

石兴国："唱得不好，请大家多包涵。"（笨口笨舌地唱道）

"一道道水哟一道道山，哥哥想妹妹哟想在心尖尖。

想你的巧嘴嘴，想你的毛眼眼，千想万想就想看上妹妹一眼。"

许　茹：（明显比石兴国唱得好，接着唱道）

"三十里的明沙二十里的水，五十里的路上你来呀么看妹妹。

半个月你看了妹妹十五回，为了看妹妹，哥哥你跑成了罗圈腿。"

石兴国摆出罗圈腿的姿势，走了两步，予以配合。

"好，好！……"院内一片掌声，笑声，叫好声。

13. 钢刀连篝火晚会　观众群中　夜　外

邱建设：（在观众群中，和身旁一个年轻战士）"石连长唱得还真不错！"

年轻战士：（真诚地）"唱得真好！"

邱建设："石连长原来不是说，要等工作就绪后，再打报告结婚吗？怎么现在提前打报告了？"

年轻战士："好像家里有点儿什么事情。许教员一个亲侄女，需要他们照顾。"

邱建设：（立刻警觉地）"许教员的侄女，你是说，是特务任新我的女儿？"

年轻战士："对不起，这个我还真不太清楚。"

柴丽丽："老邱，你问这个干什么？"

邱建设：（低声）"以前，我听人影影绰绰说过，国民党特务任新我留下一个女儿，被田义文收养。我一直不相信。没想到，还真有这种事！"（说着，满含仇意，向不远处的田义文扬扬下巴）

田义文对这种晚会，似乎并不感兴趣。只是神情漠然地坐在座位上发呆。

14. 钢刀连大院　篝火晚会现场　夜　外

石兴国：（唱了几句，想不起词）"哎呀，我就会这几句，往下真不会唱了！”

柏春生：（上前）“同志们，石连长和许教员唱得好不好？”

“好！”众人呼应。

柏春生：“妙不妙？”

众　人：“妙！”

柏春生：“再来一个要不要！”

众　人：“要！”

齐占山心情振奋，嗓门格外高。

柏春生：（上前拦住要下场的石兴国、许茹）“连长，许教员，再来一个！”

“再来一个，再来一个！”大家笑着高呼，鼓掌，掀起篝火晚会一个热潮。

石兴国：（无奈地笑道）“那，那就再来一个。”（和许茹商议演什么）

正在这时，一个年轻战士，急匆匆来到晚会现场。

年轻战士：“连长，指导员，有一帮工人师傅，也要来参加咱们的篝火晚会！”

石兴国：“都是谁？”

年轻战士：“我不认识。带头的人说，他叫刘大勇。”

石兴国：（意外地）“刘大勇我认识。可咱们没有邀请他们啊？”

许　茹：“刘大勇说过。咱们结婚时，他会前来祝贺……”

唐　娜：“对，肯定是他得知我们订婚，就带着工人弟兄们来了！”

石兴国：（和周远相互看看，高兴地）“走，咱们去迎接一下！”

15. 钢刀连营房大门　夜　外

灯光昏黄的大门外，站立着刘大勇和他那一帮工人。

刘小青：（拉着刘大勇的胳膊）“哥，人家正在高高兴兴订婚，你干什么啊？”

刘大勇："路不平，有人铲，事不平，有人管！我刘大勇这辈子，就专爱打抱不平！"

石兴国等人，迎到了大门口。

许　茹：（主动招呼）"刘大勇同志，你们来了！"

唐　娜：（笑）"刘师傅，咱们不是说好了，等许茹和石连长结婚时，你会带工人同志们前来祝贺吗。怎么刚订婚，你们就来了？"

周　远：（上前握手）"刘大勇同志，欢迎欢迎！"

石兴国：（真诚地）"大勇同志，我们只是内部搞个联欢活动，也没好意思通知工人同志们。快，到院里去坐！"（说着便热情拉刘大勇的胳膊）

刘大勇一晃膀子，摆脱石兴国的手。

大家都一怔，感到有点来者不善。

石兴国：（纳闷地）"大勇同志，你这是？……"

刘大勇：（不管其他人，把矛头对准石兴国，冷笑）"石连长，你们这个订婚仪式，搞得好隆重，好热闹，好气派啊！"

石兴国：（耐心解释）"大勇同志，我们部队的同志，为了活跃生活，经常会搞一些自娱自乐的联欢活动。我们的订婚，正好为钢刀连的干部战士，提供了一个机会。其实，这和我们订婚仪式，也没有多大关系……"

刘大勇：（一摆手）"你算了吧！依我看，就是你有私心，故意这么折腾！"

许　茹："刘大勇，你怎么能这么说呢？"

唐　娜："刘师傅，你说话要有根据！不能信口开河！"

这时，王振华、程孟华、杨宇照和邱建设田义文等人，也来到大门口。

王振华：（关切地）"怎么回事？"

杨宇照："刘大勇，你们来参加篝火晚会，不到院里去，在这儿吵吵什么？"

刘大勇：（毫不畏惧地）"既然石油师首长，油矿管理局领导都在这儿。我刘大勇明人不做暗事，也就有话直说了。我们来这儿，可不是为石连长捧场的！”

邱建设：（不满地嘀咕）“不是来捧场的，那就是来砸场子的了。真算不懂事，说的什么话……”

王振华：（向刘大勇严肃地）“你讲！”

刘大勇：（理直气壮地）“石连长是战斗英雄，革命功臣，这不假！我一直对石连长无比尊重，无比敬仰。三年前在玉门解放时，我就多次组织工人，听过石连长的革命传统报告。那时候，我最佩服的英雄，就是石连长。心里还说，我和石连长年龄差不多，看人家干成多大的事情，自己干了些什么。发誓这一辈子，就要做一个石连长这样的人！可是，我万万没有料到，这个战斗英雄、革命功臣，在个人生活问题上，会那么不严肃，那么不道德。不客气地说，就是一个伪君子，卑鄙小人！”

石兴国：（气坏了，一时说不出话来）“你，你！……”

一帮钢刀连官兵，都按捺不住，愤怒地嚷道：

“刘大勇，你胡说八道！”“你凭什么骂人！”……

柏春生：“刘大勇，你明知我们连长订了婚，还向我们许教员公开求婚，你才是伪君子，卑鄙小人！”

齐占山：“你、你再敢胡说，我对你不客气！”

周　远：“刘大勇同志，你知道吗？平白无故诬陷人、诽谤人，是违法乱纪、不道德的行为！”

石兴国：“指导员、占山、春生，你们都让开。刘大勇师傅求婚不成，心中有气。让他有什么怒火，冲我发；有什么怨恨，冲我来！”

刘大勇：“石兴国，我知道，不拿出人证物证，你是不会认输的！”（回头）“大妮，大妮！……梅大妮呢？”

刘小青：（埋怨道）“哥，你嚷嚷什么呢！梅大姐看见你和石连长吵吵，早就生气地走了！”

刘大勇：（一时蒙了）“走了？……”

王福贵：（在人群后面喊）“梅大妮没有走远，她在那边呢！”

16. 路口墙角　夜　外

墙角黑影里，梅大妮抱着小包袱，蹲在地上无声抽泣。

刘大勇：（冲过来扯起她）“大妮，你躲在这里干什么？”

梅大妮：“刘师傅，俺是来找俺男人的，不是来找俺男人吵架的！……刘大哥，你放开俺，放开俺。俺不要你给俺男人吵架，俺不当你的人证，物证……”

刘大勇：（焦急地）“大妮，大妹子！你怎么这么软弱，不争气？我这是替你打抱不平，伸张正义呢！快走，跟我走！”（把用力挣扎的梅大妮，拉向大门口）

17. 钢刀连营房大门口　夜　外

刘大勇：（把梅大妮拉到石兴国等人面前）“这个姑娘，你应该认识吧？”

石兴国：（吃惊地）“梅大妮？”

“梅大妮？……”柏春生、齐占山等人，也感到意外。

石兴国：“大妮，你怎么到玉门来了？”

梅大妮：（嗫嚅道）“给娘烧完尽七纸后，俺……俺就想到部队上找你。到了汉中，师部的同志说，你们钢刀连来玉门了。俺就又找到了玉门。半路上，俺累倒了，是这位刘大哥的弟弟，小青大兄弟救了俺……兴国，俺是来部队看你，可不是来部队和你闹事的！刘大哥和你吵架，可不是俺的意思……”

石兴国：（皱起浓眉）“大妮，在家里的时候，我不是就和你讲清楚了吗！我在部队有对象，不可能和你结婚。我劝你另找人家，还说要把家里的房产土地，作为你的陪送嫁妆……”

梅大妮：（抬起头，倔强地说）“你是给俺说了。齐大娘和村干部们，也都这样劝过俺。可俺没有答应！俺就认准一个理儿，父母之命大于天。俺爹和你娘，都同意咱们的亲事，俺就是你的人。生是石家的人，死是石家的鬼！”

刘大勇："石连长，你现在还有什么好说的！人家在老家，伺候了你娘两三年，为你娘养老送终；你在部队，和别人谈恋爱！人家带着村里的证明，千里迢迢来找你成亲；你在这里连唱带跳，和别人举行订婚仪式！石连长，不要说你是战斗英雄，革命功臣，就说你是一个普普通通的男人，你这样做，不觉丢人现眼，不觉得心里有愧吗?！"

王富贵等一帮工友，也在后面帮腔。

王富贵："家里有媳妇，停妻再娶，就是不讲道德！"

张　涛："再大的英雄、功臣，也不能做这种缺德的事情！"

孙　杰："这样做，和戏台上的陈世美，有什么两样！"

"不错！""真不像话！"……几个工友也跟着嚷道。

石兴国黑红的脸色阴沉，棱线分明的嘴唇紧闭。

柏春生：（愤愤不平地）"你们嚷嚷什么。我们连长和梅大妮，根本没有结过婚，也从来没有答应过这门亲事！"

齐占山："我可以为我们连长做证！"

王振华：（神情严肃地）"都不要吵了！钢刀连的联欢晚会，现在立刻停止。刘大勇同志，你们反映的这件事情，非常重要，我们一定会严肃处理。我代表石油师的干部战士，谢谢你们了。周远！"

周　远："到！"

王振华："让连里的同志，安排好梅大妮同志的生活住宿！"

周　远："是！"

王振华："石兴国！"

石兴国："到！"

王振华："跟我和程参谋长到连部来，把这件事情讲清楚！"

石兴国：（有些无力地）"是……"

18. 钢刀连连部　夜　内

王振华和程孟华坐在桌前，听石兴国讲梅大妮事件的前因后果。周远和唐娜、许茹也在屋内。柏春生和齐占山、李大军等战士，关心地站在门外。

石兴国："……我没有答应过梅大妮的亲事，更没有和梅大妮订过婚，结过婚。整个事情的前因后果，就是这样。钢刀连的同志们，都可以为我做证。"

王振华：（严峻地）"这些情况，你探亲回来后，向组织上汇报过吗？"

石兴国："汇报过。"

周　远："石兴国同志单独和我谈过，也在党支部生活会上汇报过。我们认为，这是家庭生活问题，不是多大事情，石兴国同志处理妥当，就没有向上汇报。"

王振华："自作聪明！好多事情，就坏在这种自作聪明上！家庭生活问题是小事吗？处理不好，就会造成非常坏的影响。你们看看刘大勇这些工人师傅这天的反应，就可以知道，这是不是小事！"

周　远："政委，刘大勇是向许茹同志求婚不成，他才借题大做文章！"

王振华："不要推脱责任，遇事先检讨自己的问题！如果把这件事情处理稳妥了，别人还能抓住自己的把柄吗！石兴国，这些事情，你和许茹谈过吗？"

许　茹：（不等石兴国开口，就抢着说）"兴国探亲回来，就把这些事情都和我说过了。"

王振华：（脸色稍微缓和）"石兴国，这件事情，你说怎么办吧？"

石兴国："政委、参谋长，我已经和许茹商量过了，在梅大妮没有得到妥善安置之前，我们决不向组织再打结婚报告！"

王振华：（看向许茹）"是吗？"

许　茹："是的！"

王振华看看程孟华。程孟华点点头。

王振华：（站起身）"好，就这样办。这件事情，不仅是你们的私事，也直接影响到革命军人的形象，影响到石油师在工人群众中的影响。你们一定要慎重处理，正确处理！"

"是！"石兴国和许茹一起答道。

19. 钢刀连客房　深夜　内

房中干净整齐，日常用品一应俱全。

梅大妮抱着小包袱，呆呆坐在被褥整洁的床铺上，脸上挂着淡淡的泪痕。

20. 钢刀连营房大院　深夜　外

夜雾中，院里灰烬杂物，一片狼藉。

石兴国就像一座黑色雕塑，坐在花圃边沿上，神情痛苦，默默发呆。

周　远：（悄悄走来，关心地）“石连长，休息去吧，天不早了。”

石兴国：“别管我，你去睡吧……”

21. 许茹宿舍　深夜　内

许茹坐在床铺上，看着眼前新做的小衣服、小被褥，一脸无奈。

唐　娜：“许茹，你为什么同意石连长的意见，不安置好梅大妮，就不打报告结婚？”

许　茹：“兴国说，梅大妮能主动到他家，替他照顾他娘。这大恩大德，他一辈子也不会忘记。再说，梅大妮是个苦出身，现在无依无靠，是咱们的阶级姐妹。不管论公，还是论私，都得把梅大妮安置好，我们才能心安理得地结婚。我觉得，兴国说得有理。做人，就要讲情讲义。我看中兴国的，也正是这个。要是兴国不管梅大妮怎么样，只管我们结婚成家，我倒会看不上他了。”

唐　娜：“你到现在，难道还没有看出来。梅大妮这个姑娘，别看表面温柔绵软，其实性子倔强，有主意着呢。她不会轻易放手回头的！”

许　茹：“我也想过了。只要梅大妮一天不回头，我就和兴国一直等下去。总要等到她回头为止。”

唐　娜：“那你的侄女小雨呢？”

许　茹："不结婚，就我自己带着呗。"

唐　娜："许茹，我可以帮你一块儿带！"

许　茹："你？……"

唐　娜："我和周远也商量过了。你和石连长不能结婚，我们也要撤回结婚报告。一块儿的战友，姐妹，你们不能结婚，我们去结婚，多不讲义气，不够意思啊！还是原来那句话。我们一定要在同一天结婚，一块儿请政委和阎大姐做主婚人、证婚人！"

许　茹：（眼含泪花）"唐娜姐！……"（情不自禁，扑到唐娜怀里）

22. 玉门街道　日　外

田义文骑一辆僧帽自行车，停在一家临街摆的日用品商摊前。

田义文：（一脚踩地）"喂，老板，来袋上海牙膏！"

商摊老板："好哩！"

商摊老板拿过上海牙膏，田义文掏出钱夹拿钱。

这时，一辆大汽车停在自行车后面，"嘀嘀"用力按喇叭。

田义文：（恼火地）"那么宽的街道你不走，捣什么乱！"

汽车司机打开车门，跳下一个戴墨镜的年轻司机，摘下墨镜。

田义文：（不由乐了）"是你啊，刘小青！"

刘小青：（拿出一个眼镜盒）"给！"

田义文：（打开盒子，是一副新的近视眼镜，换下破眼镜试试，笑）"两个眼睛的度数正好。小青，你是怎么知道我的两只眼睛不同近视度数的？"

刘小青："这又不是什么军事秘密，到你们技术处一问就知。"

田义文：（从钱夹里拿钱）"多少钱，我给你！"

刘小青：（大大咧咧地）"给什么钱啊，你这是看不起我！"

田义文："不给钱不行！"

刘小青："你真的要给，就请我喝顿酒算了。"

田义文："好哩！"

23. 玉门街头小酒店　日　内

刘小青和田义文相对坐在酒桌上，碰杯畅饮。

田义文：“小青，我和你一见如故，觉着特别对脾气。我要有你这样一个弟弟，就好了。”

刘小青：（笑）“你这人少心没肺，像个大小孩儿。我也是一见你，就觉着很投缘。来，田大哥，小弟敬你一杯！”

“干！”“干！”

二人碰杯，一饮而尽，哈哈大笑。

24. 玉门城区街道　日　外

石兴国和周远拿了几本书刊，在街道上边走边谈。

石兴国：“没想到玉门这么大个油矿城镇，连一家卖石油技术书刊的书铺都没有。”（掂掂手中的报刊，苦笑）“咱们转了半晌，买了两份新闻报纸，一本时事月刊，对咱们找油打油，有什么用啊！”

周　远：“别心急，再往前找找。”

不远处路旁，有家门面很小的书报门市。

周　远：“哎，这里有一家书铺。”

石兴国：“进去看看！”

25. 街道书铺　日　内

屋内狭窄，靠墙书架上，摆了几层图书。店主是一个身穿长衫的中年人。

二人进屋。

石兴国：“老板，有没有石油技术方面的书？”

周　远：“地质勘探，钻井机械，什么书都行。”

书店老板：（笑）“书铺里哪有这种书，有也没人买！”（突然想起）“啊，对了，这里有一本人家托卖的旧书，苏联人编的《油井钻探读本》，要不要？”

石兴国：（接过来看看）“这本书我们有。”（还给书铺老板）

周　远：（看看书架上的书）“老板，拿一本《同音字典》！”

书铺老板拿一本《同音字典》，周远接书付钱。

书店老板：“你们要找石油技术的书，得到石油管理局图书资料室。街里的书铺，不会卖这种书。”

“谢谢，谢谢。”二人告辞出门。

26. 玉门城区街道　日　外

石兴国：“邱建设的家属柴丽丽，不是就在管理局图书室吗！”

周　远：“对，咱们找他借书去！”（走了几步，忽然想起）“哎，兴国，这几天，邱建设找了咱们好几次，求你在局党总支研究发展党员时，多为他说几句好话。昨天局党总支开会，他的入党申请，通过了没有？”

石兴国：“没有通过。首先我就不同意！”

周　远：“是不是因为田义文揭发他那些事？”

石兴国：“要是只是田义文揭发，我才不相信呢！为了发展邱建设入党，党总支内查外调，费老鼻子劲了。调查了好多当事人，证明邱建设当年被抓入监狱，确实是因为贪污腐败问题。克扣职工工资，贪污油矿经费，仅一九四六年到一九四七年一年时间，就贪污了上百万银圆。后来因为蒋经国在上海打老虎，胡宗南也在西北抓反贪腐，才把他抓捕入狱。他是真恨国民党反动政府，但是也不一定就是真心拥护共产党。解放后，他总以老革命、老干部自居，居然还说，他贪污那些钱，是为了同国民党反动派斗争！纯粹是胡说八道！在党总支会上，我就敲明亮响地说，共产党里的贪官，不是好东西！国民党里的贪官，也不是什么好东西！”

周　远：（赞同地）“不错，对这种贪官污吏，就得严格把关。决不能让这种人，轻易混进共产党内，败坏共产党的名声！”

石兴国：“当然，他要真能痛改前非，重新做人，那就另当别论。”

周　远：（摇头）“这种贪官，只怕真改也难！”

两人正说得激动，柏春生大步跑来。

柏春生："连长、指导员，王政委来电话，命令你们赶紧去他办公室报到，说有重要任务向你们下达！"

27. 玉门石油管理局　王振华办公室　日　内

说是办公室，更像个作战指挥室，墙上有玉门油矿地图，桌上有玉门油矿沙盘。

王振华、程孟华和杨宇照在研究工作。

王振华："宇照同志，我们石油师一团进驻玉门油矿，已经一周时间了。在地方同志的大力支持下，住宿伙食等生活问题，全部安排就绪。同志们热情高涨，纷纷请战，都要求立即掀起一个学文化学技术的热潮，尽快投入新的战斗！"

杨宇照："王政委、程参谋长，同志们来了还没有几天，还是先休整一段时间，适应一下新的生活环境再说。"

程孟华："这就休整时间不短了。按照我们军队的传统，应该一放下背包，就立即投入新的战斗。我们宋师长留在汉中，抓三团学习车辆驾驶，第一天学理论；第二天学操作；第三天，他就带着干部战士，亲自驾驶着教练车上了路！"

杨宇照：（笑）"这也太雷厉风行了！"

王振华：（认真地）"军人嘛，就得有军人的风格！在学文化学技术上，我和程参谋长研究了一个方案，你看看行不行？一是举办文化技术短期培训班，两个月时间，学习最基础，最实用的找油打油文化技术知识。组织全团干部战士，加班加点，除了晚上休息时间，全天候培训。文化教员，在石油师里选拔。技术教员，由玉门石油管理局提供。"

杨宇照："这个没有问题！"

王振华："第二，就是抓典型，树标杆。先锋模范开路，摸索战斗经验，以点带面，全面开花！"

程孟华："这是我们五十七师在战争岁月，一直采取的做法。"

杨宇照点点头。

王振华：“具体方案就是，在我们部队中，挑选一个战斗力最强的连队，作为重点培养对象。你从玉门管理局的技术人员中，也挑选一名专业最强的技术人员，给这个连队做技术教官。让他们强强联合，组成最强搭档。在技术学习上吃些偏饭，迅速实现由战斗队伍向技术队伍的转变，取得经验后，在全团推广，带动整个部队的学习和转型！”

杨宇照：“这个做法好！”

王振华：“我和程参谋长通过研究磋商，部队方面，决定让一团一营一连，也就是钢刀连，来担任这个先锋开路的任务。技术教官，你看谁比较合适？”

杨宇照：“论业务能力，当然是技术处的田义文工程师最合适。他是美国石油专业留学生，在玉门油矿工作多年。石油物探和钻井机械方面，都有很高的造诣。可以说是这方面的专家、权威。不过，就是这个人脾气有些古怪，性情孤傲，和人不大合群……”

王振华：（一摆手）“只要专业技术过硬就行，脾气古怪不古怪，我们不管。我们是让他做技术教官，又不是和他搞对象过日子！”

三个人都笑了。

杨宇照：“那好，就这么定了！”

28. 玉门管理局办公楼走廊　日　外

许茹拿两本新书，和几册油印材料，步子轻快地向王振华办公室走来。

许　茹：（来到门口）“报告！”

王振华：（在屋内）“进来！”

29. 王振华办公室　日　内

许　茹：（进屋）“政委，参谋长，这是宣传处教育科新进的石油专业书籍，还有我们刚刚打印的几册技术材料，请首长审阅！”

王振华：（笑）“什么审阅，说是供我们启蒙学习，不更实际吗。”

许茹把书本资料放到茶几上。王振华和程孟华拿起来翻看。

书名《浅谈石油》，油印材料是《钻井机械》《钻井队操作规程》等。

王振华：（翻看着书本资料）“好，好，都是三藏真经，宝书秘籍啊，你们教育科干得不错！”

许茹转身要走。

王振华：“小许，你到技术处，传达我的命令，让田义文同志，马上到我这里来，有重要任务向他布置。你也参加一下。”

许　茹：“是！”

杨宇照张张嘴想说什么，又没有说出声。

30. 技术处田义文办公室　日　内

屋里书橱里，摆满石油书籍，和不同地质样品。田义文身穿吊带衣裤，戴一副近视眼镜，手拿一把放大镜，在仔细观察几截岩芯样品，一边观察，一边在笔记本上写写画画。

茶几上，电炉上坐一把旧咖啡壶，正咕嘟咕嘟冒着热气。

有人啪啪敲门。

田义文：（头也不抬）“谁呀，进来！”

许茹推门进屋。

田义文：（抬起头，高兴地）“许茹啊，快坐下。”

许　茹：（抽抽鼻子）“什么怪味儿？”

田义文：（也抽抽鼻子）“咖啡味儿吗，多香啊！这是真正的巴西咖啡，我托人从上海捎来的，你喝一杯吧？”

许　茹：（笑）“我没这个习惯。义文哥，王政委命令你马上过去，有重要任务下达。”

田义文：（一听就烦了）“王政委命令我？我又不是石油师的人，他有什么权力命令我，给我下达任务？”

许　茹：“你别忘了，王政委现在还是西北石油局副局长，西北钻探局局长！”

田义文：“不管他什么长，也没有权力给我下命令！就是玉门管理局杨宇照找我，也得到我屋里来，或者请我到他那里去。这样一声命令，就让我跑着颠着去见他，把我当成什么人了！”

许　茹：“义文哥，你就别挑字眼了。是王政委请你去，这总可以了吧？”

田义文：“请我去，还得看我愿意不愿意呢！你跟你们王政委说吧，田工程师现在正忙着呢，以后有工夫再说吧。”

许　茹：（焦急地）“义文，你就别摆架子了。王政委他们找你，是有重要任务。你赶紧去吧。就算是小妹求你了，行不行？……”（连说带求，拉他出门）

田义文：（叹口气）“好吧，许茹小妹的面子，我还是要给的。如果是当官的下命令，我才不理他们呢！”

31. 管理局办公楼走廊　日　内

许茹拉着田义文，向王振华办公室走来，生怕田义文转身走掉。

许　茹：（到了门口）“报告！”

王振华：（在屋内）“进来！”

32. 王振华办公室　日　内

许　茹：（和田义文进门）“报告首长，许茹和田义文工程师，前来报到！”

杨宇照：“田工——”（要起身握手，但看王振华、程孟华都没有起身的意思，欠了欠身，又坐在沙发上）

王振华：（和颜悦色地，指指身边沙发）“田工程师，坐。”

田义文大模大样坐下，跷起二郎腿。

许茹给在座各位斟好茶水，自己也搬一把木椅，在一旁坐下。

王振华：“义文同志，刚才我们和杨宇照同志研究过了，要在石油师抽一个连，作为学文化学技术的典型，让你来做这个连的技术教官……”

田义文：（斜起眼睛）“王政委，这是上级命令，给我下达任务；还是安排工作，征求我的意见？”

程孟华：“当然是上级命令，给你下达任务！”

田义文：“我不是军人，没有接受命令和任务的习惯。”

杨宇照：（赔着笑脸）“这是一项工作安排，征求你的意见……”

田义文：“我的意见就是，这项工作，我不能接受。对不起，告辞！”呼地站起来，转身就要走。

王振华、程孟华、杨宇照和许茹，一时都怔住了。

第八集

1. 玉门管理局大门　日　外

石兴国和周远，几乎是一溜儿小跑，朝玉门管理局赶来。

到了大门口，他们向门口的门卫点点头，就向办公楼跑去。

2. 王振华办公室　日　内

田义文一声“告辞”，起身就走。

屋里的几个人，一时都怔住了。

许　茹：（反应得快，起身挡在办公室门口，拦住田义文，焦急地）“义文大哥，你怎么能这样，说走就走？”

杨宇照：（也站起身）“田义文同志，有什么意见，你可以说嘛。快，快坐下，有什么想法，慢慢说。”（上前拉住田义文，让他在沙发上坐下）

田义文别别扭扭，勉强坐下。

程孟华气不打一处来，别着脸不看他。

王振华：（克制着情绪，尽力和缓地说）“田工程师，没有事先征求你的意见，是我们的工作疏忽。现在征求，也不迟嘛。你对这个工作安排，有什么看法，尽管大胆提出来。”

田义文：“你们的意思，是让我做技术教官，给石油师的官兵，讲授石油专业知识，让他们在尽可能短的时间，成为石业工业的行家里手，专业人才？”

王振华：（点头）“不错！”

田义文：（不无讽刺地）“首长，你们把这件事情，看得也太简单了吧。我大学毕业，在美国留学三年，又在玉门油矿当了十年工程师，才学到当前这个水平。你们想让部队干部战士，在短时间内，成为石油专业人才，这不是开玩笑，白日做梦吗！”

程孟华想发作，被王振华按住。

王振华：“田工，你说。”

田义文：“要说解放军上阵打仗，甩手榴弹，拼刺刀，那没得说！可是学习石油专业技术，不是甩手榴弹，也不是拼刺刀。绝大多数干部战士，都是文盲半文盲。别说外国字母，连中国文字也认不了多少。让我这个全国屈指可数的石油专家，给他们讲石油专业知识，这简直是对我的人格——”（顿了顿）“这就不说了。就算我肯给他们讲，对牛弹琴，他们能听得懂吗！不客气地说，我宁愿去教老母猪爬树，也不愿去给他们讲什么石油专业知识！”

许　茹：（焦急地）“义文哥，你这是什么话？”

杨宇照：（严肃地）“田工，你注意说话方式！”

程孟华：（一拍沙发肘儿）“田义文，你这是对我们解放军的侮辱！”

王振华：（摆摆手）“你们都别急。我听着这些话，倒有几分道理。田工程师，你没有必要一开始就讲那么深，从基础理论讲起，从最简单的石油知识讲起嘛！”

田义文：“讲基础，讲简单的，你们随便找个技术员就行，非找我干什么？”

王振华一时也噎住了。

3. 玉门管理局办公楼走廊　日　内

石兴国和周远，急匆匆走进。

到了王振华办公室门口，两人立正："报告！"

王振华：（在屋内）"进来！"

4. 王振华办公室　日　内

石周二人：（进屋立正敬礼）"报告首长，钢刀连连长石兴国、指导员周远，奉命前来报到！"

王振华：（指指两把木椅）"坐！"

这种礼仪，别人都习以为常。田义文嘴角，不觉流露出一丝嘲笑。

石周二人坐下，许茹为他们倒上茶水。

石兴国：（迫不及待地）"王政委，程参谋长，有什么战斗任务？"

周　远："休整了这几天，同志们都纷纷请战呢！"

王振华："新的战斗任务，就是全体动员，参加文化技术培训，迅速掀起一个学文化学技术的热潮。你们钢刀连，每一次战斗，你们都是开路先锋。这一次，也要学在前面，干在前面，冲在前面。成为大家学文化学技术的模范、表率、带头兵！"

石周二人：（一挺胸脯）"保证完成任务！"

王振华："当然，学文化学技术，和以往上阵打仗不一样。光靠敢打敢拼，甩手榴弹，拼刺刀不行。关键是要开动脑筋，下苦功夫。为了帮助你们学文化，学技术，我们经过商议，专门为你们请了一个技术教员。这可是整个玉门油矿，一等一的石油专家——"

田义文：（忍不住地）"我还没有——"

王振华：（笑着拍拍田义文胳膊）"你先别急着表态。"

石兴国和周远相互看看，激动地点点头。

石兴国："谢谢首长的关心。这个技术教官是谁，现在在哪儿？"

王振华："你们要干什么？"

石兴国："我们立刻把他请到我们钢刀连去！"

周　远："今天下午，就可以让技术教官，为我们上第一堂课！"

王振华：（向田义文笑道）"怎么样，看到我们干部战士的学习热情了吧。”（转向石兴国、周远）“你们的技术教官，远在天边，近在眼前……”

石兴国和周远，逐个打量着屋里每一个人，都不由摇摇头。

王振华：（笑）“乱踅摸什么。这个屋里，除了田义文田工程师，还能有谁！”

“他？……”石兴国和周远都感到有些意外。

王振华：“怎么，没有想到吧。我们请到这样出色的专家，来做你们这帮石油门外汉的技术教官！”

石兴国：（呼地站起）“报告首长，我不同意！”

周　远：（也跟着站起）“报告首长，我认为也不合适！”

“啊？！——”王振华等人出乎意外。连田义文也有些想不到。

5. 钢刀连营房大院　日　外

钢刀连的官兵们，有的在看书，有的看着小黑板，在地上学写字。

梅大妮从客房出来，百无聊赖地四处走动。

柏春生：（放下手中的书）“梅大妮同志，你怎么出来了。连长不是让你好好休息吗！”

梅大妮：“这样吃了睡，睡了吃，俺都快养成猪了。俺到你们连长指导员的宿舍看看。”

柏春生：“你要干什么？”

梅大妮：“俺看看你们连长有没有脏衣服，俺给他洗洗。”

齐占山：“我、我们连长的衣服，早都自己洗过了。”

梅大妮：（看到墙边有把扫帚，顺手拎起）“那俺给你们扫地！”

柏春生：“不用不用，早起都打扫过了。”

梅大妮：“那俺也不能老闲着呀，再闲下去，就该出毛病了。”（看到不远伙房门外，炊事班的人正在择韭菜）“俺帮炊事班择菜去！”

柏春生和齐占山相互看看，都不好意思再阻拦。

6. 王振华办公室　日　内

石兴国和周远都不接受田义文做他们的技术教官。

王振华：（生气地站起来）“石兴国，周远，你们两个人今天的态度，太让我意外，太让我失望了！我和程参谋长，还想拜田义文工程师为师呢！你们有什么理由，有什么资格，拒绝田工程师？田工程师是石油技术的专家，权威，咱们在石油技术上是白丁，门外汉。在部队改编整训中，我们就一再讲，要学习文化，学习技术。要尊重知识，尊重人才，老老实实做小学生，虚心向工人学习，虚心向技术人员学习。这些话，你们都当耳旁风了！”

石兴国和周远，显然还都不服气。

石兴国：“报告政委，我们没有——”

王振华：（厉声）“石兴国，你闭嘴！从组织纪律上来讲，让田义文同志做你们的文化教官，是我们和杨宇照局长，慎重研究做出的决定。也就是说，这是组织安排，是上级命令，作为下级指战员，作为一个共产党员，居然公然对抗，不肯接受。你们还有没有一点组织性、纪律性，还懂不懂革命的规矩？”（越说越气愤，几乎是指着鼻子斥责）“咱们暂不讲革命需要，组织原则。单从人情世故上讲，你们都是二三十岁的成年人了。田义文工程师三年前，在保卫玉门油矿战斗中，就和你们共同生活过，不算革命战友，也应该算是熟人朋友吧。今天居然当着田义文同志的面，你们就公开拒绝他做你们的技术教官。你们还懂不懂一点儿礼貌，懂不懂一点儿做人的道理！连我也替你们害羞，替你们感到丢人！”

石兴国嘴巴紧闭，默不作声。周远张张嘴巴，却又不好开口。

许茹心情焦虑，看看这个，又看看那个，想劝，又不好开口。

王振华：（向田义文抱歉地）“田工程师，今天实在对不起了……”

杨宇照：“田工程师，要不你先回避一下，我们了解一下情况。”

程孟华：“对，对，田工程师，你先回避一下。”

田义文：（傲然地）“我为什么回避！我田义文立得正，行得端，没做亏心事，不怕鬼叫门！本来，我就不愿当这个什么技术教官。没想到这位石连长，周指导员，竟然还不肯接受我。今天，我就是要听听，我究竟做错了什么？在哪些事上，对不住这两位连级首长，对不住战功赫赫的钢刀连！”

这无疑是叫板。许茹担心事情闹大，额头都沁出了一层汗水。

7. 玉门管理局办公楼走廊　日　内

听到王振华办公室的吵闹声，几个工作人员出外观望。

一间挂有“后勤处”木牌的屋门打开，邱建设探头探脑出来。

邱建设：（问工作人员）“王政委发什么火呢，声音这么大？”

一年轻工作人员：“吵吵好长时间了，我们也没听太清楚。好像是石油师，要请田义文工程师，做什么技术教官。田义文坚决不干。后来就是钢刀连的连长指导员来了，坚决不接受田义文做技术教官。”

邱建设：“呵，针尖对麦芒，还硬杠上了！”

又一年轻工作人员：“邱处长，你是老革命，老干部，又是石油师首长的老战友。你进去劝劝他们呗！”

邱建设：“你们年轻人，不懂革命规矩。部队里边的事情，地方同志尽量少插嘴！”（说罢，便赶紧回屋里去了）

8. 王振华办公室　日　内

石兴国：（毫不躲闪，和田义文怒目相对）“好，既然田义文工程师想听，那我今天也就不留客气了。”

田义文：（不屑地）“我不用你留客气！”

石兴国：“刚才，王政委提到，三年前，在保卫玉门战斗中，咱们相处过一段时间。就是这一段相处，让我一辈子也不会忘掉你，原谅你。你和国民党团长田老六是同族叔侄，你是穿着国民党军装跑到我们钢刀连的。这不是你的责任，我们不怪你。在和田老六拼杀的战场上，你扯我的后腿，说担心炸了油井，我们也相信你。单说你放掉国民党军队的特派员任新我，你知道这是多么重大的原则问题，对革命工作，对我们钢刀连，造成多么严重的政治伤害！不管任新我问题轻重，你有权力偷偷把他放走吗？”

田义文：“你只说我放走任新我，怎么不说你们把我绑到刑场的事？”

周　远：“没有你放走任新我，就不可能把你绑赴刑场！”

王振华：“已经过去的事情，就不要翻旧账了！”

石兴国：“那好，咱们不翻旧账，只说我们这次进驻玉门油矿后的新事。我们这次来后，你一直对我们不阴不阳的。你见到我们师部文化教员许茹同志，第一句话，就是劝她离开玉门，离开石油师。你这是干什么？你这是煽动不良情绪，松懈我们斗志。再说严重一些，就是破坏我们石油师改编的战略部署！更让我们干部战士不能容忍的是，看看你的穿衣打扮，行为举止，哪里有一点儿无产阶级的味道？纯粹就是一个资产阶级大少爷！听人说，你现在每天还要喝什么外国咖啡，这是劳动人民能做出的事情吗？让你这种人给我们钢刀连当技术教官，就怕技术一点儿也学不到，人心就被你教散了，风气就被你教坏了！”

周　远：“王政委、程参谋长、杨局长，田义文的思想意识和生活作风，同我们钢刀连格格不入。我们决不能接受他做我们的技术教官！请求领导给我们换一个人。哪怕是一个刚毕业的大专生，中专生，我们也热烈欢迎！”

田义文：（脸色涨红，呼哧呼哧喘着粗气）“原来在你们这些人眼里，我是这么一钱不值，反动透顶。那你们还给我留什么客气，赶紧举报我去吧！”（转身就走，到门口又补一句）“我等着呢，等着你们把我抓去蹲大牢呢！”

“义文哥！”“田义文！”“田工程师！”许茹、王振华等人赶紧劝阻。

田义文根本听不进去，咣当拉开屋门，一摔门，愤愤而去。

9. 玉门管理局办公楼走廊　日　内

田义文昂首挺胸，谁也不看。

走廊里看热闹的工作人员，后勤处开门观望的邱建设，他都视若无睹。

田义文回到技术处自己办公室，一脚踢开门，进屋后，又把屋门狠狠摔上。

10. 王振华办公室　日　内

程孟华：（愤愤地）“这种知识分子，一身资产阶级臭毛病。仗着识几句洋文，什么人也看不起。杨局长，也就是你脾气好，宽宏大量，能够容忍这种人。要是在部队里，我早就把他凶趴下了！我觉着石连长、周指导员说得有道理，这种人，是不适合给我们部队做技术教官！”

王振华：“老程，我们是学习他的科学技术，又不是学他的资产阶级毛病！”

杨宇照：“田义文脾气不好，性子高傲。要说石油专业技术，那是没挑的。”

王振华：“有学问有本事的人，都容易有脾气，翘尾巴。别说地方上，部队上也是一样嘛。你看那些战斗英雄，神枪手，哪一个是老实巴交的谦谦君子！说话办事，动不动就摆出老子天下第一的模样。不用说别人，就说钢刀连的神枪手齐占山，就因为枪打得好，脾气就大得很，别人一踩尾巴，他就会生气得跳八丈高。兴国、周远，你们说对不对？”

石兴国和周远都不好意思地笑了。

许　茹：“义文大哥就是遇事不冷静，不注意政治学习，不善于和人打交道。其实，他心眼儿挺好的……”

王振华：（盯着石兴国）“石兴国，你给我说实话。你在打完玉门油矿保卫战之后，因为误炸油井，错误对待科技人员，受到组织处分，由钢刀连连长降职为钢刀连代连长，是不是一直不服气，耿耿于怀？”

石兴国：“没有！”

周　远：“石连长每次说起这些事，都感到很痛心……”

王振华：（严肃地）“我没有问你，我是问他呢！”

石兴国："政委，我确实认识到，那次错误很严重。事后，不仅给组织写过几次书面检讨，在连队党支部和党员大会上，都公开做过多次自我批评。"

王振华："既然认识到了错误，为什么这次来到玉门以后，你始终没有向田义文同志赔礼道歉。每次见到人家，还爱搭不理的。这是认识了错误的样子吗？你设身处地，站在对方的角度想一想。如果你被什么人绑赴刑场，就要被执行枪毙，因为上级要求刀下留人，才侥幸保住一条活命。你会轻易原谅那些把你绑赴刑场的人，和他们化解怨恨，和善相处吗？"

石兴国不由低下头，额头也冒出了汗水。

王振华："到了现在，你们还不肯检查自己的过错。只会拿着马列主义的手电筒，找别人身上的毛病。一个出国留过洋的石油技术专家，穿一身西服怎么了？爱喝咖啡又怎么了？我们是要学习人家的专业技术，又不是要你们学人家穿西服，喝咖啡！"

石兴国："政委，您别说了。现在，我们就去向田义文工程师赔礼道歉。"

周　远："我们会深刻检查自己的错误。"

王振华："这么大的感情隔阂，你们认为，说几句空话，就能化解了？"

石兴国和周远，都困惑地盯着王振华。

王振华："买些合适的礼物，下了班，到田工家里去赔礼道歉。要充分拿出咱们的真心、咱们的诚意！"

石兴国："好，我和周远去买礼品。可是，我真的不知道，应该给他买什么礼品？那些咖啡什么的，我不懂，也不会给他买。"

王振华："你不懂，有人懂。让许茹陪你们一块儿去买嘛！"

许　茹：（高兴地）"行，我马上回教育科请个假。"

11. 王振华办公室门外走廊　日　内

石兴国、周远和许茹走出屋门，王振华在门口又叫住石兴国和许茹。

王振华："兴国，梅大妮的事情，现在处理得怎么样了？"

石兴国："我让她先在钢刀连住下，想等她情绪稳定下来，再和她慢慢谈。"

王振华："这不是小事啊，一定要慎重稳妥，不能激化矛盾。我把这事也和你们阎大姐说了。你们阎大姐说，这件事上，你们三个人都没有错。可要是处理不好，就会对三个人都造成伤害，在社会上，也会产生很不好的影响。"

石兴国："我知道。"

王振华："你们阎大姐说，如果有机会，她也过来帮你劝劝那个姑娘。"

石兴国：（感动地）"这事，也让阎大姐费心了。"

王振华："许茹啊，在这件事情上，你也要体谅兴国。目前一段时间，你不能和兴国过于亲密，以免刺激大妮的情绪。但也不宜太疏远，让大妮产生不切实际的幻想。必要的时候，你也可以直接找她谈谈，帮着兴国处理好这件事情。"

许　茹："政委放心，我一定会帮助兴国处理好这件事。"

12. 玉门管理局大门　日　外

石兴国、周远和许茹，走出管理局大门。

邱建设高喊着："石连长，石连长！"从办公楼里追出来。

邱建设："石连长，你们干什么去？"

石兴国：（无奈地）"我们去买些礼品，下班后去看田工程师。"

邱建设：（满腔义愤）"这个田义文，真不识抬举。石油师请他担任技术教官，这是给他多大的面子啊！他硬是不干。目无领导，不顾大局，真不像话！"

石兴国：（不愿意再谈这个，岔开话头）"老邱，你找我有事啊？"

邱建设：（看看前面的周远、许茹，神情有些不自然，拉拉石兴国衣袖）"石连长，你过来。"

13. 玉门管理局大门墙角　日　外

邱建设：（把石兴国拉到一个墙角，神秘而急切地道）“石连长，最近召开局党总支会，研究发展党员的事儿。我的入党申请，应该通过了吧？”

石兴国：（摇摇头，坦率地）“没有。”

邱建设：（立时瞪了眼）“怎么还没有通过？解放前我就参加了革命。这几年，我工作积极，任劳任怨……”

石兴国：“本来，党总支决定，让我给你谈谈的。现在就给你说几句吧。你解放前参加革命，这几年工作积极，这都没有问题。主要问题还是，你过去贪污腐败，被捕入狱的事情。”

邱建设：（气愤地）“是谁揪住这事不放，是不是玉门油矿的那些旧人、老人？”

石兴国：“你不要费心去猜是谁。这是历史真实情况，谁也否认不了。我可以明确告诉你，我对这件事情，也很有看法！”

邱建设：“你？……”

石兴国：（神情坦然）“不错，我。”

邱建设：“石连长，我那不是贪污腐败，我那是采取特殊手段，同国民党反动派进行斗争！”

石兴国：“邱建设同志，你就不要强词夺理，混淆是非了。你拿出证据，是哪一级地下党组织，让你贪污的？你贪污的钱，又支持了哪项革命事业？咱们都是成年人，不是小孩子，不要玩这种政治游戏！”

邱建设：（委屈地）“那时候，国民党政权腐败透顶，上上下下，无人不贪。我也就是随大流，捞了一点儿，谁知道就碰在枪口上，被抓进大牢……”

石兴国：“这个说法有点接近实事，但是还在推卸个人责任。不管什么时代，什么政权下，贪污腐败都是犯罪，是人生的严重污点！你一定要从思想道德深处，检查认识自己的错误。犯错误不怕，改了就好。只要能够痛改前非，重新做人，党组织的大门，还是对你敞开着的！”

邱建设：（赌咒发誓般地）“石连长，谢谢你的开导。我一定会正确认识这个问题，痛改前非，做一个真正的革命者，真正的共产党员！”

石兴国：“这就好！”

14. 邱建设家院　黄昏　外

邱建设的家，是个三间平房小院。干净整洁，院里花圃鲜花盛开。

邱建设夹着公文包，神情怏怏地回家。

柴丽丽：（从里打开院门）“老邱，怎么才回来？”

邱建设：（立刻打起精神，捋捋背头）“啊，处里工作太忙！”

邱建设刚进院，柴丽丽正要关门。一个三十来岁的中年人赶来，这人叫邱进。

邱　进：“三哥、三嫂，别关门！”

邱建设：“邱进来了。”

邱　进：（提着手中水桶）“三哥、三嫂，我在街里买了两条鱼，黄河鲤鱼，还是活的呢！”（说着，把水桶放在院里自来水管下面）

柴丽丽：（高兴地）“邱进，又让你破费。”

邱　进：“弟弟孝敬哥嫂，那还不是应该的！三哥——”

邱建设：（严肃地）“邱进，我和你说过几次了。咱们现在是工作关系，不要一口一个三哥的！”

邱　进：“对，对，邱处长。我正要向您汇报呢，咱们仓库里的劳保用品，现在可是不多了。下半年的劳保用品，怎么现在还没有到啊？”

邱建设：“我问过西北石油局。西北石油局的同志说，今年石油师入驻玉门油矿，劳保用品需求量增大。下半年的劳保用品，要迟一点才能下发。”

邱　进：“您是说，石油师的劳保用品，也要由咱们后勤处发放？”

邱建设：“那当然。军队用品，归他们自己供应。劳保用品，当然要归咱们后勤处管理发放。”

邱　进：“那东西可不少呢！”（兴奋得眼睛发光）

邱建设：（奇怪地看看邱进）“咱们不过是过路财神，多少和咱们有什么关系。邱进，军队和地方不一样，丁是丁，卯是卯。等下半年劳保用品到了，你们一定严加保管，按规定发放，不能出半点差错！”

邱　进：“我知道！我知道！邱处长、三嫂，那我走了。”

柴丽丽：“在这儿吃饭吗？”

邱　进：“不了，不了。”（说着便匆匆离去）

柴丽丽：（伸手在水桶搅一下，两条大鲤鱼跳起来，溅起水花）“这个邱进，对咱们还真不错，三天两日给买东西。”

邱建设：“他敢对咱们错吗！他是我的一个同村远门兄弟，原来在家里穷得连饭都吃不上。我在玉门油矿当上襄理，才把他弄到玉门，当了个仓库保管组长。后来，我受国民党反动派迫害，被抓进监狱，他也丢了饭碗。直到我参加革命，又当上后勤处长，他才被我找了回来，当上了后勤处行政科副科长。没有我邱建设，就根本没有他邱进的今天！”

柴丽丽：“啊，原来是这样……”

15. 邱建设家堂屋　黄昏　内

电灯光昏黄，桌上已经摆好饭菜。

柴丽丽：（接过邱建设公文包，帮他脱了外衣，分别放好，关心地）“老邱，现在你的老战友，钢刀连石连长当了局党总支组织委员，你的入党问题，应该解决了吧？”

邱建设：（坐在饭桌旁，听了柴丽丽的话，神情不由有些尴尬，顿了一顿，才装模作样地道）“石连长那里，是绝对没有问题。就是一些油矿老人，对我有成见。石连长说，只要我积极表现，任何人也阻挡不住我进入组织的大门！”

柴丽丽：“老邱，你是处级领导。石连长不过是连级，放到地方上，顶多是个科级。你要加入组织，还要他们讨论通过，这是怎么回事啊？”

邱建设：“这是共产党的规矩，说了你也不懂。”

柴丽丽还想问什么，堂屋后窗外，传来脚步声说话声。夫妻俩撩开窗帘观看。

16. 邱家窗外巷道　黄昏　外

窗外巷道，石兴国、周远、许茹，说着话走过来。

石兴国：“田义文家就在这儿啊？”

许　茹：“是啊，我到这儿来过。”

周　远：“他家都有什么人？”

许　茹：“就他一个。”

周　远：“我就担心，田义文不会原谅咱们。”

许　茹：“是啊。义文大哥脾气不好，说不定说出什么难听话……”

石兴国：（笑）“咱们赔礼道歉，不就是做好准备挨骂，听人家说难听话的吗。老戏上唱，三国时刘备三顾茅庐，才请动诸葛亮出山。今天咱们石油师钢刀连请技术教官，也得有三顾茅庐的精神！……”

17. 邱建设家堂屋　黄昏　内

柴丽丽：（放下窗帘，咕哝道）“没想到，这个阴阳怪气，见了凡人不说话的田义文，这会儿倒成了香饽饽了。”

邱建设：（愤愤地）“田义文算什么东西，他和那个逃跑的任新我，都是老板资本家的忠实走狗，国民党反动派的孝子贤孙！当年，就是他们两个人举报，才把我送进了国民党的监狱！”

柴丽丽：“老邱，你不是常说，住国民党的监狱，是你的光荣，你的骄傲吗？”

邱建设：（理直气壮地）“那当然！”（他皱着眉头，恨恨地说）“不行，我不能让田义文这种人，逍遥自在，招摇撞骗下去。只要田义文这种人吃得开，我邱建设就不会有好日子过！我得让石油师的人，让全矿区的人都明白，谁是真革命，谁是假革命，谁是反革命！……”（苦苦思索，忽然心里一亮）“对，就这么办！丽丽，你明天请个假，跟我出一趟门！”

柴丽丽：“老邱，你要干什么？”

邱建设：“到了那儿你就知道了！”

18. 田义文家　黄昏　内外

田义文家是个两间房的小院，院里屋里，摆设简单凌乱。床上和简易沙发上，都是散放着的书。除了石油专业书籍，还有一些武侠小说、通俗小说。

田义文正穿件背心，光着脚，坐在桌前台灯下，津津有味地看《啼笑因缘》，一边看，一边就着桌上纸包里的花生豆，喝着白酒。

外面传来啪啪敲门声。

田义文：（不耐烦地）“谁呀？”

石兴国：“我，钢刀连石兴国。田义文同志，请开开门！”

田义文：（毫不迟疑地）“田义文不在家——不，我已经睡了！”

周　远：“田工程师，我是周远。王政委和程参谋长，让我和兴国看您来了！”

田义文：“谁来我也睡了！”

石兴国：（真诚地）“义文同志，我们是来向您赔礼道歉的！”

田义文：（犹疑一下）“赔礼道歉？……不管什么事，明天到办公室再说吧！我在家里，从来不见客人！”

许　茹：（上前）“义文哥，义文大哥。我是许茹，我是小茹。石油师首长让我和钢刀连的同志一道，来向你赔礼道歉！”

田义文：（喃喃道）“小茹？……”（不好再不开门了，大声）“你们等一下，我给你们开门！”（说着，穿上西服外衣，穿上皮鞋）

19. 田义文家门口　黄昏　外

周　远：（笑）“今天不带许茹来，这门还叫不开了。”

石兴国：（咕哝道）“架子还真不小哩……”

许　茹：“义文哥就是这脾气，不喜欢和人交际。”

脚步声从院里传来，田义文头发蓬乱，把院门打开。

田义文：（用手指拢着头发，看着门口的人们，疑惑地）“小茹，天都这么晚了，你带人来我家干什么？”

石兴国：（勉强笑笑）“来看看你嘛。”

田义文：“我有什么好看的！”

许　茹：（心急地）“义文哥，堵在门口干什么，让同志们到屋里去啊！”

田义文：（仿佛才想起）“好，好，都到屋里去！”

20. 田义文家堂屋卧室　黄昏　内

田义文家堂屋里，除了茶几上一个咖啡壶比较惹眼，屋里空空荡荡，连件正经家具也没有。田义文看堂屋不能坐人，只好把客人让进卧室。卧室里，简易沙发上，单人木床上，横七竖八都是书。

周　远：（在堂屋向石兴国耳语笑道）“这家伙，在外面衣冠楚楚、西装革履，没想到，家里乱七八糟，还不如一个什么窝呢！”

石兴国：（真诚地）“这样的乱劲儿，我倒觉着更舒服。”

田义文：（捡着沙发和木床上的书，不好意思地说）“石连长、周指导员，不是我不愿意让你们来家里。我这家里乱得，根本没法下脚。”

石兴国：“单身汉嘛，都是这样。”

许　茹：（帮着田义文归拢屋里东西，看到桌上的花生豆，白酒，惊讶地）“义文哥，你还没吃晚饭啊？”

田义文：“吃过了，在管理局伙房吃的。我从来没有在家里开过伙。”

周　远：（拿起桌上的书看看）“啼，笑，因，缘。田工，这不是张恨水的言情小说吗？”

田义文：“是啊，除了张恨水的《啼笑因缘》，还有谁写过《啼笑因缘》？”

周　远：（又看看桌上其他几本小说，念道）“《十二金钱镖》，《蜀山侠剑传》……”（惊讶地）“田工程师，你这样大的知识分子，怎么还有时间、有兴趣，读这些言情小说、武侠小说？”

田义文：（毫无愧色地）“我看这些书，挺好玩的。没事看看，换换脑筋，解闷开心嘛。整天抱着石油专业书啃，还不把我憋成精神病啊！”

“不错，不错。”人们都笑了。

人们分别在沙发和床铺上坐下。

石兴国：（把两坛西凤酒放在桌上）“田工程师，我们来看你，也没有什么好带的。许茹说你除了喝咖啡，平时也爱喝两盅白酒。”

许　茹：“从前义文哥在西安上大学时，每次到我们家，都要喝西凤酒。”

田义文：（抱起一坛闻闻，满意地）“好，真正的西府老酒，隔着酒坛都能闻出香味来。好，好！”

石兴国和周远相视一笑。

石兴国：“田工程师，我和周远今天来，主要是向您赔礼道歉的。”

田义文：（意外地）“赔礼道歉？……”

石兴国：（郑重地）“说赔礼道歉，有些太轻了。更准确地说，我们就是来赔罪的！在保卫玉门战斗中，我没有听从您的忠告，炸毁了玉门三十八号油井。对于石油专家任新我，我们也没能及时向油矿军管会最高领导、军总代表康世恩同志汇报，做出妥善的保护和处理。更让我们感到痛恨的是，我们只和军管会安保会个别人通一下气，就把你绑赴刑场！田工程师，我对不起您！……”

周　远：“我们师部在得知这些情况后，对我们钢刀连，对石兴国连长，都进行了严肃处理。”

许　茹："保卫玉门油矿胜利后，我们师部本来已经决定，要为兴国记特等功，提拔为营长。就因为误炸油井，错误地对待您。不仅撤销了兴国的提升授奖命令，还给予兴国记过处分，由钢刀连长降职为钢刀连代连长……"

田义文：（有所震动）"这些事情，我还是第一次听说……"

石兴国：（真诚而愧疚地）"田工程师，我们的鲁莽行为，错误行为，给油矿造成严重损失，也对你造成严重伤害。这次重回玉门油矿，我们本来一到，就应该向你赔礼认罪，就是因为认识不深刻，拉不下面子，也一直拖到了现在……"

周　远："田工程师，我们这次来，就是向你负荆请罪的，代表我们个人，也代表整个钢刀连，请你原谅我们！"

石兴国：（站起身）"敬礼！"

石兴国和周远，并肩立正，向田义文庄严敬礼。

田义文：（赶紧起身）"别这样，别这样！那时候，兵荒马乱，战情紧急。有些事情，我做得也不对……"

21. 钢刀连营房大院　夜　外

梅大妮来到石兴国和周远宿舍门口，向屋内张望。

柏春生：（从连部走出来）"大妮，你干什么呢？"

梅大妮："我看看你们连长回来了没有？"

柏春生："石连长出门有事，不会这么快就回来！"

梅大妮：（担心地）"春生，你告诉我，兴国他，是……是不是，去找那个姓许的女兵了？"

柏春生："大妮，你瞎琢磨什么呢，我们连长和指导员，去为连里请技术教官去了。"

梅大妮：（放了心）"那就好，那就好……"（回客房去了）

22. 钢刀连客房　夜　内

梅大妮回到客房，把门窗关好，打开了自己带着的小包袱。小心翼翼，一脸虔诚，从小包袱里取出一件东西。

那是一尊半尺大小，一脸慈悲的观世音菩萨青铜坐像……

23. 田义文家卧室　夜　内

许　茹：（待大家重新坐好，认真地）“义文哥，王政委和程参谋长，让我们这次来，也替他们向你承认错误。”

田义文：“人家是首长，能有什么错误？”

许　茹：“王政委和程参谋长说，兴国和钢刀连他们上次错误对待你，也怪师里平时教育不够，师里应该负领导责任。”

田义文：（笑）“人家师领导，哪里能想到一个连队能出这种事情啊！”

石兴国：“上次的事情不说，王政委说，这一次，他们也感到有些事情做得不妥。”

田义文：“这一次怎么了？”

石兴国：“王政委说，请你做部队技术教官，这么大的事情，部队也没有想到事先征求你的意见。田工程师，我们在部队，下命令，布置任务惯了。这次也这样对待你，实在是太简单、太草率了。”

周　远：“王政委和程参谋长，让我们也代他们赔礼道歉，请求你的原谅。”

田义文：（满意地）“不同行业有不同规矩。只要把话说清楚，谁还会计较这些呀。从现在开始，咱们谁也别再说赔礼道歉的话。这一页，算彻底翻过去了！”

石兴国和周远都松一口气。许茹脸上不由浮出笑容。

石兴国：“田工程师，还有件事，就是请您到我们钢刀连做技术教官？……”

周远、许茹，都急切地盯着田义文。

田义文：（坦率地）“我这个人是顺毛驴，吃软不吃硬。按说，领导们有了安排，同志们又这样上门求我，我要再不答应就有些不近情理了。不过，这种事情，我以前确实还没有做过。我还得再好好想想！”

石兴国：“好，你再想想！”

24. 田义文家门口　夜　外

田义文送石兴国、周远、许茹等人出门。

石兴国：（急切地）“田工程师，我们可都等着，你去给我们上课呢！”

田义文：“不是说好了，再想想吗。啊，对了，石连长，你先把这个带走。”（他拿出那两坛西凤酒，硬塞还到石兴国手里）

石兴国等人一时都怔了。

周　远：“田工程师，你这是什么意思？”

田义文：“无功不受禄。我现在还没有想好，没有出任你们的技术教官，就收下你们这两坛美酒。这不成无功受禄，吃了你们的嘴软，拿了你们的手短吗！”

许　茹：“义文哥，那你啥时候才能想好啊？”

田义文：（一本正经地）“这可说不准，想得快，也许明天就能想好；想得慢，也许三五个月，也想不出个眉目。”

周　远：（一听急了）“田工程师，你怎么能这样？”

石兴国：（劝解道）“算了算了，田工程师说好好想想，就让他好好想想吧。”

25. 家属区道路　夜　外

石兴国等几个人，在昏黄路灯下正走着。

周　远：（皱着浓眉）“这些知识分子，说话办事，怎么这么不爽快！这要想三五个月，黄花菜都凉了！”

许　茹：“我看义文哥也不像是开玩笑。不会是有什么苦衷吧？……”

石兴国：“大家都别着急。今天能够赔礼道歉，解开心中的疙瘩，就算成功地迈出了第一步。三顾茅庐，这不才一顾吗，慌什么！”

26. 工人村道路　日　外

邱建设骑一辆飞鸽牌自行车，带着柴丽丽，行驶在坑坑洼洼的土路上。

柴丽丽：“老邱，咱们这是要到哪儿去呀？”

邱建设：（用力蹬着车子）“到一个重要地方，抓……抓获田义文，勾结美蒋特务，进……进行反革命活动的，活……活证据……”

柴丽丽：（吓了一跳）“老邱，你可别吓唬我。田义文那个人，言语举止是古怪些。要说他是美蒋特务，我还真看不出！”

邱建设：“丽丽，你还记不记得，石兴国和许茹，订……订婚那天晚上，钢刀连的战士，是……是怎么说的？”

柴丽丽：“说什么，我不记得。”

邱建设：“他们说，石兴国和许茹要……要提前结婚，就是因为……因为美蒋特务任新我，有一个留……留在玉门的小女儿，需要照管……”

柴丽丽：“这和田义文有什么关系？”

邱建设：“这个特务女儿，这几年就一直由……由田义文，出钱养着……”

柴丽丽：（也觉出不对头了）“啊？……”

27. 工人村村边　小雨奶妈家门外　日　外

小雨奶妈家门外，是一小片菜地。小雨奶妈正在提水浇菜。小雨领着两个小孩，在篱笆院墙外边玩儿。

小雨奶妈：“小雨，把那桶水给我提过来！”

小雨上前提了提，提不动。

小雨奶妈：（过来，顺手给小雨一巴掌）“吃得不少，啥活儿也不能干！”

小雨哇的一声哭了。

小雨奶妈：（恶狠狠地）“哭，我让你哭！”

小雨手捂着脸，泪水在眼眶里打转，抽咽着不敢哭出声。

邱建设和柴丽丽推着自行车过来。

邱建设：“喂，大妹子，你们这儿，有一户给人家当奶妈的，是哪一家？”

柴丽丽：“就是给个美蒋特务，姓任的看小孩的？”

小雨奶妈：（警惕地）“你们是哪儿的？”

邱建设：“我们是油矿管理局的，来调查这个情况。”

小雨奶妈：（指指小雨）“那不是，就是那个女娃。你们要，就赶紧带走！”

柴丽丽：（大惊小怪地）“你就是那个特务女儿的奶妈？”

小雨奶妈：“这年头，还有人愿意假装这个啊！”

邱建设：（如获至宝）“大妹子，你快说说，这个女孩儿的父亲，是不是姓任，叫任新我，原来是玉门炼油厂的工程师？这个小女孩叫任小雨？”

小雨奶妈：“是啊！”

邱建设：“你们一家最后见到任新我，是什么时候？”

小雨奶妈：“从他们一家调到台湾什么地方，我们就一直没有见过。”

邱建设：“那谁给你们付奶妈费，你们还能白给他养小孩啊？”

小雨奶妈：“他们搬走时，就先给了我们两年的奶妈费。”

邱建设：“后来呢？”

小雨奶妈：“这几年，一直是任新我的一个朋友，一个姓田的工程师，每月给我们二十万块钱。最近，还有一个女的，当兵的，跟着姓田的来过两次。说她是小雨的姑姑。”

邱建设：（欢喜地）“好，好！这就全对上号了！大妹子，你能不能把这些情况，给我们写一个材料？”

小雨奶妈：“我又不识字，写啥材料啊！”

邱建设：“如果有人来取证，你能不能如实说说这些情况？”

小雨奶妈：“那咋不能，这都是明摆着的事，又没有掖着瞒着！”

邱建设："那好！谢谢你了，大妹子！"

柴丽丽：（又紧张又兴奋）"大嫂，再见！"

28. 工人村村边路口　日　外

邱建设和柴丽丽兴奋地推车到村边路口，正要上车。

小　雨：（紧张地追上来）"伯伯，阿姨！伯伯，阿姨！"（一边喊，一边左右张望，显然是怕奶奶发现）

邱建设："什么事，小朋友？"

柴丽丽："这小女孩儿，长得还真有点像许茹哩！"

小　雨："伯伯，阿姨，你们和田叔叔，我姑姑，是、是一块儿的吗？"

邱建设："是，是啊！"

小　雨："我想让你们带我，去找田叔叔，找我姑姑……"

邱建设："好，好！回头就让他们来带你！"

说罢，就跨上自行车，带着柴丽丽离去。

小雨眼含泪水，望着他们远去的背影。

柴丽丽：（离开好远，还忍不住回头张望）"这女孩儿，挺可爱的……"

邱建设：（冷漠地）"可爱有什么用，谁让她生错人家呢！"

29. 钢刀连营房大院　日　外

梅大妮在伙房门口，帮着老炊事班长张长禄等人洗菜做饭，干得很卖力气。

院墙上挂着一个小黑板。上面写着"石油浅说　第一章"的粉笔字。

柏春生手拿粉笔，和一本《石油浅说》，站在小黑板旁。

官兵们一排排坐着，手里拿着《石油浅说》和那些油印资料，和钢笔铅笔，笔记本。还有的拿根木棍在地上画。

柏春生："昨天，咱们在文化技术培训班，听老师讲了《石油浅说》的第一章，石油是怎么形成的。今天咱们复习一下。下面我念，大家注意听。”（一字一字，不太流畅地读道）“石油是当今世界使用最普遍的能、能源，和最重要的化、化工原料。关于石油的起源，自从一百多年前，俄国两名有名的科学家，分别提出石油的有、有机成因和无、无机成因以来，学者们就分成两大学、学派……”

没读几句，官兵们已经嚷嚷成一团。

“昨天老师已经念过了，你再念一遍，有啥用啊？”

“啥能源，啥化工原料，我们根本听不懂啥意思。”

“咱们来找油打油，管它石油咋形成的呢！”……

柏春生：（着急地）“大家都别吵吵，别吵吵。听我往下念！”

这时一阵如雷鼾声响起，齐占军用军帽遮着脸，已经进入梦乡。

柏春生：“一班长，一班长，齐占山！”

齐占山：（从睡梦中惊醒，四处张望）“啊，啊？……”

柏春生：“这里正复习功课呢，你怎么睡着了？”

齐占山：（不服气地）“你在上面念，你不懂；我在下面听，我也不懂。还不如睡一觉，养养精神呢！”

干部战士们哄地笑了。

梅大妮在伙房门口，向这边望望，也忍不住笑了。

干部战士们起身围住柏春生，七嘴八舌地：

“柏文书，上面不是说，要给咱们配个技术教官吗，怎么还不到！”

“听说田工程师，是个技术权威呢！”

“让人家来给讲讲，总比咱们自己瞎摸索强！”……

柏春生：“你们别急。连长指导员又去催了，很快就有眉目。”

30. 玉门管理局办公楼　田义文办公室　日　内

石兴国和周远、许茹，又来请田义文出任技术教官。

石兴国：“田工程师，我们钢铁连的弟兄们，可都望穿双眼，等着你上任呢！”

周　远：“古人三顾茅庐，我们今天一天就来了三次了。”

许　茹：“义文哥，你就答应他们吧！”

田义文：“石连长，周指导员，我不是摆架子，更不是故意为难你们。我是真不知道该怎么办啊。要是只图个形式，随便讲几课，你们学不到东西，我自己的良心也过不去。可是，讲得浅了，没什么用；讲深了，你们又听不懂。”

石兴国：“我们都是石油门外汉。不管你讲什么，对我们都有用！”

田义文：“这样，你们别催我，让我再好好想想。不只在学习内容上，我得有一个比较成熟的想法。在学习方法上，咱们也得琢磨琢磨，看怎么才能学得更快一些，更好一些，更实在一些……”

石兴国和周远、许茹相互看看，也不好再说什么。

31. 玉门管理局大门外　日　外

邱建设夹着一个牛皮公文包，和妻子柴丽丽急匆匆走来。

柴丽丽：（担心地）“老邱，咱们现在就去举报他啊？”

邱建设：（理直气壮地）“人证物证俱在，还有什么好客气的！作为一个老革命、老干部，发现这种反革命坏人，不敢举报，不敢斗争，就是对革命的不负责任！”

柴丽丽：“我心里扑通扑通乱跳。要不，咱们还是写匿名信吧……”

邱建设：“哎呀，我说丽丽，你怎么这么胆小怕事，缺乏革命勇气呢！检举坏人，检举反革命，是光明正大的进步行为，也是为党为革命立功的重要机会。你写匿名信算怎么回事？谁知道是你在同反革命做斗争啊，这不是有粉不往脸蛋上搽吗！”

柴丽丽：“我怕田义文知道了……”

邱建设：“怕他干什么！当年他和任新我举报我，不也是公开举报吗！我就是要让他知道，对我邱建设下过毒手的人，绝不会有好下场，看咱们谁能斗过谁！走吧走吧，别前怕狼后怕虎的！”

32. 玉门管理局办公楼　三反五反办公室　日　外

邱建设夫妻走进办公室，来到一个办公室门前。

办公室门上，白纸上几个大黑字，“三反五反办公室”，但从那字的后面，隐约还可以看到“镇反办公室”几个大字。邱建设下意识地四下看看，看到前后没人，便上前“啪啪”拍响屋门。

办公室门打开。开门的是一个瘦瘦的青年干部。

青年干部：“邱处长，丽丽同志，你们有事啊？”

邱建设：（干咳两声，壮壮胆气）“你们孟主任在吗？”

青年干部：“在。”

邱建设：“我们要举报一个重大反革命线索！”

柴丽丽：“有人证有物证！”

青年干部：（高兴地）“好啊好啊，快请进！”

33. 三反五反办公室　日　内

这是一个五六十平方米的大房间，里边摆放了十来张办公桌，每张办公桌上，都放着厚厚的账本、档案、材料。有十多个干部，正分别在忙碌工作。青年干部带领邱建设夫妇，穿过大房间，走进里边一个二十平方米的单间。单间办公桌前，一个黑黑胖胖的中年干部，正在看文件。

青年干部：“孟主任，后勤处的邱处长，和图书资料室的丽丽同志，来举报一个重大反革命线索！”

孟主任：（满面笑容，站起来热情握手）“欢迎欢迎，还是老革命觉悟高，每次政治运动，都会积极冲到第一线！”（指指沙发）“坐，快坐。”

邱建设夫妇坐下。青年干部给他们斟上茶水，要退出。

孟主任：“苏干事，你也听一听，做个记录。”

青年干部关好里间屋门，拿出钢笔和笔记本，在旁边小办公桌坐下。

邱建设：（打开公文包，拿出份钢笔字材料）“孟主任，我这里有一封举报信。”

孟主任："好，好。"（接过举报信看，轻轻念道）"举报反革命分子田义文勾结美蒋特务的重大罪行，举报人邱建设、柴丽丽。"（放下检举信，道）"邱处长，你举报田义文，这可不是第一次了。"

邱建设："是啊。以前都是举报他建国前的老罪行，这一次，有重大新发现！"

孟主任："噢……"（拿起举报信细读）

34. 三反五反办公室外面大房间　日　内

几个年轻干部看着里间屋门，小声议论。

一个年轻干部："这个邱处长，可真是这间办公室的常客。前两年这里是镇反办公室，他就经常来举报，这个是反革命，那个是反革命。现在这里刚改成三反五反办公室，他就又来送举报信了。"

另一年轻干部："老革命、老干部，思想觉悟高，斗争性强。什么政治运动也得走到前面。"

又一年轻干部：（笑）"什么觉悟高，斗争性强。我听人说，凡是他举报的人，都是以前他贪污时，举报过他的人……"

旁边一干部：（立即制止道）"你不要乱讲。每一次搞运动，就得靠这样的积极分子向前冲，打开运动局面呢！"

……

35. 三反五反办公室里面小房间　日　内

孟主任：（看完举报信，眉宇紧锁，神情严峻起来）"任新我真的有一个小女儿，一直留在咱们玉门？"

邱建设："是啊，她叫任小雨，今年五岁，留在工人村的一户姓董的奶妈家里。我们还亲眼见过她呢！"

柴丽丽："小女孩长得挺可爱——"

邱建设扯扯柴丽丽衣角，不让她说下去。

孟主任："你在举报信中说，这个小女孩，这几年来，一直是田义文为她出抚育费？"

邱建设："不错，每月二十万元抚养费，三年下来，就是七百二十万元，好大一笔钱呢！当年，玉门解放时，任新我带领国民党军队来炸矿，就是田义文偷偷把他放跑的。现在还为他照顾小孩，拿出这么多的抚育费。你想想，一般正常人，会这么做吗？我觉着，田义文和任新我，现在肯定还有秘密联系。任新我一直在为田义文提供秘密经费。这些抚育费，只是秘密经费中的一小部分！"

孟主任："你说石油师的许茹，是任小雨的亲姑姑。这又是怎么回事？"

邱建设："许茹是任新我的亲妹妹，在参加解放军时，改名叫许茹。也许就是为了掩盖她和任新我的真实关系。如果田义文和任新我，现在还有秘密联系，许茹也绝不会不知情。他们很可能就都是一伙儿的！"

孟主任：（点点头）"有道理。邱建设同志，你提供的这个线索，太重要了。如果是在前两年，正在搞镇反运动的时候，我们掌握了这条线索。我们一定会顺藤摸瓜，抓出一个规模可观的反革命团伙，创造出震动西北石油战线，甚至震动全国石油战线的重大战果！可惜，我们现在已经改为三反五反办公室，重点是反贪污、反浪费，抓经济犯罪……"

邱建设："镇压反革命运动的后期工作，不是也由你们办公室负责吗？"

孟主任："镇反后期工作，也由我们负责。清查镇压反革命分子，是一个长期的艰巨的任务，任何时候也不会放松！我们会成立专案小组，立即查处这件反革命案件。邱建设同志、柴丽丽同志，谢谢你们对我们工作的大力支持啊！"

孟主任和邱建设夫妇热情握手。

柴丽丽："不客气。"

邱建设："这是我们应该做的！"

36. 田义文家　日　内

田义文拿着一大沓材料，和石兴国、周远、许茹说话。

田义文：“这两天，我搞了一个教学方案，和一个教学方法设想。在教学内容上，咱们就从眼前讲起，从玉门油矿讲起，从现有的钻井技术讲起。在教学方法上，也不能空对空地讲。最好能把学习和生产结合起来，边干边学……”

石兴国：（兴奋地）“这个办法好。当年我们当兵，就是一边上战场，一边学习打仗。好多战士还不懂枪的构造，手榴弹的原理，就开始打枪，甩手榴弹了！”

周　远：“这就叫学用结合，理论结合实际！”

田义文：“你们别激动呢。这才是一个初步设想。”

许　茹：“有了设想，就会变成现实！”

正在这时，外面传来擂鼓般的打门声。

37. 田义文家门口　日　外

田义文和石兴国等人来到门口。

田义文：（不耐烦地）“谁呀？”（打开院门）

院门外，孟主任神色阴沉，带着两个表情严肃的三反五反办公室干部。

第九集

1. 田义文家门口　日　外

田义文打开院门，门外是三反五反办公室孟主任，和两个青年干部。

田义文：（惊异地）“孟主任，你找我有事啊？”

孟主任：（并不回答田义文，向后面一招手，喝道）“这就是现行反革命田义文，把他给我抓走！”

从后面冲出几个荷枪实弹的工人民兵，上前抓住田义文。

田义文：（用力挣扎着）“你们干什么？你们干什么？！……”

工人民兵：“不准乱动！”

孟主任：“田义文，你再乱动，就别怪我们不客气！”

两个工人民兵按住田义文，一个工人民兵拿出手铐，咔嗒给他戴上。

田义文立时惊呆了。

石兴国、周远和许茹，看到这个情景，都气坏了。

石兴国：（冲上前）“你们是什么人？为什么抓走田工程师？”

周　远：“什么手续也没有，你们就带枪抓人，也太不像话了吧！”

许　茹：“你们不能抓走义文哥！”

孟主任：（看看石兴国等人身上的军装，客气地）“解放军同志，我们是地方办案，和解放军没有关系。”

苏干事：（向孟主任低声）“孟主任，这个女兵，就是任新我的亲妹妹，名叫许茹，现在是宣传处教育科的干事。”

孟主任：“那就省了我们的事了。”（严肃地）“许茹女士，请你也跟我们走一趟吧！”

许　茹：（吃惊地）“我？……”

石兴国：（愤怒地）“胡闹，你们有什么权力抓解放军？”

孟主任：（理由充足地）“我们不是抓解放军。是请这位解放军同志协助办案，查清问题。如果是抓人，我们就会当场撕掉她的领章帽徽，给她上了刑具了！”

石兴国：“你敢这样做，我就立刻把你打趴在地上！”

周　远：“你们抓人带人，有什么手续？”

2. 邱建设家堂屋　日　内

外面的吵闹声传来，柴丽丽掀着后窗窗帘，向窗外窥望。

柴丽丽：“老邱，快来看，孟主任他们来抓人了！”

邱建设：（也扒到后窗窥望。看着田义文家门口情景，忍不住）“好，好！”

3. 田义文家门口　日　外

孟主任：（恼火地）“你们是哪个部队的？”

石兴国："我们是石油师钢刀连的，我是连长石兴国，这位是指导员周远！"

孟主任：（神情稍微缓和一些）"啊，都是石油师的同志啊，那咱们是一家人了。我们是玉门矿务局三反运动办公室的，也负责处理镇反运动的遗留案件。我们在执行公务，希望你们不要阻挠。"

苏干事："这是我们矿务局三反办的孟主任，原来是镇反办主任！"

石兴国："我不管他什么办，什么主任。没有手续，就想抓人，别想！"

周　远："没有手续抓人，是你们不对！"

孟主任：（恼火地）"你们有什么权力，要看我们的手续？"

周　远：（严正地）"田义文工程师，是我们钢刀连聘请的技术教官；许茹同志，是我们石油师的战友。你们没有任何正当手续，就想把他们带走，我们决不答应！"

孟主任：（向苏干事摆下头）"把文件给他们看！"

苏干事打开文件夹，拿出一份红头文件，递给石兴国和周远。

两人急忙打开文件看。

两人轻读出声："……有人实名举报，我局技术处工程师田义文，暗中勾结国民党特务分子任新我，从事反革命活动。初步调查，情况属实。经玉门油矿三反运动领导小组批准，我办决定对田义文立即收押，立案审查。并对和本案有关人员，进行传讯取证……"两人看到这里，都瞪了眼。

孟主任：（冷笑）"石连长，周指导员，现在没有什么可说了吧。"（转身厉声）"把现行犯田义文，相关人员许茹，立刻给我带走！苏干事！"

苏干事："到！"

孟主任："你带领几位工人民兵，立即对田义文的家和办公室，全面进行搜查，任何犯罪证据线索，也不准遗漏！"

苏干事："是！"

孟主任：“走！”（带人欲走）

石兴国：（就像一只发威的雄狮，冲上去，挡在他们面前）“不准走！”

孟主任：“你想干什么？”

石兴国：“没有公检法的逮捕证、传讯证，你们谁也别想把人带走！”

孟主任：（气得浑身哆嗦）“石连长，你身为革命军人，公然对抗我们执行公务！你知道不知道，在政治运动期间，我们政治运动领导小组，运动办公室，就是最高权力部门，什么公检法也不管用！不要以为你是战斗英雄、革命功臣。你再敢胡闹，我们把你也抓起来！”

几个工人民兵，如临大敌，都把枪口对准石兴国。

石兴国：（毫不畏惧，拍拍胸脯）“哼，有胆量，你们朝我这儿打！不管怎么说，没有公检法正式命令，你们今天谁也别想把人带走！要想带走人，除非从我的尸体上踏过去！”

石兴国和孟主任怒目相对。

周围空气就像凝固了，随时都要爆炸。

周　远：“老石，你冷静冷静，不要过于冲动……”

石兴国：“我没有你那么大的涵养，冷静不下来！”

田义文：“石连长，是我连累了你们。身正不怕影子歪。让他们抓走我吧，看他们能怎么样！”

石兴国：“不行，看着你们无辜被抓，我受不了！”

许　茹：（眼含泪花）“兴国，有没有问题，难道我们自己也不清楚吗！带走就带走，真相迟早会水落石出，你和他们较这个劲儿干什么！”

石兴国看看许茹的神情，心里有所松动。

周　远：（乘机拉开石兴国）“老石，不要和他们硬顶了。咱们还是赶紧找领导，想想办法。”

石兴国：（让到路边，脸色铁青）“姓孟的，你要敢胡来，让我们的人受一点委屈，伤害，我让你吃不了兜着走！”

孟主任不服气地哼一声，和部下带着田义文、许茹，悻悻而去。

4. 邱建设家堂屋　日　内

邱建设夫妇，撩着后窗窗帘一角，向后面巷道窥视。

孟主任和几个工人民兵，押着田义文、许茹，从窗前经过。

柴丽丽：（低声）“老邱，怎么把许茹也带走了？”

邱建设：“许茹是国民党特务任新我的亲妹妹。审查田义文和任新我相互勾结的案件，能不带走许茹吗！”

柴丽丽：（担心地）“许茹可是石连长的未婚妻啊！”

邱建设：（冷冷地）“管她是谁的未婚妻。只要阻挠我入党，妨碍我的进步，我就对谁也不客气！”

柴丽丽：（吃惊地）“石连长阻挠你入党？你不是说，石连长是你的老朋友，积极支持你入党，只是一些油矿的旧人、老人，对你有看法吗？”

邱建设：（意识到说走了嘴，赶紧掩饰道）“石连长当然支持我入党。我是说，要求政治进步，接受革命考验，就要立场坚定，丝毫不能讲个人情面！”

柴丽丽：（点点头）“啊……”

5. 玉门管理局　王振华办公室　日　内

石兴国和周远，找王振华诉说田义文和许茹的事情。

石兴国：“王政委，今天出大事了。田义文已经同意，做我们钢刀连的技术教官。我们正在一块儿研究，怎么制订教学方案，改进教学方法。玉门油矿三反办公室一个姓孟的主任，带领一帮工人民兵，突然抓捕了田义文，说他是现行反革命。工人民兵荷枪实弹，还当场给田义文戴上了手铐……”

周　远：“他们不只抓走了田工程师，还带走了我们的石油师许茹同志。”

石兴国：“这也太欺负人了！”

周　远：“王政委，您大概还不知道这件事情吧。您应该去找管理局杨局长，要三反办公室立刻放人！”

王振华：（神情沉重）“这件事情，我和程参谋长知道。”

“你们知道？……”石兴国和周远，都惊讶地瞪大眼睛。

王振华：“是啊。这起案件，涉及管理局的高级技术干部，和我们石油师的干部。三反办公室再胆大，无法无天、为所欲为，不经过管理局和石油师的同意，他们也不敢随意抓人带人。三反办公室在接到实名举报后，当即派人进行了初步调查核实。在认定确有问题后，就向玉门三反领导小组打了报告。三反领导小组和管理局、石油师的几个主要领导，都分别进行沟通，征求意见，才做出了正式立案审查的决定。”

石兴国：（不解地）“王政委，你们为什么不及时阻止他们的错误行为？”

周　远：“是啊！”

王振华：“兴国、周远，社会上的好多事情，不像你们想象的那样简单……”

6. 工人村小雨奶妈家　日　内外

小雨带着两个孩子，在院里玩耍。

堂屋里，小雨奶妈和穿工作服的丈夫，愁脸相对，长吁短叹。

小雨奶妈：“这几天时间，已经来了好几拨人了，都是问小雨的来历，任新我和咱们现在有没有联系。还要查对一笔笔奶水费，抚育费，都是谁给咱们的。让咱们一有事，就赶紧向工人村居委会汇报。好像咱们都成了反革命，成了坏人一样！都怪任新我这个天杀的，把一个浑身毛病的病孩子扔给咱们，害得咱们在整个工人村，都抬不起头来！”

丈　夫：“事情到了这一步，你让我怎么办？”

小雨奶妈：（狠狠心）“我们不养了，我们给他们送回去！”

丈　夫：（吃惊地）“小雨他爸任新我，现在在台湾呢，怎么送？”

小雨奶妈：“这几年，一直是那个姓田的工程师，给咱们拿抚育费。咱们就给他送回去！”

丈　夫：“听说姓田的工程师，已经让三反办抓起来了……”

小雨奶妈：“就是因为小雨，他才被抓的。你再不把小雨送走，迟早咱们也得受她的累！”

丈　夫：（看看院里的小雨）“这孩子在咱们家，整整养了五年，就是块石头，也该焐热了。我还真不忍心……”

小雨奶妈：（烦躁地）“这事你别管了，我来办！”

7. 玉门管理局　王振华办公室　日　内

王振华：“兴国、周远，可能你们还不太清楚，现在，任新我在玉门油矿，已经是定了性的国民党特务，阴谋炸毁玉门油矿的主犯……”

石兴国：“任新我是因为妻子儿女被国民党军方扣为人质，才不得不在田老六的军队里当特派员，他也不愿意炸毁玉门油矿，怎么就成阴谋炸毁玉门油矿的主犯了？”

周　远：“当年，任新我不是还上了彭总保护留用的技术人员名单吗？”

王振华：“不管怎么说，任新我当过田老六部队的特派员，这是事实。上过保护留用的名单，也不等于就拥有了免死金牌。从一九五〇年以来，玉门油矿开展镇反运动，有的留用人员，因为在旧社会罪大恶极，照样被公开镇压。玉门油矿的一个原矿警大队长，就是一个典型。在镇反运动中，任新我的事情，也被革命群众揭发举报上来，镇反办公室对他定性就是国民党特务，阴谋炸毁玉门油矿的主犯。并且发过通缉令，在全国通缉！”

石兴国和周远相互看看，觉出事情的严重。

王振华：“所以，这次邱建设实名举报，也不能说是无中生有，凭空诬告。因为要追查任新我的问题，带走任新我的亲妹妹许茹同志询问情况，也符合情理，是清查案件的需要。每次政治运动来了，都需要发动群众参与和支持。运动办公室的同志也是在干工作，不是和被立案审查的人员有私仇。我们只能通过案件审查，查明真相，尽量让坏人受到惩罚，好人得到解脱。田义文案件，是玉门油矿一个大案。你们说，我作为石油师政委，程孟华同志作为石油师参谋长，有权力干涉地方部门，不准玉门三反办公室对田义文工程师立案审查吗？”

石兴国：（愤愤地）“邱建设举报田义文，就是和田义文有私仇！”

王振华：“邱建设举报田义文，很可能有个人成见。但是，他是顺应革命形势，打着同反革命斗争的名义，在做这些事情。只要他不是无中生有，凭空诬告，你就很难指责他是犯罪行为。田义文为朋友任新我的女儿出抚育费，也很可能只是个人情谊。但是，不经过组织审查，你怎么就能证明，田义文和任新我在组织上，就保证没有联系呢？”

石兴国和周远听了，一时都发愁了。

石兴国：“王政委，依您说，这就没有办法了？”

周　远：“王政委，咱们得想法保护田工程师，保护许茹同志啊！”

石兴国：“是啊！”

王振华：“许茹同志的问题，相对比较简单。她是解放军干部。虽然和任新我是亲兄妹，但已有几年没有来往。只要把情况说清楚，不会受到多大影响。田义文的问题，比较复杂。如果他仅仅是出于哥们儿义气，个人情谊，为任新我的女儿出抚育费，在组织上和任新我确实没有瓜葛，估计也会很快得到处理。好在现在镇反运动高潮已经过去，运动进入后期，处于回头看和纠偏阶段，处理上也会相对宽松一些。”

石兴国和周远都稍微松了一口气。

王振华：“我和程参谋长会关注这件事情，让问题尽快得到解决。不过，你们要切记。不管做什么事，我们一定要注意法律政策，注意组织程序，决不能硬顶硬来。像在三反办公室抓人时，兴国公然阻挠，和三反办公室的同志对着干，就是典型的粗暴行为、野蛮行为，也是非常愚蠢的行为！这样于事无补，只会把事情搞得越来越糟！”

石兴国：（红着面孔）“政委，我当时也是急昏了头。以后一定注意！……”

8. 玉门管理局家属居住区　夜　外

夜静更深，路灯昏黄，一对中年男女，带着一个小孩儿，走进居住区。

这就是小雨奶妈夫妇，和五岁的小姑娘小雨。

小雨奶妈：（训斥丈夫）“你老背着她干什么，让她下来走！”

小　雨：“我、我走不动……”

小雨奶妈：“走不动也得走！”（把小雨从丈夫背上扯下来，牵着踉踉跄跄走）

丈　夫：“要不，咱们还是把孩子带回去吧……”

小雨奶妈：“都走到这儿了，你还说这些干什么！”

丈　夫：“那，咱们把她送到三反办公室吧……”

小雨奶妈：“那是什么地方，你敢去我还不敢去呢！”

丈　夫：（为难地）“人家田工程师又不在家……”

小雨奶妈：“管他在家不在家呢！你在这儿等着，我去送！”（挟着个小包袱，拉着孩子向前走去）

9. 田义文家门口　夜　外

四处一片寂静，田义文家里一片漆黑。

小雨奶妈拉着小雨，来到田义文家门口。敲敲门，根本无人回应。

小雨奶妈：“小雨，这是谁家，你知道不知道？”

小　雨：“我知道，是田叔叔家……”

小雨奶妈：“你不是总想田叔叔吗，奶妈今天就送你来这儿。”

（说着，把小包袱打开，取出一套破旧的小被褥，铺在门洞里。安排小雨躺下）

小　雨：（怯怯地）“奶奶，你不要我了……”

小雨奶奶：（双眼不由潮湿了，用衣袖揩揩眼睛，叹一口气）“不是奶奶不要你。是再把你留在家里，奶奶一家都没法过了……”

小　雨：“奶奶，我怕……”

小雨奶奶：“不怕，快睡吧。”（匆匆离开）

小　雨：（又微弱地叫一声）“奶奶……”

小雨奶奶：（又反身回来，把小雨的被角掖好）“孩子，快睡吧。等你睡醒了，你田叔叔，还有你姑姑，就来领你玩了。”

小　雨：（在被窝里乖巧地点点头）“嗯！”

小雨奶奶赶紧起身，掩面而去，连头也不敢再回一下……

10. 钢刀连炊事班　日　内

老炊事班长张长禄的同事，和面的和面，烧火的烧火，正在忙活。

梅大妮也在帮着和面揉馒头。

张长禄：（笑）“梅大妮同志真能干，揉馒头比我们炊事兵还快呢。”

梅大妮：“女人就是做饭做家务的嘛，当然比男的快！”

一个炊事兵：“那可不一定。大饭店里的厨师，都是男的！”

梅大妮：（要强地）“那是大饭店不让我们女人当厨师。要让我们当，肯定比男的当得好！”

张长禄：“我就赞成梅大妮同志这种处处要强的劲头！”（转身命令一个年轻炊事兵）“小赵，菜不多了，你到街上买些菜去！”

小　赵：“行！”（到墙角挑起一副箩筐）“就是一次挑不了多少。咱们炊事班要能有辆三轮车就好了！”

张长禄：“三轮车，你还汽车呢！一次挑不完，再挑一次嘛！”

梅大妮：（正好揉完馒头，上前挑起另一副箩筐）“我和小赵一块儿去！”

张长禄：“大妮同志，那可使不得！”

梅大妮：“放心吧，老班长！我在家里时，送肥收庄稼，也经常挑担子。”

11. 玉门街头　蔬菜市场　日　外

蔬菜市场上，多是挑担推车，来卖菜的当地农民。

梅大妮跟着小赵，挑着箩筐，同卖菜的讨价还价，把买下的蔬菜放在箩筐里。

小　赵：（关心地）“大妮姐，你和我们连长的事情怎么样了？”

梅大妮：（叹一口气）“听说有个工程师，还有你们石油师许茹，因为什么事被三反办公室抓了。他和你们指导员，一天到晚忙着求人找人。我连他的面都见不上。”

小赵眨眨眼，也不好再说什么。

12. 玉门管理局　许茹检查房间　日　内

三反办公室旁边，一个普通的办公房间，里边工作用品、生活用品一应俱全，只是角落多了一张单人床。许茹坐在办公桌前，写证明材料。

石兴国、周远、唐娜，提了两包糕点走到门口。

一个姓宁的年轻三反办女干部：（推开房门）“许茹姐，有人看你来了！”

石兴国三人进屋。

许　茹：（从办公桌前站起）“兴国，指导员，唐娜，你们来了！”

唐　娜：（上前揽住许茹肩膀，坐在简易沙发上，亲热而急切地）“许茹，他们怎么把你关起来了。看到你晚上没回咱们宿舍，把我急坏了！”

许　茹：（苦笑）“他们说，这不是抓，也不是关，就是让我在这儿住几天。如实写一下我哥和义文哥交往的情况，打个证明材料，让我配合他们办案。”

唐　娜：“他们没有训斥你，怎么着你吧？我听人说，办案人员对办案对象可凶呢！”

许　茹：“这倒没有。对我还很客气，生活也照顾得不错。也可以出去活动，不过得和他们的人一块儿去，就是刚才那个年轻女孩儿。”

周　远：“王政委和三反办公室打过招呼，说许茹同志是现役军人，我们石油师的文化教员。你们让她配合办案可以，写证明材料可以。如果刑讯逼供，发生一点儿侵犯人身权利的不文明言行，别怪我们石油师不客气！”

石兴国：“证明材料写得怎么样了？”

许　茹：“就那么多事，我又没有瞒过人，有什么好写的。他们老是让我再想一想，再想一想。那就想呗。反正有的事情，我就写；没有的事情，我绝不会凭空编造。”

唐　娜：“有什么需要的东西没有，我在外面给你买。”

许　茹：“不用，我这儿什么都不缺。真需要的话，我也可以出去买。只要让那个女孩儿一块儿去就行。就是田义文大哥那里，看管得可能比较严。”

石兴国：“我们从你这里离开，就去看田义文工程师！”

唐　娜：“许茹，我们走了，有时间再来看你。注意休息，别太当回事。这两包糕点，你留着吃吧。”

许　茹：“不用，我这儿生活不错。这糕点给义文大哥拿去吧！”

唐　娜：“不用，给田工程师也买着呢。许茹，我们走了！”

石兴国：（握手，深情地望着许茹）“许茹，你多保重……”

许　茹：（动情地）“我没事。你也注意自己，别着急上火……”

石兴国：（点点头）“我知道。”

13. 玉门街头　日　外

小雨衣服破旧，面孔黢黑，就像一个小叫花，流浪在街头。

小雨走过一个饭摊，看着饭摊上的包子，又饥又馋。咽了几口口水，乘人不备，伸出乌黑的小手。

饭摊老板：（呵斥道）“快走开，小叫花子！”

小雨吓得赶紧缩回手，向前走去。

又一处糖果摊，小雨刚走到跟前，挨到一个时髦女人裤子上。

时髦女人：（厌恶）“滚开，你想偷东西啊！”

小雨又往前走，看到地上有个脏兮兮的梨核，拿起来就往嘴里塞。

几个七八岁的小孩围上来。

一个小孩：“看，小叫花子吃梨核呢！”

另一小孩：“她不是小叫花子，她爸爸是个狗特务，她是特务崽子。她爸爸不要她，她奶妈也不要她了。”

“打倒特务崽子！”“打倒小特务！”……

几个小孩嘻嘻哈哈，便一边喊着口号，推搡起小雨。

小雨哇地哭起来，几次被小孩推倒在地。突然浑身抽搐，口吐白沫。

几个小孩儿嚷道：

“看，特务崽子装死呢！”“小特务装死呢！”……

梅大妮和炊事员小赵，分别挑着两筐蔬菜过来。

梅大妮：（看到这幅情景，把蔬菜挑子放下，上前将几个小孩扯开，斥责道）“你们几个大孩子，怎么欺负一个小姑娘！”（从地上抱起小雨，喊道）“小妹妹，小妹妹，你醒醒！”

小雨牙关紧闭，浑身抽搐。

梅大妮：“小赵，你把菜挑回去，我把孩子送到医院！”

小　赵：“大妮姐，这孩子还不知是什么人呢。你没听见那些孩子，都喊她特务崽子，小特务……”

梅大妮：（气恼地）“听他们瞎咧咧呢，这么大点儿孩子，怎么就成小特务了！就是特务家里的孩子，咱们也不能不管！”（抱起小雨就走）

小　赵："那，那我也去！"（向路旁一个卖菜的四五十岁男人）"大叔，您帮我们看一下菜挑子！"（便赶紧跟着梅大妮跑去）

14. 田义文关押所　日　外

这里是一处平房小院。高墙铁门，森严壁垒，门口有两个执枪工人民兵站岗。类似看守所，但门口没有任何招牌标识。

石兴国、周远和唐娜提了两包糕点过来。

唐　娜：（上前）"同志，这里是三反办公室看管审查对象的地方吧？"

执枪民兵："你们是什么人，要干什么？"

石兴国："我们是石油师的，来这儿看一个人，田义文工程师！"

执枪民兵：（一伸手）"探望许可证！"

石兴国："这里又不是监狱看守所，要什么探望许可证？"

执枪民兵："没有三反办的探望证，任何人不得入内！"

石兴国：（不由有些恼火）"你们——"

周　远：（拉石兴国一下）"你们在这儿等着，我到三反办公室开证！"

15. 医院急诊室　日　内

还是梅大妮上次急诊的那个急诊室，还是那个医生。

梅大妮抱着小雨，急急慌慌进屋。炊事兵小赵紧随其后。

梅大妮："大夫，大夫，快给我们看看，看看孩子怎么了。"

医　生："快，放在床上。"

梅大妮把昏迷不醒的小雨，放在旁边的病床上。

医　生：（拿起听诊器，给小雨检查，随口说了一句）"这是你的孩子吗？怎么这么……"

小　赵：（插嘴）"这孩子不是——"

梅大妮：（截住小赵）"大夫，别管谁的孩子，您赶紧给孩子看看吧！"（解下脖子上围的花毛巾，在自来水管湿湿。给小雨仔细擦拭）

医生试试额头温度，按按脉搏，又用听诊器听诊心脏，眉头越皱越紧。

梅大妮：（担心地）“大夫，孩子是啥病啊？”

医　生：“病得不轻，病情很复杂，需要马上住院！”

梅大妮：“行，行！”（摸摸衣兜）“哎呀，俺没带钱！大夫，您先给孩子治病，俺后面再给您算账。”

医　生：（和气地）“没事，住了院再说！”（看看小赵）“你们都是部队的吧？”

小　赵：“对！我是钢刀连的炊事兵。大妮姐是我们连长……连长的亲戚！”

医　生：“部队是供给制，等孩子出院了，我们医院直接和部队结算就行。”

梅大妮：“谢谢大夫，谢谢大夫！……”

16. 田义文关押所　日　外

石兴国和唐娜等在门口，周远手拿一张纸片大步回来。

唐　娜：“开好证了？”

周　远：“咱们按规定办事，他们能不开吗！”（把纸片给执枪民兵）

是一张手写刻印的“探望许可证”，上面盖了三反办的公章。

执枪民兵默默无语，打开铁门。

小院高墙上，设着铁丝网。院里一排七八间平房，显然都有审查对象。

门里一个看管人员，把三人领到东头一间看管室，打开门上铁锁。

17. 田义文关押室　日　内

小屋陈设简单，只有一床一桌一凳。窗户用砖头封死。墙壁上贴有“坦白从宽，抗拒从严”的白纸黑字。屋内弥漫着一种阴森肃杀之气。

田义文靠墙坐在木板床上，闭目养神。

看管人员：“田义文，有人看你来了！”

田义文：（睁眼下床，惊喜地）“石连长，周指导员，唐军医！”（拉几个人在木床和木凳上坐下）

唐　娜：（把两包糕点放在桌上）“田工程师，这是钢刀连给您买的。”

田义文：（下意识地向门口看看，看管人员就在门口不远处，低声）“肯定是因为你们是解放军，他们不好意思检查。要是别的审查对象，别说糕点，一颗糖块儿你也别想带进来！”

唐　娜：“不就是审查吗！还没有落实有罪呢，怎么比监狱看守所还严？”

田义文：（苦笑）“这你找谁说理去！”

石兴国：“田工程师，让你受苦了！”

田义文：“苦不苦，看怎么说呢。我们到野外搞勘探，有时吃不好，睡不好，连水都喝不上。比这里苦多了。可那是自由之身，心里不苦。”（看看四周）“可在这里，这算什么事啊！每天总是那几句话，三年前，我为什么放走任新我？这几年，我为什么替任新我拿小孩儿抚育费？你们之间，有没有组织联系？为什么，不就因为我们从前是同学，是朋友，是哥们儿吗！就因为任新我临走时一句话，让我帮他照管一下女儿。我答应他了，就不能不管！要是真和他有组织联系，我还犯得着每月从自己工资里，替他拿抚育费吗？开玩笑！如果他真是的国民党特务，他想和我联系，还得看我愿意不愿意和他联系呢！”（越说越激动）

“啪啪啪！”看管人员在外面用力拍屋门，田义文才住了声。

石兴国：“田工程师，你别担心，别管怎么审查，最后要靠事实说话！”

周　远：“田工程师，你看你还需要什么？”

田义文：“没啥需要的，就是这样一天到晚干坐着，都快把人憋疯了！”

石兴国：“那我们给你带几瓶酒来，看在街上买些咖、咖啡……”

田义文：（摇头）“不用，带来酒也不让喝。咖啡在玉门买不到。就是买到了，这里也不会让你煮。”

周　远：“那我们给你带几本小说，言情小说，武侠小说。”

田义文：（苦笑）“那是工作之余，消闲解闷的。现在不工作了，还消什么闲，解什么闷。要是他们让你们带书来，你们就到我家里和办公室，给我带几本石油专业的书来。待会儿我给你们列个书单，趁这里没事干，我出去后帮钢刀连搞技术培训，编写一下教案。”

石兴国：“出去再说吧，这里条件太差了。”

田义文：（真诚地）“我这不只是为了你们，也是为了我自己。关在这里，我只有干些和石油专业有关的事，我才能感到生活的价值，生命的意义！”

石兴国等三人相互看看，不觉都有些感动。

田义文：“对了，还有一件事情。小雨抚育费，又到时间了，你们先想法替我付一下。等我出去后，我再给你们。”

石兴国：（庄重地）“田工程师，这你就别操心了！”（转身）“周远，你去找书，我去送抚育费！”

周　远：“好！”

18. 医院病房　日　内

小雨穿了病号服，手脸擦洗干净，躺在病床上输液。梅大妮端着碗，拿着汤匙，试试水的温度，轻轻吹吹，喂小雨喝水。

梅大妮：“小妹妹，你叫什么名字？”

小　雨：“小雨……”

梅大妮：“你家住在哪儿？赶紧养好病，俺送你回家。”

小　雨：（恐惧地扭动身子）“不，不，小雨不要，不要回家……”

梅大妮：“小朋友都要回家。小朋友怎么能不回家呢。”

小　雨：（哭道）“奶奶不要我了，小、小雨不要回家……小雨就要住、住在这儿……”

梅大妮：“好，好，不回家。咱们就住在这儿……”

屋门推开，炊事兵小赵进屋。

小　赵：“大妮姐，我打问清楚了。这个小姑娘叫任小雨，是国民党特务任新我的女儿。她爸爸任新我在玉门解放时，就跑到台湾去了。留下她被工人村一户奶妈抚养。她的奶妈一家，看她身体不好，又怕政治上受牵连，也不要她了。”

梅大妮：“这些人，怎么就这么狠心。多好的一个小姑娘啊，就忍心把她扔到街头流浪。她有没有别的亲戚？”

小　赵：“这几年，一直是管理局技术处的田工程师，为她付抚育费。现在，田工程师被三反办抓了起来。啊，对了，她还有个姑姑，亲姑姑……”

梅大妮：（急切地）“她是谁，在哪儿？”

小　赵：（支支吾吾）“就是我们石油师的文化教员，许、许茹……”

梅大妮：“就是和我们家老石订婚的那个？……”

小　赵：（艰难地点点头）“嗯。”

梅大妮：“那她怎么也不管孩子？”

小　赵：“许教员和石连长提前订婚，也就是为了成了家，好照顾孩子。谁，谁知道……”

梅大妮心情复杂，呆呆坐在床边。

小　赵：“现在，许教员想管，也管不了了。因为她哥的事，她也被三反办带去，写检查呢。”

梅大妮：“这么好的孩子，怎么就没有人管呢。别人不管，俺管！”

小　赵：（担心地）“大妮姐，这丫头是国民党特务的女儿，矿区好几户想收养孩子的人家，都不敢收养，生怕政治上受连累。你可要好好想一想！”

梅大妮：“特务的女儿怎么了？她爸是特务，碍她什么事！俺是贫雇农，别人怕，俺不怕。大不了，领着孩子回俺们陕北老家！”

19. 工人村道路　日　外

石兴国和柏春生，各骑一辆自行车，在坎坷的土路上行驶。

柏春生：“连长，那户姓董的奶妈住在哪儿啊？”

石兴国：“田工程师说，就是工人村村东口那家。”

20. 工人村村头　小雨奶妈家　日　内外

小雨奶妈一家四口，正在屋里吃饭。

小雨奶妈一边吃一边喂童车里的孩子。

“啪啪啪”，外面有人敲门。

小雨奶妈：“谁呀？”（出门打开半掩着的院门，惊异地看着石兴国、柏春生）“解放军同志，你们找谁啊？”

石兴国：“大嫂，您就是任小雨的奶妈吧？”

小雨奶妈：“是啊……”

石兴国：“我们是田工程师的朋友，替他来送这个月抚育费，顺便看看孩子。”

柏春生：（拿出几张第一套人民币）“是二十万块钱，对吧？”

丈　夫：（从屋里迎到院里）“解放军同志，我们已经把小雨送走了！”

石兴国：“送到哪儿了？”

小雨奶妈：“送、送到田、田义文工程师家里了……”

石兴国：（更纳闷了）“田义文工程师家，没有人啊？”

小雨奶妈：“我们把、把孩子，放……放在了田工程师家门口……”

柏春生：（一听火了，上前）“家里没有人，你们就把几岁的孩子，放到人家门口，你们这不是胡闹吗！出了事怎么办？”

小雨奶妈：“我、我……”（说不成话）

丈　夫：“解放军同志，我们也是怕受连累，没有办法了！……”

柏春生还要发火斥责。

石兴国：“走！春生，赶紧找孩子去！”

两人出门，骑车匆匆而去。

21. 医院病房　日　内

小雨输完液，梅大妮和小赵在逗小雨玩。

门诊医生进来，试试小雨体温，又摸摸脉搏，听听心脏。

梅大妮：（紧张地）“大夫，孩子好了吗？”

医　生：（字斟句酌地）“这次病是没事了。突然晕倒，很可能是平时营养不良，最近几天过于饥饿的缘故。现在可以出院了。回去后，一定要注意给孩子加强营养，搞好孩子的卫生。”

梅大妮：（连连点头）“行，行！”

医　生：“不过……”

梅大妮：“不过什么？”

医　生：“孩子心脏杂音比较大，可能先天不太好……”

梅大妮：“那，那怎么办？”

医　生：“光靠听诊，还不能确定是哪一种病，需要进一步仪器检查才行。咱们医院现在没有条件，检查不了。先出院养一段身体再说吧。”

梅大妮：“行。小雨，赶紧起来，跟梅姨回家。”

小　雨：（恐惧地）“不，小……小雨不要回家……”

梅大妮：“不是回你原来那个家，是回梅姨的家。”（说着把小雨身上的病号服换下，用自己的外衣，把小雨包起来）

小　赵：（把水碗汤匙，桌上的水果糕点，都装进军用挎包，指着床角的两件小孩破烂衣服）“大妮姐，这衣服怎么办！”

梅大妮：（看一眼）“没法补，不要了，出去给孩子买新的！”

22. 田义文家　日　外

石兴国和柏春生，骑着自行车，一前一后赶来。

田义文家院门紧闭，悬挂着一把大铁锁。

浅浅的门洞里，两件污脏破烂的小被褥，垃圾一样扔在墙角。

石兴国下车上前，抖开小被褥，飞起一团尘土。

石兴国和柏春生，相互看看，神情焦虑。

这时，一个六十来岁的老人，拉着一个七八岁的小男孩过来。

石兴国：（忙迎上去）“大爷，您见到过这家门前一个小孩儿吗？”

老　人：“小孩儿？”（摇摇头）“没见到。”（拉着小男孩儿要走）

小男孩：（回过头来）“解放军叔叔，是不是一个小姑娘？”

石兴国：“是啊，是啊！”

柏春生：“小朋友，你见过啊？”

小男孩：“我见到过，她在菜市场要饭呢。好多小孩儿都推她，骂她……”

石兴国：（激动地）“谢谢你，小弟弟！”（拉柏春生一把）“走！”

两人又骑车匆匆而去。

23. 玉门街头菜市场　日　外

下午的菜市场，已经没有几家卖菜的。买菜的人也不多。

石兴国和柏春生，推着自行车，逢人就问见到一个小女孩没有。

有的人摇摇头。有的人向什么方向指指。

二人就赶忙找下一个人打问。

夕阳接近西山，菜市场已经空空荡荡，没有什么人。

石兴国和柏春生，仍然没有找到小雨的踪影。两人无精打采，推着自行车，垂头丧气地向钢刀连营房走去。

24. 钢刀连营房　傍晚　外

钢刀连的官兵们吃过晚饭，有的在读书学习，有的在散步、打球、掰腕子。

梅大妮和小雨在花圃旁边的石桌前，玩“石头、剪刀、布”。

小雨换了身新衣服，一只手里拿了个红苹果，一边吃一边和梅大妮比画。

“去，去，去！”“去，去，去！”谁赢了，就刮一下对方的鼻子。

两个人玩得非常开心，不住哈哈大笑。

25. 钢刀连营房门外　傍晚　外

石兴国和柏春生推着自行车，神情沮丧地往回走。

柏春生：（愤愤地）“小雨那个奶妈一家，也太不是东西了！这次孩子丢了，我们就到法院去告他们两口子！”

石兴国：（愁苦地）“告他们有什么用！我现在上愁的，是怎么给田工程师交代，怎么给许茹交代……”

炊事兵小赵，站在营房大门口，向门前大路张望。看到石兴国和柏春生回来了，赶紧大步迎了上来。

小　赵：“连长，您可回来了。我在门口等您半天了！”

石兴国：“是炊事班长让你找我吃晚饭吧。你和你们老班长说，我不饿。”

小　赵：“是大妮姐让我找您，说有要紧事和您商量……”

石兴国：“你和她说，我现在顾不上。”

柏春生：“小赵，连长今天心情不好。你和大妮说，有什么事，以后再说。”

小　赵：（心急地）“连长，这事不能等。是大妮姐在外面捡回一个孩子……”

“孩子？！”石兴国心里猛地一激灵。

26. 钢刀连营房大院　傍晚　外

梅大妮和小雨玩得正开心，不住哈哈大笑。

石兴国和小赵大步赶到。石兴国看着小姑娘，几乎不敢相信自己的眼睛。

石兴国：（激动地）“小赵，这孩子，是不是叫小雨？”

小　赵：“是啊！”

石兴国：“她是不是任新我的女儿？”

小　赵：“不错！”

石兴国：（欣喜若狂）“好！好！太好了！”（抱起小雨，就在脸上亲了一口）“小赵，大妮，你们在哪儿找到小雨的？”

小　赵：“我和大妮姐上街买菜，小雨被人欺负，昏死在那里。是大妮姐把小雨送到医院抢救。治好后，就带回咱们钢刀连来了。”

石兴国：（抓住梅大妮的手）“大妮，谢谢你，谢谢你啊！你做了一件大好事啊！”

梅大妮：（不好意思地）“兴国，俺还想和你商量呢。小雨现在没人照看，俺想把小雨收养起来，也不知道，你同意不同意？……”

石兴国：（高兴地笑道）“同意，同意，我当然同意！大妮，你真是个好人！”

石兴国、柏春生被小赵带进伙房吃饭。

梅大妮：（面庞绯红，沉浸在前所未有的幸福中。自言自语地讷讷道）“他对俺笑了，还夸俺做了件大好事，真是个好人。哎呀，俺真是太高兴了……”

小　雨：（不解地）“梅姨，梅姨，你怎么了？……”

梅大妮：（从沉醉中醒来）“啊，没事。小雨，来，咱们接着玩儿。”

27. 钻井工地　日　外

机器轰鸣，钻机飞旋。

刘大勇向接班的工人交代接班事宜。

刘大勇：“……今天我们这一班进度还比较顺利，完成进度三十五米二。总井深已达二百五十八米六。现在进入花岗岩岩层。石质坚硬，你们要注意卡钻现象。宁可进度慢一点儿，也不要损坏钻头。”

接班工人：“放心吧，刘队长，我们会注意的。”

刘大勇：（看接班工人已经各就各位，正常工作，才向等在井台下的王富贵等人说）“咱们走吧！”（准备上路边的上下班汽车）

正在这时，一辆汽车风驰电掣般驶来，到了井台前，怪叫着急刹车停下。

刘小青：（从驾驶楼跳下，气急败坏）“哥，哥，出事了！”

刘大勇：（吃惊地）“出啥事了？”

刘小青：“管理局的田义文田工程师，被三反办公室抓走了！”

刘大勇：（松一口气）“他被抓走，碍咱们啥事啊！”

王富贵：“那家伙眼睛长在脑门上，见了凡人不说话！让我在三反办公室，我也得把他抓起来！”

张 涛：“那小子看着就不地道！”

孙 杰：（笑）“小青兄弟，你这不是说书的掉泪，替古人担忧吗！”

刘小青：（又气又急，眼里噙了泪花，跺一跺脚）“你们胡说什么呢！田义文是我的好朋友，好哥们儿！他的事就是我的事，我们不能不管！”

刘大勇：（看着小青的神情，心里不由一震，严肃地）“小青，你过来！”

28. 钻井工地一角　日　外

刘大勇：（把刘小青拉到旁边，避开众人，严厉地）“小青，你跟哥说实话。你和那个田义文，到底是怎么回事？你救梅大妮那一次，你和他在咱们家，整整待了一夜。后来，还有工友们看到好几次，你和那个田义文，在街头酒馆喝酒。这种文化人，和咱们工人不是一路人，花花肠子多得很，你可别上了他的当！”

刘小青：（又好气又好笑）“哥，你想到哪儿去了，你看我刘小青，是个容易上当受骗的人吗。那个人看着不合群，其实是个挺正直、挺重情义的人。我就是和他交往过几次，才觉得和他挺说得来的。我今天出车回来，想找他喝杯酒，说会儿话，才知道他被三反办公室已经抓去好几天了。哥，你在工人中威信高，在领导面前说话也有分量。你就去找三反办说说吧，就算妹——就算我求你了……”

刘大勇：“人家三反办，是搞政治运动的，谁知道姓田的，犯的是啥事啊？”

刘小青：“我听人说，就是因为他照管任新我的女儿，替任新我拿了几年小孩儿抚育费。”

刘大勇：“这事还小啊？任新我是有名挂号的国民党特务！”

刘小青：“田义文是讲义气，为好朋友帮忙，这和特务不特务，有啥关系。要是你的好朋友托你照管小孩儿，你能不管啊！”

刘大勇一时语塞，竟无法反驳，

刘小青：“哥，你要不管，我就去三反办公室找他们！”

刘大勇：“你找他们干什么？”

刘小青：“我就说，我和田义文是一伙儿的。让他们把我也抓起来，和田义文做伴儿！”

刘大勇：“胡闹！”

刘小青：“他们乱抓人，就是胡闹！他们不只抓了田大哥，把石油师的文化教员许茹也抓了！”

刘大勇：（一怔）“他们抓许茹干什么？”

刘小青：“因为许教员是任新我的妹妹！”

刘大勇：（愤慨地）“任新我有问题，和他妹妹有什么关系。许茹是革命军人！”

刘小青：“要不就说他们乱抓人呢！”

刘大勇：（稳不住神了，沉思片刻，毅然道）“走，我和你找他们去！”

29. 钻井工地道路　日　内

两辆汽车，在矿区道路上急驶。

前面车辆驾驶楼里，是刘大勇和刘小青。后面车厢里，是刘大勇的工友们。

30. 玉门管理局　王振华办公室　日　内

石兴国和周远又找王振华，说田义文案件的事，程孟华也在场。

石兴国：“王政委，田义文案件已经搞了好几天了，该调查的事情，也都调查清楚了，怎么就迟迟不能了结啊？”

周　远：“尤其是许茹同志，本来几句话就可以说清的事，就是拖着不解决，我们钢刀连的干部战士，都觉着不可理解。他们都说要到三反办公室请愿呢。是我们做了好多思想工作，才把大家的情绪安抚下去。”

程孟华：“老王，一团其他营连的同志，反应也都很强烈。有的说这是小题大做，有的说这是鸡蛋里挑骨头，还有些干部战士，说得更难听。说这是三反办公室的地方干部，欺负咱们石油师！”

王振华：（点点头）“是啊，这个问题不赶紧解决，是会引起好多不必要的矛盾。我现在就去找他们！”

31. 杨宇照办公室　日　内

王振华、杨宇照和三反办公室孟主任谈话。

杨宇照：“孟主任，田义文案件，现在进行得怎么样了？”

孟主任：“本人供述，人证物证，都已经基本调查完毕。田义文三年前放走任新我，三年来一直负担着任新我女儿的抚育费，本人承认，证据确凿，事实清楚。但是，在他是不是和任新我有组织联系上，还是没有新的进展。”

杨宇照：“许茹同志呢？”

孟主任：“许茹的问题比较简单。自从许茹同志参加解放军以来，和任新我基本断绝来往。上次在保卫玉门油矿战斗中，任新我被捕，许茹曾经劝告任新我认罪投降，任新我不听。这次石油师进驻玉门后，许茹同志去看望过两次侄女小雨，也属于亲戚间的正常来往。”

杨宇照：“既然没有问题，就早日让许茹同志恢复正常工作。刚才王政委和我谈了这个问题。这个事情再拖下去，不仅是对许茹同志的伤害，也会严重影响军地关系。影响石油师和我们油矿的正常工作！”

孟主任：“好，我们回去研究一下，明天就可以让许茹同志回宣传处正常上班。不过，田义文的情况复杂一些，恐怕还不能很快解决。”

杨宇照："田义文这个人在生活细节上，是比较随意，政治上也不够严谨。但在业务工作上，还是很过硬的。田义文的问题，不是经济问题，不是这次三反五反运动的重点。现在镇反运动，已经基本结束，进入后期扫尾工作，正在进行纠偏。对于政治案件，一般原则是从轻从宽，决不能再制造新的冤假错案。你们要抓紧处理这个案件，不要拖得时间太久。"

孟主任："行，我们尽快处理！"

32. 玉门管理局大院　傍晚　外

夕阳衔山，霞光满天，已到机关下班时间。不少干部职工正往外走。

两辆大汽车，轰轰隆隆，声势热闹地开进管理局大院，引起人们关注。

刘大勇和刘小青从前面汽车驾驶楼跳下。后面车厢里的工友们也要下车。

刘大勇：（奇怪地）"我来三反办有事，你们赶来干什么？"

王富贵："刘队长的事情，就是我们大家的事情！"

张　涛："刘师傅来为许茹同志讨还公道，我们能不来助威啊！"

孙　杰："欺负许茹同志，就是欺负我们刘队长；欺负刘队长，就是欺负我们全体工人！"

其他工友也都七嘴八舌附和。

"对，对！""帮许茹同志讨还公道！""谁欺负我们也不行！"……

刘大勇：（笑骂道）"胡闹！我是来跟人家讲理来了，又不是来打架的。尽给帮倒忙！你们都在车上好好待着，谁也不准下车。谁敢下车闹事，我回来再收拾你们！"（说罢，和刘小青昂首阔步，走进局办公楼）

33. 办公楼走廊　三反办公室门口　傍晚　内

刘大勇和刘小青走进来，直接来到三反办公室门口。

刘大勇“啪啪啪啪”，擂鼓般拍响屋门。

“谁呀！”看管许茹的女青年干部打开屋门，“是刘师傅啊！”

刘大勇：“许茹同志关在什么地方？”

女青年干部：“就在隔壁！”

34. 许茹检查房间　傍晚　内

许茹正在屋里洗头。

女青年干部小宁：（推开屋门）“许茹姐，刘师傅看你来了！”

许　茹：（一时想不起是谁）“刘师傅？……”

刘大勇：（和刘小青进屋，高声大嗓地）“许茹同志，出了这么大的事情，你怎么也不让人和我说一声！”

许　茹：（用干毛巾把湿头发匆匆包起，红润美丽的面庞显得格外鲜艳）“啊，原来是你啊，刘大勇同志。”

刘大勇：“今天我才从小青嘴里知道这件事。一下班，我就赶紧往这里跑。他们把你抓到这里，没让你受什么委屈吧？”

许　茹：“没有……”

刘大勇：“他们敢欺负你，你就和我说，我去找管理局领导！”

女青年干部小宁：（解释道）“我们这不是抓人，就是请许茹姐协助办案……”

刘大勇：（不客气地）“宁干事，你站着说话不腰疼。不是抓人，把人家关在这里干什么？协助办案，让你这样去协助办案，看你干不干？”

女青年干部小宁被噎得一时说不出话。

刘大勇：“许茹，不管你哥有什么问题，这和你有什么关系！你别怕！我现在就去找他们孟主任！”

（本集完）

（未完）

荣获2020年第32届中国电视剧飞天奖提名奖，

第30届中国电视金鹰奖提名奖

图书在版编目（CIP）数据

中国百年工业文学大系：影视文学卷·电视剧 / 刘福泉主编. -- 北京：中国工人出版社，2025. 5.
ISBN 978-7-5008-8564-1
Ⅰ. I211
中国国家版本馆CIP数据核字第20250R53G2号

中国百年工业文学大系：影视文学卷·电视剧

出版人	董　宽
责任编辑	李　骁
责任校对	张　彦
责任印制	黄　丽
出版发行	中国工人出版社
地　址	北京市东城区鼓楼外大街45号　邮编：100120
网　址	http：//www.wp-china.com
电　话	（010）62005043（总编室）　62005039（印制管理中心） （010）62379038（社科文艺分社）
发行热线	（010）82029051　62383056
经　销	各地书店
印　刷	北京印刷集团有限责任公司
开　本	880毫米×1230毫米　1/32
印　张	34.75
字　数	560千字
版　次	2025年6月第1版　2025年6月第1次印刷
定　价	158.00元

本书如有破损、缺页、装订错误，请与本社印制管理中心联系更换